叢書・ウニベルシタス　751

ラブレーの宗教

16世紀における不信仰の問題

リュシアン・フェーヴル
高橋　薫 訳

法政大学出版局

凡例にかえて

＊　以下は、Lucien Febvre, *Le Problème de l'incroyance au XVI*ᵉ *siècle — La Religion de Rabelais*, Éditions Albin Michel, Paris 1942. の全訳である。

なお、原著の題名の直訳は『十六世紀における不信仰の問題――ラブレーの宗教』であるが、本訳書ではタイトルとサブタイトルを表題のように入れ替えたことをお断りしておく。

＊　同書は一九四七年に増補改訂版が、また一九六八年には新書判に判型を改めた版が出版された。訳出にあたり、初版での誤記はこの増補改訂版、および新書版を参照しながら改めた。ただし新書版になって生じた誤記も少なからず存在する。

＊　原註はおおむね脚註であり、註を簡略化するという〈人類の進化叢書〉の方針に倣い、巻末の書誌の各文献に付されたローマ数字をもって文献指示に替えている。フェーヴルの邦訳では『大地と人類の進化』（飯塚・田辺氏訳、全二巻、岩波文庫）がこの文献指示の方法を踏襲している。しかし本訳書では誤解をまねきやすいこの方法をとらず（事実、この方法を踏襲・採用したために、けっして少ないとはいえない誤解が、イタリア語訳書、スペイン語訳書、及び現在刊行されている原著新書版にいたるまで、訂正されないまま残っている）、ひとつひとつの文献名を言及されるごとに明らかにした。脚註については物理的な事情からこれをとらず、後註として各章を単位にまとめた。原註のナンバーは（ ）内の数字であらわし、添字とした。訳註も各章を単位とし、そのナンバーを添字で指示した。また原註のうち割註は（ ）に収めた。この割註のポイントは本文と同じである。短い訳註も割註と

して〔 〕に収めたが、これに関してはポイントをおとした。

* 『リュシアン・フェーヴル業績書誌〔Bertrand Müller (éd.), *Bibliographie des travaux de Lucien Febvre*, A. Colin, 1990〕』を参考にすれば、原著は一九五九年に、*El problema de la incredulidad en el siglo XVI ; la religion de Rabelais*, trad., notas adicionales y suplemento a la bibliografia por J. Almoina, Mexico, UTEHA. としてスペイン語訳が刊行されたらしい。遺憾ながら、このスペイン語訳書は参照できなかった。ただし、同『書誌』には記載されていないが、一九七八年にイタリア語訳された、Lucien Febvre, *Il problema dell'incredulità nel secolo XVI La religione di Rabelais*, traduzione di Luca Curti, Prefazione di Aron Jakovlevič Gurevič, Giulio Einaudi editore, Torino. や一九八二年に英訳された、Lucien Febvre, *The Problem of Unbelief in the Sixteenth Century ; The Religion of Rabelais*, translated by Beatrice Gottlieb, Harvard University Press. を参考にすることができた。また試訳を終えた段階で新たなスペイン語訳、Lucien Febvre, *El problema de la incredulidad en el siglo XVI La religion de Rabelais*, traducido por Isabel Balsindo, Ediciones Akal, 1993. に接しえた。新しいスペイン語訳の入手にあたっては駒沢大学の小玉齊夫氏のご好意に全面的に甘えた。

* 時代的な制約もあって、原著の引用・言及には誤りがきわめて多い。学究的な英訳者はこれをかなり丁寧に訂正しているが、訂正もれもある。気がついた限りで、それを正した。大きな誤りについては訳註でこれに触れた。誤りを指摘しつつ訂正したものと、黙って訂正したものの間に基準があるわけではなく、訳者の恣意である。

* それが十六世紀のものであればむろん、二十世紀初頭の文献でも、フェーヴルが使用・依拠した文

献の多くは訳者の手に入らないものだった。この点でも英訳書の存在はありがたかった。

＊　原文には特にラテン語（など古典語）の引用が多い。その少なからぬ箇所がフランス語の大意をともなっており、英訳書もこの形を尊重し、英語とラテン語を併記する。だがこの訳書は全訳を旨としているので、重複をおそれずラテン語（など）も訳出した。ラテン語の原文は訳註（後註もしくは割註）でしめした。その場合、固有名詞をのぞいて、カナ表記とかな表記を反転させた。反転の対象としなかった固有名詞には傍線をつけた。また英訳書には、原著での相当程度のラテン語の引用（仏訳をともなわない）に英文訳が添えられており、大いに参考になった。ただラテン語文がかなり自由に訳されている場合、あえて原文の直訳に近づけたものもある。

＊　ラテン語、及びギリシア語の長音に関しては、原則としてこれを考慮しない。

＊　ラブレーの作品の引用は故渡辺一夫氏の訳文を、その他、邦訳がある文献に関しては、それらの訳文を感謝とともに拝借した。先達のかたがたにはなにとぞご了承いただきたい。ただし、文脈の都合などから訳文をあえて変更・改変させて戴いた場合もあるし、訳者の訳文を提出した場合もある。旧字・旧仮名は現行のものに改めさせていただいた。

＊　ラブレーの文章とフェーヴルの引用とを対照するにあたり、『第三之書』まではいわゆる協会版を、『第四之書』以降の「パンタグリュエル物語」の続編、およびその他の作品群についてはマルティ＝ラヴォー版を底とした。

＊　欧文と和文の違いから、書記記号は原著にかかわりなく、適宜もちいた。さきに述べたところともかさなるが、引用文中、本来必要がない箇所にフェーヴルが中断符をおいたり、離れた文章をことわりなく一文にまとめる場合がある。文章のいきおいというものがあるのだろうが、フェーヴルの気息

を伝えられるほどの能力は訳者にはなく、また論述的観点からは、特にフェーヴルの側に確たる意図があるとは思えないので、訳者の判断で削除や付加をおこなった。

＊ フェーヴルの文章は学術的であると同時に、自由闊達でもあり、規範文法に必ずしも拘束されない。訳者の力量の乏しさゆえに翻訳というより意訳をせざるをえない箇所が多々あったことを率直にご報告する。なお本文中の図版は訳者蔵の「ラブレー著作集」（一六〇〇年頃）から使用したものである。

＊ 固有名の表記は原語に近い音をカタカナで表記した。したがってフランス語の文中での表記とラテン語の文中での表記が異なる結果となったが、お読みいただくにはさほど支障をきたさないと判断した。かえって表記を同一にするとフェーヴルの論点が不明瞭になる可能性もあるのである。ただしキリスト、キリスト教、キリスト教徒など、ラテン語の文中でも日本語で慣用とされている表記を保ったものもある。また何の謂われもなく異綴をもちいて同一名を表記する場合には、これを統一した。

＊ 原則として書名をのぞき、イタリック体等による強調にはゴシック体をもちい、大文字で始まる語は訳者の判断で〈　〉で括った。もちろん固有名詞及び神、キリスト、その他それに準ずる語はその限りではない。かさねて言うが、イタリック体や大文字強調はフェーヴルの独特の文体のなかでこそ生彩をはなつものであり、訳者のつたない文章で機械的におきかえても意味をもたない、と判断した。恣意的とのお叱りはあまんじて受けたい。

＊ 慣例にならい、言及される書籍名、雑誌名は『　』で、論文名などは「　」で表した。これも原著では必ずしも統一されていないので、適宜処理した。

＊ 訳註をつけるにあたって多くの辞書や文献を参照させていただいた。項目ごとに指示しえなかったが、これもご了承いただければ幸いである。

目次

第二巻　醜聞と苦情

フェルナン・ブローデルに

希望をいだいて

総序

優れた教本《マニュエル》[1]は優れている。しかし〈人類の進化叢書〉[2]は教本のコレクションではない――たとえそれらがどれほど卓越していようとも。したがってこの膨大な企画の枠内で、ルネサンス時代の人間生活にあれほど多くの位置を占めた宗教の問題を検討するという重い任務を引き受けて、わたしがいま〈信仰〉のもうひとつの側面と名付けうるもの、つまり〈不信仰〉に分厚い一冊の書物全篇を捧げるにあたり、特異な手法を用いるにしても、この叢書のファンのどなたも不服に思わないで欲しい。

この本のタイトルが、それゆえ、読者を惑わさないように祈るものだ。ラブレーはわたしの好みの作家である。けれどもご覧になっているこの著作は、楽しみをもたらしてくれる作家への好奇心旺盛な一読者からの讃辞ではない。換言すれば、これはラブレーをめぐる専攻論文ではない。これは、意図としては、そして慎ましいままに大望を秘めた、フランス十六世紀の感性と精神についてのひとつの試論なのである。

このうえにもう一篇の試論？　ルネサンスの解説者たち、そして互いに書き写しあう解説者たちが出現してこの方、あたかもすべてが語りつくされてこなかったかのように？――まさしく、わたしは先駆者たちを書き写したくないのだ。逆説や新説を立てるという、報酬をともなわない趣味からではない。それはわたしが単に歴史家だからである。歴史家とは知識を有する人間ではない。歴史家とは探究する人間である。したがって歴史家は、すでに得られた解答を再吟味し、必要とあらば、かつての訴訟を再審理する人間なのだ。
《必要とあらば》――この言葉は《常に》を意味しないのだろうか？　あたかも歴史家の出す結論が、偶発事によって必ずしも損なわれはしないかのようなふりはしないでおこう。あらゆる愚かな表現の中で、《もう二度と書き改められないだろう》書物、という表現はもっとも愚かなものとなる危険にさらされている。あるいはもっと巧みに、《この本はもう二度と書き改められないだろう、しかしそれは究極的な完成に到達しているからではなく、書かれた時代の息子だからだ》という表現もある。歴史は〈時の娘〉である。わたしは絶対に、歴史をおとしめるためにこういうのではない。哲学は〈時の娘〉であり、物理学さえ〈時の娘〉である。ランジュヴァン[3]の物理学は、もはやガリレイのそれではなかったし、ガリレイの自然学は、もはやアリストテレスのそれではなかった。ひとつの物理学から別の物理学への進歩なのだろうか？　わたしはそう思いたい。歴史家として、とりわけ時代への適応について話しておこう。それぞれの時代は心性的に己れの宇宙を己れのために造りあげる。それぞれの時代が己れの宇宙を造るのはただ単に、その時代が自由に処理しうるあらゆる素材、時代が相続した（本物にせよ贋物にせよ）あらゆる事実、もしくは時代がようやく獲得したあらゆる素材を用いてだけではない。それぞれの時代は己れに固有の贈り物、つまりその特有の発明、その特徴、その才能と関心、先立つ時代から己れを弁別するすべてをもって、己れの宇宙を造りあげたのである。

　同様に、それぞれの時代は心性的に、歴史的過去についてのイメージを自分用にこしらえている。それぞれのローマ、アテナイ、中世、ルネサンスを。どのようにして？　その時代が自在に処理しうる素材をつうじてであり、――そこから、進歩というひとつの要素が歴史の作業の中にもぐりこむ。より多くの事実、より多彩で、より巧みに管理される事実があるなら、収穫は無視できるものではない。優れた建築家が、古い石材や二、三の使い古された梁を使用して建てたものか、——あるいは大量の、美しく立派な石材と、組立用の見事な骨組み用材を使用して建てたものか、建築家の才能が等しいとしても、できあがった家屋はまったく異なってしまう。しかし素材だけが問題だというわけではない。才能も関与するし、才能は変化する。精神の質や知的方法も問われる。とくに好奇心と関心をいだかせる動機とは、非常にすばやく変化し、ある時代に属する人々の注意を、長いあいだ闇の中に置き去りにされてきた過去のかくかくしかじかの局面に向けさせる。けれども翌日になると闇がそれを再び覆ってしまうだろう。それが人間的なのだ、とは言うまい。そうではなく、それが人間の知識の定めなのだ。

わたしたちの父親は、自分たちなりのルネサンス像を造りだした。それはすでにしてもはやかれらの父親のルネサンス像ではなかった。このルネサンス像をわたしたちは相続した。十五歳のとき、わたしや友人はテーヌ[4]を、その『イタリア紀行』や『芸術哲学』を読んでいた。十八歳になると、わたしたちはブルクハルトで育まれていた。そしてわたしのラブレーは長いあいだ、ゲバール[5]のラブレーであった。その間、一九〇〇年から一九四一年にかけて、どれほど多くの悲劇と崩壊が見られただろう！　わたしが自力でそうしたことを悟っていなかったとしても（わたしは皮肉を言っているのではない。人間は安定を非常に必要としており、安定の中に大いなる安らぎを認めるので、生まれながらにして、また職業のせいで先見の明を持ち合わせたとしても、ときとして本能的に、先見の明があることを拒絶し、現実に眼を閉じて、かつて見たものしか眺めないのだ）、——もしわたしが個人的になんら悟っていなかったとしても、一九二二年[6]、校訂版『ラブレー著作集』で、『パンタグリュエル物語』の巻頭を飾ったアベル・ルフランの一大「序論」を読んだことは、わたしに警告を与えたであろう。その読書経験はわたしにショックを与えた。——そこから生まれたのがこの本、反作用から、不信仰をめぐる難解な問題を提起しようとしているこの本なのである。[7]

*

わたしたちの前にいるのは、幾人かの、十六世紀の偉大な精神の持ち主である。まずラブレーがいる。心のうちで、この人物は本当は何者だったのか？　狡猾なトゥレーヌ出身者で、ただ単に、オルレアンの人ジャン・ド・マン[8]の才知、聖職者階層に反発するガリア的な才知の継承者にすぎないのか？　それとも深遠な哲学者で、同時代人に速度でまさり、誰もその後を追えなかったくらい、批評精神と不信仰においてかれらに先行していた人物なのか？　自分の世紀に《人間にもっとも必要で、その本性にもっとも合致し、人間を幸福にするのにもっとも適した信仰、すなわち懐疑》を提供する、アナトール・フランスいうところの懐疑論者なのか？——あるいはまったく逆にアベル・ルフランのいう、束縛のない科学もあるのだと、人々を導いて世俗的確信をいだかせるべく決意した狂信者なのか？　パンタグリュエルをめぐる血気さかんな解説者、ルフランよりも穏健なわたしたちは、ラブレーの内に、善良な人々がまつる神の祭壇の上に、光輪をすっかり失ったキリストをのせる、ありふれたひとりのキリスト教徒を見出すのだろうか？——それとも宗教改革への熱意によってラブレーに生気を吹き込むのだろうか？　その熱意も刑罰をおそれ、たちまちにして鎮まってしまうのだが。わたしたちはいまやパニュルジュと同じ状態になっている。[9]なにを撰び、なにを拒めばよいのだろうか？　権威者が必要ならば、これら対立する意見の持ち主ひとりびとりの背後に、十名の権威が、このうえなく崇拝を受けている人々がひそんでいる……。

ラブレー、だがここにデ・ペリエ[10]がいる。謎のひと、デ・ペリエだ。プラトン主義思想に熱中したユマニストで、マルグリットの中のマルグリット[11]の、ときに御機嫌にかない、ときに御機嫌を損ねた従者。フランス宗教改革に初めての《俗語の》『聖書』をもたらした勇敢なグループの活動家。『ラテン語註解』に関しては、自由思想家のプリンス、エティエンヌ・ドレ[12]の協力者。厭世的な詩篇のまごうかたなき作者で、軽妙かつガリア風の短話集の想定作者。また、四世紀の間その着想と出典とが謎につつまれつづけてきた『世ノ警鐘』の謎めいた作者。[13]同一人物のこれらすべての相貌の中から、どのように選べばよいのか？研究者たちがめいめい、宗教改革や自由思想、神秘主義、あるいはガリア気質へと引き寄せるこの人物に対し、どのような肖像を作り与えればよいのか？

デ・ペリエ、だがその庇護者であるマルグリット・ド・ナヴァールはどうなのか？『罪深き魂の鑑』を著したキリスト教徒の女性。『エプタメロン』の短話を書いた世俗の女性。ブリソネ[14]への書簡を綴った神秘主義の女性。マルティン・ルターの『主の祈りについての註解』をフランス語韻文に訳したルター派の女性。『キリスト教綱要』の将来の著者を当初は支持したカルヴァン派の女性。ジュネーヴ市民となったピカルディ出身者〔カルヴァン〕の怒りから、ポックとカンタン[15]を保護した神秘主義の女性。神の愛に渇いた女性

おお、わたしを矢で射抜く
優しい眼差しの甘美な愛……
　残念にも、わたしが恐れるのは
ふさわしく善良な心で愛せないこと……。[16]

かくも多くのちぐはぐした特徴（それらを年代ごとに分類しようとしても無駄だろう）から、どうすれ

ば生彩ある、そして一貫した相貌を描けるのだろうか？

デ・ペリエ、しかしその後援者であるドレはどうなのか？　ルネサンスのひとりの殉教者。これについてはコプレー＝クリスティ[17]の著書を見よ。自由思想派の代表選手。ピエール・ベールを復活させるブーミエ[18]に尋ねればよい。万人のための『福音書』という考えの信奉者。これに関しては、デ・メゾー[19]の後継者であるナタナエル・ヴェス[20]の言葉を信じたまえ。様々な権威がおり、断言があり、疑惑がある。けれども証人はみな、友人も敵も、そこにいる。テキストは全部、そこにある。まずはじめにドレの著作、その悲壮な叫び声、『第二地獄篇』、そして一五四六年の悲痛な『歌唱[21]』がある。無神論者ドレから改革派ドレへと隔たりは大きい。そして専門家のあいだでも意見の一致を見るのは不可能なのだ。

さらに例を重ねることはできようが、これだけで十分だ。これらの例をつうじこう述べてもかまわないだろう。つまり、わたしたちが十六世紀のひとりの人間を前にして、その者や同時代人を訊問し、その信仰を定義しようとしても、その者のことで心から確信をいだくことはけっしてない、と。――そしてわたしたちについても確信をいだくことはない。そこで方法の問題が課せられる――わたしたちのこころを捕らえて離さない問題が。

＊

こういい続けるのはやめよう。ああ、これらの文献がもっと豊富で、証人がもっと饒舌で、告白がもっと詳細であったなら、と。――つまりわたしたちはいま、表層的には、現代人を知るために必要なあらゆるものを持ってはいないだろうか。打ち明け話を知るにはレコードがあるし、表情を知るには写真がある。だがその一方では？　ある者によれば腹黒い男が、べつの者によると使徒となる。同一人物が問題になっているというのに。

じつのところ、背景も装飾もなく上半身の肖像画でしかない専攻論文のたぐいは、ひとを惑わすものだ。どれほど純粋であり公平であろうと、時代の空気が、その総体において彩らないような宗教思想（あるいは単に思想）などというものはひとつもない。——おのぞみなら、ひとつの時代の常識を形成するあらゆる慣習に対して、あらゆる兆しに対して、その同じ時代が創り出す生活条件の隠れた作用、と言ってもよい。そしてそうした常識の上に時代は、いまだかつて見られたことがない——また将来二度と見られない特定の様式のしるしを刻むのである。

そこから先、問題は明解になり、同時に範囲を定めてゆく。（もちろん歴史家にとってのことだが）同時代人から孤立している、十六世紀の作家を捕まえることはまったく論外である。——そしてその作品のこれこれの一節が、わたしたちの感覚様式のひとつの流れに登録されているとの口実を設け、頭ごなしにその作家を、宗教についてわたしたちと同様に考える、もしくは考えない人々を分類するため現在もちいられている一項目のもとに整理することも、まったく論外である。十六世紀の人間と思想について、十六世紀の武具で（カルヴァンの言うように）《武装した》、意志や感覚、思考と信仰の様式が問われているのだから、——問題は、罪の中の罪、なによりも許し難い罪、すなわち時代錯誤を避けるためにとるべき一連の予防、まもるべき一連の掟を正確に定めることである。

一五三〇年と一五五〇年のはざまで、ラブレーとか、ドレとか、マルグリット・ド・ナヴァールとかいう人々の手で起草されたこれらの書物は、二十世紀人のわたしたちの耳に、今日、どのような音色をかもしだすのか？　いや、問題はそこにはない。そうではなくどのような風に一五三二年の人間が『パンタグリュエル物語』や『世ノ警鐘』を判読したか、判読しえたか、理解しえたかを知るのが問題なのだ。この問いを逆にしてみよう。どのような風には同じ人々がそれらの作品を、確かに、判読も理解もできなかったのかを知ることがもっと問題なのだ、と。これらの文献の背後に、わたしたちは本能的に、わたしたちの思想、わたしたちの感覚、わたしたちの科学的調査や政治的経験、社会的成果がもたらしたものを置いてしまう。けれども最初に、リヨンのメルシエ街の、またパリのサン＝ジャック街の書店の庇《ひさし》の下で、印刷されたばかりの新刊書のページをめくった人々、——かれらはきれいに揃った行の間に、何を読み取ったのだろうか？　少なくともわたしたちの眼には、思考を結びつけるかれらのやり方が、一種の確かな永遠性を書物に託しているように映るからといって、そこから、あらゆる時代に、あらゆる知的な態度が可能である、——ひとしく可能であると結論づけられるものだろうか？　人間精神の重要な史的問題である。これは方法の問題に重なり、それに特殊な厚みを与えるものだ。

＊

《人類の歴史の他の要素と同じく、倫理的信念は、それぞれの時期に、その信念がありうるすべてであった。したがって現代の倫理的真理が、もっと早期に予見されえたとしても、その当時においてはまったく実践的な効力を欠いていただろうし、——そしてそうした真理を説く者がいても、同時代の人々に対して説得力を持たなかったろう》。このようにフレデリック・ロー[22]は、一九〇六年に、倫理の領域で先駆者、つまり将来を見抜いたという理由ではいささかも擁護されない人間、という大問題を提示した。ローはさらに、今日のわたしたちにとって《倫理的真理》であるものについて語りながら、人類がそれをかつては実現できなかったし、そうするはずもなかったと、《それを夢見ることしかできなかったろう》と付言した。——このモラリストのうちに認められる、歴史的精神の見事な証言だ。とおりがかりではあるが、そのことを註記しておこう。

以上の表現を倫理の面から信仰の面に移行すること、これがわたしたちの目下の企ての第一歩である。現代の深部にひそむいくつかの傾向と対応する企てだ。近年、わたしたちの師であるリュシアン・レヴィ＝ブリュール[23]は、どの点で、そしてなにゆえに未開の人々が文明人と違った考え方をするのかを研究した。だが文明人も、一部では、長いあいだ、未開人であった。かれらは自分たちの思想体系、信仰体系を形成するため、あらゆる時代に、同じ論理方式を一様に使用したわけではまったくなかった。こんな風に定式化するにはいささか大きな真理ではある。だがなぜ歴史家たちは、この真理を自分の管轄内にある事実に適用し、真理に濃淡をつける代わりに、哲学者たちのみがこれを表現するのを喜んで許しているのだろうか。賭けられているものは、本当に、そんなにわずかなのだろうか。

宗教的なことがらに向かい合ったわたしたちの祖先の精神状態を再構成しようとする。《こちらにはとにかく〈理性〉を置こう。そしてあちらには〈啓示〉を置こう。撰ばねばならないのだ》。撰ぶこと？現実の人間、生きている人間にとって、理性とか、啓示とか、こうした抽象的な観念の論争は、本当のところ何を言っているのか。ルナン[24]は『科学の将来』（四一ページ）で、もっとも真摯な信者の間に、《科学にいちじるしく貢献する》人々がいることを認め、そのことから、《根底では、あらゆる宗教体系よりも強い》人間の本性は《種々の秘密を発見し雪辱をする術を知っている》との結論を引き出した。そしてルナン――信仰に飢えた良心のひだが何を隠せるか、よく弁えていたルナンは、《ケプラーもニュートンも、デカルトも、そして現代世界の創設者の大部分も信徒であった》、と付言した。現代世界の創設者たちがそうだとして、だが先駆者たちはどうだったのか？　デカルトがそうだとして、かれ以前にラブレーはどうだったのか？

＊

この問いは重要なものだ。現代人が、正当にも近代世界の創造に結びつけられている偉人を、弁護するという口実のもと、かたくなに貶めているやり方に、どのようにして驚かずにいられようか？　この者たちはかれら偉人を臆病者にしなければ、気が済まないのだ。両立しないさまざまな真理にかける執着の代価を、心軽やかに、自分たちの生命で支払った英雄にあふれる世紀を生きた、単なる臆病者というわけだ。この想定上の臆病さをならべて見せ、そうして精神と偉大さに対する本能的な憎悪を満足させることで、――ある者たちは喜びを味わい、それを隠しはしない。小心な老人の用心深さだけで異端の滑りやすい斜面上で踏みとどまる、ルフェーヴル[25]とかいう人物がかれらには必要なのだ。かれらにはエラスムスとかいう人物が必要なのだ。おのれの平穏と、激しい迫害を避けたいがためだけに――とかれらは言う――、ひとりの人間〔ルター〕といろいろな教義に与することを拒む人物。わたしたちは、それらの教義に対し、エラスムスの全人格が反逆していたことを知っている。そしてかれの大胆な言動とは無縁なたくさんの人々がいま、どれほど傲岸な口調で、マルグリットの被保護者〔ルフェーヴル〕やトマス・モアの友人〔エラスムス〕の、いわゆる《気弱さ》――寛容な時代には、かれらはかたじけなくもこのように呼ぶにとどめてくれる――を非難してはいないだろうか？――この世紀の他方の端には、疫病や社会的な危険を避ける、臆病なモンテーニュ[26]とかいう人物がかれらには必要となる。両端のあいだに、自分が創作したパニュルジュを真似た、ラブレーとかいう人物がいる。悪賢い茶化し家で、冷笑的な居候、完璧な無神論者、――けれども教会にはしかるべき礼節を守る程度に己れを隠す人物だ。あるいは〔最新の解釈〔もちろんルフランのもの〕では〕恐怖心から仮面をかぶってはいるが、カトリック教会のみならず、あるがままのキリスト教信仰に対しても激しい敵愾心をもつ、狂信的なラブレーとかいう人物である。あたかもこの地上では、恐れが知性と理性の自然な（そして讃うべき）伴侶であるかのようではないか？

したがって以上が、〈神秘〉が取り囲んでいた人々の、概略的ながら公平なデッサンである。これらの人々は一生涯〈未知〉と格闘し続け、世界を、十七世紀のかれらの子孫たちのやりかたのように、既知なる平面における衝撃や変動の体系とか、一種の機械仕掛けのように考えていたのではなく、——秘密の力によって、また神秘的で深奥な影響力によって支配される、生きている有機体のように見なしていたのだ。

無限の細部に埋没した人々に向けられた個人的な配慮をつうじ、あまりにも頻繁に語られてきた、凡庸な歴史のあれらの突拍子もない話に、——英雄的な世紀の、数多くの精神的な像の中でも、すぐれて真正に人間的な像（恐れは人間のものであるが、恐れに対する勝利はさらになお人間的だ）を代置すること、それがこの書物の願望である。ひとりの人間、ラブレーの専攻論文といえるだろうか？　この人物がどれほど偉大であったにせよ、そうした専攻論文だったら絶対に綴られはしなかったろう。ある方法の探究、もしくは、もっと精確にいえば、歴史的、心理学的、方法論的な種々の問題から成る複合体の検証、これは十年の労力に値するように思えたのである。

＊

そしていま、以下に続くページの中で、わたしが探究の足跡をそのままに残したのは正しかったのだろうか。わたしはまさしくラブレーのものである、最初の足場を取り外すこともできたろうし、先駆者たちが生産した文献の検討を放棄することも、第二部しか残さないことも、——更には第三部だけを残すこともできたろう。だがそうしたら、残された部分はまったく独断的で、不確定、非現実的なものにはならないだろうか？　この書物、それぞれページ数を減少させながらならんでゆく不均等な各部から成る書物、――その批評的な重みのせいで、もっとも具体的な第一部が下層に、すでにしてより軽やかな第二部が中央に、第三部が他のふたつに載っている書物、――その構成自体によって、ひとつの精神の歩みがどのようなものであったかを示すこの書物、――この書物が読者に、理論的な観点から生まれたものでも、かくも多くの災いを研究に及ぼす先験的ナ《ア・プリオリ》確信のひとつから生まれたのでもないと証明することになれば幸いである。そこに随筆家の啓蒙とか、輝かしいスケッチ、即興曲を見出すようだと、はなはだ遺憾に思うだろう。この書物はわたしにとって、ストラスブールでアンリ・ピレンヌ[27]を前に初めてアベル・ルフランの能弁な理論に取り組んだ遠い日から、アンリ・ベール[28]の懇願に負けて、このような形で、自由な精神の運命をめぐるある種の信仰告白として、また自分が何をつうじて歴史の役割、歴史家の実り豊かな仕事を定義したいと思っているかを理解し、《理解してもらおうとする》意欲の一種の確認として出版を決意するにいたる日まで、ひとりの同伴者であった。

第一部　ラブレーは無神論者か

巻頭言　問題と方法

そこで、方法が問われる。ひとりの人間を、――ひとりの人間の素顔を知ることがいつでも非常に難しいということ、それは分かりきったことだ。しかし十六世紀について、その作家について、およびその宗教的見解については、本当に度を越している。攻撃的な不信仰からもっとも伝統的な信仰にいたるまで、気が向くままに、あまりにも無造作にそれらを通用させてしまう。それは、わたしたちが意図的に解決不能と宣告した、あれらの見解をめぐる問題に、――わたしたち、わたしたちだけがそれに日の目を見させようとしているということだろうか？　かれらの考えにわたしたちの考えを置き換えているのではなかろうか？　かれらが用いる語彙の背後にかれらが全然託していない意味をわたしたちの方で託してはいないだろうか？　うまく設定されなかった問題がこのようにするとよりよく設定された問題となりうる。けれども再検討を強いられているのは〈ユマニスムの十六世紀〉という概念すべてなのだ。一言でいえば、再考すべきはまるごとひとつの世紀なのである。

学術的な形態で再考すべきだったのか？　内面に関するのだから、そして生まれつつある懐疑と同じく啓示された確信と争っている良心の論争に関するのだから、そうした立場は背信行為となるだろう。わたしたちは不可欠な方針にそっておこなうつもりだ。つまりただ単にその人物が有名だからではなく、その思考を再構成することを可能ならしめる資料の状態や、その作品に見られる宣言や、その作品の意味自体が特にこうした研究の資格を与えるように思えるがゆえに選ばれた、ひとりの人物に調査を集中するつもりなのだ。その人物、それがフランソワ・ラブレーである。

まず、ラブレーは著作の中に、同時代人をもっとも分裂させている問題にまるまる捧げられたページをいくつも残した。霊魂について、その不滅性について、復活について、そして来世についての問題がそれだ。奇蹟について、創造神の全能について、神の自由意志に対する自然の秩序の抵抗についての問題がそれだ。

本質的な問題がある。その周辺にいく百もの、同じように興味深い論争へのほのめかしが群れをなしている。すべてが、ひとりの生まれながらの作家、その時代でいちばん優れた散文芸術家によって展開される。

第二に、ラブレーに関してわたしたちが所有している個人的かつ直接的な資料の蓄積がわたしたちのあらゆる好奇心をなだめるにはほど遠くても、──この蓄積は、けれども、十六世紀が当時の偉大な著述家の誰かについて遺してくれたもっとも大量の個人的な資料群と同じくらい膨大なのだ。近代の大作家の先頭に立つ者の強烈な、非常に強烈な個性は、生前から激しいリアクションを惹起してきた。そこから生まれたのが、ラテン語やフランス語で書かれた、明確な、あるいは暗号による（しかし暗号を解く鍵は失われてしまった）多数の作品であり、それをわたしたちは、当然のことながら、大いに関心を以って収集するのである。おまけにその好奇心は危険であり、ひとを欺くものでもある。一方でわたしたちには、これらの資料の数を増加させ、したがってラブレー資料に本人とは無縁な一連の作品を付加する傾向が強い。しかし他方で、これらの資料からなにを抽出すればよいのか？　それらをどのように扱えばよいのか？　それらを文字どおりとるべきか？　それとも置き換えるべきなのか？　良識の問題だ。常にそう言われている。確かに、友情と憎悪、連帯と怨恨を考慮すること、そうした用心は当然である。しかし一五三〇年の、もしくは一五四〇年の視点でそれらの文献を再読すること――、わたしたちのようには絶対に書かなかった一五三〇年の、一五四〇年の人々によって記されたそれらの文献を再読すること、わたしたちのようには絶対に思考しなかった一五三〇年の、一五四〇年の頭脳によって考え出されたそれらの文献を再読すること、それが困難な点であり、歴史家にとって重要なことなのだ。――一言でいえば、なぜラブレーなのか？　なぜなら例の物語〔『ガルガンチュワとパンタグリュエル物語』〕とラブレーの思想の細心な研究すべてが、作品そのものの彼方に、ラブレーが誕生するのを目の当たりにしたあの世紀の全般的な進展を問い質しているからだ。ラブレーを誕生させた世紀の、である。

*

長いあいだこう言われてきた。《君たちは、さほど道に迷うことなく、ガルガンチュワの産みの親〔ラブレー〕の精神的発達を再構成しようとしているのかね。まず、その時代曲線を描きたまえ。それから一八九七年、『歴史評論』にアンリ・オゼール[1]が発表した見事な論文を読み返したまえ。オゼールはそこで、確信にみちた筆致で、ユマニスムと宗教改革の平行的な進展を記述したのだ》、と。

三つの時期がある。第一に、中世の遺物に対抗する刷新的な勢力の緊密な連合があり、――そして古代思想との接触により自らの思想を改革している人々がおり、純朴にも、初期宗教改革者がかれらの願望を分かちあい、かれらの独自な道をたどっていると想像している。――束の間の幻想だ。一五三四年以降、一五三五年以降、多くの《ルネサンス人》が揺れ動く。フランスでは、かれらの眼前で、国王フランソワ〔一世〕の豹変、最初の大きな迫害、大貴族たちの敵対的な態度、法律家に焚きつけられた戦闘的聖職者の暴力が起こる。フランスの外では、辛辣な神学論争、自由な探究と文化に対する激しい破門宣告が起こる……。あい対して、セルベト[2]の火刑台とドレの火刑台に火がつけられると、――期待を裏切られたこれらの楽観主義者たちは戦闘から身を引いてゆく。そこに賭けられていたものはかれらにはまったく無縁となってしまう。ユマニスムと宗教改革、断絶は完璧に見える。この世紀にして、このラブレーがいる。かれの書物のそれぞれが、ひとつの時代をひとつの進歩で区切り、その進歩をラブレーは記録する。――そしてそれを加速する。一五三二年の『パンタグリュエル物語』、一五三四年の『ガルガンチュワ物語』、これらは、二篇の初期のユマニスムの意思表示であり、自分が初期宗教改革に負っていると信じながら、自分の方でも、それに尽くしている人物の手になるものである。『第三之書』にいたって、すべてが変わる。一五四六年のラブレーは、教理問答の衝突に苛立ちながら、けれどももう直接には関心をよせないひとりの哲学者である。一五五二年のラブレーはナショナリスムに立つガリカン教会派[3]である。『第四之書』は、ローマに対抗するフランス国王の大義に奉仕する。その大義は信仰箇条を少しも擁護しない。こちらには狂犬病のピュテルブがおり、あちらには悪魔憑きのカルヴァン[4]がいる。かれらの対立する、けれどもしばしば歩調を合わせる狂信から等しく顰蹙をかい、ラブレーはそうした狂犬病を思わせる激しさから遠ざかり、本当のプラトン主義者として、美と調和の瞑想のなかに深く沈んでゆく。

*

長いあいだ、わたしたちはそのように説明を受けてきた……。突如、一九二二年[5]に、『パンタグリュエル物語』に付せられた、はなばなしい「序論」がこの合意を霍乱しにやってきたのだ。

ラブレーがその時代を反映している？　とんでもない。系列からはみ出るひとりの人間である。十八世紀の無神論者と自由思想家の先駆者だ。アナトール・フランスのラブレー像をあらかじめ描きだしたゲバールのラブレー像とはまったくの別人である。ラブレーは不信仰の信徒だ。そしてかれの作品はひとつの呼び掛けなのだ。世界を股にかけて、それ以降、包括的な宗教の解放を次第に夢想してゆく、大胆な者たちの呼び掛けである……。

まったく自然な疑問に対し、すなわち『パンタグリュエル物語』を執筆したときのラブレーの本当の目的は何であったのか？ 同時代の人々に笑いの種を提供することか、それとも何らかの神秘的な計画を追究することか？ という疑問に対し、アベル・ルフランは〔ラブレーの〕骨の髄までうがちながら、[6]躊躇せずにこう答える。《この本の著者は、その文学的経歴の当初にあって、合理主義的信念に加担していた》[7]。ラブレーはそれ以上のことをした。かれは自らのうちに《秘かな思想》を培っていた。アルコフリバス師〔ラブレー〕の中に、ユマニスムに手をさしのばす宗教改革がおこなった初期の意志表明によって、一瞬（他の多くの人々と同じく）魅了された善良なるキリスト教徒をみとめること、それは重大な誤りである。この誤りは批評家たちからあらゆる関心を奪い去り、かれらの誰ひとりとして、《ラブレーが、つまるところ、キリスト教徒であり続けたかどうか》（XLI ページ）、と自問しなくなってしまった。しかしアベル・ルフランには、いささかのためらいもない。一五三二年以来、パニュルジュの精神的な父親〔ラブレー〕はキリストの敵であり、闘う無神論者であった。ラブレーが、程度の差こそあれ、宗教改革の小心な賛同者だって？ とんでもない。ルキアノスやルクレティウスのライヴァルであり、まさしく、《哲学的・宗教的な対立の道程を、同時代のあらゆる著述家よりも遠くまで進んだのである》（LI ページ）。そして《どんな些細な変化も、本音を曝してしまう告白となったであろうから》[8]、かれは平然とした沈着さをもって、プロメテウス風の暗示[9]にとどまり、その問題に断じて手を触れなかった。《潜在的で抑制されたアイロニーの、何という力だろうか！　この作家の天分のこうした未知の局面は、学究の徒のために、問題にされてきた思想のまさに外部、その歴史的領域のまさに外部において、多数の驚きをなお蓄えているのである》（LIII ページ）。

一八七七年にゲバールはこう結論した。ラブレーは純粋な懐疑論者だった、と。それぞれに異なる教義が順番にラブレーの霊魂を分かちあい、理性による検討をうながした。《ラブレーがのちにカトリック教に外面的に与したからといって、本当のところ、それがどんな価値を持つのだろうか？　それは解決できない偉大なる〈可能性〉である》[10]。――偉大なる〈可能性〉だって、とアベル・ルフランは反論する。とんでもない。ラブレーはけっして懐疑論者などではなかった。かれは信徒、不信仰の信徒であったし、かれの信仰箇条は、啓示に対し根底的に反逆した、ひとりの自由思想家の信仰箇条であった。ラブレーの独創性？　それは手ほどきを受けたすべての人々を、――その思考がすでに自由という理念の方角に傾いているすべての人々を、《世界中に広がっている、包括的な宗教の解放を夢想していた、すべての人々》[11]を自分の周囲に結集させると主張したことである。また他方、ラブレーと同時代のある人物――一五三七年の謎にみちた『世ノ警鐘』の謎にみちた作者――はそれを少しも理解していなかっただろうか？　そしてできうる限り明瞭に言いはしなかったろうか？　デ・ペリエの作品〔『世ノ警鐘』〕を構成する対話の第四篇で、言葉をあやつる才能を与えられはしたが、旧友の犬のパンファグスに再会する日まで、同類にまったく理解してもらえない犬のヒュラクトールとは、――それはむなしくラブレー＝パンファグスに、批評的にして危険な真理をたくさん握っている掌をなんとか開かせようとせがむ、デ・ペリエその人ではないか？　だれも間違えてはならない。《偉大な諷刺家の爆発的な哄笑のもと》、《このうえなく果敢な目標が隠されている。瘋癲のマスクは、世界の端から端まで真理と否定とを投げかけるためにラブレーが使用したひとつの方法にすぎない。それ以外には真理と否定とを理解させることが不可能だったのだ》(LXVIIIページ)。

以上がラブレーについてである。そして以下が同時に、かれの世紀についてである。一五三二年になるとリヨンに、フランス語で起草された一篇の無神論宣言が出現する。これはその当時から、ラテン語の読めるエリート層にではなく、膨大な庶民層に宛てられたものであった。そうした人々のために毎度、ヌリー一族やアルヌレ一族の印刷機は、町民向きの散文で書かれた騎士道物語とか、暦や陽気なコントを印刷していたのである。これは、幾世代もの歴史家や碩学が築いてきたような、わたしたちの十六世紀の〈知的かつ宗教的歴史〉を激変させるに足るものだ。アベル・ルフランが『パンタグリュエル物語』「序論」を刊行したと同じ年に、アンリ・ビュッソン[12]のおかげで日の目を見た、フランス文学における〈合理主義〉の源泉と発展に関する豊かな論考を、素直に開いてみよう。扉に記された、区切りとなる年代のうち、初めの日付は『パンタグリュエル物語』の一五三二年ではなく、ドレがトゥルーズでおこなった初めての講演の日付である一五三三年なのだ〔書誌(439)参照〕。ビュッソンはこう詳細に論じた。つまり一五三三年以前の著者たちに、宗教の外側で、形而上学的な、もしくは倫理的な体系を構築する考えなどけっして浮かびはしなかった。一五三三年は出発点にすぎない。ゆっくりと、慎重に、もしそう表現したいのならこっそりと、一五三三年に続く十年のあいだに、パドヴァ学派[13]の信奉者がフランスに、かれらのいかがわしい教義を導き入れたのだ。——これらの教義を《初めの二巻におけるラブレーも、『世ノ警鐘』のデ・ペリエも知っているように思えない》。このようにビュッソンは唱えた(「はじめに」、XIVページ)。けれどもアベル・ルフランは、一五三二年の『パンタグリュエル物語』こそ、自由思想の最初の進軍らっぱなのだ、という……。かくして問題は提起された。

＊

本当にラブレーは、良心の反抗的な沈黙の中で、一五三二年以降、啓示宗教としてのキリスト教と徹底的に闘うという、意識的で危険な計画をつちかっていたのだろうか？　本当に諸宗派の容赦ない対立が多くの穏健派の人々を、馴染みのうすい新鮮な考えでいっぱいの懐疑主義[14]に、まだ少しも投げこんでいなかった一時期に、――本当に檄文事件[15]の以前、はるか以前に、一五三〇年と一五三五年のあいだの、福音主義者やエラスムス信奉者、そして《信徒》ですっかりありふれたフランスの中に、歴史家は、こっそりと決意を固めたラブレーの背後の、同一の感情、すなわち残忍で冷酷、けれども理論づけられた――キリストへの憎しみに憑かれた一群の人々すべてが登録される《自由思想》という項目を立てることができるのだろうか？

《本当に》――この言い回しはかれを取り調べる予審判事を思わせる。したがってこれは、ひとつの訴訟を予審すること、種々の証言を吟味することなのだ。ラブレーの友人の、そして敵の証言、その生涯と、同時にその著作とを通じて供述するラブレー自身の証言である。この訴訟、わたしたちはそれをいずれもう一度取り上げることにしよう。しかし予審をやり直して、イエスかノーかで一刀両断にできるのだろうか？　事実の検証は、《本当に》、という役人の言い回しの代わりに、――《どのように説明されるか？》、という歴史家の言い回しを置換するようにわたしたちを導きうるものではないだろうか。――これは人間的な言い回しであり、人類の信仰とは、その発達の各段階で、そのようにありうるものであることを弁えている者の言い回しである。だから、問題は、ラブレーの幾つかの章節を読んで、わたしたちが《このラブレー！　これはすでにしてひとりの自由思想家だ！》、と叫びたい誘惑に駆られるかどうかを自問することではない。そうではなく、ラブレーの同時代人たち（わたしが言いたいのはもっとも鋭敏な人々のことだ）がこの同じ章節を読んだとき、かれらがこの種類の誘惑を覚えるかどうかであり、最後に、ラブレー自身が、さらにはラブレーと同等の教養をもつひとりの人間が、この時代に、教義を《啓示する》計画をやしないえたかどうかを自問することである。その教義の消極的局面がわたしたちに報告され、もっともなことだが、基本的な内容は隠匿されている。

手短かにいえば、宗教史の実践において、《本当に》、という方法は袋小路にみちびくものではないだろうか？　だが、《有りえるのか》、という方法は、逆に、歴史家をあらゆる歴史の最終目標、すなわちその語源[16]にもかかわらず、《知る》ことではなく、《理解する》ことへと導いてくれはしないだろうか？　わたしたちが問いをやり直そうとしている精神とはかかるたぐいであり、そのような精神をもってまず数々の証言や証人を調査しようと思う。

第一巻　同時代人たちの証言

第一章　よき仲間たち

ラブレーに対して訴訟が開始される。無神論と反キリスト教の訴訟である。事件は一五三二年と、『パンタグリュエル物語』の出現とにさかのぼるであろう。証人が喚問され、多数の証言が記録される。わたしたちは控え目に、ただひとつの——だが決定的な文献があればそれで満足することにしよう。そのようなものが存在するのだろうか？

存在する、と四十年まえに、老練な穿鑿家、ルイ・テュアーヌが答えた。存在する、と二十年まえに、ラブレー研究のプリンス、アベル・ルフランも言った。『ガルガンチュワ物語』に先立ち、『パンタグリュエル物語』と時期を同じくする、一五三三年の例の文献〔後出のフランソワ・ダニエル宛てカルヴァン書簡〕を見るがよい。これはラブレーの最初の巻の、無神論をめぐる有罪判決である。そしてその判事は有能なのだ。あなたたちはジャン・カルヴァンを忌避しないだろう？——加えて、あれらのラテン語詩を読むがよい。その作者たちはラブレーと面識があり、肩をならべ、あししげく交際していた。かれらはラブレーの自由闊達な話題の恩恵に浴していた。この人々もまた、いささか遅れて、カルヴァンと同様にラブレーに反キリスト教の罪を負わせている。どのようにして疑うことができようか？

書類をもういちど手に取って、丹念に見てみよう。一時的に、主たる文書、『パンタグリュエル物語』の唯一の同時代のものである、カルヴァン資料を脇に退けておこう。わたしたちはもっとあとで、論争家や神学者のその他の文献といっしょに、この資料を検討するだろう。そして小粒な仲間たちの言葉、高名なふたりの碩学が一致してその証言を誉めそやす《詩人たち》の言葉に、耳を貸してみよう。

1 コレージュのアポロンたち

見ようではないか。だがどのようにして？ ここでこそわたしたちの意図に忠実であり続ける必要がある。――そしてわたしたちが、ラテン語二行詩や短長格詩篇を駆使する騎士たちの、物見高く、気持ちもよいが、同時に不愉快でもある小世界に固有な、幾つかの精神の慣習を、幾つかの存在の、行動の、思考の様式を総合的に分析し終えないかぎり、個別に採取された資料と接触するのを拒む必要がある。

＊

よく知られていない小宇宙。その歴史を著す者もおよそ存在しなかった(1)。おそらくこの小宇宙にはそれだけの価値がないのだろうか？ かくも多くの、苦心の跡が見える韻律法を読むという苦痛、それらをなかなかに読めないという苦痛（こうした詩集はきわめて稀少となっており、図書館から図書館へと追い求めなければならない）、――この苦痛は利益をはるかにうわまわっているように思える。人間精神史のひとつの章がそこで手つかずとなっているわけではない。歴史心理学のいくつかの証言なら、無論あるのだ。

それゆえに、一五三〇年と一五四〇年の間の〈詩的ガリア〉の域内で、才能の面ではなくとも、熱意の面で競いあっていた人々をみな、目の前に思い浮かべてみよう。ラテン語化した名前、サルモン・マクランで今後呼び続けることになろう、ルーダンのソーモン・メグレ[1]がいる。シャンパーニュのホラティウス、老ニコラ・ブルボン[2]がいる。気が向いたときに詩作をするエティエンヌ・ドレがいる。エグペルスのアポロン、ジルベール・デュシェール[3]がいる。ホラティウスから名前を借用したウゥルテイウスは、正式なフランス語では、ジャン・ヴィザジェ[4]と名乗っていた。かれらはみな大詩人たち（もしそういって良ければ）、**群小詩人**に囲まれている**長老詩人**である。群小詩人とは、ジェルマン・ド・ブリ[5]、ダンピエール[6]、デュ・メーヌ[7]、ロスレ[8]、リヨンの人ギヨーム・セーヴ[9]、ルシタニアの人アントニウス・ゴヴェイア[10]、ヴェローナのスカラ家の想定継承者ジュール＝セザール・スカリジェ[11]、トゥルーズの法律家ジャン・ド・ボワソネ[12]だ。忘れるところだったが、攻撃的な教育者、ソワソンの人ユベール・シュサノー、もしくはシュサネ[13]もいる。かれらはみな、マクランのある讃歌のリフレインが、《ブリクシウス、ダムペトルス、ボルボニウス、ドレトゥス——ソシテ最新ノ作品ノ著者デアルウゥルテイウスヨ》[14]と呼びおこしているように、そこにいる。かれらはその共通点、その職業的な欠点、まずもってその膨大な、啞然とさせる、罪のない虚栄心とともに、そこにいる……。

　いかなる賞賛の言葉も、かれらにとって気前よく振り撒かれすぎることはない。同業者に向けてかれらは賞賛の言葉を贈るが、それはもちろん、見返りを条件にしてのことだ[②]。そのひとり、無視してよい存在などでは断じてない、デュシェールの言葉を聞いてみよう。かれの手本、かれのモデルはだれか？　この世紀のホラティウス、だが祖先のクイントゥス・フラックスもその前ではあおざめるに違いないホラティウスたる、偉大なマクランである。——かれの友人、かれの支持者は誰か？　リヨンの人ギヨーム・セーヴである。ああ、どれほどその詩的才能が、カトゥルス[15]その人の才能を凌駕しないだろうか！……どれほどなのか？　デュシェールはそれを知っており、それを口にする。[(3)]まさしくブケパラス[16]が、全力疾走で、海亀を追い抜くのとおなじくらいなのだ。《ペガススガ、ソシテ――主人ノ愛情デ有名ナブケパルスガ、亀ノ歩ミヲ追イ越スクライニ……》[17]。一方ニコラ・ベロー[18]は、パラスと九人の姉妹に深く愛されている。それを敢えて疑うような愚か者は拘禁されるべきだ。シャルル・ド・サント＝マルト[19]はポエブスそのひとに匹敵する。かれと肩をならべること、それはマルシュアス[20]の運命を招くことだ（同書、一一七ページ）。《アナタハポエブスデアリ、ポエブスタルアナタト私ガ競ウナラ――私ハタダチニ生皮ヲ剝ガサレテアナタノマルシュアストナルデショウ》[21]。竪琴引きたちの吟味を自分自身で締め括って、この詩人は惜しみなく自らをもてなす。かれは寛大にも弁明するが（同書、一五四ページ）、その弁明は愉快なものだ。君はよく分かっている、とかれは公衆、つまり託された言葉を諦めて語るほかない話し相手に向かって、心中を打ち明ける。君はよく分かっている、詩人とは名声のためにのみ生きているのだ、と。《アナタハ知ッテイル、タダ名声ノミガ詩人タチニヨリ求メラレルコトヲ》[22]。――だがニコラ・ブルボンはもっと上手にことに当たった。かれは後輩を励ましていう、《ゆけ、働け、仕事に熱中せよ、太陽の下で自分の地位を獲得し終える前に中断も休息もとってはならない。そうすれば君は一人前の人間であると示すことができるだろう。そうすれば君は第二のわたしになれるだろう。ソノヨウニシテ一人前ノ人間ニ、ソノヨウニシテ君ハモウヒトリノ私ニナルダロウ！》[23]――堂々たる言葉だ。三世紀ののち、一枚の自分のカンヴァスを前に距離をおいて見るギュスタヴ・クールべの言葉である。[(4)]《うむ、非常に見事だ……。ほら、ティツィアーノも、ヴェロネーゼも、愛すべきラファエロも、わたし自身も……わたしたちはいまだかつてこれ以上に美しいものを作ったことがない》。――確かにそうだ。ただクールべはクールべだった。かれが満足感にあふれて眺めていたもの、実際それは《非常に見事だった》。

*

当然のことだが、これらの思い上がったオリュンポス山の住人たちは、猜疑心にみちた眼差しで、お互いに窺いあっている。かれらの虚栄心を傷つける者に災いあれ。手ひどい侮辱、憎しみの怒号が一足とびに、このうえなく常軌を逸した讃辞、このうえなく高揚した頌歌に続く。

詩的な争い。わたしたちは素朴にも、事実、何らかの争いが問題になっているのだ、と次第次第に信じこんでしまう。おそらくもとをたどれば、衝突と論争はきっと存在する。しかし軋轢は何よりも、滝のような作品群の便利なテーマとして役に立つ。口論がひとつ生れる。語るべき話題をなにも持たない人々にとって何という幸運だろうか！　まず諸々の事実が悲壮な調べにのって語られる。ついで最初の、二番目の、三番目の悪口雑言が飛び交い、くだくだしく再言される。それから次々と、失われた友情への懐古的な決まり文句、公明正大な説明、急転開（あれは何某の過ちだ）が続き、――そして最後に和解がくる。

度を越して忠実な記憶力をもつこれらの《詩人たち》が供する伝記的資料を利用する者は、――このことを断じて視界から逸らしてはならない。おそらく証言といえようが、まずもって職業的な腕のよさの証言なのだ。多分いくばくかの誠実さはあろうが、――しかしそれは二行詩を作るのにふさわしい誠実さだ。憤慨が本当であろうと、それを導くのは、ときにはカトゥルスの半句を、ときにはマルティアリス[24]の結句を再度使用できるという都合よさである。なぜならたとえ苦情は本物であっても、憤慨した者が、明確な歪曲という代価を支払ってさえ、ホラティウスとかティブルス[25]とかのこれこれの作品の鋳型を借用するのを、けっして妨げたりなどしないだろうからだ。自分に文学的素養があり、アウソニウス[26]のように、断片を借りた寄せ木細工を作ることに長け、十行の詩篇の中に二十のそれとない借用を並べ立てることができるということを、ただ示すために。力業であり、ライヴァルさえも、また罵倒された者も必要とあれば、識者としてその価値を認めるだろう。

削除はといえば、作成されたものの何ひとつとして削除されない。このように美しい光沢の真珠はけっして損なわれはしないのだ！　時として最初の代父が解任されることはありうる。まずニコラ・ブルボンに献呈されたこれこれの寸鉄詩が、[27]マロへの贈り物となる。時としてすべてが印刷にふされるが、それも次々に、取捨撰択抜きに、である。賞賛の大声、憎悪の叫び、愛情の誓い、怒りの爆発、そのどれも失われない。もしたまたまセバスティアン・グリフ書店が激昂した詩人に印刷機を提供するのも、それが、その詩人が和解を予想してお定まりの儀礼的な三篇の詩を作成する以前のことだったら、気の毒だが仕方がない！　読者は詩集の三ページ目に、ある人物への絶賛を読むが、三〇ページ目でかれが、男色者や人殺し、もしくは少なくとも無神論者として扱われているのを目の当たりにするだろう。詩集の続巻（それが日の目を見るとして）になると、事態は調整され、勘定は精算されていることだろう。

ここからわたしたち歴史家にとって、批評の第一の規則が現れる。つまり絢爛たるこれらの悪口を絶対に深刻に解釈しないこと。ひとつの争いが対立者のみをうるおすものでないだけになおさらだ。友人と敵が、それぞれに自分の領分だとして、口をはさんでくる。そこで第二の規則が生ずる。即ち、ひとりの詩人しか読まずに、かれに対して、もしくはかれから投げつけられた非難を以って絶対に判断しないこと。パルナッソス山を一周し、かれに球を投げ返したり、あるいはかれの努力をサポートする人々の意見を尋ねてみることだ。

＊

色褪せたムーサたちの子供のひとり、その時代にあって最も著名であった人物のひとり、ニコラ・ブルボンはある日、たまたま的確な言葉に遭遇した。かれは二冊の詩集を相次いで、〈他愛ないこと〉、つまり『ヨシナシゴト』と命名した。一五三三年では、二四八ページの、一五三八年では、五〇四ページ（急増したのだ）の〈他愛ないこと〉である。それでも、その題名は親しい同業者の気をもませる。[5]もし大衆がこの題名を文字通りとろうなどと考えたらどうするのか？　ありえない心配だ。他愛ないことを綴るのに、何の不名誉があろうか。表現のみが重要なのである。そして韻律法のみが。

ひとりの詩人が、幸運にも、ひとつの《題材》に出会う。時計職人の忍耐強さをもって、二度、十度とかれはその題材をこねまわし、同じ内容を同じ言葉で語る。ただ順序だけが異なるのだ。──タイトルを見るがよい。「同ジ男ニツイテ」、「同ジ女ニツイテ」、「同ジ男ニ宛テテ」、「同ジ女ニ宛テテ」……。ウゥルテイウスの友人にユニウス・ラビリウス[28]という人物がおり、一五三四年にパリで愚かにも『様々ナ衣装ニツイテ』という小冊子を刊行する。ウゥルテイウスに奇抜なアイデアが湧いてくる。《わが友、ラビリウスよ、衣装についてあんなにも学識豊かに論ずる君が、背中に羽織る服さえも持っていないのか。君ニハ衣服ガナク、寒サガ関節ニ滲ミ込ンデユク。──ナゼ〔君ノ〕本ハ羊毛ノ外套ヲ呉レナイノカ？[29]》（一五三六年、第一巻、三五ページ）このアイデアは優れているようだ。繰り返してみよう。《衣服ヤ羊毛製品、織ラレタモノ、絨毯、美ナルモノヲ──ソノ中デ述ベルコノ書物ハ、〔外側ハ〕衣服ヲマトワズ裸体ニトドマル……[30]》。──今度は「同ジ男ニツイテ」で、もう一度始めてみよう。《君ハ衣服ノ価値ヲ知リ尽クソウトシテ、苦労シテイル……[31]》。だが一五二六年にバーゼルで、要人のラザール・ド・バイフ[32]は『衣服ニ関スル事柄ニツイテ』を刊行していなかっただろうか？　そののち幾度も版を重ねてこなかったろうだろうか？　かつての大使〔バイフ〕にふさわしい修正をほどこして、自分用にこのテーマを急いで手直しすることにしよう。《ローマノ衣服ガ絹ノ布デ作ラレタト教エタコノ本ハ、取ルニ足リナイ毛皮シカマトッテイナイ》[33]（第一巻、四五ページ）。このような例を重ねるなら、これらの哀れな人々のように、脳髄がからになってしまうだろう。[34]

しかしながらがらくたで出来た自分たちの宝物に眼を光らせるにあたって、かれらはどれほど貪欲であるだろう？　かれらは自分自身のものとしては、ある種の器用さ以外のなにものも持っていない。しかしその暮らしすべてが、《泥棒だ！》と叫ぶことで過ぎてゆく。――かれらの貧困に糧を与えるくだくだしい争いはみな、ここから由来している。同業者がかれらを略奪し、剽窃する。同業者がかれらのアイデアを取り、おお、驚くべきことだが、恥じらいもなくかれらの長長格といっしょに長短短格をもかっぱらう。かれらのひとり、ウゥルテイウスがその『十一音綴詩集』を構成する作品のひとつ（一五三八年、第二巻、五二紙葉裏面）の冒頭に印刷する、素晴らしい一節がある。かれはクリニアと命名するひとりのデリー[35]を歌い上げる。彼女は死に瀕している。もしくはウゥルテイウスが彼女を死の床につかせる。この死が提供するたくさんのテーマの中で、わたしたちは次のものに出会い、予想もしない事態に面食らってしまう。《ああ、ああ、彼女の死はわたしから題材をひとつ、奪ってしまう！　クリニアノ死ニヨリ、己レカラ奪ワレシ歌ノ題材ヲ……》[36]。

題材のひとつ、この稀少なるもの……。それゆえに、かれらが互いの頭に投げかけあう中傷的な名前の中で、〈ゾイロス〉[37]は断然、もっともありふれたものとなる。この名前は、投げつけられるやいなや、熱狂的に、かつ凶暴に、投げつけた者へと投げ返される。こうして、哀れな人々は歳月が素早く経過してゆくのを感ずるのだ。抑制しがたい悪意をもってピンドス山脈[38]の頂きで《世俗的なフランス語》を歌うマロが得たような成功は、かれらの耳には六歩格の弔鐘と響く。かれらがかたくなに自分たちの同業組合の体制を守ろうとすればするほど、そうなのだ。もう少しのところで、かれらは犯罪を犯したことだろう。つまりサフォー詩体と短長格の、不当な文体の試みを。(6)

＊

そして皆、中世吟遊詩人の末裔として、かれらはこのようにお得意、もっとよい表現をすれば後援者に見つめられて生活している。ついでながら、わたしたちの精神の中でなされた、興味深い意味の変遷にいたる働きについて言及しておこう。わたしたちにとって〈師匠〉とは作者を指すが、――かれらにとっては朗読係だった、ということである。――かれらには生計を立ててゆくのが困難であることに思いをいたそう。その当時の〔キリスト教徒相互の〕もてなしの掟のおかげでたまたま迎え入れられたどこかの城の中、遠くから垣間見られた、黄金で着飾った王女たちとの素晴らしい恋愛の数々をかれらが歌うとき、――群れなす子供たちにスカートをつかまれた、容色が衰えた太った奥方が、トゥレーヌやアンジューのみすぼらしい館で、一族郎党を養おうと頭を悩ませている。口やかましく、ときとして不貞をはたらき、ティブルスにもホラティウスにもまったく趣味をもたない、太った奥方。バーゼルでの醜悪な家政や気苦労を避け、ロンドンにまで遁走したハンス・ホルバインの運命がそうなのだ。

それらがかれらを神経質で、短気、無愛想にしている。――日々のパンへの重苦しい心配、ほとんど不可避ともいえる物乞いの境遇、必要がうながす妥協が、である。示唆的な特徴がある。食客をテーマとする十篇の、十二篇の、二十篇の寸鉄詩を含まない詩集はない、ということだ。「食客ニツイテ」、「食客ニ対シテ」……。それらの寸鉄詩は抑圧と脅迫観念を反映している。つまり誰にも何も求めないで、また食事にありつくために朝から晩まで他人におもねる必要なしに、一生涯食べてゆけることである……。《家系の上では》金持ちであるということ、これがもうひとつの脅迫観念である。そしてそのことは、皆が皆、――その貧困を面と向かって言いつのるライヴァルたちをものともせずに――運に恵まれず破産した《金持ちの息子》だとする執拗な主張が暴露している。そしてあざむくことがない千もの徴候から簡単に見抜けるのは、満腹の市民階層、――讃歌の報酬として、横柄な態度で食卓の下に一片の骨を投げ与える人々――に対する秘められた憎悪である。(7)《恩義をこうむっている人》の霊魂に、どれほどの侮蔑の念があることか。

わたしは考えを巡らせてきたのだが、はなはだ奇妙に思えるのは、
見もせずに色彩を判断しようと望むこと――
今までずっと泥をいじってきた者が、
黄金についての鑑識眼をもとうとするのか……

これらの脂ぎった無教養の輩のために、必要に応じて惜しみない追従が、けれども容赦ない烔眼も注がれる。というのも、あらためてジャン・ド・ボワソネを引用すれば、かれはトゥルーズの金持ちたちについて、こう思索している。

もし君が金持ちの友人が欲しいなら、

ノレ、ランスフォク、あるいはベルニュイを捜してみろ、
そしてもし君がしまり屋の友人を望むなら、
やっぱりかれらを選ぶがいい……(8)

それゆえに、多くの金は多くの熱情をかきたてる。これこれの寸鉄詩は、第二版では後援者を変えるだろう。最初に恩恵を受けた人間が不平をいうことはできまい。かれは自分の金のおかげで、ちょうど版を改めるまでの期間、すでに恩恵に浴したのだ。もっとエレガントに、デュシェールは自らの詩集の各巻を、初めの者には書簡詩を、第二の者には献呈詩を、というぐあいに、同時にふたりの庇護者に捧げている。都合二篇の書簡詩があり、後世に伝わることを保証された四人のメセナがいるわけである。無論、かれらの気前よさが条件ではあるが。

他方、ときとして、これらの落ち着きを失った者、これらの生皮を生きながらに剝がされた者、これらの、肌を絶えず外部にさらした怒りやすい者たちは、よき仲間となり、互いに力を尽くしあう。この二分状態には昔から伝わる証明書があり、それに気づくにはデュシェールを読むだけでよい。《ニコラ・ブルボンこそが》、とデュシェールは、チャラチャラと音を立てる金貨をもって、ゆるぎなく裕福な、ある太ったリヨン市民に通告する(『寸鉄詩集』第二巻、一五〇ページ)。——《ニコラ・ブルボンこそが、君に対して、わたしの注意を促したのだ。ニコラ・ブルボンがいなければ、君の名前がわたしの詩集に朗々と述べられることなどけっしてなかったろう。公平に見て、君はかれになんらかの借りがあるのだ!》脅迫されると、この者たちは、共通の敵に対して身を寄せあい、和解し、一致団結する。前線にいるのは、成功者、実入りのよい閑職に就いた者、《脂ぎった輩》である。後方にいて、かれらを盾として利用しなが

ら、かれらを妬み、その地位を待ち構えるのが、痩せこけた連中である。これらの哀れな下賤の徒は、ブリューゲルの版画を生きている。[39] この版画は解説文に、サヴォイア出身の詩人でラブレーの〈豚肉会長〉、アントワーヌ・デュ・セックスの詩句を採用することもできたろう。学校の教師とは何者か？

かれがユピテルの双子だったとしても、
それでもかれに一匹の猟犬の報酬以上のものがある訳ではなかろう――
そして往々、小姓のように身づくろってみても、
まとうのは種馬の馬具よりも粗末な服、
司祭のように跪き、アルゴスのようにあとを離れず。
これが哀れな教育者たちの現状である……(9)

＊

これらに加えて、さまざまな徳がある。まずは自分たちがおこなっていることを、さらには語っていることを信ずる、という徳である。かれらは、自らの役になりきる俳優の誠実さを持っている。相互に与えあう賞賛の言葉を真先に、本気にとろうとする。かくも多くの無礼な輩がひとの不遇を嘲弄するとき、自尊心が心の糧となるのだ。これらの哀れな人々が自分たちの使命についていだいている非常に高邁な理念は、かれらを支え、真冬に火の気のないあばら家で、インク壷でインクが凍りつくときにも、著述する力を与える。かれらはそうした事情を微笑みながら話すが、その微笑みは渋面になってしまう。

それから、かれらが想像する限りにおいての〈美〉に対し、また文芸の至上の効果に対し、かれらの素

朴な信念とはどのようなものであったのか？　おそらくは利害をともなう信念だ。かれらは自分たちがとても高く建立した祭壇を糧にして生計を立てている。しかし利害をともなうだけではない。かれらは確かな情熱をもって礼拝を執り行い、ユマニストとしての信念のために苦労をいとわぬ覚悟ができている。そこに優れた側面があり、かくも見え透いた欠点にもかかわらず、かれらを研究するに値する存在にしている。

『ガルガンチュワ物語』と『パンタグリュエル物語』の同時代人みなに、――地上に崇拝すべき神がいる。ユマニスムの神そのひと、エラスムスである。[10] ヨーロッパのいたるところで執り行われているエラスムスの礼拝に、わがフランス人はひとりの自国の聖人への礼拝を付け加える。ジャック・ルフェーヴル・デタープル、気立てのよいファブリがその聖人である。――かれを攻撃することで自らを防衛するソルボンヌ神学部という存在によって、うろんな者と見なされ、狩り立てられるその日においてさえ、わがフランス人たちが前言を覆すことはない。大多数の人々は、明白なひとつの矛盾に眼をつぶって、自分たちの刷新的な――改革派の、とは言わないでおこう――信念を大声で叫ぶ。矛盾はひとつあるのだ。一五三〇年頃、リヨンやパリで、ラテン語詩人という聖職に従事しながら、――万人のためにフランス語で書かれた『聖書』を、フランス語で書かれた「詩篇」を、フランス語で執行される礼拝を要求することは、ひとつの矛盾なのだ。かれらはそんなことにはお構いなく、自分たちの理念を擁護し、ときとしてソルボンヌ神学部が、あるいは高等法院がかれらの声を聞きつけるほどに、キリストの加護を過度に声高に祈ったりする。かれらにはかれらの、つつましい殉教者たちがいるし、いずれ偉大な殉教者、エティエンヌ・ドレをいただくようになるだろう。多くの人々が事前に見放した殉教者、そしてその世紀も深まると、大多数の者がその頃には、うまい具合に石盤のうえから抹消させてしまった負債を支払う殉教者である。――そうではあっても、『歌唱全四巻』と『ラテン語註解』の著者〔ドレ〕はかれらの殉教者であった。なぜなら、ドレの欠陥はかれらの欠陥であったからだ。しかしドレはそれらの欠陥を誇張していた。そのうえにかれらの徳もまた誇張したのである。

以上はあわただしい素描であり、欠落した絵画に取って代わろうと望むべくもない。この本の、この箇所で、こうした素描は無益ではない。この素描は、こののち証言の重みを計らねばならない人々を、姿を現すに応じて、よりよく位置づけることを可能にさせるだろう。かれらはラブレーの友人や対立者であり、しかも——わたしたちが述べたばかりの言い回しにしたがえば——対立者に変貌する友人、再び友人に戻る対立者なのだ。

2　テュアーヌの証人、ジャン・ヴィザジェ

わたしたちは今こそ、アベル・ルフランが再説し、補足したテュアーヌの発掘品に戻ることができる。それらの発掘品は一五三六年から一五三八年の周囲に集まっている。この期間にパリとリヨンで、様々な詩集が湧き出るごとくに出現した。そして一五三七年頃流行したラテン語詩集の一冊の中に、最初テュアーヌは、同時代人の眼にラブレー、——『パンタグリュエル物語』と『ガルガンチュワ物語』のラブレーが——いかなる疑いもなく完全な無神論者として映っていたという証拠を発見した。

ウゥルテイウスは——テュアーヌはホラティウスから採られたこの名前をヴルテと、再度フランス語化した（ある者は、工夫の才に恵まれすぎて、かれをファシオと命名することを考えついたほどだった。[40] 気のきいた言葉を知っていたに違いないウゥルテイウス自身は、[11] まったく素直にヴィザジェと自称してい

た）――ウゥルテイウスは二流の詩人のひとりであり、かれの人生は同時代人の、掃いて捨てるほどいる文人の人生を忠実に再現している。ヴージエ〔アルデンヌ県〕近郊のヴァンディ＝シュル＝エーヌに生まれ、詩集の中ではランス出身（レミノ人）と自らを形容していたこの人物、――かれはパリで文学士号をとり、そして生計のために教師となったらしい。ボルドーの行政当局がこの町に優れたコレージュ、――リエージュのコレージュ・サン＝ジェロームとか、メランヒトン指導下のヴィッテンベルク大学とかに匹敵するものの創設を企画したとき、パリの教授の一団がまるごとガロンヌ河のほとりに腰を落ち着けにやってきたとき、新設機関の総長、ジャン・ド・タルタ[41]はヴィザジェを自分の学閥に引き入れた。わたしたちは他の教師よりも多い給与（年四十リーヴル）を受益者に支給した契約書をもっている。これは古代ギリシア学に報いる奨励金だったのか？――そののちの三年間、年譜は曖昧であり、解決すべき少なからぬ謎が残る。わたしたちはただ、ヴィザジェがタルタに対して悪意のこもった詩句を発表したのを知っている[12]。アンドレアス・ヂ・ゴヴェイア[42]（モンテーニュによると、フランスでもっと偉大な校長）、即ち老ディオグ・ヂ・ゴヴェイア[43]の甥にしてポルトガルの〔ノエル・〕ベダ[44]、〔パリの〕コレージュ・サント＝バルブの反動的学長が一五三四年四月、タルタと新しいスタッフ――両ブカナン[45]、ファン・ヘリダ[46]、エリ・ヴィネ[47]、アントニウ・ヂ・ゴヴェイア――を交代させにやって来たとき、アンドレアス指揮下のコレージュ・ド・ギュイエンヌにヴィザジェがとどまっていた証拠はない。少なくとも当初のコレージュにおいてはそうであり、すでに、刷新的な信仰の空気の中で、ヴィザジェは、魅力的な人々の面識をえていた可能性がある。たとえば憂鬱なるブリタンヌス[48]であり、この人物は不安に駆られ、落ち着きがなく、万事に対していつも変わらぬ、《私ハ哀レナ男デアリ、価値ノナイ罪人、神ノ有リ難キ賜物ニヨッテ、アルガママニ存在スル[49][13]》という言葉で答える。たとえばさらに、誰も剃刀を強制しえなかった髭面のゼベデ[50]である。

この人物は、虚栄心が強く、喧嘩腰で、強情、フランス語圏スイスで牧師となり、カルヴァンの厄介者だった。そしてたとえばまた、教育者のプリンス、[51(14)]老教師の悠然たる物腰をした、けれど心底では、一介の独学者として奇人で、頑固なマテュラン・コルディエだった。

確かなことは、ヴィザジェは法学を修めようと望んで、トゥルーズのジャン・ド・ボワソネの学校に籍をおきにゆき、このリベラルな法学者と知り合い、かくも混乱したトゥルーズの環境と、そこでの《信仰のうさんくさい者たち》の迫害や、大学郷土団同士の不和、過酷に鎮圧された学生たちの反乱を知った、ということだ。ヴィザジェがドレの面識をえたのはその当時だったのか、それとももっとのち、リヨンにおいてであったのか？　いずれにせよ、一五三六年夏、ヴィザジェはリヨンにあって、出版界のプリンス、グリフ書店で処女詩集『寸鉄詩集全二巻』が印刷されるのを見守っていた。《ステパヌスガ改善シ、コリナエウスガ刻ミ込ミ、グリュプスガ熟練シタ腕ト知力デソレラヲトモニオコナウ》[52]（第一巻、五四ページ）。そして高名このうえなきロレーヌ枢機卿[53]に宛てられた献辞で朗々と述べられたのは、エティエンヌ・ドレ、かの神童、《ラテン語ニモットモヨク貢献シタ青年》[54]への十一音綴讃歌であった。ドレは、《ラテン語ヲ愛スル全テノ人々ノ公益ノタメニ》[55]素晴らしい『ラテン語註解』をフランスに提供する準備をしていたのである。

*

したがって、リヨンの魅惑的な社交界と接触しているヴィザジェがいる。この有力な都市の奥義を身につけつつあるヴィザジェがいる。リヨンは年に四度の定期市のために四方八方から駆けつける商人や銀行家の都市で、そこにはフィレンツェ人やルッカ人、ヴェネツィア人やジェノヴァ人、シュヴァーベン人やアレマニア人、メディチ家の仲買人やフッガー家の仲買人、――諺となったくらい金持ちのガダーニュ[56]と同じく、諺となったくらい鷹揚なクレベルガー[57]の姿が見られる。製造業者や発明家たち、つまり（まさしく一五三六年にひとりのフランス人、ヴォーゼル[58]と協力した、ケラスコ出身のふたりのピエモンテ人、トゥルクゥエッティとナリスのような）リヨンに絹織物業を創設し、織機を設置して職人たちを引き寄せる人々の都市。宮廷が何週間も華やかな王侯暮らしを繰り広げる国王の都市リヨン。宮廷は絵のように美しい軍隊であり、騎上の宮廷人や馬車に乗った貴婦人、従者と道化、鞍や荷鞍をつけた動物から成る巡回サーカスであり、まさしく一五三六年一月、ソーヌ川とローヌ河が囲む半島を占拠し、その地に騒々しく仮住まいする。

リヨン、そこは人間や富、財産にあふれかえる、
都市の中の都市……
そこでは途轍もないものが眼にとまる、
国王や王妃、司教、枢機卿
三人の王子、この強力な国王に
影響力を持っている大貴族[15]

これらの人々がみな、春にはクレミューからサン＝シェフ、更にはモンブリッソンへ、秋の期間にはヴァランスからアヴィニヨンへと遠出する。しかし評議会は文人とともにリヨンにとどまる。――百台の印刷機が稼働中で、活発な印刷工を金持ちの出資者が間近で監督する、本の都市リヨンに。かれらの作業所

からは文書の波が広まってゆく。フランス語で印刷された大量販売の文書である。信心と献身の書、大衆的な読み物の本、町人風の散文に書き直された騎士物語、民間療法書や百薬宝典、すばらしい挿絵入りの植物大鑑。新奇なことがらに開かれ、およそ国境を知らず、活発で独創的な、かまびすしい印刷職人たちの小世界を、――きらめいては熱気を発するリヨンの炎によって、遠方から文学者をひきよせる磁石を――すべてが育む。誰もが、ヴルテンブルクの人グリフの店のような書店で、互いに求めあい、見つけあい、そして愛しあい、憎みあうことを学ぶ。グリフ、すなわちテュービンゲン近郊はライトリンゲン出身のゼバスティアン・グライフは、グリュプスを紋章とする印刷業者で、一五二二年暮れ以降リヨンに居を構え、一五二八年からは独立して活動した、アルドゥス版の普及者、エラスムスの著作の倦むことのない伝播者である。[16] かれの屋敷は、アルチアート[59]やサドレト[60]からラブレーやドレにいたるまで、シュサネ〔シュサノー〕一族やバデュエル[61]一族、オトマン[62]一族、ボードワン[63]、ギラン[64]、デュシェールその他を含め、二十人の高名な協力者と校正者の隠れ家であり、マロからマクランまで、両セーヴ〔モーリスとその従兄弟のギヨーム〕からジャン・ド・ボワソネ、ニコラ・ブルボン、バルテルミー・アノー[65]、その他どれほど多くのフランス人や〔神聖ローマ帝国〕帝国人にいたるまで、その地の、もしくはあらゆる地方からきた百名の才士たちの会合の場所となっていたのではないか？　グリフの許を足繁く訪れること、リヨンの印刷所をかこんで絶えず結成されては、絶えず解散していた数々のサークルに出入りできること、加うるに、新刊書のページを繰ることで、即座にフランスやネーデルラント、ドイツやイタリアでもっとも先鋭的に、時代の最先端で、何が思考され著述されているかを知りうること。それは自分たちの生まれ故郷で道を見失った初心者にとってなんたる夢であったろうか。それは、現在こそローヌと呼ばれているが、その当時はソーヌと呼ばれていた河からアテナイに向かう、――クレマン・マロにより次のように寓意的に歌われた《リヨン〔ライオン〕》に向かう雑然たる欲望の、なんたる波であったろうか。[17]

ライオンとその残虐さについて
望むがままに言うがよい。
わたしはこのライオンのうちに
百万もの他の獣と
親しくまじわって覚えたよりも
より多くの誠実さと気高さを見出したのだ……。[66]

＊

まさにこの地へ、一五三六年、ほかの多くの人々に続いて、ジャン・ヴィザジェが波瀾にみちた文芸の世界の秘義を習得しにやって来た。長い期間に及んだのではない。それというのも詩集を八月に出版したあと、ヴィザジェは九月にはトゥルーズのボワソネのもとに戻っていたからだ。しかし四カ月のち、悲劇的な事件が勃発する。一五三六年十二月三十一日、リヨンで、ドレが短刀の一撃で画家のコンパン[67]を殺してしまったのだ。正当防衛のケースだ、とドレは主張したのだろうか？　いずれにせよ不愉快な事件だ。殺害者がおおわらわで山越えに逃亡し、弁明のため、なんとかパリにたどりつこうと努めているあいだ、――ヴィザジェは友情の声にしか耳を貸さず、リヨンに向けて旅立ち、そこではもう逃亡者に出会えなかったので、その地からただちにパリに向かって再出発し、折りよく到着したのが、――二月九日に国王から恩赦を受けたドレが、師匠や友人が催してくれた釈放の宴のヒーローとなった、注目すべき日の前日であった。この友情の祝祭についてわたしたちに遺された物語で、『ラテン語註解』の著者〔ドレ〕はこの新参者のために好意的な言葉――《ウゥルテイウスハ自ラノ――学識ノ少ナカラヌ将来性ヲ識者タチニ明ラカニシテイル》[68]――を与え、かれを食卓につかせるのだが、そこに同席するのは偉大なビュデ、ニコラ・ベロー、ダネス[69]、トゥサン[70]、サルモン・マクラン、ニコラ・ブルボン、ダンピエール、クレマン・マロ、――そして医学の誇りにして栄光である、フランソワ・ラブレーなのだ。《フランキスクス・ラベラエススハパイエオン[71]神ノ技術ノ名誉ニシテ――確タル栄光。ディース[72]神ノ灯明カラ――殺サレタ者ヲ呼ビ戻シ、ソノ者ヲ再ビ光リノモトニ連レ戻スコトガ出来ル者[73]》。――他方すでに、いずれにせよリヨンにかれが立ち寄ったときから、ヴィザジェはこの有名な人物と知り合っていた。一五三六年の『寸鉄詩集』に一篇の「ラベラエスス〔Rabelaesus〕ニ」（これはのちに一五三七年の版に再録されるだろう）が見受けられる。ある中傷家に対する熱烈なラブレー擁護弁論である。《ラブレーよ、君のムーサが真理に辛味を加えるときに、君の心は怒りに汚染されていると主張した者は、――その者は君の著作が怒りを発散すると述べて、嘘をついた。わたしたちに教えてくれたまえ、ラブレーよ、君はそれでは激怒を歌っているのか？　いや、そうではない。怒りに燃えた短長格詩で武装したのはかれ、かのゾイロスの方なのだ。君の著作に関しては、それが発散しているのは怒りではなく、笑いなのだ[18]》……。ラブレーの名前のもっとも当をえた翻訳のひとつ、ラベラエスス〔Rabelaesus〕は《怒リニヨッテ傷ツケラレタ者〔ラビエ・ラエスス（*Rabie laesus*）〕》にかけた語呂合わせとなっている。それは当時コレージュではやったジョークのひとつであった。こうした流行がそれほど早くすたれるはずはない。――その証左には、モーの将来の鷲〔ボシュエ（Bénigne Bossuet）〕[74]に、若い頃ずっとつきまとった、《鋤ニ慣レタ牛〔ボス・スエトゥス・アラトロ（*Bos suetus aratro*）〕》を挙げるにとどめよう……。一五三六年にヴィザジェは、反ラブレー的な言葉遊びに腹を立てている。激怒したと擬らえられている人物を擁護するのだ。誰に対してか？　どうやらジュール＝セザール・スカリジェに対してのようだ。この点にはのちほど戻ることにしよう。いずれにせよ一五三二年ののちに、『パンタグリュエル物語』を読む時間があったひとりの人間の筆のもとで、一五三六年のこの詩集の中に、ラブレーに対するひとことの非難の言葉も、あるいは警戒の言葉もない。ヴィザジェが頻繁に足を運んでいた社交界で、その本は確実に知られていた。しかし、ジャン・デュ・ベレーの侍医〔ラブレー〕をうたがわしい道化と見なすどころか、ヴィザジェはラブレーのうちに光明を、――医学の光明だけでなく、民法の光明を認め敬意を表しているのである。《君ハ民法ニツイテ私ガ何ヲ知ッテイルノカ尋ネルノカ、スカエウァヨ、――私タチノラベラエススガ語ルコトガ真実デアルトイウ、コノコトダ》[75]（『ヨアンネス・ウゥルテイウスノ寸鉄詩集全二巻』、一五三六年版、第二巻、一六七ページ）。

*

しかしながら、ヴィザジェは敬虔なキリスト教徒[19]である。かれもまた、近年フェルディナン・ビュイッソン[76]が適切このうえない色調をもつページを捧げた、競争相手であるすべての詩人たちと同じく、――かれもまた、その詩句の中であの〈キリスト〉への祈りをかさねる。往々にして大文字で印刷されたその名は、《永遠にして世界的なキリスト教への一種の表敬として》、当時の詩集の多くのページで際立っている。一五三六年の『寸鉄詩集』（第一巻、七二ページ）では、二行詩の長い連鎖が、ちょうど同じ数の連禱のように、相続いている。《約束サレシキリストハ……、懐胎サレシ……、生誕サレシ……、受難サレシ……、十字架ニ掛ケラレシ……[77]》と、長短短格と長長格で十字架の道をことごとくたどるのだ。美しい調べの一篇の詩作（第一巻、七〇ページ[78]）は、キリストの使者ルフェーヴル・デタープルと、キリストその

人を歌っている。《キリスト、このつつましい老人の至福、この震えている老人の避難所であるキリスト》、

震エテイル老人ノ避難所、キリスト……

彼ハ心デ語ルコトガラヲ口デモ語ルノデアル、ツマリキリストノコトヲ。[79]

もう一篇（第二巻、一二九ページ）は二行のうちにルフェーヴルの遺言を伝える。

肉体ヲ土ニ、精神ヲ神ニ、全財産ヲ貧シキ人々ニ

私ハ遺贈スル。コウシタコトヲファベルハ、死ニ臨ンデ言ッタ。[80]

そして突如、ジェラール・ルーセル[81]――他人を巻き添えにし、傷ついた評判をもつ例の人物――に更なる讃辞を見事に貢いだあとで（第一巻、一三ページ。第二巻、一一三ページ。同、一六八ページ）、一篇の作品が国王フランソワとその品位ある日和見主義を讃えることになる（第一巻、一一ページ）。あなたは神殿を刷新なさるが、わたしたちの祖先の寺院を薙ぎ倒しはしない。《汝ハ新タナ神殿ヲ建テル。――汝ハ、フランキスクスヨ、先達ノモノヲ救ウ[82]》。充分な注目に値する精神状態の、興味深い証言であるこの作品は一五三六年八月、もしくは九月にリヨンで刊行される。これはまさに融和主義に基づくものだ。《わたしたちの祖先がおこなったすべて、あなたはその廃止を禁じられる。先祖の儀式、あなたは俗人がそれを軽んずることをお許しにならない。そうしたことは犯罪になろうと、あなたは俗人に諭される。――そして聖なる火を用いてあなたは、多くの分派の指導者を滅ぼすよう、ガリアの地をかれらの呪われ

た仲間から浄めるよう努められる……》。一五三六年八月から九月にかけての時節。檄文事件（一五三四年十月）とそれに続く出来事の最後の反響である。

先祖ノ人々ガ昔オコナッタコトガ死ニ果テルノヲ汝ハ許サナイシ
古代ノ人々ノ様々ナ儀式ヲ俗衆ガ蔑ロニスルコトモ
汝ハ許サズ、忌マワシイ冒瀆タルコトヲ諭サレル……[83]

穏健な人物の見解であり、この人物は同じ心情から、おりよく聖パウロの代弁者という高位に昇ったパウルス三世[84]の即位を讃え――《パウロノ代弁者タルパウルスハ、秘匿サレタ事柄ヲ精神ニヨッテ明ラカニスル》[85]（第一巻、七五ページ）――、あるいは生命ある礎で建立された気高いギムナシオン、王立教授団の開校を讃える――《生キテイル人々ガ建物ノ礎デアル》[86]（第一巻、六五ページ）。修道士たちを攻撃するにしても、かれはただちに善良な修道士と邪悪な修道士とを区別する。《修道士以上に醜悪なるものは、宇宙のどこにも存在しない。宇宙のどこにも、修道士以上に神聖なるものは存在しない》（第二巻、一五一ページ）。そしてユマニスムを信奉する仲間の公然たる敵、獰猛な〔ノエル・〕ベダを前にしてさえ、この詩人は節度を守る術をわきまえている。《軽率に下されたあなたの判決は、ベダよ、正しい人々を苦しめている。だが正しい人々以上に、あなたの決定が傷つけているのは、あなた自身なのだ》（第二巻、一四九ページ）

ベダヨ、汝ノ無分別ナ判決ガ義人タチヲ迫害スル間ニ

ソノ言葉ハ義人タチ以上ニ汝ニトッテ害トナッテイル……[87]

ヴィザジェが不正と妥協しようとしているわけでは毛頭ない。かれは人格化された無名の者たちを相手取り、幾度も不正を攻撃している。ヴィザジェはかれらをためらいもなしに焚刑の炎にささげる（第一巻、四六ページ）。《汝ハ炎ヤ、刑吏ノ手ヲ恐レナイノカ？》[88]──その一方でかれは、無神論者といわれている判事、ブリアン・ド・ヴァレ[89]の親友だと自らを認め、名高いもうひとりの無神論者、あの哀れなアグリッパ[90]、かくも多くのたけり狂う波にもまれ漂う敗残者の霊に、一篇の思いやりにみちた、ふさわしい調子の墓碑銘を捧げている（『寸鉄詩集』第四巻、一五三七年、二五七ページ）。

嵐ノアト、不確カナ人生ノ夢ノアト、
死ガアグリッパヲ奪イ、安息ガ獲得サレル。
王国カラ王国ヘト彷徨シタコノ哀レナ男ニ、
ドンナ祖国モナカッタガ、彼ハイマ神々ト共ニ家ヲ持ツコトヲ喜ンデイル……[91]

ところが、一五三六年版の『寸鉄詩集』の二年後、中庸をわきまえたこの自由主義者、教義の面でいささか動揺のあるこの判事は、優雅な八折判の『十一音綴詩集全四巻』を（この度はパリのコリーヌ書店から）出版した。[20] そしてこの中にこそ、一九〇四年にテュアーヌは、ラブレーの無神論の動かぬ証拠を発見したのである。テュアーヌの説を再び取り上げたアベル・ルフランがわたしたちに告げるには、その中の三篇はラブレーの《宗教的な本当の見解について如何なる疑念の余地も》残さぬものである。《キリスト教徒ヴィザジェの懲罰的な筆のもとで》、それらの作品は《おそるべき糾弾文書》となる。この詩人〔ヴィザジェ〕はその中で、『パンタグリュエル物語』の作者を《キリスト教信仰の全体を愚劣な〈不信仰〉[92]であると見なす》者として描いている。《ラブレーの不信心と無神論（このふたつの公準）がこれ以上辛辣なエネルギーをもって告発されたことは、滅多になかった》。どんな疑いもない。一五三六年と一五三八年の間に、ラブレーとヴィザジェの決裂が、もっぱら《宗教的な動機によって[93]》引き起こされたのである。

ルフランの言葉を眼にしたあと、急いで一五三八年版の懲罰的な『十一音綴詩集』を参照してみる。証拠が残されているこの貴重な詩集を胸をときめかせて開いてみる。なんたる失望か！　ラブレーの名前は全巻をつうじ、ただの一度も姿を現さないのだ。

*

大した支障ではない！　ラブレーはラブレーと名指されていない。だが見るがよい、と人はいう、ルキアノスの無宗教の同志に向けられたこの長い罵倒、「アル無宗教ノルキアヌスノ同伴者ニ対シテ」（一〇ページ）を。見るがよい、ルキアノスの猿真似をする者に向けられた、激烈であると同様冗漫なあの作品（三〇ページ）を。そして最後に、見るがよい、意図的に礼を欠いたこの呪咀、「ルキアヌスノ同伴者ニ対シテ」（七一ページ）を。ルキアノスの信奉者、ルキアノスの猿真似をする者、一抹の疑いもなく、これはラブレーである。あたかもその名が、コリーヌ書店の豪華な用紙の上にくっきりと印刷されているかの如く、確実である。――《それはそうでございましょうが？》、とパニュルジュはたびたび口にしていたではないか〔渡辺氏訳、諸所〕。

まずいくつかの些事がある。「ルキアヌスノ同伴者ニ対シテ」という作品についてはひとことも言わないテュアーヌにとって――検討の対象となるのが二篇の寸鉄詩である一方、アベル・ルフランの方では三篇を数える。個人的には、わたしはこのリストに一篇の讒謗詩「アル詩人ニ対シテ」と、ギヨーム・セーヴに宛てた興味深い作品を加えて、五篇あると思う。この二篇は、それぞれ、一五三八年版の詩集の二八紙葉と四二紙葉に読みとれるものである。二篇、三篇、五篇。願わくば明日になって、誰も七篇を数えあげようなどと思わないように！　いずれにしてもわたしは、哀れなヴィザジェの退屈な《詩篇》をすっかり読んだし、再読もしたのだ。

＊

ギヨーム・セーヴに宛てた作品。どうして今日にいたるまで、誰もそれを気にとめなかったのか？　作品自体がすべての鍵を与えてくれる。《ルキアノスの猿真似をする者とは誰か？》、とヴィザジェは問い質す。《トルトニウスという詩人は誰なのか？　忘恩きわまりない仲間とは誰か？　加えて、わたしの『十一音綴詩集』で話題になっている、かのゾイロスとは誰か？　セーヴよ、君がいくらわたしに尋ねても、わたしは君に教えるつもりはない。なぜならその者たちは間もなく、自分たち自身の詩句をつうじて己れの姿を暴露するだろうから。わたしの詩句が前もって、悪事を告発している者たちのことだ……。疑ってはならない。その暁には、わたしがかれらに対しているよりも、かれら自身が自分たちに対して厳しくなることだろう。わたしはこの者たちを大目に見ることにする。わたしはかれらの名前を秘密にとどめる。かれらの過ちを糾弾するだけにしよう。かれらの方で自分たちの名前と過ちを君に教える役目を引き受けることだろう……[21]》。

セーヴが一五三八年にそうであるふりをしたよりも充分な情報をもつわたしたちは、ヴィザジェが戯れにセーヴに隠したことを知っている。詩人トルトニウスとゾイロスが同一人物でしかなく、さらにこの同一人物がまさしく詩人ボルボニウス、つまりニコラ・ブルボンであるなら、——忘恩きわまりない仲間とルキアノスの猿真似をする者とが同様にひとりの人間を指し、そしてそれが……エティエンヌ・ドレである可能性は大きすぎるほどにある。

3　ヴィザジェ、ブルボン、ドレ

ブルボン、ドレ。——ヴィザジェの一五三六年版『寸鉄詩集全二巻』はこのふたつの名前であふれている。そしてかれらへの讃辞で。頌歌的な言葉で若きドレの『ラテン語註解』、この驚異的な著作（《ソレニシテモ何タル書物カ？　若サカラ懸念サレル類ノ如何ニワズカデアルコトカ？　何タル細心サカ？　ドレホド多クノ努力カ？　何タル判断ノ正確サカ？》[94]）が賞揚される、ロレーヌ枢機卿宛ての序文から、（『寸鉄詩集』）第二巻の最後にいたるまで、長いものも短いものも、たっぷり二十篇はある作品[(22)]がまったく同時に、若きユマニストに向けられたヴィザジェの賛嘆、愛情、優しさを立証している。冒頭の、ほとんど恋文のごとき言い回し、《ああ！　かれを征服するにいたった！　コノ男タダヒトリノ気ニ入ラレタコト、ソレガ最大ノ称賛デアル……》[95]（八ページ）に——一一ページの愚かしい誓願、《天なる神よ！　かれに似させたまえ！　オオ、神ヨ、オオ、私ガ似ルコトヲ神ガ許サレルヨウニ！》[96]が応ずる。——その他にも均衡のとれた定義、《モシ優レタ弁舌家ニシテ優レタ詩人デアル何人カガイルトシタラ、ドレトゥスハ唯一ノ者ダ》[97]、——あるいはまとめとして、以下の恍惚とした表現がくる、《ああ、君の肉体はなんと美しいのか！　ああ、君の魂はなんと美しいのか！　ああ、こう言わずにいられようか、なんと完璧に美しい人間であることか、と！　コレホドマデニドレトゥスノ肉体ハ美シク、コレホドマデニドレトゥスノ精神ハ美シイ――彼ハ完璧デ私ガ次ノヨウニ言ウコトガデキルホドダ、彼ハ美シイ人間デアル、ト！》[98]（第二巻、一五二ページ）。

ブルボンについて言えば、ブルボンに宛てられた讃辞が相対的に少ないとしても、――このヴィザジェとほとんど郷里を同じくする者は、不平を漏らしてはなるまい。一五〇三年、シャンパーニュ地方はヴァンドゥーヴルに鍛冶の親方の息子として生まれたブルボンは、ヴィザジェよりも数歳年長であった。若いころからその流暢な詩句のゆえに高く評価され、アミアンやトロワ、ラングルで教鞭をとっていた。一五二九年にはマルグリット・ド・ナヴァールがかれを迎え入れた。そして一五三三年、パリのヴァスコザン書店とバーゼルのクラタンデル書店で、ブルボンは『ヨシナシゴト』という題名の詩集を上梓したが、この本のためにかれはすぐさま大きなトラブルに巻き込まれたのである。

＊

それというのも、トロワ、一五三三年四月一日付けの「序文」からすでに、改宗指導の思惑が明瞭になっていたからである。ブルボンは文通相手のオルレアンの人ルイ・ド・レトワル（ルキウス・ステラ）[99]をつかまえ、死の恐怖について話し込んだ（クラタンデル版、Ａ３紙葉）。かれは激しい口調でこう叫んだ、《なんだって、ぼくは何を耳にしているのかな。キリストに対する君の信仰は、死を想うだけで君を恐怖に陥れてしまうくらい、そんなにひ弱なものなのか？　それでは一体君がかくも多く、かくも長い時間をかけて神聖な文書を研究してきたのは無意味なのか？》――そしてブルボンは冗長に、正統的にして聖パウロの教えに則した様々なテーマを展開したのである。つまり、どのようにして神の御子が、ご自身の死によって、人類の死を滅し去られたのか。どのようにして、この同じ死によって、御子は被造物を創造神と和解させられたのか、等々である。すべてに、如何なる異端の疑惑も認められない。同じく誰がブルボンを、キリストの口に以下の大仰な言葉（Ｂ４紙葉）、

　空気ガ、大地ガ、海原ガ、森林ガ、山脈ガ、火炎ガ、オリュンポス山ガ[100]
万事ガ変転スルデアロウ、ケレドモ私ノ言葉ハ残ル……

をのぼらせることで咎めただろうか？　またある司祭（Ｃ３紙葉）について、その司祭が猿のようにぶつぶつ唱える――《醜イ猿ガ唇ヲ動カスノト丁度同ジヨウニ》[101]――と語ることでさえ、咎めえただろうか？　どちらにせよこうしたことは際立ったオリジナリティを意味してはいなかったのである。ブルボンは修道士をその傲慢さゆえに罵倒し、そのために恨まれもした（Ｅ３紙葉）。《当代に数限りなくいる、修道士頭巾の被り手は、天にふさわしいと自称し、自分たちを神々だと見なしている》。ソルボンヌ神学部では、偉大なエラスムスに向けられた、敬虔なジェラール・ルーセルに向けられた、うさんくさいミゲル・デ・アランダ[102]に向けられた、意図的ですでに人目を引いている讃辞を前に眉をひそめた。――マルグリット・ド・ナヴァールの恩恵に浴してトロワ・シャトーの司教に抜擢されたにもかかわらず（Ｉ６紙葉）、うさんくさい、かのアランダへの讃辞はこうである。《聖職者よ、肉体と世俗と悪魔とを克服せよ！　生ける信仰から生まれる義認を（《生キテイル信仰ノ正統タルコトヲ》[103]）教えよ！　そして民衆に、天の王国は何か、死にいたる道、救済にいたる道が何であるかを示せ！》激励の言葉に賞賛の言葉、それらはおそら

く完全に無償であったわけではなかった。《オオ、コノ地デ汝トトモニ暮ラスコトヲ私ニ許サレルヨウニ。[104]わたしがかの地、君の司教区で君と一緒に暮らすことを、神々がお許し下さればよいのだが》、とブルボンはもう少し先で叫んだものだ（M4紙葉）。しかしいずれにせよ、至上の神を讃える一篇のオードで（L6紙葉、及びヴァスコザン版、I8紙葉）、かれがスコラ学派風の論理に抗してのみならず――《技巧ニヨッテ歪メラレタ三段論法ヤ種々ノ錯綜シタ難問ヲ除イテハ、私タチハ何モ分カラナカッタ》[105]――、ルターの流儀で、ローマの牝狼、真紅の牝狼[106]、《緋色ノ牝狼、邪悪ナル輩ノ斡旋婆》[107]に抗して、さらにはおそらく、予想どおりの形容詞をもって罵倒される修道士に抗して――《貪欲で放縦、己れの腹の友人で、邪淫のために破滅した輩、強欲デ狡猾、腹ニ愛着ヲ覚エ――淫蕩ニヨリ滅ビル種族[108]》――激しい罵詈を投げつけた咎で、ブルボンを非難することはできただろう。万事がこうした試練にさらされた。偶像崇拝、聖人、偽りの神々にむけられた崇敬もそうだ。――《岩ノ神殿ニ偽リノ男神ト、ソレト同ジ女神トニ――捧ゲラレタ模像ガ建ッテイタ。――ソノユエニ、祝祭日ハ一致セズ多様デ――全テガドヨメキ騒イデイタ、――礼拝ガ定メラレタ日々ニ配分サレルヨウニ、ト[109]》。他方で、かれの言葉を信用すれば、司祭の独身生活が、肉欲のためにかれらを破滅させている。《異常ニモ結婚ガ禁ジラレタノデ――醜イ欲情ガ蘇ッタ[110]》。すべてがしかるべく、国王とコレージュ・デ・トロワ・ラング、キリストへの信仰に向けられた讃辞で終わっている。《父ナル神ニ、ソシテ主キリストニ称賛アレ、――ソノ御心ニヨリ全テガ善トナル！[111]》けれど聖母マリアについては一言もない。

　実のところ、こうした大胆な言動の数々が、ひとつとして反響を呼び起こさずに済ませるのはむずかしかった。それは、十字架上のキリストに捧げられた最後の作品（ヴァスゴザン版、M2紙葉）が前半部分で、善をなすことが不可能で、自分のために苦しんで下さる神を瞑想しつつ、次のように絶望するキリスト教徒という、ルター的なテーマを展開しているだけにそうなのである。《なぜなら、敬虔なイエス様、恥辱にまみれつくしたわたし、冒瀆に満ちたわたし、このわたしこそがあなたの無限の苦しみの原因だからです。わたし自身がわたしをぞっとさせます。生きることはわたしにとって忌まわしいものです。けれども、あなたのこういう御声がただちにわたしの勇気を蘇らせます。「おまえたち、罪をおかせしあらゆる者よ、わたしのもとに来るがよい！　わたしの傷により、わたしはおまえたちの傷を癒すのだ……」》。ブルボンが王立の牢獄をひとわたり引き回されたとしても何を驚くことがあろうか。マルグリットの執り成しにもかかわらず、一五三四年五月、国王の格別の命令によりパリ高等法院がこの罪人を釈放するには、一定程度の時間とロレーヌ枢機卿の保証とが必要であった。これを受けて、ブルボンはしばらくのあいだ（運命的な日付、十月十七日から十八日にまたがる檄文事件を忘れないようにしよう）英国に渡って過ごすほうが賢明であろう、と判断した。アン・ブリーンの庇護者の中に加えられて（このときかれは〔トマス・〕クロムウェル[112]と〔トマス・〕クランマー[113]を大変に慕っていたようだ）、――ブルボンは順番に、高名な若き貴族たちの個人教師をしていた。かれは、数々の興味深い体験に加えて、こうした華やかな交際に、いささか苛立たしい幸運を――少なくともわたしたちには苛立たしい。ああ、もしラブレーがこの幸運にめぐりあえていたら！――負っていた。つまりホルバインに出会うという幸運、月桂冠を戴いて自惚れの絶頂にある、その姿をいきいきと描いている素晴らしいスケッチを獲得したという幸運を、である。

*

ニコラ・ブルボン、ジェルマン・ド・ブリ、サルモン・マクラン。この世紀を代表する三人の詩人、三人の学識者、三人の敬虔な人々。ヴィザジェの撰択とはこのようなものであった。ブルボンに関しては、三人のなかでただひとり亡命の身にあっただけに、ヴィザジェの思い入れは一入であった。《ガリア全土ガ追放サレタボルボニウスヲ悲シミ嘆ク》[114]——あるいはまた、《アングリアハ引キ裂カレタ私ヲ保護シ、ソシテ詩人ニ衣装ヲマトワセテクレル。異国ノ地ハ私ノ母国ヨリモ私ヲ寵遇シテクレル》[115]。——さらに十篇の詩がヴァンドゥーヴルのホラティウス〔ブルボン〕に向けられた、ヴァンディ〔＝シュル＝エーヌ〕のマルティアリス〔ヴィザジェ〕の崇拝の念を証言する。その趣味、その才能、その友人、すべてがこの二人のシャンパーニュ地方出身者を結びつけるために作られているかのように思えた。そう、すべてが。

——にもかかわらず？

一五三三年のパリ版『ヨシナシゴト』、ヴァスコザン書店刊行のそれを注意深く読もうと思いたつ者なら、その中に小篇「レミノ人J・ウィサゲリウスニ宛テテ」を見出すだろう（O５紙葉裏面）。この作品はすでにしていささか曖昧な感情を漏らしている。

《君は何を望んでいるのだ、わたしの『ヨシナシゴト』を褒めちぎっては、かくも多くの法外な讃辞でわたしを圧しつぶし、打ち砕く君は？　わたしの言葉を信じたまえ、君はわたしよりも巧みな〈他愛ないこと〉の作り手だ。そうであるに違いない、自分のために〈他愛ないこと〉を印刷し、同時にわたしの〈他愛ないこと〉を読んでいるのだから》。剽窃に対する、まだはっきりしない懸念の表明なのだろうか？　喜んでそう思いたいところだ。おまけに、剽窃に対する脅迫観念は、この一五三三年版の詩集のいたるところに広がっている。ブルボンは自分の半句を厳重に監視する。近寄る者、夜中にかれから半句を盗もうと企てる輩に災いあれ。《オ前ガ夜中ニ私カラ私ノ詩ヲ奪イ取ルノダカラ、ルフスヨ……》[116]（バーゼル、クラタンデル書店版、Ｂ４紙葉裏面）。

そうこうするうちに、ブルボンが英国から帰還する。かれは時をへずして、トロワで序文をしたためた

（一五三六年九月一日付け）一冊の『子供タチニ宛テタル行儀作法ニツイテノ拙キ小冊子』をリヨンに持ってくる。この作品は、詩人の敬虔な感情とともに、とある最近の発見を明らかにする。ブルボンは、滅多にないことだが、選び抜かれた魂に出会ったところなのだ。そして、一五三六年九月二十七日、リヨン、の日付のある書簡で、無神論者と不敬虔者の断固たる有罪宣告を起草するのに用いられるその同じインクで、情熱的なキリスト教徒であるブルボンは、気高く、純粋で、素晴らしいドレと直接会見した法悦を表現する。かつて、二カ国語の弁論の父、偉大なビュデを初めて訪問した時とおなじく忘れがたい瞬間である。――おそらくブルボンは自分の割り前を支払っていたところだったのだろう。ドレはリヨンの文芸サークルでブルボンの介添えを勧めていたに相違ない。しかし、これは認めざるをえないが、ブルボンは気前よく支払ったのだ(23)……。

これについては、グリフ書店で、ある日のこと……。だが、ブルボン自身に発言を任せることにしよう。かれはその椿事を出来事が起こった翌日にではなく、二年後の一五三八年になって、わたしたちに語る。ことはかれが世に問う『ヨシナシゴト』の大増補版の中にある。《英国から帰還し、わたしはリヨンに到着する。わたしは有名な活版印刷業者、グリフ書店に立ち寄る。さてさて、何か新しいものがあるかな？――相手は『寸鉄詩集』と題された一冊の本を差し出す。わたしは読み、むさぼるようにページをめくる。長々と話しても何の役に立とう？　わたしがそこに見出したのは、わたしの『ヨシナシゴト』からもぎ取られた無数の詩句と、捩じ曲げられた文章、そして盗まれたテーマであり、――すべてがならず者の愚劣な言葉と一緒に混じりあっている。目下のところは、この人物の名前を告げずにおく。けれどもかれがこのまま続けるなら、わたしは明るみに出すだろう。その時、この盗人の輩、この破廉恥な盗賊、この男はその独特の顔料で彩られた己れの姿を見ることだろう(24)》。――一五三六年の詩集のタイトルをあげ、出版者を名指したあとで、ヴィザジェの名前をはっきりと刻印しないとは、ブルボンも随分とひとがいい！おまけにこの最初の作品のあとに、大量の雑言詩や寸鉄詩が続いていた。「同ジ者ニ」、「盗人ノ詩作者ニ」。《さあ、わたしはここにいるぞ、このわたしが。海で、海の彼方、英国人のもとで死んでしまったとおまえが信じこんでいたわたしが。わたしはおまえがわたしから奪ったもの、わたしの筆によるものをおまえから取り戻しに来たのだ！》とめどなく、ブルボンは語り、再言する。冠を被ったブルボンの肖像画が誇示されるのを冷やかして、ヴィザジェとともに、こう叫びたくなるというものだ。《汝ハヒッキリナシニ言イ続ケル、シカシソレ〔肖像画〕ハ永遠ニ沈黙シ続ケルノダ！》[117]

＊

一五三七年になるやいなや、ヴィザジェは反論にとりかかる。まず、リヨンのパルマンティエ書店で、このたびは四巻本となった『寸鉄詩集』の第二版を上梓し、手始めにその前半の二巻（それらは順序正しく、一五三六年の作品を再録している）から、ブルボンに捧げられた、あらゆる追従的な献辞、あらゆる讃辞を削除する。《汝ノ歌ハ正シキ人々ニ悦バレ、邪マナ輩ニモ悦バレル》[118]。この挨拶が送られるのは一五三六年には「詩人ボルボニウスニ」であったが、一五三七年には「詩人マロトゥスニ」となる。忍耐にみちた作業がすっかり成し遂げられる。一五三六年のヴィザジェは、シャンパーニュ地方出身のブルボンについて話すおりに、《ベルギカ・カンパニアガカツテ生ンダコトガナイヨウナ詩人》[119]と述べていた。一五三七年のヴィザジェは、自国のマロについて話すおりに、《光輝アルガリアガカツテ生ンダコトガナイヨウナ詩人》[120]と述べる。一五三六年と一五三七年の間にやはり、このようにブルボンからマロに宛先を移された八篇以上の作品が数えられる。別の詩篇が、すでにジルベール・デュシェールを面白がらせていた不運な出来事によって、(25)ブルボンからドレに宛先を移されている。実のところ、後年、エティエンヌ・ドレと訣別したとき、ヴィザジェは一五三六年の有名な作品、《ガリアハ三人ノ博識ニシテ敬虔ナ詩人ヲ持ッタ》[121]（第一巻、六七ページ）、の宛先を変更したことを大いに後悔したに違いない。この詩篇はもともとは、ブルボンとド・ブリ、マクランに照準をあわせていた。ヴィザジェは一五三六年になると、詩句を二行変えて、ドレとド・ブリ、マクランにそれを献呈する。一五三六年[122]にかれは、英国に追放されたブルボンをこう嘆いていた。《リンゴン地方ノ沿岸ハ呻キ、カリテスト九人ノ姉妹モ呻キ――ガリア全土モ追放サレタボルボニウスノ身ヲ悲シム》[123]。一五三七年になるとかれは、コンパン殺害のあとで逃走したドレをこう嘆く。《ゲナブムモ、カリテスモ、九人ノ姉妹モ――ガリア全土モアノ追放サレタステパヌスノ身ヲ悲シム》[124]。それに続くのが雑言詩の洪水であった。それらの雑言詩は新しい詩集の第三巻と第四巻に、このうえなく明瞭なタイトルを伴って繰り広げられている。いわく、「ヨシナシゴトノ詩人ニ宛テテ」、「アル邪マナ詩人ニ宛テテ」、「アル滑稽ナ詩人ニ宛テテ」、「同ジ人物トソノ似姿ニツイテ」、「他人ヲ窃盗ノ罪デ非難シタ、盗人タル同ジ人物ニ宛テテ」、「模倣ヲ憎ム者デアリナガラ、自ラガ彫刻サレルコトヲ命ジタ、同ジ人物ニ宛テテ」……。――それは見事な戦いだった。別の寸鉄詩は、もっと素朴に、「ゴルゴネスニ宛テテ」と告げていた。そしてそれは堰を切った冷笑の数々だった。

一五三八年、『十一音綴詩集』において、口調の新しい変化が見られる。ヴィザジェは自分の剽窃を認める素振りをする。《君の有名な詩集の詩句を、ぼくが君から奪ったっていうのかい？　いいとも、そうであるとしよう。認めるよ。私ハソノコトヲ白状スル。[125]　それがどうしたのさ？　ぼくが君にどんな害を与えたというんだ？　ぼくはただ、すでに有名な詩句を広める役目を努めただけだ……》。そして皮肉はいっそうとがったものとなる。《全世界に名のとおった作家を抹消できる能力が、ぼくにあったろうか？》

そのあとに、直接攻撃がくる。《君から君の詩句が奪われた、そう君は言うのかい？　君は他人の詩句のことをいいたいんだろう？　愚カ者ヨ、汝ノ歌ヲカ？　汝ハフザケテイルノダ！　ペリッソハ否定シ、ペレルスモ否定スル。汝ノ強欲ニヨッテ略奪ヲ受ケタ、プラディアヌスノ空ノ文机モ否定スルノダ！》[126]――これが最後の剣の応酬である。もう嵐は凪《なぎ》に変わり始めており、わたしたちが第三巻を去って第四巻に到達するや、突然、牧歌詩のただなかにいることになるのだ。《お願いだから、詩人ブルボンよ、ぼくに教えてくれたまえ。ぼくが君に悪意をいだいているなんて、一体だれが君に吹き込んだんだい？》　この質問は滑稽であり、ヴィザジェはある種のユーモアを備えている(26)……。しかしそれで済むわけではない！　スケープゴートをちゃんと見つけなければならない。それがゲームの規則なのだ。《誰ガ不和ノ張本人ダッタノカ？[127]》――激しい非難を続々と繰り出す、恰好の口実である。

アア、災イアレ、詩人ヨ、汝ニ悪意ヲイダク者ニ。
アア、災イアレ、汝ガ私ニ悪意ヲイダクヨウニ望ム者ニ。
私ハ汝ニ願ウノダガ、共通ノ敵ヲ捜ソウデハナイカ！[128]

滑稽なこと、それは同じ時期に、『銘句詩集』で（二九紙葉裏面）ヴィザジェがある友人に宛て、こう書き送っていたことだ。《ブルボンが自分自身のためと同じくらいヴィザジェのためを思っている、と君はぼくに誓うのかい？　そう考えるのは、ぼくには難しい……。とはいえぼくはそう信じたい。でも君には、それがどんな格別の理由ゆえか、わかるかな？　それはかれには、実のところ、ぼくを、このぼくを怨むいかなるいわれもなかった、ということなんだ！》――しかし『ヨシナシゴト』においてブルボンは、

『十一音綴詩集』におけるヴィザジェと同じ光景を呈していた。呪咀したあとで、かれは祝福した。というよりむしろかれは交互に、外目にはばつの悪そうな様子もなく、呪咀し、祝福していた。第五巻では、二篇が「盗人ノ詩人ニ対シテ」のタイトルを冠された、周知の弾劾詩二作を再録する（二八八ページ及び二八九ページ）。その後には、唖然とさせるところだが、和解がくるのである（「友人ヨアンネス・ウゥルテイウスニ」、三一四ページ）。第八巻でも同じく、最後の詩篇のひとつは「他人ノ歌ヲコッソリ盗ミ辱メル或ル者ニ」と題されている（四六〇ページ）。その後で、別の二篇がランスのひと、ヴィザジェの名前をあらためて取上げる（四五一ページ、四七四ページ）。《万事を水に流そう！ ぼくたちを仲違いさせようとしたのは、ある悪漢だ。ぼくたちの誠実な友情によって、この人非人、こいつを失望させてやろう。シカシ極悪非道ノ輩ヲ変ワラヌ友情ニヨリ欺コウデハナイカ。コレヨリ巧ミナ偽装ニヨッテ、彼ヲ欺ケハシナイノダ》[129]。この品質形容詞〈極悪非道ノ〔sceleratus〕〉、この〈偽装ニヨッテ〔dolo〕〉という言葉での結び、これはよく知られた名前を考えさせないだろうか？ 一方、第二の作品はもう、ただひとりの悪漢について語るにとどまらない。ふたりの詩人の友情を壊そうとしたのは、不敬虔な者ども、《不信心ナ小ワッパドモ〔impii homunculi〕》である。《君ハ分カルダロウ、親愛ナルウゥルテイウスヨ、ドノヨウナ方策ヲ用イテ――コレラノ不信心ナ小ワッパドモガ――我々ノ友情ヲ嘲笑シヨウトシテイルカヲ？》[130]不敬虔はここでは、宗教よりもむしろ友情という、神聖な感情に狙いを定めている。このように、他人を仇役にした和解をつうじて、英雄滑稽劇は幕を下ろす。その主役たちの無邪気さと、自分たちの労作をひとつとして紛失させまいとするかれらのもっともな配慮が、このドラマのあとをグリフ書店からドレの許まで――という必要があろうか？――わたしたちが追いかけるのを許してくれる。いずれにせよ、この点に疑念が残るとしても、以下のことは明白である。つまり、ギヨーム・セーヴに宛ててヴィザジェが話している《忘恩キワマリナイ仲間》とは、ドレのことなのだ。しかしそれでは、テュアーヌを、そしてもっと重要なことに、アベル・ルフランを困惑させた、あの《ルキアヌスノ猿真似ヲスル者》とは——ラブレーではなくてドレ、これもまたドレでは、絶対にありえないのだろうか？

4　エティエンヌ・ドレ、ルキアノスの猿真似をする者

ヴィザジェはその経歴の初めに、心からの篤い友情をもってドレにつきしたがっていた。わたしたちはそのことを、そして窮地に陥った友人を救うべく、どのようにかれが飛び立ったかを、ヴィザジェ自身の口をつうじて知っている。ヴィザジェだけではない。ドレの他の仲間たち、つまりすでに名のとおった先駆者、あるいは栄光にいたる道を歩むライヴァルが揃って、心をひとつにし、この無法者の恩赦を獲得するために尽力した。かれらは成功した。かれらは勝利をえたのち、互いに祝福し、抱擁しあった。しかしある者が和を乱した。ある者がその手で、かれのためにしか使われてはならない、積もり積もった莫大な量の賛嘆と献身を浪費した。ある者が、情熱のすべてを傾け、憎悪の驚くべき爆発を準備した。その爆発は、一五三八年、みるみる開花した数多くの詩集で、かれそのひとに対して、つまりドレに対して猛り狂ったラテン語詩人たちをみな、結集させたのである。自ら〈三ボワソー（メディムヌス）〉と命名し[27]、その者に抗して戦闘隊形をとるカトリック教徒のシュサネから、《ぼくはドレを讃えまい。讃えてもなんの意味があろうか？　ドレは自分ひとりであんなにも上手く、その仕事を引き受けているのだから……》と冷笑する、嘲弄家のゴヴェイアにいたるまでの全員[28]。——狂犬病のキケロ主義者クロアクスの名のもとに、エラスムスの誹謗者たるドレを攻撃する、ジルベール・デュシェールにいたるまでの全員[29]。一五三六年で

もまだ『行儀作法ニツイテノ拙キ小冊子』において讃辞で覆っていた者を、一五三八年の『ヨシナシゴト』ではもう名指そうとさえしない、ニコラ・ブルボンにいたるまでの全員がそうなのだ。皆が皆そうであり、これはコプレー＝クリスティが収集できなかった、エティエンヌ・ドレの興味深いポートレートの画廊なのである。つげ細工のような顔、凄まじい痩軀、怒りにみちた双眸をし、吃り、来訪者を仰天させるスペイン風の小さな上着をまとった、シュサネの〈三ボワソー〉であろうと、――あるいは、これもまた木材の面立ちで、戯れや笑い、優美さをよせつけない凶眼、おそらくはローマ人キケロが転生した霊魂が宿る、怪物的な体軀――だがそうだとしても霊魂はその場で溶解し、まっさきにこの肉の塊の中で、徳と力とをすっかり喪失してしまうのだ[30]――とをそなえるゴヴェイアのドレであろうと、全員が一致しており、不協和音はない……。ありのままに描かれた一連のスナップ・ショットである。これらは一五三五年十月に、ひとりの若き反キケロ主義者が、晩年のエラスムスの秘書でフランシュ＝コンテ地方出身のユマニスト、ジルベール・クーザン[131]に宛てた肖像画とよく似通っている。この文通相手が素描したドレの姿は、かろうじて三十歳になったかならないかでありながら、若はげや皺だらけの広い額、胆汁質を思わせる青白さ、もじゃもじゃの眉、腰の上までしかない短い上着のせいで、四十歳ほどにも見える[31]。そうした姿をしながら魅惑的、粗暴にして傷つきやすく、矜持の念に酔いしれ、熱狂的な音楽ファン、目を見張らせるスウィマー、俊敏な剣客である。つまり天賦のものでありながら、うまく調整されておらず、効果の点では面食らわせる力なのだ。このような人物が、コプレー＝クリスティがルネサンスの殉教者と、ブーミエが自由思想の殉教者と名付けた者である。だがかれはまず、そして何よりもおそらく、エティエンヌ・ドレそのひとの殉教者ではないか。

　ドレにとってはその最期にごく近い――かれは三十七歳で没した――円熟期の歳月にあって、何を考えていたのか。一五三四年夏、リヨンのグリフ書店で刊行された、「トゥルーズとトゥルーズ市民に対するラテン語の演説集」――『トロサニ抗スル二篇ノ陳述』を信用するなら、ドレはいかなる陣営にも与していなかった。かれはあらゆる《新説》を警戒し、父たちの宗教、正統と認められた伝統で満足していた。しかし開かれたかれの精神は、人間とその営為を高所から判断しようと望んだのだ。『二篇ノ陳述』の以下の一節、これは非常に美しい一節であり、そこでドレは、一五三二年六月、トゥルーズで生きながら火刑に処せられた教授、ジャン・ド・カテュルス[132]に加えられた拷問調書を取り上げて、非人道的であまつさえまったく無益な迫害に対する憎しみを大声で叫んでいる。《わたしはあなたがた皆に信じて戴きたいのだが》、とドレは話し始めた[32]、《わたしはかの（ルター派という）不敬虔で頑固な党派にけっして与してはいない。新しい教義や体系以上にわたしにとって忌まわしいものは何もない。わたしがこれ以上に強く断罪するものはこの世に存在しない。わたしはかの信仰のみを、かの様々の儀式のみを讃え、崇める人々のひとりだ。それらは幾世紀もの承認を受けており、聖く敬虔な人たちの連綿たる流れがわたしたちのもとに伝え、わたしたちの祖先が認知し、聖別してきたものである……。しかし残虐さがトゥルーズを深く喜ばせるとは、どこに由来しているのか（悪魔の仕業に違いない）？　ご存じのように、最近、ある男が――名指すのは止めておこう――この町で火刑台に連れてゆかれた。かれが軽率で粗暴な話をしたということ、それはありうることだ。ある場合には、異端者に約束された刑罰にあたいするようにふるまったことさえありうるだろう。けれどもかれが悔悛しようとした時に、かれがその肉体と霊魂とを同時に救うのを妨げる必要があったのだろうか？　人間だれしも誤りうることを、わたしたちは弁えていないのだろうか？　かれが沈んでいた深淵と奈落の底から抜け出そうと努力していたとき、かれが安全な避難所にたどりつこうと努めていたとき、なぜ、なぜにして、かれが港に着くのを可能ならしめるため、全員一丸とな

って、かれに救援の手をさしのべなかったのか?》

真実にして滅多にない自由な精神を告げる文献であり、この文献は異端審問官、およびトゥルーズの〈裁判官ども〉[133]の、迫害する側のキリスト教に、ひとりのユマニストが古代の偉大な教えと和解させることを望んでいたろう、正義と慈愛、寛容と平和のキリストを対峙させている。加えてこれは、紛争をみおろす立場に著者を置きつつも、しかしキリスト教的な感情から出発している文献である。パリ、一五三四年十一月九日付けの、もう一通の書簡についても正確に同じことがいえる。——十一月九日、モーベール広場で三人の異端者が間もなく炎に委ねられる日の前日である。そしてまさしくこのモーベール広場で、十二年後に……[134]。その書簡にあるのは、不条理なふるまいで憎悪と迫害との激増を挑発してきた、《異議申し立てのための燃えさかる情念に駆りたてられた、愚かな党派》、改革派の人々に対する厳しい非難である……。《これらの悲劇において》、とドレはそこで結論した、《わたしは観客の役割を演じている。わたしはこの情勢を残念に思う。告発を受けた幾人かの人々を、かれらの不幸ゆえに哀れむ。——けれどもわたしは、愚劣な頑迷と耐え難い石頭によって自分たちの命を危険にさらす、それ以外の〔改革派の〕人々の愚かさを笑うものである》。これはキリスト教の信念を軽く、しかもはなはだ手短に見積もる、ということである。(33) わたしたちはこのうえ『歌唱全四巻』の、少なくとも注目に値する一作品に関連し、キリスト教的感情について話すべきだろうか? その作品は一五三四年にグリフ書店で印刷された本の中で、『トロサニ抗スル二篇ノ陳述』に付随している。それは死のテーマ、——恐れてはならず、むしろ願うべき、もしくは少なくとも静謐に待つべき死のテーマを展開している。「死ハ待チ望マルベキコト」がそれである。ドレは問う、誰が、自らの生命を死と交換することを望まないほどに愚かで愚鈍になりうるだろうか? 誰が、肉体から、この恐ろしい牢獄から解放されることを拒むであろうか?——こうしたことすべてに何も独自な点はない。だがその結末は次のとおりである。《死だって？　その打撃を僅かなりとも恐れないようにしよう。或いは死は、わたしたちが感覚を喪失することを可能にするだろう。あるいは死はわたしたちに、よりよい場所のもてなしと至福状態を授けてくれるだろう。もしエリュシオンの園への期待が虚しいものでないなら[34]》。

この箇所でわたしたちはおそらく、不信心者だ、とあまり大声で叫ばないように配慮すべきだろう。疑惑を表明する但し書を導く《モシ……デナイナラ》という言葉、これはすなわち《優雅さ》であり、エティエンヌ・ドレよりもはるかに真正なキリスト教徒の筆のもとに見出される。かれらはその優雅さを、ひとりひとり、自分たちのラテン語表現のノートから拾い出している。〈あるいは、あるいは〉という撰言法に関しては、——いずれにせよそれは、いささか好意的に見れば、パスカルの賭[135]の素朴な形態、——不器用な先取りとして見なされうるかも知れない……。とはいえ、この作品が特にキリスト教的な音色を表現してはいない、というのも事実である。そのうえ、一五三四年の『歌唱』第一巻が収録している四十の詩篇と、第二巻がまとめている十九の詩篇に対して、——たった二篇を除けば、いかなる宗教的な、もしくはキリスト教的なインスピレーションを受けた作品も数えられないということを、どのようにして注目せずにいられようか。それらの二篇はともに聖母マリアに捧げられ——「処女マリアノ讃辞ニツイテ」——、二篇とも、あたかも偶然のように、それぞれの巻の最後から二番目の作品である。しかし最後の詩篇は「ムーサニ」献じられる。かくして最後の言葉はルネサンスにとどまるのである。

*

かかるところが、『ラテン語註解』の著者が身を置いていた、微妙にして独特な、そしてこの時代の多数の教養人にとって、おそらくはつかむのが難しい立場であった。あらゆるサイドからの攻撃を受けるのにふさわしい立場である。そこに踏みとどまるためには、熱狂的な支持や献身を確保する必要があったろうに。災いを呼ぶ才知をもって、ドレは支援者をことごとく、うんざりさせるのに努めたのである。というのも全員が、ビュデに捧げられた『ラテン語註解』第二巻の献辞の中に、――全員が、衷心からコンパン殺害事件のあと牢獄からかれを釈放すべく尽力した全員が、唖然とさせられる断言を戦慄しながら読み取ったのだ。つまり、世界がドレを見放した以上、ドレはドレの内にしか救いを見出せなかった、という断言を……。

ヴィザジェの反応、それを知るには、一五三八年版の『十一音綴詩集』を開きさえすればよい。巻頭の数ページからはやくも(第一巻、九紙葉)、「アル恩知ラズノ者ニ対シテ」と題された作品が、憤怒の思いを大声で言いたてる。ドレの名前こそ出されていないが、誰が欺かれるだろう？《己れの生命を友人に負っているおまえ、おまえは敢えて、友達の誰もが、不運の日々に、友人なら友のためにそうあって然るべきこと、おまえの味方をしなかったと言うのか？　おまえはあえて、誰にでも、見捨てられたと苦情をいうのか？　そんな具合に、悪党よ、おまえは皆の厚情にこたえるつもりなのか？　だが不安を胸に、どこにゆけばよいかわからぬまま、おまえが逃亡していたとき、――もし誰もおまえを助けなかったら、おまえがいまどこにいる羽目になるか言ってみよ、哀れな男よ？》このあとにひとつのイメージが喚起されるが、それはモーベール広場の火刑台に想いを馳せると、悲劇的なイメージとなる。災いの種たるドレはいつも、これに類した予言を呼び覚ましてきたのだ。《犬や、狼どもがおまえの四肢を貪り食らっていたのではないだろうか？　そして恐ろしい見世物、申し渡された判決の執行――おまえの父親が受けたものとまったく同じ判決だ――に立ち会うべき親族が、もしその時までおまえに残っていたなら、おまえの破

廉恥な眼は、その人たちがおまえをぐるりと取り囲んでいるのを見たのではなかろうか？》[35]

これが最初の作品であり、他の作品がこれに続く。第二巻でヴィザジェはギヨーム・セーヴに話しかける。ドレがセーヴを心から愛していると誓っている？　まさかね。ドレはドレしか愛していない。かれが自分を愛するのは、《ソノ精神ガ健全デ、分別ヲ持チ、純粋ニシテ素朴デアル》[136]理性的な人々、正常な人々のようにではなく、――かれがそうであるような、《誰モソノ人ノ気ニイラズ、ソノ人ハ誰ニモ気ニイラレナイ……》[137]、衝動的な哀れな人間のように、なのだ。

第三巻ではもう一歩先に進む。ヴィザジェはドレを指し示すにあたって、あからさまなアナグラム、〈レドトゥス〉をこしらえる。《おまえはわたしを（八四紙葉で）大の親友、最良の友と宣言していた……。おまえは今や逆のことを言い、さっさとわたしたちの友情を放棄してしまう。けれどおまえが自分の変節の理由としてあげられるのは、ただわたしがおまえと違っていること、そしておまえが推奨さるべきでない時に、おまえを賞賛しようと思わないことだけだ……。わたしは賞賛にあたいする友人を持ちたいものだ！》第四巻では、「レドトゥスニ対シテ」という幾つかの詩篇が（九一紙葉裏面、九二紙葉、九六紙葉、九六紙葉裏面）周知のテーマを再三とり上げている。ドレはもっとも邪まな人間である。何を驚くことがあろうか？　悪党を父親に持つ者が律儀な人間になりうるものだろうか[36]。――そして相変わらず辛辣な警告が述べられる。《おまえがまだ生きながらえているのは、おまえが苛んでいる人たちのおかげなのだ……》。

要約してみよう。事情につうじた読者にとって『十一音綴詩集』の魅力となっていたもの、それはヴィザジェのふたつの論争、ブルボンに対する論争とドレに対する論争であった。その他の著名人については、いささかの言及もない。ラブレーに関係するもの、関係しうるものは何もない。何もない、――ルイ・テユアーヌとアベル・ルフランの注意を引きつけた詩篇、「ルキアヌスノ猿真似ヲスル者ニ対シテ」と「ルキアヌスノ同伴者ニ対シテ」以外には。これらの詩篇を検討するときが来た。

＊

それらの作品は何篇あるのか。二篇か、三篇か。三篇だ、とアベル・ルフランは言う。つまりテュアーヌは、『十一音綴詩集』第三巻（七一紙葉裏面）の雑言詩「ルキアヌスノ同伴者ニ対シテ」を見落とした、というのだ。これは、ひとりの悪党に対する猥雑で粗野な言葉遣いで書かれた、大仰で辛辣な呪咀である。《穢れた精神よ、犯罪者よ、悪徳の栽培者よ、不法の納屋よ、神の敵よ、わたしがおまえに約束する懲罰に耳を傾けよ！》このあとに、ヴィザジェがルキアノスの徒党の地獄の舌に宣告する、忌まわしい苦役の列挙が続く。しかし何も、どのような特徴あるデテールも、この詩篇をラブレーのものとすることを可能ならしめない。それは、悪漢の不滅の霊魂が事実上消滅して、騙された人々に教訓をもたらせばよいとの誓願——ヴィザジェ自身そうあるべきだ、と告白しているが——で幕を下ろす。いっそう関心をひくのが、それ以外の二篇である。

そのひとつ、「アル不信仰ナルキアヌスノ同伴者ニ対シテ」は『十一音綴詩集』第一巻（一〇紙葉）の、ドレを標的とし、わたしたちが先に註釈した二篇の「アル恩知ラズノ者ニ対シテ」のすぐあとに現れる。それ自体興味深い、具体的なデテールである。さて、そこで詳細な輪郭に遭遇する。槍玉に上げられたルキアノス派の者は、ヴィザジェの詩句の中で〈キリスト〉という言葉に遭遇するたびに、冷笑する。《これはこれは、見事なラテン語だ！　純粋なラテン語だ！　ローマ人がこのような名前を口にしたことがあったかのようだ。キリストとは、ね！》これに対しヴィザジェは憤慨する。《嘲笑うがいい、ルキアノスの猿真似をする者よ、おまえはわたしをおまえの教義に引きずりこめなどしない！　ご自身の御子が人類の救済のために死なれることを望まれた神の、天にまします実在を否定すること、死の過酷な歯に人類を委ねたアダムの過ちを否定すること、至高の審判と永劫の刑罰を否定すること、これはまさに狂気の沙汰だ！　用心せよ、注意せよ、未だ時間が残されている間に、悔いるがよい……》。そしてあらためて、ドレにつきまとって離れなかった不吉な予言が語られる。《もしおまえが悔い改めなければ、間もなく死に襲われるだろう。もうお仕舞いなのだ、憐れむべきものよ……、もうお仕舞いなのだ、おまえは死んでしまった、アア、嫌忌スベキ者ヨ、汝ハ滅ビテシマッタノダ！[37]》

　ドレの名前を引き合いに出したことで、お許しを願いたい。だが、かれの名前はわたしのペンの下に、まったく自然に浮かんで来たのだ……。テュアーヌが主張し、――アベル・ルフランがそれに追随する、ラブレーはどうなったのか？　なんだって。この過激なキケロ派のラテン語純粋主義、キリストの名が古典期にないという理由で、その名前を放逐する、狂信的なユマニストが抱く偏愛……。これがフランソワ師匠〔ラブレー〕のことだろうか？　一五三二年にサリニャック[138]宛てと言われる書簡を著す――これはキケロ派の嫌われ者、エラスムスそのひとに向けられた愛情と感謝とを示すふるまいだ――献身的なエラスムス信奉者の、おお、奇怪にも、ことだろうか！　言うにおよばず、ドレのことである。『キケロニ倣イテ』の熱烈な著者のことである。はるかな昔、メテールが《斧印の》出版者に捧げた詳細な註解で、次のことを注意していた。つまりドレのいかなるラテン語詩篇を見ても、キリストは名指されていないのである。神、ユピテル、神々、至上ナル者タチは俎上に昇る。キリストについては断じてない。――そう、ヴィザジェの詩集の中で、二篇の「アル恩知ラズノ者ニ対シテ」の直後に、「アル不信仰ナルキアヌスノ同伴者ニ対シテ」という作品が続くのは、いわれのないことではない。忘恩の徒とルキアノスの徒、それらは同じくドレなのだ。過激なキケロ派のドレ。死刑執行人が待ち伏せしているドレである。

だがそれでは、「ルキアヌスノ猿真似ヲスル者ニ対シテ」（三〇紙葉裏面）という作品はどうなのか？そこにはひとりの極悪人――《オオ、無頼漢ヨ》――が登場する。この言葉をその真の意味で考えてみよう。一五三八年のドレは《犯罪》の初犯ではなかった。反してラブレーは、知られる限り、誰も殺していなかったのではないか？――さて、この極悪人は、悔い改めるどころか、そしてかれを愛する人々の賢明な忠告を聞き入れるどころか、猛り狂った性急さで、己れの破滅へとひた走る。まさしくこの性急さ、この激情を、かれに出会った人々が誰も彼も、ドレの内に存在すると指摘するのである。《アア、汝ハ――自ラヲ破滅サセ続ケル、ソシテ日々――更ニマタ更ニ、狂乱ヲ増シテユク。非難サレテモ――恥ズベキコトニ、オオ、無頼漢ヨ、汝ハ心ヲ入レ替エナイ！[139]》それだけではない。この破廉恥漢は、自分の錯乱につきあうのを拒む人々を、《最低の人間》と形容するのである。《汝ノ罪咎ニ喝采シヨウトセズ、――汝ノ臆見ヲ賞賛シヨウトシナイ――人々ヲ……[140]》。まさしく、レドトゥスがおこなっていたことだ。ドレがヴィザジェと袂を分かった動機は、かれがヴィザジェを導いてやろうとした境地に、ヴィザジェがついてゆこうとしなかったためである。《何故ナラ私ハ、私ガ是認シウル友ヲ望ムカラダ！[141]》――ところでドレがその友人たちに信じさせようとしていたこと、それは、すべてが死に際して死ぬということ、すべてが運命に従うということ、永遠も不滅もないということ、神のかけらも存在しないということ、人間は野獣と少しも違っていないということ、などである……。以上があの忌まわしい男の素晴らしい教義なのだ。かれはその教義を、毎日かれの家を訪れ、その話を傾聴する気の毒な者たちに教え込む。《汝ハコレラノコトヲ、日々汝ノ家ヲ訪レ――談話ヲ楽シム哀レナ者タチニ教授スル[142](38)》。おまけに、このルキアノスの猿真似をする者は、ひとりのタルチュフである。もし誰かがかれに問い質し、その者がかれの仲間でないなら

（《ソレガ汝ノ党派デナケレバ》[143]）、かれは良きキリスト教徒をよそおい、ルキアノスを否認し、自分が何故ルキアノスを嫌っているか、キリストにいっそう気に入れられるように日々努めているかを述べるだろう。《ナゼ汝自身ガルキアヌスヲ嫌ウカ、――ナゼ唯一キリストニ悦バレヨウト努力シテイルノカ――理由ヲ申シ立テル》[144]（三〇紙葉裏面）。[39]だがかれの仲間が連れ添っているとしてみたまえ。親しい者同士の、なんたる笑い声が響くだろうか！《汝ガ巧ミニキリスト教徒ヲ真似タコトヲ、汝ハ笑ウノダ！》[145]もうたくさんだ、とヴィザジェは結論づける、これらのみすぼらしい逃げ口上は、もうたくさんだ。あるいは神がおまえを罰せられるであろう。しかも非常に手厳しくおこなわれるので、おまえはこう白状するに違いない。《私ハ人トシテデハナク、犬トシテ暮ラシテ来マシタ。[146]わたしは人間のようにではなく、犬のように生きて参りました。詩人のヴィザジェはこの事態をよく予測しておりました。わたしに百度も破局を予言したかれ、かれはそのとき誠実だったのです……。――しかし遅すぎました！》

　この激烈な詩篇の中で、何もラブレーについて述べず、すべてがドレの名前を大声で叫んでいる。残っているのは『十一音綴詩集』第一巻の四番目の作品である（二八紙葉）。この作品には素朴に「アル詩人ニ対シテ」という題名がつけられている。《キリストを、とおまえは言うのか、ぼくは自分の両目よりもキリストを愛している、と！　キリストの十字架はいつもおまえの唇の上にある。キリストの庇護があれば、おまえは火も凌辱も、十字架も刑車も、毒も嘲笑も、雑言も打擲も耐え忍ぶだろう。おまえはそう誓う。実のところ、おまえは一介の不敬虔な詩人にすぎない。そして、おまえの精神、おまえの蝮の舌、おまえの習慣、おまえの法律侵害、おまえの詐欺的な行動、結局のところ無頼漢の人生であるおまえの暮らしぶりすべてを、くまなく知る者がいるなら、――その者はこう結論を出すだろう、世界すべてを見渡しても、おまえ以上に忌まわしい存在はない、と……》。そのあとで、意見申し立てにうつる。《キリストが生誕したことなどまったくなかった、と信ずること、キリストが受難を忍ばれたことなどまったくなかったと、売られも、埋葬されもしなかったと信ずること、それが一体、自分の両目よりもキリストを愛していることなのか[40]?》さらに罵倒が足りないかのように、ヴィザジェは後続する二行の詩句で、自らの感情を要約する。《同ジ者ニ対シテ》書かれた二行の詩句である。《ひとりの人間についてそうするように、おまえについて話すんだって? まさかね! 確カニ汝ハ、人間ノ匂イモシナイシ、汝自身モソウデハナイ[147]!》

どれも皆、唯一の、そして同じ人物に、明らかに当てはまるこれらの詩篇を、二十回も読み、再読するがよい。言い回しも、罵倒の言葉も、論旨も絶えず、ひとつの作品から別の作品へと行き来する。それぞれの単語がそこでドレの名前——当時その敵たちが描いているようなドレ、という意味だが——を叫んでいる。何ひとつそこでは告げない。ラブレーのことは。

ラブレーなのだろうか? この粗野な男、攻撃的で過激な物質主義に与するのを拒む人たちを罵る、このパルティザンがラブレーなのだろうか? この熱情に駆られた布教家、不運な人々を欺き、教化するこの狂信者が、ラブレーなのだろうか? 本当かね? この無分別な男、この凶暴な男、誰もが知っているこの布教家、どのようにしてこの人物が同時に『世ノ警鐘』の犬、真理を知りながら、その些少な断片たりとも啓示するのを拒絶するパンファグスでありうるだろうか?

そして同時代人の、この深い沈黙はどうなのか? かれらは競ってドレとヴィザジェのいさかいに口をはさんだ。その余祿は十二分に美味しかった。これらの天性から、そして生業としても陰口を好む輩が、ラブレーとヴィザジェの不和について何も知らなかったことなどありえようか? 文献を読み返してみよう。ことは相互にたいそう愛しあい、たいそう訪問しあった、親密なふたりの友人の仲違いに関わる。一度ではなく百度、《百回モ》、ヴィザジェは友人を改宗させようと努力したのだ。リヨン在住のユマニストたちの小さな世界で、それぞれに味方と敵に囲まれた、注目を集めるふたりの人物の間にスキャンダラスな断絶が勃発したとする。それなのになにも、反響ひとつ、寸鉄詩ひとつ、和解の試みひとつ残っていないというのか？　これらの人々、かれらの虚栄心、この種の対立が世界にとっての一大事であるとするかれらの素朴な信念を知る者には、説明不可能な沈黙ではないか？　一五三七年にはヴィザジェに疑心を抱かせなかったラブレーの無神論が、突如として一五三八年に、詩人ヴィザジェの蒙を啓かれた眼に啓示される。そしてこの啓示がヴィザジェしか混乱させなかったというのか？　かれの友人のシュサネ、リヨンで長きにわたってかれの屋敷を訪れている敬虔なシュサネが、ちょうど一五三八年刊行の詩集『娯楽集』の中で、有名な小品（四一紙葉）――この詩の中でシュサネはモンペリエにあって病に臥し、親愛なるラブレーに会うこと、ラブレーが居合わせることだけを本物の薬として待ち望む自身の姿を描いている――を心静かに発表しえたろうか？　ラブレーが一五三七年九月から一五三八年四月にかけて、万人の視線のもと、幅広い好意に迎えられて、仕事をしているモンペリエで、――誰ひとりとして、ヴィザジェが《ルキアノスの猿真似をする者》のうちに糾弾するこの狂信的な不信心、この布教への激情、この忌まわしい偽善に注意していないように見えるではないか？　実際、テュアーヌの見解に同意しうるには、もっともな理由の数々が必要であろう。

5　ラブレー、ラベラ、及びシェノー

しかし、と言われるであろう、フランスのルキアノスといえば、いつでも、どこでも、慣例として、そ

れはラブレーのことではないか?——たしかに、かのサモサタの人〔ルキアノス〕の名前は、このシノンの人〔ラブレー〕に、今までとかく当てはめられがちであった。ではあろうが、それは専売特許ではなかったろう?

証拠が必要なら、カルヴァンその人がそれを証明している。かれがエピクロス的なルキアノス派の人々を厄介払いする地獄の扉は、一五五〇年の時点で、ラブレーのみならず、デ・ペリエにも、アントニウ・ザ・ゴヴェイアにも、そして数多くの無名の者にも開かれているのではないだろうか? カルヴァンはことさらに、《私ハ僅カナ者シカ名前ヲ挙ゲナイ》[148]と言う。だがそれ以外の者たちもいるのだ……。そして一五四四年の『ニコデモの徒への弁明』も、それに先立つアントワーヌ・フュメ[149]の書簡と同じく、複数形でルキアノスの徒のことを話している。ルキアノス。——エラスムスもそう言われた。デ・ペリエもそう言われた。一定の時点で、いささか常識外の考えをしたり、そのような素振りを見せる人々みながそう言われた。それは一族の名称であり、個人名ではないのだ。

ラブレーの内にルキアノスの猿真似をする人物を認めるべく、テュアーヌの方では別の理由によって動かされていた。一五三八年十二月にコリーヌ書店でヴィザジェが上梓した『銘句詩集』という詩集の、——その本のほとんど巻頭で、「ラベラ〔Rabella〕ニ宛テテ」(六紙葉)と題された一篇の作品にテュアーヌは遭遇した。ラベラ。参照していた刊本(国立図書館のそれだ[150])に、このラテン語の名前と対をなして、十六世紀の筆跡で記されているフランソワ・ラブレー自身の名を読みとったとき、推察するに、この碩学の胸はときめいたに違いない。

ところでヴィザジェは、ラベラの名前のもとに、その好奇心のせいで本当に耐え難い詮索好きな人物を描いて見せる。お望みなら、無遠慮な人々と煩わしい人々の王、と言ってもよい。《おまえは万事を知りたがる》、とヴィザジェはかれを咎める。《わたしが誰であるか、どのようにして暮らしているか、父が何者か、故郷がどうで家庭がどうか、と。わたしの名前と恋人の名前、わたしの暮らし向き、食卓、召使の仕事ぶり、愛情面でわたしが幸福であるか、あるいはあったか、おまえは知りたがる。おまえは知りたがる……》。だがここにいたって、ヴィザジェの詩神は放縦に流れすぎ、詩句の長さも、フランス語でついてゆける程度を越えてしまう。――そしてその逸脱の直後に予期された結末が来る。《おまえが知りたいと願わないなにものもない。けれどすべてを知ろうとする激しい情熱にあって、ラベラよ、おまえが知りたいと欲するのは、およそ充分でないか、それとも限度を越えているかなのだ。ラベラヨ、汝ハ不十分ニ、ソシテ過度ニ知ルコトヲ欲シテイル[151]》。

ラベラとラブレー……。かくてテュアーヌの想像力に進軍の合図が下される。ラブレーが詮索好きだったこと、たいそう詮索好きだったこと、あまりに詮索好きだったこと。ありうることだ。もっともらしくさえある。いずれにせよ、知識に対するかれのいやしがたい渇きからわたしたちが創案しうるイメージに見合っている。しかしここで、事態を紛糾させるかのように、また別の寸鉄詩と別の詩人が介入してくるのだ。

*

取るに足りない詩人で、ヴィザジェの友人にしてほぼ同郷者である、ルテロワの人ニコラ・シェノー[152]は、ラテン語名をクウェルクルスといい、アルデンヌ地方はトゥルトロンの出身だった。ギーズ家[153]の庇護のもと、対抗宗教改革[154]に夢中になったカトリック教徒として数冊のラテン語の著作を世に問うという間違いを仕出かしたあと――とくに一五五三年、パリのリシャール書店で刊行した『寸鉄詩集』と『十一音綴詩集』の二冊[41]——、ランスのサン＝サンフォリアン教会参事会主席になった。ヴィザジェの『十一音綴詩集』は一五三八年にさかのぼるから、これらの二冊の詩集の間には、十五年の歳月がはさまっている。なるほど、刊行年度の間の差でしかないかも知れない？　いずれにしてもシェノーの『十一音綴詩集』にも同じく、一篇の「ラベラニ対シテ」という作品が姿を見せている。そこでテュアーヌはすぐさまこう結論する（どんな証拠に基づいてだろう？）。《ヴルテと共謀して、シェノーの方でも一篇の小詩篇を作成したが、それは水増しされたヴルテの寸鉄詩に過ぎない。二作品の対照は、それぞれの作者が執筆する前に、あらかじめ打ち合わせていたことを示すように思える[155]》。

もっと慎重には、シェノーの寸鉄詩はヴィザジェの詩の、増補され、拡大され、あたかも引き伸ばされたかのような翻案に思える、と述べておこう。町の噂を知りたいのかね、とルテロワの人は言う。ラベラを食事に招きたまえ。いたるところ、教会で、広場で、貴族たちの館で起きていることすべて、——国王のメニュー、重要な外交、家庭の不和、姦通、若い娘たちの恋愛ごっこ、そして堕胎。すべてを、すべてを知ることができるだろう！　そしてなんたる食客か、このラベラという奴は！——ここから、逐語的な訳を試みよう。《かれは近隣の大貴族の屋敷で昼食をとり、夕食をとり、就寝する。太鼓腹を捩らせるような笑い話が大好きなこの大貴族は、できる限りラベラの輩を最大限に招集し、——これらの名誉の盗賊が自分と戯れ、自分につけこみ、自分自身を批判するのを許しておく。まさしくこの貴族は、少なくとも二、三人のラベラたちがテーブルに肘をついているのを見なければ、食事をとれないのだ！》——そして以下が最後の雑言である。《ラベラよ！　おまえは単に、言葉の風車、道化師、ごろつき、立派で汚れないあらゆる名声に対する、毒にして疫病に過ぎない。おまえの舌は蝮の毒ですっかり塗られている。おまえの舌はどんな致死的な毒よりも危険だ。おまえの舌は神々や人々を次第次第に切り裂いてゆく。おまえの舌はすっかり鉛でおおわれ、黒く、恥知らずだ。ラベラよ、わたしの言葉を信ぜよ。おまえはおまえの舌以外の何者でもない！[156]》

ラブレー？　かなり厄介な、ある事柄に注意しておこう。この貴族の食客、このお喋りで口の悪い、やかましい詮索好き、蝮の舌、——だがこれはまさしく、狂犬病のピュテルブが唱えるラブレーではないか？　まるで『テオティムス』（一五四九年）[157]の助けを借りて校閲訂正された、ヴィザジェの寸鉄詩（一五三八年）の自由な模作のようだ(42)。この作品はいつ書かれたのか？　テュアーヌの言明にはまったく根拠がない。シェノーが《ヴルテと共謀して》作品を作成した、ということを許すなにものもない。反対に当時の詩人がどれくらい嫉妬深く、自分たちの財産を守っていたか、周知のところだ。他方わたしたちは、シェノーとヴィザジェの関係について何ひとつ、シェノーとラブレーの、あったかも知れない関係について何ひとつ知らない。どこでシェノーはラブレーと出会ったのか？　どうもギーズ一門の屋敷と推測しても悪くなさそうだ。そこから山なす対抗意識が由来するのかも知れない……。わたしはヴィザジェの死去（一五四二年）と『テオティムス』の刊行（一五四九年）のあと、ラブレーの死去（一五五四年四月？シェノーの『十一音綴詩集』は一五五三年になる）とほとんど同時期に、この作品を想定してみたくなる。《近隣の大貴族》が関わるだけに尚更ではないか？　註記しておくが、デュ・ベレー枢機卿が取り沙汰されているとしたら、かれの失寵が（ロミエが立証したとおり[158]）、伝えられてきたように、アンリ二世の即位、即ち一五四七年四月にさかのぼるのではなく、一五四九年四月に始まるのであり、この枢機卿に対して批判が前よりもやや羽目を外しはじめたのはようやくこの時期からではないか？

ともあれ、ひとつの事実は注意さるべきである。ヴィザジェのラベラと同じく、シェノーのラベラも無神論者、教義に固まった不信心者ではないのだ。それがどうしたのか？　ラベラは、とテュアーヌが断言し、のちにアベル・ルフランも繰り返す、――シェノーのラベラは、ヴィザジェのラベラその人である、と。そうであるとしよう。しかしなぜラブレーと認定された、このシェノーのラベラが、同じくヴィザジェの《ルキアヌスノ猿真似ヲスル者》でなければならないのか？　こちらには、一冊の詩集の中に、あるルキアノス派の徒に対する、キリストの敵に対する、怪物的な不信心者に対する、三篇の匿名の雑言詩がある。あちらには、同年に刊行され、同じ結構のまた別の詩集に、あるお喋りな人間の諷刺的な走り書きがある。――この走り書きはもっとのちになって、また別の韻文作者が再度取上げ、このお喋りを食客にして中傷家に仕立てあげる。どう言えばよいのか。こちらでもあちらでも、同一人物が引き合いに出されている。ラブレーが。――なぜならラベラとはラブレーのことだからか？　それと言うのも、シェノーのラベラ、シェノーはかれを同じくラブラ〔Rabula〕と名付けているのである。(43)《ラベラヨ、私ハ汝ヲ道化タ三百代言〔rabulam〕ト命名スル》[159]。シェノーのラベラは蝮の舌を持っている。《汝ハ蝮ノ毒ガアル残忍ナ舌デアル》[160]。しかしラブレーは、《怒リニヨッテ傷ツケラレタ者〔Rabie laesus〕》ではないのか。そしてヴィザジェの《ルキアヌスノ同伴者》は、敵意ある舌、《反目的ナ舌》をしているのではないか？　連鎖はこのように作られ、テュアーヌはそれを信じた。同じくらい薄弱な根拠に基づいて、かれは論文、例の「ヴルテとラブレーの仲違いに関する註記」を組み立てた。誰もかれの言明を検証する労苦など取らなかった。いや、そうではない！　ある人物が一九〇六年に、良識ある次の反論を表明したのだ。《詩篇「ラベラニ宛テテ」、「ラベラニ対シテ」、「或ル不信仰ナルキアヌスノ同伴者ニ対シテ」、及び「ルキアヌスノ猿真似ヲスル者ニ対シテ」が同一人物を標的にしているかどうか、定かではない[161]》。そしてこのある人物とは、サント＝マルトと狂犬病のピュテルブについてのはなはだ斬新な論文における、アベル・ルフランその人なのである。おそらくその時、かれは正しい道を歩んでいたのであり、――もし根気よく続けていたら、かれもまた、ヴィザジェの《反ルキアノス的な》三作品がターゲットとしているのはエティエンヌ・ドレであり、フランソワ・ラブレーではない、と結論したことだろう。さて、もしルキアノスの猿真似をする者、もしルキアノスの同伴者が、斧印の印刷業者〔ドレ〕で、アルコフリバス師でないなら、テュアアーヌの全構築物にあって、なにが残るのだろう。建築物が倒壊するばかりでなく、もうヴィザジェの寸鉄詩「ラベラニ宛テテ」の中にも、シェノーの寸鉄詩「ラベラニ対シテ」の中にも――それらが本当にラブレーに当てはまると仮定して――、次のように宣言するどんな些細な口実をも見出すことは出来ない。誰も見出せないのである。つまり、さあご覧あれ、ラブレーをよく知っていたヴィザジェの眼、かれの論争の味方をしたシェノーの眼に映るのは《ラブレー、なによりもまず、それは無神論者のラブレーである》、と宣言する口実を。

万事が消滅してしまう。わたしたち以前には誰ひとり、一五三八年にドレについてヴィザジェがかくもきっぱりと明言したことを、ラブレーについて言ったことはなかった。《これはキリストの敵だ。そしてキリストの啓示、かれはそれを否定している》、と。――そうであるなら、ひとつの疑問を自らに課すことは出来ないだろうか？　もしテュアアーヌが、一五五三年にカルヴァンにより起草された反ラブレー的な文書、という伝説を売り出さなかったなら、もしテュアアーヌが己れの権威のもとに、ヴィザジェが一五三八年にドレの無神論を告発すべく作成した寸鉄詩を、ラブレーに押し付けなかったなら、もしテュアアーヌがこれらの重大な誤解をおかさなかったなら、――一体誰が目の前に、――多分独創的ではあろうが現実的ではない――一五三二年の時点での無神論の布教者たるラブレー像が出現するのを見ることが出来ただろうか？

6　ラベルスからカリデムスに

わたしたちはすでに、〈他愛ないこと〉の饒舌な語り手、ニコラ・ブルボンの面識をえている。テュアーヌは――そしてわたしたちも――ブルボンとフランソワ・ラブレーの関係を検討するのを怠ってきた。

一見すると、かれらの関係は希薄で――しかも冷え冷えとしている。ゆいいつ一篇の作品だけがヴァンドゥーヴルのアポロン〔ブルボン〕から、詩人兼医師〔ラブレー〕に捧げられている。それは最初に一五三八年版の『ヨシナシゴト』(二四七ページ、第LXVII篇)に出現する――そして以下がその翻訳である。《ぼくは今となっては、デュ・コテ(ラテラヌス)[162]やデュ・メーヌ、サン=ジュレ[163]にまれに会うだけだ。緊急の用事、重要な事件がかれらを宮廷に引き止め、忙殺している。ご時世なのさ。けれど君、ぼくの親愛なラブレーよ(《我ガラベラエスス〔Rabelaesus〕ヨ》)、ぼくの出立が確実で、ぼくの意志が呼んでいるところに(もっと正確にいえば、運命がぼくを連れてゆくところだ)赴くのだから、――ぼくの代わりにかれらに挨拶してくれたまえ》[164]。これがすべてで、ほんのわずかだ。友情の、いや、それですらなく儀礼の単なる委託である。取り継ぐ者への一言の讃辞もない。わずかではあれこの時代の習慣を弁えている者は、この短信を非常に素っ気なく思うだろう……。ところがブルボンにとってラブレーに会う機会は、おそらく、ないわけではなかった。かれは二度にわたり、ちょうどラブレー当人が居合わせた時期に、リヨンで暮らしていたのだ。ふたりの人物は友情を抱いていたし、共通の職業に従事していた。ふたりともパリで、ドレの赦免パーティに出席していた。したがってブルボンが、ラブレーのような評判の高い医師に、韻文で綴られた名刺以外のなにも献呈しない、というのは興味深いことなのだ。かれが仮名をもちいて、『パンタグリュエル物語』の著者を標的にする、なんらかの作品は存在しないのだろうか？　コレージュのアポロンたちの文学的風習にいささか馴染んでいる者には、この疑問が課せられることになる。

*

ラングドック出身の高名な碩学、ド・サンティ博士（わたしたちはあとでまたかれと再会するだろう）は、一九二二年から、『十六世紀研究誌』に掲載した論文で、一五三三年版『ヨシナシゴト』における一篇の作品「ラベルス〔Rabellus〕ニ対シテ」の存在に注意を促してきた。この作品はかなり興味を引くものである(44)。《何を考えているんだ、ラベルスよ？　君は絶えずぼくたちの生徒を、称賛にあたいする仕事、人文学や神学の研究から逸脱させている……。君は一体、君の悪徳、猥褻にくるまれた滑稽な言動、駄弁、金儲けのための文章、恥ずべき粗野さ、汚い言葉、そして汚れた生活の中で、生徒が哀れにも、その真っ当な青春を喪失するのを望んでいるのかね？　さあ、ぼくの言うことを信じたまえ。ぼくたちの生徒が、健全な道徳生活を過ごすにまかせてやるんだ。――さもなければ、興奮し落ち着きのない者よ、君につきまとわれたムーサたちが、御自ら宇宙を縦横に君を追い回さないか、そして君を、おお、ラベルスよ、狂犬病患者にしてしまわないか、恐れるがよい。ソシテ汝ヲ狂犬病〔rabiem〕ニシテシマワナイヨウニ、ラベルスヨ！》 [165]

間違いない、とド・サンティ博士は認める。問題になっているのはラブレーと、その俗語文学と、『なみはずれて魁偉なる巨人ガルガンチュワの無双の大年代記』（知られている限りでの初版は、一五三二年刊行）であり、『その名高きパンタグリュエルの畏怖驚倒すべき言行武勲物語』（一五三二年）であり、多分また、一五三二年暮れの『パンタグリュエル占筮』であり、説教好きの教育者、ブルボンが青年のために危険で、かれらの勉学をかきみだす恐れがあると判断するあらゆる書物である……。敬虔で気性のはげしいブルボンが、宗教改革の理念にすっかりとらわれて、俗語で書かれたラブレーの著作に憤っているのが、とてもよく分かる。またギリシア語とラテン語にかぶれた《詩人》ブルボンがスキャンダルを認めるのを拒んでいるのが分かる。つまり優れたユマニスト、グリフ書店からマナルディ[166]の医学書簡やヒポクラテスの『格言集』、さらにはクスピディウス[167]の『遺言』を発行できる、本物の学者が……——突如として、いささかの世間体も気にせず（《何ヲ思イツイタノカ、ラベルスヨ》[168]）、大衆的な法螺話で名のとおった出版社、ヌリー書店から、あまり聡明でないひとりのユマニストの眼には、『パンタグリュエル物語』のような軽蔑にあたいする著作を発行することを思いつくというスキャンダルである。明らかに金儲けをもくろんでのことだ（《利益ヲ追求スル数々ノ本》[169]）。十七世紀、十八世紀、十九世紀の——ラ・ブリュイエールからラマルティーヌにいたるまでの批評家たちがわたしたちに残した、ラブレーの作品の真実の意味や価値、影響力、そしてもしこう言って構わないなら、その品位についての無理解や、かくも多くの愕然とさせる評価が暗示する、その総体を思い起こしてみよう。《この全作品を理解し評価しようと気負うような人は、余程へんな趣味をもった一部の人士だけであろう》とヴォルテールは書きとめる。《残りの国民はラブレーの洒落には笑うが、書物は軽蔑している》[170]。エルヴィールの参事会員〔ラマルティーヌ〕について言うと、ラブレーはかれにとって、《中世の修道院の堆肥に発生した、毒を持ち悪臭を放つ茸、自分の不潔な豚小屋にあって大いに楽しみ、己れが出した屑を己れの顔、すなわち己れの世紀の風俗や言語に跳ね返しては大喜びしている、還俗した修道士たちの中の放蕩者[171]》ではあるまいか？——まったく、これらの叙情詩人たちという奴は！……一五三八年の詩人ボルボニウスは、自分がこれほど素晴らしい後継者を持つとは予感していなかっただろう。

そういう次第で、「ラベルスニ対シテ」という作品が、大いにありそうなことだが、ラブレーをまさしく標的にしているかどうか、ここにかれの俗語刊行作の成功について興味深く、他方あまりかんばしくない証言がある。さらに次の比較を頭にとどめておこう。《ラベルスは狂犬病患者だ〔Rabellus le rabique〕》。これは問題の作品の末尾である。ところでヴィザジェが一五三六年にラブレーに送り、一五三七年に再版を出し、わたしたちがすでに引用した詩篇の主題は何であるのか？《ラブレーよ、君の心が狂気で汚染されていると主張したあの男、あの男は嘘をついている》……。あの男とは誰か。ド・サンティ博士はいう、ジュール＝セザール・スカリジェだ、と。この問題についてもあとで戻ることにしよう。「ラベルスニ対シテ」という詩篇に注意を促したド・サンティ博士、かれの脳裏にはブルボンの名前はまったくなかった。しかしブルボンは一五三三年にスカリジェと結びついていたのだ。

＊

さて、そのおりが来たと思われるが、ブルボンの詩集と同時代の詩集を調査してみよう。一五三八年のパリはコリーヌ書店で、すでに出会った覚えのある署名——ユベール・シュサネ、もしくはシュサノーという——がある『娯楽集』が日の目を見る。気紛れで——そう受け取れるのだが——、激しやすいこのユベールは、波瀾に富む、よく知られていない経歴を持つ、半ばは学者、半ばは教育者である。一介のユマニストとしてはかなり風変わりなことに、かれは一五三一年に、ピエール・クテュリエ[172]——〔ラテン語名〕ストル——の香炉持ちとして人生の第一歩を踏み出したのが分かっている。クチュリエはカルトジオ派修道会の星で、ルター、ルフェーヴル、エラスムス、およびかれらの賛同者に対するわがソルボンヌ神学部教授連の中でももっとも攻撃的なひとりであった[45]。シュサネが翌年、ベダのご機嫌伺いをしているのも知られている。そのあと、二年後、一五三四年に、かれは国王フランソワ〔一世〕にピエール・ロセ[173]の『キリスト』のある版を捧げる。その序文は『聖書』からの引用でおおわれており、次から次へとおびただしく、「列王記」、「詩篇」、聖パウロ、聖ヨハネ、「箴言」が引用されている。更に二年後、一五三六年にコリーヌ書店が出版の恩恵に浴した『キケロ辞典』の巻頭で、かれはクータンス司教フィリップ・ド・コセ[174]に自分の人生の断片を物語っている。どんなふうにパリでウェルギリウスやキケロを公開釈義したか、どんなふうにフランスのホラティウス、偉大なるマクランと知り合い、かれをつうじてクータンス司教と知り合ったか、どんなふうにブルターニュ出身の貴族と結びつき、西部地域を一緒に旅行したか、そのあとでブルジュに戻り、リヨンにたどりついて、グリフ書店で校正係に雇われ、そこでドレの面識をえたか、である。またそのあとで、アロブロガ族〔ケルト民族の一部族〕の国をとおってトリノに赴き、キケロを釈義し、学長を味方にし、パヴィアで青年たちに説教をし、マントーヴァまで用心深い行脚[175]をしたのだ……。

こうしたことすべては恐らく正確であろう。――だがいささか装飾された正確さで、なのだ。たとえばシュサネはアロブロガ族の国の横断になにげなく触れている。しかしわたしたちが知るところでは、トリノの学長の助手をしているときに、シュサネの性格に相応しい乱暴沙汰ののち、一五三六年八月に逃亡を余儀なくされた。なぜなら四年後、最初の滞在のにがい思い出にもかかわらず、グルノーブル市民に再びつかまったシュサネは、再びかれらの手で追い払われなければならなかったからだ。《悪い見本のような男だ》、と記録簿は告げている、《そしてそのような者として、一冊の本の講読を始めたとしても、二、三章しか続けず、また別の本の講読を始める。それからかれは神の冒瀆者であり、ほとんど常に酔い痴れて、ひとり、またひとりと争い、帯剣する生徒たちに悪しき見本を示している……》。――したがってシュサネがジュール゠セザール・スカリジェと親交を深めたとしても、――そして〔その序文で回想している会見ののち〕アルプス以南出身の粗暴な人間〔スカリジェ〕の、エラスムスに対する激越な第二演説の刊行者になったとしても、別に驚くほどのことではなかった。この第二演説は、一五三五年九月二十五日に擱筆され、シュサネの尽力でおそらくは一五三六年の暮れに、一五三七年の発行年号を付されて、ヴィドゥ書店から出版された。この時点でエラスムスは没していた。その粗暴な言動によって慎重な筆使いを乱すことなく、シュサネは一五三八年の『娯楽集』で一篇の計算されつくした寸鉄詩をエラスムスに捧げている。《地上では、一片の雲が空の一部を君から隠していた。いま君は空全体を、雲ひとつなく、その明るみのうちに見出している。汝ハ地上ニアッテ、雲ノ所為デ部分的ニ天上ノコトドモヲ見テイタ。今ヤ明ルク、今ヤ雲ナクシテ、汝ハ全テヲ見テイル……[176]》。

刑事代官ジャン・モラン[177]の後見の翼の下にできるかぎり難を避けながら、他方でキケロをつうじてドレと、あまつさえスカリジェと気持ちを同じくし、敬虔に聖母マリアに祈願しつつ、――ラブレーの薬効に賞賛の念を表する人物がここにいる。しばしば引用されるその賞賛とは、「ペッスラヌス山〔モンペリエ〕ニアリシラブラエスス〔Rablaesus〕ニ宛テテ」である。《ユベールは》、と自分のことを話しながらかれは言う、《ユベールは医師たちの気高い都市にあって憔悴している。かれの不調を和らげてくれる薬はまったくない。君ひとりにその能力があるのだ、ラブレーよ、――もしかれがそう信じているように、かれの唯一の病が君にちっとも会えないことであるなら。君の晴朗な顔はかれに安らぎを与えるだろうし、君を見れば、かれがからだじゅうに感じている憔悴も消え去るだろう》。儀礼以上に愛想よい、この作品は『娯楽集』の四一紙葉[178]に読みとれる。ところが、八紙葉、八紙葉裏面、及び二九紙葉裏面には〔「ラブラ〔Rabula〕ニ対シテ」という詩篇が載っている三七紙葉について言及しないにしても〕、「ルベルス〔Rubellus〕に対シテ」、もしくは「ルベルスニ宛テテ」と題された三篇の作品がある。まず、最後の作品から。《汝ハ酩酊セズニ如何ナル陽光ニ出会ウコトモナイ、ルベルスヨ、酔ッテイナイ汝ヲ見ル者ハ、朝早ク汝ヲ見テイルノダ！》[179]——このラテン語の翻訳を捜すのはやめよう。ある人物がすでに翻訳を成し遂げており、しかもそれは、一五五四年十一月の末に刊行された、有名な「フランソワ・ラブレーの墓碑銘」におけるロンサールなのである。

　どんなに朝が早くても、
　太陽は飲まない彼を見たためしなく……[180]

ラブレー？　もしシュサネの酔い痴れたルベルスが、あのシノンの人とは別の人間だとしたら、こうした一致は奇妙ではないか？——「ルベルスニ対シテ」と「ルベルスニ宛テテ」のもう二篇の作品は、うろんな活動にたずさわる男のふるまいを嘆く、ひとりのモラリストの悲しげな非難を、罵りの言葉なく表現する。《わたしは十二分に知っている、ルベルスよ、おまえが家でやって来たことを。——黒塩で擦り、烏賊墨で塗りたくらねばならない類いだ……。わたしはそれが分かっている。しかしそのことで白い紙を汚したりはすまい》。あるいはさらに、《厳格なカトーが、厳格なスキピオが、おまえの仲間だというのか？　それは違う、ルベルスよ。もしおまえがクイリヌスの祭典[181]が好きなら、捜せばいい。そこにこそおまえは正真正銘の仲間を見つけるだろう。ひとりか、ふたりか。いや、三億人の仲間だ》。「ラブラニ対シテ」という作品も、同じセンスで書かれている。《今日、おまえの著作に有罪の判決が下される、とおまえは抗議する。後世の裁きに上訴する、とおまえは言う。そしておまえはこの時代が公正に欠ける、と非難する！　ティトゥス＝リウィウスの類、ウェルギリウスの類は同じ気持ちではなかった。——そして偉大なアペレスは民衆に自分の絵画を披瀝しようと申し出た。おまえの方では、おまえは拒絶する。なぜなら[182]おまえは、おまえがしていることを好むたったひとりの人間だからだ[46]》。

このように、罵りの言葉はない。他人に期待をよせて、その期待が突如として消滅するのを目の当たりにするひとりの男の、悲しげなトーンである。スカリジェが、その幾つかの詩篇「ビビヌスニ対シテ」においで採るであろうトーンである。ブルボン自身が、その作品「ラベルスニ対シテ」において採用していたトーンである。

＊

これがすべてなのか？　ニコラ・ブルボンの『ヨシナシゴト』――一五三八年の『ヨシナシゴト』――を再読しているときに、わたしは一篇の興味深い作品に遭遇した（第CXXXII篇、四一七ページ）。わたしが知る限り、この作品はラブレーの愛好家の注意をいまだかつて集めたことはなかった。この詩篇は、カリデムスとかいう、ある人物を標的にしている。この人物名を〈民衆に人気がある〉と翻訳すべきなのだろうか、――それとも、ラ・ブリュイエールにならって、〈下賤なやからをうれしがらせるもの[183]〉とすべきだろうか？　以下は翻訳したその作品である。

《おまえに最近会ったたくさんの人々が、こう報告したのだ、カリデムスよ、おまえが新たな本を出版したがっている、と。なんで、違う、というのか？　その昔、著作を出版するのがおまえの習慣だった。――そしておまえの名声は大きい。でもこの新しい作品のテーマ、それを誰も、カリデムスよ、言うことが出来ない。ある人々は、イエスの名前や魔術、邪悪なダイモンについての重大な奥義を期待している。別の者たちは、様々な宝石の特性や、天体、ウェヌスに近付いたり、ウェヌスを避けたりするのにふさわしい日時の啓示を信じている。こちらの者は茸やフダン草、そしてその効用について話している。あちらの者は空豆やその他の野菜についてだ。他の者たちは、おまえが癩病とか、あるいは不愉快な疥癬とかを論ずることを望んでいる。ふたつともおまえがよく知っている病気だ。――ぼくの言葉を信じたまえ。巨人たちの恐ろしい戦争とか、山々の上に積み重ねられた山々を歌うよりも、なんであろうとましだ。けれどもしこうしたものすべてと何も関係がないなら、――ぼくの推測を聞くが宜い。そして頼むからおまえの利益のために、その推測をおまえに打ち明けさせてくれ。おまえが語るのは、鶴のことであり、そしてかつて、ピグミー族であるおまえの祖先が、勇敢にも、どのように鶴を捕まえたか、ということではないかね[47]！》

巨人？　恐ろしい戦争？　そして魔術から植物学へと、天文学や医学、その他たくさんの奥義を経てゆきつく、貪欲な好奇心？――ラブレーの名前が唇にのぼってくる。ブルボンのこの作品が一五三三年の『ヨシナシゴト』には見当たらないということに注意しておこう。したがって多分これは一五三四年と一五三八年の間に書かれたのだろう。この時点でラブレーが――かれはおそらく一五三四年十月[184]に売りに出された『ガルガンチュワ物語』以後、何も出版していなかった――、ラブレーが新たな書物のことを考えているかも知れない、というのか？

それから、例の自由な訳語を使うと、《下賤なやからをうれしがらせるもの》に向かって放たれた、別の矢がある。かれは古代ギリシア学者である。かれはプラトン主義者である、もしくはそう自慢している。かれは新しいヒポクラテスだと自称する。一五三三年の『ヨシナシゴト』にすでに掲載されている三篇が、わたしたちにそうしたことを教える。そのひとつはこう忠告する。《カリデムスはヒポクラテスと、自らを名づける。ハルポクラテスとする方がよかろうに》。ハルポクラテスとは、唇に指を当てて、沈黙を擬人化したものであった。――第二の作品はこう冷笑する。《カリデムスは一冊のギリシア語文法書を作った。かれはその本を公けに誇り、皆の眼にさらし、断片を朗唱する》。――第三のものは罵っている。《愚神〔Sottise〕の息子、教養がなく厚かましい人物。文法学者と一緒のときは、おまえはプラトン哲学者のふりをする。プラトンの一冊を持ってくると、おまえは文法学者に戻るのだ》。これらの文章はなんと面食らわせるものだろう！　ヒポクラテス？　それはラブレーだ！――プラトン？　それはラブレーだ！――だがかのギリシア文法書はどうなのか？――それはそうだ。けれども、あれらの巨人たち、魔術に対するあの好奇心、植物学者ばりの、あの知識……。さてさて、それはまさしくラブレーだ！

＊

いや、それはラブレーではない。なぜならここ、一五三八年版『ヨシナシゴト』の中に、一五三三年版『ヨシナシゴト』には掲載されていない二篇の作品があるからだ。この詩人〔ブルボン〕は言う、ある男が、わたしたちの詩句の中で笑い者にされている、と嘆いている、と。――ある男、その名前はカリデムスという具合に、もしくはほとんどそのように鳴り響く。もしその男が、名前と同様に習慣についてもカリデムスに似ているのなら、かれにとっては遺憾なことだ。誤解は少しもブルボンのせいではない！――この男は誰なのか？　第二の詩篇が名指している。かれはジャン・ケラダームと称する。そして今度は、ブルボンはその名によって、かれに呼び掛ける。《カリデムスの名前のもとに、ぼくがおまえの評判をずたずたに引き裂いている、とおまえに告げた者たちが、――もしかれらが首尾よくおまえにそう信じこませたなら、ぼくに何が出来るだろう？　信じやすい者よ、いったいぼくにおまえの信じやすさの責任があるのだろうか？》(48)かくて闇は深まってゆく。

ケラダーム、わたしたちはこの名前に、何かこころあたりがあるだろうか？　この名を担う人物はノルマンディ出身者で、神秘的な傾向をもつヘブライ語学者だった。アンバール・ド・ラ・トゥール[185]は『宗教改革の諸起源』（第三巻、二八九ページ）で、ケラダームに注意を向けた。[186]というのもケラダームは『ヘブライ語初級文法』というささやかな標題のもとに、ディオニュシオス派神秘神学の小論考を刊行したからだ。象徴を探究する途上で、かれは大した努力もなしに、神聖言語の単語の中に、さらにそれらの単語を形成する文字の中に、象徴を発見したのである。すべてがそれぞれの意味を託されている。これこれの文字は神の存在を表象し、これこれはキリストを表象する、等々。この人物は同じく、一五一四年から一五三〇年のパリにおける古代ギリシア学の歩みを研究していたドラリュエルの注意も引いた。[187]ケラダームは一五二一年にグルモン書店で一冊のギリシア語文法書を──次いで一五二三年に、クラストーニ[188]のギリシア語彙集の小校訂版を発行した。そして、国王付聴罪司祭にしてトロワ司教のギヨーム・プティ[189]に宛てた献辞で、ヘブライ語のまえに医学を修めたので、自身ヒポクラテスという渾名をつけている、と述べる。そのために、ギヨーム・デュ・メーヌ（マイヌス）とジャン・ケラダームの尽力で著しく増補された語彙集の標題の上に、《聊カモ非難サレルトコロノナイ数学及ビ言語学博士ヒポクラテス》、とその名を銘記するのである。付言すれば一五二八年、かれはフランスで最初のアリストパネスの校訂版を（グルモン書店から）、──同じ年にルキアノスの『神々の対話』のフランス語訳を世に問うた。さかのぼって一五二七年、『クラテュロス』[190]を編纂してもいた。

それでは、ラブレー＝カリデムス説はどうなるのか？　ラブレー＝ヒポクラテス説は、そしてラブレー＝プラトン説はどうなるのか？　消失し、消滅し、一掃されてしまった。ラブレーはもう存在せず、ケラダーム、トロワやラングルと関わりがあったために、シャンパーニュの人ブルボンとの対立にまきこまれた可能性がある〔低ノルマンディ地方〕セー司教区はアルジャンタン出身のケラダーム以外のなにものでもない。(49) しかし巨人たちはどうなったのか？　巨人たちもまた、飛び去ってしまった。そうであるに違いない。いずれにしても、あの表現が格言でしかなく、ただ単に〔テッサリアの〕オサ山脈の上に〔巨人たちの手で〕重ねられたペリオン山について考えさせるものかも知れない。そうであれば格別にガルガンチュワ的なものではないのだ……。そして、以下の事実がある。すなわちジャン・ケラダームは、神話ではないのだ。おまけにまた、「カリデムスニ対シテ」という、わたしたちの眼前にケラダームを生き生きと表し、描写する作品がある（第七巻、第CXLVII篇、四二三ページ）。その昔、カリデムスが優美な乙女に言い寄っていたころ、年若い仲間たちのまえで、かれは自分が好漢で知性的な人間だと誇示し、その振りをしていた。ところが今や、欲しがっていた妻を手に入れると、世間の眼差しから身を隠してしまう。――そこでしきたりどおり、彼女が夫をどう思っているか、夫が雄々しくふるまっているかどうか尋ねる隣人たちに、――哀れな妻は、《存じませんわ！》と答えるのである。《うちのひとはすっかりお星さまに夢中なんですもの！》――この天文学の新参者がラブレーなのか？　確かに、ラブレーの『暦』は残存しており、『占筮』も残存する……。けれどカリデムスが求婚者に名乗りでたあと、妻を勝ち取る一方で（《今ヤ渇望シタ妻ヲ獲得シテ》[191]）、――フランソワ・ラブレーの方は、聖職者で、一五二七年から一五三六年にかけて誓願に背いた修道士であり、その後（J・ルゼリエの研究[192]がこのことを立証したのだが）最期の日にいたるまで〔ベネディクト派〕サン＝モール修道院参事会員であったが、私生児をもうけることは立派に出来た。つまりラブレーは内縁の妻しか受ける権利がなかったのだ。――そして年若い仲間たちがかれと争ったとしたら、その女性にどんな名前をつけたか、神のみぞ知るところである。かれは正式の婚姻者、《妻》をもらい受けるいかなる権利も持っていなかったのだ。(50)

ラテン語愛好家たちの閉ざされた小世界での、雑言詩の奇妙な足取りだ。ブルボンの『ヨシナシゴト』は一五三三年以降に、計算しつくされた罵詈雑言の最初の山、「カリデムスニ対シテ」をわたしたちに提供する。一五三六年にグリフ書店で刊行される全二巻の、ヴィザジェの『寸鉄詩集』を開いてみよう。その二二ページでわたしたちは、「ケラダエムス（ママ）ニ対シテ」という小品に遭遇する。これはブルボンが後年に作る二篇の寸鉄詩の総括に、前もって成功しているかのような作品である。《不潔で卑猥、不吉にして恥知らず、凶暴、無知、価値のない男。そのとおり。だがケラダエムスは恋をしている。かれはいたるところで笑いの種をまき、みんなの笑い者、自分の評判を下層民に対してまで辱めている。そのとおり。だがケラダエムスは恋をしている……》。ヴィザジェがまだブルボンと不和に陥っていない時期のことだった。

＊

にもかかわらず、『ヨシナシゴト』のテキストを前にして、釈然とした気分にはなれない。ケラダームは実在している。ケラダームは古代ギリシア語文法書を執筆した。ケラダームは魔術に対する好奇心の持ち主だった。だが巨人たちは？　植物学者にして哲学者の、かの配慮は？　哀れなケラダームが嘆いているとき、対立する否認の言葉に故意に口をつぐむこと、そのこと自体は？　ブルボンは如才ないゲームによって、ひとつの石でふたつの的を当てるつもりだったのか。一五三三年にケラダームを笑い者にしたあとで、一五三八年にその名前に隠れて、ブルボンは中傷に備えたアリバイを自分のために工作しながら、ケラダーム以外の誰かを狙ったのであろうか？

いずれにしても、次のことを注意しておきたい。つまり、これらの詩篇で何ひとつ、物笑いの種以上のものに狙いを定めていはしない。何ひとつ、宗教的な、もしくは無宗教的な姿勢に狙いを定めてはいないのだ。けれども宗教改革の共鳴者であり、気質と好みからして意図的な狂信者であるブルボンにとって、疑問が提出された。一五三三年になるや、ブルボンの『ヨシナシゴト』（パリ、ヴァスコザン書店刊、C6紙葉裏面）はひとりの偽善的なルキアノスの徒を登場させた。その者の唇にはキリストが宿っているが、ルキアノスの方は、同時にその心臓と唇とに宿っている。《ぼくはいまおまえがなにものであるか、知っている。今ヤ汝ガ何者タルカヲ私ハ知ッテイル。汝ハ口ニキリストヲ担イ、胸トロトニルキアヌスヲ担ウ》[193]。――剽窃家ヴィザジェがその一五三七年版[194]『寸鉄詩集』で再度とりあげる言い回しだ。しかしヴィザジェはこの表現をルフェーヴルに向けて応用する（第一巻、七三ページ）。《胸デ運ブ者ハ、口デモ運ブ、キリストヲ……》[195]。――このルキアノスの徒とは誰であろうか？　ラブレーだろうか？何もそれを証明しない。何もそれを否定しない。ラブレーを思い浮かべる理由も、わたしたちが知っているその同時代人の中からラブレー以外の十名を連想させる、――もしくは密かに《ルキアノスの真似をして》いたかも知れない膨大な無名人たちを連想させる理由も、ちょうど同程度のものでしかない。だがまず、《ルキアノスの真似をする》とはどういうことか？　その言葉の意味は、言っておかねばならないが、宗教論争のこの時代にあって、使う者次第で著しく変化する。エラスムスのようなキリスト教徒は、ルターのようなキリスト教徒からもベダのようなキリスト教徒からも《ルキアノスの真似をしている》とされ、双方から二重に嫌悪された。そして後に挙げた二人は、憎悪のうちに共闘して、それぞれの対立する基本的な視点から、自由な信仰の日課書、『エンキリディオン』の著者たるキリスト教徒に向けて――『新約聖書』の編纂者に向けて、同時代のキリスト教をより活性化し、より肥沃にするためにあらゆる努力を惜しまなかった人物に向けて〔ともにエラスムス〕、野蛮な破門宣告を投げつけたのだった。たとえ一五三三年版『ヨシナシゴト』のルキアノスの徒が、その同じ詩集にあらわれるラベルスのように、われらが友フランソワであるにしても、——一例としてゲバールがわたしたちに残してきた伝統的なラブレーのイメージが変わるわけではない。それというのもこの福音主義者は、狂信者と絶対に妥協しなかったからだ。かれはファレル[196]のような人物に導かれる、偶像破壊者の仲間には絶対に加わらなかった。事実その生涯をつうじ、けっして人目をはばからず、エラスムス的な信仰のうちに、人間的なもの、プラトン風の高邁な思想と、才気に溢れた、ルキアノス風の笑いを誘う諧謔とを結びつける権利を、かれは要求したのだった。

7　ジュール＝セザール・スカリジェとフランソワ・ラブレー

テュアーヌが注目し、アベル・ルフランが再び取り上げた文献があり、その他にも文献がある。そしてそれらは同じ種類の難問を提起するのだ。『ラブレー研究誌』に掲載された二篇の論考において、この本でも既に引用した碩学、ド・サンティ博士は、あるバリュオエヌス〔Baryoenus〕、もしくはバロエヌス〔Baroenus〕と称される人物に対して、文芸の剣闘士、激情的なジュール＝セザール・スカリジェが矛先を向けた（残念ながら日付のない）一連の寸鉄詩へと注意を喚起した。その寸鉄詩は、ジョゼフ・スカリジェ[197]が父の死後、一五七四年に世に送り出した分厚い集成、『J・＝C・スカリゲルノ詩集』の中に見出される。ドレを攻撃の対象とする作品は、この雑然とした堆積にあって数多い。〈些事詩篇〉の中に四篇、〈ヒポナクス詩篇〉に四篇である。しかしそれらはバリュオエヌス、もしくはバロエヌスに関連する作品を前にしては些少である。つまり〈些事詩篇〉の中に九篇、〈アルキロクス詩篇〉に二篇、加えて詩作「アタ」での長い台詞がひとつ存在する。さらに、おびただしい数の作品が前記のものに絡んでくる。これらはあるビビヌス〔Bibinus〕とかいう人物（あえて言えば、似たり寄ったりの偽名だ）を標的にしており、――少なくとも〈些事詩篇〉の中の四篇、〈アルキロクス詩篇〉の三篇、〈ヒポナクス詩篇〉の三篇がこれに数えられる。したがって、もしビビヌスとバリュオエヌス、バロエヌスが同一人物に過ぎないなら、スカリジェ流の辛辣さにすっかり染まった、二十五篇[198]以上の詩作が、異なる名前のもと、ひとりの同じ人間を相手にしているように見える。――そうであればその人物は、スカリジェというこのはなはだ執念深い男の、二、三の極めつけの怨恨の対象のうちのひとりであったろう。

*

この証人は有名ではない。虚栄心が強く、やかましいこの孔雀は、一四八四年四月二十七日、ヴェロナの細密画家ベネデット・ボルドーネの息子として、ガルダ湖に面したリーヴァで生まれた。ベネデットは長い間パドヴァで生計を立て、そののちヴェネツィアのデッラ・スカラ地区(51)――ここからかれを指すのに用いられる渾名が由来し、そしてジュール＝セザールはそれを滑稽な主張、ヴェロナのスカリジェロ家の出であるという主張の出発点にした――で暮らした。この山師〔ジュール＝セザール〕は他方、少なからず才能に恵まれていたが、アジャン司教アントニオ・デッラ・ローヴェレ[199]の荷物にまぎれてフランスにやってきた。これは恐らく、一五二四年〔一五二五年説もあり〕頃のことである。結婚がこのイタリア人をガロンヌ河のほとりに落ち着かせた。そしてすぐさま〔「遠方より来たれる者は見事な嘘をつく」〕ひとかどの人物を装い、ヒロイックな経歴を捏造し、幾たびもの戦歴を物語り、その父親と兄弟のひとりが殺されたらしいラヴェンナの会戦での手柄話を吹聴した。かれは祖先と縁者、紋章を自らに授け、ボルドーネとは封地の名であり、それを自分がビュルダンという名に変えたのだ、と広言した。多分自分自身で、パドゥァ大学自称文学士の証書を作り上げた。——そして最終的に一五二九年、偽造文書のおかげで、帰化認可状を獲得するのに成功したのである。その認可状は華麗にもこの男を、ヴェロナ出身で、四年来アジャンの住民であり、医学博士、ジュール＝セザール・ド・レスカル・ド・ブルドニ、と形容している。[52]
自分を世間に売り出すために、どのようにスカリジェがエラスムスを非難し、かれを娼婦の息子とか酔いどれ、その他のいやみな言葉で扱い、二篇の激越な文章を捧げたかは知られている。その文章のひとつは一五二九年になるとすぐパリに送られ、一五三一年九月一日にピエール・ヴィドゥの手によって印刷された。もうひとつは一五三五年九月二十五日に執筆が終わり、一五三七年にシュサネの手をわずらわせて、同じヴィドゥ書店で出版された。後者が世に出たとき、エラスムスは既に没していた。そのため公平を装うべく、スカリジェは一五三九年の『喜劇ノ韻律ニツイテ』の中で（五五ページ）、偉大な故人に空々しい涙を流した。——そして同年、『半神タチ』で（二三ページ）、茫然とさせる二行連句をおおやけにしたのである。《君は今となっては死んでしまった、エラスムスよ……。こんなふうに君は**ぼく**のもとを去ったのだ、君にぼくの友情を分かってもらえるまえに！[200] シカルニ何故ニ汝ハ私ヲ置キ去リニスルノカ、エラスムスヨ、——私ノ愛情ガ仲ヲ取リ持タレル前ニ**？**》——さて、スカリジェの態度について正しい判断を下すには、ヨハン・シェルホルンの『文芸ノ魅力』叢書にある、ジュール＝セザールの書簡が入った小さな書類入れを開けるだけでよい。それらの書簡はジョゼフ・スカリジェの慎重な警戒を逃れて、ドイツの碩学により活字になったものだ。[53] そこに見出されるのは、スカリジェによるエラスムスの正式な告発状二通である（第VI巻、五〇八ページ）。ひとつはパリ大学学長に、もうひとつはノエル・ベダその人に宛てられている（五二二ページ）。ベダは《博識コノ上ナキ男》と形容され、また、わたしたちの宗教の松明を消すこと、《我ラガ宗教ノ光明ヲ消シ去ルコト[201]》を望むだけで満足せず、あまつさえ無数の素朴な人々を欺いて異端に誘惑する――《ソノモノデアルヨリモ、他ノモノデアルコトヲ好ンダ少ナカラヌ者タチガ、彼ノ奸計ニヨッテ今ヤ誘惑サレテイル[202]》――ある無信仰者に対し、可及的速やかに行動すべく催促されている。

卑劣なふるまいであり、狂信という弁解さえ通用しない。パドヴァ大学でのポンポナッツィのかつての弟子が、かたくななカトリック教徒のふりをすることが可能だったのだろうか。息子のジョゼフの言うところでは、スカリジェはボローニャ大学で、まさにドゥンス・スコトゥスの勉強から始めた。かれはその当時、フランチェスコ派修道士になろうと、次いで教皇（ママ）になろうと欲していたのだ！――しかし、一五五八年[203]、アジャンで異端の咎で訴追され、半ルター派として没した。おわかりのように、これらすべてを見ればかれは、エラスムスに対立するもっとも熾烈に正統的なカトリック派の煽動的な闘士となる資格を十分に備えていた！――そのうえ、このジュール＝セザールは、長所をそなえた独創的な人材で、ひとりの《典型》であった。（少なくともかれの言葉を信ずれば）パニュルジュのように多言語に通暁し、珍しい植物に情熱を傾け、プロヴァンス地方から植物を取り寄せ、それらを精確にデッサンし、着色した。己れの技術に陶酔した医師、凶暴な請求者、破廉恥な好訴妄想狂、いつも緊張し、いつも興奮し、いつも高ぶっていて、そのせいでアジャンでは皆から愛されるよりも恐れられていた、とジョゼフは記している。けれどこの僧侶（パドヴァではこのように渾名をつけられていたようだ）、――かれには貫禄があり、権威があり、誰にでも畏怖の念を起こさせる威厳と風采があった。《かれは恐ろしく》、と息子は率直に認めている、《ひどく大声で怒鳴っていたので、皆が恐れていた！》ことが終わったいま、わたしたちはこの魔力を受けないよう、用心しよう(54)。そしてとりわけ、このヴェロナ出身のペテン師の狂信的な主張を真実だと考えないようにしよう。

ところで、かれの詩句で何が問題になっているのか？　ひとりの修道士、あるいはむしろ、ひとりの還俗僧で、ふたつの修道会を相次いで渡り歩き、そこから脱落した者。――スカリジェの短長格詩への返答として短長格詩を作詩する、著述家にしてユマニスト、誹謗家で中傷家、撹乱者に加うるに、当然のことながら、無神論者である。他方、見事な呑んべえであり、この男の数々の偽名がそれを指し示しているようだ。ド・サンティ博士のような想像力豊かな人物には、〈大酒呑み〉、バリュオエヌス、それがラブレーだと宣言するのに、これ以上のことが必要だろうか。

＊

一見すると、この比較は当惑させるものだ。ジュール＝セザールの嘲笑の的になっている大酒呑み、《酔ッパライ〔オイノバレース：*οἰνοβαρής*〕》、もしくはバリュオエヌスは、その経歴の発端では修道士であり、そして俗世間で没した。ラブレーのように。一五三八年には当事者であったスカリジェが激しい憎しみをつちかう、《おぞましい修道士》のひとりである。かれらは屍よりも世の中の役に立たない、とスカリジェはわたしたちに打ち明ける。屍は少なくとも地面を肥えさせる。修道士は不毛な大食によって大地を枯渇させるのだ。《死体ハ不毛ナ畦ヲ肥ヤス。――シカシ修道士ハ何モセズニ、耕地ノ収穫物ニ齧リツク》[204]。そのうえ、バリュオエヌスは二度修道士になった。――ラブレーのように。おそらく作家の二、三の詩句の意味を十分に深く理解しなかったため、ド・サンティ博士が利用しなかった些事とともに、スカリジェはその事実をことさらに言いつのる。正確に翻訳された寸鉄詩第五篇（一九四ページ）は、実際のところ、わたしたちに以下のデテールを提供する。《フランチェスコ派修道会からの脱落者、茶色の僧服をまとったバリュオエヌスは黒色の僧服に着替える。よこしまな人間が善良なフランチェスコ派修道士を真似ることは叶わなかった。黒い衣服をまとった修道士となって、この男はただ僧服を変えただけなのか。いや、かれは腹黒い人間だったし、いまでもそうあり続けている》[55]。困惑させるデテールだ。フランソワ師はまずフランチェスコ派修道士として、聖フランチェスコの息子の証である帯と、その茶色の僧服、《パイオス》を締めていたのではなかったか。そののちにかれはベネディクト派修道士の黒い僧服をまとったのではないか？……

話を続けよう。この二度にわたって修道服をぬいだ男は無神論者になった。したがって、かれは修道院では俗世間を捨てたにすぎなかったが、現在ではすべてを、完璧に放棄している。《シカシ今、彼ハ無神論者トナッテ、モウ本当ニ世界ニ対シ死人トナッテイル――世界ニ対シ、マタ神ニ対シ、身体ニオイテモ霊魂ニオイテモ[205]》。

後段で、スカリジェはこう要約する。《二度ニ亘リ修道士デ、結局無神論者ニ落チ着ク[206]》。そしてスカリジェが葬送演説を起草し、バリュオエヌスがこの世に生を受けたことを呪うとき（『詩集』、一九四ページ）、かれは同じくこのよこしまな人間の無神論にもそれとなく言及している。それと言うのも、邪悪さはこの男の最終的な特徴だからだ。ただ単に、少年時代、青年時代、そして老境に入っても、絶えず居酒屋や売春宿にかよっていたのみならず、――激怒、怒り〔rabies〕、はかれをきわだたせる特徴なのである。この男は毒のある短長格で書かれた、名誉を毀損する詩句をつうじて、そのことを露呈する。その詩句、あらゆるもの、あらゆる人に投げつけられたその詩句は、神も悪魔も例外としない。《有害ナ文章ニヨッテ彼ハ世界モ神モ非難スル、――モシ彼ガ善良ナラ、ケルベルスモ善良トナリウルダロウ[207]》。要するに、諷刺と中傷のスペシャリストである。辛辣な詩句をかれに送ったとする。この男の最初の反応はこう自問することだ、これらの詩句はわたしのものだろうか？　ド・サンティ博士はただちに、わたしたちが先に話したヴィザジェの寸鉄詩のことを考えた。《ラブレーよ、君の心が激怒で汚染されていると言い張った者は……その者は嘘をついたのだ……》。一抹の疑いもない。ゾイロス、それはスカリジェである。もしド・サンティ博士が、コレージュのアポロンたちの小世界をもっとよく知っていたなら、かれは次のことを考慮したに違いないし、――わたしたちが博士に代わってそうしようと思う。つまり、ニコラ・ブルボンが、一五三三年から一五三四年にかけて、スカリジェと大変強く結ばれているように思われること、一五三三年、ヴァスコザン書店刊行のスカリジェの『寸鉄詩集全一巻』[208]の詩集巻頭で、ブルボンがスカリジエを讃辞で飾り立てていること、《剣闘士》からシャルル・スヴァン[209]に宛てた献辞と、ルイーズ・ド・サヴァワのためのその墓碑銘詩とを、ブルボン自身の手になる作品で倍増していること、である。――ブルボン、ヴィザジェの敵対者にして、一五三八年にかれに《剽窃された被害者》だ。この小世界の中に、いつも、決定的に戻ってきてしまうのだ(56)……。

避けて通れない文書――サリニャック宛てと称される書簡――から、ラブレーはスカリジェと一五三二年以前から面識があったという結論が出てくることに注意しよう(57)。ところで、スカリジェが《一五二四年から、享年たる一五五八年まで、アジャンを離れたことがなかった》[210]のであるから、――ラブレーはこの都市を恐らく、一五三六年の『還俗ノタメノ赦免願』[211]で自ら語っているように、《かれが幾年ものあいだ、数多くの地区で、還俗僧の身なりをして、医療をおこなっていた。世俗ノ僧ノ衣服ヲ身ニツケテ、多クノ歳月ノ間、多クノ場所デ、治療ノ行為ヲ執行シテイタ》[212]（マルティ゠ラヴォー版〔『ラブレー著作集』〕、第三巻、三三七ページ）、その時期（一五二七年から三一年にかけて）、訪れたに違いない。このようにして、スカリジェと、その凄まじい嫉妬、および地元の、またはその他の土地の医師たちへの絶え間ない攻撃――というのも《フランスにおいて、フェルネルからアジャンでもっとも目立たない治療家にいたるまで、かれがこきおろさなかった医者の評判など存在しない》[213]からだ——とを了解するとき、万事が説明されるのである。

医師ラブレーも、ヒポクラテスを祖とする同業者みなが共有した運命から、いささかもまぬがれなかった。(58)

＊

これらすべてが、非常に強い印象を与える。その点は認められよう。ただ、幾つかの難点があるのだ……。第一に、ド・サンティが引用し研究する十篇の寸鉄詩「バリュオエヌスニ対シテ」の中で、誤りでなければ、ただの一言も、バリュオエヌスが医者であったと指摘していないのである。

わたしが思うに、この碩学〔ド・サンティ〕は逆のことを考えた。最初の論文からして、スカリジェの寸鉄詩のひとつ〈アルキロクス詩篇〉、三五〇ページ）に註釈を加えつつかれは、《明白このうえないところだが、ラブレーはこの詩で、教養人としてでさえなく、医師として、ペテン師として扱われている》[214]、と結論づける。とんでもない。わたしが訳してみよう。《バリュオエヌスはこう語る。カエサルは利益を考えず、文芸に没頭している。カエサルは愚か者だ。文芸の研究のために利益を無視するなんて！　血を抜き取ること〔瀉血〕は、金を絞りとることだ、血が第一の目的でなくとも。——いわんや血が主たる目的で、おまけに唯一の関心事であるならば。けれども、奢りたかぶって、カエサルはその点を無視する。蒼白な顔で書物のうえにかがみこんでは貧しくなる、この男の脳髄が健全であると、誰が判断するだろうか？——かくして、頬をふくらませ、バリュオエヌスは広場や通りをラッパを吹きながら進む。バリュオエヌスのかたわらには藪医者のブルクスやシュルスが付き添う。かれらのもとでは万事が、言葉もふるまいも、売りものなのだ。バリュオエヌスは毒づき、快活に、広場を笑い声で満たす。しかし、無礼なバタロス[215]に対する自分の怒りをカエサルが無視し、下品な話を普通の讃辞と同じ顔で受けながすのを目の当たりにして、――哀れなバリュオエヌスは悔しくてたまらない！》――この詩篇をためつすがめつ読み直すがよい。バリュオエヌスが医師であったと述べる一言もない。二人の藪医者にはさまれて散歩する一方で、ギルドには属さないこともあるではないか？　その他の作品においては、完璧な沈黙が下りる。還俗した修道士、激昂した中傷家、無神論者。こうした連禱に藪医者やペテン師を付け加えることは出来ない。少なくとも確信をもってしては。

別の問題がある。二篇の寸鉄詩は、もしラブレーが話題にのぼっているなら、奇妙なものだ。その一篇は〈ファラゴ詩篇〉、一九四ページ)、バリュオエヌスの出自に関して、思いがけない詳細な事実を教えてくれる。二度におよぶ還俗者は肉屋の息子だったのだ。《肉屋デ、豚ノ鳴キ声ト牛ノ血ノタダナカニ――彼ハ生マレタ……[216]》。ラブレーが肉屋の息子なのか？　これは新説である。わたしがここで思い出すのは(こうしたみすぼらしい著作に、これほど馴染んでいるように見えるのが、いささか照れ臭い)、一五三八年、パリはシモン・ド・コリーヌ書店からヴィザジェ自身の手で刊行された、『銘句詩集全二巻』所収の一篇の寸鉄詩である(六紙葉)。その詩はルルス〔Rullus〕と呼ばれる医者を標的にしている。《おまえの親父は肉屋だった。おまえは親父とそっくりだ。違うのはただ、親父がほふるのが家畜であるのに対して、おまえが人間をほふるところだ……》。この取るに足りない小品は、詩集の中でまさしく、詮索が過ぎるラベラ〔Rabella〕に向けられた寸鉄詩、「汝ハ私ガ何者ナノカ知リタガッテイル……」、の直前に印刷されているのである。

墓碑銘形式のある詩篇で、スカリジェがバリュオエヌスのものと見なしている最期も同じく風変わりである。《ここに休めるはバリュオエヌスの遺骨。浄化の炎が彼にとどめをさした。水はこの腹黒い悪党を壊滅させられなかったので、犬がすべてをがつがつ喰い尽くさざるをえなかった……》。曖昧な文章である。[59] ド・サンティは、大胆不敵にも、このテキストが《『パンタグリュエル物語』の父〔ラブレー〕の死後、どんな伝承が地方に流布していたか》[217]を示すものだ、と堂々と言ってのける。《**地方に**》、とは随分と結構な時代錯誤だ[218]！　とはいえ、もっともつたない説明でも、もっと巧みにわたしたちの問題を処理できるだろうに。《スカリジェがその地のうわさ話を収集している》アジャンで、《ラブレーが溺れたのだが、恐慌をきたした水が、死体を吐き出した。すると最後に、一匹の犬がその死体を貪り喰ってしまった》、という話が伝わった。多分そうだろう。けれどわたしたちはアジャンのうわさ話を、それらが説明すると主張している文献に頼らないで知りたいのだが……。——そこで、大きな異論を紹介する時機がきた。

*

なぜド・サンティ博士は、スカリジェの退屈な詩篇全体を読みながら、いくつかの作品の前で、突然立ち止まったのか？　なぜそれらをラブレーに関連させたのか？　なぜならかれがバリュオエヌスを〈大酒呑み〉〈逐語的には〈酒で重い〉〉と訳し、間もなく、《どんなに朝が早くても、——太陽は飲まない彼を見たためしなく……》という、例のラブレー伝説が湧き出したからだ。——だが正字法は？

いままでのところ意図的に、わたしたちはずっと、ド・サンティのように〈バリュオエヌス〔Baryoenus〕〉と書いてきた[60]。実をいうとこの名前がスカリジェのペンのもとにあらわれる時はいつも、刻印されるのは〈バリュ**アエ**ヌス〔Bary*ae*nus〕〉なのである。ローマン字体で記された標題では、そのように読み取れる。文字は完璧に鮮明である。イタリック字体で記されたテキストにおいても、そう読める。もし疑念が残るなら、『ユリウス＝カエサル・スカリゲルノ詩集』一九一ページ一一行目の文章、《過度ニ後悔サセルコト……熟練ト労働トノ》の中の〈後悔サセルコト〔poenitere〕〉の〈オエ〔oe〕〉と〈労働ノ〔operae〕〉の〈アエ〔ae〕〉を比較しさえすればよいだろう。――あるいは更に（一九四ページ二二行目）、《壊疽ノ嫌悪スベキ娼婦ガ誰ヲ》なる詩句で、〈壊疽ノ〔gangraenarum〕〉の〈アエ〔ae〕〉と〈嫌悪スベキ〔foetida〕〉の〈オエ〔oe〕〉を比べさえすればよいだろう。それでは、〈大酒呑み〉はもう存在しないのか？ それというのも、ギリシア語の〈重い〔barus: ***βαρύς***〕〉と〈酒〔oinos: ***οἶνος***〕〉の助けを借りてこしらえられた言葉が、古代ギリシア語愛好家スカリジェの筆のもとで〈バリュアエヌス〉とは、絶対にならないのではないか[219]？。

ド・サンティはこの言葉に十分注意を払っていた。けれどもそれは、ジュール＝セザールがその草稿では、バリュオエヌスではなくラビオエヌスと書き、――そして《おそらくジョゼフ・スカリジェこそが、敬虔に父親の著作を**訂正した**[200]〔強調はド・サンティ〕と同じ手で、嫌疑をそらせるようにラビオエヌスをバリュオエヌスに変形したに違いない[221]》、と想像させるにいたった。まったく根拠のない仮説である。ラブレーの怒リ〔rabies〕を喚起させるのが問題なら、なぜラビオエヌスであって、むしろラビエヌスでないのか？

だが、《帯ヲ脱ギ捨テタ者バリュアエヌスハ、茶色《パエウス》カラ黒色ニナル》。自惚れ屋ジュール＝セザールのこの詩句は、やむことなく記憶にとどまり続ける。余り信頼のおけない相続人によって、のちに（一五七四年）出版社に乱雑に引き渡された、日付のない資料と向かい合う苦痛とともに、ほてい腹の大八折判『詩集』を再度手にしてみる……。再度手にすると、「ビビヌス〔Bibinus〕ニ対シテ」という諸詩篇に出会うのだ。

ビビヌスとは誰か？　アントニウ・ヂ・ゴヴェイアが一五三九年の『寸鉄詩集』（「第四十五篇」[222]）の中で、そのバッカス的な話題を歌う、ピムピヌスの双子の兄弟だろうか――それとも実在し、名前がとおった人物なのだろうか？　ド・サンティはためらわない。それはラブレーである。またしてもラブレーなのだ。

事実、〈ヒポナクス篇〉の四四五ページ及び四四六ページでの、この邪悪な酒呑みにむけれらた二篇の雑言詩が、バリュアエヌスとビビヌスの一致を立証するかのように見える。バリュアエヌスと同じくビビヌスも――《カノビビヌスハ、党派的デ野蛮デアル[223]》、――修道頭巾を投げ捨てた、反抗的な修道士である。スカリジェは、かれが修道士であった当時、ランプの炎のようにあざやかに輝くその姿を描いている。ビビヌスは還俗する。かれはもはや、《恥ズカシゲニ上衣ヲ捨テテ[224]》、角製のランタンの中で燃え尽きる寸前の蠟燭にすぎない。そして最後に、かれは肥料にまみれた豚となる。《沢山ノ生贄ヲ与エラレタ太ッタ豚[225]》であり、教会禄や食物、暴飲を満喫している。まだランタンには違いないが、消えてしまったものだ。同じ主題がもっと後で繰り返される（四五五ページ）。その寸鉄詩には、加えて、最初の詩と共通する詩句、《彼ガヒッソリト恐ロシイ修道院ニ隠レテイタ時[226]》、がある。スカリジェが対峙させているのは、修道院の中で自制し、あるいはもっと的確には抑制され、学識者の声と激励に耳を傾け、醜聞や乱闘を慎んでいた修道士と、――還俗していまは修道院の外におり、絶えることなく評判の悪い閨房に頻繁に通い、そこで汚物にまみれ、あるいはだらしなく酒を呑んで完璧な酩酊にいたる人物である。それゆえ、〈ヒポナクス詩篇〉の四五六ページにある寸鉄詩「アル男ニ対シテ」を結びつけなければならないのは、おそらく同じビビヌスなのである。《おまえは驚いているのか》、とスカリジェは問い質す、《つい最近までおまえを花で覆っていた博士たちが、今ではおまえをこのうえない恥辱にまみれさせていることに？　だがかつておまえは、物静かで真面目、敬虔にして優しく、心という心をおまえの方に引き寄せていた。いまは……》。スカリジェが示すこの災いを招く人物は、下品な舌を持ち、いつも渇き、いつも飢え、漁食家、飲み屋の常連、破壊分子であり、このうえ何が足りないだろうか。《おまえが追い散らした人々が、おまえを避けているのに驚いている。汝ガ斥ケタ者タチガ、汝ヲ撥ネツケルノ 227 カ？》

　これらの詩作の一、二篇に才知が欠けているわけではない。以下のビビヌスは空に向けてもろ手をあげ、哀願する（〈ヒポナクス詩篇〉、四四八ページ）。《あなたは黄金時代、銀の時代、青銅時代、鉄の時代を作られました。あなたはいつ、主よ、純粋ワインの時代をお作りになられるのでしょうか？》――けれど往々にして、スカリジェの荒々しさは愛想を失う。《ビビヌスを、君たちは知らないのか？　あの男の人相書きはこうだ。嘘つきで腹黒く、破廉恥にして裏切り者、酔いどれで不敬虔である。言葉の面でも、そして行動の面ではいっそうのこと、神を否認するのだ》（〈ファラゴ詩篇〉、二一一ページ）。だがここにあるのはまさしく、バリュアエヌスの特徴で、悪意を加味した伝説上のラブレーの特徴ではないか？　ここには更に照合しなければならない奇妙な点がある。わたしたちはテュアーヌが、詮索好きな怪物をターゲットにするヴィザジェの、そしてシェノーのいくつかの作品を、ラブレーに結びつけるのを見た。ところが、スカリジェの寸鉄詩「ビビヌスニ対シテ」の一篇が「詮索好きな男」と題されているのだ（〈アルキロクス詩篇〉、三五六ページ）。《ビビヌスはだれでも裁く。かれが受け入れる人物は稀で、名誉を傷つける人物は数多い》。そしてスカリジェは、絶えず他人を気にかけながらも、自分の心の中では永劫の流刑者にすぎない人間の無価値を告発した。《外側デハ主人ブリ、ソウデアリナガラ自分自身ノ内部デハ追放サレテイル》[228]。他方、ド・サンティは、スカリジェの学術批評の著作のひとつ、『物ノ機微ニツイテノ公開討論ノ書』の中に、あるペテン師、《或ル半修道士》、そのずだ袋の中に他になにもないのを見て、医師スカリジェに対する中傷の言葉――スカリジェはその人物が自分に向かってそうした言葉を発するのを、自らの耳で聞いた覚えがあった。ことは医学の微妙な点、病人に投与される練薬の形を取った黄金の効能に関わっていた――をかきあつめた、半修道士への攻撃を読み取ったのだ。もちろんのこと、スカリジェはその同業者を、慣れ親しんだ辛辣な言葉で、喰わせ者、ペテン師あつかいしたのだった。ド・サンティが仄めかすところでは、ひとりの革新的な医師、いかなる学派にも属さないことを自慢するひとりの医師の、ガレノス派で保守的なある医師――ラブレー?――に対する異論である[229]。それではもし、カルダーノ[230]と論争する《半修道士》がビビヌスであり、もしビビヌスがバリュアエヌスであるとしたら、――先刻のわたしたちの見解を再審理する必要があるだろう。バリュアエヌスは本当に医師なのだろうか?

*

医学の領域で信任を得ているド・サンティ博士は、自分の利点を押し進める。さらに頻繁に、かれはそれ以上のことをなしうるだろう。なぜなら、〈ヒポナクス詩篇〉(四〇一ページ)の、ガレノス学派の人々を相手取った二篇の雑言詩を見るがよい。そのひとりはコススという名前で、もうひとりは「ルベリウス〔Rubellius〕」である。この作品は「ルベリウス、モウヒトリノガレノスノ徒ニツイテ」と題されている。ルベリウスとは、古典的な名前だ。ユウェナリス[231]にも認められるし(『諷刺詩』第八巻、三九行)、そこにはおまけにコススの名もある(同書、同巻、二一一行[232])。――確かにジュール=セザールはユウェナリスの著書を所有していたに違いない。だがいずれにしても、バリュアエヌスよりもルベリウスの方がラブレーに近いのだろうか？　このルベリウスは――ガレノスが《偶数とは奇数のことだ》と言ったとしたら、『福音書』の言葉のようにその文句を繰り返したことだろう、《加エテ、神ガ厳命サレテイルノナラ、カクアレカシ》[233]。――かれは哀れなスカリジェを気の毒に思っていた。《依然トシテ汝ハ》、とルベリウスはスカリジェに問い質した[61]、《野蛮デ汚イ衣装ヲマトッタ粗野ナアウィケンナタチヲ愛護シテイルノカ？》[234]――いささか性急にこれらの曖昧な文章を読む者は、スカリジェがこのガレノスの徒をスコトゥスの誤りを共有するとして、難じているとさえ思うであろう。これはラブレーのような、還俗フランチェスコ派修道士には充分に当てはまることだろう。《スコトゥスガ築イタ偽リノ推論ヲ――汝ノ精神カラ追放スルコトモマタナク、――暗イ偶ニ愚カニモ汝ハ隠レテイル》[235]。けれどもこれらの言い分は、文章を読み直してみると、ガレノスの徒のサイドに置かれるべきもので、スコトゥス派の咎で糾弾されているのはジュール＝セザールなのだ。『スカリゲル語録』の読者なら、それに驚かされることなど、少しもあるまい[62]。

　それでは、ルベリウスとは何者か？　ラブレーか――それともかの、当時にあっては有名な医者で、ドレがルエリウス〔Ruellius〕と呼び[63]、おそらくヴィザジェが名指すルルス、肉屋であった父親をもつルルスだろうか？　混乱するばかりだ。ド・サンティの方では、スカリジェがその『詩集』の中で、あるカルウゥス〔Calvus〕という人物を巧妙に着飾らせていることを思い出した[236]。スカリジェはその男をすべての点で非難する。まずは、不敬虔が挙げられる。《彼ハ冥界ヲ異論ニヨッテ、天空ヲ不敬虔ニヨッテ苦シメル》[237]、と〈ファラゴ詩篇〉は断言する（一五六ページ）。ところが『スカリゲル語録』（一六九五年版、三六四ページ）で、ジョゼフ・スカリジェはこのカルウゥスについてわたしたちに教えてくれる。それはジャン・エスキュロン、『第四之書』（第四十三章〔渡辺氏訳、二〇七ページ〕）での《お医者さんの、あの気高いスキュロン先生》、――長いあいだマルグリット・ド・ナヴァールを看護したあと、モンペリエ大学の総長として没した人物だったのだ。《コノ男ハ無学コノ上ナク》、と父の憎しみを受け継いだジョゼフは記す、《薬剤師ノ部族、即チ医者デアルヨリモ**薬ヲ砕ク者**ソノ者デアル》[238]。それというのもエスキュロンはアジャンでスカリジェと同じ時期に、治療を施していたからだ。《ソレユエノ怒リデアル》[239]。ド・サンティは書きとめる、《スカリジェと同じく教鞭をとっていたエスキュロンが、スカリジェから生徒を、あるいは顧客を奪ったのだ》(64)。——一条の光明だ！　ラブレーがアジャンにやってきた。かれはまずスカリジェ邸を足繁く訪れた。その後ラブレーはスカリジェと袂を分かって、かれの対立者と結ばれる。——そして一五二八年の暮れに、モンペリエ大学の教授としてエスキュロンが去ると、ラブレーもその師匠のあとを追った。わたしたちにそうした経緯を保証するのは、相変わらずド・サンティである。一五三〇年九月七日、ラブレーは大学の名簿に登録するにさいし、指導教授として《コノ功績豊カナ大学ノ博士ニシテ総長タル、誉レ高キ指導者、ヨアンネス・スクロクスヲ》[240]撰ぶ、と宣言する。これは同時に、以下の詩篇「ビビヌスニ対シテ」（〈ヒポナクス詩篇〉、四五一ページ）が理解させないだろうか。《ビビヌスがわたしの屋敷を訪れていたころ、わたしたちはひとつの声、ひとつの精神、ひとつの心臓でしかなかった。わたしたちが友人同士の討論をしても、兄弟のようであった。この滑稽な悪党、この男が立ち去ってからも、わたしたちはなお、兄弟以上、同じ父親の息子以上のものである。わたしたちの間には険悪な論争も、不和もまったくない。かれの方では来たがらないし、わたしはといえば、かれにやってきて欲しくない……》。

白状しなければならないが、これらすべては、もっともらしいエピソードや、記録に基づく真実味にあふれた、たいそう心に残るささやかな物語を作り出す。もしこうしたことがみな真実であるなら、なんと運がよいことか！　わたしが言いたいのは、そうであればラブレーの闇夜を照らし出すだろうに、ということだ。そしてド・サンティ氏がひどく執着し、非常に自信にみちているので、いつも引きずり込まれそうな感触を覚えてしまう。かつては尊敬されていたユマニストで、いまは飲み屋の常連である、この還俗した医師、この半修道士、この詮索好きな雑言家、これはラブレーだ……。これはラブレーでしかありえない……。――ジョゼフ・スカリジェは、けれども、このことについて何も語っていない。カルウゥスという偽名の鍵を教えてくれるかれが、バリュアエヌスに関しては沈黙している。加えて、〈アルキロクス詩篇〉(三五六ページ)には、次の短い作品があるのだ。《なぜビビヌスはよこしまな輩全員に愛想をふりまくのか? 単なる偶然の結果だろうか? かれの伯父も、兄弟も、父親も、妹も、甥も、悪党どもみなに、トゥラにも、キュノンにも、フェレグイヌスにも、ルスキウスにも、愛想よくふるまっている……》。――かくてビビヌス一族が紹介される。すでにわたしたちは、バリュアエヌスの、肉屋の父親のまえで、ためらって立ち止まったものだった。けれどもラブレーの伯父や兄弟、父親、妹、甥、どこで、そしてどのようにしてスカリジェはこの人々と知り合ったのか? これらのシノン市民たち――ガルダ湖からガロンヌ河のほとりに移住したこのイタリア人のユマニストが、アジャンの街路のアーケードの下で、連日のように出会ったはずがないにもかかわらず、それほどまでに愛想よくした未知の著名人たちとは何者か? このテキスト――ド・サンティが引用しさえしないテキストがもたらす、なんと多くの難問があることか?

最後に、「ビビヌスニ対シテ」という作品の中に、「バリュアエヌスニ対シテ」と題された詩篇よりも多くの、医学的な事柄への暗示があるわけではない。もし『公開討論ノ書』の《半修道士》がラブレーだとすると、スカリジェとかれの間に学術的なレヴェルでの衝突、学派的・教義的な論争があることになる。「ビビヌスニ対シテ」の作品群の中に、こうした問題への仄めかしが一言でもあるだろうか?――さらにまた、これらの作品群にも、「バリュアエヌスニ対シテ」の作品群にも、ラブレーの俗語〔フランス語〕の著作、『ガルガンチュワ物語』や『パンタグリュエル物語』への仄めかしはない。ビビヌスやバリュアエヌスは執筆する、しかも過度に執筆しさえする。《バリュアエヌスハ一日ニ、六百名ノ――人々ニヨッテ読マレウルヨリモ多ク書物ヲ著述スル……》[241]。ラブレーの諷刺に、以下の三行の詩句を当てはめることができるかも知れない。《モシ汝ガ揺レ動キ、理性ヲ越エタ表現ノ――各要素ト構成ヲ観察スレバ――汝ハソレラガオレステスノ[242]狂乱夢ダト誓ウデアロウ……》[243]。だがわたしたちはその直後に、バリュアエヌスが書くもの、それが詩句であると知るのである。《実際彼ハ、自身ノ代ワリニソノ友人ノ名前ヲ刻ム――自分ニツイテノ詩句ヲ置イタ》[244]。――そして〈アルキロクス詩篇〉（三五四ページ）の中の「相互ニ讃辞ヲ述ベル者タチニツイテ」という、もうひとつのバリュアエヌスの作品が語っているのは、同じく詩句に関してなのである。ところでラブレーはラテン語の詩句を作るという過ちを犯した。わたしたちは十七世紀のフォントヴロー修道院に、かれのラテン語詩集が完全な状態で保存されていたのを知っている[245]。しかしとどのつまり、ラブレーを著名人にしたのはそれらの詩句ではないのではないか？

　事実、バリュアエヌスとビビヌスがスカリジェのもっとも近しい取り巻きの中にいる、という印象を禁じえない。いずれもアジャン市民たちなのである。そのように考えるなら、偽名の使用も説明されるであろう。スカリジェは遠方に暮らす人々を、はっきりと名指す。かれは〈エラスムス〉と言い、〈ドレ〉と述べる。かれは偽名を、日々すれちがう危険に曝される個々人のためにとっておくのだ……。

*

　論理的にこれらすべてを述べたいま、非常に無念な思いに駆られる。格段に表現力を帯び、生彩に富んだ多くの文献を用いて、ラブレーの伝記の中の大きな空白を満たすこと、――そしてラブレー伝説に、スカリジェの怨恨に基づくもっともらしい起源を与えること、それがこれほどまでに魅惑的なものであろうか？　ともあれ目下のところ、慎重な確認事項にとどまる必要がある。魅力的な仮説と証明された真実とは別物なのである。

　ラブレーがアジャンに赴いたこと、わたしはそれを信ずる。かれがその地でスカリジェと知り合ったことは、《サリニャックに宛てた》有名な書簡が公準化している[65]。かれの医学的立場がアジャンのヒポクラテスの気に入らなかったであろうこと、事態が逆であったら驚くべきことだ。エスキュロンがふたりの人物の間で、結びつきのしるしであり、のちに憎悪のしるしとなったこと、これもありそうなことだ。当代の新たなルキアノスたちへの、調理場のディアゴラスたち[246]への、スカリジェの仄めかし、――一五五四年の『公開討論ノ書』の中からド・サンティの手で拾い出され[247]、《ピュテルブ》の言い回しを再び用いている仄めかしをわたしは考慮に入れる（この件についてはあとでもう一度取り上げるつもりだ）。わたしは同じく、『夢論註解[248]』での、評定官ダレーム[249]への献辞に表れた、スカリジェの数々の美辞麗句も考慮に入れる。それらの言葉が標的にしているのは、ルキアノスとアリストパネスの著作しか手にとらず、心に留めず、美しい文体をではなく、思想を咀嚼するために鑑賞する者たちなのである。《思想ノ辛辣サユエニ、モシソレラガ思想ト呼バレ、毒物ト呼バレルベキデナイ場合ニハ[250]》。このアジャンのネストル[251]は、ほうほうの態で裁判官の鉤爪から逃れたばかりなのに[66]、不信心者たちに対する法的制裁を訴えるのだ。――ブリアン・ド・ヴァレの救済のアピールがあれほどまでに平板であるかれが、である。こうしたことが、臆面もなく些事に勤しむジョゼフ・プリュドム[252]なら言ったであろう空疎な文句とともにある。《当今私タチハ余リニ平穏ニ暮ラシテイル……コノコトヲ私タチハ自由ト名付ケルノダ[253]！》――ところで、スカリジェの『夢論註解』それ自体が「夢占筮」をめぐる『第三之書』第十三章の素材を提供した（プラタールがこの点を『ラブレーの作品』で指摘している)[254]のも忘れないようにしよう。こうしたことを繰り返し述べたあとでも、それにそわない寸鉄詩や、裏づけする必要があろう断言、解釈を要する沈黙にぶつかる。ああ、これらの文献で問題にされているのがラブレーではないと、本当に《証明する》ことが出来た者がいれば、——その者は慎重な批評についてのすばらしい教訓をえ、そして与えたことであろう。

8　結論——ラブレー伝説について

いまやわたしたちは長い余談の終点に到着した。それはおそらく、あまりに長すぎたものであったろう。しかしうんざりする作業を終了することで、今後長いあいだ、その仕事を繰り返す必要を誰も覚えないように願うものである。——だが他方、わたしたちが知りえたすべての史料を探究し尽くさずして、どのように結論を出せるのか？——結論する、だがどのようにか？

明瞭に、である。わたしたちが綿密にその著作を検討してきた《詩人たち》は、一五三二年以降のラブレーについて、反論しえない幾つかの証言を遺してくれた。それらははっきりとラブレーに献じられた、もしくは本名のもとでラブレーに捧げられた幾篇もの作品である。一五三六年の、ラブレーを狂犬病の非難からそそぐヴィザジェの弁護であろうと、あるいは一五三七年のマクランのオード集に収められた非常に美しい讃辞であろうと、またはリヨンでラブレーがおこなった公開死体解剖にまつわるドレの著名な作品であろうと、同時代でもっとも優れたユマニストの医師六名のリストの中での、ラブレーに対するドレの言及であろうと、そしてドレの赦免パーティをめぐる同じく有名なオードに見られる、ラブレーへの追従的な註釈であろうと、みな好意的な証言である。このリストに、絶望的な病人の最後のよりどころ、モンペリエのアスクラピウスに関するシュサネの甘い短信や、一五三八年にジルベール・デュシェールの手で書かれた、哲学者ラブレーによせる荘厳な讃辞、さらには一五三八年の『ヨシナシゴト』に収められた、熱意には欠けるが、礼儀にかなって親しみを示す短信を付け加えることにしよう。疑念の余地なくラブレーに捧げられたこれらの詩篇のいずれにも、宗教上の問題は提出されていないのだ……。

他方、多くの詩人が仮の名前を用いてラブレーをターゲットにしていた可能性がある、というよりおそらくはターゲットにしていた数々の作品を遺している。たとえば一五三三年のブルボンの作品「ラベラニ対シテ」がそうである。この詩は多分、《哀れな愚か者たち》のために《俗語〔フランス語〕》で物語を著すまでに己れを見失った高名な同僚に対する、ひとりのユマニストの恐慌を反映するものだろう。これが不信仰者に対する信者の、不信仰者に対する半ルター派の反抗を反映するものではむろんない。一五三三年の時点で『パンタグリュエル物語』の中に、反ソルボンヌ神学部の立場に立つ福音主義の強力な擁護者を認めるのを拒む者がいるとしたら、ブルボンはそうした唯一の人物であったろう。たとえばまた、一五三八年の『娯楽集』におけるシュサネの三篇の「ルベルスニ対シテ」や、「ラブラニ対シテ」という作品がそうである。また、一五三八年のヴィザジェの『銘句詩集』に見られる、詮索好きなラベラの肖像画さえもそうである。この人物は何事も知りたがり、けれども何も疑わず、キリスト教に関しては特にそうなのだ。他方でわたしたちが一五三三年の、そしてとりわけ一五三八年のブルボンの幾つかの詩篇、「カリデムスニ対シテ」をめぐる解きがたい問題を自らに課すとする。さらに、日付を特定されていないスカリジェの作品、「バリュオエヌスニ対シテ」や「ビビヌスニ対シテ」についても同様の問題を課すとしても、——カリデムスがほんの一瞬たりとも、かれの宗教的見解のせいで俎上に上せられたのではない、と同じく認めざるをえない。そしてバリュオエヌスとビビヌスが、二度三度と、無神論者と形容されているにしても、それはその場かぎりの中傷ではないか、あるいはすでに投げ与えられた硬貨のお返しではないのか？

残るは、多数というほどでもない、幾篇かの寸鉄詩で、それらは大抵の場合、偽善者を兼ねた不信心者（ルキアノスの輩とか、ルキアノスの同伴者とか、無神論者とかの名称によってしか指し示されない）を標的にしている。キリストを援用しながら、心の奥底では、ルキアノスによってしか宣誓しない男たちである。一五三三年から、ブルボンはこうした怪物どもを待ち伏せている。ブルボンは漠然とした言葉でかれらを告発する。かれは一五三八年の『ヨシナシゴト』でこの点に戻り、その時ようやくかれの非難するところをはっきりさせる。《神は存在しない、とこれらの悪党は叫ぶ。死後には何もない（四四九ページ）。もしなんらかの神がいるのなら、どうして悪が存在しうるのか（三〇三ページ）。そして結局、神の摂理などありはしない。この世のすべては偶然の気紛れに委ねられているのだ、と》（四七七ページ）。——対してヴィザジェの方では、一五三六年に、アントワーヌと名乗る不信心者の《墓碑銘》を制作し、もうひとりの——あるいは、ともにキリストに挑戦するカネウス〔Caneus〕とカノスス〔Canosus〕が別人ならば、もうふたりの不信心者に呼び掛ける（『寸鉄詩集全二巻』）第一巻、四六ページ。第二巻、一五九ページ）。最後に一五三八年、その『十一音綴詩集全四巻』において、ヴィザジェは三篇の大雑言詩、「或ル不敬虔ナルキアヌスノ同伴者ニ対シテ」（二〇紙葉）、「ルキアヌスノ猿真似ヲスル者ニ対シテ」（三〇紙葉裏面）、「ルキアヌスノ同伴者ニ対シテ」（七一紙葉裏面）を世に問う。これがすべてなのだ。ドレには何もない。デュシェールにも何もない。一五三九年と一五四〇年のゴヴェイアの『寸鉄詩集』にも何もない。シュサネの中にも何もない。ただ、わたしたちが所有する幾つかの文献の中で、『十一音綴詩集』のヴィザジェのテキストだけが、精確な同定を可能にする。そして少なくともそれらのテキストの一篇は（すべてが同一人物に向けられているのではないとしても）エティエンヌ・ドレに標的を絞っている、と万事が指示しているように思える。ヴィザジェが大いに慈しんだのちに、このときには激しい憎しみをもって責め立てるドレのことだ。あるいはヴィザジェのかつての友人の本心について、眼を啓くことが出来たほどの憎しみ、あるいはヴィザジェをそそのかし、新たな敵に対して格別に重大な告発を投げつけさせることが出来たほどの憎しみをもって……。――それらの告発がラブレーを標的としている可能性はあるのだろうか？　しかしなぜラブレーを標的とすることなどありうるのか？　かれがヴィザジェの『銘句詩集』に登場するラベラであるとしても、何もラベラのうちなる無神論者や不信心者を露顕させないではないか？なぜ他の何者でもなく、むしろラブレーなのか？　当時、リヨンの数々の文芸サークルに、ルキアノス派が実際に欠けていたわけではなかったろう？　その中のひとりだけを、しかも簡単に言及しておこう。わたしたちはその事例にもっとあとで戻るつもりだから。それははなはだ奇妙な事例であり、一五三八年の初めに、手厳しい追及の対象となる『世ノ警鐘』の著者、ボナヴァンテュール・デ・ペリエ――かくも完璧な、かくも神秘的な、かくもまことに異常な沈黙が覆い隠しているボナヴァンテュール――のそれである。かれとヴィザジェの、ありえたかも知れない関係だけに話をとどめよう。ヴィザジェはドレの『ラテン語註解』を、いわば賛嘆の辞で甘やかし、自らその公認賞賛演説者となった。かれは賞賛の辞をくどくどしいまでに反復する。ボナヴァンテュールはボナヴァンテュールで、そのために働いている。――だがボナヴァンテュールについては何も、ひとつの二行詩さえ、ヴィザジェの冗長な著作に登場しないのだ。――亡命中のマロはヴィザジェのうちに熱烈な弁護士を見出す。ボナヴァンテュールとしても自分の師匠のために乱戦の渦中に突入して、国王フランソワ一世に懇願し、頼み込み、とりなし、陳情する。――だがボナヴァンテュールについては何も、ひとつの二行詩さえ、ヴィザジェの饒舌な著作に登場しない。

――セバスティアン・グリフの店や、書籍出版販売業者パルマンチエのもとを、ヴィザジェはボナヴァンテュールと同じく頻繁に訪れている。ヴィザジェは、ボナヴァンテュールと同じく、王妃マルグリットのために尽力し、『罪深き魂の鑑』のラテン[255]語訳に専心する。ヴィザジェは、ボナヴァンテュールと同じく、美しき修道女スコラスティカ・ベクトニアと交際する。ヴィザジェは……。だがヴィザジェの節操のない著作の中には、ボナヴァンテュールに宛てたり、かれを攻撃したりする何も、何ひとつ、二行詩のひとつだに存在しない。実際、なんと奇妙な沈黙だろう！　どうせ根拠のない物語を作るのなら、ヴァンディのアポロン〔ヴィザジェ〕の、一篇の（あるいは数篇の）匿名詩の背後に、ラブレーではなくボナヴァンテュールを置いても同じではないか（そしてその方がずっと良いとさえいえよう）。そうであっても根拠の無さは変わりないだろうに[67]。

*

ことここに及んで、「ルベルスニ対シテ」や「ラブラニ対シテ」などのシュサネの作品や、ブルボンによるラベラの肖像、シェノーによるその冗漫な模写、そして最後にド・サンティ博士の手で明らかにされた、スカリジェの詩篇をつなぎ合わせ、ひとつひとつを縫い合わせる者は、――その者はしっかりとまとまりのある、ひとつのイメージを獲得する。先ずは推奨すべき生活をおくる修道士、誰からも尊敬される《希有ノ人物デアル》修道士の、――次いで修道衣をぬいで放縦にながれ、挙動や生き様を変え、酩酊と放蕩に身をまかせ、学術書の代わりに……ラブレー的な著書を上梓し、あくことのない好奇心にすっかり身をゆだねては、憎悪にみちた情念、雑言、羨望、邪悪な激昂のなすがままになる、ひとりの修道士のイメージである。要するに、充分に戯画化された、くつろいだ姿のラブレー像であり、伝説上のラブレーにはなはだ似通ったものだ。けれども、見知らぬ人々の写真をもってして、寄せ集めの肖像画をこしらえること、さらにそれを伝説的なイメージに近づけること、それは正当なことであろうか。伝説的なイメージそれ自体も寄せ集められたものではないか……。――なぜならとどの詰まりラブレー伝説とは、まさしく特殊な、溯行的心理学の問題ではないのか？

＊

結局のところ、勇気をもってこう認めよう。これほど多くの発見、才知に富んだ仮説、卓越した研究にもかかわらず、――わたしたちが肉眼をもってしても、精神的な眼差しをもってしても、はっきりとしたラブレー像が見えないのだ、と。肉体的な人物としてのラブレーとは何者か？ 空想のままに描かれた、おまけに凡庸な数幅の肖像画がある。あるいは『貼付年代記』[256]の憂鬱そうな図像がある。小柄な老人で、痩せこけ、眉をしかめ、鋭い目つきで、いささか陰険な顔をしている。――倫理的な人物としてのラブレーはどうか？ タバラン[257]が生まれる以前の、一種のタバランであり、騒々しい笑劇で支払いを済ませるたかり屋、加えてしこたま酒をくらい、夜になると汚れた文章を書き綴る人間か。それとも博識な医者で、学問のあるユマニスト、古典古代の素晴らしい文書と旺盛な好奇心とでその奇蹟的な記憶を豊かにする人物か。さらには、大哲学者で、そのようにテオドール・ド・ベーズ[258]とかルイ・ル・カロン[259]とかから讃えられる、エティエンヌ・デュシェールの言葉を借りれば、哲学者たちの君主なのか？

確カニ、神聖ナル英知ヨ、汝ノ研究ニ於イテ先頭ニイルノハ
最高ノ君主タル、ラブラエスス自身デアル……[260]。

わたしたちの曾祖父はわたしたちよりも仕合わせであった。かれらはこれらふたつのイメージの中から選択などしなかった。かれらは同時に、尊敬にあたいするイメージともう一方のイメージを受け入れた。かれらがその両者を対照も比較もしなかっただけにますます、いっそうそう出来たのだ。

かれらがデスティサック家で、あるいはデュ・ベレー家で、さもなくばエグ＝モルトの国王の側近の中に[261]、この博識な人物――クロード・シャピュイが

そして、いたるところで推奨しうる学識ゆえに、
自身以外のだれにも似ることのない、ラブレー[262]

と、請願審査官のひとりに数え上げる――フランソワ・ラブレー師と遭遇した時、かれらがそうした所や、その他の百もの荘厳な場で、韻文でも散文でも、ギリシア語でもラテン語でも同様に、ギヨーム・ビュデ[263]からジョワシャン・デュ・ベレー[264]にいたるまで、若きテオドール・ド・ベーズや、かまびすしいドレ、それに匹敵する評判をもつその他の二十名もの人々を含めて、同時代でもっとも優れた文人や碩学によって賞賛され褒めそやされる、ひとりの古代ギリシア学者、ひとりの医師、ひとりの詩人を前にしたとき、――かれらは帽子をぬいで、うやうやしく《博士閣下》に挨拶し、その雄弁な唇に気高い格率が現れるのを待ち構えていたのだ。そしてその後で、かれらは気が向いた時に、『ガルガンチュワ物語』とか『パンタグリュエル物語』に眼をとおした。笑うように誘われ、かれらは笑ったものだ。邪念なく、腹をかかえて、才気縦横な香具師につかまった市場の野次馬のように。かれらは笑い、当然のことながら、作品から作者を導き出した。この徳利明神の歌い手という奴は、なんという驚異的な大酒呑みなんだろう！　書物

から著者を連想するように、ラブレーその人も純真な読者を促し続けたことを注意しておこう。ラブレーは絶えず《わたしは》と言っているわけではあるまい？　これはパニュルジュの武勲の非人称的な語り手ではなく、レヴューの司会者であり、見世物師である。《おや、旦那衆、御機嫌麗しく結構至極で！　が、さて、皆々様は一体どこに居られる？　影も形も見えないが。お待ちくだされ、眼鏡をかけますからな……は、はあ！　めでたし、めでたし、おさらば四旬節と、ほれ、見える！……》[265]そうであれば、かれらがラブレーを大酒呑みや道化師に仕立てるにしても、誤解をおかしているわけではないのだ。なおのこと、かれらは史的文書に正しい証拠を添えているわけでもない。かれらが夢想するラブレー像とは、――まさしく大酒呑みであり道化師である。なぜならラブレーは、ラブレーの物語の中の、あらゆる飲酒ときわどい冗談、悪ふざけを具現しているからだ。《本当の》ラブレーは――酒盛りやその他の享楽的な些事にあって控え目であろうと度を越えていようと――かれらにとって存在しない。かれらにとって存在する唯一のラブレーとは、あの書物と主人公たちに似せてかれらが創造し、気まぐれにこしらえる人物である。ラブレーはガルガンチュワとパンタグリュエル、そしてパニュルジュを生み出す。《ガルガントゥアハ他方、生ンダ》、ガルガンチュワは逆に生み出す……自らの像に基づいたラブレーを。これらの、うんざりすることなど先ずない読者、素朴で、おまけに或る問題、かれらにとってはおよそ課されたことがない、文学的な創造という問題に関する観念が欠落した大きな子供たちにとって、それがただひとりの、真実のラブレーである。かれらがたとえロンサールとか、デュ・ベレーと名乗る人物であったとしても。

*

それというのも、こうした人々については、証言が残っているからだ。一五五三年の後半か一五五四年の前半、ラブレーが没する。[266] ただちにロンサールが墓碑銘を献ずる。

生きている間のべつまくなしに飲んでいた
あのお人よしのラブレー〔に〕[267]

ロンサールは奔放な言葉で、ぐい呑み茶碗に囲まれ、疲れきって伏しているこの豪傑を描き出す。《身を汚すことに何の羞恥心もいだかず――脂ぎった小鉢の間で――泥沼に棲む蛙のように――胸をむかつかせる酒の中を歩んでいった》。(68) わたしたちの好みからすると、いささか写実的に過ぎる描写である。けれどもわたしたちが失念しているのは、自分自身を語りながら、ロンサールは、一五五五年の『雑詠集』に収められた「コリドンに捧げる小オード」で、

酒壷と山なす花々のあいだに
《ひっくりかえって》寝そべる、似たようなポーズの自分の姿をさらけだしている、ということである。

デュ・ベレーは、と言えば……。一五四九年に《母語をけっして軽んじなかった、フランスの賢人たち》について論じながら、ある人物〔デュ・ベレー〕が《アリストパネスを蘇らせ、ルキアノスの機知を非常に巧みにまねる作家〔ラブレー〕》を賞賛する。その人物は巧妙に、この偉大な作家の模倣不可能な文体に、[268] 低級な模倣者たちを対峙させる。この輩はルキアノスから《その外見を奪おうと》努め、《デモクリトスが笑う気持ちを失うには他の処方が要らないいくらいつまらない》、形容の仕様がない愚かしさにすっかり蝕まれた自分たちの中身を覆い隠そうとするのである。デュ・ベレーは、それほどまでに賞賛す

る男を、ふたりのフランスの光明、ギヨーム・ビュデとラザール・ド・バイフとに引き合わせる。(69) ともに偉大な精神であり、偉大な人格であり、卓越した社会的な階層に属している人々だ。一年が経過し、同じ著者は

ソネと讃歌において、
悲壮な啜り泣きにおいて
死の懐に閉じ込められた
古代の人々を再生させる[269]

《詩の子供たち》の部隊を閲兵して、美の女神たちの寵児三人、ランスロ・ド・カルル[270]、アントワーヌ・エロエ[271]、メラン・ド・サン゠ジュレの次に、――有益で優しいラブレーを強制的に徴兵する。(70) もしラブレーが下卑た道化、嫌悪とみなの侮蔑との対象であったなら、何ものもデュ・ベレーにこのような言及をさせなかったろう。しかしかれはラブレーのうちの

かくも学識豊かに著述し
フランスの地で最初に
賢明なる無知に対抗し
デモクリトスを蘇らせる……

人物を讃えている。

そうこうする間に、ラブレーが没する。かれが死ぬやいなや、あれほど巧みに讃えていたこの批評家、かくも高い評価を下したこの詩人〔デュ・ベレー〕は、ラブレーの口に皮肉にあふれたラテン語詩をのぼらせ、こう言わせる。《我こそは、悉皆呑み込み屋、パンファグスなるぞ。計り知れない腹の押し潰さんばかりの塊を上にして横臥する我を見よ……。睡眠、大食、ワイン、女ども、そして嘲弄。これこそが我が神々、我が生きし折りのゆいいつの神々なり[71]》。

これはわたしたちにとっての驚きであり、驚異である。わたしたちは、もはや理解できないままに、怨恨と競争の物語を徐々に想像し作り上げる。――あたかも問われているのが、役目の遂行にあたる姿を豪快に描かれた〈お人よしの大酒飲み〉という文学的なイメージではなく、――姓はラブレー、名はフランソワ、生業は医学博士なる人物の、突飛な素行についての警察のデータ・ファイルであるかの如くである。付言すれば、同時代のもうひとりの優れた嘲笑家、クレマン・マロも（かれを引き合いに出すにとどめるが）、まったく類似した、同一の形成過程をもつ伝説を受ける名誉に恵まれたのではなかったろうか？

眼の前に、フランソワ・ラブレーの同時代人たち、かれらの荒々しさと気紛れ、外部からの圧力に対する無防備なありさま、かれらの感情の法外な移ろいやすさ、驚くまでに気短かに苛立ち、罵りあい、剣を抜き、それから抱擁しあい、おもねりあう様子を喚起してみよう。これらすべてがわたしたちに、かくも多くの、些細な事柄が原因となるいさかいや、盗用と剽窃の厳しい告発、神の裁きと人間の裁きへの訴えの数々、――そしてその舌の根も乾かないうちにすぐと続く、凄まじい褒め言葉、ホメロスやピンダロス、ウェルギリウスやホラティウスとの愚かさこの上ない対比――を説明してくれる。コントラストがきわだつ生活の、自然の産物だ。想像できる以上に、遥かにめりはりのある産物である。電化された住まいに暮らすわたしたちには分からない、昼と夜のコントラスト。わたしたちにとっては、数多の発明によって通常の気候では緩和されている、冬と夏のコントラスト。かれらの方では、ほとんど軽減されることなく、何週間も何カ月ものあいだ、その厳しさと逃れがたさを耐えていたのだ。生活の有り様が等しければ、気質も等しい。両者が相互に連鎖し合い、互いに条件づけ合う。けれどもわたしたちの神経もまた、麻痺してしまっている。わたしたちは余りに多く果実を食べてしまった、――『聖書』の言葉を借りれば《歯をうか[272]》せてしまう、あれらの果実を。かれらの方ではどうか？　かれらは麻痺した者などではなかった。神かけて、そうではなかった。かれらがどれほど、音響の過激で圧倒的な攻撃に対して無防備であったか、という次の一例だけを想起してもよい！　『ユートラペル物語』のかの一節をたえず心にとどめておこう。ノエル・デュ・ファーユ[273]はその中でクレマン・ジャヌカン[274]の写実的な名だたるコーラス、『マリニャーノの戦い』が同時代の人々に与えた効果を描写してくれている。[72] 擬音的なハーモニーによる《戦闘の騒音》をともなった、この力強いが稚拙な音楽の影響力から逃れた者は誰もいなかった。音響に刺激されて、《自分の剣が鞘にあるかどうか、見ない者はおらず、自分をもっと威勢よく、もっと背丈に恵まれているように誇示するため、爪先立って背伸びしない……》者は誰もいなかった。

抑制のないままに身をまかせていた、素朴な人々である。対してわたしたちは自らを押し殺しているのだ。

*

さて以上が、――少なくとも学術的な歴史の作業としてと同様、歴史心理学の研究として刊行されている書物のまさに入口で、考察しなければならないことがらである。これがすでに、十六世紀の人間とわたしたちの世紀の人間の、感じ方、考え方、話し方のあいだに――共通の尺度など本当に存在しない、と警告を受けたことがらである。わたしたちは脈絡をつける。かれらは漂うにまかせる。十七世紀とデカルト以来、幾世代もがわたしたちのために空間を分類し、分析し、組織化してきた。それらはわたしたちに、各事物、各存在が完璧に画定された境界を有する、見事に完成した世界を与えた。同じ時期から、幾世代もが、次第次第に精密に測定されてゆく時間を、わたしたちの活動の厳格な枠組みにしようと努力してきた。この巨大な操作全体が、十六世紀にあっては、かろうじて始まったばかりだった。したがってその成果はまだわたしたちのうちに、ある種の論理、ある種の一貫性、ある種の統一性に対する絶対的な欲求――あれ**か**、これ**か**、であり、同時にあれ**も**、これ**も**、ではない。ここか、あそこか、ではあるが、同時にここも、あそこも、ではない――を生み出してはいなかった。こうした考察の中に、わたしたちがまだしなければならない証明に際して、慎重であれとの忠告を見出すように努めるとしよう。

第二章　神学者たちと論争家たち

おそらくはいささか失望して、また満たされたというより呼びさまされた好奇心をいだいて、ラテン語詩人、——わたしたちに光明をもたらしてくれる以上に謎を与えるコレージュのアポロンたちの小さな世界を去ることにしよう。神学者や論争家の扉を叩いてみよう。仮りにそのうちの誰かがラテン語のムーサに手を出すようなことがあるとしても、異なる人々である。異なる気質、異なる慣習を持ち、もしわたしたちがかれらを理解し、その証言を正しく批評しようと望むなら、異なる用心をしなければならない。多分これらの人々に近づくにあたって、わたしたちは今まで以上に、今までよりも巧みに、職業につきまとう精神の歪みに対して、用心する必要を感ずるのではないか？　かれらが、まずもって、同時代の詩人たちのように、十六世紀の、——外見に反しわたしたちの時代とは随分と隔たった、とりわけその心性構造の面で随分と隔たった世紀の人間であることを念頭におく方がよいかどうか、わたしたちはこれから見てゆきたい。

1　カルヴァンの一通の書簡

一五三三年の混乱にみちた秋、福音主義に染まったパリのサークルで、オルレアン大学とブルジュ大学を卒業したばかりのひとりの青年に注意が向けられはじめていた。この青年はノワイヨン出身で、ジャン・コーヴァンと名乗り、セネカの『寛仁論〔*De Clementia*〕』の註解に、ラテン語化した名前、カルウィヌス、とサインしたところであった。

　時代はもはや各宗派の協調の方向に傾いてはいなかった。《うさんくさい者たち》に抗して、ソルボンヌ神学部は配下の者たちを動員していた。大学界隈に戦闘の気配がただよっていた。五月にはノエル・ベダとその同舟の博士たちが、国王の命令で追放処分を受けていた。カルヴァンは、と言えば、のちに異端の咎で火刑に処せられる富裕な商人〔書店主〕、エティエンヌ・ド・ラ・フォルジュの邸宅を足繁く訪れていた。かれはまた、国王侍医、バーゼルの人ギヨーム・コープ[1]のまわりにつどうリベラルな大学人のもとにも通っていた。ギヨームの息子ニコラは、新しい思潮の疑いをもたれていたが、パリ大学の当該年度総長に撰出されたところだった。これらの活動的で情報によくつうじたサークルの一員となったカルヴァンは十月末に友人、オルレアンのフランソワ・ダニエル[2]に宛てて、詳細にわたる一通の書簡を送った。①それは記憶にあたいする会議のひとつ（二十四日のもの）[3]についての話であり、その会期の間に、大学は国王に提訴されて、おのが神学者たちの言動を厳しく非難したのだった。②国王の言い分では、すでに出版されて二年もたつ一冊の書物、国王フランソワ一世自身の姉君、マルグリット・ド・ナヴァールの『罪深き魂の鑑』をいかがわしい書物リストに載せた責任がある者たちである。ところで、テュアーヌが断定的な言い回しで、次いでルフランが、同じくきわめて明瞭な表現で、一五三三年ののち、洞察力のあるカルヴァンがラブレーの密かな計画を見抜き、その当時キリストが有しうる最悪の敵として単刀直入にかれを告発していた証拠を発見した、と思いこんだのはまさにこの書簡においてなのである。

　一五三三年、カルヴァンは二十四歳である。かれはまだ、少年時代のカトリック教会と訣別してはいなかった。問題はそのようなものではないのだ。けれどもすでにカルヴァンは、おそらく脳裏に、間近にせまった万聖節で友人のコープ総長が荘厳に弁ずるであろう、そして神学者たちを、異端説ゆえではなく（異端説などまったく含まれていなかった）、スコラ学者に対する激しい攻撃ゆえに、憤慨させるであろう演説を温めているのだ。付言すると、この青年は覇気にも熱意にも欠けはしない。ハナウのワロン派教会宗務局が保管している優雅な青年の肖像画を[3]――あるいはレオナール・リムーザン[4]の有名な七宝画さえをも――若きカルヴァンの真正の肖像と見なしていた、つい先ほどの時代だったら、そのうえ魅力もあると思われたであろう。将来の改革者〔カルヴァン〕の文通相手――オルレアンのフランソワ・ダニエル――に関していえば、これは狂信的な人間でも、熱狂的な人間でも、禁欲的な人間でもない。かれは成長してゆくカルヴァンについてはいかないだろう。かれはカトリック教徒のまま、オルレアンにとどまるだろうし、――ある人物を友人にもつだろう。それはもうひとりのフランソワであり、その名前が悲しみと結びつくことなどまったくない。すなわちフランソワ・ラブレーその人である。その結果次のように自問することが可能になった。つまりこのダニエルを媒介にして、この時期からラブレーとカルヴァンがオルレアンで、邂逅するとまではいかなくとも、少なくとも好意的にお互いの噂をしているのを耳にしたことが有りえなかったかどうか……。

　これらの曖昧な些事がどのようなものであれ、一五三三年十月、カルヴァンはダニエルとその友人のために、ダニエル宛てに一通の若々しくきな臭い書簡を送る。テュアーヌによれば、この書簡は『パンタグリュエル物語』を猥褻で不敬虔であるとして非難している。碩学の大失策であり、テュアーヌの言葉はあまりにも性急に信用されてしまった。事実はカルヴァンが、ノエル・ベダ――そのころ、五月十八日以来追放の身にあり、パリには十二月の終わりにしか戻ってこないだろう[4]――が不在の間、新しい思潮にかたくなに敵対し、非妥協的な人々を統率する、サン＝タンドレ＝デ＝ザール教会主任司祭ニコラ・ル・クレール[5]の主張を、手紙のある一節で間接話法で要約したのだ。その際カルヴァンは、ニコラが有害な書物のリストを作成したおり、非難の余地のない女性〔マルグリット・ド・ナヴァール（?）[6]〕の作品などではもちろんなく、大量の猥褻書を有罪としてそのリストに載せた、とニコラに語らせているのである。そしてかれは書名を挙げている。いわく、『パンタグリュエル物語』、『森』、等々。――《彼ハ、カノ猥雑ナル『パンタグルエルス物語』ヤ『娼婦ノ森』[7]ヲ、有罪ナ書物ト見做シタ。ソシテ同様ノ刻印ヲ押サレタモノモ》[8]。――これに対しカルヴァンはこう応じた。《皆ガ、彼ガ無知ヲ外見ノ下ニ包ミ隠スノヲ見テ、ドヨメイタ》[9]。この文章は以下のように翻訳しなければならない。この男が、無知をとりつくろって弁解するのを見て、皆が憤慨した……と。

その意味は明確である。残念ながらテュアーヌを受けてルフランが述べるように、『パンタグリュエル物語』を法廷に引き出すのは、カルヴァンではない(5)。カルヴァンによって笑い者にされたル・クレールなのである。なるほど、アルコフリバス師に向けられた本能的な、生き生きとした共感を、このノワイヤンの人に仮託することを許すものは何もない。――この時点でたくさんの想像が相変わらず可能だったとしても。あれほど博識な医師のうちに、あれほど学識ある古代ギリシア学者のうちに、スコラ哲学の誤謬に対抗するキャンペーンの同調者を見出し、大いに満足しながらも、――その当時、かれが『パンタグリュエル物語』を読んだとしたら、カルヴァンも時として心ひそかに、エラスムスを己れの尺度で計ってルターが口にした《汝ハ敬虔デハナイ！》[10]との言葉を発したい誘惑に駆られたかも知れない。そのことと、オルレアンの青年たちの怒りをあおる書簡のなかで、カルヴァンが攻撃し、非難しているル・クレールの支持者たちのあいだにアルコフリバス師をむりやり登録することとの間には、――認めざるをえないだろうが、隔たりが存在する。『パンタグリュエル物語』をル・クレールが不敬虔だとしてではなく、――猥褻〔ob-scaenus : obscène〕だとして攻撃したからには、ますますそうである。これは当時の人間にとっては、たとえそれがソルボンヌ神学部の人間であろうと、いささかの気配りであり、敏感な慎みである。[6] けれどもまさしく、熱意あるサン＝タンドレ＝デ＝ザールの主任司祭をかくも厳格にするのは、おそらくソルボンヌ神学部の人間という肩書であったのだろう。ル・クレールは『パンタグリュエル物語』の中に無神論を嗅ぎとらなかった。鼻を広げて、かれがそこに嗅ぎつけたのは、ただ、サン＝ヴィクトール修道院の図書室の常連にとってはおそるべき対立者の憎悪と、――そして福音主義者に向けられた自由な精神の共感とであった。福音主義者たちは（格別に猥雑さの支持者とは一度も思われていなかったとしても）この報復のための書物〔『パンタグリュエル物語』〕が刊行されるやいなや、それを受け入れ、推奨し、引き立て、自分たちの書架に置いて保管するのである。

＊

一五三五年にヌーシャテルのピエール・ド・ヴァングル書店から初めてのフランス語訳の改革派版『聖書』[11]を刊行することになる、カルヴァンの知己にして縁者、ノワイヨンの人――オリヴェタンは、一五三九年にこの世を去ったとき、書架に六冊の《俗語で書かれた》書物を遺しており、[7] その六冊の中に『ガルガンチュワ物語』[12]がある。しかし一五三三年八月にはすでに、《コリントで》、数多い反カトリック教の小冊子のひとつが、日の目を見ていた（そしてカルヴァンが十月にオルレアンの友人に書簡をしたためた時、エティエンヌ・ド・ラ・フォルジュ書店、もしくは別の場所で、この冊子をおそらく見ていた）。――ヌーシャテルの幾台もの印刷機によってそののち版を重ね、先頃テオフィル・デュフールが評判の高い

『〔カルヴァンの教理問答と信仰告白についての文献学的〕註釈』[13]で目録を示した小冊子、有名な説教師で、一五三四年の檄文の作者、アントワーヌ・マルクールの小冊子である。どのようなタイトルなのか。『パンタグリュエル閣下の隣人、かかる事情については優れた専門家、パンタポール殿の手で新たに作成された、あらゆる人々に甚だ有益な、商人たちの書』というものだ。(8)

《パンタグリュエル閣下の隣人》。――この言い回しにはなにかしら象徴的なものがある。そうだとしたら、ラブレーとその巨大な主人公の隣人と自らを感じ、そう称しているのは改革派であり、この当時の革新者たち、反カトリック教徒たちなのである。そしてカルヴァンが後日発する破門宣告にもかかわらず、かれらは容易にはそのような者として行動するのを諦めないだろう。かつて『ラブレー研究誌』(第四巻、二二四ページ)に掲載された註記の中で、アンリ・ピレンヌは正当にもネーデルラント地方で、ラブレーの作品集が獲得した人気を思い出させた。――この乞食団[14]の世界で、パンタグリュエルの父親〔ラブレー〕はのちになって、マルニクス・ファン・シント＝アルデホンデ[15]のうちにひとりの模倣者、殆ど剽窃者といってもよい人物を見出す筈だ。マルニクス、あの半フランシュ＝コンテ人のことだ。――そしてわたしは更にかさねて、《彼方》[16]の事件につながっている《ブルゴーニュの》いくつかの事件を報告した覚えがある。マルセル・バタイヨン[17]にしたがえば、一五五〇年の反体制的なスペインの地に、また別の事件が見つけられるかも知れない。(9) これらの証言が一致して支持するのは、ラブレーは反キリスト教徒ではなく、宗教改革に、もしくは少なくともフランスで宗教改革を予告するものに、要するに福音主義運動に、共感し好意的である、という説である。

これで分かるように、ことを急ぎすぎたのである。ラブレーに対するカルヴァンの告発など存在しないのだ。少なくとも一五三三年の時点ではそうである。ソルボンヌ神学部の神学者、われらがル・クレール師という人物がいて、ラブレーを糾弾しながら、無知と偽善をさらけだしてしまう。《皆ガ、彼ガ己レノ無知ヲ外見ノ下ニ包ミ隠スノヲ見テ、ドヨメイタ》。外部から《どよめいた》カルヴァンも含め、《皆ガ》そうしたのである。

ただ、この文書をのぞくと、ラブレーの無神論を立証するために提示された証言の中で最古のものは、一五三八年までしか遡らない。ところが証明すべきは、ラブレーが合理主義者であったとか、不敬虔の布教者であったとか、反キリスト教同盟の指導者であったとかではない。ラブレーが一五三二年以来『パンタグリュエル物語』を手段にして、そうしたすべてとなっていた、ということなのだ。一五三八年のテキスト、あるいは一五三八年以後のテキストは？　そうしたものがあるなら、わたしたちは採用しよう。けれども一五三二年から一五三八年にいたるまで、世の中は動いていたのだ。しかも急速に。一五三三年十月、マルセイユでの〔フランス国王と教皇の〕会見。[18]一五三四年三月、ヘンリー八世の破門。[19]同年十月、檄文事件。一五三五年一月、印刷禁止勅令。同年六月、オリヴェタン訳『聖書』。一五三六年三月、バーゼルでの『キリスト教綱要』出版。同年七月、エラスムス没……。続きは控えよう。一五三八年一月、もしくは二月の、パリはモラン書店での『世ノ警鐘』の刊行にいたるまで、あるいはもうひとつの極地、同年末のシュトラスブルクでの、カルヴァンによるフランス改革派教会の母体の結成までたどるのは止めておこう。上記の事件で充分だ。それらが警告するのは、十六世紀のこの混乱の時代にあって、人々が二重の生活を生きていたとき、様々な思想が常ならぬ速さで開花し始めていたとき、――情況をないまぜにするのはよろしくない、ということだ。

2　ギヨーム・ポステルの夢想

一五三二年から一五四三年にかけて、カルヴァンの書簡を除外したいま、ラブレーの作品とかれの不敬虔に関して、神学者や哲学者、論争家のあいだには、まったき沈黙がおりている。ついでながら、もしテュアーヌとルフランによって言及されたラテン語詩が、まさしくアルコフリバス師とその物語をターゲットにしているのだとしたら、――一般信徒や俗人の方が、神学博士や戒律に忠実な聖職者に大いに先んじていたことになろう。そうだとしたら、どうこう言っても、驚くべきことであろう。わたしたちが検討してきたヴィザジェやブルボン、シュサネのテキストは一五三六年と一五三八年のあいだにひしめいている。この時期に学識者の側に見られるのは、一様な静寂と沈黙である。一五四三年になってようやく、つまりコペルニクスの『天球ノ回転ニツイテ』とウェサリウスの[20]『人体ノ構造ニツイテ』が同時に世に問われる、この大いなる年になってようやく、ひとりの識者が発言する。ギヨーム・ポステルがごく最近、改革派から確信犯的な無神論者になった、幾人かの札つきの転向者を告発するのだ。たとえば、『三人預言者』という忌まわしい論考の忌まわしい著者、ウィラノウァヌスがそれであり、たとえば、『世ノ警鐘』の作者、『パンタグリュエル物語』の作者、『新しき島嶼』の作者がそれである。つまり不信心者と迷える子供たちのクァルテットだ。(10)

ウィラノウァヌスとは、わたしたちの同定ではミシェル・ド・ヴィルヌーヴ、すなわちミゲル・セルベトを指す。セルベトはちょうど一五四二年、リヨンのユーグ・ド・ラ・ポルト書店から、サンクトゥス・

パグニヌス[21]のラテン語テキストに基づく、『聖書』の校訂版を刊行したところだった。これに付した註解ゆえに発行禁止処分を受けた版である。哀れなセルベト。人々がかたくなにこの姓名のもとに存在を認めず、あるいは例のもうひとりのウィラノウァヌス、パドヴァ大学でのドレの師匠、シモーネ・デ・ノヴァヴィラ[22]と混同していたセルベトである。だがシモーネについては何も知られていない。そして謎の『三人詐欺師論』の著者に想定されているのはシモーネではなく、セルベトなのだ。セルベト、そしてその他大勢に。たとえばアウェロエス[23]やフリードリッヒ二世[24]から、ボッカッチョ、マキャヴェッリ、アレティーノ[25]、ポンポナッツィ[26]、オキーノ[27]、ラブレーを経て、ジョルダノ・ブルーノ、カンパネッラ、ジョン・ミルトンにいたるまで。——これは一篇の謎の論考にとっては数多い親権者だ。皮肉なのは、この書物の著者がまた……ポステルにも想定されたことである[11]。ポステルの方では一五四三年の時点で、そのようなことはおよそ思いもしなかったろう……。

『世ノ警鐘』は有名だ。その作者もまた知られている。謎めいた論考『新しき島嶼』はと言えば、『ユートピア』、つまり『共和国ノ最良ノ政体ニツイテ、乃至ウトピアナル新タナ島ニツイテノ真ニ卓越シタ記録』のなんらかの（まだ知られていない）フランス語の翻案が問題になっているのだろうか？　それとも少なくとも一五三八年以降、『パンタグリュエルの門下パニュルジュが未知不可思議な島々を訪れた航海物語』というサブ・タイトルとともに再三再四刊行される、『パンタグリュエルの弟子』のことを考えるべきなのか？——だが考慮の範疇に入りうるような『ユートピア』のフランス語の翻案など発見されていないし、『パンタグリュエルの弟子』はといえば、この気の抜けた継ぎ接ぎ細工[12]がポステルのような人物の情念を揺り動かす何ものかを持っているとは、わたしには思えないのだ。ジルベール・シナールは『十六世紀におけるアメリカのエグゾティスム』の中で付随的に、パリのコリーヌ書店で一五三三年に発刊された一冊の書物、『広漠たる大海洋で新たに発見された島嶼に関する抜き書き、もしくは集成』[28]に注意を促している。これはアンギエラのピエトロ・マルティィーレ[29]作『海洋十巻記』の初めの三巻を、アントワーヌ・ファーブル[30]と称する者がフランス語に移したもので、第四巻の概要と、コルテスの書簡に基づいて起草されたメキシコに関するふたつの報告とをともなっており、アングレーム公爵〔シャルル〕に、そして報告はマルグリット・ド・フランス王女[31]に献呈されている(13)……。さて、この本の様々な箇所がシナールの関心を引いた。シナールはとくに、ファーブルによって長い伝説――《良き野蛮人》という伝説――の祖先の地位に祭り上げられたハイチ島人の性質に関する、かなり興味深い余談に注意を促す（二三ページ[32]）。巨大な島の原住民は《黄金時代を過ごしている》。本性的に善良で、悪人を知らず、かれらは《自分たちの領地を堀や垣で取り囲まない》。それどころか、《かれらは法も書物も裁判官も持たず、庭園を開け放しにしておく。しかしその性質からして正しいところにしたがい、好んで他者に害をなす者を、よこしまで不正であると見なす》のだ。

ポステルの注意を引いたのはこの点なのか？　強いていえば、そう想定できるかもしれない。不信心者に対する攻撃のあと、ポステルは、二ページを隔てた同じ章で、《福音の教えを無視してまったくの放縦のままに暮らし、どんな悦楽も遠ざけない、という条件で》『福音書』を援用する自由思想家たちへのきっぱりとした告発を付け加えなかったろうか？　かれが狙いを定めているもの、ポステルはそれを明確に述べている。それはテレームの僧院なのだ(14)。《テレームノ大修道院ト掌球戯場ニ於イテキリストヲ鞭打ツ者ガ明ラカニナッタヨウニ》。ただ、よく分からないのだが、カトリック教徒ピエトロ・マルティィーレの著書のフランス語訳が、どのようにして、つい最近、不信仰の煽動者に転向した改革派信徒の書物のあいだに分類されるにあたいしたのだろうか？　もちろん、ポステルが相手なら、誰も驚きはしない。――アベル・ルフランに指摘されたテキストを適確に評価することを望むなら、是が否でもまずそのテキストを、それが置かれている環境に戻さなければならない。

したがって、端から端まで、そのテキストが摘出された興味深い書物、『アルコラヌス、モシクハマホメトゥスノ律法ト福音史家タチノ調和ノ書』を読み直してみよう。これは苦労のいる仕事である。ポステルのラテン語はもっともうんざりさせる類に属する。巻頭の数ページから、この東洋学者は、絶えずペンに息を吹きかけていなければ、インクが凍って書きすすめられなかったであろうほどの厳冬の、二カ月という驚異的に短い期間で、その長大な著作『地球ノ調和』の体裁を整えた、と物語る。[15] この苛酷な時代の、哀れで偉大な勤勉家たちよ！　だが『アルコラヌスノ調和ノ書』の散文には、少なからぬ刺々しい氷の細片が残存するのが分かるような気がする。加えて、この書物はポステルの自費出版で、二流の印刷屋の手によるみすぼらしい姿をさらしている。行換えもないし、ぎっしり詰まった、イタリック体で書かれたそれらのページにゆとりはなく、とりわけ句読点に欠けている。けれどもこの作品は重要である。十六世紀の思想史において、この作品はしかるべき評価を与えられてこなかった。だが今日、誰がこの難解な思想に興味をいだくだろうか？　この風変わりな、この独創的な、この知性あふれるポステルを読む努力を、だれが試みるだろうか？

*

世界を倫理的に統合すること。十全に普遍的なひとつの〈教会〉の深い懐の中であらゆる党派、あらゆる徒党、[16] あらゆる大陸のすべての人間を互いに兄弟だと感じさせること。説得という力だけで、理性の明晰な力で――《明白ナル理性ニヨッテ》、この言葉はルターのものだ――、改革派もカトリック教徒も、ユダヤ教徒もマホメット教徒も、アメリカの新大陸やアフリカの新天地、東洋の謎めいた諸帝国の異教徒も偶像崇拝者も──同じ器官を備えたこれらの人間すべてが、留保も敵愾心もなく、義なる神が被造物の中央に据えた、自然にして生得的な宗教と混同されかねないまでに幅広いカトリシスムの中で、気持ちをいつにして生きるようにさせること。そこから様々な教義の多様な矛盾を乗り越え、根源的な感覚に、あらゆる人間存在の本能的な性向に訴えること。その性向とはすなわち創造神への感謝にあふれた飛翔であり、至上の報酬として不死の中で神をわがものとすべく考え望ませる、死よりも強い渇望である。そして最後に、誰をも呪わず、破門せず、排斥せず、誤りから解放された改革派信徒や、信仰に連れ戻された不信仰の徒、かくまで慈悲深く寛容なトルコ人たち、とりわけ自然法の大きな部分を所有しているユダヤ教徒たちを、再生したカトリック教徒に統合しながら黄金時代を再度創造すること。要するに、キリストの律法と同じく、場合場合に応じて宗教の創始者や預言者たち、魔術師、哲学者、歴史上のあらゆる世紀、地上のあらゆる種族、現世のあらゆる宗教に霊感を与えてきた〈理性〉、キリストの律法と同様の〈理性〉の支配下に、あらゆる対立を和解させること。──かかるところが邪念のない天啓説の妄想から解き放され、中世の、昔ながらのユニテリアン的夢想を、地理上の発見やキリスト教伝道の進展、そして異端的党派の急激な伸長が証明する宗教生活の刷新などが、大胆な思考で生み出したものすべてをもって富ませた、コスモポリタン、ギヨーム・ポステルの美しい希望であった。

いつの日かシリアの地の、教皇座の支えとなったアダムの墓前で、王の中の王、イエスが君臨するひとつの教会、ひとつの国家に融合した、諸民族の一致した大きな心臓の鼓動しかもう感じられない時がくるであろうとの確信を胸に、ポステルはこのようにしてあの蜃気楼に向かって進んでゆく。──このようにして苦学や遍歴、奔走のうちに、この農民の息子は自らをすりへらしていく。十二歳で孤児となり、次々にボース地方の田舎教師や作男を経験し、そして一五二五年、十五歳でコレージュ・サント＝バルブの奉公人となり、フランソワ一世のもとからフェルディナント一世[33]のもとへと、マルグリット・ド・ナヴァールからイニゴ〔イグナティウス〕・デ・ロヨラへと走り、ここでは迫害され、あちらでは傾聴され、栄養不良で、安楽と睡眠をすっかり奪われたみすぼらしい青年時代の重荷をいたるところで引きずっている。そうであれば孤立した思想をいだく不運な英雄たちに見られる、あまりにも当然な精神失調にここで出会っても、なんの驚くことがあろうか(17)……。ヴェネツィアでは精神錯乱者として無罪放免になり、ローマでは四年間、異端審問官によって拘禁され、リヨンでは司祭の訴えで起訴され、――最後にパリでは高等法院評定官の寛大な好意のおかげで、サン＝マルタン・デ・シャン小修道院に収容されることになる。シルエットを浮き上がらせるすべを心得たこの時代の類稀な著作家のひとり、フロリモン・ド・レモン[34]がそうした背景の中でわたしたちに見せてくれるポステルの姿とはこうである。――白い大きな顎髭をたくわえ、尊大な風で、ざくろ石のように炎を放つ双眸、執務に就くとき（ポステルは司祭だったのだから）聖別式で白髪頭から湯気がたちのぼっていた。――《この玄義に際しては、かれはそれほどまでに精神を緊張させていたのだ(18)》。

総合的に見て精神の均衡を欠いた天才であり、幻想家と錯乱者の面を合わせもっている。――かれは自分が不死であると信じ、キリストが自分の内部で語っていると日頃から公言していた。――けれどもかれの肥沃で不明瞭な頭脳の中では、時代に先駆けて、何かしらサン＝シモン[35]的な夢想が、一種のキリスト教的社会主義の曖昧な予感と混じって芽生えていた。かれは国王フランソワの面識をえ、その助力を受けて一五三五年に大使のド・ラ・フォレ[36]と共に東洋に出発し、ギリシア、小アジア、シリアの一部を歴訪し、近代ギリシア語やトルコ語、アラビア語、コプト語、アルメニア語を学び、無数の危険と窮乏の代価を払って、各修道院に散在する写本を求めに歩いた。帰国すると、一五三八年三月六日、フランソワ一世はポステルをコレージュ・ド・フランスのギリシア語・ヘブライ語・アラビア語講師に任命した。同じ年かれは、十二カ国語の字母の研究の体裁をとって[37]、手探りながら比較文法の初めての試論を刊行し、アラビア語文法書を著した。かれは異論の余地なく、東洋学の大家、パリ東洋研究家の間の貴公子となったのである。

だがそれも長期にわたることはなかった。東洋からの帰国以来、言語学や東洋学以上に様々な宗教的問題がポステルを悩ませていた。同時代の多くの人々のように、日々ますますやっきとなって相互に溝を深めている、諸党派に分裂したキリスト教の些細な事柄を気に病んでいたばかりでなく、東洋の街道を遍歴して以来突如拡大した視野に、少数派のキリスト教と、その他の宗教に二分した世界が映っていた。たとえ統計的なデータが不足していても、他の諸宗教がキリストの領域よりもはるかに広大な領域を、はるかに多くの信奉者で覆っているのを、十二分に悟ったに違いない。そうなると問題はもはや単に、自分に有利なようにキリストを援用する信仰箇条を、競合関係にある一致のうちに和解させることではなかった。人類総体を融和させることだったのである。

かくて早い時期から、たいそう自然に、ポステルはジャン・ボダン[38]が世俗世界での典型となるだろう〈普遍的なもの〉の探究者たちのあいだに、先駆者として自身の名を記した[(19)]。――政治制度の分野で（『国家論』を見よ）、比較法学の分野で（『普遍法配分論』を見よ）、宗教の分野で（『七賢人ノ対話』を見よ）自分の眼には崩壊したと映るカトリック教に代えて、事実の科学的知識と比較研究を基盤に有する、一言でいうと、人間性を基盤に有する普遍主義を置くのに専念したボダンのことである。ボダンはこのようにして、地上の政治宗教的機構を夢見たライプニッツにまず、――次いでその向こうに、これもまた東洋の巨大な夢想に取り憑かれたアンファンタン[39]やサン゠シモン主義者に結びつく、長い鎖の最初の輪を作ったのだ。ポステルはそれらすべてに先行している。一五四〇年来、テヴェ[40]が収拾した凡庸なソネの美しい一行が告げているように、

かれは自分の内部で世界の調和を瞑想していた。

*

ところで、一五四三年の『アルコラヌスノ調和ノ書』はポステルの大構想に直接結びついている。これは改革派、教会分離の煽動者たち、不信仰の先駆者たちへの力強い論告である。ポステルは標題でこの者たちを〈福音主義者〔Evangélistes〕〉と、本文中では〈新福音主義者〔Cénévangélistes〕〉と命名する。この点についてかれは、クロード・ドデュー司教[41]に宛てた「献辞書簡」でこう弁明している。《〈福音主義者〉という言葉をわたしはドイツ風に用いております。新しい党派はその説教師にこんな具合に名前をつけているのです。わたしは〈新福音主義者〉とさえ言っております。そして綴りのどちらを採用するかによってわたしは〈没福音主義者〔Cenevangelistas〕〉、スナワチ虚シイ者、とか〈新福音主義者〔Caenevangelistas〕〉、スナワチ新シイ者、と翻訳しております[20]》。この二重の言葉遊びは時代の衒学的な趣味とよく合致するものだ。

『アルコラヌスノ調和ノ書』はポステルの長大な作品、『地球ノ調和ニツイテ』の一部をなすはずのものだった。――自らの構想の第一歩を実現するためにかれは後者をあてにしていた。それは『地誌学要諦』の献辞書簡ではこう定義される。ことはカトリック教の基本教義の合理的で、完璧に明晰で明白な論証の

提示に関わった。[21] 三位一体、無カラノ創造、復活や霊魂の不滅性などの、いくつかの難解な真理の証明に捧げられた「第一之書」のあと、キリストの対立者の中でもっとも危険な者、マホメットの誤謬への整然たる反駁を含む「第二之書」のあと、あらゆる民族、あらゆる宗教に共通する原理を抽出する「第三之書」のあとで、――「第四之書」が道筋と方法の問題を提起していた。イスラム教のかたくなな信奉者たちをどのようにして真理に導けばよいか？　どのように異教徒たちを、インドの民衆を、ユダヤ教徒を、――さらにまた離教者たち、本当のキリスト教に非常に近いゆえにそれだけ恐ろしい新福音主義者の新しいキリスト教の党派を導くべきか？『アルコラヌスト福音史家ノ調和ノ書』はそれだけで、「第四之書」のこの最後の部分を構成している。ポステルが主著からこの部分だけを抜粋したのは、主著がパリでソルボンヌ神学部サイドからの最悪の災害を被ったあと――かれはその詳細な事情を著書の八ページから一一ページにかけて語っている――、最終的に刊行を申し出たのがヨハンネス・オポリヌスだったからだ。ポステル自ら註記しているように（一二ページ）、かれは改革派のバーゼル市民〔ヨハンネス・オポリヌス〕に宗教改革に対抗する系統的な攻撃を礼儀知らずにも送ることなどできなかった。そのためにかれはこの書を自費で、かつ一切の危険を覚悟でパリで出版したのだった。

これらの些事は少なからず有益である。ポステルのみならず、ラブレーのみならず、いっそう広く、またそれ以上にかれらの世紀の知的な発展全体を知るために、――『アルコラヌスノ調和ノ書』が《パドヴァ学派》に対して、と唱えるのが最近の慣習となっているが、――アリストテレスの流れを汲む無神論者たちに対して、ことに例のポンポナッツィとその賛同者たちに対して差し向けられた作品ではない、ということを弁えるのは肝要である。一冊の貴重な書物〔おそらく、アンリ・ビュッソン、『フランス・ルネサンス文学における合理主義の源泉と発展』、一九二二年〕が成功を収めて以来、ポンポナッツィと支持者のうちに、この時代の非公然たる思潮すべてを要約し、併合してみたい気持ちに駆られてしまう。これらのアリストテレス主義者のことを、ポステルはのちに、特に一五五二年の『無神論者タチニ抗スル……諸原因ニ関スル書』と『アリストテレスノ誤テル説ノ粉砕』で集中して論ずることになろう。けれども一五四三年、『パンタグリュエル物語』を告発する時点で、ポステルが憤慨しているのは宗教改革に対してであり、かれの言を借りれば福音主義者に対して――新福音主義者に対して――である。この事実はこのさき留意されるにあたいする。[22]

　したがってポステルはまず、排斥さるべきあらゆる書物の典型、『コーラン』の教義と――新福音主義者の教義とのあいだに認められる驚くべき一致を証明しようと企てる。ルターのこれらの精神的な子供たちは、この東洋学者にとって、マホメットの矮小な私生児にすぎない。そして様々な文献をつうじてわたしたちは、これらの不信心者を相互に類似させるものすべて、《マホメトゥス教徒ト新福音主義者タチノ間ニ存スルモノ》[42]、を学ぶのである。ポステルは『コーラン』から抽出した、新福音主義者がことごとく同意の署名をしそうな二十八の命題の、アト・ランダムともいえる一覧表を提出する（二一ページ）。《他人ノ営為ハ何者ニトッテモ価値ガナク無益デアル。守護聖人ヤ仲裁者ハ神ノ面前デ効力ヲ持タナイ。マリアガ敬愛サレタリ崇拝サレタリシナイコト……》[43]。だがさらに興味深く、ポステルの解釈が関心をひかずにはおかない命題もある。すぐに想い浮かぶのは第十命題[23]、《信仰ノ確証ニ於イテ如何ナル奇蹟モ必要デナイコト》[44]、や第二十七命題、《（マホメトゥスハ）人間ガ自由ナ裁量ヲ欠イテイルトシバシバ述べ、宿命ト運命トヲ神ト混同スルノモ稀デハナイ……》[45]、などである。

＊

もし新福音主義者が回教徒のように、このような不敬虔な信仰告白をしているとすれば、――キリスト教のものだと公言してはばからないかれらの教義から、このうえなく典型的な不信仰への移行が容易なものであることが分かる。ポステルはこの転向を非難する。新福音主義者は異端の信仰告白をするばかりでなく、不信仰の信仰告白もしているのだ、とかれは主張する。これは第二部の標題でさえある。そしてまさしくこの第二部において新しい党派が向かう秘密の目標を指摘しながら、かれは、いずれも生まれながらの指折りの改革派であるが、ウィラノウァヌス（セルベト）やデ・ペリエ、『新シキ島嶼』の著者と同時に、ラブレーを攻撃するのだ。《ソレラノ著者タチハ時トシテ新福音主義者ノ尖兵デアッタ》[46]。したがってラブレーの不信仰はポステルにとって何ら独特の、あるいは例外的なものではない。福音主義で育ったラブレーは単に、ポステルが告発する福音主義から不信仰にいたるひとつの展開、ひとつの転向を特徴づける証人のひとりにすぎないのだ。

しかしポステルにとって不信仰とは、何から構成されるのか？　その議論を読み進むにつれ、ある種の驚愕に襲われる。もっと適切に表現すれば、この時代の人々の思考様式や推論様式をまったく知らなければ、驚愕に襲われるだろう。とりわけ福音主義者に与して《キリスト教徒は『聖書正典』で語られていること以外を信ずべきではない》と広言すること、――もしくは無神論者に与して《『福音書』を信じてはならない》と冷笑すること、それが同じであるということ、とりわけそうしたことを学ぶのである[24]。この点に関するポステルの議論には確かに、創意やさらには洞察力さえある。この議論を転載してみよう。おそらくそれ自体、この時代の自由思想家の、表面にあらわれない反論を再生しているからだ。《『新約聖書』に載っていることすべて？　よかろう。だが他のどんな教典よりもまずもって『新約聖書』が『福音書』だとは、どこにも書かれていない……。そうだとすると？　結論はこうだ。『福音書』を信ずるまえに〈教会〉を信ずること》……。ただこの議論そのものが、ポステルが非難する『パンタグリュエル物語』の不信仰とは、明白な不信仰というよりむしろ疑わしき不信仰ではないかと考えるようにいざなう。しかも迂遠に演繹されたものである。スコラ哲学に対峙する一方、見てのとおり、もっとも精緻な論理の宝典を熟知し、——巧妙にそれを用いて自分たちの直観に重みを与える人々によって。ポステルの常套手段である。かれははるか彼方まで改革派に対する論告を続けながら、マホメットのライヴァルたちの、このうえなく目障りなおこないを数え上げるのである。(25) たとえば、教会の伝承を棄却すること。神を罪の創造者にすること。教会の内部に矯正すべき事柄が存在すると広言すること（神の否認の中でも最悪のものだ、とポステルは注意する。なぜなら万事が相互に連環しているからだ）。そして自由意志を否定すること。被造物からあらゆる功徳を奪うこと。被造物に善行をおこなう気力を喪失させること。以上がこれらの真正な〈反キリストたち〉の、もっとも醜悪な教義のいくつかである。かくて『パンタグリュエル物語』は不信仰の公然たる、明確な信仰告白となる。しかしルターの『奴隷意志論』も同様なのだ。そしてこれがおそらく、ラブレーに対するポステルの告発の範囲を限定している。これがいずれにせよ、ラブレーが当時の多くの人々の一員ではなかったという見解からわたしたちを遠ざけてくれる。——大胆な精神をもち、確固たる認識をそなえ、神学的な機微にも神秘的な心情吐露にも傾斜することが少ないとはいえ、自身が批判し、同時に他者を批判するのを助けてくれる当時の思潮の束に、しっかりと根を張っている人物なのである。否定の道によってかれがいた世紀全体に先行するひとりの革命家、つまり文字どおりの意味で何か前代未聞のものであるのか？　これはいかに炯眼であるとしても、ギヨーム・ポステルがラブレーの内に見ていたものではない。ポステルの攻撃はアルコフリバスを他から切り離しなどしなかった。ラブレーを集団の一員に戻したのである。

*

恐れずにこの点を強調しよう。そして――ラブレーに対して起こされた、戦闘的な反キリスト教運動の大きな訴訟の証人としてポステルを召還したのだから、――可能な限りこの重みある証言を明確にしよう。ポステルはわたしたちに、『パンタグリュエル物語』の著者がすっかり福音主義の虜となり、この党派の主導者（尖兵）のひとりとなったと語る。多分これは正確ではない、もしくはニュアンスを排されている。だがこの註記は少なくとも、一五三二年以降無神論者となったラブレー、という命題を支持するために施されているのではないか。ポステルは、『パンタグリュエル物語』のあとに書かれた『ガルガンチュワ物語』においてさえ、ラブレーが『福音書』を――それを自由に解釈しても構わないとして援用している、とつけ加える。そのとおり。だがそれこそわたしたちがいささか異なるスタイルのもと、立証しようと試みるところである。ポステルは最後に、〈自然〉がそれ自体で善であると明言し、《正しい血統に生まれ、自由な人間》[47]に、**汝が欲するところを為せ**、とのスキャンダラスな道徳を説教しているとして、ラブレーを告発する。わたしがいいたいのは、これらの前提から無数の帰結を演繹しうるということであり、ポステルは間違いなくそうしている。しかしそれらの前提はわたしたちが、自由思想家にして攻撃的なラブレー像の代わりに、革命的であることを自慢しないゲバールのラブレー像や、――あるいは宗教改革者として姿を見せるスタフェールのラブレー像を持ち出すのを許すだろうか？

付言しておきたいのは、ポステルがラブレーの内に危険を察知したのはかなり遅くなってからだ、ということである。『アルコラヌスノ調和ノ書』は一五四三年の著書である。五年前、一五三八年に『諸起源ニツイテ、アルイハヘブライ語トヘブライ民族ノ古代性ニツイテ、及ビ様々ナ言語ノ類縁関係ニツイテノ書』をデュ・ベレー枢機卿に献呈しながら、かれは同時代の秀でた精神すべてに向けられた、このメセナの度量の大いさを賞賛した。《閣下のお心遣いの証人として》、とポステルはデュ・ベレーに言った、《わたしはただ人知の多様な部門でもっとも傑出した人々を挙げるにとどめましょう。逆運に襲われるたびにいつも、かれらはあなたにおすがりして参りました……。そのご好意をここにあらためて書きしるしても、何の役にたちましょうか？　パオロ・ジョヴィオ[48]とか、ラブレーとか、ビゴ[49]とか、その他大勢の、かれらと同じくらい完璧に学識を収めた人々が、そのご好意のかくも実り多いしるしを受け取ったのでありまず》。関心をそそる文章である。(26) これは少なくとも一五三八年にラブレーが――『パンタグリュエル物語』と『ガルガンチュワ物語』のラブレーだ――ギヨーム・ポステルにとって眉をひそめる対象ではなかったことを証明している。さもなければこの東洋学者はラブレーを、デュ・ベレー家の他の多くの食客とともに、無名の群集にまぎれるに任せていただろう。一五三八年と一五四三年のあいだで、ポステルはラブレーについて、あるいはもっと精確にいえばラブレーの書物についての見解を変更したのだ。なぜならポステルはそれらの著者の名前を引用していないからである。変更に関する個人的な理由を何か見つけることができるだろうか？

『アルコラヌスト福音史家ノ調和ノ書』[50]と同じパリの書店〔グロモルスス書店〕で、さらにおそらく同じ年に出版された『アラビア語文法』の非常に興味深い序文に、奇妙な一節が読みとれる。(27) ポステルは、しばしば見受けられ、かつ正確に限界を計るのがむずかしい、あの大胆な思考をもって、――イスラム教の無限な、《普遍的な》広がりをわたしたちに指し示すのだ。

ポステルはこう述べている。この宗教は地上に大変普及しており、世界の三つの部分を考えてみると、かろうじてそのひとつがイスラム教の掌中から逃れているかいないか、というほどである。プレスター・ジョンの治めるヌビアを除いたアフリカ全土、端から端までの全アジアが占領されてはいないだろうか。そして今、東方ヨーロッパと地中海ヨーロッパに襲いかかっている。イスラム教はすでにギリシアを制圧している。ほとんど普遍的な宗教であり、それが啓示される言語、アラビア語もそれゆえに普遍言語のひとつである。だがこの言語を知ることは単に、地上の多くの国々を歴訪したり、数々の人間集団と会話したりするのに不可欠なだけではない。学識者なら東洋の学問の鍵を与えてくれる固有言語に無関心ではいられない。アラビア人にわたしたちは沢山の事柄を負っているのだ！[28]　まずは占星術と臨床医学がある。――ここで、ポステルはガレノス派に対する活発な攻撃に専念する。《あれらの**近代主義者**〔néotéristes〕は、望むがままに嘲弄するがよい。かれらは雑言する快楽を満足させながら、大碩学という名声を勝ちうるつもりなのだ。わたしはといえば、わたしは主張するが、我々の時代の誰ひとりとして、学識と応用とに気を配る者で、ガレノスの理論を汲み尽くしたあと、臨床ではアラビア人の世話にならない者はいないのである》。周知のごとく、ラブレーはガレノスを熱烈に賞賛していた。そしてこの一節の中に、パリで、あるいはサン＝モール修道院で、デュ・ベレー家側の人物〔ラブレー〕と大法官ポワイエ[51]の庇護者〔ポステル〕との間の論争の数々[29]、少なくとも対話の数々への暗黙の仄めかしがないかどうか、自問してみることもできるだろう。――もし他方、パンタグリュエル宛ての書簡でガルガンチュワが息子にラテン医家のみならずギリシア医家や**アラビア**医家をも再読するように命じていること[52]、フランスでは誰もアラビア語など勉強していなかった時期にカルデヤ語もアラビア語も同じく学ぶようにパンタグリュエルを励ましていること、――そしてラブレー自らもどこかで《ローマにあって彼のアラビア語教師であった[53]》例のカラミト司教[54]について語っていることを記憶に上さないならば、の話であるけれど。

いずれにせよ、そしてこれはわたしたちの最後の注意となろうが、ラブレーのキリスト教信仰に関するポステルの判断の中に、厳格な戒律をもつカトリック教徒の公式な判決があるとは認めないようにしよう。カンパネッラの先駆者の、一種の自然宗教の布教家の、非常に特殊な視点に立つのでなければ、ポステルの如何なる文章も理解できない。そしてこの自然宗教とは、ユダヤ教とイスラム教、キリスト教の最良のもの（深奥では同一のもの）を、〈拡大されたキリスト教〉の統合の内にことごとく包括するのである。『パンタグリュエル物語』に示されるアイロニーや《ルキアノス主義》は、ポステルのような預言者気質、使徒気質の哲学者にかならずやショックを与えたに相違ない。おそらくかれはラブレーが、内部に宿している知的な能力を賢明に用いないことで、またその努力を宗教の再建という積極的な作業に少しも捧げないことで、そしてとりわけかの宗教改革に保証を与えたことで恨みに思っていたのだ。ポステルは、のちのカンパネッラやその他大勢と同様、宗教改革が古いキリスト教世界を砕いて敵対する党派に分裂させ、この風変わりな使徒〔ポステル〕が生命を捧げる統一の仕事をいっそう困難にしてしまったので、それを心の底から嫌悪していたのである。だがかれがラブレーを〈キリストヲ鞭打ツ者〉と形容するにしても、それを悲劇的に解釈する必要があるのだろうか？　ポステルにとってルターもまさしく《反キリストたちの王》ではなかったか？

＊

他方そこからポステルの判断が不合理だったと結論づけないようにしよう。かれが告発する展開、次第次第に自由思想的になる教義へ向かう多くの改革派信徒の微妙な転向、カルヴァンの仕事がそれをわたしたちの眼から隠しているのかも知れない。といってそれが現実であったことには変わりない。ある者がそれを悟り、ある者がそれを見た。ポステルのように。ある者が自分なりのやり方でそれを告発した。——ポステルのものではないその人物なりのやり方で。なぜなら誰の眼から見ても、その者が宗教改革を問題視したなどとは思いもよらないからだ。その者、それがジャン・カルヴァンである。

『ニコデモの徒への弁明』[55]は、一年をへだてて、『アルコラヌスト福音史家ノ調和ノ書』に続いている。宗教改革に対するポステルの激烈な、とどのつまり危険な攻撃をカルヴァンが知っていたと考えるのが、幻想に欺かれていることだとは思わない。ポステルは教会参事会員ヤンセン[56]の遠い、けれども直系の先駆者であり、『アルコラヌスノ調和ノ書』の一節で、正確に一言一句ヤンセンと同じ命題を主張している。その一節でポステルは宗教改革以前の、ゲルマン的な無垢と率直さを讃える一方で、宗教改革以後の道徳の頽廃、途方もない悪徳や犯罪の氾濫をそれに対立させる。つまり、かつては誠実で敬虔であったドイツ傭兵の、新しい教義によって鎖を解かれた野獣への明らかな変貌である。(30)——敵の弱点に対する抜け目ない感覚をもって、ポステルはその努力をまさしく**改革派の道徳**に集中させるのだ。信仰のみによる義認という理論を自分たちの悪徳を利するために用いる宮廷の新福音主義者について、ポステルが語る事柄には、多くの偏った非難にまじって、予見に富んだ描写が存在する。(31)これらの描写は、当時かなり頻繁に見られた宗教的な展開の、説得力をともなうあらたな構築を可能にしてくれるばかりか、また特に、カトリック教からある種の無関心な合理主義への移行は容易であったが、福音主義からはそうでなかったという、旧来の理論の見直しをも可能にしてくれる。わたしにはポステルが言う《宮廷ノ新福音主義者タチ》とは、ニコデモ風の行動に汚されているとして、カルヴァンが激しく己れから遠ざけるであろう、かの《繊細な教皇庁書記官たち》を、一年の長をもって正確に告示していると思えてならない。一言でいえば、『アルコラヌスノ調和ノ書』が『ニコデモの徒へのジャン・カルヴァン殿の弁明』の典拠のひとつでなく、また反作用としてであれ、その動機のひとつでないとしたら、わたしはさぞかし仰天することだろう[32]……。

3　ソルボンヌ神学部における、ある有罪判決（一五四三年）

一五四三年の時点で、ポステルとその他の人々が、『パンタグリュエル物語』も『ガルガンチュワ物語』も非の打ちどころない、堅固な教理問答などではない、と気づいていた、——そんなことで驚くほど世間知らずであるのはよそう。高名な権威がみなにそれを教える役目を買ってでていた。それがパリ大学ソルボンヌ神学部である。ところで、話をポステルに限っていえば、かれが『アルコラヌスノ調和ノ書』の中で長々とこの著名な団体とのいざこざを語っているにしても、また神学部に対して苦々しく大胆な言葉を吐くにしても、ポステルは、だがしかし、正統派の人々との交友を一生懸命誇示し、ひけらかそうとしているように思える。この本が献呈された例のクロード・ドデューは言うにおよばず、ラヴォール司教ジョルジュ・ド・セルヴ[57]やアヴランシュ司教ロベール・スノー[58]のような敬虔な司教たちのみならず、神学博士マラリウス（M・マイヤール）[59]、名だたるドミニコ派修道士オリウス（異端審問官マテュー・オリー）[60]、およびもうひとりの著名なカトリック教神学博士、《著シイ信仰心ヲ持ツ人物》、ゴドフリドゥス・ティテルマヌス[61]との関係についても話している[33]……。ソルボンヌ神学部との軋轢自体がポステルに、カトリック教神学者を足繁く訪れさせていた。そして多分、神学部によって一五四二年クリスマスから一五四三年三月二日（新暦[62]）までのあいだに点検され、刻印を押された有害図書一覧に次の項目が載っているのを見た時も、かれは驚きなどしなかったろう。その項目とは、〈六四・『偉大なるガルガンチュワ、及びディプソデスの国王パンタグリュエルの素晴らしき武勲の真実このうえない大年代記』〉である。

*

この時点で、ラブレーの、すでに古くなっている著作に、誰がソルボンヌ神学部の関心をひきつけたのか？　ただちにひとつの仮説が見えてくる。一五四二年七月の終わり、もしくは八月初旬にドレがリヨンで逮捕され、異端審問官の命令で大司教管区の牢に投獄された。裁判の予審がおこなわれ、十月二日、ドレは火刑の判決を受けた。パリ高等法院への上訴、訴訟移送、国王の赦免状といった経過をたどって、このユマニストの出版者は、自らの過ちを宣誓のうえ撤回し、自らが印刷した、もしくはその所有になる有害な書物が焼却されるのに立ち合う、との条件で救済された(34)。事実、デュ・プレシ・ダルジャントレは一五四三年二月十四日の日付で、高等法院の一通の判決を刊行したが、それによれば異端審問官の請願と、赦免状にもとづいて下された法令とにかんがみて、ドレが公刊した十一冊の本（それらの題名が挙げられている）に加えてメランヒトンの『著作集』、ジュネーヴ版『聖書』、及びカルヴァンの『キリスト教綱要』がノートル＝ダム大聖堂の前庭で荘厳に焼却されるであろう、と告示されている(35)。

これらの書物のあいだには、一五四二年にドレが出版し、リヨンはメルシエール街の斧印の看板の店で、調査官が明らかに何部も見つけた、『ガルガンチュワ物語』も『パンタグリュエル物語』も姿を現していない。けれどもソルボンヌ神学部の注意を、高等法院の方では有害であるとは解していなかったが(36)、神学部にはそのように映っていたらしい二冊の著作に向けさせたのは、まさしくドレ事件ではないのか？　いずれにしてもソルボンヌ神学部が有罪宣告の根拠を置くのは、ドレによる出版物にではない。ダルジャントレが示す題名がその証明となっている。それは精確に、一五四二年にリヨンで発行された出版地の記載がない刊本の題名であり、プランの『ラブレー書誌』の九八ページに、第四十二番として載っている[37]。この刊本はちょうど「出版者から読者へのお知らせ」を収めており、その中でドレはこっぴどく鞭打たれているのだ。ドレの刊本（これに関しては、ドレが削除の手をほどこされていないテキストを再録したので、ラブレーが憤慨したといわれている）が差し押さえにあたって厳しい処置をともなわなかったこと、そしてソルボンヌ神学部の裁判官たちがそれどころか、一五四二年のリヨン版の改訂され穏健となった（とされる）テキストに対して有罪宣告を下したことは、奇妙であろうか？　他方、それではなぜソルボンヌ神学部は、現在の主流となっている解釈にしたがうと、『パンタグリュエル物語』に対してすでに、一五三三年に宣告されたらしい有罪宣告を蒸し返すのだろうか？　この機会に告白しておくと、アベル・ルフランが確実だと受け止めている一五三三年の有罪宣告という物語は、わたしにはずっと疑わしく映ってきた[38]。ル・クレールの頭の中でこの宣告が決定されたとしよう。それはそうかも知れない。しかしそれが誰も読んだ覚えのない判決によって現実的で公式のものとなったこと、一五三三年にこのように有罪宣告された書物が、いささかの困難もともなわず、幾度も幾度も様々な場所で再刊されえたということ、――こうした点がわたしを困惑させる。そこでわたしはよろこんで、ピエール・ベールについての『批評的註釈』で提示されたデ・メゾーの見解を支持したくなるのだ（〈ナヴァール〉の項目、第四巻、九六一ページ、第六欄[64]）。各書店を検査しに派遣されたル・クレールは、店頭で発見した新刊書の目録を作成していた。《かれはそれらをふたつに分類していた。ひとつは悪書であり、もうひとつは著者の名前を記さず、高等法院の法令を無視して、神学部の出版許可なく印刷されているので、単に疑わしいだけの書物である……。かれはその一覧で、この第二の種類の書籍の中に『罪深き魂の鑑』を数えていた》。付言する必要があろうか、『パンタグリュエル物語』もその類であり、おそらく『罪深き魂の鑑』事件の恩恵に浴したのだ、と。最後の注意はこうである。一五四二年にソルボンヌ神学部が認可した『点検書一覧』に名前をつらねるすべての書物は、改革派か、もしくは少なくとも宗教改革に共感する著作家の作品である。『ガルガンチュワ物語』と『パンタグリュエル物語』はそこに、アヴィニヨンのフランソワ・ランベール[65]やカルヴァン、エラスムス、マロ、エコランパディウス[66]、ブッツァー[67]、ヨハン・ブレンツ[68]、ブーゲンハーゲン[69]、ツヴィングリ、メランヒトン——その他大勢の、神聖な文書のフランス語翻訳家とともに現れている。加えてもう一度。ソルボンヌ神学部の優れた見識により、ラブレーは自由思想家の一団の中にではなく、宗教改革の参謀本部、つまり、新福音主義者タチノ尖兵の間に場所を占めることになる。そしてドレも同様なのだ。一五四三年に告訴されるのはひとりの《無神論者》ではなく——明らかに、改革派的異端説の支持者なのだ。

4　ラブレーはニコデモの徒か

けれども、まさしくその翌年、一五四四年にカルヴァンの論争的な著作『余りに甚だしい厳格さについての嘆きに関する、ニコデモの徒諸氏への弁明』が出版される。——アベル・ルフランはこの中の、有名な一節を取り出して、ラブレーにあてはめるのだ。

『ニコデモの徒への弁明』(『カルウィヌスノ残存セル全著作』第六巻で、五九三欄以降の二十二欄[70]を占める)は基本的に、信仰が薄い人間、ニコデモの徒の批判的描写から成り立つ。濁った水の中でなにほどかの恵まれた聖職禄を漁るためにだけ、福音を説教する者がいる。篤心が《気儘に暮らすのを妨げない》

との条件で、『福音書』を貴婦人のまえで弁ずるのに満足する《繊細な教皇庁書記官》もいる。ついでながら述べれば、これは不敬虔な者に対するポステルの非難と『アルコラヌスノ調和ノ書』とをほとんど原文どおり繰り返したものである。貴婦人と『福音書』をめぐって閑談すること。この文章は《テレームの僧院的な》響きを発していないだろうか？——この他にも《キリスト教の教義を半ば哲学に変える》書斎人がいる。かれらは暖炉の薪掛けに足をのせて、なにかしら立派な改革を期待しているが、《積極的にそれに骨折る意志がない》。ここで（五九七—六〇〇欄[71]）突如、怒りが爆発し、カルヴァンの深奥にひそむ感情があらわになる。《この徒党はほとんどすべて知識人からなる。あらゆる知識人がそれに属するわけではない。それというのも人間に関する学問がキリスト教徒の篤心をこのように冷まし、神から逸らせる原因となるくらいなら、むしろ地上からことごとく抹消される方がよい、と思うからだ！》最後にくるのは《商人や大衆で、この人々は自分たちの生活に満足して、誰かがそれを乱しにくると憤慨するのである》。ニコデモの旗のもとに登録された者たちをこうして閲兵したあとで、カルヴァンは《み言葉に同意するふりをしながら、内心ではそれをあざけり、お伽噺以上には尊重していない、ルキアノスの輩とかエピクロスの輩》に短い仄めかしをしているのではないか？

一抹の疑いもない、とアベル・ルフランはわたしたちに言う。カルヴァンが狙っているのはラブレーなのだ[72]。二十回、百回となく、ラブレーは《フランスのルキアノス》と形容されはしなかったか？——そうかも知れない。けれどこれらのカルヴァンの文章についても、さきほどの、ヴィザジェの寸鉄詩の場合と同様である。ルキアノス主義をラブレーの専売特許にしないようにしよう。そして特に、カルヴァンが『ニコデモの徒への弁明』の《一連の段落すべて》でラブレーを《明らかに狙っている》、と記述しないように気をつけよう。いったいそれはどの段落だろうか？ひとつに、カルヴァンはルキアノスの徒に言及しながら、ラブレーのことを考えていたのかも知れない。となるとカルヴァンはルキアノスの徒についてただ一箇所でしか語らなかったし、それもこの件でそれ以上口にしないつもりだ、と述べるためにであったのだから、したがって『パンタグリュエル物語』の著者をターゲットとするいくつかの段落の検討に取り掛かる必要はない。あるいはまた、カルヴァンが『ニコデモの徒への弁明』の他の箇所でもラブレーをターゲットにしたのかも知れない。その場合には、カルヴァンはラブレーをひとりのルキアノスの徒でなく、ニコデモの徒としたのだろうか？　加えて、『ニコデモの徒への弁明』の中にはラブレーを名指す言及がない。一五四四年の時点で、カルヴァンの論戦は個人のレヴェルまで降りていない。それはまだ一般的なものに止まっている。

　相変わらずわたしたちは同じ唱句を繰り返している。一五四四年にカルヴァンが《神を蔑ろにする輩》を告発するとき、ラブレーを念頭に置いていたと認めるとしよう。一五四四年、即ち『パンタグリュエル物語』の出現から十二年後である。一五三二年に出版された書籍が、一五四四年にはその誕生の頃とはもう同じ色調では見えなくなっている、と認めるとしよう。これらふたつの年代のはざま、多くのユマニストの精神の中で、とびぬけて重要な発展が遂行される時間があった、と認めるとしよう。特定のサークルの安易な標語、《生き、呑み、打つ》――アンリ・オゼールが註記したように、[73] この標語から彼らを〈パヌルゴイ〔πανοῦργοι〕〉扱いしたアントワーヌ・フュメが[39]〔原義の〕〈悪党ども〉と呼びたかったのか、あるいは〈パニュルジュたち〉と呼びたかったのかは分からないが――のもとに集うエピクロスの輩のあいだで、反キリスト教的な合理主義がすすめる急速な進捗を予想して、カルヴァンと名乗る人物がそれに反発し、激怒したこと、初めは別様に評価していたかも知れない作品を思い出し、あらたに下した判断によって、かれの感情が表面に現れた、と認めるとしよう。それらはいずれもありうることだ。あらゆる疑念は、精確にいえば、一五三三年と一五三五年において、カルヴァンがすでに『パンタグリュエル物語』と『ガルガンチュワ物語』を一五四四年の、もしくは一五五〇年の眼で眺めていたかどうかを知ることではないだろうか？

5　狂犬病のピュテルブと『躓キニツイテ』（一五四九年）

この間に五年の歳月が流れ、――一五四九年、『テオティムス』の有名な一節が現れる。ポステルとソルボンヌ神学部のあとで、修道士ガブリエル・ド・ピュイ＝エルボーがラブレーを根底的な不敬虔の咎で告発し、同時に、かくも放蕩を重ねた息子の我が家への帰還をジャン・カルヴァン先生が祝う気分でいるかどうか知ろうとも考えずに、ラブレーを真の故郷、ジュネーヴに送り返す。しかし肝要なのは、たとえそのもたらす打撃が互いにさまたげ合うことになろうとも、あらゆる武器を用いてラブレーに制裁を加えることなのだ。無神論者とルター派。十六世紀にあって諸々の情念はほとんど躊躇せず、これらのあい矛盾する形容語を、破滅させるにあたいする対立者の名前に貼りつけていた。したがってフォントヴロー修道院のこの感情的な修道士〔ド・ピュイ＝エルボー〕は、前フランチェスコ派修道士〔ラブレー〕のスキャンダラスな書物を、烈しく非難する。けれどもかれはラブレーの背教を咎めるわけではない。その哲学しか告発していないのだ。

《どのようなディアゴラスがこれよりもさかしまに神を理解したろうか？　どのようなティモン[74]がこれ以上に人間性を悪しざまに語ったろうか？》だがディアゴラスはピュテルブの関心をさほど引かない。かれのお気に入りの主題は中傷である。ラブレーは下劣な誹謗文書作者であり、誠実な人間の名誉を毀損し、おまけに冷笑的な輩である。《洒落を愛好し、舌先で生計を立て、居候だ。それだけだとしたら、やむを得なければその存在も我慢できよう。だがそれと同時に自分自身を罵るとしたらどうか。毎日酔っぱらい、たらふく食べる。その慣習はギリシア式だ。あらゆる台所の匂いを嗅ぎつけ、長い尻尾の猿をまね、加えて紙を雑言で汚し、毒を吐き出しては徐々にいたるところを汚染する。見境なくあらゆる身分のうえに中傷と罵倒を投げかける。かれは実直な人々や敬虔な学問、名誉に与かる権利を攻撃する。破廉恥にも、みじんの正直さもなく笑いのめすとしたら、――このような輩を我慢できようか？　未曾有のことだが、我々と宗派を同じくする司教、位階においても学識においても第一位にいる者が、公序良俗に対する生きた挑戦であるこうした男を庇護し、養い、食事や談話に親しく交わることを許している。否、むしろこれは社会の敵であり、無駄口が多く、理性をほとんど持たない不純で腐敗した人間なのだ[40]！》

罵倒の言葉は足取りよく進む。けれども狂犬病のピュテルブがまずもって非難するのは、ラブレーの習慣であり、冷笑家の鉄面皮である。不敬虔はおよそついでに言及されるに過ぎない。ガブリエル修道士が第一に復讐しようと企てるのは、この諷刺家が破廉恥にも矢面に立たせた《実直な人々》であり、神ではないのだ。しかしながらまさしく或る者が、攻撃という言葉の真の意味を定義しながら、その範囲をかなり限定するのを自ら行わなかったか？　アベル・ルフランが、フォントヴロー修道院の修道士は、個人的な怨恨、サント゠マルト一族の怨恨の用具であったと、立証しはしなかったか。サント゠マルト一族の参謀本部は、ゴーシェ・ド・サント゠マルト[75]が修道院の医師を勤める、フォントヴローにあったのではないか？　一五五一年、修道院付属教会の内陣に埋葬されたゴーシェであるが、その生前から強い憎悪の念がこの男を、フランソワの父親らしきアントワーヌ・ラブレーに対し立ち向かわせていたように見える。おそらく短気なピクロコルの肖像のモデルになったのであろうか？　いずれにしても狂犬病のピュテルブがラブレーを罵倒するとき、かれは教義の歴史家の役割を果たしてはいない。有害な図書をめぐるその本全体をつうじてかれが名指したのは、というよりむしろ指し示したのは、ただひとりの作家、ラブレーである。それが個人的な事情のゆえであること、この点についてはいかなる疑いも実際、生じえないのだ。(41)

＊

『テオティムス』の激越な文章は、一五五〇年にカルヴァンの『躓キニツイテ』がわたしたちに言い立てる、同じくらい烈しく、けれどももっと私的性格の薄い論告に、わずかに先行する。今度はラブレーは《ジュネーヴのペテン師》[76]によってはっきりと名指される。カルヴァンがわたしたちに述べるには（第八巻、四四欄）、ラブレーはアグリッパやらシモン・ド・ヌフヴィル、ドレといったかたくなな連中の仲間ではない。あの連中はいつも傲岸に『福音書』を軽んじ、神の御子に卑劣きわまりない中傷を浴びせかけ、人間が犬や豚といかなる点でも違いはしない、と主張してきた。ラブレーはデ・ペリエと同様、そしてゴヴェイアと同様、当初は『福音書』を味わった。ただのちになって理性の曇りがかれを襲ったのだ、かれやその仲間を……。かれらの冒瀆的な笑いこそが、かれらを無神論と物質主義に導いたのである。

これ以上遠くには行かないでおこう。このテキストは完璧である。これこそ**テキストというもの**だ。後続するテキストは何も加えないであろう。それらはこのテキストを反復し、これ以上に強力な立証力を持たず、むしろその力は弱まるだろう。ラブレーに、宗教改革の賛同者たるその過去を尊重するカルヴァンの一種の公平感は、最終的な告発をいっそう恐ろしくしている。そしてかれの告発がなんと緻密であることか？　ラブレー、ゴヴェイア、デ・ペリエ。かれらの目的は《神へのあらゆる崇拝を廃絶すること》である。かれらはいささかのためらいもなく《あらゆる宗教は人間の脳髄でこしらえられたものだ。我々はなんらかの神が存在していると考えるが、それはそう信ずることが我々の気に入るからである。永遠の生命への希望は愚か者を慰めるためのものだ。地獄について語られることはみな、幼児を怖がらせるためにある》、と述べる。論告は完璧であり、検事は己れを確信している[42]。そのあとで、カルヴァンの言葉を繰り返す者が二人いようと、十人いようと、たいした問題ではない。エティエンヌ一族[77]やカステリヨン一派[78]、その他の人々は、一五五〇年[43]にこの宗教改革者が比類のない力強さ、激しさ、信念をもって列挙するところに何も付け加えないであろう。

ことごとく言い尽くされた。だが誰のために？　ここまでわたしたちは引き合いに出された証言をひとつひとつ取り上げてきた。わたしたちはそれらの言葉の重みを計った。それらが刊行されたときの状況、著者の人格と精神状態について調査した。その中には無効であるとして棄却したものもある。一五三三年の証言、一五三八年のそれ、さらにそれ以外にもある。一五五〇年の《優れた文章》があるのに、わたしたちはこれから何をしようというのか？　もう一度、その遅ればせの日付に注目しようというのか？　あらためてポステルの代わりに、またカルヴァンの代わりに、ラブレーが《福音書を味わう》ことから始めた、ということを確認しようというのか？　二次的な議論である。カルヴァンの文章はまた異なる問題、つまり原則の問題、あるいは別言したければ、方法の問題を課すのである。

6　十六世紀で無神論という告発が相当するもの

一九三六年頃、パリで、好んで長々と弁舌をふるい、政治集会に足繁く通うプティ・ブルジョワがいたら、《危険人物だわ》、と井戸端会議で女たちは宣言する。そして声をひそめ、一九〇〇年に《無政府主義者よ》、と言っていたであろうと同じ口調で、女たちはこう発言するのである、《あなた、共産主義者よ！》、と。——社会的な問題が何にもまして心を奪うわたしたちの時代の話柄である。十六世紀においては、宗教だけが世界に彩りを与えていた。何事につけ皆のようには考えていないと言い張る者、大胆な言葉を用いる者、安易に批判をおこなう者がいたとする。《不信心者だ》、と叫び声があがったものだ、《神聖冒瀆者だ》、——そしてとどのつまりは、《無神論者だ！》、と。

そこで次の事態が生ずる。この時代のひとりの著述家、ふたりの著述家、十人の著述家が断言する、《あいつだ！　無神論者だ！　あいつの著作？　純粋無神論宣言さ！》するとわたしたちは心静かにこう結論づけるだろう。《かれらがそう言っている。さて、かれらはそのことを知っているはずだ。したがってそいつは無神論者だったのだろう？》、と。

厳格な人間、ローザンヌの宗教改革者、ピエール・ヴィレの証言を聞いてみよう。これは慎重で冷静な牧師であり、長い生涯にわたって、かなり個性的なフランス語圏スイスの辛辣な言葉をずっと持ち続ける。ところで一五六四年に、多くの同僚と同じく、ヴィレは合理主義の台頭を懸念している。かれは自著『キリスト教教育』第二巻冒頭の「モンペリエ教会への書簡」で、それをを痛切に告発する。(44) ヴィレが述べるには、イエスをまったく信じないほどの、そして肉体の死後に永遠の生も死も存在しないと告白するほどに、おぞましい怪物どもがいる。かれらのうち、ある者は自らを**理神論者**〔déistes〕と称している。それによって自分たちが無神論者ではないと言おうとしているのだ。なぜなら、かれらの主張によると、無神論者とは神をもたない者であることを意味するのに対し、——かれらは天と地の創造者たる、ひとりの神の存在を認めているからである。だがかれらはキリストとその教義をまったく無視する。さてさて、とヴィレは明確に告げる。こうした連中は誤解している。かれらは見事に無神論者なのだ。《それというのも、

「エペソ書」で聖パウロが異教徒を**無神論者**と呼ぶとき、かれははっきりと、あらゆる神性を否認する者のみが、神とともにいないのではなく、真の神を少しも知らず、その代わりに異邦の神々にしたがう者もまたそうなのだ、と明言しているからである》[45]。

この文章以上に明確で衝撃的なものは何もない。この文章を解釈してみよう。ヴィレは宣言する。無神論者とは究極の理神論者なのだ。こうした人文哲学の教授の明言がどのようなものであろうと、我々に何をしてくれるのだろうか？　かれらはひとりの神を持ち、ある人々は、その言では、《霊魂の不死性について一定の見解》を信仰告白している[46]。我々にとって、そんなことはどうでもよい。かれらの神は我々の神ではない。かれらは我々と宗教をともにしない。かれらのうえに破門宣告が下るように。虚しいニュアンスの違いなど必要ない。最上級だけで充分だ。効果がもっと大きくなるから。かれらは無神論者どもなのだ！——かかるところが十六世紀の論争家誰もの推論であり、——そして他の世紀においても事情は同じである。わたしは〈論争家〉と言っている。それというのも結局、あたかもヴィレの同胞、カルヴァンの陣営、エティエンヌ一族、カステリヨン一派が、そしてもう一方の陣営では、狂犬病のピュテルブや拳を突き出した、あの証人たちみなが、同時代人たちの感情を良心的に定義しようと努める荘重で繊細な思想史家であるかの如くには、かならずしも論じてはならないからだ。誰もが煽動《プロパガンディスト》家である。いや、わたしはこう言えばよかったのだろう、宣教《プレディカトゥール》者である、と。かれらは自分たちの生業を知っている。聴衆を動揺させたければ、声を限りに《狼だ！》、と叫べばよいことを知っている。——狼が、とくに狼がせいぜい野良犬である場合にはなおさらだ。無神論者。この言葉は十六世紀のただなかでは重要であった。この言葉は厳密に定義された意味を持っているわけではなかった。それはまさしく担わせたいだけの意味で用いられた。わたしたちに率直にそのことを教えるヴィレに——かれは先に引用した一節の中で、《迷信家や偶像崇拝者もまた、**無神論者**と呼びうるだろう》と宣言するまでにいたるのだが――、ユグノーを無神論者扱いするロンサールが同じ言葉を投げ返し、[79] あるいはまた、まさにそのロンサールにアントワーヌ・ド・ラ・ロシュ＝シャンデュー（A・ザマリエル）が同じ言葉を返して反駁している(47)。

> 無神論者とはあるように、また別様に
> 信ずるよう慣習に流される者である。
> 人間がそのために自分を迫害するのを
> 知りつつ信ずる者こそ神を信じている……

あるいはまた、ラ・ロシュ＝シャンデューが、これもまたロンサールに宛ててしっぺ返しをしながら、こう宣言するときも同様である。

> 無神論者とは偽って、教皇派を支持しながら
> それを嘲弄し、その虚偽を見てとる者である！

無神論者という言葉の意味を適切に定義すること、もしくは精確に、無神論の特徴を描き出すことは、すでにしてかなりの難題である。この問題は碩学ピエール・ベール――ベールのみに言及するとしても――に霊感を授けたが、それはわたしたちの意にかなったものであった(48)。なぜなら、ちょうど先端を見抜ける程度に引っ込められた鉤爪を充分に備えた手で、《ハレの学者たちによる》無神論の序列の多様な段

階に触れるとき以上に、また信仰のために、哲学や教養から、あまりに力強く確信にみちて、不信仰の頭目や宗教の天敵をこしらえてしまう不都合に触れるとき以上に、ベールが悪意を示すのは稀だからだ……。[49]——だが**無神論者**という言葉が信心深い聴衆を身震いさせるための雑言にすぎなければ、その言葉の厳密な意味を定義しようと望むのは、いくぶん幼稚な行為なのだろうか？

*

もし事態をこのように把握しなければ、十六世紀の人間の驚くべき矛盾に関して、それがなんであろうと、どのように理解することができようか？　手始めにまず、かれらが恥じることなくお互いに交わしている、《無神論者だ！》という究極の罵倒の、まったく滑稽な用例がどのように説明されるだろうか。無神論者、と諸君はいうのか、ラブレーがそうだと！　結構だ。けれども一五三二年に、[50]リヨンでひとりのフランス人、ひとりのユマニストが名高い書簡をエラスムスにしたためる。これこそ《サリニャック宛ての》有名な書簡で、その真の差し出し人は今日では露ほどの疑いもなく解明されている。[51]手紙の筆者がエラスムスに惜しげなく与える尊敬と賛嘆と、父親に向かうような親近感の明言のほかに、この書簡には何が収められているのだろう？　ジュール＝セザール・スカリジェについての興味深い一節である。この山師はかの偉大なユマニスト〔エラスムス〕に対して激烈な公開状を投げかけたところだった。自分の論敵を知らなかったエラスムスは、響きのよいその名前を偽名ととって、アレアンドロ[80]を公開状の筆者と見なしていた。《考えを改めて下さい》、と書簡の送り手はかれに記す、《わたしはあのスカリジェという男を存じております。かれは実在の人物で、アジャンで医師を生業としています。この悪魔、憎悪ヲ掻キ立テルカノ男〔*διάβολος ἐκεῖνος*〕、の評判は芳しからぬものであります。医者としての評判ではありません。かれは不器用ではないのです。そうではなく信者としてのものであります。**この男はいまだかつてなかったような無神論者なのです**、他ノ者ガ一度モソウデナカッタ程ノ無神論者デス》[81]。

この書簡の執筆者、それがラブレーなのだ！　かくして、一五三二年、『パンタグリュエル物語』と同じ年度に――ラブレーは恐怖のために顔を隠しながら、スカリジェに嫌疑をかけていた……。無神論者の嫌疑を！　そしてスカリジェの方でも、反撃するのに手間取らなかったし、懸命に想像力を働かせる必要もなかった[52]。《無神論者だって、このわたしが？　おまえほどではないさ！》キケロ風修辞学の文彩である。

ドレに、一五三四年の檄文掲示事件の翌日、パリで《ルター派の徒》が生きながら火刑に処されるのを目の当たりにして、哀れな愚か者たちよ、どのようにすればこんな具合に殺されるまでに、宗教上の悲惨な対立に重きを置くことができるんだろう！、と軽蔑気味に肩をすぼめるだけで満足していた、あのドレに話を移そう。しかしこれほど抗争を超越していたドレが、一年後、エラスムスになにを険しく咎めるのだろう、――ラブレーが無神論者スカリジェの発見を、恐慌をきたして報告してから間もない頃のエラスムスに。自分の秘書ノズロワのジルベール・クーザンが見知らぬ青年、ヨハンネス・アンゲルス・オドヌスから一五三五年暮れに受け取った興味深い手紙[53]についても、ドレの評判についても知らないはずはなかったエラスムスに？　さて、ドレ、この容疑者、パドヴァ学徒、《無神論者ドレ》が一五三五年に、エラスムスに無神論の嫌疑をかけるのである[54]。――しかもどれほどスキャンダラスな口調で、か！　《誰よりも辛辣でふてぶてしいあの作家、宗教も神ももたず、宗教的であろうと俗世間のものであろうと、万事を笑いものにする性分のルキアノスからでなければ、エラスムスはその思想をどこから汲んだのだろうか？》この憤激は異様ではなかろうか？　無神論者ドレ、と確かにわたしは書きとめる。わたしは軽々しくこの形容語の責任を負うつもりはない。わたしは素朴に、こまごまと吟味せず、カルヴァン陣営、エティエンヌ一族、ヴィレの同胞、カステリヨン一派、その他の人々に従っているだけなのだ……。簡単に、もうひとつの名前を出そう。ブリアン・ド・ヴァレがそれで、この男はサントの、次いでボルドーの行政職を勤め、噂を信ずるなら、この時代の戦う合理主義者[83]の一覧に名をつらねている。(55)多分かれは単に、リベラルな精神の持ち主にして、聖パウロに夢中になり、ガルガンチュワのように《歴とした福音伝道師[84]》を擁護する覚悟のある、キリスト教徒であるにすぎなかった。いずれにしてもラブレーの友人で、ラブレーはその物語の中で二度、かれに言及している。ブリアンこそが尻尾嘗《ベーズキュ》麿之守と透屁嗅《ユームヴェーヌ》正之守との間の厄介な訴訟を、乾喉《ディプソード》国王の調停に委ねることを思いつくのだし、(56)『第四之書』第三十七章で、大行列の最中に、その姓名の綴り字が偶数か奇数かの算出のみから、せむしの瘤が右側か左側かを診断するのも、《世にも優れて善良で、徳も高く、博学でもあり公正な議長[85]》たるこの人物なのである。余談ながら、おそらくこれが大行列に参加する、もっともよいやりかたではないであろうが？　さて、偏見から解放されたこの精神だが、どうも雷をこわがり、嵐のときには穴倉に隠れまでしたらしいのだ。ブリアンの友人アントニウ・ヂ・ゴヴェイアは、ある日、かれをその件でからかってやろうと思いついた。《雷鳴がとどろく。あっという間にヴァレは階段を四段ずつ跳びおりて、酒蔵の奥へと逃げ去った。酒蔵の中には神様などいまい、とかれは思っているのだ！》——この事件の妙味は、ゴヴェイアが『躓キニツイテ』で扱われる無神論者のひとり(57)、——カルヴァンが、ラブレーやデ・ペリエとともに略さずに名指し、《神へのあらゆる崇拝を廃棄することを》目的とする者たちのひとりだ、と言うことだ。いずれにしてもゴヴェイアの二行詩はそれほど底意地の悪いものではなかった。しかしブリアンはこれを曲解した。そして即座にかれが、この不信心者、この容疑者が、——なんの罪で、あわただしくゴヴェイアに嫌疑をかけただろうか？

もちろん、無神論の咎で、だ！　《アントニウ・ヂ・ゴヴェイア、イスラム教徒の母から産まれた息子！　この男は天空にあっても酒蔵にあっても、神にお目に掛かれるのだということを信じない！》

見てとれるのはこうだ。つまり、これらの因習にとらわれない人々の散文や韻文で、神は憲兵という奇妙な役割を演じている。そしてこの無神論者たちは、他人の無神論に眉をひそめる傾向がかなりあるように思えるのだ。

*

そうだとしよう、と言うであろう。無神論者という言葉は十六世紀にあって、必ずしも無神論者を意味してはいない、と。けれどこの語は少なくとも不信心者を指示している。そしてどうすれば、ラブレーやスカリジェ、ドレ、ブリアン・ド・ヴァレがこの時代のキリスト教徒の典型であったと主張しうるのか？　ラブレーを脇に退けておこう。ドレも退けたければそうしよう。ではスカリジェは？　結局のところパトリの手で刊行された史料は、一五三八年にアジャンで異端の罪で起訴されるスカリジェの姿をわたしたちに見せてくれる。『フランス王国改革派教会史』（第一巻、一五ページ）でベーズが教えるところでは、スカリジェは子供たちの家庭教師として、ルター派のフィリベール・サラザン[86]を雇った。そしてサラザンは逃走してしまった。スカリジェはボルドー高等法院の三人の評定官、ラ・シャサーニュ[87]、アルヌール・フェロン[88]、及び……ブリアン・ド・ヴァレの影響力のおかげでようやく救済されたのである。最後に敬虔な息子、ジョゼフの証言が思い起こされよう。《わたしの父は》、とジョゼフは『スカリゲル語録』で書きとめる（一六九五年版、九ページ）、《初期の戦火のあいだ、改革派の人々を助けていたが、それはかれらに共感を覚えていたからだ》。さらに後段で（三五七ページ）、《わたしの父は、死ぬ四年まえには、半ルター派であった。かれは日々、ますます〔聖職者の〕誤謬を認めるようになっていた》。そして当然のことながら《かれは修道士を憎んでいた》。これがスカリジェだ。――だが遺言で聖パウロの釈義講座用の基金を提供したブリアン・ド・ヴァレは反キリスト教徒、もしくは無神論者であったのか？　カステリヨンは？　ルターは？　そして同じ身の丈で、同じ信条をもつ二十人ものその他の人間についてはどうなのか？

しばしカステリヨンのケースに心を留めてみよう。かれはラブレーを告発したひとりである。シャンペルの丘での悲劇〔ミゲル・セルベトの焚刑〕の直後、一五五四年にアルコフリバス師が没したとき[89]、セルベトを無神論者に仕立てようと熱をあげる者たちに抗して、カステリヨンは立ち上がった。《これらの誹謗を》と一六一四年になって初めて日の目を見るであろう――これは著しくその歴史的重要性を減衰させるところだが――著作の中でかれは記していた。《これらの誹謗をはなはだ巧妙に広めたので、多数のキリスト教徒がセルベトのうちに、もうひとりのラブレー、もうひとりのドレ、もうひとりのヌフヴィル、つまり神やキリストをかれら以上には信じない人間を見るほどである》[58]。――ラブレー、ドレ、ヌフヴィル。わたしたちがすでにこの象徴的な三幅対に出会ったことはないだろうか？　そう、一五四三年のギヨーム・ポステルのもとで（ただしドレに関しては除く）、一五五〇年の『躓キニツイテ』のカルヴァンのもとで、そうだった。説教師から説教師へとこのリストが渡し継がれていた。いささかの異文があるにせよ、それはきわめてわずかだった！　ラブレーの名前はボナヴァンテュールの名前とつながっていた。そしてドレがヌフヴィルを想い起こさせなければ、後者が前者を想起させていた。師匠と弟子である。シモン・ド・ヌフヴィル、ウィラノウァヌス（この人物についてはまずほとんど知られていない）がドレをつうじて以外、およそ知られていないだけになおさらである。――ドレはヌフヴィルを無神論者と形容しないように充分気をつけている。つまり、その見解が論点となっている弟子から師匠についての結論を導き出す。師匠のことを何も知らないのに、ドレに想定されている信仰箇条にそっくりな《合理主義的》信仰箇条を気前よく授けるのだ……。[59] 論争家たちの気前のよさだ。歴史家たるわたしたちがこの気前よさを引き受ける必要があるだろうか？

したがって、セバスティアン・カステリヨンもまた荘重に、ラブレーを神も、ましてやキリストをも信じない連中のひとりにしているのである。《彼ラハ神モキリストモ……マッタク認メナイ》[90]。ここで問われているのは、単なる復元にすぎないのだろうか？ さて、『ヘロドトス弁護』の第十四章を開けてみよう。そこには新しいルキアノス、ラブレーへの激しい非難が含まれている。[60] もうひとつの告発だ。エティエンヌの罵倒を再読するだけにとどまらず、かれの論理をたどってみよう。エティエンヌは一五六六年の、この遅ればせの著作で、《中傷と呪咀》を論ずる。かれは《俺は神を否認するぞ！》と誓う汚い言葉を吐く者や、教皇に《いと神聖なる教父猊下！》という尊称をばらまく過度に上品な者を、手当たり次第に糾弾する（一八二ページ）。かれは怒りに青ざめ、絞首刑に処せられた罪人を前にして、心ヲ高揚セヨ〔Sursum corda〕[91] とか、一杯の葡萄酒〔piot〕を前にして、何故ナラコレハ敬虔デアルノダカラ〔Quia pius est〕[92] とか、[61] 強い日差しを浴びた葡萄の年の酒瓶を前にして、生キモノノ霊ガ輪ノ中ニアッタ！〔Spiritus vitae erat in rotis !〕[93] とか叫ぶ輩の冒瀆的な冗談を記述する。そのあとで、ラブレーを引き合いに出し、儀礼どおり、かれをデ・ペリエと結びつける。これはふたりの不信心者で、人々に神も摂理も、《あの邪悪なルクレティウスが信じなかったと同じくらいに》、信じないように学ばせたがった。宗教が教えることはみな仮説である。永遠の生命について読みうるすべては、《哀れな愚か者たちを騙し、無益な期待を抱かせるために書かれた》。地獄と最後の審判について語られることはみな、小児向きの人狼の脅しのたぐいである……。結局のところ、《あらゆる宗教は人間の脳髄でこしらえられた》。かれらの恐ろしい教えはこんな具合に要約されるのである。

立派な告訴状だ！　ただ、一五三三年にラブレーを火刑台に上らせなかったことを嘆いた父ロベール[62]の憎悪を受け継いだアンリ・エティエンヌは、（多分いささか熱意を見せようとして）論告を起草しながら、かれ自身がいずれ、《スキャンダラスな》書物〔『ヘロドトス弁護』〕を印刷したかどで〔ジュネーヴ〕宗務局の前に出頭させられようとは思っていなかった。ジャン・スヌビエの言によると[63]、牧師会の登録簿は、このときエティエンヌが《欧州ではジュネーヴの**パンタグリュエル**とか無神論者のプリンスと呼ばれていた》、とわたしたちに教えてくれるのだ！　十六世紀にあって人はいつも必ず、誰かにとっての無神論者か、パンタグリュエルである。その話は打ち切ろう。エティエンヌのこのテキストは、アベル・ルフランが削除しても差し支えないと考えた一節を含んでいる。しかしおそらくそれはかれが思ったほど無視しうるものではない。ラブレーやデ・ペリエ、その一味の目的は、とエティエンヌは記す、《我々の先祖の無知に対してかれらが投げかける多くの嘲弄や諷刺をつうじて忍び込み……、そののちに我々の庭にも多数の石を投げ入れるにいたること……すなわち真のキリスト教の教義に皮肉をいうこと》94だった。真のキリスト教の教義、十二分にわかることだが、それはアンリ・エティエンヌの教義なのである。

この一節は面白い。それはまず、カトリック教徒の《誤謬》に対する、『ガルガンチュワ物語』と『パンタグリュエル物語』の頻繁な攻撃を、自分の体系の内部で説明する際にエティエンヌが味わった当惑を洩らしている。それが垣間見せるのはまた、かなり滑稽な正体である。当初、改革派教徒に好意的だったラブレー、初めはベーズが（かれはまだ少しもジュネーヴの宗教に属していなかった）あれほど確信にみちた力強さで、その才能と哲学を褒めそやしたラブレー[64]、――もしラブレーが突如反感の対象となり、忌まわしくなったとしたら、それはラブレーが石を投げいれるのを、もう教皇の庭だけに限らなくなった日からのことだ……。

ところで、『ヘロドトス弁護』のこの第十四章を終わらせるもの、仕上げるものは何か？ もうひとりの著名な冒瀆家に対する徹底的な攻撃である。その人物こそ……セバスティアン・カステリヨンだ。まさしく、『聖書』の不運なフランス語訳者、セバスティアン・カステリヨンそのひとである。カステリヨンはその翻訳で日常的な表現、エティエンヌがきらびやかにいうところの、《乞食の言葉》を使用することを思いついた。神聖な文書を犠牲にしてひとを笑わせようとする悪意、純粋な悪意である。《かくも真摯で神聖な事柄を愚弄するような話し方を、ことさらに捜し求める……》[95]不信心者の悪意である。カステリヨンは自らをまだ幸運だと思ってもよいだろう。[96]エティエンヌがかれを無神論者扱いするまでにいたっていないからだ。コンラド・バディウスの方ではこうした穏健な措置をとらないだろう。『病んだ教皇の喜劇』の中で、

もちろん、わたしは教皇派などではないさ！

と公言するパルボ・カステリョ殿——見え透いた匿名〔カステリヨン〕だ——に、サタンはただちにこう反論する。

それならおまえは一体何者なのだ、おお、良き無神論者よ！

かくてパルボ・カステリョ殿、信心深いひと、キリスト教徒カステリヨンは、無神論者の地獄で、カステリヨン自身があれほど決然とそこに突き落としたラブレーの徒、ドレの徒、ヌフヴィルの徒と合流する。(65)

——アンリ・エティエンヌに関していえば、かれはそれほど長い時間を費して、『異端者ニツイテ』の著者〔カステリヨン〕と対決しはしない。かれは早々に、このうえなく不敬虔で罪が重い、もうひとりの不信心者の側に向きを変える。それが《極悪人》、かのポステルであり、かれは《個人的に、誰やかれやにおぞましい冒瀆的な言辞を吐きかける》のに満足するだけでは足りず、《それらの言辞を印刷させたのだ![66]》

*

かれらの言葉を信用しなければならないとしたら、小粒な者から大物まで、皆がみな不敬虔であり、——不信心者にして、最終的には無神論者となる。父ブリューゲルの、大きいものたちが小さいものたちを食らう版画が思い出される。——大きさの順に、それぞれが呑み下されて、次々と嵌まってゆく、魚たちの関係そのままである。弁護士とか、論争家とかの遣り方。おそらくそうだろう。だがあまりに見過ごされている別の側面がある。この時代の人々が慣れ親しんだ思考様式であり、かれらの文化のしるしである。手法。そのとおりだ。はるか後になってガラスとかいう神父が[97]、『才人の奇妙な教理』の中で、ルターは《無神論の頂点に達し》、この《どこをとっても精神的なところがなく、脂から作られた》男は《霊魂の不滅などまったくの幻想にすぎない[67]》と教えている、とその読者にあばくときの手法である。間違いなくガラスのものだ。ギ・パタン[98]が、〔同僚の〕イエズス会士も恥に思っていると主張するガラス。ポンポナッツィとコルネリウス・アグリッパのうちに悪魔の化身を告発する一方で、臆面もなく、おまけに自分はこの者たちの著作の一行だに眼をとおしたことがない、と付言するガラスである[68]。——ただ、重要人物で、見識ある人、厳格なデュ・ペロン枢機卿[99]がいる。デュ・ペロンが、ガラスとそっくりにこう言うのだ。[69]《ルターは霊魂の不滅を否定し、霊魂が肉体とともに滅びるだろうと述べていた……。ローマ教会がおかす数々の不信心のなかに、かれは、ローマ教会が霊魂の不滅を信じていること、そのことを挙げている……》。

ピエール・ベールは事情を明らかにしようとした。かれはこうした不条理さの口実を捜した。ベールの結論は、それがルターの側に見られる、死後の霊魂の状態に関する論争となっている問題への、ある種の躊躇であるに相違ない、というものだった。[100][70]霊魂は最後の審判の日まで眠っているのだろうか？　ある書簡の中でのルターは、こうした見解――それはなおまた、幾人かの教父の見解でもあった――を完全には棄却していなかったかのようだ。眠りについている！　けれども眠っている霊魂は神を見ないのだろうか？　ルターはそうした霊魂から神の顕在を奪うのだろうか？　もう十分だ。ルターは不滅性の否定者、蔑視者なのだ！　――デュ・ペロンはそれでは、図々しく嘘をついていたのだろうか？　とんでもない。かれは推測していたのである。[71]好みにあわせて、整然と。デュ・ペロンは演繹していたのだ。かれは規則正しく、したがって正統的に、相互に確実に嵌まりあう一連の三段論法を繋げていた。そうすることで、かれは自分の時代と自分がまとう法衣とに合致していた。デュ・ペロンはそうした教育を受けて来たのである。かれは論争の方法を心得ていた。そしてかれの同時代人たちも同じくそのことをわきまえていた。そうした人々の精神はわたしたちのものと同じ過程をたどってはいなかった。かれらの精神は、単純な見解から出発して、突然出発点の対蹠地にいたっても、寸分も動じなかった。想像するに、ルターの宗教的教義を拠りどころとする一方で、最終的にルター自身に対して物質主義とか不信仰とかの告発を明言しても、動じなかった。そうした告発は受容されうると思えたのである。――なぜならどのような論理的回路をへて正反対の前提からそれが演繹されたか、分かっていたからだ。わたしたちを仰天させる推論様式だ。

わたしたちには不可思議な、この時代の多くの悲劇を説明するに際して、この様式はわたしたちを苦しめる。[72] 例として、ひとつだけ引用するなら、シャンペルの悲劇がその類である。

最近にしてなお、一九二〇年に、『フランス改革派歴史協会紀要』第六十九巻で、イポリット・オベールは感動的な文章を発表した。セルベトの書物、『三位一体ノ誤謬ニ関スル全七巻』の一冊の最初のページに書き込まれた、ギヨーム・ファレルの肉筆の註釈がそれだ。ファレルはこの註釈で、セルベト事件についての総合的な判断を表明している。かれはカルヴァンの不幸な犠牲者に対して滔々と罵倒を吐きかけているのである。異端者、神性を侮辱する輩、冒瀆的な著述の起草者で、無神論者の共謀と援助をえて（《無神論者デアル者タチノ助力ト忠告ニヨリ》[101]。無神論者が仲間でなかったとしたら、仰天ものだろう）リヨンから逃亡した者、サタンの配下で、かくも熱心な下僕の死がサタンすら絶望に陥らせた者（《サタナスハ、カクモ選バレタル従者ガ奪ワレルノヲ目ノ当タリニスル》[102]）。要するにこれが、一五五三年十二月十日付けの、ブラウラー[103]に宛てたファレルの有名な、素晴らしく、また無意識の面で悲劇的な書簡に再び見出すことになる、好意的な言葉のすべてなのである。

かくも多くの罵詈、過激な言葉、呪咀があり、――他方ではいささかの疑念も、後悔も、悔悟も見当たらない……。ここでイポリット・オベールの言に耳を傾けてみよう。かれの能力や非党派性を証拠立てる必要はあるまい。《セルベトの教義それ自体に関しては、こんにちの我々には、小心なまでにカトリック公認教義を守っているように思える……。かれら（カルヴァン派神学者）の誰ひとりとしてその教義を本当に理解していたようには見えない。一方で、セルベトはキリストの神性を証明すべく努力しなかったただろうか。三位一体の問題について、三つのペルソナを有する唯一の神の存在を結論づけなかったろうか？大胆さの面では確かに十分に穏健化された見解である！》[73] おそらくそのとおりだ。だがファレルも、カルヴァンもわたしたちのようには推論しなかった。セルベトの教理から、かれらはありうべき千もの帰結を演繹した。かれらは不条理なまでに、わたしたちには当たりさわりがないと思える千もの命題を展開した。一連の推論が導き出した結論を、かれらはまったく自然にその出発点と同一視した。かれらはAの中にZを見出した。なぜならAからZにいたる過程で、かれらはその間のすべての段階をチェックしたからである。そしてかれらは一瞬のためらいもなく、Zの名のもとにAを断罪した。

演繹的論理の精神への残酷な固執、同時に洗練され子供じみた名辞説論者〔terministes〕の遊戯への残酷な固執だ。この世紀の初期、数多いユマニストや刷新者がかれらに皮肉を言い足りることはなかった。古代人の著作を読みながら、かれらは異なる知的な営為に賛嘆したのである。それらの営為は、それまでのように、病的な巧妙さを絶えず凌駕することに疲弊し、三段論法の死にいたる蜘蛛の巣の中で様々な現実を転がすことに消耗した精神同士を対峙させるのではなく、まっすぐに相手の眼を見つめ合う人々を、純粋で外面を飾らず、あらゆる仮装を軽蔑し、あらゆる虚偽を率直に憎悪する、相互に向き合う意識同士を対峙させた点で、より直接的で、より人間的なものだった。十六世紀における対話篇の復活をめぐって、どれだけ多くの有効なことがらを述べられるだろうか？　理性のみならず感受性を授けられた被造物の間の、そしてプラトンがたいそう自然な手法からなるモデルを残した、この自由な対話。——それに魅惑されたひとつの世代がすべて、そののびやかな優雅さ、洗練された礼儀正しさ、時として唐突であり、時として緩やかにして柔軟な遣り取りを、自分の国語に移そうと努めたではないか？　プラトン、だが芸術的には劣るが、それゆえにもっと模倣しやすいルキアノスもそうだった。その子孫にエラスムスやラブレーを数えるルキアノスのことだ。宗教改革さえも、発端にあっては、大衆向けのプロパガンダ用に、自由で開放的な対話篇、『ガルガンチュワ物語』と『パンタグリュエル物語』の生みの親に馴染み深い対話篇を、大量に使用しなかっただろうか？　それというのも、古びた思考形態、古びた推論様式とは飽くまでも生き延びようとするものだからである。その生まれながらの要塞、すなわち、三段論法の中身がない喧騒で、このうえなく騒がしい神学校の中に難を避けて――古典的な議論の手法は、学位や免状を求める学生の精神に対し、幅をきかせ続けている。その手法を用い続ける人々にこたえるため、かれらに固有の領域でかれらを追求するため、匹敵する武器でかれらと戦うため、――少なくとも神学者たちは（そして他の者もまた）昔ながらの論理的技法に通じ、それを使用し、有効に利用しなければならない……。悲劇的な運命にして葛藤である。もっとも因習から解放された者たちが、絶えず、古くからの隷属状態に再び陥ってゆく。絶えず、百度も批判され拒絶された、あらゆる行き過ぎやあらゆる誤謬とともに出現するのは、チュバル・ホロフェルヌス[104]の学校で訓練された、《空論学者》の滑稽で、往々忌まわしい手法なのだ。この知的なドラマを重視しない者は、この時代の人々をまったく理解していない。そうした者がこの時代の人々を証人として召喚するとき、――なんと多くの誤りがおかされることだろう！

　昔日の言葉を警戒しよう。それらは概してふたつの意味を有している。ひとつは絶対的で、ひとつは相対的な意味である。最初のものすら往々、すでにして容易に定義できない。無神論とは神性を否認する行為である、と言ったとしても、厳密な大したことが語られたわけではない。加えて、この言葉の相対的な意味も非常に変化してしまった。この言葉は十六世紀にあって、告発しうるもっともひどい言語道断な行為を指していた。このことはかなりよく察せられる。それよりももっと分からないのは、推論の様式そのものが、世代から世代へと、どれほど変化してきたか、である。言葉に気をつけよう。そしてなおさら、昔日の議論や非難を警戒することにしよう。

結論　さまざまな証言とさまざまな思考様式

さて今、この長い批評的な検討の最後に、一五三二年以降のラブレーのうちに、キリストに対し決然として戦う対立者を、無神論者を、あるいはこの曖昧で感情に彩られた言葉を避けるならば、十七世紀の自由思想家や十八世紀の哲学者が公言するような、合理的理神論の、陰険で狂信的な喧伝者を認める人々の見解が偽りであると、わたしたちは主張することになるのだろうか？　わたしたちはそうする権利を獲得していない。また逆のことを言う権利も有していない。わたしたちはこう結論することしか出来ない。つまり、わたしたちの先人やわたしたち自身によって収集された、神学者や論争家たちの証言は、誰に対しても、確信をもってイエスとも、――もしくはノーとも言うことを許さないのである。

これらの証言のひとつとして、実のところ、一五五〇年以前に遡らない。わたしが言いたいのは、重みがある証言のことである。それ以後のラブレーは除外すると、ひとつとして『パンタグリュエル物語』のラブレーを対象にしていない。ダニエル宛てのカルヴァンの書簡には、これまで仮託されてきた意味がない。一五三八年のJ・ヴィザジェのテキストがラブレーに関連しているとは、何も証明していない。むしろすべては、それらがドレと関係することを証明しているように見える。『ニコデモの徒への弁明』（一五四四年）から引用された一節がラブレーに関係を有するなら、それは同時に他の多くの人々にも関係し、加えて、一般的な態度しかターゲットにしていない。神の言葉の側にいると見せかけながら、ひそかにそれを愚弄する者の態度、本当のところほとんどその者の脅威をそいでしまう態度である。それというのもとどのつまり、哀れな《愚か者》は、外見では神の言葉に敬意をはらう著作の中に、悪意を見つけられないだろうし、その他の者は、うさんくささをかぎとったら、自分の身をまもることが出来るのではないか？

ポステルは一五四三年に、『パンタグリュエル物語』を不敬虔な書物と見なしている。しかしかれのいう不敬虔の概念は、あらゆる改革派を包含するものである。ラブレーは改革派の軍勢のあいだでは、キリスト教徒の同伴者以上の存在となる。最後に、『テオティムス』で、ガブリエル・ド・ピュイ＝エルボーが満足させているのは、誰もが認めるところだが、個人的な怨恨なのだ。事実、決定的な最初のテキストは、『躓キニツイテ』のテキストである。ところで、その後もたくさんに著述し大いに生きた作家が一五三二年に刊行した書物を、ある者が一五五〇年に読むとき、――かれが一五三二年の眼をつうじてその本を読むか、一五五〇年の眼をつうじて読むかを知ることが問題となるだろう。

他方、引用された証言のひとつだに、歴史家として中立な証言をもたらす、自由な精神から発してはいない。ポステルにせよ、カルヴァンにせよ、エティエンヌ一族にせよ、カステリヨンにせよ、なにほどかのニュアンスの違いはあれ、みな論争家である。かれらの判断は何に基盤を置いているのだろうか？往々にして（いつも、とは言わないまでも）利害関係がある、個人的な印象のうえに、だ。信徒には充分な根拠だが、歴史家にとってはどうだろうか？『パンタグリュエル物語』を無神論宣言と呼ぶ人々がみな、この本を読んでいたかどうかさえ、分かっているのだろうか？ビュイッソンが註記するには、カステリヨンはドレについて伝聞で語っていた。[1] なぜカステリヨンがラブレーをよりよく知っていたと想定できるのだろうか？

これらの言葉の正確な意味に関してはどうだろうか？　確かに、これらの著作の中からラブレーのみに関与するもの、ドレのみに関与するもの、デ・ペリエのみに関与するものを個別に切り分ける者は、――その者は圧倒的な調書を起草できる。《同時代人のこれらの証言すべて……さあ、判決は下された！》これはゲームをごまかすと言うものだ。それというのも、アンリ・エティエンヌの証言は、ラブレーに対して重みを有するのだろうか？　まあよかろう。だがカステリヨンに対して、あるいはポステルに対してはどうか？　ポステルは、ラブレーが公然きわまりない不信仰へと、よそおいも思想もともに転向した元新福音布教者だ、とわたしたちに告げる。そうだとしてもいい。だがポステルは同じ話をシモン・ド・ヌフヴィルに対しても繰り返す。ヌフヴィルがそれ以前に宗教改革に好意を寄せたことがあるとは知られていなかったし、――あまつさえポステルは、謎めいた『三人詐欺師論』の親権を（もうひとり出てきた！）気前よくかれに授与するのである。カルヴァンがラブレーの無神論を告発するとき、その言葉をそのまま信じよう。わたしは同意する。すると姿を現すのが、《あらゆる神崇拝を廃却し》、宗教全体を根幹からくつがえそうと確信をもって欲した、悪党のラブレーである。カルヴァンがそう言い、そう語る。どうしてあえて疑えようか？　ごもっともな話だが、しかしカルヴァンがセルベトへの回答の結論で、《完全に宗教を破壊する、宗教全体ヲ無ニスル》[2(1)]という、唯一の目的しか持っていないとして、決まりきったやり方でかれを非難するとき、わたしたちはかれの言葉をうのみにするのだろうか？　信頼関係からしてそうせざるをえない。カルヴァンがアグリッパを明白な無神論の罪状で非難するとき（このことは一五三〇年において実に多くの無神論者を生み出した。だとすれば、『パンタグリュエル物語』のいわゆる独自性はどこにあるのだろうか？）、わたしたちは世界中に、アグリッパが無神論者だった、とふれまわるのだろうか？　しかしこの同じカルヴァンがカステリヨンに対して、盗みという忌まわしい告発を投げつけるときは(2)？　ここでもまたひとつことを繰り返すばかりのアンリ・エティエンヌに先駆けて、カルヴァンが同じカステリヨンを、《汝ヨ、汝ヨ、アラユル敬虔ナ原理ヲ嘲弄スルコトデ、汝ハ快ク楽シンデイルノカ》[3]、と宗教を笑いものにする道化扱いするときはどうなのか？　哀れなカステリヨン、哀れな憂い顔の騎士[4]。あまりに厳格で、揺るぎなく、死にいたるほどに憂鬱であるため、かれの家に寄宿していたウーテンホーフィウス[5]の息子が、絶望に駆られて、かくも聖人で笑ったことが一度もない人物(3)、カステリヨン師の家から、自分を引き取ってくれるように父親に懇願したほどのカステリヨンを、である！

確かにカルヴァンのうちには、カステリヨンに対する個人的な怨恨があった。怨恨、怨念、情念、それらはお互いに罵倒の言葉、——もしくは、さしあたり、破門宣告を口にしつつ対峙する、こうした人々みなのうちに存した。けれども、怨恨が万事を説明するわけではない。これらの論戦の根底には別のものがある。

別のものとは何か？　思想の欠陥、というべきか？　わたしたちはそうした表現とは程遠いところにいる。十六世紀の人々はおそらく、かれらに先立つ《高々帽の流行った時分の》[6]《衒学者》を話題にするとき、そうした言い回しを用いたであろうし、事実、用いた。それはわたしたちの間のある者が知っている事柄——その知識は現代人みなにとって、たとえその人間に教養があっても（さらに歴史家であろうと）、本物の滋養となっていないとしても——を、かれらが知らなかったためである。それぞれの文明に固有の心的用具がある。それどころか、同一の文明のそれぞれの時代に、そしてその時代を特徴づける、技術的であれ学術的であれ、ひとつひとつの進歩の段階に心的用具があるのだ。——ある用法の面ではいささか発達し、別の面ではそれほどでもない、改良された用具である。その文明、その時代が、それに続くはずの文明や時代に全面的に伝え与えられるかどうか、まったくもって保証の限りではない心的用具であり、それは毀損や後退、重大な変形を味わうかもしれない。あるいは逆に、進歩や充実、新たな組合せを知るかもしれない。その用具をこしらえた文明、それを使用する時代には相応なものだ。だが永遠の時の流れや、人類すべてに有用であるわけではなく、文明の内的発展という限定的な流れにとってもそうなのである……。

十六世紀の人間に関していえば、かれらの推論様式も、証拠に対する考え方もわたしたちのものではない。それらは、かれらの孫、デカルトやパスカル、ホイヘンス、ニュートンの同時代人たちの推論様式や証拠に対する考え方でさえない。こうした大きな問題を総括的に論ずる時機は来ていない。ただわたしたちが従事してきたばかりの研究から、いずれにしてもまさしく帰結するのは、この時代の人々が、議論の方法において、わたしたちが有している精確さへの絶対的な要求も、客観性への配慮も感じていないように見えた、ということである。この要求、この配慮をわたしたちは、おそらく激しい情念のもとで棄却する――だが少なくともわたしたち自身の眼にも欠陥と映るこの棄却について弁明しながら――。この時代の人々の思弁にあっては、わたしたちの思考の論理体系の中にはもはや占める場所がない様々な矛盾に対して、非常に大きな部分が割かれているということ。それこそわたしたちが見てきたものであって、先立つ章でもっぱら取り扱った詩的な証言の批評的検討からも、同様に帰結するように思えることだ。それらの証言もわたしたちに、人間とは抽象的な人間ではなく、――わたしたちが想像する以上に、そしてはるかに短い間隔で、**もろもろの**人間たちが変化している、と教える。お望みならば、それらはわたしたちに、ラブレーの時代には、――（当然のことながら）論理と数学を実験の下位に置くにいたるはずの大きな変革も、はるか彼方にさえ視界に現れてはおらず、また数学の大いなる飛翔――デカルトが有益な結果を引き出すであろう飛翔――も始まっていなかった、と教える。わたしたちが人々の証言を正しく利用しようと望むなら、こうした状況をどうして斟酌しないでいられようか？

第二巻　醜聞と苦情

第一章　ラブレーのいたずら

かくしてわたしたちはラブレーについて、また同時代人が解釈していたままのかれの意見について、良くも悪しくも、かれについて語ってくれた人々――ユマニストたち、論争家たち、あるいは論戦家たち――みなの証言を集め終えた。わたしたちはこれらの証言に、可能な限り目の細かい批評の網をくぐらせた。検討をかさねる途上で、わたしたちの先駆者の業績の中の、解釈や同定に与かる誤謬を指摘することが出来た。――いくつかの誤謬は重大であり、あまりに重要であるため、かれらが組み立てた体系の中で、実際のところ、たいしたものは崩れずに残っていないほどである。

さていまや、ラブレーを、ラブレーそのひとを尋問するときが来た。つまりラブレーの作品『パンタグリュエル物語』と、付随的に『ガルガンチュワ物語』を。簡単な作業と思えるかも知れない。ラブレーを知ろうと欲する者は、ラブレーに問い合わせればよいのだ。実際は、微妙な作業である。――なぜなら、ひとつの作品をつうじて、ひとりの人間を知ることができるものなのか？　著者が仮面をかぶることはなかったのか？　大雑把で誇張された、戯画的な仮面の目鼻だちは、――本当にこの諷刺家の素顔〔visage〕を再現しているのか？　どこまで正統的に作品から人間へと結論を導くことが許されるのか？　多分、疑問の出し方がよくなかったのかも知れない。それというのも結局、一五三二年から一九二六年まで[1]、『パンタグリュエル物語』の読者にとって肝要であり続けたのは著者ではない。それは作品であり、表現を変えれば、作品の中に著者が書き込んだ、著者自身に関わる事柄なのである。だがこの比較考量をおこなうこと、その作業は微妙なのだ。

その証拠をアベル・ルフランが、これらの重大な問題をわたしたちが考察する出発点となった文章で、提出してくれるだろう。《人生の[2]敷居を跨いだときから》、とルフランは叫ぶ(1)、《我々は何に遭遇するだろうか。ほとんど信じがたい、一連の宣言である……》。『ガルガンチュワ大年代記』について語りながら著者は、読者がこれらの評価しがたい著作を《あたかも『聖書』や『福音書』の文面に対する場合と同じく……》[3]信じこんでしまったことに注意を促している。少しでも考えてみれば、この明らかに冗談めかした様相にもかかわらず、『聖書』に対するかくも無礼な対比の大胆さは、容易に判断されよう。さらに後段で、同じ『ガルガンチュワ大年代記』の成功が以下の有名な言葉――《その証拠には、二カ月間にこの物語が出版元から売り捌かれてしまった部数のほうが、九カ年かかって『聖書』が買われる部数よりも、はるかに多かったからである》[4]――で断言されるとき、同じ対比の語彙が出現する。アルコフリバスはすぐさま、一種のクレッシェンドにのって、福音主義者のひとりの証言を、直接攻撃の標的にする。滑稽な議論を用いてその内容と真性がほんものであることを検証すると主張しながら、かれは平静にこう付け加える。《私が口を開けば、正に『黙示録』の聖ヨハネの如く、ワレラハ見タルモノノ証シトナル[5]のである》[6]。これまで誰がいったい宗教的な諷刺で、かかる容赦ない皮肉のレヴェルを越えたことがあったろうか。一目瞭然である。このルキアノス風の冷笑は、ここに、幾世紀の長きにわたって誰もあえて抱くことがなかった、風変わりな計画を隠しているのである》。

かくも切迫した、かくも情熱に溢れるこの一節を読み、再読するとき、はなはだしい困惑に襲われてしまう。これほど明白な事実に眼をつぶっていたことなどありえたのだろうか？　ある不安を抱きつつ、ラブレーを取り出してみる。『パンタグリュエル物語』を開く。笑い出す。不信仰の《クレッシェンド》のことは、もう考えもしない。そしてその本を書架に戻すとき、こう誓う心の用意が出来ている。これほど多くの害のない、卑猥がかった滑稽談、きわどい、煙にまくような冗談、昔からの安全な、聖職者の諧謔の中に、いかなる秘密も、いかなる脅威も、いかなる冒瀆も存在しない。それらの笑い話の作者は絶対にラブレーではなかった。ラブレーは赴くさき、いたるところで巧みにつかみとり、すべてのページにその天賦の才の印を押しては満足していたのだ。——これは間違っているのだろうか、それとも正しいのだろうか？

1　教会人のわるふざけ

問題を一刀両断に解決するために、アベル・ルフランが列挙するスキャンダラスな問題をみな、ひとつひとつ検討し計量すべきなのだろうか？　だが——そう昔のことではないが、『悪の華』や、そして『ボヴァリー夫人』さえもが帝国検事総長の顰蹙を大いにかったとしても、そのことはいまわたしたちが、それらの著者をポルノ作家と命名するには不十分であるのだから、スキャンダルが事態に何の影響も及ぼさないことに加えて、——その作業はすでに遂行されてしまっているのだ。一九一〇年、『ラブレー研究誌』で、プラタールは子細に、ラブレーが引用した『聖書』の文例を検証した。中世哲学史家のエティエンヌ・ジルソンの方[7]でも、ラブレーの諧謔にかんする如何なるロマンティックな解釈にも反発する、ジャン・プラタールが擁護する命題に、スコラ哲学についての瞠目すべき博識から引き出された証拠と議論とからなる補足を加えた。(2) 読者にこれらの説得力のある考証を参照してもらうこと、わたしたちにはそれ以上のことは出来まい。

ラザール・セネアン――かれは論争で同じ立場に立った(3)――とちょうど同じように、プラタール氏は、聖職者の伝統にのっとったラブレーの諧謔が、近年エミール・ピコが注意を引きつけた、かの〈愉快な説教〉文学に活気を与える諧謔とどの点でも違っていないことを完璧に見てとった。(4) それらの説教の中に、程度の差こそあれ猥雑にパロディー化された福音的な言葉を豊富に収集することができる。そしてそれらはどうでもよい言葉などではないのだ。ある説教は、聖餐の教えの言葉それ自体をテキストにしている。《飲め、そして食せよ……》(5)。これこそ大胆さにおいて、《事畢レリ〔Consummatum est〕》――それがパニュルジュ[8]のものだと、あるいは、ラブレーのお気に召すように言うなら、聖トマス・アクィナスのもの[9]だと告げる必要があろうか――とか(6)、アベル・ルフランにショックを与える酔っぱらいの《ワレ渇シタリ〔Sitio〕》(7)とかの言葉を凌駕するものである。ここで述べているのは一五四二年の酔っぱらいたちのことだ。それというのもプラタールが正しくも註記するように、『パンタグリュエル物語』の初期の版には、このスキャンダラスな叫びが姿を表していないからである。ラブレーはそれをのちになって、このフランソワ・ジュスト版に挿入した……。この版からラブレーはあらゆる大胆な表現を除去した、と言われているのに！　だが大胆さはそれほど強烈なものだったのか？　ルイ・ド・ブルボン枢機卿[10]を《ワレ渇シタリ》と名づけた、フランソワ一世の大胆さ以上ではない。《なぜなら》、と司祭クロード・アトン[11]はわたしたちに説明する、《この〔枢機卿〕閣下は、この世で極上の食事をなさったあとであろうと、美味しいワインを呑みたいと望んでおられたからである》。わたしたちはまったく無邪気に、《コノ美味ナルワインヲ見ヨ、――来タリテ大イニ呑モウデハナイカ[12]》と歌っていた(8)、あれらの善良な人々に破門宣告を投げつけようとするのか？

ジルソンに関していえば、かれは、ラブレーの才能の形成を研究する者にとって、《近代フランス語散文の創設者》が修道院で過ごした日々をきちんと考慮に入れる必要性を説いている。ラブレーはその内部で《人生のほとんど十二年近くを――すなわち「青年時代の決定的な歳月を――フランチェスコ派修道士として[13]」》過ごしたのだ。そこからいくつかの結論が出てくる。――そのひとつをこれから取り上げてみよう。《フランチェスコ派修道院の内部で、祈禱書を読んだり、ドゥンス・スコトゥスの哲学を探究したりするばかりではなかったのだから、またそこでは自由に、そして時間帯によっては、朗らかに会話してさえいたのだから、いくつかのテキストの中に――そこにラブレーがおそらくはけっして込めなかったであろう密かな意図が、その後、今日まで捜し求められてきたのだが――中世のフランチェスコ派修道士たちの、活発で、ともすれば大衆的な熱気のなにものも見落とされていないかどうか、自問してみるべきであろう[14]》。事実、ジルソン氏は大した苦労もせずに、異端の嫌疑をかけられることのないフランチェスコ派修道士たちの、そしてラブレー風の快活な――率直で、しかも往々にして野卑な笑いを響かせる、陽気な数多くのページを再発見したのである。

こんなことを言っても役に立つだろうか？　プラタールやジルソン、セネアンやその他大勢の人々と同じく――わたしもまた、ある人たちの眼には有害で腹黒い意図が詰まっているように見える、世俗の諧謔や教会を相手にした痛切な言葉に不安を覚えることなどありえない。確かに危険なものだ、もしわたしたちが危険をわたしたちの尺度で計るならば。しかしわたしたちの尺度は十六世紀の尺度ではない。『エプタメロン』を書いた、あの敬虔で神秘的なマルグリットを論ずる場合にはそのことが容認されている。『ガルガンチュワ物語』の生みの親に関しても容認しようではないか。

*

わたしは過去をかえりみて、『聖書』の売れ行きの悪さと『ガルガンチュワ大年代記』のあまりにも順調な売れ行きとについての、ラブレーの考察にいささかも眉を顰めるものではない。なぜならなにも、アルコフリバス師が後者の状況をうれしがっているとしても、前者の状況を喜んでいる、と告げていないではないか？　そしてわたしは自問してしまうのだが、かれの受けた印象はかれ自身に、パリのどこの馬の骨か分からない大道芸人が、優れた福音説教師が教会で集めるよりも多くの見物人を街頭で集める事態を、別のところでは認識させ、また嘆かせもするであろうものにほかならないのではないか？(9)

パリの奥方の《ラマー・ハザブターニ》は、もしサレルノのマズッチョ[15]やアルナルドゥス・ウィラノウァ[16]がラブレーに先だって用いていなかったとしたら、その方がわたしには強い衝撃を与えることだろう。(10)『パンタグリュエル物語』第三章で、妻バドベックを悼むガルガンチュワの諧謔、《あれも、のうのうとして、少なくとも天国へは行って居るじゃろうて、もしそれよりよいところがなければな》[17]、——これはフランスの農民がその語り物の中で愛好する素朴な諧謔のひとつである。神聖冒瀆といえば、ガルガンチュワの以下の系譜もそうだ。その系譜は《天の尊いお恵みによって……何物にもまして完全に保たれているが……、神には触れないことにする。何となれば、これについて語る資格は私にはないし、それにまた悪魔どもが（これは偽善者連中のことだが、）これについて語ることに異議を申立てるからではある……(11)》。これは「マタイ伝」の巻頭にあるキリストの系譜の模倣なのだろうか？　ラブレーがわざわざわたしたちの注意を、たいそうはっきりとこの点に喚起しているだけに、確かなことだと思われる。[18]『パンタグリュエル物語』第一章で、ラブレーがいっそう大胆に躊躇することなく教えるのは、その主人公の系譜が、ギリシア人やアラビア人、異教徒のみならず、《ルカ上人やマタイ上人のごとき聖書の作者》[19]がわたしたちに伝えて来た系譜を想起させるということだ。(12) 見てのとおり、フランソワ師はほとんど姿を隠すことなく、はっきりとそのパロディーの意図を告白している。だがこのパロディは、伝統的に昔の嘲弄家に許されていた、どちらかといえば広い境界を越境していたのだろうか？　ここが問題なのだ。もしこの問いに肯定的に答えるなら、なぜ、ラブレーに対して次のスキャンダラスな不敬虔を咎めないのだろうか。つまり、ガルガンチュワが（『ガルガンチュワ物語』第二十三章）[20]《人目忍所《はばかり》へ行って自然消化の残滓の排泄を行なう》とき、《一日のうち一時間も》失うつもりがないかれの教育掛りは、この人目につかない隠れ家で《今しがた読んだこと》をガルガンチュワに繰り返すのだが、この読んだものとは、声高らかに音吐朗々と、その内容にふさわしいような読み方で朗読された、《聖書の何ページか》なのである。これは瀆神なのか？　それとも敬虔な勤行なのか？

2　テレームの僧院に教会はなかったのか

だがテレームの僧院がある。付属会堂をひとつも持たないテレームの僧院が……。哀れなテレームの僧院、そこには生活に必要な、その他多くのものが欠けている！　たとえば、厨房、芳香を放つオーヴン、涼しく奥深いワイン貯蔵庫などだ。[21] これはどうあろうとも、修道士ジャンの大修道院にあっては、かなり驚くべきことではないか？　したがってラブレーはテレームの僧院に、物質主義者の顰蹙にもかかわらず厨房を、そして理想主義者の驚愕にもかかわらず付属会堂を用意していないのだ。しかしかれはそれぞれの部屋に隣接して、礼拝堂を設置する。――祈るのでなければ礼拝堂で何をするというのか？

テレームの僧院、それはさかしまの修道院である。そのことを忘れないようにしよう。修道士ジャンはそれをことさらに明言している（『ガルガンチュワ物語』第五十二章）。それは意図的かつ体系的に、《他の一切の僧院とは裏腹》に設立される。[22] これは、既成のあらゆる他の修道会とは裏腹に、という意味だ。他の修道院では修道院長が指図している。テレームの僧院では全くそんなことはない。《己が身のことすら取り締れませぬ拙者に、どうして他人様を取り締れましょうかい？[23]》――他の修道院には塀《へい》があって、不平《ふへい》不満のたねとなっている（第五十二章）。テレームの僧院にはまったくない。自由に出入り、行き来する。普通の修道院に、なんらかの貞淑な女性が入ったとする。その女性が汚した場所は祓い浄められる。テレームの僧院に、普通の修道士とか修道尼が侵入をはかるとする。かれらが穢した場所は清められるであろう。必要とあれば、肝心なテキストを想い起こそう（第五十七章）。

《彼らの生活はすべて、法令や定款或いは規則に従って送られたのではなく、皆の希望と自由意志とによって行なわれた。起きるのがよかろうと思われた時に、起床したし、そうしたいと思った時に、飲み、喰い、働き、眠った……。一同の規則は、ただ次の一項目だけだった。

《欲することをなせ……》[24]

最後に、普通の修道院には付属会堂や、大修道院付属教会がある。生活を断片に分割する情け容赦ない鐘の音とともに、定刻にそこに足を運ぶのである。テレームの僧院には共通の御堂も鐘楼も、時刻盤もない。《この世で何が一番阿呆だと申して、良識や悟性の言いつけに従わずに鐘の音をたよりに、我が身を取り締ることくらい阿呆なことはないからだ》（第五十二章）[25]。欲求が理性と合致してかれらを駆り立てるときに、起床し、食事し、眠る――ラブレーがいだいていたであろう考えを汲み取って、《そして祈る》と付け加えておこう――のだから、なぜテレームの僧院の住人が、定刻に付属会堂に足を運ぶことなどあろうか？　個々の礼拝堂で祈り、ミサに行くことはけっしてない？　なぜなら、と眉を顰めた様相で苦言する人々がいる、テレームの僧院の住人たちはミサに与かることがまったくないからだ……[13]。

おやおや、誰が諸君に、テレームの僧院の住人がミサに行かないなどと言っているのだ？　まず、かれらは聖堂区の聖堂でミサに列席できる。礼拝堂がまったくなかった初期のヴェルサイユ宮殿で国王がそうしたように。あるいはまた、各人の礼拝堂でミサを唱えさせることができる。最後に、このスキャンダラスな口調を真似するまえに、熟慮してみよう。ラブレーには《万事を語ること》ができず、諷刺文を教条的で懲戒的な文に変えることができないという事情に加え、ミサについても考慮しようではないか？　ラブレーの時代にミサが、《信仰のうさんくさい輩》によって貶された、あのミサ、ベリュール枢機卿[26]の時代やその後のカトリック教徒にとってそうなったもの、つまりすぐれて宗教的な行為、カトリック的な祭祀すべての総括、――ひとつの秘蹟であろうが、ひとつの供犠にとどまらず、公的な祭祀の本質的部分である、**かの**供犠ではなかったということを、あたかもわたしたちが知らないかのように（わたしたちは無知をよそおえないし、そうすべきでもない）ふるまうのはやめよう。ミサをめぐり十七世紀がおこなった大事業、司祭の活動や言葉に信徒をより多く、より良く結びつけるための努力、――十六世紀の末から改革派の宗教に対抗して、全般的に力強く、自分たちの宗教を再考しようと努めるカトリック教徒たちの尽きせぬ努力に組み込まれる大事業は始まっていなかった。——そしておそらくアルコフリバス師の同時代人たちは、大領主がその遺言で、何百回もミサを捧げるように指示しているのを目にしており、お勤めのときに居眠りを誘うようなミサの愛好家には馴染み深い、教会での長時間にわたる参列はひとを愚かにするものだと考える、もっともな理由をいくつも持っていた。現代人にはもう見当たらなくなってしまった理由だ。そのような人々みなと同じように、エラスムスも考えていた。余計な引用はならべずに、ただ、かれの秘書のジルベール・クーザンがノズロワの司教座聖堂参事の職に就くため、自分のもとを去るときの、エラスムスが示した軽蔑にみちた仏頂面を想い起こそう。[14] 彼ハミサヲ唱エルノダロウサ！[27]——他方、テレームの僧院の住人たちは、日曜日と祭日を讃えて、《それがなかでも一番品が良く、一段と貴婦人らしい淑やかさが感ぜられたがために、フランス風の装束を[28]》身にまとう。日曜日と祭日？ 何の祭日なのか？ 世俗の祭日など一五三二年には考案されなどしていなかったし、そうであればそれは必ずや宗教的祭日であるに違いなかろう？ 空想と衝動的な思いつきにあふれた物語を手荒く攻撃しないでおこう。神学者の難解な話ではないのだ。

それから一九一二年に、『ガルガンチュワ物語』「序論」で、アベル・ルフランは、テレームの僧院での付属会堂の欠如を、刷新者たちへのラブレーの《およそあからさまな[29]》共感により説明した。まさしくこの特徴、そしてその他いくつかの徴から、ルフランはその頃、ラブレーのうちに《配慮のいきとどいた真摯な共感を宗教改革のために示そうと努める[30]》ひとりの信者を認めていたのだ。この判断基準は、おそらく完璧ではない。一五三二年〔ママ〕に勝利をおさめていた当時の《宗教改革》は、宗教的な大建築の取り壊しとか、公的信仰に私的信仰を取って替わらせることなど、少しも要求していなかった。テレームの僧院の住人たちが改革派であったら、大修道院付属教会を寺院に変え（もしひとつでもあれば、の話だが）、そこに足を運び、お勤めに参加しただろう。それはさて措き、アベル・ルフランは一九一二年に、わたしたちの眼にまったく現実に即していると映る、以下の考察を言明する。《神聖な言葉、すなわち『福音書』、それがテレームの僧院の住人の精神生活の本質的な要素、唯一の因子である》[31]。一九一二年から一九二三年にいたるあいだに、分別あふれるこの文章に示唆を与えたテキストは、消失してしまったのだろうか？　テレームの僧院に付属聖堂はないのか？　そのとおり。だが寺院もまた存在しない。気をおとさないようにしよう。テレームの僧院の住人は、多分、隣接する町に、どちらかを見つけられるのではないか？——そして、寺院も会堂もないこと、それが無神論となるのだろうか？　それでは『福音書』は、礼拝堂はどうなるのか？——なあに、いざという時の礼拝堂さ……。——なるほど、そのとおりだ。テレームの僧院には避雷針が欠けている。しかし、一五三二年〔ママ〕での九千三百三十二本の避雷針とは、いささか多すぎはしないだろうか[15]？

3　ガルガンチュワの誕生

まだ何かあるのか？　ゆったりと構えよう。しかし何ものも見逃さないようにしよう。多分一瞬、閃光がよぎるのではないか？　大静脈と左の耳を通ってこの世に現れる、ガルガンチュワの奇妙な誕生[16]は？　なるほど、興味深い出産ではある。そしてラブレーは自分で作りあげた口上からなる、センセーショナルな描写をそれに付随させてはいないだろうか。《分別ある人ならば、他人の言ったことや書物で読んだことは常にこれを信用する……。純真ナルモノハ一切ノ言葉ヲ信ズ[32]……。愛〔慈愛〕ハ一切ノコトヲ信ジ[33]……。ソルボンヌ神学部の先生方は、「信仰」とは何ら確証なき事物の理と申して居られる……。神には不可能ということが全くない以上、もし神がそうとお望みになりさえすれば、今後御婦人方は、このように耳から子供を産むことにもなろうというものだ[34]》。

《疑いもなく》、とルフラン氏は書きとめる、《この敷衍はキリストの生誕にまつわるキリスト教の教理と合致する[35]》。生誕？　だがキリストは滋養のない静脈や左耳をとおって産まれなかったではないか。聖霊の働きによりひとりの処女の胎内に宿って、古代教父たち、エイレナイオス[36]、オリゲネス[37]、テルトゥリアヌス[38]、アタナシオス[39]、エピパニオス[40]、ヒエロニムス[41]の説に従えば、通常の九カ月の懐妊期間を経て、そして生理学的にもっとも普通のかたちで、キリストは誕生する。(17)古代の飾らない表現からなる、百もの文献が、血と穢れの中に産まれるキリストの姿を示している。それは聖アンブロシウス[42]によって、次いで聖アウグスティヌスによって、四世紀の末から、処女出産の教理が普及するまで、そうなのだ。キリストとは閉じた扉をとおって、塀を壊すことなく、現世に現れる者なのである……。このようにマリアの、相継ぐ処女性の教理が入念に作り上げられる。処女としてひとりの男に嫁ぐが、教会はやがてその男の卓抜な童貞を宣言するであろうし、かれはマリアと結婚することで彼女の純潔を守ることを使命としたのだ。(18)

――マリアは処女のまま懐妊した。彼女は処女のまま出産した。けれども彼女はその子供を、耳からこの世に送り出しはしなかった。福音史家ルカがわたしたちに示すのは、彼女の胎内で胎児の状態にあるその姿であり、(19)大仕事をなしつつある、かくも多くのマリア像が、聖堂で、そのように子供の姿を信者の眼に映していたのだ。したがってわたしは何に基づいて、母親の大静脈から左耳へと放浪するガルガンチュワの奇妙な冒険が、処女分娩という考え、あらゆる国のあらゆる教会で、何世紀も以前から芸術が、経験豊かな産婆と代母の大きな助けを借りて、通常の分娩の外見のもとに描き出していた分娩というアイデアを呼び覚ましえたのか、よく分からないのである(20)……。

ああ、もし〈ガルガンチュワ年代記サイクル〉の小冊子の一冊、Ｐ・＝Ｐ・プラン[21]が注意を促した、あの『讃えられること著しき真のガルガンチュワ』を執筆したのがラブレーであったなら！　その小冊子の冒頭には《母親が尼僧であって、夜、彼女を欺きに来た異様な霊によって懐胎したために、人間の父親を持たずに産まれた》[43]魔術師マーリン〔メルラン〕の、身の毛のよだつ物語が書かれている。この特異な話はそれ自体で、独創的な精神を、あらゆる風変わりな推測にも導くことが出来るのではないだろうか？　だからと言ってわたしたちは、聖霊、つまり息吹が訪れ受胎させた処女によって《同じく、人間の父親を持たずに産まれた》キリストの受胎を愚弄する、よく練られた腹黒い奸計を、その逸名著者が実行したのだ、と結論づけるのだろうか？　ここでもまた、次のことを繰り返しておこう。すなわち、十六世紀の諧謔も風俗も、わたしたちのそれとは異なっていたのである。マリアの処女性について卑猥な暗示をした者すべてを火刑に処さなければならないとしたら[22]、過去に遡って裁く現代の処刑人の仕事は手にあまるものになってしまうだろう。一五六五年においてなお、対抗宗教改革のイタリアのただなかで、揺るぎない信仰をもつカトリック教徒、グイチャルディーニ[44]の甥、『全ネーデルラント図絵』の著者ルドヴィコ[45]が、きわどい小噺を集めたささやかな本、『気晴ラシノ時間』をヴェネツィアで刊行した。その本は非常に読まれ、様々な国語に翻訳されたものだった。ところでグイチャルディーニは、神の御母が救世主誕生の前も、その間も、後も、処女であったのだから、食事の前でも、間でも、後でもワインを呑むべきである、と説明してはいないだろうか[23]？　とるにたりない話だ。そのとおり。だが、すでに浄化され矯正されていたにしても、その潮流が相変わらず存続していたことが興味深くも注意を引く。もっとも精妙なものであろうと、宗教的なことがらについての、――とりわけもっとも精妙なことがらについての、聖職者の古き良き諧謔の潮流である。この潮流は、一五三二年にあって、その荒々しい勢いをまったく失っていなかった。

4　愛〔慈愛〕ハ一切ノコトヲ信ズル

——だがラブレーは、自分自身で有罪判決に署名した……。一五四二年、著作集の改訂版をジュスト書店で刊行したとき、彼は信仰、つまり《何ら確証なき事物の理》に関するみだらな諧謔を削除したのではなかったか？——聖パウロのものであるこの信仰の定義を、ラブレーがソルボンヌの神学者に託さなかったら、その定義の忌避ももっと目立つであろうが。ところが一五四二年の不穏当な箇所の削除は、とりわけソルボンヌ神学部に対する直接の攻撃を和らげ、もしくは除去することを目的にしていたように見えないだろうか？　加えてこれらの削除について、なんと多くのいうべきことがあるだろうか！　これらの不穏当な箇所の削除がなんのためのものか、よく理解できないケースがままある。もしラブレーが一五四二年に、ともに宙吊りにされた(24)パニュルジュとキリストの対比を削除するとしても、同じ日付のテキストに、パロディ化された例の《ワレ渇シタリ》を挿入していないだろうか。後者についてプラタールは（今度は二十世紀の眼鏡をかけて）誤りを犯し、ラブレーの大胆なふるまいの中でも最悪だと告発した(25)！　むしろ聖職者についての諧謔の中でもっとも使い古されたものといった方がよかろう。——《結局、愛〔慈愛〕ハ一切ノコトヲ信ズル……。信仰とは、何ら確証なき事物の理である……。そしてこの驚くべき〈神は欲せられるすべてをなしうる〉ということ、これこそ謙虚に教会にしたがう信者の言葉ではないか？　それなのに諸君はアイロニーを嗅ぎ取らないのか！》——わたしは過剰にアイロニーを嗅ぎ取る人々を警戒する。アイロニーは時代の娘である(26)[46]。神は欲せられるすべてをなしうる？　この言い回しはわたしにもうひとつの言い回しを思い起こさせる。それはエラスムスのラテン語で表明されている。《神ハ非常ニ能力ガアリ、実現ヲ望マレルヤ否ヤ、頷カレルダケデソノヨウニオ出来ニナル》[47]。

　このように対話篇「信仰審問」のバルバティウスは語っている[27]。ところでエラスムスはバルバティウスの正体を教えてくれる。なんら逆説的なところがないもろもろの理念について、この世でもっとも真剣に論ずる人物、――ほかならぬマルティン・ルターそのひとである。主題はまさしく、対話篇「子供ノ義務」におけるジョン・コウレットのそれである。《わたしは『聖書』と『使徒信教』に収められているすべてを信ずる。わたしはそれ以上のことを詮索したりしない》。ルター＝バルバティウスはこう宣言する。わたしは不安に駆られて自問したりはしない、どのようにしてわたしたち個々の肉体が、様々な要素と混じり合ったあとで、わたしたちが生きていたと同じように復活することが可能なのかを……。わたしは至上の聖霊にお任せする、《神は欲せられることすべてをなしうるのだ》。――神が望まれるなら、女たちが子供を耳から産むこともあろう……。

　さらに、一五三二年に、謙虚に教会にしたがう信者について話しているのは誰だろう。おそらくノエル・ベダや、我がソルボンヌ神学部の先生の中でもっとも活発な方々だ。かれらの他には？　かくも多くの論争的文書にあって《プロテスタント》の典型的人物の引き立て役を果たす、カトリック教徒の典型的な人物の影を、この遠い時代に投じないようにしよう。愛は一切のことを信ずる。ただし条件つきで。あるいはより正確に言うと、意志の行為として。良識は、もっと無愛想で、選択する。選択するもっともな理由があるのだ。一切のことを信ずるわけではないことと、何も信じないことの間には、へだたりがある。ラブレーは、当時そう呼ばれていたような《哀れな愚か者たち》の信じ易さをからかってはいても、かれの眼に映った信じ易さの境界がどこにあるのか、わたしたちに告げはしない。この点をもって、それらの境界がラディカルな反キリスト教主義や全体的合理主義の境界と混ざり合うと結論する権利が、わたしたちにあるのだろうか？　愛〔慈愛〕は一切のことを信ずる。この表現は、愛〔慈愛〕にとってははなはだ似つかわしい。けれどもわたしたちはもう、《中世の人々》がみな、常に、万事に関してことごとく信じ込むほど思いやりがあった、と考えてはいないのではないか？　哀れな《中世の人々》、幾世代にもわたって、どれほど物悲しげなその表情が、嬉々として素描されてきたことだろう？　幸いなことに、そうした人々はまったく実在しないのだ！——わたしたちは更に、教会が信徒たちに、かたよりなく、万事に関してことごとく信ぜよと命じているとも、また良識と理性をはたらかせるよう求めることが、ただちに決定的に教会からの締め出しとなるとも、もはや考えていないのではないか？　ラブレーはすべてを信じてはいない。それと同じく、日々《誤謬》に抗して異議を唱えていたかれの同時代人である、無数の信者たちもすべてを信じていたわけではなかった。それがすなわち、これらの人々が宗教と狂信の敵だということになるのだろうか？　かれらの信仰は、往々にして活発になるからといって、必ずしも盲目的ではなかった。《どのようにしてわたしは》、と一五二八年にギヨーム・ファレルは書き記す、《自分が理解できなかったものを信じられようか？》[28]　各人が《何ら確証なき事物》の個人的なリストを作成していた。それぞれの人間とそれぞれの精神に応じて、程度の差こそあれ長く、程度の差こそあれ充実したリストである。それかれ個人のリストに、ラブレーが、キリスト教信仰に与かるあらゆる内容をことごとく書きとめていたと主張するのを、誰がわたしたちに許すだろうか？

5　オリゲネスの大胆なふるまい

言っておかなければならないが、わたしはいささか気にかかっている。アベル・ルフランはひとりのキリスト教徒がどのようなものであったか、あるいは単に信じやすさという観点に立って、一五三〇年代のひとりのフランス人がどのようなものであったか、あまりに概括的な見解のために、正しい方向から外れてしまったのではないだろうか。たとえばルフランは、巨人ウルタリーとノアの方舟をめぐるラブレーの諧謔を非常に重要視する。(29) 驚くべき大胆な言行だ、とルフランはわたしたちにいいたげである。当時としては前代未聞のずぶとさだ……。とんでもない。ラブレーも、そうしたいと欲するあらゆる同時代人も、かかるところがかれらの望みなら、[48] 人目をはばかるところなどみじんもないフォリオ判の豪華本の中に、「創世記」の物語がどちらかと言えば邪険に扱われている次のようなテキストを、いつでも読むことが出来たのではないか？《太陽も月も星もないのに、第一日、第二日、第三日、そして、おまけに朝と晩が存在しえたと信ずるような、良識をそなえた人間とはどのようなものだったのだろうか。また、第一日と呼ばれる日が、空がまだ存在しないのに生じえたと信ずる人間はどのようなものだったのか？　神が農夫のように、東のかたエデンの園に、木々を植えられ、またその園に生命の木、即ちその木からとった実を身体上の歯をもって食べる者は生命を得るといった、知覚しうる木を植えられたと考える愚者が、一体誰かいるだろうか？　……『聖書』があたかも実際おこったかのように語り、しかしそれを文字どおりとると、良識をそなえた誰であれ、ほとんど現実味をもたない、多くの似たようなことを容易に指摘できるのだから、これ以上話しても何の役に立とうか》。[49](30) この合理主義者、この放埓なパドヴァ学徒は何者なのか？　この者はそのあとで洪水の物語について、また数クーデの空間の中に、創造されたあらゆる動物を収容する方舟について、ソドムとゴモラについて、ロトとその娘たちについて、――これらすべてを自由かつ大胆に、そしてヴォルテールをしのぐ冷笑をもって、千もの諧謔に身を任せるのだ。こうした直接攻撃のかたわらにあって、ウルタリーに関するラブレーの嘲弄がどれほど色褪せて見えるだろう！

これらの攻撃、それはなんのことはない、オリゲネスのものである。ルネサンス時代に頻繁に刊行され再刊されたオリゲネスのものだ。パリ大学の神学者ジャック・メルラン[50]がラテン語に翻訳し、一五一二年以来、パリはジャン・プティ及びジョス・バド書店が、国王ノ恩恵ト特典ヲトモナッテ〔cum gratia et privilegio regis〕、フォリオ判の分厚い四巻本の体裁で、第三巻の巻頭にこの偉大な異端論者〔オリゲネス〕を擁護する確信にみちた「弁明」を戴き刊行した、オリゲネスのものだ。(31)『パンタグリュエル物語』と同年の一五三二年、この「弁明」はジャン・プティ、ジョス・バド、コンラド・レシュ書店で販売された全翻訳の再刊で、またしても第三巻の巻頭に姿を見せた。一五三六年になると今度はリヨンのジャック・ジュンタが、エラスムスの翻訳の断章とともに、メルランの翻訳を再発行した。(32)イタリアやフランス、スイス、ドイツの他の刊本について語らなくともよいだろうか？　だがなぜ、オリゲネスについて話す必要があるのか？

わたしたちが先刻引用した一節を、すでに或る者がラテン語に逐語訳し、その時代にもっとも普及した本のうちの一冊で、そのまま印刷していた。エラスムスの格言「アルキビアデスノシレノス」[51]を開けてみるがよい。そこになんの苦労もなく、美しいラテン語に訳された、明らかに不敬虔なこのテキストに再度めぐりあうだろう。おそらくこのテキストは、『聖書』の寓意的解釈法への依拠を正当化するため、霊魂と肉体の古典的な判別を助けている。しかしジャック・ドニがその『オリゲネスの哲学』で注意を促したように（三三ページ）、《寓意的釈義は、尊ばれ、また真理の受託者と見なし続けられるテキストを前にして、自由に思考する様々な形態のひとつなのである》！　ところで、その方法を実践したあらゆる者の中で、『諸原理について[52]』の著者〔オリゲネス〕以上にそれを大胆に用いた者はいない。そのためにオリゲネスがたびたびケルソスに同意し、十八世紀の哲学者たちが『聖書』に抗してひるがえす異論を、前もって立証してしまうことさえあるのだ。さてまさにオリゲネスについて、エラスムスは、一五〇六年三月にロンドンで執筆し、一五一一年十月にパリで発売した『学習計画』で、躊躇せずにこう書きとめたのである。《神学の師は何をおいてもまず聖書、これに次いではオリゲネスが最も優秀である。神学ノ中デ、『聖書』ニ次イデ、誰モオリゲネスヨリ優レテハイナイ》[53]。これらのテキストを知ってしまうと、ラブレーが大胆であると思うのにためらいを覚える。むしろもう少しでかれを臆病だと判断してしまうだろう。

*

よく分かっている。これは印象の問題なのだ。ラブレーが(かくも多くの人々に続いて! なぜならかれが創作するわけではないから)、ミサを唱えるとき信者に突飛な顔をしてみせる、かのフランチェスコ派修道士の卑猥な物語を話しながら[(33)]、心の奥底では宗教に対する邪悪きわまりない計画——カルヴァンが妙をえて言ったことだが、神へのあらゆる畏怖の念をより巧妙にくつがえすために、冗談を言って笑わせる、一匹の犬がたてた計画だ——を抱いていなかったと《証明する》ことは永遠に不可能だろう。それでもやはり? 一五三〇年から一五五〇年にかけて時代は急速に進んでいた。一五三二年と一五三五年のあいだ、『ガルガンチュワ物語』と『パンタグリュエル物語』が日の目を見たとき、まもなく改革派のまさに影響力のもとで、所をえず、いかがわしいと判断されることになる諧謔に、誰が眉をひそめたであろうか? 改革派の主役たちが一五四五年頃、声高に告発する邪念を、その本に持ち込んだのはラブレーではない。それは一五四五年頃、少し前なら誰ひとり悪意のない諧謔しか認めなかった箇所に、邪念を見始める人々なのである。

理念と——そして風習とのまったく自然な進展である。一五四〇年七月二十五日、マコン司教シャルル・エマール・ド・ドノンヴィル（ラブレーは一五三四年にローマで、国王大使たるドノンヴィルの面識をえたことがあった）[54]は、ジャン・デュ・ベレーとともにル・マンに赴きその地で没する。かれは礼儀正しく埋葬される。八月三十日、犬が墓を汚すのを妨げるためにではなく——そうした懸念はまだ生まれていなかったし、たまたま本物の猟犬の群れが龍巻のように教会の本堂を走りまわっても誰も恐慌をきたさない——、そうではなく遣り繰りの配慮から、犬が柩を覆う黒衣を損なわないように、教会の中の司教の墓穴の周囲に、防護用の手すりを作らせている。[34] 何年かのちになると、犬が教会に入ってこようものなら、スキャンダルの種となるだろう。そして一五四〇年頃、その時代の寛容な習慣をよりどころとした物語作家たちは、余波をうけて、その物語によって、冷笑的で悪ふざけをする者——まさにしかりである——と映るようになるだろう。貴族たちが拳にハイタカを乗せて、教会の中に

　鈍重な愚か者のように入って来た、

そのような時代の物語によってである。そして『阿呆舟』の翻訳者の言明では、

　　鈴をつけた鳥と
　　犬がおそるべき騒音を立てている。

　その他多くの援用可能なものから、最後の引用をしてみよう。この引用はわたしたちを当時の雰囲気に馴染ませる仕上げとなるだろう。デ・ペリエは、その『笑話集』[35]で、国王フランソワ〔一世〕の際立った道化、トリブレ[55]の様々な悪戯を記録している。とりわけ次の噺をあげておこう。国王はある晩、晩課を聞

くため聖堂にゆく。司教は「神ハ救イノタメニ」を唱え始め、静けさにみちた高い本堂に、すぐさま声明が立ち広がる。聖歌隊が応じ、勤行が始まる。物音に敏感で、やって来たときの高貴な静寂が乱されるのを見て怒りくるったトリブレは、勤行をつとめている司教に襲いかかり殴打する。想像してみよう、現代の教会で、ある晴れた日曜日、同じようなスキャンダルが起きたら、どうなるだろうか……。そこでデ・ペリエの文章を参照してみよう。そこにわたしたちは、常以上に動揺することなくトリブレを呼び寄せ、《なぜかれがこの立派な人物を殴ったかと尋ねる》国王を見出す。相変わらず教会の中で、勤行のさなかに道化がなんと答えるかは重要でない。[56]肝要なのは人々の態度である。雰囲気なのだ。

トリブレの物語も、柩を覆う黒衣の逸話も、何ら例外的ではない。それらは単に、他の多くのものと同じく、わたしたちにはもはや理解できない、ある態度を証言している。——なぜなら一五六〇年頃、宗教的なことがらや場所に向かいあったわたしたちの祖先の行動に、大きな転回が始まったからである。パンタグリュエルの時代には、昔ながらの放埒さが相変わらず生きていた。重要な首都大司教教会参事会（ブザンソン参事会だ）が、愚者の祭りの騎馬行列に列席することを拒否した構成員を罰金刑に処した時代は、それほどへだたっていなかった。最後の文献が必要だろうか？　一四九七年に、ステイン修道院のある修道士に宛てた書簡「修道会士ニコラウス・ウェルネルス殿ニ」[57]で、エラスムスは思いがけない話を平静に語っている。(36)三カ月まえから、やむことなく雨が降り続き、氾濫したセーヌ河はすべてに被害を与えている。聖女ジュヌヴィエーヴの聖遺物匣を降ろし、荘厳にノートル＝ダム寺院まで運んでゆくことが決定される。——司教を先頭に、大学教授団が加わり、はだしの大修道院長が、修道士らとしんがりを勤める。聖遺物匣自体も全裸の四人の男たちが担ぐのだ。《四人ノ者ガ、スベテ裸ノ肉体デ、聖遺物匣ヲ運ンダ》[58]。——この儀式の衣装の効果だったのか。《今ヤ》、と若きエラスムスは敬虔に結論づける、《今ヤ、天空ヨリ晴朗ナルモノハ何モノモ存在シナイ！》[59]――

6　ラブレーと説教師たち

だが、これらの逸話がなんの役に立つのか。著名な証人たち、当時の《自由説教師》、ムノ[60]やマイヤール、その時代の悪徳を、粗野ではあるが陽気に攻撃する人々の説教集を素朴に開き、読み直してみよう。修道院で、修道士フランソワ・ラブレーがそれらを気が向くままに読みえたことを忘れないようにしよう。青年時代、かれがライヴァルたちの日曜説教を聞き、そこにこれらの名高き不正の矯正者の、霊感をえて嘲弄する声の反響を聞き取った可能性を忘れないようにしよう。自ら聖職者でありフランチェスコ派修道士であるラブレーも――誰に分かろうか？――、かれもまたおそらく説教をしたであろうことを忘れないでおこう。――もし説教をしたなら、かれの散文は話体でリズミカル、いつも大声で朗読するために作られたように見える、演説家の散文なのだから、――間違いなく、かれの宗派のスタイルで、博識で野卑なフランチェスコ派修道士の快活さをもって説教したのだ……。ムノやマイヤールを読み返してみよう。――わたしたちはそこにラブレーの百もの諧謔、百もの悪戯の出典を見出すだろう。後世の羞恥心にはショックであるが、それらはラブレーのものではなく、その僧服のものなのである。

ことはテキストに嵌めこまれた語彙や、俚諺的な表現に関わっているのだろうか？　メレ翁が自由説教師と名付ける人々の中に、ラブレー風の言い回しの、どれほど驚異的な収穫があるだろうか！[37]《林檎摘み人足の扮装をすること》[61]、ムノはラブレーに先立ってこの表現を用いている。放火盗賊のような風体をしていること[62]、ムノはまずもってこの言い回しを知っている。『パンタグリュエル物語』（第十九章、もしくは第二十九章[63]や『第四之書』(第三十七章[64])に勇猛な隊長、腸詰齧《リフランドゥイユ》が姿をあらわすはるか以前に、ムノは太った腸詰齧を叱責している。[65]パニュルジュは《三度も煮こみましたる極上の王様どん》を嘲笑するが(『パンタグリュエル物語』第三十一章[66])、ムノは《三度も煮こみましたる極上の修道院長》を冷笑している。《是ガ非デモ《オポルテット》の潮時ともなれば、鳧《けり》がつかないものはない》、これはムノの台詞だ。《是ガ非デモの潮時ともなれば、鳧がつくのが世の習い》、これは『第三之書』(第四十一章[67])の一節だ。ムノの《死ガ来レルトキ〔Cum venit mors〕、芝居は終演し、演技は終わった》に、ラブレーに擬されている次の言葉が木霊する。《幕を引け、芝居は終演した》。同じくムノの、地獄に落ちた者たちの哀れな六音階——スナワチ、ド、レ、ミ、ファ、ソ、ラ——の歌に、緑醬油の呼び売り人となり、パニュルジュの命令で、ト調でソ、レ、ドと歌う混乱魔王が応ずる(『パンタグリュエル物語』第三十一章[68])。——列挙のラブレー的手法、数字の途轍もない詳細化さえも、マイヤールのやり方だ。マイヤールは大地に落ちた、神聖な血が何滴かを知っているのである。きっかり四万七千滴だ。マイヤールは人となった神の肉体を覆う傷の数を知っている。一、二の誤差を除けば[69]、五千四百七十五箇所である。マイヤールは救世主キリストが、[(38)]苦難の道を千三百歩で進まれたことを、またカルヴァリオの丘には十九万人[70]の者が登ったことを知っている。諷刺的な諧謔に関していえば、事情はどうなろうか……。

以下ムノにあって、行列しているのは一時的修道院長《コンメンダタリウス》である。《一時的修道院長、ムシロ、大食漢《コメダタリウス》、ト言ウベキカ。何故ナラ彼ラハ全テヲ食イ尽クスカラダ》[71](ネーヴ篇、『ミシェル・ムノ説教撰集』、三四四ページ)。こちらには司教冠をかぶったロバがいる(同書、三四三ページ)。そちらには聖職者の冠が敷きつめられた地獄ゆきの道がある(同書、三五四ページ)。あちらには、パンタグリュエルには馴染み深い偽善者たち、偽善者ドモと贖宥符の配送者がいる。《ソコニイルノハ贖宥符ノ運ビ手デアル》[72]。パニュルジュは贖宥符を愚弄するだろうか。パニュルジュはムノ以上にこの件で多くを語りはしなかった（ネーヴ篇、前掲書、二五八ページ）。ムノは民衆を欺く偽善者連中や[39]、居酒屋で聖遺物を紛失してしまい、風呂場で掻き集めた薪の端くれを代用して、《ご覧あれ、ご覧あれ、聖ロレンツォが火刑となった薪の切れ端だよ！》と広言する悪党どもを激しく追及したのだ。[73] ――パニュルジュはジル・ペパン以上にこの件で多くを語りはしなかった。ジルは天国を月並みな値段で売り、《貴重な品物を売るよ！――ものは何だね？――天の王国さ！――いくらかね？[40]》と大声をあげて行き来する輩に刑罰を与える。あるいは同じペパンは、素朴な人々をいかさまで騙すため、馬や荷車で聖人たちの至聖なる聖遺物を運んでゆく放蕩者を告発する。またしても説教師の、そして教会人の文体である。ラブレーの友人で、ラブレーが《豚肉乞いに訪れて》（『ガルガンチュワ物語』第十七章[74]）いる姿をわたしたちに描き出す聖アントニウス派修道会の《豚肉会長》のひとり、アントワーヌ・デュ・セックス修道士は、かれもまた、『規律の拍車』（一五三二年）で修道士を糾弾するとき、きっぱりとこう言う。《これらの偽善的に十字を切る者ども、これらの贖宥符をラバで売り歩く者ども、及びありふれた虚言を撒き散らす者ども、かれらはうすのろ連中を捕まえるための網を張りめぐらせ、かれらの窃盗《デプレダシオン》（わたしは説教《プレディカシオン》と言うつもりだったのだ）に、適切でも相応でもない、無関係な主題を取り上げるのだ》。――あるいはまた、《下品な強奪者《ピュール》殿や――わたしは護教者《ピリエ》殿と言うつもりだった――、教会司教》は貪欲さの点で《魔術師シモン、聖職禄の仲介者、高位聖職者身分の装飾屋、かれらとともに市民権を誓約した顕職泥棒》と競争している（ネーヴ篇、前掲書、二二九ページ[75]）。――いかなる点において『パンタグリュエル物語』は、いかなる点において『ガルガンチュワ物語』は、その口調とその精神をもってして、これらの聖職者のテキストと違いがあるのだろうか？ 単に、ひとりの大作家によって書かれた、という点においてのみなのだ。

＊

かくてわたしたちは自身、ラブレーの《冒瀆的な》悪ふざけを、とかく無害だと思う傾向があると感じている。『天界の預言者を駁す』でカールシュタットに詰問するマルティン・ルター（かの反キリスト教徒……）の呼びかけを思い起こすとき、ラブレーのものはかなり趣味がよいようにさえ思える。ルターは言う、《明らかにお前は、酔いどれのキリストが、晩餐で呑みすぎて、弟子たちを無益な言葉で眩惑させた、と考えているのだ！》それ以上のことについては、暮らしぶりの面で完璧な敬意にあたいし、職務の遂行にあっては適任このうえない、数名の聖職者の知人と親密に交際しさえしたら、――昔日のフランスの《司祭の夕食》に幾度か加わってみさえしたら、――修道士ラブレーの機知、司祭ラブレーの機知とは、大部分が職業的な機知、笑いを罪と見なさず、信仰に関わることがらを自由に、かつ親しげに話し、改革派の――もしくは不信心者の証しである、ある種の周到な羞恥心とか、ある種の小心な態度を知らない、カトリック教会の人間の機知だ、と即座に気づくのである。

急いで次のことを言っておこう。隠れた反キリスト教徒であるラブレーを告発するためにアベル・ルフランが指摘するものの中のすべてが、以上の論証によって否定されるわけではない。著名なテキストのうちの二篇が、悪意あるものとして、詳細に検討する価値をもつ。ひとつは、『第二之書　パンタグリュエル物語』第八章の、ガルガンチュワからパンタグリュエルに宛てた格調高い書簡で、これは一五三〇年頃よく論じられた、霊魂と不滅性の問題を提出している。もうひとつ、パニュルジュによるエピステモンの復活の物語は、奇蹟の問題を提起している。ラブレーが何を語っているか、そしてその申し立てから、アベル・ルフランが何を結論づけているか、見ることにしよう。

第二章　ガルガンチュワの書簡と霊魂の不滅

ガルガンチュワがパンタグリュエルに宛てた書簡がどういうものか知られている。——自身がもたらす華やかさに酔いしれているルネサンスの、堂々たる宣言である。ラブレーの全作品において、これ以上しかるべくして有名なテキストは存在しない。

書簡の冒頭は、ガルガンチュワの手紙を総体として考えるならいささか長い、けれども壮麗な筆致と表現で書かれた、哲学的で倫理的な詳述に満ちている。批評家たちが、おそらくラブレーの散文の閃光に眩惑されて、不調和なことどもから何をこの史料の中に見出し、何を持ち込んだかは、神のみぞ知るところだ！　テュアーヌは、「ガルガンチュワからパンタグリュエルに宛てた手紙」と題された論文で、[1]《本質的に宗教的で哲学的な性格をもつ、この最初の部分は、一方でキリスト教的な教義と、また信仰による義認というプロテスタント的な教理につながり、他方でプラトンが何篇かの著作で暗示する、変成をめぐるプラトニスム的な理論につながっている》、と教える。キリスト教的な教義、信仰による義認、変成に関するプラトニスム的な理論。ほかに何かあるのだろうか？　この有名なテキストの中を、そこに何が存在するか忠実に捜してみよう。

1　ある有名なテキストの意味

そのために、まずテキストを翻訳してみよう。それはフランス語、間違いなく壮麗なフランス語で書かれている。美しさの点でははるかに及びがたいが、わたしたちの精神にはより直接的に近づきやすい言葉に置きかえてみよう。余談ながら、これは優れた鍛練になろう。すでに古くなった、すっきりと分からない史料を解釈することが問題になる場合には、必ずやこうした作業に頼らなければならないだろう。[2]

愛しい息子パンタグリュエルを学校に送り出したガルガンチュワは、《十分に身を修める[1]》ように奨励する。かれを勉学への熱意で燃えたたせるため、薪の束の中の炎のように、かれの精神を書物の狭間で不屈にして生彩あるものにするため、——ガルガンチュワは寛い心のもっとも深奥にある感情に訴える。卓越した父親が、高貴な生まれの息子の内に呼びさますはずの、愛情と感謝の感情に。なぜならガルガンチュワは人類共通の運命を耐え忍んでいるからだ。なぜならアダムの子孫としてかれは、始祖の過ちによって、神がアダムを創造したときに人間に授けるつもりだった不死性という特権を、みじめにも失ってしまったからだ。ガルガンチュワは死ななければならない。死はアダムとエバの過ちに対する罰なのである。[3]確かに、厳しい罰である。パンタグリュエルがあらゆる方法で、父親の辛さを和らげてくれるように。そして創造神が善意のうちに、ご自身が生命を禁じられた、恩寵を失った被造物に、たいへん相対的ではあるけれどいまだなお望ましい不死性、つまり自分に似て作られた子供の出産が両親に保証する不死性の享受を許されたのだから、またガルガンチュワの霊魂が人間の住まいを離れるときに、パンタグリュエルは肉体的・物質的な死後の生という幻想を父親に与えるのにとどまらないのだから、加えてパンタグリュエルが自分の意識を、父親の魂の反映、《輝き》[2]とすることに努めるのだから、そうであるからガルガンチュワは死についての自然な恐れがなごむのを感ずるであろう。そうであるからかれは、第二の自己が自らを地上で永続なものにするという、こうした考えで気持ちを慰めることができるだろう……。

　かかるところが厳格に義であり、だが善なる創造神の意図である。問題の罰、死の厳しさを和らげるためにこそ、神は幾世紀にもわたって祖父の生命を孫の生命をもって引き延ばす、世代というこのゲームを望まれたのだ。最後の審判の日には終了するゲーム。その日が来たら、腐敗する肉体と罪の萌芽を焼尽する炎による世界の浄化がおこなわれるであろう。その日が来たら、罪の結果であり罰である死は存在しなくなるだろう。その日が来たら、死の結果であり一時的な対抗策である生殖も終わりを遂げるだろう(4)。諸元素の相互変転ももうなくなるだろう。元素の変転は、生成と腐敗のこの連鎖のみを目的にしていたのである。こうした連鎖の本質的な必然性を、ラブレーに続いてロンサールが——まさしくラブレーの墓碑銘詩において(5)、——わたしたちに想起させている。

埋れて腐った死体から
「自然」が何かを生むのなら、
また、生成が
腐敗によって起こるなら、
生きている間のべつまくなしに飲んでいた
あのお人よしラブレーの
胸からも太鼓腹からも

葡萄の木が生えてくるだろう……[3]

諸元素の戦いは終わるであろう。そして父なる神に、贖い主イエスがお返しする世界では、成就し完璧となった平和が君臨するであろう。――このようなところが、パンタグリュエルに宛てた書簡の前半部分が、壮麗な言葉を用いて、表現する明晰な思想である。この思想はどこから由来したのか、そしてこれらのページに生命を与えている精神とはなんであろうか。

＊

腐敗から生まれる生成、ある元素から他の元素への変転、原因と結果の巨大な周期。――『パンタグリュエル物語』の、この神秘的で魅惑的な一節を読み終えた何百人もの読者や註解者たちが、同じ言葉を発したとしてもなんの驚きがあろうか？　様々な運命の闇を照らす偉大なる精神、ラブレーは、ここでは、《科学哲学の綜合的な概念》[4]を荘厳な言葉に翻訳しているのだ。[(6)]

とんでもない。論証はもう終わっている。ジルソンがみごとに示したのは、この滋味豊かなページに、自然の情熱的な探究者にして崇拝者である卓越した医師の、孤独な瞑想と経験をかさねる途上で、気高い野心が支える自然哲学を作り上げたひとりの人間の、独創的な理念を捜すべきではない、ということだ。この難解なテキストのもっとも眩惑的な一節はただ華やかに、《とくに神学的、もしくは中世的な概念、つまり最後の審判のあとの世界の状態にかんする概念を》註釈しているにすぎない。そして全体としてこの書簡の前半部分に籠められているのは、あらゆる神学者が、――それどころか、あらゆる信者が、つまり言ってみれば一五三〇年代のあらゆるフランス人が馴れ親しんだ、一連の理念だけなのだ。

学問的な考察に非常に豊かで、非常に富んでいるように見えるこれらの表現はみな、エティエンヌ・ジルソンが討論に持ち込んだ、聖トマスと聖ボナヴェントゥラのテキストに見出すことが出来る。さらにジルソンは多くの博士、大博士たちを援用している……。(7) わたしの方では、冊子行商人を引き合いに出すことをお許しいただきたい……。ここに、行商の途上にある呼び売り商人や小間物商人、庇の下の辻売りの書籍商が売っている一冊の民衆向け小冊子がある。毎年何百冊もリヨンの書店が印刷していたような、そうした小冊子のひとつである。ボードリエが注意を促した、《俗語〔フランス語〕》本に関するリヨンの二大書店のひとつ、オリヴィエ・アルヌレ書店で刊行された、一五三三年のその小冊子の刊本がわたしの目の前にある（もうひとつは『パンタグリュエル物語』の出版元、クロード・ヌリー書店だ）。一五三七年四月の奥付をもつ、同じくアルヌレ書店から刊行された一冊の刊本は、パリ国立図書館の所蔵になっている（蔵書番号 Rés. D 80054）。その詳細で明確な題名を読むがよい。『来るべき世紀の予言　以下の三篇の小論を含む。第一の論文は、どのようにして死が初めてこの世に入ったかを明らかにする。第二の論文は死者の霊魂について、ならびに様々な天国の相違について語る。第三の論文は、最後の苦悩について、ならびに肉体の復活について、そして最後の審判の日がいつか、その日を誰も知らないことを論ずる』(8)。これぞまさしくガルガンチュワの書簡の冒頭が経めぐっている一連の関心事だ。そしてたまたまボードリエの『リヨン書誌』、雑多なまま金鉱を捜すべく委ねられた、この無尽蔵な史料の山をひもといてみようと思い立った者がいたら――、その者はこのブノワ・ジルボーの貧相な小冊子の中に、ラブレーのテキストに関する、どれほど貴重な註釈を発見せずにいられるだろうか(9)？

アダムの罪に続き、「ロマ書」の有名な文章（第五章一二節）の教えによれば、どのようにして死が最初にこの世に入ったのか。どのように人祖が《罪を犯そうと欲しなかったら、けっして死んだりしなかったろうか》、逆に《天使の不死性と祝福された永遠性を受け継いでいたろうか》。どのように、最後の審判が成就したとき、わたしたちが《人間の形相の許に》見たあの方を、《神格の許に見ることになろうか》。どのようにあの方が《王国を父なる神に》捧げるだろうか。最後に、どのような大火で、どのように奇蹟的で超自然的な熱で、この世界が焼き尽くされるのだろうか。これらはまさにパンタグリュエルの高潔な父がその書簡の中でほのめかす、あらゆる問題なのである[10]。

*

その上ラブレーの物語には、また別のたいそう美しいページがある。そのページは、大いに議論の的となってきた一節に含まれるキリスト教的・伝統的神学の要素の数と重要性とを、比較によって計測するのを可能にするものだ。ラブレーは『第三之書』第八章で、生殖により確実なものとなる種の不死性という主題を、再度取り上げた。《ごらんくださりませ》、とパニュルジュは言う、《諸々の植物、樹木、灌木、草の類、植虫類《ゾオフィート》が一度作り出されますると、**一つ一つの個体は死滅いたしましても、種族としては決して滅亡いたさず**に末広の世を次々に、永久《とこしなえ》に栄えるようにと、大自然は念入りに、これら草木に胚種の武装を施してくださいました》[6]。か弱く裸である人間は、植物に与えられたチャンスを持っていない。人間は武器を製造して自らを護らなければならなかった。そこからこの防護物が生まれた。この章の題名自体が、わたしたちにそう想定させる。つまり、《股当《ブラゲット》こそ武人《もののふ》にとっては装具の華であること》である。ラブレーはそれをまったく医学的な生々しさをもって証明する。つまり、《かしこにこそ》、とかれは正確に述べる、《聖なる奉安所へ収められましたるがごとくに、人類血脈を維持する種子が宿って居るからでございます》[7]。

一五四六年のこのテキストと一五三二年の『パンタグリュエル物語』のテキストとの対照ほど有益なものはない。完全に誤っているのでなければ、ラブレーの早期にすぎる無神論に関するアベル・ルフランの命題の、なんという転倒であろうか！　基本的な思想は両者に類似している。そのとおりだ。しかし、一五四六年の時点で、ラブレーはキリスト教神学の常套句をひとつも表に出していない。かれは合理主義者には馴染み深いひとりの著作家、大プリニウスの有名な一節を移し替える。〈移し替える〉とはふさわしい言葉である。なぜならラブレーの楽天主義が、『第三之書』においては、プリニウスの厭世主義の代わりになっているからだ[11]。そしてかれのモデルから霊感をえて、ラブレーは、いわば自然の中に人間を溶けこませる。かれは人間を植物や、植虫類と比較する。かれは被造物の綜合的な連鎖の中の、しかるべき場所に人間を置きなおす。キリストは姿を消し、神は消失する。個体としての人間は人類の血脈に席をゆずる。個々の苦痛を癒す創造神の恩恵はもはや問題ではない。わたしたちはまさに今度は、《一般的な秩序に基づく科学哲学の概念》を前にしているのだ。そしてこれらのページに一五三二年の精神、――宗教的伝統主義と、少なくとも字義的正統説にすっかり浸った精神は、もう息吹いてはいないのである[12]。

かくして、ガルガンチュワの書簡の難解な冒頭部がまとう意味については、なんの疑念もなくなる。しかし、争点となっている文章の晦渋な細部を正しく解釈するために、その文章がまったく世俗的で聖職に与からない哲学的・科学的な信念を表明しているのか、それとも真正にキリスト教的である教理を表明しているのかを知ることが無関係であると、誰があえて主張するだろう[13]？　実際もしアベル・ルフランが、ジルソンの手で論争に加えられた様々なテキストを前もって知っていたら、多分ルフランはガルガンチュワの手紙の中に、反論の余地のない証拠を発見するのに躊躇したであろう。つまりラブレーが一五三二年に、《不死性についてのキリスト教教義》を棄却していたのだから、すでにキリスト教徒ではなかった、という証拠のことだ。

2　永遠の生の否定

見たまえ、とラブレーの作品の博識な註釈家〔ルフラン〕は告げる（『パンタグリュエル物語』、「序論」、XL III―XL IVページ）、見たまえ、『来たるべき世紀の予言』の著者ほどはっきりしないラブレーは、《死者たちの霊魂》の運命について何も記さなかった……。《霊魂の不死性に関するいかなる見解も、この長い考察には欠けている。最後の審判をめぐる暗示さえも、検討してみると、風変わりなものに見えてくるだろう。その暗示は、実際のところ、永遠の報酬という理念も永遠の業罰という理念も含んでいない……。言葉を吟味するだけでよい。ラブレーが永遠の生というキリスト教教義に与していなかったとの確信がただちにわきあがるだろう。ラブレーが考える唯一確実な不死性とは、種による繁殖に由来する、まったく相対的な不死性なのだ》。

はたして本当にラブレーは、引用された一節で、霊魂の不死性をめぐるあらゆる見解を遠ざけたのか？ジルソンの意見はまったく異なる。[14] 確かに、とかれは指摘する、霊魂の残存という理念は、どこにも明確かつ教義的な用語では表明されていないし、《したがってラブレーがその理念を排除した、と想定することは可能である。だがそれでも、以下の事柄を説明しなければならない。第一に、復活をともなわない最後の審判とは何か。第二に、イエス・キリストが父なる神に捧げるこの世界、霊魂が不滅でないこの世界はどのようなものか。第三に、これはラブレー自身が想起させることだが、生殖が死を償う以外の存在理由を持たないのだから、人間がそのとき腐敗しないものとなっていなかったら、生殖の停止とは何を意味するのか。霊魂の不死性に関するラブレーの沈黙のもっとも簡潔な解釈は、したがって、テキストのそれぞれの行に解釈が含まれている、というものだ。――かれのテキストがここで、どのような意味も表明していないと認める方を望まないかぎり》。この論証はそれ自体で完結している。だが課された問題は非常に重要であり、提案された解答は非常に大きな影響力を伴っているので、――補足的な証拠の寄与によって、もしできれば、証明を強化しても無駄ではない。わたしたちはひとつの命題を弁護するものではない。曖昧な問題にいささかの光明を投げかけたいのだ。それではもっとも困惑させる議論はどのようなものだろう？ それはふたつの範疇に分けられる。一方でアベル・ルフランは、ラブレーが語っていない事柄ゆえに、沈黙するラブレーを非難する。他方で、ラブレーが語っている事柄ゆえに、口を開くラブレーを非難するのだ。

ラブレーは沈黙する。ラブレーは一五三二年に、ガルガンチュワの声でこう叫んではいない。《わたしは霊魂の不死性を信じます》、と。だがかれが一五三五年に、自分自身の声でそう叫んだとしたらどうなのか？ 『パンタグリュエル物語』を起草した二年後、その時点で、個人の不滅性をめぐる精密で明晰な一ページをまるまる書いたとしたらどうなのか？ このページはいたるところに、すべてはっきりと、むかし普及した版にも、ジャネやマルティ＝ラヴォー、モラン、あるいはクルーゾの版にも存在する。[15] それは『医学博士にしてリヨン大施療院医師、フランソワ・ラブレー師により、気高き都市リヨンにおいて算出せる、一五三五年の暦』に由来している。この暦は失われてしまった。だがアントワーヌ・ルロワ[8]が、ラブレー伝の草稿の中に、興味深い抜粋を残しておいてくれた。

『パンタグリュエル物語』の著者はまず読者に、アリストテレスが『形而上学』で言及した、不死性の証拠を想起させる。《あらゆる人間は本性上、知ることを欲する》[9]。ところで、かれらの欲求はうつろいゆくこの世では満たされえない。なぜなら（ラブレーは『旧約聖書』「伝道の書」を引用する）《理解力は理解することに堪能することはけっしてない。ちょうど、目は見ることに飽きることがなく、耳は聞くことに満足することがないように》[10]。けれども、自然は《原因なくして何も起こさなかったし、時として手に入れられないようなものへの欲求や欲望を与えたこともなかった》。したがって、まったく必然的に、《この世のあとに別の世があり、そこでかかる欲求が満たされるであろう》[11](16)。もちろん、ラブレーは学者ぶってこう言ったりはしない、《立派な御仁よ、こうした証拠は決定的なものだ。それはあらゆる疑念を拭い去り、まったき確信をもたらす》、と。だがかれの代わりに誰がそう言いえたろうか？　霊魂の不死性の《証拠》が完璧な確実性——わたしが話しているのは知的な確実性であり、信仰が与えうる確実性についてではない[12]——に堪えると思い、宣言するほどの哲学者がかつて存在しただろうか？

さらに、ふたつの事項について注意しておこう。

《このことをわたしが述べるのは》、とラブレーは付言する、《諸兄がここにいるわたしから、いま、この一五三五年の情勢と局面を聞きのがすまいと窺い、注意深く、一心に求めているように見えるからである。もしこの熱い願望を諸兄が完全に満足させようとするなら、（聖パウロが『新約聖書』「ピリピ書」第一章で、「ワタシノ願イヲ言エバ、コノ世ヲ去ッテキリストト共ニイルコトデアル[13]」、と語ったように）、諸兄の霊魂がこの地上の肉体という暗い牢獄の外に出されて、救世主イエスと結ばれるように望むのが適切である。そうすれば人間的なあらゆる情念、執着、未完成は止むであろう。なぜなら、あの方と共にある喜びから、かつて国王ダビデが『旧約聖書』「詩篇」第一六篇で、「ソノ時、アナタノ栄光ガ現レルノデ、私ハ満チタリルデショウ[14]」、と歌ったように、まったき善、まったき英知と完成を満喫するであろうからだ。さもなければ、それらについて予言することはわたしにとって軽率となり、それを信用することは諸兄にはおめでたさとなるのだ！》[15]たいへん重大なテキストである。かれが不死性について述べていること、ラブレーはかくしてそれを、一五三二年から一五三五年にかけて、物語の中でも暦の中でも、二十もの異なる形態で二十回も表明した、格別に馴染み深いひとつの理論に結びつける。その理論とは将来の事象の、ことに占星術の方法での予見不可能性の理論である。占星術に対するラブレーの姿勢は、もっとも堅固で、もっとも優れて理論づけられたものに属する。フランソワ師は絶対的な力と真摯さをもって、幾度となく自分の意見を述べた。(17)かくまでの信念をもって扱われる主題についてのこれらの断言に、不死性に関するひとつの論証を加えていること、このことはその論証が真摯なものであることを、はっきりと推定させる。なるほど、あらゆる人間の言葉はいつでも、慎重であるとか欺瞞であるとかと主張されうる。しかし本人の名前のもとにラブレーが発表した一五三五年のこのテキスト、格別にラブレーに馴染み深い命題を支持すべく現れたこのテキスト、その日付ゆえに、はるかのちになって表明される非難に応えるため巧妙に作成された、との嫌疑をまぬがれるであろうこのテキスト、――このテキストは少なくともわたしたちが、霊魂の残存に関するラブレーの、いわゆる熟慮された沈黙から、アンリ・エティエンヌによってすでに引き出されていた次の結論に到達するのを妨げるものだ。つまり、パニュルジュの父親〔ラブレー〕の意見では、《我々が永遠の生について読んでいる事柄はすべて、哀れな愚か者たちを喜ばせ、虚しい期待をいだかせるためにだけ書かれている》[16]、という結論である。もっと細心であるようにしよう、そしてラブレーの《意見》については語らないでおこう。かれが著作の中で、この重要な不死性の問題に関して沈黙したということ、――これは単純に言って、不正確なのだ。

＊

他方それではラブレーが、『一五三五年の暦』において、不死性の心理学的証拠に言及するのを見るのは、驚くことなのだろうか？――不死性が前提とする以下のすべての疑問は、ラブレーが日常的に専心していた事柄からわたしたちをそれほど遠ざけるのだろうか？――人間は単に地上の生のためにだけ作られているのだろうか？ 人体の構造そのものがその高度な目的を証言していないだろうか？ 人間が生きているのを見たら、やがてパスカルが言うように、人間が無限を目指して作られていると気づかないだろうか？ 人間がおこなうことすべて、人間が感ずることすべて、人間が夢想することすべてに、人間は永劫という理念を付加していないだろうか？ それではなぜ、天空をけっして翔ばないであろう者に、星々がちりばめられた天界にまでけっして達しないであろう者に、翼があるのか、

天ガ星々デ飾ラレルトコロマデニ到ッタノダカラ。[17]

身体に羽をつけた〈哲学〉は、天界の裁判官がヴェールで覆われた海や広大な陸地、死者の霊の領域を凝視する高み、水をはらんだ雲の上に足場を置いているではないか？[18] ジルベール・デュシェールは、一五三八年以前に、まさしくラブレーに献呈された一篇の詩で（「哲学ニ与ウル。フランキスクス・ラベラエススニツイテ」）、このようにエーテルをよぎって信奉者を率いる、哲学的思弁を喚起している。その先頭の列にいるのがラブレーなのだ。[19]

確カニ、神聖ナル英知ヨ、汝ノ研究ニ於イテ先頭ニイルノハ

最高ノ君主タル、ラベラエスス自身デアル……。[18]

事実、ラブレーの作品の中で、一五三五年の例のページのもとでひとまとまりにされそうなテキストには事欠かない。さらに一五三五年の遥かのちのテキスト、『第三之書』や『第四之書』のテキストに属し、註釈者みなの同意を信用すれば、ラブレーがデビュー当時よりも教会の伝統的な解決から遠くにいた時代、その時代に書かれたものがある。『第三之書』（第十三章）の、眠れる肉体の中で目覚めている霊魂についての美しい一節を思い起こしてみるがよい（六八ページ）[19]。人間に宿って止まない願望——真の故国を再発見し（自ラノ故郷ニ帰ルコト〔ripatriarsi〕）、原初の状態にもどるという願望を呼び起こすレオナルド・ダ・ヴィンチに思いを馳せることなく、どのようにしてその一節を読めようか。《それは光りに向かう蝶の羽ばたきである。絶えざる欲求により、歓喜のうちに待ち焦がれ、いつも新たな春を、いつも新たな夏を、いつもいつも新しい月と新しい年を待ちながら、渇望するものが余りに遅く到来すると考える人間、——そうした人間はそのようにして自らの死を願望しているとは気づかない。けれどもこの欲求こそが諸元素の精髄であり、人間の身体から、そこに霊魂を置かれたあの方へ戻ろうと常に願う、人間の霊魂に封じ込められた第五元素なのである[20][(20)]》。レオナルドはこう語った。だがラブレーはどうか？　肉体が眠りこみ、《体内諸器官の消化作用も完全に終わって居れば》、《眼が醒める時まで控えている必要も全くなくなるから》、霊魂は休暇をもらったと思ってしまう。すぐさま《逍遥遊を試み、その生れ故郷、即ち天界を再び訪れるわけだ。この天界から、霊魂は、その純粋にして聖なる始原の姿に立ち会う栄誉を許される。そして、その中心は宇宙の各地点にあって、その円周は全く存在せぬという、無限なる理念の天球を……観照しているうちに……過去の事象のみならず未来の事象をも認知するように相成る……[21]》。言葉は同じではない。またフィレンツェの芸術家＝哲学者とトゥレーヌの修道士＝医師の知的な形成も同じではない。しかし響きは共鳴していないだろうか？　そしてどのような権利によって、ラブレーのこの有名な一節に（だが、レオナルドのテキストにではない）、偽善的な周到さや卑しいタルチュフぶりだけを見ようというのか？　この偉大なフランス人と同じくこの偉大なイタリア人にとって、人間の本当の目標は思考であり、――思考こそ解放者として、粗野な快楽の幻想からわたしたちを解き放ち、わたしたちの本性の根源的な気高さに、十全にこたえるのだ。ダ・ヴィンチにおいてはなはだ強烈なこの感情が、かくも頻繁に学問の恍惚たる悦びを述べる、あのラブレーにおいて、[21]――カロンダス、別名ル・カロンが報告し、まさしくアベル・ルフランが照明を当てた、興味深い哲学的な対話篇で、[22]知識への燃えるようなこの渇望の充足や、人間の苦悩と偉大と同一視される最高善についてかくも高邁な教理を告白する、あのラブレーにおいて薄弱となりえようか？　しかし同じ『第三之書』（第二十一章）で、どのように、年老いたフランス詩人、大猫悟老《ラミナグロビス》[22]が理想をじっと見定めたまま死んでゆくか、思い出すがよい。どのような厄介な卑俗さもそうした理想の晴朗な美を熟視することを妨げないであろう。《諸天界を治《しろしめ》す大神の御庇護のもと、皆様の平安を祈りまする……。今日は、五月の晦日《みそか》にして我が終焉の日、拙老は……、この家より……、卑しき……獣どもの大群を追い払い申したぞ……。彼岸の生を享け、不死の身分となった信徒及び選良のために大慈大悲の神が調え給いし幸福安楽を眺めつつ、はや既にこれに触れ、これを味わうがごとき心地ともなり、楽しき瞑想に耽り安息を求め居る拙老を紊せしは、これなる奴原の所業であった……[23]》。

こうした文章の中に、霊魂の個別的な不死性の教理に関する詳細きわまりない言及がないとしたら、またわたしたちが見てきたところでは、パンタグリュエルの口に、ラミナグロビスの口に、ガルガンチュワの口に、さらに付け加えれば、一五三五年のラブレー博士自身の口に、《彼岸の生を享け、不死の身分となった》撰良のために神が用意された歓喜を味わう、霊魂の残存についてのきっぱりした断言が認められないとしたら、――それは実際、ラブレーのフランス語がきわだって理解困難だからだろうか？

3　十六世紀の心理学――霊魂

このようにラブレーはおそらく、不死性という一筋縄ではゆかぬ問題について、語られてきたほどには、固く沈黙を守っているわけではない。――いずれにしても、ラブレーは喋り、喋りすぎさえする。かくも意図的な沈黙に溢れたこのテキストの中に、かれは万事を告げるひとことを忍び込ませなかっただろうか？　もう一度読んでみよう。《一切を統べ給い整え給う大御神の思召しによって、我が霊魂がこの人の世の棲居《すまい》を離れ去る時の来るとも、（もしそなたが、我が子よ、そなたが拙者に道徳的にも肉体的にも似ておれば）[24] 拙者がすべて死滅し去りて跡形もなき身と相成るとは思わず、むしろ棲まうべき所を変えたり[23] と存ずべければなり。蓋し、そなたが裡《うち》においてまたそなたに拠《よ》りて、拙者は生々とした姿を纏いてこの世に留まるべしと心得申し候えばなり[25]》。すべて死滅し去る、とこのように《あの犬》は告白する。人間は全て死滅し去りて跡形もなき身と相成る。なんという告白なのか！

告白、そうだとしよう。だが何についての告白か？　わたしたちが自問するまえに、ひとつの先決問題を自らに課しても無益ではあるまい。一五三二年にラブレーは、かれの同時代人たちは、学派の対立や、感情の、そして教理の対立にもかかわらず、人間の霊魂について一般にどのような共通の考えを持っていたのか？　わたしは死後の霊魂の運命のことを述べているのではない。――そうではなく、まず霊魂の本性と構成についてはどうなのか？

*

分かりきったところだが、霊魂について考えていたこと、ラブレーはそれを教義的に語ったりしなかった。しかしかれは二十もの箇所で、霊魂についてひとつの概念に言及している。この概念はよく知られたもので、わたしたちは道標を頼りに、容易にかれの推論の伝統的な足跡をたどることができる。独創的でも神秘的でもない概念だ。単純に、古代人——とりわけアリストテレスとガレノス——の助けを借りて、当時の医師が自分たちの共益のために作り上げていた概念である。実際このころ、どれほど医学がまずもって教理であり、実験でなかったかは周知のとおりである。医学は哲学を基盤としていた。この概念、これは遠方に捜しにゆくまでもなく、当代の医学の卓越した権威、ラブレーの同時代人のひとり、モンディディエのジャン・フェルネル[26][24]がその世紀にわたって、そしてさらに次の世紀にまでわたって普及させた概念である。

『第三之書』第十三章と第三十一章を開いてみるがよい。そこにはガレノスにならってルネサンス期の学者がこぞって採用した、精気をめぐるかの理論の、明瞭このうえない想起があるだろう。そして当然ながら、フェルネルもその『生理学』で言及している。[25] 身体の様々な部位に配属された、三種類のさまよえる精気の階梯が存在する。肝臓で入念に作られ、静脈を循環する**自然精気**。**生命精気**もしくは心臓の熱により昇華され、動脈を循環する自然精気。そして最後に**動物精気**もしくは脳髄の驚くべき網を通過したあと、空気に触れて変質した生命精気。これらは神経の内部を循環する。[26]——この分類に対応するのが（十六世紀には精気の分類と同じくらい普遍的に認められていた）三種類の霊魂の区別である。霊魂はなによりも生命の原理であり、（その他大勢の見解を受けて）フェルネルが思い起こさせるように、生ける身体機能の原理にして原因であるのだから、――あらゆる身体、あらゆる生ける存在は、それぞれに固有な必要に応じて、霊魂を有している。植物は自然的霊魂を所有し、動物は感覚的霊魂を持つ。人間はこれらの下位の霊魂と、上位種の霊魂、特定的に人間自身の霊魂、知的霊魂をあわせもつ[27]。フェルネルはそれらの霊魂が次々と人間のうちに出現するのを示してくれる。胎児とともに自然的霊魂が、児童とともに感覚的霊魂があり、この感覚的霊魂は自然的霊魂を自らのもとに引き止め、自らのものとする。最後に成人とともに知的かつ理性的霊魂があらわれ、今度は、それ自体が自然的霊魂を包含する感覚的霊魂を吸収する。すなわち自然から、そしてもっとも地位が低い自然的機能とから出発し、神や神的瞑想にいたるまで上昇する霊魂の全階梯である。しかしひとつの段階を越えるたびに、一種の吸収と同化が生ずる[28]。動物の霊魂、すなわち感覚的霊魂は、これらの存在が植物と共有する機能をつかさどると同時に、動物特有の生命の全機能をも司っている。――これと同様上位の段階では、人間の知的霊魂が自然的、感覚的、知的な様態におうじたエネルギーを、同時に表示する……。

死に際しては何が起こるのか？　草木の植物的霊魂と動物の感覚的霊魂は、それらが生命現象の要因となっている植物や動物と同時に生まれ、死ぬ。《物質的かつ必滅の存在の機能と特徴の抽象的ジンテーゼとして、それらと同じくその霊魂も物質的にして必滅である[29]。人間において霊魂はどうなるのか？　わたしたちはジャン・フェルネルを案内人に選んだ。最後までかれについていこうではないか。かれはキリスト教徒で、充分に正統的な、誰からも一度として疑義をはさまれなかった正統の案内人である……。さて、かれは今、あらゆる同時代人がしばし躊躇する岐路に立っている。あるいは、死に際して人間の霊魂は分離し、その各部分が個々の運命にしたがうのか。つまり自然的霊魂を包含した感覚的霊魂は、それが直接的に身体に依存するのだから、そして局所的にその身体にやどり、それが生命を与える質料に共に浸透するものとして、霊魂が全体の一部をなすものだから、死滅する。逆に、知的霊魂は死滅しない。それが外部から由来するためである。知的霊魂が憑依する身体にあって、それは船舶の水先案内人とか、フェルネルの思想のニュアンスを尊重すれば、自分が働いている建物にいる職人のように、生きている。(30)——だが半分は必滅で、半分は不滅である霊魂を構想するとは、なんと難しいことか！　霊魂に二重性があると考えるのはなんと軽率なことか！　単純な物質は分解によっても消滅によっても滅びえないのだから、魂の単一性は必然的に不死性をともなうだろうに。最後に、《非人格的、絶対的で、個体から切り離され、個々人に分有される》、能動的知性体の不死性を人間に認めるとは、なんとむなしいことか！　残るすべて、人間に《わたし》と言うのを許し、他人の自我からこの自我を弁別するのを許すすべてが、死に捧げられるのに。——そこで、霊魂の単一性を守護する原理をまずもって守り抜かねばならず、フェルネルはそのためにあらゆる創意工夫をもって全力を奮う。かれにとって、知性は本当に下位の霊魂を吸収するのだ。人間のうちにあるのは、もはや判然とし自立した複数の霊魂ではない。知的霊魂、つまり人間の唯一にして真正な霊魂が、霊魂それ自身と身体との仲介者として利用するのは、様々な能力である。それらの能力は霊魂ではなく霊魂の用具である。それらは身体ではなく身体の動因である。それらはフェルネルが人間の霊魂の単一性と単純性を主張するのを可能ならしめる。人間の霊魂は本質的に知性であり、永遠の真理の直観と観想へと上昇するために身体をまったく必要とせず、それゆえに下位の霊魂には避けがたい運命を逃れている。それは滅びなどしないのだ。(31)

誰が小細工に、半動物的で半非物質的なこれらの能力の、(32)見すぼらしい小細工に気づかないだろうか。誰があらかじめ、わたしたちの祖先の、名高い《造型的仲介者〔造型的本体〕[27]》の役割を演ずるのだろうか？　だがラブレーの同時代人たちはみな、そしてラブレー自身さえ、このおそるべきジレンマと闘いつつも、そこから抜け出ることが叶わなかった。しかしながら、アリストテレスのアレクサンドロス学派、[28]もしくはアウェロエス学派の註解者たちは例外である。個々の霊魂の完璧な消滅という考えを無造作に容認し、かれらは見せかけの継続という恩恵を、ある学徒によると人間の外部、神自体のうちに置かれた、能動的知性のためだけに要求した。かくして霊魂の不死性は神の永遠性にほかならないのだ……。もうひとつの道から解決をはかり、すべての構成部分における霊魂の総合的な不死性を広言すること、そのようなことを考えるのは不可能である。《人間の精気〔霊魂〕を、人間が死ぬときに身体から局所的に分離する存在として把握すること、……これはその当時、神学者や哲学者の普遍的な見解であった》。わたしたちはこの判断をピエール・ベールの『歴史批評辞典』の非常に興味深い一ページから借用している。(33)ベールはそこで、侍女のひとりが息を引き取る模様を盗み見て、霊魂の脱出がなんらかの物音や擦過音をともなうかどうか、観察するマルグリット・ド・ナヴァールの姿を見せてくれる。

事実、わたしたちはここまでフェルネルの後を追ってきた。わたしたちはかれの同時代人の誰であろうと、まったく同じように後を追えただろうし、その者の内に、不均等に不滅である二段階の霊魂という、伝統的な見解を発見したであろう。かかる見解はいたるところにある。舞台のうえ、悲劇俳優の口もとにさえあるのだ。

　我々のうちにはみっつの性質があり、みな相互に支えあい
　我々の生命を活性化し、それを生彩あるものにし続ける。
　精気〔Esprit〕、霊魂〔Ame〕、アニムス〔Anime〕。どれかひとつを奪う者は、
　突如として生命すべてを一緒に連れていってしまうだろう……(34)

このようにシャルル・トゥタン[29]は『アガメムノンの悲劇』（一五五七年、三一紙葉裏面）で語った。[30]〈アニムス〉とは造語である。これは或る独創的な思想家、ラブレーを不敬虔として告発した者のひとり（見てきたところだ）、ギヨーム・ポステルが用いる言葉そのものだ。ところが、多分いささか錯綜してはいるものの、ポステルの教理はフェルネルの教理と違いはしない。『新大陸の女性のはなはだ驚くべき勝利』（一五五三年）の冒頭で、その教理は手際よくまとめられている。[35]あらゆる人間存在の裡には、身体のほかに、ふたつの部分がある。上位部分はアニムス〔Animus〕であり、フランス語ではアニムと呼ばれる。下位部分はアニマ〔Anima〕で、フランス語ではアーム〔Ame：霊魂〕と呼ばれる。上記の点について言えば、《外部から我々の中の、アニムスと霊魂と身体に、精気〔Esprit〕と精神〔Mente〕が訪れる。前者はアニムスに、後者は霊魂に光りを与える。同じく哲学者は、能動的知性と潜在的知性とを想定するのだ。一方は、眼にあって光りが可視的なものを表象しておこなうように、我々のうちに真理の認識を刻みこむ。もう一方は、光りによって明示されたものを空気が表象しておこなうように、真理が刻みこまれたとき、それを保持する……》。ところで霊魂は《身体に依存し、血液の中で形成される。アニムスは不滅で神により創造され、地の要素が水と結ばれるように、本性において霊魂と結合する。精神、もしくは上位の力、もしくは能動的知性は火と呼応し、アニムスと結ばれる。精気は空気と呼応し、空気が地と結ばれるように、霊魂と結ばれる》。

〔フェルネルよりも〕いっそう錯綜し、ポステルの奇抜さの特徴を担うとも言える体系である。しかしまさしくポステルの中にも、古典的なフェルネルの中にも同様に、ひとつに、ほとんど異質な要素から形成される人間の霊魂という概念――これらの要素の違いはきわめて判然としているので、それらを指示するために、ポステルは、ためらわず言葉をこしらえるほどだ――、そしてひとつに、わたしたちの思考習慣を本当にひどく混乱させる、身体性と非物質性、必滅性と不死性の、この奇妙な混合とを見出すというのは、驚くべきことではなかろうか？　デカルト以降のわたしたちの思考習慣、と言うべきであろう。なぜならベールは次の点に注目し、そしてそう注目するのは正しいのだ[36]。ベールの時代でもなお、神学者や哲学者はみな、ナヴァール王妃のように思考していた。みな、霊魂を、人間が息を引き取るときに局所的に身体から離れてゆく存在と見なしていた。――みな、ただしデカルト主義者をのぞいて。ラブレーは言うまでもなく、デカルト主義者ではなかった。かれは、みなと同じく、人間というこの小宇宙の《創造者》の意図は、《その主としてこれに宿らしめた霊魂と生命とを、そこに維持すること》であり、《生命は血液にあって、血液は霊魂の座である》[31]、と述べていた。一旦そうとなれば、かかる霊魂を必滅であると考えても、まったく不自然ではない。わたしが言いたいのは、かかる霊魂において自然的霊魂と感覚的霊魂に対応し、単に植物的な機能のみならず、感性の鍛練を、そして感覚によりもたらされるデータと、それらのデータを呼び起こすイメージとを用いて活動する理性の鍛練をもつかさどるもののことである。

　要するに、聖トマスの教えに忠実なラブレーが認めている外的な五感も内的な四感も、感覚がもたらすものは滅びるのである[37]。共有感覚〔常識〕、想像と理解、推論と決定、記憶と想起がそれである[38]。これは些細なことではない。それというのも結局、この感覚的霊魂、もしくは霊魂の、この感覚的で滅びる部分が、人間を生命あるもの、感覚するもの、地上で行動するものとするほとんどすべてを支配しているからだ……。――残存するためには何が残っているのだろう？　知的霊魂、あるいは霊魂の知的な部分だ。ラブレーは明確な言辞でその不死性を宣言する。『第四之書』の有名な一節を開いてみるがよい。そこではパンタグリュエルが、《寛仁な天空が、これら祝福された霊魂を新たに受け容れるのを欣び》[32]、英雄たちの他界の前夜にあらわす兆しを喚起して、こう叫ぶのである。《拙者は、一切の理智霊魂は、アトロポスの鋏をまぬがれるものと信じている。天使であろうとダイモンであろうと人間であろうと、あらゆる理智霊魂は不死だな……[33](39)》。

天使とダイモン。——なぜなら忘れてはならないのだが（そしてこの問題にいずれ立ち戻る予定だ）、この時代の人間にとって、また多数ノ中ノヒトリ〔unus ex multis〕、ラブレーにとってのみならず、哲学は、——ロンサールが十度も教えているように、

天使の本質と、
天空の場に
棲んでいる神霊たちの階梯と
あらゆる能力を知っている……。

夢を見させるダイモン、神性の使者たるダイモンたちよ、
神聖な使い、神の神聖なる使いである者よ、
神の秘密を私たちに至急もたらしたまえ。(40)

4　《すべて滅し去ること》

こうしたことを念頭に置いて、ラブレーの文章にもどるとしよう。そのあらゆる曖昧な点を明白にすべ

くこころみよう。二点、より精確にいえばふたつの表現が、アベル・ルフランに同一の異議を唱えさせる。すなわち《棲まうべき所を変える》もしくは《ひとつの場所から他の場所に移行する》であり、いっそう問題なのは《すべて滅し去ること》(41)だ。

思い出していただきたいが、ガルガンチュワは、死ぬ時、かれの霊魂が《この人の世の棲居を離れ去る》と主張する(42)。なぜこうした放棄があるのか？　もちろん、このやさしい巨人の身体が滅しようとしても、霊魂が身体とともに滅びてはならないからだ。――だが、と反論があるだろう、それは完璧に明白ではないだろう？　ラブレーは沈黙する。なぜかれに語らせなければならないのか？　ラブレーはまさしく、曖昧さがこの霊魂の運命の上をただように任せたかったのだ。霊魂について間違いなくかれは、それが人間の地上の住まい、したがってガルガンチュワの身体を去る、と書きつける。だが身体を去ることが残存することを意味するわけではない。難破のときに船を棄てる乗客は、だからといって救助されるわけではない。かれが船の傍らで、船と同時に海に呑みこまれるのを、なにが妨げるだろう？――昔ながらの譬えだが、古さゆえに尊重にあたいするものだ。聖トマス・アクィナスはすでにそれを嘲弄している。いずれにせよ、譬え《コンパレゾン》は論理《レゾン》ではない。ただ単に論理的に考えてみよう。ガルガンチュワは神のことから話しはじめる。万物の偉大なる調停者、神によりガルガンチュワの死の時間が定められるだろう。神の絶対的な意志の業により、神のうるわしき《思召し》によりかれの霊魂はその《棲居》を去るだろう。だとすれば、世界のこの全能の審判者が、この方ご自身の配慮で結びつけられた身体と霊魂を分離するために、そのように直接介入されるとしたら、それは単に、身体の内で身体とともに難なく無化するに任せることもお出来になるこの霊魂を、身体の外部で無化する喜びのためだ、と想像するような者が良識ある読者のうちにひとりでもいるだろうか？　この神が最後の審判の神であるからには、ますます不可思議な喜びである。

もし神が無化することから始められるとしたら、どのような霊魂を裁くのだろう？　いや、わたしたちは誤解なく翻訳できる。ガルガンチュワは最初に、自分が死ぬとき霊魂は地上的な外皮から離脱し、破滅へと定められた身体のあとまで生き残るだろう、と宣言するのだ。

だがガルガンチュワはそれに続けてなにを語っているのだろうか？　自分が棲まうべき所を変えること、そして自分がすべて滅し去らないということを、唯一パンタグリュエルの存在が、この至高の瞬間にあって、自分に信じさせるだろうことである。これがたいそう疑わしく映るのだ。なぜなら、もしガルガンチュワの霊魂が身体の運命をたどらないなら、もし霊魂が身体のあとまで生きのびるためにそれから分かれるなら、年老いた巨人の王が《棲まうべき所を変え》、《すべて滅し去らない》と自らに言い聞かせるため、息子をもつ必要などないからである。換言すれば、パンタグリュエルの実在ではなく、――（キリスト教徒であるなら）かれの不滅の霊魂の実在こそが、《わたしの死は完全なる無化ではないだろう。わたしはすべて死ぬわけではないだろう。わたしの霊魂は死なないだろう。肉体的な人間として此岸の世界で存在することを止めても、それは霊的存在として、彼岸の世界で生き続けるためなのである》、と確信をもって心に言うのを可能ならしめるのである。わたしは曲げて伝えているとは思わない。逆にアベル・ルフランが次のように述べるため支えとする、ふたつの根本的な考察を言葉で詳らかにし、したがって強固にしていると思う。ルフランは、《ラブレーの思想を子細に検討したまえ。身をかわすための言明を脇にのけたまえ。深奥までゆきたまえ。諸君はそこに、わたしが初めてあばく、この二重の、そして致命的な両義表現を発見するだろう》、というのだ。

とんでもない、賛成しかねる！　そのように議論するのは、ラブレーの幾つかの言葉――わたしがいいたいのは、十六世紀の言語の幾つかの言葉のことだが――、それらの精密な意味を歪曲することだ。死ぬ、という言葉はその類である。常にそれ自体同一の事実を指すこの言葉が三世紀という短期間のあいだにはっきりと語義を変えたとするのは、逆説的に思われるかも知れない[43]。しかしながら……。はっきり言っておこう、人間は、神霊主義的な見解を認めるならば、——人間はすっかり死んでしまうわけではない。これは言い回しの問題である。実在が《思考の中に生ずるもの》と定義されるのであるから、そして思考の中に存在するがゆえに、物質的な事象を実在すると呼ぶのであるから、——それ以外のすべてを実在させるゆえに、思考自体をより現実的と見なすのであるから、これはまったく当然である。であれば現代、《わたしはすっかり死んでしまうわけではない》という表現から——《人間はすっかり死んでしまうわけではない》という表現への移行は、わたしたちには都合がよいものだ。だがラブレーとその同時代人にはどうだったろうか？

かれらはデカルト以前に生き、スコラ哲学と神学で育てられていた。そうした人々にとっては人間とは自らを思考する思考ではなかった、といえばことたりる。人間は異なった起源と性質、運命をもつ、ふたつの要素の結合であった。物質的な身体と、その身体の内部に《主《あるじ》として》存在する、なかば以上物質的で、その身体の中に局所的に存在し、身体と広がりを共にする、複合的な霊魂である。ポステルはこのことを、古典的な表現の助けを借りて、たいへん巧みに語る（『聖霊ノ役割ニツイテ』、一五四三年）。《霊魂、それは人間ではない。身体、それは人間ではない。ひとつに結びついて、結合期間を持続中の身体と霊魂、これが人間なのだ[44]》。——したがって、死とはこの結合の崩壊である。《自然な》現象、そんなものではない。神の御業だ。宿命なのである。

別の言葉でいえば、全能の神の英知によって定められた瞬間に、身体は完全な無化を受け入れる。死についてのわたしたちの近代的、科学的、かつ自然な概念の到来を示す『ミクロメガス』のテキストで、ヴォルテールが二百年後に表明する理念を、この時代の人々はまだもっていない。《肉体を諸要素に還元して、別の形で自然を生かす》。これこそまさに、とヴォルテールは言う、《いわゆる死ぬことである》[45]。様々な化学的教理が構成する総体に根拠を置くすべを知らなかったラブレーの同時代人にとって、身体は無化しつつあるものと考えられていた[46]。その壊滅が霊魂を解放したのだ。より正確にいえば、死は霊魂のもっとも精妙な部分、いわば精神的本質が立ち去るのを強い、霊魂の他の部分は身体の運命をたどったのである。それが死であった。人間という複合体の解体である。このような死とは《すべて》でしかありえなかった。

水を分解する電流が、たとえ電流によって放出された水素を破壊しないとしても、それがなんになろう？　水はそれでも、そのふたつの成分の分離ゆえに、《すべて滅し去》っている。同様に人間も、十六世紀の正統的な理念においては、神が霊魂を宿らせたもうたその身体と霊魂との分離が起こるちょうどその瞬間に、人間も死ぬのである。この霊魂が身体を襲う無化を完全には受けないということ、それはどうでもよいことだ。霊魂が束の間の地上の棲居を離れたときから、人間は《すべて滅し去》っているのである。この点に、原罪の償いとして神が望まれた罰が存在する。この死が永遠であるか、――それとも新しい生、永遠の生が、残存した霊魂と腐敗することなく復活する肉体との新たな結合によって、死のあとに来るのかは、神と、その裁きと善意とにかかっている……。かくして選ばれた者たちは、地上的な死という試練を経て、この《不死性と祝福された永遠性》を神の慈悲により手に入れるであろう。これは神が天使に対すると同じく、人間に対して定められたものであり、罪が、反乱した天使とすべての人間とに失わせたものである[47]。かくして、この言葉の厳密な意味において、死は、あらゆる人間にとってではなく義人にとって、生命への真の入り口なのである。人間はすべて滅し去る。だが取り返しがつかないほどに死ぬわけではない。この世のかりそめで短い生を放棄しながら、ひとは、神が望まれるなら、真の生、永遠の生へと生まれ変わるだろうと知っている。(48) 荘厳な希望であり、信仰の報酬、神罰の厳しさを和らげるもの、それが〈死〉なのである。(49)

それでは、ガルガンチュワはどうなのか？　かれは自分の霊魂の精神的な部分が身体の運命をたどらないであろうこと、神がかれの霊魂をみもとに呼び戻されるであろうことを承知している。この問題にかんして、かれには一抹の不安もない。そして信仰を持っているので、義とされ、永遠の生へと導かれる希望も抱いている。しかしいずれにせよ、かれを悲しませるもの、それはこの慣れ親しんだ世界を離れるという考え、現在の愛情の対象を放棄するという考え、この地上にあってかれを人間や事物に執着させる、非常に甘美な、かくも多くの絆を切断するという考えである。弱さには違いないが、たいそう人間的な弱さだ。性急に、信仰者に（自分たちの原理の名において）超人たることを強要する不信仰者の絢爛たる非妥協性をもって、語らないようにしよう。——性急に、かれはおよそキリスト教徒ではない、と言わないようにしよう。キリスト教徒も人間である。哀れな人間である。かれが死で苦しむにしても、それは神がかくあれと望まれたのだ。人間が苦しまないなら、死は罰でありえようか？　天上での償いの期待が、義人には死の辛さをやわらげる。それでも死が試練であることには変わりない……。だが、ガルガンチュワが味わう苦悩を、知的な霊魂の不滅という考えが癒すことは出来ないだろう。自分の息子が生きながらえることの方が、むしろ癒すだろう。かれの嗜好や思想、愛情の後継者で、かれの仕事を受け継ぎ、人の世でそれを続行することが可能な、息子の存続である。この点に手紙の文章の意味がある。《わたしは死のうとしている。人間存在、わたしがそうあるのを止めようとしている人格、この世に生き、感じ、行動してきた人格、わたしの名前のもとに友人たちが見知り、愛してくれた人格は死のうとしている。完全に、永久に……。いや、そうではない。適切な言い方をすれば、この人格は死なないだろう。わたしは死なない。単に場所を移動するだけなのだ。そう言いたければ、わたしの感覚的霊魂が物質的な形態を変えるのだ。わたしはまだ、このわたし、ガルガンチュワの内に存在する。明日になれば、わが子、パンタグリュエルよ、あたかも汝の内にわたしが存在するかの如くなるであろう……》。

いや、《すべて滅し去る》と記しても、ガルガンチュワは不信心者ではない。あるいはかれがそうだとするなら、十六世紀においても、また十七世紀においてもなお、ある人々はガルガンチュワとともに不信心者ではなかろうか？　その中からひとりを引き出す必要があろうか？　ある日、次のような大胆な言動を発言する気になった不信仰者について、何を語ればよいだろう。《肉体は性質を変え、身体は別の名前を名乗るだろう。屍という名前さえ、その者には長く残りはしないだろう。テルトゥリアヌスはこう述べる。**その者のうちですべてが滅するというのが真実である以上**、不運な遺骸を表現する陰気な言葉もふくめて、そのものはいかなる言語にあっても、もはや名前のない、何ものか分からぬ存在になるだろう……》。

ガルガンチュワの《すべて滅し去ること》への、何という荘厳な木霊であろう！……[50]――だがすでに、この新しい不信心者のうちに、わたしたちはみなボシュエの姿を見分けたのである。

5　ラブレーの過ち

かくてわたしたちはもう一度、目の当たりにしてしまった。つまり二十世紀の人間の眼をもって十六世紀の文献を読み、怯えた声をあげて、その文献がスキャンダラスであると公言してはならないということだ。——スキャンダラスなのはただひとつ、一五三八年の人間によって、それから一九三八年の人間によって言明された同一の命題が、同一の響きをもたらさないという、この些細な事実を忘れることである。そしてもしわたしたちがよく分かっていると思い込んでいる言葉に、四世紀まえには、その言葉を口にした人々にとってさえ非常に特殊であった意味を取り戻させたいと願うなら、その前にきちんとなされなければならない作業があるということである。生半可では済まない、非常に厄介な作業だ。それは、一五三〇年と一九三〇年、あるいは一九四〇年、一九五〇年の間に、——デカルトやライプニッツ、そしてカントや十九世紀と二十世紀の哲学者たちがこぞって、かれらが証人である技術的、科学的な革命を受けて、わたしたちの無知という広い河の上に、一方の岸からもう一方の岸へ架けようと尽力してきた高い橋の下を、大量の水が流れ去ったということなのだ。

事実、この意味で、ラブレーを包括的に自由思想の罪状で告発するとき（もしくは、まったく同じことなのだが、自由に思索したとして祝福するとき）、ラブレーは——神学の犠牲者（あるいは受益者）以外の何者でもない、といえるだろう。ラブレーは神学を知りすぎている。たとえば、霊魂の不死性に関する理論が惹起する難題に通じすぎている。大学でこの理論がどのように提起されているか、また同時代の学識者たちの間でどのように議論されているか、承知しすぎている。ラブレーが、わたしたちの大多数がこんにちそうであるような者であれば、もっとずっと伸び伸びした態度を示すだろう。つまり、かれが神学の問題について完璧に、完全に無知である者ならば、という意味だ。そうであれば不死性の問題は、ラブレーの眼に、それぞれ矛盾する解答を導きうる、十以上もの明確な問題に分かれて映ったりせず——、単純なものと見えることだろう。これが意味するのはラブレーの取りうる態度が、霊魂の不死性を信ずるか、信じないかのふたつに還元されない、ということだ。その数ははるかに多い。それはずっと大きいのだ。

まさしくそのとおり。わたしたちは神学者ではなく、十六世紀の人々はそうだった。かれらが、ラブレーのように修道院で何年も過ごした経験がなくとも、そうだった。事実そうだったように知的で、勤行に熱心であったラブレーは、高位聖職者から神学の高度な研究を課されていたに違いない。そしてのちに、その研究をつちかい発展させ、ギリシアやラテンの古代哲学者との接触をつうじユマニスム的なものにしたに違いない。古代哲学者はキリスト教をかくも豊富でかくも豊穣な内容で充実させたのだった。神学者、十六世紀の人々はそうだった。かれらは本当に未曾有なほど熱意を抱き、先駆者に配慮し、伝統を尊び、好奇心に燃えていた。霊魂が身体に入るとき、霊魂はどこから来るのか。どのようにして、またいつ、霊魂は身体に宿るのか。どのようにして、いつ、いかなる形態をとって、霊魂は身体を去るのか。いかなる手段で霊魂は身体と結合するのか。いかなる媒介項によって霊魂は諸器官にはたらきかけ、どのようにしてその作用を受けるのか？　長い伝統の継承者として、あらたな博士はそれぞれに、自らにとって刺激的なこれらの問題に磨きをかけ、伝統を富ませていた。それらの問題は、さらに数十の、そして数百の副次的な問題に細分されていったのだ。

同時に、加えて、これらの人々はアリストテレス主義者だった。——必ずしも全員ではない、と言うだろう。かれらが実際にそうだったとしても、互いにたいそう離れた礼拝堂をおとなっていたであろうに？　多分そのとおりだ。だが、アリストテレス主義的な解答にもっとも激しく反対していた人々でさえ、少なくともアリストテレス主義から、アリストテレス主義が提起しているままの問題の立言を受容していた。キリスト教教義と、こう表現するのが構わなければ、アリストテレス主義的教義とのあいだに囚われ、最小限言えることは、かれらが自由にふるまえなかったということだ。教義についての知識はほとんどなく、伝統には無知で、幼稚、もしくは解決不能として棄却された多数の問題にも無関心、〔スコラ哲学の〕学派の形而上学すべてから独立している。――これこそ現代の唯心論者たちが、その祖先よりも遥かに自由に、自分たちの思想、夢想、希望を解放するのを可能にするものだ。問題は単純になった。わたしたちは霊魂と言う。この霊魂、これをわたしたちは生命の非物質的な原理と考える。わたしたちはかくも漠然とした表現で、あるいはそれに相当する何か別の表現で満足している。この霊魂は、わたしたちには、なにかしら単純なものである。わたしたちはその構成要素を知らない。わたしたちは霊魂が全体として死すべきであると、もしくは不死であると考えている。わたしたちは血液の中にも、脳髄の中にも、松果腺の中にもその拠点を求めない。同様にわたしたちは、同じ無頓着な素朴さから、死後には何もないと、――あるいは逆に、すべてが死をもって滅するのではないと表明する。しかしいかなる場合もわたしたちは、自分たちが自由で、希望や信仰の束縛を受けない立場にいると感じている。――そして形式論理から、判別から、わたしたちの先人には馴染み深かった演繹的論理の武器庫全体から、障害と困惑以外に期待すべきものは何もないと感じている。

ここからアベル・ルフランがラブレーに対して表明しているような要求が由来する。知的霊魂を有し、もっともよくいったところで、霊魂の形而上学的不死性と呼びうるものを救済することに甘んじる、あのパンタグリュエル。自らの身体が消滅するだろう時にいたっても、ある実体、知的霊魂の存在はけっして無化されないだろうと素朴に確信する、あのガルガンチュワ。実のところかれらはわずかな代価でよしとしているのではなかろうか？　そしてかれらは、その不死の実体とともに、きちんとした保証を手にしてはいないのか。もしある実体についていかなる観念も抱いておらず、また抱くことができないというのが真実であるなら。もし五感と意識だけが事物の特質・属性をとらえることができるというのが真実であるなら、実体とは、それぞれの事物において、これらの特質・属性を超えたところにあるもの、経験を超えたところにあるもの、認識しうるものの域外にあるもの、すなわち、何ものかではあるが、けっして言葉で表しえない何か。――何ものかではあるが、何かと呼ばれようが無と呼ばれようが構わない何ものか。すなわち空虚、虚空ノ中デザワメク〔bombinans in vacuo〕幻影であるのだから……。確かに、かれらはきちんとした保証をもっている……。もしかれらが保証する相手が、わたしたちでさえなければ。なぜならわたしたちにとって火を見るより明らかなことが、かれらには見えなかったということがどうしてありえようか？　いずれにせよ、かれらと同じく人間であるわたしたちにとって、かれらがわたしたちを惑わせるその幻影が、どんな重要性をもっていようか。ほとんど偶然に身体と結びつき、いかなる点でもわたしたちの真の人格に関与することのない、非人格的実体の残存という幻影が？――さらに、そしてさらに、かれらがこのように語るとき、かれらは本当に正統なのだろうか？

これらの告発は根も葉もないものではないだろう？　だがそのような非難を投げつけるのがふさわしいのはラブレーに対してではなく、かれが生きた世紀全体に対してである。この世紀こそがかかる不死性の問題を情熱的に自らに課し、それをあらゆる角度から検討しつづけ、提出するに際してはかならずやアリストテレスの助けを借りる。あるときは聖トマス・アクィナス風のアリストテレスであり、あるときはアヴェロエス風のアリストテレス、あるときはアプロディシアスのアレクサンドロス風のアリストテレスである。そしてこれらの釈義者みなにとって解答が同一でないとしても、問いは同一の形式でなされる。それらの問いは思弁や希望が自由に飛翔するのをどれほど妨げることだろう！　この時代でおそらくもっとも大胆な哲学的精神、ピエトロ・ポンポナッツィ、――この人物さえ無味乾燥なスコラ哲学の縄が自分の思想をいかなるところまで縛っているか、どれほど自分の思想が優美さと輝きとを欠いているか分かっていない……。ラブレー、ああ、かれは確かに、スコラ哲学の言葉で推論していない。しかしかれが論ずる問題、ラブレーはそれらを、きちんと提示されたものとして、伝統の手から受け取った。——そしてかれは伝統から十全に自由でありえたろうか？　諸君はかれを非難する。諸君の眼にラブレーは臆病で、不十分、不完全に映る。——それは諸君が、ラブレーがおそらく絶対に抱いてはいなかった千もの下心をかれに想定してしまうほどに強い。ラブレーがそうだとしても、フェルネルはどうなのか？　フェルネル、かれはひとりの人間ではない。それは教養をもち、学識をそなえた何千もの人々であり、かれの跡を従順に追い、少なくとも一世紀半のあいだ、その『生理学』全五巻と『物事ノ隠レタ原因ニツイテ』の中に自分たちの思想や教義を汲み取った人々である[51]……。ところで、フェルネルの教義はラブレーの教義と、それほど多くの論点で異なっているのだろうか？　そして誰も、フェルネルの理論がじじつ破壊的であったのに、かれを不信仰者として扱おうと思いつかなかったのだろうか？

　最終的な誤り、それは他方、かれの理論が同時代人に誤りとして映らなかったと考えることだろう。かれらの精神がわたしたちのものよりもはるかに繊細で、哲学的な議論にずっと熟練していたことを想い起こそう。ときとして自分自身の理論を忘れ、そのため生命の根源と同一である霊魂という自分の公式教義を放棄して、霊魂と生命の生気論的判別を認める（あるいは認めたかのようにふるまう）フェルネルの矛盾も、また思考と生命の二元論を統一理論に還元しようとの、かれの努力の明らかな破綻も、また巧妙ではあるが恣意的な洗礼により知的霊魂の諸機能に変じた、あれらの下位の霊魂の、死後における実際の運命についてフェルネルがまもる賢明な沈黙も、こうしたことすべてのいずれも同時代人の眼を免れなかった。しかしかれらは——わたしたち自身と同じく！——自分たちが信じたいと願う事柄を信じていた。これこそ肝心な言葉なのだ。ベールは前段で引用した項目で（33番）[34]、狡猾な嘲弄をもってその点を強調する。《疑念を抱きつつもナヴァール王妃は》とかれは強調する、《できるかぎり賢明なやりかたをしていた。理性と好奇心に沈黙を課し、啓示された光りにつつましく従ったのだ……》[35]。

わたしたちが正統にラブレーに帰しうる教義が、あまりに安易な獲物を批評の手に委ねても、――性急にこう結論づけないようにしよう。《ラブレーはこれらの巨人の声をつうじて、あるいはかれ自身の声で、非常にはっきりとした信念をもって公表している事柄を、信じていなかったし、信ずることができなかった。それは素朴な人々に仕掛けられた罠、ルキアノス主義とアイロニーでしかない……》、と。――この件でわたしたちが何を知っているだろうか？　甘んじて受け入れなければならないのは、この時代の哲学者が、教会の指導とアリストテレス主義の教理を合致させようとの願望から大部分は生じた、様々な障害のほぐしがたい網の中で苦闘しながらもがいていた、ということだ。かれらはこうした刺のある茂みから、傷を負わずに抜け出しはしなかった。わたしたちの理念（これも三世紀後には奇妙に見えるだろう）をもってかれらと入れ代わりながら、かれらの理念を見つけるために努力せずに、《我思ウ、故ニ我有リ〔Cogito, ergo sum〕》を知らなかったという理由でかれらを罰しなければならないのだろうか？　そして、かれらの形而上学的な構成がはなはだ虚弱であるため、まさしく《故意にそうした》に違いないという口実のもとに、かれらの揺るぎない意志に反して、キリスト教の共同体から排斥する資格がわたしたちにあるだろうか？　誰かれの別なく、確かに出来ないことはない。だが次のように議論するなら、の話だ。《この者は不信仰者であった。わたしたちにその証拠はないが、確信はある。ゆえにかれは不死性を信じていなかった》。もしわたしの記憶が正しければ、これこそまさしくこう命名されるものだ、論点先取りの虚偽、と。

6　多数ノ中ノ一人

ここにわたしたちを最後の考察に導くものがある。「序論」の十箇所、二十箇所の段落で、アベル・ルフランは自由思想家ラブレーのおそるべき勇気を賛美する。十回もかれはわたしたちにラブレーの《かくも危うい無鉄砲な企て》[36]について、その《プロメテウス的な暗示》[37]について、その《ほとんど信じがたい》宣言について語る。かれはわたしたちに、《このルキアノスとルクレティウスのライヴァル》[38]の中に、《哲学的かつ宗教的な対立の路線を、同時代のいかなる著作家よりも遠くに》[39]行った、ひとりの自由思想家を示す。この思想家は一五三二年から《キリスト教徒たることを止めており》、そのルキアノス風の笑いが《幾世紀もの長いあいだ、誰もあえて考えつかなかった》企てを隠していたのだ。

わたしには、陰鬱な検閲官の役を演ずるつもりなどない。毛頭もない。この麗しい感激、この確信にあふれる若々しい口調、これ以上に共感をもてる何があろうか？　しかしわたしを驚かせるのは、その時代のもっとも大胆な思想家やもっとも革新的な人々にはるかに先行するひとりの男の孤立とか、常ならぬ無謀さではない。それは逆に、ラブレーがどの点まで、考えたり感じたり哲学したりするのに慣れ親しんだやり方で、同時代人総体を忠実に代表しているか、ということなのだ。

なぜなら結局のところ、ラブレーが『パンタグリュエル物語』を書いていたとき、アリストテレスの『自然学』と『形而上学』の啓示をキリスト教世界が受け取ってから、三世紀以上もの歳月が流れていたからだ。この啓示が瞑想するすべての人間のうちに、はなはだ重要な知的危機を引き起こしてから、三世紀以上も経っていた。突如博士たちは、完全にして完結した世界システムを前にして、はじめて複雑な感情とともに、《所謂自然啓示と真の啓示の間に出現した広大な懸隔[52]》に気づいたのだった。神の摂理の教義の否定、創造の教義の否定、不死性の、少なくとも霊魂の個別的な不死性の教義の否定、このようなものがアリストテレス学派の哲学がキリスト教にもたらしたであろう、主要な打撃の決算であった。

けれども、当時ならぶもののなかった幅広い体系的な思想がとりこにした人々、しかし自分たちの信仰をその思想に捧げるつもりなどなかった多くの人々に、——いくつかの概念の曖昧さが、信仰とアリストテレス主義の間に橋をかけることを許した。どのようにして聖トマス・アクィナスが教義の中心にアリストテレスを据えて、このギリシア哲学者の思想を正当に表現していると同じく熱心に主張する、アウェロエス学派の汎神論を打破するためにそれを用いたか、知られるところである。実際、ひとつの大学全体が、アリストテレス主義のアウェロエス学派的な解釈を、真理の表明として受け止めていた[53]。理性にたいへん強い印象を与えるので、世俗の思想が従来の力を発揮したら、アウェロエス主義の結論にまさしくゆきついてしまうような解釈である。そしておそらく、これらの人々はこう付言していた。《哲学と宗教は別物だ。哲学が宗教をしのぐことは断じてない。これがかのギリシアの師〔アリストテレス〕の本当の考えだ。これが教会の教えに抵触するだろうか？　常にあらゆる点でキリストの教理が上位に立たねばならないということは、全キリスト教徒にとって自明である》……。ある者はこうした表明を真摯におこなった。他の者は悪意をもってそうした。同時代人はその悪意に長くだまされてはいなかった。一二七七年からすでに、パリ公会議がこうした狡猾な者たちを断罪していた。しかしこの伝統はあっさりとは消滅しなかった。これを得心するにはベール〔の『歴史批評辞典』[40]〕を開きさえすればよい。こうしたことは教授され、印刷された。したがって一五三二年、ラブレーが『パンタグリュエル物語』を執筆しているとき、自身の外部にはなにも認めない神や、その神とともに永遠にある宇宙、身体とともに滅び、身体の形相でしかない霊魂についてのアリストテレス主義理論が、信仰につきつける難問につうじていないような、大学にいる青二才とか、文学修士、見習い医師はいない、と想像すべきである。——それでは一体、伝承上の贋のラブレーに対立すると語られる《真のラブレー》は、同時代人に啓示すべきなにを持っているのか？ ラテン語をわがものとしている学識者が、霊魂の存続という教理がすべての哲学者を直チニ〔de plano〕再集結させはしないことを知るために、『パンタグリュエル物語』を必要とするだろうか？ この問題について知識をえたいと願う者は、ポンポナッツィの『霊魂ノ不滅ニツイテ』(54)を読むだけでよい。一五三二年にあってこの本はもはや新刊ではない。初版は一五一六年にさかのぼり、碩学の間に大きな波紋を呼んでいた。その刊行以来、霊魂と不死性についてどれだけたくさんの著述がなされたことか！ イタリアやその他の大学を熱中させる、この大論争については、アンリ・ビュッソンの書物を参照するがよい（三二ページ以降）。基本文献は大量に発行され、再刊されている。——なかんずく、ポンポナッツィに霊感を与え、霊魂の個別的な不死性のラディカルな否定者であったアプロディシアスのアレクサンドロスの『霊魂論註解』がそうだし(55)、アウェロエスの著作も同様だった。アウェロエスはおのれの信奉者を手放さず、勝ち誇るアレクサンドロス学徒に粉砕されるがままになってなどいないのだ。一五二九年、リヨンはシピヨーネ・デ・ガビアーノ書店から、このアラビアの碩学〔アウェロエス〕の『形而上学註解』[41]が出版される。リヨンで一五三〇年、ミト書店から、今度はパドヴァのアウェロエス主義者ツィマーラの註釈と欄外註のついた『霊魂論註解』が刊行される。パリでは一五三〇年にシモン・ド・コリーヌ書店で、一五二四年にヴェネツィアで日の目を見た、レオニコ・トメオ[42]の『対話集』が印刷される。そのうち二篇の対話が霊魂に関係し、二番目のものは不死性の結論にいたるが、まったくアウェロエス学派の意味においてである。(56)くどくどするのは止めておこう。あたかもラブレーが、一五三二年に、《俗語〔フランス語〕で著された》

書物で知的霊魂の存続を、大雑把に論証もせず否定することで、アウェロエス主義の斬新な思想や、その果敢なライヴァル、アレクサンドロス主義の思想についてよくわきまえている人々に対し、何事であれ新奇な、あるいは斬新なことを啓示したかのように装うのは止めておこう(57)。

だが正確を期せば、ラテン語を知らなかった読者はどうなのか？　何世紀もまえから激しく続けられていた教理上の論争をまったく知らなかった人々。——ガルガンチュワからパンタグリュエルに宛てた手紙はそうした人々に啓示の効果を果たしえたのだろうか？　なんの啓示なのか？　かれがそこにいる、ラブレーが。宗教を投げ倒し、意識に宿るキリスト教信仰を破壊することに情熱を傾ける、あのラブレー、ラブレーが公衆の前にいる。大学の椅子に一度も座った経験がなく、アリストテレスの名前を知っているとしても、かろうじて知っているだけの人々からなる、まったくうぶな公衆である……。ラブレーはかれらに、霊魂の不死性は証明されないこと、理性はその証拠を提供することができないこと、この点こそ批評ではなく信仰を要求する教義だということ、こうした危険思想を教え込もうとする。しかしラブレーがこうした事柄を教える最初の人間なのだろうか？

＊

つぎの刺激的な、しかしありそうな光景を想い浮かべてみよう。ある晴れた日曜日、ヴァンデ地方、あるいはポワトゥ地方にあるどこかのひなびた教会で、フランチェスコ派修道会に属する、司祭にしてフォントネー゠ル゠コント修道院の修道士、フランソワ修道士が、主任司祭の要請で説教壇にのぼる。題目は？　キリスト教の説教の永遠のテーマ、すなわち死と、死に続くすべて。キリスト教徒の眼に死を説明するすべて、死の正当性を裏づけるすべてである。この修道士は自分の修道会の光明、ドゥンス・スコトゥスの純粋な教理を展開する。[58]《霊魂の不死性のことかね、兄弟よ？　わたしたちはそれを信ずべきだ。教会がそう命じている。だが人間の理性はこの点で我々を少しも納得させない……。この虚弱な理性がどのようにして我々に立証しえようか。どのような議論によって、理性的な霊魂とはそれ自体で存続する形相、身体をもたずに存在しうる形相である、との確信を与えられようか？——加えてもしあなたたちが、邪悪な者が罰をうけ、義人が報われるために不死性が必要なのである、と告げられるとしても、誰が、そして一体どのように、至高の裁判官が実際に存在することを合理的に証明しえようか？　否、霊魂の個別的な不死性についての、同じく神の摂理についての、いかなる真の理由も我々を安堵させない。理性は不死性がありえるし、おそらく存在し、無限に望ましく、ある面では必要である、と示しうるだろう。だが残りをおこなうのは信仰、信仰のみに属しているのだ》。

これらすべてを、ひとたびアルコフリバス師に姿を変えた修道士フランソワは、『パンタグリュエル物語』の中で、ピエール・ベールのような狡猾な笑みを浮かべながら再言することができた。ベールは、霊魂の不死性に関し、オリヴィエ・パトリュ[43]に宛ててペロ・ダブランクール[44]が記した『序説』を、皮肉な口調で繰り返すことができた。[59]《君が霊魂の不滅を信じるのは君の理性がそう見させるからですが、私が自分の分別にさからっても私たちの霊魂が不滅だと信じるのは宗教がそう信ぜよと命じるからです。この二つの意見をよく考えてみれば、私の意見のほうがずっといいことを君も認めるにちがいありません。君の意見はカトリック的ですらないのです。……私たちが信じるように神がお望みの事柄について、自分の理性を頼りにするのでは神への全き信頼を欠くことになります……》。要するに布教へのこの熱意、《哀れな愚か者たち》に教え込もうとするこの情熱を仮託するにしても——ついでながら註記しておくと、この点がラブレーをアウェロエス学徒と正反対の人間にするのかも知れない——、ラブレーには何も変える必要がなかった。かれは自由思想家たちがたえず用いてきた、周知の策略を使いさえすればよかった。つまり不死性を約束された個別的な霊魂という教理の、あらゆる難点を愛想よく述べること、それから次のような教義のうしろに身を隠すことである。《ごろうじあれ、善良な衆、この秘蹟を崇められよ。理性の光りに照らしては、疑いたまえ、信仰の光りに照らしては、信ぜよ！》これに加えて渋面、笑い、必要とあらば滑稽な仕種。すると上手く引っかかるのだ、ソルボンヌ神学部も同様である。

　これに類することを何かどこかで目にしないだろうか？　かくも大胆なこのラブレーが、身体とともに消滅する霊魂という教理、もっぱら虚無の扉以外の扉を開かない死という教理に、大衆を呼び集めるべくなしうる、かれに見つけられる最善の策すべて、――それがガルガンチュワに宛てた書簡の冒頭部分を著述することなのだ。完璧に正統的な理論のあれほど荘重な、あれほど感動的なあの陳述である。ラブレーのもっとも大胆な行為、それは死後に霊魂が地上を離れると述べたあとで、霊魂が消滅しないとひとことも付け加えないこと、もしくは、**ひとつの場所から他の場所に移行すること**とか、**滅し去ること**とかの言葉をテキストにもぐりこませることである。これらの言葉の毒を、正確に三百九十年間、どのような解釈者も理解しなかった。――そのあげく、ラブレーの意図がはなはだ明確だったので、四百年かかってようやくひとりの人間、それもおそらく繊細にすぎるひとりの人間が、その意図に気づいたのである！　大胆なこのラブレーは、アベル・ルフランの全ページの、あれほど多くの箇所で認められるこの戦慄をわたしたちにもたらすほどに大胆なのだろうか？　まさか！　臆病者のしんがりというなら、そのとおりだし、布教者の中でもっとも不器用な者だ。《眼に見えない、そして抑制されたアイロニーの、なんという力強さか！》、とアベル・ルフランは叫ぶ。眼に見えないとは弱々しいことで、抑制されたとは控え目なことだ。ラブレーのアイロニーは、少なくともここでは、信念を持った眼にしか見えないものである。(60)　一五三三年にパリで、ひとりの才気あふれるイタリア人、フランス国王に仕えるようになったクレメンス七世の侍医で、パウルス三世がのちにローマに呼び戻すことになる者が、アリストテレスの『霊魂論』に関する講義をおこなっていた。厄介なテーマだ。ところでかれは十二篇の二行詩の形式で書かれた一種の信仰告白を残した。かれはそれをボローニャの教皇クレメンスの前で読みあげたのである。[61] なにがそこに見てとれるだろうか？　知性〔Mens〕が天界の輝ける高みに鎮座して、そこから被造物に生気を与え、豊かにし、充溢させているということ。その高みから同じく、人間の営為を見守り、吟味しているということ。天球にあって知性が精神と下位の知性を結合し、それにかくも巨大な質量体の運行を差配することを教えたということ。身体から解放された知性は天空の本拠に戻るが、その場所は永遠なる精神にふさわしいこと（**永遠ナル精神ニ**〔mentibus aeternis〕であり、ベルミセリは、**不死ナル者ニ**〔immortalibus〕……とはいっていない）。もうやめておこう。もしラブレーが、ガルガンチュワに宛てた書簡を書いたゆえに、自由思想のヒーローとなるなら、――教皇クレメンスの、ついで教皇パウルスの侍医となり、自らを革命的であると思いもせずによきアウェロエス学徒として、かくも平静に不死性を、もっと巧みに表現すれば、永遠性を能動的な知性にあてがうベルミセリについては、どう言うべきだろうか。

第三章　エピステモンの蘇生と奇蹟

奇蹟という重要な、微妙な問題に移るとしよう。すなわち『パンタグリュエル物語』第三十章、《切られ首のエピステモンがパニュルジュによって巧みに治癒されたこと、ならびに悪魔や地獄堕ちの人々の話》に、である。

パンタグリュエルは奇妙な戦いで人狼を打ち負かしたところだ。人狼の悪魔的な出自を思いだし、パンタグリュエルはまず相手の喉に《十八斗と半升ほども塩を》[1]投げつけた。それから人狼の巨大なからだを棍棒に変えて、巨人どもを大勢薙ぎ倒した。困難ではあったが、かれには当然の勝利だった。自分が置かれている大危難にあって、かれは、勝利を収めたあかつきには《自分の権力威光の行われるあらゆる地域に亙り》、尊き御福音を《正しく、ただそれのみを、全き姿に》[2]布教させると、神に誓いを立てなかったか？　これを受けて天の声が、《シカクナセ、サラバ汝ハ勝利ヲ得ム〔Hoc fac, et vinces〕！》[3]、と轟いたのだ。

ただ、巨人を掃討し終えると、パンタグリュエルの仲間たちは互いに数をかぞえあう。エピステモンが点呼におうぜず……かれを捜すことになる。エピステモンは死体にまじって、すっかり硬直し、血まみれになったその頭を両腕に抱えた姿で発見される。すぐさまパニュルジュがいう。《諸君、お泣きめさるな。体はまだほかほかして居りますぞ。元通りの丈夫な体に返してごらんにいれよう！》[4]

パニュルジュは傷を洗い、細心の注意をこめて頭を首にあわせる。針で二、三箇所を縫合し、《自ら蘇生薬と呼んでいた》脂薬をぬりつける。——するとエピステモンは呼吸をはじめ、眼を開き、くしゃみをして、最後にある物音を出して人世に戻ったことを明らかにした。その音はパニュルジュに、《もう大丈夫直ったぞ！》[5]と言わせたのだった。

スキャンダラスなパロディだ、とアベル・ルフランは叫ぶ。《シカクナセ、サラバ汝ハ勝利ヲ得ム！》が、コンスタンティヌス帝の奇蹟的な勝利を告げた《コノ徴ニ於イテ汝ハ勝利ヲ得ム〔In hoc signo vinces〕[6]！》のグロテスクな想起であるのみならず、《我々の絶対的な確信では、ここに『新約聖書』[7]でもっとも重要なふたつの奇蹟のパロディを前にしている。すなわちヤイロの娘の復活とラザロの復活とである。いくつかの表現はこれらの奇蹟の最初のものから明らかに借用され、他のいくつかは、後者から借用されている[8]》。

わたしたちの方での《絶対的な確信》では、こうしたパロディを前にしてなどいない、ということではないだろうか？　こと歴史的事実に関する場合、わたしたちはけっして絶対的な確信をいだくことはない。《確信とは》、と誰かが書き記している、《先験論のなかでもっとも興味深い現象のひとつである。真偽を確かめられないことのみを、理性にではなく、信仰に訴えることすべてを、納得するのだ》。わたしたちは探索しよう。ただ理性だけからなる灯明を手にして。

1　『福音書』か、それとも『エモンの四人の息子』か

《シカクナセ、サラバ汝ハ勝利ヲ得ム》については棚上げにしておこう。コンスタンティヌス帝の《コ

ノ徴ニ於イテ汝ハ勝利ヲ得ム》の脚色なのだろうか？　もちろんそうだ。しかしラブレーの時代にあって、誰がこの誓約の言葉を濫用するのを自らに禁じたろうか？『愛書家紀要』はかつて、おそらく一五二八年にパリもしくはアントウェルペンで刊行された一冊の小冊子を発掘した、と告知した。その標題は期待をもたせる[9]。『聖十字架の徳能によるトルコ軍壊滅の、奇蹟的にして大いなる賞賛にあたいする合戦。聖女ルキアの日であるその金曜日に十八万人以上が戦死した』、というものだ。この標題のうえに木版画が、《コノ徴ニ於イテ汝ハ勝利ヲ得ム！》という誓約とともに十字架を描いている。――ところがこの小冊子は、エティオピア人の王、プレスター・ジョン[10]と、ペルシャ王、偉大なるサフィー、――そしてハンガリア王が同時に攻撃する、トルコを相手どった戦闘の空想的な物語を内容とする、通俗的な瓦版に過ぎないのである。

『パンタグリュエル物語』にあって、運命を告げる言葉の《背景》にはなんら不敬なところはなく、まったく逆である、と付言しておこう。パンタグリュエルを励ますべく天から降りてくる声は、非常に高邁で美しい祈りにこたえている。それは王国全土に『福音書』をゆきわたらせることを約束する高貴な国王の厳かな誓約に木霊し、宗教を笑いものにすることを誓う《冷笑家》の誓約にではない。はたまたわたしたちはパンタグリュエルの祈りに憤慨するとしようか。――この祈りはアベル・ルフランが美しいと形容し（XLVI ページ）、そして事実美しいのである。それとも奇蹟の表現をまねた言い回しの、ここでの用法にはなんらスキャンダラスなところはなく、なんら《パロディ的な》ところさえないと認めようか……。

残るは本質的な問題である。『パンタグリュエル物語』第三十章がそれで、これはラブレーの攻撃的で戦う反キリスト教思想について確信を与える、本質的で決定的な要素をもたらすはずである。ところでこの章は、著者の意図についてどのような疑念も残さないような精神（そして残さないような形式）のもとで、歪曲され起草された『福音書』の存在を教えるのだろうか？　換言するとここでラブレーは、キリストの手でおこなわれたあのふたつの復活の、すなわち「ヨハネ伝」が報告するラザロの復活と、デテールで程度の差はあるものの、他の三篇の『福音書』が報告するヤイロ〔の娘〕の復活の、諷刺的でまったく意識的な戯画を素描しているのか？

　福音書のテキストを偏見なしに読んでみよう(2)。ラブレーはそれらを知っており、教会人であれば不思議なことではない。奇蹟的な治癒を登場させざるをえなくなって、キリストの治癒の記憶が浮かぶこと、一種の伝統的な《文学的図像》の内面的な影響力を受けていること、ラザロの復活とヤイロの娘の復活が眼のまえに湧き上がること、そうしたことはありうる。ラブレーの物語は確かに、多くを文学的記憶の半ば意識的な戯れに負っている。しかしラブレーのテキストと『福音書』のテキストを同時にひねくりまわして、こうした些事に拘泥し、類似点を誇張すべきなのだろうか？　虚しい企てである。違いははっきりしている。

　まず、ラザロとヤイロの娘は《完全な死人》、病による死者である。エピステモンはといえば、むずかしい役回りを演ずる。かれは《首を切られて》いるのだ。したがってパニュルジュは、この並外れて立派な負傷者、首をはねられた者に、ラブレー博士によってていねいに記述された医学的様相をもつ外科処置を施さねばならないのだ。《それからパニュルジュは、エピステモンの首筋と頭とを上質な白葡萄酒ですっかり洗い浄め、いつも隠《かくし》の一つに入れておく雲呼華粉《ディヤメルデイス》の芥子泥を塗りつけた。それから何か知らぬが脂薬を塗り、血管と血管、椎骨と椎骨とがぴったり合うように、頭と首とを継いだが、エピステモンが殊勝げな小首傾げ野郎になっては困ると思ったからである……。これがすむと、首のまわりを十五、六針縫って……それから、その上にぐるりと、自ら蘇生薬と呼んでいた脂薬を少々塗りつけた[11]》……。見てのとおり、ラブレーがちょうど一五三二年にグリフ書店から、他の論文とともにガレノスの『医術〔*Ars medicinalis*〕』を刊行したのは、理由がないことではない。《九十章、肉体部分ニ関スル接続ノ分離ノ治療。九十一章。骨ニ関スル接続ノ分離ニツイテ》[12]。エピステモンの切られ首とは、《明々白々とした連続性分離《ソリュシヨン・ド・コンチニユイテ》》[13]である……同じラブレーが別の箇所で、陽気にそう告げるであろうように。(3)

*

このような事柄が『福音書』の物語に存在しないことを言う必要があろうか？　ラザロとヤイロの娘をキリストはきわめて単純な方法で蘇生させる。ラザロについては、父なる神に祈りをささげたあと、キリストは《ラザロヨ、出テキナサイ！》、と大声で叫ぶ[14]。——するとラザロは起き上がる。ヤイロの娘には、キリストはその手をとり《娘ヨ、起キナサイ！》、と叫ぶ[15]。——すると娘は起き上がる。ラブレーの物語の中に、この類の話を《連想》させるパロディは少しもない。そして逆に『福音書』には、あれほどひどくアベル・ルフランに気をもませる、塗油とか蘇生薬とかに関するどんな些細な言及もないのだ。確かに、聾唖者や先天的盲人に、一方には聴覚を、他方には視覚を回復させるとき、キリストは自身から流れ出る、個人のものである流体に満ち溢れた実体、すなわち自らの唾液をもってかれらに触れるのである。それは塗薬などではない。

パニュルジュが用いる《蘇生させる》医薬品が由来するのは『福音書』からではない。セネアンは《フィエラブラから来ている！》[16]、と云ったものだ。(4)サラセンの巨人〔フィエラブラ〕は鞍で、キリストに香りをつけた芳香剤でいっぱいになったふたつの樽を運んでいた。傷を負うやいなやそれを少量飲むと、傷はたちまち治癒した。オリヴィエとの戦闘の最中、フィエラブラは相手の勇気に感嘆し、鷹揚に芳香剤を与える。

オリヴィエよ、こちらの泉に下りてきて、
余の鞍にさがっているこの芳香剤を飲めば
五月のつばめよりも元気になるであろう……(5)

この比較については、お好きなように考えていただきたい。わたしとしてはアベル・ルフランが『福音書』とおこなう比較以上に認められるものだとは思わない。しかしセネアンは、この中世のロマネスク文学へとわたしたちの考えを方向づける栄誉を保持している。ラブレーは中世文学を完璧に知っていたし、そこには超常的な治癒、芳香油、奇蹟的な手当て、死者の復活が溢れているのだ。マリー・ド・フランス[17]の「エリデュックのレ」[18]では、死の眠りに落ちた若い娘を、撲殺されたイタチを蘇生させるのに役立った花が、生命へと呼び戻す。『アミとアミルの友情』[19]では、殺された子供たちの、神の奇蹟による復活があり、その子らの血が癩病にかかったアミルを治すのだ。『ブレーヴのジュルダン』[20]にあっては、ひとりの女が死んだ者として捨ておかれ、それを祭壇のうしろに保存してあった芳香油が生き返らせる。(6)これらは相対的に古い文献からとられた例である。再読すべきは中世のロマンの翻案された散文であり、(7)市民たちが競って手に入れようと努め、出版社が、とくにリヨンの出版社が熱心に再版しようと努めていたものだ。ラブレーはそれらを知っており、読んでいたし、(8)書いていたかも知れない。

ラブレーは確実にそのうちの一冊を知っていた。――かれ自身の出版社、クロード・ヌリー書店がこの世紀の初めから休むことなく増刷していた一冊である。ボードリエはそこから生まれた、ゴティック体で書かれた四折判の一五二六年版と、同じくゴティック体で記された、大型四折判の一五三一年版に言及する。(9) パリの各出版社もまた同じ時期に、それを増刷している。流行は持続するだろう。わたしたちはみな子供のころ、〈青本叢書〉版の『エモンの四人の息子』[21]を読んだものだ……。——ラブレーがそうしたように、この本の第十一章を開けてみよう。(10) なんたる驚きが待ち構えているだろうか！

ルノーはフランス軍を敗走させたところだ。だがこの勝利は高くついた。かれの勇敢な弟、リシャールが殺されたのである。ルノーは《ひどく傷を受けた》その屍の見分けがつかず、悲嘆に暮れる。《痛ましいかな、余の親愛なる弟リシャール、この世で最愛の友を喪失したいま、余はどうすればよいのか！——こう語り終えると、ルノーはすっかり気を失って、バイヤールの馬上から転げ落ちる。そしてアラールとギシャールは、弟ルノーが落馬したのを見ると、リシャールをいっそう心をこめて惜しみ始めた》。

その間に、ルノーは気絶から息をふきかえす。《かれは、自分とアラールとギシャールとで、腸を手で押さえて地面に横たわっているリシャールのために、この上ない悲しみにふける》。それはちょうど《すっかり硬直し、血まみれになったその頭を両腕に抱えた》エピステモンと同様である。これはラブレーの物語のトーンに、まさしくぴたりと収まる、抒事的で戯画的な誇張なのだ。——そうこうするうちにパニュルジュが、いやモージスと言うつもりだったのだが、《名馬ブロワケールに跨がり……》やって来る。《そのときモージスは、リシャールがそのように傷を負っているのを見て、心に大きな痛みを覚え、見るだに身の毛もよだつ傷口を注視した。体内の肝臓が見えるほどだったのである》。——約束なされよ、とかれはルノーに要求する、《シャルルマーニュの陣幕に余と同道され、我が父の死を復讐すべく攻撃する助太刀をされんことを》。そうすれば《余はそなたに、**すっかり治癒し、五体満足な**、そして痛みのかけらもなくなったリシャールを返すことを約束しよう》。これはパニュルジュの約束そのものである。《諸君、お泣きめさるな。体はまだほかほかして居りますぞ。元通りの丈夫な体に返してごらんにいれよう》。――ルノーは約束する。モージスは下馬し、魔術の処置が始まる。《さて、かれは一瓶の白ワインを手にとった。それでリシャールの傷を入念に洗い、まわりの血をすっかり拭い去った。必要なものすべてを取り出したとしても、脅えなさるな。かれはこの世に存在したもっとも巧妙な魔術師だったのだ。そうし終えると、腸を持ってからだの内に入れ、針を取って、過度にひどい痛みを感じさせることなく、たいそう念入りに傷口を縫った。そのあと芳香油を用いて傷口を満遍なくぬった。その傷口に油がぬられるやいなや、それまで傷がなかったかのように健全になった。そうしたことをすっかり済ませると、自分で作った飲料を取ってリシャールに与え飲ませた。リシャールがそれを飲むと、痛みからまったく解放され、足取りもたしかに立ち上がり、兄弟にこう言った。《オジエはどこにいったのですか。きやつの配下は、我々のもとから逃れてしまったのですか？》

なにもかもここにある。――ラブレーが、エピステモンの奇蹟的な治癒を描写するときに考慮し、利用するであろうすべてがある。(11) 思い起こしてほしいが、パニュルジュは首を切られたエピステモンの頭を取って、《風に当たるといけないというので、自分の股袋の上へ乗せて暖かにし[22]》、こちらもまた《上質な白葡萄酒》で傷口を洗いはじめるのである。ラブレー博士のもとで講義を受けたかのように、かれはそこに《雲呼華粉》の芥子泥をぬりつける。これはラブレーが語るには、先駆者よりもしたたかにおそれげもなく《彼がいつも隠のひとつに入れていた》ものだ。パニュルジュは《何か知らぬが脂薬》でできた芳香油をつけくわえ、頭を首につけて、これもまた傷口を《十五、六針[23]》縫合する。こうした処置はみな、厳密にモージスのものである。

しかしまだ何もなされたわけではない。これまでのところ、パニュルジュとモージスはすぐれた外科医としてしか行動してこなかった。見事に手当てされ、《修繕された》、それでも相変わらず死体でしかない死体に生命を呼び戻す仕事が残っている……。かれらは何をするのだろう？ 秘密の言葉をとなえるのだろうか？ 霊を呼び出すのだろうか？ 生気をうしなった存在のうえに、流体をつけた、あるいはつばでぬれた手をかざすのだろうか？ モージスはリシャールに不思議な飲料を飲ませる。するとリシャールは両の脚でしっかりと立ち上がる。ラブレーが、もしキリストの奇蹟をパロディ化したいならば、撰択について迷うだけですむ。つまり、パニュルジュはなにをしようとするのか？ 死者の手をとるのか？ 顔に息をふきかけるのか？ 大声でその者を呼ぶのか？ 死者につばで触れるのか？ 《大声デ「ラザロヨ、出テキナサイ！」ト呼バワレタ。スルト直チニ死ンデイタ者ガ出テキタ！[24]》さらに《イエスハ娘ノ手ヲ取ッテ、呼ビカケテ言ワレタ、「娘ヨ、起キナサイ！」 スルトソノ霊ガモドッテキテ、娘ハ即座ニ立チ上ガッタ。イエスハ何カ食べ物ヲ与エルヨウニ、サシズヲサレタ！[25]》——つぎのことを認めよう、つまり福音書の奇蹟を模倣するという考えが、このときラブレーに影響を与えていたとしても、それを見分けるのが不可能なまでに巧妙に隠すすべをこころえていた、ということを。パニュルジュはエピステモンに奇蹟的な飲料を飲ませさえしない。かなり平板な工夫だが、かれはただ、修繕された首のまわりに《自ら蘇生薬と呼んでいた脂薬を少々[26]》ぬるだけである。——するとエピステモンが眼をひらくのだ……。

＊

キリストの福音伝道の物語とモージスによるリシャールの奇蹟的な治癒、そしてパニュルジュによるエピステモンの蘇生とを交互に読むとき、どれほど気むずかしい精神においても、一抹の疑念がなお残ることなどありうるだろうか？ もし読者が中世の物語のテキストを参照しようと望むなら、もしあらかじめ、前段で引いたばかりの論文の註のひとつで、ベッシュ氏がおこなった指示に注意を向けていたら、どうなのだろう。(12) いや、まったくのところ、『パンタグリュエル物語』第三十章がキリスト個人の奇蹟の、冷笑的で意図的なパロディであると、信じたり語ったり出来ないだろう……。

想い描けるあらゆる難題、『エモンの四人の息子』の物語はそれらをたちまちに解決する。ラブレーが**蘇生した**、という言葉の代わりに**治癒された**、という言葉を用いたことが大きな謎となっている。《ラブレーは〈蘇生した〉、という言葉をあえて発しない。この逸話の隠れた意味に過度に注意を引くのを避けようとして、また手ほどきを受けた者に理解されるには十分に述べた、と感じてのことである》[27]。ラブレーは、その種本が《すっかり治癒され、五体満足なリシャールを返すことを約束しよう》と述べるのと同じく、《治癒された》と言う。そしてかれはまったく自然に、無邪気に、いささかの偽善的な下心もなくそう言うのである。《手ほどきを受けた者》がかれの意図を理解していると自賛するなら、その者は少しばかりおめでたい早とちりにいい気になっていることになろう。なぜなら結局のところ、想像するに、ラブレーが雨をさけるために水の中にとびこみかねないグリブーユ〔間抜けな人間の謂〕であると、誰が思うだろうか？　そして慎重な配慮の気配すら見せずに、三行ほどの間隔で、死者のあいだからエピステモンを目覚めさせる奇蹟的な芳香油を**蘇生薬**と呼ぶ人物のうちに、**蘇生した**という言葉を、**治癒された**という言葉で置き換える気配りがあるとしたら、それは少なくとも奇妙ではあるまいか……。

他方、ラブレーが『パンタグリュエル物語』第三十章の起草にあたって、『エモンの四人の息子』第十一章から着想をうるということ、それはなんら予想できないものではない。わたしは、つぎのように記すベッシュのあまりに短絡的な断言に賛同するものではない（一七六ページ）。ベッシュは、《『ガルガンチュワ物語』と『パンタグリュエル物語』は、くまなく、とは言わないまでも、主として初めの二巻では、騎士物語のパロディにすぎない、と言ってもよい》と語るのだ。《……にすぎない》という言い回しは常に警戒すべきである。この言い回しは、多くの誇張と誤謬の産みの親なのだ。『ガルガンチュワ物語』と『パンタグリュエル物語』は、あまりに性急に綴られた文章でベッシュが還元したがっているように思えるもの以外のものである。パロディという言葉も必ずしも正しくないようにさえ思える。だがそれはそれとして、ラブレーが一五三二年に筆を執るとき、明らかに新しいジャンル、《巨人の武勲詩》を読者にもたらそうとしている。戦闘とか、敗北とか、――負傷とか――それゆえに奇蹟的な復活とかの叙事的な挿話をともなう武勲詩だ。フィエラブラからモルガンテや、フェラギュス[28]にいたるまで、パンタグリュエルの系図に姿を現す、ロマネスクな主人公の名前を喚起する必要があるだろうか？　そしてエピステモンが死後に訪れた風変わりな地獄で、まさしく非常に大勢と出会う、あれらの物語の主人公たちもまた、喚起する必要があるだろうか[13]？

2　十六世紀と奇蹟

とはいえ、パニュルジュがエピステモンにおこなうのは、まさしく奇蹟ではないか？　ラブレーがパロディである物語を語るのは、まさしく奇蹟についてのものではないか？　ラブレーがモージスの奇蹟を想起したとしても、結局それがどうだというのだ。肝心なのはラブレーの意図である。誰がその意図が純粋であったと、保証するだろうか？

わたしたちの方では、そのようなことを何も断言しないように注意しよう。誰も、当然のことながら、フランソワ・ラブレーの意識の奥底まで降りてゆくことはけっしてないだろう。しかし、ためらわずに言いうることがあるとしたら、それはこの同じラブレー、パニュルジュの仮面にかくれて、貪欲にでたらめを呑みこみ、愚か者のように話題にのぼる奇蹟を委細構わず信じこむ、素朴でお人好しの人々（《純真ナルモノハ一切ノ言葉ヲ信ズ》、そして信仰とは何ら確証なき事物の理なのだ）を嘲弄するラブレーには、――一五三二年の時点で、非凡にしてヒロイック、人並み優れたところはいささかもない、ということだ。

たくさんの奇蹟だ！　まずこの時代には、いたるところに奇蹟があり、毎日、いつでもどこでも、どんな折りにも奇蹟は起きていた。そしてそれを知らない者はいなかった。文学は奇蹟でいっぱいだった。武勲物語、わたしたちはそれを見てきたばかりだ。そのうえ大衆的な小冊子、専門の出版社が何千と刷る敬虔なブックレット、奇蹟や天のしるし、不思議な治癒をめぐるこうした文学すべて、わたしたちにはそのうちのごくわずかな残骸しか残されていないが、その文学はわたしたちの祖先の、驚嘆すべき冒険に対する嗜好、貪欲な信じたい心を十二分に満足させていた[14]。たくさんの奇蹟だ！　しかし誰もが奇蹟をおこなっていた。神にご自身の奇蹟がある一方で――神と聖母マリア、そして神に仕える人々、つまりわたしが言いたいのは聖人のことだが――、悪魔がそうである神の敵どもにもまた、その奇蹟があった。悪魔の奇蹟が神の側の奇蹟にそっくりだったので、相談を受けた専門家、奇蹟と同じく悪魔学にもつうじていると見なされていた神学者は、眼鏡をかけ、意見を開陳するまえに慎重に考える必要があったほどだ[15]。この点、意味するところは《サタンの奇蹟》の実在についてだが、この点に関し、神学者の精神にはいささかのためらいもない。かれらはサタンの奇蹟のために、ときとして度を越えて貢献し、多くの困難をともなうあまりに単純な解答を提供していた[16]。――あえていうなら、神の奇蹟の方がありふれていた。聖職者の権威の側からの同意と、巡礼の膨大かつ突然の氾濫とによって公式に認められた、数々の大いなる奇蹟。ひとつだけ例をあげると、ナザレで聖母マリアが住んでいた家の、天使による、ロレタへの奇蹟的な移転がそれだ。十五世紀末や、十六世紀初めにあって、どのように伝説が具体化したかは知られている。(17) この時代は、死に面して他愛なく恐れおののいたフランス国王〔ルイ十一世〕が、死なないようにしてもらおうと、驚異的な奇蹟をおこなう人物をカラブリア地方の果てまで捜しにゆかせ、フランスに連れて来させた時代と、ほぼ同じである。その人物が歩くそばから、一連の敬虔な魔術によるかのごとく、奇蹟が生じていたのだ。——そしてまた小さな奇蹟、日常生活のなかのつつましい奇蹟、当時の家事日記や年代記に微に入り細をうがって叙述される奇蹟がある。宗教行列や神への祈願のあとで降る雨、霜の被害を奇蹟的に祓いのける霧、雨期ののち、小麦を実らせるべく摂理によって再度現れる太陽、さらにセンセーショナルな、驚愕的な治癒や救済、絞首刑となった者の信じがたい蘇生といった千もの物語……。

ラブレーがこの種の奇蹟をたびたび嘲笑する気質と才知をもっていたとしよう。——そのこともまた、ひとつの《奇蹟》だろうか？　かれはひとりではなかった！　信心という口実のもと、誰であろうと一五三〇年のわたしたちの祖先に何でもかんでも真にうけさせていた、といまなお信ずる、もしくはあたかも信じているようなふりをするのはやめようではないか？　一五二八年九月十九日、モーベール広場で吊るされ、いまわの際にノートル＝ダム・ド・ルクヴランスの加護を求めたために、死刑執行後絞首台から下に降ろされると息をふきかえし、恩赦を受けたクリストフ・ビュエグ[29]の奇蹟的な蘇生で、パリの全市民が沸き返る。〈パリの一市民〉は、奇蹟を声高に叫ぶ。しかしサン＝ヴィクトール修道院の修道士、ピエール・ドリアール（この男が自由思想家を演ずることなどありはしない！）は、《いわれるところでは、奇蹟的な処刑》という慎重な標題のもとで、出来事を告げ、かなり思わせぶりな短い三つの単語で報告を続ける。《敬虔ニモソウ信ジラレテイル〔Quod pie creditur〕》、と。弁護士のヴェルソリ(18)はといえば、かれはあっさりと、クリストフが十二分に吊るされていなかったのだ、と主張する……。——この時期、死んだ女が生者のまえに出現して、自分が劫罰に処せられていると教えたら、ソルボンヌ神学部が介入してくる。なるほど、と神学部はいう、亡霊の出現はありうる。しかし思い違いをして、信仰にまつわる贋の奇蹟をつうじ、真の奇蹟へと民衆を導こうとする危険をおかしてはなるまい。《偽リノ奇蹟ノ口実ヲ以ッテ、真実ノ奇蹟ヘト向ケラレテハナラナイ》[30]。

このように用心深く、わが神学者先生たちは語っていた。対峙するサイドでも、いっそう大声で主張されていた！　忘れてはならないのは、その初期からキリスト教の重荷となっていた《人為的創案》の破壊をめざす作業工程で、福音主義者たちは常に、数々の奇蹟に直面していたことだ。そうした奇蹟はかれらが嫌悪する誤謬の保証として援用されたのである。福音主義者に対抗して間発を入れず、まったく新しい奇蹟がつくりだされ、臆面もなく引き合いに出されていた。これに対処する必要があった。福音主義者は早くから対処していた——活発に。その活発さのせいでよく、かれらは非難されたのではあるが。

わたしたちは先に、(19)ポステルの著書『アルコラヌスト福音史家タチノ調和』のいくつかの論点が興味深いものであることに注意をうながした。その著者が列挙する（ポステルにしたがえば、回教徒と福音史家たちに共通の）二十八の命題のひとつが、つぎのものである。《宗教を確証するのに奇蹟は必要ない。宗教ノ基礎ヅケニサイシテハ、如何ナル奇蹟モ必要デハナイ》[31]。ポステルはこう疑義をさしはさむ。何だって、最近司祭たちが素朴な者たちをまごうかたなきペテンを使って騙してきたという口実で、福音主義者たちは、キリストの教会での奇蹟のもたらし手が悪魔だったと言うつもりなのか？　かれらはとりわけ、殉教者の墓で認められた奇蹟についてそう言っている。まるで悪魔が死者をよみがえらせたり、自分が襲った者たち以外の人々を癒す能力があるかのように……。もし悪魔にそんな能力があるなら、神ご自身と対等になってしまうだろうさ！——しかし他方ポステルはこうも主張する。多くの福音主義者たちは——

あるいは元福音主義者たち、つまり《最初ニ、マタ昔日ニ、カノ憶見ヲ教エ込マレシ輩[32]》のことであるが——のらりくらりとしたこのような虚偽に満足したりはしない。かれらはきっぱりと、奇蹟とは魔術や幻術でしかないと断言する。ポステルは同じ書物の別の一節で、エコランパディウスを執拗に攻撃している。この福音主義の博士は『福音書』に欺瞞の証拠を突きつけているではないか？　かれは死者の間からよみがえったイエスが閉じた扉をとおって使徒たちと再会しえたとは信じていないのだ。ポステルは憤慨し、肩をすくめ、《学術的な》論証を積みあげ、エコランパディウスが軽率であると結論する。ともあれポステルがその議論をつうじて見事に示しているのは、十六世紀にあって奇蹟を自由に俎上にのせてきた——しかもまったくの奔放さで俎上にのせてきた——人々が、そう言ってよければ、必ずしも哲学畑の合理主義者ではなく、リベラルな改革派であったということだ。そしてかれの《最初ニ、マタ昔日ニ、カノ憶見ヲ教エ込マレシ輩》は、かれがラブレーやデ・ペリエにあてはめた表現、《カツテ新福音主義ノ尖兵デアッタ作家タチ……》をありありと想い起こさせる。

この点でも、その他多くの点でもカルヴァンは、改革派教理を規範化することを引き受けた。一五四一年の『キリスト教綱要』において、また「国王宛献辞書簡」以降、かれはこの難関に平素の決断力をもって臨む[(20)]。カルヴァンが言うには、わたしたちの教理に対抗してかれらの教理を確証する、と対立者たちが主張している奇蹟とは、子供の玩具か、厚顔無恥な虚構である。いずれにせよどうと言うことはない。なぜなら一方である教理が神の真理を再現しているなら、その場合、奇蹟は付加的にその教理を裏付けるものになるだろう。他方でその教理があやまてるものなら、世界のありとあらゆる奇蹟でもその教理をすぐれたものにはしない。こうしたことは、ポステルがよくわきまえ、的確に告発する事実、《サタンも己れの奇蹟をおこない[33]》、素朴な人々を欺くという事実を曲げるものではない。結局、当初からカルヴァンは、奇蹟について懐疑主義者の立場を断固つらぬいている。けれどもカルヴァンを——こんにち——反キリスト教徒の仲間に分類しようなどとは、誰も考えたりしない。それというのもかれが、当然のことながら、真に危険な唯一の問題を留保しているからだ。アベル・ルフランの言葉を借りれば、ラブレーが提出し、冒瀆的な哄笑で解決した、まさにあの問題、神の奇蹟という問題のことである。

*

さて、わたしたちは出発点に戻ってきた。一五三二年のラブレーは、モージスの奇蹟に嫉妬し、モージスよりもはるかに印象的な奇蹟をこしらえようと企てる。魔術師は腹を切られた者をよみがえらせた。ラブレーは難題を演出し、首を斬られた者を再び起き上がらせるだろう。これこそ奇蹟と呼ばれるにふさわしいものだ。そして笑い……。——だが、なんとおっしゃる？ ラブレーはそれよりずっと悪いことをしている。実際、同時代のどんな人間も夢想だにしなかったことをしている。彼はおおっぴらに神を嘲笑するのだ。ラブレーはキリストを愚弄する。簡単な方法で。かれはパニュルジュを、あのパニュルジュ、好色漢で冷やかし家、盗人、悪党、いかさま師、呑み助、浮浪者、希代の夜遊び好きのパニュルジュを選び出す。——そしてまさしく、物語でいちばんこきおろされるパニュルジュに、ラブレーは模倣する任務を託す。誰を模倣するのか？ 神の息子である。ラザロとヤイロの娘を復活させる、人類の救世主である。かくして、滑稽な形式のもと、創造主の被造物への干渉能力に対して考えうるもっとも大胆な攻撃がおこなわれる。それは、十六世紀のフランス人が——明確にしよう、一五三二年に四十歳から五十歳のフランス人だ——一致してその著作の中に書きとめていたような能力である。

だが、証明はどうなのか？ ラブレーがたったひとりで、キリスト教徒の神に向き合い立ち上がるという、そして何世紀もまえから全キリスト教圏が、信仰と感動の大きな後光でつつんできた劇的なラザロの復活という物語に対して、冷笑と茶番をもって応ずるという、そうした驚くべき無謀さを持っていたとの証拠はどうなのか？　もしありうべき証拠がないなら（ありはしないのだが）、少なくとも推定は可能なのか？《直接の》文献はなにも示さない。文脈が教えてくれるだろうか？　つまりわたしはこういいたいのだ。一五三二年にかれなりのエピステモンの復活を綴ったとき、ラブレーはそう主張されているほどに大胆であり、無礼な刷新者だったとするのは果たして本当なのか？　否、と答えざるをえない。

3　『パンタグリュエル物語』以前に課せられたひとつの問題

奇蹟という問題。――『パンタグリュエル物語』第三十章がそれを提起するのではない。不死性の問題と同じく、ずっと昔から人々の心の中で問いかけられていた。このことに、古代の著作家たちは随分と貢献していた。――それらの人々のあいだで誰よりもキケロがそうだった。キケロが非常に熱心に、非常に根気よく、有名なユマニストたち（幾人かは不屈の精神の持ち主であった）に読まれたのは、――単にかれのラテン語文が純粋であったり、優雅であったためだけではなかった、ということに人々はようやく最近になって思いあたったのである(21)。

『卜占ニツイテ』のような書物は十六世紀の読者にとって、いちじるしく強力な合理主義講義の宝庫となっていた。対話者のひとり、キケロの弟、クィントゥス[34]が保守的な命題――付言すればラブレーの本の中に、それに類する命題が見出せるであろう――を弁護するとしても、クィントゥスが予言的な夢を信ずるとしても(22)、クィントゥスがラブレーと同じく、人間の霊魂は過度からも欠如からも等しい距離にあり、疑いようもなくはっきりと将来を見ることができるのだと告白するとしても、ラブレーがランジェー領主〔ギヨーム・デュ・ベレー〕のうちに賞賛することになる、逝去前夜の予知と予言の能力を、クィントゥスが死にゆく者に等しく授けるとしても、――反対に、弟への返答におけるキケロの立論には、異教の迷信にのみ適用を限られない、どれほど多くの原則があることだろう? 因果の連鎖として定義された運命〔fatum〕の肯定《私ハ様々ナ原因ノ秩序ト連鎖ヲ運命ト呼ブ、何故ナラ原因ニ結ビツケラレタ原因ガソレ自体カラ事物ヲ生ミダスカラデアル》[35]〔『卜占ニツイテ』〕第一巻五十五節[23]。かかる決定論の名のもとの、偶発的な事象の予感にして予言と定義されるあらゆる卜占の否定。偶発性の、神による永劫の既知への還元。生成するものは必然的に自然的原因を有するとの格率の公言。――その結果、異常と見える出来事を目の当たりにしても、自然的原因を捜すことだ。原因は存在する。ひとつもないことなどありえない。探索者の眼をまぬがれることはありえよう。しかし探索者はかたく確信するがよい。原因は常に存在するのである[24]。不可思議など存在しない。奇蹟もまた存在しない。すべての結論として、宗教には和平を、迷信には戦争を、ということになる。

類似の宣言がこの世紀の幾人かの人間を、このうえなくかたくなに超自然に敵対する合理主義に導きえたであろうということ、その証拠を示す必要はない。証拠は、驚くほどに大胆な著作が十二分に提供している。その著作とはポンポナッツィが一五二〇年頃執筆し、はるかのち、一五五六年になって、『自然ノ驚クベキ様々ナ活動ノ原因ニツイテ　モシクハ魔術ニツイテノ書』という標題のもと、ようやく刊行されたものである。しかし一五五六年以前にその内容がよく知られていたことになんの疑念もない[25]。奇蹟に関するその理論はみながみな、『卜占ニツイテ』から出発している。奇蹟とは、あるいは手品のトリックであるか、あるいは証人の想像の中でのみ、想像によってのみ存在するものであるか、あるいはわたしたちの眼をまぬがれているにしても、それでも存在することにかわりはない自然的な諸原因を有しているか、なのだ。なぜなら自然的な原因をもたないものは何も存在せず、何も発生しないからである。原因なくして結果はない……[26]。

刊行年度をかんがみ、この大胆な書物はわきにのけてこう。しかし『パンタグリュエル物語』の発行の数カ月まえ、一五三一年から一五三二年の冬のあいだに、アントウェルペンで一冊の薄いフォリオ判の書籍が出版されていた。それは、生涯と思想が多くの謎につつまれている、かの不思議なハインリッヒ・コルネリウス・アグリッパの『神秘哲学』を収めていた。アグリッパが母后ルイーズ・ド・サヴォワ付きの国王侍医として、一五二四年の初頭から一五二八年にかけてリヨンに滞在したことは分かっている。一五三一年末、今度はラブレーの方でこの都市に到着したとき、かれは確かに、この落ち着きのない独創的な同業者〔医師〕についての評判を耳にした。――アグリッパの著書が書店で気づかれずにすむわけがなかったのだ[27]。ところで、一五三二年にアントウェルペンで刊行された書物は、『全三巻』との標題にもかかわらず、論考の最初の巻しか収めていなかった。しかし、第一巻・第五十八章で、アグリッパはまさに、
36 死者たちを生へと呼び戻す問題、《死者タチヲ蘇生サセルコトニツイテ、モシクハ長キ眠リト断食ニツイテ》を提起したのである。アグリッパはマギたちには、その霊魂の力により、すでに身体を離れた霊魂をもとの身体にもどらせる能力がある、と認めると宣言していた[28]。アグリッパが言うには、ある種の魔術的な植物、ある種の香油（パニュルジュを想い起こそう）がこうした蘇生に大いに役立つのである[29]。お伽噺だ、と叫んではならない。死に瀕したイタチを、その親は息と声によって生命へと呼び戻すことが出来るのではないか？　殺された仔ライオンの親は同様に、息をふきかけて生命を取り戻させることが出来るのではないか？　一度火刑台にのせられ、息をふきかえす死体、感覚を取り戻す溺死者、戦闘で殺され――

ちょうどエピステモンのように——時として数日間死んでいたあとで蘇生した兵士。こうした歴史的事例がどれほどあることか[30]……。奇蹟？　とんでもない。自然法則の戯れから帰結しないような出来事はなにもない。そこでは死んだように見えた者が問われているに違いない。霊魂はまだ離脱していなかったのだ。霊魂はあまりにも強烈な衝撃を受け、麻痺し窒息して、身体のなかに隠れるがごとくとどまっていたのだ。その瞬間から生命反応はなく、感覚も動作もない。その者は意識を失い、横たわっていた[31]。けれども死んではいなかったのだ。

奇蹟的な出来事についての合理的解釈の、注目すべき、しかも大胆なこころみである。これがオカルト主義者の仕事であり、もし、奇蹟を排除することが十六世紀をつうじてオカルト哲学の傾向であったと知らなければ、その事実に仰天してしまうだろう[32]。まず最初に一四八八年、パリとローマで大きな反響を呼んだ、名高い『弁明』で、嫌疑をかけられた第四命題、《魔術とカバラ学以上にたくみに、キリストの神性を証言する、どのような学問も存在しない》、を神学者に対して弁護し、これに関連して奇蹟一般のみならず、キリストがおこなった奇蹟の問題を提出するジョヴァンニ・ピコ・デッラ・ミランドーラの議論を読む者[33]、それに続いて、カンパネッラとかいう人物が自然魔術の名のもとに、原因と結果がたいそう密に繋がり、いかなる超自然的な作用もそのあいだにもぐりこめないような織物を構築することを企てているページを読む者[34]、——その者はポンポナッツィとアグリッパが単にひとつの環でしかない、長い鎖の両端を手にしていることになるのだ。

しかしラブレー、一五三二年のラブレー、『パンタグリュエル物語』第三十章のラブレー、——かれもそうした環のひとつなのだろうか。抑圧的な宗教の軛から同時代人を解放しようと望んで、ラブレーはその著書のなかで、自由になった者の信念を表現したのだろうか？　《奇蹟なんて存在しない！　どんな奇蹟も不可能だ、神様にさえも。とくに神様にはそうだ。自然法則の至高なる守護者なんだから。『福音書』の物語がいかさまなのか、さもなければラザロが実際には死んでいなかったのか、だ。——なぜならラザロが死者のあいだから創造神の介入によって呼びもどされるはずなどなかったからだ。規則には例外はない。生ける存在であるか、死体そのものであるか、である。様々な現象が実在する条件は絶対的に定められている》。こうしたことを一五三二年に、ラブレーは考えたかも知れない。そう考え始めていた者はラブレー以外にいた。ラブレーは本当にそう考えたのだろうか？　わたしたちにはわからない。けれど確実なのは、かれがそう考えたにしても、そのことをまったく書きとめなかったということだ。そしてかれはいかなる点でも、真理をつかまえた掌をひらくと、真理が指のあいだからこぼれだし、すでに受け取る用意ができている同時代人のもとにわたるような、啓示を受けた使徒ではなかったということだ。わたしたちはそれ以上のことを知っている。ピコ・デッラ・ミランドーラの言によると、キリストの奇蹟の唯一の証は『聖書』であるのだが——他方それらの奇蹟はキリストの神性の唯一の証でもある——その『聖書』の真性、聖性、実効性に対し、ラブレーがどこにもいかなる箇所でも疑いをさしはさまなかったことを知っている……。『聖書』、ラブレーには『ガルガンチュワ物語』においても、『パンタグリュエル物語』においても、『聖書』の研究を奨励し、敬虔な畏敬の念を賛美するのに、言葉が足りない。『聖書』、ラブレーは身辺に不都合な事態をまねく危険をおかして、それが宗教の唯一の、真実なる基礎であると主張する。『聖書』、かれはフランス語でその引用を積みかさねる。ラブレーが国王に託する最優先の任務とは、『聖書』を万人のために説教させ、万人に教えさせることなのである。しかしかれは他方、奇蹟の合理的解釈が要求する、超自然的な事象の自然的事象への還元をどこかで素描しただろうか？　滑稽な言動のただなかに、かくも多くの真面目な事柄を滑りこませたラブレー、かれはそうした還元が理性ある人間には認められているということを指摘し、どのような基盤にもとづいて還元を試みることができるか、書き記しただろうか？　否、そのようなことはない。

ところで、答えが否、であるとしたら、それは一五三二年の時点でラブレーが、新たな時代の予言者、宗教を灰塵に帰すためにつくられた合理主義的信仰の超人的な伝令ではなかった、ということだ。それというのも、自分の同時代人に〈木の頭をもつ廃兵〔パリ廃兵院に住んでいるという民間伝承の人物〕〉の物語を、――ひいてはキリストの、わたしはモージスの、というつもりなのだが、奇蹟の猿真似をするパニュルジュの物語を語ったからといって、それで大思想家、――ましてや優れた自由思想家、啓示宗教のおそるべき敵であることにはならないからだ。(35)

＊

消極的な結論である。わたしたちはさらに一歩進めて、奇蹟に関するラブレーの姿勢について、積極的な結論を出すことができるだろうか？

ピエール・ベールがその『歴史批評辞典』（第五巻、二一七ページb〔右欄〕）でとびついたスピノザの言葉は知られるところである。つまり、ラザロの復活を確信できたら、自分はキリスト教徒の普通の信仰に喜んで帰依したろう、という言葉だ。[37]――これはひとつの姿勢であり、ひとつの見解である。この見解を共有するのは頭脳明晰なグループ全体である。そのグループに属すのは、キリスト教を論理的に整え、はなはだ厳しいジレンマの両角のあいだに信奉者をおしこめようと願う人々。――この場合、ラブレーがキリスト教教義の対立者であったことを明らかにしようと努め、奇蹟はキリスト教の真性の真実の保証であるのだから、かれがはっきりと奇蹟を否定したということを事実だとし、――奇蹟を否定したことで、キリスト教徒たることをやめた、ということが確実だとする人々である。結構至極だ。しかし今しがた注意をうながした見解をスピノザが表明したとしても、――ある人物が一五二八年九月一日、記録にあたいする次の文章を書きとめていたのだ。つまり《今日のキリスト教は奇蹟に支配されない、キリスト教ハ奇蹟ニ基ヅカナイ》[38]、と。ある人物、それがエラスムスである[36]。けだし、エラスムスはひとりのキリスト教徒だ。もし誰かが、もっともなことだが、こう反論したとしても、すなわち、《失礼！ エラスムスはすべての奇蹟について話しているのではない。かれはその判断の対象から根本的な奇蹟と呼ばれうるもの、キリストの奇蹟を除外している。かれはこちらに関しては、それを信じなければならないと主張している。何者カニヨル人為的寓話ヲ我々ガ信ジナイトシテモ、『聖書』ニ記載サレルモノハ、ソレダケ益々、我々ハ強固ニ信ズルノデアル[39]》、と反論したとしても、――単純にひとつの事実は証明される。それはエラスムスが、ここでもまたルターと同じ側にとどまっている、ということだ。思うに、合理主義者ではないルターと同じ側に。若き日にパドヴァに旅するなどという軽率なおこないを仕出かさなかったルターと同じ側に。『新約聖書』ドイツ語訳の巻頭に置いた「序文」で、《キリスト教についての知識を汲みうる最良の源泉とは、「ヨハネ伝」と「パウロ書簡」――ことに「ロマ書」、さらに「ペテロ前書」である。これらの本はあらゆるキリスト教徒の日々の糧となるはずだ。**なぜならそこでは、奇蹟がそれほど問題になっていないからだ**。かえってそこで鮮やかに語られるのは、救済する信仰についてであり――そしてまさしくこの点に福音が存するのである[40]》という、記憶するにふさわしい数行を書いたルターと同じ側に。そしてこのキリスト教徒、この過激で激烈な預言者、この信念の男――もしこの表現に意味があるとすれば――は次のようにはっきりと付言した。《もしわたしが撰択を強いられるなら、わたしは喜んでキリストの説教に満足するだろうし、**かれの**奇蹟を放棄するだろう。奇蹟などわたしにとって何の役にも立たない

のだ！　イエスご自身がそうおっしゃっているように、生命をもたらすのはイエスの御言葉なのである》。[41][(37)]

重要なテキストだ。このテキストは効果的に、十六世紀にあって、奇蹟を偽造だと申し立てる人々が、ただ単に、H・ビュッソンに馴染み深い《パドヴァ学派の人間》だけではなく、――キリスト教を損なう意図など格段いだいていない改革派の人間もそうであるということを、それを忘れたがる者に思い起こさせる。ルターだけだろうか？　ポステルを顰蹙させたところだが、死者のあいだから目覚めたイエスが、閉じた扉を通りぬけて弟子たちと再会しえた、ということを信じないエコランパディウスもまたそうだ。[(38)]そしてその他に幾人いることだろう？　わたしたちとしては、開かれている扉を打ち破りなどすまい。学識ある論理学者はお気に召すままに、かれらを非合理的だと難じたり、難じなかったりし、あるいは論理的にただしく考えてみれば、かれらが信仰を有するはずなどなかったのに、あらゆる規則に反して信仰をもっていた、と嘆くがよい。――要点はそこに存する。自らをキリスト教徒と思い、何十万もの同時代人がキリスト教の道程における指導者とあおいでいた人々が、――十六世紀にあって奇蹟を軽視する、或るキリスト教を広言したのだ。《ソレハ奇蹟ニ基ヅカナイ》、エラスムスのこの表現は衝撃的である。どのような人々なのか？　またしても、ラブレーの後を追って、わたしたちの眼差しはエラスムスとルターの方に引き寄せられる。ラブレーとまさしく同期に、千年以上もの齢をかさねたキリスト教から、新たな、見直され、改正され、当節の好みに合わせたヴァージョンを生み出そうと企てて、奇蹟を――必要とあらばキリストの奇蹟さえをも――厄介払いしたり、煉獄を破壊したり、煉獄に閉じ込められた霊魂を解放したりする傾向にあった人々の方に。かれらは、自分たちを矛盾や不合理だとして非難するこんにちの学者に、なんの許可も求めたりはせずにそうしたのだ。

　もしラブレーがその著書の中で奇蹟の信仰と四つに組んで、それを動揺させようと望んだのだったら

——なぜならかれの眼には、キリスト教に賛同するかしないかは、この信仰しだいだったのだから——かれはパロディ以外のものを作ったことだろう。ラブレーは同時代の哲学的かつ神学的な論争を充分に承知しており、『パンタグリュエル物語』に先立ってその『神秘哲学』が刊行された、アグリッパ、——かの《鳥羽先生《ヘル・トリッパ》》[42]の章の如きを登場させたのだから。かれはまったくそうしなかった。おそらくかれの眼にこの問題は、こんにち、不信仰者がいささか滑稽にも（歴史家の視点からいえば）、教訓など少しも求めていない非論理的な信者にそれを与えようとするときの、不信仰者が認めている重要性を有するにはほど遠かったのである。

4　地獄におりたラブレー

実際に、ほとんど詳述する価値のないもうひとつのエピソードを手短に述べておく。同じことをかの幻想的な地獄についても、かの地獄の即興画についても繰り返して語らなければならないだろうか。これはラブレーが座興のままに、またしても『パンタグリュエル物語』第三十章で、ルキアノスの有名な小品、『メニッポス、もしくは降霊』の余白に鉛筆書きしているものだ。

住民は、といえば、おお、とんでもないことに、教皇たちである！　ボニファティウス八世[43]、ニコラウス三世（他愛ない語呂合わせを正当化するためだ）[44]、教皇アレキサンデルと牡山羊のような鬚を生やした教皇ユリウス[45]。こうした大胆な悪戯を前に、空に手をさしのべるような真似をして、物笑いのたねになるのはやめよう[39]。国王フランソワ〔一世〕の御世であったら、わたしたち以外の誰もこの行為を告発しなかったろう！——しかしそれだけではないようだ。この地獄には罰がまったくなく、肉体的拷問がまったくない。永遠の劫火もまったくない。残虐な様子が少しもない、心優しい悪魔ども。そうかも知れない。けれども、『パンタグリュエル物語』第三十章でのラブレーの悪ふざけを大胆であると見なすには、十六世紀の人々が何に関心をもち、何を思い、何に心を患わせていたかについて、どれほどの無知に陥っていなければならないだろう？

なぜかと言えば、わたしたちの時代の学者はおそらく知らずにいるが、ラブレーの方では、それを知っていたからだ。この問題について大いに、しかもはるか以前から、論じられてきた(40)。地獄の刑罰とはなにか？　だが、自ら正統派であると完璧に確信する数多の神学者が、断固として、それが本当の刑罰――炎の刑罰、凍れる水の刑罰、けっして死なずに、体を蝕む虫の刑罰――の性格を帯びるのではない、と主張していた。地獄に落ちた者は此岸の世界で覚えていた感覚を、地獄にあっても持ち続けるのだ、と考える人々さえいた。全面的な苦しみなどなく、永劫の苦痛もない。単に神を奪われ、それにともない、あらゆる超自然的な存在を奪われるだけだ。他のことについては、サタンによって統治される地域で、素晴らしい秩序が保たれている……。

神学博士にとって、この点に関する論争が合法的であったことを、十分わきまえておこう。今もってなお合法的であるのだ。人間の創造よりさらに以前に、堕落した天使のために創設された地獄の存在は、ひとりのキリスト教徒にとって確固たる信条であるとしても、またその永劫性についても同様であるとしても、――それに反し、もしこう言ってさしつかえなければ、地獄のスペース配分に関することや、その位置に関すること（大地の内部にあるのか、それとも外の場所にか？）、霊魂とダイモンとがそこでどのような生活を送っているのか、及びその逗留者（地上で誘惑する任務で旅立つ悪魔であろうと、特定の人間のまえに現れるためにこの世に戻る、単なる地獄に堕ちた人間であろうと）が地獄から外に出ることができるのか、ということに関するすべて、――子供のあくなき好奇心をかきたてるにうってつけの、こうしたこまごまとした問題すべてが、神学者たちのあいだで、自由な論議の題材となっていた。そしてかれらは自分たちの自由を無駄にしてはいなかった……。『歴史批評辞典』の〈パタン〉の項目（第四巻、五一六ページ、註D）[46]での、ベールの逆説を想起する必要があろうか？　ベールは大喜びで、『イエス・キリストの地獄下りについて』（一六六四年版、三〇九ページ）のドルランクールの対話の一節を長々と解説し、地獄一帯の四つの区域について論ずる。ある区域には劫罰を受けた霊魂がいて、復活のあとで自分たちの肉体がそこに来るのを待っている。悪魔もまたそこにいる。この地獄に隣接する第二の区域は煉獄である。第三の区域は、秘蹟を授けられずに死んだ幼児たちがいる孩所である。――そして第四は、救世主の啓示以前に没した義人たちの霊魂が集められた区域である。これに関して言えば、それらの区域ははなはだ広大であるに違いない。――なぜなら幼児たちについてしか話柄にしないにしても、《洗礼を受けずに命を落とした子供という子供を全部》一緒にあわせたら、《人類の三分の二に達するに相違ないのだ》。某宣教師に向かって注意を促すと、とベールは付言する、かれはこう切り返した――《なあに！　胎児は場所をとらないよ……》。この宣教師は、胎児が、最後の審判の日には、成人の形で復活することを忘れたのであろうか？

これこそ皮肉というものだ。不信仰者〔mécréant〕のアイロニーである。[47]ラブレーは、けれども、自分がよく承知している論争を世に広めているのだろうか？　この分野で問題を提起してさえいるのだろうか？　とんでもない。かれは楽しんでいるのだ。無邪気に楽しんでいる、とあえて言うものではない。だがかれの悪意はベールのアイロニーと比べると、どのようなものだろうか？　エピステモンは地獄で何を見るのだろう？　すでに言及された教皇をのぞけば、実在の人物はほとんどいない。メニッポス[48]がエウリピデスやホメロスと出会ったように、エピステモンはフランソワ・ヴィヨンとジャン・ルメール・ド・ベルジュ[49]のふたりの著作家、カイエット[50]とトリブレのふたりの宮廷道化と遭遇する。残りはどうなのか。プルタルコスの英雄、異教徒であり、したがって地獄にゆくことを運命づけられている、カエサルやポンペイウス[51]、トラヤヌス[52]、ネロ[53]は別にしても、テミストクレス[54]からアレクサンドロスまで、ロムルスからネロまで、ハンニバルからスキピオまで、そしてデモステネスとキケロである。加えて物語の登場人物が豊富にいる。エモンの四人の息子たちからデンマーク人オジエ、ユオン・ド・ボルドー[55]、モルガンテ、メリュジーヌ[56]までだ。まるでカーニヴァルだ。《義人》である異教徒の問題は提出されていた。エラスムス——聖なるソクラテスよ、わたしたちのために祈りたまえ！——によっても、またツヴィングリによっても。ラブレーはそんなものを気にかけない。かれは笑いとばす。そして地獄堕ちの人々のあいだに、遠慮なくキケロとエピクテトス[57]を並べるのである。

円卓の騎士の物語の主人公たちをラブレーは地獄堕ちにしない。なんで地獄堕ちにしえようか？　物笑いの種にならないようにしよう……。ラブレーは、プルタルコスの中の、自分が尊敬するギリシア人やローマ人を、地獄堕ちになどしない。ラブレーはヴィヨンを、ルメールを（殊にルメールが、アベル・ルフランが望んでいるであろうように、教化的な目的を託されたフランスの老詩人、大猫悟老《ラミナグロビス》のまさしく原型であるとするなら）、——ラブレーはこれらすべての雑多な人々を地獄堕ちの群れになどしない。かれはわたしたちに、是非はともかく（これは議論の材料になるかも知れない）、定義を要する永遠の劫罰に（これもまた議論の材料になるかも知れない）定められた霊魂を呈示してはくれない。呈示してくれるのはルキアノス風の極楽浄土を、わたしたちには嬉しいかぎりだが、散歩している、空想的で概括的な《死者たちの対話》の、おとなしい端役である。非常に大胆な行動だ。だがカンブレの大司教フェヌロン[58]はおそらくずっと前から、この件でラブレーの罪を許していたのではないか？　本当のところ、そしてこの地獄見物から何としても教訓を引き出さねばならないとしたら、――それは昔ながらの金言、《罪人は罰せられる》が告げる教訓ではおそらくないだろう。むしろ、フランス大革命が聖書の或る章句[59]を自分向きに解釈して、自己満足とともに再言することになる教訓、《だれでも自分を高くする者は低くされるであろう》だろう。ラブレーがルキアノスのように、《物乞いの身分に落とされた国王や大守が、貧困のため余儀なく塩漬け肉の商人となっている[60]》地獄、――マケドニアのフィリッポス大王が街角で履きふるした靴を繕うのに没頭している[61]地獄のアイロニーに敏感であったとしても、何も驚くことはない。かれはよく知っている――というのもラブレーはその一員だったのだから――フランチェスコ派修道会の説教師たちの伝統にとどまっていた。せいぜい誇張して言うなら、頻繁にかれらの話の中に現れる、わずかばかりの平等主義の息吹きが、ある人物によって書かれたこのページに流れている、ということもできるだろう。その人物は他人を楽しませようとしながら自らも楽しみ、フランス版ルキアノスという自分の仕事を満足げに勤め、かの聖職者〔フェヌロン〕同様、キリスト教の地獄について教義を打ち立てようなどとは夢想もしていないのだ。二世紀後に、極楽浄土で――誰もそれが地獄なのか、それとも天国なのか、あえて尋ねようとしないのだが――クセルクセス[62]、レオニダス[63]、ソロン[64]、アルキビアデス、ソクラテスとペリクレス[65]などの名高い異教徒と、ルイ十一世[66]、ラ・バリュー[67]、ヒメネス枢機卿[68]、教皇シクストゥス五世[69]、善王アンリ〔四世〕[70]、リシュリュー[71]、そしてブルボン筆頭元帥（これはブルボン王朝下では本当に大胆なことだ）[72]たちとを対話させるであろう例の聖職者〔フェヌロン〕である。

　だがまさに、ラブレーは地獄や悪魔、地獄堕ちの人々を嘲弄している……。まさに、《取るにたりない嘲笑と愚弄をもって》ラブレーは、カルヴァンが言うように、信者のもとで《あらゆる神への恐れを転覆させる》[73]ことに打ち込んでいる。よろしい。お気づきと思うが、わたしたちは聖人ラブレーの列聖手続きをするつもりなど少しもない。この人口に膾炙した昔ながらの戯言のテーマをめぐり冗談を言っても構わないとは、一五三〇年のフランスにあって、おそらく大いなる驚くべき奇蹟のせいで、知らなかったであろう人々のあいだに、地獄が呼び起こす恐怖心を維持したり掻きたてるために、『パンタグリュエル物語』第三十章が読まれたのでは、いささかもなかった。だがもしラブレーが同時代人を、不安から解放しようと努めているとしても、もし恐怖から自由にすることを目指しているとしても、それではかれは、その時代でただひとりの人間であるのか？　ラブレーはそんなに大胆であるのか？　それではかれは、必然的にキリストの敵となるのか？

エラスムスの『エンキリディオン』を、それ以上踏み込まないまでも、開いてみる。『福音書』（「ルカ伝」第一六章二四節）の金持ちを責める火炎、不敬虔な者をかじるうじ虫、[74]——詩人が描写するあらゆる肉体的な拷問、エラスムスはそれらに精神的な意味を託し、寓意化する。(41)エピステモンのように、自分なりの方法で、エラスムスは読者に《悪魔という連中は、なかなか愉快な奴らである》[75]と、——地獄堕ちの者が受ける拷問とは、単に、本質的に、罪人の根深い悪習にともなう永遠の不安なのであると保証する。これはまた、一五四二年にリヨンで発行された小冊子——『善人タチノ寵遇ト悪人タチノ永遠ノ刑罰ニツイテ』[76]——で、ドミニコ派修道士アンブロージョ・カタリーノが主張するであろう見解でもある。さらにジャン・カルヴァンそのひとが、このことによって信者たちがもう信じないようにし向けようとは考えずに、熟慮のあげく表明するであろう見解でもあるのだ……。

一五三二年にあって、ひとは自分をキリスト教徒であると言い、そう信じ、事実そうでありながらまた、エラスムスとともに、キリスト教は奇蹟に依存しない、いずれにせよもはや依存していないと考えることができる。——ルターとともにこう極言することさえできる、奇蹟だって？　奇蹟がどうした！、と。

——一五三二年にあって、自分をキリスト教徒であると言い、そう信じ、事実そうでありながらまた、エラスムスとともに、悪魔がいて、熊手や赤く熱せられたやっとこがあり、永遠の劫火のある地獄は、信仰を守るためにはまったく必要ない、と考えることができる。地獄ノ恐怖ハ信仰ノ第一歩デアル……。[77(42)]——一五三二年にあって、自分をキリスト教徒と言い、そう信じ事実そうでありながらまた、信者たち、素朴な信仰者たちを、何よりもまず、子供っぽい恐怖と粗野な迷信から自由にしようと欲することができる。可能なのだ。エラスムスひとりを挙げるにとどめるが、かれはそうしたのであるから。そしてエラスムスとともに、けっしてパドヴァ学派などではない、真正のキリスト教徒もそうした。かれらはエコランパディウスとかツヴィングリ、ルター、あまつさえカルヴァンと名乗っていた。こうした人々の背後で、わたしたちはラブレーをつかまえたところだ。わたしたちはこのことを後段で、効果的な機会に、思い起こすであろう。

第二部　信仰か不信仰か

第一巻　ラブレーのキリスト教信仰

第一章　巨人たちの信仰告白

証人と証拠はしかるべく批評の網目にかけられたが、――根本的な問題が残っている。一五三二年の時点でラブレーは宗教的な事柄についてどう考えていたのか？　遺されている文章を検討してみよう。そしてふたつのことを尋ねてみよう。ラブレーがその著書の中で公衆に公表した理念はどのようなものであったか？　そして他方、かれが典拠とした、もしくは断罪した哲学的理論とはどのようなものであったか？

驚くべき区別と思えるかも知れない。けれども一五三〇年の人間には、哲学的な見解が宗教的な信仰と正確に合致することが、まだ必ずしも必要不可欠である――良心にとって必要である――とは思えなかった。一方でカルヴァンが、他方でトリエント公会議のカトリック教徒たちが、それぞれ自派のために、ふたつの体系が完璧に組み合うようこしらえることで、この合致をやがて実現するだろう。一五三〇年にはそこまで進んでいなかった。かの有名な二重真理の教理、《正統派神学者により、正統ではいささかもない哲学者に抗して試みられた不条理への還元》(1)に、必要以上に頼ることなしに、この態度を解明するためには、ある特定の精神状態を念頭におくのがここでは適当である。

とはいえさしあたり、推測と解釈はここまでにしておこう。そして、おそらく一五三二年十月末には印刷が完了していた『パンタグリュエル物語』のテキスト、一五三三年一月に発売され、一五三五年に大幅な増補をほどこされ再刊された『パンタグリュエル占筮』のテキスト、一五三三年の『暦』の保存されている断片、多分一五三四年十月初旬には販売されていた『ガルガンチュワ物語』、さいごに（この史料は檄文事件に、わずかに遅れをとっているのだが）『一五三五年の暦』の中で残されているものを取り上げてみよう。この密接に結びついた作品群から、宗教と哲学に関する発言のすべてを収集してみよう。だがここで、大きな異論が唱えられる。その宗教、その哲学、それらが何になるのだろうか？　ラブレーの宗教や哲学なのか？　それともパンタグリュエルの、さらにはパニュルジュや修道士ジャンのものなのか？　ラブレーは、これらの登場人物のひとりひとりに、それぞれ固有の理念を託しているのではないだろうか？

確かに、ことは物語から抽出されたテキストに関しており、みな、あるいはほとんどみなが、グラングゥジエやガルガンチュワ、もしくはパンタグリュエル、つまり重要な思想を表明する役割を担う三人の国王の口に託されている。だがまず、これらのテキストに、ほかのテキストを加えることができる。そうしたテキストでは、ラブレーは自分自身の名前において語っている。もしそれらが、三人の国王に託したテキストと、完璧な一致を呈したら、どう考えればよいのだろう？　さらに、非常に困ったことだが、その異論はあらゆる命題に対して有効に違いないのだ。かりにある者が、《なるほど、敬虔な言葉とキリスト教徒らしい言明だ。しかしこれらはパンタグリュエルとか、ガルガンチュワのものであって、かれらはこの物語で威厳ある長老役を果たしているのだ》と弁ずるとき、別の者がこう反論するのを認めてはいけないのだろうか？　《奇蹟だって？　だがよく見てみたまえ。奇蹟を笑いものにしているように見えるのは、聖王パンタグリュエルではない。それは例の泥棒、夜遊び好きの男、不信心者のパニュルジュなのだ。パニュルジュのもので、奴は自分自身だけしか相手にせずに、自分だけの考えをおおっぴらにしているのだ》、と。

エラスムスの『対話集』やベールの『歴史批評辞典』を読んだらひどく不幸な思いをするに違いない善良な登場人物の運命について、真面目に、そして過度に同情せず話すことにしよう。ラブレーの初期作品からこれから抜粋する言葉の中に、かれの真実の思想を捕えることはできないだろうか？　おそらく無理かも知れない。けれども大切なのは、後世に多少とも名を残したある個人の思想ではない。フランスが生んだ本当に力強く、独創的な、三本、四本の指に数えられる著作家のひとりによって、公の場に発表された思想なのである。ラブレーの思想。その人物は何者なのか？　わたしは面識がない。ラブレーが自分のものとして表明した思想には、そう、たびたび出会う。ラブレーの読者が幾世紀にもわたってその作品の中に求めてきた、そして時代に応じて変動する、読者の考え方ゆえに移り変わるニュアンスをもって彩られてきた思想。それこそ本質的なものであり、真実のものなのだ。

1　巨人たちの神——創造主と摂理

自分の書斎の壁掛けに、《その昔、二十ピストルの申し出があった[1]》ラブレーの見事な肖像画をかけていたギ・パタンについて語りながら、ベールはこう記した。(2)《筆者の信経にはあまり多くの箇条がなかった[2]》。事実、この嘲笑好きな医師〔パタン〕は《『新約聖書』に書かれていることしか認めず、こう付言していた、「私ガ信ズルノハ、神ト、キリスト、十字架、等々……デアル。上ニ立ツ者ハ些事ニハ気ヲ配ラナイ！」、と》。[3]ラブレーの著書から抜き出しうる宗教的な文章を資料カードの優れた検査官が集めたとしても、たくさんの箇条をそなえた信経を作りはしないと、十分に予期されるかも知れない。びっくり仰天だ。ラブレーの初期作品にあって、まるまる何ページもが、『福音書』と『聖書』の引用、あるいは言及から織り上げられているのだ。このきわめて世俗的な作品の中で、ことあるごとに、神の加護が祈られる。神をよりどころにする〔巨人の〕国王のものであろうと、文字どおり驚くべき執拗さと持続性をもって神に祈る作者〔ラブレー〕のものであろうと、その思考に神はたえず現存すると言うことができる。

それではかかる神とは何者であろうか？　いかなる疑念もなく、キリスト教徒の神、このうえなく厳密な正統に則した三位一体の神である。それというのもそこにおられるのは、イエスがいずれ王国をお返しする父なる神(3)——《存在するあらゆるもの、生成するあらゆるものを、ご自身の自由意志と格別のお計らいのままに導かれる》父なる神だからだ。『一五三三年の暦』はこのように神の機能を定義したあとで、〈永遠なる王〉という称号を与える。(4)そしてまたそこにおられるのは、人々の間にあって父に対して代弁人を務められる、《愛しき息子(5)》、子なる神だからだ。つまり、イエス・キリスト、救世主イエス、我らが主なるイエス・キリスト、救世主、主なる神、我が主、生ける神……。あらゆるこうした称号のもとに次々と、ラブレーの登場人物たちが、あるいはラブレーその人が、イエスに加護を祈る。(6)——十六世紀初めの幾人かの神学者たちの、たとえばファレルの初期の著作にあって、(7)子なる神よりもいっそう熱意をこめて賞賛され嘆願される、父なる神への偏愛が強調されたとしても、——これとは反対に、巨人の宗教は、エラスムスの宗教と同じく、好んで子なる神の宗教なのである。創造神、創造者、管理する神、救済する神、保護する神、あらゆる善を恵まれる神。さらにまた、守護する神、調停する神、義なる裁き手、贖い主にして救世主。これらの表現すべてが、ラブレーの著作全般にわたり終始再言され、心ゆくまで繰り返される。受難への言及はまったくない(8)。けれどもキリストの現世での生涯にかかわる主要なエピソード――死、復活、変容、昇天は想起される(9)。同じく想起されるのが、最後の審判におけるキリストの役割であり、その恐ろしい儀式をつかさどったあとで、どのようにして父なる神に、平和で、穢れを清められた王国をお返しするか、である(10)。反して、この時代の多数の教理、一例としてルターの教理の中で重要な位置を占める聖霊は、ラブレーの文章にはほとんど姿を見せない。『ガルガンチュワ物語』第四十章をのぞいては、およそ言及されないのである。その章で巨人王は仲間に、聖霊がキリスト教徒のため神に祈り執り成したもうことを、――そして神が祈りを聞き入れられ、ご加護をたまわることを教えるのだ。この聖霊の相対的な影の薄さを何に関係づければよいのだろうか？　エラスムスは、聖ヒラリウス[4]の著作集の編纂版序文を起草しながら、次の点を特記している。すなわち、『聖書』にあって聖霊はけっして神と見なされてはいないのだ(11)。それゆえ、御言葉によってしっかりと育まれた、ファレルのような福音主義者は、聖霊の神格を告白するのにいささかためらいを覚えたのである(12)。

わたしたちはいましがたエラスムスを引き合いに出した。事実、エラスムスが巨人たちに対し、対話篇「信仰審問」でのバルバティウス（周知のとおり、バルバティウスとはルターのことだ）に対すると同じ審問を受けさせたなら、まさしくバルバティウスがアウルスに与えた定義への賛同をえたことだろう。《おまえが〈神〉と言う名前を口にするとき、それはどういう意味なのかね？――わたしが謂わんとするところは、初めも持たず、終わりももたないであろう、それ以上に偉大で、賢明で、優秀なるものを考えつかないような、永遠なる精神であります。全能なるその方の身ぶりひとつで、見えるもの、見えざるものすべてが創造されたのであります。その方の驚くべき英知は全宇宙を調整し、統治されております。その方の善意はあらゆる被造物を養い、守っておられ、またその方の恩寵は堕落した人類を立ち直らせて下さいます……》[13]。――こうしたものがまさに、巨人たちの神であり、ラブレーの神である。だがラブレーの神はキリスト教的な形式により近く、伝統的なキリスト教の儀式や祈願からは、エラスムスの神ほど解放されてはいない。加えて、ラブレーの物語の主人公たちにはキリスト教の神に祈願する資格が充分にそなわっているということ、――アルコフリバス・ナジエはそのことを思い出させて止まない。洗礼を受けたガルガンチュワとパンタグリュエルが、ユーデモンのように、《キリスト教徒の信仰にかけて!》[5]、と誓願することさえあるのだ。パンタグリュエルが来歴由来に富んだ名前を授けられたのは、洗礼の折りにであった(『パンタグリュエル物語』第二章)[6]。パンタグリュエル以前には、その父親が生を受け渇きをいやされるやいなや、《洗礼泉に抱いて行かれ、善いキリスト信者の習慣通りに、そこで洗礼を受けさせ》られていた(『ガルガンチュワ物語』第七章)[7]。――その一方で司祭たちは(ロマンティックな対照であるが)〔パンタグリュエルの〕哀れな母親[8][14]を、連禱や成仏供養経を唱えながら墓地へとはこんでいったのである(『パンタグリュエル物語』第三章)……。

*

神の全能、その無限の能力、そのとどまるところを知らない万能。ラブレーのテキスト群がなによりもまず、そしてあらゆる方法で称揚するものがそれだ。第一に、世界を創造されたのは神である。空も、星辰も、惑星も、世のはじめに《夜間人々を導く》[9]ため蒼穹にかけられたあの月も――我々の浮世を見下ろしているこの目に見える宇宙すべて、それを《聖なる御言葉の霊験によつて》[10]誕生させられたのは神なのである。この「万象の創造主」(『パンタグリュエル物語』第八章)[11]は地上に最初の人間、アダムを創造された。そして《あたかも陶物師《すえものし》が壷や皿を作るがごとく、その聖なる御意《みこころ》のままに、しかるべき形に、またしかるべき目的に合うように》（『ガルガンチュワ物語』第四十章[12]）人間を造り続けている。神は、とアルコフリバス師はその『パンタグリュエル占筮』第一章で詳細に語る、神は《それによって保持指導されることがなければ一切がたちどころに虚無に帰してしまうが、それは虚無のなかから一切のものがその御力によって生成せしめられて現に在るが如き姿となったのと同断である[13]》ようなものである、と――**無カラノ**〔ex nihilo〕創造のきっぱりとした断言である。これはまた同じく、だが別の言葉と別の精神により、『一五三三年の暦』の中にラブレーが挿入した一文がこう公言するところでもある。《我々が欲し求めることではなく、（我らが主イエス・キリストの）喜ばれること、天空が形成されるまえに定められたことが為されるように[14]》。すべてが神から、かの至高なる神から由来するのであり、《福音を告ぐる喇叭手にも譬えられるかの聖パウロ上人様が『ローマ書』第十一章〔三六節〕に記し居られる通り、一切の存在、一切の善、一切の生命も運行も神の裡にあり、神によって完成せしめられるからである》[15]。――神の企図はうかがい知れない。何者にも《永遠なる王の枢密院》の秘密を知ることは許されない（15）……。《その秘密とは、「トビト書」第一二章〔七節〕で「王の秘密は隠さねばならない[16]」、と言われるように沈黙し、崇拝する方が賢明なものなのだ。――預言者ダビデもカルデア語版『聖書』の「詩篇」第六四篇〔一節〕で、「主なる神よ、シオンの地で沈黙はあなたに属しております」と述べ、その理由として「詩篇」第一七篇〔一二節〕で「やみをおおいとして、自分のまわりに置き」、と言う[17]》。要するに、『占筮』の年である一五三三年においてのみならず、この世の終末にいたるまで、綿々とつづくあらゆる年において（なぜなら世界は、それが始まったと同様に終末を迎えるであろうからだ。《自然は不朽なるものを一切作りえないのであって、蓋し自然は、それより生まれるものに終末と期限とを付与して置くのであり、「スベテ生アルモノハ滅ブ[18]」からである[19]》）――この世界が存続するかぎり、《統治者は創造主の神以外に[20]》ないであろう。そしてラブレーはこのことを、自らの名を出して語っているこのテキスト〔『パンタグリュエル占筮』〕の中で繰り返す（第一章）。《わが無謬なる裁断によれば、本年ならびにその他あらゆる歳月に亙つて世を統す者は、全智全能なる神と相成るであろう……》[21]。『一五三五年の暦』はこのテーマを再度とりあげ、明確にする。すなわち、《その聖なる御心のままに万事を創造され、配置された全智全能なる神》[22]、と。

かくの如く、神はこの世界の創造者にして維持者である。さらに神は摂理でもある。神は冷酷でも非能動的でもなく、被造物の祈りに耳を閉ざしてもいない。それは善なる神であり、あらゆる幸いを授けるもの(16)、《これに望みをかけこれを念じ奉る者をお見棄てになることはない》（『パンタグリュエル物語』第二十八章）[23]守護神である。神は救世主であり、この称号のもとに、物語の展開につれて徐々にラブレーの登場人物たちが全能なる神を想いえがくのだ。これについてこの表現は年代別に、またかなり興味深い分類ができるほど数が多い(17)。とどのつまり、強調されるのはなによりも神の善良さである。神は危難や懐疑、肉体的な、もしくは精神的な苦しみのただなかで訴えかけ、嘆願される存在である。一言でいえば、――神は祈りの対象である。なぜなら神はそのご加護に信頼をよせる人々の願いをかなえて下さるし、それがおできになり、またそう望まれることが分かっているからである。

＊

ラブレーの物語の中で、祈りが捧げられる。――気前よく、たっぷりと、おごそかに祈りが捧げられる。ピクロコルの襲撃の第一報を耳にして、《神様、キリスト様[24]、お助け下さりませ。妙案をお授け給われ。我がなすべき道を示し給え！》（『第一之書　ガルガンチュワ物語』第二十八章。協会版、『ラブレー著作集』第二巻、二七三ページ）[25]とグラングゥジエは叫ぶ。誠実なガレは、ピクロコルのもとでの実りのない外交折衝から帰還したとき、《膝まずいて帽子を脱ぎ、部屋の片隅で項垂《うなだ》れたまま、神が》その敵の《激怒をお和らげ下さ〔れ〕、と祈っていた》[26]善良なグラングゥジエを見出す。臆病山法螺之守《トウクディーヨン》を打ち負かし、勝利をえた者たちが赴くのは、同じく《寝床のなかで、一行の安全と勝利とを神に祈っていた》[27]グラングゥジエのもとにである。パンタグリュエルはその祖父と同じくらい熱心に、また頻繁に、神聖な孚《はぐく》み給う神に訴えている。人狼に対して最後の戦いを企てるにあたって、どれほど美しく豊かな祈りをパンタグリュエルが神に捧げたかは、知られるところだ。《天にまします神よ、[28]常に我が身を護り我が身を孚《はぐく》み給う天にまします神よ、御覧の通り私は、今やこのような危難に陥って居ります》[29]。天の助けをえて、パンタグリュエルは勝利をおさめる。だがかれはつぎのことを弁えている。つまりかれの戦捷は

運にあり。
栄《はえ》のうち
天帝の
います方より。[30]

神が戦捷を授けられるは《強者に》ではなく、

神の心に適えるものにぞ。
富貴栄誉は神の御胸に
縋《すが》れる者の有《もの》たるべけれ。[31]

ここでパンタグリュエルは、『パンタグリュエル占筮』の中で筵司《ふるまいのつかさ》アルコフリバスが、《もし上天の御加護に恵まれぬとあらば、我々は東奔西走して仕事に悩まされる羽目に陥るだろうが、これとは逆に、神の御庇護にあずかる場合には何ものもわれわれを害ふことはあるまい。「モシ神ニシテワレラヲ守リ給ハバ、ワレラニ敵対シ得ルモノアランヤ？[32]」と。いや全く「主ヨ、何人モナシ[33]」である。と申すしだいは、神は大慈大慈また雙びない権勢を持たれるからだ[34]》。神はあまりにも大慈大慈であり、あまりにも権勢を持たれるので、人間を支援し、保護し、保存するために、たえまなく人生行路に介入されるほどなのだ。《神はわれらよりもはるかに賢く、いかなるものがわれらに肝要であるかを、われら以上によく御存じになって居るからだ[35]》。他方ガレは《思召されますか》、とピクロコルに向かって質す、《かくのごとき非業が、至高なる神及び不滅なる精霊の眼には映らぬと思召《おぼしめ》されますか？　もし、かく思われるならば、これこそ誤謬と申すべきでありましょう。蓋《けだ》し、一切の事象は、神のお裁きを受けるにいたるからでございます[36]》。

ポンポナッツィは『魔術ニツイテノ書』の中で祈りに対していきりたつ。かれはあらゆる存在と同じく、運命〔Fatum〕の法則により拘束された冷厳な神性を祈りが揺り動かすことなど不可能であると宣言する。ラブレーの物語では、こうした尊大な感情につうずる何ものも存在しない。荘厳な情況のもとにかぎらず、日々、ガルガンチュワとポノクラートは瞑想にふけり、《創造者たる天なる神に祈禱を捧げ、これを崇《あが》め奉り、主に対する信仰の堅きことを誓いまつり、限りない御慈悲のほどを讃えまつっていた[37]》。『第四之書』の一節にはこの《原始教会時代の[38]》習慣が述べられている。このくだりは一五四六年よりはるか以前に書かれたにちがいないが、――けれどもラブレーはその年代にあってもためらうことなく再録する。祈りとは、《聖なるキリスト教徒の間で行われていた結構な習慣(18)》である。結構にしてなおかつ救いをもたらす習慣だ。なぜなら巨人たちの神はその信徒の祈りをかなえようと望まれるからである。そうお出来になるので、神はそう望まれるのである。

2　神の全能。占星術師たちの決定論に抗して

一度だけではなく、二十回も繰り返し、ラブレーのテキストはこう述べている。つまりいかなる法則もいかなる法則体系も、神による、その至高の自由意志の実効を阻害したり制限するものではない、と。そしてこのうえなくはっきりと、それらのテキストは特に星辰に対して、人間の運命におよぼすあらゆる影響を否定するのである。

『パンタグリュエル占筮』はルーヴァンの占筮書の作り手が犯す《数限りもない悪弊[39]》を声高に告発する。それらは偽りのニュースによって人々の知性を麻痺させているのだ。神が世界の唯一にしてただひとりの統治者だと、著者がこれほどまでに熱心に主張するのは、善良な人たちが、とくに、こう思うようにである。すなわち《土星も火星も木星もその他の遊星も、また天使も聖人も人間も悪魔も》、この世の事象に対して、《神にその思召しのない限り、いかなる功徳、霊験、労力、影響〔vertuz, efficace, puissance ne influence aulcunes〕をも持つことはない。アヴィチェンナの言えるが如く、第一原因の力及ばざる時には、第二原因にいかなる影響力も作用も具わる理由はない、と[40]》。他の箇所（『一五三三年の暦』の中）でラブレーはこうも言う、《永遠なる暦を詮索しないようにしよう》、と。《死すべき人間に》それを知ることが許されていないのは、《「使徒行伝」第一章〔七節〕》で、**時期や場合は、父がご自分の権威により定めておられるのであって、あなたがたの知る限りではない**、と確言されているとおりである。こうした無

謀な企てには果てし無い刑罰が、賢者ソロモンによって定められている。「箴言」第二五章〔二七節〕には、**主なる神のみ心の詮索者は同じように打ち砕かれるであろう、**とある[41]》。同様の命題が『一五三五年の暦』に見られる。将来起こることを予言する？《アダムの創造以来未だかつて、確信を以って合点し、納得すべきことがらを論じた人間が生まれたことなどなかった[42]》。

　ところで、この告白は無知の告白ではない。ラブレーはそのことを読者に警告すべく配慮している。ラブレーは人並みに、《ありとあらゆる天象記録を繙読し、月の矩象を計量し、一切の愛星学者《アストロフィル》や凌雲学者《イペルネフェリスト》や風烟守護学者《アネモフィラース》や天界墜落学者《ウラノペート》や雨水招来学者《オンブロフォール》どもが嘗て考へたことをすべて調べあげること[43]》ができ、――おまけに《これを悉くかのエンペドクレスの説と比較[44]》するすべを知っている。そしてかれは《ギリシアやアラビア、古代ローマの、この術に優れた著述家から[45]》この件についてかれらの著作が残しているものを抜き出すのを拒まない。けれどラブレーはこう言いながら、抜き書きするだけにとどめている。《以上は彼らが述べるところである[46]》。ラブレーとしては、それ以上は語らない。かれは絶えず《自分の予想によって如何なるかたちであれ未来について結論が出されることではなく、星辰についての長い経験を学術的にしたためた人々が》《権威を以って知らしめたこと[47]》に耳を傾けることを望むと主張した。それこそラブレーが告げるところなのだ。最終分析において、世界を導くもの、それは完全に自由な神の意志なのだ。何ものによっても拘束されない神の至上の自由意志なのである。かくして《聖なる御意志に応じてすべてを創造され、案配された全能なる神の、変わることなき御命令[48]》を見抜こうなどと試みてはならない。ここに、ガルガンチュワがパンタグリュエルに宛てた有名な教訓の宗教的な基盤がある。《天文学に関しては、その法則のすべてを学ばれたく存じ候も、卜筮占星及びルゥリウスの幻術は、謬説虚妄として棄却いたされたく候[49]》。以下にまた同じく、個人的な文書の引用になるが、ラブレーそのひとが不信を表明した文章がある。それは、一五三六年十二月三十日、ローマからマイユゼ司教〔ジョフロワ・デスティサック〕に、『欧州之顚覆』と題された占い書を送るときのものである。《小生といたしましては》、とかれは宣言する、《かようなものは一向に信憑はいたしませぬ》[50]。この当時、ただ占星術により、《天界の影響》の理論により自然決定論という、科学や哲学にとって非常に重要な概念が徐々に浸透していったのが真実なら、様々な面で多くの波紋を生む態度である。〈神性〉という限界も留保もない、絶対的な〈万能〉の理念、それこそただラブレーの主人公のみならず、本名のもとに直截に語る出版物の中で、フランソワ・ラブレーその人も、おそらくもっとも力強く、もっとも頻繁に表明している理念なのである。

＊

ラブレーにあってこの理念は非常に強く、非常に激しいため、時としてかなり特殊な考察をもたらす。――それというのも、人間の活力と不屈な努力の伝道者（ラブレーがそうであるような）のうちに、俗世間のあらゆる事件を統括する心配りを、神の善意のみにお任せする静寂主義の徒は、めったにめぐりあえないからだ。『パンタグリュエル物語』の特異な一節が念頭に浮かぶ。そこでは信仰が関わる問題については、民事権力が介入を避ける、きっぱりした理論が見出される[51]。全能なる神を前にして人間はわきに退くがよい。まさしく滑稽で、ほとんど神聖冒瀆的な熱意を誇示しては、全能なる神を助けにゆくことなどやめるがいい。家臣や《妻子を、国家を、また一族を[52]》守るために、国王は戦わなければならない。信仰のためにはどうなのか？　断じて否、である。

信仰、それは《神のみ掟[53]》である。《神のみ業に関する重大事におきましても》、とパンタグリュエルは、人狼が《悪鬼羅刹の姿よろしく[54]》自分に近づいてくる間に明言する。《神のみ業に関する重大事におきましても》、神よ、《正統なる信仰表白と、そのみ言葉の宣布以外にいかなる援助者も求められず、神のためと称して武器を取り防衛を固くするは、すべてお禁じ遊ばされました。蓋《けだ》し、神は全智全能の存在、神御自身のこと（つまり信仰）に関しても、神の御事《おんこと》が危殆に瀕せる場合においても、我々の予想をはるかに越えておん身を立派に護られるから[55]》である。余談ながら、これは王侯や聖職者の激しい迫害に対する見事な抗議だ。これはまことに絶対的で限界のない神の権能についての、たいそう幅広い概念から由来しており、エラスムスが『自由意志論』で指摘した当然の帰結、即ち人間の自由意志の否定、《神ノ全能ト我々ノ自由意志トハ真向カラ対立スル[56]》、という考えが生ずるのを見てもすこしも驚きはしない。事実、以下のテキストを見るがよい。《拙者は鬱ぎの虫の偽信徒のように》、とパンタグリュエルは『パンタグリュエル物語』第二十八章で述べる、《「汝自らを助けよ。神は汝を助け給わむ」などとは申さぬ。なぜかと申すに、これは逆でな、「汝自らを助けよ。しからば神は汝の首を折らむ[57]」となるからだ。だが拙者はこう申すぞ、「神にすべての望みをかけよ」とな。神は断じてお見棄てにはなるまい[58]》。不思議なまでに力強いテキストだ。《汝自らを助けよ、しからば神は汝の首を折らむ》とは！　疑念の余地なくこれはグラングゥジエがその仇敵ピクロコルのケースを顧みながら表明している確信から力を得ている。つまりピクロコルがあれほど多くの邪悪なおこないを犯すとしても、それは《己一人の恣意と思慮との舵に操らるる身の上と相成りしは、永劫不朽の神の御意《みこころ》ならむと覚え申し候も、そもそも聖寵によりて絶えず導かれざる限り、己一人の恣意思慮は邪《よこしま》なるものとなるより外《ほか》に道なきは必定《ひつじょう》に候[59]》だからである。

幸いにもラブレーの神は、その権能に匹敵するほどにこの上なく善良である。この神は罪人たる人類、アダムの過ちの罰を受けている人類から、嫌悪の念をもって顔をそむけたりはしない。すくなくとも罪人が《我らはすべて罪を犯すものに候えば、不断に神を念じて罪科を消し去り給えと請い奉る身の上にござ候[60]》と謙虚さを示し、許しにあたいするならば。このようにしてわたしたちは神の助けと恩寵により罪を洗われる。神はけっして《一切の希望のすべてを神に懸ける[61]》者を見捨てたりはしない。神はそうした者を悪鬼、ウルリック・ガレが語る《讒誣《ざんぶ》をこととする悪霊[62]》、《虚妄の幻や疑心[63]》によって人類を欺こうとする暗鬼の企てに対し、救いの手を差しのべないまま見捨てることはない。グラングゥジエもまた《悪魔[64]》がもたらす災いを恐れている。ピクロコルがかようにグラングゥジエを踏みつけにするとは、邪悪なものの術策による以外ありえない。そうすると様々な状況下で、何はともあれ、この老齢の国王のほうでも〈民兵団〔Francs-Taupins〕〉の隊長が欠かさず復唱する、《もし貴様が神様の味方ならば、何とか言え！　もし『悪魔大王』の手下ならば、とっとと消え失せろ！[65]》、という古典的な弁別を繰り返すことになるのだろうか。

いや、そうではない。《己が邪なる情念を追うて神と理法とより逃れ出でた者どもにとっては聖なることも犯すべからざることも一切存在しない[66]》。逆に、神の加護を受け、恩寵に充たされ、それを活用するすべを知る者は、心静かに最後の審判と《我々の行ないに正しく褒賞懲罰を下し給う[67]》神の判決が下される時を待つだろう。その者は最後には、地上の身体という《暗い牢獄[68]》から解放された霊魂の至福を味わうだろう。《救世主イエスと結ばれた[69]》霊魂は、創造主たる神の懐で、《あらゆる善、あらゆる英知、完成の絶頂を見出すだろう。シカシワタシハミカタチヲ見テ、満チ足リルデショウ[70]……[71]》。

3　言葉と聖霊の宗教

かくも善良なる神に対する、人間の第一の、ほとんど唯一の義務とは何か。『福音書』を読むこと、それについて瞑想すること、それを実践することである。

『福音書』！　ラブレーの初期テキストにあって、『福音書』は二十度も唱えられ、援用され、引き合いに出され、誉め讃えられ、崇められ、賞賛される。それもつねに心を動かされた誠意と心酔した尊厳の響きをともなって。幸いなるかな、とガルガンチュワは、《テレームの修道院の土台下から発見された[72]》謎詩の朗読を聞き終えて叫ぶ。幸いなるかな、躓かぬ者、《天主がその愛《いと》しき御子をして、我らがために定め置かせ給いし目標の白星へと驀地《まっしぐら》に進み往いて怠らず、肉体の情念にも惑《まど》わされず、また紊されざる者[73]》は。なぜなら《この世の営みは束の間のことにして、これにひきかえ神の御言葉は永劫不滅[74]》だからである。したがって、第一にして肝要なる義務とは、毎日《『聖書』の考究に当て[75]》ることであり、出来るなら《第一に、ギリシア語にて『新約聖書』ならびに諸々の使徒の手になる『書《ふみ》』を、これに次いで、ヘブライ語にて『旧約聖書』を[76]》読むのに必要な知識を獲得することだ。また毎朝《『聖書』の何頁かを[77]》、分かりもしないでむにゃむにゃと唱えたてる魔術書のごとくにではなく、その精髄を見抜きたくなるような古代の素晴らしい文献のように、読んでもらうことである。

こうした恩典は知識人のためにだけあるのではない。あらゆるキリスト教徒が、御言葉の恩恵に浴すべきである。それゆえ人々の牧者には、真理を確実に布教させ、怠惰な修道士や無知な司祭ではなく、庶民的で学識に基づいた《説教[78]》で『聖書』を解説する《福音伝道師や教育者[79]》たる優れた説教者たちを支持し、激励する義務が生ずる。この義務。巨人王たちはそのあらゆる重みを感じている。おそらく巨人王たちは、ルフェーヴル・デタープルが『新約聖書』仏訳第二巻の巻頭に載せた、美しい「すべての男性・女性キリスト教徒への励ましの書簡⑲」を読んでいたのだろう。おそらくかれらもまた子供たち〔神の子たるキリスト者〕は、《あらゆる人々が、無学な者も学識ある者も集まって、神の聖なる言葉を聞き、讃えなければならない教会、つまりイエス・キリストの会堂で》、一度ならず日常的に、《父〔神〕の契約》を読まなければならないと考えているのだろう。おそらく巨人王たちは、そのユートピア王国で、《慈悲深い父〔神〕の栄光と、その御子イエス・キリストの栄光のために、神の言葉が王国全土で清らかに説かれるようにとの、……心根からしてもまたお名前からしても、いとキリスト教の信仰篤き[80]、温厚な国王のご意志》をまねようと欲しているのだろう！

知ってのとおり、パンタグリュエルは同様の言葉で、《はかなき人智の捏造せる戒律や邪なる虚構事を以って世を毒せし数多の偽信者偽予言者どもの悪行》が、真のキリスト教国で滅し尽くされるために、すべての王国で聖なる福音を《正しく、ただそれのみが、全き姿で[81]》、国王が布教させる義務を宣言する。そしてそのように宣言するパンタグリュエルに呼応するのが、まず一五三二年刊行『パンタグリュエル占筮』のテキストに、一五三四年の再版で加筆された、季節についての四章のひとつでのアルコフリバス師である。師は《神を少しも》信ぜず、《聖にして神々しいその御言葉や、御言葉を奉ずる人たち》を迫害する人々に対抗する[82]。その後一五三五年になって、《医学博士にしてリヨン大施療院医師》フランソワ・ラブレーそのひとが、本名で『一五三五年の暦』を起草するさい、念をおしてこう告げる。《私が言いたいのは、もし君主やキリスト教を奉ずる国家が神の神聖な言葉を崇拝し、その言葉に則って自らと自分の家臣を統治するなら……、五十年この方なかったほどに、天の面、地の衣、そして人々のふるまいが、喜ばしく、陽気で、快活、柔和になっていることを見出すであろう[83]》。だが思い出しておこう、テレームの僧院の正門に、

ここに入ることなかれ、偽善の徒、似而非《えせ》信徒ども、

いずくへなりと退散し、 醫《ひさ》げ汝らが禍事《まがごと》を！[84]

と記されているとしても、同じく以下の歓迎の辞が読み取れるということを。《福音書の御教えを信ずるにいたった人々が迫害を蒙るということは、何も今の世だけとは[85]》限ったことではないのだから。

ここに入り給え、卿ら、世の怒号にもめげず、
真心もて聖福音書の御教《みおしえ》を説く人々よ。
ここにこそ、隠所《かくれが》と城砦《とりで》とは備わりて……[86]

そして結論はこうなのだ、

入り給え、この地にぞ深き信仰を樹つべし。
しかる後、聖なる御教《みおしえ》の仇敵をば
言葉また書物《かきもの》もて、打ち倒すべし！[87]

4　礼拝と司祭

言葉による宗教は、外面が非常に発展した礼拝とは、うまく折り合わないものだ。したがって、ラブレ

ーの文章にあってはほとんど内面的な礼拝しか問題にならない。神の無限の善意を讃えながら、神を崇め、敬い、神に祈り、願わなければならない。《過ぎこし方一切のことについて感謝し、行く末遠く主の聖なる寛仁慈悲に縋《すが》り[88]》たてまつらなければならない。神の栄誉のために讃歌を歌うことは禁じられていない。だが、《神に仕え、これを敬愛し、これを畏れ、何ごとにつけても神を念じ奉り、一切の希望のすべてをこれに懸けてしかるべく、至高至善の愛を基とする信仰によって主に縋《すが》り奉り、罪業を犯してこれより離《さか》ること断じてあるべからず[89]》ということ、こうしたことに信者の義務は厳格に限られているのである。

しりぞくがよい、巡礼行脚の説教師、豊作祈願の行商人、彼岸の担保の販売業者たちが持ち出す迷信よ。キリスト教徒には神だけで充分なのだ。神は補佐を必要としない。ラブレーがフランチェスコ派修道士であっただけに、またフランチェスコ派修道会の聖母信仰がどのようなものであり続けたか知られているだけに、特筆すべき事柄である。――『パンタグリュエル物語』においても、『ガルガンチュワ物語』においても、またさらに『第三之書』においても『第四之書』においても、一度たりとも聖母マリアが問題になることはない。マリアの名前は一、二度、ラブレーの登場人物のひとりの口の端にのぼるだけだ。誰か？　嵐の中で、あまりの恐さに息もたえだえの、泣き虫のパニュルジュどん、犢《ヴォー》のパニュルジュどん[90]である……。――聖母ぬきの神、聖人ぬきの神というわけだ。確かに、《神の義人聖人の方々[91]》は大切にしなければいけない。だがかれらに、治癒のおどろくべき能力や、病におとしいれる忌まわしい能力を帰すること、聖女〔アンティオケアの〕マルガレタが妊婦の苦痛を和らげると信じ、〔殉教者〕聖セバスティアヌスがペストを空の彼方に追いやると信ずること、一番の危機に面してアンジェリの聖ジャンや、サントの聖エウトロピウス、シノンの聖メーム、《焼きリンゴで殉教した》聖ゴドグラン[92]はさておいても、《その他情深い色々様々な聖人方[93]》に祈念すること、そうしたことは信仰なき偽善者たちの愚劣で常軌を逸したふるまいである。[20]

《行脚に疲れた》象徴的な巡礼が、滑稽な遍路に決着をつけ同伴者とともに帰宅すること。自らにならい、《五百二十四年に聖ヤコブ上人詣で》に群れをなしてでかけた《有象無象[94]》みなを、めいめいの家に連れ帰ること。家族の者をやしない育て、《銘々己が生業に勤しみ、子供たちを教え導き、ありがたき聖パウロのお諭し通りにして暮らすがよい。かくいたせば、神、天使、聖人の御加護がそなたらとともにあることは疑いなく、黒死病にも禍事にも損ぜられることはあるまいぞ》、とパンタグリュエルが説教すること。[95]地獄で教皇となったジャン・ルメール先生が、《さあさあ、悪党ども、贖宥をいただくがよいぞ！やすいものじゃ！[96]》、と売っているようなお買い得な値段であっても、もう贖宥を買ってはならないこと。——あるいは、それがさらにお買い得な、悪知恵にたけたパニュルジュがパリの教会で売っている値段であっても。かれは一銭しかとらず《こうしたことに慾がない[97]》のである。これは教会の真の教理がよこしまだということではない。大修道院の修道士によってしかるべく宥しを与えられた葡萄園の略奪者を殴り殺しながら、ジャン修道士は、その点を正確に、不吉な逆説からなる考察で表明する。《こやつらは、懺悔もし改悛もし居ったのじゃから、罪は浄められたはずじゃろう。草刈り鎌同然に、このまま真直ぐに天国に行きおるわい！[98]》だがジャン修道士とは裏腹に、ジャン・ルメール先生の方では、大多数の人間が、改悛したときではなく贖宥をかったときに許しをえると考えていることを、よくわきまえている。結論はこうだ。贖宥は、《一文の値打ちもないやくざを赦すためにしか[99]》役立たない！

かくして様々な信仰の実践がある。涸れることのない諧謔の源泉である、聖水……。パンタグリュエル[100]が誕生した大旱魃の年、教会の聖水をまもるため《大仕事》があったではないか。喉をからからにした信徒たちが聖水盤の水を飲むため殺到したものだった。そのため《諸々の枢機卿閣下ならびに教皇様が御合議の結果》、何者も《聖水を一度しか用いてはならぬ[101]》（『パンタグリュエル物語』第二章）という命令を下さねばならなかった。けれどもピクロコル王が偵察のため、一路邁進之助の引率のもとに一千六百騎を派遣するとき、《聖水をたっぷり浴びてきた》者しか、また《悪魔どもと遭遇した際に、あらゆる混戦にそなえて》[102]（『ガルガンチュワ物語』第四十三章）、肩に頚垂架裟《ストーラ》をかけた者しか送り出していない。《一切の銃火砲火から護られて一身安全とする[103]》お経を、戦闘のまえに、唱えるというものと同じく、効果がないと明らかになってしまう用心である。これは拙者にはなんの足しにもなりません、とジャン修道士はきっぱりと宣言する、《拙者は、全然これを信用して居りませんですからな[104]》。

そして最後の特徴はこうだ。これらの文章で、司祭の風貌は役立たずで怠け者である。ミサと祈禱を鼻声で唱え、わけのわからないお祈りをぶつぶつと機械的に続ける者。《（そのような者は）優れた福音伝道師や教育者[105]》を前にして消えうせるがよい。もっとよいのは、修道士や尼僧、《罪を食い物にする輩》からなる有害な者たちが消えうせることだ。世間から隠遁した特権階級に属するキリスト教徒が、主なる神に自らを活ける生贄としてささげ、日々の糧にけちくさく追われている劣った兄弟の救済をゆるぎないものとすることが出来た時代は変わってしまった。《それはそうじゃろうが、（とグラングゥジエは言った）奴らは、わしらのために、神に祈禱をしてくれるのであろうが？——とんでもないこと、（とガルガンチュワは答えた）——奴らは、自分たちには全然判りもいたさぬ聖人伝やら聖歌の類を、無闇に沢山、むにゃむにゃと唱え立て、数珠玉をやたらに爪繰って、長たらしい「アヴェ・マリア」を合いの手に入れ、しかも心はそこになく、意味も何も判って居らぬのだからな。だからして、これこそ祈禱ではなく茶番と呼ばるべきだろう[106]》。世間をあざむくために仮面役者同然の変装をして、《ただひたすらに瞑想に耽り礼拝にいそしみ断食を行って五慾煩悩の身を責めさいなむ[107]》ふりをする。——ところが実際は、《カクテ石野金作ヲ装イテ酒池肉林ニ遊ブ！[108]》真の教理、ガルガンチュワはそれをこう表明する。《身分の上下にかかわらず、東西古今を問わず、真のキリスト信徒たるものは皆、神に祈禱を捧げるが故に、聖霊も彼らのために祈禱し、これを取りなし給い、神も一同をお救いくださることになる！[109]》かくて、あらゆる被造物は創造者たる神のまえに立ち、自らの過ちの責任を直接負い、自らの過ちのために直接抗弁する。救済は個人的な成果だ。これは、きわめて近代的なアクセントをもつ発言である。

5　誠実さへの異論

すべてを集め、なにひとつ取捨撰択しないというもくろみで企画された――このコレクションもこうして終止符を打たれる。その結果はおそらく、感銘ぶかいものではないだろうか？　そうだとしても、大雑把に、魅惑的で安易な結論を述べたいという欲望に抵抗するようにしよう。個人的な教理の復元は、単なる外見をもとになされるものではないからだ。ラブレーの暗示が提出する多様な問題を検証してみよう。

まず、そうした暗示はどのような音を響かせるのだろう？　キリスト教的な音色だ。解釈を加えまいとのわたしたちの意志がいかなるものであったか、――わたしたちは幾度も強調しなければならなかった。さらに、もしわたしたちが調査を拡大していたら、結論はもっと強固になっていただろう。そうなったら、ガルガンチュワやパンタグリュエル、そしてその引き立て役ピクロコルなどの人物のうちにラブレーが描いてみせる理想的な王国の美しいイメージが、どれほどキリスト教的であるか、気づいていたことだろう。巨人たちが自分をキリスト教徒であると宣言するのも口先だけの話ではない。キリスト教の教理と精神にふさわしく行動するというかれらの配慮は、ことある毎に明らかにされる。家臣を救うため武器をとるにあたり、《道理から言うて正にしかく相成るべきものだが》、とグラングゥジエは言う、《わしを初め、わしの子らも一族一門も、国民の労苦によって支えられ、その汗によって……養われてきているからじや[110]》。道理。だがこの政治的《合理〔道理〕主義》の性質について思い違いをしないようにしよう。他の文章が教えてくれる。《このように隣国を害ってまでも、諸王国を征略するという時節ではもはやあるまい[111]》と、ピクロコルの攻撃を受けたグラングゥジエは宣言する。この言葉で止めることもできたのだ。だがかれは付言する、《キリスト教を奉ずる隣国の同胞を害ってまでも》、と。老国王がここでもらしているのは、人類の連帯という暗黙の契約の概念ではなく、キリスト教徒に限定された連帯なのである。そして同様に、その使節ウルリック・ガレも、神聖同盟、キリスト教君主のあいだの《神聖なる友朋盟約[112]》についての命題を展開し、野蛮で戦闘的な国王に対して、むなしく演説をおこなう——グラングゥジエがその企てをこの一言で断罪する国王に対して。《かようにして、古代のヘラクレス、アレクサンデル、ハンニバル、スキピオ、カエサル、その他これと同じ族《やから》の者どもを見習うことは、聖福音書の御教えにも悖《もと》る[113]》。これは、エラスムスと『痴愚神礼讃』とをうけて、ラブレーが紹介するプラトンの引用の意味を明確にしている。《王者が哲理に則《のっと》るか、或いは哲人が政事を執るかいたす時には、国家は福楽を得るものだ[114]》。そしてこの、ラブレーの《王者が哲理に則る時》、という言葉は、まずもって聖パウロの助けを借りて、であると理解しておきたい。

異論？　わたしが見るところ三点ある。《巨人たちの信仰告白》に立ち向かうまえに、その意味と影響力を計るため、それらを退けておくのがふさわしい。まず以下の異論がある。《キリスト教的なテキストだとおっしゃる？　だがラブレーは単に、記憶の底深い貯蔵庫の中、——修道院で過ごした歳月が残しておいた所に、それらを見出しているのだ。宗教の事柄にはあっさりした言及しかなく、多くは積極的な信仰への関与を想わせない。他の言及はどうか？　お人良しになってはいけない。フランソワ師の本当の狙いは、安心感を与える表現に隠れて、おそるべき大胆な言動を見逃させるものではないのか》。そしてここに、第一の異論とむすびつく、第二の異論がでてくる。すなわち誠実さへの異論だ。

6　ラブレーがキリスト教徒たることを明確にしている箇所

さて、一五三二年十一月のリヨンの大市。十中八九、このときに、無神論者の中でももっとも執拗な人物の反キリスト教的な文書、『パンタグリュエル物語』が広い世間に売り出されている。他方、一五三二年十一月三十日（同じ年の同じ月だ）、このキリストの敵はエラスムスに、《サリニャック宛て》書簡を送っている。この書簡には、見てきたように、ラブレーがスカリジェに浴びせた無神論の非難が見られる。そこにはいっそう興味深い、また違った事柄も載っている。この有名なテキストの冒頭に、ラブレーはそのエレガントで美しい筆致で、どのような決まり文句を書きとめただろうか。

救世主イエス・キリストノ御名ニオイテ丁重ニ御挨拶シマス。[115]

反キリスト教徒のラブレーが、事情はともあれ余儀なくキリストの加護のもとに自分を置いているのだと言う人はいないのだろうか？　ラブレーの著名な文通相手は、単なる《丁重ニ御挨拶申シアゲマス〔S. P. D.〕》でも眉をひそめることはなかっただろう。この表現をラブレー、この同じラブレーはすべての書簡で、[116]キリスト教の信仰に篤いビュデ[(21)]に宛てて用いていた。《グリエルムス・ブダエ先生ニ丁重ニ御挨拶申シアゲマス》[117]。一五二一年三月四日の書簡である。《ラブレーは慎重にふるまっているのだ》、という永遠の（そしてたいへん簡便な）議論がもちだされたら、わたしはこう答えよう。《一通の書簡の中で救世主イエス・キリストへの信仰が明言されていても、その書簡が公開を前提としておらず、実際のところ、エラスムスの書簡集に、しかも偽名のもとで、非常に時間をおいてようやく加えられたのであれば、――その書簡はラブレーにとって、どのような利点、どのような庇護となりえただろうか？》、と。

印刷されることを目的に書かれ、普及したテキストで、用心深く本心を偽っているとのそしりをまぬがれえないもの、――そうしたテキストは枚挙にいとまがない。一五三三年一月に刊行される『パンタグリュエル占筮』の序文、「寛仁なる読者に　主キリスト〔Jésus le Christ〕に縋り奉りて救済《すくい》と平安《やすらぎ》のあらむことを」[118]を開いてみよう。イエスの名前をさて措けば、これはグラングゥジエがガルガンチュワにおくった手紙の末尾の言い回しだ。《我らが贖主キリストの平安〔le paix de Christ〕のそなたとともにあらむことを》[119]。スタフェール（三三〇ページ）[120]は、無冠詞の〈キリスト〉という言葉の用法は、ここではラブレーの改革派的な傾向の指標となっている、と主張する。これほど断定的にならない方がよいだろう[(22)]――さらにまた、言われてきたこととは逆に、《キリストの平安のそなたとともにあらむことを》、という表現は、フランス語であれラテン語であれ、福音主義者にあっては日常的に用いられるものであることを註記しておく方がよいだろう。《イエス・キリストノ恩寵ト平安ニヨリテ》[121]、とアヴィニヨンのフランソワ・ランベールは、一五二三年にザクセン撰帝侯〔フリードリッヒ三世〕[122]に書き送るが、これは同年、サヴォイア公カルロ[123]に、《我ラガ主タルイエス・キリストノ許デノ恩寵ト平安ニヨリテ》[124]、という言葉で挨拶するルターに倣ってのことだ。――一五二六年（十二月七日）、ジェラール・ルーセルがファレルに宛てて、《キリストノ恩寵ト平安ガアナタトトモニアルヨウニ》[125]、と書いている。――同じ月、同じくファレルに宛てて、今度はジャック・トゥサンが同じように書く。《我ラガ主イエス・キリストノ恩寵ト平安ガアナタノ家族全員トトモニアルヨウニ[126]》。またグラングゥジエがおこなった〈贖主〉への言及に関しては、――なるほど非常にふくらませたものだが、一五三二年十一月十八日のファレルのもとに認められる。《唯一の救済者にして贖主たるイエスをつうじ、私たちの慈悲深い父なる神の恩寵と平安、慈悲(23)!》がそれである。

これらすべてのテキストは、ある雰囲気の指標である。また別のラブレーの暦の断片がもたらすものも同様だ。一五三五年の暦と同じく消滅してしまったが、この暦は、一五三三年用に《高貴な都市〔リヨン〕の子午線[127]に基づいて計算され》――《余フランソワ・ラブレー、医学博士にして占星術教授の手で作成され[128]》、リヨンで出版された。これもまたアントワーヌ・ルロワの手で保存されたものであるが、その暦のかなり短い断片が、ラブレーの著作のすべての版に掲載されている。フランス語で書かれた、完璧に正統的な聖句から織りなされており、そのほんの一節からでさえ主調が窺える。(24)《我らが主イエス・キリストが教えられたとおり、(永遠なる王の前で)謙虚になり、祈ることがふさわしい。我々が望み欲することではなく、神が喜ばれ、天が創造されるまえに定められたことがなされるように。ただ、あらゆることにおいて、またいたるところで、神の栄誉ある御名が崇められるように》。――以上、キリストに捧げられた数々の、そして熱烈な祈りが、誰かきわまりなく大胆な否認者のペンによるものだろうか?

《売らんかなのため、そして保身目的で書かれたものだ》、との反論が聞こえてくる。本当のところ一体なにが、アルコフリバス師ではなくラブレー博士が『一五三三年の暦』を起草するとき、暦をキリスト教的な声明でよんどころなく飾りたてさせたのか、教えていただきたい。聖書の引用よりも、《フランス語の美しい福音書の文章》よりも、――騒々しく陽気な滑稽譚もまた同様、立派に勤めを果たしたのではあるまいか? より巧みに、とまでは言わないまでも、まさにラブレーそのひとの身の安全という観点からは?

最後になるが、こんにちではモンペリエに保管されている、二部構成の大フォリオ判、ギリシア語プラトン全集の初版――一五一三年のアルドゥス版の、ラブレー自身が所有するこの哲学者の著作の最初のページに付された手書きの蔵書票〔ex libris〕の、少なからず有名な記載について[25]言をあらためる必要があろうか？　扉にラブレーの筆跡で、〔ギリシア語で〕つぎのように書かれている。《非常ニ優レタル医師フランキスクス・ラベレスス、及ビソノ親シキキリスト教徒ノ所有ニナル[129]》、と。アベル・ルフランはこの記銘を修道院時代に遡らせる。――ルフランによれば、一五二〇年ころで、ラブレーがフォントネーで、ピエール・アミ[130]とともに迫害をうけていた時期である。その場合《キリスト教徒ノ》、という言葉は信仰告白であると同時に、用心かも知れない。わたしはこの考え方に多くの異論がある。――まずはつぎのものだ。もしラブレーがいささか素朴なキリスト教の肯定によって、かれの『プラトン全集』の初めのページから、捜査を阻止しようと望むのなら、かれの敵たちは耳下腺炎《おたふくかぜ》を恐れて（ことに悪魔の言葉であるギリシア語を）勉強などしないのだから[131]、かれらが分かるように努めただろう。《コレハギリシア語ナリ。ヨッテ読マレルコトナシ[132]》。それだったらラブレーはラテン語で書いたことだろう。《及ビソノ親シキキリスト教徒ノ所有ニナル[133]》、と。

　加えて、もしこの記載が修道僧時代に遡るなら、ひとつの単語が文脈の中でかなり唐突なものとなる。〈医師〉がそれだ。フランチェスコ派修道士の身分と医学生の身分とが両立しえない、というわけではない。そうではなく、フォントネーの修道院では、ラブレーは、医師フランソワ・ラブレーではなかったのではないか？　かれは修道僧フランソワだったのだ。一冊のギリシア語版『新約聖書』に、《氏族ニ於イテシノノス、使命ニ於イテフランキスカノス派修道会医師、フランキスクス・ラベラエススノ所有ニナル[134]》との言及が発見されたらしいことは、充分に承知している。ユニークな記載だ。ラブレーの手になる蔵書票をすべて調査したアベル・ルフランは、この票を見たことがなかった。[26] 慎重をきして、これを無視しておこう。ラブレーが早くに医学を天職としていたと想定するなら、わたしとしてはジャン・ブーシェがラブレーに宛てた「回答書簡」に注意を喚起しておきたい。それはフランチェスコ派修道士からベネディクト派修道士となって、ジョフロワ・デスティサックに秘書として仕えていた時代だ。さて、このマイユゼの司教〔デスティサック〕は、

献身的にして、良心に恥じることない聖職者で
そして神学にも、
教会法にも人文科学にも学識深く、
好みにおうじて
ギリシア語、ラテン語、及びフランス語で、
歴史とか神学とかについて、歓談できる訓練ができた
学識者を捜していた。ブーシェ[135]の発言では、それこそラブレーの得意とするところである。
君はそのうちのひとりだ。なぜなら聖職者としての学問すべてにおいて
君は専門家だからだ。そのせいで、かのひとは君を採用し

ご自身に仕えさせた。その結果きみに大変な幸運が訪れた。
時を経ずして聖職禄を授かるために
それ以上の勤めを見つけることはできなかった……[27]。

ギリシア語、ラテン語、フランス語、歴史、神学。この書簡には、ただのひとこともラブレーの医学についての言及がない。もしこの当時からラブレーが、他のあらゆる資格を無視して、《医師ラブレー》となのるほどに医学に造詣が深かったら、――ブーシェのこうした沈黙は、実際、驚くべきことではないだろうか。

*

また別の問題がある。ラブレーには子供がいた。最初のふたり、かれらについては最近その足跡が見つかった[28]。第三子の方は、ずっとまえから知られていた。ラブレーの友人、トゥルーズの法律家にして詩人ジャン・ド・ボワソネが、このラブレーの子供の誕生をめぐって幾篇かのラテン語詩を残した。それらは長いあいだ草稿のままにとどまり、具合の悪いことに日付を欠いている[29]。その子供はリヨンで生まれたが、何年かは分からない。その子は揺籠のまわりに《ローマ教会の高位聖職者》がひしめいているのを目の当たりにした。子供は二歳で死んだ。これだけだ。ラブレーはこの息子にどのような名前をつけたのだろう？　テオデュール、である。どこにでもある名前ではない。意図的なものだ。――この名前は、どんな聖人の名も避けようと願う、理神論者の子供にふさわしいだろうか？　そのとおり。さもなければ同様の願望に動かされている、福音主義者の子供にふさわしいものではないだろうか？――けれどもジャン・

ド・ボワソネが『テオデュールの墓』に収められた作品のひとつで、あまりに早くこの世を捨てた子供に、《なぜこれほど早く旅立つのか？》、と問いかけるのを見るのは興味深いことではないか。――その問いかけに子供は答えて言う、《それは、ボワソネよ、この世を嫌ってのことではない。わたしが死ぬのは、永遠に死ぬ危険を逃れるためなのだ。キリストとともに生きること、ボワソネよ、これこそ有徳の人物にとって望ましい唯一の生き方なのだ》。――だがこれは詩人、ボワソネそのひとだけに関わるものではないか？ そのとおりだ。ただ、こうした言葉を用いてボワソネは、非キリスト教徒の息子のことも語ったろうか？ 《わたしが死ぬのは、永遠に死ぬ危険を逃れるためなのだ》とは、断固たる唯物論者の息子に託されたとしたら、奇妙な断言ではないか[30]？

さて、再びラブレーの言葉に耳を傾けよう。『ガルガンチュワ物語』や『パンタグリュエル物語』で、『福音書』や歴とした福音伝道師について、放縦なラブレー、反キリスト教徒のラブレーが、非の打ちどころのない言葉で、それどころか明らかに熱を帯びた口調、感動的な言葉で語るのは、一度かぎりではない。十度も、二十度もそうなのだ。みながみな、眼に見えて厳粛な調子をもつ非常に有名なそれらの文章のいくつかに、注意をうながす必要が果たしてあるだろうか。たとえばパンタグリュエルの誓願（『パンタグリュエル物語』第二十九章）であり、ラブレーはそれに手を加えず、版から版へと送り続けることになろう。《神の尊き御福音《みことば》を正しく、ただそれのみを、全き姿に布教いたし、ひいては、はかなき人智の捏造《ねつぞう》せる戒律や邪《よこしま》なる虚構事《つくりごと》を以って世を毒せし数多の偽信者偽予言者どもの悪業が、私の周囲より滅し尽《つ》すでありましょう！[136]》後段になると、今度はラブレーが、自分自身の名のもとに、パリっ子たちの精神状態を憂いている。大道曲芸師や騾馬や琵琶法師が、大都市の四つ辻に、歴とした福音伝道師よりも沢山のひとを集めている。――怠惰な修道士連中とちがってキリスト教の真理へと世人を教化する、伝道師たちのひとりだ。周知のとおりガルガンチュワは、雨天の日には、《彼らの有益な説教》[137]を聞きにゆくのである。かれらのおかげで、毎朝、体を摩擦してもらっているあいだに、若いアナグノスト[(31)]が、その内容にふさわしいような読み方で朗読する、『聖書』の何ページかの理解を深めるのである……。

こうした話柄には危険がつきまとっていたことに注意しておこう。それはひとりの人間を刷新者のグループに入れてしまった。そしてその人物を、《ルター的教義》に対して甘いなどということはまず考えられない高等法院の懲罰の的にしてしまった。一五三二年、『パンタグリュエル物語』は刊行された。しかしちょうど一五三二年六月、ジャン・ド・カテュルスがトゥルーズで、異端の咎で生きながら焚刑に処せられた。本当のところ、わたしはアベル・ルフランのラブレー像とその矛盾とを理解するにいたらないのではないだろうか？　かくも慎重な人間〔ラブレー〕に、なんと多くの軽率な言動があることか！　キリスト教の激しい敵でありながら、自分が愚弄している『福音書』を喜んで弁護しては、大変な面倒に身をさらすとは……。もし、いささか矛盾をはらむところではあるが、フランス語で『福音書』を読むことがキリスト教の毒に抗する解毒剤の役目を果たす、という考えをラブレーのものとするのでなければ？

よく知られているように、アンリ・エティエンヌはこう仄めかしている。この悪漢〔ラブレー〕は、福音信奉者をあざむくべく計算されたキリスト教的な宣言によって、人々をまどわせようとしている。それらの人々は、誘き寄せられ、警戒もせずにラブレーの本を読み、かれの毒の犠牲者となるだろう。マキャヴェリスムの一面というなら、マキャヴェリスムの要素はある。だがどれほど些細な証拠でも、ありさえすれば大助かりだ……。それに、聖水に関しても、また燃え尽きてしまい、わずかな断片すらも持ち出すことが出来なかったシャンベリーの聖衣も、水腫患者を作り出す聖エウトロピウス、妊婦の苦しみを癒さない聖女マルガレタ、そしてソルボンヌ神学部とソルボンヌの神学博士たちに関しても、相手にしない方がよい。――しかしもう一度、『福音書』についての胸打つ章句はどうなるのか?

もしテキストに取捨撰択をほどこしていたら、多分、最初の異論を却下せずに済ますこともできただろう。わたしは取捨撰択しなかった。テキストは三年間[138]の文学生活にわたるものであって、不変でまとまりのある、驚くほどに統一がとれた性質を示している。いや、ゆきあたりばったりに並べられた無意識の記憶が問題になっているのではない。そうしたケースならラブレーは、厳格に正統的な思想で満足していただろう。巡礼を馬鹿にしたり、聖母マリアについて等閑に付すこともなかったろう。問われているのは、ある体系なのだ。ある宗教なのだ。その要素はいたるところで同一で、『パンタグリュエル物語』にも『ガルガンチュワ物語』にも、『暦』にも『パンタグリュエル占筮』にも見出される。どこであろうと、同じスタイルで現れる。それはエラスムスに宛てた書簡の、《救世主イエス・キリストノ御名ニオイテ丁重ニ御挨拶申シ上ゲマス》や、『パンタグリュエル占筮』の、《主キリストに縋り奉りて救済と平安のあらむことを》や、グラングゥジエからガルガンチュワに宛てた手紙の《我らが贖主キリストの平安》、『一五三五年の暦』の《我らが贖主イエス・キリスト》への美しい祈願、一五一三年のプラトン全集のキリスト教的な蔵書票を十全に理解可能にするものだ。

だが、第二の異論に対してはどうだろう?

一説では、ラブレーは合理主義者であり、自由思想家である。そのような者として、教養のない民衆の精神を舞台に(ラブレーがフランス語で書いていること、それを忘れないようにしよう)、何世紀も前から、全世界の教会や修道院から流出し、人々の精神には浸透し充満して、慣用をつうじて人間のあらゆる活動、あらゆる思考に滑り込んでいる宗教の影響とたたかうことを明らかに望んでいる、と言う。そこでかれが考案する手段が、自分の著作のもっとも目立つ箇所で、完璧にキリスト教的な宣言をかさねることなのだろうか？　かれが教える生活の規則が、福音にしたがい、福音を説き、福音を受け入れることなのだろうか？　大衆向けに暦を起草するとき、読者をキリスト教から引き離すべく見出す手段が、フランス語で福音を引用し、ページを飾り立てることなのだろうか？――臆病者にしては奇妙な方法だ。――なぜならその方法を実践することで、得るところなしに、厄介事に身をさらしてしまうからである。かれは刷新的でうさんくさいキリスト教徒の間に分類されてしまう。つぎのことを認めよう。つまり、もし『パンタグリュエル占筮』の冒頭で「詩篇」第五篇〔六節〕、《あなたは偽りを言う者を滅ぼされる》[139]、を引用する者が、もし《嘘偽りと知って嘘をついたり、ひいては哀れな衆生を欺いたりいたすことは、軽少な罪科とは申せない》[140]、と公言する者が、もしそうした者が、あれほどの敬意と熱意をこめて『聖書』について語る一方で、嘘をついたとしたら、ラブレーのうちの驚くほど巧妙にひとを欺く手際を讃えるためには、この時代の危険を引き合いに出し、道徳率を無視せざるを得ない必要性からの、ちょっとした卑劣な言動だと言いわけするのでは十分でなかろう。(32)称讃抜きにこう言うべきだろう。――昔日の《合理主義者》は全員嘘つきと卑怯者だといつも大喜びでわたしたちに示してくれる同時代人の慣例に反して、――軽蔑の気持ちをこめて、こう言うべきだろう、《こいつは大した狡猾漢だ》、と。だがこう付け加えるべきだろう、《おまけにとびきりの馬鹿野郎だ》、と。なぜならかれは的を外していたからだ。

7　巨人たちが欺いているなら、それは何の名前においてか

残るのは第三の異論、もっとも重要な異論である。本当をいえば、わたしはそれが明言されているのを、どこにも見たことがない。けれども十六世紀初期の哲学的思弁状況を知る者なら、ただちにその異論を表

明せざるをえない。ラブレーの主要人物は、相たずさえて、毒と解毒剤とをわたしたちに提供しているのではなかろうか？　《炯眼なる読者諸氏よ、これがキリスト教の教理だ。多くの人々の目に一連の誤謬として映ずるものを取り除き、純化さえしたものだ。かたわらにあるのは批評的な合理主義、開明的な人々の教理だ。こちらにあるのが啓示による真理であり、あちらにあるのが理性にしたがった真理である。著者は介入しない。両立不能性が明白であると認めるのは、あなたがたなのだ》。巧妙な戦術である。だが様々なテキストの中に、これに似通ったことは何も見当たらないのだろうか？

　このラブレー、しかしながらかれを、どうしても既成の教理と結びつける必要があるのだろうか？　ポステルがポンポナッツィについて述べたように（まったくの誤解なのだが）、かれはルクレティウス派ノ哲学者なのだろうか？　考えてみると、ラブレーは何度となくルキアノス呼ばわりされたが、ルクレティウスとして扱われたことは一度もなかった。これはとりたてて議論するまでもないであろう。そのうえ誤りがなければ、ラブレーの全著作をつうじてルクレティウスへの言及が一度も見られないのが分かる。J・プラタールはその出典の目録で、まったく触れていない。そしてルクレティウスは自然決定論の名において奇蹟を否定した。一方ラブレーの決定論はむしろ緩やかなように思われる。ルクレティウスはペシミストとして摂理を否定した。ラブレーはオプティミストである。ルクレティウスは原子論に立脚し、創造を否定した。ラブレーにおいて原子論は問題にならない。最後にルクレティウスは、無知と恐怖から生み出された、人類の娘である宗教が、腹黒い者たちのカーストによって利用されている、と言う。これに近いことがラブレーの著作に見出されるだろうか？　ラブレーの著作がわたしたちに語ってくれる神、どの点でその神はエピクロスやルクレティウスの神と似ているのだろう？　ラテン語詩人が見せる神は、永遠不朽に存在する宇宙に関心がなく、近寄りがたい場所で、人間の祈りにも受難にも耳を貸さずに過ごしている。ラブレーがルクレティウスのライヴァルなのだろうか？　それではパンタグリュエルの父親〔ラブレー〕の側の、プラトニスムに関する、数多くの肯定的言辞はどうなるのか？　《どこまで『ガルガンチュワ物語』と『パンタグリュエル物語』に》、とルフラン氏は一九〇一年に記していた、《プラトニスムが入り込んでいたか、十分には分からない》。しかし正確にいえば、キリストの敵を捜しにいくべきは、プラトニスムやルネサンスのネオ＝プラトニスムの信奉者のもとにではない。かれらの教理が、想像力やオカルト的な夢想のあまりにも重い負荷で鈍重になっていなければ、それは容易に正統と合流するのだ。いずれにしても撰ばなければならない。ルクレティウスかプラトンか？　目下のところでは、プラトン、と言っておこう。

それでは、――パドヴァが実在するからといって――ラブレーをパドヴァ学派に分類できるのだろうか？　この問いはもはや手付かずのものではなく、ここまでの過程ですでにわたしたちは、こうした修飾を認めるにはいささかの難点があることを指摘しておいた。しかしながら、この御しがたい反キリスト教徒ラブレーには、その反キリスト教主義をなんらかの思想体系に基づかせる必要がどうしてもあるのだろうか？　わたしにはそうした思想体系がふたつ、ルクレティウス流のエピクロス主義を除いても、おのずと現れるふたつの思想体系が見える。すなわちアウェロエス主義とアレクサンドロス主義である。ここでもまたあらかじめ撰択しなければならないし、もうプラトンを話柄にしてはならない。つまり、これらのパドヴァ学派のスコラ哲学者の間にあって、ひとりのプラトン主義者はどのような役目を果たしえるのだろう？　だがアウェロエス派のラブレーとは、どのような様子をしているのか？　アウェロエスの神はアリストテレスに註釈をほどこしては、かの無カラノ創造に対し、またかの、ラブレーが認め、言明する、正義の報いを与える神性についての信仰に対し、あれほど多くの難題を突きつけていたではないか！――

アウェロエスの神は、時間的に始まりも終わりもない宇宙を創造しなかったし、この宇宙を認識しもせず、そこに自らの思想も、いわんや自らの摂理もまったく託さない。――このアウェロエスの神が、一体ガルガンチュワの神、パンタグリュエルの神となりうるだろうか？　そしてアレクサンドロスに関しては、またその弟子のポンポナッツィに関しては、どこにテキストが、証拠が、テキストがないとしたら明白な事実があるのか？――ではオカルティスムは？　なるほど。学者にして評判の高い医師、フランソワ師は己れが知るべきことを知っている。したがってかれは十二宮図を作ることが容易にできる。権力をもつ後援者のお気に召すのに必要なら、それを作る。だがかれが十二宮図を信じているのは、ジャン修道士が銃火砲火用のお経を信ずるのと同じ程度なのだ。[141] ハインリッヒ・コルネリウス・アグリッパがその『諸学ノ虚妄ニツイテ』でそうしているのと同じようにきっぱりと、こう語り、繰り返す。つまり、神の威光をまったく敬わず、神の威光にのみ属する能力を星辰に帰すこと、そして人間の自由を星辰の奴隷とすること、そうしたことは不信仰である。そしてずっと前から、ジョヴァンニ・ピコ・デッラ・ミランドーラはみなに、その論証を提供していた。

それではこの時代に、少なくとも潜在的ではあれ、キリスト教の対立者をどこに捜せばよいのだろうか。――ラブレーの良識が、その教理にとことんまでついていくことができなかった、あれらのオカルト主義者の世界の中でなければ、どこに捜せばよいのか？　論証はもはや必要がない。ブランシェによって、とくにその『カンパネッラ』の中でなされているのだから。

しかしすでにアグリッパがそうしたことを判断し、語っていた。運命占星術は《奇蹟を消滅させること、摂理を奪い去ること、そして万事が星辰の勢力と効力に依存し、星まわりの宿命的で不可避な必然性によって出来すると教えることで、宗教的な信仰を奪ってしまう》。加えて《悪徳が天から我々のうちに降り

きたるものと弁明しては、その悪徳を助長する……》。(33)

以上は総論である。詳細に及ぶ必要はない。一五三〇年頃、その解決に同時代人たちが熱中していたいくつかの問題があった。単に大学で、著名な神学博士の教壇のもとでのみ、論じられていたわけではなかった。説教のあとで、あるいは一杯呑んだあとの遠慮のない会話の折りに、立派な市民が喜んでそうした議論に興じていた。マイヤールやムノ、その他の説教師はその件で頻繁に証言をしてくれる。しかしそれらの問題を、わたしたちはもう検討してしまった。そしてわたしたちはいつも、是非はともあれ、こう結論せざるをえなかった。かくも多くの厄介な問題に、はっきりと反キリスト教的な解答を示すほど大胆な人々がいたとしても、ラブレーはその初期の著作にあって、そうした無謀な言動に賛同するにはほど遠かった、と。創造の問題？　かれは無カラノ創造についてしか、それもきわめて正統的な口調でしか話さない。摂理の問題は？　同じことだ。奇蹟についてはどうか？　パニュルジュは笑いとばす、しかも止めどない笑いで。自由か必然性か、予定説と自由意志と、悪の起源とその存在理由。──神の意志と人間の意志の関係の研究が課す、こうしたあらゆる複合的な問題はどうなのか？　オリヴィエ・マイヤールはどこかで、神学博士をつかまえ、難問をめぐって貪欲に質問責めにする同時代の人々を描いている。《ユダ、主はかれが御自身を裏切るはずだということをご存じだったのか？　それでは、ユダは自由ではなかった。にもかかわらずかれに責任はあるのか？》　こうしたすべての係争点に関しラブレーは沈黙している。あるいは、かれが口をはさむ場合でも、それはキリスト教徒としてなのである。

いや、実際、巨人たちのキリスト教的な宗教に向き合って、その宗教と相いれないラブレーの哲学を提示する理由はない。おそらくいくつかの命題は削られているだろうが、実質的な公式表現では正統的な──トリエント公会議の厳格な正統ではないとしても、キリスト教の広い正統の範囲内で正統的な──教理問答の命題を、口には出さないが、議論の余地なく明瞭に否定する、ガルガンチュワ的な、もしくはパンタグリュエル的な、さらにはパニュルジュ的な形而上学、そうしたものは存在しない。わたしたちがすでに用いた言葉をそのまま再び取り上げてみる。そう、一五三二年から一五三五年にかけて、ラブレーがその著作の中で、読者の撰択にまかせ、これは毒、あれは解毒剤と、ならべて配置しているようには思えないのだ。

*

わたしたちは再びテキストを前にしている。このコレクション、ラブレーの初期の著作から抜きだし、見てきたように、非常に首尾一貫した総体を形成する、宗教的なテキストの撰集を前にしている。確かにキリスト教的なテキストである。しかし、どのようなキリスト教のものか？　それらは伝統的で保守的な精神の産物であるのか？　そう主張するのは不可能だ。そこに、程度の差こそあれ断固とした明白な、宗教改革への賛同の証拠を見るべきだろうか？　それとも、どこかほかを尋ねるのが適当だろうか？

この種のあらゆる疑問と同じく、デリケートな問題だ。宗教的な教理と、非常に混乱したこの時代とに関するとき、原因と影響の問題ほど解決するのがむずかしいものはない。誰か神学者が発表した長大な神学を前にしたとしよう。個人的な思想を微塵も隠すまいと気を配る神学博士の手になる、明晰に表現された、広範囲にわたる完全な教理を前にしたとしよう。曖昧な要素が、すでにどれほど多いことか！　一例として、ルターの思想の源泉についてわたしたちが所有している、相対立する著作からなる膨大な書架を思い描くがよい。それではことがラブレーのような人間に関し、また陽気できわどい雑談のただなかに捜しにいかなければならない、野放図な物語にちりばめられた、あれらの文章に関しては、どうなのか？

――気を落とさずに、巨人の宗教を、それが誕生するのを目の当たりにした、当時の大宗教との関係において、位置づけることから始めよう。

第二章　ラブレー、宗教改革およびルター

周知の如く、わたしたちが提出した問題を解決する古典的な方法がひとつある。少なからぬ批評家が一致して、巨人たちの神学を《改革派の》、と形容しているのだ。

少なからぬ批評家であり、すべての批評家ではない。急進的な人たちもいれば、穏健派もいる。穏健派にとっては、ラブレーは、厳密にいえば改革派ではなかった。かれは福音主義者や宗教改革者の初期キャンペーンを、共感を以って注目していたのである。ラブレーはかれらの努力に、ひとによって大小の判定は異なるにせよ、かれもまたある程度の努力でこたえた。一九一二年、『ガルガンチュワ物語』「序論」でアベル・ルフランは、言葉を吟味しながら、《完全に同意しはしなかったが、ラブレーはその時代にあって、その直中に生きていた知的関心が十二分に説明する、注意深く誠実な共感を新しい宗教的教理に示そうと努めている[1]》、と註釈する。プラタールの方でも、こう註記する、[1]《ラブレーはその傾向によって、この時期に宗教改革者に接近していた。ソルボンヌ神学部をめぐり、贖宥符や聖人崇拝、信者の勤めをめぐり、——かれはフランスの初期宗教改革者と見解を同じくしていた。かれらの願望を表現し、プログラムを作成していたのがルフェーヴル・デタープルであった》、と。これらふたつの引用で満足しよう。ニュアンスをのぞけば、考えは一致している。

けれども急進派の人々がいる。共感とか傾向、そのような言葉は曖昧にすぎる。実のところ、ある期間

をとれば、ラブレーは改革派だった。かれは『改革派フランス〔人名録〕』第二版のRの項目にその場所を見つけることになるはずだ。[2] ひとりの神学者の言葉に耳を傾けてみよう。この人物は分散隊形で論争を展開するが、その確信が《多分》や《おそらく》という言葉で拘束されることはない。ラブレーの宗教的理念？　とかれは尋ねる。《フランス初期宗教改革のそれだ。その理念はこう要約されうる。キリスト教徒は『福音書』の教えのみを規律とみなすべきである。教皇の権力は不当に得られ、濫用された権力である。修道院の生活は自然に反し、社会的見地から見て危険である。聖人崇拝は『福音書』と相反し、巡礼は忌まわしく無益な旅にすぎない。神に捧げられる礼拝は、すべからく内面的で個人的でなければならないし、崇拝と祈禱から成るものでなくてはならない。わたしたちは永遠なる神に、このお方のみにまったき信頼をよせなければならない。以上がラブレーの著作から、いくつかの公式の形で、明らかになってくることだ》。意識的に厳密さを欠いたこの列挙のあとで、こうまとめる。《ラブレーは異端であった。かれは火刑台の薪のにおいがした》。[3] もしラブレーが《火刑台にあたいしたら》、とスタフェールはすでに書きとめていた。《それは、中世的伝統が許容しており、不道徳を根深く有するカトリック教会が一度も気を損ねたりなどしなかった、たくさんの陽気な批判のゆえではなく、純粋な『福音書』があらゆる書物、人々が施したあらゆる註解にまさっている、と述べたからであり、——あるいは好んで聖パウロ、宗教改革の偉大な使徒であり、[4] ルターに先だつプロテスタンティスムの創設者である聖パウロを引用したためである》。

《不道徳を根深く有するカトリック教会》、すなわちルターの教理に対する、周知の無道徳な、この源を同じくする敵対者のことは、ここで打ち切りにしよう。《プロテスタンティスムの創設者である聖パウロ》も、論争の地下納骨所で眠りに、できれば永遠の眠りにつかせておこう。スタフェールはふたつの精密な基準を用いるように提案している。そのひとつは、まずい撰択だ。聖パウロを引き合いに出すこと、聖パウロの意見を求めること、聖パウロから霊感を受けること。——これが改革派であることにはならない。使徒パウロに向けられた改革派の人々の愛着がいかに大きかったとしても。聖パウロの書簡で宗教思想をはぐくんだ多くのカトリック教徒が、カトリック教徒であり続けた。まったく同様に、聖パウロのテキストを巧妙に解釈し、そこからふたつの、あるいは多数の異なった体系を取り出すのも、甚だ容易なことだ。本物の神学者がこうした巧妙さを欠くことなど先ずありえない。とはいえスタフェールが正しい道を示したことにかわりはない。その予断は別にして、かれの足取りをたどることにしよう。

1　一五三二年と一五三五年の間——改革派であることとは何であるのか

基準？　だがどのように基準を選べばよいのか？　『パンタグリュエル物語』とともに、わたしたちは一五三二年にいる。『ガルガンチュワ物語』とともにならば、一五三五年だ。それでは一五三二年の時点で、ひとりの改革派とは何者か。そして一五三五年の時点では？　すべからく国家次第である。

この時代、ヨーロッパにおいて、ある複数の主権者——都市の行政官や地方議会などの、集団としての主権者や、——国王、君主、領主などの個人としての主権者がすでに、多かれ少なかれきっぱりとローマ教会と関係を絶っており、自分たちが統治する領土内に、その国独自の改革派教会を設置していた。こうした国家にあっては間違いなく、《改革派の人々》がいる。すなわち、信仰に関して主権者の決定を受け入れ、そのことによって主権者とともにローマと袂を分かった家臣たちである。けれども依然として、そうした者のなんと数少ないことか！

おそらくこの見地からすれば、状況がもっとも明確なのは——今日そう言われているように、スイスにおいてである。早い時期、一五二九年から、スイス連邦はふたつのグループを形成している。チューリッヒ、ベルン、バーゼル、ザンクト＝ガレンは、ミサを説教に代えてしまった。だが殊にフランス語圏スイス、ベルン属領では、その地方の宗教地図がほぼ決定的な形で現在のような姿になるには、刷新者たちには未だ多くのなすべきことが残されていた。そしてカトリック教徒も改革派信徒も、必要とあらば、暴力的な手段によって自分たちの信仰を上位に立たせることを諦めてはいない。一五三一年十月十一日、ツヴィングリはカペルの戦場[5]に血まみれの己れの死体を残したが、カトリック教徒はそれを八つ裂きにし、燃してしまう……。

ドイツはどうなのか？　改革派の君主は慎重な行動を余儀なくされ、状況は長いあいだ未決定のままであった。〔神聖ローマ帝国〕皇帝は、パヴィアの戦闘の直後、ローマの略奪の直後、このうえなく強力だった！　一五二七年[6]になってようやく、シュパイヤーの帝国議会で、諸侯は自領内に自分たちの理念に基づいた教会を、それまでなにもかも混乱させてきた帝国議会との果てしない葛藤を懸念する必要もなしに組織する、一種の暫定的な自由を獲得したのであった。——英国では？　ヘンリー八世が英国聖職者に圧力をかけはじめるのは、一五三二年、『パンタグリュエル物語』刊行の年だ。しかし反ローマ教会派であると同時に反ルター派のこの君主が、信仰の問題について何を望んでいるか、どの地点で足をとめるか、まだ誰も知らない。国王至上法[7]は一五三四年〔十一月〕になってからしか効力を発しないし、『パンタグリュエル物語』を引き継いで『ガルガンチュワ物語』が世に現れるころ、トマス・モアは斬首刑に処せられ〔一五三五年七月〕、あるいはトマス・クロムウェルの力強い鼓舞によって、英国修道院の解体が始まっている。

様々な教理はこうした曖昧さの影響をとどめている。教理が公認の神学者によって厳格に定義され、広範に普及した信仰告白に採録されている国家は稀であった。付言すると、信徒がほとんど一致し、底意も意見の相違もなく受け入れる教理のことだ。ルターの直接的な影響がもっとも強くはたらきかけた地域、ドイツのザクセン撰帝侯領においてさえ、――教会巡視の初期の結果から見ると、勤行や教理に一定の秩序を回復させるため多大な努力がどうやら計画されはじめたのは、ようやく一五二八年になってからのことだ。一五二九年五月、ルターは次々と『大教理問答』、『小教理問答』を出版する。だが数年来（ことに一五二五年と一五二六年来）、ルターとツヴィングリ、エコランパディウス、その他の人々の間で、聖餐論争が厳しく続けられている。主権者が宗教改革に賛同した国家にあっても、なんという驚くべき多様な説があったことだろう！　競合する教派の、なんと激しい対抗意識だろうか！　諸党派のなんという数か！　そして、抵抗することなく指導者の意志にしたがう従順な人々のあいだに、――旧来の思想や勤行に対する、意識的・無意識的を問わず、なんと根深い執着があることか！

　人々は待っている。だが何を？　よく分からない。心の奥で、たくさんの人々が、万事うまく行くだろう、と考えている。いたるところで、教会会議に信頼をよせている。おそらく、他のどこよりもドイツではそうだ。とくに一五三四年十一月以来、キリスト教国家会議のきたるべき会合についてのパウルス三世[8]の声明を歓迎する好意的な意見表明に、そのことは見てとれる。さらにいっそう、シュマルカルデン同盟支持者にせよ、ヘンリー八世にせよ、国王フランソワ〔一世〕にせよ、政治的事由で対立する君主たちの、何はともあれ和解への努力に見てとれる。神学者たちは論争をしあっており、君主は数カ月単位で、こちら側の神学者に、それからあちら側の神学者に賛同する。はなはだしく動揺する信徒たちは、ほとんどあらゆる見解に、そのどれにも折り合うことなく誓願をたてる。大多数の農民は開明されておらず、迷信に身を任せている。統一を欠いた数々の要因が、混乱する状況下に存在するのだ。

＊

フランスでは？　国王の意図は、はなはだしく一貫性を欠いている。かれはローマ教会と断絶しているわけではない。しかしルター派の君主たちとの仲も良好である。絶え間ないシーソー・ゲームだ。ある日、かれはベルカンの生命を救い、護衛隊の弓手に命じて、〔高等法院〕評定官の厳しい魔の手からベルカンを解放させる。[9]また別の日には、蠟燭を手にして、一五二八年六月の贖罪行列のあとについてゆく。国王は、最初は助けたあのベルカンに手をこまねいて非業の死をとげさせ（一五二九年四月十七日）、ついで一五三〇年の初頭、王立教授団を設立し、一五三一年には信仰告白を述べるようツヴィングリを招く。――他方で、一五三三年十月、フランソワ一世はマルセイユに赴き、教皇クレメンス七世と会見し、王太子をメディチ家の娘〔カトリーヌ・ド・メディシス〕と結婚させている。しかし一五三三年十一月末、かれはアヴィニヨンで、ルター派信徒との同盟計画について協議し、一五三四年一月、バール＝ル＝デュックで方伯と協定を結ぶ。国王がおそらくルター派に対してのみならず、文芸そのものに対し、印刷術――これには或る勅令が廃止を宣言することになる――に対し、ユマニスムと古代言語に対し、最悪な行動をとるのには、十中八九『ガルガンチュワ物語』の発売と時期を同じくして勃発した、檄文事件（一五三四年十月十八日）を必要とするのだ。――さらに、これが気紛れの多いこの国王の最後の方針変更というわけではない。

国王の意図の、全般的な一貫性の欠如。――けれどもよりいっそう、フランス人のあいだには、様々な教理に関する根深い一貫性の欠如が認められる。フランスにはマルティン・ルターに類する人物はいない。

ルフェーヴル・デタープルのような老人は、頑強で攻撃的で、民衆的な活気にあふれる、かのアウグスティノ派修道士〔ルター〕の役割を、いかなる点でも果たしはしない。当時ルター派と称される人々の中で、何人がルターの教理に通じ、一五二九年の教理問答を受けいれる用意があるだろう？　ルター、メランヒトン、ブッツァー、ツヴィングリ、エコランパディウスといった、隣接する諸国の足並のそろわない神学博士が交互に人々の精神におよぼす影響、そして同時にかれらの気質、経験、読書に由来するような概念のあいだに、どれほど多くの重要な差異があることだろう？　このようにフランスには、ドイツやスイスにもまして、それぞれにとてつもなく変化に富む個々の教理、――かなり不明確でまったく実践されることもないので、現実に適応する必要もない教理が存在していた。付言すれば、そうした教理が自らを分離主義者と公言することは滅多にない。教会分離とはおそろしい事態だし、――曖昧さははなはだ魅力的なのである！

教会会議はまだ言葉を発していなかった。そして教会会議が沈黙をまもっている以上、真の宗教の真の代表者がルーヴル宮殿の説教者よりもむしろ、ソルボンヌ神学部の神学博士であると、誰が言明する勇気をもちうるだろうか？

一五三〇年と一五三五年のあいだのフランスで、ひとりの《改革派》が何者であったか定義すること。いや、本当に、この仕事は楽なものではない。

2　さまざまな信仰告白とさまざまな判断基準――『聖書』

歴史家アンリ・オゼールは、こうした困難を十全に意識して、ある方法を提案した。オゼールは言う[(3)]、おそらく、《福音主義者》と命名される人々がみな、信仰告白〔Credo〕として撰択したであろうような、単一で一貫性をもち、《改革派的理念》によって結ばれた体系が、一五二〇年と一五三〇年のあいだのフランスに存在したと読者に信じさせてはならない。大切なポイントがある。福音主義者のうち或る者は、他の人々があまりに大胆だとして拒絶する幾つかの命題を己れのものとしている。精確に言おう。それらの命題のうち数少ない幾つかが、遅かれ早かれ、真の改革派になるよう、その支持者を前もって運命づけていたことは、非常に明瞭である。贖宥符、巡礼、聖人といった、ソルボンヌ神学部の文書に端役としてしばしば登場し、目立ちはするが副次的な項目よりも、重要なのはそうした命題なのである。

他方、フランスの宗教改革と国外の宗教改革、ことにドイツの宗教改革との関係の問題にあって、自立している姿を示そうとしても、——この問題は、一五三〇年の時点で、もはや手つかずではなかった。少なくとも一貫性をもちストレートな改革派の教理がひとつ存在し、強固に組織されはじめていた一群の聖職者によって公言され、詳細な教理問答で述べられていた。すなわちルター派の力強い教理である。さてこうした註釈の恩恵を受けて、福音主義的な様々な信仰告白の中から、忌避しえない価値基準を有する項目を、アンリ・オゼールとともに決定しようと試みるなら、——ふたつ見出すことができる。『聖書』が宗教の唯一の源泉であること、ひとは信仰によってしか義とされないこと、である。さてこれから、ラブレーのテキストに戻ってみよう。

*

『聖書』が宗教の唯一の源泉で、教理と行動の唯一の規範なのか？ ラブレーの初期の著作では、二十度も、み言葉の効果的な徳、慈愛が賞賛される。それに加えて、聖句がたくさん、フランス語でたびたび引用されるのだ。

恐らく、『聖書』によって明確に規定されていないことすべてをキリスト教徒が棄却すべきであるとは、はっきりとは述べられていない。しかし純粋に、素朴に、完全に説かれた『福音書』は、あらゆる付加を、とくにかの《偽信者[10]（教皇座の信奉者、と理解しよう）が、時節を経るとともに、神の御言葉やその教えに付け加えなければならないと思った、あれらの《人智の捏造せる戒律や邪なる虚構事[11]》を削除されるだろう、と確言されている。『聖書』を、まず第一に、『新約聖書』と理解したほうがよい。『新約聖書』こそが、ラブレーの物語の中で、主として言及されるのであり、「詩篇」の頻繁な引用を別にすると、およそ専一的に言及される。ラブレーが自分の名前で語るとき、あるいはその主人公たちに語らせるとき、かれらは聖書文学全体の中から、キリスト教が直接の源泉と認めている、とりわけ神聖な文書、すなわち厳密にいうところの『福音書』と『正典書簡』以外はほとんど採用しない。——換言すると、キリストただひとりの言葉であり、[4]註釈なしの言葉である。教父の言葉でさえない。教父の言葉はラブレーのテキストで一度も引用されない。キリスト、人となった神の言葉である。[5]この方の欠くことの出来ない仲介によって、この方が地上に現れたときから、そしてそれ以前から、わたしたちは神の恩寵を受け、そして神を讃えている。ラブレーの主人公たちは、ルターのように、事実上ひとりの神しか知らない、三位一体というアウグスティヌス的な概念によく同意しているように見える。この概念がまったくルターのものであると同じように、ラブレーの主人公たちのそれであるように思えるのだ。

さて、念のため次の補足をしておこう。『神学大全』からではなく、ガリアの物語（『ガルガンチュワとパンタグリュエル物語』）から抜粋されたテキストは、当然のことながら不明確で、解答の明示されていない（基本的な）疑問を少なくともひとつ残す。《『福音書』に戻れ》と言うとしても、万事が解決されたわけではなかった。『福音書』は、それを推奨する者にとって、たくさんの違ったことを表象しうるのである。それは、立法者たる神により人間に啓示された法律であり、その言葉ひとつひとつ、しるしのひとつひとつが崇められなければならない。――それは、あるいはエラスムスが敬意を表するかの《キリスト教哲学の尊敬すべき君主》の生きた言葉であり、あるいはルターの聖書中心主義を嘲弄して再洗礼派が冷笑するような《紙でできた教皇》であり、あるいは神の子供たちに、指南、行動の規範、地上での道徳的な掟として役立つように授けられた自由の大憲章かも知れない。わたしたちのテキストが、ラブレーの、もしくはガルガンチュワの、『福音書』に関する決定的な言葉を示さなくとも、驚かないようにしよう。それらのテキストが、『聖書』について、正統性を欠いた見解を提供していると言うことはどうしても出来ない。他方、ラブレーが『福音書』を古代の美しい文学から切り離していないことは、しごく確実なことだ。もしパンタグリュエルが《一日の数時間》[12]を、聖書文学を学ぶために捧げるとしても、父ガルガンチュワのように、ラテン語文体のプリンス、キケロは言うまでもなく、プルタルコスの『倫理論集』やプラトンの素晴らしい対話篇を読むのにも同じく喜びを覚えている。『聖書』から偽信者たちに馴染み深い《付加》を取り除かなければならないにせよ、古代の高貴な思想で、『聖書』が与える道徳的な教訓を豊かにすることは禁じられていないのだ。

3　信仰による義認

第二の規範はこうだ。宗教改革の、俗にいう《中枢となる教義》、または《実質的な公準》、つまり〈信仰による義認〉の肯定である。だがこの表現は、どれほど説明され、細心の注意をもって明らかにされる必要があることか！　ルターの配慮のおかげでこれは周知のふさわしい評価を得るにいたったのだが、そのルターに頼もうではないか。——この繊細な仕事をするにあたって助けてくれるよう頼もうではないか。ルターにとっても、かれに賛同する人々にとっても、客観的な神学的表現が問題なのではなく、まずもって個人的で奥深い魂の状態が問題なのだから、——できるだけ単純に《人間的な》言葉でわたしたちの考えを述べるよう努めることにしよう。

《神は》、とルターは、自らの存在の深奥までかれを震撼させた経験に支えられて宣言する、——《神は救済の唯一の主である。完全に、絶対的に、ただ神のみなのだ。なぜなら人間は、義認の仕事を妨げたり、補佐したり、あるいは手助けすることはよく出来るだろう。けれども何においてであれ、共同することはけっして出来ない。慈愛の父である神は人間に、賜物として、純粋な賜物として、無償に、代償なく、恩寵を与えられる。神は恩寵を、いかなる点でもそれにあたいせず、そのいかなる仕業も神の眼には良しと映りえない被造物に与えられる。アダムの息子たちの本源的堕落により、すでに、いまあるように穢れてしまった被造物に。人間が驕り高ぶって、称するところの功徳で身を飾る代わりに、心の中で己れの仕業の無益さを悟り、救済のために自ら何もおこないえないのだと悟るように。そうすれば恩寵は自ずと人間の方に下りてくるであろう。恩寵は信仰を目覚めさせるだろうし、——信仰も同じく人間の努力から生まれるわけではない。それもまた神の純粋な賜物であり、被造物にとって、恩寵を理解し、義にかなう手段なのだ。——こうした信仰の恩恵を受け、人間はもはや、多くの律儀な人々の良心を憔悴させる呵責や苦悩を覚えることはない。かれはもはや、己れの救済について不安をいだきながら自問することはない。かれはもはや、価値のない善行と償いのつかない罪の、常に借方で精算されている、この永遠の貸借対照表を作成しなおすことはない。かれは心の中に、自分には神の怒りをおそれる必要はまったくなく、神は自分に慈悲をたれたもうに違いないという、内心の、かつ完璧な確信をいだくのである》。

大雑把に要約された、これがルターの教理であり[6]、かれの体系の中とは言わぬまでも、キリスト者の生活についての概念の中で、この教理が占める中心的な位置は知られている。これをラブレーの主人公たちがおおやけに述べている教理と照合しても構わないだろうか？　難点は、一五三五年以前の著作のいかなる箇所でもラブレーが〈唯一義認にあたいする信仰〉という教理を暗示していないことだ。いかなる箇所でも、かれはおこないの問題を、その総体において扱っていない。いかなる箇所でも、かれは信仰とおこないをはっきりと対立させてはいないのだ。

確かにラブレーは嘲弄する。救済にとくに効果ありと認められたいくつかのおこないの有効性を信じることに対しては、揶揄の言葉をさし向ける。たとえば巡礼がそれだ。けれども旅野疲郎《ラスダレ》とその巡礼の一行[13]について台詞を起草することは、善と呼ばれることをなしてさえ救済に与かりえない、人間の根源的な無力をルターとともに断言することではないし、聖パウロのテキスト、律法ノオコナイ〔Opera legis〕をルター風に解釈することでもない。事態はむしろ衝撃的である。つまり初期の著作であれほど頻繁に聖パウロを引用するラブレーが、ルター派信徒、福音主義者、カルヴァン派信徒がそれぞれに依拠し、救済を受ける効果的手段としてのおこないの無益さと、――唯一信仰を義認する効力とを公言する、あれほど有名な聖パウロのテキストを、一度たりとも引用しないのである。

4　慈愛がつくる信仰

それだけではない。『パンタグリュエル物語』の或る目立つ一節に、教理に関わる主張が含まれているが、これについて、現在にいたるまで誰もそれにふさわしい注意を払ったようには思えない。いや、違う！　エティエンヌ・ジルソンが、その「フランチェスコ派修道士ラブレー」で、当然のことながら、この主張に説明を加えずにはおかなかった。(7) けれどもかれの説明は字義的なものにとどまっている。『〔協会版、ラブレー〕著作集』の学識ある編集者たちの方では、このテキストに註釈を施しておらず、したがって関心をもっていない、と考えることができよう。以下がそのテキストである。ガルガンチュワは息子に言う、そなたがしなければならないのは、神に仕え、これを敬愛し、これを畏れ、《至高至善の慈愛を基とする信仰によって主に縋《すが》り奉り、罪業を犯してこれより離《さか》ること断じてあるべからず》[14]。――慈愛がつくる信仰。それは何を意味しているのだろう？

この表現――《慈愛ニヨリ形成サレタ信仰》[15]――はスコラ学者には馴染み深く、世に知られている。その歴史をたどる必要はない。ここではただひとつのことが重要である。――すなわち、ガルガンチュワがこの表現を自分のものとすることで、信仰と慈愛の関係のまったく正統的な理論をも、自分のものとしている、ということだ。ルターはこの理論を自己流に解釈し、断固として破棄した。(8) そもそもルターの解釈が正確であったかどうか。ルターの怒りをかった、この《作られた、という呪われた言葉、作ラレシ、ナル忌マワシキカノ言葉》[16]を用いていた人々の真の教理について、かれが誤解していたかどうか。――ルターの言葉によるとその人々は、霊感を与える源、形態〔forma〕が慈愛である信仰、すなわち、霊魂が身体に形を与えるのと同様にして、慈愛が《形を与える》にちがいない信仰について語っていたのである。これは神学者たちの論議である。この件についてなんらかの知識をえたいと思う者がいたら、デニフレの著書(9)の文章と言及でいっぱいになったページを、ただ注意深く読みさえすればよいだろう。これらのページは、かつてルターの敵対者によって、敵の誤り、もしくは敵の誤りの数々を明示するためにあてられたものであって、敵は教会の正統な教理を歪曲しているとかれは考えたのであった。

個人的には、つぎの確認だけを述べるにとどめたい。《慈愛ニヨリ形成サレタ信仰》、これはルター派の言い回しの正反対である。そしてわたしたちは、カルヴァンの表現をもって、それを補うこともできよう。信仰と慈愛の関係をめぐるこの問題で、カルヴァンの見解はルターのそれとまったく同じである。一五四一年の『キリスト教綱要』を開いてみよう。第四章〈信仰について〉に、以下の文章が読み取れるだろう。《同じ理由によって、詭弁を弄する者たちのふたつの他の虚偽が覆される。最初の虚偽は、神の認識に優れた愛情が加わるとき信仰が形成される、と想像していることだ……》。さらにまた、《ソルボンヌの輩が教えていること、慈愛は信仰と希望にまさる、ということは、まったくの夢想に過ぎない。唯一信仰だけが、まずもって、わたしたちのうちに慈愛を生み出すからだ》。――最後に同じ注意が、第六章〈義認について〉で見られる。《かれらはまた、むなしく別の奸計を捜している。わたしたちはただ信仰によって義認され、信仰は慈愛をつうじて働く、とするのだ。聖パウロと同じくわたしたちも、慈愛と結び付いた信仰以外に義認する信仰はない、と認めるものである。しかし信仰は慈愛から義認する力を受け取る訳ではない。信仰はわたしたちを、キリストの義に結び付けるという理由以外で、義認することはないのである》。これらの文章は充分に意味深長だと思える。(10)

さてラブレーは、ガルガンチュワの荘厳な書簡をふさわしく締め括るにあたって、明らかに気を配り、十行ほどの雄大な文章を作成する。もしかれがルター派の教理をふかく信じているなら、正統的なものだとかれが承知していなかったはずのない表現――だがルターの思想とは異質であり、敵対的であることもまた、いささかの疑いもなく承知している表現を用いたりするだろうか？　この疑問を課すことはできるし、また課すべきである。だが、慎重に、そしてニュアンスに配慮しながら、だ。例をひとつあげるにとどめよう。ファン・デ・バルデスの[17]『対話篇』、マルセル・バタイヨンが幸運にも発見し、わたしたちに復元してくれたその『対話篇』を開くと、そこに見出されるのは、《形成サレタ信仰ト神学者ガ呼ブトコロノ[18]》、この信仰への暗示である。(11) これは最初の師匠を去り、ルターに接近するまで、一五二九年の時点でまだエラスムス主義者だったバルデスにとって、慈愛が豊かにし、賞賛にあたいするおこないの源である、形成サレタ信仰のみが、〈信仰〉の名前を獲得する、ということを明らかに証明するものである。同じ問題について、マルセル・バタイヨンの註記をラブレーに当てはめてみよう。《バルデスは》、とかれは『対話篇』の「序論」で記している、《エラスムスを優れた神学博士、真の神学者として認めた瞬間からしか、ルター派にはなりえなかった(12)》。

〈慈愛がつくる信仰〉？　この表現はルターを呼び起こさない。ファン・デ・バルデスがたいそうきっぱりと証明しているように、エラスムス派の福音主義者には、その者が他方でルターを賞賛しているとしても、この表現は不快なものではない。わたしたちの分析が同様の結論に導くのは、これが初めてではない。あまりにも細かすぎる分析だろうか？　いずれにせよ、けっして突飛なものではない。宗教改革以前の宗教改革者と呼ばれる人々がいる。かれらを神学者たちが、細心の配慮をもって、こと細かに研究するとき――一例として、神学者たちが、ヨハン・ピュペールなる人物（一五二一年になって初めて印刷されることになる『キリスト教ノ自由』という論文を、一四七三年に執筆した人物であり、その教理は題名に劣らず[19]多くの点で、ルターを予感させるように思えるものであった）の見解を詳細に吟味するとき、このピュペールとルター、ふたりの神学の現実的な一致、もしくは不一致を立証するため、神学者は何をよりどころにするのであろうか？　ピュペールの教理はといえば、修道会の世界で当時、ホッホのヨハンに限らず好まれていた、一種のアウグスティヌス学説から着想をえているのではあるが。さてそうしたとき、神学者たちの分析は、外見からは厳格なルター派に属するような表現のただなかに、功徳についてのカトリック教的な観念の執拗な残存を見破るだろう。《ただ神の恩寵のみが人間に功徳を付与する。にもかかわらず神は、功徳をつむことが可能な魂だけしか相手にしようとはなさらない[13]》。加えて、ホッホのヨハンが、未ダ形成サレザル信仰と、慈愛ニヨリ形成サレタル信仰とを、すなわち《まだそれ自体ではない信仰と、もはや全面的にはそれ自身ではない信仰とを》区別するとき、かれはきっぱりと宗教改革者という概念から遠ざかっている。まだラブレーについて、応用しようとは思い浮かばなかった基準である。この基準を適用する者は、こう結論する資格がある。慈愛ニヨリ形成サレタル信仰、これはマルティン・ルターの思想には縁がない表現だ、と。カトリック教的な内容が染みついた表現である。一五三〇年から一五三六年の間の、数多くの福音主義者に、またエラスムスの数多くの読者と献身的な弟子に馴染み深い表現である。

5　おこないの問題

話を続けよう。救済に人間が共同するという重要な問題。おこないの問題。――この問題はラブレーの物語の中でどのように論じられているのだろうか？　これがどれほど義認や功徳、恩寵の問題と関連しているか、示す必要はあるまい。ところが、まっすぐに正面からラブレーのテキストに接近する者にとって、印象は明晰さを欠いている。一見したところでは、すべてがあたかもカトリック教の教理の単調な背景の上に、かなりはっきりと、現在論じられている二、三のルター派の《モティーフ》が当てはめられている、と考えたくなるのだ。この印象は正しいのだろうか？

一五三五年以前のラブレーの著作において、〈裁く者であり報いる者である神〉に対する、たいへん力のこもった呼びかけに出会う。神は人間に、完成を目指すその努力を嘉するのである。論理学者や神学者は——同じものではないだろうか？——、こうした言い回しの中に、宗教改革者にとっておぞましいとは言わないまでも、縁がない概念を、間違いなく暴きたてることだろう。神を内在的正義とすること、神のうちに、各人の収支に入念に計上された罪科の罰や償いを要求する、至高の判事を見ること。確かにルターから見ると、それは最悪の過ちであり、心の平安とキリスト教徒の生活全般にとっても、もっとも危険な過ちである。ところがウルリック・ガレがピクロコルに、人間のあらゆる営みはなにごとも隠しおおせず、神の裁きに姿をあらわすであろうと思い出させるとき、ガレが野蛮で罪咎あるこの王に対して、《我々の行ないに正しく褒賞懲罰を下し給う》[21]至高なる神を引き合いにだすとき、——これらの表現はあきらかに伝統的な音を響かせるかのように思えよう。ここでもまた、過度に肯定するのをつつしもう。[14]こうした結論の拠りどころとなるテキストが非常に貧弱なのだ。おまけにこれらは物語の台詞なのだから……。

反対に、先に引用した奇妙な一節を見るがよい〔前段、二九八ページ参照〕。偽信者はこう言う、《汝自らを助けよ、天は汝を助け給わむ》[22]。ところが実際は、《汝自らを助けよ、しからば悪魔は汝の首を折らむ》、が真実なのだ！——ジャン修道士の創造者にして考案者〔ラブレー〕のもとでの、あるいは嵐の画家、または筋骨隆々たる袖をまくりあげた使徒のもとでの、奇妙な静寂主義だ！、と言いたい誘惑にかられないか？——さらにもうひとつ、以下の、《聖寵によりて絶えず導かれざる限り、邪なるものとなるより外に道なきは必定》[23]であるピクロコルの、己れひとりの恣意思慮に関する一節はどうだろうか。ルター的、と表明したくなるペシミスムである。これが、テレームの僧院のオプティミストの言葉だとしたら、

《正しい血統に生まれた自由な》[24]人間を立派に行動するように仕向ける刺激に動かされた、僧院の住人の擁護者の言葉だとしたら、予想外のものではなかろうか？

矛盾について語るべきだろうか？　ひとりの学生[25]のように、神学者ラブレーが辻褄の合わないことを言っているのだろうか。だがまずわたしたちは、この討論を信仰の領域でたたかわすことを余儀なくされる。そこにあるのは純粋な概念だけではない。そして神学者たちの啓蒙的な思考が、その当時——わたしが言いたいのは中世の古典的な大世紀、十二、十三、十四世紀のみならず、後退と解体の世紀である十五、十六世紀のあいだも、ということだ——素朴な信徒にかぎらず、説教師、そしてときには神学者の、直観的な思考にまで浸透していた、とは想像しないようにしよう。矛盾？　だがルターのことを、ルターそのひとのこと、この種の問題を論ずるルターのことを考えよう。かれは矛盾したことを述べ、その考えは彷徨する……。人間は意志に反して悪をなすのではない、必然的に、自然発生的に、意図的に、悪をおこなうのだと、——人間は、その堕落した本性によって、悪をなすという絶対的な必然性におかれていると、あれほどきっぱりと明言したルターである。かれは、人間性の深奥に隠れている倫理的な傾向、《正シキ理性、善ナル意志》[26]、あるいは「ロマ書」「序文」で自身書いている、神が人間の心の奥底に見出す善への自発的な性向を、たびたび認めているように見えないだろうか？　かれは『大教理問答』で、十戒が人間の心に刻みこまれ、自然の手で植えつけられている、と記していないだろうか？　十戒と自然の掟を同一視するとき、ルターは、善をなし救済されたいという人間理性の直観的な欲求を認めてはいないだろうか？　さらにまた救済のわざにおいて神との共同を主張するという、神を恐れぬ人間の思い上がりを辛辣に嘲弄するルターではあるが、——かれはわたしたちのうちに神の共同者を、ときとして見てはいないだろうか？　おひとりで行動しうるにもかかわらず、かたじけなくも御自身とともに働くように呼び掛けて下さる神の共同者を。ある神学者が言うには、したがって、《わたしたちがルターのうちに通常指摘する、宗教的な精神状態に加えて、神の企ての遂行に人間が協力するのを許すように見える、もうひとつの精神状態が存在する》(15)かと思えるのだ。

同一人物のうちにふたつの相反する傾向が共存して、一方は自分の方にその人間を引き寄せ、他方も自分の方に引き寄せようとする。だがそれだけではない。いつもながら、時代錯誤のなせるわざがある。それというのも結局、ラブレーに話を戻すなら、わたしたちの近代の眼鏡、現在の眼鏡をはずして、テキストを読み直すべきだろうからだ。昔日の眼をもってそれらを読み直すことだ。そしてわたしたちがあれほど多くのラブレーのテキスト——まずは例の有名なテキスト、《正しい血統に生れ、十分な教養を身につけ、心様優れた人々とともに睦み合う自由な人間は、生れながらにして或る本能と衝動とを具えて居り、これに駆られればこそ、常に徳行を樹て、悪より身を退く……》[27]に、わたしたちが託している意味について、何を言うべきだろうか。——〈自然〉がそれなのか？

わたしたちには生物学的な思弁がすっかりしみこんでいるので、わたしたちを感動させるにはこの〈自然〉という言葉だけで充分である。わたしたちはこの言葉を、即座に大文字にしてしまうほどだ。わたしたちはそこに躊躇せず、博物学者の〈自然〉、この神的なる存在、神学者の神のライヴァル、この生物学の時代の〈生命〉とならぶ）アイドルを認める。わたしたちがそれをこのように私的な用途にもちいること、それはわたしたちの自由だ。ラブレーをわたしたちの列に並ばせようとすれば、これはもう反則である。なぜならラブレーがわたしたちを引き止めているこの一節で《自然》と書くとき、かれが指示しようとしているのは《物自体から発する力》ではない。この《物自体から発する力》を支配し制御すること、それが科学の目的ではないにしても、科学の結果、もたらされることである。ラブレーは神学者の神に対峙して、神に属すると認められた権能を奪う偶像、人間にとって理想的である、今日風の言いかたをすれば、生活意欲を構成する、この欲求と本能のメカニスムを提供する偶像を建立するのではない。あくまでも今日風の言いかたをすれば、の話だ。しかしラブレーは、そのような具合には、言うことも考えることも出来なかったし、望みもしなかった。

その時代にどれほど博物学者であろうと、またプリニウスやテオフラストス[28]を読むほどに、種や種子を集めるほどに好奇心があろうと、ギヨーム・ロンドレ[29]〔の、おそらく『魚類誌』〕を手もとにおいて、ガスコーニュ湾の鯨の戯れを見守るほど、そして解剖に頻繁に立ち合って、別の世界、すなわち人体についてより充実した知識を獲得するほどに好奇心が旺盛であろうと――かれはハーバート・スペンサー流に、あるいはエルンスト・ヘッケル流に、と言ってもよいだろうが、哲学することは出来なかった。かれは純粋素朴にアリストテレスに倣って哲学していた。アリストテレスと一緒にかれは、徳がひとつの習慣、ひとつの優れた習慣、人間としてのステータスにふさわしく――自然ニ従ッテ〔secundum naturam〕行動する習慣であると考えていた。ここで、自然ニ従ッテ、とは、かれの本性にしたがって、という意味であり、《自由》であるよりむしろ拘束されている女神、〈自然**そのもの**〉にしたがって、という意味ではないと理解しよう。さらにまた、自然の掟にしたがって、ということが、〈自然〉の諸法則にしたがって、ということを意味しないと述べておこう。それらの法則に関して、ラブレーはかれの同時代人と同じく、整然かつ判然とした理念を有してはいなかった。加えてかれは、それらの法則の予示を、星辰の《影響》や占星術師の《決定論的な》思弁に認めることを断固として拒んでいたのだ……。

ラブレーはアリストテレスに倣って哲学していた。だがそれだけではなく、かれはプラトンも読んだことがあった。読み、かつ読み直していた。したがってかれは、アリストテレスに倣って、《自然に従って》

という言葉を《理性に従って》――なぜなら人間の本性は本質的に理性的であることだから、あるいはアリストテレス流の言いかたをすれば、人間の形相とは、理性的な霊魂であるから――と訳すばかりではなかった。かれはまたプラトンに倣って、《理性に従って》を、《神に従って》と訳した。神が理性の創造主だからである。お望みなら、《神の理性そのものに従って》、と言おう。正義をしたがえ、敢然と前にすむ神の、である。正義はそのあとに、同胞となる人々、義人の間で正しく生きるという幸いに報いられる人々を引きつれている。しかし自分自身で行動しうると考える者たちは、神はこれを見捨てる。かれらは初めは、成功、もしくは見せ掛けの成功を獲得するかも知れない。だが間もなく正義がかれらにお返しをし、かれらを破滅させ、その夢、その仲間、その祖国を失わせる。正義はピクロコルを滅ぼす。プラトンの『法律』の書がラブレーにそのことをはっきりと保証してくれる（第四巻、七一六、C、D）[30]。

それでは、ラブレーはギリシア研究者で、それ以上ではないのか？　とんでもない。ラブレーの著作の深い響きをもつこの箇所には、わたしたちが今しがた述べた事柄がある。まだ別の事柄もある。恩寵についてのキリスト教的な思索がある。恩寵だけが、人間独自の見解と自由意志とに基づくその企てや効果に、効力や価値をもたらすのだ。その上さらに、何世紀もまえから、人間に適用された〈自然〉という言葉が含み続けてきた両義性の問題がある。一方で、自然は、人間を定義するために用いられる根源的な諸特性の総体であり、そしてその結果、神の観点からであろうと（その場合、堕落した自然と恩寵との対立が問題となる）、人類の観点からであろうと（この場合、自然状態と文明状態の区別が問題となる）――人間に先天的で、本能的、意図しないすべてである。一言でいうと、この意味で自然は、人間のうちにあって種としての人類を特徴づけるすべてであり、他方で、自然とはすなわち、各人に固有な気質を意味し、これこれの人間存在を隣人と弁別可能にするもの、その者がその者自身、これこれの人間であり、あるひとりの人間ではないようにさせるものである……。こうした両義性に対してわたしたちが警戒していること、わたしたちの分析はそのことを明らかにしている。けれどもわたしたちはこうした両義性を保存し続け、それを我慢し、（ふたつの意味を混同し、一方から他方へと移行しながら）《自然に則した》治療法とか教育とかについて日々語り続けているのだ……。いわんや十六世紀の人間には、哲学するための師匠としてデカルトもいなかったし、『方法叙説』が生み出した、哲学的分析の専門家たちの長い系譜もなかった。かれらにとって、相変わらずプラトン、相変わらずアリストテレスしかいなかったし、加えてそれらも修正され、程度の差こそあれスコラ学者によってキリスト教的に置き換えられていた。――ラブレーやその同時代人たちはそうした努力を撥ねつけるが、結局そこから解放されることはおよそなかった。そしてギリシア語のテキストにおける〈**自然**〔*Physis*〕〉、ラテン語のテキストにおける〈**自然**〔*Natura*〕〉が、わたしたち自身のテキストでの〈**自然**〔*Nature*〕〉よりも一貫した、別の表現をお望みなら、整合的な意味を示している、とは信じないようにしよう。十六世紀の人間は、その矛盾を知覚するにはほとんど用具をそなえていなかったのである。

様々な矛盾……。わたしたちはこの言葉を、頰をふくらませ、衒学的な香りをもって発音する。雑然とした混沌の中で、ルネサンスの自然宗教と宗教改革の啓示宗教とがお互いに解放されようとなんとか努力をかさねながら、揺れ動いていたとき、――混乱し、刷新的で、実り多いひとつの時代を特徴づける、こうしたあらゆる傾向の衝突を考察して、知的に楽しむ方がずっとましだろうに。

6　義認、微妙な基準

さて、基準の中の基準、宗教改革の絶対的な原理だったと喜んで言いうる、〈信仰による義認〉に戻ることにしよう。ラブレーはこの件でどう考えていたか？　どのような命題をかれは用意したのだろうか？

これもまたほとんど明確でないテキストに基づいて、言いうることすべては以下に尽きる。つまり三、四の文章があり、わたしたちが義認と呼ぶ問題の複合体に、遠くから、しかも非常に遠くから関わっている。――すなわち、自らの心を自由に語らせるルターの吐露にではなく、勤勉な神学者たちが余分な箇所を取り除き、形を整え、その傷や輝きを削除したあとで、ルター派のものと呼ぶ教理に関わっている。そしてもしそれらを一貫し、体系的な神学的教理と比べるなら、これらのいくつかの文章は断続的にしか、また間欠的にしか、改革派的な音色を響かせない。ただ、一五三二年前後のあらゆる宗教改革者たちがこれらの問題について、いずれカルヴァンが再び取り上げるルターの教理を表明していたのだろうか？

ルフェーヴル・デタープルはそのままにしておこう。かれは『パウロ書簡註釈』で、信仰とおこないの間の慎重な協約を調停している。《なぜならただおこないだけでは救済にあたいしないように、ただ信仰だけで救済にあたいするわけではないからだ。おこないは準備し、純化する。信仰はわたしたちのために神への道を開く。そして神御一人が義化し、赦されるのだ。おこないはわたしたちをより良き者にし、信仰はわたしたちを悔悛させ、義認はわたしたちに啓示を与える》(16)。しかしファレルは？　おそらく、一五三〇年と一五四〇年の間で、改革派の理念の普及に大いに貢献した、かの名高い『概要と簡潔な宣言』において、人間が神の前に勇気をふるって出頭するためには、キリストの義によって庇護されなければならない、と表明している。しかしかれは、ルターの眼には非常に重要に映った教理のこの点を、かなり急ぎ足で通り抜けてしまう。ハイヤーはわたしたちにこの問題を理解させようとして、穏やかな言い回しを用いる（四九ページ）。とはいえその言い回しはいっそう意味深長だ。《この観点は》、とハイヤーは記す、《ほとんど展開されていないけれど、ファレルに馴染みがないものではない。かれはその『概要と簡潔な宣言』でわたしたちに、まったき信頼をイエスのみに、そしてその正義によせることを推奨している》。いささか性急な推奨である。これは義認の飾らない主題を、習いとなった能弁をもって大々的に編成するルターの荘厳な議論から、わたしたちを遠ざけるものではないか？――もうひとつのテキスト、これもまた同じく有名な、一五三四年にマルタン・ランプルール[17]が発行した『聖書』の巻頭に、ページいっぱいに印刷された「聖書の内容」のレジュメを参照して戴きたい。かならずや、同じような観察がなされるであろう。

義認はそこで明瞭に、けれど簡潔に、どちらかといえば妥協的な語彙で述べられている。《イエス・キリストへの、この信仰と信頼――それは慈愛のおこないによって現れ、慈愛のおこないをするように仕向ける――のゆえに、わたしたちは義とされる。つまりイエス・キリストの父なる神は、わたしたちの罪にいささかも考慮せず、それらを罪と数えることもなく、わたしたちを義なる者とみなし、恩寵の子と扱われるのだ》。これはピクロコルを弁護する言葉であり、ウルリック・ガレに反論するのに足るものである。おこなところでわたしたちは話のついでに、信仰を顕示する慈愛のおこないについての文章に注目した。おこないと慈愛とに、キリスト者の生活の中で重大な位置を与えるというかかる配慮は、この時期にあって、非常にフランス的である。「聖書の内容」のレジュメはそのプランをゆたかに展開する。《わたしたちの善行（そうしたおこないを為すべく神はわたしたちに心構えをさせた）を通じて》、とそれは説明する、《わたしたちは確かにこうした恩寵に招かれている、と明示するものである。なぜなら善行を為さない者は、自分がイエス・キリストをいささかも信じていないことを明らかにするからである》。もしCh・シュミットの判断が正しければ、ファレルも同じ傾向を表明している。《かれの神学的見解すべてを要約する基本的な原則はつぎのとおりである。すなわち、**慈愛によって働く**信仰によってのみ、ひとは義とされる》。**慈愛によって作用する**信仰、とジェラール・ルーセルは述べていたが、これはまさに同じことなのだ。《慈愛によって作用する、生きた信仰があるところでは、あらゆる戒律が遵守される[18]》。

おそらくこれは、聖パウロの教理、慈愛が信仰や希望にまさる、という聖パウロの断定（「コリント前書」第一三章一三節[31]）ではない（ちなみに、前段で引用した文章のひとつで、カルヴァンがこの断定を軽蔑をこめて、ソルボンヌの神学博士の口座に記入しているのを見るのは興味深い）。――だが思うに、これはまさしく聖アウグスティヌスの教理である。《慈愛なくしても信仰はありうるが、何の役にも立たない[19]》。いずれにしても、いくつもの類似表現から、スコラ哲学者たちの表現――ガルガンチュワが繰り返す、慈愛ニヨリ形成サレタ信仰――に移行するのはそれほどむずかしいことであろうか？　ことにこの表現が、ルターが主張するように、慈愛は信仰を完全なものにする、信仰は慈愛なくしては不完全である、ということを意味するのではなく、――慈愛は信仰の本質をいかなる点においても変更せず、いささかもその内実を変化させないまま、信仰により高い完成度を与え、究極の目標へと結びつけ、当然むくわれるべきものにする、という意味であるのが本当ならば[20]。

過度に厳密にならないよう警戒しよう。H・オゼールに従ってわたしたちが取り上げたふたつの基準を、繊細さとは縁がない厳密さを以っては、絶対に使わないでおこう。加えて、第一の基準の、第二の基準に対する、明白な優位を注意しておこう。福音が信仰の唯一の源泉であること、これはそのとおりだし、本質的なところである。義認はどうなのか？　争点となる問題であり、今後も長きにわたってそうあり続けるだろう。一五四一年のレーゲンスブルク〔仏名ラティスボンヌ〕会議で、コンタリーニ枢機卿[32]がメランヒトンとブッツァーに――かれらは承諾した――連合文書を提案するのが、目の当たりにされるのではないだろうか？　その表現はジロラモ・モローネ[33]やヨハン・マイヤー・エック[34]、ヨハン・グロッパー[35]やJ・プフルーク[36]により、カトリック教的であり正しいと支持されたものであった。この点については、ルターの教理は、それゆえ、柔軟な姿勢、――変容をめぐるカトリック教の教理を受け入れる余地があったのだろうか。見解を分析するにあたっては、慎重な配慮なしに義認についての十六世紀前半のキリスト教徒の主張を利用しないようにしよう。ルターの純粋な教理、あるいはもっとのちに、カルヴァンの純粋な教理と照合したとき、意見の明白な相違を証言するのは、巨人の神学ばかりではない。それは、再言する必要があるだろうか、フランスで一五三〇年と一五三五年の前後に、新しい道をとおって自分たちの行程を捜しながらすすんでいる人々の、大胆にして、時により小心な神学総体なのだ。そして、幾人かの強い精神と、狂おしいほど自立に憧れた世紀のリベラルな空気とが呼んでいるその地にむかって、かれらはすすんでいるのである。

7　ラブレーとドイツの事変

わたしたちは幸いにも、このむずかしい歴史をいささか詳しく知り始めている。それは一冊の本、ムーアの本のおかげなのだが、かれはナタナエル・ヴェスによってもたらされた貴重な情報を再度取り上げ敷衍し、また別の領域に移し替えることで、おこなわれたにちがいない作業、事実おこなわれた、そしてそ

の秘められた性格が長いあいだ知られずにいた、ある大きな作業をわたしたちに垣間見せてくれるのである。(21)

ルターの呼びかけが惹起した、ドイツ以外の地、フランス語使用圏の国々での影響や活動について——わたしたちはもうわずかな情報も有していない、という状況にはなくなった。それらの情報が、わたしたちの望みには不十分だとしても、である。結局のところ、そのはじけるような音響がドイツであれほど多くの城壁を破壊した力強い声の木霊に、フランスの耳がまったく気づかなかったとは、こんにちではもう誰も言い張ることは出来ない。この宗教改革者のラテン語の著作は、知の税関が事態を収拾するまえに、〔フランス〕王国のいたる所で流布していた。現在いささか詳細に、どのように、いかなる経路で、どのような用心をはらって、反体制的な書店が樽にぎっしり詰めて異端文書をそっくり持ち込んでいたか、分かっている。その筆頭には、パリのジャン・シャブレール書店、リヨンのジャン・ヴォーグリ書店が位置している。わたしたちは〈バーゼルの紋章〉書店(22)の役割や、フローベン書店の活動、どれほど貪欲に刷新的な著作を公衆が競って奪いあったか、それらの著作へのルフェーヴル・デタープルの、モーのグループの、そしてその背後にいるマルグリット・ド・ナヴァールのような公妃の関心を知っている。しかしその間に、ルターの仇敵たる神学者は、その著作に反論しようとして、この反抗するアウグスティノ修道士の破壊的な思想を普及させていたのだ。ドイツとライン河畔地方で刊行された書籍の焚書処分、それらを告訴する人々の執拗さ、手に入れた人々のあからさまな喜び。——こうしたすべてが、この時期のフランスでのルターの著作の広範な普及を証言している。ラブレーはこうした文書を知っていただろうか？　一抹の疑いもない。

『パンタグリュエル物語』の有名な第七章を、すこしばかり、参照してみよう。サン゠ヴィクトール図書館の〈目録〉が記されている箇所だ。あらゆる、あるいはほとんどすべての項目に、若きラブレーがドイツ諸国のドラマを、どれほど情熱のこもった興味をもって見守っていたか、その告白が認められる。

先ず、ロイヒリン事件[37]がある。――一四七五年頃、オルレアンで教えていたロイヒリンのことだ。ここには次々と、カバラ論争の主人公がみな、実在した人物も想像上の人物も、登場する。それから名高い神学者、オルトゥイヌス師（アルドゥアン・ド・グラエス師[38]）。そして、異端計量官、ヤコポ・ホックストラテン、つまり著名なドミニコ派修道士で異端審問官、ケルンのホーホストラエテン。[39]それから『無名人ノ手紙』のルポルドゥス・フェデルフシウス。[40]さらに図書館が『〔ケルン市博士合同〕ロイヒリン打倒運動』[41]のもとに収めているケルンの神学博士全員がいる。ついでながら、『ガルガンチュワ物語』「序詞」でアルコフリバスが、『変身物語』の中でオウィディウスが、キリスト教の秘蹟の象徴的な予示をおこなったと証明する人々を揶揄していることを註記しておきたい。その一番手には、こうした比較対照に夢中になった正真正銘の乞食坊主、リュバン法師がいる。[42]ところで『無名人ノ手紙』（第六巻、四十二番）でドレコプフィウス修道士は、《オウィディウスノ『変身物語』ニツイテ、ソレゾレノ物語ヲ寓意的カツ霊的ニ説明スル……我々ノ修道会ノ英国人博士ニヨリ執筆サレタ、或ル書物[43]》を知っていると誇らしげに語る。そしてジョナトゥスが、《ガンガラガント鳴ル鐘ハ皆……》とその論証を始め、《シカリ而シテ！》、と結論する（『ガルガンチュワ物語』第十九章[44]）。一方、『無名人ノ手紙』（第二巻、六十九番）にはこうあるのだ。《彼ラハ理解出来ナイモノヲ燃ヤシテシマウ。而シテ……[45(23)]》。

だが《ルター事件》そのものについてはどうだろうか？　プラタールは、『ラブレー著作集』の〈目録〉に付した卓越した註釈のひとつで、ケルン市民の論争、ソルボンヌの神学者とユマニストとのいざこざが《この挿話に反映している[46]》と、はなはだ適切に指摘している。それは事実だ。かれは忘れているが、ルター派の論争もある。なぜならそこには、ローマ聖庁の師、トマス学者のドミニコ派修道士、プリエリオのシルヴェストロ・マッツォリーニ[47]がいるからだ。かれは教皇からルター問題の判事に任命され、すぐさま被告に対し、激烈ではあるが凡庸な『教皇ノ権能ヲメグル対話篇』（一五一八年）を執筆したのだ。加えてリヨンの出版社は、一五二四年と一五二八年に、かれの『福音ニ優ル黄金ノ薔薇』を上梓した（J・ジュンタ、及びF・ジュンタの代行、B・ボナン書店）。同じ出版社は、一五二四年と一五三三年にかれの『シルウェステル大全』を印刷したはずである(24)。そしてラブレーは、この《我等が師》を〈目録〉の中で、酒呑みの神学教授のあいだに加えるのを忘れない[48]。

もっと重要な人物として、サン＝シスト枢機卿、ドミニコ派修道士で、同じくトマス学者、ガエタのヤコポ・デ・ヴィオ[49]がいる。かれは一五一八年十月に、ルターを教会の懐に連れ戻そうと試みた。リヨンとパリの、フランスの出版社は、かれの著作の何ひとつとして埋もれさせてはおかない。J・ダニエルが校閲した『カエタヌス大全』は一五三〇年七月にリヨンで刊行された（J・ジュンタの代行、J・クレパン書店）。この本は一五三三年と一五三九年に再刊された（ボードリエ、『リヨン書誌』第六巻、一三八ページ）。かれの『ダビデ詩篇』はパリのジョス・バド書店で、一五三二年一月から二月にかけて出版された。その『解釈付福音書』は同年五月に、『パウルス書簡集』もまた五月に出版される(25)。雪崩のごとくだ。サン＝ヴィクトール修道院の図書館が、かれのちんばの思想を支える松葉杖、『ガイエタン枢機卿松葉杖[50]』を収めているとしても驚くにはあたらない。

そして最後に――先に挙げた、同じくルター事件に介入した（かれは一五二六年にケルンで、『ルーテル派ノ輩ニ対スル議論』を刊行した）ホーホストラエテンに加えて、――初期ルターの重要な対立者がいる。この者もまたドミニコ派修道士であり、おそらく元フランチェスコ派修道士ラブレーは、説教修道士

〔ドミニコ派修道士〕のこれほど見事なリストを作成できて、格別に喜んでいたのではなかろうか？——ことはエッキウスというラテン語名で知られている、シュヴァーベンはギュンツ河に面したエックの、かのハンス・マイヤーに関する。インゴルシュタットの神学者、アウクスブルクの説教師、利付貸出訴訟におけるフッガー家の弁護士、そして一五一九年のライプツィヒの論争での英雄である。その同業者に劣らず、かれもサン＝ヴィクトール図書館に顔を出している。ラブレーがかれに託すのは、かまどの煤払いについての論文、『煖炉掃除法《マネリエス・ラモンディ・フウルネルロス》』[51]である。——しかし、一五三一年、パリのジル・ド・グルモン書店で、かれの『四百四ノルーテル派ノ誤謬目録』という本が出版されたのは、それほど以前のことではなかった。この本は現在、国立図書館にあり（整理番号 Rés. D 80059）、その標題だけでプログラムとなっている。

プリエリアス、カエタヌス、エッキウス。ルター劇の三人の中心人物が三人そろって呼びかけにおうじているのは、見てのとおりだ。ラブレーが同様に言及するパリの神学者に関しては——いずれもルターの公然たる対立者であり、著作でルターの敵に回った。中身の詰まった論文、『臓物料理之卓絶《デ・オプチミタテ・トヒバルム》』[52]にふさわしい著者、太鼓腹のノエル・ベダから、『パンタグリュエル物語』の仇敵、ニコラ・デュ・シェーヌまで[53]、そして冗漫な作品の尽きることのない作者、カルトジオ派修道士ピエール・クテュリエ、別名ストル〔一説にはサトル〕までがそうだ。一五二五年のクテュリエの『聖書ノ翻訳ニツイテ』は『ウルガータ訳聖書』の弁護であり、無学な人々におもねって『聖書』をかれらの水準にまで低める（エラスムスやルフェーヴルを先頭にいただく）犯罪者たちへの、明確な告発をともなっている。一五二六年初頭の『新タナルマリア誹謗論者ニ対シテ』は聖母信仰への対立者だけではなく、聖人を誹謗する者をも非難している。最後にもっと時代が近い（一五三一年）、『修道院ノ誓言ニ関スルルーテルノ呪ワルベキ異端ニ対スル弁明』は、ラブレーがサン＝ヴィクトール図書館の棚に捜し求めたもう一篇の弁明、曰く『作者ヲ狡猾漢ト呼バワリ《アド・ウエルスス・グエンダム・クイ・ウオカウ》シ某氏ヲ駁シ——狡猾漢ハ公教会ニヨリテ断罪セラレザルヲ証ス《エラツト・エウム・フリツポナトレム・エツト・クオツド・フリツポナトレス・ノン・スント・ダムナテイ・アブ・エクレシア》』[54]の原形のように思える。ところで、《公教会ニヨリテ断罪》されたのは、ルターが正直に『贖宥符の御功徳』[55]と、ローマ教会の税収吏の一団、《断罪セラレザル狡猾漢》、（ラブレーもいずれ個人的に相手となる）あれらの《大勅書記録官、筆写官、教皇庁秘書課書記官、教皇親書編纂官、諸法例下付日附記入官喧々囂々集》[56]とを告発したがためだった。全員が腹のポケットから小銭を抜き取る技術、サン＝ヴィクトール図書館のブダラン司教が自己満足にひたりつつ『搾乳符ノ効能ニツイテ・九巻本・教皇下付ノ上梓許可状附《デ・エムルゲンテイヤールム・プロフエクテイプス・エネヤデス・ノウエム・クム・ブリウイレギオ・パパリ》』[57]で描写する、贖宥符の御利益を大事に保管する技術における師匠である。このようにラブレーは態度を決定する。このように——キリスト教諸国を見学するにあたって、『ローマ巡礼者心眼鏡』をかけなどしないラブレー、『教皇の騾馬は気紛れ時にしか食わぬと称する人々に対するマルフォリオの弁疏』[58]が改宗させなかったラブレー、かれは辛辣な皮肉をもつこれらの題名をつうじて、抗議する人々の陣営に明瞭に位置することになる。[26]それにいくぶんか手心を加えておこう。不思議なことに、ルターの主だった対立者の中でもっとも活動的な者について、ルフェーヴル・デターブルのかつての弟子、刷新者への攻撃側に決然と移行したユドキュス・クリフトーフエ[59]について、——ラブレーが何も語らず、愚弄もしていないことに、誰も注目してこなかった。逆にふたつの題名が、その間の事情についてよく物語っている。ひとつは『煉獄界誌《デ・コスモグラフイヤ・プルガトリ》』[60]であり、このヤボレヌスの度し難い作品の傍らに、パンタグリュエルは、容赦（この言葉を単数形で用いよう〔複数形ではは多くのばあい「贖宥符」の意味になる〕）のない、『人非人抹殺論《デ・カゴテイス・トレンデイス》』[61]を、——そして何よりも悪いことに、ジェルソン[62]が教会分離をもくろんで執筆した『公教会ニヨル教皇罷免権論』[63]を発見するのだ。しかしガルガンチュワの息子はこの種の明確さを少しも気にかけない。——もしかれが表現を絶対的な意味でとらえるとして、どのようなプログラムが立つだろうか？

事実、この目録にあって、注意は絶えずドイツの事変にひきつけられている。〔『パンタグリュエル物語』第七章の〕《かの気高きテュービンゲン市での印行物[64]》という、最後の言い回しを忘れてはならない。このことに法外に驚くふりをする必要があろうか？　ムーアの優れた本（W・G・ムーア、『ドイツ宗教改革とフランス文学』）のあとで、確かにその必要はない。ムーアがラブレーに捧げる、敏速な筆致ではなはだ適切なトーンをもつページ（第十四章、三〇六ページ以降）ゆえではなく、また前フランチェスコ派修道士と前アウグスティノ派修道士とのあいだにおこなう対比ゆえでもなく、――かれが、十六世紀前半、フランスとドイツのユマニストと神学者を結びつけていた関係の重要性をはっきりと示したからである。さて、ムーアは巧みにこう述べる（三一八ページ）。ルターの著作の普及は広範囲にわたる予想外なもので、ラブレーはすでにそれが広くゆきわたった階層のひとびとのもとを頻繁に訪れていた(27)。《ラブレーが多分一度もおこなわなかった読書体験を、かれに託するいかなる権利もないが、ただ単に当時の教理の木霊ではなく、――宗教改革者たちの指導者〔ルター〕の声そのものの木霊と思えるものをラブレーの作品の中に指摘しないとしたら、方法の欠陥が存在するのだろう》。

木霊？　わたしの場合、歴史家として『パンタグリュエル物語』と『ガルガンチュワ物語』を再読するたびに、一度ならず不意をつかれて立ち止まる。そのときわたしは突然、ラブレーの散文のうえを遠方からやってきた何か息吹のようなもの、――そして、前修道士ルターゆかりの、はるかなるヴィッテンベルクの方へと心ならずもわたしを振り向かせるものが通りすぎるような感じを抱くのだが。

8　ラブレーの作品にそよぐルターの息吹

ラブレーの気質にはほとんど存在していないが、それでいてときとしてその初期の著作の中で、強力な影響にとらわれているかのように身をまかせる感のある、この奇妙な静寂主義とは何か？　なるほど、静寂主義は当時、しかも多くの人間によって公然と表明されていた。だがルターは、幾度となくそれにかくも強い表現を与えていたのだ！

さて以下に、人狼と対決せざるをえなくなったパンタグリュエルの祈りの中に（〔協会版、『ラブレー著作集』〕第四巻、第二十九章、二九六ページ）[65]、ムーアの注意をも引き付けた（三一五ページ）信仰に関する興味深い一節がある。——個別的な問題であり、神の《み掟》である信仰。——信仰、その信仰をまもるために、神は人間の補佐を必要とされるのだろうか？　また同時に滑稽でもあり冒瀆的でもある熱意を誇示して、ひとりの王侯が全能なる神に無力な者の援助を申し出ることを必要とされるのだろうか？——力強く確信にみちて表明されたこうした見解は、少なからず胸をうつなにごとかを有しており、その考えも、結局、平凡ではない。ラブレーのこの考えはどこに由来するのか？　ただわたしに分かるのは、この問題についてのパンタグリュエルの考えは、かなりはっきりと、若きルターのそれを思い起こさせる、ということだ。

かの宗教改革者〔ルター〕は、初期の著作で、百回も執拗に述べていた、世俗の権力は信仰に首をつっこむいかなる資格ももっていない、と。[28]　権力が教会に間接的に仕え、その活動を自由に遂行させるため望ましい便宜を保証すること、それはそれでよい。しかし人間を強制して信じさせることは？《福音書を知らしめることと、信仰を呼び覚ますことで》、とルターは明言する、《満足するように。けれどもこの呼びかけにおうずるかどうかの自由は、各人に委ねなければならない……。秘蹟を押しつけようなどとは、これもまた望んではならない。洗礼を望まない者はそれを捨てるがよい。聖餐にあずかることを必要としない者はそうする権利がある。告解を望まない者も、同じくその権利を有する》[66]。そして世俗の権力をめぐる、一五二三年の名高い論文ではこう語る。《人間に信仰を強制しようとする？　なんと愚かなことか！　信ずるにせよ信じないにせよ、各人は自らの良心を前にしてしか責任がない。その者の決意が国家に害をなしえないのだから、国家はそのことに気にとめるべきではない。単に国家に関わることにだけ、介入すればよいのである》[67]。——しかし民衆が異端に陥るのを妨げるべきではないのか？——否、と果敢にルターは答える。改宗へいざなうのは神の言葉によってであり、剣によってではない。言葉がなにも得られないのであれば、力はいっそうそうであろう。異端とは、霊的な力を指し、——剣で突いたり、火で燃やしたり、血の海に溺れさせたりすることはできない。神の言葉が心を照らす。そうすればあらゆる異端、あらゆる誤謬もまた心から消滅するであろう。——そしてラブレーの側ではこうある。《神のみ業《わざ》に関する重大事におきましては、主よ》、と巨人王は宣言する、《神は、正統なる信仰表白と、その「み言葉」の宣布以外にいかなる援助者も求められない》[68](29)……。——ただ、ひとつの違いがある。言葉に、ラブレーは信仰をまもるため、《幾兆幾億の天使の軍勢を率い給い、そのうちの一番力弱き天使と雖《いえど》も尚、かつてセンナケリブ王の軍勢に現れ給いし時のごとく、一切の人類を殺戮し天地を思うがままに動かし得るそうした軍勢》[69]を付け加えるのだ。これに続く、パンタグリュエルの《神の尊き御福音《みことば》を正しく、ただそれのみを、全き姿に布教する》[70]、という誓いを含む文章がもつ明らかな真剣さがなければ、ある種のアイロニーに思いを馳せてもよいかも知れない。

だがここに、パンタグリュエルに宛てたガルガンチュワの長い手紙の中で、友情と交友で編まれた、信頼のおける人々の生活が喚起される（〔協会版、『ラブレー著作集』〕第三巻、第八章、一〇〇ページ）。《拙者の交友生活は》、とガルガンチュワは告白する、《罪業皆無なりしとは称し能わざることをここに告解いたし候も（我らはすべて罪を犯すものに候えば、不断に神を念じて罪科を消し去り給えと請い奉る身の上にござ候、）神の御助けと御恵みとにより、世の指弾を受けたることは無之候》。似たようなことを、すでにどこかで読んだろうか？　ルターの『ふたつの戒律についての説教』――ラテン語のテキストは一五一八年に刊行された――においてである（マルティン・ルター、『校閲版マルティン・ルター全集全六十巻』第一巻、三九四ページ―五二一ページ）。ルターは言う、真のキリスト教徒は自らが哀れな罪人であることをわきまえ、告白する。自らのうちに存する善を、かれらはすべて、神の恩寵にではなく、自分の功徳に帰する。けれども……。もし罪科が取り除かれるなら、それは神の恩寵によってであり、絶対にかれらの功徳によってではない……。[71]

まだある。ラブレーが平和と戦争の問題にささげた非常に美しいページである。ランソンはかつて、この社会倫理の大問題を扱う《フランス風の流儀》を、この一節で示してみせた。そしてこれは個人的な倫理の問題でもある。ルターもまた若き日に、政治の領域にキリスト教的倫理原則を応用しようと没頭した。マキャヴェリスムがあれほど多くの信奉者を獲得し、政治と倫理とがまったく袂をわかっているように思われた時代にあって、かなり微妙な仕事である。どれほど力をこめてルターが、ことに、誓約への名誉と忠誠とが政治にあっては当てはまらないという忌まわしい思想を教皇庁が助長していると弾劾するか、知られている。どれほどかれが教皇大使のせいだと考える慣行に憤っているか、知られている。かれらは金のためにいつも、不正な所有を合法化し、君主を誓約から解放し、同盟を破棄する用意をしているのだ。

《神はわたしたちに、敵に対してさえ宣誓に従い、誓約を守るよう命じられる。――そして汝が鉄面皮にもわたしたちを解き放とうとしているのは、かかる戒律からなのだ！》しかし「善行についての説教」や「世俗の権力について」、とりわけ一五二六年、《軍事的なキャリアがキリスト教の信仰と両立するかどうか》を検証するために当てられた小冊子で、――かれはまさしくグラングゥジエと同じ方法で、主権者の軍事的権利と義務の問題を解決する。栄光や征服のための、あらゆる戦争は犯罪である。合法的な唯一の戦争とは、防衛のための戦争なのだ。《戦争を始める者は過ちの中にいる。最初に剣を抜いたがために、その者が打ち破られ、罰せられるのはきわめて当然である……神ハ戦イヲ好ム諸々ノ民ヲ散ラサレル[72]》(『聖書』「詩篇」第六七篇三一節)。

また別のことがある。《身分の上下にかかわらず》、とガルガンチュワは言う(第四十章)、《東西古今を問わず、真のキリスト信徒たる者は皆、神に祈禱を捧げるが故に、聖霊も彼らのために祈禱し、これを取りなし給い、神も一同をお救いくださることになる……[73]》。――これは「ロマ書」の聖パウロの言葉だ、と『〔協会版、ラブレー〕著作集』は正しくもわたしたちに告げる。おそらくそのとおりだ。しかもフランスの福音主義者が親しんでいる聖パウロのものだ、と付言することもできたろう。一五二四年二月の「詩篇」に印刷された「どのように神に祈りを捧げるべきかをめぐる書簡[(30)]」で、ルフェーヴル・デタープルがことさらに言及する聖パウロのものだ。《イエス・キリストは、聖パウロのうちで語りながら、こう言われる。わたしたちはしかるべき祈り方を知らない。だが聖霊がわたしたちのために、表現しがたい呻吟を以ってお祈り下さる》。ただ、このルフェーヴルの引用は、ラブレーの問題の一節の射程範囲をよりよく計測することを、そしてその非常に特徴あるアクセントを識別することを、まさしく可能にする。著者が巨人王に託した美しくも豊かな文章を再読すると、一五二一年に始まるある大きな声が、俗世間に暮らす平信徒と、俗世間の外で暮らし、特殊な場所で特殊な時間に、同じく特殊な形式と儀式をもって勤めとして神に祈る、撰び出され撰び抜かれたあれらのキリスト教徒との区別は、廃止されるべきであると言明したのを、思い起こすように誘われないだろうか？

《聖霊によって》、とルター派神学者、ロベール・ヴィルはキリスト教徒の聖職についての若きルターの教理を分析しながら記している、[31]――《聖霊によって、すなわちキリストを知ることがその者のうちに呼び覚ます衝動によって、キリスト教徒は神のもとに自由に接近するようになる。かれは神のうちに、自らを引き取って下さる父なる神を認める。かれは祈る。祈りはルターにとって、キリスト教的自由に関する聖職者の表現のひとつなのである……》。このようにして神を受けいれながら（受けいれる、とはラブレー的な言葉だ）、義とされた信徒は主の長子権と、王国、聖職を分担する。かれは神ご自身を我がものとする。《神を畏怖する者の意志を叶え、その祈りを聞き届けられる》神を我がものとするのである。以上の文章には、ラブレーのテキストのかなり精密な、一種の解釈があるのではないだろうか。

それはともあれこの一節には、修道院の風俗についてのたくさんの同時代の諷刺詩に見られるものとはどこか異なる、なにかそれ以上のものがある。この一節と、それにすぐ先立つ一節にも、――農民のように耕作せず、兵士のように国家を防衛せず、医師のように病人を治療せず、福音のよき説教者のように説教も布教もしない、修道士の社会的役割の無への還元にも……。

《それはそうじゃろうが、（とグラングゥジエが言った、）奴らは、わしらのために、神に祈禱をしてくれるがな。――とんでもないこと、（とガルガンチュワは答えた）……[74][32]》。――ここではもはや、課されているのは修道院の請願の問題ですらなく、別の観点から基本的である、皆のために或る者たちがおこなう犠牲の問題、対抗宗教改革の時代の人々のうちに多くの聴衆を見出すであろう、功徳の報酬に関する教理に支えられた問題なのだ。ラブレーは正義についての自らの見解と比べ、ショックを受け、まったく近代的な、――そして響きからいうとルター的な個人主義の名のもとに、この問題を棄却する。解放された敗者に向けられた、勝利を収めた国王の演説の、以下の訴えがそうであるように。《家族の者どもを養い育て、**銘々己が生業《なりわい》**（*Beruf*）**に勤《いそ》しみ**、子供たちを教え導き、ありがたき聖パウロのお諭《さと》し通りにして暮らすがよい。かくいたせば、神、天使、聖人の御加護がそなたらとともにあることは疑いない》[75]。

9　ラブレーは『福音書』を味わった、しかし誰を通じてなのか

かくして、わたしたちはそう望んでいるのだが、問題の複雑さが公然と現れる。賛同があり、反論がある。刷新的な断言がある。修道士や贖宥符や司祭の下女を笑いものにする気のいい嘲弄家たちといった、ありふれたことのみならず、宗教の唯一の源泉と主張される『福音書』、人間の制度、教皇と教会会議の教理に関する決定、教父たちの証言そのもの、こうした重みのある荷物は、軽蔑をこめて捨てられてしまう。律法を廃したキリスト。その言葉は文字に対立する精神を象徴している。実際には神と同一視されるキリスト。神、その方はわたしたちの救い主だ、とガルガンチュワははっきりとさせる。仲介的な権力である聖母や聖人は、とても低い位に置き直される……。修道生活は、その悪弊ゆえにではなく、カトリック教的ではない原則の名のもとに弾劾される。司祭主義も同じ原則の名のもとに攻撃され、統治する権利と人間に神の恩寵を分け与える権利を勝手に我がものとする人々の支配は、脅かされ倒される。これらすべては、宗教体系の重要な断片であり、トリエント公会議の教令の光りを受けても、わたしたちにははっきりと、《カトリック教的である》とは形容できないだろう体系のものだ。それらすべての上を、かの

ルター派の息吹が通りすぎる……。

カルヴァンが主張するように、ラブレーは『福音書』を味わった。そして一五三二年に、一五三四年に、それを味わっていることを、かれは自覚する。かれは、何ものも疑うことを許さない誠実さをもって、『福音書』により霊的に生きる人々の陣営に与する。『パンタグリュエル物語』をつうじて、『ガルガンチュワ物語』をつうじて、残されている小品をつうじて、かれはそうした人々の大義のために働く。かれはその大義を表現し、持てる才能を振り絞って弁護する。改革者たちの——全員ではないにしても、ほとんどすべての——主要なテーマの幾つかを、かれは分かりやすく説明し、力強く展開する。彼には錯覚はないか？　これこそ本当の問題だ。なぜなら、時には、心底本気で、自分の真の性質について誤解することがありうるからだ。——そしてパンタグリュエル主義の父であり、創設者であり、もっとも完璧な信奉者でありながら、自らを福音主義者と信じ、そう言うことがありうるからだ……。

ラブレーは自らを福音主義者と信じ、そう言うことができた。一五三〇年と一五三五年の間の混乱にみちた年代に、あれらの刷新者の列にならぶことができた。二十年後、多くの変化ののちに、カルヴァンのいるジュネーヴに自分たちの精神的な祖国を見出すであろう人々だ。もしラブレーがすでに、自分の精神と意識の奥底まで正確に自己分析していたなら、実際に改革派信徒であった人々と自分を分かつすべてに気づいたことだろう。分かつのは卑猥な言葉なのか？　お望みならそう言ってもよい。それが、宗教改革の論争文学にあって、かなり自由な語り口をもつ攻撃文書の多くの作者をおじけさせない程度だとしてもなのか？　むしろその根源的な道徳哲学、かれを詮索する者たちが言明して止まない、あの倫理的完成の理想にあてられた大きな部分だろう。——とくに、あらゆる悔悛の精神への無理解と同じほどに強い、すべてを汚し人間を根底的に堕落させる罪につきまとわれていることへの拒否である。巨人たちは創造者たる神の全能を十分に公言しうる。これらの力強い肉体、これらの均衡のとれた精神は、主なる神のおそるべき威厳をまえにしても、あの様な震えあがった茫然自失状態を、けっして知ることがない。怒りくるう悪魔よりも、その限界のない大きさゆえになおいっそう恐ろしい神の裁きから、ルターという人物を、《岩の割れ目の中の穴熊のように》逃亡させる、あの茫然自失状態のことだ……。

そこで、ひとつの問題が提示される。『福音書』が、信仰の唯一の源であること。人間の制度が無効になること。先にわたしたちが列挙した力強く詳細な宗教改革のプログラムのあらゆる項目、それを、一五三〇年頃、宗教改革者たち以外の人々の仕事に見出すことはないのだろうか? ラブレーは『福音書』を味わった。だが誰がラブレーに、一時期、その声の大きな伝令役を果たすように仕向けたのだろう? ラブレーは宗教改革と宗教改革者たちの影響と、ただその働きかけによってのみ、『福音書』を味わったのか?

第三章　ラブレー、エラスムス、およびキリストの哲学

一五二〇年前後、ラブレーがフォントネー＝ル＝コントのフランチェスコ派修道院の修道士で、ギリシア語を学び、ギリシア語で書簡をしたためようと努めているころ、いずれギヨーム・ビュデを紹介してくれるピエール・アミ、《鬼火坊主どもの陥穽から逃れ》[1]、宗教改革への加担の強い嫌疑のうちに修道院の外で生涯を終えることになるアミを同僚としているころ、――宗教的な問題と、誰もが不可欠と認めていた変革の方法とに神経を集中する人々の活動は、ふたつの極のあいだを揺れ動いている。ルターとエラスムスのあいだを行き来しているのだ。

あまりにも忘却されてはいるが、当時の多くの仕事や出来事を説明する重要な事実である。しかし概していえば、十九世紀後半、エラスムスにはほとんど関心が向けられなかった。ほとんど知らなかったか、もしくは誤解していたために、エラスムスをまったく理解していなかった。かくも長き不人気の理由は何だろうか？　おそらく疑いの眼を向けられるべきは成功崇拝、すなわち物質的な力が精神的な力を犠牲にして讃美される時代の歴史記述を特徴づけている、勝利者に与する傾向である。

1　こんにちのエラスムス像

歴史的にいうと、エラスムスは敗者の面影を残し、ルターとロヨラは勝者の面影を残している。これは事実だ。ルターが熱意をこめて説き、カルヴァンが緻密に組織した改革派の宗教と、カトリシスムのトリエント公会議ヴァージョンと呼びうるものとの間で、——エラスムスのユマニスム的宗教、かれの《キリストの哲学》は、遅かれ早かれ将来エラスムスが受けることになる埋め合わせがどうであろうと、唐突にして全面的な凋落を経験した。より正確には、教会分離や、ローマによるルターの有罪判決、ヴォルムス〔の帝国議会〕における決定的なシーン[2]は、エラスムスの大計画の弔鐘を鳴らした。かれは、互いに対峙する熱狂的な宗教のあいだの、互いに戦闘状態にある両陣営から等距離にある選びぬかれた位置に、古代の精華と福音の精髄とにつちかわれ、自らの内部で、伝統的なカトリシスムと刷新的なプロテスタンティスムと、最小限の批評的合理主義とを奇蹟によって調和させる賢者たち、その賢者たちの学派を創設しようと思いはしなかった。エラスムスが願っていたのは、かれの思想から霊感を受け、かれの努力を援助するであろう選び抜かれた人々が、かれの宗教的な大著を刊行し始めたときには（ルターが啓示を受けるはるか以前だ）問題にすらなっていなかった致命的な教会分離を警告することではなく、——そうではなく、ふたつの精神の痛ましい乖離に警告を与えることだったのである。かれの考えでは、このふたつの精神は互いに補完しあい浸透しあって究極的には、発展と変化との無限の可能性をもつ、〈キリストの哲学〉という生きた統一体のうちに混じり合うべく作られたのである。つまりルネサンスがもたらした、自由で批評的な検討の精神と、教会の統一と伝統的な力を形成する教義への、敬意あふれる賛同と信頼の精神がそれである。

エラスムスは説教し、教会分離の時点まで、仲介の試みが決定的に挫折するまで、教会の霊的な改革が可能であると考えていた。あらゆる宗派のキリスト教徒が、反目も排斥もなく、自分たちが兄弟だと感じることを可能ならしめ、また意味のない些事や余計な詮索、思いあがった神学の専断的にして危険な演繹や釈義、構成をしりぞけ、善意と義なる信仰とをごく少数の定式に基づいて結びつけるような改革である。ごく少数の、とはせいぜい「使徒信教」の定式、それも無垢な心で、いうなれば『福音書』のテキストの光にのみ照らして解釈される定式だ。加えて、こうした定式の役割と正確な価値について、共通の理解が存在したに違いない。問題なのは、――だがこの点に関して、エラスムスの理念は幻想であることを露呈してしまった。なぜなら人々は、あるひとつのカーストが独占するのではなく、無数の人々が共有する精緻な精神などには、関心を示しはしないからだ――、問題なのはそうした定式を細心の注意を払って明示し、そのようにしながら少しずつ、その破壊を主張した神学にそっくりのものを再構築することではなかった。聖霊が父なる神から、あるいは子なる神から、あるいは父なる神と子なる神とから生まれるとしても、それがどうだというのだ？　本質的なこと、それは自らのうちに、聖霊の賜物、愛情、歓喜、善意、忍耐、信仰、謙虚さを実らせることであり――、自然発生的な倫理的生活の活力を与える源泉を心の中で維持することであった。

美しい夢想であり、一五一六年に有名な小著で、エラスムスの友人トマス・モアが、ユートピア人の自由で素朴、かつ非常に寛容な宗教の骨子を素描したときに描いていた夢想の近親である。しかしエラスムスは、より実現が容易で、おそらくはよりいっそう美しい、第二の夢想を作っては楽しんでいた。つまり幅広く人間的な理解への努力のもと、ごく少数で、きわめて基礎的なものにすぎない、これらの定式が少しずつ溶解していくのを眺めるという夢想だ。そうした定式のためにエラスムスは、信徒たちの一致した参画と同意とを要求していたのである。エラスムスは『旧約聖書』を解釈するにあたり逐字的な意味を嫌っていたのと同じく、その時代の人間があえて言いうるもっとも大胆な表現のひとつで、『新約聖書』もまた――見るからに歴史的な『新約聖書』のことだ――逐字的な意味のほか、滅ぶべき肉体のほかに、生命を与える精髄を所有している、とあえて述べていた。そしてまた同じく、本当に卓越した人々のために、『信仰箇条』の命令的な口調の条項に、それらの条項が表現しているよりも優れた真実についての、より深く、より個性的で、より人間的な釈義を、いつの日か取って代わらせる可能性を垣間見せていた。

2　このエラスムスとわたしたちのラブレー

したがって、才能と学識、繊細さと明晰さにあふれた、この人物の泉を汲んで、全エリート階層が長きにわたりすごしてゆくとしても、なにを驚くことがあろうか。『エンキリディオン』、『痴愚神礼賛』、『格言集』、『対話集』などの非常に読まれた書物、付随する、一連の論争と註解を伴った名高い『新約聖書』の刊本、全欧州の知識人に惜しげもなく送られた、人々が互いに見せ合い書き写し、いたるところに広めた、かくも多くの書簡、――これらが、一五〇〇年と一五三〇年のあいだで、キリスト教世界全土に散らばった数千もの人間が渇きを癒した、知的・霊的生活の深い源泉であった。

ところで一五一七年のはるか以前、ルターの出現のはるか以前、反響を呼ぶ著作の中で展開され表明されているエラスムスの思想、――その思想をラブレーが熟知し、味わったであろうこと、いささかも知られていなくとも想定可能なことがらだ。デビューしたての者〔ラブレー〕から勝利の高みにいる大家〔エラスムス〕への、敬愛の念とそれに続く共感の想いを生み出すように、全てが誂えられていたのではないだろうか？　二人の生涯の驚くべき類似に思いをいたすならどうだろう？　ステインの僧院のアウグスティノ派修道士であったエラスムスは、一四九二年四月にその地で司祭に叙品された。フォントネー＝ル＝コントの修道院のフランチェスコ派修道士であったラブレーは、その地で司祭に叙品された。エラスムスはステインで、夜、ひそかに、数人の友人、ことに誰よりも親しかったセルウァティウス・ロゲルス[3]と一緒に、詩人、哲学者、学識者などのローマ古代作家の作品を読んでいた。かれのうちに少しずつ生まれていたのは、自らの召命がまずもって文学的なものであるという感覚と――《ソレハアタカモ自然ノ隠レタ力ニヨリ文芸ヘト引キズラレルカノ如クデアッタ》とかれは後になって記すだろう――、自由へのいやます渇望とともに――《自然ガ我ガ人生ニ授ケタノト同ジクライノ自由ヲ、運命ガ私ニ許スコトヲ欲シタノダガ[4]》、とは雄弁に物語る嘆息だ――、自分を囲む人々、つまり、この時期から一五二〇年の『反蛮族論[(1)]』の矢尻を研ぎ澄ましながら、すでにそう名ざしているような、蛮人たちの精神的な悲惨と不作法にあらがう、内的な反抗の感覚とであった。――これがステインでのエラスムスだった。だがラブレーの方では、フォントネーで同僚のピエール・アミとともに、またその地の碩学、判事のティラコー[5]や管区代官のブシャール[6]とともに、かれもまた隠れて、ふたつの古典古代〔古代ギリシアと古代ローマ〕の著作をむさぼり読んでいた。かれはギリシア語さえ学んでいた。エラスムスがステインを去ってから、時代はすすんでいた。すなわちガルガンチュワの世代に、パンタグリュエルの世代が後続していたのだ。

　要するに、ラブレーについてティラコーは讃辞をしたためえたが、それは一語一語、ステインのアウグスティノ派修道士にもあてはまったであろう。《この男は時代を超越し、フランチェスコ派修道士の誓願を超越し、さらには意のままに、修道士の身分を超越しているかの如くだ[(2)]》。逆にいえば、修道院にあってラブレーは、エラスムスが一五一六年に教皇庁尚書院に宛てその初期の経験を物語った弁明書を読みながら、自らの思いを見出しえたであろう。(3)『対話集』の将来の著者と同様フォントネーの観察者は、学問に向けられた決然たる情熱とともに、時間を奪う儀式に対する激しい嫌悪や、同じくらい激しい、酒席や宴会のことしか気に掛けない修道士の群れに対する憎悪をつちかっていなかったろうか？　このような幕開けのあとでエラスムスはなんの騒動も醜聞もおこさず、《正規ノ教区司教ノ許可ト、更ニハ命令サエ受ケテ》[7]、修道院から外に出た。他方ラブレーは、《正しい血統に生まれた自由な》[8]人間を、自らの本性を満足させるように駆り立てる衝動を感じ取り、かれの方でも、なんの騒動も醜聞もおこさず、ピュイ＝サン＝マルタンの修道院を離れた。そしてかれもまた司教の許可をえて、マイユゼのベネディクト派サン＝ピエール大修道院に入った。そこでは修道士が聖堂参事会員の任務についていたのだ。

　相似た人生、類似した状況である。だがふたりのあいだには、もっと本質的な類似点があった。ふたりとも、早くから自分たちのキリスト教と古代の英知との間に、不思議な道が通じていることを感じ取っていた。かれらはともに、率先して自分たちの神学を、同時に神聖な文学と世俗の文書とに基づいて築き上げる。ふたりとも、まず最初に受けた教育に対して、そして《パピアス、フグティウス、エベルハルドゥス、カトリコン、ヨアンネス・ガルランドゥス、イシドルス》[9]篇の、馬鹿馬鹿しい教室用の書物に対して戦っていた。上記の列挙はエラスムスのものであり（アレン篇、『デシデリウス・エラスムスノ増補校閲新版書簡集』第一巻、〔一一五ページ〕[10]第二十六番、八八行―八九行）、ラブレーのもの（『ガルガンチュワ物語』第十四章）に先立ち、ヴァラのもの（『優雅ナル表現』第二巻）の後になる。最後に一方にとっても、他方にとってと同じく、ユマニスムは文芸の遊戯ではなく、形式的な完成でもない。それは闇を追い払う一条の光である。ふたりの人物のうちの年少者の内に、年長者に対する共感が目覚めたとして、なんの驚きもない。ラブレーの著作の中にその痕跡は見出されるだろうか？

3　いくつかの借用

まずもって（はるか昔のことだが）、百もの多様な幕からなる洗練された喜劇、『対話集』の中を調べてみた。これはアイロニーと弁証法（弁証法とは二者による思考だから）、時としていささか狡猾な用心深さ、偽りの無垢の仮面をかぶった計算づくの大胆さとからなる傑作である。ラブレーが『対話集』を読んでいたこと、それをたっぷりと恥じらいもなく利用したこと、この点については早くから認められていた。この著作でエラスムスは、知性の牢獄であり、不潔と言語に尽くせぬ貧困の巣窟であるコレージュ・ド・モンテギュを告発する。[11]ラブレーもコレージュ・ド・モンテギュを国王の制裁に任せるが、[12]エラスムスのような個人的な経験とか、もっともな怨恨があるわけではない。――修道士の習慣については、エラスムスが問題を指摘し、ラブレーが展開する。対話篇「葬式」や、対話篇「フランチェスコ派修道士」で、瀕死の者の枕元に貪欲な群れをなして襲いかかる黒い鳥とは、フランスの年老いた詩人、大猫悟老《ラミナグロビス》が、死に先立つ時間の安らぎを確保しようと願って遠くに追い払うもの[13]と同一である。――「魚食イ」においてエラスムスは、寝室で襲われてなお声をあげるのをためらう尼僧の話を物語る。[14]戒律〔沈黙の〕が何にもまして優先するのだ。ラブレーは（『第三之書』第十九章[15]）、この生真面目な尼僧と面識がある。かれは、まったくラブレー風の、彼女の名前すら知っているのだ。――前アウグスティノ派修道士は、フランチェスコ派修道士の履物が敷居にふれる家の幸いを歌う。なぜなら豊かさがそこにはあるからだ（「セラピムノ葬儀」）。かつてのフォントネーのフランチェスコ派修道士は誇張して言う、《善哉僧院鐘楼影落下則人口繁殖万々歳……》(『ガルガンチュワ物語』第四十五章)[16]。——『対話集』のエラスムスは、自分の修道士に勉学をきっぱりと禁ずる修道院長を嘲弄する(「修道院長ト女学者」)。《私ハ我ガ修道士タチガ書物ニ耽ルノヲ望マナイ》[17]。修道士ジャンはこの修道院長を見知っていた。かれは、学問ある修道士ほど世にすさまじきものはなし、とよく言っていた。そして《耳下腺炎に罹るのが恐い故》、修道士に勉学することを思い止まらせたのだ……[18]。エラスムスのうちには、意思を無理強いされることに対する、個性的な文体からなる憤激があり、ラブレーはそれに賛同する……。対話篇「難破」は海難に瀕した乗客や水夫を登場させる。ある者は聖母マリアや聖人の加護を祈り、ある者は祈らない。ラブレーはこれを記録する。かれは『第四之書』の嵐の場面を起草するにあたって、これを思い出すだろう。——聖人? エラスムスは、崇拝を忘れた信徒たちに恐ろしい病をもたらしては復讐する聖人の姿を指し示す。ラブレーがこのような迷信についてどう考えていたか、周知のところだ。巡礼に関してはどうだろう。エラスムスは、巡礼にでかけるため、妻子や家屋、仕事や財産をなげうつ人々の愚かさを嘲笑する。グラングゥジエはこれらの愚か者をかれらの家、妻のもと、子供のもと、生業のもとへと送り返す(『ガルガンチュワ物語』第四十五章)[19]。——思うに、フランスのルキアノスが『対話集』を手抜かりなく読んでいたことを示すにはこれで十分であろう。そしてかれがこの点で利益をえたことをも。

フランスのルキアノス。けれどラブレーよりも先に、エラスムスもルキアノス、バタヴィアのルキアノスではなく、汎世界的なルキアノスであった。他方、ラブレーがあれほど簡単にルキアノスの真似が出来たのも、エラスムスがかれに、様々な手段を提供していた、——少なくとも道を開いておいたからではなかろうか? 一五二三年にエラスムスが作成した出版物のカタログ、『著作目録』の中に[(4)]、エラスムスによるこのギリシア作家〔ルキアノス〕の〔ラテン語への〕翻訳のリストを見ることが可能だ。二十四篇の対話篇、十七篇の多種多様な作品がある。エラスムスは絶えず、好んでここに戻ってくる。一五〇六年十一月からパリのジョス・バド書店で、かれは多くのルキアノスの翻訳を刊行している。たとえば「トクサリス」であり、「ティモン」であり、名高い「にわとり」であり、小冊子「有力者に雇われている者たちについて」であり、「偽予言者」だ。トマス・モアも、このはなはだ忍耐を要する普及活動のために協力した。モアの方では「暴君弑逆論」を翻訳したのである。そしてエラスムスのルキアノス好みは、その後も続くだろう。かれは自分に近づいてくる者みなにその好みを伝えるだろう。ラテン語全訳と註釈をともなう、ルキアノスのギリシア語テキストの最初の完全な刊本は——十六世紀と十七世紀の初期にたびたび再版されることになる——、一五六三年にバーゼルのハインリッヒ・ペトリ書店で、ユマニストのジルベール・クーザンにより出版されるであろう。クーザンはフランシュ゠コンテ地方のノズロワ出身で、エラスムスの晩年、一五三〇年から一五三三年にかけて秘書をつとめていた。(5)

しかしながら、エラスムスがルキアノスの著作の形式にのみ執着しておらず、著作に言葉を与えたその精神に霊感を受けており、このギリシア作家にひとのよいホラティウスの讃辞、《心地ヨサニ有益ヲ混ゼタ者ガアラユル賞賛ヲ獲得シタ》[20]を授けているとはいえ、エラスムスとラブレーの知的関係を調べるときに、『対話集』の彼方、愛すべき精神的なルキアノス好みの彼方に赴く必要はないのだろうか？　そしてエラスムスが同時代の知識人や学者に、ルター的なタイプとは少なからず異なり、ユマニストの個別的な願望や本来的な傾向によりよく合致する宗教的なタイプを指し示したのが事実であるとしても、——とりわけ『痴愚神礼賛』や、十六世紀でもっともよく読まれた書物のひとつ、『エンキリディオン』、深奥まで人間性を帯びた近代人の手で若返った古代の英知の宝庫、『格言集』の中に、——また別の、より深く、より内面的なラブレーの発想の源泉を探すべきではなかろうか？

4　エラスムス的大胆さ、ラブレー的大胆さ

ところで『ガルガンチュワ物語』や『パンタグリュエル物語』をわずかなりとも知り、エラスムスの思想、古代の精髄と生き生きとした実質とが詰まった小さな冊子の内部に閉じこめられている思想の中に入りこむ労を惜しまなければ、すぐさま、ある明白な事実に衝撃を受ける。概略にとどめても、巨人たちの教理問答、それはまさしく『エンキリディオン』、『痴愚神礼賛』、『格言集』に見られる、エラスムスの教理問答なのだ。

そこにもここにも、信仰箇条はほとんどない。いかなる神学上の煩瑣さもない。キリストが宗教生活の中心にいる。——キリストと、誠意をもって解釈された『福音書』だ。神と人間のあいだには不必要な仲介は存在しない。聖母マリアや、指定の位置に置き直された聖人は、もはや二次的で間接的な役割しか演じない。ペシミスムはまったくない。原罪の汚点は巧妙に軽減される。人間の本性の根底的な誠実さ、固有な徳によせられる信頼が声高に唱えられる。最後に倫理的な義務が前景に押し出される。秘蹟は数を減らされ、また威容や価値においても割り引かれる。儀式や勤行もそれ自体では効力がないと見なされ、廉直な良心の下位に据えられる。おしまいに修道院生活は、原則と効果の点で、手厳しい判断を下される。以上が、『エンキリディオン』や『痴愚神礼賛』、『格言集』や『対話集』が描いたような、エラスムスの宗教の基盤でもある。そしてこれはまた、わたしたちが見てきたとおり、ラブレーの、かつ巨人たちの宗教の基盤である……。『パンタグリュエル物語』や『ガルガンチュワ物語』に見られる宗教的な定型表現のひとつとして、エラスムスの豊富な章句で註釈できないようなものはない。意図的に不条理な表現をも

ちいれば、——哲学的な定型表現のひとつにしても……。

わたしたちは先に、テレームの僧院の住人の生活規則をめぐる『ガルガンチュワ物語』の有名なテキスト（第五十七章）が受け入れうる、様々な解釈を検討した。《一同の規則は、ただ次の一項目だけだった。**欲することをなせ**。それと申すのは、正しい血統に生まれ、十分な教養を身につけ、心様優れた人々とともに睦み合う自由な人間は、生まれながらにして或る本能と衝動とを具えて居り、これに駆られればこそ、常に徳行を樹て、悪より身を退くのであり、これらの人々は、これを良知と呼んでいる》[21]。このテキストを検討するにあたって、わたしたちは、これがラブレーの作品の中にあるがままに、意図的に出典の問題をいささかも考慮せず、正面から扱ったものだった。けれども出典については、わたしたちには分かっているのだ。ルターに対抗する目的で起草され、一五二七年九月〔八月?〕に刊行された、エラスムスの『〔ルーテルノ奴隷意志論〕反駁』第二巻をひもといてみよう。——この『反駁』第二巻について、ルノーデは次のように書いている[6]《かつてこれほどまでに、エラスムスの宗教や、あらゆる霊魂に寛容かつ寛大に授けられた、神の恩寵についての概念、獰猛で怒り狂った神、というルター的な理念に対する、理性と感情とから生まれる本能的な嫌悪感が人間的な表現をまとったことはなかった》。そしてルノーデは付言する。《かつてこれほどまでにエラスムスの合理主義が、ルターの非合理主義と直接対決したことはなかった》。さてこの本に、以下の一節を読むことができる（これを丹念に勉強しているラブレーを目の当たりにするのは、意義深い）。《或ル、タダシイ血統ニ生マレ、タダシイ教育ヲ受ケタ者ノ心ノナカニハ、凡ソ殆ド悪徳ガ存在シナイ、トイウコトハ認メヨウ。カカル傾向ノモットモ重要ナ要因ハ自然的本性ニデハナク、頽廃シタ教育ヤ不良仲間、罪ニ慣レテシマウコト、ソシテ邪ナ意思ニ由来スル》[7][22]。このラテン語を翻訳するのは無益である。ラブレーのフランス語が優雅に表現しているからだ。ただこのラテン語が、そのエラスムス的な表現のもとに、わたしたちがラブレー的な表現で提供した解釈の正当性を立証している、ということに注目しておこう。

加えて、このテキストは孤立したものではない。エラスムスが、一五二九年、フライブルク・イン・ブライスガウに身を落ちつけるやいなや発売させた『子供タチハ直チニカツ寛大ニ教育サルベキコト〔子供タチニ良俗ト文学トヲ惜シミナク教エルコトヲ出生カラ直チニ行ナウ、トイウコトニツイテノ主張〕』を再読するなら、人間の本性が根本的には善である、という主張が見出せるであろう。おそらく、〈キリスト教哲学〉、キリスト教の教理は、アダムの過ちの結果、以後わたしたちの内にとどまっている悪への傾斜を教える。そのとおり。だが子供の本性を、ふさわしくないまでに責めないようにしよう。《本性ヲ不相応ニ非難スルコト》[23]。この本性は、それ自体では、悪にではなく、善に傾いている。さらにエラスムスは明確にする。《犬は狩りをするために、鳥は飛ぶために、馬は駆けるために、牛は耕すために生まれる。それと同じく人間は英知と優れたおこないを愛でるために生まれている》[24]。それゆえひとの本性はつぎのように定義されうる。《善への性向、根底的に本能的な性癖》、と。——これについて、ある批評家は上記のテキストを引用し、こう叫んだ(8)、《これ以上にキリスト教の教理に反するものはない!》そしてかれはカルヴァンの言葉を借用するのだ。《われわれの本性は実に、いっさいの悪に富み、これは活動しないではおれない》[25]。さらにかれは、ルターについて、デニフレが同様の意味で言及する多数のテキストを参照させる。——だが結局のところ、カルヴァンもルターも《キリスト教の教理》ではないではないか? カルヴァンの教理、確かにそうだ。それにルターの教理。それに過ぎない。そしてもし、たとえば、聖トマスに尋ねてみたら、どうだろう? トマスもまた、原罪がひきおこす恩寵を失った本性の中にあって、真と善とに向かう本質的な傾向が存続していることを認めているのだ。聖トマス。——しかし多分、聖トマスしかいないわけではあるまい。そしてかつての聖フランチェスコの貧しき小さな兄弟であり、信仰の神学博士に肩をならべることなど問うべくもないラブレー、――そうしたラブレーに関して、その思考様式で、もっとも特徴となるものの間から、頻度的にもっとも多く抜粋され引用される言明のひとつが、非常に明瞭に、エラスムスに由来するのを見るのは、興味深い。非キリスト教徒たちが頻繁に遺憾とする、かれらの言うところの、キリスト教の要請への《自然主義的な》背反の最終的な責任者、エラスムスに由来するのを見るのは……。

それればかりではない。ラブレーの大胆な言動、それはみなエラスムスのペンの下にあった。ただ形式の点ではるかに強調され、もっと悪賢く、もっと洗練され、もっと辛辣だったものだ。筆にまかせて、いくつかの例をあげてみよう。ウルタリーと、ノアの方舟についての諧謔[26]はどうだろうか？ 見てきたように、「創世記」の《こどもじみた》物語にオリゲネスがとった無遠慮な態度と比べれば、それはむしろ生気に乏しいものである。しかしこの血気にはやる異端の教父が《聖書の寓話》をあれほど厳しく嘲弄したのは、聖書の霊的で奥深い意味を探すべきである、との結論を述べんがためであった。エラスムスはオリゲネスを読んでいた。ノエル・ベダに続いて、ルターはそのことでエラスムスを少なからず非難することだろう。フランチェスコ派修道士ヴィトリエ[27]の影響下に、エラスムスは『エンキリディオン』の草案を部分的に起草した。ヴィトリエがエラスムスを励ましたのだ。エラスムスはケルソスの対立者〔オリゲネス〕のいささかきつい諧謔を自分のものとしていた。しかしかれはオリゲネスほど霊的な意味の探究に熱心ではなかったし、注意されてきたように、エラスムスは《オリゲネスを凌駕するためにのみ、オリゲネスに依拠している》ように思える。『エンキリディオン』を開いてみるがよい[(9)]。あるいは格言「アルキビアデスのシレノス」を開いてみるがよい。彫刻家たる神により湿った粘土を用いて整えられたアダム。アダムに吹き込まれた霊魂。最初の男の肋骨で造られたエバ。エデンの園。人間存在が理解しうる言葉を話す蛇。奇蹟的であると同時に幼稚な樹木。園で涼を取る神。炎の剣をもって見張りに立つ天使。なんという神話だろうか!、とエラスムスは感嘆する。老ホメロスの無尽蔵の作業場から、底意なく大量に取り出されるお伽話のようではないか?——比べてみると、哀れなウルタリーは無垢そのものだ! そしてもし、パニュルジュという不敬な代弁者をつうじて、ラブレーが同じ評価を明言することを思いついていたら、わがフランスの批評家は何と言うだろうか? エラスムスが容赦なく嘲笑するのは、ノアの方舟に馬乗りに腰を落ちつける空想上の哀れで小粒な巨人ではなく、——「創世記」全体、ティトゥス＝リウィウスに倣って霊的に、《世界ノ創造ノ全歴史》[28]、とかれが呼んでいるすべてなのである。エラスムスと比較してみるとラブレーとはどのような存在か? 小心で慎重な正統派である(10)。

このシノン出身者の、それ以外の無謀な言動はどうだろうか? 左の耳から生まれてきたガルガンチュワの奇蹟的な誕生の物語はどうか? そして全般的にみて、《聖母》に対してほとんど敬意をはらわない姿勢はどうか?——だがエラスムスを読んでみよう。そして第一に、ラブレーが伝統的な聖母崇拝をけっして直接的かつ公然と批判することはせず、聖母について話さないよう自制するのに対し、——はるかに大胆不敵なエラスムスは、その同じ慎みをかなぐり捨てようと心掛けていることに留意しよう。〈聖母〉という名誉称号はどうか? まったく手心を加えず、エラスムスはマリアにそのようなものを認めない。〈神の母〉では? とんでもない。単に、イエスの母、である。マリアから、各世代の信者が互いに熱心に競い合い、授けてきたものを剝ぎ取ってみよ。『福音書』ではまったく問題にされていない、人間、ただ人間だけが彼女に授けた呼称、威光、功徳を取り除いてみよ。なにが残るだろうか? ひとりのつつましい女だ、とエラスムスは結論を下す。品位があり徳高い女性だが、説教師に説教を始めるにあたって、聖霊やキリストの加護を祈りもせずに、自分に祈るよう求めたりしないし、――また信徒には自分のイコンを崇めたり、真昼に自分のために蠟燭を灯したり、ルキアノスの――そしてラブレーのユピテル神が耳にするのよりも法外な願い事を自分におこなうよう求めない[(11)]。それでは、みだりがましい諧謔に関してはどうだろう？　対話篇「難破」で、嵐に見舞われた水夫たちは動転し、もう誰に祈ればよいか分からず、マリアの加護を祈り、「メデタシ元后」を歌いはじめる[29][(12)]。『第四之書』での、パンタグリュエルの船の水夫たちはもっと不敬虔で、ただパニュルジュのみに、聖母の至上の慈愛が注がれるよう祈る役割をまかせるだろう[30]。ところで、先の「対話篇」の話し相手のひとりは、こう冷笑する。《聖母と海とどんな関係があるのかね？　たしか聖母は一度も船旅などしたことがないと思うがねえ》。これに対して他方が応じていう、《昔はウェヌスが水夫たちの守り神だったんだな。海から生まれたと信じられていたからね。ところが水夫たちの面倒をみることを彼女がやめてしまったので、この処女ならざる母の役を母であったひとりの処女たる聖母が引き継いだわけさ[31][(13)]》。多分かなり危険な諧謔だ。この諧謔を深刻に受け止めたり、大げさな言葉を振りかざしたりせず、エラスムスがその晩年に、青年時代の不敬虔を贖うべく、ロレタの聖母、ラウレトゥムノ聖母のために、あっぱれにも「ミサ」を作るであろうことを考えてみよう……。

　同じトーンがこの先にもある。今回、尋問をうけるのは聖ベルナール[32]、聖母の騎士であり、ある日マリアが、かつて子なる神を育んだ胸をさしだすことで、その信仰心の篤さに報いた人物である。聖ベルナールが蜜滴博士だって？　とエラスムスは嘲弄する、むしろ乳滴博士じゃないか！――加えて、ささやかなシーンがその間の事情を詳細に物語っている……。エラスムスは、有力な高官、司教座参事会の司教代理フェリ・カロンドレ[33]――エラスムスの保護者にして友人である、パレルモ大司教ジャン・カロンドレ[34]の兄だ――に招かれて、バーゼルからブザンソンへとやって来た。エラスムスの繊細な胃を拷問にかける、気前のよい大量のワインがふるまわれた、フランシュ＝コンテ地方特有のおそるべきパーティが終わり、ようやく席を立つところであった。誰かが食後の感謝の祈りを唱えはじめた。だがなんという祈りだったろう！　食事よりもなお、大量の祈りなのだ。数々の「主ノ祈リ」から「キリエ」を経て「我深キ淵ヨリ」にいたるまで、すべてが通りすぎ、戻ってきた……。とうとう息をきらせ、唱え手は朗誦をやめる。エラスムスは解放されたと思い込み、帽子をかぶりなおし、そっと立ち去る素振りをする。しかし突如、唱え手は息をついで、「祝福サレシ御腹ヨ！」を、声を限りに叫ぶのだ。《もうたくさんだ！》、と落胆したユマニストは、信心に凝りかたまり呆然とする参事会員たちの前で、呻く……。顰蹙、告発、抗議。要するに聖歌隊に大騒ぎが起きたのである(14)……。実のところ、ガルガンチュワの風変わりな誕生を描いてみせるにあたって、なんらかの下心をラブレーが有していたとしても、かれは何も刷新したわけではなかった。かれの疑問の余地ある大胆さには、先駆者がいたのである。かの手に負えない異端児、すなわち、ロッテルダムのエラスムスである。

万事がこのようである。ラブレーは地獄の業火を消すのだろうか？　大した苦労ではない。エラスムスがラブレーより前に、業火を消し去っていたからである。それもフィクションを楯に身を隠すことさえなく。かれはきっぱりと、悪魔の炎とは福音にかなった修辞的な綾にすぎない、と述べた。キリストの道に従うこと、それは至福〔felicitas〕へ近づく準備をすることであるが、かれは慎重にも至福の性質を描写しない。かれの天国は独創性に欠ける。――キリストの道から逸れること、それは逆に、あの世での業罰を覚悟することである。そのことに疑いをはさむとしたら、キリスト教徒でも人間でもないに違いない。だがその業罰とはどのようなものだろうか？　まったく精神的なものだろう。不敬虔な者をむしばむ蛆虫とは悔恨のことであり、死を待たずしてその仕事を開始する。『聖書』の富める者を苦しめる炎や、詩人が描いてみせる創意あふれる拷問の数々（多クノ詩人タチガソレニツイテ叙述シタ。[35] 地獄の描写は詩人のお手のものである、と知らされている）。生彩ある言葉が描写にあたるが、そうした言葉を逐語的に解釈しないように気をつけなければなるまい。悪徳の実践に身を任せた霊魂の、絶え間ない不安だけに耳を貸すとしよう。――議論の余地なく大胆なテキストである。このテキストが叫び声をあがらせたのだ。[(15)] ソルボンヌ神学部はそのテキストをチェックし、エラスムスは一五二六年に、自分は地獄の火、**地獄ノ業火**、を疑うものではない、と言い訳せざるをえなかった。自分はそれを疑ってはいなかった。喩で表現したのである。

まだ続ける必要があるだろうか？　実のところ、関心にあたいするものではないのだ。それというのも多くの点ではるかに目立つエラスムスのこうした大胆な言動が、ラブレーの作品の中の告発されているもっとも烈しい大胆な言動に呼応するとしても、――エラスムスにとってそれらは及び腰の大胆さでしかない。かれの本当に大胆な言動は、別の次元に属している。ラブレーの著作のいずれにも匹敵するようなものが見当たらないほどのものだ。こののち、わたしたちはこの点には触れなくとも構わないだろう。しかしラブレーの宗教をその時代の他の宗教と対比して位置づけるべくつとめないでもよいのだろうか？　幾つかの例が、一五二〇年頃のエラスムスが行使していた《キリスト者の自由》とはなんであったか、判断するのを可能にする。極端な自由、ソルボンヌ神学部のベダ一派やその他がすでに、異端だと叫んでいたほどの極端さ、今日の明敏な学者たちの幾人かが、自分を実際よりもさらに鋭敏に見せたいとの思いがあまりにも強すぎて、そのうえあらゆる時代錯誤に無頓着で――ラブレーについて言いえたまさに同じ意味での――《キリスト教徒をやめた》エラスムス像を、そもそも説得力のある本の中で、素描しかねるほどの極端さなのである。――わたしたちがかれらの後に従いえないのは言うまでもない。なぜならこの本全体が、ラブレーの彼方の、わたしたちが知的・宗教的歴史の歪曲と考えているものをターゲットにしているからだ。

5　誰が最も大胆だったのか

ひとがキリスト教徒になるのは洗礼によってである。この第二の誕生が、――この秘蹟が原罪を消滅させ、被造物を罪による死から恩寵による生へと移行させ、地獄の宿命的な拘束から逃れさせて神の子の数に入れ、天国に行く特典を与える。――ちょっと待った、とエラスムスは言う、《君が洗礼を受けているとしても、それで自分がキリスト教徒だと思い込んではいけない！》[16]キリスト教徒となすもの、それは儀式ではなく、義なる意思なのである。君はその意思をもっていない。きちんと洗礼を受けていても、君はキリスト教徒ではないのだ。君がその意思をもっているなら、たとえ異教徒であろうと、君は確かにキリスト教徒なのだ……。――この点について、大袈裟で辛辣な口調で、こう問い質すのはやめておこう。儀式はどうなるのか？　秘蹟は？　そして教義は？　もっとも基礎的な教理問答が教えるところでは、良きキリスト教徒となるためには、洗礼を受けただけでは十分ではない。加えて、キリスト教の教理を信じ、教理が命ずる勤行を実践しなければならない。質問も議論もしないでおこう。ルノーデの章節、マルセル・バタイヨンの立論のあとでは、益がない仕事だ。[17]ただルノーデが、わたしがすでに済ませた比較を再度取り上げながら、エラスムスの近代主義と名づけている大胆さに注意しておこう。それから、わたしたちが前段で引用しているラブレーのテキストに戻ってみようではないか？　どこに大胆さはあるのか、真実にして奥深い大胆さは？

キリスト教徒の糧《かて》、信仰の基礎は、聖体の秘蹟である。これによってキリスト教徒は、パンとワインの形色のもとに、キリストの肉と血、霊魂と神性を受け取る。だがエラスムスは？　ここでは、どのようなものであろうと、うわべだけの感傷癖に陥らないようにしよう。そしてこうは叫ばないようにしよう。信者には、秘蹟の恩恵を讃えたり、神聖な肉への飢えや渇きを描いたり、聖体の中に現実的に実在するのが神、自らの神であるとの絶対的な信仰を証言するには十分な言葉がない、と。さもないとテレームの僧院について、そして《ミサでの聖体の秘蹟》――これはわたしたちにかぎっての表現であり、テレームの僧院の住人のものでは確実にない――について、先に注意を喚起したものと同じ過ち、同じ時代錯誤を、しかも同じ理由で犯すことになるだろう。聖体の秘蹟には歴史がある。紀元千年から十六世紀初頭にかけて、たいへん敬虔な人々や第三身分の構成員、修道女、神秘主義者にとってさえ、せいぜい年に三、四度、聖体を拝領するのが慣例であったことを忘れまい。信仰の歴史をめぐる、希少で価値ある書物、『イタリアニ於ケルイエズス会ノ歴史』で、タッキ＝ヴェントゥーリ師はこのことをはっきりと証明している(18)。トリエント公会議の後になってようやく、もっと具体的に、フランスを念頭において言うなら、〔フランソワ・ド・サルの〕[36]『信仰生活入門』に端を発してようやく、聖体拝領に足しげくかよう慣習が確立されたので[37]あり、聖体の秘蹟の神秘が徐々に人々の心をとらえはじめ、そして最終的に、アントワーヌ・アルノーとともに、キリスト者の完成とは、日々、神の子に近づく可能性であると定義されるのである……。

　このことに留意したうえで、エラスムスは聖体の秘蹟について、現代のある者たち、――聖体拝領にあずかる習慣がないままに、その効果がはっきり強調されて語られるのを見たことがない者たちが眉をひそめる秘蹟について、どう述べているのだろうか？　実のところ、少なからず驚くべき事柄である。聖体の秘蹟が、エラスムスには古代の記憶を呼び覚ますこと。パンが古代人にあって友愛の象徴であったこと。

本質的に神聖な絆をむすぼうと望むとき、仲間とともにパンをちぎったこと。キリストも弟子たちと、そのようにしたこと……。――エラスムスはそれ以上のことさえ言う。かれの言では、これが、キリストが弟子たちにパンを分け与え、かれらのあいだで永遠の友愛を神聖なものとした行為の起源（所以〔*unde*〕）なのである。《ソシテ我等ガ主ナルキリストガ、パンヲ分配スルコトデ、仲間ノ間ノ永劫ナル友愛ヲ神性化シタ所以デアル……》[38]。友愛？　エラスムスが他の箇所で与えた、キリスト教についての美しい定義は知られている。《真実ニシテ完全ナル友愛以外ノ何者デモナイ》[39](19)。この定義は多分、平板でも、貧困でもないのではないか？　もちろんだ。こんにちの人間が、現代の信仰の言葉を借りて、つぎのように叫ぶ絶好の機会を与える。――それならエラスムスにとって、聖体パンに現実に存在する神という、――信徒の渇望する心を、その肉と血、実質でみたす神という、大いなる奥儀はどうなるのだろう？　聖体拝領の霊験あらたかな功徳はどうなるのだろう？

おお、とエラスムスはただちに応ずる、聖体拝領の功徳のことか？　《万事は聖体拝領者の心構え次第である》。キリストご自身もそう語ってはいなかったろうか？　なんと見下げ果てたものになるだろうか、肉を食べたり、血を飲んだり、こうした身体的な拝領に、霊的な拝領が加わるのでなければ、と。聖体の秘蹟は？　しかるべく心構えのできていない人間には危険である……。――そして確かに、ここで、こう書きつける良い機会である。つまり、ツヴィングリがそこにいて、師の言葉に耳をかたむけ、それを書きとめ、ただちに強固なものにする。また聖体象徴論者もそこにいて、エラスムスの発言を応用するだろう。洗礼についていえば、それはいわば自動的に罪を減ずるものではない。罪はといえば、それは悪への単なる傾斜であり、人間が克服できるものである。義なる意思を有しながら洗礼に与れなかった者は、救われるであろう。聖体の秘蹟は、とどのつまり、純粋な象徴である。かれらはエラスムスの見解を発展させ、体系化し、完璧な教理の総体を作り上げるだろう。けれどもまたかれらは、明確に定められた信仰が絶対的に必要であるとは内心では感じていない者たちの声に、耳を傾けはしないのだろうか？　自由な精神の持ち主で、キリスト教の教えよりも古代の文芸ではぐくまれ、解放への欲求のうちに彼方に行ってしまう者たちの声に？　かれらには聞こえないのだろうか？　神秘がもう失われてしまえば、聖体の秘蹟の大いなる功徳とは、〔キリストの死を悼む〕追悼の功徳になってしまう、と結論を下さないのだろうか？

それだけではない。キリスト教とは、キリストの宗教である。だがキリストとはなにものだろう？　どのような形色のもとにキリストを思い浮かべればよいのか？　どれほど熱意をもって、信徒が救世主を模倣すべくつとめ、その姿を眼の前に浮かべ、地上の生涯の、そしてドラマティックな最期の、様々な状況でのキリストを喚起するか、知られるところである。どれほど悲痛な思いやりをもって、信徒が十字架に思いをいたし、自分のために苦しみ、死んでゆく贖い主を観想し、神の復活をもたらす血のしたたる傷口に口づけするか、知られるところである。エラスムスは？　ときおり耳にするのは、十字架の神秘についていえば、青年時代を過ごした修道院では、撰ばれたキリスト教徒が心の糧とした小冊子からではなく、――いささか意表をつく権威、ソクラテスに解釈を尋ねにおもむいている、ということだ。そしてその解釈も予想外のものである。表面的なものごとを軽んずること、さらに霊的なことがらと不可視的なものごとへの愛情ゆえに、身体に対して霊魂を勝利させること。――かかるところが十字架の教訓である[20]。すべからく抽象的で、すべからく倫理的な教訓だ。日々、受難の物語を再読し、キリストの十字架像のまえでひれ伏し、いく千もの十字架のしるしを身につけ、家ではキリストの処刑台と想定される幾片ものかけらを崇め、あるいは何時間ものあいだキリストの苦痛を瞑想しては、まったく身体的な憐れみに心を動かされる、一般のキリスト教徒をまねることはといえば、――否、である。キリストは、教会にある数限りない画像とか彫像が、心の底から揺り動かされひれ伏している信徒たちに示す、あの痛ましくも十字架にかけられたひと、あの哀れな生贄ではない。キリストはひとりの人間でも、位格のひとつでもない。しばしば語られるところだが、エラスムスは、『旧約聖書』でおこなっている物語の逐語的意味と霊的な意味の判別を『新約聖書』に応用しながら、救世主の受難と死とを多くの寓意と見なしている。そうした寓意はエリートには解釈されるが、――具象を離れられない俗衆が、その深奥の意味をかいま見ることはない。キリストとは教えであり、倫理的な教理であって、キリストが説く様々な徳、つまり慈愛、素朴、忍耐、純粋以外のなにものでもない。《キリスト〔ト呼バレルノ〕ハ畢竟、彼ガ説イタ慈愛、素朴、忍耐、清冽以外ノ何者デモナイ……》[40](21)。

十分承知しているところだが、たいそう豊かで、――他方、時をへて進化して来た思索の逐語的で総括的な解釈を、バランスもニュアンスも考えずに、わたしたちのものとするのは控えよう。これらのテキストに向かい合う、異なるテキストが存在することは、よく分かっている。――間違いなく、また非難の余地のない、正統的なテキストだ。文脈から引き離されたあらゆる文章が、眼を欺くレリーフを容易に映し出すことも、よく分かっている。またあらゆる表現が様々な翻訳の対象となりうることも。《コレホドノモノ（聖体ノ秘蹟）モ、聖霊ガ助ケナケレバ、有害ノミデアル》[41]。この文章を、その思想を曲げて伝えることなしに、どのように翻訳すればよいのか？《かくも大きな価値を有する聖体の秘蹟といえども、もし聖霊がそれに効力を与えなければ、単なる危険に過ぎない》。これでは、聖体の概念そのものが巧みに掠めとられ、破壊されてしまう。だが、《この貴重な聖体の秘蹟は、それに期待すべきあらゆる有益な効果をもたらすのだろうか？　土壌がうまく整えられていなければ、忌まわしい結果をもたらしはしないだろうか？》、と表現するとしたら、――ここでは正統的な教義が尊重されることになる。なぜなら教会は、聖体が優れた心構えをもって受け取る者たちのみを聖化する、と教えているからだ。これらの厄介な問題について、エラスムスがもちいる表現のひとつだに、まったく異なる精神のふたつの解釈が不可能なものはない。これは次のように述べるのと同じことだ。つまり、現代においても、また当時にあってもすでに、ひとはエラスムスの内に、自分の中にあるものを見出すのである。正統派の者は正統派の教義を、改革派の者は宗教改革を、懐疑主義者は逆説を、という次第である。このことはラブレーの思想というものが存在するようにエラスムスの思想が存在することを妨げるものではない。それはキリスト教的な思想だろうか？　ルターは否定し、ベダもまた否定する。だがわたしたちは、これらの狂信者や幻想者の破門宣告について、どのように考えるべきか知っている。エラスムスの方では、全力をふりしぼって肯定する。エラスムスとともに、弟子であるツヴィングリや、聖体象徴論者、全キリスト教圏に散らばる何百人ものエリートのみならず、話を広げないでおくと、あの何千にものぼるスペイン人もまたそうである。『エンキリディオン』を、『キリストに倣いて』とならんであらゆる敬虔な書物のなかでもっとも読まれた本にし、きわめて霊的なキリスト教の、――《信頼と自由にもとづく新しい感覚の中で、神にたどりつこうと努めていた》、パウロ的なキリスト教の精髄そのものをそこに汲みに来たスペイン人たちである。

6　ラブレーはどこまでエラスムスについていったのか

ひとはエラスムスの内に、自分の中にあるものを見出していた……。ラブレーはそこに何を発見したのだろうか？　ラブレーはそれを語らなかった。かれは或る日、エラスムスに向けて、まことに感動的な言葉で、知的な感謝の思いの丈をすべて、そして自分が本当にエラスムスの精神的な息子である、と叫ぶにとどめた。それが有名な、サリニャック宛てとされる書簡であり、わたしたちが先に、その証言を援用したものである……。見栄えのよい作品で、重要性を認めたら世間知らずと思われてしまうような、文体の習作だろうか？　軽率な物言いだ。ラブレーがこのたいそう美しい感謝の証拠をエラスムスに捧げるとき、ラブレーはもはや（ラブレーの生没年をどのように計算しようとも）、子供っぽく有頂天になる年齢ではないことに留意しておこう。さらにまた、かれがペンを手にするとき、エラスムスは年老いて、あらゆる方向から攻撃され、誹謗され、要するに敗北し、もう輝けるヒーローでも、キリストの擁護者でも、ルターの後継者となりうる唯一の人物でもないことにも留意しておこう。――エラスムスこそデューラーという人物が一五二一年、かの宗教改革者〔ルター〕の死去という誤報に接した際、その『日記』で周知の悲壮感あふれる調子でなじった相手であることにも注意しておこう[42]……。――ただ、サリニャック宛の書簡には、明らかに、一般的な内容しか見当たらない。そこに含まれていないものを抽出することはけっして出来ないだろう。

ところでラブレーのテキストを参照するとき、先述したところだが、エラスムスのテキストに比べると、驚かされるのはその優柔不断な点だ。それらはエラスムスのテキストの中でもっとも小心なものの、さらに数ランク下にとどまっている。狡猾な人間なら、繊細な精神に不安の種子を蒔くために利用できるであろう、エラスムス流の大胆な解釈、示唆、時として読者を悩ませる、あえて口に出さず言外に匂わす遣り方をラブレーが見て取ったしるしはどこにもない。

これはもちろん、キリストの敵ラブレー、《戦う自由思想家》で、キリスト教におそるべき打撃を与えようと試みるラブレー、という仮説の上でのことであるが、実際、自由思想家であると否とにかかわらずラブレーは、巧みに工夫されたエラスムスの言い回しが十分に遠い地点にまで導き、啓示を揺さぶり、福音の物語を合理的かつ人間的なものにし、贖罪のキリスト教の代わりに人類愛のキリスト教を置くことができる、ということに気づいたのだろうか？　究極にまで押しすすめられ、一定の方向に解釈されていたいくつかの表現から、四世紀にわたる哲学的、文献学的、歴史的な作業によってわたしたちが論理的に引き出すことが可能になった一連の成果を、ラブレーやその同時代人たちが、二十世紀の人間の明晰さをもって見とおすことが出来たとは、わたしには思えない。いずれにせよ、ラブレーのどのテキストもそのようなことについて何も告げてはいない。『対話集』の著者からの借用として分かっている大多数が、何に基づいていたか、わたしたちは検証してきた。対話の理念、応酬、滑稽な言葉、ぎりぎりの風俗批判がそれである。だが当てこすり、ひとたび浴びせられたら止まるところを知らず、投げかけた者がどこまですもうとしているのか見当もつかないような当てこすりとなると、――皆無である。『ガルガンチュワ物語』の《滅し去ること》や、エピステモンの突拍子もない蘇生について、アベル・ルフランの提案する解釈を認めないとすると（わたしたちは認めていないのだが）そうなのだ……。

それればかりではない。エラスムスの数々の宗教的な大著を一瞥すれば、《キリストの哲学》の不敵な刷新を前にして、ラブレーの大胆さは青ざめて見えると考えざるをえなくなる。――この同じ一瞥が巨人たちやその修史官〔ラブレー〕がもたらす敬虔な宣言を、よりよく評価し、さらによりいっそう真摯に受け止めさせるにいたるのである。逆説だろうか？　だがラブレーのトーンがあって、それは改革派のトーンではない……。それではそれは、エラスムスのトーンなのだろうか？

確かにラブレーとその主人公はエラスムスと倫理的配慮をともにしており、それこそ逆に、かれらとルターとを俊別するものなのだ。ラブレーに関しては、明示する必要はあるまい。エラスムスに関しては、よく知られているように、かれはまずもって、健全で義にかなった実践的な生活の規律を人間に提示するのに専念している姿勢を示す。――そしてかれは喜んで、本当に興味を覚えている唯一の祭壇、すなわち倫理の祭壇に、神学、**様々な**神学を供物として捧げるであろう。はるか昔に聡明なメランヒトンはそれに気づいていたし、――ピノー[22]はかれの証言を取り上げずに済ますつもりなどさらさらない。《わたしたちは神学に何を求めるのだろうか？　ふたつの事柄だ、とルターの友人は答えた。死に対する、そして最後の審判に対する慰めだろうか？　ルターがそうしたことをわたしたちに教えてくれる。倫理と行儀作法の教えは、エラスムスの仕事だ》。ここで正面から突っ込みがはいる。《だがすでに、異教徒たち〔古典古代の哲学者〕が教えてくれたではないか？　キリストと哲学者とに共通する何があるというのだ？……》結論はこうである。エラスムスにしたがう者は慈愛を説くが、信仰を、ではない。だがもし慈愛が信仰から生まれないのなら、――その慈愛はパリサイびとの教えでしかなく、慈愛ではない[43]。

大いに結構だ。メランヒトンが、当然ながら、公平な思想史家ではなく、自らの教会のために戦う論争家であるとしても。いずれにせよ、ラブレーの倫理観が必然的にエラスムスの倫理観と合致するとしても、巨人たちの教理を、この唯一の倫理観に還元してはならない。かれらのキリスト教の教理、と一括してしまうと、ひどい見込み違いをすることになるだろう。『ガルガンチュワ物語』と『パンタグリュエル物語』が、ことに神の全能への配慮と敬意とを表明していること、そしてそれらがエラスムスの中には、少なくともこの形では見当たらないことを確認するのは、興味深い。ラブレーの王たちの美しい祈りとキリスト教的で豊かな説教とを、エラスムスがはぐくんでいなかったろうこと、――それらを書き残さなかったことも、同様に確かな事実である。

熱意のこもった豊かさ、共感あふれる輝き。――こうした言葉はエラスムスの語彙にはない[23]。このロッテルダムのひとの天球の中心はどこか別のところ、機知にある。その周縁は近くにあり、輝きのとどく範囲もたいそう短い。エラスムスのうちに、心情を吐露する者、感受性豊かな心からあふれでる、力強い感情の持ち主を探してはならない……。エラスムスには受難について、現代の不信心者さえも驚かせる、乾いたアイロニーがある。かれは聖霊の断続的な天啓や神秘主義者が受ける霊感を馬鹿にするポーズをとっており、それは《聖霊も祈禱し》[44]というような、《フィナーレ》のトーンをもつラブレーの流儀とは、まったく縁遠いものだ。――『対話集』の著者、この純粋な知性は心を動かすすべをいささかも知らず、気のきいた言葉を放ちたいとの欲求に抵抗するすべも知らない。かれはステインの修道院で、もっぱらテレンティウスの主人公たちの、少しばかり華奢な感受性や洗練された繊細さを、こよなき喜びとしていた当時のままにとどまっていた。一方、ラブレーはといえば、フォントネーでプラトンを読んでいたのだ。

7　巨人たちの宗教、エラスムスの宗教

ニュアンス――これを激しくコントラストをなすトーンに変換してはならないだろう。巨人の信仰心が、エラスムスの信仰心よりも誠実であるとまでは言わないが、より豊かで、より充実し、だがもっと熱がこもり、時として感情的な語調にもっとみちているように思えるのも本当の話だ。二度、三度、ラブレーの発言の中に、あのルターの、手加減をせず、しかし心理的な現実についての確かな感覚をもって、エラスムスの信仰心と自らのそれの決定的なコントラストを明らかにしたルターそのひとの、預言的で心を奪う大いなる声の、エコーの如きものが見てとれるような気がすることを思い出そう(24)。なおまた政治的、もしくは宗教的な多数の重要な問題について、ラブレーの思想はエラスムスのそれよりもルターの思想に密接に同調しているように見える。ラブレーはコスモポリタンではなかった。フランス人であり、愛国者、国

王に忠実なラブレーは、パヴィアの逃亡兵に周知の憎悪をいだいている。《愛国者》、この言葉の歴史的な意味で、ラブレーは《愛国者》であり、かれの平和主義は、エラスムスには認められない力をこめて、攻撃に対抗する防衛が本来的に必要であることを叫ぶのだ。『対話集』の著者と『パンタグリュエル物語』の著者のあいだには、気質と性格の明確な差異が存在する。その差異は指摘しなければならない。だが、その重要性を誇張してはならない。

全体的に見ると、巨人たちの宗教は、改革派の宗教よりも、字義どおりに解釈されさほど目新しいところのないエラスムスの宗教の方に近い場所にとどまっているのは確かである。その倫理的配慮によって。わたしたちはそのことを見てきた。その深みのある人間性によって。かれのオプティミスムと、自然に対してなされるあらゆる暴力、あらゆる禁欲の忌避によって。そして詳細については、次のことを思い出しておこう。神学者と修道士、尼僧にむけられた、誤謬と勤行にむけられた、ラブレーの冷笑、批判、攻撃、それらはすべからくエラスムスのうちにあり、エラスムスを産みの親とするものでさえある。それらが当時の《福音主義者》や改革派の著作や思想の中に同様に存在しているにしても。巨人たちの教理問答はどうだろう？　その根本的な信仰箇条については、エラスムスは福音主義者や改革派に劣らずすすんで署名するだろう。先立って署名した、とさえいえるかも知れない……。そしてある教理が十全に《改革派的》であるかどうかを判断するために採用すべきふたつの基準のうちひとつは、宗教のただひとつの源泉として、『福音書』に頼ることであり、これはルターとエラスムス、ラブレーに共通に当てはまる。もうひとつ、信仰による義認というルター個人によってもたらされた基準は、カルヴァンに受け継がれることになろうが、エラスムスにもラブレーにも当てはまらない……。

重要なのは、切れ味のよい定式の一撃に満足することではない。ラブレーの宗教的理念がエラスムスに由来するもので、他の誰からでもないと宣言すればよいというものでもない。――わたしたちはこの件についてなにも知らないのだから。ただ単純に、エラスムスに育まれたひとりの人間が、巨人たちの教理問答の信仰箇条を手に入れるにさいして、遠方のルターとか、より近くのルフェーヴルとか、ルーセルとか、ファレルとかを必要としなかった、とだけ確認しておこう。これらすべて、あるいはほとんどすべての信仰箇条が、エラスムスに由来するということに反対する、なにものもない。すべてがかれからもたらされたと考えるように、なにも強制してもいない。わたしたちは可能性、せいぜい蓋然性の領域で動いているのであり、――確実性の領域で、ではない。わたしたちは、適度に不正確な表現を用いれば、一五三〇年から一五三五年にかけてのラブレーの宗教的形成における、《宗教改革の役割》を低く見積もろうとしているわけではない。事情は逆なのだ。ラブレーの初期著作の、まさしく宗教的な箇所に、一種の誠実さ、荘重さ、思慮深く感動的な確信が存在し、フランスの聖書解釈者の、ルフェーヴルの弟子の、ファレルとまではいかなくとも、ルーセルの聴講者の思い出を喚起させる。いままで誰も注目しなかったことだが、こうした箇所にはかなり判然とした、ルターの無意識の記憶が認められるようにすら思える。ラブレーは『福音書』を味わった。これは確かな事実だ。しかし、ラブレーの読書や交友関係の詳細について無知の状態にあるわたしたちの現状では、その功績をフランスやドイツの《改革派》だけに委ねないでおこう。サリニャック宛ての書簡のことを思い出そう。せめてルターと同じくらい、フランスの《ルター派》と同じ程度には、エラスムスに思いを馳せるとしよう。

8　ラブレーは徹底的なエラスムスの徒だったのか

加えて、この点にかんする利点が見てとれる。『第三之書』と『第四之書』とから《宗教的な》テキストを抜き出すために、多数のカードを必要とはしない。修道士として暮らした日々の記憶を思い出すこともほとんどなくなってしまった人間の作品にあって、聖務日課書の題材は乏しくなっている。『新約聖書』や『詩篇』の引用は稀になり、純粋に哲学的な余談の頻度が高くなる。一五四六年、一五四八年、一五五二年のラブレーは、一五三二年と一五三四年のラブレーとは距離があるように思える。ともあれ宗教改革からはずいぶんと距離がある。

さらに『第四之書』のパニュルジュと阿呆抜作《ダンドノー》の対話[45]で、ラブレーがおそらく、カルヴァンのフランス語版教理問答で繰り返される、**然り、然り**〔*voire, voire*〕[46]、を茶化していること(25)、ラブレーがフィジーの神と、その敵で、猿真似坊主《マタゴ》、自癩坊主《カゴ》、似而非信者《パプラール》、《半気違いの小人《しょうじん》ども、ジュネーヴのぺてん師で悪魔憑きのカルヴァンども、狂犬病のピュテルブ、托鉢法師《ブリフォー》、偽善法師《カファール》、猫撫法師《シャットミット》、人喰人ども、その他、およそ自然に悖《もと》った異形で醜怪な怪物ども》[47]の、子だくさんの母であるアンチフィジーの神の神話を創作するにあたって、ジュネーヴの宗教改革者〔カルヴァン〕に、歯に衣きせぬ言葉で自分のおこないを確かに告げていることを思い出そう。ラブレーは、腸詰族《アンドゥイ》と精進潔斎坊《カレームプルナン》とのあいだにどっしりと座り込んで、少なからぬ哲学的無関心にひたっているではないか？　すでに一五四二年、版を重ねるために『パンタグリュエル物語』を校閲しながら、かれは「作者の序詞」で、《欺瞞者》と《邪宗伝道者》のあいだに《邪説予定論者《プレスチナトゥール》》を招き入れた。[48]救霊予定説というカルヴァンの教理への、こうした仄めかしがジュネーヴで気づかれずに通りすぎたはずがないのは確かである。要するに、ラブレーの改革派とのはっきりとした公的な断絶であり、これはカルヴァンとラブレーの、ふたりの当事者がきっぱりと宣言する前に、すでに第三者によって明らかにされていた。

ところで、猿真似坊《マタゴ》主があれほど手荒に扱われている『第四之書』を開いてみよう。ここには、『第三之書』の大いなる沈黙のあとで、一群のキリスト教への言及がでてくる。その分量は多くはない。――だがもはや欠如ではない。「旧序詞」での神への祈りは、《されば、その至高無上のお名を先ず讃えねば、神かけて何事をも断じていたすまいぞ[49]》、だった。「新序詞」には、すでにすたれていた『福音書』への言及がある。《これこそ大慈大悲の、いとも偉大なる神、拙者の帰依《きえ》し奉り服従し奉る大神、その聖にして聖なる福音《よきしらせ》のみ言葉を仰ぎ敬い奉る天なる大神の御意《みこころ》に外ならぬからだが、福音《よきしらせ》と申すのは、これ即ち福音書《エヴァンジル》のこと、そのルカ伝第四章にも、〔己の健康を蔑《ないがしろ》にする〕医師に対して、〔身の毛もよだつような嘲罵《サルカスム》と血みどろな愚弄とが述べられ、〕「医師よ、おお自らを治癒せよ！」と記してある通りだからだ[50]》。そして巨人王たちは、自分たちのわずかなキリスト教徒としての務めの慣習や、祈禱の功徳への信仰を取り戻すのである。《私は、我々が固い信仰をもって祈念いたす限りは、神はこれをお聴き下さるという希望を持って居る[51]》、とパンタグリュエルは語る。他方、ガルガンチュワはこう述べる。《そなたとともに永劫の安らぎのあらむことを[52]》。大した事柄ではない。しかしこれらの慎重さはタラメージュ号のエピソード（『第四之書』第一章[53]）のような挿話をますます意外に思わせるのだ。

パンタグリュエルはその大航海へと船出する。出帆準備にとりかかる前に、かれは旗艦タラメージュ号の乗組員を招集する。そしてまず、かれは一同に向かって、《簡明で敬虔な一場の訓示を行ったが、聖書から引用してきた説話をしっかりと拠りどころとして、船旅について論じた[54]》。これが終わると、《上天の神に対して、声高らかに朗々と祈禱が捧げられたので、一同が船へ乗りこむのを見ようとして突堤に馳せつけてきていたタラースの市民町民たちは悉《ことごと》く、これを聞き、これに耳を傾けた》[55]。そのあと、祈禱が終わると、《「イスラエルの民、エジプトより出でし時に」[56]で始まる聖王ダビデの詩篇が、調べも妙《たえ》に歌われた。詩篇朗唱がすっかり終わると、忽ち船橋に食卓がしつらえられ、食物が持ってこられた。タラースの人々も、この詩篇を同じく歌ったのだったが、一同のために盃を挙げて飲んだ[57]》。

《これこそ》、とアベル・ルフランは書きとめる、《改革派寺院での信徒たちの集会の、完璧に正確な物語である。かくして、ラブレーの（宗教改革への）宗教的共感は、先行する三部作におけると同じように、第四作の中でも、近年の註釈者たちの断言とは反対に、はっきりと明確にされるのである》（四六ページ[58]）。先行する三部作？　わたしならばむしろすすんで、《先行する二部作》、と述べたいところだ。なぜなら『第三之書』が宗教改革に寄せる共感の証言など、わたしにはまったく見当たらないからだ。それればかりではない。わたしは、《近年の註釈者たち》のためらいがかなりよく分かる。一五四八年。この時点ではずっとまえから、宗教改革へのラブレーの共感について語るとき、過去形を用いている。ポステルだけにとどめても、一五四三年にポステルがその件について語るのは、過去形を用いてのことである。ジュネーヴの市民はパンタグリュエルの産みの親〔ラブレー〕に、もう対立者しか認めなくなっている。それなのにラブレーは、船出を描写する必要にせまられると、突如、福音主義者の港での福音主義者の船出を、明らかに描写するのだろうか？　矛盾ではないだろうか？

もっと単純に窺えるのは、カルヴァンが宗教改革にもたらした新しい方向性に対する頑迷な年老いた福音主義者の抗議、不寛容や破門、火刑に向けられた、さらに同じく、被造物の原罪の宿命的な重みや、救霊予定説の謎めいた不公平を緩和しない教理の、非人間的な厳しさに向けられた無言の、けれども強硬な憎悪の表明である。カルヴァンを否定しなければならない、とラブレーは告げているように見える。一五三〇年の人々の美しい理想は、それでも肯定すべきなのだ。そしてタラメージュ号のエピソードは、若き日の夢想へのゆるぎない忠誠、すなわち人間的なキリスト教思想への執拗な愛着を明らかにするものであるかも知れない。儀式も仲介者もなしに、父なる神のみ前に、神に向けて、穏やかな信仰を歌う快い歌声を発する自由な存在を置く、人間的なキリスト教思想への執拗な愛着を。ありうることだ。しかしこうした忠誠を――『第三之書』の大胆な哲学のあとで、またその沈黙のあとで――宗教改革以前の改革派的な漠然とした教理にではなく、エラスムスの助けを借り広範に形成された知的な理想に帰すことが出来るなら、なんと分かりやすくなるだろう！

年老いた福音主義者の抗議、それはそうかも知れない。だがその福音主義はどこに由来するのだろう？モーのグループからか。一五四八年には、それは昔のことで、思い出しか残っておらず、名前すらない。ブリソネやルフェーヴル、ルーセルの信奉者たちの中の、ある人々はカトリック教に加盟した。カトリック教はますます強硬になってゆくが、それでも表面的、形式的な譲歩の代価に、かれらが平安のうちに生涯を閉ざすのを大目に見てくれるだろう。別の人々はジュネーヴの教会に参画した。かれらのパンタグリュエリスムは、かつてそんなものが存在したとしても、縁遠いものとなる……。だがまだ長い期間、エラスムス派の人々は、『エンキリディオン』の、『痴愚神礼賛』の、『格言集』の、『対話集』の、寛大で自由な思想にはぐくまれた、あれらの人々は残りつづけるだろう。

エラスムスは一五二一年当時、教会分裂の愚によって、信者たちの首かせの重圧が倍化し、神学者たちのいだきそうな意見の数々が、死罪覚悟で告白せねばならない信仰の真理へと変わってしまうであろうと予見していたが、その時すでにかれが垣間見ていた時代が、確かに到来したのだった。今となっては、信教を論じ合う対立者たちの「使徒信経」のひとつに賛同しない者にとって、『福音書』を説くことは危険、それも実りない危険になっている。宗教戦争勃発の兆がある。エラスムス派は沈黙する。エラスムスが口を閉ざしたように。しかし良心の奥深いところで、かれらは青春時代の、知的で寛大なエラスムスの教えに忠実であり続ける。エラスムスの理念は簡潔であり、いささかも教条的なところがない。しかも大仰な主張をきらい、アイロニーの礼賛と礼儀の尊重、そしてなによりも内気かつ大胆な一種の日和見主義を表明する精神によって、ニュアンスに富んだ言葉で表現されており、時代の要請に驚くほど適合しているだけに、かれら、エラスムス派の人々は、《キリストの哲学者》を読み返すことにいっそう強烈な喜びを味わうのである。——対立関係にありながら同じく公的であり、しかもまさにそれぞれの主張の枠組みの内でしか思想が表明されるのを許さない、いくつもの宗教によって支配されている時代の要請に。

第二巻　十六世紀における不信仰の境界

第一章　生活の中の宗教の位置

新たにスタートするにあたって、道を見誤らないように用心しよう。そしてたとえばまず、キリスト教との――わたしたちが今まで列挙してきた様々な形式でのキリスト教との――断絶が容易であったか否か、などとは自問しないようにしよう。容易かどうかの領域に身を置くこと、それは失策である。なぜならいつの時代でも、困難をものともしない人々、英雄や激情家はいたし、十六世紀はこうした激情的な人々の肉体を気軽に火刑にしていた。――けれども火刑の見通しがかれらを怖じ気づかせたわけではない。勇敢に拷問に向かう殉教者の数がそれを証明している。宗教改革の殉教者、対抗宗教改革の殉教者、再洗礼派や反三位一体主義の殉教者、あらゆる分派の教理の殉教者や、そのころ無神論と呼ばれていたものの殉教者さえいた。断絶が**容易**であったかどうか、などと自問するのはやめ、――こうした断絶を**可能**ならしめるもろもろの条件が整っていたかどうか、問うことにしよう。そのために、人々の生活でキリスト教が、現実になお占めていた場所を計測することから始めよう。

手ごわい仕事だ。十六世紀については、わたしたちのもとに『フランスにおける宗教感情の文学史』の瞠目すべき第九巻――アンリ・ブレモンが「アンシアン・レジーム下のキリスト教生活」、即ち十七世紀のキリスト教生活、と題した巻である――に匹敵する業績は存在しない。十六世紀の宗教史や宗教活動をあつかう、ごくつつましい概論的な著作さえ存在しない。ページは白紙のままである。これにつけ加えておけば、この時代の人間や事象のわたしたちの認識には、大きな深淵、大きな欠如がある。したがってここでわたしたちに出来るのは、概括的な素描を示し、できうればいくつかの研究テーマを提案し、ともかく二、三の全体像を発掘することでしかない。

現代のキリスト教とは、多数の宗教のなかのひとつである。様々な宗教のなかで、わたしたち西欧人の眼にはもっとも重要なものであるが、――わたしたちの眼には、というにすぎない。わたしたちは気がむくままに、はるか昔から定められている儀式や勤行に結びつけられた、確定した教理や信仰の総体として、キリスト教を把握している。この点で、わたしたちに十全な道理があるわけではない。わたしたちが望もうと望むまいと、西欧社会の環境は、相も変わらず、深いところまでキリスト教的であるからだ。かつて十六世紀にあっては、なおさらのことだ。キリスト教とは、わたしたちがヨーロッパと呼んでおり、キリスト教圏であった地域では、呼吸している空気そのものであった。人間が人生を送り、全生涯、――単に知的生活のみならず、多様な舞台をもつ私生活、様々な任務にあてられた公的生活、分野を問わず職業生活を過ごした環境であった。信徒であること、カトリック教徒であること、自分の宗教を受け入れたり実践すること、そうしたことに対するいかなる明白な意志にも無関係な、ある意味で機械的な、宿命的な、すべてであった……。

なぜなら現代にあっては、ひとは選択する。キリスト教徒であるか否か、選択する。十六世紀にあって、選択の余地は皆無だった。ひとは事実としてキリスト教徒であった。頭の中でキリストから遠く放浪することは可能であった。現実的で、生命力に富む支えを持たない、イマジネーションの戯れである。だが勤行から遠ざかることすら不可能であった。望むと望むまいと、はっきりと理解しているか否かにかかわらず、ひとは誕生と同時にキリスト教にどっぷりと浸かり、死に際してもそこから抜け出すことは叶わなかった。なぜならその死は、なにものも免れえないからだ。――この死は誰も逃れられない儀式ゆえに、必然的かつ社会的にキリスト教的であったからである――たとえそのひとが死を前にして反抗しても、たとえ最後の瞬間にふざけ、茶化してみたとしても。揺り籠から墓場まで一連の儀式、伝統、慣習、勤行の鎖が張りめぐらされており、――どの輪もすべてキリスト教的であるか、キリスト教化されているので、ひとの意志にかかわらず縛りつけ、ひとが自由であると主張していたとしても、やはり捕らわれの身に変わりはなかった。そしてなによりも、私生活をすっぽりとつつみこんでいた。

1　私生活

子供が生まれる。生きている。すぐさま教会に運ばれ、洗礼がほどこされ、そのあいだ中鐘が鳴り響いている。教会の鐘そのものも司教の手で荘厳に洗礼を受け、聖油を塗られ、香や没薬をたかれ、俗事の公示のためには鳴らされてはならなかった。――もし生まれた子供の容体が悪ければ、もし、なんらかの止むを得ない理由で《ことを急ぐ》必要があれば、のんびりなどしていられない。司祭が、あるいは司祭がいなければ、肉親や家族の友人が秘蹟の言葉を告げる。すると否応なしに、またひとりのキリスト教徒が出現する。否応なしに。なぜなら、他のやり方がありうるものかどうかという問いが課されることなど、けっしてないからだ。新生児につけられる名前でさえ、《洗礼》名は、キリスト教的な名前である。カトリック教徒のもとでは、大抵は聖人や聖女の名前であり、かれらは天上から確実に守護してくれるであろう。時代が進み、改革派のもとでは、『旧約聖書』に出典をあおぐヘブライ風の名前が登場する。そして多分、十六世紀のわたしたちの国々にあって、各人はすでにその個人名の他に、《別称》(今のわたしたちなら名字と呼ぶものだ)をもっている。しかし多くの場合、まずもって認められるのは洗礼名である。書誌学者の栄誉ある祖先、老コンラド・ゲスナー[1]が遺してくれた当時の著者目録をめくってみるがよい。著作家は名字のアルファベット順にではなく名前の順に引用されている。全ヤコブス〔Jacobus〕たちのあとにヨハンネス〔Johannes〕たちが続き、そしてパウルス〔Paulus〕たち、ペトルス〔Petrus〕たちとなる……。他方、教会はその名前を、親族の撰択にあわせて提供することに甘んじてはいない。ひとたびつけられると、その名を登録するのは教会なのである。司祭、もしくは臨時司祭が、新しい小さな教区民の誕生を、代父や代母の名前とともに《カトリック教徒の》帳簿に記入するのだ。

子供が生まれる。しかし日の目を見るときには死んでいた、あるいは聖なる洗礼を受けるまえに死んでしまう。その子は孩所に定められているのだろうか？　その子はあらゆる罰の中でもっとも厳しい罰——神から永劫に排斥されるという罰を体験することになるのだろうか？——両親は、否、と言う。一途な希望をいだき、かれらはその子供もまた教会にはこび、なにかしら尊い《休息用の聖所》(1)である祭壇のうえに置く。そこでは霊験あらたかな聖クラウディウス、聖ゲルウァシウス、聖女クリスティナ、あるいは聖ウルスス[2]の仲裁によっても、またもっとしばしば、格別に懇願される聖母マリアそのひとの仲裁によっても、神は死んだ幼子を蘇らせたりなどなさらないではあろうが——誰にもあえてそう期待することなどできまい——、だがおそらく寛大なみ心をもって、ほんの束の間、子供に生命を呼び戻すという奇蹟ならおこなって下さるだろう。子供に聖油を塗り、孩所から救い出すのに必要なだけの時間だ。母親が、肉親が不安げに、緊張し、眼や四肢の動きを、幼い死骸にわずかな汗の滴りが現れるのを待ち構えている。かれらの考えでは、洗礼が執り行われるのに十分な、生命のしるしなのだ。——そして、教会当局の慎重な警戒にもかかわらず、そうなるだろう。万人の信仰だろうか？　もちろん、そうではない。だが万一の場合、どれだけの者が、こうした奇蹟を獲得しようという誘惑に抵抗しえたであろうか？　こうした奇蹟こそ将来おこるやも知れない反抗を抑える力なのだ。

＊

ひとりの人間が死ぬ。遺言によって葬儀の詳細を指定していたか否かにかかわらず（この義務を回避する者はたいそう稀だ）、かれは《しかるべく》、キリスト教的に一族の墓、多くの場合、なんらかの修道院の教会、ドミニコ派か、フランチェスコ派か、カルメル派かの教会に埋葬される。こうしたことは、貴族であろうと単なる職人であろうと、社会的な区別なしにおこなわれる。自分からキリスト教の埋葬を拒むこと？　それはあり得ないし、考えられない。

もう危ないと感じるとすぐ、病人はひとを遣って司祭に通報させる。もし自分の状態を理解しないで、かれがまずこの敬虔なる義務を怠ると、その近親が介入する。近親がいなければ、医師の出番となる。それは医師にとっては義務であり、この義務はますます絶対的なものになるであろう。ルイ十四世の治世にあって、二度目、三度目の往診をへて、患者に良心をきちんと精算しなければならないと警告するのをおざりにすること、それは重大な過ちである。繰り返されると、その医師の権威の低下につながる。(2) フランス大革命にいたるまで、アカデミー・フランセーズの終身幹事は、危篤状態にある同僚に対して、こうした義務を果たさねばならなくなるであろう、ということを忘れないでおこう。(3) さてそこで、司祭が来た。

ときには、病人が触れるように聖遺物をもってきた。いずれにしても厳かに、司祭はひざまずいた信徒の人垣の間をとおり、聖歌隊の子供が鈴をうちふる中、病人に聖体を授けに来た。信徒の家の扉のまえに人だかりができた。親族、友人、隣人、時として通りすがりの人々、見ず知らずの人々が階段をのぼり、まもなく死者の部屋となるであろう寝室で、群れをなしてひしめき合った。(4)——かれらはキリスト教徒の連帯への呼びかけに、エラスムスが『死ヘノ備エニツイテ』で言及するのを忘れない、統一体としての教会という、神秘神学に従ったのである。

ドラマが終わり葬送行列が教会に入るとき、清められた鐘があらたに鳴り響く。正式の典礼が朗唱され、故人のために追悼ミサ「レクイエム」を唱える。一回の追悼ミサか、それとも複数のミサを、である。なぜなら故人が墓がある修道院の教会に埋葬されるまえに、ドミニコ派修道士やフランチェスコ派修道士、カルメル派修道士の立派な行列を伴って、遺体をまず小教区の教会で人々の前に示すように定められていたからだ。小教区では、助祭と副助祭の列席のもと、曲を付された「レクイエム」の追悼ミサが唱えられる。修道院の教会では再度、ミサ、というよりむしろ、複数のミサが唱えられる。一度は聖霊のミサであり、一度は聖母マリアのミサであり、もう一度は「レクイエム」のミサである。翌日、さらに続く日々、また別のミサが唱えられるだろう。華麗なミサ、読唱ミサ、そして夜になると、九つの詩篇と九つの朗読からなる夜警課がおこなわれる。これらすべては言わば儀式であり、慣習で伝統である。否応なしに。誰もけっして、これらの義務のひとつだに免れようとは思わない。ひとりひとりの生活にすっかり根づいてしまっているので、本当にそれらから別れがたく思えるのだ。

わたしがかつて、幾つかの地方において——ことにフランシュ＝コンテ地方において(5)——、頻度の高さを指摘したことがある、負債ゆえに破門された者に対するキリスト教墓地への埋葬拒否は、罰の大きさや、もたらされた屈辱の大きさと、原因となった負債が往々にして小額であることとを天秤にかける信徒たちの反感をかっていた。だがこうした慣習はたいそう広範囲にひろがっており、ただ『フランソワ一世治下のパリの一市民の日記』を開きさえすればそれだけで、こうした事情に気づくだろう(6)。同様に、死刑囚やおぞましい大罪のために罰せられた者、自殺者もまた、その死骸はすのこに載せられ市中引回しされ、多くの屈辱を加えられたあとで、ごみ捨て場に投棄された(7)。しかしすでに抗議の声も上がっていた。わたしたちの眼前に浮かぶのは、埋葬についてのキリスト教の慣習の力である。死刑囚に聖体の秘蹟を拒むこと、こうした厳しい方針は非人道的と思われていた。十七世紀も半ば、ジャン・シフレ[4]は、この問題を論じながら、慣習に反する立場をとることになるだろう(8)。——人間味をもって、十六世紀の人々よりも人間味をもって。あれらの苛酷な人々よりも。

*

誕生と死亡。このふたつの境界のあいだで、ふつうに生活している人間が遂行するすべてに、宗教の影響が色濃く記されている。

人間は食事をとる。——そして宗教が様々な規定や儀式、禁忌によって食物を包囲している。ひとが食卓につく。良きカトリック信者の「主ヨ感謝シ奉ル」であろうと、改革派信徒の「永遠なる父よ」であろうと、形式はともあれ、家長が感謝の言葉を唱え、みながキリスト教のしるし、十字をきる。それから父親は丸パンを手にとって、切りわけるまえに、パンの皮の上にキリスト教の十字のしるしをナイフで描く。食卓を立つとき、子供が「感謝の祈り」を唱え、人々は互いに十字をきってから別れるのである。

だが食物そのものはどうだろう。部分的には教会の指導のもとに、人々は食事をとる。教会が命ずるか否かにおうじて、間食をとり、あるいはきちんとした食事をとる。肉を食べ、あるいは断ち、バターを供したり、供さなかったりし、卵を認めたり、禁じたりするのである。食器さえも、時として禁忌の余波をこうむることがある。フェリックス・プラッターが告げるところでは、モンペリエでは四旬節が告示されると、それまで肉を調理するのに使っていた容器を壊し、魚や四旬節の食糧用にまったく新しい容器を買い求めていた(9)。そのうえここでは、民法が教会法を強化していた。四旬節に脂身を食べること、金曜日に鶏を煮ること、これらはどれもことごとく犯罪であり、世俗判事によって非常に厳しい刑罰で処罰された。鞭打ち刑、棒叩き刑、重い蠟燭を拳にかかげての、ミサでの公然告白刑、資産没収刑、追放、そしてときとして死罪。これらが例外であるとは思わないでいただきたい。こうした掟、類似した告訴は、混乱した時代にあってあたりまえのものだし稀なものではなかった(10)。そのころの状況を証明しない司法文書の集成はひとつだにない。

結婚する。カトリック教徒にとって結婚はひとつの秘蹟であり、恩寵を与えるものである。——それをつかさどる聖職者も彼ら自身カップルであることが一般に認められている秘蹟だ。だが司祭はそこに、教会儀式による効果、教会での結婚の祝福を付け加える。そしてすでにこの祝福に、もうひとつの儀式、婚約の儀式が先立っていた。これはたいそう重要な儀式であり、トリエント公会議が禁令を出す以前は、当時の言葉を借りると、《当事者の言葉による》婚約が、真実にして有効な結婚を構成していた。親族の同意が得られなくとも、司祭をまえにし、婚約者のあいだで約束が相互に交換されれば十分だったのである(11)。おそらく十六世紀にあって、教会は結婚にともなう司法的な問題の唯一の統括者であることを止めていた。けれども教会はこの問題に積極的に関わり続けるし、——いずれにしても誕生や死亡のしるしと同じく、結婚のしるしを探すのにふさわしいのは、《カトリック教徒》の登録簿、教会の登録簿のうえなのである。

ひとは病気になるし、病気を恐れる。もちろん医師がいて、患者を慰めてくれる。しかし本当の治癒は、直接的にせよ、天国の聖人の仲介によるにせよ、神次第である。――疫病、ことにペストが関わっているのか？　いそいで聖セバスティアヌスのもと〔ローマ、もしくはパヴィア〕に巡礼し祈願することだ。神はローマ人の射手の矢が作ったあれほど多くの傷から、この聖人を救って下さらなかっただろうか？　神がペストの矢から人間を救い出されるには、十分な理由だ。いそいで聖ハドリアノス、ヘントの聖マカリウス、聖クリストポロス、さらにはペストで死亡したのだからこの病を熟知している聖王ルイ、あるいはモンペリエの聖ロックのもとに巡礼し、祈願することだ。[12] 個々の病気が関わっているのか？　いそいで、世界的に名声を博しているどこかの大聖地――コンポステラの聖ヤコブ寺院〔サンティアゴ＝デ＝コンポステラ寺院〕とか、海辺の聖ミカエル寺院〔モン＝サン＝ミシェル寺院〕、ロレタの聖母寺院、ローマの聖ピエトロ寺院であろうと、――または優るとも劣らぬ熱い思いをかきたてるそれぞれの地域の巡礼先のひとつであろうと、個人的に巡礼し、祈願をおこなうことだ。これらの聖地は素朴な霊魂にとって、特殊個別的な治癒を専門にしているという利点があったのだ。そしてもし治癒しなければ、最終的に遺言のことを考える。公証人を呼びにやる。もしくは、必要に応じては公証人の代わりをつとめる司祭を呼びにやる。そして最後の意思を口述するのである。

*

遺言。キリスト教圏全土で、祈りと十字のしるしで始まらない遺言など存在しない。《聖にして不可分な三位一体、父と子と聖霊の名において、アーメン〔カクアレカシ〕。まず最初に、現在の、そして霊魂が肉体から離脱したあかつきにも、わたしの霊魂を、至高なる創造主にして贖い主たる神に、そしてその御母たる栄誉ある聖母マリアに、わたしの誉れ高い守護聖人聖マルティヌス様に[6]、また天国の、天上の王国の住民の方々にお返しし、お任せします……》。フランシュ＝コンテ地方のしきたりにしたがった遺言の書式だ。《それぞれの被造物にとって、自然のなりゆきにしたがい、死によって終わりを遂げるのがふさわしいと悟り……、喜んで、創造主たる神に、その御母たる栄誉ある聖母マリアに、そして天国のすべての聖人と聖女とに、上記クロードは、神からお借りし、与えられた己れの身、財産、権利、営為を遺贈し、御心におまかせしました……。そしてまず第一に、良きカトリック・キリスト教徒として、十字のしるしを切り、「父ト子ト聖霊ノ御名ニオイテ、アーメン」と唱えながら、わたしの霊魂を、創造主たる神と天国のすべての王国の住民の方々に、委ねて参りましたし、いまも委ねております》。サヴォイア地方の遺言の、これもまたしきたりどおりの書式である[13]。フランスの各地方をひとつひとつ並べたてるはやめよう。その羅列はあまりに単調となるだろうし、こうしたキリスト教的な修辞もあまりに月並みになるだろう。だが誰もその儀式から解放されなかったし、解放されることを夢想だにしなかった。

お定まりの表現のあとで、遺言者はキリスト教的な墓の作成を指図した。つづいて葬式の番となる。ミサの案配、追悼の規格、一連の贈与と信心深い寄贈、神を讃えるように明記された施物。ときとして謝罪の言葉がある。一五二七年、パリで、ある造幣局長が義理の兄弟を殺してしまう。この男は断頭台にのぼる。しかしそれだけではなく、高等法院は犠牲者のためにミサを差配すべく、遺産から四百リーヴルを前もって徴収するよう命ずるのである……[14]。ブザンソン教区裁判所の「遺言集成」ではごく普通に、四段抜きのプリントのうち少なくとも二段がキリスト教的な書式や特記事項に当てられている。

強調しても無益だろう。あらゆる営為、あらゆる日々が、あたかも宗教であふれているかのごとくである。定住者の思考も、旅人の思考も一様にそうだ。異境への好奇心さえもそうなのだ。十六世紀フランス・ルネサンスの地理文学の目録を作成したあとで、それを精査したG・アトキンソンは、一四八〇年から一六〇九年のあいだに、「新大陸探検記」四十篇に対し、依然として三十五篇の「エルサレム巡礼記」が発行されているのを確認している。この比率はそれらの人々の秘められた願望、永続する願望を明らかにする。エルサレムの街路を散策すること、キリスト聖墓教会を眺めること、せめて、聖地への旅行記を幾篇か読みながら、自らの想像をそのような夢で満たすこと、である(15)。

一言でいえば、万事がなお教会に依存しているように思える。時間にいたるまでがそうだった。いまだ希少きわまりない懐中時計の問題ではなかったし、持続を規則的な断片に解体する、市庁の大時計の問題でさえなかった。朝から晩まで周知の時刻に、一連の祈禱と勤行の流れを告知する教会の鐘の音が問題なのだ。夜になり鐘が沈黙すると、寂しげな歌声が静まり返った街路に立ちのぼり、人々の休息にリズムを与えに訪れる。だがそれは宗教的な叫びであり、キリスト教信仰への呼びかけである。《目覚めよ、目覚めよ、眠れるキリスト教徒たちよ。――そして死者のために祈るのだ、神が彼らを許して下さるように!》十六世紀のただなか、ブザンソンでは、夜警公示役人はこのように触れ回っていた……。――人々は暦までをも、キリスト教風に語らせている……。裁判所が仕事を再開するのは、十一月十三日〔という機械的な日付〕ではなく、聖マルティヌス〔トゥールの〕様の祝日〔十一月十一日〕の翌日なのだ。職人にとって、短期労働がはじまるのは、十月九日ではなく、聖レミギウス〔ランスの〕の日〔十月一日〕である。では農事暦はどうなのだろう。聖マティアスの日〔五月十四日〕に氷が張ったら、これを砕くこと。聖マウルス〔スビアコの〕の日〔一月十五日〕に天気が晴朗であれば、嵐と風の予兆。聖メダルドゥス〔ノワイヨンの〕の日〔六月八日〕の日中に雨が降れば、四十日間、降り続けるだろう[7]。三百六十五日のうちで、たっぷり百日以上もの日々が聖人の名によって呼ばれ、味もそっけもない何月何日という指示によってではないのだ……。

2　職業生活

《創造主なる神と、いと聖なるその御母、栄誉きわまりない聖母マリア、そして我がまったき崇拝にあたいする守護者聖ステパノス[8]、及び天国の王国の住民の方々を誉め讃え祀って、わたしはこの術における、多くの専門家の師匠たちの精華を集成し、蓄積いたし……、加えてわたしの時代になってから実際に考案し、実験しえたところをいささか、披露する次第であります》。一五一六年の『ローヌ河畔のリヨン出身エティエンヌ・ド・ラ・ロシュ師[9]、別名ヴィルフランシュによって新たに作成された算術書』は、このように始まっている。商人用の、算術の古典的な書物のひとつだ。こうした表現は、簡略化の度合いはともあれ、この時代のあらゆる出納帳の巻頭に、そして大多数の学術書の巻頭に見出すことが出来る。むしろそうした表現に遭遇しないほうがまれなのだ。

大学生活については、十分に知られているように、十六世紀にあって大学の様々な儀式はまだ聖職者の手を離れていなかったし、これらの巨大な集団、もしくはそれらが構成される要素、すなわち学部や郷土団、コレージュ等々は、――相変わらず半ば世俗的、半ばキリスト教的な様相を見せていた。この様相は当時、大学を足しげく訪れている人々――あえていうなら、たとえば、世紀もかなり深まったころ、フェリックス・プラッターのような人物、たとえばルーカス・ガイツコフラー[10]のような人物――の証言のみならず、大学に由来する公式文書が復元するとおりだ。部分的には聖職者の相貌を保つ平信徒と、これまた部分的には世俗化した聖職者とがあいまじる人々をもって構成された十六世紀の大学が、すべからくキリスト教的な機構であったと結論づけることが重要なのではない。コレージュ・ド・フランス（王立教授団）はキリスト教的施設に過ぎなかった、と主張する方が良いかも知れない。一七七五年においてなお、化学講義の掲示が《**神の助けを仰ぎながら**、ジャン・ダルセは……化学の講座のはじめにあたって、演説をおこなう……》、と始まっているのだから。逆に大いに真実であり、またここで重要なのは、これらの大学が制度として、一種のキリスト教的な雰囲気に漬かり続けており、気に入らないからといって、そうした雰囲気を振り払ったり消してしまうのは、不可能であったということだ。

学士号、博士号。こうしたものはわたしたちにとっては試験である。だが十六世紀の人々にとっては壮麗な儀式である。ガイツコフラーのドール大学におけると同様[16]、プラッターのモンペリエ大学においても、儀式は教会で、オルガンの音のもと、ミサと感謝の祈りにはさまれて豪壮に執り行われ、候補者は――たとえルター派であっても――祭壇に向かって持論を展開する。――教育と教会、この結びつきはたいそう強固なもので、一五二一年、フランソワ一世はネールの館にギリシア語教育のコレージュを設立しようと計画し、四人の参事会員と四人の礼拝堂司祭が任務にあたる礼拝堂を予定する。ギリシア文化の思いもかけない背景である。

しかし大学《郷土団》での生活はどのようなものだろう？　大学の守護聖人とは別の、そしてその肖像が印璽に描かれる守護聖人をいただき、――十六世紀におけるその生活は、規則的な間隔で、一連の宗教的な祝祭と勤行とにより区切られている。それらは義務的に、あらゆる教員や学士、審査員を郷土団の教会に集合させる。――教会には、崇拝の対象や典礼用の聖器、礼拝の装飾品を納めた、郷土団の櫃が保管されており、また学業の途上で客死する外国人のために想定された墓地、郷土団の紋章のある地下埋葬所がある[17]。勤行や宗教儀式、祝祭への列席が感情を高めなかったこと、わたしたちにそうしたことを指摘しても無用である。教会に足をはこんだあとで、居酒屋に足をはこぶこと、《教会ト居酒屋トデ祝祭ガオコナワレルコト》[11]、これはパリの英独郷土団の完璧な日程である。――よろしい、だがまず、教会デ、だ。そしてそれらの儀式が、普遍的、義務的に遵守されているとき、――みなに同意され、世間の敬意につつまれた儀式にそれなりの価値を認めるからといって、誰が自慢するだろうか？

＊

ここでは結論はあまりにはっきりしている。よそに眼を転じてみよう。最初は同業者組合だ。すべての同業者組合が信心会を兼ねており、同じ職業の構成員を、神と、組合の守護聖人への、敬虔な同一の感情に一体化するという目的で創設されたということ。――のみならず日常的には、生者と死者のためにミサを唱えさせ、施物や慈善の品を貧しい同業者にも貧窮者にも分配するという目的で創設されたということ。それを思い起こしてもらう必要はあるまい。事実、こうした組合の宗教的な実践は、機会があれば、まったく世俗的な目的に役立っていた。一三五八年の行政令が教えてくれる、あとう限り敬虔にミサを唱えさせるという口実で、仕事の開始時刻を遅らせるのに熱心な織物職人たちを、絶えず思い出すようにしよう。この可能性は、信心会が親方衆のものになるやいなや、急速に終息した。けれども同職組合の活動の揺籃である、職人たちの信心会が誕生したのはこの頃で、起源にあってはその枠組みもまた、教会により与えられたものなのである。同業者が共有資金で灯明をともしつづけた礼拝堂をもたない、同業者の信心会など存在しなかったし、――また仲間内の食事に行くまえに、つどって聞くミサのない信心会など存在しなかった。種々の撰出がおこなわれるのも、ミサが終わったあとの礼拝堂においてなのである。聖職者もそれに反対しなかった。十八世紀のただなかでなお――アンリ・オゼールが「十七世紀と十八世紀のディジョンでの工芸同職組合」に捧げた書物で示しているように——修道士、つまりカルトジオ派修道士、ベネディクト派修道士、フランチェスコ派修道士たちは熱心に、職人を保護しようとしている[18]。おそらく利害をともなう熱意であろうが、いずれにせよかたくなな熱意だ……。だがそればかりではなかった。

　労働それ自体もキリスト教の枠内で動いていた。日曜日の労働が厳しい罰則をともなって禁じられていたのも、世俗的な健康維持の配慮によるものではなかった。同じく祝祭日に労働が禁じられていたのも、やはりそうではなかった。わたしたちが大祝祭日と呼ぶ日々、クリスマス、復活祭、主の昇天の大祝日〔復活祭後四十日目〕、聖霊降誕の大祝日〔復活祭後七週目の日曜日〕、聖母被昇天の大祝日〔八月十五日〕や万聖節〔十一月一日〕だけではなく、——たとえばパリでは、一月の聖女ジュヌヴィエーヴの祝日〔一月三日〕と御公現の祝日〔一月六日〕、二月の聖母マリア御浄めの祝日〔二月二日〕、三月のお告げの祝日〔三月二十五日〕、五月の聖小[12]ヤコブと聖ピリポの祝日〔五月一日〕、及び聖十字架発見の祝日〔五月三日〕、六月の洗礼者聖ヨハネの御誕生の祝日〔六月二十四日〕、七月の聖女マグダラの祝日〔七月二十二日〕、聖大ヤコブと聖クリストポロスの祝日〔七月二十五日〕がある。——これ以上は続けまい。だが、当然のことながら、このリストに信心会の守護聖人の祝祭日と、教区の守護聖人の祝祭日を付け加えておこう。さらに、等しく宗教的な事由で、毎土曜日の労働時間の短縮と、休祭日の前夜の宴と徹夜課とを加えることにしよう。この枠組みは絶えず存在した。そして雰囲気も、そこではまた、キリスト教的であった[19]。

3　公生活

だが公生活はどうだろう？　どれほど国家がまだ、その本質についても、精神や構造の面でも、キリスト教に満ちあふれているか、喚起する必要があろうか？　十六世紀でひとを動かす者ならみな、政治的な問題に思索を向けるやいなや、自然の性向によって、神政政体を創設する傾向にあることを喚起する必要があろうか？　自らを取り囲むものからもっとも力強く身を引き離し、刷新の断固たる精神を明らかにするかに思える人々さえ、否、そうした人々はことに、そうなのである。ジュネーヴのカルヴァン派キリスト教国家において[20]、誰もが神とイエス・キリストの至上の権威のまえに頭を垂れなければならないのではないか？　すべての撰出に先立って、み言葉の代行者が神に祈りを捧げ、総評議会に短い説教をおこない、市民と町民に、神がほどこされた恩寵を想起させ、至高の権威をまえにして謙虚になるように勧告するよう、要請されていないだろうか？　〔ジュネーヴ〕市の市民として受け入れられようと望む者は誰であろうと、《『聖なる福音書』の改革にしたがって》生活することを誓約しなければならない。そしてジュネーヴで暮らす者はみな、日曜日ごとに必ず公的礼拝に通わなければならず、一年に四度、聖餐式に参加しなければならない。他方カトリック教国でも、様式はまったく異なるが、世俗的・霊的な国家での信者の共同体があることには何の変わりもない。

フランスの頂点には、クロヴィス[13]の洗礼のために一羽の鳩が奇蹟的にはこんできた聖油を塗られた国王がいる。国王は《純粋に世俗的》ではなく[21]、手で触れては治癒の奇蹟を繰り返す。奇蹟を受けた人々の信仰によって真正が保証された奇蹟である。国王はなるほど、いつでも、そしてあらゆる方法で、教会に仕えることを政策とするわけではないが、教会のうちに、すべての同時代人と同じく、公事に与る真の勤めを認め、修道会に属する聖職者であろうと、俗世間に混じる聖職者であろうと、品行が思わしくないときには、その宗教の命ずるところを尊重させ、付言すると正統教義への敬意を断言し、それを侵犯する者を弾劾し、中傷を犯罪として、神聖冒瀆を最大級の罪として処罰する。世俗裁判所と教会のあいだで、判事と祭司のあいだで、同意は恒久的であり、絶えざる支援となる。聖職者にとって裁判所の援助を要請する必要はない。往々にしてそこには、数多く、聖職評定官が席を占めているからだ。かれらの出席は自然であり、当然のことなのだ。ひとりの人間がなんらかの重要な悪事を働いたとする。我が母なる聖教会を危険にさらす類の悪事だ。世俗の法廷は、他のいかなる刑罰を課すよりまえに、教会に連行し、そこで跪き重い蠟燭を手に、ミサの間中、神と栄誉ある聖母マリア、天国の聖人と聖女、教会と裁判所とに大声で慈悲を請うように命ずる。ときとして、ローマ聖庁やロレタの聖母寺院、コンポステラの聖ヤコブ寺院、バリの聖ニコラウス寺院への巡礼が、世俗裁判所の多種多様にのぼる正規の罰則のなかで、刑罰として用いられるのだ[22]……。

＊

このように教会はなんにでも介入する。いや、より正確にいえば、あらゆることに関わりをもっていた。ペストが猖獗を極めたら？　宗教行列だ。聖セバスティアヌスのミサだ。費用は都市負担で、市民には参列が義務づけられていた、聖ロックのミサである。日照りや大雨といった、大地の実りにとって危険が起きたら？　宗教行列だ。聖像を降ろし聖遺物匣を前に祈りを捧げるのだ。――虫や鼠、野鼠が畑を荒らしたら？　それらに対して司教は破門予告を投げかける。これは獣にとって、教会の叱責のもと、ひとの頭を垂れさせ、過去の過ちを罰し、強いて償いをさせ、いかなる再犯からも遠ざける破門宣告と対をなすものだ。なぜなら教会はすすんで司法の補佐となるからである。国王の司法の補佐でもあり、教会それ自体の司法の補佐でもある。動産のなんらかの横領を誰が犯したか知ること、負債の支払いとか、第三者によって侵害された権利の回復とかを獲得することが問題であれば、教会判事に書状をしたためてもらい、日曜説教で公開してもらうか、教会の扉に掲示してもらう。破門で威嚇すれば、必要な情報を（おそらく？）入手しうるだろう。

いずれにしても、集団の大きな情動は教会を中心としている。祭り、儀式、ミサ、宗教行列がそうだし、娯楽さえもすすんで教会で繰り広げられる。宗教的な起源をもつ演劇は、多くの場合、現実に、宗教的であり続ける。ラブレーには悪魔劇や、笑わせながら教化しようとする奔放で民衆的な聖史劇があふれている。〔王姉〕マルグリット・ド・ナヴァールは、忠実なる都市ブルジュで荘厳に演じられた『「使徒行伝」の聖史劇』の、一冊の美しい手稿のコピーを、自分用に作らせるだろう。そして彼女自身の芝居もまったく宗教的なのだ[14]。仮装行列さえも聖なる場所で催され続ける。話をこれだけに限定するとしても、ブザンソン司教座聖堂参事会が、愚者の祭りの日に《騎行する》ことを拒否した参事会員に罰金を課した時代は、さほど遠くない[23]。他方、教会は情報の中心でもある。人々は教会で、教区の出来事、洗礼や婚約、結婚や死亡を知るのである。貧しい者も富んだ者もみな教会で、自分たちの人生の、もしくは一族の人生の、もっとも壮麗な営為、もっとも貴重な思い出をいとおしんだり、記念したりする。同様に人々は教会で、教区で、知っておかなければならない公的な事件の知識を得るのだ。つまり、和平が結ばれたとか、戦争が布告されたとか、国王が勝利をおさめたとか、敗走したとか、王子が生まれたとか、国王が病気だとか、臨終であるとか、がそれである……。ことあるごとに、宗教行列、祈禱、鐘楼の鐘の音、「テ・デウム」、死者のための勤行、ミサ、あらゆる種類の儀式がおこなわれる。これは都市にあっての実情だし、多分、田舎にあってはなおさらそうだろう。

教区の教会の鐘楼は、共同体や都市の領域内で見事に象徴として働いているため、今日でもなお、《鐘楼の精神〔お国びいき〕》について話しているほどである。——死語になりつつあるこの表現が元来何を表していたか、もうよく理解されていないのだが？　何を意味していたのだろうか？　非常に激しい感情の塊、今はない現実的な事象の塊である。劇場にして祝祭の中心としての教会、石で建造された唯一の頑丈な建物、ときには地方領主の要塞化された館とならんで、村の唯一の美しい建築物である。職人の手で建てられ、近郷の石工の親方の手でしばしば、何十回となく応急処理をほどこされ、流行に——一昨日の流行ではないとしても、昨日の流行に——あわせ手直しされた建物だ。そして時代があまりに災厄にみちていなければ、灯明や、聖像、絵画、合唱、芳香、金細工が添えられるだろうし、——村落ではなんとかやり繰りされ、大きな村ではもっと巧みに、都市では何から何までゆきとどいた典礼がおこなわれる。時により祭日には、きわどい笑い話をまじえ、現世の権力者に対する諷刺の利いた説教で味付けされるのである。

教会？　だがそれは戦時下にあって、避難所であり隠れ家なのだ。——厚い壁をもち、ある場合には狭間を備えた鐘楼があって、住民やその財産、家畜の群れさえも、獰猛な略奪から保護する建築物である。教会、それは撰出とか、あらゆる種類の会合とか、場合によっては学校にも使われる集会所である。——信者共同体の財産たる鐘楼は、仕事のためにも休息のためにも、また祈禱や審議のためにも、洗礼や埋葬のためにも、——人間の生活の節目となるすべての出来事のため、楽しみや祝祭、心配事のために鳴るのである。雷の危険？　鐘突き役は威勢よく、猛威をふるう自然に対して鐘を打ち鳴らす。火事の危険があれば、鐘は教区民に救いを呼びかける不吉な警鐘となる。盗賊や平和をかき乱す輩の危険があれば、鐘は共同体をじつに見事に象徴するので、時として、共同体が受けるはずの刑罰を鐘に加えるほどである。この慣行は十八世紀まで続き、一七三七年にはブルボネの代官が鐘楼から鐘という鐘を下ろさせ、処刑人の手でそれを鞭打たせるのが見受けられるだろう。これらの裏切りものどもは義務に背いて、武装した偽の塩田労働者と争う王党派の衛兵に対し、警鐘を鳴らしたのだった……。

これらすべては、人間の生活、かれらの感情生活、職業生活、大仰な言葉を用いて構わなければ、美的生活の中心に教会が確として位置していることを示している。人々を超越し、人々をまとめるものすべての中心、かれらの激しい情念、ささやかな利害、かれらの希望と夢想の中心に……。これらすべてはここでもまた、人間に対する宗教の、狡猾で総体的な影響を証明している。なぜなら、それについて考えることなしにおこなわれるからだ。他の方法でやっていけるかどうか、いくべきかどうかを知ろうという疑問さえ、誰によっても提出されない。ものごとはこのようにあるのだ。人間のいかなる記憶においてもそうなのだ。大変に強く、大変あたりまえのように根ざしているので、その当時、誰ひとりこう自問することもなかったほどだ。《だがわたしたちの生活、それではわたしたちの生活は宗教であり、キリスト教に生活を支配されているのか？——そして宗教が常に命令し、支配し、形成するものすべてと比べると、この生活で世俗の手に移管されているものからなる、マージナルな部分はまだなんと貧弱なのだろうか？》——この宗教、キリスト教とは、教会でこのころ頻繁に描かれていた、慈悲なる聖母のマントである。あらゆる身分の、すべての人々が、このマントの下に身を隠している。そこから逃れようと望むこと？　そんなことは不可能だ。母の衣服の裾の背後に身をひそめ、人々は自分が捕囚であることすら気づかない。蜂起するためには、まず最初に、不思議だと感じなければならないだろう。

4　先駆者の問題

しかしながらひとりの例外的な人物を想定してみよう。同時代人に一世紀先行し、五十年、六十年、あるいは百年のちに受け入れられるような真理を表明できると思われる、数少ない人間のひとりだ。彼はこの普遍的な影響から、宗教の多面的な影響からまぬがれるために、どのような支えを見出すだろうか？——どこに支えを見出すだろうか？　哲学の中にだろうか？　当時の科学の中にだろうか？　これが第一の問題であり、他のあらゆる問題に先立って提起されるべきものだ。なぜならもし研究の結果、わたしたちの結論から、哲学の中にも、十六世紀の科学の中にも、ラブレーの同時代人が（あるいは、ラブレーを精神的に法外な能力の持ち主にするつもりなら、ラブレーそのひとでもよい）、——このような解放に役立つ支えを見つけられなかったと判断するにいたるなら、その場合、次のふたつの結論に賛同せざるをえないだろうからだ。

ひとつの結論は、この人物が宗教に対抗して述べえたことは、歴史的に論ずるなら、なんら重要ではない、ということだ。なぜなら単に衝動や、個人的な気質に立脚する否定とは、社会的な影響力もなく、模範となる価値もなく、それに耳を傾ける人々を拘束する力を持っていないからだ。否定すること、効果的に否定することは、それが何に対する否定であろうと、気まぐれや思いつき、目立とうとする傲慢な欲望によって、《わたしは否定する》、と一言でいいきることではない。否定すること、それは落ちついて、物静かにこう述べることである。《どのようなひとが見ても、正常に形成されたどのような精神が見ても、妥当なこれこれの理由で、——これこれの体系を受け入れることはわたしには不可能に、本当に不可能に思える》、と。これこれの理由で、だ。キリスト教ほどに幅広く強力な体系に関するとき、幾世紀にわたり、キリスト教圏と呼ばれるのもそれなりに歴史的な理由がある地域の、あらゆる道徳的生活、あらゆる感情的生活、あらゆる美的生活、あらゆる政治的かつ社会的生活を支配している体系に関するとき、――その理由が断片的であってはならないし、そうであるはずもない。並々ならぬ理由なのだ。その理由は相互に支えあい、そして一連の科学的に一致する検証された事実に、それぞれ立脚して、整合的な理由の真のまとまりを構成するに違いない。もしそのまとまりが形成されえなければ、もしそれらの一致する理由が発見されえなければ、否定には何の影響力もない。否定は重大な結果をもたらさない。酒場で、自分の足元で自分とともに、感知することさえ不可能なほどの速度で大地が動いていると告げられて、高笑いする酒呑みの冷笑ほどにも、もはやほとんど議論されるにあたいしない……。

ラブレーは一五三二年の時点でキリスト教の否定者だったのか？　もしラブレーが、こうした一連のただしくなされた推論と検証された事実（それらに他方、多様な解釈の余地があるかどうかはさておき）を拠りどころにすることができなければ、――その才気を意味もなく大盤ぶるまいすることによって、一五三二年の時点で否定者となるラブレーは、その思想において、あらゆる意味、あらゆる価値、あらゆる歴史的かつ人間的な影響力を奪われたラブレーである。したがって歴史家には水に流す以外なにもすべきことはない。ラブレーをそこに置き去りにすること以外は。

第二の結論？　明瞭さに遜色はないであろう。合理主義と自由思想について語ることは、世界的な影響力を有する宗教に対抗して、もっとも聡明な人々、もっとも学識があり、もっとも大胆な人々が、哲学の中にも、科学の中にも拠りどころを見つけることがまさしく不可能だった時代に関するかぎり、キマイラについて語ることだ。より正確に言うと、響きのよい言葉と印象的な名称の陰に隠れて、時代錯誤の中でも、もっとも重大で、もっとも滑稽な錯誤を犯すことである。これは、思想の領域では、ディオゲネスに傘を、マルス神に機関銃を持たせることだ。あるいは、こちらの方がお好みなら、オッフェンバックとその『美しいエレーヌ』を、宗教的・哲学的思想史に引きずり込むことである。そこにはおそらく、かれはなんの用もないのだ。

第二章　無宗教の支え——哲学？

十六世紀の哲学は、わたしたちの時代の哲学者たちのあいだで、卓越した評価をえているわけではない。もっとも優れた著者たちは、それが混沌とし脆弱である、とかたくなに見なしている。《中世の間じゅう芽生えは見られたものの》、とE・ブレイエ[1]はその近著『哲学史』の中で述べている(1)、《それまでは抑圧されかねなかった学説や思想の氾濫が生み出される。このとりとめのない混合物は、——一般に宇宙をも人間の行為をも、いかなる超越的規範にも服従させず、それらの内在的法則を探究するだけであるので、自然主義と呼んでもよい》。軽蔑をあらわすふくれ面をもって、この哲学史家は（だが軽蔑というものは果して歴史家にふさわしい反応だろうか？）いささか意外な価値判断を、《とりとめのない自然主義》と診断したもののうえに投げかけるのだ。なんといっても歴史家がどっしりと判断しようとしないなら、理解するのはかなり難しくなるのではないか？　このマグマは、とかれは言う、《極めて発展性のある、実りの多い思想のほかに、極めて奇怪なものを》はらんでいる。そういうことだ。

　実際、数々の難問に手をつけるまえに、また可能なら、ルネサンスの人々の哲学を一瞥するまえに、科学の歴史と理性の歴史が、鮮やかなコントラストをなす線描や音色をもつ断片から作られているということ、——相互に区別されるばかりでなく、対立し、矛盾しあう一連の命題と姿勢とから作られているということを、思い出すほうがよいだろう。その誕生と内容を明らかにする、時間や場所、社会的構造や知的文化の諸状況を考慮するなら、それぞれの命題、姿勢にはそれなりの真実がある。かくてコントラストや対立の根拠を示しうる度合いに応じて、なぜ状況の変化とともに、それらの命題や姿勢のそれぞれが他のものの前から姿を消さなければならなかったのか、理解することができる。——もっぱらこうした度合いにおいて、様々な出来事の圧力や状況の衝撃に対応する人間の知性の粘り強い努力の価値を計ることができる。これこそがまことに歴史家の務めである。

I　心性的用具

したがってまず、環境や条件や可能性についての、幾つかの問題をわたしたちに課すことから始めよう。そして核心に到達するために、表面的には単純だが、十六世紀に関しては誰もそのデータをまとめようと心を砕いて来なかった問題をはっきりさせよう。その問題とは、どのような明晰さを、どのような洞察力を、そして究極的にはどのような効果を（もちろんわたしたちの推定では、という意味だが）、人間の思考、フランス人の思考がもちえたかを知ることである。かれらは思索するに際してその言語の中に、わたしたちが哲学を始めようとするや否や、わたしたちのペンによっておのずと繰り返し書き記される慣用的な言葉を、——その不在が単に思考の困難を意味するだけでなく、思考の欠陥、あるいは欠落を意味する、慣用的な言葉を何ひとつ所有していなかったのだ。

1　欠如している用語

〈絶対的な〔absolu〕〉も、〈相対的な〔relatif〕〉という言葉もない。〈抽象的な〔abstrait〕〉も、〈具体的な〔concret〕〉もない。〈混乱した〔confus〕〉、も〈複合的な〔complexe〉〉もない。ラテン語で、ではあるが、スピノザが愛用するであろう〈十全な〔adéquat〕〉もないし、シャプラン[2]が一六六〇年前後に用いるはずの〈潜在的な〔virtuel〕〉もない。〈解決不可能な〔insoluble〕〉も、〈意図的な〔intentionnel〕〉も、〈内在的な〔intrinsèque〕〉も、〈固有の〔inhérent〕〉も、〈神秘的な〔occulte〕〉も、〈原始的な〔primitif〕〉も、〈感覚に関する〔sensitif〕〉もない。これらはみな十八世紀の言葉である。一六九八年頃、ボシュエの時代を飾ることになる〈超越的な〔transcendental〕〉もない。――各種の辞書やフェルディナン・ブリュノ[3]をもとに、アト・ランダムに引用しているこれらの言葉のひとつとして、十六世紀の人々の語彙に属してはいないのだ。そう、考えをはっきりさせておくと、誰よりも豊かな語彙を誇るラブレーの語彙にも属してはいないのだ。

とはいえ以上は形容詞に過ぎない。いくつかの形容詞である。しかし名詞はどうだろう？　点呼をとったらどれほど欠員があるのだろう？　〈因果性〔causalité〕〉も、〈規則性〔régularité〕〉も、〈概念〔concept〕〉も、〈基準〔critère〕〉も、〈条件〔condition〕〉もない。『ポール・ロワイヤル論理学』以前には、相互に関連する〈分析〔analyse〕〉も〈総合〔synthèse〕〉もなかった。〈演繹〔déduction〕〉（これはまだ〈物語〔narration〕〉しか意味していない）もない。〈帰納〔induction〕〉は十九世紀になってようやく誕生するだろう。デカルトとライプニッツのもとで生命をうるであろう〈直観〔intuition〕〉もないし、〈等位

〔coordination〕〉とか〈分類〔classification〕〉もなく、《これらの野蛮な語はごく最近こしらえられた》、とフェロー[4]の『辞典』は、一七八七年に、まだ記載している。これらのありふれた言葉、哲学を研究するためには無しで済ませられないこれらの言葉のひとつだに、ラブレーの同時代人の語彙に出現しない。ようやく十七世紀の中葉以後、〈体系〔système〕〉と命名することを思いつくものを表明する言葉さえ、かれらは持っていない。もちろん、当時の人間にとって、それらの《体系》の中でもっとも重要なものを分類整理し、列挙するための（したがって、即座に有効に精神のなかで動員しうるための）言葉もない。まず、合理主義者という名前で飾られる人々がいる。第一に、その〈合理主義〔rationalisme〕〉という言葉自体、命名ははるか下って十九世紀になってしかなされない。〈理神論〔déisme〕〉は、ボシュエ以前にはほとんど使用されないだろう。ボシュエはその言葉を最初に使用したひとりである。〈有神論〔théisme〕〉は、十八世紀も深まった短期間にかぎり、英国人から借用することになる言葉だ。〈汎神論〔panthéisme〕〉については、摂政時代のトーランド[5]のもとに、その名を探しに行かねばなるまい。〈唯物論〔matérialisme〕〉が市民権を獲得するには、ヴォルテール（一七三四年）、ラ・メトリ[6]と『百科全書』を待つことになる。〈自然主義〔naturalisme〕〉自体も一七五二年にようやく『トレヴーの辞典』に、それ以前では、ラ・メトリ（一七四八年）に姿を現す。〈運命論〔fatalisme〕〉も同じく、ラ・メトリに見出されるであろうが、他方、ディドロの小説が〈運命論者〔fataliste〕〉を広めることができるのは、一七九六年以降になってからとなるだろう。〈決定論〔déterminisme〕〉は、遅れてやってきた〈カント哲学〉の言葉だ。〈楽観主義〔optimisme〕〉（『トレヴーの辞典』、一七五二年）と〈厭世主義〔pessimisme〕〉とは対になる言葉だ。しかし、〈厭世主義者〔pessimistes〕〉は一八三五年になるまで『アカデミーの辞典』に入らないだろうし、〈厭世主義〔pessimisme〕〉の出現はもっとのちになるだろう。〈懐疑論〔scepticisme〕〉はディドロとともに、ゲ・ド・バルザックの息子でありパスカルの好みであった、かつての〈ピュロン主義〔pyrrhonisme〕〉にとって代わり始める。[7]〈信仰絶対論〔fidéisme〕〉は、神学者たちの論争をへて、一八三八年にしか出現しないだろう。そのほかに、どれほどたくさんの言葉があるだろうか。〈観念論〔idéalisme〕〉(『トレヴーの辞典』[8])、〈ストイシスム〔stoïcisme〕〉(ラ・ブリュイエール)、〈静寂主義〔quiétisme〕〉(ピエール・ニコル、ボシュエ)、〈ピューリタニスム〔puritanisme〕〉(ボシュエ)、等々。判断を下すまえに、一五二〇年の、一五三〇年の、一五四〇年の、一五五〇年のフランス人が思考し、次いで自分たちの思考をフランス人のために、フランス語に置き換えようとしても、これらの言葉のどれもが、なんと言っても、自分たちの自由にはならなかったということを想像してみよう。(2)

順応主義者ではないかれらは〈順応主義者〔conformiste〕〉とはボシュエの言葉だ)、自らを指し示し連帯を組むための適切な言葉さえ有してはいなかった。〈自由思想家〔libertin〕〉はこの世紀の末になって、〈自由思想〔libertinisme〕〉はラ・ヌー[9]とシャロン[10]のもとで、ようやく現れる。〈強靭な精神〔esprit fort＝自由思想家〕〉は、エルヴェシウス[11]がそうした人物に関心をいだく、十八世紀までおおやけにならないだろうし、〈自由な思想家〔libre penseur〕〉は、ヴォルテールがあらわれてのち、『寛容論』(一七六三年)が出版されるときを待つことになるだろう。だが〈寛容〔tolérance〕〉という語自体、〈寛容主義〔tolérantisme〕〉——これも初登場は十八世紀だ——の世紀の中葉になるまで(やはりまたヴォルテールのおかげだ)勝利しない。〈不寛容〔intolérance〕〉がモンテスキューやダルジャンソン[12]のもとで、それに先立っていた。〈無宗教者〔irreligieux〕〉はポール＝ロワイヤル風のスタイルだし、〈論争家〔controversiste〕〉はパスカルが愛用する言葉であるということ、〈正統教義〔orthodoxie〕〉はまずノデ[13]のもとに、〈異端教義〔hétérodoxie〕〉はフュルティエール[14]のもとにあった、ということを思い出そう。

ルイ十三世時代の自由思想家の祖先たちが[15]――自明の理だが――十六世紀における自らの言葉で（当然のことながら）、〈天文台〔observatoire〕〉、〈望遠鏡〔télescope〕〉、〈ルーペ〔loupe〕〉、〈レンズ〔lentille〕〉、〈顕微鏡〔microscope〕〉、〈バロメーター〔baromètre〕〉、〈寒暖計〔thermomètre〕〉、〈モーター〔moteur〕〉の名前をあげなかった、と付言する必要があろうか。もちろん、あるのだ。それというのも、歴史の各瞬間に、事象の有効な説明として人間に現れる理念――それゆえに人間には真理と混同される理念――は、その同じ事象の流れを変え、流れを予測するために所有している技術的な手段と一致するからである。科学が提供する技術的な手段だ。したがってわたしたちが、『パンタグリュエル物語』の同時代の科学の語彙について、まだほとんど定義されていなくとも、執拗に問うのにはそれなりの理由があろう。――ことが錬金術に依然としてすっかり巻き込まれている化学に関わっていようと、十九世紀になってどうにか発展するであろう生命科学に関わっていようと、あるいは相変わらず占星術にどっぷりと漬かっており、〈引力〔attraction〕〉（シラノ・ド・ベルジュラックが用いている）[16]という言葉も、〈軌道〔orbite〕〉という言葉も、〈楕円〔ellipse〕〉という言葉も、〈放物線〔parabole〕〉という言葉も、〈公転〔révolution〕〉という言葉も、〈自転〔rotation〕〉という言葉も、〈星座〔constellation〕〉という言葉も、〈星雲〔nébuleuse〕〉という言葉も、十七世紀以前、あるいは多くの場合、十八世紀以前にはフランス語で言えなかった天文学に関わっていようと、そうなのだ……。その一方で、数学についてのフランス語の語彙は――わたしが言っているのはもっとも単純で、もっともありふれた語彙だ――いまだ非常に粗削りで、非常に貧しく、非常に曖昧であり、パスカルが、一六五四年七月のある日、書簡の中で、ある問題をフランス語で表明できないまま、その立論をラテン語でやり直すほどなのである。なぜなら、とパスカルははっきりと述べる、《フランス語は、この点ではなんの価値もない》[17]、と。

重要な確認事項である。様々な学問についてフランス語で推論するとき、――あるいはただ単に推論するとき、これらの人々に現れる言葉とは、推論や説明、論証のために作られた言葉、学術語ではなかった。誰もが日頃使用する生きた言語の中の言葉であった。それはいわばアコーディオン語とも言えるもので、語の意味が、学術用語が持つのをやめてしまった柔軟さをもって、拡大し、縮小し、変化していた。学術用語は、一里塚のように不動である。この用語は――シャルル・ニコル[18]によると――崇拝者や奴隷をつくり、決定的に縛り上げ、鎖でつないでいる、と非難されてきた。おそらくそうだろう。だが学術用語がなければ、どのようにして自分の思考に、頑丈さ、揺るぎなさ、真に哲学的な明晰さを与えられるだろうか(3)?

2 統辞法と遠近法(4)

上記はみな、語彙に関するものだ。だが統辞法についてはどうなのだろう?

確かに、古フランス語、十二世紀の具体的で、印象主義的、素朴なフランス語、そこでは動詞がゲームを主導し、文中で二番目の位置に君臨して、そこから周囲に侍る従者として、自分を取り囲む他の要素を凝視しているようなフランス語、この古フランス語は十六世紀の入口では遠いものになった。十六世紀フランス語とその無政府的な自由、構文の完璧な無秩序、そしてたいそうわずらわしいことに、時制、単純時制と複合時制の絶えざる混同をともなっている。

その奥方は彼を引きとどめようと望まれ、

外套を摑んでいたが、
その留め金を壊してしまった。[19]

脈絡がなく、支離滅裂な印象が残る。撮影しようと思っているシーンを前に、カメラをもって絶えず跳びはねたり、走りながら移動したりする、新米のカメラマンの印象がある。しかしカメラマンが（中世にはよくあることだが）、どれもが必ずしも同じ背景で進行するわけではない出来事を物語るのに、たったひとつの時制ばかりを用いようとするときの印象も、負けず劣らず不快なものだ……。

一言でいうと、遠近感がなく、したがっていにしえの作家の混乱した素描を解釈するにあたって、困難が生ずる。かれらは曖昧な数語で、ひとつのもの、ひとりの人物、ひとつの情景を描きだす。その他の仕事は読者まかせだ。つまり、分類し、秩序を立て、精密にする仕事である。——その必要を感じたら、の話だが。

ところが多分、十五世紀の末に、大きな進展が達成された。類推による均一化作業に応じた形式の増加。すなわち、ふたつの格（主格-目的格）のシステムの廃止と、その結果としての、主格と目的格とを確実に区別することを可能にする、より厳密な構文秩序の、文章への導入。王座を序々に主語に譲りはじめる動詞。要するに、文法事項に表現される、思考の段階的な組織化のはっきりとした兆候がある。これらの統辞論的変化が反映し、同時に支援する組織化だ。同様に遠近法——《何ト快イモノカ！》——がゆるやかに、芸術家にとって必要と、次いで本能となり、同様にあらゆるかれらの、あらゆるわたしたちの世界観が、知らず知らずのうちに変化してしまい、同様に時制のより規則的な、より一致した使用が、次第に著作家たちをして、その思考に秩序を、その物語に遠近法を、お望みなら深みを導入することを可能にした。
無論、すべてが、十五世紀の末、十六世紀の初頭にあって——すべてがまだ完璧ではない。フェルディナン・ブリュノは好んで、モンレリの戦闘の始まりを叙述するコミーヌ[20]の美しい文章を引用した。《この大砲は》、と年代記作者〔コミーヌ〕は、もう〔大砲の効果に〕驚きもせず書き留める、《この大砲は、階段のところで肉料理を運んでいたラッパ手を殺した[21]》(『戦記』第一巻・第九章。カルメット篇、第一巻、六一ページ)。同じコミーヌから、どれほど多くの文章を蒐集し引用することができるだろうか。たとえば以下の、数ページをへだてた文章はどうだろう。《天候の暗さがかれらに妄想をいだかせた[22]》(同書、第一巻、七三ページ)。——あるいはまた、次の印象主義的な註釈はどうだろう。《国王〔ルイ十一世〕はある朝河をわたって我が軍の正面まで、河辺に控える沢山の騎兵とともにやってきた[23]》(同書、七五ページ)。しかし十六世紀とともに、万事が明晰になり、整えられる、とは想像しないでおこう。

ジャンヌよ、〔私が〕おまえに接吻すると、おまえはこう言う、
私の頭が半白髪だ、と。[24]

この句はロンサールのものだ(『オード集』第四部、第三十一番[25])。他方、以下の引用はブラントームの一節である。《わたしが計画したのは、ラ・ロシュフコー伯爵〔フランソワ四世〕に語ったのと同じように、国王に暇を願い出ることであり、友人の誰からも、裏切り者呼ばわりされないために、王国にいるよりも居心地のよいどこかに引き籠もろうとしたのである[26]》。この文章は自分の考えを秩序立てて表現するには、あまり向いているようには見えない……。

時制の一致は？　相変わらず不規則なままである。時として非常に不規則である。《かれらは、自分たちが行かないだろう、と言った[27]》との表現は、〔当時の〕誰もおじけさせない。そしてジャン・ドトン[28]の次の文章は、〔今では〕無謀な企てに見える。《上述の国王代官がかれに送った上述の書簡を渡されて、国王は事態にすっかりご機嫌をそこね、ボローニャ市民にたいへん怒りを覚えられ、もし軍勢を率いてかの地に赴かねばならないのなら、かれらを破滅させるであろうし、正当に酷い処罰を執行するのだ、とおっしゃった[29]》（ジャン・ドトン、『ルイ十二世年代記』第四巻、八五ページ）。オペラ・グラスで遊びながら、時として大きなレンズの方から、時として小さなレンズから覗き、その間にも焦点を変えるのを止めない子供のようだ。――同じく、つねに語順も厳密には固定されていない。動詞はまだ頻繁に主語に先行し――《かれを挑発したのは、その息子と娘だった[30]》、との文章はデ・ペリエのものであり、《卓子へ獅嚙みついてがつがつ食いながら、修道士たちを院長様は待ち構える[31]》、はラブレーのものである。同様に、目的格もしばしば動詞に先行する。《同じ色をしていたのは、曙と薔薇であった[32]》。これもまたデ・ペリエの文章だ。ステュレルがプルタルコスの翻訳者〔アミヨ[33]〕の流暢な散文の中から拾いだす次のような文章は、十六世紀のフランス語が、その最良の工匠の手元にあってさえすべてを、本質的な理念であろうと副次的な細部であろうと、同じ平面の上に置く傾向にとどまっていること――これは従属節のほとんど完璧な欠如によって生ずる――をよく示すものだ。

《ローマ人がアンティオコス[34]を敗北させるや否や、かれらは徐々にギリシア人の中に侵食し、錨を下ろし始めた。そのためかれらの帝国は既にアカイア人をあらゆる方面から包囲し、都市の統治者たちも列をなしてかれらのもとに低く頭を垂れ、歓心を買おうとした。そして既にローマ帝国の勢力は、幸運の好意によって、全世界王国への長い道のりをたどっており、神々が万事をそこに向かせようと望んでおられる目的地に、きわめて傍まで近づいていた[35]》。

長く、冗長で、手のほどこしようがないほど頻繁にリズムや速度を欠いている言語だ。滅多に話をしないが、——機会があればとめどなく語り、説明と枝葉、細部と状況の中で溺れる農民の言語である。——かれらはもつれた思考を解きほぐすのが不得手だからであり、かれらには暇が、たっぷりと暇が、いつでも暇があるからであり、最後に（この見地にあとで戻ってこよう）——言語においてはすべてが重要であり、すべてが重要な結果を担い、密かな魔術で重苦しくなっているからだ[6]……。そうであれば、自分たちには古代の著作を簡潔にすることが出来ない、と判断しても何を驚くことがあろうか。逆にかれらは長くし、倍化する。アミヨが手元のテキストに、《力（ヲ）〔δύναμιν〕》という言葉を見つけると、幾度となくそれを、《その勢力と軍勢》という表現によって翻訳する——同様に、《家（ヲ）〔οἶκον〕》、は《その館と資産》となる……。要するに仕事は始まったばかりに過ぎず、行き着く先はランソンが話題にしていたルイ十三世時代の文体である。——頑丈に補強され、ゆったりと展開される文章。整然としようと努め、なによりもその脈絡を示そうとする思考から生まれた文章。——そこでは関係詞や接続詞、現在分詞が構成する論理的な枠組みの内部に密集した言葉が、《王宮広場の館の煉瓦を囲む切り石》を思い起こさせるのだ[7]。

思考にとっては厳しい拘束であり、重い足かせだ。誰もまぬがれられない。ユゲは、いささかナイーヴに、ラブレーについて次のように自問する[8]。《どうして、この偉大な作家が語彙と同じほど、統辞法に関して自由を得られなかったのだろうか？》——まったくのところ、かれには不可能だったからだ。それは、ユゲが教えるように、《オリジナリティが求められるのは、通常、統辞法の中にではない》からではない。これではなんの意味もない。統辞法は個人に、天才にさえ依存するものではなく、それなりに、社会的な制度なのだ。それはひとつの時代の、ひとつの集団の事象であり、反映であって、——個々の著作家の事象や反映ではない。そしてそれぞれの時代、それぞれの集団は、大きなスケールで見ると、已れにふさわしい統辞法をもっている。つまりわたしが言いたいのは、統辞法は、知的発展や科学的知識の、それぞれの度合いに釣り合っている、ということなのだ。

作用があり、反作用がある。言語の現況は思考の飛躍の障害となるが、それにもかかわらず、思考の推進力は言語学的な枠組みを炸裂させ、粉砕し、拡張する。十六世紀の人間が、哲学的・宗教的な思索の要求に、より適した言語をもっていたとしても、より高度で充実し、発達した学問が欠如していたら、かれらはその言語をもって、なにをおこなっただろうか？　優秀な判事たちが、コペルニクスを近年非難して、その体系を過度に精密にしようとして壊してしまった、と論じた。同じくらい資格を備えた、他の人々は、《ケプラーがもっと緻密だったら、その法則を発見できなかったろう》、と付言しながら、《不精確の効用》を強調していた。[9] もちろん——思索の条件はあらゆる時代に同じではない。まず危険を冒し、工夫し、前進しなければならない時がある。それから、結果を見ることになろう（あるいは、見直すことだろう）。

言語と思考。これは、常に変化する顧客の身体に合わせて絶え間なく手直ししなければならない、もちのよい衣服が洋服屋に課す問題だ。ある時は、衣服はゆったりしすぎるだろうし、ある時は、顧客はあまりに窮屈に締めつけられるだろう。しかしながら衣服も顧客も互いに我慢しなければならないだろう。そしてなんとか折り合いをつけるだろう。それらはいつも互いに順応してきたが、遅ればせながらであった。言語は、しばしば、堰とは言わないまでも、水門の役割を果たしてきた。知の歴史にあって、大量のせきとめられた水が、ある日突然、障害を破り、——すべてを運び去ってしまうのだ。

3　ラテン語の忌避

上記の標題について、こう言わないで欲しい。諸君は言葉をもてあそんでいる！、と。十六世紀の人々はラテン語を我がものにしていなかっただろうか？　ふと哲学的な思索にふけるとき、かれらが用いたのは、文章の師のみならず思索の師でもあった、かのキケロの言語ではなかったか？

おそらく、思索にふけっていたこの時代のすべての人間は――すべての、もしくはほとんどすべての。この《ほとんど》は、およそここでは細心の配慮を払ってか、もしくはベルナール・パリシー[36]に敬意を表してか、のために置かれているに過ぎない――、すべての人間は二カ国語を使用していた。あるいは、そうでなければ、面目を失っていた。多くの人々のあいだで、ある人物が同時代人にその事実を直視させた。ロンサールのことである。

わたしの詩句を読むであろうフランス人が
ギリシア人にして同時にローマ人でなければ、
この書物の代わりにただ
重い荷物をかかえているにすぎないだろう……。[37]

ラテン語を話すからといって、それではかれらはラテン語で考えることが出来たのだろうか？　だがかれらがラテン語を蘇生させようと、そして出来るかぎり生彩のあるものにしようといかに努力していたとしても、ラテン語での思考は生命を失った思考にとどまっていた。ラテン語がいかにその価値を認めさせようとしても、ラテン語はかれらの飛躍を抑制することしか出来なかった。ラテン語はかれらを、古風で古くさい、あるいは別の言い回しがよければ、時代遅れになり現状に合わなくなってしまった思考様式、感覚様式に隷従させていた。それというのも、さきに見てきたとおり、かれらの文明にはキリスト教の教義、キリスト教の理念や感情がすっかり浸透し、ゆきわたっていたからだ。かれらは自分たちの理念や感情、もしお望みなら、かれらが持つ筈であった、持つことが出来たであろう理念や感情、と言ってもよいが、そうしたかれらのものとは、完全には相容れない理念や感情と、何とか同化しようと苦労し、熱意を注いでいた。

加えて、十六世紀のフランス語が表明する言葉をもっていなかった大部分の概念を、ラテン語に置き換えるよう努めてみよう。〈絶対的な〔absolu〕〉はどうだろうか? しかし〈完全ナ〔absolutus〕〉は、〈完結した〔achevé〕〉や、〈完遂した〔accompli〕〉を意味し、それ以上ではない。この語には哲学的な用法はない。〈抽象的な〔abstrait〕〉は? しかし〈引キ離サレタ〔abstractus〕〉は、〈世間と離れた〔isolé〕〉、とか〈放心した〔distrait〕〉の意義である。キケロは多分、見事な《言い回し》を提供していた。《タダ思惟ニ応ジテ把握サレルモノデアル》[38]。それはその通りでもあり、その通りでもなかった。それに、話したり書いたりするのは、マーケットにいるようなものだ。銅貨百枚をひとつひとつ数えるよりも、百フラン札を一枚取り出す方がよいだろう……。――同じことが《相対的な〔relatif〕》、すなわち〈ソレニ関係スルトコロノ〔pertinens ad〕〉にも言えるだろうか? だがそれはまた別の意味であり、後期ラテン語の《関係スル（詞）〔relativus〕》は、ほぼ文法的なひとつの意味しか有していなかった。〈超越論的な〔transcendental : sic〕〉についても話題にはしないでおこう（〈超越的な〔transcendant〕〉にかろうじて繫がっており、〈優れた〔supérieur〕〉とか、〈卓抜した〔excellent〕〉とか、〈崇高な〔sublime〕〉という哲学的な意味を有する）。――〈イスム〔isme〕〉で終わる一連の体系的な名詞についてはどうだろうか？《訳すこと》、つまり相当する語句を探すこと、迂言法を用いること、わたしたちが一言ではっきりと、主観をまじえずに表現できる事柄を、多くの語の助けを借りて翻訳することは可能だ。しかし、次のことははっきり認識しておこう。このようにひとつの観念を翻訳するには、すでにその観念を所有していなければならないこと。そして、かかる領域での所有のあかしは、言葉であること。日常フランス語にその言葉を所有していない者が、ラテン語でどのように表現すればよいか試みるのは、明らかに不可能であること。――そして最後に、もし百歩譲って、長文の迂言法を用いて〈決定論〔déterminisme〕〉という理念を表現しようと試みることが可能だとしたら（ひとの良いグルゼール[39]は、その『仏羅辞典』で、そうしようと努力した。つまり《ソレニヨレバ事象ノ世界ガ、必然的ニ相互ニ隣接スル原因カラ成ルトスル教理[40]》である）、――それはわたしたち、十九世紀と二十世紀のフランス人が哲学クラスを作り、教師がこの言葉と同時に、それが表している概念を伝えてくれたからである。だが、この概念を翻訳するために明白に述べること、哲学の大学入学資格試験も数学のそれも存在しなかった十六世紀の人間は、そうしたことに当惑しただろうし、かれらの孤立した努力からはけっして、わたしたちが十六歳の頃から苦もなく所有しているような、〈決定論〉に関する共通で日常的、ほとんど通俗的な概念が生まれることはなかったろう。そのためにはひとりの人間の努力以上のものが必要とされたからだ。

羅針盤、大砲、印刷術といった収穫について、ひとはいつでも長々と論じ立てるだろう、――十六世紀のラテン語使用者が、精緻でおびただしい努力、本物の言語学的な曲芸という代価を支払ってのみ、これらを命名しえたのだった、と。この点では大変な誇張と、大変な幻想がある。本当のところ、コレージュにおいても、学部においても誰も――わたしが言わんとするのは教授たちの誰もが、のことであるが――このような場合、不平を唱えず、自分のもっとも通俗的な《俗語》の言葉にラテン語風の衣装をまとわせたし、――次のような文章をこしらえたのである。《郷土団ハ喜ンデ、郷土団ノ使節ニヨリ犯サレタ、モシクハ犯サレツツアル誤謬ヲ改メ、予防スルモノデアル》[41]、そして《アラユル司教区ノ明瞭ナル名簿ガ作ラレルコトガ、殊ニ望マシイ》[42]――これは教授のラテン語である。――あるいは《汝ハ私ヲ他ノ者ト取リ違エテイル》[43]とか、《年少ノ男子ガ自分ノ上ニ涎ヲ垂ラシテイル》[44]とか、《私ハ大キナグラス満杯ノワインヲ飲ンダ》[45]、等々。(10) これは《マトゥリヌス・コルデリウス〔マテュラン・コルディエ〕ニヨル証言ニ基ヅク》学生のラテン語である。コルディエの、一五三〇年の『堕落セル説教ノ改良ニツイテ』をみよ。ひとつだけ註記しておくと、こうした学生の言葉づかいはラテン語から、その国際言語としての性格を奪う方向に働いた。テュービンゲンの学生は、リムーザンの学生の謎めいた話を耳にしたパンタグリュエルと同じほど、《自分ノ上ニ涎ヲ垂ラシテイル》や、《私ハオ前ヲ恥ジ入ラセテヤロウ》[46]との言葉に、驚愕したに違いない。しかし本当の難事はそこにあったのではない。『哀惜詩集』の作者〔ジョワシャン・デュ・ベレー〕がどこかで歌っているように、それは

　　神秘的な考えの囲い地の中を[47]

一巡りせざるをえない時に始まったのである。

ベレー帽は、学生の隠語では〈ビレトゥス〔birettus〕〉、もしくは〈ビルス〔birrus〕〉であった。臼砲は、将校の隠語では〈ボムバルダ〔bombarda〕〉であった。コレージュ・ド・ナヴァールのきざな男たちの隠語では、編み上げ靴は〈ソルタレス・アド・ラクエオス〔solutares ad laqueos〕〉、あるいはフェルト

の帽子は〈カペラエ・デ・フルトロ〔capellae de fultro〕〉であった。これられっきとした品物はすべて当時存在していたし、実在する品物で、何時なんどき――しかもどんな言葉で名づけられてもよいものばかりであった。だが理念は？　だが概念は？　概念は当時、推論家が自由に扱えるものとして、存在していたのだろうか？　かくて循環論法に陥る。もし概念が当時、実際に、少なくとも潜在的に存在し、哲学的な意識の入口まで浮かびあがっていたのだとしたら、――十二世紀以上も以前に滅亡してしまっている文明の、知的な営為を表現するために作られたラテン語に――そうしたラテン語に、ためらいながら誕生しようとしている理念を生み出すことが可能だったのだろうか。

なるほどラテン語は神学者やスコラ学者が、ローマ人やギリシア人には思いもよらなかった思考を表明するために役立ってきた。――それらの思想が、巣立つやいなや、ひたすら古代の故郷に戻ろうとし、最大限、出来るかぎりアリストテレスの聖域に避難しようと努めてきたとしても、である。けれども新しい必要、純粋さと矯正の必要が生まれていた。《語形や意味の誤用》という厳密な観念が、同じく厳密な《統辞上の誤用》という観念と軌を一にしていた。文献学者たちは些事に拘泥する校閲の仕事を始めていた。そうしたことを惜しむのはわたしたちの自由である。哀惜はいささかナイーヴだ。かれらは自分が何をしているか知っていた。ロレンツォ・ヴァラとか、エラスムスとか、ビュデとかのことだ。そしていずれにしても、同時代人（喜んで同意するのみか、十中八九、かれらの計画の熱狂的な支持者となっていた人々）を強いて、古典ラテン語の純粋さへと、端正さへと立ち戻らせながら、――かれらは曖昧さを一掃していた。かれらは古代の側の古典哲学を、過去へと送り返していた。かれらは新たな構築のために、大地を均していた。かれらは意図せずに、生き生きとして溌剌たる言語の到来を容易にしていた。かれらは《近代》哲学に通ずるドアを開こうとしていたのである。

4　ひとつの例——無限

十六世紀の人間がぶつかっていた難問の中から、ただひとつだけ、しかし価値ある例をあげてみよう。『真理の探求』（第三巻・第二章・第六節）の中のマールブランシュの確たる言葉は知られている。《神の存在証明でもっとも美しく、もっとも高邁で、もっとも堅固、そして最初におかれるのは、——もっとも少ない事柄を前提とするものだ。それはわたしたちが無限についていだいている理念である》。

無限。確かに、ラテン語で〈限リナキモノ（infinitas）〉について、あるいは〈無限（infinitio）〉について話をすることは出来た。キケロは『最高善ト最大悪ニツイテ』（第一巻六節）で、《人々ガ未経験ト呼ンデイル無限ソレ自体[48]》、と教える。語ることは可能だった。だがいま少し綿密に眺めてみよう[(11)]。

一方の極には、ギリシア人がいる。ところが、最小限に見積もっても、エレア学派以降、かれらは空間が有限で、境界が限られていること、まさにそれ故に、完全で完結していること、これが存在が認識できる唯一の形式だと主張していた。なぜなら思考、知識というものは常に境界を設けるものだからだ。ローマ人はそれを受け継いだ。ローマ人みなが等しく、宇宙は有限で、時間的に限定されていると感じていた。原因の連鎖は、原因をもたない第一項にかかっているからである。みなが果てし無さや無限に対する嫌悪感をいだいていた。無限であるということは、限定されていないということであり、そのためそれ自体として不完全さの烙印を押されていたのである。完全性の君臨は有限性の君臨であり、——古代では神々自身もまた、完全であらんがために有限であり、限界が付されていた。全体として無限は、二千年にわたって、欠陥と不完全性、——そして潜勢態のしるしであった。

他方の極に位置するのはスコラ学者たちと、無限なる神という理念である。――これはもうひとつの理念、限界のない宇宙、もしくは宇宙を取り囲む無限の空虚という理念の果実であった。この理念は、もっとも初期のギリシア思想家にはまったく縁がないわけではなかったが、その価値を認められたのは、ようやくキリスト紀元の直前になってからであった。これは無限存在という観念を導入するのに役立ち、第一世紀の当初から、形而上学的・神学的な考察が絶えずそこに向けられていた。量においてのみならず権能においても無限である存在、それは自らのうちに、ありあまる活力と能力を所有し、わたしたちが考えうるすべてを凌いでいる。――そしてまず、どれも同じく無限な、大いさであり、力であり、知性であり、意志である。そこに端を発してスコラ的思想は、カントが存在論的証明――この証明は十七世紀に用いられ、形而上学的思索の非常に興味深い発展の原因となった――と呼ぶことになる論証を素描し始めていたが、そのかたわらで懐疑主義者はかれらなりに、理性を困惑させるべく、無限という観念の曖昧さを利用していたのである。

さて、もし十六世紀の人々が、十二世紀、十三世紀、十四世紀の人間の足跡に、自分の足跡を慎重に重ね合わせ続けていたなら、もしかれらが先人のように、古典ラテン語から――身も心も――ますます遠ざかってゆくスコラ学的なラテン語の言葉で、自己表現し続けていたなら、もし父や祖父の代の思考様式や記述様式に対して、文字どおり、宣戦布告しなかったなら、もし父や祖父の推論する方法や、誤用と形容される言葉遣いと、袂を分かとうと望まなかったなら（実際にそこに到達したかどうかは別問題だ）、もしかれらがキリスト教の教義や、神学、哲学の彼方の源泉、古典的な思想の本当の源泉に、第一に、哲学者としてかつてないほど深い思索の対象となり、思想をたどられたキケロ、――著作家としてかつてないほど研究され、模倣されたキケロに戻ることを企てなかったなら、おそらく困難は少しもなかったか、あるいはごくわずかであったろう。だがまさしくかれらは別のことを欲していた。全面的な革命を夢見ていたのだ。かれらは卓抜した力をもって、過去に宣戦を布告していた。そしてかれらが気づかなかったように思える非論理性によって、近過去、すなわちキリスト教的中世という過去を飛び越え、より遠い過去、異教古代の過去に再び直接かつ完全にもぐりこんでは、新風を吹き込んでいると主張していた。

実際のところ、これらすべての厄介事から免れるただひとつの手段がある。そして或る人物が、その点を見誤らなかった。《また》、とデカルトは語る、《私の教師たちの用語たるラテン語をもってせずに、私の国の言語をもって書くのは古人の書物のみを尊信する人々よりも、全く単純な生得の理性のみを活用する人々のほうが私の所説を正しく判断されるであろうと思うからである》[49]。この解説をもって『方法叙説』は幕を降ろす。確かに、ラテン語の硬化組織の中に封じこめられた、伝統的な思想のどうしようもない不毛さに対して、必要に適した用具を使用する《全く単純な生得の理性》の革命的な肥沃さを、これ以上たくみに対照させることは出来ないだろう。だがそうした用具をこしらえる必要があった。そして、一六〇〇年前後になってようやく、フランス語で自らの意見を表すふたりの重要人物、ギヨーム・デュ・ヴェール、ピエール・シャロンが哲学の分野で登場したのは、少しも偶然ではない。真の哲学者はそのあとに現れた。ルネ・デカルトである。デカルト以降、フランスでラテン語をひけらかす哲学者は姿を消した……[50]。

神学は、つとに、この大きな変革に気づいていた。なぜなら執拗に福音主義者が、次いで十六世紀の改革派が、信徒のため、もうウルガータ訳のラテン語だけによるのではなく、自分の言語で、《通常のフランス語》で、その宗教のもっとも神聖な文書、基本的な『聖書』を読む権利を要求していたからだ。――こうした執拗さは時としてわたしたちの不意を突き、わたしたちを驚かせる。実のところ、この執拗さは或る種の不安感を露呈している。これらの人々は生命の言葉であることを望んでいる〔『聖書』の〕言葉と、自分たちがその言葉を受け入れるように勧めている常民とのあいだに、言語の障壁が、余分な障害として介在しうるという漠然とした感覚を持っていた。言語の障壁とは、ひとつの死語が作る障壁だけを意味するのではなく、もっと詳細にいうと、何世紀ものあいだ、この同じ〔『聖書』の〕言葉が説くすべてに根底的に敵対する思想、キリスト教の迫害者の思想、キリスト教の存在が顕在化した時に、それを永遠に抹殺したいと欲したであろう人々の思想を反映し伝達してきた言語が作る障壁のことである。

II　ふたつの思考

以上のような点を述べたいま、理解する方法をより多く手にして、十六世紀の哲学者たちのもとに戻れるし、おそらくいささか概括的な、ひとを中傷する話題から離れて、かれらに対するいくつかの明確な問題を提出することが出来る。

明確な、したがって大げさな野心をもたない問題である。《ルネサンス哲学の》意味は何か、と問うのはやめておこう。――それは一言で、非常に大きな、あまりに大きな問題を一刀両断にすることだろうから。――そうではなく、こう問うてみよう。西欧の十五世紀から十六世紀初頭にかけて花開くのが見える、ブレイエ言うところの《豊富で氾濫せんばかりの》、あれらすべての哲学から抽出しうる共通の意味は何か（もしひとつでもそのようなものがあれば）？　このように限定されてさえ、《ジンテーゼ》のあらゆる夢想を前もって奪われてさえ、この問いはなお大きく、常識の枠に収まらない。ともあれ課された以上、真摯な検証もせずに、この問題を退けてはなるまい。その後で、手ごわいことではひけをとらない、もうひとつ別の問題に取りかかろう。答えるのが格別に難しいとしても、実際面から言えば、この問題は単純に表現される。だが今回問題になるのは、もはや、心理的・感情的な複雑さではない。論理的・合理的な複雑さであって、もっと正確に言うと、誠実さの、非常に大きな問題が関わっているのだ。

これらの哲学は、もし出来れば、その共通する傾向を引き出し、行動方針を公式化してみたいと思っているのだが、――これらの哲学は、わたしたちが述べたとおり、いとキリスト教的なるこの時代の人々や暮らしに、永続的な影響を及ぼしているこのキリスト教と、理論的にではなく実践的に、どのようにして折り合いをつけていたのだろうか？　原則からして、それらの哲学が少しもキリスト教的でないように見えたとしたら、その思想を公言し、普及させていた人々は、どのようにして自分の哲学的思索と、教会への信徒としての従属とを妥協させることが可能だったのだろうか？　乱暴に、偽善の助けを借りることで両立させていたに過ぎない、と言うべきなのだろうか？――かれらは嘘をついていたと、キリスト教への外見上の従順さは、臆病さと慎重さ、単なる見せ掛けにすぎなかった、と言うべきなのだろうか？

1　ギリシア的思考、キリスト教信仰――葛藤

《ルネサンスの》哲学のあらゆる総括が困難であることは、はっきりしている。予想できた事態である。どのようにして、と早くも一九二〇年、その『カンパネッラ』（一二六ページ）で、おそらく研究のせいであまりに若く逝去した哲学史家、レオン・ブランシェは書きとめた、――どのようにしてただひとつの言い回しの中に、《いまだその行方を定めかねており、機構と均衡の時代に固有な秩序と調和を、一向にその理念の内に導入できずにいる過渡的な時代の思想を》を要約しうるだろうか？

しかしながら、その試みは一度ならずおこなわれた。ルネサンスの様々な現象に、当然のことながら、

いつも格別な注意が向けられていたイタリアでは、ことにそうだった。かくしてイタリア・ルネサンスにおける自然という理念に捧げられた、二巻の『歴史研究』のきっかけといえる、[51]一八六八年に端を発するポンポナッツィについての、さらに一八七二年からのベルナルディノ・テレジオについての研究書で、――フランチェスコ・フィオレンティーノは、こう言及することができると考えた。すなわち中世全体をつうじて、またあらゆる方向で、《別の世界のうちにすべてを捜そうとの一貫した努力、すなわち属と種を個人を超えたところに、質料と形態をその結合を超えたところに、神を事物を超えたところに、知性を霊魂を超えたところに、――そして真実の徳を生命を超えたところに捜そうとの努力[12]》が続けられていた、と。一言でいえばフィオレンティーノは、中世を超越性の体制として、そしてルネサンスを反対に、内在性の復権、もしくは樹立として定義していたのである。巨大なフレスコ画で、かれは一連の中世的と形容しうる思想家たち――祖であるプロクロスからオッカムまで――が、精神のために自然を無に帰すべく努力をかさねる姿を示した。そののち十四世紀になると風向きは逆になり、ルネサンスの思想家たちが出現し、自然の懐の中での精神を肯定したのである。

　重苦しくうまく分析されていない概念のあらゆる作用と同じく、真実であると同時に虚偽でもある巨大な機構。超越性**というもの**とその互いに憎しみ合う姉妹、内在性**というもの**については触れないまでも、中世**というもの**とルネサンス**というもの**もまたそうした機構である。少なくともそれらには、一般的に言って、問題を課し、熟考に誘い――反論を、もしくは展開を求めるという利点がある。これこそ、ジョヴァンニ・ジェンティレが、テレジオについての新しいエセーと、スコラ学と哲学の関係が惹起する問題をめぐる総合的な研究書の中で、真の葛藤は、本当のところ、内在性と超越性というふたつの理性的存在のあいだにあるのではなく、ギリシア哲学とキリスト教的概念全体とのあいだにあると発表したとき、まさにイタリアにおいて起こったことなのだ。

＊

これは歴史家の見方であって、わたしたちはそれとしてなおざりには出来ないであろう。ひとつの事実がある。——それは、《ルネサンスの人間》という、ありきたりではあるが便利な表現を用いれば、かれらが哲学する時はいつも古代人を、そしてまずギリシア人を哲学の師匠として考えていた、ということだ。エピクロスの自然学と心理学を採り入れ脚色したルクレティウス。美しい言語で飾られたアカデミックな折衷主義を華麗な対話篇で伝達するキケロ——《言葉ニ満チ溢レテイル私ハ、タダソレダケヲ持参シマス》(『縁者・友人宛書簡集』第八巻、第六十三番)[52]。最後に、ストア派の倫理を普及したが、人間らしく、その厳格さを和らげるすべを心得ているセネカ。こうしたローマ人たちがギリシア人独特の体系について遺してくれた、解釈をともなった翻訳〔ラテン語への〕をつうじてのギリシア人である。しかしまた、貪欲に自分の水平線を拡大し、源泉に遡り、真のプラトン、真のアリストテレスをテキストで読もうとする人々によって、そのギリシア語の著作で直接に把握されるギリシア人がいる。これらの人々はギリシア人の存在を突然に見出すのではない。おそらく、ギリシア的思考がはるか以前からスコラ学的体系を満たしていると告げる必要はあるまい。エティエンヌ・ジルソンがルネサンスの中に指摘しえたのは、キリスト教教義に対するギリシア思想の報復ではなく、——エラスムスと、その『エンキリディオン』や『パラクレシス』の手を借りて、プラトニスムやピュタゴラスの思想、アカデミスムやストア派思想などの相反するギリシア哲学により、あまりに侵略されたキリスト教思想を純化する試みであった……(13)。けれどまさしくエラスムスの言葉は、ユマニストたちの際限のない欲求が与える、幅広い好奇心を証明するものだ。実際、直接的な目標の枠内にはおさまらない好奇心であった。なぜならこれらの人々、我がフランス十六世紀の荒々しい人々——労働への頑なな意志、独学者の驚くべき禁欲、あらゆる困難、あらゆる貧窮、あらゆる窮乏に打ち勝つ熱意の点で荒々しい——、かれらが『倫理論集』や『エネアデス』、『オルガノン』や『ティマイオス』の中に探索しにゆくのは、アリストテレスやプラトン、プルタルコスやエピクテトスではない。かれらは明晰であると同時に難解、ほの暗いと同時に輝かしいこれらの作品の中に、自分自身を捜しにゆくのだ。かれら自身を、そしてかれらが生きている理由、かれらのために、かれらの前に、かれらによって構築された世界で、信仰し、行動する理由を、である。ギリシア文化を我がものとすること。まさしくそのとおり。だがそれはより遠くまでいくためだ。そしてたとえばかれらが、エンペドクレスの集成、愛と憎しみは別としても、水、気、土、火の四大要素の理論を自家薬籠中のものとするため、何世紀にもわたって量に対する質の優位を意味してきた、乾と湿、冷と暖の根源的に対立する四大気質の概念を加えて作り変えてしまったことを咎めないでおこう。かれらを責めないようにしよう。なぜならほとんど二千年来、自然学においても宇宙論においても、あるいは錬金術においても援用されていたのがこの理論だからだ。そしてさらに二世紀に及び（ラヴォワジエにいたるまで）、化学に君臨し、医学を支配し続けるだろう。この点でかれらを非難しないようにしよう。むしろコペルニクスという人物が、刷新に気兼ねしながらも、自分の仮説の最初の種子を、考察の出発点を尋ねに赴いたのは、ギリシア人のもとにであることを確認するとしよう。より遠くまでいくことについては、賛成だ。だがまず、かれらの宇宙の究極的な境界まで連れていってもらうことだ。

ところで《ルネサンス人》のギリシア文化好みは、大きな問題を惹き起こす。自分の周囲にかくも多くのギリシア人とごくわずかなキリスト教徒を見つけて遺憾に思うエラスムス[14]、アリストテレスとキリストの、不敬虔な比較に対して憤慨し、――また、聖パウロがキリスト教的英知はこの世の英知の愚かしさを立証したと語っていたその英知を、ギリシア的精神が腐敗させたことに対して憤りを覚えるエラスムスの姿を描きながら、エティエンヌ・ジルソンが提起したのがまさにこの問題である。ジェンティレは、まさしくこの問題を、前段で注意を促した仕事の中で、提出しようと努めていた。そしてそれを論ずる努力もしていたのだ。

*

ギリシア哲学は、とかれは記していた[15]、――それは《思想自体の外部に思想自体を見いだす思想である――己ノ外ニ己ヲ見ル思想[53]――。そして、その直接的感性においては、あるいは自然として、あるいはイデアとして、自らをそのように見出す思想である。けれども〈イデア〉は（ギリシア人にとって）思考しつつある思想の営為ではない。イデアは思想の基盤となる事象であり、思想が永遠の真理として、またあらゆる現実の、事象の変遷に並行する知識そのものの永遠の根拠として前提に置く事象である。それぞれの仮説にあって、このイデアはひとつの現実であり、その現実はそれ自体、思想が現実を認識するとき、思想が現実と結ぶ様々な関係とは無関係に存在するものである》。

悲観的な概念である、とジェンティレは書き留めている、――《ひとの霊魂が世界におけるその存在そのものについて表明しうるあらゆる概念のなかで、もっとも痛ましいものだ》。なぜならこの霊魂は真理によって、あるいは――お望みなら――その信仰によって、霊魂が考え肯定している現実存在の中で生きているからだ。ところがギリシア的概念において、真理、真の真理、すなわち実際に存在している真理は、人間の霊魂の中にはない。真理は人間の外部にあり、人間は、プラトン学派のエロス神話に見られるように、その真実の本質を把握し、拘束したいという、無限の欲望に苦しめられている。——しかし本質はその手のなかから逃げてしまう。本質は、その揺るぎない完成にあっては接近不可能であるように、現実とは無縁にとどまるのである。

結果として——科学、アリストテレスの『論理学』が見事にその条件を分析している科学、この科学はわたしたちの科学、人間により獲得された知恵、活動的で魅惑的な知性が作り上げた、認識と支配の用具とは異なる。それは歴史をつうじて築き上げられ、不断に築き直され続けるあの学問ではなく、直接的な諸原則から出発し、それらの原則のうちに完璧に結びつけられ、その結合が認識しうる総体を構成する全概念が封じこめられている、そうした学問である。この学問は進化せず、増加も減少もせず、歴史を排斥する。——それというのも、起源から永劫に、絶対的な完成の点で、それはそれ自体と同一だからである。

さてキリスト教は、よく調べてみると、このような概念を正しいと認めていない。神を人間のうちに降誕させ、その人物をこの世に降誕させることによって、キリスト教は人間に、その十全な価値を取り戻させていた。キリスト教は神を被造物のあいだにおき、かくして被造物を神の本性に与らせた。神ご自身が人となり人間のあらゆる悲惨を、最終的な悲惨、死にいたるまで耐えられた。愛はもはや、プラトン神話でのように、理解しえない者に向けられた、満たされない思いの瞑想ではなかった。愛は、永遠に愛自らを作りつづける、人間の営為そのものであった。それはもはや、実在する世界への恍惚とした祝賀ではなく、人間が世界を鍛え、鍛え直す、働き手としての世界の祝賀であった。ここでの人間は知性や知識というよりむしろ愛と意志であった。ここでの人間は己れ自身のための真理の創造者、——善と混じり合い、わたしたちの外部に存在するどころか、わたしたちが純な心と善なる意志によって、誠実に、率直にそれを捜すなら、わたしたちのものとなる、ひとつの真理の創造者であった。大きな変貌だ。人間はもはや傍観者ではなく作用因となる。かれはキリスト教の懐におり、自らの場所をそこに見出すのだ。

それでは、対立が存在するのか？　ふたつの教理、もしくは、表現の問題だが、ふたつの概念が存在する。それらは一致しない。それらの中から、撰択しなければならなかったのか？　いや、なぜならそこにはふたつの哲学ではなく、ただひとつの哲学があっただけであって、——その哲学と向き合ってひとつの信仰があったのだ。真理の啓示は必ずしもそれ自体で、またただちに、思弁的な思想の体系の中に組みこまれることになるわけではなかった。したがって妥協の余地があったのである。妥協はもたらされた。そしてアリストテレス的な論理学、超越的な論理学から解放される代わりに、——キリスト教思想は、中世全体をつうじて、ギリシア人の概念に縛りつけられるままにとどまっていた。

キリスト教がまず第一に見解を求めるべきは、ひととなった神、子なる神にであった。ところがそれが特に好んで意見を尋ねたのは父なる神にだった。キリスト教は、現実の外部に、現実の原則そのものを支えている、アリストテレス的な形而上学の網にあたかも気まぐれによるかのごとく、一度ならず、二度、三度と巻きこまれ、捕らわれるがままに任せた。そして常にパックリと口をあけた深淵をキリスト教が満たそうと試みても無益であった。それは変化ではない運動の原因と、それ自体のうちに十分な根拠を見出せない運動とのあいだに穿たれる深淵だった。けっして生成しない生成の原理と、それ自体のうちにその繁殖の根拠も腐敗の根拠も見出せない自然とのあいだの深淵。一言でいうと、一方での霊魂と、他方での身体とのあいだの、そして霊魂においては、現実態での悟性である知的霊魂と、——それ自体では何も理解できない潜勢的な知性である自然的霊魂とのあいだの深淵だった。

あらゆるものの潜勢態である質料と、――あらゆるものの現実化である形相との乖離。生命と、生命の渇望との分離。アリストテレス主義者であろうとプラトン主義者であろうと、唯名論者であろうと実在論者であろうと、アウェロエス主義者であろうとトマス主義者であろうと、中世をつうじて現実を把握しようと努め、自分たちの問題提起、あるいは再提起の方法自体によって惑わされたどりつかなかった、たどりつくことが出来なかったすべての者たちの解決できない苦悩……。実のところ、これらすべての人々にとっては、精神的なタンタロスの拷問である。それ故に、その努力にもかかわらず、中世はけっして、一方での、人間精神のうちに神と真理とが直接存在することを確信する――しかし同時に、発展と体系である科学と知識とを否定する――神秘主義的傾向と、他方での、現実を求める精神の外部に前もって現実を想定し、真理ではありえないものからなる、形相的には豊かであるが実質的には空虚な建造物に対してあらゆる配慮を払う、知的哲学の傾向とを、調和させることに成功しないのだ。

2 ギリシア哲学、キリスト教信仰――交流

したがって、次のように言うのは容易、いや、わたしたちにとっては容易である。ルネサンスの果たすべき任務はやさしい、とまではいかなくとも、明確であった、と。それはスコラ学的な論理学とか心理学、自然学を解体すること、そして人間の霊魂の懐に、ようやく本来の価値を認められた、時の娘、すなわち真理のみならず、――人間が獲得し自らの身の丈にあわせて裁断した徳と完全性を、それぞれの分に応じて復権させることであった。それは自然と人間性との、絶対的な価値を明言し、確認することであった。そのとおりだ。――そしてわたしたちにはこう付言する権利さえある。この仕事をルネサンスは雄々しく

企てた。雄々しく、しかし完璧な明晰さのうちにだろうか？　現代のわたしたちのもののような精神においてだろうか？　それはまた別のことだ。

単純なものはなにもない。人間に関する限り……。どのようなものでも単純に割り切らないようにしよう。そしてルネサンスがキリスト教に対峙し、対抗して、破城槌のような、そのために考案された、競合する体系をうち建てたとか、うち建てえたとか言い続けたり、信じ続けたりしないようにしよう。それは歴史を歪曲することだ。

それは何故かといえば単に、わたしたちが論争を始めるのに用いた言葉に立ち戻ると、――それは何故かといえば単に、当時の人々が難なく、一種の摩訶不思議な奇蹟によって、かれらの思考、感受性、意志をがんじがらめにキリスト教に繋ぎとめていた幾千もの鎖の環を断ち切ることが出来た、と信ずることになるだろうからというだけではなく、――はるかに重大なことだが、キリスト教そのものについて、ひいてはキリスト教と哲学、もしお望みならギリシア哲学ではなく、ギリシアの娘である哲学と言おう――との関係について、非常に初歩的な見解をもつようになるだろうからだ。それは、対峙すべく措定されたこれらふたつの用語を相互に結びつけている、終わりのない交換と借用のゲームを理解するのを拒絶することになるだろう。それは、マルシリオ・フィッツィーノとか、ピコ・デッラ・ミランドーラによる優れた集大成、それらはわたしたちが発想の点でギリシア的、アリストテレス的、プラトン的と呼んでいるものでもあるが、――それらすべてにキリスト教が浸透しているのを理解せず、そして往々にして教会の神学博士や正統教義の厳格な守護者の眼にはうさんくさく見えたとしても、それらの集大成がギリシア的構文の中で、『福音書』の霊的な息吹を受けて、大いに活気を帯びているということを認めないことになるだろう。それはことに、奇妙と言えるほど論理的でない役割、――しかし論理は、正確に言えば、こうした問題にはなんの関わりももたない——衰退にある中世思想と、始まりにある近代思想の歴史にあっては、プラトニスムの再生が果たしている役割に、眼をつぶることになるだろう。そしてラブレーはまさしく、そうした再生の作り手のひとり、立役者のひとりだったのだ……。

*

なぜなら、もし本当に——これはブレイエの表現であり、ジェンティレの思想からさほど隔たってはいない——もし本当に、《実に多くの分岐と相違があるにもかかわらず、中世全体を通じて、考えられるあらゆる宇宙像がおのずから組み込まれるようになる像、強いて言えば、図式は、たった一つしかなかった》(ブレイエはこの全体像を、神中心主義の名で呼びながら、つぎのように描いている。《有限な諸存在を通り抜けながら始元としての神から終極目的と完成としての神へ》——この言い回しが妥当しうるのは、とかれは告げる、(16)《これが『大全』の最も正統派の図式にも神秘主義者の最も異端派の図式にも適合できる定式であり、自然の秩序も人間の行為の秩序も、この始元と終極目的との間に、一種の必然性をもって位置を占めるようになる》)とするなら——ルネサンスの多くの哲学者のもとでその存在を確認するような、プラトニスムへの回帰は単に、《哲学の大きな課題は事物と精神を始元としての神と終極目的としての神との間に位置づけることである》との観念を、かれらのうちに強め定着させるにすぎない。

以上は、かれらの思想が新しい要素と特殊なエネルギーの力とを喜びをもって取り入れている、まさにその瞬間のことだ。以上は、それ自体のため、それ自体のうちに把握された自然界の出来事の研究を、十四世紀来、断固として企ててきたオッカム主義者たちの作業を受け継ぐ過程の探索と発見のたまものである、一群の新しいデータがあふれ出て、——一撃のもとに、世界鑑〔Miroirs du Monde〕の昔ながらの概念、中世の人々の世界観〔Weltanschauung〕全体を、力強く押し広げる瞬間のことだ。以上は、羅針盤やその他の様々な技術的な改善のお蔭で沖合に漕ぎだした、クリストバル・コロンやフェルナゥン・ヂ・マガリャンイシュの同時代人が、これらの収穫の前代未聞の成果を測り始めている、いやむしろ、自分たちのうちの誰かがすでに測りつつあるのを、恐怖と歓喜とからなる驚愕をもって見守っているときのことだ。以上は、かれらの技術、そして何よりもまず火器のおかげで、弓と棍棒を携えた人々に対する安易で圧倒的かつ持続的な優位が確たるものとなると、征服した領土の開発を始めるが、それは富の目録を端緒にし、そこから始まって、遂には世界を股にかけての動植物の驚異的な運搬にまでいたるのみならず、――さらに種々の存在、様々な形状を直接掌中に収めることとなり、結果としてその圧力のもとで、好奇心をもたない順応主義者たちが代々眼を閉じて伝えてきた古い昔ながらの枠組みが、修復不可能なまでにほころび、分解し、消滅しようとしている、そのようなときのことだ。最後に、以上は、生まれつつある文献学的精神が、字義どおりの文面に戻されたテキストの解釈にとどまらず、まだ手さぐりながら、歴史といずれ命名されるものの認識がその精髄に浸透しているテキストの解釈にも適用されようとしはじめていた瞬間のことである。

矛盾か、それともより単純に、妥協か。なぜなら当時、誰もそこに、矛盾を認めていなかったからだ。それは、自然の資料と称しうるものが、古代の美しいテキストが構成する人間の資料と結びつくときのことだ。それは、様々な技術がもはや単に生計の具としてだけでなく、現実に手を加えたり、自然現象をキャッチしたり、それらを人間の幼い能力にしたがわせるために解釈する道具として出現しはじめたときのことだ。それは人々がようやく、自然に関する大調査を有効に組織しはじめることになった、または実際に開始しつつあったときのことであった。ブレイエが説く、神中心主義とは無縁の体系を入念に練り上げるのを可能にするはずの、自然に関する大調査である。――その時のことである、調査の主導者ともなるべき人々のうちで特に熱心な者たちのうちの幾人かが、ラブレーの名をあげるにとどめるが、彼のような人物が、始元としての神、究極目的としての神という、耳に馴染んだ昔ながらの図式を中心に置いて、自らの思想を体系化しようと、相変わらずかたくなに努力をかさねていたのであった。そして、この始元と究極目的との間にあらゆる事象、あらゆる精神が念入りに秩序づけられている……。

なぜこの独自の精神状態があるのか？　なぜこの非論理性があるのか？　たくさんの理由があり、言及することも可能だろう。そしてあらゆる理由の中に、以下のものがある。――哲学は、その当時、いくつもの見解に過ぎなかった、というものだ。矛盾し、不安定な、混沌とした様々な見解である。不安定なのは、不動で強固な基盤がまだ欠けているからだ。確実な基盤がそれらを揺るぎなくするであろう。すなわち、科学である。

第三章　無宗教の支え──科学？

当時の科学……。ある時は、わたしたちは冷笑して、通りすぎる。わたしたちはこちらのひとの一角獣の角を、あちらのひとの民間薬を、あらゆる人々の迷信、無知と軽信を嘲弄する。ある時は、わたしたちは丁重になり、英雄的な努力を褒め讃え、ルネサンスという昔からの神話に連帯する。そしてわたしたちがこのように揺れ動くのも、当然なのだ。

1　ルネサンスという昔ながらの神話

昔からの神話は相変わらず生きており、多くの批判をものともしない。出発点には、古代と古代人の学問、古代ギリシア人の肥沃な考察があり、エウクレイデスの幾何学、アルキメデスの力学、ヒポクラテスとガレノスの医学、プトレマイオスの宇宙形状誌と地誌、アリストテレスの自然学と博物誌をもたらす。ギリシア人の手からローマ人の手へと渡ることができた知のすべてである。そのあと、夜の闇に呑み込まれてしまう。──中世の深い夜だ。古代の宝は、失われはしないとしても、まぎれてしまう。数世紀ものあいだ、三段論法の推論と不毛な演繹以外にはなにもない。肥沃な教理のひとつさえ得られず、重要な技術的発明のひとつだにもたらされなかった。

再び、十五世紀末にひとつの革命がはじまる日まで、——自分たちの知的貧困を自覚した人々が消え去った宝を捜しはじめ、屋根裏部屋に散らばっていたひとつひとつの断片を見つけ、かくも多くの富を利用すべく、非常な努力を費やして、本当のラテン語、古典ギリシア語、さらにそれを越えて、科学的な知識には不必要だが聖書の釈義には欠かせないヘブライ語を読むことを学ぶ、その日にいたるまでは。そのときこそ、陶酔の瞬間だ。にわかに手の届く範囲に置かれた、あらゆる古代の食料で腹を一杯にし、それらのユマニストは仕事に取りかかる。かれらは生まれたばかりの印刷術の助けを借りる。かれらは手に入れたばかりの、そして突如、物質的な水平線と同じく、精神的な水平線も拡大してくれる新しい地図の助けを借りる。コペルニクスはピュタゴラスにつらなり、ケプラーはコペルニクスに、ガリレイはケプラーにつらなる。その一方でアンドレアス・ウェサリウス[1]は、実験の成果に、ヒポクラテス学派の成果を付け加えている……。

こうしたことはみな、見たところ論理的であり、単純で首尾一貫していそうである。だがこうしたことすべてを、もうわたしたちはほとんど信じていない(1)。それはわたしたちが、《中世の人間》が古代文化にまるで無知であったにはほど遠い、と知ることで満足しているからではない。わたしたちにとって重要なのは、ドミニコ派修道会やベネディクト派の昔からの聖職者団の、ジャン修道士やマルタン修道士が、一二八〇年頃、古典古代のテキストのこれこれの断片を写本で知ることが出来た、ということではない。重要なのは、——ジャン修道士やマルタン修道士が実際にそうした断片を読んでいた、読むことが出来た、そのやり方なのである。わたしたちのように? もちろん、違う。当時のキリスト教は、信徒を悩ませるあらゆる大きな形而上学的な不安にやすらぎを提供するだけに限られてはいなかった。『世界鑑』、『世界の素顔』等々といった、当時の膨大な神学大全に生気を吹き込み、霊感を与える一方で、——公的生活であれ、私生活であれ、世俗の生活であれ、宗教的な生活であれ、人間のあらゆる行動において、キリスト教は人間をまるごと捕らえ、視線を注いでいた。それは人間を、自然や科学、歴史、倫理及び生命に関する一貫した見解で武装させていた。そしてキリスト教はこうした見解を媒介にして、時として少なからず意外な偶然が、これこれの断片とかこれこれの破片とかを理解可能にしていた古代のテキストを、歴史的にしかるべき位置に置く気配りもせず、読み、解釈し、我が物としていたのだ。

他方、ユマニスムの革命がある……。だが正確には、その運動はどのようなものだったのか？　ルネサンスの時代における科学的な概念とその再生に及ぼされたユマニスムの影響とはどのようなものだったのか？　ソーンダイクの名をあげるにとどめるが、(2) 多くの識者はこの運動を無に還元しうると考えた。もしくはほとんど無に。かれらはユマニスムと科学は、個別に直接的な相互作用なく発展したとする、もっともな命題を主張してきた。一方に、テキストと著作家によって育まれてきたユマニスム、もっぱらテキストと著作家によってのみ育まれてきたユマニスムがある。小プリニウス[2]を読むのと同様に大プリニウスを読むユマニスムは、両者を恭しく援用し、伯父の知識と甥の優雅な筆遣いを、等しい敬意をもって引用する。最良の印刷機できそって印刷され版をかさねる、バルトロマエウス・アングリクス[3]やザクセンのアルブレヒト[4]のスコラ学的な伝統のかたわらに、ユマニスムは古典的な伝統を、そしてまずアリストテレスの伝統を創設するが、それは何ら変化するわけではないし、何も刷新しない。——他方で、様々な現実がある。様々な発見、発明、技術。加えて資質と思索の点で、それらの現実が利用するものがある。それらはのちに本物の学者の資質と思索となるであろう。

ところが書物に現れた知識と実践的な知識のあいだには、わずかな接触しかなかった。あるいはほとんど接触がなかった。製図法の例をあげよう。航海の傑作である、あれらの海図が提供する詳細かつ精密な海岸図と――経緯の網に基づいて作られた、学術的なプトレマイオスの地図とを「地図帳」で対照する例である。――この例には、しかしながら、当時の人々をその気にさせるものがあったのではないか？　だが何もない。あるいは、ほとんど何もない。それゆえ十五世紀のヴェネツィア海軍にささげられた書物の[3]中に、意外な言及、十六世紀の初めに、理論と実践を結びつける目的でおこなわれた企てへの言及、――そしてなおいっそう驚くことに、成功した企てへの言及に出会うとき、驚き、賛嘆せざるをえない。一五二五年及び一五二六年、ヴェネツィア共和国元老院が海賊討伐専用の船の形式について協議していたとき、実践によって育てられた職人の老親方、マテオ・ブレッサンは円形の船の形式を提案した。しかし、サン＝マルコのギリシア語弁論術の公開講師、ヴェットール・ファウスト、ギリシア数学とアリストテレスの力学で育まれたユマニストのヴェットール・ファウストは、実践の土俵に敢えて身を投じ、元老院に五段櫂ガレー船の学術的な設計図をゆだねた。そして驚くべきことに、検討の結果、五段櫂ガレー船が職人の手で作られた船に対して賞を獲得したのだった。――このことは、お考えのとおり、新たなアルキメデスを賞賛するのに熱心なユマニストたちの激しい歓喜で受け入れられた。

　これは、ウィトルウィウスが[5]石工の親方にその設計を教え始めたその日がくる以前では、殆ど唯一の例であった。――そして〈石工〉はその日を境に突如、《建築家》になってしまった。ロベール・エティエンヌ[6][4]がその『羅仏辞典』で《建築家》という言葉を紹介し浸透を認めているのは、一五三九年のことである。他方、ファウストの五段櫂ガレー船がヴェネツィア海軍の愛顧を長いあいだ保持しえなかったこと、それは大して重要ではない。伝統が創られてしまったのだ。そしてのちに再度この問題が提起されたとき、――ヴェネツィア共和国の元老院が助力を求めたのは職人の親方衆にではなく、ひとりの学識ある数学教授に、であった。その名はガリレオ・ガリレイであった。

＊

別の時代。なかなか到来しない別の時代を待つあいだ、何の変化も起こらない。勇敢な発見者、大胆な水夫は遥か以前から、幾度となく赤道を通過していた（一四七二年―一四七三年）。一四九〇年に死んだ博識な医師、アルベルティ・ダ・カラーラは、[7]一四八三年にあっても一四九〇年にあっても変わることなく、その『世界ノ性質ニツイテ』で、この同じ赤道地帯には不毛で空虚、加えてひとが住めない地域があり、すっかり冠水している南半球への、ある意味で入口となっている、と教えていた。同様のことが、こちらは一五一二年まで存命していた碩学のアレッサンドロ・アキリーニ[8]についても言える。かれの方ではおもおもしく、赤道地帯に人間が住んでいるかどうかの問題を論じている。そしてかれがこの疑問を、ポルトガル人探検者にまったく頼ることなしに、落ちつきはらって解決するのは、古代や中世の――アリストテレス、アウィケンナ、アーバノのピエトロ[9]の――引用に助けられてなのだ。ジャック・シニョー[10]の『世界の描写』は、一五三九年、アラン・ロトリアン書店から刊行される。この本はパリで、一五四〇年、一五四五年、一五四七年に、またリヨンで、一五七二年と一五九九年に版をかさねている。そこにはアメリカへの言及は見当たらない。またここに、同じく一五三九年、J・ボエムス[11]の手で、『世界の三部分の様々な物語の集成』が翻訳されている。三部分、と標題は告げる。幾度となく版をかさねた、この剽窃だらけの本でもアメリカは問題にならない。赤道地帯の疑問は、一五四八年に、コンタリーニ[12]の遺作、『諸要素ニツイテ』が現れるまで、経験に対応してすっきりと解決されることはないだろう……。

書斎の地理学者や宇宙形状誌学者は、野外の地理学者や宇宙形状誌学者に遅れをとる。デュエムがよく示したところだが、しかし同じく、きちんとした定義がなされないまま当時、自然学と呼びならわされていた分野でも、ユマニストたちは、パリのスコラ学派の人々に——肥沃な原則のうえに力学の研究を樹立した、ジャン・ビュリダン[13]やザクセンのアルブレヒトをはじめ、その他のパリのスコラ学派の人々に遅れをとっていた。それはユマニストがアリストテレスを信奉しつづけているからだ。かれらはアリストテレスの自然学にあくまでもしたがう。ちょうどフランスのルフェーヴル・デタープルや、そのグループの人々のように。それを補強する必要が生じたら（そうしなければならないのだが）、かれらはニコラウス・クザーヌスの形而上学に頼る。のちに同じ必要から、メランヒトンの弟子たちは、今度は『聖書』のテキストを引き合いに出し、困惑の時代を長引かせることになるだろう。

わたしたちが語ってきたこと、問題はそこにある。こんにちではもうほとんど、徐々に（そして、もうしばらく前から）、中世の夜について話さなくなっている。勝利をおさめる射手のポーズで、闇を一掃したルネサンスについても同じことだ。これは良識が優位に立ったため、かつて聞かされていた例の完璧な空白期間の存在を、人間の好奇心の空白期間、観察する精神の、別の表現がよければ、発明の空白期間の存在を、実際、もう信ずることが出来ないからだ。クリュニー、ヴェズレー、サン＝セルナンなどのロマネスク様式の大教会堂を、——パリ、シャルトル、アミアン、ランス、ブルジュのゴシック様式の大聖堂を、——クシー、ピエルフォン、シャトー＝ガイヤールの、大領主の力強い城砦を構想し建設した人々のようなスケールの大きな建築家がいた時代、——それに加えて、このような施工が前提とする、幾何学、力学、輸送、起重、荷役の問題、このような作業が要求し、同時に育成する、成功した経験や記憶にとどめられた失敗の詰まった宝庫がある時代。——かかる時代に、観察の精神や刷新の精神を一括して一律に否定し去るのはお笑い種だ、と最終的に考えたからである。子細に見ると、わたしたちの西欧文明に、馬の前胸につける繋駕用具、蹄鉄、鐙、ボタン、水車や風車、鉋、紡ぎ車、羅針盤、黒色火薬、紙、印刷機などを発明し、あるいは忘れられていたものの価値を見出し、採用し、導入した人々[5]、――これらの人々は十分に、発明の精神に、そして人類に貢献したのである。

2　印刷術とその効果――伝聞

したがって、ルネサンスに観察の精神が再生すると言われたら、――わたしたちはこう反論できる。いや、そうした精神は再生したり、再び姿を現す必要などない。それは一度も消滅したことなどなかった。単におそらく、新しい形態をとるだけなのだ。そして確実にいえるのは、その精神が合理性をもって、必要なものをそろえているところだということだ。なぜなら、巨大な集合体、理論、体系を建設するには、まず資材が必要だからである。しかも大量の資材が。中世はこうした資材をけっして自由にできなかったのだ。

古代の編集者のはかり知れない労力、中世はそれをあたかも紛失してしまったかのようだ。あちらこちらで、一篇の写本がいくつかの断片を保存していた。――わずかな人間に知られている写本が。そこから百里離れたところに、多分、また別の写本が現存していた。物騒で危険な旅行のほかには、それらを一緒にしたり、比較したり、対照する方法は何ひとつない。

ところが、ここに印刷術が生まれる。同時に、ほぼいたるところから、古代の英知の散らばった断片が出現する。そこで、印刷機が介入することになる。それはまとめ、集め、伝搬する。一四四九年になると、ヴェネツィアのアルドゥス・マヌティウス書店で、ギリシア語やラテン語の昔日の天文学者たちの基本的な集成、『古代ノ天文学者タチ』が刊行される。すでに一四九五年から一四九八年にかけて、同じアルドゥス書店で、アリストテレスのギリシア語テキストのフォリオ判五巻本が出版されていた。第三巻には『動物誌』が、第四巻には、テオフラストスの『植物誌』が〔アリストテレスの〕『問題集』と『機械学』とともに収められていた。さかのぼって、一四七五年にはプトレマイオスの『天文学体系』が、図版なしで印刷され、その後一四七八年には、ローマで、銅版に見事に彫刻された図版を添えられ、印刷機から刷りだされていた。バーゼルのヘルウァギウス書店は順繰りに、一五三三年にはエウクレイデスの『原論』の初版を、ついで一五四四年アルキメデスの著作の初版を発行する。ガレノスは一五二五年から、小フォリオ判五巻本の形式で、アルドゥス書店からギリシア語版が出版されていたし、――同じアルドゥス書店から、一五二六年、ヒポクラテスのギリシア語版が発行された。アウィケンナはかれらに先行し（一四七三年、一四七六年、一四九一年）、またヴェネツィアのジョヴァンニ・ディ・スピラ書店で一四六九年（それから一四七〇年、一四七三年、一四七六年、一四七九年、等々）に印刷されたプリニウスは、すべての先駆けであった。このようにして古代人の幾何学、機械学、宇宙形状誌、地誌、自然学、博物誌、医学が誰の手も届く範囲に見いだされるようになった。研究のために武器と用具を与えられたのだ。確固たる基盤の上で仕事ができるようになった。それ以降、人々は古代の師匠の教えを解釈し、補足し、註釈を施せるようになった。もっと正確にいうと、かれらはそうしえたであろう、もし過度に古代人を崇拝していなければ。

修復し、補足し、再適応させる作業が始まった。熱狂的で、同時に平静な情熱をもって、チューリッヒのひとゲスナーは、あるささやかな著作に言及されているすべての動物の調査を企てた。莫大で、報いのない、いささか天真爛漫な仕事である。なぜならかれは実在する存在と寓話的な存在とを併置していたからだ。かれはそれらを盛りこんだ大フォリオ判四巻本を、この世紀の中葉（一五五一年）、チューリッヒで発行した。他の人々もそのかたわらで、一五三〇年以降、同様の情熱を傾注して植物の調査をおこなっており、シュトラスブルクで、挿絵付き植物相の傑作――オットー・ブルンフェルス[14]の愛すべきコレクション、『自然ノ姿ノ模造ヲトモナウ草木図』の第一巻が出版されたのである。

そのあとに続くのが、一五四二年、バーゼルで刊行された、レオンハルト・フックス[15]の『植物誌』であった。まもなく、ロンディビリス、碩学ロンドレの『魚類誌』が、当然のことながら、まずラテン語で（一五五四年）、次いでフランス語で（一五五八年）、素晴らしい木版図とともに現れた。ほとんど同時に（一五五五年）、ル・マンのピエール・ブロン[16]が、かれもまた《自然の姿から描出されたその記述とありのままの図像を添えられた》『魚類と鳥類』を刊行した。生きとし生けるものが出そろう。ゲオルク・アグリコラ[17]は生命のない自然、鉱物をそこに付け加える。一五四六年、かれの『地下ノ諸物体ノ由来ト原因ニツイテ』がバーゼルで発売される。一五五五年、同じくバーゼルで、豪華なフォリオ判の『金属類ニツイテ』が刊行される。碩学たちは一日中働きづめだったことだろう。いまでは、かれらは自分の苦労が無駄ではないと知っている。印刷機があり、世界中にその成果をもたらせるのだ。そして果敢にも、これらの偉大な目録製作者のひとりとなるラブレー、――ローマで古代のあらゆる遺跡、あらゆる遺物の調査目録を作成したいという欲求に駆られたラブレー、そのラブレーが、『ガルガンチュワ物語』と『パンタグリュエル物語』で、人類の無限の英知、科学への讃歌の第一声を発することができるのだ。

『ガルガンチュワ物語』と『パンタグリュエル物語』でのラブレー。だが、一五六四年に問題の『パンタグリュエル物語　第五之書』が刊行される。どの程度の書き直しがラブレーの下絵の上になされたか、もしくはなされなかったか、わたしたちが知ることはおそらく決してないであろう『第五之書』。この『第五之書』の第三十一章にあるのが、風聞《ウイ・デイール》の驚くべき寓意である。――風聞《ウイ・デイール》は畸型で小柄な老人で、盲目にして中風病み、いつも大きく開いているたくさんの耳を全身に縫いつけられ、おおきな口の中で動いてやまない七つの舌を備えている。さて、これらの耳をすべて使って、風聞《ウイ・デイール》が受け取り、これらすべての口を使って、それが何であろうと検討も、批判も、確認もおこなわない、ぽかんと口を開けた聴衆に伝えるのは、書物や瓦版のちぐはぐで良い加減な知識である。《これすべて風聞《ウイ・デイール》先生のお蔭だった》[18]、これが楽曲のリフレインであり、もしラブレーのものでなければモリエール的だと言いたいようなリフレイン、——報復的な話題にリズムをつけるリフレインである。逆説的で不自然な表現だろうか？　いや、逆説的でもっともなものだ。なぜならこの時代の人々が、もし剽窃したとしても、——もしかれらがまずもって剽窃したとしても、もしかれらがほとんど剽窃ばかりしたとしても、——それは世界の様々な秘密を征服するために、隠れ家に潜んでいる自然を攻略するために、何も持っていなかったからだ。武器も、用具も、見取り図も。膨大な熱い志し以外の何ものも、単なる志し以外の何も持っていなかったからである。

3　用具と学術的言語の欠如

物質的な用具のことなのか？　こんにちもっとも日常的で誰にとってももっとも馴染み深く、おまけにもっとも単純な器具の使用すら、かれらには相変わらず知られていないままだった。観察するには自分たちのふたつの眼以上に効力があるものはなかった。——必要があれば、せいぜい、当然のことながら簡単な眼鏡に助けられる程度だった。光学機械の状況も、ガラス製品の状況も、もちろん、それ以上のことを可能にするものではなかった。ガラスであろうと、カットされた水晶であろうと、星々のように非常に離れた物体や、昆虫や種子のように非常に小さいものを拡大するのに適したレンズは、まったく存在しなかった。十七世紀の初頭のオランダにあって初めて、天体望遠鏡が発明され、ガリレイが星々を観察し、月の山脈を発見し、星の数を増加させ、昴を構成する七星の代わりに三十六星を数え、土星の環や木星の衛星を熟視することが出来るようになるだろう。そして同じく、これもまたオランダで、十七世紀になってようやく、デルフトのレーヴェンフック[19]がルーペによって、それから原始的な顕微鏡によって、繊維の内部構造についての初めての研究を指揮し、愕然とした博物学者たちに滴虫類の世界の驚くべき豊かさを啓示することが可能になるだろう。――ただ、観察がおこなわれたとして、測定するには何があったのだろう？　明確ではっきり定義された術語もなく、誰もが喜んで同意し採用する、精度を保証された測定器もなかった。多くのばらばらな測量体系があって、都市ごと、村ごとに異なっていた。長さや重さ、容積についても事情は変わらない。温度を記録することは不可能だった。寒暖計は生まれていなかった。それは当分のあいだ、生まれないはずである。

用具がなかったのと同じく、科学には用語も欠けていた(6)。おそらく、その最後の光輝の中で、ギリシアの天才は消滅するまえに代数学を創造した、というのは本当だろう。だがそれは計算用の代数学、計算の自動的簡便さを確実化することのみを願っていた代数学であった。さて、わたしたちの見るところでは、代数学は問題を解決する機械的な手段の副次的なものでしかない。それはまた副次的に、記号に基づいた計算でしかない。もし代数学の定義が、数学がありのままの関係を考察する契機、関係それ自体の記号以外の何の支えもなく、算術が、弁証家の論理よりもいっそう精密な、いっそう豊かな、いっそう奥深い論理学に変わる契機としてなされるものなら、――その代数学はラブレーの時代には誕生していなかった。そうした代数学は十六世紀の世紀末に、フランソワ・ヴィエト[20]の『解析法序論』とともに、ようやく生まれるだろう。――もうひとりのフランソワ〔ラブレー〕が長きにわたって修道院で暮らした、かのフォントネー＝ル＝コントで生まれた、ポワトーのひとヴィエトである。ところでこのヴィエトこそが、ひとつの技術を、実用的な規則や娯楽数学の愛好家向けの秘訣の集成を、本物の科学、とまでは言わなくとも（それこそイタリア人の、タルターリャ[21]、カルダーノ、フェッラーリ[22]、ボンベッリ[23]の成果だった）、科学に結びついた言語、科学のあらゆる進歩がその言語の進歩を導き——そしてその逆もまたおこなわれるように結びついた言語にしたのだった。

おそらく、一四九四年十一月にヴェネツィアで刊行された、ルカ・パチョーロ[24]の『算術、幾何学、比例、均衡ニツイテノ大全〔通称『算術集成』〕』——印刷術が普及させた最初の数学論考——を開く者は、代数学の幾つかの観念、算術や幾何学に必要な計算様式として定められた、〈代数学〉、〈錬金術〉、〈ヨリ大イナル術〉の観念を見出す。だがなんという風変わりな代数学だろう。いまだ数学記号（＋、－）を知らず、文字によって代替させている。xとyの大変便利な使い方も知らない。非常によく用いられる記号、x、x^2、x^3、x^4、は未知のものを意味する〈コサ〔cosa〕〉とか、平方に累乗された未知のものを説明する〈チェンソ〔censo〕〉で置き換えられる(7)。既知の量と同時に未知の量を表す文字の使用を導入した名誉——そして同じく、累乗を表す、便利な表記を採用した名誉はヴィエトに属する。それはともあれ、初歩的な道具立てを用いてパチョーロはその間に二次方程式と、いくつかの複次方程式の解き方を教えていた。だが三次方程式の一般解はかれには知られていないままだった。それはかれに続く、一連のイタリア人の共同作業となるだろう。その中にはタルターリャやカルダーノも含まれていた。

代数学の用語はまったくない。簡便で、規則的、近代的な算数の用語すらもない。インドのものであるゆえにアラビアのものと呼ばれている数字の使用——スペインや西欧バルバリア地方に由来するゴバール数字[25]の使用は、イタリア商人が十三世紀、十四世紀この方、知っていたにもかかわらず、ほとんど一般化していなかった。簡便な、こうした記号の使用が、聖職者用のカレンダーや、占星術師や医者用の暦においては急速に普及したとしても、日常生活にあってはローマ数字、――より正確に言えば、会計記号〔記帳数字〕と呼ばれるわずかに変形した小文字のローマ数字の、激しい抵抗に遭遇した。それらは、いくつかの点で分離される範疇によって、グループに分けて表された。十〔の位の上にはX〕、もしくは二十の位の上にはふたつのXが、百の位の上にはCで、千の位の上にはMが記されたのである。これらすべては、これ以上ないほど使い勝手が悪く、どんな基礎的なものであっても、算術の演算など何ひとつ出来ないほどだった。

筆算による計算法もなかった。――わたしたちには便利きわまりなく、たいへん簡単に思えるが、十六世紀の人間にはまだおそろしいほど難しく、数学のエリートたちにだけ優れていると映った計算法である。面白がるまえに、一六四五年、『パンタグリュエル物語』の出現から一世紀以上ものち、パスカルが大法官セギエ[26]に計算機を献ずるにあたり、筆算による計算法の、極度の難しさをなお強調していたことを思い起こそう。それは絶えず《必要な総計を借りてきたり、繰り上げたりすること》を強い、そこから無数の誤りが生ずるのみならず（かれはアラビア人が九去法を思いついたのも、[8]まさにそうした誤りゆえであった、と付言することも出来たろう）――おまけに、それは気の毒な計算者に《わずかな時間のあいだに精神を疲弊させてしまう細心の注意力》を要求するのだ。事実、ラブレーの時代には、何はともあれ、ほとんど常にその名が英国では大蔵大臣[27]の呼称の由来となったチェス盤〔échiquiers〕の助けを借り、――アンシアン・レジームが衰退するまで、迅速さの多少はあれ用いられるであろう、例のメダルを使って計算していたのである。[9]

だがこれらの人々は、暗算では筆算よりも上手に計算していたのであろうか？ わたしはいつも、ある会計院議長秘書のみごとな話を思い出す。この者は一群の輩に、なにがなんでも扉を開けろと乱暴に詰め寄られたのである。《もし開けなければ、われわれはここに五十人いるが、めいめいが百回、おまえに棒打ちを食らわせるぞ》。責めたてられた男はすぐさま、怯えてこう答えた。《なんだって！　棒打ち五千回だって！》　この話を物語るタルマン・デ・レオーは驚嘆する。《わたしはこの男の頭の回転の良さに敬服する。思うに、会計院議長秘書でもなければこれほど素早く計算出来なかったに違いない！》[28]　計算、非常に難しい計算、それが一〇〇×五〇だったのだ。

筆算による計算術にしてもまだ、統一されているどころではなかった。足し算、引き算を左から右へと、おこなっていた。わたしたちの現行のやり方が、部分的にせよ使われはじめたのは、一六〇〇年前後になってからだ。大権威のパチョーロは読者に、引き算の三つの方法、掛け算の八つの方法の中から撰択させている。それぞれの方法に固有の名前が付けられていた。その難度は生半可ではなく、初心者でもなんとかできる機械的な方法を捜そうと工夫されたほどだったようだ。十七世紀初頭の、有名なネピア[29]の棒がそうであった。しかし割り算は、全演算の中で、もっとも評判が悪かった。競合する方法が学生を奪い合っていた。——そしてわたしたちが今日おこなっている方法は、もっとも人気があるものではなかった。それとはほど遠い状況だったのである。

手法は定まっておらず、記号は不十分である。記号（＋）と（－）はおそらく、一四八九年にエガーのヨハンネス・ヴィドマン[30]の商用算術の中に見出される。——だがそれらは略号としてであり、演算記号としてのものではなかった。一四八四年、パリのひとニコラ・シュケ[31]がリヨンで商人のために働いていたとき、その『数学三部』ではまだ（p）と（m）の表記を、プラスとマイナスの省略のしるしとして用いていた[(10)]。本当のところ、これらの記号を恒常的なやり方で使用した、実際に知られている最初の著者はヴィエトであり、一五九一年以降、その用法が徐々に広まっていった。等号記号（=）は一五五七年、ロバート・レコード[32]が、長い間草稿のまま放置されていた論考で導入していた。しかし十七世紀まで一般には用いられなかった。《掛ける》（×）は、一六三一年にオートレッド[33]が使用したが、ただちに勝利をおさめたわけではなかった。ライプニッツは掛け算をまだ記号（⌒）で示している。《割る》（÷）という記号に関しては、これもまた一六三一年に遡る。対数が一六一四年になってようやくネピアにより発明されたこと、――そして、これらすべてについて、ラブレーの同時代人たちがまったく予想もしていなかったことを付言する必要があろうか？

(11)以上の件で微笑みながら、こう質問しないようにしよう、本当に、正しく推論するのに、これらの記号を所有することが必要なのか？、と。十字が**プラス**を意味し、聖アンドレア[34]の十字が**掛ける**を意味するのは、おそらく、神の法によるものではない。逆の慣習を採用することもありえただろう。けれど、このような記号の体系なしに算数や代数学を有効に学ぶこと、これは不可能である。こうした体系を自由にできない人間、したがって数学がまだ基礎的なものである世界で暮らしている人間が、総体として数学的な厳しい推論様式や、精密な計算様式、論証方法の洗練された厳正さにしたがう社会で暮らしている者と、同じ様式で形成された理性をもつことはないのだ。たとえその者自身は無知であっても、またその者自身自分で方程式を解いたり、多かれ少なかれ複雑な問題を解いたりすることが不可能であったり、そうしたことに無関心であるとしても。

《わたしたちの現代生活は数学に染まっているかのごとくである。人間の日常生活や構成にその刻印が押されている。――そしてわたしたちの芸術的な喜びとか、わたしたちの道徳的生活まで、その影響をこうむっていないものはない》。ポール・モンテルのこのような所見に、十六世紀の人間は誰ひとり同意できなかったろう。この所見はわたしたちを驚かせない。十六世紀の人間ならばこの所見を（正当にも）まったく信用する気にはなれなかっただろう。

4　流動的な時間、停滞的な時間

以上の考察を時間の測定に適用してみよう。おおよその場合、まだ農民風に時間を見積もっていただけだった。日中は太陽にもとづいてあて推量で、夜、というより夜の終わりは、雄鶏の鳴き声を聞きながら、である。一五六四年の、ローザンヌの改革者ヴィレの多産なペンのもとに、兵士が戦いに出発するときいつも連れて歩く雄鶏の賞賛(12)を読むのは興味深い。《それらは夜間、時計として役立つのである》。

なぜなら本物の時計が、きわめて少なかったからである。大部分は公共の目的で使用されていた。加えて、本物の時計を自慢できる都市は稀だった。鐘のついていないものにしろ、あるいは、驚嘆のきわみだが、一三七〇年、シャルル五世[35]が命令し王宮の塔に設置させた、オルロージュ河岸にいまだに名を残している時計のように、鐘のついたものにしろ。頑丈で粗雑な機械は、二十四時間のうちに幾度も巻きなおさねばならなかった。もし仮りにフランスの諸都市の古文書館であまり得るところがなくとも、十四世紀末以降、《時計を管理する》[36]者について、そして上記の《時計》、その槌や《歯車》のための機械油や鉄線、木材や綱の消費について、フロワサールとその「愛しき時計」が教えてくれるだろう。すなわち、

見張りをし、手入れをする者がいなければ
時計は自分では働きも動きも出来ないのだから、

時計係が適切かつ機敏に、
管理をし、重りを持ち上げ、しかるべき位置において
きちんと動くようにさせるのだ……[37](13)

こうした時計が、時を告げていたのではないことは、言うをまつまい。新しい時刻の文字を針が通りすぎるたびに、動輪の上に固定された止めピンがレヴァーをはずし、そのレヴァーが槌を稼働させてベルの目覚ましを鳴らせた。すると、注意を促された見張り番が槌を用いて、鐘楼の鐘を必要な回数だけ叩いたのである。だが時刻の区分を指示することなど論外だった。さらにまた多くの場合、時刻はおおよそ、砂時計や水時計によってしか夜番に知らされず、それらの仕掛けを逆さまに置き直すのがかれらの任務だった。かれらは塔の高みから、告げられた指示を叫び、監視役がそれを辻々に触れ回っていた。個人についていえば、パンタグリュエルの時代に、《懐中時計》を所有している者が幾人いただろう？　国王や大公を別にするとその数はごくわずかだった。時計という名のもとに漏刻のたぐい——砂時計よりも水時計の場合が多かったが——を所有する人々は誇らしく思い、自分は特権を与えられていると考えていた。ジョゼフ・スカリジェは『第二スカリゲル語録』でこうした時計を盛大に賞賛する。《時計ハ大変最近ノモノデ光輝アル発明品デアル[38](14)》。

全体として、これは農民社会の慣例である。かれらは鐘が鳴る場合をのぞいて（時計が充分に規則正しいと仮定して）、正確な時刻をまったく知らないで済ますことを受け入れ、それ以外は植物とか家畜、これこれの鳥の飛び方、これこれの鳥の鳴き声に頼るのだ。《およそ太陽がのぼるころ》、もしくは《およそ太陽がしずむころ》。これはノルマンディの貴族ジル・ド・グーベルヴィル[39]が、その『日記』でもっとも

頻繁に用いる表現である。[15] 時折かれはかなり注意深く、雷鳥〔vitecoq〕と名付けた一種のヤマシギと思われる鳥の習性を拠りどころとする。《わたしが屋敷に到着したとき、雷鳥が飛翔していた》（一五五四年十一月二十八日）、とかれは記述するだろう。あるいはまた、一五五七年（旧暦）もしくは一五五八年（新暦）の一月五日、晩課のあとで、教区の職人が結婚している男たちと《球技》を始めた。かれらはその場所に《雷鳥の飛翔時刻まで》とどまっていた。[16] しかしながらグーベルヴィルは非常に稀なことに、時計をもっており、一五六一年一月、ディゴヴィルの武具屋に《修理する》ために送っている。かれは得々として時刻を表記するが、[40]——かならずそのまえに謙虚で慎重な《およそ》を先行させている。かれらは《夜明け前およそ一時間ころ》戻ってきた。あるいは、《およそ半時間、わたしたちはガラス作りを観察した》。[41]——これはまったく常ならぬ精密さである。

かくしていたるところに、空想や不鮮明さ、不正確さがある。自分の年齢さえ正確には知らない人々の行動がある。当時の歴史的人物で、三つも四つもの誕生日の日付、時には何年も離れた日付のうちどれを選ぶか、わたしたち次第という者の枚挙に暇はない。エラスムスはいつ生まれたのか？ かれ自身、聖シモンと聖ユダの祝日（十月二十八日）の夜だった、ということしか知らない。——ルフェーヴル・デタープルは何年に生まれたのだろう？ はなはだ漠然とした情報に基づいて推測がなされつつあるところだ。ラブレーは何年だろうか？ 自分でも知らなかった。ルターは何年なのか？ はっきりとは言い切れない。月、——春分が三月二十一日から十一日まで徐々にさかのぼるので、一年自体がきちんと定められていない、その一年のうちの月、——だが月は、大体見当がつく。家族や肉親が覚えている。この子は干し草の時期、小麦の時期、収穫の時期に生まれてきた。雪がふっていたとか、《麦が芽生え始め……、もう茎は伸び始めている》麦の月であったとか。農耕民の正確さだ。これはジャン・カルヴァンのものである。[17] そこで、家族の慣例が定まることになる。フランソワは十一月二十七日に生まれ、ジャンヌは一月十二日に生まれた。この子を洗礼盤に連れてゆくとき、寒かったのなんの！　ときには時刻は、少なくとも大雑把には分かる、――《およそ》、とグーベルヴィル殿が言うように。時刻、母親はそれを忘れない。生誕年〔millésime〕は抽象的な観念であり、通常の関心の枠を越えている。正規の出生証明書を手に入れるためには、現世の権力者か、――医者や学識者の息子、十二宮図を作ってもらえる者、したがって驚くべき精密さに取り囲まれて誕生する者のもとを尋ねなければならない。かれらは自分たちが誕生した年、月、日、時刻、分のみならず、受胎のそれをも知らないだろうか（より正確には、占星術師がかれらのために詳しく教えるのではないだろうか）？　母と祖母をつうじてマルグリット・ド・ナヴァールと親しかったブラントームが注意を促している。[18] 王妃は《水瓶座十度に、土星が金星と矩のアスペクトによって離れたとき、一四九二年四月十日、夜十時、アングレームの城で》お生まれになった。《――そして一四九一年七月十一日、午前十時十七分に受胎された》。詳細であるとはこういうことだ！　カルダーノ自身も自分の出生について、同じくらいよく知らされている。かれはその年と日、時刻を、十五分の誤差の範囲で述べている。[19]

こうした例外があるものの、大衆は精密に知ることなど頭から諦めている。《わたしの身に起きた様々な状況の》、とトマス・プラッターは『回顧録』の中で記す、《正確な時期ほど保証しかねるものはない》。だからと言って、これがかれに、百二十六歳まで生き、百歳を越えて三十歳の女性と結婚し男の子をひとりもうけた、母方の祖父について華麗に物語ることを妨げはしない。だが無論、その出生の日付は分かっていなかったのだ[20]……。ヴァレ地方の山岳人にとってこうした正確さが何の役にたとうか？　人々はまだ、わたしたちが体験している、日常的な時間、宗教的な時間、学校の時間、軍隊の時間、工場の時間、鉄道の時間という、時間の厳しい規律によって、詳細に拘束されてはいなかった。時間に厳しく縛られるあまり、最終的には誰もが携帯時計を持たなければならなくなってしまったのである。一八六七年にしてなお、万国博覧会のおり、フランスには四百万の時計があるかないかだった。全世界でも二千五百万だった。十分に少ないが、それでも既に多すぎる数だ。なぜなら、どれほどの抵抗、どれほどの本能的な反抗に打ち克たねばならなかったことだろう。《時間などに断じてとらわれませぬわい。時間は人間のためにあり、人間が時間のためにあるわけのものでないからですぞ》、と厳かにテレームの僧院長、ジャン修道士は表明する(『ガルガンチュワ物語』第四十一章)[42]。しかし百年を経て、ソレルの、かのフランシオンは、コレージュ・ド・リジューへの入寮を描出しながら、こう呻く。《そこでは(鐘の音により)万事が細かく定められており、わたしは鐘の音にしたがって、礼拝、食事、定刻の授業に出席せざるをえなかった……》[43]。

実際、十六世紀での、生きられた時間と単位としての時間とのあいだで交わされた長期間に及ぶ大きな決闘で、優位に立っているのは前者であった。〔『ガルガンチュワ物語』第二十三章《ガルガンチュワがポノクラートによって一日のうち一時間も無駄にならぬような規律で教育されたこと》……。――一日のうち一時間も無駄にしないこと、これは時間の新しいぞっとするような理想だ! それに比べ気立てのよい国王シャルル五世はどれほど幸せだったろう。二十四の部分に区切られた一本の蠟燭が国王のために灯され、そして時折り、《蠟燭がどこまで燃えたか》[44]国王のもとに告げにきたのだった……。

年譜は、抽象的な厳しい規矩である。わたしたち自身も十全に、厳密に、それに従順であると誇れるだろうか? 過去を喚起するとき、そしてわたしたちの思い出と暦とを対照してみると、どれだけ不一致が見られることだろう! 明瞭な事実がそこにある。わたしたちは自分の気質に基づいて、――歳月を圧縮し、時として時間的にはとてもかけ離れた出来事をもって、気に入るような一貫した総体をしばしば構築しながら、過去を作り直した。わたしたち、現代の人間は、時計、それも天文学的な時間に入念に合わせられた時計なしには暮らせないだろう。十六世紀ではどうだったのか？　どれだけの人々にとって天文学的な暦が、あいかわらず真の尺度、時間の真の標準だったのだろうか？　宗教的な側面に移し替えられてさえもそうなのだろうか？　当時の農民が、時間を計測するため、時間を細分して断片にするために、集団生活のいくつかの重要な出来事、活気や情熱を高揚させうる出来事とは別の計測の手段、見当をつける手段をもっていたと信じても、よいのだろうか？

時間を計測することを可能にする目印の数や厳密さにもかかわらず、こんにちでもなお時間の観念がどれほど容易に不明瞭なものに逆戻りしてしまうか、想像してみよう。「時間」の観念は子供には把握するのに一朝一夕にはいかないし、病気になるとすぐにゆがめられる。十二世代ほど戻ると、わたしたちは流動的な時間の時代のただなかにいる。以後と以前。このふたつの観念は未開の人々のもとでは、まだ厳格に排斥しあうものではない。死は死者が生きること、戻ってくることを妨げない。空間についても同様ではないだろうか。いまだひとつひとつの事物が、他とは相容れない場所、言い換えればいつ如何なる瞬間にもためらうことなく位置を特定できる場所、そういった場所を保持しているわけではなく、いまだきちんと秩序づけられていない空間上のふたつの地点を、ひとりの人間が同時に専有しうるという考えを受け入れるのに、人々はラブレーの時代にあってそれほど難色を示すものだろうか？

上記の点から、当時の人間に歴史的な感覚が欠如していたこと、ただひとつだけ例をあげるとしても、世界の年齢の問題がかれらの著作で、一度たりとも課せられなかったこと、世界の創造からキリストの生誕までに流れた四千四年という絶対的な数字が、一度も論争を引き起こさなかったこと[21]、最後に、かれらは当時の画家がマリニャーノの戦いの兵士の装束のもと、エリコの攻囲陣を描いたり、――ゴルゴタの端役に切れ目の入った胴衣をまとわせたりするのを、少しも困惑せずに目の当たりにしたこと、そうしたことにわたしたちは驚くだろうか？　人類がそこから進歩と称するものの征服へと出発した塹壕を、少しずつではあるが取り戻しつつある人類の、後ずさりする大行進、後方に向けての大運動。――わたしたちの眼下で相変わらず遂行され、なお日々成功をおさめている、この大運動は始まっていなかった。この時代の多くの人間にとって、歴史的なものは神話的なものとさえ混同されていた。厳密さを欠いた単なる《昔》とか、《かつて》、あるいは《昔々》とか呼ばれていた漠然とした過去において、神話上の人物が、あえていえば《神話化された》歴史上の人物と隣り合って、わたしたちにはもってのほかではあるが、当時は誰の顰蹙もかわなかった一種の漠とした混沌のうちに存在することを、いまだに平然と受け入れる人たちが果してどれだけいるだろうか？　これらすべてが重大な結果をもたらし、これらすべてがひとつの時代の暮らし全般と、すべての行動に関わりを持つのだ……。

だめおしが必要だろうか？　厳密に測定されていなかった、この〈時〉というもの。正確に記憶したり、計算したり、考察することをなおざりにされていた、この〈時〉というもの。――この〈時〉というものをいかにして人々は、貯えられ、大切に使われ、節約されるきっちりとした品物のように、取り扱うことができただろうか？　事実、この点で十五世紀の後継者である十六世紀は、諸々の工事に、かつてなかったほど時間を大量に浪費した世紀のひとつではないか？　それは教会や城砦、宮殿で、――建築家が、入り組んだ装飾や透かし模様、石の飾りに、日、月、年の驚異的な資本を湯水のように注ぎ込んでいた時代である。フランボワイヤン様式の建造物や、ブルゴーニュ風に彫刻された長持、切れ目が入り、縁がぎざぎざになった衣服、――そしてまさに入念かつ破格に時間をかけて調理された料理の数々――、そのひとつひとつが、数えることを知らない人々が利益をもたらさない時間の束を隠した、巨大な金庫と同じように見える、そうした時代である。[22] なんの装飾も凹凸もなく、玉縁も彫刻もない平らな面だけで出来た、三週間で空中に築き上げられる現代の建物とは、縁遠いものだった。空中、摩天楼が三カ月で空中にそびえ立つ空中、その空中で、サン＝ジャック塔は幾年間にもわたりその花綱装飾、天蓋が、一階ごとに高く伸び、日々いっそう複雑になり、彫刻を施された。

わたしたちがまだ手の届く存在であると思い込んでいる、——けれどもすでに、社会構成と同じく心的慣行によってはるかに遠くなっている、或る世紀の思考状態の版図を補うには、どれほどの時間が、どれほどの不足している研究が、誰もわたしたちに与えてはくれなかった、どれほどの作業用具が必要であろう！——だが、今後わたしたちは、こういった状態のもとに置かれて生きていた当時の人々の思考が、実際に決定的な力を持ちえず、——かれらの科学もまた拘束力を持たなかったと考えても、早計の誹りを受けないだけの十分な情報を得たのではないだろうか？

5　仮説と現実——世界の体系

当時の哲学、それは様々な見解であり、それらの見解は発言者がその仲間、もしくはその批判者の眼にどれだけの人物と映っていたかによって、発言者と同じだけの価値を持っていた。事実によるいかなる検査も、現実へのいかなる訴えをもってしても、AとBのふたつの競合する見解のどちらかを有効に撰択することは出来なかった。——両見解がふたつながら等しく論理学者の批評的な吟味に耐えたその瞬間から。当時の科学は？　それも同じく見解なのである。

ひとつの例を、だが重要な例をとろう。幾年も昔から討論の対象となっていた疑問、星辰の一般的運動について、――ラブレーの同時代人のひとりが、複数の異なる理論を前にしていた。単純化し、無数の細部に入らないでおくと、かれはプトレマイオスの宇宙論の支持者に加わりえたし、あるいは非妥協的なアヴェロエス学派に加わることも出来た。――太陽と惑星の運動を説明する役目を託された、幾何学的で学術的な構造と、周転円、複雑な太陽の偏心軌道をともなう『アルマゲスト』と、――アヴェロエスの同時代人で、アヴェロエスと同じくプトレマイオスの複雑さに対峙するアル・ビトルージ[45]の理論とのあいだで選択することが出来た。アル・ビトルージにとってもアリストテレスにとっても、九つの同心球、相互に正確に嵌めこまれた九層の球面が、地球という中心のまわりを回転していたのである。そしてそれらの運動は、ギリシア人の形而上学がそう仮定しているがために、一様であった。他方、観察によって、いくつかの星がある時は地球にいっそう近づき、ある時はいっそう遠ざかると明らかにされたとしても、――アラビア人を支持する人々にとっては大した問題ではなかった。

アラビアの現実主義とギリシアの想像力との間で、何を撰べばよいのか、どのように撰べばよいのか？一種、無邪気さをもって、真実を撰ぶべし、とは言うまい。きわめて大多数の十六世紀の人間なら、こう答えるだろう、真実は、あるいはもっと謙虚に、真実らしくみえることは、ここでは重要ではありません、と。一九〇八年に端を発する瞠目すべき論文でデュエムが完璧に立証したところだが[(23)]、天文学者に課される問題とは、数学的な問題に外ならない。天文学者にとって大事なことは《現象を救うこと[46]》なのである。その昔、アリストテレスの『天ニツイテ全四巻』に註釈をほどこしながら、シンプリキウス[47]がその旨を書きとめていた。どのような疑問もプラトンが数学者に課した問いそのものであり、次のように表明されたものだ。《〈現象を救うこと〉が出来るように、仮説として採用するのが適切な、一様、かつ完璧に規則的な円運動とはどのようなものか》。現象が現実を反映していること、――それは別の問いである。確かに、どれもみな《現象を救う》という条件を満たすのに十分な、いくつもの仮説を立てることが出来るなら、――それらの仮説のうちのどれかひとつが《真実》となるであろうこと、すなわち事象の深く隠された本性に対応するであろうことは明白である。だが天文学者にとって、この符合になんの意味があろうか？それは自然学者の関心を引くのみである。自然学者、ただ自然学者だけに、表明された仮説の中でどれが〈本質的〔κατὰ φύσιν〕〉であるかを立証することが可能なのだ。それ以外のものは現象を、偶然によってしか救えない……。

このような態度にびっくりした顔をすまい。なぜならとにもかくにも、数学的仮説の役割と価値について上述の考えを表明することで、天文幾何学者は近代科学と軌を一にしているからだ。かれらはすでに漠然と、《数学は、何が話柄になっているかも分からなければ、話題にのぼっていることが真実なのかどうかも分からない、唯一の学問である》との、バートランド・ラッセルの警句の正当性を感じ取っていた。そして確かに十六世紀の学者たちは、アダマールが『フランス百科全書』の、美しい「数学」への「序説」でおこなっているようには[24]、この命題を展開することは出来なかった。だがかれらの態度は良識あるものだったし、――他方、もし――現実性の問題が課されたとき――当時の自然学者が、有効な理由にもとづいて、すなわちわたしたちの評価するところの、観察と実験に立脚する理由にもとづいて、様々な仮説の中から撰択することが出来なかったとしても、それはかれらの過ちではなかった。

事実、ラブレーの同時代人たちがこのような問題に巻きこまれて、困惑して立ち尽くしたのも不思議はなかった。なぜならおそらくプトレマイオスが、その太陽の偏心軌道と周転円を用いて見事に現象を救っていたからだ。かれの学術的で複雑な理論は計算を可能にし、したがって予測を可能にしたからだ。アラビア人の方でも、同じ卓越性を誇っていた。――けれどもかれらは計算や予測を可能にする計算表や天体暦を作るまでには推論を押しすすめなかったので、――かれらの断定の有効性には疑念をはさむ余地がありえた。したがって自然学者として論争を解決する必要があった。そしてパンタグリュエルの同時代人で、自らのうちに現実主義への根深い欲求を宿し、アリストテレスのものと信じ込んでいた自然学をかたく奉じた人々、――これらの人々はアラビア人を撰択した。たとえばパドヴァのアウェロエス主義者のように。ほかの人々は、プトレマイオスの構築物への称賛と、かれらの自然学がその構築物に対峙させた抵抗との間で引き裂かれて、――大いに困惑し続けていた。しかしその抵抗も最終的には、かれらが『アルマゲスト』の宇宙論を支持するのを妨げるほどではなかったのである。

6　コペルニクスの視点

この本において、わたしたちはここで話をとどめることも出来るだろう。なぜなら天賦の才によって、上記の理論をことごとく刷新するはずの人物は、この世紀の中葉以前の様々な理念の全体的な動きに、いかなる影響も及ぼさないからだ。しかしかれの科学的な《冒険》から引き出される教訓は失われるままにしてはおけない類に属するのである。

コペルニクス、不動の太陽の周囲を可動の地球が回転していることを最初に立証した人物。それゆえに地球の権威を剝奪した人物。そうすることで《真理の勝利》を保証した人物。――そのとおり。けれどもかれの話に耳を貸してみたらどうだろう？　問題の本の巻頭に、教皇パウルス三世に献じた書簡がおかれている。一言で、このトルンのひとは出発点を明らかにする。アウェロエス主義者とプトレマイオス主義者の間で、どのように撰択すればよいのか？　かれの撰択は、どちらもしりぞけ、新しい仮説を立てる、というものだった。《不可能だ》と、おそらく自然学者の眼には映るだろう。だが幾何学者の観点からは、仮説を表明し、それに立脚し、首尾よく天空の現象を救い、厳密な計算を可能にするなら、不可能な仮説などない。

コペルニクスは慎みぶかく、その仮説を古代人から借りてきた、と確言する。実際、古代人はその仮説を様々なピュタゴラス学派の徒に貸し与えたのだが、かれらの眼にはいかにも言語道断と思えたので、それらの無謀な輩ののち、二度と誰もその仮説を取り上げなかった。それは不動の太陽の周囲にある可動的な地球、という仮説である。《たとえこの意見が不条理に見えようとも》、とコペルニクスは教皇に述べる、《私より前の人たちには、天空の現象を救うために、仮説的な円を想像する自由を与えられていたのですから、私も地球に或る運動を認めて天体の回転について彼等のよりももっとしっかりした理論を見出すことができないかどうか研究してみても差支えないであろうと考えました[48]》。事実、この仮説はあらゆる現象を堅固にし、《あらゆる現象を救う》のである。裁きは下った。この仮説は採用することが出来る。

このようにコペルニクスは天文幾何学者として語る。けれども《胸中デ〔in petto〕》、かれは自分の宣言にあることを付け加えた。それは、一五一五年以前にかれの精神の中で初めて作られ、その時期に、ある『小論文』の草稿で最初の形態で表されたこの仮説、——一五二三年から一五三二年にかけて作り直され、『天球ノ回転ニツイテ』刊行の前夜、一五四〇年から四一年にかけて最後に手を加えられた仮説である。——碩学の三十六年の研究の、考察と計算と観察の結実であるこの仮説は《真実の》ものである。なぜならそれは先立つ様々な仮説よりも巧妙に現象を説明し、——加えて、それは単純さにおいて他の仮説に優っていたからである。このように、コペルニクスは現実主義者の側に身をおき、——このコペルニクスは、アベル・レイが正当にも注意を促していたように、イタリアに九年間滞在して数学よりも医学に専念しており、——十四世紀この方、まだ基礎的だが、すでに活発であった実験の精神に突き動かされていた医師たちと、精神状態をともにしていた。[25] 他方、コペルニクスが己れの性向から垣間見せるにとどめていたものを、弟子のレティクス[49]は一五四〇年来、大声で告げ知らせていた。自分の師匠は、とかれは説明する、現象をより巧みに説明することで満足するつもりはなかった。師匠は、実のところ、新たな自然学を構築したのであり、もしアリストテレスが存命であったら、それに賛同していたであろう……[26]。

コペルニクスはそう考えていた。レティクスがそう言っていた。だがふたつながら、一種の信仰である。なぜなら証明が欠けていたからだ。証明のみならず、証明する手段にも欠けていた。これが、『天球ノ回転ニツイテ』がひとたび刊行されたあと、それを賞賛したたくさんの人々が、自分たちに太陽の不動性と地球の運動とを実際に信ずるよう強いるものはなにもない、と表明し続けていた理由である。コペルニクスの仮説が現象を救う比類のない手段、——驚くべき工夫にすぎないとしても、かれらの眼にコペルニクスの才能の偉大さにかわりなかった。こうした事情が、神学者たち——まずはメランヒトン——が、若者たちに慎重にふるまうよう、警告するのを許したのである。《拘束から開放された精神をもつ学者は》、とメランヒトンは一五四九年の「自然学講義」——『自然学理入門』で記していた、——《創意が発揮されるべきたくさんの問題を議論するのを好む。しかし若い人々は、これらの学者には、そのような事柄を明確にする意図など毛頭ないということを、よくわきまえるように》。

他方、この慎重さはメランヒトンが、月の軌道についてのコペルニクスの理論を褒めたたえるのを妨げなかった。また同様に天文学者のラインホルト[50]が、自らが計算し、新しい理論を普及させるのに多く寄与した天文表、『プロイセン表』を用いて、一五五一年、新しい体系を補強する妨げともならなかった。けれどもこれらの人々にとって、そして当時のその他多くの人々にとって、現象を救うことは、現実をその真実そのものにおいて把握することとは、また別の問題であった。もう一度繰り返すが、かれらがどのようにして、他のやり方で推論しえただろうか？

かれらは時代を先取りすることが出来なかった。アリストテレス以来単純な実体からなる星辰と球体——四大要素とは異なり、かつまた生成も腐敗もありえない単純な実体からなる星辰と球体、これらの天空の物体についての自然学と、永遠ではなく、腐敗と生成の相互作用に支配される、地上のもろもろの事物についての自然学とのあいだに大きく口を開けていた溝を、かれらは埋めることが出来なかった。なるほど、幾人かの先駆者にあって、これらふたつの自然学の区別は消え去る傾向にあった。既にクサのひと〔ニコラウス・クザーヌス〕が、既にダ・ヴィンチが、果敢にも地球を惑星と同一視していた。見解、ここでもまた、純粋で単純な見解である。本当に進展が見られるには、実験に基づく決定的な証拠が必要だった。観察が、惑星と地球の構成の類似を、明確に、議論の余地なく証明する必要があった。ところが望遠鏡は生まれていなかった。天空の運動の力学的な説明がいっそう複雑になること、コペルニクスの回転する軌道が楕円になること、単一の運動というプラトニスム的な、昔からの観念が、太陽からそれぞれの惑星を隔てる距離に逆比例して変化する、速度の観念と交代することが必要だった。これらすべてがケプラーの仕事となるであろう。ガリレイが太陽の斑点を発見し、天空の永遠性についての逍遥学派の教義を撥ねつけること、そして自らの眼で月の山脈を見て、天空の世界とわたしたちの地上の世界を分かつ深淵をみたすことが必要だった。一言でいえば、ガリレイが、かくも長きにわたって区別されてきたふたつの自然学をひとつに融合し去ることが必要だった。[27]

だがそれがおこなわれたら……。すべてが誰にでも——わたしは科学と哲学にかかわる者みなに、と言いたいのだが——明確になったとは思わないようにしよう。カンパネッラという人物が、新しい体系に賛同するためには、いささかの時間を必要とするだろう。ガリレイがかれを改宗させたときでも、つまり一六三二年八月五日、ガリレイの発見は新しい時代の幕開けであるという——新タナ時代ノ始マリデアル[51](28)——告白をするにいたらせたときでも、しかしながらカンパネッラは、かれの一六〇四年と一六一一年に立てた理論、愛情の中心たる太陽が憎悪の中心たる地球の上に、——特定可能だと信じられていた速度で突き進み、憎悪の中心を滅ぼし尽くす、とする理論をただちに放棄したわけではなかった。わたしたちは微笑んでしまう。カンパネッラは少しも微笑まないし、かれの周囲のだれも微笑まなかった。かれは学問に科学たることを要求してはおらず、——人類の運命に関する自分の意見と、世界の終末をめぐる自分の予言、黙示録的で千年王国的な自分の夢想の裏づけとなることを求めていたのである。

7　世界の体系——確信か恐怖か

これらの事実の価値を過小評価しないようにしよう。十六世紀の人々が天文学や宇宙形状誌の類似した問題に、はっきりした意見をもっていたかどうかということ、そのことは或る特定の科学の進歩とはまったく別の問題にとって重要だった。確固とした基盤の上に築かれた——築かれたと見なされている、の謂いである——世界の体系を信頼し、しっかりと支えることが、社会の健全さと円滑な機能、社会自体に対する確信と社会の均衡、そして社会の活力のためにもいかに重要か、誰がいつの日か正確に測定するだろうか？

三世代にわたって、ラプラス[52]の体系は一種の確信、保証、文字どおり驚くべき精神的な安心感をもたらすであろう。それは——通貨体制の一世紀以上にわたる並外れた不変性とあいまって——保証と安定性

——偽の保証と偽の安定性——からなる精神的環境の、要因のひとつ、第一義的な要素のひとつを構成するだろう。こうした穏やかさの中で欧州は血みどろの目覚めまで、ぐっすりと眠りこけたのだ。ラプラスの体系はそうだった。だがラブレーの同時代人たちは、コペルニクスの体系さえ手にしていなかった。ただ単に、『回転ニツイテ』の刊行の日付、首を長くして待ち受けている読者にかれが約束していた新説のすべて、すなわち《イニシエノ観察ト同様近年ノ観察ニヨリテ決定サレ、新シクナオカツ驚嘆スベキ仮説ニヨリ飾ラレタル、固定セルト同ジク、放浪セル星辰ドモノ運動》[53]発刊の日付をわたしたちが知っているからだけではなく、——同時代人がひとりの全生涯の努力を要約する、この天才的な仕事を手にすることが出来るようになったとき、かれらのとった控えめな態度がかなりはっきり示していたからでもある。第二版は二十三年のち、一五六六年になるまで必要とされなかった。そして十七世紀の初め、一六一七年と一六四〇年に、続けざまにふたつの版、オランダのふたつの版が日の目を見たのだ。

ひとの良いプラタールは近年、いささか無邪気に、この影響力がさほどでないことに驚いていた。ここ最近、三十年から四十年のあいだに、わたしたちの眼前で物理学が受けた、あれほど根底的で、あれほど奥深い変化が、わたしたちの同時代人の理念の体系に、まだいかなる影響も及ぼさなかった、——もっと厳密にいえば、いかなる意識的な反響も呼び起こさなかったことに、プラタールは思いを馳せてもよかったのだ。ブレモン師だったらプラタールに、ベリュール[54]のオラトリオ派修道会が信仰の領域で、天文学にならって、この遅ればせの《コペルニクス的転回》を遂行するには時間が——一世紀が——必要だった、と教えたかも知れなかった。たいへん聡明に、『フランスにおける宗教感情の文学史』で、このことを問題にしているのだから。(29)

それはさておき、十六世紀の三〇年代、テーブルの前に気楽に腰をおろし、神学の香り高いワインを前にした我がジャノトゥス神学博士[55]は、太陽が相変わらず自分の周囲を回転し、夜の天空は世界に境界をつける、星々がとめられた天蓋であるとかたく信じ込んでいた。ヴォルテールのようにかれは、《無限の自然よりも境界を定められた自然[56]》がより望ましいと考えていた。誰が難じえただろうか？　美しい命題は美しい。初めての教員資格試験に臨んでひとつの命題を選び、同じく論証可能な他の命題に対抗して、それを論証するのはいつも気持ちがよいものである。事態はそれより先には進まなかった。もっと先まで進むことができなかったのだ。そのためには、実験的な方法が生まれていなければならなかった。方法をめぐる叙説だけでなく、方法の応用力を持っていなければならなかった。そこまでは達していなかった。批判的精神の時代ではなかった。軽信の時代が続いていた。恐怖の時代も続いていた。

それというのも、無知の娘である恐怖は、これらのたくましい人々の心を相変わらず悩ましていたからである。《およそ夜の十一時頃、たいそう明るく澄んでいたが、城砦のもっとも高い塔から、天がたいそう赤く、燃えているように見えたので、大いにわたしたちの仲間を驚愕させた》。イエズス会の神父たち、フロイス[57]、ルッジェーリ[58]、カブラル[59]、その他の『日本通信』である。そしてこれは一五二〇年でも、一五三〇年でもない。一五八七年のことだ。――なんだ、イエズス会の神父たちか……。――いや、皆が、民衆全体が、文学全体がそうなのだ。『ブルゴーニュはフランシュ＝コンテのサン＝タムール市に出現した様々な形や姿の驚くべき光景』、リヨン、ブノワ・リゴー書店刊、一五七五年、八折判、全一四ページ。――『ブルゴーニュはフランシュ＝コンテのサン＝タムール市の近郊ローベパン城の上空に最近見られた驚くべき光景と恐ろしい気象の簡潔な描写』、気高きコルネーユ・ド・モンフォール、別名ド・ブロックランドの弟子、リヨネ地方はシャルリュー出身、アンベール・ド・ビイイ殿執筆、リヨン、ブノワ・リゴー書店刊、一五七七年、四折判、全一五ページ。――『一五七七年、この十一月十二日に現れたる彗星のためわたしたちのうえに起きるおそれがあることについての論述　この彗星はこんにちなおリヨンその他の地域で見ることができる』、リヨン、フランソワ・ディディエ書店刊、八折判、全八紙葉。――『彗星の光景と前兆についての論述』など。――さらに続けられるだろう。フランスのたったひとつの小さな片隅〔フランシュ＝コンテ地方〕で、四、五年の間に二十から三十の珍しい小冊子が刊行された。前兆や怪異現象、不思議な徴、髪や髭のある星々の描写、『天空に現れた巨大で恐ろしい火について』の論述、『ブルゴーニュはフランシュ＝コンテのシャテル＝シャロンの上空に現れたふたつの軍勢の不可思議な光景』（一五九〇年）。すべてが、学者として認められ、大領主の宮廷で豊かにもてなされた、名だたる占星術者や天文愛好家の著作である。大領主たちはかれらの学識を信用し、かれらと同じ恐怖で震えていた。それらは消滅した世界を喚起させ、不安をともない、――その信じやすさとともに[30]、権威への素朴な崇拝に、風評の揺るぎない威光に基盤をおいていた。だがなぜ、これほど多くの珍しいテキストが存在するのだろう？

《上述の博識にして敬虔な（……）ランジェー公の御逝去の五、六日前のこと、我々が明らかに見ましたる実に奇怪で物恐ろしい異変の数々を思うにつけ、今尚身顫いがいたし、この心臓めが心嚢のなかで戦くのでございます》。このようにラブレーは、『第四之書』の第二十七章で語った[60]。《一切の自然の秩序に反して作られた[61]》恐ろしい奇蹟をまえにして、ギヨーム・デュ・ベレーの侍医〔ラブレー〕がわたしたちに見せるのは、瀕死の者の、悲嘆に暮れる《一族》、沈黙のうちにお互いを見つめ合う、怯えたかれの肉親、友人、従者だ。誰もが恐怖に駆られて身を屈めている。かくも高名で鷹揚、英雄的な霊魂が《肉体を離れて他界する》数日まえに《空に見られたという箒星[62]》におおきな恐怖を覚えているのだ……。

これがラブレーである。だが以下にご覧いただくのは、悪夢を前にしたロンサール、『ダイモンの讃歌』

のロンサールだ（一三〇行―一三五行）。

そこで、大いなる恐怖がわれらの心を攻め続け、
われらの髪は逆立ち、額から一滴一滴
踵までも汗が流れ落ちる。
臥床のなかで、われらがあえて腕を挙げようとも、
敷布の間で少しの寝返りも打とうとしないでいると……。[63]

そして、ここに出現するのは恐ろしい情景ばかりだ。屍衣にくるまった死者たち、川での溺死、わたしたちを引き裂く熊、貪り食らう獅子、人殺しの山賊。不条理な恐怖の叙事詩ではあるが、恐慌ではない。かれらの自伝はどうだろう。恐怖の連続である。トマス・プラッターの、――プラッター一族の始祖たるトマスの『回顧録』を再読してみるがよい。[64] 精霊への恐怖があり、老女たちはその仕業を物語ってやまない。幽霊のでる夜への恐怖、光線の中で踊る埃への恐怖、――恐慌をきたすような恐怖だ。歯で子供の頭を嚙みちぎる怪物が関係してはいないだろうか？ 常に、いたるところに恐怖がある。『暦』を読むことさえ、恐怖の源となる。――そして十六世紀の《情宣機関》はすでにこのことに気づいていた。モンテーニュ〔の『エセー』の〕（第一巻・第十一章）を読み返してみよう。ことはサリュッツォ侯爵[65]〔フランチェスコ〕に関わるが、この方は暦の予測に怯えるあまり鞍替えして、フランス国王から神聖ローマ帝国皇帝〔カロルス五世〕に走ったのだった。だがそれに関して皇帝も清廉潔白であったわけではなかった。皇帝は金銭を、たくさんの金銭を与え、皆が皆、フランス国王の破滅を予告する不吉な予言を撒き散らさせ

なかったろうか？　賢明なモンテーニュはこう結論を下す。《世間には暦を研究したり註釈したりして、ことごとにその権威を引合に出すものがある。あれ程に言ったら当ることも当らないこともあるに相違ない[66]》。――しかしこれは、あの賢明なモンテーニュである。

8　十六世紀における疑惑というもの

マルゲーニュ版『アンブロワーズ・パレ著[67]作集』を子細に検討してみると、時代の中でもっとも自立していた人間のひとり、アンブロワーズ・パレは、現存の文献を二千二百七十四回、拠りどころとし、三百一名の異なる権威を援用した。引用された第一はガレノスの五百四十三回、第二はヒポクラテスの四百二十六回である。ところが《知識というものは大変な代物ではあるが、にもかかわらず霊魂は経験のうちに棲んでいる[68]》、と書くのはパレである。そして猫の毒について馬鹿馬鹿しいことを論じているのもパレなのだ[69](31)。

矛盾する懸念の間で引き裂かれる哀れな人々。かれらは、わたしたちには常識の範疇に入ると思えることを、あたかも恩[70]寵のように請い願うまでに追い詰められていた。仕事の最中の水夫を見て、こう語るジャン・ド・レリーはその類だ(32)。《「い・ろ・は」の「い」の字も習ったことがないというのに》、この水夫は《海図や天体観測儀やヤコブの棒〔「一種の天測儀[71]」〕に永年親しみ、航海術にそれを見事に活用するので学のある人物を沈黙させてしまうのだった。この学者先生はわれわれの船に乗っていて、得々と理論をめぐり話していたのだ[72]》。そのうえでたいそう恭しげに、《学校や書物で身につけ学び取る学問を[73]》非難することをさし控えた。かれは素朴に、謙虚に、《誰であろうと他人の意見にとことん寄りかかって、**実際**

の体験に反する理屈を〔かれに＝わたしに〕**こね**[74]》ないように頼んだのである。

これは一五七八年のことだった。ラブレーからだいぶ後のことだ。（二年間の違いはあるが）この頃、これもまた書物では多くを学んだ経験がなく、《事実そうであったのだが、ラテン語を奪われ》た一介の職人が〔ベルナール・パリシー〕――『水と泉の本性についての驚嘆すべき論考』（一五八〇年）の後に続くいくつかの論文で、永遠のライヴァル、〈理論〉と〈実践〉とを対話させていた(33)。そして《理論的な想像力によって書斎で著述された学問》、もしくは《何事も実践したことがない人々の想像力によって書かれた、なんらかの書物から引きずり出してきた》学問に抗して怒りをあらわしながら、《〈理論〉が〈実践〉を生み出した[75]》という危険な教理と戦っていた。

かれは、カルダーノ、《著名な医師で、トレドで指導をし、ラテン語で何冊もの書物を著した》、カルダーノのような博士にあえて反論するにさえいたった。しかしかれがそうするには自らを弁護し、次のように言いたげな連中の《口を閉ざさせ》なければならなかった。つまり《哲学者のラテン語の文献を読まずして、どうして、誰かが何事かを知り、自然の現象について話したり出来るのかね》、という人々に対してだ。

こうしてはやくも〔『水と泉の本性についての驚嘆すべき論考』の〕「読者へのお知らせ」から、パリシーが歌う、あの空威張り、あの華麗なアリアの数々が始まる。そしてそれらは、このご老体が早々とその限界、他になんの頼るところもなく孤立無援におかれた良識の限界に達するにもかかわらず、もっともなところである。命題はこうだ。《石は大量の水がなければ固くなれない。そして一般に、もっとも固い石は寒く、雨の多い地域に見られる》。証拠は、素晴らしい大理石が、水が絶え間なく流れ、寒く、雨の多い地方、ピレネー山脈地方で産出するからだ。同じくムーズ川が走る《寒くて雨が多い邦》、ディナンでもそうであるからだ。最後の証拠は、周知のごとく、フライブルク・イン・ブライスガウでは、美しい水晶が《ほとんどいつも、雪がある山々に》発見される、ということだ。そしてこれがなぜ、この地方の女はみな赤毛か、という理由なのである……。

確かさと不確かさ……。今からは、こう考えないようにしよう——これを言わずには、この精神的風土の描写を終えられないのだ、——こう想像しないようにしよう、自分たちの不確かさを、十六世紀の人間がはっきりと意識したとき（当然のことながら、必ずしもつねに起こる事態ではない）、かれらが深刻に憂いたり、はなはだしく動揺した、とは。疑念がもたらす苦痛を雄弁に嘆くのは、あの〔ジャン＝ジャック・ルソーの〕サヴォィアの副司祭である。《私たちが知らねばならない物事についての疑いは、人間の精神にとっては衝撃がつよすぎる状態で、これに長いあいだ抵抗できない。心ならずも、どうにかして決定を下すもので、なにも信じないでいるよりもむしろ誤りをおかすほうがいいと思うのだ》[76]。わたしたちはみな、この点で幾分かはこの副司祭の息子である。十六世紀の人々はこうした血筋につながっていなかった。わたしが述べたいのは、疑うことを好んでいた人々がいた、ということだ。しかし誰でもが好んでいたわけではなく、そうした事態とはほど遠かった……。

独断的で、重苦しい人物。我が神学博士は、大多数がそのようであった。かれらは、一方で自同律と矛盾律のうえに、他方で排中律のうえに築かれた論理学で長期間教育され、かくして精神の働き方そのものによって、いかなる論争においても自動的にきっぱりした立場をとるように仕向けられている。両刀論法をこしらえるように。あれかこれか……。知っているか知らないか。正しいことを述べているか、誤ったことを述べているか、とは言わないようにしよう。これらの真実と誤謬の問題は——コペルニクスがその証人だったが——見かけより複雑であり、のちほどまた戻ってくることにしよう。もっと単純に言えば、論証の中で、媒概念はないのだ。対立するふたつの命題のうち、いっぽうは必然的に真であり、他方は同様に必然的に偽である。このフェンシングの試合に熟達した（しかも、役割を取り替えることに慣れ、順番に、同じように楽々と、同じように確信をもって、〈わたしは肯定する〉という立場と、〈わたしは否認する〉と反論する立場に立つことに習熟している）したたかな論敵は、必ずしも自分がそうであるとは認めないが、最終的に（そして大いに）ルター風の激しく粗野な対立者を、自分たちの仲間のひとりと、おそらく外教徒となってしまったがそれでも仲間のひとりと認め、その方を、――狡猾で気まぐれ、含みの多いエラスムスよりも好んでいた。捉えどころのない奴、鰻のような奴、かれらの高潔な怒りの主たる標的、エラスムスである。ルターは、とカルババル[77]は一五二八年に、エラスムスに反駁する『修道会派の擁護』[34]の中で書いている、《ルターは率直に怒りを爆発させる。エラスムスは陰で待ち伏せをする。一方は獅子のように荒々しく、誰をもおそれない。他方は蛇の術策を用いて、より確実に毒を浴びせかけられるようにいつも身を潜めている》。カルババルはこう付言してはいない（だがそう考えていた）。《そして呪われたジャンル、格段にルキアノス風であるジャンル、〈対話篇〉という隠れ蓑の背後に難を避けている》、と。

ふたつの方法の葛藤である。ひとつに推論という、昔ながらの教義的な方法があり、ひとつに弁証法がある。お喋りし議論するこの技術は、プラトンの「対話篇」で楽々と、生き生きと、そして上品に開花している。――あるときは衝突しあう応答となって分断され、あるときは対立しつつ交互する長い独白として展開される「対話篇」で、だ。対話は、また異なる形態で、かのサモサタのひと〔ルキアノス〕の嘲笑的で才気にあふれた散文のうちに、再生する。――そしてエラスムスはまさしくそこに対話を発見し、ラブレーに先立って霊感を受け、――ラブレーはもっともフランス的な二、三の書物のひとつである自作の物語の中に、——ギリシアの対話篇のたいそう完璧な、たいそう独創的で生彩ある変奏曲を実現することができたのだ。このことは神学者の憎悪や怒気を呼び覚ました。かれらは自分たちのまえに聖堂参事会学校の三段論法で育てられ、大きくどっしりした、けれどかれらを少しも怖がらせない水牛とはまったくちがった、——逃げ、踊り、笑い、優雅な挨拶と皮肉な微笑をふりまきながら、こっそり抜け出す術を心得ており、いつも出くわすくせに、一度たりとも捕らえられない、——平信徒の胴衣を身につけた、赤くすらりとした、炎と燃える槍のすばしこい投擲手に遭遇して、激怒したのである。

同じ武器を手に、舞台の両端にふたりの人間が向かい合って立つ、作法にのっとった古典的なフェンシングを愛好する人々、——そして三人、四人、それ以上の人数での戦闘、乱闘、あらゆる武器を用いての攻撃を愛好する人々。平静で伝統的な人々、あるいはそうでない人々。これらの人々は形式の美に敏感であり、その他の人々は文章の音楽性や長文の調和に無頓着で、『トゥスクルム荘対談集』でのキケロの言葉に反論する人々に対して備えをかためる。——カルバハルがエラスムスの徒に対抗させるキケロの言葉とは、《英知ハ、シバシバミスボラシイ外套ノシタニサエモ存在スル[78](35)》なのだが、いずれにしても、いささか憂鬱な、せめてもの慰めである——。扉を閉ざし、自己のうちに心穏やかに閉じこもり、動揺のない安らかさを享受していると主張する人々がおり、また危険を好み、加えて窓を大きく開けて太陽の光線がもたらす、すべての新しいこと、感じられること、震えあがるようなことを受け入れる人々がいる。まず永遠の静寂を、ついで地上の乱気流を通過してきた太陽の光線のことだ。——そして、よく観察すれば、前者もまた、ルソーの副司祭が描くあの苦痛ではなく、真っ向から矛盾する複数の見解への等しい好みを、疑惑と呼んでいる。それらの見解が上手に提示され、弁論がおこなわれるのでさえあれば。このアカデミックな疑惑とは真理を当てにせず、本当らしさを当てにし、もし最終的に、行動するために決断しなければならず、生きるために撰択しなければならないとなったら、結局は、思い悩むこともなく易々と、慣習と伝統の遵守のうちに解消してしまうものなのである。

疑うこととは、他方、学ぶことである。学ぶことは、どれほど楽しいものか、したがって、疑うことは、どれほど快いものか！　アンブロワーズ・フィルマン・ディドの『アルドゥス・マヌティウス』に、マルクス・ムスルス[79]が義兄弟のグレゴロプロスに宛てた美しい書簡が載っている。ムスルスが語るのは、自分を庇護してくれる、敬虔で人間味にあふれ邪まな言動をなしえない大貴族のもとで暮らす喜びである。日に一度、貴族の傍で朗読係の勤めを果してしまえば、マルクスは自由になり、自分の部屋に引き下がるのだ。《わたしはそこで》、とマルクスは註記する、《賛否を論ずるあらゆる種類の本を楽しんでいる。それらの書物を読みおえては、もっと数多くの本を堪能するのだ[80]》。だがそれでは誰が一体、——とマルクスはおそらくかれの精神状態に驚く者に、こう応じただろう、誰が一体疑うことをやめるほど、十分に学んだのだろうか？　そしていかように断言できるのだろうか、なぜ断言することができるのだろうか！　残念ながら、どれほどの人間が乱暴に、断固として、最大の論拠として拳に武器をもち、断言していることだろうか？　それではいけない、そのように偏狭になるのはやめよう。好奇心を忘れないようにしよう。誰からでも受け入れるようにしよう。好奇心のおかげで味わっている、かくも多くの悦楽の中から、狂信家の如く、厳密に撰択することなど避けようではないか。

9　十六世紀における真性というもの

だが他方、これらの人々はどのようにして、科学的レヴェルでの不確かさを我慢していたのだろう。かれらには欠けている多くのわたしたちの理念の中に、さらにひとつ、かれらにおいては一度も見出されていないものがある。

真理があらゆる人間の共有財産だとしよう。そのうちのひとりびとりが、どれほど小さなものであろうと、真理の断片を所有したら、可能なかぎりただちに、なんの留保も打算もなく、みなに伝達しなければならないとしよう。もしそうしなければ、集団に対し有罪であるとしよう。——こうした理念はわたしたちのものであるし、いずれにしても、まったく私利私欲がなく自分たちの貢献に鷹揚な現代の学者のものであるが、——この理念を、十六世紀の人間はほとんど有していなかったか、もしくは表明していない。この主題に関する明確な、そして興味深いテキストを見出すには、わたしの知るかぎり、パリシーまで、すなわち一五八〇年まで下らなければならない。以下に語っているのは、終わることなき討論における〈理論〉の対立者、〈実践〉である。[36]《わたしはよく心得ているが、ペストやその他の有害な病に抗するすぐれた治療法があるなら、隠されてはならない。農耕の様々な秘訣は、隠されてはならない。航海の危険や岩礁は、隠されてはならない。神の言葉は、隠されてはならない。社会全体に共通して便宜をもたらす学問は、隠されてはならない。だが、わたしの陶芸とか、その他の多くの技術は、事情が異なる》。そしてパリシーはその理由を説明する。ガラスはもはや秘密ではない。結果として、誰でもいたるところで製造しており、どれほど立派な貴族であろうと、ガラス工芸家の貴族は《パリの鉤職人以上に、技術のおかげで暮らしている》。七宝のボタンは？　初めのころ、一ダースにつき三フランで売られていた。しかし発明者は、事の次第を秘密にはしなかった。したがって、たくさん製造され、こんにちではそれを身につけるのは羞ずかしいくらいだ。リモージュの七宝は？　同じことだ。銅に見事に加工された、縁なし帽向けの紋章の記章を、一ダースにつき三ソルで売っている……。

経済的な配慮である。そしてこの経済的配慮が職業とその《秘訣》を、特定の人々だけのための特殊な領域としている。しかしパリシーが宣言したのは、少なくとも《社会全体に共通に便宜をもたらす学問を》けっして隠してはならないという義務であった。これは新しい配慮である。もしアトキンソンが言及した、一五四五年の一通の『インド通信』の中に、突如、遠方からパリ大学に対する怒りに駆られ、《自分たちの学問をつうじ、その恩恵に浴せないでいる人々になんらかの寄与をする》ことを目的とするよりも、むしろ多くを知るため勉強にいそしむ者たちを告発する、聖フランシスコ・デ・シャヴィエルの姿が認められなかったら、この配慮からは改革派信徒の姿が浮かび上がってくると言いたいところだ。これはすでにほとんど同じ理念になっている。[37]——が、これもまた、ひとりの権限のない人物によって表現されたものだ。学者たちは？　異なる決まり文句がある。誰ひとりとして、使徒の資質を有していなかったようにに見える。かれらはみな、『世ノ警鐘』の、デ・ペリエの第四対話篇の、件の犬、パンファグスのごとくだ。かれらは話すことを拒んでいた。コペルニクスは、教皇パウルス三世に宛てた「序文」で、自分の書物を刊行すべきか、それともピュタゴラス学派の例にのっとって、哲学の様々な秘密を口伝で、友人だけに伝えるのでは不十分かどうか、長いあいだ迷った、と告白している。[81]〔アメリゴ・〕ヴェスプッチ航海記のフランス語版公刊の四十年後にあってさえ、地球の描写に捧げた書物の中で、ふたつのアメリカに触れずにすませ続ける宇宙形状誌学者たちも、同じ因習におちいっていたのだろうか？　わたしたちが、その啓示は欧州全域に前例のない知的・哲学的革命を惹起した、と心から信じてしまいそうになる新大陸のことを。実際、ちょうどわたしたちが、これも同様にまったくの誤りだが、ガリレイの同時代人たちが、ほとんどただちに新しい天空の広大さに感動を覚えたにちがいない、と信じてしまいそうになるのと同じように。それにはパスカルとその《無限の沈黙》、そしてその《私を取り囲んでいる宇宙の恐るべき空間を目の当たりにしている》[82]、が必要だろう。大いなる恐怖の新しい科学的な形態である……。なんということだ。《血液の循環を医師に信じさせるために、モリエールはディアフォアリュス氏[83]に喋らせなければならなかった。適宜な折りに投げ込まれた滑稽さは大きな力をもつのだ》、ということが真実だとしても（わたしたちにそう断言するのはモンテスキューである）、モリエールは反コペルニクス学派の人々を少しも嘲笑しなかった。十六世紀にはまだ、その力は行使されていなかった。コンキスタドールの同時代人たち、コペルニクスの同時代人たち、それからケプラーの同時代人たち、ガリレイの同時代人たち、みなが口を閉ざし、みながアメリカを、ふたつのアメリカを、すくなくともその著書の中では無視している。みなが、動く地球を無視している。

そして、真理に対して配慮するのは立派なことだ……。だがこれらの人々に常に、確実な、それ以外にない、ひとつの真理など存在するのだろうか？——スコラ学的な槍試合では、わたしたちがすでに簡単に指摘したところだが、対立者は常に立場や役割、命題を変える用意ができている。これがゲームの規則なのだ。重要なのは、深奥よりも、——形式、論証の構成、応酬の素早さ、言葉の調子よさである。真剣勝負ではなく、競技会なのだ。そのように訓練された人々は、至極当然ながら、わたしたちが時として弁護士のうちに認めるような、職業的習癖にゆがめられた犠牲者である。かれらは、よく知られた三段論法と論証の甲冑のもとに、等しく妥当な、等しくもっともらしい、十分に準備された真と偽とにかなり積極的に折り合いをつけている。ただし、よく出来た仕事であるかぎりは、の話だろうが？……

自分たちの推論と深奥の思考との十分な合致の必要を、かれらは感じてさえいない。聖ベルナールとサン＝ヴィクトール修道会について書いている、ピエール・ルスロの次のような註記(38)は適切なものだ。《思弁がまだすべからくスコラ学的である時代には、定義された概念が深遠な直観と一致しないことは稀ではない。説教や教化的な著書の敬虔な心情の告白には、自分たちの本来的に教化的である著作の、明確な教理と合致しないであろう、暗黙の哲学が含まれている》。

そしてこうした事態は続くであろう。真理は？　真理を暴きえた者にとっては、めでたいかぎりだ。それは愛すべき宝である。かれはそれを胸に抱き締め、扉を閉めて、嫉妬深く愛撫する。デカルトもマールブランシュもスピノザも、別な風に行動しはしないだろう。まして十六世紀の人間となればなおさらである。かれらは、手に入れるのが非常に困難な、真理の価値を承知している。かれらは、様々な成功がもたらす勝利の味をかみしめ、ほとんど案内人もなく、指導者なしに、大変な苦労の末に知性が見出す、激しく、稀にしか得られない孤独な喜びを味わう。かれらはまた、それらの喜び、それらの成功が選ばれた者の仕事であり、選ばれた者への報酬であることを承知している。それにしてもこの、選ばれた者の一員なる人々は、同業者や好敵手に喜んで一杯食わせたり、こうした貴重な成果を競争相手に隠したりして面白がる。(39) 子供のまま大人になった者の手管であり、古文書学者や図書館司書が、十九世紀全般をつうじて、同じようにふるまっては、馬鹿馬鹿しい喜びを見出したものだ。[84] 十六世紀では？　コペルニクスは己れの最期を待って、その体系を公表する。一世紀のちにホイヘンスは、土星の環を理解するかれなりのやり方を――数年のあいだ――秘密にしておくだろう。かれは或る報告書の下に、念のため、自分が鍵をにぎっているカバラ的な様相の公式を印刷させることで、日付を明確にするにとどめるだろう。

A. C. N. C. A. E. I.

これを解読してみると、《ソレハ黄道ヘト傾ク、全ク接シナイ環ニヨリ囲マレテイル》[85]、となる……。用心のため？　嫉妬深い者の満足感？　事情が幾分か変化するには、十八世紀とその激しい宣伝熱を待たなけれぱならないだろう。十六世紀はどうなのか？　アンブロワーズ・パレの『一角獣についての論考』にある、シャルル九世の侍医シャプランの物語を読みなおしてみよう。シャプランもパレと同じく、一角獣の角の治療効果を信じていなかった。この点を釈明しその権威を真実に奉仕すべく用いるように命じられると、《けっして》、とかれは答えた、《生命があるかぎりけっして、妬み深い輩や雑言の徒からつつかれる標的になるようなことはしないでしょう》。しかしかれは付け加えて、死後、《これについて書き残したものが発見されるでありましょう……[86]》、と言った。

真理。科学の領域で、見解にしかすぎないふたつの見解のうち一方が、事実により立証され、もう一方が事実により否認され、もしくは確認されないことを検証できる日がきたあかつきには、ひとつの真理が存在することになるだろう。その日は十六世紀には訪れなかった。十八世紀の初期にあってさえまだ訪れなかった。《わたしはどのような見解にも与しない、エウクレイデスの書物にあるものを除いて》と、かのモンテスキューは『カイエ』(第二版、一一ページ)で書き記す。そこに見て取れるのは、同時に、この力強い精神が、見解にすぎない見解の治世に、自らにかぎっては、ひとつの限界を定めるのだが、——その限界とは数学的なものであり、実験的なものではない、ということだ。《わたしはどのような見解にも与しない、事実が実証するものを除いては》、と記せるのはクロード・ベルナールであろう。正確な言い回しだ。——けれども、人口に膾炙するうちにこれは最終的な変形を受けなければならなかった。**事実によって実証された**、が最終的に、**真実の**、と表現されたのだ。じわじわとうつろいゆく、概念と用語の微妙な変化である。わたしたちは変化に身をまかせている。立証する手段を備えたいろいろな学問が登場したのであるから。科学が登場したのであるから。

10　職人気質

最後の分析として、これらの態度、――この時代の幾人かのものではなく、学者集団の態度をどのように説明すればよいのだろう？　思うに、本質的には、当時、科学的作業がまとまっていた個人的な性格によってであろう。科学における小規模職人、とわたしが呼んだ(40)――そう呼びうる――ものの、最盛期に立ち会っている。学者が最初にアイデアをいだき計画を立てた仕事のために、扉を閉ざした書斎の中でひとり、腰を掛けて、あたかも小さな店の靴職人のごとく働いていた。武器となる用具は、誰の助けも借りず、たったひとりで、協力者もなしに、自分用にこしらえたものだった。かれの大きな関心事は何か。それはちょうどチェッリーニが国王フランソワ〔一世〕のために、或る高価な塩容れを彫琢したように[87]、真理を彫り上げ、そしてこの職人技の精華の中に、自分の手腕すべて、自分の技術と才能の可能性のすべてを誇示することである。集団作業の時代は、まだ産声をあげていなかった。――共同体の最善をめざし、共同作業の時代、チームを組んで働く時代は。チームごとの労働は良き仲間たちを作り、良き仲間たちを必要とし、隠蔽や意図的な謬見、詐欺、虚偽を排除する。集団作業は真実性を、科学的な研究領域においても、法的な契約や約定の領域においても、さらにまた司法上の証拠や証言の領域においても同じように推奨にあたいし、必要な徳とする。だが、この進展が遂行されるには、すなわち学者にとって真理への関心が、その他のあらゆる関心、もっとも個人的な関心にさえ優るようになるためには、――まだなんと多くのものが必要とされるだろう。あるいは教育は恩恵として大衆に普及さるべきである、という強い信念であり、あるいは科学が力を有する、という新しい観念である。――知ることが力であるということの理念は、十六世紀のわたしたちの祖先にはいまだたいそう縁遠いものだった。その力は単に自己自身の上に、その行動の上に、その気質の上に、その情念の上におよぶだけではなく――（汝自身を知れ、とソクラテスは言っていたし、そしてラブレーの同時代人たちはこの忠告を退けなかった）――、事物の上にもおよぶ。事物を自在にあつかうためには、その事物を知ることが望ましいのである。そしてさらに、実現するにはおよそ遅々とした、科学による技術の浸透がある。――この浸透はラブレーが、遠くからではあるが垣間見たものであり、〈作ルヒト〔homo faber〕〉と〈知ルヒト〔homo sapiens〕〉を和解させながら、ついには科学に、その社会的な徳を授けるであろう。

科学、この単数形名詞は、一九四一年のわたしたちの口からは難なく出てくる。むしろわたしたちが努力をしなければならないとしたら、ラブレーの時代について話す時に、この言葉を使うことを自制するためだ。――なぜなら、この言葉たった一語で時代錯誤をおかしてしまうからである。科学、この近代的な概念をわたしたちの祖先の知識のうえに投影しないように気をつけよう。かさねあわせることは不可能なのだ。二千年のあいだ、限られた、伝統的な古代の学問が、それらを保護する、ひとつの哲学の花壇の中だけで栽培されてきた。すなわち概念についての哲学である。そして革命は十六世紀にかろうじて始まり、数次にわたり、知識の多様な部門でおこなわれるだろうし、――十九世紀になってようやく現実のものとなるだろう。

フランソワ一世ノ御世〔Francesco primo regnante〕、こうしたものはまだまったくない。ただ、学者が自分たちの真理を、非公開で、享受しているだけだ。このことだけで、アベル・ルフランのいう〈新たな賛同者ラブレー〉、を夢物語にするには十分だろう。――迷信を粉砕する、巨大な陰謀の創始者にして指導者たるラブレーを。

第四章　無宗教の支え——神秘主義？

十六世紀における科学と、科学的な理論と実践の状況を手短に一瞥した結果、いまわたしたちは、この時代の人々——もちろん、わたしのいう人々とは、もっとも知的でもっとも良い教育を受けた人々の謂いである——の運命にどんな苦しいことがあったのか、なにが欠けていたかを、しっかりととらえ、十分に理解することも出来る。そしてまたよくあるからといって危険であることに変わりはない、評価の誤りを避けることも出来るのである。

1　先駆者たちの世紀

クルノーはすでに『近代における理念と出来事の進展についての考察』（第一巻・第二部、一三二ページ）で、こう註記していた。わたしたちにとってパドヴァのアウェロエス学派の近代性を賞賛すること、一例として、魅惑的な陽光のもとに、人類の総体のうち、集団的な人間性のうちに、永続し存続する、普遍的・活動的知性についてのかれらの概念を指し示すことは、容易である。この炎はけっして消えることはないし、各々の人間は、個人的で儚い人生のあいだに、その束の間の照明を受けるのだ。この炎のお蔭で、燃え尽きつつ輝くべく、それぞれの個人的な人生の炎が明るさをますのだが、そこに近代的な大きな理念、人間性の集合的生活の理念の予感を見出さないであろうか？――もし、お望みなら。だが重要なのは、自分たちの概念を苦労して作りだすための科学的なあらゆる支えを奪われ、当時、生物学（この言葉さえも、この時代では、適用するのが不可能だった）について知っていたことがらによっても、――また未だまったく、社会構造や人類の諸段階を知らずにいたため、人間の科学にも支えを見つけられず、(1)――これらのアウェロエス学派の人々は、逍遥学派の空疎な存在論の環に閉じ込められ、出口も見えず、現実的な影響力もなく、ただ言葉の機微にしか辿りつく以外、なすすべがなかったということに、留意することなのではないだろうか？

それはこの時代の政治哲学者たち、まずもっとも自由な精神の持ち主、もっとも好奇心の旺盛な人々、もっとも知的な人々、イタリア学派の人々（ポンポナッツィはそのひとりであり、かれのまえにはマキャヴェッリが、かれのあとには同じく、カルダーノやカンパネッラ、ヴァニーニ[1]がいた）、――これらの哲学者たちが、人間の歴史についての俯瞰図、進歩の運動の総合的な輪郭というものにいかなる考えも有していなかったからだ。歴史とはかれらにとってなんだったのだろう？　偶然のうみだす、もしくは少なくとも天空の神秘的な影響のうみだす循環の継続であった。多くの帝国や宗教の形成をつかさどり、並外れた人間を世に送り、かれらに俗衆に対するしかるべき支配力を与える、天空の神秘的な影響の、である。(2)そういうわけであるから創設された制度は、進歩と頽廃の一般的な法則にしたがう。――そしてそれゆえ、あらゆる政治秩序、あらゆる市民的な徳、あらゆる宗教的な信仰は消失し、何もかも無秩序と腐敗の深淵に沈んでゆく、――恵み深い影響の作用のもと、秩序と新しい信仰が再び誕生する、その日までは。単純な、とはいえ脚光を浴びた理論である。なぜなら結局、〔ジャンバッティスタ・〕ヴィーコが与したのではないか？　しかしこれが歴史理論かといえば、そうではなかった。ところで、歴史が欠如していたり、己れの道ではないところを彷徨している場合、政治理論は存在しない。ユマニスムの歴史は、この原則のたいそう多くの例証の中でも、おそらくもっとも注目さるべきものを提供する。

何事につけても事情は変わらない。十六世紀の人間は、数々の理念で興奮し、世紀全体がかれらとともに燃えている。だがそれは、かれらが明瞭に表現できない乱雑な理念であり、はっきりと言明するには言葉が見当たらない理念である。肉付けをし、拡張し、編成することが叶わない、不十分な理念である。時として、突発的に、一条の光線が投ぜられる。閃光が夜を貫き、そして消滅する。闇は以前よりもなお、暗く感じられる。

十六世紀、先駆者の世紀、すなわち子孫をもたない人々の、なにも生み出さない人々の世紀だ。レオナルドやパリシーは、その深遠なる構造ゆえに、それまでいかなる学者にも、いかなる疑問も課さないように見えた、天球の謎に魅せられ、――二千年間、何の反響も呼ばずにとどまっていたギリシア的理念を復活させる。そうした理念は地質学、古生物学がやがてどうなるか、予感させるものだ。だが時は未だし。これらの理念は実際にはよみがえらないだろうし、二百年後にしか結実しないだろう。――セルベトやサルピ[2]は、既に医師ラブレーの好奇心をたいそう刺激していた、大いなる謎の周囲を徘徊する。つまり血液循環の秘密だ。『第三之書』の賞賛にあたいするフレスコ画、血液交換を讃えるパニュルジュの驚くべき抒情を想起していただくには及ぶまい。時は未だし。ハーヴェイと『心臓ノ運動ニツイテ』の時代はやって来るだろうが、もっとのちに、一六二八年になってだ。――ジョルダノ・ブルーノの数多い理念の中で、ひとつが衝撃を与える。それはわたしたちのものだ。世界の無限性の理念、あるいはより正確にいうと、諸世界の果てしない多さについての理念だ。時は未だし。ガリレイとその望遠鏡、ヴィルヘルム・ハーシエルとその反射望遠鏡を待たなければいけない。その時になって、その時になってようやく、フォントネルは『世界の複数性に関する対話』を著述することが出来るだろう。

レオナルド、セルベト、パリシー、ブルーノ、その他の多くの人々。予感にみちた、けれども民衆の同意を獲得できない先駆者たちだ。かれらが身をもって示しているのはただ、ひとつの時代のパワー、生命力、気力の激しい高揚であり、その時代にあって、力強い精神は手さぐりで、そのたびに薄暗い牢獄の壁に衝突しながら、ただ科学のみが与えられる光明の欠如のために、かれらには発見することが不可能であり、またその力もないものを探している。しかし、かれらは増大する不安をかかえ、かれらの父や祖父を満足させたもので、自分も満足しているとは、もう思うことが出来なかった。かれらは精神の独房から逃亡した。そして生きてゆくために、産声さえあげていない《明晰な》科学の代わりに、神秘主義的な科学の濁った水の中に喜々として浸っていたのである。

2　芳香、味覚、音響

わたしたちを引き寄せる代わりに嫌悪感を与える濁った水。デカルトがその条件を課して以来、わたしたちは理由もなしに明晰さに慣らされているのではない。そして誰かが、身近なだけでなくあたりまえになっているこれらの道具——まず分析、そして総合——のいずれかの応用も見出せない世界にわたしたちを放りこむと言い張ったら、わたしたちは困惑し、落ち着きを失い、不安を感じてしまう。十六世紀の人間はそうではなかったし、そのことを述べておかなければならない。《思考が漠然とした場所では、それを漠然としたものとして表現する必要がある》——歴史家の第一の義務であり、そう言ったアンリ・ベールは正しい。一見するとわたしたちに非常に近いけれど、ラブレーの同時代人はすでに、そのあらゆる知的装備の面で、わたしたちとははるかに隔たっている。そしてそれらの構造自体もわたしたちのものと同じではない。

わたしは別のところでこう語ったことがある。(3) わたしたちは温室の人間であり、かれらは吹きさらしの人間である、と。大地と田園生活に近い人間である。都市の中にあってさえ、田舎と家畜、植物、その香りと物音とを見出していた人間である。屋外の人間であり、自らのあらゆる知覚によって、自然を見るだけではなく、味わったり、嗅いだり、聞いたり、触ったり、吸い込んだりする人間であって、

味わうこと、触れること、眼、耳、そして鼻
こうしたものがなければ、私たちの身体は大理石像となってしまうだろう。

また、連帯と安全のための、これらの器官の中で、次のように決定することを拒む人間でもあった、

もっとも輝かしい役割として司るため、どれが
もっとも優れて役に立ち、もっともふさわしい資格をもっているかを……。(4)

しかし、《情動的な》感覚と呼ぶ、《味わうこと、触れること》のみならず、聴覚もまた(デュ・ベレーとその「難聴の讃歌」にもかかわらず)、わたしたちのものよりも、はるかによく鍛えられ、はるかによく発達し(あるいは、より衰えていず)、より混濁し、より純化されていない環境の中で、かれらの思考を支えていた。

ロンサールの次のオードの冒頭を読むがよい[5]。

私は怒りで心乱され、
憎悪のため毛髪は逆立ち、
熱き思いが我が霊魂を充たし、
胸は息をのみ、
私の声はかろうじて
気管をつうじ発せられる。

あるいはまた、同じくらい表現力にとむ、『カリオペへのオード』の以下の詩句を読むがよい。

唇は私を喜ばせる
貴女の甘い声が
蜜を食べさせた唇だ、
これがパルナッソス山で
ペガソスの水を
貪欲に飲んだのだ……[6]。

ここではなるほど、視覚的な詩情が語られることは、まずないだろう。だがそれでも、以下の亡霊への呼びかけに注意していただきたい。これはロマン派の石版画風に、インクの地に輪郭を与えられた、蒼白の幻影なのだろうか？　いや、そうではない。騒音や口笛のような声なのだ。(7)

夜、亡霊たちは天を翔け、
その獰猛な嘴を鳴らし、
シューシューと音をたて、私の霊魂を怯えさせる……。

すでにルメール・ド・ベルジュが、『緑の恋人の書簡』の言葉を借りて描いた地獄、《恐ろしい叫び声》に満ちた地獄は、そのようなものであった。

恐るべき獣どもの凶暴な叫喚……
槌と鎖、鉄かせの物音、
山脈が大きく崩れて廃墟となり
霧雨とともに風が声高にうなる……。3(8)

もう一度、ロンサールによる、口づけの喚起をお望みなら、これはどうだろう。

口づけ、それは閉ざされた唇の息子か？

この詩人が示唆しようとしているのは、純粋な口許の素描でも、唇の色彩でも、まばゆい歯ならびの輝きでもない。それは、逆説的だが、またもや物音と、香りなのだ。

私はたびたび、私の口許に、
彼女の風の、ため息がざわめくのを覚える……
霊魂にまた息をつき、
貴女を待っていた唇に宿っていた、

アモムに満ちた唇よ
おまえが呼気によって私にもたらすのは
行くところ行くところに花咲く牧場
そこではおまえの芳しい香りが広がってゆく……。(9)

そして、かかる詩情すべてに、このように物音が満ち、芳香が詰まっている。それが告げるのは、[4]

渦潮に対して鳴り響く海(10)

であり、あるいは、ざわめきたてる森林である。

聖なるガチーヌ、私の苦悩のしあわせな聞き手よ、
おまえは森のなかで答えてくれる、

或るときは大声で、或るときは低声《こごえ》で、
わが心が隠しおおせない長い溜息に……。[5]

わたしには、資質と年代とに関する異論が聞こえてくる。ロンサール。一五六〇年、一五七〇年……。ロンサール、真の詩人、大詩人。個人的な気質、私的な特徴……。それ以外の人間は？　――遠くまでゆくのはやめておこう。マルティ＝ラヴォー版〔『ラブレー著作集』〕第三巻の、善良なジャン・ブーシェが、この世紀の最初の四半世紀に《偉大なギリシア学、ラテン学につうじたる、フランソワ・ラブレー師》[6]に宛てた「回答書簡詩」を読みなおしてみよう。内容を保証する標題が告げるには、これが提供するのは、《立派な館の描写》である。したがって、輪郭、色彩、秩序、眺望、視覚にとってのあらゆる快楽であろうか？　それが違うのだ。音響、騒音、声、聴覚にとっての快楽なのである。河川と森林のあらゆる精霊が順番に姿をあらわす。美しいシルエット、ジャン・グージョン[7]の女神が、自然の中で活気づいているのだろうか？　それらの物腰、姿かたち、身体については一言もない……。声が聞こえてくる。それだけなのだ。

なぜなら一方で、ナイアス〔泉や川のニュムペ〕たちがいるのは、
穏やかな川、クラン川の上にだからだ。[8]

ナイアスたちは《潤った、緑の牧場で》、姉妹のヒュムニデス〔古典古代の神話には登場しないニュムペで、ボッカッチョに起源があるとされる〕たちとはしゃぎまわり、他方で、そこで《陽気に騒ぐ》のが

自分たちの声を大きく響かせている、他の者たち、
すなわち、森のドリュアデス〔木のニュムペ〕たちだ、
……加えて山に住むオレイアデス〔山野のニュムペ〕たちの
甘い説教がしばしば聞こえてくる、
それに続くは優しいナパイア〔谷間に住むニュムペ〕たちだが、
彼女たちは途切れ途切れの歌で
瀧木を育てる庭園をわたり
水晶のような川面に巧みに歌いかけるのを心から楽しみにしている……。

だが、曙が起きだしてくる。《緑なす木陰の下を歩きながら》、どのようにして詩人は自分の憂いから気をそらすのだろうか？　はしゃぎまわるニュムペたちを眺めるのだろうか？　違う。かれはニュムペたちの声に耳を傾けるだろう。

わずらわしい悩みを忘れるには、
ニュムペたちの甘い歌声を聞けばよい
森にも、木陰にも、野原にも、その歌声は満ちている。

その他に関しては？

それからそこには美味しい果実とうまい酒があり、
私たちポワトー人の間でも、殊更好まれるやつだ……。[9]

《見ながら》という言葉がひとつとしてない。聴覚の恵みである……。そしてみな、このような具合なのだ。マロがクピドの神殿の花壇を描写するとき、その庭園に鮮やかな色彩の花々が植えられているわけではない。クピドの庭園は視覚を喜ばせるものではない。嗅覚の快楽なのだ。——そこには花々の芳香が立ちのぼっているからだ。

マーガレット、百合、なでしこ、
けいとう、香りたつバラの花
マンネンロウ、真紅の蕾
芳しきラヴェンダー、
その他、眼にとまるあらゆる花々が
たいそう甘い香りをはなっている……。[10]

相対的とはいえ、すべての中でももっとも《視覚的な》ものであっても、まだなんと貧弱であろうか！デュ・ベレーという人物は、《生き生きとした泉》を描写しながら、おそらくこう書くだろう。

ここには自然と人の技が　あたう限りの努力の末に

目の楽しみをことごとく　ひとつに集めたかに見える……[11]

しかし、かれはただちに付け加える。

ここでは絶えず静かな音が　人を眠りに誘っている、
セイレーンの歌の調べより　なお快き百の和音で……。[12]

フランス、デュ・ベレーがローマへの流浪の終着地から、あれほど熱意をこめて喚起するフランスが、かれにとって、一度たりとも自然の形状、身体、相貌、イメージをとらなかったということは興味深い。それはいつも声、声以外のなにものでもなく、しかも優しい声なのである。

フランスよ、フランスよ、私の悲しい声に答えよ……。[13]

それはちょうど、《その母》にむかって、ローマの冬が

肌を総毛立たせぶるとふるえさせる[14]

者が叫ぶようにである。けれどもデュ・ベレーに造形美術の感覚が欠けていたわけではないし、真の偉大さを感ずることができなかったわけでもない。かれはこう書いていた。

あなたの絵と並んだ私の肖像画は

ミケランジェロと並んだジャネ[15]に等しい。[16]

なんだって？　わたしたちの記憶の中で、デュ・ベレーについてとどまり続けているものは、けっして詩句を喚起させるものではなく、常に音を喚起させる。《番犬の痛ましくも長い吠え声[17]》を註記する場合でも、――あるいはそのアラベスクではなく、声に衝撃を受ける水鏡のうえで《三羽の白鳥が嘆くのを[18]》耳にする場合でも常に、である。

詩人の性格なのだろうか？　だが詩人たちだけではない⑪。パラケルスス[19]という人物が、医学はなによりもまず感覚的な観察を問題にすると要請しながら、意外にも、聴覚と臭覚のおびただしいイメージに訴えている、と註記したら、奇妙なことだろうか？　かれは医学が、《ライン河の滝や大洋での波浪のざわめきに劣らずわたしたちの耳に響きわたるように》欲する。医学が、《研究対象の匂いを識別するために⑫》、鼻孔を用いることを要求するのである。[20]

だが抽象の領域を遡ろう。アベル・レイが最近、注目すべきページで、非常に巧みに証明したのは、どのようにしてギリシア数学は《ただ幾何学的方途》によって形成されたか、ということであった。ギリシア人の造形的直観は、とかれは述べた、ギリシア人がその驚嘆すべき建築、奇蹟的な構造すべてを負っている造形的直観[21]は、ギリシア人をうながして、それがもっとも高く評価するあらゆるもの――《完璧な理解、完璧な知性、様々な理念の明晰なることとそれらの区分、その連関を論証する力》――を、（わたしたちがそうしたくなるように）イメージを伴わない思考の側とか、純粋な論理の側ではなく、逆に幾何学の側、形態の側、《それらを**見る**がゆえに、また精神的であると同じく感覚的でもある視覚により、その深奥にいたるまで全構造の内部に浸透するがゆえに、自分にとって、本当に明確で判然としている唯一の》形態の側に置くように仕向けたのである。[13]

さて、これが事実であり、十六世紀の数学史家ラウズ・ボールが、カントールのあとを受けて力説しているところだ。**まず第一に**視覚に頼らず、聴覚や臭覚を用い、空気の動きを吸い込み、物音を捕らえる、この十六世紀——。それが真剣に、積極的に幾何学と取り組むのは、十七世紀が近づく、暮れ方になってからでしかないだろう。ちょうど十六世紀がケプラー（一五七一年—一六三〇年）や、リヨンの人ガスパール・デザルグ[22]（一五九三年—一六六二年）[14]とともに、形状の世界に関心を向けていくように。感覚的現象の世界、そして等しく美の世界ですでに解放してきたように、科学的な世界でも、視覚を解放してゆくように。

3 音楽

それというのも、具体的なもの、既知事項、直接的なものの域を超えることなく、とくに好んで、戦闘の入り乱れた無数の騒音、大砲の凄まじい音、雲雀の歌声、あるいはパリの辻売りの声を再現する音楽についても事情は同じではないだろうか？　音楽を、あたかもわたしたちが獲得したものだと、わたしたちが最近征服したものだと、わたしたちの発見だというふりをするのを止めよう。ロマン派の人々はそれを知っていたし、逆のことを述べていた。一八三七年五月に遡る『光と影』のヴィクトル・ユゴーは、その三十五番目の詩「音楽は十六世紀から始まること」で、こう歌った。

力強いパレストリーナ[23]よ、年老いた師、年老いた天才よ、和音の父として、私はここであなたに挨拶をおくりましょう。
なぜならまるで、人類が渇きをいやす大河のように、
この音楽はことごとく、あなたの手から流れだしたのだから！

――これに応じたのが『ルネサンス』（第二巻、第五章）のミシュレである。《事実、人類の新たな母が生まれた。偉大なる魔女、慰める女、〈音楽〉が誕生したのだ》[15]。実際、わたしたちと同じくらい、いやおそらくわたしたち以上に、十六世紀の人々は音楽によって暮らしていた。しかもただ単に、積極的に音楽に関心を寄せていたり、資産を所有するやいなや、より抜きの歌手や音楽家を周囲に侍らせるのみならず、――音の魔力の虜囚となり、無防備に、声や弦楽器、木管楽器の攻撃に、天真爛漫な霊魂をさらけ出していた。こうしたことの証言は山とある。王妃カトリーヌ〔・ド・メディシス〕の女官のひとり、麗しの姉君リムイル[24]をはじめ、何人もの女性が、当時、臨終に際してお気に入りの音楽家を呼び寄せた。《「ジュリアン、ヴァイオリンで『スイス人の敗北』の曲を、妾が息を引取るまで弾き続けて頂戴。もうすぐ逝くのはわかっているの。出来るだけ上手に弾いてね。そして「すべては終れり」の節のところに来たら、四五遍、なるべく哀れっぽくそこを繰返してね」。言附通りにジュリアンは弾き出すと、彼女もそれに声をあわせたが、「すべては終れり」のところに達すると、彼女は二度それを吟誦し、俄に寝床の壁側の方に向き直って……亡くなられてしまった》[25]。これこそブラントームが、その最期を第五講で物語り、粗野な言葉で《愉しい欣ばしい死にざま》[26]と呼ぶものである。――ブラントーム。けれども『ユートラペル物語』でのノエル・デュ・ファーユの証言が、かれの証言と一致する。ノエル・デュ・ファーユは、第十九章（ユートラペルの音楽）で、《ジャヌカンが作った軍歌を、あの偉大なフランソワ〔一世〕のまえで、スイ

ス兵に収めた勝利を祝って歌うとき》、宮廷で起こったこと、つまり《誰ひとりとして自分の剣が鞘にあるかどうか、見ない者はおらず、自分をもっと威勢よく、もっと背丈に恵まれているように誇示するため、爪先立って背伸びしない者はいなかった》ことを教えてくれる。[16] 実際、ルルー・ド・ランシの『歴史歌謡集成』の中に、アテニャン書店が一五二七年から普及させた、クレマン・ジャヌカンの大フレスコ画風の音楽、かの名高い『マリニャーノの戦い』のテキスト、もしくはテキストの断片を読むことができる。このテキストはそれ自体で、伴奏の助けを借りずに、熱狂的なリズム、なにかしら戦闘に向けて猛々しく高揚する黒人音楽を想起させるリズムをもっている。

息を吐け、動け、絶えず息を吐け、
動け、向きを変えろ、周りを見渡せ、
フルートを吹け、息を吐け、太鼓を叩け……

動け、動け、粉砕せよ、動け、
太った馬よ、鷹よ、
中隊を楽しませるために、
相棒を楽しませるために……

ぶん殴れ、ビシバシと、
トリック、トリック、トリック、トリック、

トラック、トリック、トリック、トリック、
シップ、ショップ、トルシュ、ロルニュ、
ショップ、ショップ、セール、セール、セール……

気高き人々よ、鞍にとびのれ、
武装し、金具をつけ、生き生きとした、可愛い馬の鞍に、
槍を手に、大胆に、迅速に……。[27]

このあとでは、十六世紀の人間が音楽療法に心を砕いている姿を見ても、誰も驚かないだろう。『第五之書』（第十九章〔または第二十章〕）の「第五元素女王《カント・エサンス》」は《歌曲によって病人を治癒された》[28]。なるほどこれは歴代の王よりも巧みにおこなうためだった（《貴殿方の王国には、瘰癧《るいれき》や癲癇《てんかん》や間歇熱などという色々な病気を、その手を当てるだけで、不可思議にも治癒なさる王様が何人も居られる》[29]）。政治の一端がここに垣間見られる。[30] しかし、ジャンバッティスタ・デッラ・ポルタ[31]の『自然魔術』（ナポリ、一五八八年）第二十巻・第七章、「竪琴トソノ多クノ種類ノ特性ニツイテ」には、なんら政治的意図はない。かれは洗練の域にさえ達する。かれは、楽器が作られる様々な木材の特性も考慮に入れている。——病人、医師。だがどれほど多くの健全な人々が、一五三六年の『ラテン語註解』でこう明言するエティエンヌ・ドレを理解し、かれに同意していただろうか。《音楽に、わたしは自分の生涯と、あらゆる文学的成功とを負っている……。もし音楽の力がわたしを見捨てていたら、この著作の編纂が代表している、絶え間ない仕事、膨大で無限な仕事の数々を、決して耐えることできなかっただろう……(17)》。これに答えてロンサー

ル[32]は、一五七二年にパリで公刊された『古代作家と現代作家の歌謡雑詠集』に序文を書く。《殿、楽器の甘い調べと天然の声の優しさを耳にして、いささも喜ばない者、いささかも心動かされない者、優しく心奪われ、どのようにしてかは判らないけれど我を忘れたかのように、頭の先から爪先まで躍り上がらない者がいるとしたら、――それはその者が歪められ、有害で、頽廃した霊魂の所有者であり、少しも幸せな星のもとに生まれなかった者として、警戒する必要がある徴であります》。しかしすでに音楽は、個々人の領域を越えて、音楽の喜びを奥深く感じているあらゆる国家の人々のあいだに、その好みが普遍的なものであるゆえに、強力な絆を作りあげていた。この件について、マルセル・バタイヨンは、ダミャン・ヂ・ゴイス[33]の国際性について、繊細で適切な事情を書き留めていた。(18) どれほど多くの者がここから、プロテスタント派の土地でも、カトリック教にとどまる土地でも、礼拝の中に最終的にグレゴリオ讃歌よりも感動的な音楽を導入するにいたる、刷新の運動に加わっていたことだろうか?

4　視覚の立ち遅れ

こうしたことすべてを恐れずに強調しよう。多様な時代の思想の感覚的な支えについて語るという、一連の魅惑的な研究がおこなわれるべきだろう。十六世紀の作家を頻繁に訪れると、どのような場合でも、ひとつの事実が驚かせる。非常にまれな例外をのぞいて、かれらは素描するすべを知らず、類似点を把握するすべを知らず、読者のまえに生身の人物を鮮明に描くすべを知らない。ラブレーは違う。しかしラブレーはラブレーだ。そして『第四之書』(第十三章[34]) で《一人の齢をとって、でぶでぶした赤ら顔の法院族《シカヌウ》と、履いている粗末なぼてぼてした長靴と、貧相な牝馬と、腰にさげた訴訟記録類で膨れあがった麻袋と左の親指に嵌《は》めた大きい銀の指輪》[35]を示すとき、――わたしたちはもちろん、視覚的感覚に欠けると言ってかれを咎めはしない。だが、他に類を見ないこのラブレーを別にすると、誰がいるだろう？　ラブレーそのひとを誰が描いたろうか？　誰がわたしたちにかれの姿を示そうと配慮しただろう？　かれは罵倒をあびたが、誰もその肖像を描いたりはしなかった。

わたしたちにレオン・ゴツラン作の写生像、食卓につく〔オノレ・ド・〕バルザック像があるように、食卓につくラブレー像が手に入るなら大枚を支払ってもよいだろう。いずれにしても、誰が知っていようか？　わたしたちが手に入れるのは、おそらく予期に反して、消化不良にして不機嫌で、利き酒にも長じていないラブレーかも知れない。こうした不体裁は、有名であろうとそうでなかろうと、多くの美食家に起こっている。わたしたちはスケッチ画の師匠の手で、明瞭な数語のうちに素描されているマルグリット・ド・ナヴァール像を――彼女をありありと描きだし、目の当たりにさせ、こううならせるマルグリット像を――得られるのなら、大枚をはたくだろう。《なんてあの方らしく見えることだろう！》――だがどうしようもない。サン＝シモン〔『回想録』の著者〕がやって来るのは随分とあとのことだ……。マルグリットは？　国王フランソワ〔一世〕の姉君以上に多作な者はいなかった。身分の高い貴婦人、身分の高い人物、わたしたちもまた、**会いたい**と切に願っている人々に、彼女以上に会った者はいなかった。喚起する力はゼロだ。――王侯であろうと、その弟君〔フランソワ一世〕であろうと、母后〔ルイーズ・ド・サヴォワ〕であろうと、彼女のふたりの夫君〔アランソン公シャルルとナヴァール王アンリ二世〕であろうと、あるいは『エプタメロン』の七十二の物語に登場する想像上の人物であろうと（数百人にのぼるが、なんらかの輪郭を与えられた者はただのひとりもいない）。――さらにこう付け加えることも出来るだろう、あるいはこと風景に関しても、ピレネーの激しい谷川の流れに寸断されたものであろうと[37]、同じことなのだ、と。執筆するのに性急で、つまるところ自らを語るのに饒舌な、ひとつの世紀が残してくれた生彩ある素描の数は稀なのだ。ブラントームは？　決まり文句だ。王妃はみな高潔で、貴婦人はみな美しく、完璧。殿方はみな勇猛にして雅び——それだけだ。老テオドール・ド・ベーズの、痩せ細った老人の腕で、寒そうに体のまわりに毛布をたぐり寄せる、少なからず意外な姿に言及すると、このように才能をもって、素描するのはフロリモン・ド・レモンである。ピエール・ベールがその〔『歴史批評辞典』の〕〈オキーノ〉[38]の項目で述べるような、《宗教改革者について話題にするカトリック著作家の総合軍需品納入商人》[39]、フロリモンなのだが、その描写を引用してしまうと、——それでほとんどすべてを書きとめたことになる。(19)

繊細な聴覚と鋭敏な臭覚と同じく、この時代の人々は間違いなく、鋭い視覚をもっていた。しかし厳密にいうと、かれらはまだ、他の感覚から独立したものとして、視覚を有していなかった。視覚がもたらすデータを、それに必要な関係性によって、自分たちの認識の要求に、格別には結びつけていなかった。重要な事実である。もし《質的なものから量的なものへの移行は、本質的に、視覚的知覚の優位——わたしたちが認識の視覚化と呼ぶであろうもの——の進歩と結びついている》ことが本当ならば。こう註記するのはアベル・レイであり——そして少しあとで、こうも付言している、《視覚、さらに視覚に於ける構想が、特別に科学的な感覚を構成する》(20)、と。

あえて一言でいうとするなら、十六世紀には〈景観〔Bellevue〕〉ホテルは生まれていなかった。また〈絶景〔Beau Site〕〉ホテルも、だ。そうした名前を冠されるホテルは、ロマン主義の時代にしか出現するはずがなかった。ルネサンスは、[40]程度の差こそあれ快適な夢想、〈薔薇〉の館や〈野蛮人〉の館、あるいは〈黄金の獅子〉の館に投宿し続けていた……。

5　不可能なことがらに対する感覚

ルネサンスはあるがままに、荷物をまるごとかかえて、宿泊した。その荷物が最新の流行でないことはしょっちゅうだった。万事が関連しあっている。優れて知性的な感覚である視覚は、まだ最上位の席を獲得しておらず、他のあらゆる感覚を凌駕していなかった。だがそれは《知性》とか《英知》とかが、定義とまでは言わなくとも、少なくとも初出を特定される必要がある言葉だからだ。レヴィ＝ブリュールの素晴らしい本の読者であるわたしたちには、そのことを反論の余地無く明示してもらう必要はない。

レヴィ＝ブリュールの本(21)。だがまさしく、十六世紀の人々と長年暮らし、かれらの思考様式、感覚様式を研究する者で、かの《未開の心性》が呼び起こすものすべてから衝撃を受けない者はいない。この《未開の心性》こそ、レヴィ＝ブリュールが復元し、わたしたちの興味を多いにそそったのである。なにものも厳密に境界を定められていない世界のとらえ難さがあり、そこでは存在者それ自体が、自らの境目を喪失し、一瞬のうちに、形態や様相、大きさや、こう言えるかも知れないが、《所属》さえも、大して異論を招かず、変えてしまう。そこにあるのは、存在に生命を与える石、[41]生きている石、動き、かつ成長する石についての、かくも多くの物語である。そこにあるのは、オウィディウスの読者なら驚かない、生命をもつようになった樹木である(22)。

　聴いてくれ、樵夫よ、しばし手を休めよ、
おまえが刈り倒しているのは木ではない……。[42]

そこにあるのは、いつでも新しい昔からの伝承である。鳥の一種、コク雁を生み出す貝、烏帽子貝の伝承、独特な受粉の方法をもつ、はやくはミュケナイの壷の模様に用いられていた、水生植物セキショウモの伝承。[23] セキショウモは十六世紀のただなかで、その伝承を生きつづけていたし、またこれこそ例の頻繁に語り継がれてきた、川に落ちて鳥に変身する木の葉の物語を説明するものである。そこにあるのは最後に、人間のようにふるまう動物であり、好むときに動物に変貌する人間である。狼男のケースは典型的なもので、離れた場所に同時に出没することができ、しかも誰もそのことに驚かず、一方の場所では人間、他方の場所では動物となる。[24] こうしたことを考えたうえで、曖昧さの中を泳ぐのに慣れたこれらの人々が(わたしたちにとっては、他のいずれにもまさって綿密に規定されることを必要とする領域においてさえ)、わたしたちには不条理に思え、苛立たせるであろう、混乱し、両義的で、ほとんど限定されていない状況に、やすやすと順応していたことに、驚く者がいようか。一例として、二分され、三分され、帰属も不明確な村落に囲まれた、明確な境界もないフランスという国の、他国の飛び領土や自国の飛び領土にあふれる国境のことを考えてみよう。かくも多くの不確定さを、ラブレーの同時代人はいささかも重荷に感じていなかった。この重荷は、わたしたちには、やがて耐えがたくなるだろう。論理的に耐えがたくなるだろう。

だが、と言われるかも知れない——それらは哀れな者たちで、自分が家にいて、陰気な炉の片隅や粗末な寝台にとどまっているのに、サバトに参加していると本気に信じ込んでいた人々だ。あなたはそういう人々を選んでいるのだ、と……。——哀れな者たち? それではかれらを裁く人々は? 判事は哀れな者でも、無学な者でもなかった。かれらは妖術師その人よりも狼男の話の方に抵抗を感じていたのだろうか? いや、そんなことはない。かれらにとってその話はついてゆけないものではなかったし、言葉を真に受けてもいた。唯一の違い、それはかれらが時として——おそらく？——妖術師の示威的行為をまえにして、ある種、知的なスキャンダルといった印象を味わっていたことだ。妖術師の方では、もちろんそうではない。妖術師は怖じ気づいたかも知れないが、自分がおこない、語り、告白し、解釈することすべてに驚きはしなかった。『七賢人ノ対話』の著者、当時のもっとも聡明な、もっとも知的な精神のひとり、ジャン・ボダンもまた『妖術師の鬼憑』の著者であり、妖術師の悪しき業を、信仰にかけて、信じていることを想起する必要があろうか？

わたしたちが、著名で尊敬を受けている行政官、アンリ・ボゲ[43]の一族、ニコラ・レミ[44]の一族、ピエール・ド・ランクル[45]の一族を、特別な迷信深さ、愚かさ、同時代人と比べての精神的虚弱さの持ち主だと難ずるのを許すような事実は、まったく存在しない。かれらは当時、それぞれの司法管区、フランシュ＝コンテ地方やロレーヌ地方、ラブール地方〔ガスコーニュ地方の一部〕の年代記執筆者のみならず、妖術師の裁判官となり、殲滅者であったのだ。事件をまえにしてのかれらの行動様式はわたしたちのものではない。[25]わたしたちにとっては関心も意味もない相似がかれらには重要なのだ。わたしたちが偶然のものとか、形の上のものとか、恣意的なものとかとして無視する類似点から、神秘にみちた接触がかれらには誕生していた。かれらは妖術師を自制することなく受け入れ、好奇心をもって調査していた。神学者はずっと以前から妖術師が、狂気の中で楽々と容易に移動するものだとしてきた。フェルディナン・ロト[46]が〈古代世界の終焉〉をめぐる美しい書物で（だがそのためにわたしはこの本を美しいと思うのではない！）、《恐るべき狂気》と呼ぶものの中で、そしてかれが歴史家としての勤めを束の間忘れて繰り返し述べるように、《同じように面白いか、それとも同じように悲しい》[26]数百の例の中から選んでみせた狂気の中で。狂気、この言葉は意味をなさない。かれらの思考方法はわたしたちのものではなかった。それだけの話だ。そしてこの世紀のはるか末になっても、精神と知識に優れる人々が、わたしたちには突飛と思える比較に基づいて、〔モリエールの〕ディアフォワリュス流に論証しようとしつづけるだろう。ここにクロード・フォーシェ[47]がいる。『フランス語の起源』の、あのフォーシェだ。かれは、《温暖な気候帯は人々が住んだ最初の地域であった》ことを論証すると主張している(27)。その証拠はメソポタミア地方とパレスティナ地方である。それは《心臓と肝臓が（医師たちの大多数の見解では）、人間にあっては手足よりも先に形成されるように、地球の中心の地域に最初に住まいを構えた》、ということがもっともらしいからだ。

事実、当時の人間は、不可能という感覚、不可能という観念を持っていなかった。

こういう話が聞こえたとする。斬首された者が自分の頭を両手でかかえて、街路を歩きはじめた、と。わたしたちなら肩をすくめ、その件についてそれ以上尋ねようとはしない。そんなことをしたら、わたしたちは笑いものになるだろう。――一五四一年の人間は、ありえない、とは言わなかった(28)。かれらはなんであれ事実の可能性を疑うすべを知らなかった。専制的で、絶対的、かつ拘束力を有する、法則といういかなる観念も、かれらにとっては、際限なく創造的にして生産的な自然の、無限の力を制限しはしなかった。事実の批判は、法則というこの観念が広く効力を発するまさしくその日まで、始まらないであろう。――まさにそれゆえ、否定的な見かけにもかかわらず、たいそう肥沃な、不可能という観念が意味を有するようになるその日まで。すべての人々にとり、不可能〔non posse〕が非存在〔non esse〕を生み出すその日まで。

十六世紀にあって――その日はまだ訪れていなかった。お告げの夢、幻、距離を隔てた、ひとつの行動や交信。すべからく事実であり、どのようにして、ひとつの事実を疑うことができよう？　わたしはあの幽霊、あの亡霊を見た。わたしが寝ていた憑依された家で、鎖の音や、軋み、泣き声を聞いた。夜、猟の待ち伏せから戻るとき、空中に大きな叫び声をあげながら、夜鬼の狩りの一行が通ってゆくのを見た[29]。すべからく事実、疑いえない事実である。わたしは見た、わたしは聞いた、わたしは震えた。友よ、どうしてかれらを疑いえようか？　わたしの証言には根拠がある。おとぎ話をこしらえているのではない。わたしは正直なところ自分の経験に自信がある……。

十六世紀、あの奥深い言葉、人間的な言葉、あのシラノの言葉はいまだ発せられていない。《ひとりの人間のいうことをすべて信じてはならない。――なぜならひとりの人間はあらゆることを言いうるからだ。ひとりの人間のいう、人間的なものだけを信じなければいけない[30]》。美しい文章だ。しかしこれは一六四一年のものなのだ。

わたしたちは経験〔expérience〕について語った。どのようにしてこの言葉の歴史もまた持たずにいられるのか？　実験〔expérience〕はわたしたちにとって技術であり、ことに実験室の人間には馴染み深いものだ。人間の手が加えられていない事実の領域への、長い時間をかけて熟慮され前もって計算された介入である。ある選択、――すでに表明された仮説の検証を、あるいは新たな仮説の構築を可能にすべく実施された、ある選択の結果である。――かれら、十六世紀の人々にとっては？　なんの介入も受けることなく、それを引き起こすか否かの、どんな特別な意志の関与もなしに、自ずと発生する現象や出来事を、あるがままに経験し、観察し、記録する行為だったのだ。

6　自然と超自然

不可能なものとの関連でみた、わたしたちの可能なものの観念と同じく、十六世紀の人々は超自然的なものに対立する、わたしたちの自然的なものの観念も所有してはいなかった。あるいはむしろ、かれらにとって、自然的なものと超自然的なものとの間の交流は常態にして不断であった。かれらは宇宙について神秘的なヴィジョン、原始的なヴィジョンを保持している。そのヴィジョンは、わたしたちのように、体験からえられたデータの中に原因を探索しになど行かない。現象の網の中にそれぞれの出来事をはめこみ、それに先行する事象によって説明し、そこから与えられた条件の必然的な結果や、容易に予見できる帰結の、これまた必然的な原因をみちびく配慮をすることもない。十六世紀の人間は、そうした単純で強力な原因を、定義からして実験ではとらえられない世界、わたしたちを四方八方から取り囲み、攻囲し、わたしたちの運命を決定する、眼に見えない支配力、パワー、精霊、影響力にあふれる世界の中に見出す、と主張するのである。

雷が落ちる。これは《自然現象》などではなく、突如、俗事に介入してくる神性の、意図的で意識的な行為なのだ(31)。——彗星が天空に出現する。これは《自然現象》などではない。それは予兆であり、前兆、死の前兆である。一六〇〇年、ルーアンはオスモン書店で、ノエル・タイユピエ[48]の一冊の書物が公刊されるであろう。『精霊の出現についてすなわち遊離した霊魂、亡霊、時として偉大なる人物の死の先触れとなり、もしくは国事の変化を意味する奇蹟と不可思議な出来事について』がそれである。この本は、まもなく扱う予定の、ランジェー〔領主ギヨーム・デュ・ベレー〕の死をめぐるラブレーの章を、十七世紀まで延長するものだ。——天体の食、隕石、青ざめた夕陽。多くの兆しがあり、それと同じくたくさんの、天界の勢力の干渉がある。

あらゆる生活の網の中で、自然と超自然が絶えず絡み合い、誰もそれに驚かず、誰も居心地が悪いとは感じない。それはちょうどまさしく、この時代の宇宙形状誌にあって、支離滅裂なものが、もっともなものと歩調を同じくし、真なるものが幻想的なものと結ばれ、動物説話集のばかげた牧神が、写実的に描かれた《本物の》動物のあいだで自分の子孫をのうのうと育てるようなものだ。一方で、カトブレパス〔細長い首をもち自分の足を食べるとされる動物〕が間の抜けた様子で自分の足を食べている。他方で、本物の猿が意地悪そうな顔つきで、からだを掻いている。

万事においてこのようなのである。犠牲者の死体が殺害者のまえに置かれると、すぐさま血を流す、とかれらが主張するとき、わたしたちなら真面目ではないと考えてしまう。だがフェリックス・プラッターは、世紀もかなり深まったころ、モンペリエでそうした事態が生起するのを目の当たりにする。冗談など言わない医学博士プラッターが、だ。[32] しかし、ジョベ・デュヴァルを信ずるなら、ブルターニュにおいては十七世紀まで、本審の過程で、死体の傷口が開いて殺害者の前で血を流す筈だし、他の審級ではフランス革命のときまでそうなるだろう。[33] わたしたちに理解できないのは、罪人が現場でつかまったのに、さらにまた、当時の裁判にあっては告白と自供を必要とした、ということである。もう自供された事柄の有害な影響を消滅させる、もしくは少なくともその影響をはばむであろう自供、秘密を無効とし、そのよこしまな行動を無に帰するであろう告白である。――わたしたちは、守護聖人が病を送りつけておいて、祈願と引換えに癒すのを承諾してくれるのだというおぞましい考えを、聖人たちに転嫁している不作法者どもに対して、ラブレーが突然憤慨するとき、いったいラブレーが腹を立てるような、そんな人が、それほどの愚者がいるものだろうか、と自問してしまう。だがそれはわたしたちにとって、病気は単なる身体の不調に過ぎないけれど、かれらにとっては一種の呪いでありつづけるからなのだ。それはちょうど、素朴な人々の治療行為が《自然な》行為ではなく、とりわけ、〔薬草〕採取の儀式が形式にのっとり遂行されなければ為されたことにならないのと同様である。[34] あらゆる医学的な処方は、当時、魔術的な実践と経験からえたデータの奇妙な混合の様相を呈している。これこれの煎じ薬を飲み、これこれの膏薬を塗らなければならない。だが同時に、殊にこれこれの仕種をし、これこれの呪文を唱えなければならない。そのとき、そのときのみ、薬は効果をあらわすだろう。《そして或る病を治すすべを心得ている者というのは、その病をもたらすことができるからこそ、病を治す力があるのだ》。これは『ガルガンチュワ物語』の註釈者の、テキストの欄外に記された指摘ではない。未開人の感情を解釈するレヴィ゠ブリュールの言明である。(35)この言明は、ようやく脱出したとの幻想をいだいた環境へわたしたちを再び突き落とすものである。

実際、こんにちでは皆、教養人として普段、知的に改造された自然の懐を散歩する。その様々な現れは、諸概念に対応する必然的な法則と固定された形態とからなる骨組みに立脚している。かれらは？　かれらは安らかに、独特な世界で暮らしている。そこではそれぞれの現象が正確には特定されていず、そこでは時が、それぞれの出来事とそれぞれの存在の間がどのように続くかの順序を、厳密に定めてはいない。――もしくは終わったものが、にもかかわらず持続しえ、そこでは死は、或る存在がなお存在し続け、そのものとの間に一定の類似点が認められさえすれば他の存在の中に隠れ棲むことを妨げない。――無教養な者、愚か者、無知な者だけでなく、多かれ少なかれ、かれらすべてだ。かれらは、法則が存在するというわたしたちの本能的な確信を、いつでも、またどこででも持っていなぞしない。学者はまだ、自分の役割、固有の仕事がまさしくいろいろな法則を発見し、表面的にはなんの関連もない事実の集積の中にもぐり込んで、そこに、それなしでは精神が満たされることのない、秩序、区分、階層を導入することだ、とは考えていない。わたしたちが神秘と呼ぶものは、わたしたちの言語では、事実を法則に結びつけることの不可能性である。かれらにとって神秘など存在しなかった。ある意志、善良な存在の意志であろうと邪悪な存在の意志であろうと、恩恵をもたらす意志であろうと災厄を招く意志であろうと、それが、かれらには説明できないものの助けを借りて、表現されるのである。そしてしかもそれは、忘れないでおきたいが、ひとつの進歩なのだ。超自然的なものに訴えかけること、これは諸事実の中で溺れる人類の、雑然とした混沌を支配し、──そこになんらかの人間的な秩序を与えるための、最初の、かつすでにして巨大な努力だからである。

7　ダイモンにあふれた宇宙

それではかれらの宇宙、地球に連動し、地球の周囲をまわるべく定められた微小な宇宙は、わたしたちの、理解不能で眩暈を覚える宇宙と、どのように類似していたものだろうか？　この未知の世界からなる無限の集合体の観念は、わたしたち誰にとっても親しいものだが、かれらはつゆほども予想していなかった。しかし、自己の域から外に出ることなど試みもしない想像力、まだその、人間の想像力の範囲内に存する天空を、──かれらは逆に、奇妙な植民で満たしていた。

「神」が世界という大いなる家を築いたとき、
海の深遠を魚で、
大地を人間で、大気を霊鬼で、空を天使で満たした。
宇宙には空虚な場所がないように、
また、あらゆる場所が
その天性に基づき、独自の生物で満たされるのが狙い……。[49]

このようにロンサールは「ダイモンの讃歌」で歌った。これらの詩句にあって、ロンサールはヴィクトル・ユゴーのテンポを借用したかに思える。[36] 詩人の空想なのか。いや、絶対に違う。『人間ノ尊厳ニツイテ』における、ジョヴァンニ・ピコ・デッラ・ミランドーラの敷衍を採用しているのではないだろうか。《すでに至高の建築師たる、父なる神は、ご自身の手で、われわれの見る、世界というこの大いなる住まい、その知られざる英知の法則に従う、最も厳格な神殿を建造した。すでに彼は超天界を聖霊で飾り、すでに諸天球を永遠の霊魂で活気づけ、すでに世界の低い諸大陸を、あらゆる種類の動物の群れで満たしていた……》[50][37]。しかし他方、十六世紀にあって、誰が天使やダイモンと親しく交わらなかったろうか？　誰が自分の内に、幻想的にして独自の種族が出没する奇妙な世界を宿していなかったろうか？

ロンサールは詩人だ。ピコは夢想家だ。それはそうだろう。だがここにフェルネルがいる。近年、ある思想史家〔A・レイ〕に、《ルネサンスの偉大な先駆者はみな、その初期の学者はみな医者であった[38]》と言わしめた、かの同業組合の著名な代表である。ここにフェルネルがいる。かれは模範の中の模範、数世代にもわたってヒポクラテスの子孫たちの光明であり指南だった。その膨大な「大全」、『総合医療術』の中の論考、「事物ノ秘メタル原因ニツイテ[39]」を開いてみよう。わたしたちに啓示さるべき、なんと多くの秘メタル原因〔causæ abditae〕、があることだろう……。だがここに、フェルネルのもとでもまたここに、世界を横断して彷徨する精霊が群がっているのだ。彷徨し、そしてすべてをおこない、すべてを説明するのに、かくも有益で、かくも有効な精霊だ！　誕生からして善良であり、その創造者に似せて造られたものである。しかし或る日、その内のひとり、ルキフェルは驕慢に酔い痴れて、冒瀆的な言葉を発する。《私ハ天ニ昇ルデアロウ。私ハ、神ノ星辰ノ上ニ私ノ玉座ヲ高メルダロウ。ソシテ契約ノ山ニ滞在スルデアロウ……》[51]。地獄がかれを迎え入れる、ルキフェルとその仲間を。その後、失墜した天使の軍隊は、神の玉座のまわりに九つの隊をなして整列した、忠実な天使の輝かしい軍隊に対峙する……。キリスト教の神話だ。しかしルネサンスの優れた哲学者として、フェルネルはわたしたちに警告する。かれの出典は異教徒のものだ。《ダエモンニツイテ私ガ何ヲ述ベルコトニナルトシテモ、私ハプラトンノ源泉カラ汲ミ出スデアロウ》[52]。かれは天使に対し、ダイモンに対し、〈半神＝英雄《ヘロス》〉を加える――プラトンが『法律』第四巻[53]で描きだしている〈半神＝英雄《ヘロス》〉である。みな、神と人類との仲介者だ。なぜなら神はご自身では、被造物に介入しないからだ。《確カニ、神ハ人間ト立チ交ワラレナイ。ダガソノ媒介ニヨリ、神ト人間トノ間ノ、アラユル交渉ト対話ガ遂行サレル。我々ガ目覚メテイル時モ睡眠シテイル時モ》[54]。

　かくして『第四之書』の奇妙な第二十七章に遭遇したとしても、驚かないでおこう。そこでは《かの博識にして勇武の誉れ高き武将、ランジェー公の》[55]医師が《英雄的な霊魂の離脱》[56]について推論し、《公の御逝去に先立つ奇怪で物恐ろしい異変》[57]を思い出す一方、――《寛仁な天空》[58]は《気高く、貴重、また傑出して居る》[59]なにかの霊魂を新たに受けいれるのにすっかり喜んでいるがごとく――それを迎えるために《箒星や流星を現して歓喜の火祭を行う》[60]ように見えた。《一切の自然の秩序に反して作られた奇蹟、異変、怪物、その他の前兆》[61]を勘定に入れずに、そうなのだ。そして何よりもラブレーがこの章で、軽薄に話したり、暇をつぶしているのだとは考えないようにしよう。かれはここで、ごまかしようのない、荘重な重々しい口調で語り、――法廷に何人もの証人を厳かに呼び出しているのだ。《アシエ、シュマン、独眼竜のマイイー、サン・チー、ヴィルヌーヴ・ラ・ギュイヤールらの殿様方、サヴィリヤノの医師ガブリエル先生、ラブレー》[62]……そしてその他の友人たちである。《これに一言でも嘘があったら、身も魂も神様に献げ奉る……》[63]。

　奇妙な章だ。もっともそう言うのはわたしたちで、当時の人々はどうだったのだろうか？《天使たちの尊い群》[64]、ロンサールひとりが、神を沈黙のうちに保護し、取り囲むその群を見たわけではなかった。肉体も情念もない、天空の真の民である天使は、《「神」と同じく死ぬことはない》[65]、

　なぜなら、彼らは聖霊に他ならず、神性、完全、純粋であるからだ[66][(40)]

そしてダイモンの騒がしい集団が、月の軌道の下に散らばり、棲みついては

　いたるところ風と雷と嵐にすっかり満ちた
巨大な、厚い、曇った大気中に散らばる[67][(41)]

その集団が雲海のただなかを、土ではなく大気から造られた、しかし、にもかかわらず重さのある、《微かな[68]》重さがある軽やかな身体をもって、通過するのを見たのは、この詩人ひとりではなかった。その重さとは、身体が余りに高く飛翔して、《神の意志によって決められた[69]》場所を放棄しないようにするためのものだった……。

興味深い被造物であるこれらのダイモンは、同時に神と人間の特徴を帯びている。不死のものとして神に、《あらゆる情念に満ちた者[70]》としてわたしたちに似ているのだ。

　彼らは望み、恐れ、
孕ませたがり、愛し、軽蔑し、
身体の他は彼らに独自のものは何もない[71][(42)]。

あるものは善良で、あるものは邪悪である。

善き霊鬼は空中からこの低い場所へやって来て、
われらに神々の意志を教え、
それから、われらの行為と祈願を神に伝えに行き、
われらの捕われの魂を肉体から切り離す。[72]

またかれらこそが私たちに夢を送り、かれらに由来するのが予言とか、曖昧な、
鳥による将来の占いという[73]
術である。

反対に、邪悪なものが、地上にもたらすのは
ペスト、熱病、憔悴、嵐、雷であり、
彼らはわれらを驚かすために空中に音をたてる。[74]

かれらはそれ以外のこともおこなう。天空に出現するすべての悲劇的な兆候、二重の太陽、黒く変じた月、血の雨、要するに、空中で生ずる奇怪なことがらはみな、かれらの仕業と認められる。おなじく、憑依された家のあるじはかれらであり、かれらこそ、わたしたちの家の周辺をさまよってやまない、夢魔、

怨霊、亡霊、家の守護神、淫夢魔、旅人を襲う妖精、鬼女なのだ。かれらこそ、ノルウェーの悪戯好きの小鬼、小妖精、地の精であり、波を鎮めたり、嵐を起こしたりするナイアスやネレイスなのだ。――そのうえ小心者で、すぐさま逃げ去ってしまう。かれらは光や、松明の輝きを怖がる。かれらは全員、刀剣類を特に怖がり、剣のまえでは

　　彼らのつながりが断ち切られないかと恐れて[75]

退散する。

事実、魔術師の古典的な像は、抜き身の刀で武装した人物を表現している。――そしてロンサールはどのようにして、ある晩、

　　ひとりぼっちでル・ロワール川を越え[76]

恋人に会いに出かけたとき、空中に地獄の狩りの一行が通りかかるのを目の当たりにしたかを語る。もしロンサールが

　　鞘を払って、抜身で
　　あたりの空気を細かく断ち切るよう……[77]

思いつかなかったら、死んでいただろう。

これらの詩的テキストを大量の類似するテキストで取り巻くのはやめておこう。それらは上記のテキス

トを補強し、裏付け、肉付けすることが出来るだろうけれど。単に、以下の疑問、この自ずと心に浮かび上がってくる疑問のみを自問することにしよう。

現実の科学的認識が問題なのか？　そしてまず、《自然の中の》生命ある存在と、生命のない物体の――それらの構造と機能、行動に関するいくたの秘密をも含む――客観的研究が問題なのか？　だが知識が人間に、使者であり馬車の御者である、大気や遊星に棲むダイモンによって伝えられるとき、ラブレーの――そしてロンサールの――同時代人たちはどのようにしてそれで満足したのだろうか。

神々しい伝令、神の聖なる伝令、
足早に神の秘密を私たちにもたらす者78

であり、――地上の被造物に

自然の路程
あるいは天の音楽(43)

を教える役目を負うこの仲介者、ダイモンによって伝えられるとき。そしてこれらのダイモンがいるのはただ人類に仕えるためであり、人類に、その欲求にこたえるべく造られた自然の懐で、様々な存在や現象に影響をおよぼす力を与えるためだというとき。――力学的な技術の作用によるよりもむしろ、不思議な力で引き起こされたかれらの介入のお陰で、宇宙に及ぼす影響力を確実にさせるためだというとき。

ルネサンスが刷新した古代悪魔学の権威は皆が皆、このように主張している。――全員、マルシリオ・フィッツィーノ（一四九九年没）からヨハンネス・トリトヘミウス[79]（一五一六年没）、コルネリウス・アグリッパ（一五三六年没）、パラケルスス（一五四一年没）、あるいはロンサール（一五八五年没[80]）まで、――全員が、因果関係の要因であり用具である精霊やダイモン、半神的な被造物が棲む宇宙の懐で、同じ日常的な幻影の中にひたり、手で（機械がまだ生まれていないこの時代に）自然の力を操作し、様々な現象を生産し、そして次から次へと繋ぎ合わせるのだ。永遠に流動的な、多様な形態のもと、生物や物体に外見を与える形態、

材質は変わらないが、形態は消滅する[81]

がゆえに、変化してやまない形態のもと、――同一の現実、ひとつにして多面的な、物質的にして精神的な現実が、かれらの感覚では、絶えず実在し循環しているのである。深遠な感情であって、ストア派の世界霊魂[82]という、ルネサンスの人々にはたいそうなじみ深い概念が、この感情に、公認であるのみならず権威もあるひとつの哲学的形態を与えることを、まさしく可能にしている。

8　神秘主義と宗教

近年大いに議論されてきたのは、占星術師や医師、哲学者の石の探求者の配慮によってユマニスムの学問の領域外で発展した、かの《神秘科学》の役割や価値、偉大さについてである。こうした人々の雑然とした努力、混乱した理念、夢想の混じった大胆すぎる思弁がどのようにして、おそらく、いくつかの分野

で、大学がこしらえた博士の古典的な知識より以上に近代科学に役立ち、その誕生と構成にいっそう貢献したかが示された（しかもまったく相対する複数の側面から）。わたしたちにとっての問題は、ここでは、まったく別のものである。それは、わたしたちが描写を試みてきた精神の有り様が、十六世紀の人々が宗教の監視から解放されるための素地となったかどうか、——自分たちの誕生、環境、もしくは選択ゆえに属している、啓示され、組織化された宗教の監視と関係を断つ素地となったかどうかを知ることである。

直観的にわたしたちは、そうだった、と思ってしまう傾向がある。わたしたちは二十世紀の人間であり、事実によって真実だと認められ、経験によって確認された奇蹟のすばらしいコレクションを、学者から日常的に授けられているので、その前では、神秘主義者が告げ予言する、不確かな、あるいは架空の奇蹟など青ざめてしまう。せいぜいのところ、わたしたちの判断では、それらは無邪気なものなのだ。もはやわたしたちには、科学がすべてを知っているわけではないし、すべてを語るわけでもなく、かつまた、絶えず、大量の新しい知識や理念によって侵略され変形されうるものだと、外部から聞かされる必要はない。不可思議は売買の対象になっている。そのとおりだ。——しかしかなり独特の配置換えに基づいてであり、その占有権を保持するのはもう魔術師でも、錬金術師でも、占星術師でもない。それどころかそれを保持し、公衆に引き渡すのは認可された、資格を有する公式の学者なのだ。昔の幻影よりもはるかにこの世のものならぬこんにちの幻影は、尊敬され、飾りたてられ、冠を戴き、真理の中でももっとも確かな真実であると見なされ、実験室から登場する。それ以外は、真面目な人々の傍らでは信用のない、世間知らずか詐欺師に過ぎない。したがってわたしたちには必然的に、十六世紀の《周縁の山師》、カバラ学者、錬金術師、あらゆる分派の神秘主義者たちが、正統の科学や正統の宗教に相対峙して、教会にとってと同じく大学にとっても手ごわい、小さな礼拝堂をいくつも建立したはずだと思えてしまう。それらの人々を、十七世紀が《自由思想家》の軍隊と呼ぶであろうものの前衛と見なすのが、まったく適切であるように思える。

ここにもまた幻想がある。明らかに、こんにちわたしたちが一方で、カバラ学やヘルメス文書、その他多くの混濁した典拠が保存してきた、あらゆる年代、あらゆる出自の、汎神論的教理の雑然とした堆積をわたしたちのまえにならべ、――他方、その文化すべて、その環境すべてによって、論理的かつ合理的精神を授けられた人間の必要に、よく合致した、巧みに定められた教義を有するキリスト教をならべるとき、――不一致はあまりに明白であり、和解は不可能だとわたしたちには思われる。あれかこれか、だ。撰択しなければならない。**わたしたちは**撰択しなければならない。だがかれらは撰択しなかった。そして常に同じ根源的な理由のためなのである。

矛盾はかれらを驚かせも、傷つかせもしなかったし、冷厳なジレンマを突きつけもしなかった。かれらがジレンマを解消しようと尽力した、と言って構わないものだろうか？ そう言われている。プラトンとアリストテレスを、ギリシア哲学と『福音書』を調停しようと尽力するかれらの姿が指摘される。調停する、とは、ここでは、禁じなければいけない言葉だ。なぜなら調停とは、このわたしたち、わたしたちが理解している意味では、ここでもまた相変わらず論理的な作業だからだ。本当のところ、かれらは調停していなかった。ソーラが非常にうまい表現をしたが、かれらは《欲求の総括》[44]をおこなったのである。あまりにも論理学寄りの教条的な神学に対して、神秘主義者のように、だが異なるやり方で反発する人間の欲求である。この神学はまた、日々厳格さを増すその定義が、神学を受け入れない人々が、曖昧で心を搔き乱す魅力的な神話、まだ注文の多いかれらの未開性を満たしてくれる神話を追って、自由にとりとめなく心を遊ばせるのを妨げる神学である。このようにしてかれらは、自分たちがうまく調整できない欲求、自分たちの食欲に応じてしか調整できない欲求を、神秘主義によって、貪欲に、貪婪に、満足させるのである。かれらは食事をするが、カロリー計算などしない。かれらは栄養不良の、背後に多くの備蓄を蓄えていない人間のように食事をする。かれらは偽ディオニュシオス[83]やライモンドゥス・ルルス、ライン河畔の神秘主義者の周縁と同様、カバラ学やヘルメス・トリスメギステス[84]、ディオドコス・プロクロス[85]の周縁でも、自分たちの夢想を追求する。糧はあちこちにある。――推論し、批評し、また判断するよりもはるかに、感じ、信ずることに飢えている霊魂の糧だ。みながその段階にいるのだ。ピコ・デッラ・ミランドーラから始めよう。おそらく正統教義を、時として激しく不安に陥らせずにはおかなかったピコ、ユマニストの社会に、キリスト教に敵対するまではいかなくとも無縁な、もっとも美しい一群の思想を広めたあとで、サヴォナローラ[86]がまとっていた僧服に、敬虔に身を埋めたピコのことだ。数々の夢想をかくも多くの分厚い書物で展開していたとき、あなたは自分がキリスト教徒だと思うかどうかと尋ねられたとしたら、かれはさぞ驚いたことだろう。おそらくその驚きは（ひとつだけフランスの例をあげれば）、わたしたちの敬虔なルフェーヴル、ヤコブス・ファベル・スタプレンシス、聖パウロの監修者、『福音書』の註解者、また多くの人々にとってフランスにおける宗教改革の先駆者であるルフェーヴル、そして『パウロ書簡』に向けたと同じ熱意を以って、他のたくさんの思想家のあいだから、素晴らしい「序文」を冠してトリスメギステスの著作を激賞し、翻訳し、編纂し、普及させていたルフェーヴルが示すものと同じほどであっただろう……。

もっとのちになって、おそらく……。自由思想家たちは喜んで神秘主義の指導者たちに意見を求め、その混乱した教理に自分たちの懐疑主義のためのアリバイを期待するようになるだろう。別の言い方をすれば、古典主義的思想の潤いのない秩序を嫌い、かれらはそこに自分たちに加担してくれる闇と、濁った水のもつ豊富な滋養分を探すことだろう。あまりに文明化された宗教、あまりに首尾一貫したキリスト教に対する、当然の反応だ。十六世紀には、わたしたちが述べてきた深い理由のため、そうした時節はいまだ到来していなかった。可能な範囲で夢想が育まれていた。論理的整合性とか無矛盾とか、余計な心配をせず、他者の中に自分自身を見出そうと努めていた。それは、マルティン・ルターが、『ドイツ神学』を発見し、その毎ページ、毎行にマルティン・ルターを再び見出して、――熱狂的にそれを編集させ、発行させ、全ドイツに普及させていた時代であった。この神秘的な論考にルターのものでないもの、ルターと矛盾するものを、かれは何も眼にしなかった。ここでもまた《視覚の立ち遅れ》がある。かれは《感じること》で満足していたのだ。――かれが属する世紀全般と同じように。

結論　信じようとする世紀

以上のようなことがらをすべて述べ終えたいま、この書物が提出しようと願った問題に立ち戻ることができる。ルネサンスの人間が関与するかぎりでの、不信仰とその影響力、その手段についての問題に。信ずるか信じないか。この問いに謎などないとする素朴な理念に抗して、単純すぎる理念に抗して、この問いをわたしたちがしばしば自身に課すのと同じやり方で十六世紀の人々にも課すことが出来るだろうとする反歴史的な理念に抗して、——この書物全体が立ち向かっているのは、こうした幻想、こうした時代錯誤に抗してである。さて最初の〈信ずる〉という言葉は脇に置いておこう。すると二番目の言葉〈信じない〉はどうなるのだろう？

＊

信じないこと。問題はまるで単純そうだ。——ひとりの人間にとって、しかも順応主義ではさらさらなかったと思われている人間にとって、習慣とか、慣例とか、所属している社会的集団の掟そのものと絶縁することは、あまりにも容易そうだ。——だがそれらの習慣、慣例、掟が未だ十分に有効であるのに、また逆に、束縛を払いのけようと努める《自由思想家》がごく少数であるのに、そして自分の知識の中にも、同時代人の知識の中にも、有効な疑念を作り上げるに足る材料、実証され、現実的で真実の確信の力を有するにいたった証拠によって疑念を補強するに足る材料を見出せないのに、そうなのだろうか？

だが抽象の中にはとどまるまい。《信じないこと》、この表現は十分ではない。いまわたしたちの心を占めているのは、ある種、抽象的な不信仰ではない。どんな属性を与えられているにせよ、また、創造神、保護する神（ラブレーなら救い主[1]というだろう）、あるいは、正しくかつ善なる、自身が定めた倫理の番人である摂理、という具合に、どんな形容を授けられているにせよ、なんらかの神が実在するということを信じない人間の態度ではない。まずもってわたしたちの心を占めているのは、生まれながらにキリスト教徒であり、キリスト教にすっかり嵌まり込みながら、精神において解放され、共通する軛、すなわち同時代人のほとんど全員の合意により躊躇も留保もなく公言されている宗教の軛を揺さぶる人間の態度なのである。

ところが共通する軛を揺さぶるには、やはり理由が必要だ。それも立派な理由が。わたしが言いたいのは、誰でもその理由に満足し、納得するようなものである。ほとんどはっきりした理由なしに、たんに精神の自由なたわむれ、つまり冷笑する快楽、目立とうとする快楽のみからそうすることが出来ると仮定しよう。――それは同時に、刷新者に、その指導力が、それゆえにあらゆる意義を喪失してしまうような、軽率な精神を与えることである。理由が必要だ。だがどのレヴェルの理由なのか？　二十世紀の人間であるわたしたちは、真先に歴史的な理由や科学的な理由を述べたくなる。形而上学的な理由は第三列にしかこない。

＊

歴史的レヴェルの理由ゆえに信じないこと。それは一体、ラブレーや、その同時代人たちに可能だったのか？　だが一体誰が、あの時代にあって、真正さを確認し、執筆年代を決定し、相互関係を樹立するように気をくばりながら、こんにち、一作家のテキスト――運がよければ、複数のことなる作家のならんで置かれたテキスト群――と正面から取り組むと同じように、『福音書』のテキストを面と向かって受けとめただろうか？　誰もそのようなことは考えなかった。あるいは、もしそうした考えがいくたりかの人間に、格別に鋭敏で洞察力のある精神の持ち主に浮かんだとしても、――それは検証不可能で流動的、効力のない思考状態にとどまっていた。(1)　それ以外、どのようにありえただろうか？

『福音書』が足かせとしてあらわれるかぎり、神の啓示に疑義が差しはさまれないかぎり、年代や由来、系統の検討がくわだてられないかぎり、そしてキリスト教の初期史が、一般世界の歴史のように扱われないかぎり、――少なくとも歴史的データからは、どこでも、誰にとっても、キリスト教がぐらつくことなどある筈もなかった。エウエメロス説[2]のみが、この時代の人間の手の届く範囲にあった。キケロを経て熱狂的なキケロ派学徒の手で再び日の目を見たエウエメロス説、神格化された人々を神としたエウエメロス説である。(2)　一五五〇年頃のフランスに自由思想家がいて、そしてキリスト教の神に異教の神々を滑りこませ、ユピテルにもはや限らず（ウェヌスやその他の神々に、でもよいが、エウエメロス説は格別にフェミニスムを支持するわけではない）この教理を――この、他方、いかなる証拠となる材料も必要としない点で単純かつ経済的な教理を、適用したとしよう。大胆な精神の持ち主がいて、この教理を、どう見積もっても密かで少数の集会、ごく限られた員数の小会議で、イエスそのひとに適用したとしよう。それがありえたことは疑いえまい。なぜならカルヴァンの『躓キニツイテ』〔ラテン語版一五四八年、フランス語版一五四九年〕が、年代的に先行するアントワーヌ・フュメの書簡〔一五四二年、もしくは一五四三年〕のあとを継いで、そのことを殊更に教えているからだ。だが結局、ことは世紀の中葉にかかわり――そうなるとこれは大変重要なことになるのだろうか。これが大変重要なことになることが可能なのだろうか？ ルナンの『イエス伝』をしのぐほどではない、と言われるかも知れない……。見てくれだけの類似だ。それというのもルナンの『イエス伝』の背後には、『福音書』に関する幾星霜を重ねた歴史的・文献学的研究が存したからだ。一五五〇年の《無キリスト教徒》の噂の背後には議論にならない議論以外のなにものも、どのような批評的疑念もその歴史的・資料的価値に瑕瑾をつけられない、『福音書』から抽出できると考えられていたような、イエスの倫理についての根拠のない註解以外のなにものも、——もしくはこれも同じく根拠に欠ける、神々しいプラトンの文体にならった福音史家の文体についての、その他の註解以外のなにものも存在しなかった。カルヴァンや論争家たちが当然ながら、傲慢で、尊大、思い上がった、と形容していた気質の確認以外の——なにものも存在しなかった。ラブレーの時代には、コロンやコルテス、カブラル、マガリャンイシュの同時代人によって掘り下げられるのが見られるものと予期されていた議論さえも——存在しなかった。——つまりキリスト教はすこしも世界的に普及しているわけではなく、その影響力、恩恵、そして特に救済、永遠の救済の埒外に、航海者たちの手で旧大陸に突如として明らかにされた一群の人間や民族を残している、という議論さえも、である……。

議論さえもない——なぜなら次のように言い続けているのはわたしたちなのだから。十六世紀人が発見したこの新大陸、キリストを知らず、キリストもそれまで知らなかったこの未知の大地は——どのようにかれらのうちに、キリスト教に対する異議、重大な異議、克服しがたい異議を生じさせないでいられたろうか？ しかしかれらはどうだろう？ これらの発見が、メシアの到来を待望するかれらの霊魂のうちに生み出したもの、それは古代からの、驚くべき熱意にみちた、宗教勧誘熱であった。商人として世界を駆けめぐるのではなく、まず最初に、そしてなによりも、キリスト教世界の境界を拡大するため、コンゴ国王をキリスト教徒にするため、アビシニアの大王にローマへの使節を派遣して、イエス・キリストの副司祭〔ローマ教皇〕と自国のキリスト教の民との交流再開を調停することを可能ならしめるため、最後に、主たる神の教えにインド洋の海岸や、インドの、東インド諸島の、それを越えて支那の、そしてやがて日本の海岸を開くため、航海し、闘い、如何なる危険も省みていないということを、ポルトガル人、スペイン人、イタリア人、フランス人、誰もが幾年、幾十年ものあいだ、競って、自慢するのである……。

以上がかれらの、わたしたちではなくかれらの、――心配の種なのだ。もちろん全員の、ではない。ある人々はすぐさま、早くから疑念をいだいている。たとえば、グイチャルディーニという人物は、そうした最初の人々のひとりである。(3) 他の者たち、それも非常に知的な者、非常に教養のある者はどうなのだろう。かれらはまず、布教の熱意、改宗の熱意、宗教勧誘の熱意が高まるのを感ずる。こうした熱意が、当初にあって、イニゴ・デ・ロヨラやその初期の仲間を燃え立たせるであろうし、フランシスコ・デ・シャヴィエルをインドに向けて駆り立てるだろう。かれらは批評家であるよりも行動のひとである。かれらは、先に述べたポステルのように、キリスト教世界の統合、それまではキリスト教と無縁であり敵対的であった民族の、刷新されたキリスト教世界への同化という、大きな夢想にすっかり取り憑かれている。かれらは、その宗教史からキリスト教に抗する議論を借用する以前に、ラップランドの人々、エティオピアの人々、西インド諸島の人々のことを気づかう。それ以外のことについては、かれらが興味を引かれるものはまた、わたしたちのものとは異なっていた。そしてコペルニクスの体系が、長いあいだ、哲学的影響力を奪われていたのと同様、何十年にもわたって、新世界、四分の一の《世界の部分》(4)の発見は、凡庸な驚きしか引き起こさなかった。これは事実であり、ある精神状態について雄弁に語っている。

科学的なレヴェルでの不信仰に関しては——まず第一にそれが、キリスト教それ自体を標的にはしえなかっただろうということを註記しておこう（そして実際、将来、科学的な不信仰が生まれたときでも、標的にすることはないであろう）。それはキリスト教と一緒になって、宇宙が、宇宙におけるすべてが創造者にして律法者たる、なんらかの神の意図に依存する、と説くあらゆる宗教を標的にし、将来もそうするだろう。

*

こうした神の様々な権能、科学的不信仰はこれを、法則という強力な観念を武器にして、徐々に縮小し、——そしてまずもって、初期ノ動因〔primum movens〕、神の初めの作用の原初における介入を厳密に認めることが可能だとしても、いずれにせよ、機械がひとたび動きはじめたら、介入する神のための場所、その奇蹟、あるいは単純に、その摂理のための場所さえ存在しない、と立証すべく努める。その後で、この科学的レヴェルでの不信仰は、今度は、当初、創造者にして律法者たる神の最初の活動を必然として提出するあらゆる宗教に挑みながら、——様々な形態のもと、自律的で、固有の法則にのみもっぱら従う自然の観念を神に対峙させる。だが綿密にいえば、法則の観念も、自然の観念も、わたしたちが見てきたように、十六世紀が入念に造り上げた観念の中には入らない。十六世紀には、必然的な規則正しさの感覚とか、世界の合理的に整えられたシステムに対する好奇心がなかったからではなく、——その好奇心が善に、のちには美へと向かっていたからである。

それではなにが残っていたのだろう？　絶望による不信仰、死に瀕した哀れな人間の叫びが表現する不信仰、哀れなヴィヨンの苦悩に満ちた叫び、自分の国に住みながら　遠くの土地に居るようだ。
真っ赤な澳火の傍で　熱気に悪寒の胴震ひ。
虫けら同然　素裸で、裁判官の毛衣を著、
泣きながら　私は笑って、希望もなしに期待して……[3]

あるいは、勝ち誇る不正に対しての反抗である不信仰だ。《もし神がいて、善であるなら、どうして悪がはびこるままにさせておかれるのか？》――だがこの疑問は本当に重大な影響のあるものなのだろうか？いずれにしてもそれは、様々な宗教、第一にキリスト教が、予想された解答を、しかも的を射た解答を抱えている疑問のひとつなのである。

　歴史家として、次の事実について明確な見解をもっておこう。つまり、不信仰は時代とともに変化する、という事実だ。それは時として非常にはやく変化する。ちょうど、概念が変化するように。ある人々は否定するために様々な概念を拠りどころとし、他方で隣人は自分たちの脅かされた体系を補強するために、また別の概念を利用する。その変化は非常にはやく、これはわたしたちの知るところだ。自然法則の決定論に向かう学者の姿勢は、一九四〇年にはもはや、クロード・ベルナールの姿勢ではない。――もしくはそこまで遡らなくとも、一九〇〇年の権威ある学者の姿勢ではない。

　したがって、十六世紀の人々の不信仰とは、当時の現実にそくしてみるかぎり、――わたしたちの不信仰といささかでも比較しうるものだったと想定するのは、不条理であり幼稚である。不条理であり時代錯誤だ。そしてラブレーを、末端に二十世紀の《自由思想家》が登録されるであろう連続したリストの先頭に置くこと（もっとも、その自由思想家たちがひとつのグループを構成し、ものの見方や学問的経験、独特の論法の点でおたがいに根本的には違わないと仮定しての話だが)、——それはとんでもない愚挙だ。この本全編がそれを証明してきたし、さもなければ、この本にはなんの価値もない。

＊

ラブレーは、かれの時代にあっては自由な精神の持ち主だった。かれはゆるぎない知性、力強い良識の持ち主であり、自分の周囲で通用している多くの偏見から解放されていた。わたしはそう信じているし、そう願っている。だがわたしは言おう、《かれの時代にあっては》、と。これは、かれの精神の自由さとわたしたちのそれとのあいだに、程度の差異はないが、性質の差異があること、——そして精神の或る傾向、或る気質、或る行動以外、なんの共通点もないことを十分に意味している。かれの理念は？　お願いだからそれを、系列の先頭に、わたしたちの理念の起源に位置させないようにしよう。ひとりの未開人がいて、たいへん工夫の才に富み、乾燥した木片のくぼみで細い棒を強く回転させ、火をつける。もし自分でこうした技術を考案したなら、その者は天才的な未開人である。だからといって、電気オーヴンの発明家のリストにかれを登録することはないだろう。

このようにわたしたちは、冒頭で呈示したふたつの疑問に、躊躇なく答えることができる。ラブレーのような人間が、たとえ先駆者たる驚異的な知性を授けられていると想定しても、——ラブレーのような人間がキリスト教に対して、巷間伝えられる、ある種の熱狂的な十字軍をリードしようと企てたかどうか。否、かれにはそんな具合に、本当に真摯な働きをすることはできなかったろう。地盤は足元から失われていたのだ。かれの拒否はせいぜい見解にしか——当時の科学の分野でも哲学の分野でも、なにものも外部から支えをもたらさず、なにものも現実的かつ実体的に補強を促進しない、矛盾する思考様式や感覚様式にしかなりえなかったろう。そして他方、首尾一貫した合理主義、巧みに組織され、したがって哲学的な思弁や有効な科学的な収穫に基づくゆえに、危険でさえある合理主義的な体系は、といえば、『パンタグリュエル物語』の時代にはまだ存在していなかった。まだ存在しうるはずもなかった。

それはこの時代の人間が、ギリシア人やローマ人の傍流であり続けることに心を燃やして、大いに心を燃やしていたからだ。かれらは時として、その途上なんらかの新事実を収集することがあった。それらは古代人には知られておらず、またもし深く考えるなら、かれらの思想体系に不都合なしに導入されえないものだった。しかし、一種の意図的な逆説によって、かれらはこの矛盾を認めることを拒んでいた。かれらは古代の教理に忠実であり続けた。――その教理がかれらにとって見解の、あるいはいろいろな見解の価値しか有していないとしても、――その教理が相互に一致せず、あるものは物質主義的な音色を、あるものは精神主義的な音色をかもし、後者が理神論に、前者がまぎれもない無神論にいきつくとしても、――ある教理は楽観的で、ある教理は厭世的であるとしても、だ。同時代人みなと同じく、ラブレーはその場におり、こうした矛盾する声が自分を自由に訪れるにまかせていた。これらの美しい声は、魅力的で耳ざわりがよく、説得力と誘惑に満ちていた。選ぶことができたろうか？　ひとつの教理の擁護者となり、他の教理の熱烈な対立者となることができたろうか？　どんな理由で、そしてどのようにして？

印象とか、偏見とか、おぼろげな類推にしか基盤をもたないすべての見解は、みな同等である。これらの見解をまえにして、ラブレーもその同時代人もまだ、撰択を可能にさせる唯一の試金石、様々な見解を計る優れた天秤、つまり強力な科学的方法を手にしていなかった。その方法にふたつの名前を授けよう。つまり実験的な方法と批評的な方法だ。――かれらはためらい、揺れ動き、最終的には一方の陣営に身をおき、そこにしがみつき、他の陣営に属する人々を力いっぱい殴打する。その一方かれらの上には、安易さという祭壇に載って、風聞が勝ち誇っているのだ……。

ルネサンスの時代にあって、血気にはやり好奇心旺盛なこれらの人々は、古代哲学の、矛盾しかつ熱烈なあらゆるどよめきを前にして、明らかに呼吸困難の態、茫然自失の態だった。誰からはじめるべきか？誰にまず、耳を貸すべきか？アリストテレスかプラトンか、エピクロスかマルクス・アウレリウスか、ルクレティウスかセネカか？なんと厄介なことだろう！さしあたり意見を保留し、微笑の――そして《おそらく？》の――背後に身を隠す方がよいだろう。その他については？『新約聖書』を編纂するエラスムスのように、逐語的な意味のかたわらに、霊的な意味を書き記すことだ。そして解釈のために、寓意を――それが許すあらゆる翻案とともに――用いることである。

わたしたちの見方では、こうしたことはみな、ほとんど明確でなく、ほとんど決定的でなく、とかく偽善とみなされる。だがそれは間違いだ。この時代の人々に公平になろう。公平であるとは、理解することだ。かれらが望んでいたこと、かれらが試みたこと、――それは、すべての人間の夢、心性的統合の復活であり、自然の事象についての増大するかれらの知識と、神についてのかれらの観念との間に、一致を確立することだ。しかしそれではかれらはどのようにしてこの一致を、科学と哲学のこの競技場で、実現できるのだろうか？それでもなおこの企てを試みた者たちが陥ったのは矛盾の中であり、わたしたちはかれらを気の毒にも思う。この責務をまえに後退した者たち、かれらはエラスムスの方法を正しいなどとはまったく認めず、その企ての進展を（少なくとも可能な範囲で）断然阻止する。かれらには名前がある。すなわち改革派という名前が。

＊

最後に一言。十六世紀を懐疑主義の世紀、自由思想の世紀、合理主義の世紀であると主張して、そのようなものとして讃えること、これは最悪の間違いであり、幻想である。そのもっとも優れた代表者たちの意志の名において、それどころか、啓示を受けた世紀だった。何にもましてまず、神の面影を探していた世紀なのである。

美学では？　プラトニスムに満ちたルネサンスの時代に、なんと多くの密かな、熱心な信仰心があったことか！　《わたしが思うに》、とピエトロ・ベンボ[4]はジョヴァンニ・フランチェスコ・ピコ・デッラ・ミランドーラに書き送った、《わたしが思うに、神のうちに正義や節制やその他の徳の、神的な形態が存在するのとまったく同じように、そこにはまた、完璧な文体の神的な形態（タダシク書クコトノ、アル神的ナル形）[5]――まったく完璧なモデルがある。クセノポンやデモステネス、[6]プラトン、そして誰よりもキケロが、かれらが執筆しているとき、思考をつうじて能うかぎり視野におさめていたまったく完璧なモデルである。かれらは精神の中で生み出されたこのイメージに、自らの才能や文体を結びつけた。わたしたちもかれらのようにすべきだと思う。つまり最善を尽くし、可能な限り近くまで、この美のイメージに接近しようと励むことだ》。励むこと、――けれどもわたしたちの努力の代償として、この神的な形態の神秘的な交信をあてにしながら、である。それというのも、天上からの格別な援助がなければ――神ノ御意志ナクシテハナイ[7]――ペトラルカは、ヤン・ファン・パウテレン[8]の言では、《野蛮人への戦争を宣告することも、亡命の地からムーサに呼びかけることも、弁論術の崇拝を復活させることも出来なかったろう》。

哲学に関しては？　同じことだ。かれらは確かに推論する。時として理性を越えてまでそうする。言ってしまえば、没理性にいたるまで。スコラ学はいきどおって、かれらみなに烙印を押した。かれらはスコラ学により、論争するように鍛えられた。そしてこうした鍛練を免れることは稀である。だがかれらはそれで満足するのだろうか？

かれらのアリストテレス、どれほど多くの苦労を経て、かれらはアリストテレスをプラトンとだけでなく、——プロティノス[9]と和解させる巧妙な手段を発見したことか。かれらの形而上学、かれらは、純粋理念に肉体的頑健さと生命の熱さとを与える神秘主義を、形而上学に浸透させる。そのために或る人々は、あるいは異教の魅惑に新たな微量の倒錯をつけ加える官能的な観念論の混乱によって、誘惑されるがままにまかせ、——あるいは神秘主義の迷宮に盲目的にのめり込む軽信、幻覚に通ずる軽信がもたらす夢想によって、誘惑されるがままにまかせる。大部分の人々は精神と欲求の点で、感覚の陳腐で騒々しい領域にでもなく、推論する理性の純化された領域にでさえもなく、——第三の領域、神が居住し、被造物に自らの存在を感じさせる領域、時として、完全に純粋な精神のうちに神を尋ねる人々が、より暖かく、より清冽な或る日、——またしても、いっそう高い光明の面影を垣間見る、そのような領域に住んでいるのだ。

そこからかれらの異論の余地のない高貴さが生ずる。そこからまた、自らの精神的な努力がかれらを高め、恍惚としたエピクロス学派のように、瞑想の領域にまでいたらしめる一方で、——倫理的生活が物質にからめとられたままにとどまるときの、かれらの弱さが生ずる。結局のところ、例外的なケースではあるが。かれらの大部分の者たちがいだく生まれながらの神秘主義は、まっすぐで健全な道をたどり続ける。まっすぐで健全すぎるほどである。たとえばもし十六世紀がその初期に、実際、このうえなく満足して自らの姿の反映を認めた、あの人物に関していえば。あの人物、すなわち、時にそのアイロニーにより、いささかヴォルテール風となる、エラスムスである。全体としてはどうなのだろう……。

全体としては、近代世界の創造者の大部分に、深い宗教心が見てとれる。デカルトのような人物に有効なこの表現、わたしはこの表現がまず、一世紀を隔てて、ラブレーのような人物に有効であることを示したかった。そしてラブレーが、見事に、その《深い信仰》を表現することができた人々についても、そのことを示したかったのだ。

〔補　遺〕

(1)『ガルガンチュワとパンタグリュエル物語』梗概

〔訳者前註〕　補遺としてまずフェーヴルの著書のフィールドとなっているラブレーの主著の概要を、渡辺氏の翻訳に頼りながら、紹介する。フランス十六世紀を代表する散文作家のひとりであり、優れた邦訳者にも恵まれながら、先行するダンテやボッカッチョ、後続するシェイクスピアやセルバンテスよりも、邦訳をもってしてさえ読まれることが少ないという印象を拭いきれず、暴挙にでた。おそらくラブレーの書物にとって、線的に物語の時間だけを紹介しても、何の意味もないかも知れない。ただアナール学派の始祖リュシアン・フェーヴルの名前だけが知れわたり、フェーヴルの著書も、かれが論を展開するために依拠した十六世紀の史料や作品がいっこうに読まれない現状を見てしまった者の、止むを得ない応急処置だとご了承いただきたい。

・『第一之書　ガルガンチュワ物語』（一五三四年？）

〔梗概〕　巻頭言として「十行詩」（《笑うはこれ人間の本性》）、酔っぱらいと梅毒病みに捧げられた「作者の序詞」。作者はここでシレノスの逸話から始めて、骨を見つけた犬がいかにそれを齧り、《滋味豊かな骨髄》を味わうかを想像させ、同様の読み方を読者にすすめる。かくしてラブレーに魅せられた学者たちは現代にいたるまで、作者（アルコフリバス・ナジエ師＝ラブレー？）が黙して語らなかった骨髄を捜し求めることになる。

——ガルガンチュワは巨人王グラングゥジエと王妃ガルガメルを両親とし、受胎十一カ月にしてガルガメルの左耳から生まれた。受胎期間と左耳からの誕生について、作者はもっともらしい権威を引用する。ガルガンチュワの名前の由来は〈大きな喉〉。続いて巨大なるガルガンチュワの幼年時代、衣装、その発案になる尻の拭き方、スコラ学者チュバル・ホロフェルヌによる伝統的な教育と（悪しき）効果が語られ、ガルガンチュワはパリへ留学にゆく。巨大な牝馬に乗ってパリに到着したガルガンチュワはノートル＝ダム寺院の鐘を鈴の代わりに牝馬につけようとする。大学での授業の不毛を知った、ガルガンチュワの教育係ポノクラートは、自分の方針にそって学業を学ばせ、ガルガンチュワの学識はいっきょに高まる。他方、故郷ではピクロコル王が君臨する隣国とグラングゥジエの王国の間で紛争が始まる。グラングゥジエ側に味方すべく登場したのがジャン修道士である。戦火を避けるために努力し、家臣ウルリック・ガレを使者に送り道理を説き聞かせたグラングゥジエであったが、ピクロコルの侵略戦争に対し自衛せざるをえず、パリのガルガンチュワに書簡を送り、国民を救うべく帰国するように命ずる。ガルガンチュワの目覚ましい働きや、ジャン修道士ら家臣の手柄もあって、ピクロコル陣営は敗走する。戦争の合間に修道士ジャンから修道士の実態について聞かされていたガルガンチュワは、テレームの僧院を建立、ジャン修道士に与えた。世にある修道院と対極をなすこの僧院には、囲いがない代わりに善男善女だけが入ることを許され、「汝が欲するところをなせ」という銘以外に規則はなかった。テレームの僧院の詳細が述べられたあと、大部分を同時代の宮廷詩人メラン・ド・サン＝ジュレから借用した「謎歌」をもってこの物語は終わる。

・『第二之書　パンタグリュエル物語』（一五三二年？）

（梗概）物語の時間では『第一之書』に後続するが、歴史的な時間では『第二之書』が数年はやく出版された。作者はアルコフリバス・ナジエ師。巻頭に同時代の詩人ユーグ・サレルの十行詩と「作者の序詞」が置かれる。逸名著者の『ガルガンチュワ大年代記』をあたかも自分の作品（事実そうだったのかも知れない）のように語り、その医学的効用と『聖書』の数十倍に達する売行きのよさを述べたあと、それが『パンタグリュエル物語』執筆の動機と披露する。

——連作の中で民間伝承的な要素をもっとも多くふくむこの物語は、「創世記」に遡るパンタグリュエルの由緒正しい家系の紹介から始まる。パンタグリュエルはガルガンチュワ（五二四歳）とユートピア国王女バドベックを親にもち生まれたが、バドベックは難産により逝去した。その年の大旱魃にちなみ子供は〈万物渇したり〉、すなわちパンタグリュエルと命名された。次に巨人パンタグリュエルの幼年時代の逸話が伝承的に語られる。そののちポワティエをはじめ、各地の大学都市で修学し、オルレアンではかの有名な、変則ラテン語・変則フランス語を話すリムーザンの学生に出会う。パリにたどりついたパンタグリュエルはサン＝ヴィクトール修道院の図書館を訪問。作者はその豪華壮麗な書物の奇怪なタイトルをひとつひとつ列挙する。やがてガルガンチュワはパリのパンタグリュエルにあて、種の不滅と古典学・聖書文学の学習を説く感動的な一大書簡を送る。パリでパンタグリュエルは生涯の友パニュルジュに出会う。パニュルジュの多言語能力もここで明らかになる。以後パリを舞台にパンタグリュエルは名裁判をおこない、素性を語ったパニュルジュは訴訟や論争で見事な勝利をえ、そのトリック・スター的役割を十全に知らしめる。その間、ガルガンチュワの留守中、乾喉族《ディプソード》が故郷不被見国《アモロート》を襲撃していることを知ったパンタグリュエルは急遽帰国する。パニュルジュや家臣エピステモンは敵陣に突入、打撃を与える。パンタグリュエルも大活躍、乾喉族《ディプソード》やその味方の巨人族、人狼《ルウ・ガルウ》を退治する。しかし戦闘のさなか、エピステモンが首を切断されてしまう。幸いにもパニュルジュに治癒されたエピステモンは、殺されていたとき地獄でどのような人々に出会ったかを告げる。パンタグリュエル一行は乾喉《ディプソード》国で歓迎されるが、この時、作者＝私＝アルコフリバス師はふとしたはずみでパンタグリュエルに呑み込まれ、その体内の都市を歩き回る次第となった。パンタグリュエルの病と回復をしるした作者は、読者がこの物語を暇つぶしに、楽しく読まれるよう願い、その方が破戒僧の話よりも有益だとして、筆をおく。

・『第三之書　パンタグリュエル物語』（一五四五年？）

（梗概）『第三之書』以後、『パンタグリュエル物語』の主人公はパニュルジュとなり、パンタグリュエルもその巨人的特性を失ってしまう。巻頭にはマルグリット・ド・ナヴァールの「御霊に」捧げられた詩篇九行、「允許状」、「著者フランソワ・ラブレー師の序詞」（ちなみにここでディオゲネスの有名な逸話が紹介される）が置かれる。つまりラブレーが自ら著者であることを認めている。

――パンタグリュエルはその民を乾喉国《ディプソディー》に移民させ、パニュルジュを補佐としてこの国を統治する。ほぼ冒頭で、〈借金礼讃〉や股袋《ブラゲット》の効能が説かれる。これらはそれ自体で哲学の表明ともとれるが、『第三之書』の中核をなすものではない。一城の主となったパニュルジュは難問にぶつかる。すなわち結婚の是非。『第三之書』以降の巻はこの答えを求めるユリシーズの遍歴である。『第三之書』ではパニュルジュの一行が各種の卜占を尋ね歩く。骰子占い、ホメロス占い、ウェルギリウス占い（ともに詩人の詩句をひきあて、それを根拠に占う)、夢占い、巫女の託宣、聾唖者の占い、老詩人大猫悟老《ラミナグロビス》の意見、エピステモンの意見、神秘哲学者鳥羽先生《ヘル・トリッパ》の意見、衒学的な医師や法学者、哲学者の見解などを聞いて回るが、託宣の言葉の曖昧さや両義性はかえってパニュルジュを迷わせる。『第三之書』はラブレーがどれほど博識であったか、けれどもそうした〈学識〉にどれほど反感をいだいていたか、十分に知らしめる。占いの信憑性にかかわるパンタグリュエルの見解も(おそらくラブレーのそれを反映する)、パニュルジュが容易に決断を下すことをゆるさない。一方、修道士ジャンは結婚の意義を列挙してみせた。しかしもちろんそれが説得力をもつわけではない。彷徨のあげくパンタグリュエルは、天啓を受けやすい道化=瘋癲に判断を求めるよう勧告する。ふたりは道化の最適任者としてトリブレを選ぶ。トリブレに相談するまえに、パンタグリュエル一行は骰子占いによって判決を下す裁判官、家鴨嘴棒《ブリドワ》が裁かれる法廷の見学に赴く。家鴨嘴棒《ブリドワ》からその理由と訴訟の実態を聞いたパンタグリュエルは、罷免されかかる家鴨嘴棒《ブリドワ》を擁護する。結果を考えれば、家鴨嘴棒《ブリドワ》の判決からそれほど大きな支障がでたようには見えないからだ。パニュルジュとパンタグリュエルはトリブレから片言の言葉を引き出すのに成功するが、その意味をめぐってふたりの解釈が異なってしまう。ついに一行は徳利明神《ディーヴ・ブウテイユ》の神託を授かるべく、海路旅立つ決意をする。以上が『第三之書』で描かれる物語の概要であるが、最後に(唐突の感は否めない)、結婚には両親の同意が必要であるとの、ある面では時局的でもあるガルガンチュワの説教と、船に積み込まれた〈パンタグリュエル草〉の効能・礼讃が語られる。このふたつの挿話にも様々な意味付与がなされている。一般に『第三之書』は時代的な〈女性論争〉の文脈で括られることが多い。しかしラブレー(に限らないが)はレッテルを貼りつければよい、という作家ではない。

・『第四之書　パンタグリュエル物語』（一五四七年―一五五二年）

（梗概）『第四之書』はその構想の点で『第三之書』の物語を直接受け継ぎ、大航海時代の空気を背景に、海原に浮かぶ奇怪な島々を、嵐に襲われながら、ひとつひとつ訪れる。しかし航海の起点にあったはずの、パニュルジュの結婚の是非はいつしか忘れ去られているようだ。『第三之書』の占い師や学者が、世俗世界で英知と見なされている特権的な営為の愚かしさへの嘲笑を導く契機を与えるとしたら、『第四之書』に登場する島々は、言語的関心・思想的批評性を維持しつつも、総体として衒学的な短話集に題材を提供する、という印象を与える。『第四之書』の上梓に関しても、第十一章までが単独に一五四七年に刊行され、全巻の出版はその五年後になる、という特殊事情が残るが、ここでは触れない。作者を医学博士フランソワ・ラブレーとする『第四之書』（渡辺氏訳）の巻頭には「オデ・ド・シャティヨン枢機卿への献辞」、「作者の新序詞」、「旧序詞」（一五四七年版の序詞）がおかれる。オデ・ド・シャティヨンはのちに改革派となり、破門され、英国に亡命、毒殺された。「新序詞」はイソップ寓話を借りて中庸の徳を説き、それ以前に書かれた「旧序詞」は頑迷な保守派批判をおこなう。物語での様々な逸話をすべて紹介することは出来ない。

――パニュルジュが海上で遭遇した羊商人阿呆抜作《ダンドノー》を、羊の習性を利用してまんまと罠にはめ、海に沈める話（阿呆抜作《ダンドノー》の女房自慢が物語の縦糸に関連するか）。殴られることで生計を立てる法院族《シカヌウ》の話。海上で大暴風雨にまきこまれた一行の中でパニュルジュが脅えきってしまった様子。長命族《マクライオン》の島で、英雄（半神）の霊魂離脱にさいして様々な驚異が出現することを語り合う。パンタグリュエルはこの時ギヨーム・デュ・ベレーの死去を想起する。信心に凝り固まったカトリック教徒、精進潔齋族《カレームプルナン》との出会い。巨大鯨をパンタグリュエルが退治した話。腸詰族《アンドゥイ》との戦闘にあたってジャン修道士と料理番が活躍した次第。

教皇嘲弄族《パプフィーグ》が悪魔を騙した逸話。教皇崇拝族《パピマーヌ》が如何に教皇やその言葉に信頼をよせているか。そして、これもよく取り上げられる研究テーマだが、暖かくなった時期に、冬のあいだに交わされた〈凍りついた言葉〉が溶け、一行がこれを聞きつけ不思議に思った話。大腹宗匠《ガステル》とその宮廷に仕える腹話族《アンガストリミート》、腹崇拝族《ガストロラートル》と出会い、かれらの印象、かれらの暮らし振りや戦いの方法を見聞した話。盗人族《ガナバン》の島を敬遠したこと、その他の逸話をもって『第四之書』は終わる——。放浪の旅でパニュルジュは未だ徳利明神のもとに到らず、当初の託宣をえることが出来ない。ラブレーの『ガルガンチュワとパンタグリュエル物語』の「正典」は旅路の途中で幕をおろす。『第三之書』で物語の動因となった問題は解決さるべきものではなく、物語を始動させる役割を果たしたに過ぎず、したがって「正典」はこれだけで完結していると見る研究者もいる。しかしなお旅路の行く先を見守って『第五之書』を解読しようとする研究者もいる。

・『第五之書　パンタグリュエル物語』（一五六二年—一五六四年）

（梗概）先ず刊行年代について確認しておかなければならない。周知のとおりフランソワ・ラブレーの没年は一五五三年前後とされている。その約十年後に『鐘鳴島』が、さらに二年後に『鐘鳴島』を大幅に増補し、託宣を求める遍歴に（表面的には）結末を付すべく『第五之書』が出版された。『第五之書』はなぜ刊行にいたるまで十年の歳月を待たなければならなかったのか。また『第五之書』の表現にせよ思想にせよ、その貧しさはどこに由来しているのか。凡そこうした疑問に発する真贋問題が『第五之書』につきまとってきた。そしてこの疑問に対する一致した解答は未だえられていない。作者は医学博士フランソワ・ラブレー師、物語は『善良なるパンタグリュエルの雄武言行録　第五即ち最終之書』。この巻でも逸話すべてを紹介するのは不可能である。「序詞」でラブレー（作者の自称）は以下の物語を楽しむよう読者をいざなう。この「序詞」はおおむねラブレーのものではないと考えられている。

パンタグリュエルの一行（我々と称する）はまず、教皇島《パプゴー》を頂点にいただく様々な島（カトリック教徒）が生息する〈鐘鳴島（ローマの喩）〉を訪れる。『第五之書』の喩・寓意はこのようにきわめて直截で、豊かな想像世界を必要としない。肉を削ぎ落とした批判だけが、船を誘導し、島々を巡らせる。これも数章を費やす毛皮猫族《シャ・フウレ》の島も同様だ。《世にも醜怪で怪ろしい獣》毛皮猫族《シャ・フウレ》は賄賂で暮らす法院の輩であり、次に訪れる蒙味族《アペデフト》は《長い指と鉤のような手をした》会計院の役人と、余りにも容易な連想を許してしまう。パンタグリュエルたちはその後、第五元素女王《カント・エサンス》が統治する国で歓待され、繻子《サタン》蓬萊国では風聞《ウイ・ディール》師に出会う。『第五之書』の残りは徳利明神の神託がえられる提燈国《ランテルノワ》での出来事に充てられる。この国や寺院の細かい描写は省く。神託の究極の意味は「飲め」であった。その託宣を胸に一同は帰国する。

『第五之書』の巻末には四行の記銘詩が置かれている。渡辺氏の訳を紹介しておく。《ラブレーは身まかりしか？ 尚、ここに一巻あり。――否、その最良なるものが、彼の精霊を取戻し、――その書き物の一つをば、我らに贈りたるなり、――これこそ彼を不朽にし万人のうえに生かしめむ―― NATURE QUITE》〔渡辺氏訳、『第五之書』、二一八ページ〕。

(2) アンリ・ベール「はじめに」

〔訳者前註〕以下の文章は『ラブレーの宗教』の一九四二年版と一九四七年版の巻頭に付されたアンリ・ベールの緒言である。煩瑣なページ指定(たとえば類似の表現が用いられている場合には、それを列挙する)はこれを削除したケースもある。また若干の補足をした箇所もある。明確に意味を有すると判断した註はすべて訳出した。補足した箇所は引用箇所の特定である。ベールもある程度は特定するが、すべてにわたってではなく、誤記も多い。『ラブレーの宗教』の解説のひとつとしてご覧いただきたい。強調はすべてベールである。また原著での註は割註と段落註に分かれるが、ここでは原註と訳註をまとめて段落の最後においた。《 》は主として引用であるが、必ずしも正確な文章ではなく、ページ指定をおこなっていないものも多いし(大部分は訳者の補足)、さらに強調の場合もある。参照指示は明確なもの以外これを省略した。

はじめに――集合的心性と個人的理性

リュシアン・フェーヴル以上に十六世紀の歴史をよく知る者はいない。かれの出発点であったし、それは依然としてかれの得意な分野にとどまっている。もっと厳密にいうなら、フェーヴル自身の研究の発端となった領域は、フランシュ＝コンテ地方である。この地方でかれは、史料から汲み出された知識とともに、方法と理論を獲得したのだ。このパラシュート——経験と思索——を備えて、かれは歴史家として飛翔した。そして絶えず、理解するための配慮を広げ続けてきた。過去の人間がかかわる事象、あらゆるレヴェルの事象——政治、経済、宗教、哲学、科学、——に関わるなにごとも、何ひとつとして、またそうした事象が繰り広げられる環境[1]はなおのこと、かれに無関係ではなかった。現在百科全書的な知識が視野に収めるなにごとも、〈フランス百科全書〉の編集長の関心から凡そ逃れることはなかった。誰ひとり、これほどに高度な次元で、わたしたち自身の企画にインスピレーションを与えた、この総合化への関心を持ち合わせていない。十六世紀の歴史がこれほどのスケールの精神によって論じられることから得られる事柄すべてを考えてみるがよい。

以下の巻——他の二巻[2]が前もって刊行されているはずだった——は、主題によってもまた形式によっても、〈人類の進化叢書〉の通常の巻とは異なっている。わたしは叢書の巻頭で、この叢書に統一と権威をもたらすもの、それは一方では、その網の中に、歴史の有機的な諸要素、歴史に説明を与える問題系を捕らえるように定められているプログラムであり、そして他方では、執筆者諸氏の、あとうかぎり優れ、あとうかぎり定評のある知識の確実さや能力であろう、と言った。しかしわたしはまた、そのすべての巻が完璧に類似することはないであろうし、はじめに指折られる条件を除けば、それぞれの執筆者は自分の特性、流儀、時にはその才能を自由に発揮するであろう、とも言った。もしミシュレを協力者に得られるものなら、わたしは喜んでミシュレを迎えるだろう。

さて、ここにもうひとりのミシュレがいる。——しかもよりよい装備に恵まれ、いっそう批判的な精神を持ち、同じく直観にすぐれ、創造的な天賦の才能に我を忘れることはない。この本がどれほど独創的で、いきいきとし、その文体がどれほど精彩をはなつとしても、リュシアン・フェーヴルは、歴史の基層に関しては、きわめて慎重であり続ける（この点はのちほど再論しよう）。あらゆる犠牲をはらっても、かれは《罪の中の罪、なによりも許し難い罪、すなわち**時代錯誤**を避け》[3]ようとする。かれはそれを避けようとし、他の人間がおかした時代錯誤を追及する。そしてこの侮蔑的な言葉が、しばしばかれの筆先に現れる。いつもこの言葉が用いられるとは限らないが、《この書物全体が立ち向かっているのは》[4]そうした事柄に抗してなのである。

ところで、時代錯誤を避けること、限定されたある時代とある空間の現実に到達すること、その現実における《意志や感覚、思考と信仰の様式》[5]を《理解し、理解してもらう》[6]こと、これは格段に難しい仕事である。《歴史家とは知識を有する人間ではない。歴史家とは探究する人間である》[7]。《こと歴史的事実に関する場合、わたしたちはけっして絶対的な確信をいだくことはない……。わたしたちは探究しよう。ただ理性だけからなる灯明を手にして》[8]。単純化に陥らないようにしよう。仮説を警戒しよう。《魅力的な仮説と証明された真実とは別物なのである》[9]。

それではここで、十六世紀について、自分の学識にかくも取り憑かれ、同時に知ることの困難をかくも自覚したこの歴史家の主題とは、いったい何なのだろうか？

1　〈人類の進化叢書〉、第四巻、『大地と歴史』、「歴史への地理学的序論」（飯塚・田辺氏訳、『大地と人類の進化――歴史への地理学的序論――（上・下）』）。（訳者）

2　おそらく〈人類の進化叢書〉の五十一・五十二巻として予告されていた『ルネサンス期の知的大潮流　ユマニスム』と『十六世紀の様々な宗教　宗教改革』（ともに執筆予定者はフェーヴル）を指す。（訳者）

3　七ページ。
4　五四五ページ。
5　七ページ。
6　一二ページ。
7　一ページ。
8　二五二ページ。
9　一一三ページ。時おりフェーヴルは、おそらくいささか遠くまでいきすぎている。例えばかれは、《暗黙にしてほとんど普遍的な了解により、近代思想史を書こうとしても、興味も利益も、題材さえないと認められてはいないか?》、と語るのだ。第一部・第二巻・第二章の原註⑷③

＊

ひとつの問題が提出される。宗教に関するこの世紀の姿勢を、どのようにして正確に把握することが出来るのか? この世紀の信仰や信仰をめぐる闘争については、〈人類の進化叢書〉第五十二巻がそれを論ずべく企画されている。だがこの世紀は不信仰を許容しえたのか。《再考すべきはまるごとひとつの世紀[10]》であり、その世紀の《感性と精神》を再発見することが問われる。見解は多様だ。フェーヴルはそうした事情を示す。かれは、あれほど多様に判断されているラブレーとの関連でそのことを示す。かれは**もろもろ**のラブレー像、——伝統にのっとったラブレー、歴史家と批評家たちのラブレーを吟味検討する。そこでかれは、アベル・ルフランの主張——それがかれに《ショック》を与え、その結果この書物が上梓されたのだが——に、格別に執着する。ルフランはラブレーのうちに、一五三二年という年代以降、《キリストの敵であり、戦う無神論者[11]》、ルキアノスのライヴァル、《哲学的かつ宗教的な対立の路線を、同時代のいかなる著作家よりも遠くに行った[12]》人物を見出したのだ。

困難な問題を扱うにあたって、フェーヴルはそれゆえに、調査をラブレーに集中させる。人類の進歩を研究するように設定された著作の中に、**ひとりの人物**が一巻全篇の《中心》となることをわたしたちが認めたとしても、驚かないで欲しい。この著作は説明的であろうとする。ところが説明とは、その者がひとつの時代の代弁人としてであれ、来たるべき時代の案内人としてであれ、**個人**が果たす役割の探究を内に含むものなのだ。そしてまさしくここで問われるのが、かの人物がいかなる程度で己れの時代を反映しているか、いかなる程度でそれに先行し、もしくは追い越したのかを知ることである。

フェーヴルはラブレーの内に《その時代でいちばん優れた散文芸術家》[13]、《近代の大作家の先頭に立つ者[14]》、《フランスが生んだ本当に力強く、独創的な三本、四本の指に数えられるの著作家のひとり[15]》を見出し敬服する。しかしフェーヴルが取り扱うのは著作家としてではなく、生活環境と関わる人間としてである。ラブレーは、一五三二年以降、《キリスト教徒たることを止め[16]》、そのルキアノス風の笑いが《幾世紀もの長いあいだ、誰もあえて考えつかなかった[17]》構想を隠していた、そうした自由思想家であるのか否か？　こうした改革者、**ラブレーがそうである可能性はあったのか？**　このように呈された疑念は、問題をこの世紀全体へと見事に展開していく。

問題と解答の間で探究は、忍耐力にみちた厳密さをもってなされるであろう。

10　一五ページ。
11　一九ページ。
12　二四三ページ。
13　一六ページ。
14　一六ページ。
15　二八七ページ。
16　二四三ページ。
17　二四三ページ。

＊

そこでラブレーというケースを考えてみよう。それは予審が重要性をもつひとつの訴訟である。様々な証言の軽重を測る必要がある、——友人の証言を、対立者の証言を。

フェーヴルはこの時代のラテン語詩人をまず尋問する。かれが証明するのは、寸鉄詩や種々のテキストがとんでもない誤解に基づいて、ラブレーにあてはめられたにすぎなかったこと、あるいはかれのうちのとるに足りない滑稽な言動しか突いていないこと、実際にラブレーに捧げられた数多の作品はかれに好意的であるか、さもなければ宗教的な問題をまきおこしたりしていないことである。反対に、早い時期から、ガルガンチュワ、パンタグリュエル、パニュルジュが、《徳利明神の歌い手にして驚異的な大酒呑み》[18]として伝説と化したラブレー像を生み出してきたようなのだ。

第二に神学者や論争家たちがくる。新たな議論が提示され、そこでもろもろの証言が《可能なかぎり目の細かい批評の網》[19]にかけられる。その結果、それらの証言のひとつとしてラブレーの《無神論》を証明しはしないこと、ひとつとして一五五〇年以前には遡らないこと、ひとつとして《**自由な精神から発する**》[20]のではないこと、こうした論争にあって、それらの人々がみな、《お互いに罵倒の言葉、——もしくは、さしあたり、破門宣告を口にしつつ対峙する》[21]こと、他方、《無神論者》という言葉が当時は、わたしたちがいま与えている精確な意味を持っていなかったことが示される。つまり《この言葉は、それを口にする者がまさしく担わせたいだけの意味で用いられていた》[22]し、《はなはだ異なる思潮の論客たちが相互に投げつけあっていた、この上ない罵倒であったのだ》。

そして《いまや、ラブレーを、ラブレーその人を尋問するときが来た》[23]。すなわちラブレーの著作の尋問である。紙背に徹するような分析をつうじてフェーヴルは、第一に、絶対的な信念をもって宗教上のことがらや人物と、軽い気持ちでなれなれしく振る舞った〈中世〉のあとを受けて、ラブレーが自分の小説に、《有害で陰険な攻撃と見なすとかれの心が見抜けなくなってしまう》、そうした《古き良き諧謔》[24]や

《教会を相手にした痛切な言葉》[25]を撒き散らしている、と洞察する。

ルイ・テュアーヌとアベル・ルフランによってラブレーに不利に解釈された、霊魂の不滅と奇蹟に関するテキストは、フェーヴルによりラブレーを弁護するために解釈しなおされる。ここでもまた、かれは〈中世〉の執拗な影響、霊魂の概念に関するその神学の、奇蹟については、神秘的な冒険譚にあふれるその小説群の影響を指摘する。フェーヴルが評するには、一五三二年に、人々は《自分をキリスト教徒と言い、そう信じ事実そうでありながらもまた、信者たち、素朴な信仰者たちを、何よりもまず、子供っぽい恐怖と粗野な迷信から自由にしようと欲することができた》[26]。

否定的な結論——この一五三二年の時点で、ラブレーは《新たな時代の予言者、宗教を灰塵に帰すためにつくられた合理主義的な信仰の超人的な伝令ではなかった》[27]——から、フェーヴルは積極的な探究へと移行する。**本当のところ**ラブレーは、まさしくこの時点で、宗教的なことがらについてどう考えていたのか？　巨人たちの信仰告白とはどのようなものであるのか？

この疑問を自らに課す者には、先ず最初に、意外なことだが、《ラブレーの初期作品にあって、まるまる何ページもが『福音書』と『聖書』の引用、あるいは言及から織り上げられている》[28]ことが判明する。エラスムスの宗教と同様、巨人の宗教も、父なる神や聖霊の宗教ではなく、子なる神のそれなのだ。その宗教が強調するのは神の善意であり、祈りが頼るのもかかる善意なのである。ラブレーの小説の中で、《気前よく、たっぷりと、おごそかに祈りが捧げられる》[29]。《『福音書』は二十度も唱えられ、援用され、引き合いに出され、誉め讃えられ、崇められ、賞賛される。それもつねに心を動かされた誠意と心酔した尊厳の響きをともなって》[30]。要するに、《人間のつくった制度》に無関係で、宗教的勤行の敵であり、司祭や修道士に反感をもつ、内的な礼拝——まずもって正しい良心が前提だが、——であろうとする宗教である。

《救済は個人的な成果だ。これは、きわめて近代的なアクセントをもつ発言である》[31]。そしてフェーヴルは、何度となく、宗教的でありキリスト教的である、説得力を有するテキストを引用する。《しかし、どのようなキリスト教のものなのか？》

改革派だろうか？　ラブレーはそのように定義されうるのだろうか？　被告に不利な証言の吟味から判明したのは、一五三二年頃には、《自由思想家の一団に場所を占める》[32]どころか、ラブレーはむしろ、なかんずくポステルのような人物によれば、《改革派的異端説の支持者》[33]として見なされていたということである。現在、緻密な分析から、若きラブレーが熱意あふれる関心をもって《ドイツ諸国のドラマ》[34]を追いかけていたこと、一五三〇年と一五三八年の間に、大胆さと小心さをともに持ちながら、新たな道を探っていたあれらの精神のひとりであったことが判明する。ルター派の息吹と、同時にエラスムスの影響がある。巨人の敬虔さは《改革派の宗教よりも、字義どおりに解釈されさほど目新しいところのないエラスムスの宗教の方に近い》[35]、——その奥深い人間性と楽観主義によっていっそう近いのだ。けれども熱意と、敬虔な気持ちにさせる情感とによってエラスムスよりもいっそうルターに近い。

だが一五三二年から一五三八年にかけて、ついで一五四三年へと、そして一五四八年へと、《世の中は動いていた》[36]、しかも甚だせわしく。ラブレーのほうでも動いていた。『第三之書』と『第四之書』において、ラブレーは宗教改革から遠ざかっている。彼は《教皇崇拝族》に対すると同様、《教皇嘲弄族》や《ジュネーヴのぺてん師で悪魔憑きのカルヴァンども》の対立者となる。けれども彼は『福音書』に忠実であり続ける。宗教戦争の前兆があり、その猛威は前もってこの《頑迷な年老いた福音主義者》[37]のもとで告発されていた。ラブレーのうちには若き日の理想、——ラブレーが自らいっそう人間的なものにしたあのエラスムス主義が生き残っている。そしてまさしくこの時に、ある人々から異なった眼差しで眺められた。つまりこの時、かれは無神論者として非難され、カルヴァンが破門宣告を浴びせるのである。

18　一二〇ページ。
19　一八三ページ。
20　一七八ページ。
21　一八〇ページ。
22　一六二ページ。
23　一八三ページ。
24　一九五ページ。
25　一八七ページ。
26　二八一ページ。
27　二七二ページ。
28　二八八ページ。
29　二九二ページ。
30　三〇〇ページ。
31　三〇六ページ。
32　一五四ページ。
33　一五四ページ。
34　三五二ページ。
35　三九二ページ。
36　一三三ページ。
37　三九六ページ。

＊

以上のように見渡すことで、ラブレーの奥深い思考がここで貫徹されている、整然かつ確実な様式を理解することが可能となる。けれどもそれは、驚くべき豊かさを育んだこの書物の、ひとつの局面、ひとつの功績にすぎない。

道中、フェーヴルはあらゆる種類の社会、数多くの人々に出会う。フェーヴルの後を追うときに頭に浮かぶのは、常に一定の方向を保ちつつ、様々な川岸、変化に富んだ風景に沿ってすすみ、それらを映し出す、ある種の水流である。

フェーヴルはネオ＝ラテン語詩人たち、《コレージュのアポロンたち》に遭遇する。彼はこれらの《ラテン語二行詩や短長格詩篇を駆使する騎士たち》[38]の、きわめて彩りあざやかな一幅の絵を描き出す。何を一番賞賛すればよいのか、わからないほどだ。溢れんばかりの学識か、それともテキストの合間をぬって、あれらの移り身のはやい詩人によって偽名の下に狙い撃たれた人物の身元を明らかにする軽快な推論か。そうした詩人たちは気分次第、利益次第で、あるいは自尊心をくすぐられるか傷つけられるかで、友情から反発へ、そしてまた友情へと移りゆくのだ。かれの分析は——かれの予審、といってもよいかも知れない——裁判官の面目を躍如とさせるほどの洞察力をともなって展開される。もっとも、優れた歴史家の活動は裁判官の活動と違っているものだろうか？

フェーヴルはまたユマニストの詩人、ほんものの詩人——ロンサール、デュ・ベレー、バイフ——と、そしていっそう思いがけないことに、これは文明の総合的な歴史家としてしかるべき仕方なのだが、音楽家とも出会う。

かれは教授たち、とりわけコレージュ・ド・ボルドーの教授に出会い、かれらの輪郭を数語で描き出す。かれは印刷業者、ことにリヨンの業者に出会う。リヨンは本の都市であり、国王の都市であり、そこではグリュプス印の印刷業者、グリフが君臨している。しかしもっと倹しい業者、《呼び売り商人や小間物商人、庇の下の辻売りの書籍商》[39]にも遭遇する。かれは医師たちと出会い、かのフェルネル——《少なくとも一世紀半のあいだ》幾千もの人々が忠実にその教えにしたがった、この人物にしたがいながら、教理を学ぶ。

かれは説教師たち、《その時代の悪徳を、粗野ではあるが陽気に攻撃する人々》、《自由説教師》[40]に出会う。かれは、かくも特殊な《心性構造》[41]をもち、判然とした解決法に慣れているおそるべき難敵、神学者と論争家の世界に出会う。知ってのとおり、ラブレーが共感していた先行宗教改革と宗教改革——カルヴアンは別として——の世界である。そしてフェーヴルはラブレーの宗教をその時代の《他の宗教と対比して位置づけ[42]》ようと、またそれを無宗教的な傾向に対峙させようと欲したので、一方では《信仰のうさんくさい者たち[43]》、《不信仰者[44]》に、他方ではあまりに信じやすい、《哀れな愚か者たち[45]》に出会う。

　これらの最後の社会についてわたしたちは力説すべきであろう。まずもって特記したいのは、そうしたどの世界においても、フェーヴルの才能が数ページ、もしくは数行でよみがえらせる人々がいるということ、かれの書物は人相書きや肖像画で溢れているということだ。**〜ウス**〔ラテン語語尾で多く男性の名前をあらわす〕で名前が終わる学識者の肖像画がある。——ヴィザジェ（ウゥルテイウス）という人物、《コレージュのアポロンたち》のひとりであり、その波瀾にとんだ、彷徨の人生は《同時代人の、掃いて捨てるほどいる文人の人生を忠実に再現している[46]》。ニコラ・ブルボンという人物は、《ギリシア語とラテン語にかぶれた**詩人**[47]》にして、《無駄話の饒舌な語り手》である。《気紛れで、激しやすく、半ばは学者、半ばは教育者[48]》である、シュサネという人物。マクランという人間、ケラダームという人間、ジュール＝セザール・スカリジェという人間。この最後の男、この《典型[49]》、充分な才能に恵まれた山師、《文芸の剣闘士[50]》、《虚栄心が強く、やかましいこの孔雀[51]》についてフェーヴルは、印象深い像を素描している。

　宗教改革の先駆者や立て役者の肖像画がある。《自国の聖人[52]》ルフェーヴル・デタープルやギヨーム・ファレルは姿を覗かせるにすぎない。対してエラスムスは精緻に描かれる。《狡猾で気まぐれ、含みの多いエラスムス[53]》、《キリストの哲学者[54]》でその《ユマニスム的宗教[55]》は《自らのうちに、聖霊の賜物、愛情、歓喜、善意、忍耐、信仰、謙虚さを実らせること[56]》に本質をおき、その《近代的な》業績が——ただし、見てきたように、感受性に関しては別として——ラブレーのそれと多くの類似点を示すエラスムスである。つぎに来るのがカステリヨン、あの《哀れな憂い顔の騎士[57]》で、最後に控えるのはルターとカルヴァンの両名だ。《はるかなるヴィッテンベルク》[58]から届いたその《力強い声》がフランスに幅広い反響を呼んだ、かつての修道士と、若き日には《覇気も情熱も》欠くことはなかったが、次第次第に厳格さと冷厳さをまし、――セルベトの死刑執行人となるノワイヨンのひとである。

そしてまた数名の大胆な革新者の肖像画がある。――それらはいわば、規格外の精神の持ち主だ。ギヨーム・ポステルという人物、《この風変わりな、この独創的な、この知性あふれるポステル》[59]、《総合的に見て精神の均衡を欠いた天才であり、幻想家と錯乱者の面を合わせもっている》[60]。世界の和合を夢想し、《ユダヤ教とイスラム教、キリスト教の最良のもの（深奥では同一のもの）を〈拡大されたキリスト教〉の統合の内にことごとく》[61]抱擁するであろう、《一種の自然宗教の布教家》[62]がいる。ボダンと名のる人物は同様の関心事に駆り立てられ、カトリック教に替えて《事実の科学的知識と比較研究を基盤に有する、一言でいうと、人間性を基盤に有する普遍主義》[63]を創造しようとする。ふたりながらサン゠シモン主義の祖先である。エティエンヌ・ドレと称する人間がいて、かれは《粗暴にして傷つきやすく、矜持の念に酔いしれ、熱狂的な音楽ファン、ひときわ目立つスウィマー、俊敏な剣客である。つまり天賦のものでありながら、うまく調整されておらず、効果の点では面食らわせる力》[64]であり、《非人道的であまつさえまったく無益な迫害に対する憎しみを大声で叫んでいる》[65]この男は殉教者になるであろう。謎の人物、デ・ペリエという人間がおり、《研究者たちがめいめい、宗教改革や自由思想、神秘主義、あるいはガリア気質》[66]へと引き寄せているが、かれの精神状態をフェーヴルは、この書物とは別に出版される本で、明らかにしている。『世ノ警鐘』は《『無信仰生活入門』》であった。それは《先駆的な書物》[67]なのである。

38　二六ページ。フェーヴルの『デ・ペリエ論』、一七―二一三ページを参照。味わい深く翻訳された、多くの引用がある。

39　二一三ページ。

40　二〇四ページ。
41　一二七ページ。
42　三八一ページ。
43　四〇ページ。
44　二七七ページ。
45　二四七ページ。
46　三九ページ。
47　八三ページ。
48　八四ページ。
49　九八ページ。
50　九五ページ。
51　九六ページ。
52　三七ページ。
53　四九四ページ。
54　三九八ページ。
55　三六六ページ。
56　三六七ページ。
57　一八〇ページ。
58　三五六ページ。
59　一三七ページ。
60　一三九ページ。
61　一四九ページ。
62　一四九ページ。
63　一四〇ページ。
64　六三ページ。
65　六四ページ。
66　五ページ。
67　フェーヴル、『オリゲネスとデ・ペリエ』、一三一ページ。

＊

いまわたしたちは、この書物の本来的な目標、集合的心理学の探究にたどりつく。これはこの書物の基盤であり、歴史家の第一の努めに応えるものだ。歴史的心理学の研究が欠如する限り、《ありうべき歴史は存在しないであろう》とフェーヴルは、ある〈国際綜合週間〉の席で言明する。[68] かれがここで断言しているのは、《精神的環境》から、この時代の《雰囲気》から個人を切り離しては、十六世紀を理解することが出来ないだろう、ということだ。かれにとっての問題は、《どのようにして一五三二年の人間が、『パンタグリュエル物語』や『世ノ警鐘』を判読しえたか、理解しえたかを知ること》である。あるいはこの文章を逆にして、《どのようにすれば同じ人々がそれらの作品を、確かに、判読も理解もせずにいられたかを知ることである》[69]。絶えずかれはこのように反復する。《かれらであり、わたしたちではない》、《二十世紀の人間の眼をもって十六世紀の文献を［……］読んではならない》[70]。いま手にしておられる書物の中に一貫して、そしてことに最終部分で、──「十六世紀における不信仰の境界」を扱う、別言すれば、宗教が霊魂に及ぼす影響力を扱う部分だ──フェーヴルは心理学的分析を継続し、ひとつのモデルを構築するにいたる。この世紀の心性、この世紀の感受性、知的生活、情動的生活、この魅力ある時代の総合的な心理学、──これが十年にわたる研究の成果、貴重にして類まれな成果なのである。

感受性については、フェーヴルは正当にも歴史家たちが今日にいたるまで、その重要性を斟酌してこなかったと考える[71]。かれのほうでは十六世紀の人たちの《感情の法外な移ろいやすさ》、《かれらの荒々しさと気紛れ》、《外部からの圧力に対する無防備なありさま》[72]──その当時、昼と夜の、冬と夏の対照をいっそう強く耐え忍ばなければならなかっただけに尚更だ──を指摘する。《感覚》、それはこの世紀の特徴である。そしてフェーヴルは懸命に、当時、生活というものが浸っていた神秘的な雰囲気を喚起しようと努める。何世紀も前から、キリスト教は《精神に浸透し、精神を規定し、慣習をつうじて人間のあらゆる活動、あらゆる思考の中に忍び込んでいる》。時間そのものさえ宗教によってリズムを与えられている。つまりそれは内部に潜行し、多岐にわたり、どこにでも存在する影響力なのだ。ここで、教会の役割についての、たいそう美しく、たいそう学術的な数ページが繰り広げられる。生活──感情的生活、美的生活、職業生活、公的生活──の《まっただなかに》築かれた教会。集合的な激しい情動すべて──祝祭、儀式、宗教行列、祝賀行事──の中心であり、集会の場所、戦時にあっては避難所であり隠れ家である教会。

《仕事のためにも休息のためにも、また祈禱や審議のためにも、洗礼や埋葬のためにも》[73]その鐘が鳴り響く教会の存在である。

どのようにして共同的な信仰から解放されるというのか？　どのようにして信仰を持たないでいられるのか？　それには様々な理由が必要だろう。[74]それではこうした人々の心性的構造はどんなものか？　かれらは極端に信じやすく、《底知れない軽信》に憑かれ、あらゆる批判的精神を欠いている。予兆、亡霊、奇怪な兆候、唖然とするような治癒、夢のお告げ、奇蹟――神の奇蹟であろうと悪魔の奇蹟であろうと――、超自然的なもの全てをかれらはなんの検討もせずに、賛嘆の念、あるいは恐怖の思いとともに受け入れる。《当時の人間は、不可能という感覚〔、不可能という観念〕を持っていなかった》[75]。

おそらく、論理的に思考する人間はいるだろう。けれども《そうした人々の精神はわたしたちのものと同じ過程をたどってはいなかった》[76]。あれらの《独断的で、重苦しい人物、我が神学博士[77]》の影響を受けて、演繹的論理、この《昔ながらの論理的技法[78]》を不条理なまでに実践していた。かれらは、なんら証拠を必要とせずに、なんら客観性に配慮することなしに、なんら論理矛盾を懸念せずに推論し、そのあげく背反する様々な動向が、ひとつの頭の中で共存しうるまでになった[79]。

68　「歴史の中の感受性」。『人類と自然の中での感受性――第十回国際綜合週間』を見よ。
69　八ページ。
70　二三六ページ。
71　《わたしたちには〈愛情〉の歴史が欠けている。わたしたちには〈死〉の歴史が欠けている。わたしたちには〈憐憫〉の歴史が欠けている。わたしたちには〈歓喜〉の歴史が欠けている。〈国際綜合週間〉のおかげで、わたしたちは〈恐怖〉の歴史の簡略な素描を有している。その素描は、上記のような歴史がどれほど強い興味の対象でありうるか、示すに充分なのだ……》。さきに引用した口頭発表すべては、絶対的に注目するに値する。
72　一二四ページ。

73 四一七ページ。
74 五四六ページ。
75 五二八ページ。
76 一七三ページ。
77 四九三ページ。
78 一七六ページ。
79 《十六世紀の論理的思考の諸様態について、一篇のすぐれた書物が著されるべきだ》とかれは、一五一ページの註〔出典不詳。該当するページに引用されるような註は見当たらない〕で述べる。

＊

教条的な昔ながらの方法とは対照的に、ユマニスムにより蘇った対話篇、《自由で開放的な[80]》対話篇が、心性史のひとつの分岐点を画する。フェーヴルは、この本全体をつうじて、精神を柔軟にするこうした進化について強調している。すでに見てきたところだが、一五三二年から三八年へと、続いて四三年（特筆すべき年）、続いて五二年へと、この世紀は歩んで来た。それは宗教改革の方向への歩みでもあったが、同時に大胆な思考の、《次第次第に自由思想的になる教義へ向かう〔……〕微妙な転向[81]》に向けての歩みでもあった。《ルキアノス》、《ルキアノスの猿真似をする者》、《ルキアノス派》、《ルキアノスの徒》、こうした言葉が《いささか常識外の考えをしたり、そのような素振りを見せる人々みなに[82]》与えられていた名前である。これらのルキアノスの徒、かれらは数多おり、カルヴァンの言うところでは、《〔神の〕み言葉に同意するふりをしながら、内心ではそれをあざけり、お伽噺以上には尊重していない[83]》のである。

おまけに、《戦う合理主義者[84]》がいた。かれらは超自然に対する確固たる敵意にまでいたる可能性をもち、《はっきりと反キリスト教的な[85]》結論をいだくまでになるやもしれなかった。

フェーヴルは、しかしながら、《合理主義と自由思想について語ることは、世界的な影響力を有する宗教に対抗して、もっとも聡明な人々、もっとも学識があり、もっとも大胆な人々が、哲学の中にも、科学の中にも拠りどころを見つけることがまさしく不可能だった時代が問われるときには、キマイラについて語ることだ[86]》と宣言する。哲学？　そう、哲学は《哲学を研究するためには無しで済ませられない[87]》語彙を自由にあやつれなかった。それは厳密な統辞法という論理的な支えを欠いていた。なるほどラテン語はあった。けれど《ラテン語に、ためらいながら誕生しようとしている理念を生みだすことが可能だったのだろうか[88]》？　《哲学は、その当時、いくつもの見解に過ぎなかった。［……］矛盾し、不安定な、混沌とした様々な見解である。不安定なのは、不動で強固な基盤がまだ欠けているからだ。確実な基盤がそれらを揺るぎなくするであろう。すなわち、科学である[89]》。いろいろな見解、それが哲学だとしたら、《当時の科学は？　それも同じく見解なのである[90]》。

印刷術が生まれつつある。それは事実だ。しかしそれは《剽窃する》ために用いられる。なぜならこの時代の人間は、《世界の様々な秘密を征服するために、隠れ家に引きこもっている自然を攻略するために、かれらは何も持っていなかった。武器も、用具も、見取り図も持っていなかった[91]》からだ。器具もない、代数的言語もない、適切な数学的言語さえもない。あらゆる点で、不精密さ、不正確さが——一日の時刻にしても、人間の年齢にしても、年代にしても——蔓延している。歴史的な感覚は存在しておらず、観察や実験は欠落し、もしくは不十分である。発見というものが——新世界、あるいはコペルニクスの宇宙の発見さえも——好奇心をかきたてない。

わたしたちが要約している章それぞれがどれほどまでに、事実や思想、繊細にして独創的な解釈にあふれているか、表現しがたいだろう。このようにしてフェーヴルは、十六世紀が見る世紀ではないことを特筆する。すぐれて知的な感覚である視覚については、この世紀は聴覚や嗅覚におくれをとっていた。この世紀は《空気の動きを吸い込み》、《物音を捕らえる[92]》。そして音楽はといえば、この世紀は《わたしたちと同じくらい、いやおそらくわたしたち以上に[93]》それを楽しんでいた。

結局わたしたちは、信じやすさと《未開性》とにもう一度戻ってしまう。皆が皆、程度の差こそあれ、信じやすく夢想家で、《自然》と《超自然》とを混同する。それも無教養な者、愚か者、無知な者だけではない。また、幻想的な世界を自分のうちに抱え込んでいる、あの擬似学者たち、《周縁の山師》——占星術師、カバラ学者、ヘルメス学者、哲学石の探究者、フェーヴルが興味深い数ページをもって語る《あらゆる分派の神秘主義者たち[94]》——だけでもない。学者たちもがそうなのであり、かれらは《自分の役割、固有の仕事がまさしくいろいろな法則を発見し、表面的には何の連関もない事実の集積の中にもぐり込んで、そこに、〔……〕秩序、区分、階層を導入することだ、とは考えていない[95]》。〈科学〉、この言葉は、ここでは《時代錯誤を形成してしまう》。

80 一七五ページ。
81 一四九—一五〇ページ。
82 七五ページ。
83 一五五ページ。
84 一六六ページ。
85 三二一ページ。
86 四二〇ページ。——先に述べられたこととの矛盾は表面上のものに過ぎない。フェーヴルが述べた《戦う合理主義》とは、宗教的な事象に適用される推論——消極的な——であり、自然現象に適用される合理主義——建設的な——ではない。
87 四二六ページ。
88 四三九ページ。
89 四五五ページ。
90 四七九ページ。
91 四六六ページ。
92 五一八ページ。
93 五一九ページ。
94 五四一ページ。
95 五三二ページ。

＊

この言葉は本当に時代錯誤を形成してしまうのか？　フェーヴルの言では、ここにある本は、ある《ショック》から生まれた。この書物は《知的・宗教的歴史の歪曲》[96]を標的としている。フェーヴルのたくましい知性は、真理の探究にあたって、議論を多大に重視しているので、かれといささか議論を交わしても喜んでわたしを許してくれるだろう、と確信している。そうすることでかれの書物に対するわたしの賛嘆の念が、いっそう誠実に、いっそう熟慮に支えられたものだとはっきりするはずである。

《十六世紀を懐疑主義の世紀、自由思想の世紀、合理主義の世紀であると主張して、そのようなものとして讃えること、これは最悪の間違いであり、幻想である》、とフェーヴルは結論の中でいう[97]。そしてこの種の命題に抗して——《順応主義ではさらさらなかったと思われている人間にとって、習慣とか、慣例とか、所属している社会的集団の掟そのものと絶縁することは、あまりにも容易[98]》ではないと明記したあとで——《近代世界の創造者の大部分の深い宗教心[99]》を対立させている。

この世紀の《深い宗教心》、フェーヴルはそれを確かに証明し、しかも力強く証明した。けれどもかれは**ここで**、その世紀の創造的な価値をすべて、思考するエリートの働きに、個人的な理性の作業に任せているのだろうか？

幾つかのテキストが《現代の読者にとって、かつては持っていなかった意味を、かつての思想家自身にとって有してもいなかった重要性を担っている》こと、《不信仰は時代とともに変化する[100]》こと、そして《ひとつの時代から別の時代へと、ものの見方や学問的経験、独特の論法の点で》自由な精神が根底的に相違していること、それについては同意しよう。しかし、これらの自由な精神は一連となって、歴史の本質的な要因を構成しているように、わたしたちの目には映る。そして現代にあってなお、《未開性》が残存するように、わたしたちは理性——建設的な——と《科学》が過去においてもすでに存在している、と考える。

ラブレーが宗教に抗して述べたことが《社会的な影響力もなく》、特に《拘束する力を持っていない》ことは認めよう。けれどもそれが《**歴史的に論ずるなら、**なんら重要ではない[101]》ということ、それはわたしたちには疑問の余地をもつように見える。ラブレーが《正しい血統に生れ、十分な教養を身につけ(た)……自由な人間は、**生《ひ》まれながらにして**或る本能と衝動を具えて居り、これに駆られればこそ、常に徳行を樹て、悪より身を退くのであ(る)[102]》と断言する時、おそらくそこに、自然主義者たちの〈自然〉、《この生物学の時代の(「生命」とならぶ)アイドル[103]》を見るべきではない。〈反自然《アンチフュシス》〉に対峙する〈自然《フュシス》〉の神話は、しかしながら、この《自然》という言葉に奥深いある意味を与え[104]、思考のひとつの転換点を刻む。くわえて、フェーヴルがラブレーの《知識に対するいやしがたい渇き[105]》について語るとき、またかれが、《何事かの真相を知》ろうとして《それを発見するまでけっして休まず、それについての完璧な知識に到達してようやく満足する》、《理性の驚くべき充足と悦び[106]》に関する、ラブレーの言葉を引用するとき、さらに、ラブレーは『ガルガンチュワ物語』や『パンタグリュエル物語』の中で《人間の無限の英知、科学への讃歌[107]》を歌っているのだというとき、フェーヴルは自分の《時代錯誤》の判断を訂正してはいまいか。おそらくラブレーの理念を《系列の先頭に、わたしたちの理念の起源に[108]》おくべきではないであろう。けれどわたしたちのものである思索は、**母親ナクシテ生マレタ子供**ではない。思索の系譜、長くて必然的な系譜が存在するのであり——そこではラブレーがふさわしい場所を、しかもすぐれた場所を占めているのである。

わたしたちはこの書物の中で、多くの人々の精神の中で、思弁的であれ実践的であれ色々な伝統が、理性によって観察と経験のために白紙に戻されるのを目の当たりにする。あのドレを再び取り上げることはすまい——フェーヴルはかれの美しいラテン語のテキストを引用するが、そこでは暗黙のうちに自然法の理念が表明されているのだ。[109] ぎゃくに、《十四世紀この方、まだ基礎的だが、すでに活発であった実験の精神に突き動かされていた》[110] 医者たちについての、《レオナルド、セルベト、パリシー、ブルーノ、その他多くの人々。予感にみちた［……］先駆者たち》についての、フェーヴルの証言を集めてみよう。かれらは《民衆の同意[111] を獲得しなかった。そのとおりだ。しかしフェーヴルはそれらの人々が《精神の独房から逃亡した》[112] と、賞賛すべきイメージとともに付言する。その《独房》とは、神話的で神秘的な環境、信仰の雰囲気である。その《精神の逃亡》は、どれほど反響を呼ばなかったかに見えても、**歴史の中では**或る格別な重要性を担っているのだ。

《科学》という言葉によってわたしたちの時代の諸々の知識——それ自体かりそめのものであるけれど——を指すとしたら、十六世紀にそれを発見できなくとも至極当然のことだ。しかし——アベル・レイがそれをはっきりと示した——**科学的精神**は人類が知ることに——ただ単に生活のために知るのではなく、知るために知ることに努力し始めた瞬間から始まる。信仰の外部にあると同じく、技術の外部にあって、けれど技術の貢献と《深い信仰》の支持を受けて、そのときから科学は徐々に形成されてきた。《それぞれの文明に固有の心的用具がある》。そしてこの用具は《永遠の時の流れや、人類すべてに有用であるわけではなく、文明の内的発展という限定的な流れにとってもそうなのである》[113]。次のように理解しよう。この用具は、ひとつの段階、外的な進歩のための精神のひとつの通過点を示す、まさにその意味で、人類に関わっているのだ。[114] 集団的な作業の時代以前、学識者が《**自分たちの**真理を、非公開で、享受し（、あるいはその真理を友人たちのために取っておく）》[115]そうした時代でさえも、しかしながらかれらは真理**というもの**のために働いているのだ。フェーヴルも自ら、《人間の知性の粘り強い努力》[116]について話してはいないか？　かれは、今日では、《中世の夜》のことなどもうほとんど問題になっていないと宣言してはいないか？　《したがって、ルネサンスに観察の精神が再生すると言われたら、――わたしたちはこう反論できる。いや［……］それは一度も消滅したことなどなかった。単におそらく、新しい形態をとるだけなのだ。そして確実にいえるのは、その精神が合理性をもって、必要なものをそろえているところだということだ》[117]。

96　三八二ページ。
97　五五五ページ。
98　五四五ページ。
99　五五七ページ。九ページでフェーヴルはルナンの次の言葉を引用した。《ケプラーもニュートンも、デカルトも、そして現代世界の創設者の大部分も信徒であった》。《信徒》デカルトについて、またその思想の発展については、多くの異論があるだろう。確かに、信徒という用語の意味は拡大されうるのである。
100　五五一ページ。
101　四一九ページ。
102　渡辺一夫氏訳、『ガルガンチュワ物語』、岩波文庫、二四八―二四九ページ。
103　三四三ページ。
104　《フィジーの神〔が〕、（これは「自然」なのだが、）［……］最初に懐胎いたして産み落したのが、「美」と「調和」だった》〔渡辺氏訳、『第四之書』、一七三ページ〕。
105　七六ページ。
106　第一部・第二巻・第二章への原註（22）。
107　四六五ページ。
108　五五二ページ。
109　第二部・第二巻・第三章への原註（30）。――《モシ君ガコノコトヲ弁エテイルナラ、君ハ危惧カラ解放サレテイルシ――ドンナ前兆ニモ脅カサレハシナイ。君ハ万事ガ――賢明ナ自然ノ卓越シタ力、圧倒的ナ権力ニヨッテ生マレルノダ、トイウコトヲ信ジテイル》〔エティエンヌ・ドレ、『占星術師』〕。以下のテレジオのテキストを参照。《私タチハ当然ノコトナガラ、ナニモノヨリ以上ニ、感覚ト自然トニ付キ従ッタ。自然ハ常ニ自ラト調和ヲ保ツ。ソウシタコトハ常ニ存在シ、同ジ調子デ経過シテオリ、マタ常ニ同ジコトヲ行ッテイル》『自然ノ事柄ニツイテ』「序文」。――《深奥の思考》(四九九ページ)の中では、直観的な概念が言語に先行し、言語がそれらを固定することになるだろう。《言語、思考》、それらの関係については、四三四ページを見よ。――リボーは『一般理念の進化』において(二二二ページ)、法概念の発展に関するヴントの、次のような興味深い観察を引用している。《一種の規範・規律として考えられた自然法の概念は、非常に遅れて形成され、成立したものにすぎない。コペルニクスとケプラーは**仮説**という用語を使っている》。

110 四八四ページ。

111 五〇八ページ。コペルニクスについては、四八二ページ以降も見よ。《先駆者、将来を見抜いた人間という重要な問題》(八ページ)をめぐり、フェーヴルはローを引用する。フェーヴルは、あまりに早く世を去り、しかしその作品によってのみならず、面識をもった人々の心と精神の中に深く刻みこまれた一種の活動によって生きているひとりの師匠に敬意を表している。倫理的真理について語るとき、ローは、先駆者はその真理を実現しえなかったのだ、と言っていた。《かれは真理を夢見ることしかできなかったろう》(八ページ)。しかし夢は、ここでは、現実化を準備している。

112 五〇八ページ。五四三―五四四ページを参照。

113 一八一ページ。

114 アンブロワーズ・パレは、昔の人々が《もっと遠くを見るための物見台としてわたしたちの役に立つはずだ》と述べていた。

115 五〇三ページ。

116 四二四ページ。

117 四六三ページ。――フェーヴルがほかの所でも引いているクルノーの『近代における理念と出来事の進展に関する考察』第一巻の或る章は、「十六世紀における科学の進捗について」というタイトルを有している(二一六―二一九ページ)。代数と工学の分野での進捗について、鎖を作る《リングのひとつ》であるコペルニクスの仮説について話したあとで、クルノーは自然科学に関して力説する。かれがいうには、この分野で十六世紀は《創意豊かな独創性の点で》次の世紀を凌駕しているのだ。アノトー篇『フランス国民史』第五巻の『フランス科学史』の中でコールリが、また私たちの叢書の「第六十八巻」、『十七世紀と十八世紀における生活科学』の中でギュエノーが、それぞれに、十六世紀での植物学、動物学、人体解剖学、人間生理学の発展について、また《直接的な観察》の役割について力説した。ピエール・ブロンについて、またロンドレについて、アンブロワーズ・パレについて、パリシー及び《はなはだ栄誉あり博学きわまりない人々》が受講したその公開講座について、また血液循環の発見にいたる段階については、コールリ、三七―四六ページ、四九ページ、五一ページ、五二ページ、五四ページ、五七―六二ページを見よ。ギュエノーは一〇ページで《植物学者たちは、かの**驚嘆スベキ学者**、ロジャー・ベーコンに十二年の牢獄生活をおくらせた〔実証科学の〕奨励を実践するよう、指導を受けた。つまり抽象的な弁証法を捨てて、かれらは自然の中で観察し、独創的な仕事をおこなったのである》、と言う。九―一六ページ、四二―五二ページ、一二八―一三三ページ、一六八―一六九ページ、三一七ページ、三四一―三四三ページを見よ。フェーヴル自身の、四六四―四六五ページも参照。

『十六世紀フランスにおける科学詩』に関しては大部の著作がものされた（アルベール＝マリー・シュミット、一九三九年）。そこには少なくともこの世紀の息吹の証言がある。『聖週間』「序文」でのデュ・バルタスの以下の数行をそこから拾っておこう。《他者の世俗的な輝きに惑わされるままでいるなら、わたしたちの知性の眼は真実をはっきりと見ることなど断じてできまい……。**もし船乗りの船団が相変わらず先人たちの航路をたどっていたら……、アメリカ大陸の広大で豊穣な地方はわたしたちの船に未知のままでありつづけていただろう**》（三一六ページ）。――アメリカ大陸については一九三三年四月号の『ラ・グランド・ルヴュー』誌に掲載された、興味深い論文、モーリス・ベッソン、「ラブレーとフランスの初期植民地政策」（一七八―一八六ページ）に触れておこう。《ラブレーは同時代の、大きな思想の潮流と渇望とにあまりによく通暁していたので、フランスの湾岸沿いの住人を動揺させた異常な動きに、当時の状況下でラブレーが自由にできたすべてのスペースを割かざるをえなかった》、と著者はいう。ベッソンは数々の航海記録を数え上げるが、とりわけ、パリで〈フランスの紋章〉看板のもと、ル・クレール兄弟書店販売による、カルチエの『カナダ、オシュラガ、サグネイその他の諸島でなされた航海の簡単な報告と簡潔な叙述』（一五四五年）がある。人々の精神にショックを与えたに相違ない事件の中から、ベッソンは一五五〇年にルーアンで組織された、**アメリカの娯楽**、《第一回植民地博覧会》を引き合いに出す。アベル・ルフラン（『パンタグリュエルの航海』）とジルベール・シナール（『十六世紀のフランス文学にみられるアメリカのエグゾシスム』）とに依拠して、ベッソン氏は《パンタグリュエルの航路はポルトガル水夫のそれである》が、おそらく既にカルチェと面識があったラブレーは、《北大西洋でフランス船舶によっておこなわれた最新の発見すべて》をほのめかしたのだ、と考えている。『第四之書』の初めの数章を見よ。

＊

結論をだそう。――フェーブルの出発点――十六世紀がすでにしてひとつの《啓蒙の世紀》であるかも知れないという命題に対する反作用――はかれを導き、《いとキリスト教的なるこの時代》[118]の宗教性を、信仰や集合的感受性をあらわすものすべてを強調させた。他方、もう何年もまえに、ブレモン師の『フランスにおける宗教感情の文学史』のある巻の書評を書くにあたって、フェーヴルはこうも言っていた。《昔日のフランスを真に、かつ深く知るために、これほどの重要性を有するテーマ（アンシアン・レジーム下におけるキリスト教的生活）は少ない。しかしまた、あらゆる意見とあらゆる見解に立つ歴史家たちがこれほど警戒しているように見えるテーマも少ない[119]》。

かくも新しい関心事がフェーヴルをして、表面的には、ここで――というのもわたしたちはフェーヴル自身の助けを借りてフェーヴルに異議を唱えたからだが――、もしくは往々にして別の箇所で、かれが熟知し、認めてきた、知識を生み出すこの論理を《過小評価》させている。たとえば『歴史総合評論』誌に掲載されたそうした論文の中に、常に目覚めているかれの好奇心が、すべての方角に地平線を捜しているのが見てとれる。『科学史のために』を弁護して――一九二四年のことだ――、フェーヴルは《実際のところ人間の思想の永遠のドラマに外ならない、この科学史の感動的で美しいドラマ》を想起させている。『人間精神史の一章』を論ずるにさいし――一九二七年に――フェーヴルは自分が《あの人間社会の一般史の総括的で基礎的な部分として、科学史を》考えており、《そうした一般史は、いつの日か、厳密な意味での歴史になるであろうが、いまはわたしたちの夢の中でかろうじて垣間見るにとどまっている》と宣言する。そしてまさしくこの論文において、《ルネサンスの美しくも果敢な科学的な動き[120]》が問われているのだ。

同時に直観的でもあり意図的でもある、わたしたちの協力者の知的な態度を充分に理解するためには、もうひとつの注意が不可欠である。生まれながらの歴史家であるフェーヴルはたえず、単一化を目指すあらゆる先入観を警戒してきた。すでに一九一三年、「ある歴史心理学研究について」でかれはこう言った。《差異の認識は、少なくとも、類似の認識と同じくらい有益である。性質の合致という偽りの幻想に、断じて、騙されてはならない……。わたしたちの性格は、少なくとも調和によると同程度に、矛盾によって織り上げられている》。ここでかれは広言する。《人間とは抽象的な人間ではない》。そうではなくて《わたしたちが想像する以上に、そしてはるかに短い間隔で、**もろもろの**人間たちが変化している[121]》。おそらくこう言うべきなのであろう。もろもろの人間がおり、人間というものがいる。信仰に割り当てられた世界があり、理性が徐々に広まってゆく世界がある。フェーヴルはわたしたちに同意するだろう。かれはふたつの世界を見、また見させる。しかしかれは**人間というもの**に過度に踏み込もうとは考えない。かれの歴史的感覚はあまりに繊細で、かれの視覚はあまりに鋭敏であるので、かれは類似よりも差異を、継続性や発展よりも変化を強調したくなるのだ。

フェーヴルは《築き上げられ、不断に**築き直される**[122]》学問について話をする。かれは科学が**自己の完成へと歩んでいる**ことを否定はしないだろうが、そのことを付言しない。歴史家の仕事は本質的に変化するものであり、かれはそのように把握している。それは《時の娘[123]》なのだ。《それぞれの時代は心性的に、歴史的過去についてのイメージを自分用にこしらえる》、とかれはいう。おそらく《進歩というひとつの要素が歴史の作業の中に**もぐりこむ**ことはあろう[124]》が、《好奇心と、関心をいだかせる動機とは、非常にすばやく変化し、ある時代に属する人々の注意を、長いあいだ闇の中に置き去りにされてきた過去のかくかくしかじかの局面に向けさせる。**けれども翌日になると闇がそれを再び覆ってしまうだろう**[125]》。むしろこう言うことはできないだろうか。好奇心と、関心をいだかせる動機とは相互に補いあっており、科学としての歴史にあって、なにものも失われず、すべてが付加し合い、このようにして過去が次第次第に、その複雑な諸要素の中に出現するのだ、と？　そしてこの書物、このリュシアン・フェーヴルのすばらしい書物も、それがもたらす、集合的心理学の精密な研究のモデルをつうじて、歴史科学を格段に豊かにするのではあるまいか[126]。

118　四四四ページ。

119　『歴史総合評論』誌、第五十二巻〔おそらく『総合評論』誌、第三巻の誤り〕（一九三二年）、一九九ページ。サンティーヴの論集、『黄金伝説の周辺』に関しては、同書、一九六ページも参照。この調査は《人間の感受性の深層に、非常に遠く、非常に深くまで、もぐりこんでおり》、それは《わたしたちのまだすぐそばにいる人々、つまり十六世紀の人々や十七世紀の人々が、たえざる奇蹟に対する、どのような雰囲気の中に浸っていたか》を示している。

120　『歴史総合評論』誌、第三十七巻（一九二四年）、六ページ、第四十三巻（一九二七年）、三七—六〇ページ。《思想の論理的系列》については、『総合評論』誌、第三巻、九七—一〇三ページ（「哲学の歴史と歴史家たちの歴史」）を参照。——科学史の役割と重要性については、以下を見よ。『世界史の周辺』、二三一—二三六ページ、二七〇ページ以降。P・タヌリー、「科学の一般史論」、『歴史総合評論』誌、第八巻（一九〇四年）、一—十六ページ。ジョルジュ＝ベルティエ、「フランス科学史」、『歴史総合評論』誌、第二十八巻（一九一四年）、二三〇—二五二ページ、特に二三四ページと二四七ページ。バシュラール、『科学的精神の形成』(一九三八年)、《現代科学はますます反省をめぐる反省になってきている》、つまり過去についての誤謬の源を一掃することを可能ならしめる或る種の精神分析である(二五〇ページ)。

121 一八一ページ。

122 四四九ページ。

123 『第五之書』の次の一節——ラブレーのものであろうと偽書であろうと興味深い——で、同一の言い回しが、変化のかわりに、連続性を表現している。《……隠れ潜む一切のものが、今まで明るみに出されましたのも、「時」の力によりますし、将来明るみに出されまするのも、「時」の力によるからでございます。この故にこそ、古代人は、サトゥルヌスをば、「時」「真理の父」と呼びましたし、「時」の娘は「真理」なのでございます。また、(哲人方は、)御自身及びその先達の方々の全知識と雖も、実存するものの極小部分になりかねないことを必ずお判りになるでござりましょうが、このことを御存じありませぬ》(渡辺氏訳、『第五之書』、二一五—二一六ページ)。これは国立図書館の写本に基づく、最終章への付加である。

124 二ページ。

125 三ページ。

126 選別と分類に関して——、フェーヴルの書誌自体がひとつのモデルである。

アンリ・ベール

訳者あとがき

リュシアン・フェーヴル（一八七八―一九五六）についてはすでに何冊もその邦訳が出版され、アナール学派の紹介も専門家の手で行われてきた。他方フランソワ・ラブレー（一四八三？―一五五三？）の主著には故渡辺一夫氏による古典的な名訳が存在し、この極東の地でもラブレーを専攻にする研究者の業績には事欠かない。訳者はアナール学徒でもラブレー研究者でもなく、単にフランス十六世紀の愛好家としてこの翻訳をすすめてきた。その限りでの訳者なりの感想をひとつふたつ記してみたい。なお本書（原典）の成り立ち、訳出に当っての問題点、表記法などについては、巻頭の「凡例にかえて」を参照していただきたい。

ラブレー引用の問題点

フェーヴルの文章が訳しにくかった、という今更ながらの感想を述べてもそれを承知で始めた仕事であり、いくら泣き言をつらねても聞き苦しいだけであろう。訳者の困惑を招き、なおかつフェーヴルの著書の評価に係わるかも知れない問題を挙げてみる。すなわち引用や言及の不正確さである。

『フランス・ルネサンスの文明』を上梓された二宮敬氏や『放浪学生プラッターの手記』に解説を施された阿部勤也氏、さかのぼれば故渡辺一夫氏の言葉を脳裏に入れていたので、翻訳にあたるにさいしても可能な範囲で出典を確認しようと考えていた。

後述する一定の条件のもとにではあるが、出典をほぼ百パーセント確認できたのはラブレーの著作に関してである。これはひとえにディクソンとドーソンの手になる『コンコルダンス（文脈索引）』（一九九二年）のおかげだと言える。一九八〇年ころブザンソン大学の研究者たちが『パンタグリュエル物語』と『ガルガンチュワ物語』の『アンデクス（語句索引）』をまとめていたが（市販されなかったと思われる）、これははなはだしく使い勝手が悪く、ディクソンとドーソンの『コンコルダンス』が存在しなかったらラブレー作品の出典確認に手を初めようと考えたかどうか、分からない。推測しうる幾つかの事情から、『コンコルダンス』に漏れた語句があることが判明したのも仕合わせであった。そのような武器を頼りに引用文と出典を対照してみると、これもほぼ百パーセント、厳密な意味で精確と言えるものではないことが判明した。煩瑣にわたるため省略したが、この翻訳のオリジナル原稿（私家版の刊行物に掲載した）ではひとつひとつ割註で精確さの度合いについて触れざるをえなかったほどである。

さて先に触れた〈一定の条件〉とはこうだ。つまり、もちろん引用の原典が、フェーヴルが主として底本とした協会版『ラブレー著作集』、マルティ＝ラヴォー篇『ラブレー著作集』である、という想定である。この想定はかなり危険なものであり、両著作集以外の可能性も考えざるをえないのは当然であろう。プラタール篇『ラブレー全集』は必ずやフェーヴルの手元にあったろうし、書誌で挙げられたものだけがフェーヴルの用いた版ではなかったろう。今までに刊行されたラブレーの個々の作品や著作集を参照することが叶わなかったこともある。特に十六世紀から十七世紀の文献は印刷技術に係わる問題もあって、同一版同一刷の刊本が必ずしも内容を同じくしないというスクリーチ教授の発見以来、理論的にはすべての刊本を一語毎に対照しなければならず、残存する（無数の刊本が消滅してしまったはずだ！）あらゆる文書を調査することが事実上不可能であることから、研究者が所在を明らかにしたうえで論を展開することが常識となっている。フェーヴルがその書誌で古文献については所蔵図書館の整理番号を付しているのも言わば先見の明であろう。

フェーヴルが用いたラブレーの版の特定があやういものであるなら、かれの引用一般が誤記に満ちていると、どうして断言できるのだろうか。

おそらくもっとも有効な根拠は、ラブレーの原文を除いてもっとも言及される論考、すなわちアベル・ルフランが協会版『ラブレー著作集』第三巻冒頭に置いた「『パンタグリュエル物語』研究」である。この論考はルフランの死後出版となる『ラブレー論』に再録されたが、それ以前に転載された記録がないので、リュシアン・フェーヴルは協会版『ラブレー著作集』だけを典拠に引用・言及をせざるをえなかった。そして「『パンタグリュエル物語』研究」の論述とフェーヴルの引用文を突き合わせるとフェーヴルの不注意はもろくも露呈してしまうのである。

先に述べたように、こうしたフェーヴルの不注意を念頭に置きつつ、可能な範囲でフェーヴルの出典と引用とを調査すると、非常に多くの場合、厳密にとれば引用は精確と言えず、更にその少なからぬケースにおいて断りのない省略や接合があり、若干の引用では驚くべき誤記（もしくは誤解）が存在した。

ラブレーの原典との対照において現れた大きな誤記（もしくは記憶違い）は刊行当時からラブレー学者を悩ませていた。以下に二十世紀を代表する十六世紀学者のひとり、マイクル・スクリーチ教授の証言がある。

《〔……〕ラブレーが「悪魔」と書いているのに、それを「神」と置き換えた、あやしげな引用が存在しました。〔本書二九八ページ〕ラブレーの宗教を扱うというのに、この置き換えは些細なヴァリアントというのではすみません。ところが私がロンドン大学ユニヴァーシティ・カレッジやヴァールブルグ研究所で議論をもちかけた学者たちは、異口同音に、これはアベル・ルフランの「ラブレー協会版」のエディションでは（愚かなことに）見落とされてしまった読みにちがいないというのです。そこで私は、この見落とされた異本文を探して、あちこちの図書館を訪ね歩く旅を始めたというわけです》〔マイクル・A・スクリーチ、宮下史朗氏訳、「ラブレーを見る」、『みすず』三八二号所収、八六―八七ページ〕。

《あちこちの図書館を訪ね歩》いた――しかしその成果は十分にあったはずだ――スクリーチ教授には気の毒だが（もっともスクリーチ教授にも天才肌・創造型の学者にありがちな見落としがあることはあるのだ）、当時（スクリーチは一九四九年の時代背景を想起している）フェーヴルがどれほど神格化されていたか、よく物語る逸話だ。文学史家アベル・ルフランの校閲版よりも歴史家リュシアン・フェーヴルの誤記の方が信用されている。多分この信頼は学閥間の力関係ではなく、第二次世界大戦直後の、知識のあり方への苦悩にみちた自問に由来しているのだろうが、『ラブレーの宗教』の時代背景とからめて後で感想を述べることにしよう。当面の問題は《ラブレーが「悪魔」と書いているのに、それを「神」と置き換えた、あやしげな引用（の）存在》であり、これこそフェーヴルの問題設定と論証過程、そして解答に関する根本的な、驚くべき誤記・誤読・誤解のひとつなのだ。やや長くなるがフェーヴルの問題の一節を引用してみよう。

《全能なる神を前にして人間はわきに退くがよい。まさしく滑稽で、ほとんど神聖冒瀆的な熱意を誇示しては、全能なる神を助けにゆくことなどやめるがいい。家臣や「妻子を、国家を、また一族を」守るために、国王は戦わなければならない。信仰のためにはどうなのか？　断じて否、である。//〔……〕これはまことに絶対的で限界のない神の権能についての、たいそう幅広い概念から由来しており、エラスムスが『自由意志論』で指摘した当然の帰結、即ち人間の自由意志の否定、「神ノ全能ト我々ノ自由意志トハ真向カラ対立スル」、という考えが生ずるのを見ても少しも驚きはしない。事実、以下のテキストを見るがよい。「拙者は鬱ぎの虫の偽信徒のように」、とパンタグリュエルは『パンタグリュエル物語』第二十八章で述べる、「〈汝自らを助けよ。神は汝を助け給わむ〉などとは申さむ。なぜかと申すに、これは逆でな、〈汝自らを助けよ。しからば神は汝の首を折らむ〉となるからだ。だが拙者はこう申すぞ、〈神にすべての望みをかけよ〉とな。神は断じてお見棄てにはなるまい」。不思議なまでに力強いテキストだ。〈汝自らを助けよ。しからば神は汝の首を折らむ〉とは！　疑念の余地なくこれはグラングゥジエがその仇敵ピクロコルのケースを顧みながら表明している確信から力を得ている。つまりピクロコルがあれほど多くの邪悪なおこないを犯すとしても、それは〈己一人の恣意と思慮との舵に操らるる身の上と相成りしは、永劫不朽の神の御意ならむと覚え申し候も、そもそも聖寵によりて絶えず導かれざる限り、己一人の恣意思慮は邪なるものとなるより外に道なきは必定に候〉からである》〔本書二九七―二九八ページ〕。

「汝自らを助けよ」には救済にあたっての信徒自身の自助努力が表明され、それに続く「しからば神は汝を助け給わむ」によって、自助努力をする者の努力を神が喜ばしく思い、力を貸して救済にいたらしめる。ラブレーによればこうした自助努力を前提にした救済は《鬱ぎの虫の偽信徒》が唱えることだ。反してパンタグリュエルの考えは、自助努力を試みる者に対し「しからば悪魔は汝の首を折らむ」と結論づける。自らを頼む者は神の手で救済されるどころか、悪魔の手に落ちてしまう。これが『パンタグリュエル物語』の原文――そもそもこの段落は一五四二年版で削除されることになるのだが――であり、救済にあずかるには自助努力そのものが却って障害になる、と述べている。渡辺一夫氏はこの箇所に訳註を付し、《聖人崇拝や巡礼や教会への喜捨などには救いの道はないとする宗教改革主義の一端が現れている》〔渡辺一夫氏訳、『パンタグリュエル物語』、三二二ページ〕と釈義する。救済を求めての自助努力、すなわち善行が救済につながるものではないというのだ〔渡辺氏は迷信や権威に躍らされてのものと考えているようだが、ヴィルが『キリスト教徒の自由』で言及するように、より神学的に人間の内なる善への志向も係わっているはずだ）。しかし善行に奢る者を罰するのは悪魔であって、神自身ではない。神は、悪魔が介入し、功徳を救済の要件と誤って考える者を罰することを許すかもしれないし、放置するかも知れないが、自ら手を下すことはない。ところがここでフェーヴルは神自らをして自助努力をする者の裁き手となし、処刑者としてしまう。まさしく人間の自由意志と神の全能は相容れない。フェーヴルにとって（ここでは）神は自由意志の存在を許さない、奴隷意志論の神となる。果たしてフェーヴルはこの時期のラブレーにルターへの大いなる共感を見出していたのだろうか。

しかし――、と訳者は考えざるをえない。フェーヴルは必ずしも〈ルター派ラブレー〉のイメージを押し付けようとして、〈神〉と〈悪魔〉を意図的に置換したとは思えない。なぜなら上記の引用の直後、フェーヴルはこう付言しているからだ。《幸いにもラブレーの神は、その権能に匹敵するほどにこの上なく善良である》〔本書、二九八ページ〕。そしてもうひとつの理由を挙げることが出来る。フェーヴルはその論文で『パンタグリュエル物語』の同じ一節をもう一度取り上げる。その段落では問題の一節はこう変化しているのだ。これも長い引用をお許し願いたい。

《一五三五年以前のラブレーの著作において、〈裁く者であり報いる者である神〉に対する、たいへん力のこもった呼び掛けに出会う。神は人間に、完成を目指すその努力を嘉するのである。〔……〕神を内在的正義とすること、各人の収支に入念に計上された罪科の罰や償いを要求する、至高の判事を見ること。確かにルターから見ると、それは最悪の過ちであり、心の平安とキリスト教徒の生活全般にとっても、もっとも危険な過ちである。ところがウルリック・ガレがピクロコルに、人間のあらゆる営みは何事も隠しおおせず神の裁きに姿を現すであろうと思い出させるとき、ガレが野蛮で罪咎あるこの王に対して、〈数々の行ないには正しく褒賞懲罰を下し給う〉至高なる神を引き合いに出すとき、――これらの表現は明らかに伝統的な音を響かせるかのように思えよう。ここでもまた、過度に肯定するのを慎もう。こうした結論の拠りどころとなるテキストが非常に貧弱なのだ。おまけにこれらは物語の台詞なのだから。〔……〕反対に、先に引用した奇妙な一節を見るがよい。偽信者はこう言う、〈汝自らを助けよ、天は汝を助け給わむ〉。ところが実際は、〈汝自らを助けよ、しからば悪魔は汝の首を折らむ〉、が真理なのだ！　――ジャン修道士の創造者にして考案者のもとでの、あるいは嵐の画家、または筋骨隆々たる袖をまくりあげた使徒のもとでの、奇妙な静寂主義だ！、と言いたい誘惑にかられないか？　――更にもうひとつ、以下の、〈聖寵によりて絶えず導かれざる限り、邪なるものとなるより外に道なきは必定〉であるピクロコルの、已れ一人の恣意思慮に関する一節はどうだろうか。ルター的、と表明したくなるようなペシミスムである。これが、テレームの僧院のオプティミストの言葉だとしたら、〈正しい血統に生まれた自由な〉人間を立派に行動するように仕向ける刺激に動かされた、僧院の住人の擁護者の言葉だとしたら、予想外のものではなかろうか？》〔本書三四一―三四二ページ〕

「汝を助け給わむ」のが〈神〉であったり〈天〉であったりするのは驚くべき異同ではない。この程度の異文はフェーヴルにあって珍しいものではないし、神学的に〈神〉と〈天〉を同義語とすると異論が出るかも知れないが、少なくともここで対象となっている歴史学の領域で大きな文脈の変更をもたらすものではない。問われるのは僅か数十ページをはさんで「しからば神は汝の首を折らむ」が「しからば悪魔は汝の首を折らむ」と書き改められた点だ。「首を折る」のが〈神〉であるか〈悪魔〉であるかにより、人間に働きかける〈神〉の意志の強度が異なってくる。いずれにせよ救済にさいして人間の自助努力、善行＝功徳の無効性、いやそれどころか障害となる事態を語っており、そうした驕りこそ神の絶対性への信仰の欠如として、罰に値する。ただ罰するにあたって神がより能動的・行動的であるか、静かに悪魔の行為を許し、なすがままに任せ、人間が滅びるに任せるかの相違が存在する。テキストに基づいて分析総合する歴史家、それも二十世紀を代表する歴史家の代表的な論文に現れるにしては、いかにもお粗末な取り違いである。

だが果たして本当にこれはお粗末な取り違いなのか。即断するまえに幾つかの可能性を尋ねてみる必要がある。まずフェーヴルの意図的な書き換えではなかったか、というもの。僅か数十ページをへだてた異文――二十年の歳月を費やした研究成果の執筆にあたって、愛好する作家の同じ文を引用するとき、〈悪魔〉と〈天＝神〉という言葉を取り違えることなどどうしてありえようか。何らかの注意を喚起すべく敢えて企てられた取り違いではないか。意図的な異文――しかしその可能性はおよそ考えられない。一箇所の異文が何の前置きもなく提出された場合、読者はあらゆる引用、あらゆる論点、あらゆる論証、あらゆる断定の信憑性を疑いながら、不安のうちに読み進み、けっして心から納得することがないからだ。だがこれはフェーヴルが望む事態ではない。そのような挑発のために《好みの作家》の文章を利用するとしたら、その作家にどれほど礼を失しているかというきわめて極東的な倫理的な感覚は問題にすべくもないが、フェーヴルの立論からしても、望ましい結果をもたらさない。〈コレージュのアポロン〉、ユリウス＝カエサル・スカリゲルの詩作を分析し、その几帳面なラテン語へのこだわりに着目して、〈バリュオエヌス〉と〈バリュアエヌス〉の、僅か一文字の差異から一定の結論を引きだそうとしたフェーヴルではないか。後続する研究者がもう労をとらずに済ませるように、ネオ＝ラテン語詩人の作品群を渉猟したと豪語したフェーヴルではないか。この取り違いはフェーヴルの意図するところではありえなかっただろう。

フェーヴルの内部でのこの異文にもう少し執着してみる。意図的でないとしても、この異文は何事かを告げていはすまいか。一九四二年夏、知識人に拘束の手が及んでいるのを懸念したフェーヴルは、ドイツ軍占領下のパリを離れ、家族が先に逃れていた、比較的安全な非占領下のル・スージェに、危険を冒しながら密かに移っていた。しかし『ラブレーの宗教』はドイツ軍が侵攻するパリですでに完成され、〈人類の進化叢書〉の監修者アンリ・ベールの手元に渡っていたのである。訳者はまず、恐らくはフランス人らしい乱筆で書かれたメモやノートに埋もれ――しかも戦火を何時でも逃れられるように最小限に切り捨てられたメモやノートに埋もれ、ほの暗い電球の下で原稿を綴っているフェーヴルの姿を想像する。四折判の協会版『ラブレー著作集』五巻（一九四二年までの刊行分）、八折判ではあるが一冊が分厚いマルティ＝ラヴォー篇『ラブレー著作集』全六巻、それよりは利便性があるにせよ五巻本のプラタール篇『ラブレー全集』――ラブレーを本格的に論ずるにあたって不可欠な用具でさえ、何時でも何処でも容易に使用し得たとは思えない。ましてや「書誌」に載せられた大は辞典から小は紀要論文まで、五五〇項目の文献すべてが手元にあったはずはないし、ブザンソン大学やストラスブール（シュトラスブルク）大学所蔵の貴重書はなおさらそうだ。「書誌」の冒頭でフェーヴルが弁明しているのはそういうことだ。それらの情報をフェーヴルは確かにメモやノートに書き綴った。乱雑に。フェーヴルの取り違いはそうしたメモやノートの解読の時点で発生した。あるいはメモやノートに頼る以前に、フェーヴルは《好みの作家》の文章を記憶にとどめ、メモ書きする必要すら感じなかったのかも知れない。余りにも愛好する作家の余りにも慣れ親しんだ文章を、必ずしも精確と限らない記憶にとどめた（余談ながら訳者はルネサンス期に流行した記憶術が実用に適したものだったとは考えていない。訳者の証人は己れの記憶術を誇りながら、固有名詞を同定できないほど多様に綴った著作者たちである）。しかしこの異文が訳者に想像させるのはフェーヴルの史料処理の様態や過程だけではない。

フェーヴルが乱雑なメモや記憶に依拠したとしても、数十ページをへだてただけで〈悪魔〉と〈天＝神〉との混乱が生じうるものだろうか。同じ引用文を写した複数のメモがあって、一方で〈悪魔〉、他方で〈天＝神〉と記されており、それぞれに頼り過ぎたと考えても問題が解決するわけではない。論文を情熱をそそいで線的に書き続けていたら嫌でも気づいたはずの異文なのだ。——そう、線的に、着実に書き続けていたら。

ここからひとつの疑念が生ずる。『ラブレーの宗教』は（「総序」はさて措いて）線的に、一気呵成に執筆された論考なのだろうか。その（部分的にせよ一見）確固たる足取り、そこを貫く激しい情念、中枢に《問題提起》の使命を負わされた書物は《本当に》緻密に組み立てられた学術論文なのだろうか。『ラブレーの宗教』の構成、ラブレーを中心に細部から大局へと進展する重層的な構造を訴えたのは他ならぬフェーヴル自身であり、初版巻頭の「はじめに」で優れた書評を発表したアンリ・ベールであり、さらにはベールの言を繰り返すことになる、のちの歴史学研究者（たとえばピーター・バーク）であった。だが後述するようにその論理展開を追えば、重層的と見える骨格は、言わば独立した平屋の上に建て増しされたお神楽造りの二階家であり、更にその上に建て増しされた三階建ての建造物であり、当初の設計から三階として設計されたものではない。そのような前提に立つと、論争から生まれた《問題提起》の書物の各部分は、一定の構想の中でそれぞれ断片的に書き留められた考証の集成である可能性を否定しきれない。書物にして数十ページの僅かな隔たりでも、書かれた月日の懸隔は大きい。そしてそれらが書かれた時の刻印が無意識に押された。

そう、これを単純な誤解に帰すことはできない。いや、単純な誤解であるとしても、そこにはこの歴史家の〈歴史〉把握、〈歴史〉記述が無意識のうちに反映されている。ここで言いたいのは、フェーヴルがその時々で引用しているまさにその文脈なのだ。

《汝自らを助けよ。しからば神は汝の首を折らむ》という文章は第二部・第一巻・二節「神の全能。占星術者たちの決定論に抗して」で引用（？）された。もちろんその冒頭で端的に否定されているのは、《如何なる法則も如何なる法則体系も、神による、その至高の自由意志の実効を阻害したり制限するものではない》という神の全能だが、筆を進めるにつれこの一節を読むフェーヴルは、ラブレー、この《人間の活力と不屈な努力の伝道者》のうちに、《滅多にめぐりあわない》、《俗世間のあらゆる事件を統括する心配りを、神の善意のみにお任せする静寂主義の徒》を発見してしまう。人為を謳歌するラブレーと神の全能を訴えるラブレーの相克が出現する。《幸いにもラブレーの神は、その権能に匹敵するほどにこの上なく善良で》はあるが、それが人為と神の意志の対立を融和するものではない。かくして歴史家のまえに現れた神は人間の恣意の徹底的な否定者であり、そのことを文脈で明白にすべく、フェーヴルは己れの記憶を無意識に改竄して、神をしてその権能を侵犯しようとする人間の《首を折》らせた。

フェーヴルはラブレーの章句をいま一度、第二部・第二巻「ラブレー、宗教改革およびルター」の五節「おこないの問題」で想起した。一五三五年以前のラブレーの著作にあって《神は人間に、完成を目指すその努力を嘉する》と読みとれた。しかしフェーヴルはそうした読みを提示した直後、《汝自らを助けよ、しからば悪魔は汝の首を折らむ》を援用し、相反する思考の存在を指摘し、《矛盾について語るべきだろうか？》と自問してみせる。『奴隷意志論』で人間が悪をおこなうのは必然であり本性的にであるとし、あれほど〈善行〉による救済を否定したルターそのひとも、《十戒が人間の心に刻みこまれ、自然の手で植えつけられている》と記したではないか、とフェーヴルは言う。問われるべきはラブレーの両義性であり、ルターの両義性であり、この時代の思想（たとえば〈自然〉という概念について）の両義性の認識（批判ではない）である。ルターと悪魔の連想はさて措いても、この節で展開されるのは〈神の全能〉ではなくして、自助努力を肯定し同時に否定する時代の心性の有りようであった。力点の移動によってフェーヴルは本来のラブレーの言葉を冷静に思い出すことができた。フエーヴルがその文章を用いて表現しようとしている思想的文脈、この歴史家は余りにその思想的文脈にとらわれ、余りに性急にそれを表明しようとした。フェーヴルは内から湧き出る激しい勢いを抑制できず、記憶を確認することさえできなかった。

その場その場のほとばしる勢いに任せて史料を博捜し、執筆するフェーヴルの軽率さは、いたるところで発現する。史料の解読作業中の誤読例については、たとえば二宮敬氏が半世紀も以前に次のように指摘した議論を想起することが可能だろう。『パンタグリュエル物語』第八章のガルガンチュワからパンタグリュエルに宛てた書簡の一節、

《...mon ame laissera ceste habitation humaine, je ne me reputeray point toutallement mourir, mais plustost transmigrer d'ung lieu en aultre, attendu que en toy et par toy, je demeure en mon ymage visible en ce monde, vivant, voyant et conversant entre gens de honneur et mes amys, comme je souloys:...》〔傍線強調は二宮氏〕

〔渡辺一夫氏による邦訳をあげておく。

《我が霊魂がこの人の世の棲居《すまい》を離れ去る時の来るとも、拙者がすべて死滅し去りて跡形もなき身と相成るとは思わず、むしろ棲まうべき所を変えたりと存ずべければなり。蓋《けだ》し、そなたが裡《うち》においてまたそなたに拠《よ》りて、拙者は生々としたる姿を纏いてこの世に留まり、今までのごとく性《さがら》貴き人々及び親しき友だちとともに生き長らえ、これと相会し、これと睦み合うことと相成るべしと心得申し候えばなり》〔渡辺氏訳、六五—六六ページ〕〕

に着目して二宮氏は、

《"transmigrer d'ung lieu en aultre"は「地上の棲家から天上の棲居へ」という意味ではなく、明らかにガルガンチュワからパンタグリュエルへ、即ち親から子供へ移る、という意味である。此の事は、アンダーラインの部分の直後の"attendu que"という句を以て附加されている一節を見れば一層明瞭に判るであろう。即ち此の一節は……生殖に依り人類が子々孫々に伝わり、地上に於て一種の暫定的な不滅性を得る、というラブレーの主眼を抒情的に述べたものと言えよう。従って……此の世からあの世への関係を、ラブレーは霊魂は別としてこの世に於ける現在と未来との関係にすりかえたことになる。……ラブレーがわざわざ"attendu que"という明確な一句を用いて続けた一節を完全に無視したジルソン、及びジルソンに同意するフェーヴルの態度は、私には全く納得し難いのである》〔二宮敬氏、「『パンタグリュエル』*Pantagruel* の一節をめぐって」、『フランス・ルネサンスの世界』所収、三四二ページ〕。

と厳密な判断を下した。フェーヴルが《attendu que》を《完全に無視した》かどうかは、訳者としてはやや判断しにくいところだし、二宮氏が結論するようにフェーヴルがラブレーの《全く正統的なカトリックとしての面》〔同、三四三ページ〕を《不当に強調》し、《ラブレーの個性——恐らくはその故に神学者たちの迫害・圧迫を蒙らざるを得なかった強烈な個性》を《その背後に》消してしまったかどうかも、ラブレー研究者ならぬ単なる十六世紀愛好家である訳者が判断できるところではない（この時代にあって《全く正統的なカトリック》とは何を指すのだろう）。しかし二宮氏の具体的な反論は十二分に、ファーヴルの性急な読解や自分の記憶への過度な信頼、文脈からの思い込みから生じた誤解が存在する可能性を客観的に例示するものだと思う。

フェーヴルの著書にみられる夥しい誤記・誤解――その原因はひとつに、出典を直接確認するのが困難な時代状況、ひとつにこの著作が序論から結論まで整然と線的に執筆されたものではなく、その時々の状況下で書きためられた断片を並び替えたものであろうこと、ひとつに十六世紀の専門家であるフェーヴルがまさしく十六世紀的に、史料の判読や錯綜した思索の直中にあって、その判読作業、その思索過程、執筆する筆の勢いに身をまかせる文章家であったこと、加えて（これは最大の理由であろう）フェーヴルが、よく言えば大局的な歴史家であり、大局的な歴史を物語るに性急で、細部に拘泥しない思想家であったことが挙げられよう。

最後に付言すれば、フェーヴルは自らの著作をほとんど読み返さなかった。一九四二年版から一九四七年版を起こすとき、若干の加筆削減はおこなったが、莫大な誤記・誤植を気に留めることは一切なかった。フェーヴル亡き後、新書版を上梓したアナール学派の弟子たちも、この著作が名著であると宣伝しながら、研究対象として綿密に読み直し、師匠の誤解や誤記を訂正することなどしなかった（この点では渡辺一夫氏の『ガルガンチュワとパンタグリュエル物語』全五巻に点在する誤記が、弟子格の方々によってであろう、訂正され完成度を高めている現状とは正反対である）。

本書の歴史的位置

訳者としてフェーヴルの大著の欠陥をあげつらうのは如何にも心苦しいし、ある程度は日本でも承知されているところなので、贅言するつもりはないが、この著作の歴史的位置づけを試みる以上、触れておかなければならない事柄がある。『ラブレーの宗教』が扱うフィールドの問題である。

第一部・第一巻「同時代人たちの証言」は基本的に、ラブレーが連作のうちの初期作品二篇『パンタグリュエル物語』と『ガルガンチュワ物語』――この二篇の作成・刊行年代を往々取り違えていることが渡辺一夫氏の不信感を煽ったようだ——しか著していなかった時代、すなわち一五三三年頃から一五四〇年代中盤にいたる時代を対象にしている。フェーヴルはこの時期における〈コレージュのアポロン〉、すなわちネオ゠ラテン語詩を綴る群小詩人たちの狭い世界での愛憎劇を描き、その世界を支配しているのが思想的・文学的な意見の交換ではなく、その時々の呪詛や連帯の言葉であることを示した。ラブレーと同格に置かれるとされる形容語〈無神論者〉や〈ルキアノスの徒〉が実はそのサークルに属する誰もが発し、誰に対しても投げかけられる感情的な悲鳴であり、しかもネオ゠ラテン語詩人の宇宙で客観的にラブレーと同定しうる人物が、ド・サンティやルイ・テュアーヌ、アベル・ルフランが偽名のもとに数え上げるよりもはるかに少ないと立証した。念を押すことさえ恥ずかしいが、〈無神論者〉という言葉が存在し、〈無神論者〉という概念が存在することと、ひとりの無神論者が実在することとは別物なのである。——但し書きを付せば、訳者はフェーヴルが自負するほど《今後長いあいだ、その仕事〔ネオ゠ラテン語詩人の世界とラブレーとの関係の博捜〕を繰り返す必要を誰も覚えない》かどうか、一抹の不安を抱く。——ネオ゠ラテン語詩人の作品を確認することができなかった訳者ではあるが、『ラブレーの宗教』をつうじて認められる誤記・誤解を想起すると、フェーヴルの調査の精確さが再調査をなしで済ませられる度合いに達しているとは、確信をもって承認しがたいのだ。ことのついでに触れておくと第二次大戦後に刊行された羅仏対訳『ヨシナシゴト（抄）』には女性〈ラブラ〉に宛てた詩篇が登場する。閑話休題。ネオ゠ラテン語詩人のサークルを訪れたフェーヴルが得た教訓は、この時期の人々の感性や思考・生活様式は現代人の有するそれらとは異なるものであり、両者を計る共通の尺度があると考えるまえに用心をかさねた方がよい、という警告でもあった。

フェーヴルが次に扉を叩くのは〈神学者と論争家〉のグループであった。挙げられる名前はネオ゠ラテン語詩人と同様に多岐にわたるが、違うのはかれらがみなビッグ・ネームだということだ。若き日のカルヴァン（一五三三年)、ソルボンヌ神学部(一五三三年、そして特に一五四三年)、ギヨーム・ポステル(一五四三年)、再度『ニコデモの徒への弁明』のカルヴァン(一五四四年)、『テオティムス』のガブリエル・ド・ピュイ゠エルボー(一五四九年)、そして三度目になる『躓キニツイテ』のカルヴァン(一五五〇年)――かれらは誰もがラブレーらしき人物を揶揄し、告発し、論難した。自らの陣営にあらざる者として。しかし〈新福音主義者〉は無神論者でも合理主義者でもなく、あくまでも〈異端〉のキリスト教徒である。一五六四年にピエール・ヴィレが聖パウロの言葉を引用しながら〈無神論者〉のレッテルを貼り付けるのは異教徒であり理神論者に対してである。わたしたちの感覚では理神論者にせよ異教徒にせよ宗教を奉じているには変わりない。しかしかれらにはそう思えなかった。自分たちと同じ教理を信奉しない者、それが無神論者だった。ロンサールもラ・ロシュ゠シャンデューも、十六世紀の〈寛容〉の使徒カステリヨンもそうだった(言うまでもなく、カステリヨンの〈寛容〉の対象は何らかの信仰に与る人々で、無神論者はその範疇にない。これが十六世紀の〈寛容〉の限界であった)。そしてラブレーも一五三二年にエラスムスに宛てた書簡でジュール゠セザール・スカリジェを〈無神論者〉と形容していたのだった。〈神学者と論争家〉の検討をへて、フェーヴルが得た結論はおよそこのようなものだった。しかしフェーヴルの論証はいささか危うい。『第一之書』と『第二之書』を越え、既に『第三之書』が出版された一五四五年、もしくは一五四六年以降の時代に突入してしまったからだ。『パンタグリュエル物語』の時代と『ガルガンチュワ物語』の時代は異なる。だが『第三之書』の時代と『ガルガンチュワ物語』のそれはいっそう異なる。ましてやラブレー没後の証言が一五三〇年代前半のラブレーの思想信条を解き明かすのにどれほど積極的に役立つのだろうか。

リュシアン・フェーヴルは巻をあらため、ラブレーの作品に現れる諷刺的要素のオリジナリティの検証を開始する。ラブレーが置かれた環境の中でラブレーが〈無神論者〉であったことを特定するなにものも抽出できなかった以上、今度はかれが綴った作品をつうじ、その反宗教性を探ろうとするわけだ。しかし既成教会に対するラブレーの嘲弄、それはけっして無から生じたものではない。大衆的な説教師たち、ラテン語であろうとフランス語であろうと、大衆をまえに道を説く人々の多くは、社会に対する鋭い批判精神をもち、大衆に受容されやすいユーモアを交えてそれを語るすべを知っていた。ムノやマイヤールを見るがよい。かれらはこの点でラブレーの先駆者ではなかったか。その名が残るムノやマイヤール以上に修道士たちも世俗の高官も『聖書』の言葉と朗らかに戯れた。テレームの僧院は現存する修道院に対立する〈反修道院〉でありながらその住人の《精神生活の本質的要素》は『福音書』であった。ガルガンチュワがガルガメルの左耳から誕生した逸話にも先行する魔術師マーリンの伝承があり、聖母マリアの処女性すら笑い話のテーマになっていた。「創世記」の事実性に疑問を投げかけたのはそもそも大異端オリゲネス（出村みや子氏の表現を拝借すると、《しばしばアウグスティヌスと並べられるほどの影響力をもっていた教会著述家》）ではなかったか。この時代にあって聖性を諧謔の話柄とすることと聖性を尊ぶこととは矛盾するものではなかったのである。

フェーヴルはつぎに『パンタグリュエル物語』から具体的な事例を二件取り出し、検討を加える。ひとつは同書第八章のガルガンチュワが留学中のパンタグリュエルにしたためた、種の永遠性と霊魂の不滅、ルネサンス的な学問の勧めを訴えた書簡だ（先の二宮氏の論文を参照）。人類の始祖が犯した原罪ゆえに個々の人間存在は必然的に死を迎えなければならない。それをやわらげるのが最後の審判まで続く〈生殖〉による〈種〉の存続である。生成と腐敗をつうじた〈種〉の永遠性——これをルフランのように〈自然〉を対象とする《実証哲学》の表明と見るべきではない。中世哲学史家エティエンヌ・ジルソンはそこにトマス・アクィナスや聖ボナヴェントゥラの影響を認め、フェーヴルは一五三七年に刊行された大衆向け小冊子との共通項を求める。他方霊魂は死を迎えるにあたって身体を去りはするが滅することなく天に昇る。霊魂の不死性は『パンタグリュエル物語』のみならず『一五三五年の暦』でも、そして一五四六年の『第三之書』の一節でも一五五二年の『第四之書(完成版)』の一節でも、またアルプスの彼方のレオナルド・ダ・ヴィンチにおいても美しく語られる。それぞれは時代の文脈の中で孤立した思考ではなかった。霊魂は非常に広範囲に及ぶ哲学的、医学的、神学的関心事であった。フェルネル、トゥタン(一五五七年)、ポステル(一五五三年)はその例証として引かれる。霊魂を表現するのに多様な角度があったとしても、この一事をもって非キリスト教的であるとは断じてはならない。さらにもうひとつの表現、《すべて滅し去る》とは唯物論の表明ではありえなかった。

いまひとつの事例は、斬られ首エピステモンの蘇生を物語る『パンタグリュエル物語』第三十章である。ルフランによればこれらはキリストがおこなったふたつの奇蹟、ヤイロの娘の復活とラザロのそれのスキャンダラスなパロディである。対してフェーヴルは中世騎士物語にその原型を認める。さらに奇蹟的・超自然的な事象は十六世紀にあふれていたし、コルネリウス・アグリッパやピコ・デッラ・ミランドーラといった大学者も正面きって魔術を論じている。つまり奇蹟は日常に浸透していた。他方キリスト教が宗教の本質として、キリストの奇蹟以外の奇蹟を必要としないと考える敬虔なカトリック教徒も改革派信徒も存在した。奇蹟を諧謔のモティーフにしながらキリスト教徒であることは矛盾した事態ではなかった。

フェーヴルは『ラブレーの宗教』第一部・第二巻で論争家や神学者のラブレー観を取り上げた。結論としては前巻と同じくラブレーが時代の子であったというものだが、論証の過程でフェーヴルは『パンタグリュエル物語』や『ガルガンチュワ物語』の時期をはるかに下った『第三之書』、『第四之書』の時期、十六世紀を折り返した時期の散文や韻文をも援用した。『パンタグリュエル物語』や『ガルガンチュワ物語』の時期、多く見積もっても『第三之書』刊行以前の時期から証言や史料をえていた第一巻とは事情が異なりはじめていた。

第二部・第一巻はラブレーの宗教思想を論ずる。フェーヴルの言葉を借りれば《一五三二年の時点でラブレーは宗教的な事項についてどう考えていたか》、ということだ。ラブレーの初期作品群は聖書からの引用や、父なる神、殊に子なる神への呼び掛けから織り成されている。巨人たちにあって神は創造者にして摂理、祈りにこころ動かされる善なる神である。こうした善良で万能な神に対する人間の義務は『福音書』を読み、み言葉を広める以外にはない。しかし総体的にいって、一五三二年から一五三五年のラブレーのキリスト教、『パンタグリュエル物語』や『ガルガンチュワ物語』、同時期の小作品をとおして見られるラブレーのキリスト教は、改革派に共感を示すにせよ、伝統の枠内にとどまるものであった。

《一五三二年の時点でラブレーは宗教的な事項についてどう考えていたか》——フェーヴルの命題は実のところ誤解をまねくたぐいだ。初期作品群や、一五三二年から一五三五年にかけての作品を均等に扱うことは厳密に言えば〈時代錯誤〉に相当する。この時期、宗教は高度に政治的・社会的な問題とからんで、フランスでもドイツでも、その他の西欧諸国でも左右に揺れていたからだ。このころ、すなわち改革派教会の形成期、思想のレヴェルで二点、信仰の唯一の源泉たる『聖書』、義とされる唯一の基準たる〈信仰〉の二点が信徒たちのアイデンティティを峻別していた。なるほど若きパンタグリュエルは古典古代文学の知識で豊かになった『聖書』を精神の糧としていた。しかし一五三五年以前のラブレーは伝統的な〈慈愛がつくる信仰〉という概念を己れのものとしていた。この概念はエラスムスや福音主義者たちには支持されるが、ルターやカルヴァンには拒否されるものだ。ラブレーはドイツにおける思想問題に注目し、『パンタグリュエル物語』のサン゠ヴィクトール図書館の章で半ば公然とローマ教会批判の立場をとった。この第一の物語にも後続する『ガルガンチュワ物語』にもルター的な思想の断片がいくつとなく現れる。——だが〈パンタグリュエル主義〉の宗教思想はこの宗教改革者のみが与えたものだったのか。いや、エラスムスの名を忘れることはできない。

キリストの哲学者エラスムスは、ルターとならんで当時の知識人の偶像であった。フェーヴルはエラスムスの精神形成過程とラブレーの精神形成過程の間に類似性を見出す。そして『対話集』からの多くの借用も。フランスのルキアノスの諷刺精神や表現には、コスモポリタンたるルキアノスが範として先行していたし、カトリック教会の制度や儀式に対してもルター神学に対しても、古典古代から英知を引き出すエラスムスの発言はラブレーよりもいっそう大胆であった。フェーヴルの印象ではエラスムスと比べたとき、ラブレーは小心で、優柔不断でさえある。エラスムスは才知にあふれ、乾いた逆説の側にいる。『ガルガンチュワ物語』や『パンタグリュエル物語』に見られる、全能なる神への敬虔さの表明はそこにはない。ラブレーが恐らくエラスムスに与したこと、その傍証をフェーヴルは『第四之書』のタラメージュ号出帆の逸話に求める。《若き日の夢想へのゆるぎない忠誠、すなわち人間的なキリスト教思想への執拗な愛着を明らかにする》であろう逸話だ。『第四之書』、一五四八年のことだ。

「十六世紀における不信仰の境界」、フェーヴルが《第三部》と読んだこの著書の第二部・第二巻に与えた標題である。十六世紀にあって誰もが必然的にキリスト教徒であり、誕生から死亡まで、生活すべてがキリスト教の儀式により律せられている。学生も同業者組合も信心会もそうだ。象徴たる教会は世俗社会を指導し、物理的な教会は地域の中心となる。時代を超越した例外的な精神の持ち主を想定しよう。キリスト教に律せられた世界からその人物はどのようにして解放されるだろうか。フェーヴルは教会の束縛を脱却させうる立脚点として哲学、科学、神秘思想を検討する。

〈哲学〉——それにはまず哲学的概念を指示し表明する言語や統辞法が欠けている。古典ラテン語を大きく離れた中代ラテン語が現地語との接点を模索する一方、十六世紀の末にはフランス語で思想を述べる人々——その延長にデカルトがいる――が出現しはじめた。ユマニストたちのギリシア哲学研究は必ずしもキリスト教を否定するものではなかった。かれらの哲学研究にはキリスト教思想が前提として存在し、また哲学と信仰は独自の領域を保持してもいた。

〈科学〉――ユマニストが書物でえた知識と現実を解きほぐす科学とは殆ど接触がない。個々の科学、個々の発見は中世の間、日常の中で維持され進展してきた。印刷術が知識の伝播に貢献する。知識は徐々に統合され、時間を要しながら科学的用具が準備される。十六世紀はその準備期間であった。この時代にあって時間も精確さを要求されない。世界を支配するのは未だ超常現象である。『第四之書』、一五七五年や一五九〇年の小冊子、ロンサールの詩篇、それらはみな超常現象への畏怖を告げている。この世紀の後半になってようやく現実にそぐわない理論に対し、実践家から異論が提出されはじめるだろう。

〈神秘主義〉――レオナルド・ダ・ヴィンチ、ミゲル・セルベト、ベルナール・パリシー、ジョルダノ・ブルーノ。かれらは近代科学が生まれるまえの十六世紀の孤立した先駆者だった。吹きさらしの人間であった十六世紀人は視覚において現代人に立ち後れ、味覚、嗅覚、聴覚に敏感だった。ルメール・ド・ベルジュやジャン・ブーシェのみならずこの世紀の後半に属するデュ・ベレーやロンサールもそうだった。かれらは音楽の魅力にこころ奪われるが、景色の美に見とれることはない。この世紀に〈絶景ホテル〉は存在しないのだ。彼らにとって自然界に不可能、超自然というものはなく、精霊がこの世界を絶えず彷徨している。ここでもまたロンサールが引かれ、一六〇〇年のタイユピエの著作が紹介される。正統的なキリスト教徒が同時に神秘主義者でもあるのがこの世紀なのだ。

結論としてフェーヴルは十六世紀をこう形容する。「信じようとする世紀」と。《十六世紀を懐疑主義者の世紀、自由思想家の世紀、合理主義者の世紀》ととらえること、それが《最悪の間違いであり、幻想である》こと――フェーヴルはそのように言い放った。

長い要約（字義矛盾だが）をつうじて訳者が触れたかったのは、既に述べたように『ラブレーの宗教』と銘打たれた論考が対象とするフィールドへの疑念である。当初『パンタグリュエル物語』と『ガルガンチュワ物語』の環境的・時間的周辺に設定されていた〈無神論者〉や〈ルキアノスの徒〉という呼称の検討が、次第に環境的・時間的範囲を拡大した領域で、どれほど多様な名辞のもとであろうと、フランス十六世紀前半の思想が一般的に〈キリスト教〉の枠組みをまぬがれていなかった、との論証に移行する。第二部・第一巻の掉尾におかれた『第四之書』のタラメージュ号の出帆のエピソードは、それが如何にラブレーの初期作品群との対照を意図したものであれ、フィールドの変化を暗示しているように思える。第二部・第二巻を著述する視点はラブレーにとらわれず、年代的には〈十六世紀の〉とかろうじて形容しうるフィリップ・ド・コミーヌからピエール・ド・ランクルまで、ひとつの世紀をまるごと証人として召喚してしまった。主題たる〈十六世紀における不信仰〉と副題たる〈ラブレーの宗教〉――いやはじめの問題設定からすれば〈一五三〇年から一五三五年にかけてのラブレー〉と言い直した方が正確だろう――とが乖離してしまう。そもそも主題と副題は乖離せざるをえない運命にあったのだ。なぜなら〈十六世紀〉と〈ラブレー〉はけっして等号で結ばれるものではないのだから。そしてこの点でフェーヴル自ら「時代錯誤」と非難されても致し方なかった。こうした構成の基幹にひそむ〈ずれ〉――フェーヴルは思い出すたびに〈『パンタグリュエル物語』と『ガルガンチュワ物語』の時代〉、〈一五三〇年から一五三五年の時代〉（前にもいったように、それは必ずしも均質な時代ではない）に注意を呼び戻そうとし、第一部・第一巻・第二章冒頭では、その検討対象が《『パンタグリュエル物語』と付随的に『ガルガンチュワ物語』》

〔強調は訳者〕だと言いさえする。しかしその記憶は長続きしない――は〈誤記〉の質的・量的な大きさとならんで、フェーヴルの著書に〈うさんくささ〉を与えた。その〈うさんくささ〉を突き、より立体的な（実物大かどうかは別にして）ラブレー像、より多角的・精密な十六世紀の物質文明像・心性像を提供するのが、フェーヴルの後にやって来る研究者の仕事となった。

本書への批判

フェーヴルに対する批判を、恣意的とのお叱りを覚悟で、三つの範疇に分類・紹介（網羅からはほど遠い）してみる。

まず『ラブレーの宗教』刊行直後から、これはラブレーの作品をだしにした心性史の著作、思想史的著作であり、文学作品たるラブレーの著書の本来的な性格を無視し、とりもなおさず〈文学者ラブレー〉を冒瀆している、という声があった。たとえば戦後の日本で最初に正面から〈フェーヴル問題〉と取り組んだ二宮敬氏がいる。ポーレット・ルノワールの小著『ラブレーの思想の若干の様相』（一九五四年）を紹介した「ラブレーの神話」で二宮氏はフェーヴルの論考に言及し、こう語った。

《……一九四二年に発表したリュシヤン・フェーヴル著『ラブレーの宗教』……なる大著は、それ以前のアベル・ルフランのラブレー無神論者説を真向から一刀両断して、キリスト者ラブレー、温健で中庸を得たラブレーの神話を提出している……。もちろんルフラン説は随分独断的な面もある。フェーヴルの研究はさすがにルネサンス研究の第一人者の手になるだけあって、新しい事実や鋭利な考察に満ちており、極めて有益な著書といえるが、近代科学成立以前に合理主義はあり得ぬとする機械的な方法と、思想が動くものであることを無視して、一五三五年以前のラブレーの作品によってその後二十年近いラブレーの生涯を律し去ろうとする強引が禍いして、結局ラブレーの人間を殺してしまったのだ。……フェーヴルの方法の欠陥を衝く妥当な発言があるにも拘らず、〔ルノワール〕女史自身の解釈はほとんど見られず、多くの場合ルフラン説を継承強化し、或いはルフラン説が明らかに誤っている場合には無断でフェーヴルの新しい解釈を利用している。……あらゆる作家研究は神話なのかもしれぬ。それはそれで意味深い。だが正直のところ僕は悲しくなった。フェーヴルはルフラン説にショックを受けてこれを徹底的にやっつけ、ルノワールはフェーヴルにショックを受けて一層強引にこれを否定する。しかも両者共先人の努力の堆積は無断借用し、すきを見れば喰い下がる。……ルフラン説の修正はフェーヴルが最初ではない。プラタールやルノーデの地味な貢献があるのに、フェーヴルは一言の断りもなくこれを自説の如く開陳する。フェーヴル説については、彼の大著の序文中にアンリ・ベールが精密鋭利な批評を寄せている〔本著「補遺」参照〕。しかるにルノワール女史はこれに一言も触れない。……》〔二宮氏、『フランス・ルネサンスの世界』所収、平凡社、三一二—三一三ページ〕

ポーレット・ルノワールの著書の前半三分の一までの部分でフリードリッヒ・エンゲルスの『自然弁証法』、『アンチ・デューリング論』、『ドイツ農民戦争』がさかんに引かれたこと、著書の幕を下ろすにあたって、ラブレー没後四〇〇年を祝おうとしたフランス共産党の提案が当局に拒否され、ソヴィエト連邦がラブレーに敬意を表した経緯を書き残したことを二宮氏が沈黙したとしても、一九五四年（ポポロ事件の直後だ）という状況を思い起こせば、むしろその沈黙に優れた若きルネサンス文学者の抵抗を認めるべきであろう。ルノワールの誤りの多い教条的・公式的な発言を喩にもちい、ありうべきフェーヴルの先入観が世界のラブレー論の先入観となり、とくにその文学作品の解釈の幅をせばめる可能性を愁いている。先に引用した「『パンタグリュエル』*Pantagruel* の一節をめぐって」に付された最後の註はこう終わっていた。フェーヴルの労作に意義があるとしても《何故それではラブレーは神学研究を著さなかったのか、何故通俗宗教パンフレットを書かなかったのか。再三の発禁処分の間をくぐって、四巻の物語作品を書いたのは何故なのか。之等の問いに答え得ない作家の思想研究の無力を感ぜざるを得ない》、と。二宮氏の「ラブレーの歓喜と苦悩――革命と弾圧と文学者」(『フランス・ルネサンスの世界』所収、三一四ページ以降)と銘打たれた論文の結びを拝読するかぎり、氏のフェーヴル理解がけっして単色でないことは明らかだ。〈頑迷な老いた福音主義者〉を軸に、フェーヴルとスクリーチ教授と二宮氏は結びついているようにさえ思える。ともあれフェーヴルがラブレーの個性や文学を直接対象とせず、その周辺から出発して、ラブレー論ならぬフランス十六世紀論を提示したとの批判は少なからず存した。

直截なフェーヴル批評ではないが、一九六〇年、イタリアの『フランス研究』第十二巻に遺稿「ラブレーとラブレー研究者」を掲載したラブレー学会の長老レオ・スピッツァーは、ラブレー没後四〇〇年を記念して刊行された論文集(一九五三年)の論文ひとつひとつを検証、それを支配しているのが半世紀以前のアベル・ルフラン風の《歴史的実証主義》〔四〇一ページ〕であり、《文学批評》〔四〇二ページ〕がほとんど見られないことを激しく叱咤した。そしてスピッツァーは《文学批評》の例に《たとえばエピソードや作品の内部構成を再建したり、ラブレーのコミカルな要素がもたらすニュアンスや、かれの文体の、つまり作品の内部にとどまっているものの数多い問題をことごとくリスト・アップすること》をあげた。スピッツァーの例を聞くと、文学批評に残された道はテーマ批評か構造分析、文体論くらいしかないようだが、これが正論であるかどうかは読者の判断におまかせする。問題はフェーヴルを名指しこそしないものの、文学を文学そのものとして把握し、研究する人々が少数になってしまったことへの老碩学の嘆きである。

さらに執筆された時代ははるか一九四〇年代にさかのぼるがフランスへの紹介が遅れ（仏訳一九七〇年）、にもかかわらず一世を風靡した——もっともスクリーチ教授はバフチーンの主たる命題を《一度も認めたことがない》〔『ラブレー研究文庫』第十八巻「序文」〕と切り捨てる——『フランソワ・ラブレーの作品と中世・ルネッサンスの民衆文化』（川端香男里氏訳）の著者、ミハイール・バフチーンからもそうした批判がでた。いささか怪しげな〈民衆文化〉のテーゼは別として、バフチーンはフェーヴルの論考が芸術性を無視しているとし、その名においてフェーヴルを告発した。《十六世紀文化の個々の問題点に対しては、フェーヴルの著書は多くの貢献をしている。しかしラブレーの小説を**芸術**作品として理解すること、ラブレーの**芸術的世界観**、**世界感覚**として理解することにかけては、フェーヴルの著書は貢献度きわめて少なく、それに、間接的にしかこのことに触れていない》〔一一六ページ〕。——ただしこれはあくまでもバフチーンによるフェーヴル批判の一部であり、総体としての『フランソワ・ラブレーの作品と中世・ルネッサンスの民衆文化』が現在のラブレー研究の中でどのように評価されているか、訳者に語る能力はない（バフチーンへの消極的評価については、リチャード・バーロング著『ラブレーとバフチーン』〔一九八六年〕を参照）。

ともあれ二宮氏（そしておそらくレオ・スピッツァーや、〈芸術作品〉論を説くバフチーン）が代弁した、フェーヴルにおける〈文学史的視点〉、〈物語的視点〉の欠如もしくは希少性を根拠とする批判の声、ラブレーの文学世界を史料の海に浮かべ、文学言語をもっぱら思想性に還元してしまったフェーヴルに対し、ラブレーの文学に魅惑された研究者たちから遺憾の念が表明されても致し方なかった——そう、『ラブレーの宗教』の出発点がどこであったかにかかわらず、あれほどの誤読や誤記を見てしまったいま、それらの非難が提出されても致し方なかったのかもしれない、と思わざるをえない。

さて、文学的観点に加え、思想史的な観点や文明史的観点からもフェーヴルに対して厳しい批判が浴びせられた。上記バフチーンのフォルマリスム的（敢えて公式主義的ともいえようか）民衆文化論からの批判――《民衆の笑いの文化のフェーヴルによる無視のため、ルネッサンスとフランスの十六世紀の理解はゆがめられてしまう。この時期の特徴をなす並はずれた内的自由と、芸術的思考のほとんど限界ぎりぎりの反独断的性格を、フェーヴルは見ず、また見ようともしない。なぜなら彼はこれらの点を支えるべきものを見出せないからである。彼は一面的ないつわりの十六世紀の文化像を描き出している》〔一一九ページ〕――も後者のひとつに挙げられるかも知れないが、それはさて措き、思想史的観点からの反論で特に取り上げるべきは恐らく、十六世紀における〈無神論者〉、〈合理主義者〉の存在をめぐる議論である。

一九四三年二月、真情あふれる書簡をフェーヴルに送り、《その中で自らの視点を再度確言し、いつもながらの情熱と才知をもって主張されたかれ〔フェーヴル〕の命題に対抗し、おそらく効力も効果も有する一連の異論の用意を告げながら、目下のところはポステルの証言や、ラブレーの著作に対するパリ大学神学部の有罪判決、『世ノ警鐘』の問題のみを想起させるにとどめ、『ポール・ローモニエ記念論集』に発表した「エピステモンの地獄下りと〝羊飼いの暦〟」を送った》〔フェーヴル、『アンリ・ベール宛書簡集』、五六二ページ、註二〇〕アベル・ルフランについてはこれ以上の情報をもたない。――ついでながら最近ジャック・ル・ゴフが《〔フェーヴルは『ラブレーの宗教』の中で〕ラブレーが使った語や概念がどれほど多く、ルネサンスというよりはむしろ中世の語や概念であったかを示している。その点で、フェーヴルは、十六世紀とルネサンスの近代性を主張するアベル・ルフランから珍しいほど強烈な批判を受けた》〔鎌田博夫氏訳、『ル・ゴフ自伝』、一二三ページ。原著、一二一ページ〕、と語ったことを知った。これは訳者がまったく知らなかった反応である。詳細をご存知の方にはご教示願いたい。――閑話休題。ルフランの泰然とした応答はそれとして、わずかな知見の範囲で幾人かの論者や論争書を指折ってみる。

まず、フェーヴルが『ルネサンス・フランス文学における合理主義の源泉と発展（一五三三年―一六〇一年）』をもってアベル・ルフランとならべて攻撃したひとり、アンリ・ビュッソンは自著のタイトルをあらため、フェーヴルへの反論を試みる「巻頭の問い」を冠した博士論文の増補改訂版『ルネサンス・フランス文学における合理主義（一五三三年―一六〇一年）』を一九五七年に刊行しなおした。ビュッソンはそこでどれほど多くのキリスト教徒（聖人さえ名指される数々の正統キリスト教徒！）がその生涯、その思索のある時期にキリスト教の信仰箇条に疑いを抱いたか、整然とした合理主義を生み出すのに不可欠だという用語の欠如は、フェーヴルの確信とは逆に、民間の不信仰の前提条件にはなっていないのではないか、ポンポナッツィ以前にさえ合理主義は存在したではないか、〈無神論〉に代表される語の頻出は不信仰の形成と重なり合うのではないか、と述べた。詳述する場ではないし、訳者にそれだけの知見はないが、フェーヴルがラブレーを取りまく環境やその思想を検証したのち、最終的に対象として選んだ〈十六世紀人〉が、例外的な個人を捨象した、とは言え具体的な生活者の相貌をし、イマジネーションにより時空を跳び越えたさまざまな人間であることを勘案すると、ビュッソンの補加は残念ながらフェーヴルの主張の根底と嚙み合わない、説得力の薄い反論に思える。フェーヴルが十六世紀の人間というとき、〈すべての十六世紀の人間〉を指しているのではない。また〈十六世紀の超人〉を指しているのでもない。フェーヴルはそれとなく《民衆の同意を獲得できない先駆者たち》〔第四章一節〕、《非常にまれな例外》〔同四節〕、《格別に鋭敏で洞察力のある精神》〔結論〕の存在にふれ、かれらを考証の範囲からはずしてゆく。ラブレーは十六世紀をこえた精神であったかもしれない。だがフェーヴルは同時にラブレーが十六世紀の人間でもあったことを示そうとし、まさしくその点でラブレーに〈十六世紀的な知識人〉を代表させたのだ。

それはともあれフェーヴルの死後、十六世紀における無神論や無神論者の問題はより精緻、より固有なものとして哲学史や思想史の領域から論じられてゆく。ルネサンス思想史の第一人者オスカー・クリステラーは論文「ルネサンスの無神論神話と自由思想の伝統」〔『ユマニスムとルネサンス文庫』第三十七巻所収（一九七五年）〕で、イタリア・パドヴァ学派のアリストテレス主義者を無神論者と一括するシャルボネルやビュッソン、パンタール（クリステラーは〈フランス人歴史家学派〉と総称する）がパドヴァ学派の哲学者たちを、〈二重真理説〉を方便に用い、講義の最中に冗談＝不真面目な話を交え、外部にもれない秘密思想をあたためる無神論者グループとみなす傾向を激しくなじった。《言葉に表れない秘密思想は歴史家が扱う対象でも判事が扱う対象でもない》し、《かれらの思想はかれら自身のことばで判断されなければならない》〔三四七ページ〕。クリステラーの論文はきわめて健全な批判であり、フランス十六世紀の《無神論神話》に決着をつけたかと思えた。しかしクリステラー論文の直後、学位論文『フランス十六世紀の無神論と無神論者』一九七六年論文審査、一九八四年刊行）を発表したフランソワ・ベリオは再度、フェーヴルの欠陥を巧みにつきながら、無神論の存在を力説した。アンリ・ビュッソンの結論は確かにある面では偏っているが、ルネサンスに学術的懐疑主義は存在したし、この点でリュシアン・フェーヴルは間違いをおかした、とするエマニュエル・ル・ロワ・ラデュリーの権威を借りてベリオが展開するのは、〈無神論〉や〈無神論者〉について語るこの世紀の、けっして無名ではない神学者や、思想家の論説の微細にわたる検討である。ベリオがいうには、《とりわけブルジョワジー〔歴史的・限定的な意味ではなく社会科学的な意味でこの言葉は用いられている〕の伸長が特徴づける十六世紀社会》〔一二ページ〕の心性は、フェーヴルが『ラブレーの宗教』でフィールドの境界とする一五三五年（これはベリオの言葉）以降も大きく変動したのである。一九九二年に『アプウェリングス――フランス・ルネサンスの刊行文献にみられる〝不信仰〟の初期表現』を発表したマックス・ガウナもベリオ説をはっきりと支持した。ベリオの研究により《多様な形態の異端説や不信仰――一言でいえば、無神論》が当時存在したことが判然とし、《フェーヴルの命題の亡霊は決定的に葬り去られた》〔二三―二四ページ〕と断じたのである。ただ、これはガウナに限らないが、フェーヴル説が説得力を有した理由を探り、それは、ひとつに事が疑問の余地なく、キリスト教徒であるラブレーに関しており、ひとつに《無神論》や《無神論者》という言葉がたしかに罵倒の言葉として飛び交っていたからだ、と付言するのも忘れない。

訳者にこうした論争に加わる能力はないし、その意図もないが、ひとつ感想を許されるなら、十六世紀の比較的早い時期から暮れ方まで、少なからぬ知識人に、己れの信条にはいっさい係わりなく、信仰箇条についてであろうと政治理論についてであろうと純粋にスペキュレイティヴな思索、実験的な思考を楽しむ傾向があった事実を忘れてはならないと思う。あまりにも有名な一例にとどめるが、この世紀の中葉に綴られながらほぼ秘匿され、聖バルテルミーの虐殺事件ののち改革派サイドの『シャルル九世治下のフランス事情覚書』に収録されたエティエンヌ・ド・ラ・ボエシーの『自発的隷従を排す』をあげておこう。《これは彼がきわめて若い頃に、習作のつもりで〔……〕書いたものである》〔モンテーニュ、原二郎氏訳、『エセー』、第一巻・第二十八章〕という証言に疑いをはさむ何のいわれもない。

一方、文明史的観点――いかにも大仰な語彙だが、端的にいえば〈視覚の立ち後れ〉説への反論がある。〈心性史家〉リュシアン・フェーヴルの忠実な後継者ロベール・マンドルーが名著『近代フランス序説　一五〇〇年―一六四〇年』(その中には「聴覚と触覚の優位」、「視覚の二次的役割」と題された節が見られる)を上梓した一九六一年から二年後、アラン・デュフールは早速「十六世紀の歴史記述」(『ユマニスムとルネサンス文庫』第二十五号)で《ルネサンス期の街路の人々は現代人よりも物音や騒音、音楽に敏感であったようだ》とするマンドルーの意見に噛み付き、現代人でも同様だ、と述べ、さらに六年後、フランソワ・スクレが「ブレーズ・ド・

ヴィジュネールと〈景観ホテル〉」(『ユマニスムとルネサンス文庫』第三十一号所収)を発表、フェーヴルとマンドルーを相手取り、マンドルーが《疑いなく視覚は進歩している》と師の思考をやわらげた結果に、さらに含みを持たせようとした。そのためにスクレはヴィジュネールの文章に見られる、美術作品の精密な描写を多数ならべてみせた。しかしスクレは本当に正鵠を射ているのだろうか。ブレーズ・ド・ヴィジュネールが活躍した時代が十六世紀末期であることは別にしても、フェーヴルが引き合いに出すロンサール、ことにプレイヤード派の同志ルミ・ベローは細密画をペンの力で描写するのに圧倒的な力量を示したではないか。十六世紀後半? いや、それは問題にならない。フェーヴル自身、その『フランス・ルネサンスの文明』で「美の追究」と名づけた章を割いてフランス美術の新たな展開を論じていた。十五世紀末から十六世紀初めにかけていくども試みられたイタリア戦役の成果を想起するだけでもよい。フェーヴルはそれほど初歩的な事実を忘れるほどにうかつだったのだろうか。

多分フェーヴルが告げたかったのは、「ブレーズ・ド・ヴィジュネールと〈景観ホテル〉」の関係ではない。繰り返しになるが、訳者なりの造語を許していただければ、フェーヴルの脳裏にあったのは、統一体として再構成された十六世紀人でもなく、いかなる十六世紀人もそれとなれないような、しかしけっして抽象的なイデアではない(人間とは抽象的な人間ではない〔本論一八一ページ〕)〈フランス十六世紀人の原像〉であった。ブレーズ・ド・ヴィジュネールはどう考えても〈十六世紀人の原像〉ではない。ただ〈十六世紀人の原像〉はけっして言葉を残さなかったので、いたしかたなくフェーヴルは残された知的中層や知的上層に属する人々に依存する。フェーヴルの言葉にもう一度耳を傾けてみる。《繊細な聴覚と鋭敏な臭覚と同じく、この時代の人々は間違いなく、遠くまでとどく視覚をもっていた。しかし厳密にいうと、かれらはまだ、他の感覚から独立したものとして、視覚を有していなかった。……視覚がもたらすデータを、自分たちの認識の要求に、格別には結びつけていなかった》。……つまり〈十六世紀人の原像〉と少なからずかさなりあう一般的な十六世紀の人々(画家や職人、紀行文作家などではない知的下層に属する人々)は優れた視覚能力をもっていたが、視覚でえられた情報を独自のものとして体系化し、自らの要求の判断材料とするにはいたらなかった、というのである(あろう)。おそらくフェーヴルが指摘したかったのは(ロンサールやデュ・ベレーといった知的上層の文章を借りても)感覚器官としての〈視覚〉への依存度の相対的な低さであり、〈視覚〉によって得られた情報表現の貧しさと少なさである。ミュッシャンブレッドは『十六世紀初期から十七世紀中葉までのフランスにおける文化と社会』一九九五年)で、アルトワ地方の司法史料の分析をつうじ、フェーヴルやマンドルーが唱えた聴覚の重要度に賛意を表し、視覚は確かに欠如してはいないものの、光源の問題や視線の角度(いちどきには斜め前方までしか見られないということだ)のため生活空間の中で最終的な優先度を与えられていなかった、と解説する〔三八三—三八四ページ〕。あるいは莫大な数にのぼる当時の『日記』や『覚書』を通読するがよい。そうした『日録』のたぐいを残したのは、およそ知的中層から上層と考えられるが、かれらが伝えたかったのは事件であり経緯であり、稀に己れの見解であり、描写は殆ど与えられない。他方フィリップ・ブロンスタンが『私生活の歴史　第二巻』(アリエス、デュビー他篇、一九八五年)で述べたように、視覚は日常的行動でもっとも中心となる感覚であったともいえよう〔五九九—六〇〇ページ〕。フェーヴルが〈視覚の立ち後れ〉を指摘したとき、どのような〈文明史的観点〉に立っていたか分からない。十六世紀のオリジナリティを求めるあまり、当時の文献から判断して単純に、聴覚や嗅覚に比べ視覚への依存度が低かった、といったのかも知れない。それとも現代の視覚優位の世界と対照して、嗅覚や聴覚の敏感さを説いたのかも知れない。ただ十六世紀フランスの(イタリアの、ではない)日常世界において〈(自然の)景観〉を売り物にする館の実在が確認できればフェーヴルの(洒落たつもりだったのだろう)結論は覆される。そうした史料が訳者の手元に届くまで、スクレの反論の当否は保留しておきたい。

『ラブレーの宗教』に投げかけられた批判の最後に、ラブレーを離れて十六世紀の人々がおかれた環境やかれらの生態、思考＝感覚様式を記述するにあたって、フェーヴルがもっぱら〈フランス〉に領域をしぼって論じた、というものがある。印刷術により知識が汎欧州的に伝播し、大航海時代の幕開けとともに、欧州の西にも東にも地平線は拡大し、定住民のかたわらであらゆる階層の人々が絶え間なく遍歴を続けていた時代――、十六世紀という時代になぜ〈フランス〉、ことのついでに触れられる英国やドイツ、スペインやイタリアはさて措き、なぜ〈フランス〉での事象にほぼ限定してフェーヴルは論文を執筆したのだろうか。なぜフランス語の語彙のみを取り上げてこの時代の思索一般の限界を証明しうると考えたのだろうか。――この問いは核心をついているように思われる。一九四七年と一九五二年、フェーヴルは二度にわたり〈栄誉と祖国〔Honneur et Patrie〕〉というテーマで、コレージュ・ド・フランスで講義をおこなった〔同タイトルを有する講義録が一九九六年に刊行された〕。正確にいえば一九四七年のテーマは〈栄誉か祖国か？〉であり、一九五二年のそれは〈栄誉と祖国〉である。未完に終わった講義の内容は編集者の努力にもかかわらず訳者には分かりづらいものであったが――たとえば〈栄誉と祖国〉が一九四二年当時のフランス海軍のモットーであったという情勢への理解は、訳者の能力外だった――、フェーヴルはそこで、〈栄誉〉にせよ〈祖国〉にせよ、きわめて近代的な概念であることを史料の海を博捜し例証してみせている。そう、十六世紀のフランスには隣接する国家との《明確な境界も》〔第二部・第二巻・第四章・四節〕なかったし、そもそも〈王国〉という概念さえ共通に認識しうるものであったかどうか、はなはだ怪しかった。訳者の考えでは〈国家〉という概念がイデオロギーとして効力を有するようになるのは、十六世紀の末においてでしかない。であるとすれば、フェーヴルの研究対象領域がなぜ〈フランス〉なのかと問うこと自体、時代錯誤になりかねない。ラブレーの武器は言語であり、フェーヴルの武器も言語である。対象の領域をどこかで特定しなければならないとしたら、時間的には十六世紀、空間的にはフランス語を母語とする地域——はなはだあいまいな分水嶺ではあるが、対象の特殊性からみてフェーヴルはこの程度の限度でよしとせざるを得なかったのであろう。——これが困難な問いに対する訳者なりの判断である。

ラブレー研究の現状

気づいた限りで以上がおそらく、『ラブレーの宗教』批判の中核となっているように思える。幾篇かの書誌を参照すれば、心性史の作品としても文学研究の書としても、総じて《時代遅れだが基本書》——これがフェーヴルの《名著》に与えられる評価である。アナール学派の第三世代エマニュエル・ル・ロワ・ラデュリーの言葉はさきに紹介したが、かれはまたフェーヴルの《偉大な研究が、今日私たちの眼には、狭隘に過ぎ、硬直化し、反動化してすらいるように映る。〔……〕十六世紀にも唯物論や無神論の考えがありえたと認めることを、事実上禁じてしまっているからです》〔二宮宏之氏訳、「歴史家と領域——歴史学と人類学の交錯」、『思想』第七二八号所収、五九ページ〕とも語った。なぜフェーヴルの著書は《硬直化し、反動化している》ように見えるのか。これに対する答えはさきに検証した、フェーヴルの論文における誤記の問題や扱われる年代の曖昧さの問題とともに考えるとしよう。だがそのまえに、フェーヴルの『ラブレーの宗教』が文学論的にも告発されたのだから、それがラブレー論として《時代遅れ》になるまでの過程、ラブレー論の現状を略述しておきたい。

アベル・ルフランやジャン・プラタールに代表される、作品や作家をめぐる実証主義的研究に続いて出現したのがリュシアン・フェーヴルの著作だとしたら、この論文はふたつの点で衝撃をもたらした。ひとつに〈歴史〉を素材に研究をおこなうとき、時代錯誤を避けること、ひとつにラブレーの作品をつうじて宗教思想を尋ね、文学史ではなく思想史の領域にラブレーを位置づけることであった。ラブレーの宗教思想の探求——これが二十世紀後半のラブレー研究の中心の一極となった。精緻な形状書誌学者でありながらマイクル・スクリーチは福音主義者の面影をラブレーに求め続けたし、ヴェルダン・ソーニエはエジュキスム（ひっそりとした福音主義）を探った。やがて新たな流行が生まれ、ヌーヴェル・クリティック（新批評）や構造主義、神秘思想、言語論、神話論、存在論などの影響下に、作品自体の技術的解剖や、十六世紀の隠れた哲学的・宗教的・文学的潮流との関係における位置づけの検討が主流をしめるようになる。

時代の寵児エドウィン・デュヴァルはラブレーの〈正典〉――『ガルガンチュワ物語』から『第四之書』――、もしくはその「序詞」の詳細な構造分析を試み、それぞれの内部に隠された構造（シンメトリー）を解読して、封じられてきたメッセージをおおやけにした（らしい）。エドウィン・デュヴァルの後見人にはジェラール・ドフォーが自ら名乗り出た。おそらく現状ではデュヴァル＝ドフォーがラブレーの文学作品研究の先端にいるのだろう。だが訳者の印象では、デュヴァルの分析には《始めに結論ありき》といった印象が残るし、結論の存在が前提とされている謎解きに〈文学作品研究〉が還元されているのを見るのはいかにもさびしい。そうした寂寥感に加えて訳者が疑問に思うのは、デュヴァルが掘り起こしたメッセージは誰に宛てたものだったのか、ということだ。知る限り同時代の、さらに十六世紀の誰もが、次世紀のガラス神父さえ《隠された》メッセージに言及していない。テンプル騎士団にせよイエズス会にせよ、実在したかどうか分からない《隠された》証拠を〈発見〉され迫害された。神秘的・非社会的な集団や個人を抑圧するのにこれ以上有効な用具はない。にもかかわらず四百五十年以上世間や知識人を欺き続けた秘密をラブレーと未知の友人が秘匿してきたということなどありうるものだろうか。もしそのような隠れた構造をラブレーが作品に託したとすれば、他の何よりも、こうした言葉遊びに夢中になっていた十五世紀以来の大修辞学派の影響を受けてのことではなかったか。そして大修辞学派といえば――ラブレーときわめて親密であったジャン・ブーシェがいる。ジャン・ブーシェ、最後の大修辞学派。ジャン・ブーシェ、説教じみた『俗事書簡詩集』を残したポワトゥの代訴人。ジャン・ブーシェ以上にラブレー作品のメッセージを受け止めるにふさわしい人物がいたろうか。しかしブーシェは隠されたメッセージについて一言も漏らさなかった。デュヴァルほど明晰な頭脳の持ち主ではなかったろうが（一応『アキタニア年代記』や『俗事書簡詩集』、その他数篇のブーシェの著作を読んだうえでの感想である）。《滋味豊かな骨髄〔sustantificque mouelle〕》〔渡辺氏訳、二〇ページ〕――『ガルガンチュワ物語』の「作者の序詞」に記されたこの言葉は数世紀にわたりラブレー愛好家、ラブレー研究家を悩ませてきた。フェルマーの最終定理の解のように、デュヴァル＝ドフォーはその最終解決にいたったのだろうか。願わくば《中世聖書解釈学の四つの（逐語的・予表論的・比喩的・秘儀的）方法》〔二宮敬氏、「ラブレーはどう読まれてきたか（2）」、『フランス・ルネサンスの世界』所収、四一五ページ〕の二の舞にならないように。

総括

さて、フェーヴルが冒した誤りや、フェーヴルに浴びせられた批判の数々（の一部）を紹介し解説を加えたいま、ささやかなページを戴いて包括的に訳者なりの答えを述べ、単なる《名著》というレッテルで片づけられている『ラブレーの宗教』を弁護することも許されるであろう。

先に引用した《硬直性》の指摘、加えて《専らルフラン一派の余りに近代的な解釈を訂正するのに》性急であったという告発、議論の《極端》たる点（ル・ロワ・ラデュリー、長谷川輝夫氏訳、「〝新しい歴史学〟と現代科学」、『近代文明の危機と現代の精神』所収、二一九ページ）――〈文学的観点〉からの批判をのぞき、これらはみな後世の批判であり、フェーヴルの著書が刊行されたのち着目され究明された事実や現象を支点にして先駆者を難じているかのように見える。逆にいえばフェーヴルの提唱があらゆる点で後世の研究者たちを刺激していた。ル・ロワ・ラデュリーは同じ論文でそのインパクトをこう表現する。《一九四二年に上梓されたかれの著書は、勢い余って逆の方向に行きすぎた感がなくもない。事実、十六世紀には、そして驚くことにすでに中世に、一部の農民の間にあってさえ、無神論者、あるいは少なくとも汎神論者がいたことを匂わせる証拠が存在しているからだ〔あげ足をとるようだが、無神論者と汎神論者は同一視できないし、証拠が何事かを匂わせる程度のものであったら、それは証拠であるよりせいぜい傍証というべきだろう。加えて訳者は〈無神論者〉の存在をめぐる、あらゆるフェーヴル批判に同調しない。ヴァニーニに関して態度をきめかねるフェーヴル自身にたいしても、心だ〕。しかし、このことはさほど問題ではない。というのは、リュシアン・フェーヴルはこの著書によって、心性史の概念とその研究方法を確立したのであり、その意味において、この書のメリットはいささかも失われていないからである》。学術的な評価だ。フェーヴル自身《これはラブレーをめぐる専攻論文ではない。〔……〕フランス十六世紀の感性と精神についてのひとつの試論》であると、すなわちラブレー論というよりむしろ、フランス十六世紀の心性（アンリ・ベールの表現を借りれば、〈集合的心理学〉）を探求する試論であると、「総序」冒頭で堂々と宣言していたではないか。そう、『ラブレーの宗教』は学術的専攻論文である以前に、歴史科学の方法論についての明らかなマニフェストなのである。ラブレーを口実にしたかのごとき論旨の展開と十六世紀全般におよぶ結論、信念の吐露。ラブレーへの関心と十六世紀への興味が交叉し、そこから派生する時間的なずれ。フェーヴルの性格を勘定にいれてもなお性急な執筆を思わせる、誤記・誤植の頻度の高さ。これは審査員の前で失策をしないよう、受け身に立ち防御を固める博士論文の官僚予備軍的な執筆者の著書ではない。現在までのところ学術的な批判もイデオロギー的な批判も本質的な箇所では致命傷を与え得ない、高らかなマニフェストなのだ。新しい歴史学のマニフェスト。しかしそれだけではない。

『ラブレーの宗教』を読んだのはル・ロワ・ラデュリーやバフチーン、渡辺一夫氏や二宮敬氏だけではなかった。『レイモン・ルベーグ記念論集』（一九六九年）に「リュシアン・フェーヴルとその十六世紀の心理的解釈について」を掲載した中世フランス文学研究の大家ジャン・フラピエは次のような感動的な文章によって論説を開始した。

《十六世紀についてわたしが読んだもっとも実り多く、もっとも魅惑的な研究の中に、リュシアン・フェーヴルの二冊の大著、『ラブレーの宗教』と『「エプタメロン」をめぐって　聖なる愛、俗なる愛』が姿をあらわすはずだ。ヒトラー占領下の暗い日々、つらい時期――リュシアン・フェーヴルがルネサンス・フランス人の際立った特徴としきりに見なしたがった、あの《心理的動揺》をまねくにどれほどふさわしい時期だったか――に、二冊のうちの前者を知り、それについて考察をめぐらせただけに、忘れられないものだ》(一九ページ)。

フラピエはフェーヴルとその二篇の論文への讃辞をさらにかさね、ようやく反論に移って自らの『エプタメロン』論を展開するにいたるのだが、それはさて措く(フェーヴルが没したのが一九五六年だからフラピエがアナール派の創設者におもねる必要はなかった。事実フラピエの論文はフェーヴル批判の中で出色の鋭さをもっている)。注意したいのはフラピエが《ヒトラー占領下の暗い日々(おそらく今なお闇の中から時おり姿をのぞかせる、フランス人の単色ではない暗い記憶もかさねた方がよいのかも知れない)》に『ラブレーの宗教』を熱心に読んだ、と告白していることだ。一九四二年――「深夜叢書」の地下出版がはじまった年、ヴェルコールの『海の沈黙』が刊行された年、カルネ＝プレヴェールの『悪魔は夜来る』が上映された年である。『アナール』の存続の仕方をめぐって盟友マルク・ブロックと激しい意見の対立を見たのも一九四一年から一九四二年にかけてのことだ。『ラブレーの宗教』は(少なくともその内容に関して)どれほど情況から隔離されて執筆されたのだろうか。どれほど情況と無関係に読まれたのだろうか。

ラブレーがいて、その背後にエラスムスがいる。「総序」冒頭の〈マニュエル〉という言葉にエラスムスの姿を見るのが訳者の思い込みであるにしても、「結論」のほぼ最後に〈エラスムス〉の名前が記されているのは事実であり、本書全篇をつうじてエラスムスの影がうかがえると言っても過言ではあるまい。ラブレーよりも大胆だったバタビアのルキアノス。敗者の面影を残したキリストの哲学者。カトリック教会と改革派のはざまで、辛辣なアイロニーと厳しい文献批評を武器に、権力と巧妙に闘い続けた積極的抵抗者。訳者の独断では（翻訳という作業にあって透明でありたいと願っているが、この独断は本書の和訳に影響しているかも知れない）ナチス占領下におかれたフランスでひとりの知識人が何をなしうるか、フェーヴルはエラスムスに託して何事かを告げようとしていたように思われる。もしそうであるなら、リュシアン・フェーヴルは思想的にのみならず、日々の情況においても闘う歴史家であった。

思想の面でフェーヴルが闘いの相手に選んだのは誰、もしくは何だったろうか。もちろん文学研究者アベル・ルフランであり、思想史家アンリ・ビュッソンであり、伝統的な歴史学だった。だがそればかりではない。フェーヴルは〈歴史〉という環境と時間と人間がおりなす人文科学の領域で、〈現在〉の名のもとに〈過去〉を絶対的に裁いてきた現代中心主義に対しても闘いを挑んだ。しかしフェーヴルが歴史的相対主義に陥っていたわけではないし、文明の〈進化（進歩）〉を否定していたわけでもない。〈歴史学〉は自然科学ではないから、モンタイユーのような閉鎖的・理念的な集団をコーパスにとって心性構造を調査するのでもなければ――それでもありうべき無数のデータの収集には絶対的な壁が存在するのだから、最終的には想像力を駆使せざるをえないだろう――、蓋然的な全体像（訳者の造語では〈十六世紀の原像〉）を想定する以外検討は不可能だが、それを前提にして、それぞれの時代（そしておそらくそれぞれの構成員）にはその時代を規定する物理的条件や文化的条件があり、そうした条件に応じて集合的心性の構造が決定される。規定する条件を無視し、現代の条件を密輸入したら、それは〈過去〉の自立性を否定することであり、〈過去〉に連続する〈現在〉を否定することでもある。文化人類学が西欧中心主義を破壊し、個々の地域の文明の自立性を明らかにする使命を負っていたとしたら、リュシアン・フェーヴルやマルク・ブロックが負った使命は〈歴史〉における特権的な地位を〈現在〉に与えず、個々の時代の文明の自立性を明らかにすることであった。ラブレーをつうじて十六世紀を尋ね、十六世紀をつうじて〈歴史〉を問う――フェーヴルの〈試論〉はそうした歴史学のありかたを提唱したマニフェストであった。

以上が翻訳の過程でえられた訳者なりの感想である。

＊

この翻訳は訳者が敬愛する野沢協先生のお勧めで一九九三年春から始められた。この翻訳をお引き受けした時点で、もう少し早く、もう少し木目細かい仕事ができるだろうと考えていた。さまざまな事情で幾度も仕事を中断せざるをえず、またフェーヴルが用いた史料をフランス本国で確認することも結局かなわなかった。加えて訳者の能力を顧みれば、誤解・誤訳・誤記も少なからずあろうと思われる。ご教示をお願いする次第である。

フェーヴルの著作には『人類と大地の進化』、『書物の出現』、『ミシュレ』、『フランス・ルネサンスの文明』、『歴史のための闘い』をはじめ数点の短論文の翻訳がある。しかしマルク・ブロックに比べ紹介の度合いは小さいといわざるをえない。なかでも学位論文である『フェリペ二世とフランシュ＝コンテ』が未訳であるのはまことに惜しい。ブローデルの学位論文ほど大著ではないが、博士論文であるだけあって焦点や構成が定まっており、この時代・この地方に生きた人々の生態が鮮やかに描かれ、端的に面白い著書だ。ぜひフランシュ＝コンテ地方を専門とする研究者による翻訳を期待したい。
最後になってしまったが、ながきにわたる翻訳作業の過程で多くの方々から有形無形のご支援をいただいた。おひとりおひとりのお名前を記すことは略させていただくが、心から感謝の言葉を申し上げたい。この翻訳に意義があるとしたら、それはご助言をいただき、お教えを請うた方々のものである。訳稿の最初の読者であった家内にも感謝したい。また法政大学出版局の(故)稲義人氏、平川俊彦氏、藤田信行氏には長期間にわたりご迷惑をおかけした。お詫びとともにお礼を申し上げる。

*

この原稿に筆を入れていたとき、予期せぬ知らせを受け取った。二〇〇二年八月十日に二宮敬先生が逝去されたというのである。訳註にも、この「あとがき」にもたびたびそのお名前や文章を引かせていただいた二宮敬先生のことである。この邦訳を勧めてくださった方とならんで是非ご叱正をいただきたかった二宮敬先生のことである。雑用を口実にした怠惰な仕事ぶりをいまほど悔やむことはない。ただひたすらに無念の一語につきる。

二〇〇二年九月

高橋　薫

索　引

註記――ファーユ（デュ）とはいわずデュ・ファーユと，またペリエ（デ）とはいわずデ・ペリエというように，これらの名前はデュ・ファーユやデ・ペリエの項目で捜していただきたい．当然ながら，デュ・ベレー，デ・ビヨンなどの，類似するあらゆる名前も同様である．ラブレーの名前でなされた言及をみなリスト・アップすることは無益であると判断した．ラブレーについては，カルヴァンやエティエンヌ・ドレ，エラスムス，アベル・ルフラン，キリスト，キリスト教についてと同じく，読者のために概要にかかわる指示を与え，研究者が度をこえて味わう無慈悲なタイム・ロスを避けようと努めた．

［訳者前註］　フェーヴルが作成した索引はきわめて恣意的，乱雑であり，とうてい「索引」の名称にあたいしないものであるが，これもフェーヴルの特徴と考え，英訳書のようにあらたな項目を立てた索引を作らず，原則として原著を尊重した．ただし項目の綴りや略記，言及ページの不備や誤記で，それと断らず訂正・補加した箇所もある．

ア　行

カ　行

サ　行

タ 行

ナ　行

ハ　行

マ　行

ヤ　行

ラ　行

ワ 行

原　註

〔訳者前註〕

以下の原註は原書では脚註であるが，「凡例にかえて」で述べたように，本訳書では後註とし，本論の各章ごとにまとめた．また原註の中でローマ数字をもちいて言及される書名は，正確さと便宜を考え，原題の邦訳で置き換えた．原題そのものについては「書誌」を参考にしていただきたい．

第一部・第一巻・第一章

1. ムララス（D.），『フランスにおけるネオ＝ラテン語詩と古代文芸のルネサンス（1500－1549年）』は，素描にすぎない．

2. しかしながら誰よりも成功したマクランにあって，発作的に誠実さが現れることがある．かれは若きライヴァル，ウゥルテイウスに言う，《君ハ最低ノ詩人デモ――最高ノ詩人デモナク，コノ時代ノ――詩人タチノ間デ中程ニ位置シテイル……》[1]と．そう述べたあとで，こう慰めるのである．《ヤガテ君ハスグレタ者ニナルダロウ――モシ君ガソウシ慣レテイル同ジ足取リデ――楽シンデ詩作ヲ続ケルナラバ……》[2]（『レミノ人ヨアンネス・ウゥルテイウスノ十一音綴詩集全4巻』第2巻，60紙葉）[3]．

3. 『アクア・スパルサノ人ギルベルトゥス・ドゥケリウス・ウゥルトンノ寸鉄詩集全2巻』第2巻，89ページ．

4. ブルボン，『ウァンドペラノ人リンゴナエ市民ニコラウス・ボルボニウスノヨシナシゴト全8巻』，311ページ．リュドヴィック・アレヴィ[4]，「ガンベッタとの3度の夕食　ダニエル・アレヴィ氏による公開談話」，『両世界評論』第52巻，1929年7月1日，88ページ．

5. ゴヴェイアはこのタイトルをからかっている．「無駄話ヲ弄スル者ニ」，『ルシタニアノ人アントニウス・ゴヴェアヌスノ寸鉄詩集全2巻』，18ページ；「ボルボニウスニ」，同書，23ページ；30ページ，その他．ドレは〈ヨシナシゴト〉をこう定義している．《ナンノ荘重サモナク，シバシバ品ノ悪サト頓智ヲトモナッタ，軽イテーマニツイテノ話》[5]（『ラテン語註解』第2巻，1276欄）．

6. デュシェール，『アクア・スパルサノ人ギルベルトゥス・ドゥケリウス・ウゥルトンノ寸鉄詩集全2巻』，40ページ．《誰ニデモ自由ニ詩ヲ作ルコトガ可能デアルコト》[6]．これは〈彫刻の術を学ばなかった者が，大理石を裁断しようと企てなどはしない〉という安易なテーマの延長である．《シカシナガラ教養ノアル者モナイ者モ，詩ヲ作ル》[7]．

7. 〈詩人タチノ悲惨〉，これは頻繁に用いられるテーマである．『ニコラウ

ス・ボルボニウスノヨシナシゴト全8巻』，394ページ，「パウルス・アントニウス・ガダグニウス[8]ニ宛テテ」，《何度見テモ，誰デアロウト今日キワメテ豊カナ人々デアル者デ――優レタ料理人ヤ馬ヤ笛吹キ人ヤ――イマワシイ娼婦ヲ優レタ詩人ヨリモ好マナイコトガアロウカ？》[9]という一節を参照．同じくボワソネの『トゥルーズの教授博士ジャン・ド・ボワソネ師の300詩篇』第45篇，《もし学者が窮乏し赤貧であるなら――もし今や金銭しか評価されないのなら――かくも頭を悩ませることが何の役に立つだろうか？》，および第3篇の，無私無欲であることと抵触しない嘆き，《君の貪欲な右手が受け取る恩恵は――君の卓越した知識を過少評価させている》という詩句を参照．

8．ボワソネ，『ジャン・ド・ボワソネ師の300詩篇』第1巻，第26篇，105ページ．および第2巻，第50篇，143ページ．

9．ジョウゼフ・テクスト，『アントニウス・サクサヌス論』（パリ大学博士論文），72ページ．

10．たとえば，エラスムスの敵に向けられたデュシェールの怒り，《エラスムスガムーサタチノ王デアルコトヲ否定スル者ガ誰デアロウト――ソノコトニヨッテ自分ガ太陽ニ向カッテ小便ヲシテイルノダトハ知リモシナイダロウ！》[10]（『ドゥケリウスノ寸鉄詩集全2巻』第2巻，「ゴデフレドゥス・ベリンギウス[11]ニ宛テテ」）を参照．ルフェーヴルについても，撰択するのに同様の困難がある．たとえば，マクラン，「ファブリウス・スタプレンシスノ死去ニツイテ」，『国王ノ従者ユリオドゥヌムノ人サルモニウス・マクリヌスノ，イト気高キ枢機卿S．R．E．ヨアンネス・ベライウス[12]ニ宛テタル讃歌集全6巻』，119ページを参照．

11．ある折り句形式の寸鉄詩「マエケナスニ」は，ジャン・ヴィザジェ・ド・ヴァンディという名前を伝える．『フランス文学史評論』第1巻〔1894年〕，530ページを参照[13]．

12．タルタについては，クルトー，「コレージュ・ド・ギュイエンヌの初代校長」，『アベル・ルフラン記念論集』所収，を参照．ヴィザジェは当初，金銭をめぐってタルタに不満を持っていた．『レミノ人ヨアンネス・ウゥルテイウスノ寸鉄詩集全2巻』第1巻，39ページ，《タルテシウスガ金銭ヲスベテ奪ウコト，ソノコトヲ君ハ驚クノカ？》[14]，を参照．――だが別の事情もあった（同書，第1巻，51ページ）．《君ハ私ニ命令シテイルノニ，他ノ人々ニ対シテハ君自身代理人トナッテイル，私ガ奴隷トナルコトヲ君ガ望ムナラ，先ズ君自身主人デアルヨウニ……》[15]，を参照．同じく，ゴリウール（E.），『コレージュ・ド・ギュイエンヌ史』，60－61ページを参照．

13．『ヨアンネス・ウゥルテイウスノ寸鉄詩集全2巻』第1巻，22ページ．残念ながら日付のない書簡が残っている（『ロベルトゥス・ブリタンヌスノ書簡集――ロベルトゥス・ブリタンヌスノ歌唱』，および『アトレバタエノ人ロベルトゥス・ブリタンヌスノ書簡集全2巻』）．ブリタンヌスは定住できない人間であ

り，居を定められなかった．前書，11ページ，19ページ，35ページ，81ページ——および，後書，138ページを参照[16]．

14．ゼベデに関しては，ゴヴェイア，『ルシタニアノ人アントニウス・ゴウェアヌスノ寸鉄詩集全2巻』第59篇[17]，23ページ，《人々ノ声モイカナル元老院ノ決議モ，——君ヲシテ髭ヲ剃ルヨウニサセラレナイ》[18]，マテュラン・コルディエに関しては，ウゥルテイウス，『ヨアンネス・ウゥルテイウスノ寸鉄詩集全2巻』第1巻，47ページ，《語ルコトニオイテ賢ク，習俗ト生活ノ師デアル——監察官コルデリウスハアラユル罪ヲ検閲スル》[19]．更に，第1巻，48ページのよく引用される作品，《キリストハ君ニ富ヲ軽ンズルコトヲ説イタ》[20]，等々を参照．

15．『ジャン・ド・ボワソネ師の300詩篇』第2巻，第20篇，133ページ……．

16．ジャン・ボードリエ，『リヨン書誌』第8巻，〔11ページ以降〕を参照．

17．ジャン・ド・ボワソネ，「ジャン・ド・ボワソネとその友人の未公刊書簡」，『ロマンス語評論』所収，1896年，361ページ，「ボワソネからブリタンヌスへ」．同書，365ページ，「モファ[21]へ」．同書，1897年，181ページ，「ウゥルテイウスからボワソネへ」．『ヨアンネス・ウゥルテイウスノ寸鉄詩集全3巻〔ママ〕』，「ウゥルテイウスからジャン・ド・パン[22]へ」，リヨン，1537年5月4日付け．

18．「ラベラエススニ」，《君ノムーサガ真理ニ塩ヲ付ケ加エタトキ，ラベラエススヨ——君ノ心ガ怒リニヨッテ傷ツケラレテイルト申シ立テタ者，——君ノ著作ガ怒リヲ表現シテイルト言ウ者ヲ——私ハ嘘ツキダト思ウ．話シテクレタマエ，ラベラエススヨ，君ハ怒リヲ歌ッテイルノカ？——ソノ者ハ怒リニミチタ短長格詩デ武装シタゾイルスデアル．——君ノ著作ハ怒リデハナク数々ノ冗談ヲ発散シテイルノダ》[23]——『ヨアンネス・ウゥルテイウスノ寸鉄詩集全2巻』第1巻，59ページ，および『ヨアンネス・ウゥルテイウスノ寸鉄詩集全3巻〔ママ〕』第1巻，61ページ．

19．F. ビュイッソン，『セバスティアン・カステリヨン　その生涯と作品1515－1563年』第1巻，52—58ページ．及び，H. オゼール，『フランス宗教改革研究』，32ページ．

20．L. テュアーヌ，『ラブレー研究』，315ページ以降．

21．「G・スカエウァニ宛テテ」：——《カノルキアヌスノ猿真似ヲスル者トハ誰カ，——カノ詩人トルトニウストハ誰カ，——カノコノウエナク忘恩ナル仲間トハ誰カ，——十一脚韻ト十一音節カラ作ラレタ——私ノ文書ニアルゾイルストハ誰カ，——汝ガ私ニ絶エズ尋ネルトシテモ，ソノコトヲ——私ハ汝ニ告ゲルツモリハナイ，スカエウァヨ，何故ナラヤガテ自ラノ姿ヲ現スダロウシ，——ソシテ自ラノ詩ヲツウジテ白日ノ下ニ曝スダロウカラダ——ソレニ先立ッテ私ガ詩ニヨッテ彼ラノ罪ヲ嘲弄シタモノダガ．——汝ハ疑ワナイヨウニ，ソノ時マデ私ガソウアルヨリモ——彼ラハ自分タチニ対シテ厳シクナルノダ．私

ハコノ者タチノ――名前ヲ公表セズニ，彼ラノ悪事ヲ非難スルコトニシタ．――彼ラハ，ソノ罪トトモニ，名前ヲ教エルデアロウ（『レミノ人ヨアンネス・ウゥルテイウスノ十一音綴詩全4巻』，42紙葉）[24]．

22．『レミノ人ヨアンネス・ウゥルテイウスノ寸鉄詩集全2巻』第1巻，8ページ，11ページ，12ページ，13ページ，16ページ，26ページ，29ページ，51ページ，53ページ，73ページ．第2巻，100ページ，102ページ，106ページ，110ページ，134ページ，152ページ，158ページ，161ページ，173ページ．

23．かれは意図的にそう言っている．「ルグドゥヌムノ友人タチニツイテ，ステパヌス・ドレトゥスニ宛テテ」にはこうある．《ルグドゥヌムデアナタノ後見ガ私ニアレラノ友人タチヲ仲介シテクレタ――ドレトゥスヨ，私ハイツノ日カ――確固タル詩文ニ刻ミコマレタ感謝ノ思イヲツウジテ――彼ラノ名前ガ永遠ニ生キ続ケルヨウニスルデアロウ》[25]（同書，40ページ）．

24．《私ハルグドゥヌムカラ遠ク離レテ暮ラシテイタガ，ブリタンニアカラ――最近帰国シテ，名高イ印刷業者，――グリュプスノ工房ニ入リ，アル者ニ尋ネル，――ソレデハ何カ新シイ本ヲ出版シタカ，ト？――スルトソノ男ハ『寸鉄詩集』ノ題ヲ持ツ冊子ヲ差シ出ス．――私ハ読ミ，限リナイ情熱ニ駆ラレテ眼ヲ通ス．コレ以上ノ言葉ガ――必要デアロウカ？　私ハソコデ，私ノ『ヨシナシゴト』カラ密カニ――盗マレタ無数ノ歌ニ出クワス．ソシテ他ノ方向ニ――歪メラレタ警句ヤソノ無能ナ人物ノ――悪戯ニ縫イ合ワサレタ多クノ表現ニ，デアル！――今ハ男ノ名ヲ沈黙シテオク．イツノ日カ彼ハ名指サレルデアロウ――モシ彼ガ遣リ続ケル時ニハ．ソウスレバ固有ノ様々ナ色彩デ描カレタ――自身ヲ見ルコトダロウ，節操ノナイコノ顔，破廉恥ナコノ盗賊ハ！》[26]（『ウァンドペラノ人リンゴナエ市民ニコラウス・ボルボニウスノヨシナシゴト全8巻』，第LXXVII篇，250ページ）他の作品については，同書，251ページ，第LXXVIII篇，及び第LXXIX篇．252ページ，第LXXXV篇．288ページ，第XXXIII篇．289ページ，第XXXVI篇．460ページ，第LXII篇，等．

25．『アクア・スパルサノ人ギルベルトゥス・ドゥケリウス・ウゥルトンノ寸鉄詩集全2巻』，101ページ．《カノ詩人ウゥルテイウスガ二人ノ詩人ヲ讃エヨウト――欲シタ時，彼ハツルボランノ茎ヲ収穫シタノデアル．――二人ノウチ一人ハウゥルテイウスヲ剽窃ノ咎デ非難シ，ソシテモウ一人ハ――彼ノ書物ヲ何デアロウト戯言ト呼ンデイル……――今ヤ行キテ，穏和ナ汝ガ獰猛ナ雌狼ドモヲ喜バセルガヨイ……》[27]．

26．《願ワクハ，詩人ボルボニウスヨ，私ニ教エタマエ，――私ガ汝ニ悪意ヲイダイテイルト誰ガ言ッタノダ？――誰ガ仲違イノ張本人ダッタノダ？》[28]『レミノ人ヨアンネス・ウゥルテイウスノ十一音綴詩集全4巻』，89紙葉裏面

27．わたしが思うに，いままで1538年のこれらの作品，「メディヌムスニ対シテ」（メディヌムスとは，3ボワソー〔ボワソーは穀物を量る単位で，約

12.8リットル〕に等しい）が人目を引くことはなかった．これらの作品は激しいものである（『法学博士ニシテ医学博士フベルトゥス・スサンナエウスノ近年起草刊行サレタ娯楽集ノ書』，16紙葉，16紙葉裏面，34紙葉）．――この詩集にはヴィザジェに向けられる大変な賛辞にみちた作品がある．したがってそこから考えられるのは，シュサネがその当時，ヴィザジェの論争を支持していたこと，そしてシュサネが頻繁にターゲットにしていた（第3巻，25紙葉裏面，27紙葉裏面，など）美文家のメウィウスがブルボンに他ならないことである．

28.《ドレトゥスヨ，私ガ思ウニ，私ガドンナ理由デ君ヲ褒メタタエタリシナイノカ，君ハ疑問ヲ抱イテイルノダロウ？――君ガ私ヨリモ上手ニ作リソウダカラサ》[29]．（『ルシタニアノ人アントニウス・ゴウェアヌスノ寸鉄詩集全2巻』，16ページ）．

29．わたしが思うに，デュシェールの作品，「クロアクストドゥルスニツイテ」もまた，いままで人目を引くことがなかった．この作品は，すでに述べた再言の法則に準じて，同一のテーマをめぐる山なす小作品群総体に結びつけられる（ピュタゴラス，輪廻，ドレのうちへのキケロとヌフヴィルの再生）．それらはおそらく，1534年版のドレの『歌唱集』（『ステパヌス・ドレトゥスノトロサニ抗スル2篇ノ陳述　同ジ人物ノ書簡集全2巻　同ジ人物ノ歌唱全2巻　同ジ人物ニ宛テタ友人タチノ書簡集全1巻』）第29篇，「死セルウィラノウァヌスニ宛テテ」と連動している．1538年のデュシェールの作品には，別の作品群「ドゥルスニ」（『アクア・スパルサノ人ギルベルトゥス・ドゥケリウス・ウゥルトンノ寸鉄詩集全2巻』，12ページ，104ページ，105ページ）が後続している．1539年と1540年の2冊の著作集に再録される，ゴヴェイアの2篇の作品「ドレトゥスニ」がそれに続く（『ルシタニアノ人アントニウス・ゴウェアヌスノ寸鉄詩集全2巻』，22ページ，31ページ．『アントニウス・ゴウェアヌスノ寸鉄詩集　同ジ人物ノ書簡詩4篇』第1巻，第LV篇，及び第2巻，第XXIII篇）．マロその人も，1538年に初めて発表された一篇の寸鉄詩を引っ提げて，論争に参加する．《ローマ人キケロの高貴な精神は――天界を離れ，地上に来たって――ドレのからだに入った……》[30]．――最後にラブレー，というよりむしろ1542年のラブレーの刊行者はこういう，《そこで，ウィラノウァヌスの精神は自分の苦心作を詐取されて憤激したのだ》，等々（コプレー＝クリスティ，『エティエンヌ・ドレ　ルネサンスの殉教者』，370ページ）[31]．――ドゥルス〔Durus＝粗野な男〕がドレであること，それに疑いはない．文献の照合以外にも，ドレの（1538年に世に問うている）書店銘，《徳ノ境遇ハ白昼ノ方ガ厳シイ〔durior〕……》[32]，を想起すること．――1538年[33]の『ラテン語註解』第2巻，528欄[34]の中に，ドレによる〈ドゥルス〉の定義，《荒々シイ，マタハ野蛮ナ，マタハ残酷ナ，無情ナ，非人間的ナ》[35]を読むと刺激的である．――16世紀における〈棲まうべき所を変える〔transmigrer〕〉という語の用法に関しては，本書後段，第二巻・第二章を参照．

30. スサンナエウス，『法学博士ニシテ医学博士フベルトゥス・スサンナエウスノ近年起草刊行サレタ娯楽集ノ書』，16紙葉，《ツゲノヨウナ痩セタ面立チ，恐ロシイ双眼，——言葉ヲ三度モ述ベルコトハ——コノ男ガ嫉妬ノ毒デ燃エ立ッテイルコトヲ充分ニ明ラカニスル》[36]．(「メディムヌスニ対シテ」) ——またさらに，同書，16紙葉裏面，《メディムヌスハ艶ノナイ痩軀ヲシテ痩セコケ——貧シイトーガデ身ヲ守ッテイル》[37]，等々．——ゴヴェイア，『ルシタニアノ人アントニウス・ゴウェアヌスノ寸鉄詩集全2巻』，27ページ，及び『アントニウス・ゴウェアヌスノ寸鉄詩集　同ジ人物ノ書簡詩4篇』第2巻，第X篇，も参照．《コノ汝ノ骨ハ固ク，尖リ，温カミニ欠ケ——不吉ナ骨，無愛想ナ骨，カトーノ如キ骨デアル——ローマ人タチノ機知ト冗談ガ避ケテトオル骨ダ》[38]．——また同様に，『ルシタニアノ人アントニウス・ゴウェアヌスノ寸鉄詩集全2巻』，31ページの，珍しく才知を感じさせる小品を参照．《ドレトゥスヨ，モシピュタゴラスノ再生ノ教義ヲ支持スルナラ——汝ガキケロノ魂ヲ所有シテイテモ，驚クニアタラナイ．——シカシコレホド大キナ塊トコレホド大キナ四肢ノ中ニ散ラバルノダカラ，——ソレハ自ラノ力ヲキット浪費シテシマッタノダ》[39]．

31. 《彼ハソノカロウジテ尻マデトドク，ソシテ垢ニマミレ擦リ切レタ，ヒスパニア風ノ短イトーガヲマトッテイタ．表情ニハソノ悲痛ニシテ憂鬱ナマデノ恐怖ト悲嘆トガ表レ……ソレハ汝ナラ復讐ノ女神ガ胸ニトリツイテイルト言ウホドダ》[40]．そして彼の最後の処刑を予言するのだ．《何故ナラコノコトハシバシバ無神論者ニ起コルカラデアル》[41] (『ノゼレヌムノ人ギルベルトゥス・コグナトゥスノ多様ナ主題ヲモツ著作集』第1巻，313ページ．コプレー＝クリスティ，『エティエンヌ・ドレ　ルネサンスの殉教者』，215ページ[42]に仏訳がある)．——ここでヨアンネス・アンゲルス・オドヌス[43]がホルテンシオ・ランド[44]について書き記した以下の内容をドレのものとしないこと．《他の師匠については，ぼくはキリストとキケロしか認めない．キリストとキケロで僕には十分だ……》．幾度もこの混同がなされてきた．

32. コプレー＝クリスティ，『エティエンヌ・ドレ　ルネサンスの殉教者』，仏訳，103－105ページ[45]．

33. 『エティエンヌ・ドレ　ルネサンスの殉教者』，仏訳，198ページ．ドレの本当の考えについては，『ガリアノアウレリアノ人ステパヌス・ドレトゥスノキケロノ模倣ニツイテ，フロリドゥス・サビヌス[46]ニ反論スル書：中傷ノ反駁，並ビニ種々ノ寸鉄詩集』，37ページを参照．これは注目に値するページである．《教義について議論するのは止めよ！　諸君が教義を調停しようとすると，それは消滅してしまう（彼ラガ宗教ヲ根絶シ，磨耗シ，見《ケリ》ヲツケル間ニ[47]……)．これがルター派の詮索の見事な結末である》．——曖昧な態度だ．

34. 《死ノ矢ヲ恐レルナカレ，死ハ感覚ヲ喪失スルノヲ——可能ナラシメルカ，ソレトモヨリヨイ場所ニ埋メラレ，——悦バシイ状態ニアルノヲ可能ナラ

シメルカナノダ，──モシエリュシオンノ希望ガ虚シクナケレバ》[48]．──ビュッソンはこの詩篇が〔キケロの〕『トゥスクルム荘対談集』第１巻の議論を要約している，と註記する（『ルネサンス・フランス文学における合理主義の源泉と発展』，130ページ，註４）．──後述するスカリジェの，反対の議論を参照．スカリジェは肉体をぼろ着や牢獄よばわりせずに，その構造の美を考慮に入れている．

35.《オボツカズ，不安ゲナ足取リデ──彷徨スル汝ニ誰モ味方シナカッタラ──言ッテミヨ，オオ，今ミスボラシクモ汝ガ奈処ニ臥シテイルカ，言ッテミヨ？……──汝ノ四肢ハ犬ドモヤ──狼ドモノ獲物トナッテハイナイカ？──汝ノ哀レナ父ノ先例ニシタガッテ──汝ガソレホド忌マワシイ──光景ヲ呈シ，哀レナ者ヨ，罰ノ判決ヲ受ケルトキ──モシタマタマ類縁者タチガ汝ノモトニ姿ヲ見セルナラバ──汝ノ不道徳ナ眼ハ──ソノ人々ガ汝ノスグ傍ラニイルノヲ認メナイダロウカ？》[49]（『ヨアンネス・ウゥルテイウスノ十一音綴詩集全４巻』，９紙葉）

36.《汝ハ確カニ汝ノ父ニ──自ラ最モ似タル者トシテ生マレタ．ケレド──トニカク，モシ邪悪ナ父親ノ息子デアルノニ──汝ガ最善ノ人間デアッタラ，ソレハ新奇ナコトダッタロウ》[50]（『ヨアンネス・ウゥルテイウスノ十一音綴詩集全４巻』，91紙葉裏面）．このように考えると，自分の家族に関するドレの沈黙が説明されるのだろうか？

37.《私ノ書物デキリストノコトヲ話スタビニ──ソノ名前ハ殆ド全ク受ケ入レラレナイ──汝ハ笑ウノダ….──汝ハイウ，ソノ名前ハラテン語ニ──ナカッタ，ト……──陰鬱ナ怪物ヨ，天空ノシタニ──人類ガ悲惨ニモ滅亡シナイヨウニ──御自身ノ子息ガ死ナレルノヲ欲セラレタ──最善ノ神ガイルコトヲ否認スル汝ヲ罰シナイトイウノカ？──シタガッテ，哀レナ者ヨ，キリストノ許ニ戻ルガヨイ．──コノコトヲ実行シナイナラ，間モナク汝ハ滅ビテシマウ．──アア，哀レナ者ヨ，モウオ仕舞イダ！　アア，哀レナ者ヨ，汝ハ滅ビテシマッタ！》[51]（『レミノ人ヨアンネス・ウゥルテイウスノ十一音綴詩集全４巻』，10─11紙葉）

38.「ルキアヌスノ猿真似ヲスル者ニ対シテ」という作品の中に次の詩句，《私ノ祈リニヨッテ，更ニキリストノ──親族ノ十字架ニヨッテ導カレタ》[52]，を読むと，性急な読者なら，かれの祈りとヴィザジェの祈りとを結びつけて，ルキアノスの徒の父親が問題になっていると信ずるかも知れない．しかし〈親族〉と言う語は〈キリスト〉に掛かっている．

39.《何ノ例外モナク，全テガ滅ビルコト．──全テガ運命ニヨリ拘束サレテイル，ナニモノモ──永遠デモ不滅デモナイ，神ハ存在シナイ，──我々ハ野獣トナンラ変ワリナイ，ト汝ハ評価スル……．──コレラノコトハ不敬虔デ，猛獣ノ如キデ，虚シク──ソレヲ汝ハ，汝ノ館ヲ日々訪レ──談話ニ聞キ入ル哀レナ者ドモニ教示スル》[53]（『レミノ人ヨアンネス・ウゥルテイウスノ十一音

綴詩集全4巻』，30紙葉裏面〔英訳書では，31紙葉表面〕）．

40．《キリストガ生誕シナカッタト信ズルコト，コノコトガ，汝ガキリストヲ眼ヨリモイトオシク愛スルコトナノカ》[54]．

41．『ラブレー研究誌』第4巻，1906年，338ページ，註（2）．

42．第二章・5節で後述する『テオティムス』の文章を見よ．

43．ラブラについては，ドレ，『ラテン語註解』第2巻，561欄，を参照．《ラブラ〔三百代言〕トイウ言葉ハ怒リ〔rabies〕ニ由来スルト言ワレル．ラブラガ商業手続キニ於イテ凶暴デ〔acer〕乱心シタ〔rabiosus〕状態ニナル者デアルカラダ》[55]．これはユマニストたちの筆のもと，よく用いられた言葉である．エラスムスはファレルを形容して，《舌ニ於イテモ，筆ニ於イテモ節操ノナイ，三百代言ノ男》[56]と言う（『デシデリウス・エラスムスノ増補校閲新版書簡集』第5巻，537ページ）．ポステルはこの言葉を，マリア崇拝に敵対する新福音主義者について用いる（『アルコラヌス，モシクハマホメトゥスノ律法ト福音史家タチノ調和ノ書　ソノ中デキリスト教世界ニモタラサレタル災厄ニツイテ論ジラレル　加ウルニ世界的交流ノ是非ニツイテノ小論』，35ページ），等々．

44．この詩篇は『ウァンドペラノ人ニコラウス・ボルボニウスノヨシナシゴト』，17紙葉裏面，『ウァンドペラノ人ニコラウス・ボルボニウスノヨシナシゴト　同ジ人物ノ鍛冶詩篇』第1冊，7紙葉裏面，『リンゴナエハウァンドペラノ人ニコラウス・ボルボニウスノヨシナシゴト全8巻』第3巻，第IX篇，153ページ．ド・サンティはしたがって，『ウァンドペラノ人ニコラウス・ボルボニウスノヨシナシゴト　同ジ人物ノ鍛冶詩篇』の中の寸鉄詩「ラベルスニ対シテ」を「ラベラエススニ対シテ」という作品と取り替えて，誤ってブルボン像を描いている．後者の詩篇はこの本の247ページにあり，前者は153ページにある．

45．ブルボンは『ヨシナシゴト』の中でかれを攻撃している．『ウァンドペラノ人ニコラウス・ボルボニウスノヨシナシゴト　同ジ人物ノ鍛冶詩集』，12紙葉．『ウァンドペラノ人リンゴナエ市民ニコラウス・ボルボニウスノヨシナシゴト全8巻』，143ページ．「エラスムスノ中傷者ストルニ対シテ」．かれは〔『パンタグリュエル物語』第7章〕サン＝ヴィクトール〔架空〕図書館の中にも姿を見せている．「ストル著『作者ヲ狡猾漢ト呼バワリシ某氏ヲ駁シ，狡猾漢ハ公《ストリス・アドウェルスス・クウエンダム・クィ・ウォカウェラット・エウム・フリッポナトレム・エト・》教会ニヨリテ断罪セラレザルヲ証ス《クォド・フリッポナトレス・ノン・スント・ダムナティ・アブ・エクレシア》〕』」[57]．

46．「ルベルスニ対シテ」．《十分以上ニ私ハ，ルベルスヨ，家デ何ヲ――汝ガシタカ知ッテイル．黒塩ニヨッテ擦リ落トサネバナラズ――烏賊ノ汁液ニヨッテ塗リタクラナケレバナラナイコトダ．――ケレド私ハ透明ナ紙ヲ汚シタクナイ》[58]（『法学博士ニシテ医学博士フベルトゥス・スサンナエウスノ近年起草刊行サレタ娯楽集ノ書』，8紙葉）．――「ルベルスニ宛テテ」．《重々シキカトーモ，スキピオモ共ニ，――汝ニハ十分ニ相応シクナイ，ルベルスヨ．――ク

イリヌスノ祭典ヲ汝ガ知ッテイルナラ，尋ネレバ宜イダロウ．――ソノ場所デ，汝ハ汝ノ仲間ヲ発見スルデアロウ……》[59]（8紙葉裏面）．――「ラブラニ対シテ」．《今日，汝ノ著作ガ非難サレルノヲ欲シナイデ，汝ハ言ウ，――将来ノ世代ガヨリヨイ判決ヲ下スデアロウト．――アタカモ判決力ヲ欠クガ如クニ，汝ハ己レノ世代ヲ有罪ト見做ス．――ティトゥスタチヤウェルギリウスタチニハ，マッタク異ナッタ精神ガアッタ，等々》[60]（37紙葉）．

47.《多クノ人々ガカツテ，カリデムスヨ，汝ト共ニイテ――汝ガ新タナ書物ヲ出版スルコトヲ願ッテイル，ト告ゲ知ラセタ．――コノ点デハ，信ズルニ値スルコトダ．何故，違ウトイウノカ？　ソレトイウノモ書籍ヲ発行スルコトヲ――以前ハ時トシテ習慣ニシテイタシ，ソシテ汝ノ評判ハ大イナルモノデアルカラダ．――サレド如何ナル主題ニヨルノカ……――今ナオ，誰モ語ルコトガ出来ナイ．或ル人々ハ，イエストイウ名前ニツイテノ秘密ヲ待チ受ケテオリ，――或ル人々ハ，魔術ニツイテ，天魔タチニツイテ，――或ル人々ハ，様々ナ宝石ニツイテノ秘密ヲ待ッテイル，等々……――私ヲ信ゼヨ，ソレハ汝ガ，巨人族ノ恐ロシキ戦争ノコトヤ――マタ，山ヲ載セラレタ山ノコトヲ歌ウヨリモ優レテイル……》[61]（第CXXXII篇，417ページ）．――以下の作品を参照．《汝ハ自分ガ，カリデムスヨ，凄マジキ書物ヲ書キツツアル，ト言ウ．――カツテ如何ナル世代モ見タコトガナイヨウナ書物ダ．――サレド著述シツツアル汝ノ，損傷セル精神ガ傷ツイタ肉体ニ宿レルトキ，――アタカモ腐臭ヲ放ツ屍ノ如キモノヲ汝ハ所有スルノダ，等々》[62]（第CXXXIII篇，418ページ）．

48.「或ル人物ニ対シテ」．《或ル男ガ私タチノ詩ニヨッテ自分ガ傷ツケラレテイルト激シク嘆ク――彼ハカリデムスガ持ツノト殆ド同ジ名前ヲ持ッテイル．――コノ男ガ名前ニ於イテモ，風俗ニ於イテモカリデムスニ等シイナラ，――ソレハ私ノ失策ニモ彼自身ノモノニモドチラニモ帰サナイ》[63]（第7巻，第LX篇，391ページ）．以下の作品も参照……．《サテ私ハ汝ニ譲歩スル．何ヲカ．汝ハマサシクカリデムスト――ナルガヨイ．マコト俗衆ニフサワシイトイウモノダ》[64]（第LXI篇：このラテン語解読にさいしてはアテネ・フランセの島崎貴利氏の御教示をあおいだ）．「ケラダムスニ対シテ」という作品は，第8巻，第LXI篇，460ページにある．《カリデムスノ偽レル名前ニヨッテ私ガ汝ノ詩作にツイテノ名声ヲ――引キ裂イテイルト汝ニ伝エタ者タチハ――モシ彼ラガ汝ニ確信ヲイダカセルノニ成功シタナラ，私ニ何ガ出来ヨウカ？――信ジヤスキ者ヨ，一体，汝ノ軽信ハ私ノ罪デアルノダロウカ？》[65]

49．こうした社交仲間には，トロワ司教ギヨーム・プティや――ラングル司教ミシェル・ブデ[66]がいる．ケラダームは各人に自分の著作の一篇をそれぞれ捧げている．

50．髭をたくわえていたカリデムスは（『ウァンドペラノ人リンゴナエ市民ニコラウス・ボルボニウスノヨシナシゴト全8巻』，383ページ，「チョビ髭ノカリデムスニ対シテ」），他方ブルボンの手で，人物像を赤裸々に描かれている．

《加エテカリデムスハ取ルニ足リナイ人間ダシ，売春婦ヲ囲ッテイル，——皿ニ相応シイ蓋デアル》[67]（同書，30ページ）．

51．これらのジュール＝セザールの出自については，特に，P. アリュ，『サンフォリアン・シャンピエ[68]に関する伝記的・書誌的研究』を参照．

52．フランソワ一世，『フランソワ一世の法令目録』第1巻，640ページ，第3352番．ド・サンティ，「ラブレーとJ.＝C. スカリジェ」，『ラブレー研究誌』第3巻及び第4巻所収，を参照．

53．「ヨアキムス・モルススノ監修デ今回初メテ発行サレタ……ユリウス＝カエサル・スカリゲルノ書簡2篇」，ヨハン・ゲオルグ・シェルホルン篇，「文芸ノ魅力」叢書，第1巻，269－283ページ．同叢書，「若干ノ書簡」第6巻，508－528ページ，及び第8巻，554－621ページ．

54．『スカリゲル語録，もしくはJ. スカリジェの……気のきいた言葉』を参照．スカリジェの家庭と野望は，72ページ．宗教改革に対する共感は，9ページと357ページ．エラスムスとの関係は，140ページ．多言語趣味は，239ページ．彼の師であるポンポナッツィは，320ページ．聖職での野心は，353ページ．植物に向けられた情熱は，359ページ．エスキュロン[69]への憎悪は，364ページ．パトリ，『ギュイエンヌ地方における改革派宗教改革の始まり　1523－1559年』には，アジャンでのスカリジェ周辺の改革派について，生彩ある描写がある．

55．《〔フランチェスコ派修道院の〕帯ヲ脱ギ捨テタ者バリュアエヌスハ，茶色《パエウス》カラ黒色ニナル．——役立タズノ男ハ善良ナフランチェスコ派修道士トナレナカッタノダ》[70]．——ド・サンティは奇妙な訳をつけている（『ラブレー研究誌』第3巻，24ページ），《バリュアエヌスは修道頭巾を被って，黒い服を着た》，と．パエウス〔phaeus〕とはギリシャ語のパイオス〔φαιός〕である．フォルチェリーニ[71]は，《黒ミヲ帯ビタ男》という意味でこの単語を示している．——続く詩句をド・サンティはこう訳す．《坊主がまっとうな人間を勤めたことは決してなかった》．わたしはド・サンティが〈ネクゥアム〔nequam〕〉，即ち〈ごろつき〉を〈ヌンクゥアム〔nunquam〕〉，すなわち〈けっして……ない〉と取り違えたのではないか，と懸念している．

56．『ユリウス＝カエサル・スカリゲルノ未編纂書簡及ビ演説集』第84書簡，265ページ，スカリジェからブルボンへ，アジャン，1533年12月1日付け，第1書簡．——『ユリウス＝カエサル・スカリゲルノ新シキ寸鉄詩集全1巻　同著者ノ讃歌集全2巻　同著者ノ〈神ノ如キルドウィカ・サバウディア〉』[72]，扉ページ裏面．《ニコラウス・ボルボニウスカラセノネス大聖堂副司教，尊敬スベキヨアンネス・サラザリウス[73]閣下ニ宛テテ．サテ，司教殿，私ハ閣下ニスカリゲルノ新シキ詩篇ヲオ送リシマス．——驚クベキ巧ミサニヨッテ流暢ニ流レル詩篇デアリマス．——モシコノ詩篇ガ繊細ナ〔オウィディウス・〕ナソノタメニ読マレタナラ，——彼ハコウ申シタデアリマショウ，御機嫌ヨウ，兄弟ヨ，モウ一人ノ私ヨ，ト》[74]（パリ，コレージュ・ド・ボーヴェ，1533年3月21日）

を参照．これは礼儀の言葉であり，ジョゼフが次のように語るのをさまたげない（『スカリゲル語録，もしくはJ. スカリジェの……気のきいた言葉』，127ページ）．《ドレトゥスモボルボニウスモ，無価値ナ名前ノ詩人デアル》[75]．ブルボンはここでおそらく，ドレに対する初めのころの賞賛のつけを支払っているのだろう．

57．なぜなら，スカリジェはラブレーを無神論者として，エラスムスに告発しているからだ．後出部分を見よ．

58．スカリジェは大胆にも，医師ニコラス・ボウスティウス[76]に宛てて，自分がたったひとりの例外を除いて，その同業者たちと非常に仲良くやっている，と書かなかったろうか！『ユリウス＝カエサル・スカリゲルノ未編纂書簡及ビ演説集』，第50書簡，171ページ．

59．「修道士バリュアエヌス〔ママ〕ニ関シテ」，《ココニ敬虔ナル炎ニヨッテ制御サレシバリュアエヌスノ骨ガ横タワル．——波ハ忌ムベキ極悪人ヲ分解シエナカッタ．犬ガ全テヲ歯デ齧ッタ》[77]．

60．ゴヴェイア，『ルシタニアノ人アントニウス・ゴウェアヌスノ寸鉄詩集全2巻』，10ページを参照．そこにある，ド・サンティに知られていない一篇の「キケロ派ノバレヌス〔*Barenus*〕ニ宛テテ」は，確かに内容のないものであるが，この名前の正字法に関する，また異なるヴァージョンを提供する．

61．《ユリウス・スカリゲルハアウィケンナノ読解ヲ，アラユル医師ニ，必要コノウエナイモノトシテ推奨シタ．マタ，コレホド識見ニ富ンダ著作ヲ読ンダコトノナイ何者カガ優レタ医師ニ成リウルトハ考エナカッタ》[78]（『スカリゲル語録』，41ページ）．

62．《ジュール・スカリジェを論理学とスコラ神学の面でかくも学識豊かにしたのは，教皇になってヴェネツィア人と戦争をおこなう口実をえ，かれらの手からヴェロナの主権を取り戻す，との目論見であった．そのためにかれはフランチェスコ派修道士になろうと決心し，修道士から枢機卿に，枢機卿から教皇に昇進しようと望んでいたのである．それがかれをしてボローニャに滞在していた時，専念してスコトゥスの著作を読ませたのだった》（『スカリゲル語録』，353ページ）．

63．『ラテン語註解』第1巻，1158欄．《医師ノ学派カラ競技ニ参加スルノハ，シュンポリアヌス・カンペギウス，ヤコブス・シュルウィヌス，ヨアンネス・ルエリウス，ヨアンネス・コプス，フランキスクス・ラベラエスス，カロルス・パルダヌスデアル》[79]．

64．カルウゥスに関しては，『ユリウス＝カエサル・スカリゲルノ詩集』，309ページ，311ページ，315ページ，317ページ，319ページ，320ページ，325ページ，327ページ，334ページ[80]．——エスキュロンに関しては，『スカリゲル語録』，364ページ[81]．《スキロニウスハコノ上ナク無知ナ輩デアル……父ノ詩篇デ最モ歌ワレテイル男，ソレハカルウゥスデアル》[82]．——〈エスキュロン〔Es-

curon〕〉の綴りは『フランソワ一世の法令目録』第5巻，8ページ，15079項に依っている．——ウゥルテイウスは，ヨアンネス・イスキュロニウスニ宛テテ，一篇の称賛詩を捧げている．「ルテティアデ発熱セルナウァラ国王ヘンリクス[83]ニツイテ」，『レミノ人ヨアンネス・ウゥルテイウスノ銘句詩集全2巻』，4紙葉裏面．2年前〔1536年〕すでに，『寸鉄詩集』の初版で，かれはスカリジェに向けて一矢を放っていた．『レミノ人ヨアンネス・ウゥルテイウスノ寸鉄詩集全2巻』第2巻，163ページ．《射手は自分の弓から放たれた矢で，的を貫く．その口から放たれた矢で，スカリジェは世界を殺してしまう……》．

65. この書簡に関しては，後段，第二章・6節を見よ．

66. これらの告訴に関しては，パトリ，『ギュイエンヌ地方における改革派宗教改革の始まり　1523－1559年』，XXXIX ページを参照．

67. こうした事柄すべてに関しては，フェーヴル，『オリゲネスとデ・ペリエもしくは「世ノ警鐘」の謎』を参照．

68. 詳細については，シュヴァイニッツ，『ロンサールの墓碑銘詩　歴史的・文学的研究』；ヴァガネ，「ラブレーの死とロンサール」；ローモニエ，「ロンサールによるラブレーの墓碑銘」に任せよう．この墓碑銘詩は先ず1554年11月27日奥付の『叢林詩集』で発表され，1560年，ロンサールの『綜合詩集』第1巻に，異本文をともなって再録される．ヴァガネ，「ラブレーの死とロンサール」，145ページにその複写がある．

69. 『フランス語の擁護と顕揚』，シャマール篇，331ページ．

70. 『オリーヴ詩集』，第2版，1550年．——及びマクランに宛てた，徳の称賛についての「論説詩」，1552年，を見よ．マルティ＝ラヴォー篇，『デュ・ベレー著作集』第2巻，35ページを参照．

71. 『ヨアキムス・ベライウスノ詩集全4巻』，56紙葉裏面．この作品は次のように続く．《残余のことを誰が知らないだろう？　わたしは治療術に関心をいだいていた．それよりも遥かに，ひとを笑わせる術に関心をもっていた．だから，道ゆくひとよ，涙を流さないでくれたまえ．笑うがよい，もしあなたがわたしの魂を喜ばせようと望むなら》．——レオナール・ゴーティエが描き出す，《計り知れない腹》の上にのった痩せこけた小柄な老人の顔を認識するのが，わたしにはむずかしい，ということを註記してもよいだろうか？　確かに，ひとは痩せるものではあるが……．

72. デュ・ファーユ，『デュ・ファーユ滑稽作品集』第2巻，124—126ページを見よ．後段の，第二部・第二巻・第四章・3節，「音楽」を参照．

第一部・第一巻・第二章

1. 『ヨアンネス・カルウィヌスノ残存セル全著作』第10巻〔補巻〕，第19書簡，29欄．——及びエルマンジャール篇，『フランス語圏における宗教改革者書簡集』第3巻（原書簡に基づいて校訂されている）を参照．

2. この間の事情については，レオポール・デリール，『1505年から1533年にかけてのパリ大学神学部議事録に関する註釈』[1]，37ページ参照．教授連は10月27日に初めて，《神学部ノ一員トシテ〔in facie Facultatis〕》，という宣誓下に，自分たちの無実を主張した．《ソノ書物〔『罪深き魂の鏡』〕ヲ断ジテ有罪トシナカッタシ，有罪デアルト判断モシテイナイ》[2]．ル・クレールは学部長にすぐと続いて，先頭に立って書名している．かれらは11月3日及び8日に，この点に立ち戻っている．《神学部ハ一致シテ上述ノ書物ヲソレ自体，更ニソレヲ代表セル者タチヲモ，有罪トモセズ，非難モセズ，是認モシナカッタ，ト結論シタ》[3]．『パンタグリュエル物語』はまったく問題にされていない．付言すると，わたしは『パンタグリュエル物語』に対する，1533年の有罪判決の実在も信じていない．後段を見よ．

3. ドゥーメルグ，『カルヴァンの肖像画』の中で，カルヴァンを描いていると指摘されてはいるのだが．宗教改革歴史博物館が1929年に購入した凡庸な肖像画以外に，若きカルヴァンの姿は存在しない．『フランス改革派歴史協会紀要』，1938年，379ページを参照．

4. ことはジェラール・ルーセルの説教に関連していた．デリール，『1505年から1533年にかけてのパリ大学神学部議事録に関する註釈』，36ページ；ピエール・ドリアール[4]，『パリ年代記　1522－1535年』，『パリ及びイル・ド・フランス地方歴史協会紀要』所収，1895年，163ページなどを参照．ル・クレールは，ベダと同時期，1534年3月に逮捕されるであろう．同書，166ページを参照．――この不穏当な『森』とは何であったろうか？　パニエが提起しているように，ネヴィツァーノ[5]の『結婚ノ森』が問題になっているのだろうか？（『フランス改革派歴史協会紀要』，1931年，550ページ，註2）．

5. アベル・ルフラン，「『パンタグリュエル物語』研究」，LIV ページ，ではこう述べられている．《カルヴァンは『パンタグリュエル物語』を，**かれが猥褻であると形容する**幾冊かの他の書物と同時に引用している》．さらに先には，こうある．《すでにして非常に敵対的な，カルヴァンの最初の評価は誰もが知るところである》．

6. これに関しては，『ラブレー研究誌』第14巻，1904年，281－304ページにあるテュアーヌの註解を見よ．エラスムスの『対話篇』や，説教師たちの説教などの引用がある．

7. エルマンジャール篇，『フランス語圏における宗教改革者書簡集』第6巻，23ページ，及び『ヨアンネス・カルウィヌスノ残存セル全著作』第10巻，367欄を参照せよ．

8. マルクールについては，ブリュネ，『古書店主の手引』第3巻，1123－1124欄．カルヴァン，『1537年版フランス語教理問答』，46ページ及び106ページ．ことにガブリエル・ベルトゥ，『マルクールとラブレー』を見よ．ベルトゥ女史は，1534年以降，『商人たちの書』に見られるラブレーへの仄めかしすべ

ての削除をピエール・ヴィレ[6]の反応のせいにしている．

9．コーエン，『ラブレー研究誌』第6巻，64ページ．デルブゥール，「ラブレーの剽窃者マルニクス」，『フランス文学史評論』，1896年；フェーヴル，「誤った問題設定　フランス宗教改革の起源と宗教改革の諸原因の一般的問題」，143ページ；バタイヨン，『エラスムスとスペイン』．1556年に，ひとりのバレンシア参事会員が，エラスムスの著作とともに，《フランス語ノ書物『パンタグルエル物語』》[7]を持ち込んでいる．1552年から1556年の年代に設定される，ラグーナ[8]の『トルコ旅行記』の或るシーンは『パンタグリュエル物語』を模倣している．その登場人物のひとりがパニュルジュと名乗ることなどがそうである[9]．フランスでは，著名な改革派信徒，ジャン・ド・レピンヌ[10]が，1548年に作成され，1588年に刊行された『卓越した論議』で，相変わらずラブレーの権威を盾に取っている（オギュ，『ラブレー研究誌』第8巻，1910年，377ページ）．

10．《私ガ付ケ加エ度イノハ，ヨリ神秘的ナ奥義ト，コノ新シイ信条全体ガ一致シテ究メヨウトシテイル目的ノ件ニツイテデアリ，公然トナッテイルトコロダガ，コノ者タチハ地上ノ奈処デアロウト不誠実ナ教義ノ何ホドカガ擁護サレ，マタソレガ執拗ニカカル党派ヲ後見スルコトニ満足シナイバカリカ，直接的ニセヨ間接的ニセヨ（彼ラガ言ッテイルコトダガ）神ヲ否認シ，神ノイマス天カラ追放ス可ク努力シテイルノデアル……．コノコトヲ明ラカニスルノハウィラノウァヌスノ『三人預言者論』ト云ウ不敬虔ナ論考ヤ，『世ノ警鐘』，『パンタグルエルス物語』，『新シキ島嶼』デアッテ，コレラノ書物ノ作者タチハカツテ新福音主義ノ尖兵デアッタ》[11]（『聖霊ノ役割ニツイテノ全2巻』[12]，72ページ）．

11．プロスペル・マルシャン[13]，『歴史辞典』，〈詐欺師〔論〕〉の項目．彼の名前，ウィラノウァヌスはセルウェトゥスにペテンを食わせている．モージスは（『高等法院の歴史』第2巻，328ページで）彼を同定できず，《医者というより占星学者の，もうひとりの外国人》と形容する．コプレー＝クリスティは彼をシモン・ド・ヌフヴィルと考える[14]．カルヴァンが《アグリッパやヴィルヌーヴ，ドレやその同類たちが福音書を驕慢にも常々軽んじていたのは，誰もが知っている》（『ヨアンネス・カルウィヌスノ残存セル全著作』第7巻，1152欄[15)]と書くとき，ヴィルヌーヴとはセルヴェトゥスを指しているのだろうか．〔同巻〕後段の1185欄を参照．《医師を装っているミゲル・セルベトという名のスペイン人がいて，ヴィルヌーヴと称している》．確実とはいえない．カルヴァンがヌフヴィルのことを考えていることもありうる．本書後段，168ページ，本章の原註(59)，及び170ページを参照．

12．ジルベール・シナール，『16世紀のフランス文学にみられるアメリカのエグゾティスム』，261ページ[16]．

13．問題の書物は〔パリ〕国立図書館所蔵，分類番号 Rés. P. 15である．ラ

ブレーはこの本を読んだ覚えがあったろうか？　そこには《黄金の塊よりも鉄の斧を貴重に思う》インディアスにまつわる一節がある．これは『第四之書』の「新序詞」にでてくるクゥイヤトリスのラブレー風な物語を連想させるであろう[17]．

14．《ソレ故ニルーテル派ノ者タチハ教会ヲ持ッテオリ，マサシクソノ権威ヲ通ジテ，福音書ノ信仰告白ヲ，ソノ下ニ暮ラシテイルカノヨウニ，自ラニ帰ス不信心ナ者タチガ，教会カラ後世ニ伝エラレタ福音ヲ，言葉ニヨリ再三語ッテイルガ，ソレハ（テレームノ大修道院ト掌球戯ニ於イテキリストヲ鞭打ツ者ガ明ラカニナッタヨウニ）肉欲ニ何モ委ネマイト欲シテイルカノ如クデアル》[18]．ここでもまたポステルにとって，テレームの住人であるキリストの処刑人は，《ルーテル派》のあいだに登録されている．――ポステルのこの箇所を1913年に（『16世紀研究誌』第1巻，259ページ）指摘したのは，アベル・ルフランである．『アルコラヌス，モシクハマホメトゥスノ律法ト福音史家タチノ調和ノ書』，74ページを参照せよ．

15．『アルコラヌス，モシクハマホメトゥスノ律法ト福音史家タチノ調和ノ書』，5ページ．――《わたしはこうした性急さで咎められるかも知れない》，とポステルは付言する，《だがわたしは栄光のためでなく奉仕するために働いているのだ》．《私ハ名声ヲ得ヨウト努メテハイナイ．私ハ栄光ノタメデハナク心カラ喜バセルタメニ急イダノダ》[19]．いずれにせよかれはせっかちな読者のためには仕事をしていない．

16．ポステルにおける〈理性〔Ratio〕〉の意味については，グヴァチャラ，『ポステルス語録　宗教改革時代ニオケル神秘主義ノ歴史ニツイテ』に多くの言及がある（27ページ、29ページ、34ページ，等々）．

17．デ・ビヨン神父が恩情をもって語るには（デ・ビヨン，『G. ポステルに関する新たな解釈』，96ページ），《ポステルは青年期に赤貧がもたらすあらゆる悲惨で苦しめられた．18カ月におよぶ赤痢で衰弱したかれの器官が耐えられたのはひとえに，気質の火のように燃える力と，高熱のように同時に活気づけ滅ぼす，知識に対する激しい愛着のおかげであった》．――ポステルの夢想に関しては，クヴァチャラ，『ポステルス語録』が収録したテキストを参照．これらのテキストは殊に，千年を生き（19ページ），キリストに使者として仕える筈の（4ページ）啓示を受けた者の姿を明らかにする．

18．フロリモン・ド・レモン，『当代の異端の誕生・伸長・凋落の歴史』[20]．

19．こうした局面については，フェーヴル，「ジャン・ボダンの普遍主義」，『総合評論』第7巻を参照．

20．《私ハコノ言葉ヲゲルマニアノ流儀デ用イテイル．ナゼナラ新シイ礼拝ノ党派ハ民衆煽動家タチヲ福音布教者ト呼ンデイルカラダ．コノ名前ニアテコスッテ私ハ没福音布教者，スナワチ虚シイ者，トカ，新福音布教者，スナワチ新シイ者，ト呼ンデイル》[21]（前掲書，4ページ）．

21.《第一ニ，地上ノ全世界ニ，就中ラティウムヤローマノ王国ノ子孫ニ，私ハ以下ノ事柄ノ説明ヲシタカッタ．ソレラノ事柄トハコレ迄信ジラレルニ値シテキタシ，更ニ続イテ理解サレルニ値シテイル．ソシテ丁度キリスト教ニ関スル事柄ガ専ラソウデアルヨウニ，アラユル民族ニコノ上ナク明晰デアル信仰ニ於ケル，一致ト同意ヲ通ジテ保持サレルニ値スルノデアル．

《第二ニ，コウシタラティウム（ヤヤペティヌム）ノ言語ヲ使用シテイナイ，スナワチアラビア語トシュリア語（キリスト御自ラノ固有言語デアル）ヲ使用セザルヲ得ナイカノ民族ニ，コノ説明ノ効果ガ，印刷術ニヨリ増大シタ福音ノ輝キト共ニ，行キ渡ルヨウニ，デアル》[22]（『地誌学要諦』，「献辞」）．

22．ポステルが1542年来，『地球ノ調和』の中で，王立教授に任命されたアウェロエス派のヴィメルカティ[23]や——ヴィメルカティとともにポンポナッツィやイタリア・アウェロエス派の人々を反駁しようと考えていた，と書き記すルノーデの見解[24]（オゼール＝ルノーデ共著，『近代初期　ルネサンスと宗教改革』，547ページ）に，したがって，わたしは与しない．

23．ポステルはこの点を，37ページで論じている．奇蹟が贋の奇蹟，悪魔の奇蹟だと断言するポステルにとって，新福音布教者はダイモンの能力を讃えていることになる．——第27命題は70ページ以降で議論される．

24.《ソノ第一ノ宣言ハ，『聖書正典』ノ中ニ収メラレテイル事柄ヲ除キ，何モ信ゼラルベキデナイコト，続イテ『福音書』ガ信ゼラルベキデナイコトヲ勧告スル》[25]（73ページ）．——ポステルは次のように論を運ぶ．《何故ナラ『新約聖書』ニ記載サレテイル事柄ノ他ニハ信仰箇条トシテ何モ理解サルベキデナイトシテモ，ソノ時汝ハ奈処ヲ捜シテモソレガ他ノ何ヨリモ『福音書』デアルト見出スコトハナカロウ……．従ッテ『福音書』ヨリモ〈教会〉ニ信ガ置カルベキデアル．サモナクバ神ガ否認サレル始末ニナッタデアロウ．コレハ秘義ニヨク通ジタ者タチガ密カニ言葉ニ於イテオコナッテイルトコロデアルガ……》[26]．

25.《儀式ニ於イテ虚偽ガアルト主張スルコト，ソレハ神ヲ否認スルコトデアル．何故ナラモシ聖霊ノ恩寵ガ，ヒトツノイオタニ於イテサエ，福音史家ノミナラズ正統ニ召集サレタ公会議ニモ道ヲ誤ルコトヲ許サレタナラ，キリストガ虚偽ヲ約束サレタコトニナルノダ……》[27]（75ページ）．

26．『諸起源ニツイテ，アルイハヘブライ語トヘブライ民族ノ古代性ニツイテ，及ビ様々ナ言語ノ類縁関係ニツイテノ書』，Aii 紙葉．《ココデ私ハヨウィウスヤラベラエスス，ビゴティウス及ビコノヨウナ完全ナル学識ノ人々ニ傾クアナタノ意思ニ触レタクナイ》[28]．

27．『アラビア語文法』，「序文」．《（マホメトゥスノ宗教ハ）満遍ナク地球全土ヲ占拠シテシマッタノデ，汝ガ全テノ居住シウル部分ヲ等シク三分割シテモ，ココ以外ニ他ノ部分ガ見ツケラレルコトハ殆ドナイダロウ．ソレハ，キリスト教徒プラエスタヌスガ住ムカノヌビアナ地方ヲ除クト，アフリカ全土ヲ支配シテイル．我々ノ海岸カラ対蹠点ヲ通ッテ我々ノ半球ノ西部デアル部分マデノア

シア全土，ソレヲ享受スルコトダ．例エバ航海ヲシテ，西方カラ対蹠点ヲ通ッテ東方マデ地球全土ヲ調査スルコトデ，マゲラヌスハアメリカノ彼方ノモルカ諸島ニ人間ノ原初形態ヲ発見シテイル．――彼ラハマホメトゥスノ戯言ヲ遵守シテイルノデアル……．今ヤエウロパヲコノ疫病ハ侵略シ，グラエキア全土ヲ占領シテイル》[29]．

28．《占星術ト医療ノ実際ヲ我々ハ彼ラニ負ッテイル．誰ヤラ**近代主義者タチ**ハ何デアロウト望ムダケ嘲弄スレバヨイ．コノ者タチハ悪口ヲ言ウトイウ一種ノ欲望ニヨリ，自ラニ碩学ナル名声ヲ獲得シヨウト望ンデイル．シカシソレデモ……今日，ヨリ博学ナ人物ノ中デ，ソシテヨリ優レタ評価ヲ受ケル実践デノ教師ノ中デ誰モ，ガレヌスカラ自分ノ理論ヲ見事ニ汲ミ出シタ後，アラビア人タチニ依存シナイ者ハイナイ》[30]．――さらに後段で，《ドレホド多クヲ私タチハガレヌスニデハナクタダアラビア人タチニ負ッテイルノカ．私ハアラユル薬，即チ砂糖トカ，大黄，ツルベツ，センナ，トネリコ，等々ノ適切ナ配合ヲ暗唱シタクハナイ》[31]．

29．これらの論争は1530年頃から医学会で活発に続けられている．たとえば，『ガレヌスノ学説ヲ無視シテ，蛮人タチニ敬意ヲ表スル近代主義医師トアウィケンナニ抗スル，フロレンティアノ新アカデミアノ小著』，リヨン，グリフ書店，1534年，〔パリ〕国立図書館，〔整理番号〕Te[139] 6，を参照．あるいは更に，『ヨアンネス・メスア[32]ノ……多数ノ近代主義医師ニ抗スル弁明書，医学史家，ブランゲイウムノ人G．プテアヌス[33]著』，リヨン，ローズ書店，1537年，〔パリ〕国立図書館，〔整理番号〕Te[151] 46，を参照．

30．前掲書，70ページ．《シカモナオ，コノ時代ヨリ遥カ以前ニ，ゲルマニア人ノ中デ全テガ純真デアルト，誰ガ知ラナカッタダロウカ？　確カニ……アレラノ民衆煽動家タチノ横暴ガアノヨウニ拡張スル以前ニハソウダッタロウ……．コノ陰謀以前ニゲルマニア人ハ他国ノ略奪ニ関シテハ稀ニシカオコナワズ，如何ナル聖職者ヨリモ慎マシイ兵士デアッタ……．オオ，願ワクワ彼ラガ消滅，モシクハ転向センコトヲ．彼ラハエウロパニ気高クアリシ全テヲ何デアロウト危険ナ目ニアワセタノダ．アア，アア，ゲルマニアトソノ隣国ニ災イアレカシ！》[34]ヨハンネス・ヤンセンの先駆者としての，このポステル像はたいへん興味深い．

31．前掲書，112ページ．最後の審判を冷笑する宮廷ノ新福音主義者タチについての長い陳述がある．《奈処ニ〔最後ノ審判ノ〕約束，モシクハソノ到来ガアルノカ》，とかれらは嘲弄する，《何故ナラソノ約束以来祖先ハ眠ッテオリ，万事ガカクシテ創造ノ原初カラ持続シテイル．今日汝ハ，殆ド全キリスト教世界ニソノ毒ヲ散布シタ宮廷ノ新福音布教者カラ，コレ以上ニ耳慣レタ何事モ聞ケハシナイ》[35]．さらに後段で，ポステルは《福音書ヲ都合ヨク解釈シ，弁明ニヨッテ捩ジ曲ゲル》[36]者たちの悪しき慣例を非難する．――最後の審判を否定するまた別の面白い反論がある．《悉皆常ニカクテアリケリ．キリストモ言

葉以外デハコノ世ノ何モ変エナカッタ》[37](105ページ).

32. ポステルは非常に読まれていた. ルターはポステルを喜んで引き合いに出す. カルヴァンについてはこれを見ることにしよう. ラブレーも読んでいた. 『地球ノ調和ニツイテ』第1巻・第7章でポステルが語る, 大いなるパーン神の物語——これはまさしく, ラブレーの悪魔たちの物語の典拠のひとつらしく思えないか?

33. 『アルコラヌス, モシクハマホメトゥスノ律法ト福音史家タチノ調和ノ書』, 62ページ, G. ド・セルヴ; 76ページ, ロベール・スノー; 76ページ, G. ティテルマヌス; 2ページ, クロード・ドデュー; 9ページ, マイヤール; 10ページ, オリー, 等.

34. コプレー゠クリスティ, 『エティエンヌ・ドレ　ルネサンスの殉教者』, フランス語訳版, 400ページ以下. ドレの訴訟についてコプレー゠クリスティが述べているところは, 他方, 説得力が弱く, 時代遅れである.

35. デュ・プレシ・ダルジャントレ, 『新タナル誤謬ニ関スル判決集成』第2巻・第1部, 135ページ[38]. 判決の中で槍玉に上がっているのは, 『国王武勲集』(コプレー゠クリスティ, 「ドレが出版した書籍カタログ」第18番); ドレの『寸鉄詩集』(同第1番); 『キリスト教徒カトー』(同第3番); 『「聖書」講読の勧め』(同第49番. ルネ・ステュレル, 「未刊行資料にもとづくエティエンヌ・ドレについての註釈」, 『16世紀研究誌』第1巻, 1913年, 所収を参照); 『生命の泉』(同第53番); 『ファベル・スタプレンシス著　52週の日曜日』(同第43番); 『苦行派信徒会の日課書』(同第52番); エラスムスの『エンキリディオン』(同第47番); 『「旧約及び新約聖書」の(フランス語訳)梗概』(同第42番). ——ダルジャントレの著書でこれに続く, 1542年12月–1543年3月をめぐるソルボンヌ神学部のカタログは, そのうえに, ドレの手で発行された『新約聖書』(同第41番) ならびに『聖書各書の解読を願うフランス共和国の簡潔な論述』(同第50番) に言及している. ステュレル (の前掲論文) を参照. ——ラテン語版『カトー』は別途に検閲を受けた (1542年9月23日, ダルジャントレ, 229ページ).

36. 固執するつもりはないが, 註記しておきたいのは, 1541年と1542年に教義上の些細な点でソルボンヌ神学部に意見を求めていたフォントヴロー修道院院長が, パリに幾度も代表を派遣していることだ. デュ・プレシ・ダルジャントレ, 『新タナル誤謬ニ関スル判決集成』第2巻, 132–133ページを参照. さて, フォントヴローが問題になる時には, いつでも耳をそばだてていなければならず, ——そしてラブレーを気にかける必要があるのだ.

37. 以下が題名である. 『万有/大五元素/抽出者/故アルコフリバス師/により記録されたる/偉大なるガルガンチュワと/ディプソドゥスの国王にしてその息/パンタグリュエルの/驚倒すべき武勲の数々の/真正このうえない/大年代記もしくは編年史』, 1542年. ソルボンヌ神学部は簡略化しつつ書

き換えているにすぎない．

38．前段，128ページ，本章原註(2)を見よ．デリールが『罪深き魂の鑑』に関して適用した特別待遇は，多分『パンタグリュエル物語』にも応用できるだろう（前掲書，37－38ページ）．《おそらく神学博士たちは実際にこの本を検閲したのだろう．だが公式の有罪判決が宣告されなかったのは，ほぼ確実である》．ソルボンヌ神学部は，11月3日，『罪深き魂の鑑』の件で，殆ど公然とそう述べている．

39．1542年，あるいは1543年のカルヴァン宛の書簡の中で．『ヨアンネス・カルウィヌスノ残存セル全著作』第11巻，490－494欄を参照．

40．全体がローマン体で書かれた本の中で，イタリック体で印刷されたこの一節は，『テオティムス』(『フォンテブラルダエウスノ修道士，トゥロニクスノ人ガブリエル・プテルベウスノテオティムス，モシクハ抹消サレ消滅サルベキ有害ナル書物ト殊ニ多クノ信仰ト敬神トガ傷ヲ負ワズニ読ムコトガ出来ナイソノ類ノモノニ関スル全3巻』）の180－183ページに見出される．ルフランはこれを『ラブレー研究誌』第4巻，1906年，339－340ページで翻訳した[39]．

41．先に引用したルフランの論文の他に，『ラブレー研究誌』第4巻，347ページにあるかれの補遺を参照．この註は反ラブレー攻撃へのシャルル・ド・サント＝マルトの加担についていささかの疑いも残さない．

42．あまりにも確信にみち過ぎている．それというのも，なぜゴヴェイアが問題になるのか，分からないからだ．ジョゼフ・スカリジェはすでにこの点で自問していた．《ゴウェアヌスハ学問ノアルルシタニアノ人デアッタ．カルウィヌスハ彼ガソウデハナカッタノニモカカワラズ，彼ヲ無神論者ト呼ンデイル．カルウィヌスハ彼ヲモット良ク知ッテイタ筈デアッタ》[40]（『スカリゲル語録，もしくはJ. スカリジェの......気のきいた言葉』，175ページ）．同じくゴヴェイアに関しては後段（第二章・6節）を見よ．

43．「申命記」第13章をめぐる3回目の説教（1555年10月16日）はこの文章に何も付け加えない．ここに，とカルヴァンは語る，《ひとりの男，ひとりの信心に凝り固まった男がいて，国家の中に新しい宗教を創始したいと望んでいる》．この男は（おそるべき自信だ！）《容赦なく処刑されなければならない．神がそれを命じられているのである！》──ここにまた別の男がいて，愚かな信仰ゆえに，真理を捩じ曲げ，これを作り事に変えようとしたとする．《この者は死ななければならない！》 だが《ここにひとりの田舎者がいて，パンタグリュエルと名乗ったあの悪魔やこの類の下賤な輩や吝嗇家のように，『聖書』に対して卑しい冷笑を浴びせるとする》．その男や同類の者は《なにかしら新しい宗教を創始しようと主張するわけではない．だがかれらは神の権威に対して汚物を吐きかける狂犬であり，宗教全体を堕落させようと欲したのだ．この者たちは容赦さるべきだろうか？──とんでもない！　かれらは枢機卿たちを味方にしており，その恩恵を受けている......．それらの枢機卿閣下の名前が，

マホメットと同じく神をも嘲弄するために書かれた豪華な書物の中で称賛されているのが見てとれるだろう！》——ちょうどそうした枢機卿がみな，かれらの**テオティムス**の面影を忍ばせているかのようにか？（『ジャン・カルヴァン殿の「申命記」と呼ばれるモーセ第五之書に関する説教』，52．la [41]）

44．『彼自身に基づくピエール・ヴィレ』，235ページに再録されたテキスト．同書，236－237ページにある，良きカトリック教徒を装う無神論者に関する，1565年に同じヴィレが著した『空位期間』からの興味深い抜粋を参照．

45．もう少し後段で，ヴィレはこう付言している．《一般にこの名前（無神論者）で，単にいかなる神性も認めない連中——人々の間にかくも多くの邪悪な輩が事実見受けられるのだが——だけでなく，理神論者のようにあらゆる宗教を嘲弄する連中をも指している》．

46．無神論と不滅性の否認．ただこのふたつの態度だけをモアのユートピア人は憎悪する．たとえかれらが無神論者を公職から追放し，その誤謬を広めるのを妨げるだけにとどめているにしても，である．——（『ウトピア人ノ宗教ニツイテ』，フローベン書店版，1518年，140ページ）．

47．『フランス改革派歴史協会紀要』，1925年，７－９月，でヴェスによって引用されている[42]．

48．ピエール・ベール，『歴史批評辞典（第５版）』第５巻，324ページａ，〈タレス〉の項目．ハレの学者たちは三種類の無神論を弁別した．第一のものは神が存在しない，と主張する．第二のものは世界が神の創造物ではない，と主張する．第三のものは，神が世界を創造したが，それは自然的な決定によるものであり，自由な動きに促されてのものではなかった，と言い張る[43]．

49．ピエール・ベール，『歴史批評辞典（第５版）』第５巻，287ページ，〈タキッディン〉の項目，及び，第３巻，358ページ，〈ホッブス〉の項目．

50．アンリ・エティエンヌはもっと強烈な雑言を知っている．エティエンヌ，『ヘロドトス弁護』第２巻，373ページの，《或ル者》により罵倒された諷刺家の逸話を参照．《君はなんと言われたんだ，とかれの友人が尋ねる，泥棒かね？　嘘つきかね？　それとも人殺しかね？　もっとひどいよ，と諷刺家は答える！　それでは瀆神者かね，でなければ親殺しかね？　男色者かね？　無神論者かね？　もっとひどい，もっとひどいよ......ぼくはこう言われたんだ，教皇，と！》——無神論者という言葉はしかしエティエンヌにとって，《月並みな》雑言の中では最高度のものなのだ！

51．原本はチューリッヒの，『ホッティンゲリアヌス文庫』，IX，569，に収められている．エルマンジャール篇，『フランス語圏における宗教改革者書簡集』第３巻，413－414ページ（1870年）．Th. ジーザン，『エラスムスか，サリニャックか』，1887年．A. ウラール，『一通の有名な書簡　ラブレーからエラスムスへ』，1904年．フォルステマン及びギュンター篇，『デシデリウス・エラスムス宛書簡』（『図書館制度中央紀要付録冊子』第27巻），216ページ．L. タ

ラン，『ラブレーと宗教改革』，265ページ以降と，巻頭にある原典複写版を参照．――同じく，マルティ＝ラヴォー篇，『ラブレー著作集』第3巻，322-323ページを参照．

52．少なくとも，わたしたちが先に100ページで論じた《二度ニ亘リ修道士デ，結局無神論者ニ落チ着イタ》者がラブレーをターゲットにしているのであるなら，そうなのだ．――同じくカルダーノに対してスカリジェが不信仰という告発を送り返している論争――及び「ヨアキムス・モルススノ監修デ今回初メテ刊行サレタ……ユリウス＝カエサル・スカリゲルノ書簡2篇」所収の，ベダ宛書簡を参照．この書簡でスカリジェはエラスムスを《我々ノ真実ノ宗教ニ手ヲ出シタ卑劣ナ追イ剝ギドモノ忌マワシイ頭目》[44]と修飾する．

53．前段，第一章・5節を見よ．

54．『ロテロダムムノ人デシデリウス・エラスムスニ抗シ，クリストポルス・ロンゴリウス[45]ニ味方スル，キケロノ模倣ニ関スルステパヌス・ドレトゥスノ対話篇』，79ページ．H．ビュッソン，『ルネサンス・フランス文学における合理主義の源泉と発展』，11ページを参照．

55．ブリアンについては，H．ビュッソン，『ルネサンス・フランス文学における合理主義の源泉と発展』，114－116ページ．ビュッソンをしてブリアンを名高い合理主義者にさせている理由は，わたしを納得させるものではない．ゴリウールは，『コレージュ・ド・ギュイエンヌ史』，157ページで，この人物をネラックの宮廷の影響を受けた改革派としている．かれは，毎月最初の日曜日におこなわれた，聖パウロ書簡の講義の開設に注意を喚起している．その目的のためにブリアンは財産の一部を譲渡したのだ．講義は裁判所の判決により中断された（1540年？）．ブリアンの息子は公然たるカルヴァン派で，546名の他の改革派とともに，1569年4月6日，すのこに載せられ馬に引かれたうえ斬首さるべし，との刑を宣せられた．

56．『パンタグリュエル物語』第10章．《この連中の一人でデュ・ドゥエと名乗る，一同のなかでも一番学識もあり一番練達した，また一番注意深い男》[46]．

57．ゴヴェイアの無神論の評判については，前段，第二章・5節を見よ．これに加えてピエール・ベール，フランソワ・ミュニエ，ビュッソン（114ページ）を見よ．ブリアン・ド・ヴァレに関する寸鉄詩はゴヴェイアの詩集の9ページにある．原典は《落チ着カナイ〔trepido〕》と表記するが，ベール以後の碩学たちはその替わりに《セワシナイ足取リデ〔propero pede〕》という言葉を書き伝えている．

58．《人々ガセルウェトゥスヲ，如何ナル神モキリストモ認メナイ，ラベラシウスヤドレトゥス，ウィラノウァヌスノ或ル種ノ同類ト見ナシテイル程ナノダ》[47]．ビュイッソンによってあざやかに論じられるこのテキストは（『セバスティアン・カステリヨン　その生涯と作品　1515－1563年』第1巻，45ページ），カステリヨンの『カルウィヌスノ誹謗文書反論』を出典とする．これは

1554年に起草されたが，1612年まで草稿のままに遺されたので，ラブレーもその同時代人もそれを知らなかった．ルフランが収集した，価値があるすべてのテキストの中で，ラブレーに直接言及しているのは，ゆいいつ，ポステルの書物（1543年）と『テオティムス』の文章（1549年），そして『躓キニツイテ』（1550年）である．『テオティムス』やカルヴァンに対抗してラブレーがどのように反論したかは，知られるとおりである．

59．エノー出身のシモン・ド・ヌフヴィルに関しては，ビュッソン，『ルネサンス・フランス文学における合理主義の源泉と発展』，75－76ページ，諸所を参照．ドレとの交際については，同書，122ページ，及びコプレー＝クリスティ，『エティエンヌ・ドレ　ルネサンスの殉教者』，25ページ以下を見よ．

60．《我々の世紀は，あらゆる宗教を冷笑する著作についていうなら，フランソワ・ラブレーという人物のうちにルキアノスをよみがえらせた》．アンリ・エティエンヌ，『ヘロドトス弁護』第1巻，189－190ページ．

61．昔ながらの語呂合わせである．すでにピエール・ヴィレ，『6名の人物用に考案され起草された・百年以前から隠されてきた真理「聖書」の権威に基づく新増補改訂版』，1544年，にはこうある．《司祭は杯と指をなめて――何故ナラコレハ敬虔デアルノダカラ，と言う！》[48]

62．《確カニカカル類ノ学者タチハ，救世主キリストノ純粋ナ教義ノ代ワリニ，冒瀆的デ不敬虔ナカノ輩ノ教義，且ツ十全ニ無神論者デアル，フランキスクス・ラブレシウスノ教義ヤ，ソノ不敬虔タルト同ジ程愚昧ニモ，ガルガントゥアトパンタグルエルノ題名ヲツケラレタ書物ヲ，安易ニ喜ンデ受ケ容レルダロウ》[49]．ロベール・エティエンヌ，『マタエウス，マルクス，及ビルカニヨル福音書ニツイテノ教会史家タチカラ収集サレタ註解』，「序文」．

63．ジャン・スヌビエ，『ジュネーヴ文学史』（ジュネーヴ，1786年，八折判，第1巻，364ページ．――正統派改革路線の点で，アンリが疑わしいことに関しては，『スカリゲル語録』の興味深い証言を見よ．『スカリゲル語録』，145ページ．《一度，コノ男ハ還俗スル決心ヲシタ．彼ハパリシイニ逗留シヨウト欲シタ……．彼ハ国王ニ，ゲネヴァヲ立チ退クコトヲ許可シ，父ロベルトゥスノ遺言ガ無効デアルト宣告スルヨウニ願イデタ．ロベルトゥスハソノ遺言ニヨッテ息子ノヘンリクス・ステパヌスニ，彼ガゲネヴァニ留マルトノ条件デ，ソノ財産ヲ譲ッテイタノダ．国王ハコノ願イヲ重ンジナカッタ．何故ナラゲネヴァ市民ガ自分タチノ法律ヲ固持スルコトヲ望ンダカラデアル……》[50]．

64．『詩集』の1548年版に載った（ベーズ，『詩集』，16ページ）ベーズの見事な二行詩，《真摯ナ事柄ヲ叩キノメスタメニ，ソレ程コッピドク論者ヲ嘲笑スル者ハ，自分ガ真摯ナ事柄ヲ為ス時ニハドレ程立派デアロウカ．ドウカ教エテクレタマエ》[51]，はのちに削除されるだろう．

65．この点については，ビュイッソン，『セバスティアン・カステリヨン　その生涯と作品　1515－1563年』第2巻，254－255ページ．

66．アンリ・エティエンヌ，『ヘロドトス弁護』第1巻，192ページ，及び第2巻，187ページ．

67．フランソワ・ガラス神父，『当代の才人たちの奇妙な教理』，214ページ，及び877ページ．——251ページでガラスはエラスムスとツヴィングリを《無神論の二羽の鷹》と呼んでいる．

68．フランソワ・ガラス神父，『当代の才人たちの奇妙な教理』第8巻・10節．ガラスは，かれにふさわしい処遇だが，自らも，無神論の咎で非難されていた（J. R. シャルボネル，『16世紀イタリア思想と自由思想の潮流』，351ページ，註1）．他愛ない戯れである．

69．『ペロニウス語録』，〈ルター〉の項目（1669年版，202ページ）．

70．ヴァカン＝マンジュノ＝アマン篇，『カトリック神学辞典』第2巻，657欄の，ル・バシュレによる〈霊魂〉の項目を参照．またノエル・ヴァロワ，『フランス文学史評論』第34巻，551ページ以降．及び，「ソロモン王の墓の彼方の生活」，『文献学と史学　ベルギー評論』第4巻，1925年，353－354ページの，〔マルク・〕ブロックの言及を参照．

71．〔訳者註：この註は英訳書では省略されている〕かれのまえに，もうひとりの推論家，ポステルが以下の苦情をルターに差し出している．『聖霊ノ役割ニツイテノ全2巻』第1巻・第6章，16紙葉裏面．《私ハ，新福音主義者タチヤルーテル派タチガ，バカバカシクナルマデ罵ッタ，アノ見解ニツイテ何ヲ言ッタラヨイカ，分カラナイ．シカシ彼ラガ言ウニハ，審判ノ日以前，福者ノ霊魂ハ眠ッテオリ，至福ヲ享受スルコトモナイノダ》[52]，等々．

72．この問題については，後段でまた取り扱うことにしよう．

73．もうひとりのジュネーヴの権威がいる．ショワジーは1926年にこう記している（『良心の教導者カルヴァン』，149ページ）．《セルベトは不信心者でも純粋な否定者でもなかった．かれが三位一体の公式に悪意を抱いたとしても，やはり父なる神は信じていたし，キリストを，肉となった神の言葉と命名していた．かれは処女マリアに《神の母》たる資格を与えていた．かれはイエスの身体が神の実質から成り，神に向けてと同じくキリストに祈願を差しむけても構わない，と主張していた》．

第一部・第一巻・結論

1．この苦情はすでにダルティニー師の眉をひそめさせていた（『新編歴史覚書』，パリ，1749年，第2巻，136ページ）．かれはセルベトが《宗教を破壊しようなどとは毛頭考えていなかった》と立証するために，《改革派ではあるが》，M. ド・ラ・ロシュ[1]の応援を求めた．——セルベトの件はそれでよいだろう．だがその他にどれほど多くの人々がいるだろうか？　ローザンヌで，1537年5月に，100人ほどの牧師が宗務会のために集まった[2]．議題は，かつてモーでブリソネの協力者であった，ソルボンヌ神学博士ピエール・カロリ[3]によって，

ヴィレとファレル，カルヴァンに対してなされた，反三位一体論の告発を検討することである．カルヴァンは立ち上がり，カロリをこう糾弾する．《わたしはこの男がなんらかの神を信じているかどうか，質すものだ．そして神と人間とに，この男のうちには犬や豚におけるほどにも信仰がないことの，証人になってもらおう！》（H. ヴイユーミエ，『ヴォー地方の改革派教会の歴史』第1巻，607ページ）

2. F. ビュイッソン，『セバスティアン・カステリヨン　その生涯と作品　1515－1563年』第1巻，249ページ〔訳者註：ビュイッソンはここで，カルヴァンによるカステリヨン攻撃をこう紹介している．《数年来，おまえが家を暖めようとして木材を掠めとるべく手に鉤をもっていたのは，運命によるものか，それとも自由意志によるものなのか？》〕．カルヴァンという，この偉大な精神が，こと対立者にかかわると，公平な証人でなくなると再言する必要があろうか？　対立者に反することなら，かれにとってすべてが善なのだ．かれ自身の命題の聖性がかれを無罪にするのである．

3. F. ビュイッソン，『セバスティアン・カステリヨン　その生涯と作品　1515－1563年』第2巻，89ページ．カステリヨンははなはだ巧みに，ベーズ宛ての回答で，この問題を提示している（同書，第2巻，260ページ）．《なぜかれらが，わたしの鉤〔前註参照〕よりもわたしの書物を正確に解釈できようか？》

第一部・第二巻・第一章

1. A. ルフラン，「パンタグリュエル研究」，協会版，『ラブレー著作集』第3巻，巻頭所収，XLI－XLII ページ．

2. E. ジルソン，「フランチェスコ派修道士ラブレー」，『フランチェスコ修道会史評論』，1924年．

3. L. セネアン，『ラブレーの言語』第2巻，371ページ．及び，レイモン・ルベーグ，『フランスにおける宗教悲劇　初期（1514－1573年）』，77ページ，171ページ．

4. 「フランス中世演劇での演劇的独白」（『ロマニア誌』，1886－1888年）において．

5. ヴィオレ＝ル＝デュック[1]篇，『フランス前近代演劇』第2巻，15ページ．

6. 《「事畢れり《コンスマトゥム・エスト》」と言いたいばかりに，その家にも火を放ったとのことだが，その後トマス・アクィナス聖人も，八目鰻《うなぎ》をすっかり食べてしまった時に，これと同じことを申されて居るな》（『第三之書』第2章〔協会版，『ラブレー著作集』第5巻〕41ページ[2]）．

7. 《わしは，主《しゅ》の御言葉を申すぞ．「ワレ渇シタリ《シティオ》」となⅡ》（『ガルガンチュワ物語』第5章〔協会版，『ラブレー著作集』第1巻〕，61ページ[3]）．プラタール，「ラブレーの作品における『聖書』と聖書文学」，『ラブレー研究誌』第

8巻，1910年，273ページを参照せよ．この論文は『立派な呑みっぷりについての陽気な説教』，リヨン，1540年，を指示している．さらにまた，ヴィオレ＝ル＝デュック篇，『フランス前近代演劇』第2巻，15ページ：《そしてまた神は我々に諭された——見事に呑むことを，また我々に語られて——次の言葉を言われた，ワレ渇シタリ，と》．こうした聖職者の諧謔の流行は長く続いた．デュ・ボカージュの奥方[4]が，それまで厳格な習慣のために有名であったパッシオネイ枢機卿[5]にへつらいの気持ちを抱かせたとき，教皇ベネディクトゥス14世[6]はこうもらした．カクシテ彼ハ人トナッタ[7]．——誰もこれを口実にして教皇を《反キリスト教徒》と見なしたりはしなかった（グレイス・ジル＝マーク，『18世紀の女流文士　アンヌ＝マリー・デュ・ボカージュ』，1927年，〔101ページ,〕を参照せよ）．

8．クロード・アトン，『覚書』第1巻，45ページ．およびラザール・セネアン，『ラブレーの言語』第2巻，371ページ．

9．『ガルガンチュワ物語』第17章，157ページ[8]．

10．『パンタグリュエル物語』第24章で（協会版，『ラブレー著作集』第2巻，253ページ[9]），この奥方はパンタグリュエルに指輪を渡すのだが，そこには《ラマー・ハザブターニ》なる句が刻まれている．これは十字架に架けられたキリストの悲痛な叫びである（「マタイ伝」第27章46節）．ラブレーによるこの用例については，プラタール，「ラブレーの作品における聖書と聖書文学」，『ラブレー研究誌』第8巻，269ページを参照せよ．ル・デュシャ[10]はマズッチョからの借用を指摘した．また，トルド，「ラブレーのインスピレーションについて」，『フランス文学史評論』第11巻，1904年，467ページを参照せよ．

11．『ガルガンチュワ物語』第1章（協会版，『ラブレー著作集』第1巻），22ページ[11]）．1535年に先立つジュスト版（知られる限り最初の版）と1535年のジュスト版（第2版）は〈神〉という言葉を記しているが，これはのちに〈救世主〉という言葉によって置き換えられる（ルフラン版のテキストは後者である）．ラブレーはさらに，《偽善者連中》に《讒謗をこととする奴ども》を付け加えた．

12．『聖書』には「マタイ伝」第1章におけるキリストの系譜以外にも，いくつかの系譜が存在する．それらは同じ形式で表現されていて，同じパロディーに題材を提供する．「創世記」（第5章）はアダムの子孫を記す（ソシテカイナンヲ産ンダ．ソシテマハラレルヲ産ンダ．ソシテヤレドヲ産ンダ．ソシテエノクヲ産ンダ……）．「創世記」第10章には，ノアの息子たちの系譜がある（更ニ，クシハニムロデヲ産ンダ，等々）．——ラブレーの系譜の人物については，セネアン，『ラブレーの言語』第1巻，478ページを参照せよ．

13．アベル・ルフラン，「『ガルガンチュワ物語』研究」[12]，『ラブレー著作集』第1巻，巻頭所収，XXVIページを参照せよ．《テレームの僧院の住人たちが，その創始者であるガルガンチュワとまったく同様に，ミサをけっして聴いてい

ないのは明白である》.

14. リュシアン・フェーヴル，「エラスムスの秘書：ジルベール・クーザンとフランシュ＝コンテの宗教改革」，『フランス改革派歴史協会紀要』第56巻，1907年所収，を参照せよ．――《うさんくさい輩》がもっぱらとしていた，ミサに対抗する暴力の見本である．わたしはこの台詞をピエール・ヴィレの『百年以前から隠されてきた真理』から引用している．《司祭が練り粉で作った神を弄ぶ以上に――猫は鼠と戯れない．――鍛冶屋が１本の釘を作るよりも素早く――５本の藁束を吹き消す．――かれらの芸当にわたしは笑ってしまうが――そのあとでかれらは猫が鼠を食べるように，その神様を食べてしまうのだ……》.

15. 《この建物には，九千三百三十二の居間があり，その各々に控間[13]，小部屋，衣装部屋，礼拝堂[14]，また大広間への出口がついていたからである》(『ガルガンチュワ物語』，「第一之書」第53章．『ラブレー著作集』第２巻，406ページ[15]).

16. 『ガルガンチュワ物語』[16]第６章.

17. ヴァカン＝マンジュノ＝アマン篇，『カトリック神学辞典（全15巻）』，〈イエス・キリスト〉の項目.

18. 《聖ヨゼフの使命の最初の対象は，神の将来の母と真実の婚姻を結びながら，マリアの処女性を守護することであった》.『カトリック神学辞典』，〈ヨゼフ〉の項目，1511欄.

19. 「ルカ伝」第１章42節．《胎ノ実〔βρέφος ἐν τῇ κοιλίᾳ〕》.

20. アンリ・クルーゾ氏は（『16世紀研究誌』第９巻，1922年，219ページ）この不敬虔な噺を『〔協会版〕ラブレー著作集』で註記しなかったことを悔いている．布教についてのボシュエのある説教が（1661年３月13日）かれの眼を啓かせたのだ．かの説教者は《神の御子を先ず聴覚をつうじて孕んだ女性》[17]に関して語っている．なんだって？ 「ヨハネ伝」の冒頭を知らないとでもいうのか．そこから，み言葉が関係する器官による受胎，という教理が生じているのに？ そして数多くのその他の文献はどうなのか？ 神ノ御母ナル処女ヨ，悦ブガヨイ，汝ハ耳ニヨッテ懐妊シタノダ[18]．――だがこれらの文献は何を語っているのか？ イエスの受胎，マリアの出産．これらのふたつの働きは十分に判然としており，それらを混同することは出来ないのではないか？

21. プラン（P.‐P.），『ラブレー書誌』，第４番，９‐14ページ.

22. エラスムスの，放埒と形容するだけでは足りない諧謔については，後段，第二部・〔第一巻・〕第三章を参照せよ.

23. 『気晴ラシノ時間』，1594年版，108ページ[19].

24. 《信仰トハ望ンデイル事ガラヲ確信シ，マダ見テイナイ事実ヲ確認スルコトデアル》[20]と聖パウロは述べる（「ヘブル書」第11章１節）．――これは絶対的に古典的なテキストである．16世紀の著述家が，誰あろうと，信仰につい

て語り始めるやいなや（一例として，〈信仰〉と標題を付されたポステルの『聖霊ノ役割ニツイテノ全２巻』第２巻・第１章を参照せよ），すぐさまこのテキストが浮かび上がってくる．《信仰トハ，ト汝ハ言ウ，望ンデイル事ガラヲ確信シ，マダ見テイナイ事実ヲ確認スルコトデアル》[21]．

25．『パンタグリュエル物語』第17章，1533年のジュスト版，61ページ（協会版，『ラブレー著作集』第４巻，206ページ）．《あんたはいつか絞首にされるからねえ．――で，あんたは，（と彼は言った，）いつか泥のなかに埋《い》けられますさ．宙にさがるのと，泥に埋《い》けられるのと，どっちが一体品がよい？　やい，この大馬鹿三太郎どん！　イエズス・キリスト様だって宙ぶらりんにおなりなさったじゃねえですか？》[22]

26．『ラブレー研究誌』第８巻，273ページ．

27．この主題はウィリアム・オッカム[23]に頻出するもので，フランチェスコ派修道士のラブレーが知らなかったはずはない．神は欲することすべてをなしうる．したがって神のお気に召すなら，神を憎むことも，隣人から奪うことも，淫蕩に耽ることも，その他もみな賞賛にあたいする行為となるだろう．――オッカムは，けれども，カルヴァンに馴染みの，あれらの《あらゆる宗教を破壊しようとする犬ども》の一匹ではなかった．

28．マルティン・ハノイヤー[24]宛書簡，エルマンジャール篇，『フランス語圏における宗教改革者書簡集』第２巻，第214番．

29．『パンタグリュエル物語』第１章[25]．アベル・ルフラン，「『パンタグリュエル物語』研究」，『ラブレー著作集』第３巻，XLII ページを参照せよ[26]．

30．ドニの翻訳，『オリゲネスの哲学』，39ページ．――オリゲネスを直接読めなかった者でも，エラスムスを読むだけでよかった．J. B. ピノー，『エラスムス　その宗教思想』，111‐112ページ，及び113ページを参照せよ．

31．この翻訳とそれが惹起する事件については，オーギュスタン・ルノーデ，『初期イタリア戦役下のパリにおける先行宗教改革とユマニスム（1494‐1517年）』，618ページを参照せよ．

32．『オリゲネス・アダマンティウスノ著作集ノ最初ノ２巻　目次及ビ総項目ヲ付ス』．ジュリアン・ボードリエ，『リヨン書誌』第６巻，171ページを参照せよ．また，リュシアン・フェーヴル，『オリゲネスとデ・ペリエ　もしくは「世ノ警鐘」の謎』を見よ．

33．メッスの生地商人，フィリップ・ド・ヴィニュール[27]の『新百物語』に類似の噺がある（Ch. リヴィングストン，「ラブレーと，フィリップ・ド・ヴィニュールの２篇のコント」，『アベル・ルフラン記念論集』所収，22ページ）．アンリ・エティエンヌ，『ヘロドトス弁護』第２巻，242ページに，同じ種類の，別の噺が載っている．かれはそれをエラスムスから引用し，『説教師タチ，マタハ説教ノ仕方ニツイテノ全４巻』第３巻を指示する．そこではレッチェのフランチェスコ派修道士カラッチョリ[28]の悪戯が報告されている．

34. A. ウラール，『ラブレー　そのイタリア旅行，メッツ亡命』，178ページ，註 2 を参照せよ．

35. デ・ペリエ，『フランス語著作集』第 2 巻，320 - 321ページ[29]の他に，様々な説教集にも無数のテキストを発見するだろう．オリヴィエ・マイヤール，『フランス語著作集　説教と詩篇』，諸所，ことに104ページを参照せよ．マイヤールが非難するのは，《淫ラナ外見ト節度ノナイ欲望ニヨッテ聖ナル神ノ寺院ヤ神殿ヲ，公ケノ娼婦タチノ館デアルカノ如ク汚ス》[30]者たちである．

36. 『デシデリウス・エラスムスノ増補校閲新版書簡集』第 1 巻，165ページ．

37. 以下のことがらについては，ジョゼフ・ネーヴ篇，『ミシェル・ムノ説教選集』を見よ．

38. アレクサンドル・サムイヤン師，『オリヴィエ・マイヤール　その説教とその時代』，156 - 157ページ．

39. 《タダ偽善者タチノミガ，民衆ヲ欺クタメニ，無数ノ虚言トトモニソレラ〔贖宥符〕ヲ説教シタ．彼ラガ居酒屋ニイル時，彼ラハシバシバ小サナ悪魔トナル．何故ナラ放蕩ヤ娯楽以外ハ問題トナラナイカラダ，等々》[31]（ジョゼフ・ネーヴ篇，『ミシェル・ムノ説教撰集』，259ページ，註 1）．——ラブレーは露骨に言ったことは一度もなかった．《今日，アラユル誤謬ハ寺院ニ存スル．モシ誰カ商業ヤ放蕩ヤ豪奢ニツイテ談判シタイ者ハ教会ニ来ルガヨイ》[32]（同書，260ページ）．

40. A. メレ，『ルターとラブレーの先駆者たる自由説教師たち』第 1 巻，132 - 133ページ．

第一部・第二巻・第二章

1. L. テュアーヌ，「ガルガンチュワからパンタグリュエルに宛てた手紙」，『図書館紀要』所収，1905年，を参照[1]．これは，L. テュアーヌ，『ラブレーとヴィヨン』，1911年，に再録された．

2. わたしたちは以下の叙述で，エティエンヌ・ジルソン，「フランチェスコ派修道士ラブレー」，『フランチェスコ派修道会史評論』所収，1924年，11ページ以降，に助けられた．

3. 《全智全能の神，万象の創造主が，その当初人類に恵み給い，これに装わしめ給いし天資，恩寵，特権は数々有之候も，拙者より見て他に類《たぐ》えるものもなく極めて卓《すぐ》れたるものと思わるるは，人間が必滅の身なるにも拘らず，いわば不滅の身の上となり候……．こは正当なる婚姻により我らより生まれ出ずべき代々の子孫を通じてなし果たさるべきものに候．さればこそ，我らが始祖の罪業によって，我々人間より剝奪されたるものが，些《いささ》か我らに恢復せしめられたとも申すべく候．始祖たちが創造主たる神の命に従わざりし廉を以って，生命に限りあらむとの御言葉を賜りたるがため，人間が創造せられし時に与えられたる世にも優れたる姿相《すがた》も，死によりて虚無に帰すべきことと相成り申し

候》(『パンタグリュエル物語』第8章[2]).

4．同書，第8章．《胤を受け継ぎ，これを伝うる道有之がため，両親《ふたおや》より失われたるものもその子女に留まり，この子女より滅び去りたるものもその孫子に現るることと相成り候．かくして世々継々に進み行き，最後の審判の時にまでいたるべきものにして，その時こそ，イエズス・キリストは，あらゆる罪業の危殆及び汚濁より脱せし平安なるその王国を，御父なる神に御返納遊ばさるる秋《とき》にござ候．いかんとなれば，かかる時いたらば，一切の生成及び解体は止み，諸々の元素もその不断の変転を解脱いたすべきこととなるがためにござ候．蓋《けだ》し，かくまで熱望されし大平和の実は結ばれて完璧となり，森羅万象悉く，その終焉その周期完了の時にいたるが故にござ候》[3].

5．『叢林詩集』の版で，初版のテキストである（1554年11月27日付け）．この墓碑銘詩については，前段，第一部・第一巻・第一章，122ページを見よ．生成と腐敗に関するアリストテレスの論考の存在を想起させる必要もないだろう．

6．そこに見られる語彙はすべて，現代の科学的言語に属しているように思える．〈種子による繁殖〉，〈伝染〉，〈生成〉，〈腐敗〉，〈元素〉，〈変転〉，〈期間〉……．

7．エティエンヌ・ジルソン，「フランチェスコ派修道士ラブレー」，『フランチェスコ派修道会史評論』，1924年，12ページ以降を見よ．

8．最後の言い回し，《その日を誰も知らない》――は皮肉ではなく，慣用的な表現である．一例として，ギヨーム・ポステル，『アルコラヌス，モシクハマホメトゥスノ律法ト福音史家タチノ調和ノ書』で，「アルコラヌスノ調和」の巻に続く「切迫セル審判」の巻，116ページを参照せよ．《シカシソノ日モ時間モ，父ナル神ヲ除イテ何者モ知ラナイ》[4].

9．Cl. アルヌレ，「刊行物書誌」，ボードリエ，『リヨン書誌』第10巻所収，及び，Cl. ヌリー，「刊行物書誌」，ボードリエ，『リヨン書誌』第12巻所収，を参照せよ．

10．これらすべての引用に関しては，ブノワ・ジルボー，『予言』，2紙葉裏面〔次の原註(12)を見よ〕，3紙葉，4紙葉裏面，54紙葉裏面，55紙葉，等々を参照せよ．

11．ジャン・プラタール，『ラブレーの作品　源泉・創案・構成』，228ページ，及び，ラザール・セネアン，「ラブレーの作品における博物誌と付随分野」，『16世紀研究誌』所収，1915年，201ページを見よ．

12．証明の最後に，ジルボーの『予言』の2紙葉裏面に言及しておこう．ブノワ・ジルボー，『来たるべき世紀の予言』：《使徒聖パウロ殿はわたしたちにこう教えて言われる．ひとりの男によって，つまりわたしたちの始祖アダムのことだが，この世に罪が入った．そして罪をつうじて死が入った．かくして皆が罪を犯したのだから，あらゆる者の中に死が入った．主なる神は天使と人間を不死なるように創造されたのだ……．人間は……もし罪を犯さぬよう注意してい

れば，けっして死んだりしなかったろうし，天使の不死性と祝福された永遠性を受け継いでいたろう》.

13．このキリスト教の教義を，本物の，けれど他方で《うさんくさい》嫌疑をかけられたひとりのキリスト教徒ニコラ・ブルボンが，死を恐れる友人のステラに宛てた書簡で表明していた．ブルボンはステラをこう咎める．《死ニユク神ノ御子ハ我々ノ死ヲ滅ボサレタノデハナイカ．ソシテ同ジ方ノ苦シミニヨッテ我々ヲ神ヤソノ父ト和解サセラレタノデハナイカ．ソノ結果，死ノ支配権ヲ持ツ者，即チ悪魔ヲ滅ボシタノデアル．要スルニ誰デアロウト生涯死ノ恐怖ニ隷従スルヨウ罰セラレタ者タチヲ自由ニサレタノデアル》[5]（『ヴァンドペラノ人ニコラウス・ボルボニウスノヨシナシゴト』，A 3紙葉）.

14．エティエンヌ・ジルソン，「フランチェスコ派修道士ラブレー」，『フランチェスコ派修道会史評論』所収，1924年，13ページ[6].

15．L. モラン篇，『ラブレー著作集　クルーゾによる伝記的註釈付き改訂版　全2巻』第1巻，LXX ページ．── Ch. マルティ＝ラヴォー篇，『ラブレー著作集　全6巻』，1868－1903年，第3巻，257ページ.

16．ここでラブレーが取り上げている論証，それは後年デカルトとか，ボシュエとか，スピノザとかが同じく取り上げ，特に好んで展開するものである.

17．後段で再度この点に戻って来る機会があるだろう．目下のところ，以下のものに注意を促すだけで満足しよう．すなわち，1532年の『パンタグリュエル占筮』第1章と第5章，ラブレーの1533年の『暦』の，アントワーヌ・ルロワが保管した断片，『パンタグリュエル物語』の様々な一節，殊に第8章のガルガンチュワの書簡にある次の有名な忠告，《天文学に関しては，その法則のすべてを学ばれたく存じ候も，卜筮占星及びルゥリウス[7]の幻術は，謬説虚妄として棄却いたされたく候》[8].

18．これはB. ジルボーの第三の天界の高みである．第一のものは肉体的であり，第二のものは精神的，第三が《霊的なものであって，これは思考により凝視されるのみで，万事を創造される神の御子がいますところである》（ブノワ・ジルボー，『来たるべき世紀の予言』，14紙葉裏面）.

19．『アクア・スパルサノ人ギルベルトゥス・ドゥケリウス・ウゥルトンノ寸鉄詩集全2巻』，54ページを参照せよ．ルフランによる仏訳が，『ラブレー研究誌』，1903年，第1巻，202－203ページにある.

20．J. R. シャルボネル，『16世紀イタリア思想と自由思想の潮流』，446ページ，註1[9]──および447ページ．エラスムスは『エンキリディオン』の中で，かれもまた，《天ノ種族ノ記憶ヲモツ》[10]霊魂の以下の論述を省かないように気をつけた[11]．霊魂は力を振り絞り上界の事象を目指し，不死的存在として，天界の事象を愛する．──かれはこれらすべての陳述に共通する源泉を指摘している．すなわち，プラトンの『ティマイオス』である[12].

21．なかんずく，『第三之書』第31章の，以下の著名な一節を参照せよ．《何

か研究に夢中になっている人間の姿を眺めていただきましょう……》[13].

22. カロンダス（ルイ・ル・カロン），『対話篇』第3対話篇を参照せよ．これは《精神の静謐と至高善について》論ずるものである．カロンダスの言では，サン＝ドニの伯父ヴァルトンの屋敷で，Cl. コトローと，レコルシェ殿と称する人物，及びラブレーの間でかわされた会話を報告する．——人間を満足させるものは何か？，とラブレーは自問する．理性の驚くべき充足と悦びとは，《何ごとかの真相を知ろうとして，それを発見するまでけっして休まず，それについての完璧な知識に到達してようやく満足する》ものである．そうした時の悦びは非常に強烈で，《如何なる苦痛も，どれほど辛く厳しかろうと，その悦びをかきみだすことは出来ない》．どのような肉体的快楽も，このような精神的な至福には，毫もおよばない．

23. これは『パンタグリュエル物語』の知られている限りでの初版（クロード・ヌリー書店刊，日付なし［1532年］[14]）のテキストである．そこには《棲まうべき所を変える》と読み取れる．他のすべての版は《ひとつの場所から他の場所に移行する》と伝えている．——この《棲まうべき所を変える》こそが，おそらくテュアーヌをしてパンタグリュエル宛の書簡に，およそそれとは無関係の《変成に関するプラトニスムの理論》を発見するように仕向けたのだ（前段，209ページを参照）．《棲まうべき所を変える》を《移行する》に変えることで，ラブレーはそうした解釈から身を守ろうとしたのかも知れない．

24. フェルネルは1558年に，ラブレーは1553年に没する．フェルネルは恐らく1497年に，ラブレーは多分1494年に生まれた〔定説ではない〕．フェルネルの医学博士号取得は1530年に，ラブレーのそれは1537年にさかのぼる．しかし現実にフェルネルがその技術を実践にうつしたのは，ようやく1535年になってからのことであり，1532年にリヨン大施療院医師であったラブレーは，博士号を待たずに医業に従事していた．

25. L. フィガール，『16世紀における医師哲学者　ジャン・フェルネルの心理学研究』，及びE. ジルソン，『中世哲学研究』（デカルト，ハーヴェイとスコラ哲学，第1節，192ページ以降）を参照せよ．同じくL. セネアン，「ラブレーの作品における博物誌」，『16世紀研究誌』，1920年，17ページ以降を参照せよ．

26. 『第三之書』第13章，《諸々の哲人や医師は，動物精気は，頭部脳室の下にある霊妙網管《アドミラビリス・プレックス》中で純化浄化された動脈血液から湧き出し生れ出でて，働くものと断じて居る》[15]．同様に『第三之書』第31章，《脳の動脈が……引き絞られて，……諸機能室を充たすに足るように，……精気を供給いたしますが，それが解剖学上明白な導管を伝って甲から乙へと，迅速に走りまわって霊妙網管《プレックスス・ミラビリス》の先端部へ移ることになります．この網管中に，動脈の末端がありますが，この動脈は心臓の左心耳から発して居り，ここで生命精気は長い間紆余曲折を経た後に，動物精気に精練されることになって居るのでございま

す》[16]，を参照せよ．

27. フェルネル，前掲書，第5巻•第2章，87ページ，《我々ハ生物ノ三区分ヲ理解スル．自然的ナ存在，感覚的ナ存在，知的ナ存在デアル．マタ，同ジ名称デ明示サレタ三種類ノ霊魂ヲ理解スル．ソレラハ自然的霊魂，感覚的霊魂，知的霊魂デアル．ソレラニ以下ノ種類ノ生物……植物，獣，人間ガ対応スル》[17]．

28. 《子宮デ胎児ガ形成サレテイル間ニ……先ズ自然的霊魂ガ出現シ己レヲ示ス．次イデ生命ノ能力ノ介入ト仲介トニヨッテ感覚的霊魂ガ現レ姿ヲ表ス．コレハシカシ，タトエ動物ニ於ケルガ如ク単純デアロウト，シカシナガラカノ自然的ナ力ヲ属性トシテ留メル．ソノ力ハソノトキ単一ノ身体ノ……多様ナ形態ヲ……認識スルコトヲ我々ガ余儀ナクサレナイ限リハ，持続シテイテモ霊魂ト呼バレエナイ》[18]（同書，第5巻・第18章，113ページ）．

29. L. フィガール，『16世紀における医師哲学者』，359ページ[19]．

30. 職人の比喩は，フェルネル，前掲書，第5巻・第18章，114ページにある．《適切ナ用具ヲ備エタ職人モ，暗闇ニツツマレタ狭イ部屋ノ中ニ入レラレタラ，彼ノ職ヲ遂行スルコトガ出来ナイヨウニ，ソノヨウニ邪悪ナ身体（コレハ謂ワバ住居デアル）ニ閉ジ込メラレタ霊魂ハソノ任務ヲ果タスコトガ出来ナイ》[20]．もし困難に我慢できなくなれば，《カクモ多キ不一致ヲ恐レ，耐エラレズ，身体カラ立チ去ル》[21]．

31. 《従ッテ（霊魂ハ）単純デアルノデ，分離サレルコトモ，分割サレルコトモ，細分サレルコトモ，切断サレルコトモ出来ナイ．故ニ滅スルコトモナイ》[22]（同書，第5巻・第18章，44ページ）．

32. フェルネルが人間の霊魂の三部分に，異なる場を割り振り，唯一にして共通する場として心臓をあてがったアリストテレスの見解と真向から対決するためにますますそうである（フェルネルの『生理学』第5巻・第12章，第13章，第14章でのあらゆる議論を見よ）．《ソレラハ，タダ単ニ本質ニヨッテノミナラズ，場ニヨッテ，三ツデアル．マタソレラハ端緒カラ区別サレタシ，同一ノ座ニ落チ着イテイルコトハ出来ナイ……．固有ノ作用ニヨリ，ソシテ治癒ノ能力ニヨリ，維持スル自然的ナ力ハ肝臓ニ存スル．動物的モシクハ感覚的ナ力ハ脳ニ存シ，残ル生命ノ力ハ心臓ニ定メラレルヨウニ見エヨウ》[23]（同書，第5巻・第14章，107ページ）．

33. ピエール•ベール，『歴史批評辞典』，第5版，〈ナヴァール〉の項目．ベールはこの逸話をブラントームの『名婦伝』から抜き出している．肝心な部分を引用しておこう．……《奥女中が断末魔の間そばから離れず，じっとその顔をみつめて，死んだあとまで目を離さなかった．親しい貴婦人の誰かが，死んでいく人をどうしてそんなに見るのかと訊くと，この人は次のように答えた．体が死ぬと魂と精神はその瞬間に体外へ出てゆく，と学識のあるたくさんの博士がさんざ言うのを聞いてきたので，体から立ちのいて出てゆく際に何か風か音かほんのわずかな響でも発するかどうか見ようと思ったが，なんにも感知で

きなかった，と．また付け加えて，しっかりした信仰を持っていなかったら，その立ちのきについて，体と魂のその分離についてどう考えたらいいかわからないが，しかし神様と教会が命じられることをただ信じて，余計な穿鑿はしないつもりだとも言った》[24].

34．トゥタンはこう展開する．《わたしたちは私が精神〔Esprit〕と名付ける——この生命ある息を渇望する．——しかし霊魂〔Ame〕は（わたしはもっともすぐれた部分で——用いられているものとして考えているが）——かかる情念によって——けっして動揺しない．なぜならもし霊魂が——アニムスや精神と同じく苦しむものなら——霊魂は死んでしまうだろう……——霊魂は死んでいるだろう，……我々はアニムスを（フランスにはほかの言葉がないので）持っているが——それは外部からの笑いと立腹の感覚を——成長させ，動きとともにもたらす——》.

35．パリ，J．リュエル書店，1553年刊行．わたしたちの手もとにあったのは，18世紀に作られた，この書物の再刊である．引用されたテキストは，この本の13ページ及び14ページに載っている．

36．前段既出の〈ナヴァール，マルグリット・ド〉の項目で．《あの王妃が人間の精神を，息を引き取る瞬間に体から場所的に分離するもののように考えたのは十分許せることである．それがあの時代には神学者や哲学者の普遍的な説だったし，今日でもデカルト派ならざるすべての学者の説なのだから》[25].

37．フェルネルは三つしか数えていない．前掲書，第5巻・第8章，66ページ．《感覚スル霊魂ハ認識ノ二ツノ能力ヲ所有スル．五ツノ知覚，或ルイハ概念〔species〕ニ配分サレタ外部ノ能力ト，内部ノ能力デアル．後者ハ概念トシテ，識別ノ一般的ナ能力，構想ノ能力，及ビ回想ト想起ノ能力ヲ持ッテイル》[26].

38．これは『第三之書』第31章の以下の一節から帰結する．《御存じの通り，脳のあらゆる動脈が悉く，あたかも弩《いしゆみ》の弦のように引き絞られて，良識や想像力や理解力や推理力や決断力や回想力や記憶力の諸機能室を充たすに足るように，巧妙に精気を供給いたします》[27].

39．『第四之書』第27章．天使やダイモン，英雄の介入はいささかも，——そう考えるよう誘惑されるかも知れないが——デュ・ベレー家のご機嫌をとろうと努めるラブレーの空想ではない．フェルネルの『事物ノ隠レタ原因ニツイテ』第1巻・第11章，57ページに，天使とダイモン，英雄，その歴史，その起源，その性質とその働きについての，完璧な理論を見出すであろう．そして長生《マクライオン》族[28]の島の歴史を綴るにあたって，厳密にはなにひとつ創作していないことが分かるだろう．

40．アンリ・ビュッソン，「ロンサールの哲学について」，『講義講演紀要』，1929－1930年，32－48ページ，172－185ページ．及びアルベール＝マリー・シュミット，『16世紀フランスにおける科学詩』，及びピエール・ド・ロンサール，

『ダイモンの讃歌』，A. = M. シュミット校訂版を参照せよ．引用したテキスト（前半）は，ロンサール，「哲学」，『讃歌集』所収[29]，及び（後半）『恋愛詩集』31歌，ローモニエ〔＝ルベーグ＝シルヴァー〕篇，『ロンサール全集』第4巻，34ページから抜粋したものである[30]．

41．前段で引用したマルグリットに関するベールのテキストに次の一文がある．《だからといって，ナヴァール王妃が想像したように［死にさいして，霊魂が］その**棲まうべき所を変えること**がなんらかの音，なんらかの口笛風の音響を伴うと考えるべきだということにはならない》[31]．思い出されるのはラブレーが，《ひとつの場所から他の場所に移行する》と書くまえに，かれもまた《棲まうべき所を変える》，と書きとめていたことだ．どれほどラブレーが伝統的な言語を使用していたか，見てとれる．

42．《人の世の棲居》という表現をどうすれば正確に翻訳できるだろうか？『〔協会版〕ラブレー著作集』の学識ある編集者たちは，この点を語らない．ふたつの意味が等しく可能であるように思える．ガルガンチュワは，自分の霊魂が人間の棲む場所である地上を離れ去るだろう，と言いたいのか．それとも神が身体の中に《主《あるじ》として》置かれた霊魂がそれを放棄するだろう，と言いたいのか．わたしは最初の解釈の方が好ましいと思う．二番目の仮定に立てば，ラブレーは，**この**棲居ではなく，**自分の**棲居と書いたのではなかろうか？

43．言葉と観念の歴史を誰もかつて著そうと考えたことはなかった，と言うまでもなかろう？　偶然だれかが思いつくとしても，おそらく，調査を古代社会に限定してしまうだろう．暗黙にしてほとんど普遍的な了解により，近代思想史を書こうとしても，興味も利益も，題材さえないと認められてはいないか？

44．《確カニ霊魂ハ単独デハ人間トナラズ，身体モ人間トナラナイ．ソウデハナク同時ニ両者ガ人間トナル》[32]（ギヨーム・ポステル，『聖霊ノ役割ニツイテ』[33]，9ページ）．

45．ヴォルテール，『ミクロメガス　哲学的物語』第2章[34]．――この文章及びこれらの思想を，『讃歌集』第2巻9歌〔「死の讃歌」〕での，ロンサールの以下の詩句から隔てている距離を計ること．

> 《……かつて存在したものは生まれ変わり，すべては水のように流れ，
> 天の下には新しい何ものも見られず，
> 形あるものは別の形に変わり，
> この変化こそ，この世に「生まれる」と呼ばれ，
> 形あるものが別の形に移ることが「死ぬ」と呼ばれる．
> ……しかし，われらの不滅の魂は常に同一の場所にとどまり，
> 変化に屈せず，唯一の神のそばに坐り，
> かくも永い間この肉体のなかで望んでいた

大気の都市の永遠の市民となる》[35].

この着想はあきらかに異教的である．神学教育のあらゆる形跡が消失している．しかし実際のところ，これらの流麗な美しい詩句の背後に，厳密で，一貫し，科学的な何ものもないのだ．

46．ラブレーは死を（パンタグリュエル宛書簡）こう定義する．《人間が創造せられし時に与えられたる世にも優れたる姿相〔の〕虚無に帰すべきこと》[36]．フェルネルは（『生理学』第5巻・第16章・3節）生命に，はやくもすっかり生物学的な定義を下している．《動物タチノ生命ハ全テノ能力ト行動トノ維持デアル》[37]．……死の定義も同じ発想からだ．《死ハ活力ノ精髄ト全テノ能力ノ絶滅デアル》[38]．純粋に科学的で，徐々に神学的教理を打破してゆくであろう概念の宣言だ．だが注意すべきは，この定義が動物にしか適用されないということであり，またフェルネルは自分が異議を唱えているアリストテレスに，この定義を帰しているということである．

47．ジルボーの前出の小冊子，ブノワ・ジルボー，『来たるべき世紀の予言』，2紙葉裏面を参照せよ．《われらが主は天使と人間を不死のものとしてお造りになった……．人間は……もし罪を犯さないよう気をつけていたら，けっして死ななかったろうし，天使の不死性と祝福された永遠性を獲得していたろう》．

48．これらすべての見解を持ち続けているカルヴァンは，たとえば（ジャン・カルヴァン，『キリスト教綱要』第3巻・21章〔末尾〕）次のように述べるであろう．《あの方（神）が断罪に渡されるものらは，いのちの道をとざされるのである》[39]．

49．エラスムスの対話篇「信仰審問」において，バルバティウス＝ルターは以下の概念に言及する．地上の死は二重である．《死ハ二重デアル．アラユル善人ト悪人トニ共通スル身体ノモノト――霊魂ノモノデアル．更ニ霊魂ノ死ハ罰デアル》[40]．――だが最後の審判のあとはどうなるのか？《復活ノ後，或イハ身体ノ，或イハ霊魂ノ永遠ノ生命ガ敬虔ナ人々ニ授ケラレルダロウ．……逆ニ，或イハ身体ノ，或イハ霊魂ノ，永遠ノ死ガ不敬虔ナ者ドモヲ捕ラエルダロウ．確カニ，赦免ノ希望ナドナシニ，彼ラハ永遠ノ責苦ニ曝サレタ不死ノ身体ト，罰ノ苦痛ニ永劫ニ苛マレル霊魂トヲ持ツダロウ》[41]．罪人の奇妙な《永遠の死》といえる．かれらの身体と霊魂は報いを受けるために，永遠に生き続けることになる．かくほどまでに当時，これらの生と死の観念は，生理学的な内容を欠いていたのである．

50．ボシュエ，『死についての説教』，第1点．

51．フェルネルのこうした持続的な流行については，L. フィガール，『16世紀における医師哲学者　ジャン・フェルネルの心理学的研究』，特に第1章を参照せよ．

52．E. ジルソン，「二重真理の教理」，『中世哲学研究』所収，53ページ．

53．ピエール・マンドネ，『ブラバンのシゲルスと13世紀のラテン・アウェロイスム』，及びジルソン，『中世哲学研究』，60 - 63ページを参照．

54．『霊魂ノ不滅ニツイテ』，ボローニャ，ユスティニアヌス・ルベリエンシス書店，1516年，フォリオ判．――同著者による，『霊魂ノ不滅ニ関スル自ラノ論考ノ弁明』，ボローニャ，1518年，フォリオ判．――『弁明，モシクハアウグストゥス・ニフィウスヘノ回答』，ボローニャ，1519年，八折判，等々．――これに対峙して，アゴスティノ・ニフォ[42]の書物がある．『霊魂ノ不滅ニ関スル覚書』，ヴェネツィア，1518年，フォリオ判．

55．いくつかの版がある．かれの『アリストテレスノ精神ニ基ヅク霊魂論註解』は，ブレッシャで1495年に四折判で，ヴェネツィアで1514年にフォリオ判で，バーゼルで1535年に八折判で，ヴェネツィアで1538年に八折判で印刷されている．この本はパリで1528年にフォリオ判で，テミスティウス[43]の『註解』の直後に出版される．――同じアレクサンドロスの『形而上学註解』は，セプルベダ[44]によって翻訳〔ラテン語訳〕され，パリのコリーヌ書店で1536年にフォリオ判で，またヴェネツィアで1561年に刊行された．ロレンツォ・ヴァラ[45]が翻訳した『問題集』はパリで1520年にフォリオ判で，テオドルス・ガサ[46]の翻訳はパリで1524年，1534年，及び1539年に，またリヨンで1551年に刊行された，等々．

56．ビュッソン，『ルネサンス・フランス文学における合理主義の源泉と発展（1533 - 1601年）』，諸所を参照．わたしたちはアウェロエス学徒やアレクサンドロス学徒の著作しか考慮していない．ところがさらに，アウェロエス主義は正統派の著作家によって普及してもいたのである．反論するためにこの説を開陳する（1489年以降に，無数のパリ版がある）コレージュ・ド・ナヴァールの人ギヨーム・ウープランド（1492年没）[47]はそうした例だし，またピーター・クロッカルト[48]もそうだ（『巧妙コノウエナイ問題集』はなんども再刊された．オーギュスタン・ルノーデ，『初期イタリア戦役下のパリにおける先行宗教改革とユマニスム（1494 - 1517年）』「索引」を参照）．

57．《イタリアにおいてもフランスにおけると同様，ルネサンス全期間にわたり，不死性の問題が，奇蹟の問題よりもはるかに人々の心を奪っている．わたしはフランスのこの世紀をつうじて60以上もの，不死性に関する専攻論文や論説を数えあげた》（ビュッソン，『ルネサンス・フランス文学における合理主義の源泉と発展（1533 - 1601年）』，43ページ，註３）．

58．宗教改革が勃発したとき，フランチェスコ派修道会公認の博士はドゥンス・スコトゥス[49]であった．テルニ参事会で推敲され，1501年４月７日にアレキサンデル六世[50]が承認した基本憲章はかれを第一位に，聖ボナヴェントゥラ[51]より上位にさえ据えていた．ロンブレ，「福者ドゥンス・スコトゥスの哲学」，『フランチェスコ派修道会研究』第35巻，1923年，610ページを参照．ガルガンチュワが，『ガルガンチュワ物語』第13章（協会版，第１巻，138ペー

ジ）で，尻拭きの列挙を終えながら，勝ち誇ってこう叫んだのが理解できる．《これまたスコットランドのジャン〔・ドゥンス・スコトゥス〕先生の御高説でもあるのでございますよ！》 これは決着をつける言葉であり，抗えない議論だった．

59．オリヴィエ・パトリュ，『著作集』第2巻，354ページ以下に印刷されている．P. ベール，『歴史批評辞典』，〈ペロ・ダブランクール〉の項，第4巻，605ページ，註（L）を参照[52].

60．参考までに，往々にして見失われるひとつの事実を指摘するにとどめる．わたしたちは度しがたい存在で，わたしたちに《まったく自然に》思われるものが，わたしたちよりもわたしたちの祖先に対し，より多くの困難をもたらしたことなどけっしてなかった，と相変わらず無邪気に信じ込んでいる．人類とその運命に関するキリスト教体系の基本的な断片である，霊魂の不死性．これが非常に明白であるように見えるので，自然に，こんにちのキリスト教徒たちがいだくこの観念を，あらゆる時代のキリスト教徒に帰してしまう．けれども――かくも断固たる信念をもってラブレーを反キリスト教であると非難する，数多くの居丈高な博士たちの不意を襲うべきだったのだが，――霊魂の不死性についての信仰は《最初期の教父たちのある人々にあって，魂の不死性に対する信仰はほとんど存在しなかったほど微弱であった》．こう書きとめているのはE. ジルソンであり（エティエンヌ・ジルソン，『中世哲学の精神』第1巻，177ページ[53]），かれは《魂の不死性のないキリスト教というものは，絶対的に考えられないものではなかった．そしてこのことの証明は，そのようなキリスト教が考えられたという事実である》，と付言する．本質的なことは，実際，霊魂が身体とともに復活して最後の審判を受けることであり，――それは，霊魂のみでもなく，身体のみでもなく，霊魂と身体の結合である人間が，そのときに永遠なる至福か，さもなくば永遠なる責苦を知ることができるようになのである．死すべき身体と不死なる霊魂，霊魂と再び結ばれる身体の復活．この概念は異端の烙印を押される千もの困難を生みださずにはおかなかった．――16世紀が古代教父を知っていたことを喚起する必要があろうか？ 16世紀はテルトゥリアヌスとその，フローベン版（1521年）の『霊魂論』を読んでいた．この世紀はエイレナイオスや，タティアノス[54]の『ギリシア人への講話』はさて措き，〔殉教者〕ユスティノス[55]の『トリュフォン[56]との対話』を読んでいた．16世紀はわたしたちよりも学識があった．そしてわたしたちの傲慢な無知は，すすんで16世紀に，その本当の知識を犠牲にさせている．この問題に関するひとつの研究をあげると，W. グッツマン，『教父時代トスコラ哲学ニ於ケル不死性ノ証明』，カールスルーエ，1927年，八折判を参照．

61．ベルミセリ[57]とかれの理論については，H. ビュッソン，『ルネサンス・フランス文学における合理主義の源泉と発展（1533 - 1601年）』，155ページを参照．

第一部・第二巻・第三章

1．アベル・ルフラン，「『パンタグリュエル物語』研究」，協会版，『ラブレー著作集』第 3 巻，XLVII ページ．

2．ラザロについては，「ヨハネ伝」第11章34節を参照．ヤイロの娘に関しては，「ルカ伝」第 8 章52節；「マルコ伝」第 5 章39節を参照．「マタイ伝」第 9 章の物語はこれに何も付け加えない．

3．余談だが，協会版，『ラブレー著作集』（第 3 巻，180ページ，註43）が与える説明，《スコラ哲学用語》，は明確にされる必要があるだろう．これはガレノス学派の医学用語であって，それだけの話なのだ．

4．ラザール・セネアン，『ラブレーの言語』第 1 巻，335ページ．

5．『フィエラブラ物語』，クレベール＝セルヴォワ篇，パリ，ヴィウェグ書店，1860年，34ページ．

6．『エリデュックのレ』については，『マリー・ド・フランスのレ』，ワルンケ版，第 3 版，1925年，CLXXV‐CLXXVIII ページ．――『アミとアミルの友情』については，ホフマン版，165節．――『ブレーヴのジュルダン』については，ホフマン版，91節．

7．エミール・ベッシュ，「武勲詩の散文への翻案」，『16世紀研究誌』第 3 巻，1915年，殊に176ページ，及びその註．――そして，J. ヴィアネ，「フランスにおける自然の大詩人たち――I．ロンサール，ラ・フォンテーヌ」，『講義講演紀要』，1925‐1926年所収，145ページ．

8．ベッシュ，「武勲詩の散文への翻案」の他に，ジャン・プラタール，『ラブレーの作品　源泉・考案・構成』を参照．――ラブレーはすすんで『エモンの 4 人の息子』を引用している．『ガルガンチュワ物語』第27章を参照．《武勲詩『エーモンの四人息子』に記された隠者のモージスにしても……この修道士ほどに雄々しく……サラセン人どもに立ち向かいはしなかった》[1]．

9．通称，大公クロード・ヌリー，「ヌリー刊行物書誌」，ジャン・ボードリエ，『リヨン書誌』第 1 巻所収，135‐136ページ．

10．わたしたちは一冊のヌリー版も参照できなかった．わたしたちは，国立図書館所蔵のジャン・ド・ヴァングルのリヨン版（1497年11月 4 日の奥付）に基づいて引用している．――ジャン・ド・ヴァングル（1513年没）はその工房で四度び，ジャン・ペレアル[2]の装飾模様をつけた『 4 人の息子』の版をかさねた．ボードリエ，『リヨン書誌』第12巻，194ページ，198ページ，199ページ，203ページ，306ページを参照．彼は同じく『フィエラブラ物語』や『デンマーク人オジエ』を刊行した．

11．アベル・ルフランは「ルカ伝」第 8 章52‐53節に言及する．ところで，その文章は以下のものだ．《人々《ヒトビト》ハミナ，娘《ムスメ》ノタメニ泣《ナ》キ悲《カナ》シンデイタ．イエスハ言《イ》ワレタ，「泣《ナ》クナ，娘《ムスメ》ハ死《シ》ンダノデハナイ．眠《ネム》ッテイルダケデアル」．人々《ヒトビト》ハ娘《ムスメ》ガ死《シ》ンダコトヲ知《シ》ッテイタノデ，イエスヲアザ笑《ワラ》ッタ》[3]．この福音

書の文章が,『パンタグリュエル物語』から,表現と意図の点でどれほど大きく隔たっているか示すためには,この文章を中世の物語の文章に続いて引用すれば十分である,と思える.

12.《『エモンの4人の息子』の中の》,とベッシュは書きとめる,《モージスによるリシャールの奇跡的な蘇生と,『パンタグリュエル物語　第二之書〔『パンタグリュエル物語』〕』第30章のエピステモンの蘇生とを対照せよ.ラブレーの一節は,ほとんど一語一語,前者を模倣している》(ベッシュ,「武勲詩の散文への翻案」,177ページ,註1).ベッシュはわたしたちよりも早く――しかもルフランがその「序論」を書く以前に,――この説得力あるテキストを見ており,吟味していたのだ.

13. 協会版,『ラブレー著作集』第3巻,第1章,24–25ページ.同書,第4巻,第30章,310ページ.

14. たとえば,ジャン・バブロン,『エルナンド・コロン[4]の蔵書』,諸所を参照.コロンが旅行のさなか,とくにリヨンで購入した小冊子の明細描写が見られる.

15. ラブレーは『第三之書』第14章,でこの難問について仄めかしている.《拙者もよく記憶して居ることだが,聖書の解釈者たるユダヤ聖典学者やヘブライの註釈学者たちは,何によって天使出現の真偽を弁別して確認できるかを述べて,(と申すしだいは,サタンの堕天使は屢々光明の天使に化身いたすことがあるからだが,)こう申しておる.この天使の真偽は次の点にある.即ち,温情あり慰藉を垂れ給う天使が人間に現れると,〔初めはこれを驚愕させるが,結局はこれを慰撫し,〕愉悦満足させる.悪意があり躓きの道に誘う天使は,初めは人間を悦ばせるが,結局は,その心を擾乱し,憤激させ当惑せしめる,とな》(協会版,『ラブレー著作集』第5巻,121–122ページ)[5].

16. カルヴァンはこの手の話を大いに利用する.逆にカトリック教徒は,改革派が自分たちの殉教者の数や不動心から引きだそうとする証言の価値を限定するために用いることになろう.《サタンにも殉教者がいる》と論争家は反論するのだ.たとえば,フロリモン・ド・レモン,『当代の異端の誕生・伸張・凋落の歴史』を参照[6].

17. 聖なる家〔Santa Casa〕に関する,教会参事会員ユリッス・シュヴァリエの書物を参照[7].

18. 『〔フランソワ一世治下の〕パリの一市民の日記』,313ページ.――ピエール・ドリアール,『パリ年代記　1522–1532年』,135ページ.――ニコラ・ヴェルソリ,『家事日記』,116ページ.

19. 前段,第一巻・第二章.

20. ジャン・カルヴァン,『キリスト教綱要』,1541年版,XVIIページ以下.

21. ビュッソン,『ルネサンス・フランス文学における合理主義の源泉と発展(1533–1601年)』,17ページを参照.ラブレーのキケロ借用については,ジャ

ン・プラタール，『ラブレーの作品　源泉・創案・構成』，187ページを見よ．プラタールは，ラブレーが『パンタグリュエル物語』でも，『ガルガンチュワ物語』でも，いうならば，キケロを使用せず，『第三之書』と『第四之書』でしか引用していないという，重要な事実を明らかにしている．

22．『卜占ニツイテ』第1巻・第29章．夢の多くは偽りである，とキケロは述べる．《何故ナラ，食物ト酒トヲタラフク食ラウト我々ハ，混ジリ乱レタモノヲ見ルカラダ》[8]．この後に，『国家論』でのプラトンの一節の翻訳〔ラテン語訳〕が続く．前段，221ページで引用した『第三之書』の一節を参照．

23．以下がこの重要な一節の主たる箇所である．《万事ガ運命ニヨリナサレルコトヲ，理性ハ認メルヨウニ強イル．私ハ様々ナ原因ノ秩序ト連鎖ヲ……運命ト……呼ブ，何故ナラ原因ニ結ビツケラレタ原因ガソレ自体カラ事物ヲ生ミダスカラデアル……．カカル具合ニ，起コリウベクモナイ何事モ生ゼズ，同様ニ前以ッテ自然ガソレ自体ニ能動因ヲ含マヌ何事モ生ジナイデアロウ》[9]．

24．同書，第2巻，第28章を参照．《何デアロウト，生ズルモノハ，必然的ニ自然ニ基ヅク原因ヲ有スル．仮令慣習ノ外ニ存在スルトシテモ，自然ノ外ニ存在スルコトハ出来ナイノダ》[10]．――同書，同章，次の言明を参照．《何事モ原因ナクシテ起コリエナイ．マタ起コリエナイモノハ存在シナイ．モシ起コリウルコトガ成サレテモ，怪異ト見ラレルベキデハナイ．従ッテ如何ナル怪異モナイ》[11]．同書，第2巻，第72章，「結論」を参照．《自然ノ知識ト結ビツイタ宗教ハ普及サルベキデアルヨウニ，迷信ノアラユル根幹ハ駆逐サルベキデアル》[12]．

25．H. ビュッソン，ポンポナッツィ，『自然の驚異の原因　もしくは魔術』〔『自然ノ驚クベキ様々ナ活動ノ原因ニツイテ　モシクハ魔術ニツイテノ書』の仏訳タイトル〕巻頭の「序論」，26ページ，〈この書物が出版される以前の，密かな影響〉という段落を参照．《しかしながらわたしには1540年以前に『魔術ニツイテノ書』がフランスで読まれたという証拠がない》（28ページ）[13]．

26．わたしたちは，このようなところで，ポンポナッツィの難解なテキストを正確に解釈していると思う．《更ニ，自然ニ全ク反スルモノハ奇蹟デハナク……異常デコノウエナク稀ナ出来事ガ奇蹟ト呼バレルガ，ソレハ自然ノ日々ノ経過ニ応ジテデハナク，キワメテ長イ期間ノ中デ起コルノデアル》[14]．レオン・ブランシェは次のように仏訳している（『カンパネッラ』，290ページ，註4）．《人々がこの名前で呼ぶもの，それは実際には星辰の運命と自然の流れにさからうのではなく，日常から逸脱し，ぽつりぽつりと，非常に長い天文学的な期間が流れたあとでしか，再度出現しない出来事である》．

27．アベル・ルフラン，「ラブレーとコルネリウス・アグリッパ」，『エミール・ピコ記念論集』第2巻所収，を参照．ルフランは，アグリッパが1535年にリヨンを再訪問したとき，その地で牢獄に幽閉されたことを想い起こさせる．アグリッパはその後グルノーブルに行き，間もなくその地の高等法院議長ヴァ

ションの家で没した．一方，1535年，ラブレーも同じくリヨンを去り，グルノーブルに避難して，ヴァション家の客人となる．――ただ，ルフランはこれらの二人の人間の逃亡が類似した原因にもとづき，――またアグリッパがリヨンを脱出したのは，ソルボンヌ神学部による『諸学ノ虚妄ニツイテ』の有罪判決のせいだったと主張している．これは註釈のまとめの部分[15]をだいなしにする，大きな日付の誤りである．なぜなら，ソルボンヌ神学部が『諸学ノ虚妄ニツイテ』をルターの教義を広めるものとして断罪するのは，1535年３月２日ではなく，1530年／1531年３月２日だからである．デュ・プレシ・ダルジャントレ，『新タナル誤謬ニ関スル判決集成』第２巻，85項，《1530年３月２日》にソルボンヌ神学部は一冊の書物を禁書にするが，その本は《新タニ，ケルンニ於ケルヨリモ早ク，パリハソルボンヌ街区デ，印刷サレタ》[16]――すなわち神学部はヨアンネス・ペトルスによって刊行された版，《1531年２月パリハソルボンヌ神学部ノ傍ノ，ヨアンネス・ペトルスノ書籍ニシテ刊行物》[17]に目をとおしているのだ．

28．上記引用文中．《人間ノ霊魂ハ全テ不滅デアリ，マタアラユル精神ハ完璧ナル霊魂ニ従ウモノデアルカラ，マギタチハ，完璧ナル人間ハソノ精神的ナ力ヲ通ジテ，アル時ハ瀕死ノ身体カライササカ離レツツアルヨリ低級ナ霊魂ヲ戻スコトガ，マタ更ニ息ヲ吹キ込ムコトガ出来ル，ト考エテイル．ソレハ殺サレタ鼬ガ親鼬ノ息ト声ニヨッテ生命ヲフキカエシタリ，獅子ガ息ヲ吹キカケルコトデ生命ノナイ部分ニ活気ヲ与エルノト同様デアル》[18]（『神聖皇帝陛下ノ議会及ビ古文書館所属ネッテスハイムノ人ヘンリクス・コルネリウス・アグリッパノ神秘哲学ニ関スル全３巻』第１巻・第58章）．

29．とくに《ポエニクスノ灰カラ〔ex cinere Poenicis〕》，あるいは《蛇ノ脱ケ殻カラ〔ex serpentum exuviis〕》（同書）作られた脂薬がそうである．

30．《何故ナラ，水ニ沈メラレタ非常ニ多クノ者，火ニ投ゲコマレタソノ他ノ者，マタ火刑台ニカケラレタ者，戦争デ殺サレタソノ他ノ者，ソノ外ノ形デ殺サレタソレ以外ノ者タチガ，ソレカラ数日ヲ経テナオ復活シタノヲ，私タチハ読ムカラデアル》[19]（同書）．

31．《時トシテ，死ニツツアル霊魂ハ，激シイ痙攣ニ圧倒サレ，全テノ肉体的活動カラ解放サレナガラモ，自分ノ身体ニ隠レナケレバナラナクナル．アタカモ生命，感覚，感動，人格全部ガ離脱スルガ如クデアッテモ，人間ガ長期間ニ及ンデ実際ニ未ダ死ンデオラズ，霊魂喪失状態デ，マルデ死ンデイルカノヨウニ横タワッテイル場合ガアル》[20]（同書，同章）．これに関し，アグリッパは数カ月，もしくは数年にわたって続く睡眠の事例や，異常な断食の事例を報告している．

32．この点については，ブランシェ，『カンパネッラ』，――ビュッソン，ポンポナッツィ，『自然の驚異の原因　もしくは魔術』への「序論」，20ページ以降を参照．――ピコ・デッラ・ミランドーラの『弁明』に関しては，オーギュ

スタン・ルノーデ，『初期イタリア戦役下のパリにおける先行宗教改革とユマニスム（1494－1517年）』，127－129ページを参照．

33．『ヨアンネス・ピクスノ全著作　同ジクヨアンネス・フランキスクス・ピクスノ全著作』，167ページ．《キリストノ神性ニツイテ我々ニ確証ヲイダカセウル，ドノヨウナ人間的ナ学問モ発見サレテイナイトハイエ――何故ナラ私タチハキリストノ神性ノ確証ヲ……キリストガ奇蹟ヲ行ッタソノ遣リ方ヲ通ジテシカ知ラズ，マタソレラノ奇蹟ガ彼ニヨリ為サレタコトヲ，マタ『聖書』ノ証言カラシカ，奇蹟ガコノヨウニ為サレタコトヲ知ラナイノダカラ――，シカシナガラモシ人間的ナ学問ガコノ点デ幾ラカ我々ヲ助ケルコトガ出来ルナラ，魔術トカバラ学以上ニ我々ヲ大キク助ケウルモノハ何モナイ》[21]．同じく，同書，546ページ，『占星術ニツイテ全４巻』の第４巻・第14章を参照．ピコは，事象の自然的な流れがあるが，そこでは奇蹟は許容されない，と主張する．《何故ナラバ，神ニヨリ自然ノ運行ノタメニ設定サレタ事物ノ秩序ガ存在シ，ソノ秩序ハコノヨウニシテ自ラノ境界ニ囲マレテイルガ，神ノ力ト意志トニヨッテ，自然ノ外ニ生起スル事象カラ分離サレテイル．モシソウシタ事象全テガ取リ除カレタラ，欠如シタリ，過剰デアッタリスルナニモノモ事物的自然ノ中ニハ存在シナクナルダロウ》[22]．

34．ブランシェ，『カンパネッラ』，諸所．

35．ビュッソンは次のように書いている（H. ビュッソン，『ルネサンス・フランス文学における合理主義の源泉と発展（1533－1601年）』，44ページ）[23]．《もしフランスの合理主義がラブレーの嘲笑にとどまっておらず，**もし多くの問題を真摯に受け止めたとしたら**，それは部分的にはこの種の本（『自然の驚異の原因　もしくは魔術』）のおかげである》．付言するとわたしは，ラブレーの嘲笑についてこの文章が暗示している，この種の総体的な蔑視に賛同するものではない．それを言う必要があろうか？

36．「エピスコプス[24]（ジョン・ロングランド）」宛書簡」，クレリクス篇〔『ロテロダムムノデシデリウス・エラスムス全集』所収〕，第３巻，第974書簡．〔P. S.〕アレン篇〔『デシデリウス・エラスムスノ増補校閲新版書簡集』所収〕，第7巻，462ページ，第2037書簡，85行以下．

37．ルース訳，『聖書』第17巻，「序論」，18ページ．

38．『アルコラヌス，モシクハマホメトゥスノ律法ト福音史家タチノ調和ノ書』，15ページ．この後に，《『福音書』ヤ理性ノ法ヨリモ哲学ノ法ニ縛リツケラレタ》[25]，ある新福音主義者の，このテキストをめぐる議論が続いている．

39．兜をつけた教皇，ユリウス二世に対する攻撃は甚だ儀式化しており，世俗の事柄にあれほど無関心だったG. デュシェールさえも，その小品「ローマ教皇ユリウス二世ニツイテノ戯レ言」，『アクア・スパルサノ人ギルベルトゥス・ドゥケリウス・ウゥルトンノ寸鉄詩全二巻』，109ページ，を加えている．なぜこれらの攻撃に眉を顰め，『ガルガンチュワ物語』第１巻，330ページ[26]，

《あわれや教皇殿は，既に恐怖のために生色なしでござりますわい！》，にはそうでないのか．——なぜ殊に，本当の疑問に思いをいたさないのか？　すなわち教皇は，1515年から1520年のガリカン教会のフランスにとって，1940年のフランスのカトリック教徒にとっての教皇がそうであるものであったのか，という疑問である．

40．ヴァカン＝マンジュノ＝アマン篇，『カトリック神学辞典』，〈地獄〉の項目[27]．

41．《……前世デ不正ニ支配シタ者ガ次ノ世デハ奴隷状態ニ陥ルヨウニ，職務ヲ血デ汚シタ者ハ同ジ罰ヲ必然的ニ受ケル》[28]，等々（294紙葉）．

42．この件でポステルは『アルコラヌスノ調和』を閉じる「審判ニツイテノ書簡」で愚痴をこぼしている．90ページ参照．《更ニドレホド多クノ新福音主義者ガ，コノ時世ニ，敬虔デアロウト不敬虔デアロウト，マタ善人デアロウト悪人デアロウト，イエス・キリストノ信仰ノウチニ肉体ヲ棄テタ，全テノ人々ノ恩寵ガ等シイコトヲ欲シテイル．ソシテ彼ラハタダ信仰ノミニ，全テニ等シイ恩寵ヲ基ヅカセテイル．私ハ尋ネル，コノ上ナク不吉ナ神ヲ拵エル以外何ヲシヨウトイウノカ？》[29]．——同じく，同書，《モシ追イ剝ギガ，モシ盗賊ガ，モシ悪党ガ，姦夫ガ，不信仰者ガ，人生ノ最期ノ息ヲ引キ取ル時ニ改心スルナラ，ペテロヤ，殉教者タチ，アラユル聖人タチト同等ニナルデアロウ．オオ，前代未聞ノ冒瀆ダ！　モシコレラノコトガ真実ナラ，ソレデハ神ハ何デ神ノ法ト世俗ノ法ヲオ与エニナッタノカ？》[30]，も参照．ポステルが福音主義者に帰している表現（人生ノ最期ノ息ヲ引キ取ル時ニ改心スル，等々）については，当然ながら全面的な留保がなされるべきである．

第二部・第一巻・第一章

1．エティエンヌ・ジルソン，『中世哲学研究』，68ページ．

2．ピエール・ベール，『歴史批評辞典』第4巻，518ページ．パタンの書斎ではラブレーの肖像画がエラスムスの肖像画と隣合っていた．意味深長な対照である[1]．

3．『パンタグリュエル物語』第8章．《その時こそ，イエズス・キリストは，その王国を，御父なる神に御返納遊ばさるる秋《とき》にござ候》[2]．

4．《だがこれは〈永遠なる王〉の〈枢密院〉の秘密事項である》（『1533年の暦』，マルティ＝ラヴォー篇，『ラブレー著作集』第3巻，256ページ）．

5．《天主がその愛《いと》しき御子をして，我らがために定め置かせ給いし目標へと進み往く者こそ，至福の御仁と申すべきであろう》（『ガルガンチュワ物語』第58章[3]）．

6．〈イエズス・キリスト〉，『パンタグリュエル物語』第8章[4]；『ガルガンチュワ物語』第39章[5]．——〈救世主イエス〉，『パンタグリュエル物語』第8章〔以下の文での用例〕：《救世主イエスをつうじて神に感謝し奉る》：これは1537

年のジュスト版のテキストである．1533年から1542年にかけての，他のすべての文章は次のようになっている：《我が守護の御神に感謝し奉る》[6]；『1535年の暦』ではこうある：《汝の霊魂が救世主イエスに結ばれんことを》[7]．――〈我らが贖主キリスト〉，『ガルガンチュワ物語』第29章[8]．――《J. C. N. S.〔我らが主イエス・キリスト〕》，『1533年の暦』[9]．――〈救世主〉，『パンタグリュエル物語』第19章，及び第27章[10]；『第三之書』第30章[11]．――〈主なる神〉，『パンタグリュエル物語』第14章，及び第19章[12]；『1533年の暦』[13]．――〈N. S.〔我らが主〕〉，『パンタグリュエル物語』第８章[14]；『ガルガンチュワ物語』第10章[15]；『第四之書』第４章，第19章，第20章，第24章[16]．――〈生ける神〉，『パンタグリュエル物語』第28章[17]．――これに〈サバオット〉を加えねばならない：『第三之書』「序詞」[18]．

7．H. ハイヤー，『ギヨーム・ファレル　その神学理念の展開についての試論』，45－46ページ．

8．ラブレーにおいては，オリヴィエ・マイヤールが述べるような，《聖なる血の一滴は，我々がまったき恩寵，まったき祝福を得るのに充分である》，という言葉は見出されない．

9．『ガルガンチュワ物語』[19]第10章（協会版，〔『ラブレー著作集』〕第１巻，105－106ページ．《福音書の証拠だけで，諸君は満足なさるであろう．「マタイ伝」第17章〔２節〕における主キリストの**御変容**の条《くだり》に，「ソノ衣《コロモ》ハ光《ヒカリ》ノヨウニ白《シロ》クナッタ」[20]と記してある……．**救世主の御復活**に際しても（「ヨハネ伝」第20章〔12節〕），またその**御昇天**に際しても（「使徒行伝」第１章〔10節〕），天使たちは，正にこの白という色によって宇宙全体の歓喜を表したのだった》[21]．

10．『パンタグリュエル物語』第８章[22]．――同じく最後の審判について，『パンタグリュエル物語』第14章，《五十年大赦を迎えること三十七回に及んでも，最後の審判は下される筈はなかろうし，クゥサヌスの推測も過ったことになろう……》[23]を参照．

11．《神ハモットモ頻繁ニ父ト呼バレ，何度カハ御子ト呼バレルガ，聖霊ト呼バレルコトハ全クナイ》[24]．

12．これに対して聖霊の役割は，ルターの教理にあって重要である．聖霊こそが業を遂行し，心を励まして善を為すようにしむける．聖霊こそが，神に向かってひとを敬虔にさせるのだ．R. ウィル，『キリスト教的自由　ルターにおける敬虔原理に関する研究』，236ページ．

13．《アウルス．君ガ神ト言ウトキ，君ハ何ヲ考エテイルノダネ．――バルバティウス．私ガ考エテイルノハ，或ル種ノ永遠ナル精神デアル．ソレハ原初ヲ持タナカッタシ，終焉モ持タナイデアロウ．何者モソレ以上ニ大キク，ソレ以上ニ賢ク，ソレ以上ニ善良デアリエナイホドナノダ……ソレハソノ全能ノ意志ニヨリ可視的ナモノデアロウト，不可視的ナモノデアロウト，何デモ創造シ

タ．ソレハ驚クベキ英知ニヨリ宇宙ヲ制シ，治メ，ソノ善意ニヨリ万物ヲ養イ，管理シ，更ニ堕落シタ人類ヲ無償デ復興サセタ》[25].

14．ピクロコルもその敵と同じくキリスト教徒である．ピクロコルが言明するには，自分は赤髯大守の命を助けてやるだろう……．ごもっとも，とかれの評定官たちは答える，《但し，洗礼を受ければでござりますな！》(『第一之書ガルガンチュワ物語』第33章，協会版，『ラブレー著作集』第2巻，293ページ[26])

15．マルグリット・ド・ナヴァールはこの表現を『エプタメロン』第50話の最後で繰り返す．《けれども，神様の御前会議に招かれなかった私たちは，とジェビュロンは言いました，摂理の根源などわかりませんし……》[27].

16．『パンタグリュエル物語』第18章，《神……その理由は，あらゆる善は神より下されます》[28]．『第三之書』第30章，《これこそ，神を，一切の恵みを下し給う唯一無二のおん方と認め申すことになりませんかな？》[29]同書，第43章，《一切の善を与え給う天なる大神》[30].

17．実際，確認するにあたり驚かざるをえないが，この言い回しは『パンタグリュエル物語』第29章でただ一度あらわれ，《常に我が身を護り我が身を孚《はぐく》み給う天にましますし神よ》[31]，——『ガルガンチュワ物語』には全く言及がなく，——『第三之書』では二度，《あらゆる神託や一切の予言が影形もなくなってしまった，かの救い主の王の御来臨》[32]（第24章)，及び《救い主たる神の御庇護》[33]（第48章)，話題にのぼるにとどまる．——けれども『第四之書』になるとこの言い回しで花盛りである．《聖なる救い主》[34]（第4章)，——《神様，お救いくだされ！　この波に，皆が，かっさらわれますわい！》[35]（第18章)，——《パンタグリュエルは，予め大慈大悲の大神に御加護を願い奉り》[36]（第19章)，——《大慈大悲の大神よ，我らを救い給え！》[37](第20章)，——《パンタグリュエルは，上天の救い主が，部下一同を嘉し給うたと答えた》[38]（第25章)，——《俺たちを作り給い救い給い保ち給う，ありがたい神様》[39]（第65章).

18．参照せよ．『ガルガンチュワ物語』第23章，『第四之書』第1章．

19．パリ，シモーヌ・ド・コリーヌ書店．エルマンジャール篇，『フランス語圏における宗教改革者書簡集』第1巻，第79番，168ページを参照．

20．ラブレーと聖人については，H. フォレ，「ラブレーと病守護聖人」，『ラブレー研究誌』第4巻所収，1906年，及び H. ヴァガネ，「病の生みの親たる聖人」，『ラブレー研究誌』第9巻所収，1911年，を参照．

21．J. ルゼリエ，「ローマ聖庁におけるラブレーの赦免」，『ユマニスムとルネサンス誌』第3巻所収，1936年，にファクシミレがある[40].

22．この問題については，プラタール，『ラブレー研究誌』第10巻，1912年，255ページを参照．

23．これらすべてのテキストに関しては，エルマンジャール篇，『フランス

語圏における宗教改革者書簡集』第1巻，112ページ，152ページ，478ページ，464ページ，及び第2巻，459ページを参照.

24. このテキストは，マルティ＝ラヴォー篇，『ラブレー著作集』第3巻，256ページにある.

25. ファクシミレは，『愛書家紀要』，1901年，105ページ，――及び『ラブレー研究誌』第1巻，1903年，28ページ〔精確には28ページと29ページの間に挟まれている〕.

26. J. ルゼリエ，「ローマ聖庁でのラブレーの赦免判決」を参照[41].

27. マルティ＝ラヴォー篇，『ラブレー著作集』第3巻，304-305ページ. ビュデの書簡にはまた，ラブレーの医学の勉強に関する暗示が一言もない.

28. J. ルゼリエ，「パウルス三世に嫡出子として認められたラブレーの二人の私生児」，『ユマニスムとルネサンス誌』第5巻，1938年. 及びテオデュールについては，A. ウラール，『ラブレー　そのイタリア旅行　メッツ亡命』，107ページ以降を参照.

29. これらの作品（7篇数えられる）の概要は，H. ジャクベ篇，『トゥルーズの教授博士ジャン・ド・ボワソネ師の300詩篇』，1923年，にある（29番，82番，83番，84番，85番，86番，及び167番）.

30. 少なくとも一度，ラブレーは自らテオドールと名乗ったことに注意しておきたい.『ガルガンチュワ物語』第23章で，ポノクラートは《その当時博識を以って知られた医者でテオドール先生と呼ばれたお方》[42]に，ガルガンチュワを今までよりも正しい道に引き戻すようお願いしている. ところで，1535年以前のリヨンの出版社，ジュスト書店版（知られているもっとも古い版）では，テオドールの代わりに，スラファン・カロバルシー〔Seraphin Calobarsy〕，という名前が書かれていた. これは，フランソワ・ラブレー〔Francois Rabelays〕，のアナグラムである. ここから，カロバルシー＝ラブレー＝テオドール，の連鎖が続いてくる.

31.『ガルガンチュワ物語』第17章，第40章，第23章.

32. 虚偽について，ラブレーの他のテキストがある. たとえば，『パンタグリュエル物語』「序詞」や，『ガルガンチュワ物語』第6章の中に. ――だが，それらを香具師の口上とみなすこともできる. いずれにせよ，かれは自分の名前で，二，三度，まったく近代的な口調で，虚偽について語った. これとは異なるルターの姿勢について，デニフレ，グリザー，ミュラーの間で論争があったことは知られている.

33. コルネリウス・アグリッパ，『諸学ノ虚妄ニツイテ』第31章. わたしたちの引用は，ルイ・テュルケ・ド・マイエルヌ[43]の翻訳に基づく.

第二部・第一巻・第二章

1.『ラブレー研究誌』第8巻，1910年，300－301ページ.

2. L. タラン，『ラブレーと宗教改革』，100 - 101ページ.

3. アンリ・オゼール，『フランス宗教改革研究』[1].

4. よく引き合いに出される聖パウロについても，例外をもうける必要はない．パウロの口をつうじて語るのは，神自身である．《聖パウロのうちで話しながら，イエス・キリストが語っているのだ》，とルフェーヴル・デタープルはその『詩篇』で書きとめている．

5. そしてそれ以前にさえ．かくしてルターは次のように語ることができる．《イスラエルの神であったのはキリストである》，と．さらに同じルターは（そして16世紀において，多くのキリスト教徒たちが，ルターと同様に）「ダビデ詩篇」の中に，キリスト教徒のあらゆる根底的な経験の表現を見出すことができるのだ．――ルターはなおこう言う．《ひとはキリストをとおしてしか神を讃えられない．なぜなら，わたしたちがキリストの仲介ですべてを受け取ったと同じく，その仲介によりわたしたちは神を讃えるからである》（『校閲版マルティン・ルター著作集』第1巻，6ページ，19 - 24ページ）．――こうした事情は，最後の審判ののち終わりを遂げるであろう．そのとき，神は御自身で，自ラ自身ニヨッテ〔ipse per se〕，君臨され，もう人間存在をつうじ神の教会を統治なさることはなくなるだろう．信徒たちは，至福直観の恩酬を受け，面と向かって神を見るだろう》（『校閲版マルティン・ルター著作集』第2巻，457ページ，27ページ以降）[2]．この点がわたしたちを，先に研究の対象となったラブレーの一節へとつれもどす．ルターのテキストについては，H. シュトロール，『1515年から1520年にかけてのルターの宗教思想の開花』，ストラスブール，1924年，62ページ以降を参照．

6. 詳細にわたっては，L. フェーヴル，『ひとつの運命　マルティン・ルター』，1928年；H. シュトロール，『1515年から1520年にかけてのルターの宗教思想の開花』，ストラスブール，1924年；R. ヴィル，『キリスト教的自由　ルターにおける敬虔原理に関する研究』，ストラスブール，1922年，を参照せよ．

7. ジルソン，「フランチェスコ派修道士ラブレー」，別刷15ページ．ジルソンは聖トマスの助けを借りながら，《この一節全体が，どれほど既存の神学を尊重しているか》を示す．かれは，ラブレーの改革派的傾向の《徴候》についてこの一節が示している関心を指摘していない（指摘する必要もなかった）．

8. ヴィル，『キリスト教的自由　ルターにおける敬虔原理に関する研究』，91ページ，251ページ，257ページを参照．

9. H. デニフレ＝J. パスキエ〔パスキエは仏訳者〕，『ルターとルター主義』第3巻，第2版，308 - 419ページ．

10. ジャン・カルヴァン，『キリスト教綱要』，1541年版，A. ルフラン監修，H. シャトラン，J. パニエ篇，1911年，208ページ，及び212ページ，360 - 361ページ．

11. ファン・デ・バルデス，『キリスト教教理ニツイテノ対話篇　ファクシミ

レによる再版　マルセル・バタイヨンによる序論つき』，1925年，第LXXX紙葉[3]．ファン・デ・バルデスのテキスト全体は以下のとおりである．《更ニ申シ上ゲタイノハ，私ガ話シテオリ，神学者タチガ形成サレタ信仰ト呼ンデイル，コノ信仰ハ，信者ヲ日々純化シ，神ニマスマス近付ケル，心ノ中ニアル生キ生キトシタ火ノゴトキモノニツイテナノデアリマス……》[4]．

12．「序論」，124ページ及び125ページ．エラスムスに関するこの表現は，ファン・デ・バルデスその人のものである．『対話篇』，第XVII紙葉裏面参照．マルセル・バタイヨンは次のように付言している．《歴史的に言うと，ルター派であること，それは単に，聖パウロとはいわないまでも，すでに聖アウグスティヌスのうちにこの決定的な表現が見出される恩寵についてこれこれの見解をルターと分かちもつ，ということではなかった．それはルターの思想の積極的な内容と同じく，かれの性格を規定する激しい否定におけるまでかれにつき従う，ということだった．エラスムスは，この点で，重要な試金石である》．

13．ピュペールをめぐっては，『ネーデルランド改革派文庫　第6巻　ホッホのヨハン・ピュペールの書簡』，ネイホフ，1909年；O. クレメン，『ホッホのヨハン・ピュペール』，1896年；及び，ヴィル，『キリスト教的自由　ルターにおける敬虔原理に関する研究』，8ページを参照．

14．論争家たちのテキストを神学者たちの断言とけっして考えてはならない！『百年以前から隠されてきた真理』という，まさしく刷新的なテキストがある（ピエール・ヴィレ，『彼自身に基づくピエール・ヴィレ』，1911年）．その中で〈真理〉は信徒に，義務として，《慈悲のおこないをなして——安らぎと愛情と調和の状態に入れ！》，との勧めを課している．

15．ヴィル，『キリスト教的自由』，230－233ページ，及び244ページ，註1．

16．ルノーデ，『初期イタリア戦役下のパリにおける先行宗教改革とユマニスム（1494－1517年）』，628ページ，による仏訳である．ルフェーヴル，『註釈』「ロマ書」第3章28節，75紙葉，および29節，76紙葉．

17．『聖ヒエロニムスの純粋で非のうちどころのない翻訳（ラテン語訳）に基づき，フランス語訳された聖書』，アントウェルペン，マルタン・ランプルール書店，1534年．

18．Ch. シュミット，『ファレル研究』，43ページ．シュミット，『ジェラール・ルーセル』，138ページ．

19．聖アウグスティヌス，『三位一体論』第15巻・第18章，註33．《慈愛ガナクトモ，勿論確カニ信仰ハ存在シウル．ダガ役立タナイ》[5]．

20．デニフレ＝パスキエ，『ルターとルター主義』全4巻，1910－1916年，第3巻，322ページ．

21．ムーア，(W. G.)，『ドイツ宗教改革とフランス文学』．ヴェス，「フランス語に訳され・フランスで印刷されたルターの論文に関する註記」，『フランス改革派歴史協会紀要』，1887年所収．

22. プラタール，(J.)，「〈バーゼルの紋章〉書店にて」，『16世紀研究誌』第13巻所収.

23. 『無名人ノ手紙』，A. ベーメル版.

24. ボードリエ，(J.)，『リヨン書誌』第 6 巻，114ページ，129ページ，152ページ，等々.

25. ボードリエ，(J.)，『リヨン書誌』第 6 巻，138ページ. バディウス(J.)，及び，ルヌアール，(Ph.)，『J. バディウス・アスケンシウスの刊行物と著作書誌』第 3 巻，355 - 356ページ.

26. これらすべてのタイトルについては，『〔協会版〕ラブレー著作集』第 3 巻，『パンタグリュエル物語』，76 - 97ページ，及びその註を参照. 註は小品の《親ルター的》性格を充分には明らかにしていない.

27. ラブレーが，ドイツ事情に大いに関わっていたデュ・ベレー家の者だったこと，政策面でかれがデュ・ベレー家に仕えたこと，メッツ〔メッス〕で一時期を過ごしたこと，等々もまた，忘れてはならない.

28. 以下の点については，シュトロール，(H.)，『1515年から1520年にかけてのルターの宗教思想の開花』，325ページ，および412ページを参照.

29. ムーア，『ドイツ宗教改革とフランス文学』，は次のように書いている(315ページ).《相互に重なり合った諸要素のなかに，宗教改革の確かな特徴を有する幾つかの表現を見ないでおくことは不可能である. それらは充分に数多く，十分に詳細なので，言葉の精密な意味で，より特定的にルターの起源を想定してしまうほどなのだ》. ――もちろん，逐字的な借用が問題になっているわけではない.

30. アルフレッド・ローヌ，『ルフェーヴルの「旧約聖書」のフランス語訳』，1895年，3ページに再録されている.

31. ヴィル，(R.)，『キリスト教的自由』，136ページ.

32. このことを，ラブレーをまったく好まなかったヴォルテールは，『四十エキュの男』で思い出した.《かれら（修道士たち）は祖国のためにわたしより有益なのか. ......かれらは土地を耕すのか. 国家を防衛するのか. ......――いや，かれらはあなたのために神に祈ってくれます. ――それなら，わたしもかれらのために神にいのってやろう！　ともにおこなおう！》

第二部・第一巻・第三章

1. セルウァテイウス・ロゲルスについては，アレン篇，『デシデリウス・エラスムスノ増補校閲新版書簡集』第 1 巻，77ページを参照. 1488年ごろ，《欲シタノダガ，云々》，とエラスムスが書くのは，ロゲルスに宛ててである. 修道院時代のエラスムスについては，ピノー，『エラスムス　その宗教思想』第 2 章，24ページを参照.

2. プラタール，『ポワトゥ地方でのラブレーの青春』，23 - 24ページ.《年齢

ヲ越エ，ソノ仲間ノ規律ニ，蓋シ即チ極端ナ宗教ニ捕ラワレズ，二ツノ言語ト各種ノ教理ニ精通スル人物デアル》[1]．

3．これは，ランベルトゥス・グルニウス[2]宛，と想定されている書簡である．これに関しては，『デシデリウス・エラスムスノ増補校閲新版書簡集』第2巻，292ページの，アレンの註を参照．

4．ヨハン・ボツハイム[3]に宛てた書簡の形態をとる．アレン篇，〔『デシデリウス・エラスムスノ増補校閲新版書簡集』，〕第1巻，38－39ページを参照．

5．A. ピドゥ，「ジルベール・クーザンの著書の史的書誌」，『現代愛書家紀要』，1911年所収，第58番を参照．

6．ルノーデ，『エラスムス研究（1521－1529年）』，281ページ．

7．デシデリウス・エラスムス，『全集』，J. クレリクス篇，第10巻，1454欄，E.

8．ピノー，『エラスムス　その宗教思想』，11－12ページ，註（48）．

9．エラスムス，『エンキリディオン』，第5教則，62ページ．字義どおりの意味と霊的な意味の区別が「創世記」の物語に適用されている．《コノヨウニデハナク，ツマリ比喩的ナ意味ヲ考エナイデ，アナタガアダムノ像ガ湿ッタ粘土デ作ラレ，魂ヲ吹キ込マレタトイウコト，マタエバガ肋骨カラ取リアゲラレタコト，等々ヲ読ムナラバ……，アナタガプロメテウスガ作ッタ粘土ノ像ノコトヤ策略ニヨッテ彼ガ火ヲ奪ッタコトヲ讃エル場合以上ニ，何ヲ自分ノ読書ノ報酬トシヨウトナサッテオラレルノカ，私ニハワカリマセン》[4]，等々．

10．《カトリック教徒であるためには》，とルナンは，その『私的断片』，32－33ページで書き留めることになろう――《「創世記」のはじめの幾章かが真実の歴史を描写していると信じなければならないだろう．ところがわたしは，人生を20回繰り返したとしても，それらが神話でしかないと賭けつづけるだろう》．《カトリック教徒であるためには》――だがこの短い表現が1530年と1840年とで同じ意味をもっていたわけではなかった．

11．デシデリウス・エラスムス，『全集』，J. クレリクス篇，第9巻，942欄[5]．ピノー，『エラスムス　その宗教思想』，254ページを参照．

12．「メデタシ元后」は意図的に選ばれている．これがどのような論争を引き起こしたかは周知のとおり．ストル〔P. クテュリエ〕，『輝ケル限リナク恵マレシ処女マリアノ讃辞カラ抜粋セル新シクモ旧キ結婚ニツイテノ弁明』，第3章，7紙葉裏面，及び第6章から第11章にかけての議論の展開全体を参照．同じく，ジェローム・アンジェ〔もしくはアンジェスト〕[6]，『反マリア派ニ対スル弁護之書』，1526年，第1章，「新タナル反マリア派ノ問題」，を参照．ラブレーにあって，この論争へのいかなる仄めかしも，「メデタシ元后」（及び，批評家たちの眼をまぬがれえなかった「メデタシ海ノ星」や「悲シミノ御母，立チ給ウ」への）いかなる言及も存在しない．

13．《処女ナル母ガコノ処女ナラザル母ノ代ワリトナル》[7]．

14. アレン篇，『デシデリウス・エラスムスノ増補校閲新版書簡集』第 6 巻，第1679番，288ページ．エラスムスはこの話を，無実を証明するために，ノエル・ベダに語っている（1526年 3 月13日）．《神ノ御子息ヲ担ウ栄誉を受ケシ子宮ハ幸イナルカナ》[8]，と「聖母のささやかな勤め」は述べる．――エラスムスのブザンソン滞在については，A. ブーセ，「ブザンソンのエラスムス」，『ブザンソン科学・文芸・美術アカデミー年報』，1896年所収，を参照．

15. これらの典拠に関しては，ピノー，『エラスムス　その宗教思想』，130 - 131ページを参照．

16. 《アナタハ洗礼ヲ受ケテイマス．ダガ，ソレダカラトイッテ直チニアナタハ自分ガキリスト教徒ダト考エテハナリマセン》[9]，と『エンキリディオン』は述べている．ピノー，『エラスムス　その宗教思想』，123ページを参照．

17. A. ルノーデ，『エラスムス研究（1521 - 1529年）』．「エラスムスの近代主義」と題された章〔第 4 章〕．―― M. バタイヨン，『エラスムスとスペイン』，『エンキリディオン』に関する章全体〔第 1 巻・第 4 章〕，とくに221ページ．

18. 同じく，H. ブレモン，『宗教戦争の終焉から現在までのフランスにおける宗教感情の文学史』第 4 巻の中の，このテーマに関する「補説」を参照．

19. アレン篇，『デシデリウス・エラスムスノ増補校閲新版書簡集』第 1 巻，第187番〔417ページ〕．――ピノー，『エラスムス　その宗教思想』，115ページ．エラスムスの簡潔な定義と，N. ブルボン，『ウァンドペラノ人リンゴナエ市民ニコラウス・ボルボニウスノヨシナシゴト全 8 巻』，345ページの定義，《心底カラ，自由ニ神ニ仕エルコト，――キリストガ，永遠ノ父ナル神カラ，――我々ガ撰バレタ民デアリ，神ノ子ノ相続人デアルトノ恩寵ヲ得タト信ズルコト，――彼ノ十字架ヲ担イ，王ニ服従スルコト，――万人ノ役ニ立チ，誰ノ害ニモナラナイコト，――カカルキリストノ教エ以上ニ何ガキリスト教的デアロウカ》[10]，とを並べてみること．

20. ピノー，『エラスムス　その宗教思想』，116ページ．――エラスムスにより明瞭に述べられた，イエスの位格そのものを把握することの難しさについては，ルノーデ，『エラスムス研究（1521 - 1529年）』，162ページを参照．

21. 同書，115ページ．――以下の，また異なるエラスムスの文章を参照．《キリストハ我々カラ純ニシテ素ナル生活ヲ除イテ，何モノモ要求サレナイ》[11]（アレン篇，『デシデリウス・エラスムスノ増補校閲新版書簡集』第 3 巻，第858番）．

22. コンラド・ペリカン[12]に宛てたかれの言葉を参照（1526年 8 月）．かれはカトリック教徒に負けず劣らず不寛容な，改革派神学者のことを嘆いていた．《私トアラユル神学者タチノ同盟トノ間ニハ根絶的ナ戦闘ガ存在スル》[13]（アレン篇，『デシデリウス・エラスムスノ増補校閲新版書簡集』第 6 巻，第1737番，38ページ）．

23．ピノー，『エラスムス　その宗教思想』，23ページ，註（37）を参照．誠実なキリスト教徒のペンの下で自ずと現れるこうした宗教的な言い回しを，エラスムスは一度たりとも用いたことはなかった．

24．フェーヴル，『ひとつの運命　マルティン・ルター』第2巻・第3章，128ページ以降を参照．

25．ウラールがそう主張していたとおりである．A. ウラール，『ラブレー　そのイタリア旅行　そのメッツ亡命』，252－253ページ．

第二部・第二巻・第一章

1．P. サンティーヴ，『黄金伝説の周辺』，第5章，167ページ以降．

2．デュラン・ド・マイヤンヌ，『教会法事典』，〈病人〉の項を参照．

3．実際，〔シャルル・〕デュクロという名の終身書記が，自分自身に知らせるのを忘れたことがあった……．イヴォンヌ・ベザール篇，『ド・ブロス会長からロパン・ド・ジェモーに宛てた書簡』所収，1929年，「リュベール嬢からド・ジェモー殿宛書簡，1772年4月5日付」，338ページ，註（1）を見ること．

4．17世紀における，こうした死への備えの技術については，ブレモン，『フランスにおける宗教感情の文学史』第9巻・第5章「みごとに[1]往生する術」を参照．16世紀におけるその流行については，墓碑についてと同じく，エミール・マール，『フランス中世末期の宗教芸術』，381ページ以降，及び391ページを参照．

5．リュシアン・フェーヴル，「トリエント公会議の適用とフランシュ＝コンテ地方における負債を事由とする破門」，『歴史評論』第103巻，及び第104巻，1910年，諸所．

6．ブーリイ篇，『フランソワ一世治下のパリの一市民の日記（1515－1536年）』，374ページ．

7．付言すると，破門された者の死骸は地中では腐敗しなかった．――このことは悪霊が死者を奪い取ることを可能にした．逆に腐敗しないことが，時として，聖性のしるしと見なされていたのも事実である．サンティーヴ，『黄金伝説の周辺』を参照．

8．『J. C. ウェソンティオノ人ヨアンネス・キフレティウスノ最後ノ聖体ノ秘蹟ニツイテ処刑者ニ拒絶サルベキカ否カニ関スル建言』．

9．フェリックス，及びトマス・プラッター，『モンペリエでのフェリックス，及びトマス・プラッター』，38ページ．

10．マロとその災難について思い起こす必要があるだろうか．《神に誓って，あいつはクレマンだ．――あいつを捕まえろ，脂身をくっちまったんだ》（「かつての恋人であった女に対するバラード」，1525年）[2]．司法的なケースについては，たとえば，L. フェーヴル，『フランシュ＝コンテ地方における宗教改革と異端審問に関する覚書と資料――ドール高等法院の古文書の抜粋』，諸所を

めくること（ことに208ページ，232ページ，240ページ，275ページ，その他）.

11．ここから由来するのが，非合法的結婚という有名な問題である．これにはラブレーそのひとも介入している．J. プラタール，「親族の〈認知も同意もなくして〉取り結ばれた結婚に対するガルガンチュワの悪口」，『16世紀研究誌』第14巻，1927年所収，を参照.

12．L. フェーヴル，「誤った問題設定　フランス宗教改革の起源と宗教改革の諸原因の一般的問題」，『歴史評論』第161巻，1929年，29ページ以降に関連する記述がある．E. マール，『フランス中世末期の宗教芸術』，185ページ以降を参照．トリエント公会議後の残存については，E. マール，『トリエント公会議後の宗教芸術』，375ページ以降.

13．U. ロベール，『ブザンソン教区裁判所の遺言集成　1265－1500年』第2巻，208ページ[3]．また，G. ペルーズ，『16世紀中葉におけるサヴォイア地方の慣習と民法についての研究』，200ページを参照.

14．ブーリイ篇，『パリの一市民の日記』，307ページ（1527年8月14日）.

15．G. アトキンソン，『フランス・ルネサンスの新しい水平線』，11ページ．当時の敬虔さの根幹をなしている〈十字架への道〉が応ずるのは，こうした願望に対してである．L. フェーヴル，「誤った問題設定」，30－31ページを参照.

16．ルーカス・ガイツコフラー，『回想（1550－1620年）』，182ページ以降を参照．ブルジュでは，試験はまず，サン＝テティエンヌ大聖堂でおこなわれた．《けれども教会がしばしば騒音で悩まされるので，早くから，ただ博士と学士のみが受け入れられるように決められていた》(R. ガンディロン，『ブルジュ大学のドイツ郷土団』，8ページ)．ガイツコフラーが改革派信徒であったことに注意せよ．プラッター[4]もそうであった.

17．R. ガンディロン，『ブルジュ大学のドイツ郷土団』，8ページ．及びマドレーヌ・トゥルーズ，『パリ大学の英独郷土団』，137ページ.

18．H. オゼール，「17世紀と18世紀のディジョンでの工芸同職組合」，23ページ以降[5]．――同じく，E. マルタン・サン＝レオン，『職業同業組合の歴史』，231ページ，「宗教と信仰告白」，を参照．また，G. エピナス，「職業と信心会」，『経済社会史年報』第10巻，1938年，437ページ以降.

19．労働時間については，H. オゼール，「17世紀と18世紀のディジョンでの工芸同職組合」，136ページを参照．E. マルタン・サン＝レオン，『職業同業組合の歴史』，261ページ，は16世紀に関して，毎日曜日の他に60日ほどの休日となる祭日を数え上げている.

20．E. ショワジー，『良心の教導者カルヴァン』，60ページ以降.

21．M. ブロック，『奇蹟をおこなう王』.

22．E. ファンカウヴェンベルフ，『中世ベルギーの地域法における贖罪的・司法的巡礼』.

23．1437年10月31日，聖幼子の祝日に騎行しなかった参事会員に，司教座聖

堂参事会は釈明を要求している.(『ドゥ県県古文書』,シリーズG,179節).——1444年1月8日,この同じ義務をさぼった参事会員と礼拝堂付き司祭に10スーと5スーの罰金が課せられている(同書,第180節).

第二部・第二巻・第二章

1. E. ブレイエ,『哲学史　I. 古代と中世』第6章,「ルネサンス」,739ページ[1].

2. 少なくとも変則的な用法ではなく,かつ哲学的意味において,である.だれかしら先駆者の著作に,それらのうちからひとつ,ふたつの存在を指摘することが出来る.だがそれらは孤立した事例であり,日常的なものではない.

3. すべてのこうした事柄については,ブリュノ,『思考と言語』,また同じく,ダルメストテール=アトスフェルド,『フランスにおける16世紀(第2部16世紀のフランス語一覧)』を参照[2].

4. 以下に続く事柄については,巻末の書誌索引に引用されている,F. ブリュノの各巻,『フランス語の歴史』第2巻「16世紀」,第3巻「古典フランス語の形成　第1部(第2篇　用語)」,第4巻「古典フランス語　第1部(第4篇語彙)」,第6巻「18世紀　第1部　思想の潮流と技術的語彙　第1分冊,及び第2分冊」を,同じく,E. ユゲ,『ラブレーの統辞法研究』,及びL. セネアン,『ラブレーの言語』,を参照すること.

5. R. ステュレル,『ジャック・アミヨ　プルタルコスの「対比列伝」の翻訳者』,201ページ.

6. 後段,第三章・第三節を見よ.——同様に,『フランス百科全書』第16巻,J. リシャール=ブロックの考察(16—50—8),「用具的言語,詩的言語」を参照.

7. G. ランソン,『散文の技法』,56ページ.

8. ユゲ,『ラブレーの統辞法研究』「序論」〔2ページ〕.

9. 国際総合センター篇,「国際総合週間第8週」,『歴史と科学における天空』,85ページ(A. コイレの記事).

10. こうしたことすべてについては,L. マスビオー,『16世紀の教育に関わる対話篇とその著者　1480－1570年』,27ページ,及び210ページを参照.

11. 国際総合センター篇,「国際総合週間第8週」,『歴史と科学における天空』,A. リヴォーの口頭発表,260ページ.——及び,Ch. セリュスの記事.

12. F. フィオレンティーノ,『ピエトロ・ポンポナッツィ　16世紀のボローニャ学派とパドヴァ学派についての歴史的研究』,143ページ.

13. E. ジルソン,『エロイーズとアベラール　中世とユマニスムに関する研究』,185ページ以降[3]〔佐藤輝夫氏訳,「中世紀と上代自然思想」〕.

14. E. ジルソン,同書,188ページ〔佐藤氏訳,「中世紀と上代自然思想」〕.

15. ジョヴァンニ・ジェンティレ,『ベルナルディノ・テレジオ』,12ページ.

ブランシェによる仏訳.

16. E. ブレイエ,『哲学史　I. 古代と中世』, 741ページ及び743ページ[4].

第二部・第二巻・第三章

1.『フランス百科全書』第15巻, J. ベディエ,「中世」(16―10―3) と, L. フェーヴル,「ルネサンス」(16―10―13) の, 二篇の記事を見よ.

2. L. ソーンダイク,『15世紀の科学と思想』, 1929年.

3. F. C. レイン,『ルネサンスのヴェネツィア船舶と造船職人』, 1934年. 同じく, L. フェーヴル,『経済社会史年報』第7巻, 1935年, 80-83ページの書評「ルネサンスのヴェネツィア海軍：技術と技術者」を参照.

4. それ以前にこの言葉を, ルメール・ド・ベルジュが1510年に[1], ジョフロワ・トリー[2]が1529年に用いている. ラブレーは『パンタグリュエル物語』で[3], この言葉を世に問うている. フランソワ一世はこの肩書で, 1541年にセルリオに報いている[4]. 同じく, フェーヴル,『社会史年報』, 1941年, アミアン地方の史料を扱った51ページを参照[5].

5. M. ブロック,「中世の発明」,『経済社会史年報』第7巻, 1935年, 634ページ. さらに全般的に, 技術に関する特集号全編を参照.

6. 以下に述べる事柄については, M. カントール,『数学史講義』第2巻, 1200-1668ページを参照（ことに, チェス盤に関しては第53章, パチョーロに関しては第57章, シュケとルフェーヴルに関しては第58章, ヴィエトに関しては第68章). 同じく, W. W. ラウズ・ボール, 仏訳,『数学史』第1巻・第11章, 及び第12章を, また A. クルノー,『近代における理念と出来事の進展についての考察』の中の, 第1巻・第3章と, 第2巻・第1章を参照.

7. かれはこれらを〈*co* (cosa)〉,〈*ce* (censo)〉, 及び〈*cu* (cubo)〉と省略している. レギオモンタヌス[6]の方では (1436-1476年), 未知のものを〈レス〔res〕〉, そしてその累乗を〈ケンスス〔census〕〉と呼んでいた.《レスノ術トケンススの術ニヨッテ〔per artem rei et census〕》問題を解くこと, これは二次方程式を用いて解答することであった.

8. ドゥーセ,『1523年の財政状態』, 12ページ.《計算の誤りは日常的なものである. 足し算が正しいことは例外である. 差は往々重要なものとなり, 時として十万リーヴルを越えている》.

9. こうした用法をめぐっては, カントールの他に, A. デュポン,『昔日の会計形態と計算様式』を参照. 数学と, さらに基礎的代数学の発展全体は, 簿記の進歩と関連しつつ展開されてきた. 簿記については, R. ド・ロヴェル,「知的技術の起源へ複式簿記の形成と拡まり」を参照.

10. シュケに関しては, M. カントール,『数学史講義』第2巻, 318ページ, 及び A. マール,〔「ニコラ・シュケとその『数学三部』」,『数学及ビ物理学ノ書誌ト歴史評論』,〕ボンコンパニ出版, 第13巻, 585ページ（『数学三部』のテキ

ストのコピー).

11. この主題をめぐるA. レイの見解, A. レイ,『ギリシアにおける科学的思考の成熟』, 371ページ以降を参照. クルノーの重要な考察を看過するつもりはない. A. クルノー,『近代における理念と出来事の進展についての考察』第1巻•第3章, 35ページ.《しかしながら, もしギリシア人がかくも単純でかくも便利なわたしたちの数学記号を知っていたら, これがかれらの研究に, たとえ純粋に思弁的なものであっても, 別の展開をもたらせたであろうことに, 疑いはない》[7].

12. ピエール・ヴィレ,『キリスト教的教理及び信仰の論述』, ジュネーヴ, リヴリ書店, 1564年,「対話篇　第9」, 179ページ.

13. A. フランクラン,『昔日の私生活　時間の計測』, 諸所を参照.

14.《水時計, ミズドケイ〔hydrologium〕, をわたしはひとつ所有している……. 水のものは持続性はないが, より正確である. なぜなら砂は堆積し, 時として湿ってしまうからだ……. よく砕かれた七宝は砂よりもよい……》.『スカリゲル語録, もしくはJ. スカリジェの気のきいた言葉』,〈時計〉の項目.

15. ジル・ド・グーベルヴィル,『グーベルヴィル殿の日記』第2巻を参照.《太陽が昇ってからおよそ1時間あとに》, 28ページ, 1553年8月.《わたしたちが到着したとき, ほとんど太陽が沈んでいた》, 34ページ, 1553年9月, 等々.

16.『グーベルヴィル殿の日記』, 139ページ, 及び398ページ. 1562年〔新暦〕1月4日, グーベルヴィルは友人に《ひとつがいの雷鳥》(第3巻, 857ページ)を贈っている. 時計に関しては, フランソワ・グラン[8],『サン＝ヴィクトール修道院の修道士フランソワ・グランの日記』を参照.

17.『ヨアンネス・カルウィヌスノ残存セル全著作』第27巻, 371欄. ――奇妙な後退だ. 科学的な精密さの, 子午線の計測の, 発明の, メートルの緻密な決定の世紀のさなかで,《質的な》[9]暦が, そしてファーブル・デグランティーヌ[10]のお蔭で, 花月, 草月, 収穫月などと, 月々が緑になったり花咲いたりするのが見られるだろう. そしてデカードのそれぞれの10日間は, 農耕にまつわる名前を与えられるのだ. 葡萄, サフラン, 栗, 馬, いぬサフラン……といった具合に.

18. ブラントーム, ラランヌ篇,『ブラントーム全集』,「名婦列伝」, 第8巻, 123ページ.

19. カルダーノ, デイル訳,『自伝』, 4ページ[11]. 1時間の下位区分はうまくおこなわれていなかった. システム毎に違いがあった. 4ポワン, 10ミニュット, 15パルティ, 40ムーヴマン, 60オスタンタ, 22560アトム, とラバン•マウル[12]は述べていた. ―― 4ポワン, 40ムーヴマン, 480アンス, 5640ミニュット, と, リトレ[13]が引用する13世紀のあるテキストは言う.〈ミニュット〉の項目を見よ. ―― 4ポワン, 10ミニュット, 40モマンタ, 22560アトム, と

ジャン・ミカエル・アルベール[14]（1450年没）は説く．L. ソーンダイク，『15世紀の科学と思考』第2巻，221ページ．ミニュットについては，P. デュエム，『世界の体系　プラトンからコペルニクスにいたる宇宙論の教理史』第4巻，52ページ以降．

20．Th. プラッター，『回顧録』[15]．

21．G. アトキンソン，『フランス・ルネサンスの新しい水平線』，270ページ，及び416－417ページ．

22．ルイ十一世の命令で（1476年），リヨンはピエール・シーズ城に幽閉された，ヌムール公[16]の牢は，そのもっとも大きな出費となった金具を除いても，大工の親方と職人の139日分の日給を必要とした，とドニオーはわたしたちに教える（クランクロス，『リヨンの歴史』，348ページ）．――これらすべてに関しては，『現代手帳』第1巻，1912－1913年，247ページ以降，アドルフ・ロースの「装飾と犯罪」（マルセル・レイ訳）を見ること．当時の逆説は現在の自明の理なのか？

23．P. デュエム，『〈現象ヲ救ウコト〉　プラトンからガリレイにいたる自然理論の観念試論』．

24．『フランス百科全書』第1巻，1―52―1～1―58―7[17]．

25．アベル・レイ，『ギリシアにおける科学的思考の成熟』，453ページ．《ルネサンスのあらゆる偉大な先駆者，そのあらゆる初期の学者は医師であった》，等々．

26．G. J. レティクス，『高名コノウエナキヨアンネス・スコネルス殿ニ献ズルニコラス・コペルニクスノ回転ノ書ニツイテノ最初ノ解明』．

27．クルノーがすでにデュエムより前に，このことを真摯かつ巧みに語っていた（クルノー，『近代における理念と出来事の進展についての考察』第1巻，110ページ）．《……別の観点からすると，コペルニクスもチコも完成させたのであって，刷新したのではない，と言いうる．――なぜならかれらにとってもその先駆者たちにとっても，天文学は天空の運動の幾何学的理論，幾何学的仮説の展開，もしくはひとつの幾何学的仮説から別の仮説への代替以外の目的を有していないからだ．――天空の力学，天空の運動を生み出す様々な力についての理論が未だ，少しも科学的でない推論によってしか扱われないままに，**したがって仮説の真性もしくは誤謬の決定的な証拠を提示できないままに**，である》．これは1868年に執筆され，1872年に刊行された文章である．

28．L. ブランシェ，『カンパネッラ』，241ページの標題，《新しい天文学に対するカンパネッラの姿勢》．

29．ブレモン師，『フランスにおける宗教感情の文学史』第3巻・第1部，25ページ以降．

30．17世紀がこうした恐怖とは無縁であったとは考えないようにしよう．《〔天体の〕食に対する危惧は非常に広範囲にわたって人々の心を惑わせたの

で》，とブイエ[18]議長は1676年に書き留めた，《それをまぬがれた者はほとんどいない．恐怖のあまり死んだ者もいるし，――その他の者たちも懺悔室でひざまずくまでになっている》（ジャケ，『ブルゴーニュにおける文学生活』，42ページ）．ベールの『彗星雑考』（1680年）[19]は，まさしく，こうした恐怖に打ち克つことを狙っていた[20]．この恐怖が16世紀にあって，まったく普遍的ではなかったとはいえないことは，他方，1539年の『占星術師』で，ドレの素晴らしいテキストが論証するものである．《モシ君ガコノコトヲ弁エテイルナラ，君ハ危惧カラ解放サレテイルシ――ドンナ前兆ニモ脅カサレハシナイ．君ハ万事ガ――賢明ナ自然ノ卓越シタ力，圧倒的ナ権力ニヨッテ生マレルノダ，トイウコトヲ信ジテイル》[21]．

31．A. ショサッド，「アンブロワーズ・パレの科学的方法」，『歴史総合評論』第34巻，37ページ．

32．G. アトキンソン，『フランス・ルネサンスの新しい水平線』，286－287ページ．

33．B. パリシー，フィヨン篇，『パリシー著作集』第2巻，「お知らせ」，6ページ，及び7ページ．「岩石にまつわる驚嘆すべき論考」，160－161ページ（カルダーノについて），及び186ページ（固い石についての理論）．

34．〔カルバハル，『修道会派ノ擁護』，〕34ページ．

35．M. バタイヨン，『エラスムスとスペイン　16世紀精神史研究』第1巻，345ページ以降．自己満足的な三段論法の論証のすぐれた例がある．同書，347ページ．

36．B. パリシー，フィヨン篇，『パリシー著作集』第2巻，「陶芸の驚嘆すべき論考」，202－203ページ．

37．アトキンソン，『フランス・ルネサンスの新しい水平線』，45－46ページ．

38．〔P. ルスロ，〕『中世における愛の歴史のために』，ミュンスター，1908年，4－5ページ．

39．フェリックス・プラッターはモンペリエで，夜分，薬剤師である〔寄宿先の〕主人が，治療法が詰まった多くの書物を保管している寝室に忍び込んでいる．フェリックス，及びトマス・プラッター，『モンペリエにおけるフェリックス，及びトマス・プラッター』，82ページ．

40．リュシアン・フェーヴル，「1892年から1933年へ　ひとつの歴史とひとりの歴史家の内省」，『総合評論』第7巻，1934年[22]．

第二部・第二巻・第四章

1．A. クルノー，『近代における理念と出来事の進展についての考察』第1巻，諸所．

2．マキャヴェッリについては，A. ルノーデ，『マキャヴェッリ』第1部・第5章，153ページ以降，を参照．

3．リュシアン・フェーヴル，「ひとつの文明の主たる様相　初期フランス・ルネサンス」，『講義講演紀要』，1924－1925年，第2集[1]．――わたしがそこで書いていることは，《偽りの理想》が16世紀の詩に及ぼす影響を告発するミエ（『ラブレー』，85ページ）のもっともな指摘と矛盾するわけではない．血の気の多い人々が，とかれは注意する，《傭兵のように戦い，華美な布をまとい，精神でと同様，肉体と眼で暮らしているが――書くこととなるや否や，もう視線も感覚も触感ももっていない》[2]．

4．デュ・ベレー，『田園遊楽集』，シャマール篇，『デュ・ベレー詩集』第5巻所収，187ページ，「難聴の讃歌　ヴァンドーモワの人ピエール・ド・ロンサール殿に捧げる」．

5．『オード集』第一之書，2番，ローモニエ〔＝ルベーグ＝シルヴァー〕篇，『ロンサール全集』第1巻，65ページ．

6．『オード集』第二之書，2番，『ロンサール全集』第1巻，175ページ．

7．『オード集』第三之書，8番，『ロンサール全集』第2巻，18ページ．

8．『緑の恋人からの2通の書簡詩』，『ガリアの顕揚並びにトロイアの偉傑』「第1巻」の終わりにある．ダルメストテール＝アトスフェルド，『フランスにおける16世紀（第2部　16世紀のフランス語一覧）』，173ページ[3]．

9．「カッサンドルの口づけ」，『オード集』第三之書，16番，『ロンサール全集』第2巻，43ページ．――そしてさらに後段で，《カッサンドルの口許から花を摘むべく蜜蜂に尋ねる》（「オード　20番」，55ページ），《私が幾度となく与えた口づけのせいで――息をはずませる口のまわりで……》とある．また（まったくの偶然だが）第四之書，「オード　14番」（127ページ）では《近づいてくる者が誰であろうと香水のかおりを――おまえの口からそよがせる，麗しき眼差しをしたニュムペよ，――十万の口づけを私におくれ――私におくれ，そうして私が口づけを貪るように》[4]ともある．――あるいは『オード集』第二之書で（ローモニエ〔＝ルベーグ＝シルヴァー〕篇，〔『ロンサール全集』〕第1巻，197ページ），《カッサンドルが与えるのは――口づけではなく……――ネクター，甘い砂糖，――シナモン，そしてバルサム――等々》，とされたりもする．

10．ローモニエ〔＝ルベーグ＝シルヴァー〕篇，『叢林詩集』，8番，『ロンサール全集』第2巻，181ページ（『オード集』第四之書，16番，『ロンサール全集』第2巻，133ページ，《そして湿った宮殿から――波の音に抗してうなるが如く――ネレイスの姉妹たちが大声で叫んだ》[5]を参照）．――〈聖なるガチーヌ〉に関しては，『恋愛詩集』，ローモニエ〔＝ルベーグ＝シルヴァー〕篇，『ロンサール全集』第4巻，128ページを参照．

11．世俗の者も聖職者も．そのわけは，ここで『旧約聖書』の呼びかけ，《天よ，耳を傾けよ，私は語る，地よ，私の口の言葉を聞け》[6]，――あるいは「詩篇」での勧め，《どうか耳を傾けて，わたしの述べることをお聞きくださ

い》[7]，——もしくは《主よ，比類なきあなたの善意をもってわたしの言葉に耳を傾けてください》，を介入させなければならないだろうからだ．ルターにならって改革派の人々が，耳で受け止められる御言葉について語ったことをすべて，思い起こす必要があろう．その結果ルターは，『ヘブル書釈義』で，かの有名な《タダ耳ノミガキリスト教徒ノ器官デアル》[8]，と記すようになろう．これは『食卓座談』の以下の断言と矛盾するものではない（なぜなら話しているのが詩人だからだ）．《眼ハアラユル生命体ニ与エラレタ，最モ優レタ贈リ物デアル》[9]．

12．L. ブランシェ，『カンパネッラ』，194ページ，及び，註（2）．

13．A. レイ，『ギリシアにおける科学的思考の成熟』，389ページ．同じく，A. レイ，『ギリシア科学の成長期』[10]，27ページ，殊に，A. レイ，『ギリシア人以前の東方科学』，454ページ以降を参照．精神的な発達における視覚の役割についての重要な考察を有する．《質的なものから量的なものへの移行は，本質的に，視覚的知覚が優位をしめる進歩と結びついている》[11]．

14．ラウズ・ボール，『数学史』，263ページ．—— L. ジャリ，『16世紀における文学的交流　ベルンの未刊行史料に基づくピエール・ダニエルと同時代の碩学たち』，第71章，608ページ[12]．

15．ミシュレもまた，J. ピエルルイージ・パレストリーナを喚起する．——だがかれはそこにかれの師，マロの『詩篇』の作曲家，フランシュ＝コンテの人グディメル[13]を付け加えるのだ．そしてかれはこの音楽の発展を全面的にルターにまで遡らせる．《開始したのはルターであり——そのとき，プロテスタント派もカトリック教徒もみな，すべての大地が歌った．ルターからパレストリーナの師，グディメルが生まれた．それは真の，自由で，純粋な歌であり，心の深奥の歌であった......》．

16．ブラントームについては，ブショ篇，『艶婦傳（全2巻）』第2巻，86ページ（もしくは，ラランヌ篇，〔『ブラントーム全集』〕第9巻，461－462ページ[14]．ノエル・デュ・ファーユについては，アスザ篇，『デュ・ファーユ滑稽著作集』第2巻，124ページ[15]．

17．コプレー＝クリスティ，『エティエンヌ・ドレ　ルネサンスの殉教者』，282ページ．

18．M. バタイヨン，『ダミャン・デ・ゴイスの国際性』，35ページ以降．ロンサールについては，ブランシュマン篇[16]，『ロンサール全集』第7巻，337ページ．

19．フロリモン・ド・レモンによって巧みに一筆書きされた，もうひとつの素描がある．勤行をつとめるポステルの素描だ．上段，139ページをみよ．

20．視覚と精神的発達については，A. レイ，『ギリシア人以前の東方科学』，454ページ[17]以降，及び457ページ[18]，A. レイ，『ギリシア科学の成長期』[19]，27ページを参照．——さらにまた，『フランス百科全書』第1巻，1．10—11．

21. これらの本に言及する場合，もちろんのこと，反論理学的前論理学〔antélogique antilogique〕，少なくとも非論理学〔alogique〕についてのかれの命題が惹起した大論争の中で，一定の立場をとるものではない．これは哲学者の領分であり，この件については，A. レイ，「未開の思考から現代の思考へ」，『フランス百科全書』「第１巻　心的用具」所収，１．10－７以降を参照することが出来る．

22. こうした観点から，16世紀におけるオウィディウスの『変身物語』の流行に関し，包括的な研究がなされるべきであろう．

23. フレデリック・ウサーユ，「烏帽子貝，螺旋せきしょう藻，及び蛸にまつわる伝承」，『科学アカデミー講演報告週報』，1901年所収．「ミュケナイにおける天地創造理論とアプロディテ信仰の幾つかの象徴の動物学的意義」，『考古学評論』，1895年所収．「ミュケナイ時代の彩色壷の牧神とフローラ神に関する新たな研究」，『考古学評論』，1897年所収．活気づき，移動し，飲料を飲み，水浴びをする等々の石に関しては，P. サンティーヴの様々な調査，ことに『民俗学評論』第５号，1934年，213―216ページを参照．

24. L. レヴィ＝ブリュール，『未開の霊魂』，192ページ以降．この観点から研究された，妖術に関するすぐれた文献は一冊もない．狼憑きについては，とりわけ，J. ド・ニノー[20]，『狼憑き　妖術師の変身と法悦』，及び，ボーヴォワ・ド・ショーヴァンクール[21]，『狼憑き　もしくは人間の狼への変身についての論考』を参照．

25. 当時の司法は人間と動物の間に，境界を認めない．男を殺したり，子供を食べた豚が罪人として裁かれ，司法の手続きにのっとり絞首刑になっている．

26. F. ロト，『古代世界の終焉と中世の始まり』．

27. クロード・フォーシェ，『フランス語の起源』，〔『クロード・フォーシェ著作集』第２部，〕534紙葉．

28. 《頭を運ぶこと》や，頭を運んだ聖人については，P. サンティーヴ，『黄金伝説の周辺』，219ページ以降を参照．

29. グーベルヴィルの『日記』には，夜鬼の狩猟行列についての数多い言及がある（1553年４月14日，210ページ．同じく，後段，538ページのロンサールの言葉を参照．

30. シラノ・ド・ベルジュラック，ジャコブ篇，『シラノ・ド・ベルジュラック滑稽作品集』，1858年，53ページ，及び54ページ[22]．

31. 1554年〔新暦〕１月，ひとりのユグノーがモンペリエで処刑された．フェリックス・プラッターはこう書き留めている．《異常な事件が起こった．処刑の直後，激しく雷が鳴りはじめたのだ．わたしはそれを自分の耳で聞いたし，わたしに続いて[23]その他多くの人々も耳にした》（フェリックス，及びトマス・プラッター，『モンペリエにおけるフェリックス，及びトマス・プラッター』，67ページ）．

32. 同書，146 - 147ページ．1556年12月24.

33. E. ジョベ＝デュヴァル，「現代のブルターニュにおける未開の思考」，『法制史新評論』所収，1909年，1911年，1913年，1914年.

34. 16世紀にあって（そののちも），A. ドラットが，「植物学者　魔法の植物と薬草の摘み取りのための，古代人の許でよく用いられた儀礼に関する考察」，『ベルギー王室アカデミー倫理政治科学及び文芸部門紀要』第22号，1936年所収，で記述した霊魂状態の残存を斟酌していない．――薬用植物（聖ヤコブの祝日前夜に摘まれた草）を摘む儀式については，P. サンティーヴ，『黄金伝説の周辺』，246ページ以降を参照25．――病を差し向ける聖人については，H. ヴァガネ，「病の生みの親たる聖人」，『ラブレー研究誌』第9巻，1911年所収，を参照.

35. L. レヴィ＝ブリュール，『未開人における超自然』，172ページ.

36. ロンサール，A. -M. シュミット篇，『ダイモンの讃歌』，58行以降．同書，「解説」，14ページ.

37. ロンサール，ローモニエ〔＝ルベーグ＝シルヴァー〕篇，『ロンサール全集』第1巻，314ページ26．A. -M. シュミット篇，『ダイモンの讃歌』，15ページを参照.

38. A. レイ，『ギリシアにおける科学的思考の成熟』，453ページ．及び，実験科学構築への医師の貢献に関する，このページに続く敷衍すべても.

39. J. フェルネル，『総合医療術』第一之書，第9章，57ページ．「事物ノ秘メタル原因ニツイテ」は1548年のものである.

40. A. -M. シュミット篇，『ダイモンの讃歌』，66行.

41. 同書，74 - 75行.

42. 同書，159 - 161行．さらに，後続する引用に関しては，209 - 212行，224 - 225行，344行，349行，369 - 370行.

43. ロンサール，「王妃へのオード」，ローモニエ〔＝ルベーグ＝シルヴァー〕篇，『ロンサール全集』第1巻所収，69ページ.

44. D. ソーラ，『文学と神秘主義』，11ページ.

結　論

1. エラスムスの批評については，A. ルノーデ，『エラスムス研究　1521 - 1529年』，136ページ以降を参照.

2. 16世紀のエウエメロス説については，H. ビュッソン，『ルネサンス・フランス文学における合理主義の源泉と発展（1533 - 1601年）』，1922年，を，そしてことにわたしたちの『オリゲネスとデ・ペリエ　もしくは「世ノ警鐘」の謎』についての研究，とりわけ129ページ以降を参照.

3.《コレラノ航海ニヨリ明ラカニナッタノハ，古代人ガ多クノ点デ，地球ノ認識ニ関シテ欺カレテイタトイウコトデアル．コノコトハ聖書ノ解釈ニ幾許カ

ノ懸念ヲ与エタ》[1]（『イタリア史』第4巻，107 - 111ページ）．
4．G. アトキンソン，『フランス・ルネサンスの新しい水平線』．

原註への訳註

第一部・第一巻・第一章

1.《Nec minimus, nec es poeta —— summus, sed medium tenes poetas —— inter temporis huius...》.

2.《Brevi futurus maior —— si pede quo soles eodem —— pergas ludere...》.

3. 英訳者によれば，この詩句は現在ではジェルマン・ド・ブリの作品と見なされているようだ．

4. リュドヴィック・アレヴィ（Ludovic Halévy, 1834－1908） 劇作家・小説家．オッフェンバックが作曲したオペラ・コミックにより名をなす．特にアンリ・メイヤックと合作した『美しきエレーヌ』（1865年）が有名．ダニエル・アレヴィ（Daniel Halévy, 1872－1962）はその息子で歴史家，エッセイスト．レオン・ガンベッタ（Léon Gambetta, 1838－1882）は政治家．愛国主義者にして共和主義者．普仏戦争時には徹底抗戦を主張．共和制が定着すると，初期の過激な発言を控え，穏和な保守路線に移った．リュドヴィック・アレヴィの問題のエセーは，単行本 *Trois Dîners avec Gambetta,* éd. D. Halévy, 1929. に再録されている．

5.《sermones levium rerum, ac nullius ponderis, et plerumque scurriles joculatoriique》.

6.《cuivis libere poetari licere》.

7.《attamen indocti doctique poemata pariunt》.

8. パウルス・アントニウス・ガダグニウス（Paulus Antonius Gadagnius, フランス語名 Paul－Antoine Gadagne, 1509－1566） 豪商ガダーニュ（Guadagni, Gadaine もしくは Gadagne）一族の一人．本章原註（56）で述べるようにフィレンツェ出身だが1533年フランスに帰化した．商業に関心をもたず，文人の庇護に熱心だった．アヴィニヨンに埋葬される．

9.《quoties quisque est hodie hominum praedivitum —— qui non bonum coquum aut equum aut tibicinem, aut —— malum scortum bono poetæ praeferet ?》

10.《Musarum regem quicunque negarent Erasmum —— Hoc saltem norint, se in solem meiere !》

11. ゴデフレドゥス・ベリンギウス（Godefredus Beringius, フランス語名 Godefroy Beringen, ？－？） ドイツ出身．まず1554年には一人で，1555年からは弟のマルセラン〔Marcellin, ？－1556〕とともに出版社を経営，リヨン

の同業者の間でも名誉ある立場にあった．学識もあり，多くの文人と懇意にしていたが，運に恵まれず1556年に店をたたまざるを得なくなった．

12．ヨアンネス・ベライウス（Joannes Bellaius, フランス語名 Jean du Bellay, 1492 - 1560）　10世紀頃までさかのぼれるアンジューの名門，デュ・ベレー家のランジェ系の一員．ギヨーム（Guillaume, 1491 - 1543）の弟，マルタン（Martin, 1495 - 1559）の兄．バイヨンヌ司教（1526年），英国大使（1527年），ローマ大使（1529 - 1533年），パリ司教（1532年）を歴任，1535年に枢機卿となる．フランソワ一世の死を契機にローマに引退，オスティア司教に任ぜられた．ユマニストでラテン語詩を作った．学者・文人の庇護をよくし，ラブレーもかれの侍医であった．残された文書に，フランソワ一世の擁護演説（ラテン語）や多数の書簡がある．

13．フェーヴルの原著では「350ページ」となっているが，間違いなので正した．

14．《Quod cunctos spoliet nummis Tartesius, illud miraris ?》

15．《Tu mihi qui imperitas, aliisque vicarius ipse es, si me vis servum, sis herus ipse prius...》

16．フェーヴルの出典指示は混乱している．ここでは英訳書にしたがった．

17．英訳書によれば「第49篇」．

18．《Nec voces hominum, ne te decreta Senatus —— Ut barbam ponas, ulla movere queunt》.

19．《Cordatus linguae, morum vitaeque magister —— Corderius censor crimina cuncta notat》.

20．《Te docuit Christus spernere divitias》

21．モファ（Mopha, 本名 Matthieu Gripaldi, Gribaldi および Gribaud の表記もある；16世紀初頭 - 1564）　ピエモンテに生まれ，トゥルーズで法学を修めたのち，ピサ，パヴィア，トゥルーズで法学を講ずる．おそらくリヨン滞在時にボワソネやヴィザジェ，ドレと知り合う．思想的には寛容主義に立ち，改革派の厳格な教義ともカトリック教会のそれとも折り合わなかった．その学識を評価されパドヴァ大学で民法を教授するが，異端の嫌疑をかけられ，ジュネーヴ近郊に身をおく．セルベト焚刑にさいして憤怒し，カルヴァンと真っ向から対立，改革派からも異端とみなされ，ジュネーヴの執拗な追及を逃れるべく，各地を転々とする．しかしカルヴァンによりベルン当局に引き渡され，極刑に処せられる直前，ペストに罹り死去した．

22．ジャン・ド・パン（Jean de Pins, 1470？ - 1537）　ガイヤール・ド・パンの三男として生まれ，トゥルーズ，ポワティエ，パリ，更にはイタリアで古典文学を学んだ．師にはかのユマニスト，フィリップ・ベロアルドがいた．1497年聖職に入り，1511年トゥルーズの高等法院聖職評定官に任命される．そののち交際があったアントワーヌ・デュプラとともにイタリアに戻り，フラン

ソワ一世がミラノに創設した高等法院評定官として活躍，業績を認められ1516年にはヴェネツィア大使，1520年にはローマ大使の大役をみごとに果たし，外交官の資質と宗教的熱意，フランスへの愛国心を明らかにした．トゥルーズ大司教区付属パミエ司教（1520年）やオート・ガロンヌ県リュー司教（1523年）に任ぜられる．学識者との評価も高かった．

23.《Qui rabie asservit laesum, Rabelaese, tuum cor —— adjunxit vero cum tua Musa sales.—— Hunc puto mentitum, rabiem tua scripta sonare —— qui dixit : rabiem, dic, Rabelaese, canis ?—— Zoïlus ille fuit, rabidis armatus iambis ; —— non spirant rabiem sed tua scripta jocos》.

24.《Quis sit simius ille Luciani,—— quis Tortonius ille sit poeta,—— ingratissimus ille quis sodalis,—— quis sit Zoïlus in meis libellis —— undeno pede syllabaque factis —— undena , licet usque me roges, id —— non dicam tibi, Scaeve : nam brevi se —— prodent, carmine seque vindicabunt —— quorum crimina carmine ante risi.—— In se, non dubites, severiores —— fient quam fuero hactenus. Peperci —— horum nominibus; scelus notavi.—— Nomen, crimine cum suo, docebunt》.

25.《Quos mihi Lugduni tua conciliavit amicos —— fides, Dolete, et gratia —— efficiam ut chartis mandata fidelibus olim —— aeterna vivant nomina》.

26.《Peregre agebam Lugduni, à Britannia —— reversus nuper, et officinam Gryphii,—— typographi inclyti, ingressus, hominem rogo,—— statim, novorum ecquid librorum excuderet ?—— Libellum tum profert, titulo Epigrammaton.—— Lego, percurro avidissime : quid pluribus —— verbis opus ? Invenio illic e nugis meis —— surrepta carmina innumera, et sententias —— alio tortas et argumenta pleraque —— adsuta ineptiis nebulonis illius !—— Nunc homini parco, olim nominabitur —— si pergit ; et suis pictum coloribus —— videbit se, improbum os, lavernio impudens !》

27.《Dum laudare duos ille poeta poetas —— Vulteius volvit, messuit antheriacum.—— Illorum alter eum plagii condemnat, et alter —— Scripta ejus gerrhas qualiacunque vocat...—— I nunc, pasce lupos immites mitis...》.

28.《Quaeso, dic mihi, Borboni poeta, quis dixit male velle me tibi ?—— quis auctor dissidii fuit ?》

29.《Quis te non laudem, credo, Dolete, requiris ?—— Id me tu melius facias》.

30. ギフレー＝プラタール篇，『クレマン・マロ著作集』第4巻，117ページ，LXXXVIII「ドレについて」．ちなみにフェーヴルはマロの原詩を省略している．

31. フェーヴルの原註は，ドゥオン，「エティエンヌ・ドレ　その宗教的見解」を指示しているが，誤りなので正した．

32. 《Durior est spectatae virtutis...》. これはしかし銘句の全文と状況を説明したほうがよいだろう．銘句の全文は《Durior est spectatæ virtutis quam incognitæ conditio》であり，ブーミエは次のようなフランス語訳を付している．《De la vertu, soumise à des luttes sans nombre, //Le sort est bien plus dur au grand jour que dans l'ombre》〔徳は無数の戦いにさらされており，徳の境遇は闇の中よりも白昼の方が厳しい〕. ブーミエによればこの銘句はドレをめぐる中傷合戦を契機に作られたらしい．ブーミエ，『エティエンヌ・ドレ』，148ページ参照．

33. フェーヴルの原文は「1536年」としているが，『ラテン語註解』第2巻が刊行されたのは1538年であったので改めた．この前後の文献指示も適切さを欠くので統一した．

34. 英訳書によれば，529欄．

35. 《asper, vel agrestis, vel crudelis, ferreus, inhumanus》.

36. 《Quem buxeus vultus, macerque, et oculi truces —— et proferentis tertiata vocabula —— flagrare felle livido satis indicant》.

37. 《Extabet atra macie, et exili toga —— tegitur Medimnus》.

38. 《Tuum os hic rigidum, minax, severum,—— os dirum, os tetricum, os catonianum —— romani fugiunt sales, jocique》.

39. 《Pythagorae, Dolete, placet si dogma renati —— non mirum est animam si Ciceronis habes.—— At tantam molem et tantos diffusa per artus,—— virtutem certe perdidit ille suam》.

40. 《Togulam gestabat hispanicam, vix nates contingentem, eamque crassam et attritam. Vultus adeo funesto quodam atroque pallore ac squalore...ut dicas ultricem Furiam pectori adfixam》.

41. 《Nam et hoc accidere solet atheis》.

42. フェーヴルは「214ページ」としているが，誤りなので正した．

43. ヨアンネス・アンゲルス・オドヌス（Joannes Angelus Odonus, ? - ?）1535年頃シュトラスブルクに在住していたイタリア人．当地の大学で何らかの担当をしていたらしい．コプレー＝クリスティはパオロ・マヌツィオの妻の縁者ではないかと想像している．ジルベール・クーザンやエラスムス（オドヌスはエラスムスの信奉者だった）と文通し，ドレを批判した書簡が残っている．

44. ホルテンシオ・ランド（Hortensio Lando, ? - ?） エティエンヌ・ドレの知人．ヘレニストを評価せず，キケロ主義者．著書に『召喚サレシキケロト追放サレシキケロ』がある．上記オドヌスによればイタリア人でありながら故郷を追放されたらしい．オドヌスには《キリストとキケロがあれば充分》といったという（但しオドヌスはランドの人物や著書のうちにひとかけらのキリストがあるかどうか，疑っている）．

45. 原註（32）で指示されるフェーヴルの引用は，アウトラインとしては正

しいが，厳密なものではない．

46．フロリドゥス・サビヌス（Franciscus Floridus Sabinus, ？－1547）『ラテン語註解』刊行に端を発する，ドレの全面的な論争相手．ドレの著作に認められる（とサビヌスが判断した）剽窃箇所の指摘や，霊魂が不滅でなく，肉体的快楽のうちに最大善がある，とドレが唱えていると告発した．

47．《Dum religionem vellunt, elimant, perpoliunt...》.

48．《Ne mortis horre spicula, quae dabit —— sensu carere, vel melioribus —— locis tegi et statu esse laeto —— Elysii est nisi spes inanis》.

49．《Tibi nemo si vaganti —— incerto pede et anxio adfuisset —— dic, o dic ubi nunc miser jaceres ?...—— Canibus lupisque praeda —— essent non tua membra ?—— Et superstites si —— parentes tibi forte qui adfuissent —— dum spectacula talia exhiberes —— et jussas lueres, misere, poenas —— exemplo miseri tui parentis —— nonne illos oculi tui impudici —— vidissent tibi proximos ?》〔英訳書によれば，同書，9紙葉裏面〕

50．《Nam tuo parenti es —— natus ipse simillimus ; sed esset —— certe res nova si mali parentis —— esses filius optimus virorum》.

51．《In libris quoties meis loquor de —— Christo, hoc sit quasi nomen haud receptum —— rides...—— Dicis nec latio fuisse in ore —— nomen... —— Nec te, bellua caeca, pœnitebit —— in caelo esse deum optimum negasse —— qui natum voluit suum mori, ne —— humanum misere genus periret ?—— Ad Christum igitur miser recurre.—— Hoc si non facias, brevi peristi.—— Actum est, heu miser ! ah miser, peristi !》 この詩句の全文は，テュアーヌ，『ラブレー研究』，326－327ページに引用されている．

52．《Adductus precibus meis, parentis —— vel Christi potius cruce》.

53．《Omnia omnibus, omnia interire ; —— fato obnoxia cuncta ; sempiternum et —— immortale nihil ; Deum esse nullum ; —— nos nil dissimiles putasque brutis...—— Sunt haec impia, belluina, vana —— quae doces miseros, tuam domum qui —— et colloquia qui, in dies, frequentant》.

54．《Christum credere non fuisse natum, hoc ne plus oculis te amare Christum ?》 英訳書によれば，ウゥルテイウス，『十一音綴詩集』，28紙葉．

55．《Rabulam a rabie dict volunt, ut is sit rabula qui in negotiis agendis acer est, et rabiosus》.

56．《homo rabula, effrenitum lingua tum calamo》.

57．渡辺一夫氏訳，『パンタグリュエル物語』，62ページ．

58．《Plus satis scio quae domi, Rubelle,—— patrasti, sale defricanda nigro —— et loliginis allinenda succo.—— Sed nolo niveam inquinare chartam》.

59．《Cum Catone gravi atque Scipione —— non satis tibi convenit,

Rubelle.── Quirinalia si sapis, requires.── Illic, reperies tuos sodales...》.

60. 《Reprendi non vis hodie tua scripta, sed inquis : ── judicium melius, postera secla ferent.── Et quasi judicio careant, tua saecula damnas.── Mens diversa ── Titis Vergiliisque fuit, etc.》.

61. 《Multi qui nuper tecum, Charideme, fuerunt ── edere velle novum te retulere librum.── Credibile est isthuc : quid ni ? Nam emittere libros ── consuesti jam olim, magnaque fama tua est.── Set quo argumento... ── adhuc dicere nemo potest.── Arcana exspectant alii, de nomine Jesu, ── de magica arte alii, de cacodaemonibus ── de geniis alii gemmarum, etc...── Crede nihi, hoc melius quam si horrida bella Gigantum ── aut caneres montes montibus impositos...》.

62. 《Scribere te dicis, Charideme, immane volumen ── qualeque viderunt secula nulla prius ── Set tibi scribenti quum saucia mens sit in aegro ── corpore, quod veluti putre cadaver habes, etc.》.

63. 《Se queritur quidam perstringi carmine nostro ── nomen habens ferme quod Charidemus habet.── Nomine si par est Charidemo et moribus, iste ── ne mihi set vitio vertat uterque sibi》.

64. 《Jam cedo tibi ; quid tum ? tu Charidemus fies ── ipsissimus : sic cera est dignus cerite》.

65. 《Qui tibi dixerunt Charidemi nomine ficto ── carminibus famam me lacerare tuam ── ii fecisse fidem tibi si potuere, quid ad me ?── Credule, credulitas num tua culpa mea est ?》

66. ミシェル・ブデ（Michel Boudet ; もしくは Michel de Boudet, 1479 - 1529） ブロワの名家に生まれた．父の縁故によりルイ十二世にパリ高等法院評定官，ついで同法院議長に任ぜられるが，裁判の煩わしさを嫌い，王女クロード・ド・フランスの施物分配僧となり，その後ラングル司教を勤める（1512 - 1529年）．ラングル司教区に初めて害虫・害獣封じの聖体行列を導入したという．

67. 《Nihilique homo est Charidemus, et Scortillum habet,── dignum patella operculum》.

68. サンフォリアン・シャンピエ（Symphorien Champier, 1472 - 1539） シャルル八世，及びルイ十二世の侍医．特にリヨンを活動の場とした詩人・学者・歴史家（ヴァン＝ティゲームの『文学辞典』は〈リヨン派〉に属するとしているが，むしろ〈大修辞学派〉との関係を尋ねた方がよいのではないか）．専門の医学書の他に，時事的な文章もふくめ，ラテン語やフランス語で数多くの著作を残した．

69. エスキュロン（Jean Escurron ; または Schyron ; ラテン語名 Joannes Scurronus, ? - 1556） ニーム地方出身．王姉マルグリット・ド・ナヴァールの

侍医で，後段に見られるようにモンペリエ大学医学部におけるラブレーの保証人．

70.《Fit niger ex phaeo Baryaenus transfuga funis；—— nequam homo non potuit chordiger esse bonus》.

71. フォルチェリーニ（Egidio Forcellini, 1688－1768） パドヴァ出身の文献学者．師匠にあたるファチオラティが考案した具体的なプランに基づく，ギリシア語＝ラテン語＝イタリア語辞典の起草に生涯を捧げた．完成した辞書の初版は，1771年にフォリオ判全四巻の体裁で，パドヴァで出版された．

72. この註でのフェーヴルの本来の指示は『ユリウス＝カエサル・スカリゲルノトゥリウス・キケロニ代ワリ，ロテロダムムノ人デシデリウス・エラスムスニ反駁スル談話』である．しかし指示された文献を参照すると（刊本の違いを斟酌しても）明らかに誤りと判明したので，英訳書の註を採用した．

73. ヨアンネス・サラザリウス（Joannes Salazarius；フランス語表記 Jean Salazar, ？－？） 引用にあるようにサンス副司教であるようだが，同定できなかった．ちなみに訳者が調べた限りでは，1475年から1519年にかけての同大司教はトリスタン・ド・サラザール（サラザールはサラザリウスのフランス語読み），1519年から1525年がエティエンヌ・ド・ポンシェ，1525年から1535年がアントワーヌ・デュ・プラである．

74.《En tibi, Scaligeri mitto nova carmina, Praesul —— carmina quae mira dexteritate fluunt.—— Et quae Nasoni tenero si lecta fuissent —— Dixisset, Salve frater, et alter ego》.

75.《Doletus et Borbonius, poetae nullius nominis》.

76. ニコラウス・ボウスティウス（Nicolaus Boustius, ？－？） 原註にあるとおり，スカリジェが〈医学の神〉と賞賛した医師である（らしい）こと以外は不明．スカリジェの賞賛は多分に情勢的なもので，かれがアジャンに流れ着いたとき，周囲に無視された中，ボウスティウスだけが暖かく迎えたことによるという．

77. De Baryaeno monacho：《Hic domita ossa piis Baryaeni sunt sita flammis.—— Tetrum non potuit diluere unda nefas；omnia dente canis rosit》［ド・サンティの前掲論文，前篇，22ページによれば，この出典は『ユリウス＝カエサル・スカリゲルノ詩集』，〈ファラゴ詩篇〉，194ページ］.

78.《Julius Scaliger, Avicennae lectionem medicis omnibus tanquam perneccessariam commendabat, nec quenquam in magnum medicum evadere posse existimabat, qui tam doctum opus non legisset》.

79.《Ex medicorum Scholis ad certamen concurrunt Symphorianus Campegius；Jacobus Sylvius；Joannes Ruellius；Jo. Copus；Franc. Rabelaesus；Carolus Paludanus》. ちなみに，シュンポリアヌス・カンペギウスはフランス語名サンフォリアン・シャンピエ（前註（68）参照），ヤコブス・

シュルウィヌスはジャック・デュボワ（Jacques Dubois, 1478－1555；医師にして学者），ヨアンネス・ルエリウスはジャン・リュエル（Jean Ruel, 1479－1537；医師にして植物学者），ヨアンネス・コプスはジャン・コープ，フランキスクス・ラベラエススはフランソワ・ラブレー，カロルス・パルダヌスはシャルル・ド・ラ・パリュ（Charles de la Palu, ？－？；医師か？　コプレー＝クリスティもジルベール・デュシェールの寸鉄詩によってしかこの人物を知らない，とする）．

80．英訳書は『ユリウス＝カエサル・スカリゲルノ詩集』の題名をあげながら，フェーヴルのものとはまったく異なるページを指示している．フェーヴルの指示が《309，311，315，317，319，320，25，27，34》と最後の三カ所で番号が若くなっているので，二巻本を念頭においたのかも知れない．しかしこれは（訳者が確認して）原註で補ったように，《325，327，334》の百の位を省略したものなのだ．

81．フェーヴルがここで指示しているのは，『フベルトゥス・スサンナエウスニヨリ校訂サレタアレクサンドルス・ガルスノ「神ノ国」ノ各所デ増補サレタ多数ノ命題』の364ページである．フェーヴルの誤記とするにはいささか書誌番号がとびすぎているように思えたが，文脈を考え英訳書にしたがった．

82．《Scirrhonius ignarissimus vir...Is est Calvus, ille carminibus patris decantatissimus》.

83．ナウァラ国王ヘンリクス（Henricus Rex Navarrae, フランス語名 Henri de Navarre, ？－1555）1512年アラゴン王フェルナンドの占領により古来のナヴァール（ナバラ）王国は低ナヴァール地方のみを残す存在となったが，前国王の家系は生き残り，ナヴァール国王の名称を継承することになった．ここで言うヘンリクス（アンリ）二世は国土の大部分を失って以後の最初の〈ナヴァール国王〉である．父ジャン・ダルブレと母カトリーヌ・ド・フォワの息子で1516年王位継承，1526年アランソン公シャルルの寡婦でフランソワ一世の姉マルグリット（即ちマルグリット・ド・ナヴァール）と結婚．1555年に没する．継承者はジャンヌ・ダルブレで，彼女はアントワーヌ・ド・ナヴァールと結婚（1548年），のちのナヴァール国王アンリ三世にしてフランス国王アンリ四世を生んだ．

第一部・第一巻・第二章

1．この原註（２），及び後続する原註（４）の1942年版，及び1947年版でフェーヴルが指示する文献は『〔新訳版〕聖書』（書誌（*496*））であるが，それ以外の版や翻訳，及びデリールの『註釈』に基づき訂正した．

2．《nunquam condempnasse neque scire condempnatum librum》. おそらく出典はデリール，同書，93ページ．

3．《Facultas unanimiter conclusit non condempnasse, reprobasse neque

approbasse dictum libellum per se aut deputatos ejusdem》. おそらく出典はデリール，同書，94ページ（若干の省略あり）.

4. ピエール・ドリアール（Pierre Driart, 1484－1535） パリに生まれ，1499年サン＝ヴィクトール修道院に入る．ガティーヌやブリーの修道院を訪れたり，サン＝クロード（おそらくフランシュ＝コンテ地方）に巡礼した以外，修道院から離れることもなく，パリで没した．『パリ年代記』は簡潔にして素朴ながら，一修道士が残した興味深い史料である．なおこの『パリ年代記』の閲覧は東京大学教授宮下志朗氏のご厚意による．

5. ネヴィツァーノ（Giovanni Nevizzano, ？－1540） ピエモンテの名門に生まれた法律家．パドヴァ大学で法学を修め，トリノ大学の法学教授となった．親類縁者の間での領地をめぐる係争に巻き込まれたこともある．ネヴィツァーノは法学書の他にも数点の著作を公にした．その一編がスキャンダルの対象となった『結婚ノ森〔Sylva nuptialis〕』全六巻である．この本の最初の二巻は〈結婚すべきではない〉という命題を論ずる．次の二巻はそれと逆の命題を扱う．最後の二巻は裁判官が判決を出すにあたって従うべき規則を扱っているようだ．いずれにせよ学識と諧謔，引用と逸話が混在する娯楽書だったらしい．フランソワ・ド・ビヨンの報告によると，これを読んだトリノの貴婦人は激昂し，投石してかれを都市から追放し，ひざまずいて謝罪するまで許さなかったという．

6. ピエール・ヴィレ（Pierre Viret, 1511－1571） スイス出身のカルヴァン派宗教改革者．パリでギヨーム・ファレルに出会い，宗教改革運動に加わる．危険を冒し，スイスの様々な都市で布教活動をおこなう．さらにジュネーヴとローザンヌで牧師を勤める．オランジュ市を訪れたおりジャンヌ・ダルブレに神学講義を要請され，ベアルヌに赴くが，反乱に巻き込まれ，虜囚となる．モンゴメリによって解放された．論争的，教導的な多数のフランス語著作がある．

7. マルセル・バタイヨン，『エラスムスとスペイン』第1巻，771－772ページ．殊に772ページの註（1）を参照．

8. ラグーナ（Andrès Laguna, 1499－1560） スペインの医師・文献学者．パリに留学，ギリシア語と医学を学び，パリ大学医学博士，更に帰国しトレド大学医学博士となる（1537年）．ネーデルラントでカロルス五世と合流，信頼をえて従軍医師となる．しばらくメッツ市に滞在したあと，イタリアを遍歴，ローマで教皇ユリウス三世からパラティナ侯の肩書きを授かる．スペインに戻って没した．医学関係の多くの書物の他，ガレノスやヒポクラテス，アリストテレスを訳した．

9. バタイヨン，前掲書，715ページ．

10. ジャン・ド・レピンヌ（Jean de l'Espine, 1506？－1597） アンジュー地方出身の改革派神学者．1561年頃ドミニコ派修道会を離れ，改革派教義を奉ずる．1561年のポワシー討論の後，フォントネー＝ル＝コントの教会牧師に命

ぜられたが，ほどなくその牧師職を棄てて，ラ・ロシェルに赴き，その地の教会牧師としての役目につく．1564年プロヴァンに改革派教会設立のために行く．サン＝バルテルミーの虐殺をあやうく逃れた．アンリ四世の即位後，ソミュールに司祭として派遣され，その地で没した．多くの神学書や宗教書がある．

11.《Addam secretiora mysteria et scopum ad quem tota isthaec nova professio collimet, palamque fiet non satis habere quicquid usquam terrarum perfidi dogmatis assertum fuit, id mordicus tutari hanc factionem, nisi etiam tam directe quam indirecte (ut aiunt) neget Deum atque de suo Caelo ejicere conetur...Id arguit nefarius tractatus Villanovani de Tribus Prophetis, Cymbalum Mundi, Pantagruellus et Novae insulae, quorum authores olim erant Cenevangeristarum antesignani》.

12. 英訳書は『聖霊ノ役割ニツイテ』ではなく『アルコラヌス，モシクハマホメトゥスノ律法ト福音史家タチノ調和ノ書』を指示する．訳者はともに未見．

13. プロスペル・マルシャン（Prosper Marchand, 1675？－1756） 改革派書籍業者．文献学者．ギーズ（エーヌ県）に生まれ，アムステルダムで死んだ．『印刷の起源の歴史』はこの種の研究として先駆的なものと言われるが，学識者としての最大の功績は，ピエール・ベールの『歴史批評辞典』のあとを受けた『歴史辞典全２巻』（1758－1759年）の執筆であろう．

14. コプレー＝クリスティ，前掲書，26ページ．

15. あらゆるフランス語版，イタリア語訳書，スペイン語訳書がフェーヴルの註の指示（『カルウィヌスノ全著作』第７巻，1152欄，及び直後の1185欄）をそのまま受け止めているが，英訳書はこれを無視する．そもそも英訳書には原註（11）に相当する註が存在しない．おそらくこれは英訳者の賢明な措置で，同全著作，第７巻には1152欄や1185欄が存在しないのである．但しフェーヴルが引用したようなカルヴァンの表現がまったくないわけではない．たとえば1550年の『躓キニツイテ』のフランス語訳書には次のように記されている．《Chacun sait qu'Agrippa, Villeneuve, Dolet, et leurs semblables ont toujours orgueilleusement contemné l'Evangile...Il y a un certain Espagnol, nommé Michel Servet, qui contrefait le médecin, se nommant Villeneuve》〔『躓きについて』，パニエ＝シュミット篇，『カルヴァン作品集』第２巻所収，1935年，223ページ，229ページ〕．但し上記のフランス語訳は同時代の翻訳と同じくラテン語原文を敷衍したもので，これを原文に求めるなら《Agrippam, Villanovanum, Doletum, et similes vulgo notum est tanquam Cyclopas quospiam evangelium semper fastuose sprevisse...Pro multis unum Serveti exemplum sufficiat》〔『同全著作』第8巻，44欄－45欄，48欄〕となる．

16. あらゆるフランス語版やすべての翻訳書（英訳書もふくむ）がこの註の指示をそのまま受け入れているが，誤りである．もともとシナールの著書に〈261ページ〉は存在しないのだ．私見ではフェーヴルが指示したかったのは，

ラザール・セネアン〔Lazare Sainéan〕,『16世紀の文学的問題〔*Problèmes littéraires du Seizième siècle*〕』, 261ページ以降ではなかったろうか.

17. マルティ＝ラヴォー篇,『ラブレー著作集』第2巻, 257ページ以降.

18.《Qua enim Luterani habent ecclesia, eadem habent authoritate ab ecclesia traditum posteritati Evangelium impii verbis crebro Evangelii professionem sibi adscribentes, ut sub eo tamen ita vivant (ut interpretatus est Christomastix in Abbatia Θελημητων ludoque pillae palmariae) ut velint, nec libidini quicquam substrahant》.

19.《estimationi non studeo; juvandi animo non gloriae causa acceleravi》.

20. 1618年のジャン・パン書店版,『当代の異端の誕生・成長・凋落の歴史』では, 228ページ.

21.《Utor ea voce more germanico. Concionatores enim suos Evangelistas nuncupat novi cultus factio. Ad quem vocem adludens, nunc Cenevangelistas, id est vanos, nunc Caenevangelistas, id est novos, appello》.

22.《Primum, ut toti orbi terrarum, sed ante omnia Latini Romanive regni alumnis redderem rationem earum rerum quae, hactenus, credendae fuere, postea autem intelligendae sunt, et in Religionis toti generi humano clarissimae, qualis sola christiana est, unione et consensu sunt habendae.

《Alterum, ut illis gentibus quae sunt Latinae hujus (aut Japetinae) linguae usu destitutae, arabicae videlicet atque syriacae (ipsius Christi propriae) usu coactae, hoc ipsum rationis beneficium, cum Evangelii per typographiae artem multiplicati luce, etiam conferatur》.

23. ヴィメルカティ (Francesco Vimercati, 1474?－1570) ミラノ出身の医師・文献学者・哲学者. 所謂〈パドヴァ学派〉に属する. ボローニャ, パヴィア, パドヴァ, パリの各大学で学び, フランソワ一世の侍医, ソルボンヌの哲学教授. 信仰と理性を分割したという理由 (これはパドヴァ学派のみならず宗教改革にも係わる問題でもあったが) でギヨーム・ポステルから猛烈な抗議を受けた.

24. ルノーデ (Augustin Renaudet, 1880－1958) リセ・ルイ＝ル＝グラン以来のフェーヴルの友人. ノルマリアン. 名著『初期イタリア戦役下のパリにおける先行宗教改革とユマニスム』により文学博士となり, フィレンツェのフランス研究所の講師, 次いでボルドー大学文学部の近現代史教授, 1937年パリ・ソルボンヌ大学の近代史教授. 1946年コレージュ・ド・フランスでイタリア文明史講座を担当. エラスムスとダンテの専門家. ルノーデは〈人類の進化叢書〉の中世部門の掉尾を飾る『書物の出現』を任される筈であった. 最晩年に, マルセル・バタイヨンの『エラスムスとスペイン』に刺激され『エラスムスとイタリア』(残念ながら往年のエラスムス論の緊張感はない) を著し,《友

にして歴史家　リュシアン・フェーヴルに》献じた.

25.《Prima ea adsertio, nil praeter ea quae in Canonicis Scripturis habentur, esse credendum, statim Evangelium non esse credendum suadet》.

26.《Nam si nil est tenendum pro articulo fidei praeterquam quod est in Novo Testamento scriptum, nusquam ibi reperias hoc esse Evangelium potuis quam quidvis aliud...Est igitur prius quam Evangelio Ecclesiae credendum, alioqui negaretur Deus, quod secreto faciunt etiam verbis qui sunt mysteriorum peritiores...》.

27.《Falsa in sacris esse adseverare, Deum negare est. Si enim, vel in iota una, gratia spiritus sancti permisisset aberrare non tantum Evangelistas, sed legitime coacta Concilia, falsa Christus promisisset...》.

28.《Nolo hic attingere propensum illum tuum animum in Jovium, Rabelaesum, Bigotium ac tales absolutae eruditionis viros》.

29.《Usque adeo orbem totum occupavit〔Muhamedica religio〕ut, si trifariam in que aequalia totam habitabilem divides vix una pars extra hanc possit reperiri. Habet totam Africam, praeter Nubianam illam regionem quae a Praestano Christiano incolitur. Tota Asia, a nostris litoribus per antipodes usque ad illam partem quae in occidua nostri hemispherii parte est, hac uti. Quos enim primos hominum sua navigatione orbem totum ab occidente per antipodes in ortum lustrando Magellanus ultra Americam reperit in majoribus Moluccarum insulis —— illi nugas Muhamedis observant...Jam et in Europam haec pestis grassatur, occupatque totam Graeciam》.

30.《Astrologiam et rei medicae praxim illis debemus. Nugentur quicquid velint nescio qui *neoteristae* qui, maledicendi quadam libidine sibi nomen redimere eruditionis volunt, quum tamen...nullus sit hodie virorum doctorum et in melioris notae praxi excercitatorum, quin postquam egregie a Galeno hausit ipsam theoriam versetur in Arabibus ?》

31.《Quam multa...Arabibus solum, non Galeno debemus ? Nolo recitare omnium medicinarum temperamentum : saccharum, rhabarbarum turbit, sene, manna, etc.》.

32. ヨアンネス・メスア（Joannes Mesua, 780？－885？）本名アイア・ベン・マスイア. アラビアの医師. ネストリウス派キリスト教徒. カリフ, ハルン＝アル＝ラシドやアル＝マムンに仕え, 主人の命令でギリシア語やシリア語の著作を多数翻訳した. 加えて解剖学をはじめ医療に関する論考を多く著述し, 東方の学者たちから高い評価を受けた. ヴェネツィアで15世紀末にラテン語訳された作品が刊行され, 幾度も版をかさねた.

33. G. プテアヌス（G. Puteanus ; フランス語名 Guillaume Dupuis）フラ

ンスの医師．15世紀後半にブランジに生まれた．16世紀の初めにグルノーブルに身を落ち着け，開業した．やがてグルノーブル大学の医学教授となる．数点の医学書を上梓した．

34．《Caeterum, quis non novit inter Germanos, longe ante isthaec tempora, fuisse summam innocentiam ? Certe...antequam isthaec concionatorum licentia ita grassaretur...Erat ante hanc factionem Germanus miles non saepe in alieno rapiendo abstinentior quovis sanctissimo monacho...O utinam pereant, aut convertentur, qui, quicquid erat in Europa generosi una commisere. Ve, ve Germaniae et ejus vicinis !》

35．《Ubi est promissio aut adventus ejus ? ex quo enim patres dormierunt, omnia sic perseverant ab initio creaturae nil aliud familiarius hodie audias ab aulicis Evangelistis qui jam virus suum toto in orbe Cristiano fere sparsere》.

36．《qui Evangelium in libertatem convertant, interpretationibusque contorqueant》.

37．《Omnia semper sic fuisse, et Christum nil in orbe immutasse praeter verba》.

38．英訳書によれば134－135ページ．なおコプレー＝クリスティ（仏訳版）のカタログ・ナンバーとフェーヴルが抜き出すリストには少なからぬ誤写があるが，以下あえて特に断らず，クリスティの表記にしたがうことにする．

39．ルフランが《翻訳した》というのは，フェーヴルの誤解もしくは誤記．ルフランがその論文で明記しているように，これはアルテュール・ウラール『ラブレー　そのイタリア旅行，メッツ亡命』，265－266ページに掲載されている訳文の借用である．またフェーヴルは《イタリック体で印刷された》と述べているが，ルフランの論文やド・グレーヴ，前掲書，などを見るとこれも誤解らしい．

40．《Goveanus fuit doctus Lusitanus. Calvinus vocat illum atheum, cum non fuerit. Debebat illum melius nosse》.

41．『ヨアンネス・カルウィヌスノ残存セル全著作』第27巻，261欄．

42．ヴェス，「最近の刊行物にもとづくクレマン・マロ，ロンサール」，361ページ註1，及び362ページ註1．

43．野沢氏訳，『歴史批評辞典　III』，744ページ．

44．《obscœnum sceleratorum latrunculorum, qui in veram religionem nostram grassati sunt, caput》.

45．クリストポルス・ロンゴリウス（Christophorus Longolius ; フランス語名 Christophe Longueil, 1490－1522）　フランス王妃アンヌ・ド・ブルターニュの法官を父にミラノに生まれ，パドヴァに没した．学識者．ポワティエ大学で法律を修め，弁護士となる．パリ高等法院評定官．キケロが使った語彙しか

用いなかった．

46．渡辺氏訳，『パンタグリュエル物語』，88ページ．

47．《Ita ut putent homines Servetum aliquem fuisse Rabelasii aut Doleti aut Villanovani similem, qui nullum Deum aut Christum haberet》.

48．英訳書によれば，6紙葉

49．《Atque hujus modi quidem doctores pro Christi Salvatoris pura doctrina, facile libenterque accipient doctorinam scelerati impiique illius hominis, ac plane athei, *Fr. Rablesii*〔sic〕, ejusque libros qui non minus impie quam insulse *Gargantuae ac Pantagruelis* nomine sunt inscripti》.

50．《Semel erat paratus apostatare. Volebat manere Parisiis. ...Rogavit regem ut liberet sibi excedere Geneva, et procuraret infringi testamentum patris Roberti, quo dederat sua bona filio H.Stephano, ea lege ut maneret Genevae. Rex non obtinuit, quia Genevenses voluerunt servare leges suas...》.

51．《Qui sic nugatur tractantem ut seria vincat —— seria quum faciet, dic, rogo, quantus erit ?》

52．《Nescio quid dicam de ea opinione quam invexere Cenevangelistae aut Lutherani, usque adeo absurda est. Aiunt vero animos beatorum ante diem judicii dormire, nec frui beatitudine》.

第一部・第一巻・結論

1．ド・ラ・ロシュ（Michel de La Roche, ？－？） ダルティニの著書に眼をとおすことができなかったので，特定が難しいが，恐らく17世紀後半から18世紀前半の改革派文学者．ルイ十四世による弾圧によってであろうが，改革派信徒として生活すべく早くから英国に亡命していた．英国文学史に関する大著がある．

2．ローザンヌの宗務会 1537年5月から6月にかけてカロリがカルヴァンとファレルをアリウス派として告発したことに端を発する宗務会．理論面ではカロリはニカイア公会議の決定に依拠して，死者のための祈りの効果を主張．カルヴァンは聖書に基づき，〈三位一体〉に言及しないまま反論した．カロリはこれを機会に教皇との和解を謀り，バーゼルやシュトラスブルク，チューリッヒの改革派は大きく動揺した．この宗務会の他にもローザンヌが宗教改革史で果たした役割は大きい．網羅するつもりは毛頭ないが，経験則でいえば，一般に〈ローザンヌ〉の討論と呼ばれる会議についてだけは語っておいた方がいいと思う．事情を略述すると，1536年，ベルン軍はローザンヌを制圧するが，市民の理解が行き届くように，聖職者が福音について自由に討論することを許した．174名の聖職者がこの呼びかけに参加した（同年10月1日）．その中で発言したのは4人のカトリック側神学者と，改革派側ではヴィレ，ファレル，マ

ルクール，カロリ，カルヴァンであった．発言の結果を受けてベルン当局は偶像崇拝をやめ，福音にしたがい，穏やかに暮らすよう命じた．討論の叩き台になったのはヴィレが作成した10の命題であり，討論の結論にはルター神学の影響が色濃く見て取れる．

3．ピエール・カロリ（Pierre Caroli, ？－1550？） セーヌ＝エ＝マルヌ出身の神学者．1520年神学博士．早い時期から改革派への共感を抱いていたようで，〈モーの人々〉とも親しかった．しかし王姉マルグリット・ド・ナヴァールの庇護のもとカトリック・サイドの追及をかわしパリに戻り，ソルボンヌ修道院院長の任務につく．この頃ノエル・ベダが介入．カロリに説教壇を許さず，また公開説教も禁じた．マルグリットはカロリをナヴァール王の宮中司祭に取りたてる．1534年その任務を棄て，ジュネーヴに赴き，討論でやぶれたことを認め，公然とカルヴィニスムを奉ずる．しかしカルヴァンやファレル，ヴィレと折り合いが悪く，逮捕を恐れたカロリは1537年フランスに戻り，トゥルノン枢機卿のもとで棄教し，カトリック教徒となる．だが期待に反してカトリック教徒からの厚遇をえられず，対立するふたつの陣営から見放され，ローマで困窮のうちに没したらしい．

第一部・第二巻・第一章

1．ヴィオレ・ル・デュック（Eugène Emmanuel Violet le Duc, 1814－1879） パリ出身の中世学者・建築理論家．中世建築を愛し，イタリアに滞在したあと，プロスペル・メリメとともにフランス各地を旅行．メリメからヴェズレのバジリカ聖堂の補修を依頼される．一連の中世建造物の補修もかれの指揮下でおこなわれたが，ゴチック建築に関する合理的な理念の持ち主で，その理念を修復にあたって反映させたため，過去の遺産の改悪であると批判を受けた．しかし中世の建造物や家具に関する本格的な辞典，中世詩作品の網羅的なアンソロジーの刊行など，大きな貢献もある．ちなみにフランス語のあらゆる版もイタリア語訳書やスペイン語訳書も，ここではD.・ムララス，『ネオ＝ラテン語詩とフランスにおける古代文芸のルネサンス』を挙げているが，英訳者が正したように，間違いなので改めた．原註（7）での言及も同じ．

2．渡辺氏訳，『第三之書』，43－44ページ．

3．渡辺氏訳，『ガルガンチュワ物語』，45ページ．

4．デュ・ボカージュの奥方（Anne-Marie du Boccage, 1710－1802） ルーアン出身の女流詩人．文士である夫の死後（1767年）パリに上京，人柄のよさと文学的才能で人々をひきつける．ミルトンやゲスナーの摸作である長詩，自らの作風による長詩，悲劇，小説，書簡集を書いた．フォントネルやヴォルテールも彼女のファンだった．

5．パッシオネイ枢機卿（Passionei, 1682－1761） イタリア出身の枢機卿．教皇特使や教皇大使としてユトレヒトやウィーンに派遣され，エフェソス大司

教を経て1738年に枢機卿に撰ばれた．その学識も評価され，1755年ヴァティカン図書館管理者に任ぜられ，アカデミー・フランセーズの海外会員にも推挙された．フラスカーティ市に大きな古代博物館を作った．

6．教皇ベネディクトゥス十四世（Benedictus XIV, 1675 - 1758） ローマ教皇（在位1740 - 1758年）．前名 Prospero Lambertini．ポルトガル，スペイン，シチリア，プロイセンとの妥協の結果，教皇位にのぼりつめた．自身が教会法の権威であり，歴史科学や自然科学の教育を推進した．また学識者と広く交際し，『禁書目録』の見直しを命じた（『禁書目録』からガリレオやコペルニクスの名前が消えるのは，ベネディクトゥス十四世の没後一年）．改革派や理神論者からも尊敬された．

7．《Et homo factus est》.

8．同書，第1巻，157ページ；渡辺氏訳，同書，93ページ．

9．渡辺氏訳，『ガルガンチュワ物語』，177ページ．なお日本聖書協会版，『聖書』「マタイによる福音書」では，周知のとおり，《ラマ，サバクタニ》，である．

10．ル・デュシャ（Jacob Le Duchat, 1658 - 1735） メッス出身の文献学者・批評家．カルヴァン派信徒．16世紀の作家のすぐれた批評版を世に送った．ピエール・ド・レトワルの『日記』（多数の貴重な史料を補遺にもつ），アグリッパ・ドービニェの『フェネスト男爵の冒険』，その他．中でも四折判（海賊版では十二折判）の『ラブレー著作集（全3巻）』は近代のラブレー研究の礎を築いた．

11．渡辺氏訳，前掲書，25ページ．

12．フェーヴルは「『パンタグリュエル物語』研究」としているが，誤りなので正した．

13．〈控間〔arrière-chambre〕〉 渡辺氏訳，『ガルガンチュワ物語』では〈居間〉としているが，同氏，『渡辺一夫著作集』第2巻，156ページの訳語〈控間〉をとった．

14．〈礼拝堂〔chapelle〕〉 渡辺氏訳，『ガルガンチュワ物語』の訳語は〈納戸〉であるが，ルフラン＝フェーヴル論争の文脈にそって，〈礼拝堂〉とした．この章の本論への訳註（21）で紹介した渡辺一夫氏の論文を参考にすればすぐと分かるところだが，20世紀後半になって，ロベール・マリシャルは密度のこい実証的な検証から，〈礼拝堂〉以外のコノテーションの可能性を指摘しているが，ここでは論争当事者2人とも明らかに〈礼拝堂〉の意味でこの語を使用していたと思われる．

15．渡辺氏訳，『ガルガンチュワ物語』，234 - 235ページ．

16．フェーヴルは『パンタグリュエル物語』としているが，誤りなので正した．

17．フェーヴルの文章からは，引用文の発話者がボシュエ自身の言葉のよう

に聞こえるが，この註で言及されるクルーゾは，ボシュエがアウグスティヌスを援用した，その援用文を借用している．アウグスティヌスの出典は不詳．

18.《Gaude Virgo, mater Dei, quae per aurem concepisti?》 アンリ・クルーゾによると聖エフレムの讃歌が出典らしい．

19. 以下にフランス語訳をもとに和訳を試みる．《**ギリシア産ワインがいつなんどきの食事にも結構なものであることを示す喩え** ピオヴァーノ・アルロートがある日フランチェスコという名の栄誉ある市民と食事をしにゆくと，フランチェスコがこう言った．アルロート殿，ギリシア産ワインがございますが，食事の前にいただきましょうか，後にいたしましょうか．これに対しアルロートが喩えをもってこう答えた．至福きわまりない神の御母はご出産の前でも処女であられたし，ご出産の後でもそうだった．これをこの市民は十分に理解して，あらゆる食事にあってギリシア産ワイン以外の飲み物を供するのは心映えよからずと考えた．また同じアルロートに，毛髪が髭よりも早く白髪になるのは何故か，と尋ねられ，その謂れは（とかれは答えた）毛髪が髭よりも二十歳ほど年長だからである》〔『気晴らしの時間』，M.P.B.P. によるイタリア語からのフランス語訳，1609年，98－99ページ〕．このフランス語訳（と重訳）が正しいとすると，逸話の語り手はルドヴィコその人ではない．

20.《Fides est substantia rerum sperandarum, argumentum non apparentium〔ウルガータ訳『聖書』ではparentum〕》. なおフェーブルはこの引用の出典を〈「ヘブル書」第11章 9 節〉としているが，誤りなので正した．

21.《Est, inquis, fides sperandarum substantia rerum, argumentum non apparentium》.

22. 渡辺氏訳，『パンタグリュエル物語』，140ページ．

23. ウィリアム・オッカム（William of Occam, 1300？－1349？） 英国の大スコラ学者．フランチェスコ派修道士．学問的にはドゥンス・スコトゥスの弟子．唯名論者．知覚の原因を直感にしか求めず，哲学と神学の分離を説いて，のちの英国経験論哲学の祖となった．イエスの清貧論争で教皇ヨアンネス二十二世と対立，破門され，ルードヴィッヒ・フォン・バイエルンのもとに亡命，反教皇権を訴える攻撃文書を書いた．

24. マルティン・ハノイヤー（Martin Hanoyer, ？－？） ギヨーム・ファレルがエーグルの牧師であったころの関係者．ハノイヤーはエーグルでのファレルの秘書がルター派であると非難した．ファレルはかれが単に福音を奉じているだけだと弁護した．この書簡でファレルは自らのミサ観，秘蹟観，偶像観について記している．ちなみに英訳書はここではフェーヴルの原註をまったく採用せず，《明らかにフェーヴルの情報源であるヘンリー・ハイヤーが，それを見たと主張している註釈を見つけることができなかった．かれの『ギヨーム・ファレル その神学思想の展開についての試論』（ジュネーヴ，1872年），50ページ》，と註記する．

25. 協会版，『ラブレー著作集』第 3 巻， ；渡辺氏訳，『パンタグリュエル物語』，29ページ.

26. ここでもフェーヴルはルフランの序論の題名を「『ガルガンチュワ物語』研究」としているが，誤りなので正した.

27. フィリップ・ド・ヴィニュール（Philippe de Vigneulles, 1471 - 1527？）帝国自由都市メッツのラシャ商人. 1972年まで全貌がわからなかった小話集『新百物語』（全貌が分からなかったというのは，草稿の所有者リヴィングストンが小話を少しずつ，小出しにして学術誌に発表していたからだ）と『メッツ年代記』の著者. 後者の最終部分にはヴィニュールの『回想録』が使われている.『メッツ年代記』は16世紀にフランス語で書かれた，私的な，つまり修史官の手によらない歴史書の中で，最も面白いもののひとつ.

28. カラッチョリ（Roberto Caraccioli, 1425 - 1475） イタリアのレッチェ出身. フランチェスコ派修道士. 説教師. アクィノ司教，ついでレッチェ司教. 著書には『人間ノ形成ニツイテ』，『死ニツイテ』など.

29. 但し，ここで問題になっている短話は，現在ではデ・ペリエの真作ではないと考えられている.

30. 《aspectibus impudicis et procacionibus effrenatis sacra Dei templa et ædes tanquam publica prostibula meretricum prophanant !》

31. 《Soli caffardi eas predicaverunt cum infinitis mendaciis, ut populum decipiant ; qui saepe sunt parvi diaboli quando sunt in taberna, quia non est quaestio nisi de luxuria, de ludo, etc.》.

32. 《Omnes abusus hodierni sunt in templo. Si quis vult tractare de mercantiis, de luxuria, de pompis, veniat ad ecclesiam》.

第一部・第二巻・第二章

1. フェーヴルの原註では，L. タラン，『ラブレーと宗教改革』を指示しているが，誤りなので正した.

2. 協会版，『ラブレー著作集』第 1 巻，98 - 99ページ；渡辺氏訳，『パンタグリュエル物語』，64 - 65ページ. フェーヴルの引用には省略箇所があるが，ここでは渡辺氏訳に基づきつつ，フェーヴルの引用を尊重した.

3. 同書，99 - 100ページ；渡辺氏訳，同書，65ページ.

4. 《De die autem aut hora illa, nemo scit, nisi solus Pater》.

5. 《Nonne filius Dei moriens mortem nostram destruxit, eademque opera reconciliavit nos Deo et patri suo, ut eum aboleret qui mortis habebat imperium, nempe *τὸν διαβόλον* ; denique ut liberos redderet eos quicumque metu mortis per omnem vitam obnoxii erant servituti》.

6. 英訳書によると，ジルソンが最初に『フランチェスコ派修道会史評論』に掲載した論文「フランチェスコ派修道士ラブレー」と，『思想と文芸』に再

録したものとでは異文があり，後者にあって論点がより詳細になっているとのこと．

7. ルゥリウス〔ルルス〕(Raimundus Lullus; カタロニア語名 Ramón Llull, 1235 - 1315) カタロニアの神学者・哲学者・詩人・秘教的思想家・錬金術師．総合的にはキリスト教の布教者といえるのだろうが，どのような枠にも収まりきれない人のような気がする．名門の生まれで30歳までアラゴン王の宮廷で過ごすが，突如俗世間を棄て，フランチェスコ派修道士となる．キリスト教徒としてアウェロイスムに対抗し，布教のためにアラビア語やヘブライ語を大学で教えるようにした．自らも北アフリカに伝道に行き，殉教した．機械的な言語操作で真理を究める方法を夢想し，カバラ学や魔術も学んだ．その宗教的な詩はフランス語訳で読んでも美しい．

8. 協会版，『ラブレー著作集』第 3 巻，106ページ；渡辺氏訳，『パンタグリュエル物語』，69 - 70ページ．

9. 邦訳で対応すると思われる文章を挙げておく．《ひとは灯に慕いよる蛾にも似て，絶えざるあこがれを抱きつつ常によろこびをもって新しい春，新しい夏，新しい月，新しい年を待っている．そしてそのあこがれの対象が来るのを余りにもおそすぎるとおもっている．自分の破滅にあこがれるとは悟らないのである．しかしこのあこがれこそ，人体付属の霊魂としてとじこめられながらも，つねに自分の受領地に帰ることを希っている諸原素の精粋たるあの第五原質の中に存するものである》．杉浦民平氏訳，『レオナルド・ダヴィンチの手記』上巻，54 - 55ページ．最後の一節の邦訳に戦後民主主義のひとりの旗手であった杉浦氏の〈レオナルド観〉が込められているように思える．

10. 《generis aetherei memor》. デシデリウス・エラスムス，金子晴勇氏訳，「エンキリディオン」，『宗教改革著作集　2　エラスムス』所収，では《出生が天上であることを思い出して》(36ページ) とある．

11. この部分の原文の直訳は《省かないように気をつけはしなかった》であるが，英訳者も考えているとおり，フェーヴルの誤記と判断した．

12. エラスムス，金子氏訳，前掲書，38ページ．

13. 協会版，『ラブレー著作集』第 5 巻，239ページ；渡辺氏訳，『第三之書』，186ページ．

14. 〔　〕内はフェーヴルの割註．

15. 『第三之書』第13章．協会版，『ラブレー著作集』第 5 巻，109ページ；渡辺氏訳，『第三之書』，94ページ．

16. 同書第31章．同書，239ページ；渡辺氏訳，同書，186ページ．若干の誤記や異同あり．

17. 《Tres viventium differentias mente complectimur : naturale, sentiens et intelligens ; tres quoque animae species iisdem nominibus insignitas, quae sunt naturalis, sentiens et intelligens : quibus haec respondent viventium

genera...stirps, brutum, homo》.

18.《Dum fœtus utero fingitur..., primum naturalis anima emergit seque prodit : deinde, vitalis facultatis interventu et conciliatione anima sentiens comparet et elucet. Haec vero, quanquam simplex est ut in beluis, comitem tamen retinet vim illam naturalem, quae tum manens anima dici non potest, ne corporis unius...complures formas...fateri cogamur》.

19. 英訳書もふくめあらゆる版が，このページ指示を35ページとしているが，誤りなので正した．なおフェーヴルの引用には誤記の他にいささか強引に走るところがあって，フィガールの文脈では〈霊魂〉が《物質的にして必滅》なのではなく，〈精気〔esprit〕〉がそうなのである．

20.《Ut opifex idoneis instructus instrumentis, si in tenebricosum aut arctum conclave contrudator nequit quae artis suae sunt efficere, sic anima vitioso corpore（quod est tanquam domicilium）coercita, quae sua sunt munia exequi non potest》.

21.《tantam illam discrepantiam perhorrescens nec ferre potens, de corpore decedit》.

22.《Itaque simplex quum sit〔anima〕, nec secerni, nec dividi, nec discerpi nec distrahi potest. Nec interire igitur》.

23.《Tres quae sunt, non essentia modo sed sedibus quoque et principatu disjectae sunt, neque in eodem possunt solio considere...Ex propriis operibus, ex medendique ratione, altrix vis et naturalis in jocinore ; animalis seu sentiens in cerebro ; reliqua vitalis in corde constituenda videbitur》.

24. ピエール・ベール，『歴史批評辞典（第５版）』第４巻，318ページ，右欄．なおこの辞典（第５版）の閲覧については東京都立大学仏文研究室の御厚意に甘えた．野沢氏訳，『歴史批評辞典　II』，847ページ．

25. 同書同巻，同欄．野沢氏訳，同書，847ページ．

26.《Sentiens anima duas cognoscendi facultates obtinet, externam, in sensus quinque tanquam in species distributam, et interiorem. Haec porro species habet, vim discernendi communem, vim fictricem et eam quae meminit ac recondatur》.

27. 協会版，『ラブレー著作集』第５巻，239ページ；渡辺氏訳，『第三之書』，186ページ．

28. マルティ＝ラヴォー篇，『ラブレー著作集』第２巻，272ページ；渡辺氏訳，『第四之書』，60ページ．

29. ここでフェーヴルが典拠にしているのは，P. ブランシュマン篇，『ロンサール全集』第５巻，158ページ．但し引用されている三行詩句の冒頭にあるべき主語代名詞を省いている．

30.『恋愛詩集』からの引用は，1584－1587年の異文をふくむ詩句を採用し

ている．

31．ピエール・ベール，『歴史批評辞典　II』，318ページ，右欄；野沢氏訳，847ページ．〔　〕内はフェーヴルの割註．なおこの註の引用の下線部分は野沢氏訳では《移住》であるが，ここでは渡辺氏の邦訳に合わせた．

32．《Nam nec anima per se est homo, nec corpus est homo, sed unâ ambo homo sunt》.

33．原註が指示する文献は『アルコラヌス，モシクハマホメトゥスノ律法ト福音史家タチノ調和ノ書』であるが，英訳書では『聖霊ノ役割ニツイテ』であるとする．フェーヴルの本文の流れから英訳書の指示を採用した．

34．フェーヴルは特定の版を指示していない．ここでは，ヴォルテール，池田薫氏訳，「ミクロメガス」，『浮世のすがた　他六篇』所収，72ページの訳文を拝借した．

35．ブランシュマン篇，『ロンサール全集』第5巻，248ページ；高田氏訳，『ロンサール詩集』，193ページ．

36．『パンタグリュエル物語』第8章．協会版，『ラブレー著作集』第3巻，99ページ；渡辺氏訳，『パンタグリュエル物語』，65ページ．フェーブルの引用は正確ではなく，やや強引に用いられている．ラブレーの原著が表明するのは〈死の定義〉ではなく，〈死の効果〉なのだ．

37．《Est animantium viva facultatum actionumque omnium conservatio》.

38．《Mors est vitalis roboris omniumque facultatum exstinctio》.

39．『ヨアンネス・カルウィヌスノ残存セル全著作』第32巻，467欄；渡辺信夫氏訳，『キリスト教綱要』第3／2巻，新教出版社，197ページ，右欄．

40．《duplex mors est : corporis, bonis ac malis omnibus communis —— et animi : mors autem animi peccatum est》.

41．《Post resurrectionem, piis erit aeterna vita tum corporis, tum animi ; ...contra, impios mors aeterna possidebit, tum corporis, tum animi ; nam, et corpus habebunt ad aeternos cruciatus immortale, et animum peccatorum stimulis semper afflictum, absque spe veniae》.

42．アゴスティノ・ニフォ（Agostino Nifo,1473？－1538）　イタリアのスコラ哲学者．アリストテレスの哲学をアウェロエスの解釈をつうじて講じ，パドヴァ，ナポリ，ローマ，ピサで大きな成功を収めた．

43．テミスティオス（Θεμίστιος, 317－？）　逍遥学派の哲学者．修辞学者．特に弁論家として名高い．小アジアを遍歴したあとコンスタンティノープルで修辞学を教え，元老院議員となった．皇帝の信頼があつく，中でもユリアヌス帝から寵愛された．他方その廉潔な性格からキリスト教徒からも尊敬された．多くの演説（称賛演説，葬送演説，謝辞の演説）の他にもアリストテレスの学説を解釈した断片がある．

44. セプルベダ（J. Ginéz de Sepúlveda, 1490？－1552）〈スペインのティトゥス＝リウィウス〉と異名をとる．コルドバに生まれ，ボローニャで学業を続ける．ガエタ枢機卿とクィノネス枢機卿に仕え，神聖ローマ帝国皇帝カロルス五世の修史官（1536年），ついで王子ドン・フェリペの家庭教師を勤める．歴史書としては『カロルス五世伝』，『フェリペ二世伝』など．しかし現代人がセプルベダの名前とともに思い起こすのはラス・カサスを相手に，スペインの新大陸侵略の権利を主張した世紀の論争であろう．

45. ロレンツォ・ヴァラ（Lorenzo Valla, 1407－1457） ユマニスト．ナポリの宮廷でアルフォンソ一世に修辞学を講ずる．しかしヴァラの名前を高からしめたのは何よりも，論争的文脈ではあるが，所謂「コンスタンティヌス寄進状」を実証的・歴史的処理によって偽書と断じたことであろう．この点でヴァラを近代歴史学の始点にすえる歴史家もいる．その他，『イリアス』やトゥキュディデスのラテン語訳を発表．『福音書』の数カ所の信憑性を問うたりさえした．死後出版の『自由意志論』は，その大胆な見解で世人に衝撃を与えた．あらゆる知的営為に関心をもち，自説を曲げず，論敵に対しては激しく立ち向かった人だった．

46. テオドルス・ガザ（Theodorus Gaza, 1400？－1478） テッサロニケ出身のギリシア語文法学者．1429年トルコ軍の進出を逃れてイタリアに亡命．フェラーラでギリシア語を教え，1455年，ニコラス五世に招かれローマに移住．ベッサリオン枢機卿と親交を結ぶ．その『ギリシア語文法』はエラスムスの手でラテン語に訳された．

47. ギヨーム・ウープランド（Guillaume Houppelande, ？－1492） 神学者・ユマニスト．1457年パリ大学神学教授．ド・ローノワはウープランドがその教区をよく監督し，教会の財産を守り，哲学者や教父を研究した，と讃辞を送った．コレージュ・ド・ナヴァールで講じ，そこで生涯を終えた．霊魂の不死性を証明すべく努め，不死的である方が合理的である，と説明したらしい．

48. ピーター・クロッカルト（Pieter Crockart；もしくは Pierre Crockart, 1460？－1514？） ネーデルラント（ブリュッセル）出身．パリ大学でヨハンネス・マヨールの唯名論を学ぶが，のちにこれを否認，トマス主義を奉じ，パリはサン＝ジャック街のドミニコ派修道院に入る（1503年）．1505年からパリ大学で教鞭をとる．1512年トマスの『神学大全』を校訂出版．アウェロイスムに関心をいだき，自然的理由を根拠に世界の永遠性を否定した．

49. ドゥンス・スコトゥス（Johannes Duns Scotus, 1266/1277－1308） スコットランド出身のスコラ哲学者・神学者．フランチェスコ派修道士．パリやオクスフォードで神学を修め，パリやケルンで教えた．アリストテレスやトマス・アクィナスの体系に反論し，神学と哲学のそれぞれの独立性・背反性，理性に対する意志の優位，普遍的存在と個別的存在の実在性を主張した．弁証法を巧みに使いこなしたので〈精妙博士〉と呼ばれる．

50. アレキサンデル六世（Alexander VI, 1431－1503） スペイン系のボルジア家出身．ローマ教皇（在位1492－1503年）．1456年枢機卿．謀略を用いて教皇の座につき，在位中も悪い評判しか立たなかった．1493年，スペインとポルトガルの植民地獲得競争を平定するため教皇子午線を定めた．シャルル八世を敵にまわしたことを悔いて，ルイ十二世と同盟を結び，教皇領の回復のみならず拡張にも成功した．サヴォナローラを破門したのもこの教皇である．反面ルネサンス文化には理解を示した．

51. 聖ボナヴェントゥラ（Bonaventura ; 本名 Giovanni di Fidanza, 1221－1271） イタリア出身の大神学者．生まれたときの名前はジョヴァンニであったが，4歳で病に臥し，アッシジのフランチェスコの手で奇蹟的によみがえって以来，人口に膾炙した名前になったという．20歳でフランチェスコ派修道士となり，1257年，同修道会総会長．1273年枢機卿にしてアルバノ司教となった．トマス・アクィナスの友人で〈教会博士〉の称号を与えられ，〈熾天使博士〉とも呼ばれる．神学や哲学の書物の他に聖フランチェスコの伝記を書いて，修道士たちを励ました．

52. 野沢氏訳，『歴史批評辞典　III』，187ページ以降．引用部分は188ページ上段．

53. 訳者が参照した第2版では，178－179ページ．邦訳では，服部氏訳，『中世哲学の精神』上巻，231－232ページ．

54. タティアノス（Τατιανος, 120？－173？） キリスト教護教家．殉教者ユスティノスの弟子．ユスティノスの死後シリアに禁欲主義的な教派を作る．欲望を惹起するような食物の摂取を禁じた．異教を激しく批判し，四福音書に整合性を見出そうとした．タティアノスを異端者とする見解もある．

55. ユスティノス（Ἰουστῖνος, 100？－165？） 初期ギリシア教父．キリスト教への外部からの批判に応じ，護教論・弁証論を展開する．通称〈殉教者ユスティノス〉．シリアに生まれ，古代哲学を学ぶ．30歳前後に神秘的な体験を経てキリスト教に改宗．各地を遍歴，巡回説教を続ける．やがてローマに学校をひらくが，公然たる布教活動により皇帝マルクス・アウレリウスの治世に処刑された．著書に『第一弁明』，『第二弁明』，『トリュフォンとの対話』．小高毅氏によれば，《全体として，ユスティノスは父にして創造者なる神の絶対的超越を大いに強調する一方，子にしてロゴスなるキリストの見方は従属説的》である〔『中世思想原典集成　1　初期ギリシア教父』，51ページ〕．

56. トリュフォン（Τρύφων ？－？） 実在した人物と考えられる．エウセビオスの『教会史』を論拠に，ラビ・タルフォンと同定する意見もあったが，現在では受け入れられていない．一説ではバル・コクバの乱（132－135年）のためパレスティナからコリントに避難してきたユダヤ教平信徒．単に律法（トーラー）の学習にとらわれない，開放的な精神をもち，古代哲学を相当に学んだヘレニスム的ユダヤ人とする見解が妥当らしい．『トリュフォンとの対話』

はかれの知性と古代哲学やユダヤ教の素養が並々ならないものであった証左である．

57．P. ベルミセリ（Belmisseri, 1480？－？） ボローニャで学び，1512年から1519年にかけて論理学と医学を講ずる．パドヴァ学派の人々とも交友があった．詩も作り，1533年フランソワ一世にパリに招かれたが，一年後には教皇パウルス三世の要望でローマに戻り，アウェロエス学派のアリストテレスと神学を教えた．

第一部・第二巻・第三章

1．協会版，『ラブレー著作集』第2巻，270ページ；渡辺氏訳，『ガルガンチュワ物語』，141ページ．

2．ジャン・ペレアル（Jean Perréal；異名 Jean de Paris, 1463？－1529以降） 画家・建築家としてシャルル八世，ルイ十二世，フランソワ一世に仕えた．様々な貴人の肖像画を残し，多くのセレモニー（王族の結婚，葬儀）を差配した．霊廟や教会の設計も手がけた．晩年にはイタリアの影響にもフランドルの影響にもよらない独自の作風を残した，と評価する研究者もいる．

3．《Flebant autem omnes, et plangebant illam. At ille dixit : Nolite flere, nonest mortua puella, sed dormit. Et deridebant eum, scientes quod mortua esset》.

4．フェルナン〔或いはエルナンド〕・コロン（Fernand〔Hernando〕Colomb, 1488－1539） クリストバル・コロンの庶子．コロンの第4回目の航海（1502－1504年）に参加した．1571年に父の航海日誌（の写本）をもとに『コロン伝』を刊行した．ラス・カサスの友人でもあった．

5．渡辺氏訳，『第三之書』，104ページ．〔 〕内はフェーヴルが省略した箇所．ここではラブレーの原文と邦訳をできるだけ尊重した．

6．手元の1618年版『当代の異端の誕生・伸長・凋落の歴史』にも同義の表現は存在するが，正確な出典は不詳．

7．Ulysse Chevalier, *Notre－Dame de Lorette : étude historique sur l'authenticité de la Santa Casa,* Paris, 1906（英訳書の指示による）.

8．《quia, onusti cibo et vino, perturbata et confusa cernimus》.

9．《Fieri omnia Fato, ratio cogit fateri. Fatum...appello...ordinem seriemque causarum, quum causa causae nexa rem ex se gignat...Quod cum ita sit, nihil est factum quod non futurum fuerit, eodemque modo nihil est futurum cujus non causas ad id ipsum efficientes natura contineat》.

10．《Quidquid oritur, qualecumque est, causam habeat a natura necesse est : ut etiam si praeter consuetudinem exstiterit, praeter naturam tamen non possit exsistere》.

11．《Nihil fieri sine causa potest ; nec quidquam sit quod fieri non potest ;

nec, si id factum est, quod potuit fieri, portentum debet videri. Nulla igitur portenta sunt》.

12. 《Ut religio propaganda est, quae est juncta cum cognitione naturae, sic superstitionis stirpes omnes ejiciendae》.

13. この『自然の驚異の原因　もしくは魔術』の閲覧については元駒沢大学教授野沢協氏のご厚意に甘えた.

14. 《Non sunt autem miracula, quia sint totaliter contra naturam...sed pro tanto dicuntur miracula quia insulta et rarissima facta, et non secundum naturae cursum, sed in longissimis periodis》.

15. 〈註釈のまとめの部分〉とはルフラン論文のそれである.『エミール・ピコ記念論集』第2巻，484－485ページ参照.

16. 《impressus de novo Parisiis, in vico Sorbonico et prius Coloniae》.

17. 《Parisiis, apud Sorbonam, opera et impensa Joannis Petri, anno 1531, mense februario》.

18. 《Cum animae hominum omnes perpetuæ sint, perfectis quoque animis omnes spiritus obediunt, putant Magi perfectos homines per suae animae vires alias inferiores animas jam quodammodo separatas moribundis corporibus suis posse restituere, rursusque inspirare, non secus atque mustela interempta spiritu et voce parentis revocatur in vitam atque leones inanimem partum inhalando vivificant》.

19. 《Nam plerosque aqua submersos, alios ignibus injectos et rogo impositos, alios in bello occisos, alios aliter exanimatos, post plures etiam dies revixisse legimus》.

20. 《Oportet moribundas animas nonnunquam in corporibus suis latere vehementioribus extasibus oppressas et ab omni corporea actione solutas ; sic ut vita, sensus, motus, corpus omne deserant, ita tamen quod homo vere nondum mortuus sit, sed jaceat exanimis et tanquam mortuus, etiam per diuturnum tempus》.

21. 《Licet nulla sit scientia humanitus inventa quae nos certificare possit de Divinitate Christi, quia certificationem de divinitate ejus...non habemus, nisi ex modo faciendi miracula quæ fecit ; quae miracula et esse facta ab eo, et esse taliter facta non nisi ex testimonio scripturae scimus —— tamen si quid ad hoc nos possunt adjuvare scientiae humanae, nulla est quae magis nos possit adjuvare quam Magia et Cabala...》.

22. 《Est enim ordo rerum a Deo pro naturali cursu institutarum, ita suis finibus inclusus sejunctusque ab his rebus quae, divina virtute et voluntate, fiunt praeter naturam, ut haec omnia si tollantur, nihil sit in rerum natura quod desit, nihil quod supersit》.

23. あらゆる版，あらゆる翻訳書がこの註のビュッソンの発言の典拠に，《ポンポナッツィ，『自然の驚異』，44ページ》を指示しているが，誤りなので正した．

24. エピスコプス（Episcopus ; 本名 John Longland, 1473 - 1547） 英国人聖職者．サリスベリー修道院長でウィンザー参事会員．ヘンリー八世に寵愛され，その聴罪司祭に任命され，1520年にはリンカーン司教区を与えられた．ヘンリーの離婚問題にさいしては躊躇したあげく同意．この優柔不断を生涯悔やむことになる．しかし改革派の伸長に対しては保守的なカトリック教徒として頑なに抵抗した．

25. 《adstrictior legibus philosophiae quam Evangelii et rationis》.

26. ここでフェーヴルの原註がどの版の『ガルガンチュワ物語』（第23章）を指しているか不明．ちなみに協会版，『ラブレー著作集』第2巻では259ページ；渡辺氏訳，『ガルガンチュワ物語』，159ページ．

27. フェーヴルのあらゆる版も，イタリア語訳書もスペイン語訳書も，参照文献として，《哲学フランス学会，『哲学批評・術語集』，〈地獄〉の項目》を挙げているが，これは英訳書が訂正するとおり，ヴァカン＝マンジュノ＝アマン篇，『カトリック神学辞典』が正しい．

28. 《...Ut qui injuste dominabatur in vita piori, vita alia in servilem relabatur statum ; qui munus sanguine polluerit, talionem subire cogatur》.

29. 《Quot autem hac tempestate Cenevangelistæ volunt paria esse omnium in fide Jesu Christi e vivis decedentium praemia, seu impii, seu pii fuerint, seu boni, seu mali, et par ubique praemium ob solam fidem reponunt : quid aliud, rogo, quam iniquissimum deum constituant ?》

30. 《Si latro, si praedo, si fur, moechus, impius resipiscat extremo vitae suspirio, erit par Petro, martyribus piisque omnibus. O blasphemiam inauditam ! Si haec vera sunt, at quid leges dedit tam divinas quam humanas Deus ?》

第二部・第一巻・第一章

1. ギ・パタンについては本論第一部・第一巻・第二章への訳註（98）を参照．ここでのフェーヴルの註に関していえば，本論への訳註（1）であげたギ・パタンの書簡の一部がの根拠であろう．ちなみにその部分を訳出してみる．《今朝自宅に戻ったとき，貴兄の素晴らしいお手紙が届いており，あらためて喜ばしく思いました．昨晩おこなったパーティ——わたしが学部長に就任したための——で味わった喜びをいっそう大きくしてくれました．36人の同僚諸氏が大宴会をおこなったのです．まじめな方たちが，おまけに年輩の方たちもがこれほど大笑いし，これほど飲まれたのをわたしは見たことがありません．パーティ用にとっておいた最良の年代物ブルゴーニュ・ワインをお出ししたので

す．同僚諸氏をわたしの部屋でおもてなししましたが，この部屋では壁飾りのうえに，エラスムスと，父子両名のスカリジェ，カゾーボン，ミュレ，モンテーニュ，シャロン，グロティウス，ヘインシウス，ソーメーズ，フェルネル，ド・トゥ，それからマザリーヌ図書館の司書，親友のガブリエル・ノデ君の肖像画が物珍しげに互いを見合っております．司書というのはノデ君の表面的な資格にしか過ぎません．内面の美点はもてるだけ持っています．ノデ君はたいそう学識があり，優しく，賢明で，世事にも長け，現世の愚かさを悟っております．また30年来の忠実にして心変わりしない友人です．加えて3人の秀でた人物の肖像画，即ちジュネーヴ司教の故フランソワ・ド・サル殿，親友のベレー（Belley）司教殿〔ジャン・ド・パスレーグ；16世紀に活躍したデュ・ベレー（Du Bellay）家とは関係なし〕，ユストゥス・リプシウスもあります．そして最後にフランソワ・ラブレーのものがございます．ラブレーの肖像画には，以前，30ピストルの申し出がありました》〔570－571ページ〕．この文章からフェーヴルの言のように《ラブレーの肖像画がエラスムスの肖像画と隣合っていた》と結論するのは難しいのではないか．さらに付言すると，A・ルノーデはその『エラスムスとイタリア』の結論の末尾で，出典に『16世紀における不信仰の問題』をあげながら，ギ・パタンの書斎では《かれ［エラスムス］の肖像画がラブレーのそれと隣合っていた》，と書き留めた．パリにおける先行宗教改革をめぐって緻密な研究を残したルノーデにしてなお，である．あらためて孫引きの難しさをおぼえさせる．

2．協会版，『ラブレー著作集』第3巻，99ページ；渡辺氏訳，『パンタグリュエル物語』，65ページ．

3．協会版，『ラブレー著作集』第2巻，438－439ページ；渡辺氏訳，『ガルガンチュワ物語』，257ページ．

4．協会版，『ラブレー著作集』第3巻，99ページ；渡辺氏訳，『パンタグリュエル物語』，65ページ．

5．協会版，『ラブレー著作集』第2巻，334ページ；渡辺氏訳，『ガルガンチュワ物語』，184ページ．

6．協会版，『ラブレー著作集』第3巻，100ページ；渡辺氏訳，『パンタグリュエル物語』，65ページ．

7．マルティ＝ラヴォー篇，『ラブレー著作集』第3巻，258ページ．

8．協会版，『ラブレー著作集』第2巻，276ページ；渡辺氏訳，『ガルガンチュワ物語』，146ページ．

9．マルティ＝ラヴォー篇，『ラブレー著作集』第3巻，256ページ．但しマルティ＝ラヴォー版では，略称を用いていない．

10．協会版，『ラブレー著作集』第4巻，200ページ及び275ページ；渡辺氏訳，『パンタグリュエル物語』，152ページ（但し渡辺氏訳では〈主キリスト〉）及び192ページ（但し渡辺氏訳では〈天帝〉）．

11. 協会版,『ラブレー著作集』第5巻, 231ページ;渡辺氏訳,『第三之書』, 181ページ(但し渡辺氏訳では〈救い主であらせられる天主〉).

12. 協会版,『ラブレー著作集』第4巻, 165ページ及び220ページ;渡辺氏訳,『パンタグリュエル物語』, 110‐111ページ(但し渡辺氏訳では〈神様〉)及び152ページ(但し渡辺氏訳では〈主キリスト〉).

13. マルティ＝ラヴォー篇,『ラブレー著作集』第3巻, 256ページ.

14. 協会版,『ラブレー著作集』第3巻, 109ページ;渡辺氏訳,『パンタグリュエル物語』, 71ページ.

15. 協会版,『ラブレー著作集』第1巻, 105ページ;渡辺氏訳,『ガルガンチュワ物語』, 65ページ(但し渡辺氏訳では〈主キリスト〉).

16. マルティ＝ラヴォー篇,『ラブレー著作集』第2巻, 283ページ, 341ページ, 344ページ, 355ページ;渡辺氏訳,『第四之書』, 71ページ(但し渡辺氏訳では〈上天の神〉), 129ページ(但し渡辺氏訳では〈我が主キリスト〉), 132ページ(但し渡辺氏訳では〈お願いだ〉), 145ページ(但し渡辺氏訳では〈我が主〉).

17. 協会版,『ラブレー著作集』第4巻, 284ページ;渡辺氏訳,『パンタグリュエル物語』, 199ページ(但し渡辺氏訳では〈一路平安を祈るぞ〉).

18. 協会版,『ラブレー著作集』第5巻, 18ページ;渡辺氏訳,『第三之書』, 25ページ.

19. フェーヴルは『パンタグリュエル物語』としているが, 誤りなので正した. この種の誤記はおびただしい.

20. 《vestimenta ejus facta sunt alba sicut lux...》.

21. 渡辺氏訳,『ガルガンチュワ物語』, 65‐66ページ. なおフェーヴルの引用は正確ではなく, ここでは主として渡辺氏訳に依拠した.

22. 協会版,『ラブレー著作集』第3巻, 99ページ;渡辺氏訳,『パンタグリュエル物語』, 65ページ.

23. 協会版,『ラブレー著作集』第4巻, 162‐163ページ;渡辺氏訳, 同書, 108ページ.

24. 《Pater frequentissime Deus vocatur; Filius, aliquoties; Spiritus sanctus nunquam exerte》.

25. 《AULUS. Quum Deum dicis, quid sentis?── BARBATIUS. Sentio mentem esse quandam aeternam, quae nec initium habuerit, nec finem sit habitura, qua nihil esse potest nec maius, nec sapientius, nec melius...quae nutu suo omnipotenti condidit quidquid est rerum visibilium aut invisibilium; quae sapientia mirabili moderatur ac gubernat universa, sua bonitate pascit ac servat omnia, atque hominum genus collapsum gratuito restituit》.

26. 渡辺氏訳,『ガルガンチュワ物語』, 158ページ.

27．ルルー・ド・ランシ篇，『エプタメロン』第3巻，1880年，112ページ；名取誠一氏訳，『エプタメロン』，414ページ．
28．協会版，『ラブレー著作集』第4巻，231ページ；渡辺氏訳，『パンタグリュエル物語』，144ページ．
29．協会版，『ラブレー著作集』第5巻，231ページ；渡辺氏訳，『第三之書』，181ページ．
30．同書，313ページ；渡辺氏訳，同書，245－246ページ．
31．協会版，『ラブレー著作集』第4巻，296ページ；渡辺氏訳，『パンタグリュエル物語』，207ページ．
32．協会版，『ラブレー著作集』第5巻，186ページ；渡辺氏訳，『第三之書』，150ページ．
33．同書，337ページ；渡辺氏訳，同書，267ページ．
34．マルティ＝ラヴォー篇，『ラブレー著作集』第2巻，282ページ；渡辺氏訳，『第四之書』，69ページ．
35．同書，337ページ；渡辺氏訳，同書，125ページ．
36．同書，339ページ；渡辺氏訳，同書，126ページ．
37．同書，334ページ；渡辺氏訳，同書，134ページ．
38．同書，359ページ；渡辺氏訳，同書，148ページ．
39．同書，501ページ；渡辺氏訳，同書，290ページ．
40．指示される箇所にファクシミレは存在しない．英訳書が告げるように，アベル・ルフラン，「ラブレーの自筆」，『ラブレー研究誌』第3巻所収，348ページと349ページの間に挿入された写しを指していると考えられる．
41．英訳者は，アベル・ルフラン，前掲論文を指示する．
42．『ガルガンチュワ物語』第23章．協会版，『ラブレー著作集』第2巻，215ページ；渡辺氏訳，『ガルガンチュワ物語』，114ページ．
43．訳者が参照した1603年刊行の仏訳『諸学の虚妄について』では，当該引用文は179ページ．ちなみにこのルイ・テュルケ・ド・マイエルヌ（？－1618）はリヨンの改革派教会の長老で，かのイエズス会士ファン・マリアナに先立って，フランス語で初めて，大部のスペイン史を執筆し，詳細を極める国家制度論を上梓，リーグ派の残党やイエズス会士たちと論争を展開した．なぜこうした補足をしたかといえば，アグリッパの代表作のひとつが，改革派の実力者によって紹介された，という事実を伝え損ねたくなかったからだ．

第二部・第一巻・第二章

1．アンリ・オゼール，『フランス宗教改革研究』所収，「フランスにおけるユマニスムと宗教改革」第3章あたりを指すか．
2．ここでのルターの言葉については，この章への原註（5）の前半の引用と同じく，最後に言及されるシュトロールの研究書からの孫引きである可能性

がある．

3．フェーヴルの指示はストルの著作（書誌（*541*））だが，誤りと思われるので，英訳書の指示にしたがった．紙葉ナンバーも英訳書による．

4．《mas os digo que porque esta fe de que yo hablo : ala qual los Theologolos llaman fe formada, es como un bivo fuego en los coraçôes de los fieles, con el qual de cada dia mas se apuran y allegan a dios...》.

5．《Sine caritate quippe fides potest quidem esse ; sed non et prodesse》.

第二部・第一巻・第三章

1．《vir supra aetatem, praeterque ejus sodalicii morem, ne nimiam religionem dicam, utriusque linguae omni fariaeque doctrinae peritissimus》.

2．ランベルトゥス・グルニウス（Lambertus Grunnius） ローマ聖庁の書記という役職を託され，エラスムスの往復書簡（書簡第447番，1516年付け）の相手と想定されているが，どうも虚構の名前らしい．エラスムスはそこで修道院に預けられた二人の幼い兄弟の運命を口実に，退廃した修道院の調査をローマ聖庁に依頼している．

3．ヨハン・ボツハイム（Johann Botzheim, 1480？－1535） コンスタンツ出身の法学博士，聖堂参事会員，ユマニスト．エラスムスの忠実な友人．ワインを飲まなかったほど節制した人だったらしい．コンスタンツの自分の館を文人や学者に解放していた．

4．《Alioqui, si sine allegoria legeris, Adae simulacrum de argilla uda formatum, eique inspiratam animam ; Evam de costa subductam, etc...non video quod ita multo magis operae precium sis facturus quam si cantaveris luteum simulacrum Promethei, ignem dolo subductum, etc.》. 金子氏訳，『エンキリディオン』，80ページ．

5．フェーヴルがピノー，『エラスムス　その宗教思想』から孫引きした可能性あり．

6．ジェローム・ダンジェ（Jérôme d'Hangest ; 別表記 de Hangest, ？－1538） ノワイヨン出身．1514年神学博士．博士号修得後，ソルボンヌ神学部により，ニコラ・ル・クレールを諷刺的言辞をもって侮辱したと咎められる．しかし間もなくダンジェはロイヒリン事件審査委員会のメンバーに撰出されている．著作は数多く，学校の教科書やルター派に対する論争書がある．エラスムスからの剽窃を攻撃された．

7．《Suffecta est huic matri non virgini virgo mater》. エラスムス，二宮氏訳，「難破」，263ページ．

8．《Beata viscera quae meruerunt portare filium Dei》.

9．《Baptizatus es : ne protinus te christianum putes》.

10.《Deo servire ex animo et liberaliter —— Et credere Christum meruisse aeterni ut Patris —— Gens electa simus et haeredes Filii ;—— Crucem suam ferre et parere regibus,—— Prodesse cunctis et nocere nemini,—— Hoc Christianismo quid Christianius ?》

11.《Christus a nobis, praeter puram simplicemque vitam, nihil exigit》.

12. コンラド・ペリカン（Conrad Pellican； ラテン語名Conradus Pellicanus, 1478－1556） フランチェスコ派修道士．チューリッヒ大学でギリシア語とヘブライ語を講じ，バーゼル大学で神学と哲学，天文学を教える．

13.《Est mihi cum conjuratis theologis omnibus bellum internecium》.

第二部・第二巻・第一章

1. 標題内の《みごとに〔bien〕》は，英訳者の踏襲にもかかわらず，フェーヴルの勇み足．ブレモンの原著の標題にこの副詞はない．

2. ギフレー篇，『クレマン・マロ著作集』第5巻，80ページ．

3. 1942年版と1947年版では，この註は別の文献を指示しているが，明らかな誤りであるので，その他の版や翻訳にそって正した．

4. ここでもフェーヴルは〈プラッター〉と〈プラタール〉を誤記しており，正した．

5．フェーヴルは別の文献を指示しているが，正した．

第二部・第二巻・第二章

1. 渡辺義雄氏訳，『哲学の歴史　3　中世・ルネサンスの哲学』，筑摩書房，255－256ページ．

2.『ラブレーの宗教』の刊行から60年を経た現在，以上の用語の初出については異論がでて当然であろうし，事実フェーヴルの論を駁するため，あるいは補うため，個々の単語のレヴェルで研究・報告がなされている．しかしそれぞれの言葉について実証的に確認する能力は訳者にはなく，とりあえずフェーヴルの〈論拠〉を紹介するにとどめた．

3. フェーヴルの指示は『エロイーズとアベラール』初版に収められている補論に相当し，佐藤輝夫氏訳，『中世ヒューマニズムと文芸復興』所収の第2論文「中世紀と上代自然思想」，69ページ以降がそれにあたる．

4. エミール・ブレイエ，渡辺義雄氏訳，『哲学の歴史　3　中世・ルネサンスの哲学』，257ページ及び259ページ．

第二部・第二巻・第三章

1. ストシェール篇，『ジャン・ルメール・ド・ベルジュ著作集』第4巻，397ページ．

2. ジョフロワ・トリー，『万華園』第二之書，1529年，14紙葉裏面．トリー

(Geoffroy Tory, 1480？－1533)　ユマニスト・版画家・翻訳家・出版者．ボローニャ大学に留学，帰国後パリ大学で哲学を教える．1515年頃，再度イタリアに渡る．1518年頃出版者となる．1530年，フランソワ一世により王室印刷業者に任命される．書記記号（アクサン記号，セディーユ，アポストロフなど）や綴字法の定着をはかった．『万華園』でトリーは余談をはさみながら，こうした自説を図版とともに唱えた．

3．これはフェーヴルの誤解で，確かに『パンタグリュエル物語』第 6 章に〈architectez〉〔協会版，『ラブレー著作集』第 3 巻，65ページ；渡辺氏訳，『パンタグリュエル物語』，49ページ〕という語が見られるが，これは形容詞であり，名詞として登場するのは『第三之書』を待たねばならない．

4．セルリオ（Sebastiano Serlio, 1475－1554？）　イタリアの建築理論家．ボローニャ大学やローマ大学で学び，全八巻からなる建築論を刊行した．ウィトルウィウスの『建築書』を紹介したのもセルリオである．1540年にフランスを訪れ，フランソワ一世の命でアンシー＝ル＝フラン城を建築した．フェーヴルが言及する件については不詳．ただしフェーヴルが，セネアン，『ラブレーの言語』第 1 巻，54－55ページを参考にしている可能性あり．

75．この論文（「アミアンにて　ルネサンスから対抗宗教改革まで」）はフェーヴルの論文集『16世紀の宗教的心性に向けて』に再録されている（274－290ページ）．

6．レギオモンタヌス（Regiomontanus；Johann Muller, 1436－1476）　ドイツの天文学者．数学と天文学を学んだ．ベッサリオン枢機卿に随行してイタリアに行き，パドヴァで天文学の講義をし，かれの学識を慕う多くの聴衆を集める（1463年）．ドイツに戻り，ニュールンブルクで書店を開き，科学的な文献を多数出版．ローマ教皇に招かれたがその地で不慮の死をとげた．プトレマイオスを批判した天文学の刷新者のひとり．

7．この章の原註（10）及び（11）には指示の誤りが多い．ひとつひとつ指摘しないが，英訳書を参考にして正した．

8．フランソワ・グラン（François Grin, 1536？－1611）　パリのサン＝ヴィクトール修道院修道士．18歳前後で修道服をまとい，1570年に修道院での生活を終え，ヴィリエ＝ル＝ヴァル修道院院長となり，1611年に没した．グランの『日記』はサン＝ヴィクトール修道院時代（1554－1570年）をすべてカヴァーしている．宗教的な論争にも口をつぐみ，修道院の内部から外部を垣間見る一人の修道士の生活や興味の持ち方がうかがえ，史料的にも貴重な文献となっている．ただしフェーヴルがグランの『日記』のどこを指示しようとしているのか不明．

9．フェーヴルの原文では《量的な〔quantitatif〕》とあるが，英訳書にならい《質的な》にあらためた．

10．ファーブル・デグランティーヌ（Philippe Fabre d'Eglantine, 1750－

1794)　俳優・戯曲作家・政治家．トゥルーズで詩人の評価をえたあと，パリに上京（1778年），現代風俗に題材をとった戯曲のおかげで知られるにいたる．ダントンの知人で政治にも関与，革命暦の命名に参加．政治的スキャンダルに巻き込まれ断頭台に消える．

11．清瀬・澤井氏訳，『カルダーノ自伝』，6ページ．

12．ラバン・マウル（Raban Maur；ラテン語名 Rhabanus Maurus, 776‐856)　フルダ（ドイツ）のベネディクト派修道院長，マインツ大司教．〈ゲルマニアノ指導者〉と称された．アルクイヌスとトゥールの聖マルティヌスの弟子．著書に『世界論』，イシドルスの『語源論』を引き継ぐ『自然ノ事物ニツイテ』，『聖職者制度論』がある．

13．リトレ（Maximilien Paul Emile Littré, 1801‐1881）　文献学者・辞書編纂者・思想家．医学を修めたあと，ギリシア語，サンスクリット語，アラブ語を学ぶ．文学研究やコントの実証哲学の啓蒙に努める．国民議会の議員やアカデミー・フランセーズの会員でもあった．通常《リトレ》というとかれが編纂した『フランス語辞典』（1863‐1872年）を指す．それはともあれフェーヴルがここで言及している事柄についていえば，通常の『リトレの辞典』の当該項目にあるのはいささか異なる記述である．

14．ジャン・ミカエル・アルベール　この章の本論への訳註（7）を参照．英訳者は索引に別項目を立てているが，同一人物．

15．フェーヴルが指示する文献は『モンペリエでのフェリックス・及びトマス・プラッター』であるが，誤解と思われるのであらためた．なお，阿部勤也氏訳，『放浪学生プラッターの手記』，7‐8ページを参照．ちなみに阿部氏はフェーヴルの『フランス・ルネサンスの文明』（二宮敬氏訳）に記述された，トマス（一世）・プラッターと母親の関係の記述について疑義を呈しているが(阿部氏，同書，203ページ)，トマス・プラッター，ホルフト・コール篇，『自伝』や，同，マリー・エルメール仏訳，『自伝』を見る限り，これは阿部氏の指摘のとおりフェーヴルの誤読と思われる．

16．ヌムール公（Jacques d'Armagnac Duc de Nemours, 1437‐1477）　ルイ十一世に厚遇されながら，反抗，〈公益同盟〉に加わる．〈公益同盟〉が離散したあとも新たな反乱を起こしたが，非を認め，でルイ十一世と和解．しかしこれに懲りず3度大貴族と謀反の計画をめぐらせ，国王に捕らえられた．1477年斬首さる．

17．この原註の後半の同定は英訳書に依った．

18．ブイエ議長（Bénigne Bouhier, 17世紀後半？）　文人として著名なディジョン高等法院議長ジャン・ブイエの父で，同じくディジョン高等法院議長だった．

19．ピエール・ベールの『彗星雑考』が初めて刊行されたのは，1682年．1680年（11月）はベールが著書をしたためる原因となった彗星の出現の年．

20. ベールの『彗星雑考』執筆の目的が《こうした不安に打ち勝つこと》であったかどうかについては，訳者としては判断を留保したい．

21.《His notis securus ages, nec territus ullo——portento, credes generare cuncta sagacis —— naturae vi praestante, imperioque stupendo》.

22. リュシアン・フェーヴル，『歴史のための闘い』，1992年，3－17ページに再録されている．

第二部・第二巻・第四章

1. リュシアン・フェーヴル，『自立した歴史のために』，S.E.V.P.E.N.，1962年，529－603ページに再録された．この講演には学識あふれる．優れた邦訳がある．リュシアン・フェーヴル，二宮敬氏訳，『フランス・ルネサンスの文明——人間と社会の四つのイメージ——』．これこそ**翻訳というものだ**．

2. ミエ（あるいはミレと読むのかも知れない）の言葉は，パヴィアの敗戦のあと，獄中でフランソワ一世が綴った詩集が不出来である，という文脈で語られる．

3. 周知のとおり『フランスにおける16世紀』は第1部と第2部がそれぞれのページ・ナンバーをもち，フェーヴルの指摘は第2部に関わる．

4. ロンサール，ローモニエ［＝ルベーグ＝シルヴァー］篇，『ロンサール全集』第2巻，『オード集』第四之書，「オード第14番」，127ページ．原詩の一行が省略されているが，格別な意図が働いているとは思えない．

5. ここでも一行の省略がある．ロンサール，ローモニエ［＝ルベーグ＝シルヴァー］篇，『ロンサール全集』第2巻，『オード集』第四之書，「オード第16番」，133ページ．

6.『旧約聖書』「申命記」第23章1節．訳文に関しては日本聖書協会版，『聖書』のものをお借りした．

7. 同書，『詩篇』第17篇6節．

8.《Solae aures sunt organa Christiani》.

9.《Oculi sunt donum praestantissimum omnibus animantibus datum》.

10. この文献のタイトルは初版で省略され，そのためあたかも『ギリシアにおける科学的思考の成熟』の27ページが指示されているような印象を与える．そしてその後のあらゆる版，あらゆる翻訳もこの形式を踏襲している．しかし明らかに間違いなので正した．

11. 前註とおなじく，あらゆる版や翻訳がA. レイ，『ギリシア科学の成長期』，454ページを指示しているが，誤りなので正した．

12. この註には疑念があるが，確認できないままフェーヴルの指示を写しておく．ちなみに1968年版（以降）とイタリア語訳書，スペイン語訳書では，L. ジャリの著作への言及を削除しており，一方英訳書はジャリの研究書の代わりに，M. カントール，『数学史講義』第2巻，608ページ（第71章）を挙げてい

る.

13. グディメル（Claude Goudimel, 1510？－1572） フランシュ＝コンテ地方出身の作曲家. ブザンソンの聖歌隊長だったがローマに渡り学校を開く. パレストリーナはその弟子の一人. 帰国後改革派に改宗, 聖バルテルミーの虐殺で死んだ. マロとベーズによるフランス語訳『詩篇』に曲をつけたことで知られる.

14. フェーヴルの原著では416ページとなっており, あらゆる版やあらゆる翻訳がこの数字を写しているが, 誤りなので正した.

15. フェーヴルは214ページとしているが, 英訳書が訂正したとおり, 誤記なので正した.

16. フェーヴルはこの『ロンサール全集』の篇者を, ローモニエ［＝ルベーグ＝シルヴァー］とし, 英訳書もふくめすべての版や翻訳書もこれを写すが, 誤りなので正した.

17. フェーヴルは445ページとし, すべての版や翻訳書もこれに追随するが, 誤りなので正した.

18. フェーヴルはここで書名を挙げず, 448ページという指示をおこなうが, 間違いなので正した. 英訳者はこのページ指定を削除している.

19. フェーヴルはここで『ギリシアにおける科学的思考の成熟』を参照させており, すべての版や翻訳書もこれに追随するが, 該当する書名が間違っているので改めた.

20. J. ド・ニノー（Jean de Nynauld, 1588－？） 医学と法学を修める. 主著に『狼憑き』(1615年).

21. ボーヴォワ・ド・ショーヴァンクル（Beauvois de Chauvincourt, ？－？） 1599年に『狼憑きについての論考』を刊行した.

22. 原註では, フェリックス, 及びトマス・プラッター, 『モンペリエにおけるフェリックス, 及びトマス・プラッター』が指示されるが, 明らかな誤りなので, 英訳書を参照したうえ訂正した.

23. おそらくフェーヴルも参照した『モンペリエにおけるフェリックス, 及びトマス・プラッター』では, 《わたしとともに》.

24. 正確に言うと, フェリックスはむしろ, 掘り出された遺体から血が流れ出さなかったことを意外に思い, その原因を死体の乾燥に求めている.

25. フェーヴルの註に誤解があることは確かだが, それ以上のことは不明.

26. この原註は, 1947年版, 1968年版, イタリア語訳書, スペイン語訳書がそのまま踏襲するにもかかわらず, 誤りである. 端的にローモニエ［＝ルベーグ＝シルヴァー］版の『ロンサール全集』第1巻には, 〈314ページ〉など存在しないのだ. 英訳書はこの原註を無視する. フェーヴルが何を指示したかったのか, 訳者には調べきれなかったが, 敢えて想像すると『ヨアンネス・ピクスノ全著作』(1572年) が関係している可能性はあるかもしれない. 想像させる

根拠については，ロンサール，シュミット篇，『ダイモンの讃歌』，15ページ参照.

結　論

1.《Per queste navigazioni si è manifestato essersi nella cognizione della terra ingannati in molte cose gli antichi, e ha dato qualche anzietâ agli interpreti della Scrittura Sacra》.

訳　　註

〔訳者前註〕

以下の訳註は本論の各章ごと，原註の各章ごとにまとめた．

訳註作成にあたって，あまりに有名な歴史的人名は省略した．ただし国王や皇帝，教皇などはこの限りではない．物理的な事情から固有名表記にあたっては，ローマ字やギリシア文字に限定せざるをえなかった．

またギリシア神話，ローマ神話，ヘブライ神話（『聖書』をふくむ）の神々や逸話，事項についても多くの場合，註を割く必要を感じなかった．

歴史的人物の生没年についてはできるかぎり通説にしたがったが，異論があるであろうことは承知している．概数であるとご了解いただきたい．そもそもラブレーの生没年さえ現在なお判然としていないのだから．

逆にたとえば，当時の文芸サークル内部で通用したらしい渾名で，同定できなかったもの，あるいは同定可能であったが特に註記する必要を認めなかったものにも触れていない．

時代性を考えれば，当時の思想界の先端を走る出版業者名も取り上げるべきであったろうが，入手できる資料が余りにも偏っていた．この点にかんしてはフェーヴル＝マルタンの名著『書物の出現』（リュシアン・フェーヴル及びアンリ＝ジャン・マルタン共著，関根氏他訳，『書物の出現』上・下巻）を参照していただきたい．また，これは訳者の怠惰でもあろうが，フェーヴルが言及する近現代の研究者にも名前と論文以外分からなかった人々が少なからずいたし，あるていど判明した人物でも訳註として特筆する必要を感じなかったものもいた．但しアナール学派と関連を有する研究者，また『ラブレーの宗教』のテーマと深く係わる研究者はその類ではない．同定不可能であった名詞や事項に関しては，本来なら「不明」もしくは「不詳」として識者に教えを請うべきであろうが，翻訳書という性質上，数多くの行を割くのをおそれた．

ラブレーと『ガルガンチュワとパンタグリュエル物語』，その他の著作，および作中人物については，作品の梗概を「補遺」に記したので参照されたい．

総　序

1.「教本〔manuel〕」とはラテン語 enchiridion（ギリシア語 *ἐγχειριδιον*）に対応し，16世紀に執筆された数ある Enchiridion の中でもまず一番に指折られるのは，もちろんエラスムスの『エンキリディオン』，すなわち『キリスト教兵士提要』であった．一読したかぎりでは唐突な「教本」への言及と思えるが，フェーヴルの脳裏にエラスムスの著書が常に宿っていたのか

も知れない，というのが長期にわたり本書とつきあいながらえられた訳者の推測であり，あえて訳註をほどこしてまでして伝えたかった感想である．

2．〈人類の進化叢書〔L'Evolution de l'Humanité〕〉は歴史家アンリ・ベール（「総序」への原註（28）を参照）が1920年に創設した，総合史をめざした叢書で，〈人類の進化〉を縦糸に各時代・各地域・各領域に優れた研究者による専攻論文を収めている．『ラブレーの宗教』もその一冊で，フェーヴルはその構想段階から積極的にベールを支え（この間の事情はフェーヴルの膨大な『アンリ・ベール宛書簡集』に詳しい），その外にも『大地と人類の進化』や『書物の出現』（共著）などをこの叢書のために執筆している．フェーヴルの盟友マルク・ブロックの名著『封建社会』二冊もこの叢書への貢献である．ただし個々の研究が如何に画期的であり，時代の水準を高く押し上げるものであっても，〈進化〉という概念はやはり時代の娘であり，叢書がカヴァーする地域も西欧社会が中心となっている．

3．ランジュヴァン（Paul Langevin, 1872 - 1946）　物理学者．イオン化ガスの研究により着目される（イオンの再結合と動性）．常磁性体・反磁性体の理論により「（ピエール・）キュリーの法則」を証明し，1909年にコレージュ・ド・フランスの教授となった．第一次大戦下では，超音波による潜水艦の発見を現実のものとした．第二次大戦中ナチスの収容所を脱走し，レジスタンス運動に参加したことでもしられる．

4．テーヌ（Hippolyte Adolphe Taine, 1828 - 1893）　批評家・哲学者・歴史家．実証主義的決定論に立脚し，人種，環境（地理的・社会的），歴史的段階という三因子のうちに芸術的生産の説明を見出しうると考えた．生涯にわたってヘーゲルやコンディヤック，スチュワート・ミルやコントなどから思想的影響を受け，また莫大な著書により同時代人たちに影響を与えた．著者には『英国文学史』，『芸術哲学』，『バルザック論』，『シュイクスピア論』，『イタリア紀行』その他がある．

5．ゲバール（Emile Gebhart, 1839 - 1908）　作家．パリ大学ソルボンヌ文学部教授（1879年），アカデミー・フランセーズ会員（1904年）．特にイタリア中世やルネサンスの世界を好んでとりあげ，創作や研究の対象とした．ラブレー関連では書誌（*59*）にあげたものの他に，死後出版された論文集『パニュルジュからサンチョ・パンサへ』（1911年）に収録された数篇の論文がある．

6．ルフラン（Abel Lefranc, 1863 - 1952）　殊にルネサンスを専攻とするフランス文学研究家．コレージュ・ド・フランス教授（1904年）．専攻領域やフランス文学研究一般で多くの業績を残した．リュシアン・フェーヴルが『ラブレーの宗教』を執筆する契機となった「序論」をふくむ，校訂版（協会版），『ラブレー著作集』（未完）の編集中心者．故渡辺一夫氏のラブレー研究を励ましたのは有名（しかし渡辺氏が高い評価を下した校訂版，『ラブレー著作集』の完成度には宮下志朗氏が正当にも疑念を呈している）．方法的にはおそらく実

証主義的文学研究者の代表に数え上げられるのだろうが，思い込みが強かった人のようで，1919年以来シェイクスピアがダービー伯爵ウィリアム・スタンレー六世の筆名であったとの主張を繰り返し，顰蹙を買った．

7．1923年聖霊降臨節の日付があるアンリ・ベール宛書簡に次のような文章がある．《〔......〕もしわたしに暇があれば......わたしはいつもいつも新しい誘惑をおぼえます．『ラブレー著作集』第3巻と第4巻に載せたルフランの奇怪な序文〔『ラブレー著作集』の第3巻と第4巻は『パンタグリュエル物語』に充てられる．正確にいえばルフランの序論は第3巻の巻頭におかれた〕を最近読みましたが，わたしのがわではこの頃ずっと「ラブレーの宗教」と16世紀の合理主義の潮流にかんする探索に誘われています．〔......〕あなたは最近のお手紙で，わたしのために数冊の本を受け取ったとおっしゃっています．夏休みまえに「片づけ」られるようにお送り戴けないでしょうか．加えてシャンピオン〔主として19世紀後半から20世紀前半にかけて活躍した在野の優れた歴史家にして出版業者の一族，または出版社．渡辺一夫氏のラブレー研究を励ましたのも，そのひとり，ピエール・シャンピオンだった．しかしここでフェーヴルが言及している〈シャンピオン〉が誰か，あるいは出版社であるのか，不明〕に『16世紀フランスの合理主義思想』をめぐるビュッソン師の学位論文〔正確な論文名は『ルネサンス・フランス文学における合理主義の源泉と発展（1533－1601年）』，書誌（*439*）〕を注文して戴ければたいへん幸いに存じます》〔Lucien Febvre, *Lettres à Henri Berr* Présentées et annotées par J. Pluet et G. Candar, 1997, pp. 156－157〕．1923年1月から4月末（または5月初め）にかけて書かれた（そして残されている）5通の書簡にルフランへの言及はまったくないから，1922年に序論を読みショックを受けた，とのフェーヴルの言葉にはやや誇張があるのかもしれない．また契機としてはルフラン批判がビュッソン批判に先行するように思える．思想史的にはフェーヴル＝ビュッソン論争に注目が集まるが，ある時代までフェーヴルはビュッソンを少なからず評価していたようだ．たとえば1924年の講演をもとに翌年刊行された文章では古代哲学のルネサンスに及ぼした影響について《非常に興味深い（H.）ビュッソンの仕事》を参照するよう，註で指示している〔cf. Lucien Febvre, *Pour une Histoire à part entière,* p. 561；二宮敬氏訳，『フランス・ルネサンスの文明』，ちくま学芸文庫版，109ページ〕

8．ジャン・ド・マン（Jean de Meung, 1250頃？－1305頃）オルレアンの出身だが早くからパリに上京，諸学を修める．国王フィリップ・ル・ベルに寵愛され，その頃ギヨーム・ド・ロリスの『薔薇物語』の続編を執筆．宮廷恋愛風の典雅な寓意物語を綴ったギヨームとは対照的に，物語の中に学術的な知識を詰め込み，女性をはじめ聖職者や権力者への痛烈な諷刺をちりばめた．より詳しくは，たとえば以下の書を参照．篠田勝英氏訳，『薔薇物語』．

9．『ガルガンチュワとパンタグリュエル物語　第三之書』はパニュルジュが

結婚すべきか否か，という問題を中心に展開される．この問題が，いわば二律背反的に設定され，パニュルジュとパンタグリュエル一行を混乱のただなかに突き落とすのである．

10．デ・ペリエ（Bonaventure des Periers 1498/1510/1518頃 - 1544） ブルゴーニュ出身．1534 - 1535年頃，オリヴェタンの『聖書』フランス語訳の作業に協力．1535年リヨンを訪れエティエンヌ・ドレと，そしておそらくその地のユマニストと親交を結ぶ．1536年から1541年頃まで王姉マルグリットに仕えるが，その後宮廷を去り，通説では貧窮のうちに自死した（これはかれを無神論者とする改革派やカトリック教徒のヴァージョン）．マルグリットに捧げた多くのフランス語詩の作者である以上に有能な物語作家で，その『笑話集』（死後出版）には海賊版の続編まで作られた．ただし文学史的・思想史的にデ・ペリエの名を高からしめたのは『世ノ警鐘〔*Cymbalum Mundi*〕』（1537年）の存在である．これは4篇の寓意的対話篇から構成される諷刺作品で，諷刺のレヴェルをどこに設定するかによって，無神論の暗黙のマニフェストととられたり，福音主義擁護の書ととられたりする（私見では，知的な戯れを目指した作品と見做すことも出来ると思うが）．フェーヴルは『オリゲネスとデ・ペリエもしくは「世ノ警鐘」の謎』（1942年）で，かの異端の大神学者オリゲネスの『ケルソス駁論』をつうじてえられた，キリスト教神話・キリスト教教理を難ずるケルソスと『世ノ警鐘』の影響関係について論じ，デ・ペリエを自由思想家と考えている．

11．マルグリットの中のマルグリット〔la Marguerite des Margurites〕とは，フランソワ一世の姉マルグリット・ダングレーム，マルグリット・ダランソン，もしくはマルグリット・ド・ナヴァール（Marguerite d'Angoulême, Marguerite d'Alençon ou Marguerite de Navarre 1492 - 1549）．アングレーム伯シャルルとルイーズ・ド・サヴォワの間に生まれる．若くして近代西欧語をはじめ古典語（ギリシア，ラテン，ヘブライ各語）を学び，哲学，神学にも親しむ．1509年アランソン公シャルルに嫁ぐが1525年シャルルの逝去により寡婦となる．1527年ナヴァール王アンリ（二世）・ダルブレと再婚，翌年ジャンヌ・ダルブレ（将来のアンリ四世の母）を生んだ．1521年頃から，ギヨーム・ブリソネやルフェーヴル・デタープルらの福音主義者，所謂〈モーの人々〉に接近，以後ユマニストや改革派の庇護に尽くした．キリスト教神秘主義やネオ＝プラトニスム，福音主義の色彩の強い詩篇や戯曲を創作，刊行したり，宮廷で上演させた他，ボッカッチョの『デカメロン』を意識した世俗的な短話集『エプタメロン〔*Heptaméron*〕』（未完．予定では『デカメロン』と同じく全百篇の短話を綴る予定であった，ともいう）を残した．フェーヴルは1944年，『「エプタメロン」をめぐって　聖なる愛，俗なる愛』を発表，一見背反する作品群の背後に深い統一を認め，マルグリットを彼女が属していた時代のもとに戻そうとした（もっともフェーヴルの立論と論証には多くの異論がでた）．

12．エティエンヌ・ドレ（Etienne Dolet, 1509－1546） 古典語学者，出版業者，詩人．1533年までフランスやイタリア各地で学業を修め，ビュデをはじめユマニストと交わる．1533年から1534年にかけてトゥルーズ大学在籍中，二度にわたり痛烈に当局批判の演説をしたため逮捕される．釈放後リヨンに行き，その地のユマニストの援助を得て出版業に携わる．ずいぶんと血の気の多い人だったらしく，1536年暮れ，余りはっきりしない理由でコンパンと称する画家と立ちまわりを演じ，これを刺殺したあげく，パリに逃亡，国王フランソワ一世に嘆願し赦免された．この赦免を祝ったユマニストたちのパーティは有名．1537年リヨンに戻ってからも当局の監視はきびしく，1542年，改革派文書の上梓・保管の咎で逮捕，嘆願による釈放，更に1544年禁書所持の事由で逮捕，逃走，再逮捕と激動の人生を送る．1544年パリの獄中でしたためた『第二地獄篇』（フェーヴルの書誌に記載されていないので，原タイトルをあげておく．*Le second enfer d'Estienne Dolet, qui sont certaines compositions faictes par luy-mesmes sur la justification de son second emprisonnement,* Troyes, 1544, in-8°）はすぐれたフランス語詩に数えられる（「第二」としたのは，おそらく最初に投獄された折り綴った（と称する）末刊行の『地獄篇』が存在した（らしい）ため）．1546年，今回はドレの嘆願も実らず，モーベール広場で処刑ののち火刑に処された．ちなみにソルボンヌ神学部の逆鱗に触れたのは，ドレが（偽）プラトンの『アクシオコス』の一節，即ち死後《君はもう存在しなくなる》を，《君はもうことごとく〔rien du tout〕存在しなくなる》と翻訳したからだという．ラブレーとドレは交友関係を結んでいたらしいが（上記1537年のドレ赦免パーティにラブレーも参加していた），1542年にドレがラブレーの許可なく，改訂以前の『ガルガンチュワとパンタグリュエル物語』を出版したことで，険悪になっていた．学者としてのドレには大著『ラテン語註解』（1536年），エラスムスに対しキケロを擁護する『対話篇』（1535年）などがある．フェーヴルはドレに長論文「絶望的ケース――福音布教家ドレ」（1945年）を捧げた．

13．上記註（10）に記したように，『世ノ警鐘』の著者はボナヴァンテュール・デ・ペリエに帰せられることが多いが，これは必ずしも定説ではなく，いまだ著者の同定に関しては論争がある．

14．ギヨーム・ブリソネ（Guillaume Briçonnet, 1470－1534） 1489年ロデーヴ司教，1507年サン＝ジェルマン＝デ＝プレ修道院院長，同年ローマ教皇ユリウス二世の許に使節として派遣される．1515年モー司教．1517年からモー司教区に居を構える．開明的な人物でカトリック教会内部での改革を志し，1521年にルフェーヴル・デタープルやギヨーム・ファレル，ジェラール・ルーセル，フランソワ・ヴァタ一ヴルなどを集め，所謂〈モーの人々〉を結成．ブリソネはその人格的中心であったが（理論的中心はデタープル），1523年頃から当局の監視が厳しくなり，ついにソルボンヌ神学部の意向に押し切られ，1525年

〈モーの人々〉はブリソネひとりをモーに残し，各地に離散するにいたる．1521年から1524年にかけてマルグリット・ド・ナヴァールと書簡を交換し，大きな影響を与えた．

15．ポックとカンタン（Antoine Pocques, ? - ? ; Quintin ? - 1546） 霊的自由派の一派の指導者．カルヴァンが論争書『霊的と自称する自由派の空想的で狂った宗派を駁す』（1545年）で論難した相手．ポックはリール出身の元司祭，カンタンはトゥルネ（現在のベルギー，エノー県）の元仕立て屋で，ポックがカンタンの補佐を努めたらしい（そのためにカンタン派とも呼ばれる）．思想的には内面性を重んじる神秘主義と道徳の自由（道徳率の棄却）とを中心にしていたと思われる．1543年，ポックとカンタンはネラックの宮廷でマルグリット・ド・ナヴァールにかくまわれたが，カルヴァンの強硬な書簡によりマルグリットも譲歩せざるをえず，帰郷を余儀なくされた．カンタンは1546年，道徳率の破壊者というカルヴァンの告発により，カトリック当局の手で処刑された．ポックの最期は不明．カンタン派は〈ライン河畔の神秘主義者〉グループのひとつで，ロンサールが『続当代の悲惨を論ず』（第244行）で言及しているように，この派の記憶はしばらくの間フランス人の脳裏にとどまっていたようだ．フェーヴルの『ライン河〔*Le Rhin*〕』にも名前を見出すことができる．フェーヴルは『ラブレーの宗教』では Quentin と表記しつづけ，イタリア語訳やスペイン語訳もこの綴りを踏襲するが，一般的には上記のように綴られるらしい．『ライン河』では一般例を採用したのか，Quintin としている．

16．マルグリット・ド・ナヴァール，『モン・ド・マルサンで上演されたコメディ〔*Comédie jouée au Mont de Marsan*〕』，アベル・ルフラン篇，『マルグリット・ド・ナヴァールの晩年の詩』（書誌（*215*））所収，116ページ及び117ページ．英訳書ではこれを連続した四行詩とするが，誤りである．

17．「ルネサンスの殉教者」とはコプレー＝クリスティの研究書の副題そのもの（書誌（*157*））．

18．ブーミエはそのドレ論（書誌（*156*））の再終章「宗教的見解の検証」の最後をこう結んでいる．《かれはしたがって，改革派でもカトリック教徒でも，ましてや無神論者でもなかった．かれは――ある人々がどう言おうとその称号は真に人間であろうと願うあらゆる者にとっての栄誉であるが――，かれは自由思想家〔LIBRE PENSEUR〕だったのである》〔271ページ〕．ちなみにピエール・ベールはその『歴史批評辞典』〈ドレ〉の項目で，間接的ながらドレが《無神論》を育んでいたらしいこと，国王フランソワ一世に《放蕩》を辞めると誓ったらしいことなどを述べている．《無神論》と《放蕩》，これは自由思想家〔esprit fort〕を非難するふたつの大きな徴であった．

19．デ・メゾー（Pierre Des Maizeaux 1673 - 1745） フランス出身の改革派文学者．1685年のナント勅令廃止後スイスに渡り，ジュネーヴ大学で学んだ．理神論的傾向が強かった人のようで，英国に移住，ロンドンで文筆生活を送っ

た．ベールやトーランド，コリンズたちと親交があったらしい．ここではピエール・ベールの『歴史批評辞典』（1734年版）の〈ドレ〉の項目に付した註釈が問題になっている．デ・メゾーはそこでベールが証言台に立たせた証人の言葉に激しく，しかも実証的に異論を唱え，ドレがキリスト教徒であったことを論証している（書誌（*154*）参照）．

20．たとえば次のような言葉を念頭に置いての発言か．《1544年が際立っているのはパリ高等法院の名高い判決（２月14日）であり，この判決のためにノートル＝ダム聖堂の前庭で「聖堂の大鐘楼の音にあわせ」エティエンヌ・ドレによる刊行物，及びその他，殊にカルヴァンの『キリスト教綱要』が燃やされるのである．〔......〕（1546年）７月19日，ドーフィネ出身のピエール・シャポとニコラ・ゴビヨンが火刑に処せられる．シャポはとりわけ，ソルボンヌ神学部と異端審問官ジャン・アンドレの勇敢な犠牲者であり，アンドレはこのようにして『聖書』と発禁書がもたらしていた競合の復讐をしたのだ．８月３日，同じモーベール広場でエティエンヌ・ドレの火刑台が燃え上がるのが見て取れる》〔Nathanaël Weiss, *La Chambre Ardente*（ナタナエル・ヴェス，『火刑法廷』）, Slatkine Reprints 1970（1889), pp. XXIX et XXXVII〕．《デ・メゾーの後継者云々》については前註（19）を参照．

21．『第二地獄篇』については，上記訳註（12）を参照．1546年の『歌唱』はフェーヴルの書誌にも載っていないので補っておく．*Cantique d'Estienne Dolet, prisonnier à la Conciergerie de Paris, sur sa desolation et sur sa consolation, en vers,* Lyon, 1546, in-8°［『パリのコンシエルジュリー牢獄の囚人エティエンヌ・ドレの，韻文によるその悲嘆と慰めをめぐる歌唱』］

22．フレデリック・ロー（Frédéric Rauh, 1861 - 1909）　フランスの哲学者・モラリスト．所謂ユルム街のノルマリアン（パリ高等師範学校卒業生．同校は人文科学系研究者の養成所）．トゥルーズ大学文学部教授，高等師範学校助教授，パリ大学文学部講師．社会党に近い立場に立つ．高等師範学校以来のアンリ・ベールの親友で，『歴史総合評論』の協力者．『倫理的経験』（1903年）．倫理的確実性を科学的真理と対照し，実証的・客観的倫理学の可能性を説いた．ローの引用出典は不詳．

23．リュシアン・レヴィ＝ブリュール（Lucien Lévy-Bruhl, 1857 - 1939）フランスの社会学者．ノルマリアン．1908年パリ大学教授．ドイツ哲学を研究した後，デュルケームの影響を受け社会学に転ずる．個人的な倫理観が共同体に規制されると考え，殊に未開社会の心性が文明社会の視点により計れるものではないことを明らかにしようとした．この意味で文化人類学につらなり，同時にフェーヴルの歴史観にも通ずる．

24．ルナン（Joseph Ernest Renan, 1823 - 1892）　宗教史家・思想家．ブルターニュ出身．聖職者をめざしパリ大学で神学を学ぶが，『聖書』の実証的・文献学的考証に目覚め，伝統的カトリック信仰を離れる．1863年，歴史批評の成

果である『イエス伝』（最終的には「キリスト教史」の名を冠せられ全８巻となる）で学会のみならず社会的に大きな衝撃を与えた．ヘブライ語，アラビア語にも通じ，『アウェロエスとアウェロエス主義』は貴重な貢献である．1848年の二月革命を機に書かれた『科学の将来』（刊行は1890年）は実証的宗教史をモデルに自然科学とならぶ人文科学の成立の必要性を説いた．ここでの引用に関し，フェーヴルの用いた版の特定は不可能であったが，手元の *L'Avenir de la Science,* Flammarion, 1995では110ページにその文章がある．

25．ルフェーヴル（Jacques Lefèvre d'Etaples；ラテン語名 Faber Staplensis, 1455？－1533）　ラテン語名をとってルフェーヴルの支持者をファブリストと呼ぶことがある．ユマニストでフランス初期の代表的な改革派神学者．パリ大学でアリストテレス哲学を講じたのち，聖書研究に関心を移し，モー司教ブリソネ（上記訳註（14）参照）のもとで副司祭をつとめ，純粋信仰を唱えて〈モーの人々〉の理論的中核となる．グループの解散後（これにはルフェーヴルのルター派的発言が影響したらしい），シュトラスブルクに逃亡，間もなく国王フランソワ一世のもとで家庭教師をつとめるも，晩年はネラックのマルグリット・ド・ナヴァールを訪ね，その地で没した．アリストテレスのラテン語訳の他，最初のフランス語訳完訳『新約聖書』（1523年），更にはウルガータ訳にもとづく『聖書』（1530年）を刊行，19世紀末にあっても改革派教会内部では利用されていたらしい．

26．モンテーニュ（Michel de Montaigne, 1533－1592）は２期目のボルドー市長の役職に就いていた1585年６月はじめ（？）市長館を離れ，同月半ば（？）には故郷のサン＝ミシェル・ド・モンテーニュに戻っている．市長の任期は７月30日までであったが，当時ボルドー市周辺ではペストが猖獗をきわめていたことから，重責を全うしないで避難した，との批判がのちに浴びせられる原因となる．現在ではそうした人格批判は殆ど考慮されないが，20世紀初頭には口の端に上りやすい話柄であった．

27．ピレンヌ（Henri Pirenne, 1862－1935）　ベルギーの中世史家．ヘント大学教授（1886年）．ドイツ管理下での大学の再開に反対し，1916年から1918年にかけてドイツの収容所で過ごした．経済的社会的分析を基盤に大著『ベルギー史』（1899－1932年）を著す．『中世都市』（1927年）も刺激的な論考である．フェーヴルとマルク・ブロックは1921年，新たな経済社会史の国際誌の創刊のため，ピレンヌを主幹としようとした（ピレンヌは拒否）．しかし1929年の『アナール』誌の発足時，ピレンヌは唯一の外国人編集委員会メンバーとなっていた．特にフェーヴルはピレンヌを尊敬してやまず，1935年，ピレンヌの死にあたって，彼は『アナール』誌の《庇護神〔divinité tutélaire》だったと評した．

28．アンリ・ベール（Henri Berr, 1863－1954）　ノルマリアン．大学教育機関には所属せず，リセ・アンリ四世校の教授にとどまった．『哲学の将来　歴史

に基づく諸科学の総合の素描』により文学博士．観念論的な歴史哲学や狭隘な歴史を嫌い，歴史心理学を構想，学際的な『歴史総合評論』を創刊した（1900年)．フェーヴルはその5年後から積極的にこの雑誌に参画し，ベールが1914年から企画を公表し，1920年から刊行することになる〈人類の進化叢書〉の強力な推進者となる．

第一部・巻頭言

1．アンリ・オゼール（Henri Hauser, 1866－1946）　ノルマリアン．『フランソワ・ド・ラ・ヌー』により博士号を修得（1892年)．ディジョン大学文学部の近現代史講座教授．1919年ソルボンヌ文学部に新設された経済史学科の初代学科長となる（第2代学科長はマルク・ブロック)．主たる活躍の分野が経済史であるにもかかわらず，博士論文以降も16世紀の諸問題に関心を寄せ続け，学識に裏打ちされた好論文を残した．この分野では『プロテスタンティズムの生誕』〔倉塚平氏訳〕や『16世紀の近代性（部分訳)』〔二宮敬氏訳〕その他がある．しかしオゼールの最大の貢献は的確な要約とコメントを添えられた『16世紀フランス史・史料目録』（全4巻）であろう．この目録はそれ自体きわめて刺激的な優れた読み物でもある．オゼールは『アナール』の編集委員会委員であり，熱心な協力者であった．第二次大戦のあいだ，ユダヤ人排斥運動をのがれモンペリエに住むが，逃亡生活の間ナチス占領軍により書斎から膨大で貴重な文献を没収された．この没収がもたらした知的損失は戦後も語り種となった．ちなみにここで照会されているオゼールの論文は，『歴史評論』第64巻所収，「フランスにおけるユマニスムと宗教改革について」（のちに『フランス宗教改革研究』〔書誌（*505*)〕に採録）である．

2．セルベト（Miguel Serveto；ラテン語名 Michael Servetus；フランス語名 Michel Servet, 1511－1553）　スペイン出身の医師・神学者．血液の小循環や肺循環の発見者として有名だが，思想史的にセルベトの名を残したのは，カルヴァンとの確執とその火刑死である．フランスのトゥルーズ大学で法律を学び，改革派の洗礼を受けたらしい．しかし独自の学説をたて，『三位一体ノ誤謬』（1531年）や『キリスト教刷新』（1553年）を発表，三位一体や幼児洗礼の無効などを唱え，特にカルヴァンを激しく攻撃した．セルベトは再三司直の手を逃れたが，うかつにも（個性豊かなひとで，それなりの思惑はあったのだろう）ジュネーヴに立ち寄ったところを逮捕され，1553年10月27日異端の咎で火刑に処せられた．このころの宗教都市ジュネーヴ司法当局の厳格さには様々な証言があるが，このセルベトの処刑はとりわけ大きな波紋を巻き起こした．往々セルベトの火刑は改革派による迫害の象徴，ドレの火刑はカトリック教サイドの迫害の象徴，とならべ論ぜられる．

3．ガリカン教会とは，ローマ・カトリック教会に忠実でありながら，他方〈ガリカン教会の自由〉の名の許にいくつかの特典を主張する，ガリア，もし

くはフランスの教会の謂い．霊的権力と世俗権力の分離と自立，教皇のではなく霊的統一体としての教会の不謬性，教会組織における公会議の優越などがその主張である．国王クロヴィス改宗（496年？）時の塗油の奇蹟談や治癒する国王の伝承なども，フランス王権やフランス教会の霊的自立性の主張に貢献した．しかし〈ガリカン教会の自由〉がサリカ法などと同じく，中世後期の国内外の政治事情を背景に再発見・再活用されたものと考えられる一方，ガリカン教会と王権の利害関係が常に一致していたわけではなく，教皇権を公会議の下位におくシャルル七世の「プラグマティック・サンクシオン」では蜜月関係にあったふたつの権力も，1516年，フランソワ一世と教皇レオ十世が相互に利権を譲歩・認識しあった「コンコルダ」をめぐっては激しい対立関係に転じた．ガリカン教会問題は１６世紀を通底するもので，この世紀に新たな一面を見せはじめたと言ってもよい．リーグ派戦争を生きたピエール・ピトゥ（1539-1596）が編纂した『ガリカン教会の自由』（1594年）は17世紀以降も増補改訂され，巨大な武器庫を与えた．

4.「狂犬病のピュテルブ」も「悪魔憑きのカルヴァン」も『ガルガンチュワとパンタグリュエル物語　第四之書』第32章に見られる表現．マルティ＝ラヴォー篇，『ラブレー著作集』第２巻，385ページ；渡辺氏訳，『第四之書』，174ページ．

5．フェーヴルの原著では「1923年」とあり，のちの版や翻訳もこれに追随しているが，誤りなので正した．

6.「骨の髄〔os medulare〕」とは，『ガルガンチュワ物語』「作者の序詞」〔協会版，『ラブレー著作集』第１巻，10ページ，渡辺氏訳，同書，19ページ，《髄の入った骨》〕に見られる表現．この文脈にそって作者〔アルコフリバス師〕が薦める読み方，《諸君も事理に聴くなられ……骨を嚙み砕いて，滋味豊かな骨髄を……啜るべきであり》〔渡辺氏訳，p. 20〕，をめぐり世の碩学たちが今なお深読みを競って提示している．

7．アベル・ルフラン，協会版，『ラブレー著作集』第３巻，「序論」，Lページ．

8．同書，「序論」，LIII ページ．

9．プロメテウスが天上の火を盗んで人間に与えたのを怒ったゼウスは，地上最初の女性パンドラを創りプロメテウスの弟エピメテウスと結ばせた．プロメテウス（先に考える男，の謂い）はエピメテウス（後で考える男）に，神々からの贈り物はこれを受けるべからず，と忠告していたがエピメテウスはそれを忘れていたのである．

10．ゲバール，『ラブレー，ルネサンス，そして宗教改革』，100ページ．《偉大なる〈可能性〉》という訳語は宮下史朗氏（「ラブレーを見る」）から拝借した．ラブレーの最期の言葉には様々な伝承があって，有名なものに《私は偉大なる可能性を探しにいくのだ》と，《幕を引け，芝居は終わった》がある．

いずれも信憑性に乏しいが，既に18世紀の前半，ニスロンが『文芸共和国著名人伝覚書』第33巻363ページで，伝承であると断りながら紹介している．因みに《幕を引け》の方は，アドリアン・モンリュック（？）の『格言の喜劇』（1633年）で用いられているのが確認されている．

11．ルフラン，前掲書，p. LIII.

12．アンリ・ビュッソン（Henri Busson, 1885－1970） 1911年聖職に就く．ために，歴史地理学教授学会（フェーヴルは学会創設以来のメンバーであった）の創立者にして議長のアンリ・ビュッソン（Henri Busson, 1870－1946）と区別して，こちらをビュッソン神父と呼ぶ場合もある．1922年『ルネサンス・フランス文学における合理主義の源泉と発展（1533－1601年）』により文学博士．翌年アルジェ大学カトリック学部教授に就任．1925年，聖職を離れ，のちにアルジェ大学文学部教授．前掲学位論文と，『シャロンからパスカルにいたるフランス宗教思想』（1933年），及び『古典主義作家の宗教』（1948年）の三部作で有名．『ラブレーの宗教』で表明されたフェーヴルの批判に答えて学位論文に加筆訂正した『ルネサンス・フランス文学における合理主義』（1957年）を発表した．

13．思想史的に〈パドヴァ学派〉の名は，13世紀以来アウェロエス派アリストテレス主義の研究を伝統としたパドヴァ大学の哲学者グループに由来する．13世紀には〈自然〉の研究や実証的方法論，15世紀には論理学や形而上学，16世紀には霊魂論が議論の中心となったらしい．15世紀当初からヴェネツィア共和国が後見をはじめ，したがって教皇権の束縛を許さない学風があったという．この学派に加えるにはやや難が残るが反教皇権論者パドヴァのマルシリウス（1275？－1342？），アリストテレスの『問題集』のラテン語訳者アーバノのピエトロ（1250？－1315），アレクサンドロス学派に対峙するアゴスティノ・ニフォ（1473－1546）などが属するが，16世紀のパドヴァ学派を想起するとき，何と言ってもアンリ・ビュッソン師のお気に入り，『霊魂不滅論』（1516年）や『魔術論』（死後出版）の著者ピエトロ・ポンポナッツィ（1462－1521）の名前を外すわけにはいかない．

14．アグリッパ・フォン・ネッテスハイムの『諸学ノ虚妄ニツイテ』は刊行時（1530年）より知られていたが，これは懐疑主義というよりフィデイスムの表明であるから（その標題に付されている「修辞的反駁練習〔declamatio〕」という言葉に拘泥する必要はない），懐疑主義，もしくはピュロニスムがフランスに移入されたのは，おそらく，アンリ・エティエンヌがラテン語訳した，セクストス・エンペイリコスの『ピュロン主義ノ概要』（1562）と，それに続くジャンティアン・エルヴェによるセクストスのラテン語訳『学者タチヘノ論駁』とそれに付した序文であり（執筆1567年，刊行1569年），その斬新な論法ゆえにエルヴェと公開討論に臨んだ改革派シュロー・デュ・ロジエは困惑を隠せなかったという．以後ピュロニスムや懐疑主義への関心は高まり，モンテーニュ

にゆきつく．しかしそれ以前にラブレーがピュロンやピュロニスムの存在を知らなかったわけではなく，『第三之書』第36章のタイトル《ピュルロン派懐疑哲人藤堂巡の返答の続き》〔協会版，『ラブレー著作集』第5巻，264ページ；渡辺氏訳，『第三之書』，205ページ〕や『第四之書』第18章の一文《俺たちと同じような危難に陥ったピュロン》〔マルティ＝ラヴォー篇，『ラブレー著作集』第2巻，337ページ；渡辺氏訳，『第四之書』，125ページ〕という言葉がある．

15．1534年10月17日深更，聖餐をめぐるカトリック派の〈化体説〔Transsubstantiation〕〉をはげしく攻撃したフランス改革派の檄文が，パリやブロワ，アンボワーズの王宮，しかも王の寝所にまで張り出された．著者はヌーシャテルの牧師アントワーヌ・マルクールとするのが今日では一般的．激怒したフランソワ一世は大々的に聖体行列をおこなうとともに，本格的な改革派弾圧にのりだした．フランス宗教改革史でメルクマールとなる事件とされる．ちなみに従来「檄文」と考えられていたテキストが，実は宗教戦争渦中で本物の檄文に加筆されたものであることが比較的最近（1957年）判明した．フランス16世紀はまだまだ実証的な研究を必要としている．

16．歴史〔histoire〕の語源はギリシア語 ἱστορία であり，探求とか，探求の結果えられた知識，というほどの意味．

第一部・第一巻・第一章

1．サルモン・マクラン（Salmon Macrin または Macrinus；フランス語名 Saumon Maigret, 1490－1557）　ヴィエンヌ地方のルーダン出身．ユマニスト．ラテン語詩人．フランソワ一世の従者．1515年から1550年にかけて主題を宗教や世俗世間にとるラテン語詩集十余作を出版．クレマン・マロやラブレーとの親交もあり，ジョワシャン・デュ・ベレーの文学的デビューを励ましたりもした．詩作にあってはホラテイゥスの影響が大きく，エラスムスに捧げたラテン語詩にもそれは見て取れる．イタリアの学術・文芸的な優位を認め，フランスの現状を憂いながら，フランス語の発展を見守った．他方キリスト教信仰と比較して，詩作への熱中を自ら戒め，古典古代の文芸に消極的になったりもした（これも時代的特徴である）．16世紀前半を文学者として生きたマクランは，王立教授団の設立もふくめ，フランスの学術振興の開花するありさまを目の当たりに出来た，幸運な詩人であったといえる．

2．ニコラ・ブルボン（Nicolas Bourbon；ラテン語名 Nicolaus Borbonius, 1503－1548？/1550？）　アカデミー・フランセーズ会員の同姓同名の甥の息子，〈小ブルボン〉に対し，〈老ブルボン〉とも呼ばれる．ヴァンドゥーヴルに生まれ，幼少より古典語に親しみ，14歳にして『鍛冶詩集』の一編を歌ったと言う．マロやラブレーとも交わり，リヨンの詩人サークルに加わる．教訓的な（と言われる）『鍛冶詩集』（1533年）の他，没後なお版を重ねた，日常から題材をと

った『ヨシナシゴト』（初版1533年；1945年に現代フランス語抄訳が出版された）がある．その名声ゆえにマルグリット・ド・ナヴァールから娘のジャンヌ・ダルブレの教育を託された．作風としては，古典古代への愛着に加え，遍歴を好み，庶民の日常生活や自然に向けられた眼差しのため，当時のネオ＝ラテン語詩人と一線を画したものだったらしい．思想的には1533年頃までカトリック教会とやや距離をおいていたが，止む無く妥協を受け入れたと言われる．16世紀末，エティエンヌ・パスキエはその時代のラテン語詩人の代表に数えた．

3．ジルベール・デュシェール（Gilbert Ducher；ラテン語名 Vulton, 15世紀末？－1538？） エグペルス出身．トゥルーズ大学とパリ大学で法律を学び，ユマニストと交わる．ラヴォール司教ピエール・ダネスによるカエサルの『ガリア戦記』校訂版（1522年）作成に協力．のち，フランソワ・ロンバールの秘書として，その任地ビュジェに赴き，1537年にフランソワの子弟教育を任される．翌年，リヨンのコレージュ・ド・ラ・トリニテで教養科目を教える．以後の消息は不明．

4．ジャン・ヴィザジェ（Jean Visagier〔その他，フランス語の呼称としては，Faciot；Voulté；Voûté の表記もあるようだ〕；ラテン語名 J. Vulteius, 1510？－1542） ランス出身，コレージュ・サント＝バルブで学び，1533年，文学士の資格でコレージュ・ド・ギュイエンヌに雇われる．1534年，トゥルーズ大学で法学を修め，ボワソネやエティエンヌ・ドレと交わる．1536年から約一年間，リヨンに滞在し，『寸鉄詩全４巻』を上梓，他方で枢機卿ジャン・デュ・ベレーに援助を求めるが，どうも無視されたらしい．ヴィザジェのある作品は古典古代への憧憬とその復興を担うフランソワ一世への讃辞を率直に述べている．ユマニストとしてマロやドレの迫害からの救済に尽力したらしい．1542年に訴訟相手に暗殺されたという．Vulteius という名前の出典は，ホラティウス，『書簡詩集』第１巻・第７篇．

5．ジェルマン・ド・ブリ（Germain de Brie, もしくは Germain Brice；ラテン語名 Germanius Brixius, 15世紀末？－1538） オセール出身．ユマニストの間でその古典古代の学識ゆえ名声を博した最初のネオ＝ラテン語詩人．エラスムスの高い評価をえる．エラスムスとジョス・バドの仲が険悪になったとき，二人の仲介役を買って出た．聖ヨアンネス・クリュソストモスのギリシア語の論考をラテン語に訳したほか，詩集『エルウェウス』が代表作とされる．セヴォル・ド・サント＝マルトは『フランス著名学者讃』でブリを高く評価した（どの学者にしても高く評価する本ではあるが）．

6．ダンピエール（Jean Dampierre；ラテン語名 Dampetrus, 15世紀末？－1550） ブロワの名家に生まれ，ブロワで弁護士を勤め，ついでパリ枢密院のメンバーとなる．のちにフォントヴロー修道会に入り，オルレアンのラ・マドレーヌ修道院院長をつとめ，その地で没する．テオドール・ド・ベーズもダンピエールに墓碑銘詩を捧げた．同時代の多くの文人と交際し，特にネオ＝ラテ

ン語詩で名をなした．

7．デュ・メーヌ（Guillaume Du Maine；ラテン語名 Maynus, ？－1550）ルーダンに生まれ，聖職に就き，ボーリュー修道院を任されたのち，マルグリット・ド・ナヴァールの読書係，ついで王家の子息の教育係に命ぜられた．古典語によく通じ，ギヨーム・ビュデの信頼もあつく，ビュデ自身の子供たちの家庭教師も勤めたらしい．ジョス・バドやニコラ・ブルボンがかれの学識を称えた詩篇を書いている．デュ・メーヌの作品はすべて死後出版（1555年以降）である．

8．ロスレ（Claude Rosselet, ？－1524以前？） 法学を修めたらしい．1537年，リヨンでラテン語詩集〔書誌（*248*）〕が死後出版されたこと以外は不明．トマス・ガダーニュ二世を《豪奢コノウエナイ商人》と呼んだことがあったらしい．

9．ギヨーム・セーヴ（Guillaume Scève；Scève のラテン語名は Scaeva, ？－1545？） モーリス・セーヴ（Maurice Scève, 1500？－1560）の従兄弟．モーリスと同じ程度の年齢だったらしい．ピエモンテ出身．ユマニストで学識者．パドヴァ大学で学んだという説もある．リヨンに定住してからはセバスティアン・グリフ書店に協力し，その校閲係を担当していた．1539年末，シャンベリー（サヴォイア公国の首都）の高等法院評定官に任ぜられる．気性が激しいひとのようで，検事総長との対立もしばしばあったという．文人としてはエティエンヌ・ドレが登場するまで，リヨンのユマニスト・サークルの中心人物であり，寸鉄詩をよくした．但し詩想は従兄弟モーリスのそれとは大きく異なり，露骨なエロティシスムに貫かれていたらしい．

10．アントニウ・ヂ・ゴヴェイア（Antonio de Gouveia；ラテン語名 Antonius Goveanus, 1505－1566） ポルトガル出身．若くしてフランスに行き，法学博士号をえたのち，ボルドーやパリ大学で哲学を講じた．ラテン語詩をよくし，寸鉄詩や書簡詩を綴ったが，特にその名を高からしめたのは，ピエール・ド・ラ・ラメ（ペトルス・ラムス）の反アリストテレス論理学に抗したアリストテレス擁護論である（1543年）．1544年トゥルーズ大学で法学を教え，さらにフランス各地で法学を教授したが，宗教戦争の激化にともない，サヴォイアに逃れ，トリノで没した．

11．ジュール＝セザール・スカリジェ（Jules-César Scaliger；ラテン語名 Julius-Caesar Scaliger；イタリア語名 Giulio-Cesare Scaligero, 1484－1558）この人物の経歴については（公平性に不安が残るものの）本論後段に詳しい．ボローニャ大学で医学を修めた．1525年アジャン司教の侍医の資格でヴェロナを去り，フランスに定着した．ヒポクラテスの『夢論』の註解をはじめ，医学や哲学，自然学（カルダーノの『物ノ機微ニツイテ』を逐一反論した大著は，カルダーノの著書と同じく，まさに自然学百科事典である），現在なお援用される詩学などを論じた．希代の山師との評価が存在する一方で，大学者とする

向きもある．

12．ジャン・ド・ボワソネ（Jean de Boyssonné, 1501？－1558）　ピレネー地方のカストルに生まれる．トゥルーズ大学で法学博士号を取得．古典学への関心も示す．しかし権威的な市当局との軋轢は長期に及び，ボワソネはトゥルーズを再三逃れ，リヨンを訪れる．この頃ユマニストと交遊を深める．最終的にはトゥルーズ大学の教授職を捨て，フランソワ一世の宮廷巡行に随行，サヴォイア公国侵略にともない（フランソワ一世の母后ルイーズ・ド・サヴォワの存在を挟んで，サヴォイアの主権をめぐり当時のサヴォイア公カルロ三世とフランス国王の間に確執があった），シャンベリー高等法院評定官の地位を獲得する．以後1550年にいたるまで同地の司法官としての役職を果たす一方，各地のユマニストとの連絡を絶やさない．晩年は評定官の地位を去り（追われ？），トゥルーズ大学で教鞭をとるが，訴訟に巻き込まれるなど安定したものではなかった．書簡やラテン語詩などの作品はすべて死後出版．

13．ユベール・シュサノー（Hubert Sussanneau, もしくは Sussannée, 一説では Hubert de Suzanne；ラテン語名 Hubertus Sussanaeus, 1512？－1550以降）　ソワソンの名家の生まれで，故郷で学業をはじめる．師匠ジャン・デマレをしたってパリに上京．優れた成果をおさめ，若くしてポワティエで教養学科を講ずる．この頃ラテン語の詩作にふけり評価を受ける．さらにパリで古典学を講じたあと，1533年頃ブルターニュを旅行，途上フランソワ一世が滞在していたブロワ城で，クータンス司教フィリップ・ド・コセの面識を得，庇護を受ける．定住が不得手だった人のようで，イタリアへの旅行も試み，1535年に立ち寄ったリヨンではエティエンヌ・ドレやセバスティアン・グリフと知り合い，『キケロ辞典』刊行の現実化をはかる．その後，旅を続けサヴォイアを経てトリノに辿り着く．その間に作成した詩篇をまとめたものが『娯楽集』である．帰国の途中グルノーブルで家庭をもつが，まもなくパリに戻った．以降の消息は不明．後段第２節で《シュサネ一族〔les Sussannée〕》が言及されるが，このユベール以外の《シュサノー（シュサネ）》については不詳．おそらく「シュサノーのような輩」の意味だろう．

14．《Brixi, Dampetre, Borboni, Dolete —— Vulteique operis recentis author》

15．カトゥルス（Gaius Valerius Catullus, 紀元前84頃－紀元前54頃）　ヴェロナ出身の抒情詩人．ローマに上京，文人サークルに加わり名をあげる．仮称レスビアと名づけられる名家の人妻を慕う恋愛詩でこのジャンルに新境地を切り開いたと言われる．その他カエサルら顕職にある人物を辛辣に攻撃・諷刺する詩篇も残した．

16．ブケパラス　大王アレクサンドロス三世の愛馬．幾度も乱戦の中から主人の生命を救った．ブケパラスはインドのヒュダスペの戦いで殺され，アレクサンドロスは愛馬のためにその地に都市ブケパリアを建てた．

17. 《Ut testiduneos incessus Pegasus, atque —— Bucephalus, domini clarus amore sui...》.

18. ニコラ・ベロー（Nicolas Berault, 1473 - 1550）　ユマニスト．オルレアン出身．同地の大学で法学を修め，イタリア旅行ののち帰郷．1500年頃から教養学科，ついで法学公開講座を開く．1514年頃パリに上京，人文学者，殊にギヨーム・ビュデと親交を結び，ギリシア語作家やラテン語作家などの翻訳をおこなう一方で，ギリシア語を教える．その学識を以って国王修史官に任ぜられる（1529年）．またシャティヨン家の家庭教師を勤め，将来のコリニー提督や枢機卿オデを教える．オデとはその後も交際を続け，1536年には随行員としてトゥルーズに赴く．1539年以降の消息は不明．カルヴァン派になったとの情報もあるが確かではない．

19. シャルル・ド・サント＝マルト（Charles de Sainte-Marthe, 1512？ - 1555）　フォントヴロー出身．ユマニスト・神学者・詩人．ポワティエで神学を講ずるも，ルター派の嫌疑をうけ，グルノーブルに亡命．その地で逮捕され(1541年)，二年半の歳月を牢獄ですごす．釈放されたのち，リヨンに赴き，ヘブライ語とギリシア語を教授する．その後マルグリット・ド・ナヴァールの庇護のもと，彼女の宮廷に滞在した．ゴーシェ（セヴォル）・ド・サント＝マルトと混同されやすい．

20. マルシュアス　ギリシア神話中のサチュロス．プリュギアのマルシュアス河の神．オーボエの発明者に擬せられる．マルシュアスはオーボエの腕を過信し，キタラを演奏するアポロンに音楽の試合を申し込む．ムーサは軍配をアポロンにあげ，マルシュアスは生皮を剝がされた．

21. 《Phoebus es, et Phoebo tibi si me confero, fiam —— Protinus extracta Marsya pelle tuus》.

22. 《nosti, famam tantum peti a poetis》.

23. 《Sic vir, sic eris alter ego !》

24. マルティアリス(Marcus Valerius Martialis, 40？ - 103/4)　ヒスパニア出身．諷刺詩人．64年にローマに上京．同郷のセネカを頼り，ユウェナリスなどの知己をえた．皇帝ドミティアヌスに取り入ったが，96年ネルウァ帝の即位とともに帰郷した．寸鉄詩で名高い．

25. ティブルス（Albius Tibullus, 紀元前54？ - 紀元前19）　ローマの詩人．ホラティウスやオウィディウスの友人．マルクス・ウァレリウス・メッサラが庇護した文人サークルに属す．恋人の不貞を嘆き，田舎に隠遁した．その才能は《洗練され乾いた》と評される．田園詩やエレジーに優れる．

26. アウソニウス（Decimius Magnus Ausonius, 310？ - 393？）　ボルドー出身の詩人，修辞学者，政治家．グラティアヌス帝に寵愛され，379年に執政官となるが，やがて隠遁する．史料的価値の高い書簡（詩）やギリシア語作品の要約やラテン語訳など，文筆活動は多岐にわたるが，モーゼル河に想をえた

長詩『モセラ』が有名.

27. マロ（Clément Marot, 1496 - 1544） フランス16世紀前半を代表する詩人. カオール出身. マルグリット・ド・ナヴァールの庇護をうけ，福音主義に共鳴. 改革派賛同者への弾圧の対象となり，イタリアやジュネーヴに亡命するも，カルヴァン派の中でも孤立し，トリノに逃れ，その地で没した. さまざまなジャンルに優れるが，『ダビデ詩篇』のフランス語訳（部分訳）は改革派教会で長く用いられた.

28. ユニウス・ラビリウス（Junius Rabirius, ？ - ？） 16世紀前半の法律家. ベルジュラック裁判所の重罪王室判事.『様々ナ衣装ニツイテ』を執筆したこと以外は不明. 但しフェーヴルの言う同書の刊行年代は未確認. 同書のトゥルーズ版は1526年刊行.

29. 《Veste cares, intrat penetrabile frigus in artus ; —— villosam cur non dat liber endromidem ?》

30. 《Qui vestes, lanas〔この語は英訳書に欠けているが単純なミスであろう〕, telas, aulæa, colores —— intus habet, nudus stat sine veste liber...》.

31. 《Vestimentorum rationem nosse laboras...》.

32. ラザール・ド・バイフ（Lazare de Bayf, もしくは Baïf, 1496 - 1547） フランスの外交官. ユマニスト. ロレーヌ枢機卿随行員を経てフランソワ一世の評定官，ヴェネツィア大使（1529年），ドイツ大使. ローマで学業を修め，ギリシア語の翻訳（ソポクレスやプルタルコス）や，考古学的考証の権威ある論文を残す. プレイヤード派のアントワーヌ・ド・バイフ（Jean-Antoine de Baïf, 1532 - 1589）はラザールの私生児.

33. 《Romanas vestes docuit qui serica fila —— vestitus liber est pellibus exiguis》.

34. 《このような例を......脳髄がからになってしまうだろう》，の一文は英訳書にはない.

35. デリー モーリス・セーヴの詩集のタイトルで，モーリスが歌う恋愛の対象となる女性. 長いあいだデリー〔Delie〕とは〈理想〔l'idée〕〉のアナグラムで，架空の存在と考えられてきたが，20世紀中葉の代表的ルネサンス文学研究家ソーニエはこれを否定し，実在の女性で，セーヴと同じリヨンの文芸サークルに加わっていたペルネット・デュ・ギエ（Pernette Du Guillet, 1520？ - 1545）を指すとした. いずれにせよデリーは詩人の意中の女性の同意語.

36. 《Scribendi materiam sibi morte Cliniæ ablatam...》.

37. ゾイロス（Ζωΐλος, 紀元前 4 世紀） ギリシアのソフィスト. ホメロスに対する激烈な批評で名高い.〈良識〉を刀にして，ホメロスが歌う不条理な驚異談を切って捨てたらしい.

38. ピンドス山脈 ムーサが住むギリシア中央の山系.

39. アントワーヌ・デュ・セックス（Antoine du Saix, 1515 - 1579） フェ

ーヴルの言のようにサヴォイア出身説もあるが，他方フランシュ＝コンテ出身説もある．名門の出自で，サヴォイア公カルロ三世の家庭教師・宮中司祭．のちに同公のフランス大使．学識があったのは確からしく，法学博士にして神学博士であったという人もいる．ギヨーム・デュ・ベレー，ジャン・デュ・ベレーをはじめ，当時の高官と面識があった．フランス語詩人にしてネオ＝ラテン語詩人．韻文一万行以上を費やした教育論にして百科事典，『規律の拍車〔*Eperon de discipline*〕』(1532年) で知られる．その他にフランス語の詩集が幾冊かある．ラブレーへの言及の出典は，『ガルガンチュワ物語』第17章（協会版，『ラブレー著作集』第1巻，162ページ；渡辺一夫氏訳，同書，95ページ).

40．上記本章訳註（4）を参照．ファシオの命名については『フランス文学史評論』第1巻（1894年)，395ページの「質問」欄に載った，J. P. の署名のもと，「ランスの詩人ヨハンネス・ウゥルテイウスの本名は何か」，と題された文章を見よ．そこでは Ph. ルヌアール，「シモーヌ・ド・コリーヌの刊行物書誌」(299ページ）の一節が引かれている．それによれば J. ウゥルテイウスのフランス語名は《ジャン・ファシオ，ジャン・ヴルテ，もしくはジャン・ヴーテ》であるが，J. P. 氏はむしろゴリウールの《ジャン・ヴィザジェ》説に与しているようだ．

41．ジャン・ド・タルタ（Jean de Tartas, ？－？） ユマニストで古代語に通じていたらしい．1525年からコレージュ・ド・リジューの，1533年からは新設のコレージュ・ド・ギュイエンヌの校長を勤める．著しい毀誉褒貶が見られる人物で，ネーデルラントのユマニスト，ニコラス・クレイナエルツはコレージュ・ド・リジューも，同校を充実させたその校長（タルタ）の学識や運営手腕をも誉めちぎるが，ユベール・シュサノーやロベール・ブリタンヌスは，フェーヴルが本文で触れるように，はなはだ異なるタルタ像を残した．シュサノーによるとタルタの生涯は放浪者のそれで，コレージュ・ド・リジューの校長としては性格的欠陥（過大な虚栄心，放漫な経済感覚）のために不適格であったという．ボルドー市当局はタルタへの過大評価を鵜呑みにし，新設コレージュのトップにかれを招いた．この時タルタに随伴したコレージュ・ド・リジューの教授は一人もいなかった．フェーヴルが言うようにヴィザジェを高給をもって学閥に引き入れたとしても，タルタが教授陣に支払いをしなかったとの詩句をヴィザジェが綴ったのも事実である．タルタの化けの皮はまもなく剥がされ，1533年11月，コレージュ・ド・ギュイエンヌを管轄下におくボルドー官吏団体は就任一年も経ないタルタの更迭を計画した．タルタがコレージュ・ド・ギュイエンヌを解雇されたおり，安堵の溜息をもらした中にヴィザジェもいたという．

42．アンドレアス・ヂ・ゴヴェイア（Andreas de Goveia ？－1548） ポルトガル出身．若くしてフランスに移住，パリのコレージュ・サント＝バルブで，

次いでボルドーのコレージュ・ド・ギュイエンヌで文法と哲学を教える．1547年，時のポルトガル王ジョアン三世敬虔王に呼ばれ，フランスのコレージュに倣いコインブラにコレジオを設立することを要請される．コレジオ運営が軌道に乗り始めた翌年，逝去．モンテーニュのアンドレアスへの言及は，『エセー』第１巻・第26章．《このことにかけて我々の校長アンドレアス・グヴェアヌは，彼の職務の他のすべてにおいてと同様に，誰にもくらべようもないフランス最大の校長でございました》〔関根秀雄氏訳〕．

43．ディオグ・ヂ・ゴヴェイア（Diogo de Goveia, 1470？－1557？）　ゴヴェイア一族の一人で，ポルトガル出身．ジョアン二世無欠王の命令でフランスに留学，神学を学び，1510年に博士号を受けている．学術・政治面でフランスにおけるポルトガル王の代理人となった．特に1512年と1530年に，アジアや新大陸からの輸送船の略奪などで国益を代表し，フランス使節団と対応した．1520年から1548年にかけてコレージュ・サント＝バルブの校長を勤めた．アンドレアスはディオグの甥で，一時期ディオグはアンドレアスをコレージュ・サント＝バルブの校長にしたが，のちに異端の罪で告発している．おそらくコレージュ・サント＝バルブのポルトガル人留学生がルター主義に染まっていないことを喧伝するためであろう，ディオグは1527年に反エラスムスの立場を明確にしたりもしている．しかしコインブラ大学の設立とともに，ポルトガル人のコレージュ・サント＝バルブへの留学生数は激減した．

44．ノエル・ベダ（Noël Beda, 1470？－1536）　ソルボンヌ神学部最右翼の保守主義者．1502年コレージュ・ド・モンテギュ校長．1520年から1533年にかけて神学部理事．スコラ学とパリ大学の権利をかけて，ユマニスムや福音主義，宗教改革と徹底的に（あるいは狂暴なまでに）戦った．1520年からパリ高等法院と歩調を合わせ，単にエラスムスやルフェーヴル，ビュデを攻撃したのみならず，王姉マルグリットの著作を断罪したり，寛容政策をとるフランソワ一世を批判した．ために1533年，パリから追放され謝罪を余儀なくされた．1534年不敬罪で投獄されたあと，死にいたるまでモン＝サン＝ミシェル修道院に幽閉された．現在の16世紀研究では〈保守反動〉のレッテルを貼られたまま片づけられているが，本格的な研究に値する人物だと思う．

45．両ブカナン（les deux Buchanan）　ひとりはスコットランド出身のジョージ・ブカナン（George Buchanan, 1506－1582）．スコットランド出身のユマニスト．若くしてパリ大学で学んだ．1527年にジャック五世の子供の家庭教師となるも，1539年に宗教改革に好意的な文書を発表したため，英国に，ついでボルドーに亡命を余儀なくされた．ボルドーでモンテーニュを教えたことは有名．1560年頃故国に戻り，改革派たることを公言した．スコットランドではフランス王フランソワ二世の寡婦，スコットランド女王メアリ・スチュワートを弾劾，その反メアリ文書（1571年）はフランス語にも訳され，大いに読まれた．のちの英国国王ジェームズ一世の家庭教師も務めた．文学史的には優れた

(と言われる）ラテン語詩のほか，これもラテン語で書かれた『エフタ』(1554年）などの所謂ユマニスム演劇で同時代人に大きな影響を与えた．残念ながらフェーヴルが引く，ジョージ・ブカナン以外のもう一人の「ブカナン」については不詳．

46．ファン・ヘリダ（Juan Gelida；フランス語名 Jean Gélida, 1493 – 1556）スペインはバレンシアの人．パリで学業を修める．コレージュ・サント＝バルブやコレージュ・デュ・カルディナル＝ルモワンヌで哲学を教える．1527年にアリストテレス主義の立場を擁護しているが，間もなくルフェーヴル・デタープルを信奉することになる．1547年，かねてからのアンドレアス・ヂ・ゴヴェイアの要請をうけて，コレージュ・ド・ギュイエンヌの校長に就任．しかしボルドーにおける改革派の進出や1555年のペストの蔓延で，学校運営に苦しむ．ヘリダの没後，ラテン語詩や書簡が刊行された．

47．エリ・ヴィネ（Elie Vinet, 1509 – 1587） 豊かな農家に生まれ，恵まれた環境で教育を受けた．ポワティエで学び，バルブジウー（シャラント県）に私塾を開いてパリで学業を続ける費用を稼ごうとした．その結果については不詳．ただ1541年，コレージュ・ド・ギュイエンヌの校長アンドレアス・ヂ・ゴヴェイアが教師に招聘したことは知られている．ヴィネの生徒にはモンテーニュもいた．ジョアン三世の教育政策をうけてゴヴェイアとともにポルトガルに赴いたが，ゴヴェイアの死によって，1548年にボルドーに帰国した．1558年ヘリダの後を継いでコレージュ・ド・ギュイエンヌの校長になった．数多くの古典古代の著作の校訂に携わった．論理学，自然学，古代学と，その学問や著書の領域は広く，キュジャスやド・トゥたちの高い評価をえた．

48．ブリタンヌス（Robertus Britannus；本名 Robert Breton, ？ – ？） ラテン語学者でキケロを崇拝していた．コレージュ・ド・ギュイエンヌで学び，パリやトゥルーズなどで教えた．同時代の詩人から膨大な詩句をささげられ，書簡集や政体論，教育論，歌唱集など自らも多数の著作をのこした．

49．《Homo sum miser, et peccator inanis ; sum quod sum, grato munere caelicolum》.

50．ゼベデ（Zébēde, ？ – ？） 不詳．『新約聖書』でイエスの十二弟子のヤコブとヨハネの父がゼベデと呼ばれている．これを念頭においた，何者かの渾名か．

51．マテュラン・コルディエ（Mathurin Cordier, 1478 – 1564） 文献学者・教育者．若くしてその学識とラテン語の能力により知られる．カルヴァンの師で，のちにロベール・エティエンヌの影響を受け自らも改革派に転じた．パリやヌヴェール，ボルドーやローザンヌ，ジュネーヴで文芸を教授したが，とりわけ児童教育の問題に生涯をささげ，カルヴァンによれば，ジュネーヴの初級クラスに人材が欠けているのを知ると，その重要性をかんがみ，上級クラスを捨ててもそちらに走ったという．

52.《Castigat Stephanus, sculpit Colinaeus, utrumque Gryphius edocta manu menteque facit》.

53. ロレーヌ枢機卿（Cardinal Jean de Lorraine, 1498 - 1550） ロレーヌ公ルネ二世の三男で，3歳にしてメッツ司教補佐の地位を与えられる．加えてナルボンヌ大司教，ナント司教その他多くの聖職に任命された（余談になるが，複数の聖職禄を手にすることの如何についてはトリエント公会議の論点となるであろう）．ロレーヌとイタリアを往来する一方で，フランスに滞在する期間も長く，フランス国王フランソワ一世は兄のクロード・ド・ロレーヌとともにジャンを宮廷で厚遇し（高潔な僧としてではない），重要な外交任務を託し，政治的局面に立ち会わせた．この待遇はフランソワ一世の晩年にはやや冷えたものとなったが，後継者アンリ二世は再びギーズ家（ロレーヌ家）を重用した．宗教改革の初期にあってジャンが宗教的和解に努力した，という説もあるが，後年積極的な反改革派として働いたことも事実である．しかし16世紀前半の大多数の知識人にとってジャンは何よりもまず，軍人である他のギーズ家の兄弟とは異なり，莫大な資力と鷹揚な性格を合わせ持つ優れたメセナであった．当時の名のある散文家，フランス語詩人，ラテン語詩人，画家や彫刻家でその恩恵にあずかった者は数知れない．

54.《juvenis de lingua latina optime meritus》.

55.《ad publicam omnium linguae latinae amantium utilitatem》.

56. ガダーニュ（Gadagne） ガダーニュ家はフィレンツェの有力商人の一門．その一人であるシモン（Simon Gadagne, 1411 - 1480）が陰謀の渦巻くフィレンツェを退去し，1459年にリヨンに居を構えた．リヨンの豪商ガダーニュ家の発端である．シモンの息子がトマ一世（Thomas I, 1452 - 1537？；異名Thomassin）で，サヴォイアに生まれフィレンツェで養育されたが，間もなくリヨンに移住，パッツィ商会銀行で働きながら商業のノウ・ハウを学ぶ．通商でえた巨額の資産を運用し，リヨン筆頭の商人の一人と認められ，リヨンのフィレンツェ郷土団判事を勤めた（1505 - 1506年）．晩年にはフランソワ一世の司厨長（Maître d'hôtel）を拝命した（1521年）．しかし《ガダーニュのように金持ち》という諺のもととなったのは，トマ一世の甥トマ二世（Thomas II, 1495 - 1543？）である．かれは伯父の巨万の富を相続し，1515年にリヨンに移住したあと，1525年にフランスに帰化した．イタリア戦役を利用してさらに資産を蓄積し，リヨンの代官補佐も勤めた．慈善基金を創設したり，ペスト患者のために病院を建設したり（次註参照），世に言う善行もかさね，死に瀕して少なからぬ額を貧者に遺贈した．ラブレーやマルグリット・ド・ナヴァール，アグリッパ・ドービニェの文中にもその名が登場する．本章原註（8）も参照．

57. クレベルガー（Jean Kleberger もしくは Cleberger； Kleberg または Cleberg の表記もある，1485 - 1546） ベルンもしくはニュールンベルクに生ま

れ（ドイツ語名Hans Kleberg），通商で財産を築いたあとリヨンに移住，有力者の寡婦と結婚した．1533年にリヨンがペストに襲われたとき，総施物分配局が設立され，クレベルガーも多額の寄付をおこなった．1536年帰化を許可される．1543年には財政支援を受けていたフランソワ一世から常任侍従（valet de chambre ordinaire）の資格を与えられた．

58．ヴォーゼル（Vauzelles） 16世紀前半のリヨンで著名なヴォーゼルには行政官であるマテュー（Matthieu de Vauzelles, 1490？－1561）とその弟で文人のジャン（Jean de Vauzelles, ？－1557）がいるが，トゥルクゥエッテイ（Turquetti；一説にはEstienne Turquet）とナリス（Nariz；一説にはNaris）に関連があるヴォーゼルはマテューと思われる．弁護士を父にもったマテューは法学を修めたあと，副代官（1517年）や総施物分配局指揮官を勤め，1535年にはリヨン管区王室弁護士やドンブ高等法院検事総長を命じられた．この期間に慣習や王令，成文法の整理に努めた．『通行税論』や『再婚論』などの他に，フランス語詩文も作った．最初の妻はモーリス・セーヴの姉妹である．弟のジャンもマルグリット・ド・ナヴァールの請願審査官を勤める一方，マロやセーヴと親交を持ち，宗教的な作風の著書やアレティーノの翻訳を刊行した．またマルグリットの宗教劇にも協力したと言われる．ヴォーゼル兄弟には他にロドス島騎士団のジョルジュ（Georges）がいる．

59．アルチアート（Andrea Alciato, 1492－1550） イタリアの著名な法学者・ユマニスト．アヴィニヨンで1521年に，ついでミラノで法学を講じたが，その才能を妬む同僚の存在からフランスに逃れ，ブルジュ大学の講座を託される．しかしミラノ公フランチェスコ・スフォルサの懇願に負け，イタリアに戻りパヴィア，ボローニャ，フェッラーラの大学で講義をおこなった．歴史法学の創始者と見なされる．哲学的著作の他，文学史的には『エンブレマータ』のジャンルを確立した．

60．サドレト（Jacopo Sadoleto, 1477－1547） ピエトロ・ベンボとともに教皇レオ十世とクレメンス七世に秘書として仕え，パウルス三世により枢機卿に任ぜられた（1536年）．改革派への寛容政策や和解政策の立場に身をおき，クレメンス七世の反カロルス五世同盟への接近に反対し，またカロルス五世とフランソワ一世との休戦（1542年）にも努力した．サドレトはユマニストとしても非常に有名で，ラテン語詩やキケロ風の美しい散文を残したという．

61．バデュエル（Baduel） バデュエル一族で16世紀に活躍したのは，クロード（Claude, 1491－1561）とその息子ポール（Paul, 1543－1626以後）．クロードは聖職領金利生活者アントワーヌ（？－1547）を父に，ニームに生まれた．ニーム市立学校で初等教育をうけたのち，僧籍に入り，パリやルーヴァンで神学や哲学の勉強を続けた．1538年以前にファン・ビベスやメランヒトン，マルグリット・ド・ナヴァール，ブッツァーやカルヴァンと知り合っている．ニーム大学の創設にあたりクロードは校長を引き受けたが，ユマニスムと宗教改革

の洗礼を受けたクロードと伝統的カトリック教徒の立場にある教授陣の抗争の果て，異端者として大学から追われた（1548年）．1551年クロードはリヨンに立ち寄り，グリフ書店に晩年の作品を刊行させた．同年秋，クロードはジュネーヴに亡命，やがてアカデミー・ド・ジュネーヴの哲学教授に任ぜられたが，間もなく病没した．ポール・バデュエルはニームに生まれたが，クロードの遍歴にしたがって1559年，ジュネーヴのアカデミーに入学した．学業が終了するとジュネーヴ施療院の施物分配僧，もしくは教師を命じられるが，長くは続かず，1572年にはイソワール（オーヴェルニュ地方）の聖職についている姿が確認されている．同年のサン＝バルテルミーの虐殺を事前に察知し，ジュネーヴに避難したとも伝えられる．ジュネーヴ当局はこれを快く思わず，1585年までイソワールに戻ることを許さなかった．牧師としては少なくとも行政的手腕をもたない人であったようで，その後も各地の改革派教会と摩擦を繰り返した．1607年にラ・ロシェルで開かれた改革派全国宗教会議はポールの困窮を見かね，父クロードの思い出に免じ，若干の禄を与えることを決めた．

62．オトマン（Hotman, または Hotoman その他の表記もある；ラテン語名 Hotomannus）　オトマンは法学者・歴史家の家系で，著名な人物にはフランソワ（François, 1524 - 90），その弟のアントワーヌ（Antoine, 1525？ - 96）がいる．フランソワは11人兄弟の長男．父親はパリ高等法院評定官で，フランソワを自らの後継者にしようと望み，オルレアンで法律を学ばせる．18歳にして博士号を修得したのち，実務に携わるも，すぐに理論畑や文芸に身を投ずる．やがて改革派となり，ローザンヌ大学，シュトラスブルク大学，その他の機関で法学を教えた．サン＝バルテルミーの虐殺を逃れたあと，ジュネーヴに亡命，バーゼルで生涯を閉じた．所謂フランス・モナルコマキの代表的論客で刺激的な論考を幾つもものしたが，特に『フランコ＝ガリア』は名高く，いま読んでも面白い．アントワーヌはパリ高等法院の弁護士だったが，リーグ派に参加，リーグ派主導下のパリ高等法院次席検事の席をうる．リーグ派の壊滅後アンリ四世に恭順した．著書に『結婚解消論』，『ガリカン教会の権利と自由』など．フランソワの息子ジャン（Jean, 1552 - 1636）はヴィリエ領主．ドイツ方面の外交に従事し，行政官としての名声を博した．著書に『外交官の義務を論ず』（1602年）など．

63．ボードワン（François Baudoin, または Baudouin, 1523 - 1572/1573）法律家・神学者．アラス生まれ．カロルス五世の宮廷ですごしたのち，フランスに移住，ブルジュ大学やシュトラスブルク大学，その他の機関で法学を教える．のちのアンリ三世，アンジュー公の肝いりで参事院議員の一員となり，アンジュー公がポーランド王に推挙され，フランスを離れるとき，随行する予定でありながら没した．アンジュー公からサン＝バルテルミーの虐殺を正当化すべく依頼されたが，これを拒否している．改革派サイドはボードワンの４度に及ぶ改宗・再改宗を非難した．民法書や論争書がある．

64. ギラン（Georges Guilland ; Georgius Guillandus, ？－？） 1547年にグリフ書店から『異端者ニツイテ』を刊行した．

65. バルテルミー・アノー（Barthélemy Aneau, または Anneau, ラテン語名 Annulus, 16世紀初頭－1565） ユマニスト・歴史家・詩人・法律家．リヨンのコレージュ・ド・トリニテの修辞学教授．アノーの死は殺害によるものだった．ひとつに，コレージュ・ド・トリニテにはかねてから改革派シンパという嫌疑がかけられており，ある聖餐式の会場に石が投げ込まれたのを契機に，群集がコレージュになだれこみアノーを虐殺した，との説がある．またひとつにマロとアノーが親しかったことを理由にする説もある．マロとの交友はアノーをして，ジョワシャン・デュ・ベレーの『フランス語の擁護と顕揚』を，カンティル・オラシアンの仮名のもとに批判し，伝統的フランス語詩やマロを弁護させた．また自らも伝統的な作風の詩作を綴った．

66. クレマン・マロ，「リヨンの町について」（この寸鉄詩の同定は今なお議論の渦中にある．ギフレー＝プラタール篇，『クレマン・マロ著作集〔書誌(*225*)〕』は採用していないから，フェーヴルはジャネ篇，『マロ全集〔書誌(*225-2*)〕』から引用したのだろうが，後者については参照できなかった．その他からの孫引きの可能性もある）．

67. コンパン（Guillaume Compaing；一説では本名 Henri Guillot, 通称 Compaing, ？－1536） エティエンヌ・ドレによれば，ドレの個人的な敵，もしくは刺客で，ドレをリヨン市内で襲い返り討ちにあった画家．リヨン名家に属していたとも言われる．コンパンのアイデンティティも，事件の正確な状況も判然としない．ドレはおそらくこの事件の恩赦をうるためリヨンを去りパリの宮廷に赴いた．ドレの生活やユマニストの世界を，ある意味で象徴する事件であろう．

68. 《Vulteius non parvam —— De se spem praebens doctis》.

69. ダネス（Pierre Danès, 1497－1577） パリの貧しい家庭に生まれる．コレージュ・ド・ナヴァールでジャン・ラスカリスやギヨーム・ビュデらを師にもち，ヘブライ語をふくめ古典語を学ぶ．同時に神学の研究にも余念なく，1523年にパリのサン＝ジョス教会の司祭に任命される．1530年フランソワ一世により王立教授団のギリシア語教授に指名され，アミヨ，ド・ビイイ，ブリッソン，カルヴァンを弟子にもった．1535年ヴェネツィア大使ジョルジュ・ド・セルヴに随行し，イタリア訪問．1546年，これも王命によりトリエント公会議のフランス側使節に任ぜられる．アンリ二世は王太子の教育係にダネスを選んだ．ラテン語作家やギリシア語作家の著書の編纂に励んだり，自らも学究的な著作，時局的な著作をあらわした．ピエール・ド・ラ・ラメに抗してアリストテレス論を発表したとも伝えられるが，残っていない．

70. トゥサン（Jacques Toussaint, 15世紀末－1547） 年代は不明だが，故郷トロワを去り，パリでギヨーム・ビュデのもとで学習．ビュデは弟子という

よりも友人として遇し，ギリシア語学復興の最適任者のひとりと見なした．1518年頃エラスムスと連絡を取り始めたのもこの資格で，である（エラスムスとはやがて不仲になる）．1532年には王立教授団のギリシア語教授に任命される．哲学や法学の知識にも秀で，モレルやアンリ・エティエンヌ，テュルネーブたちを教えた．『寸鉄詩集』（1527年）や『ギリシア語＝ラテン語辞典』（死後出版）などの他，ビュデの書簡の編集にも携わった．

71．パイエオン（Παιήωνν） ギリシア神話で神々の医師．ハデスが負傷した時，これを治療した．

72．ディース（Dis Pater） ローマ神話で冥界の神．ギリシア神話のハデスに相当する．

73．《Franciscus Rabelaesus, honos et gloria certa —— artis Paeoniae, qui vel de lumine Ditis —— exstinctos revocare potest et reddere luci》.

74．ボシュエ（Bénigne Bossuet, 1627 - 1704） 神学者・弁論家・政治理論家．ディジョン高等法院の弁護士を父にもつ．1652年聖職に入り，優れた演説家として名をなす．1669年コンドン司教，1681年モー司教（この肩書はいずれボシュエの名と等号で用いられる）．17世紀のフランス・カトリック教の代表的な論客．カトリック教内部での論争や改革派との論争で活躍した．『世界史論』，『改革派変遷史』その他．

75．《Civili de jure rogas quid sentio, Scaeva ? - Hoc verum noster quod Rabelaesus ait》.

76．フェルディナン・ビュイッソン（Ferdinand Buisson, 1841 - 1932） 教育者・政治家・文学博士．公共初等教育法の起草者のひとり．『教育辞典』（1882 - 1889年，1911年）監修者．『セバスティアン・カステリヨン』により文学博士(1891年)．1896年ソルボンヌ文学部教育学講座を担当．ドレフュス事件では擁護派にまわり，人権同盟の創設者のひとりとなった．パリ選出の国会議員もつとめる（急進的社会主義者）．1927年，ノーベル平和賞を受賞．しかしここで問題になっている大著『セバスティアン・カステリヨン』は政治家の道楽仕事ではなく，きわめて綿密な学術書である．

77．《Christus promissus..., conceptus..., natus..., passus..., crucifixus...》.

78．英訳書によれば，「70ページ」ではなく「73ページ」らしい．訳者未確認．

79．《Christus, perfugium senis trementis...
Quod fert pectore fert in ore Christum》.

80．《Corpus humo, mentemque Deo, bona cuncta relinquo
Pauperibus : Faber haec, cum moreretur, ait》.

81．ジェラール・ルーセル（Gerard Roussel ; ラテン語名 Ruffus もしくは Ruffi, ? - 1550） 初期福音主義者・布教者のひとり．アミアン近郊に生まれる．ルフェーヴル・デタープルの弟子．ルターの出現に喝采をおくるが，ロー

マ教会との決別は避ける．1521年ルフェーヴルとともにギヨーム・ブリソネの〈モーの人々〉に加わる．ブリソネはルーセルを自分の教会参事会員とし，教区内での説教を許す．しかしソルボンヌ神学部の圧力のもと，亡命者に門戸を開いていたシュトラスブルクに逃亡する．その後マルグリット・ド・ナヴァールの要請をうけ，同王妃の宮廷に説教師・聴罪司祭の資格で招かれる（1526/1527年）．1533年，マルグリットの指示でパリの王宮で説教をおこなう．この時に騒擾が起こり，フランソワ一世はノエル・ベダをその首謀者として追放刑に処す．この頃のルーセルの敬虔な説教はカルヴァンを感動させたという．檄文事件ののち改革派への弾圧が強化され，ルーセルの逮捕にいたる．マルグリットの介入でルーセルは釈放され，1536年オルロン司教区を与えられる．ルーセルは福音主義を基調に誠実に勤めるが，一方カルヴァンを始めとする改革派はかれを背教者とみなし，他方でソルボンヌ神学部はルーセルの著作を検閲，数々の「誤謬」を指摘した．1550年司教区の巡回説教の最中，説教壇から突き落とされ死亡する．カトリック教徒であるニコラ・ブルボンが賛辞にみちた詩句を送った．

82．《tu nova sacra facis ; servas, Francisce, priora》.

83．《Nec pateris patrum facta priora mori,
Nec priscos veterum ritus contemnere vulgus
Permittis, tetrum sed scelus esse doces...》.

84．パウルス三世（Paulus III, 1468 - 1549） ローマ教皇（1534 - 1549）．前名アレッサンドロ・ファルネーゼ．1538年英国王ヘンリー八世を破門．同年カロルス五世，およびヴェネツィアとともに反トルコ同盟を結成．またカロルス五世とフランソワ一世との間で仲介役を果たす．1540年イエズス会を承認．1545年トリエント公会議を招集．ミケランジェロを登用し，中断していたサン＝ピエトロ寺院の建築を再開した（1546年）．対抗宗教改革の代表的な教皇．

85．《interpres Pauli Paulus sensu abdita monstrat》.

86．《stant vivi lapides operis》.

87．《Dum tua, Beda, levis vexat sententia justos
Plus tibi quam justis haec lingua nocet...》.

88．《Nonne times flammam, carnificisque manus ?》

89．ブリアン・ド・ヴァレ（Briand de Vallée；一説には Briand Vallé. その他の異綴もある．？ - 1544） ル・デュエ領主．サント初審裁判所議長．1538年以降ボルドー高等法院評定官．改革派もしくはユマニストに理解があった人で（無神論者呼ばわりされたこともあったようだ），ジュール＝セザール・スカリジェが四旬節に脂身を食し不敬虔な言辞を弄したとして異端の嫌疑がかけられたとき，これを救い，感謝された．テオドール・ド・ベーズの『改革派教会史』によれば博識で威厳のある人物のひとり．優れたラテン語詩をものしたらしい．ラブレーのフォントネー＝ル＝コント時代からの知人．

90. アグリッパ（Heinrich Cornelius Agrippa von Nettesheim, 1486‐1535） ケルンの由緒正しい家柄に生まれ，ハプスブルク家のマクシミリアン一世に仕えた．軍人としても武勲をたてたらしいが，大学者として有名．各国語を自在に操ったが，その独自の思想ゆえ敵も多く，西欧諸国を転々とせざるをえなかった．イタリアで医学と法学の博士号を修得．ロイヒリンの影響を受け神秘哲学を説く．1524年にリヨンで医師を開業．直後にフランソワ一世の母后ルイーズ・ド・サヴォワの侍医となったが，怒りをかい解職される．ネーデルラント総督マルガレーテの修史官に雇われ，彼女のために（？）『女性の優越について』（1529年）を執筆．魔術師で終始黒い犬を連れ歩いていた，とのまことしやかな噂の持ち主でもある．主著のひとつ『神秘哲学』（1531年）には確かに魔術を体系化しようとする努力が認められる．しかし『諸学ノ虚妄ニツイテ』（1530年）は人知の空しさを知り抜いたのち，そこに佇むキリスト教徒の姿を告げている．アグリッパは貧困のうちにグルノーブルで没した．医師の立場から魔女裁判を反駁したヨハン・ヴァイヤーはアグリッパの弟子である．

91. 《Post tempestates, dubiae post somnia vitae,
Agrippam parta mors requiete rapit ;
Et cui nulla fuit misero per regna vaganti
Patria, cum superis gaudet habere domum...》.

92. 《不信仰〔incrédulité〕》とフェーヴルが引用している言葉は，ルフランの原文では《軽信〔crédulité〕》．ここではいささか問題となる誤読なので，フェーヴルの著書のままに訳した．

93. 以上の引用は主として，アベル・ルフラン，協会版，『ラブレー著作集第3巻　パンタグリュエル物語』「序論」，LVII ページにもとづくが，必ずしも正確な引用ではない．

94. 《at quod opus ? quam minime a juvene exspectandum ? quantae diligentiae ? quanti laboris ? quam exacti judicii ?》

95. 《huic uni placuisse, prima laus...》.

96. 《O Deus, o similem me daret esse Deus !》

97. 《orator bonus et bonus poeta, si quisquam fuit, unus est Doletus》. 英訳書は上記の引用の代わりに《モシ誰カ優レタ弁舌家ニシテ詩人ガイルトシタラ，ソノフタツニ対スル讃辞ハ今生キテイルドレトゥスニ捧ゲラルベキデアル〔si quisquam orator sitque poeta bonus,―― utraque viventi est laus concedenda Doleto〕》（第2巻，102ページ）をもちだすが，理由は不明．

98. 《Tam pulchrum est corpus, mens est tam pulchra Doleti ―― Totus ut hoc possim dicere : pulcher homo est !》

99. ルイ・ド・レトワル（Louis de l'Estoile；ラテン語名 Lucius Stella, ?‐?） オルレアン出身．ブルボンの『ヨシナシゴト』にステラ宛のラテン語詩があること以外は不詳．

100. 《Aer, terra, fretum, sylvae, mons, ignis, Olympus
Omnia transibunt, set mea verba manent...》.

101. 《non aliter turpis simia labra movet》.

102. ミゲル・デ・アラング（Miguel de Arranda；フランス語表記 Michel d'Arande, ？－1539） フランドルのトゥルネに生まれる．若い時期にアウグスティノ隠行士修道会に加わるが，16世紀初頭，これを去って神学をまなぶためパリに上京，おそらくヘブライ語も学んだ．アランダはこの頃ルフェーヴル・デタープルと再会，改革派の理念に共感し，1521年，ローマ教会派の手を逃れるべくモーのブリソネのグループに参加する．マルグリット・ド・ナヴァールの信頼が篤く，遂にはルーヴル宮廷で密かに女性をまえにルターに賛同する説教をおこなうが，ソルボンヌ神学部の知るところとなった．マルグリットの庇護により難を一応は逃れるが，パリを離れたのちも各地で福音主義的な説教を展開，マルグリットやフランソワ一世の介入によって再三救われる．しかし高等法院の執拗な追求にアルザスに逃亡，『聖書』のフランス語訳を試みる．フランソワ一世が虜囚であった頃，マルグリットはアランダをサン＝ポール＝トロワ＝シャトー司教に任じ，その所謂〈うさんくささ〉にもかかわらず，教皇はこれを認める（1526年）．以降のアランダの行動も思想も漠然としている．司教区に蟄居したあとはローマ教会に接近していたようだが，必ずしも改革派と断絶したわけでもなかったらしい．アランダはこの司教区で1539年に没した．ルター派や改革派であるよりも，教会内部から刷新を模索する福音主義者であったのであろう．晩年になって，若き日の改革闘争を自ら放棄してしまったことを悔いた，との解釈もある．

103. 《vivae justitiam fidei》.

104. 《O mihi concedant unà isthic vivere tecum》.

105. 《nil tenebamus, nisi syllogismos arte —— contortos variosque nodos》.

106. いうまでもなく「真紅」は枢機卿の象徴，「牝狼」はローマの象徴．

107. 《lupa purpurata, lerna malorum》.

108. 《gens rapax, vecors et amica ventris —— perdita luxu》.

109. 《saxeis stabant simulacra templis —— sacra dis falsis et idem deabus —— unde diversis variisque festis —— cuncta fremebant —— in statis poni pietas diebus》.

110. 《nuptiis mire vetitis, libido —— faeda revixit》.

111. 《Laus Deo Patri, Dominoque Christo,—— spiritu cujus bona cuncta fiunt !》

112. トマス・クロムウェル（Thomas Cromwell, 1485？－1540） エセックス伯．ウルジーに見出され，修道院資産没収を担当し利益と地位を得る．絶対王制の擁護者でヘンリー八世の宗教政策（英国国教会）を推し進める．ドイツ

宗教改革派との同盟を画策．ヘンリーとアン・ブリーンの結婚を謀ったが，アンの失寵により死罪となった．

113．トマス・クランマー（Thomas Cranmer, 1489－1556）　ノッティンガム伯領に生まれる．英国の宗教改革者．ケンブリッジ大学神学教授であった時期に離婚問題でヘンリー八世を擁護（1530年），ヘンリーによりローマに使節として派遣される．帰国後カンタベリー大主教に任ぜられ，ヘンリーとアン・ブリーンとの結婚を認める．教皇権に激しく対立し，教会分裂を指導．エドワード六世の治世にツヴィングリに基づく教会改革を企てるが失敗，女王メアリ一世の即位とともに投獄された．一時改革思想を放棄するが，のちに再改宗し，火刑に処せられた．ユマニストとしても優れた文章を残している．

114．《Borbonium expulsum Gallia tota dolet》．

115．《Anglia me lacerum retinet, vestitque poetam ; plus peregrina favet quam mea terra mihi》．

116．《Cum mihi surripias noctu mea carmina, Rufe...》．

117．《Tu loqueris semper, semper at illa tacet !》

118．《Grata bonis sunt, grata malis tua carmina》．

119．《Ut nunquam tulerit Campania Belgica vates》．

120．《Ut nunquam tulerit praeclara Gallia vates》．

121．《Gallia tres habuit doctosque piosque poetas》．

122．フェーヴルの原著では「1537年」であるが，誤りなので正した．

123．《Lingonis ora gemit, Charitesque, novemque sorores —— Borbonium expulsum Gallia tota dolet》．

124．《Hunc Genabum, Charitesque, novemque sorores —— et Stephanum expulsum Gallia tota dolet》．

125．《Illud confiteor》．

126．《Tuas, inepte ? Rides ! Pelisso negat, et negat Perellus, negant scrinia nuda Pradiani, compilata tua rapacitate !》

127．《Quis auctor dissidii fuit ?》

128．《Vae illi qui male vult tibi, Poeta ;
Vae illi qui male velle te mihi optat ;
Communem, rogo te, putemus hostem !》

129．《at sceleratum hominem, stabili fallamus amore ; ille potest falli non meliore dolo...》．

130．《Vides, amice Vultei, quibus illi artibus —— nituntur impii homonculi cavellere —— amicitiam nostram ?》

131．ジルベール・クーザン（Gilbert Cousin, ラテン語名 Cognatus ; 1506－1567）　フランシュ＝コンテはノズロワ出身．1526年ドールで法学を学ぶも，間もなく聖職に就く．1530年秘書としてエラスムスに仕える．エラスムスはク

ーザンを仕事仲間と見なし，古典語や文芸を学ばせたようである．この関係は5年間続いた．1536年クーザンはノズロワのサン＝タントワーヌ教区の聖堂参事会員に任ぜられた．1558年ブザンソン大司教の随行員としてイタリアに赴き，パドヴァに滞在．帰国後改革派思想に共鳴する．1567年教皇ピウス五世はかれを異端の嫌疑で逮捕させる．逮捕されたクーザンは教会牢獄で間もなく没した．フェーヴルはクーザンについて中篇論文を執筆している．

132．ジャン・ド・カテュルス（Jean de Caturce, ? －1532） リムー（ラングドック地方）出身．トゥルーズ大学で法学を修め，その地で法学を教授し評判となる．傍らで聖書を研究，旧来の教えの誤りを知り，1531年万聖節，リムーで自説の一部を説教，さらに1532年公現祭で慣例に抵触する行動や発言をする．間もなくトゥルーズ異端審問所に異端の咎で逮捕される．カチュルスは自らの異端性を否認，公開討論に臨むが却って自説をかためるにいたる．1532年教会当局から世俗裁判所に引き渡され，火刑に処せられる．

133．《裁判官ども〔Chats-Fourrés〕》とは，真偽がさだかでない『第五之書』で「毛皮猫族」の訳語のもと頻繁に言及される名詞．ただしそれ以外の「ガルガンチュワとパンタグリュエル物語」では滅多に出現しない．この表現は，協会版『ラブレー著作集　第3巻　パンタグリュエル物語』第7章，82ページで用いられているが，ラブレーはこの名詞を単数で使っている．渡辺氏訳『パンタグリュエル物語』では代言人と訳されている（57ページ）．

134．一説では（コプレー＝クリスティ，前掲書，198ページ，註2）1534年11月10日，つまり檄文事件の直後，厳しくなった改革派への追及のもと，パリのモーベール広場で三人の所謂異端者が火刑台にのぼった．但し訳者にはこの日付を確認することができなかった．11月10日に判決が下り，13日以降次々と火刑台に火がつけられた，という程度しか分からない（ベーズ，『改革派教会史』，クレスパン，『殉教者列伝』，逸名著者，『パリの一市民の日記』，ドリアール，『パリ年代記』，ヴェルソリ，『家事日記』）．エティエンヌ・ドレが同じ運命をたどるのは，1546年8月3日である．

135．〈パスカルの賭〉とは，いうまでもなくブランシュヴィック版『パンセ』断片233を指す．《それではこの点を検討して，「神はあるか，またはないか」と言うことにしよう．だがわれわれはどちら側に傾いたらいいのだろう．理性はここでは何も決定できない．〔……〕だが賭けなければならないのだ．〔……〕選ばなければならないのだから，どちらのほうが君にとって利益が少ないかを考えてみよう．〔……〕この方［神が存在するという方］に賭けることによって，君にどういう悪いことが起こるというのだろう．君は忠実で，正直で，謙虚で，感謝を知り，親切で，友情にあつく，まじめで，誠実な人間になるだろう．〔……〕私は言っておくが，君はこの世にいるあいだに得をするだろう．そして君がこの道で一歩を踏みだすごとに，もうけの確実さと賭けたものが無に等しいこととをあまりにもよく悟るあまり，ついには，君は確実であって無

限なものに賭けたのであって，そのために君は何も手放しはしなかったのだということを知るだろう》(パスカル，前田・由木氏訳，『パンセ』，前田陽一氏篇，『世界の名著　24　パスカル』所収，164 - 167ページ).

136.《quibusque mens est integra, sana, pura, simplex》〔英訳書によれば，ウゥルテイウス，『十一音綴詩集』，47紙葉裏面〕.

137.《hunc cui nemo placet, placetque nulli...》〔英訳書によれば，同書，48紙葉〕.

138. サリニャック（Jean de Sallignac；またはSalignac；またはSalinac，？ - 1563）マルムーティエのベネディクト派修道会士で名門の出身だったらしい．1536年神学博士．1533年ジェラール・ルーセルの説教内容についてソルボンヌ神学部がサリニャックの見解を求めたとき，ルーセルを擁護，以後サリニャックにも警戒の眼が向けられるようになる（博士号修得の前後もこの状況は続いた）．3カ国語（ラテン語，ギリシア語，ヘブライ語）の知識を評価され，王立学院のヘブライ語講師となる．フランソワ一世はかれを，ピエール・ド・ラ・ラメが教養学科に提出したカリキュラム問題の審査にあてた．またカトリーヌ・ド・メディシスによりポワシー会談（カトリック側と改革派側の調停の最後の試み）への参加を要請された．サリニャックの宗教思想については意見の統一をみないものの，改革派に共感を覚えながらもカトリック教徒であり続けた，とする説が有力である．

139.《Ah, te —— pergis perdere, et in dies furorem —— exauges magis ac magis ; reprensus —— nec mutas, pudor, o sceleste, mentem !》

140.《eos qui —— nolunt criminibus tuis favere —— nec laudare tuas opiniones...》.

141.《nam amicos volo quos probare possim !》

142.《Quae doces miseros, tuam domum qui —— et colloquia qui in dies frequentant》.

143.《qui non de grege sit tuo》.

144.《causas —— dans cur oderis ipse Lucianum, —— Christo cur studeas placere soli》.

145.《Belle te simulasse Christianum rides !》

146.《Vixi, non homo, sed canis》.

147.《Nam tu, nec hominem sapis, nec ipse es !》

148.《paucos nomino》.

149. アントワーヌ・フュメ（Antoine Fumée, 1511 - 1575）ブランデ領主．ルイ十一世やシャルル八世の寵愛を受けたリヨンの医師の孫として誕生．行政官．1536年パリ高等法院の評定官に選出される．廉直謹厳な人物だったらしい．宗教改革期初期にあっては教会内部改革を指示したが，アンヌ・デュ・ブールの裁判を目の当たりにして，言葉に慎むようになった．しかし改革派の嫌疑は

消えることなく，1562年パリを追放され，1563年の和議のあとブルターニュの高等法院評定官に任命され，1572年に同高等法院議長をつとめた．

150．テュアーヌが参照したウゥルテイウスの版については，テュアーヌ，前掲書，321ページ，註1を参照．

151．《non satis et nimium scire, Rabella, cupis》

152．ニコラ・シェノー（Nicolas Chesneau；ラテン語名 Querculus, ？－1581）ランスのサン＝サンフォリアン聖堂参事会委員．ラテン語やフランス語で書かれた数多くの詩や歴史書を残した．その他は不詳．

153．ギーズ家（Les Guise）ギーズはピカルディ地方にある伯爵領の都市で，1491年にシャルル八世がアルマニャック家に寄贈したあと，ロレーヌ（ロートリンゲン）家の手にわたり，さらにロレーヌ家の分家に譲渡され，この家系がギーズ家を名乗った．1528年フランソワ一世はクロード・ド・ロレーヌに報いてこれを公爵領とした．ロレーヌ＝ギーズ家の動向は16世紀フランス政治史を語る上で絶えず念頭におかなければならない存在である．特にこの世紀の中葉から暮れ方まで，縁戚関係やフランスの民衆の人気，ローマ教皇の支援をもとに，フランス宮廷に深く入り込み，対抗宗教改革の尖兵として働くとともに，カロリング王朝の末裔を称し，カペー王朝（現在の歴史区分ではヴァロワ王朝やブルボン王朝）の代わりにフランス王位を窺った．

154．対抗宗教改革（Contre-Réforme）反宗教改革とか反動宗教改革とも訳される．一般に宗教改革諸派の運動を牽制し，自覚的に教会内部改革を目指したローマ教会サイドの活動をいう（と思われる）．独断的にいってしまえば，たとえばトリエント公会議はその理念形成の場であり，たとえばイエズス会はその尖兵である（もちろんトリエント公会議やイエズス会をそのように一義的に定義することは不可能であり，礼を失していることも弁えながらの，喩えであるが）．芸術史的にはマニエリスムやバロックの時代と重なるが，思想と芸術の相互的な影響関係をあまり厳密に考えるのは好ましくない．

155．テュアーヌ，前掲書，322－323ページ．この引用も必ずしも正確ではなく，フェーヴルはテュアーヌの連続したふたつの文章をつなぎあわせている．

156．原詩は，テュアーヌ，同書，322－323ページ．

157．『テオティムス（*Theotimus*）』（1549年）はガブリエル・デュ・ピュイ＝エルボーの論争書．標題に「抹消サレ消滅サルベキ有害ナル書物ト殊ニ非常ニ多クノ信仰ト敬神トガ傷ヲ負ワズニ読ムコトガ出来ナイソノ類ノモノニ関スル全3巻」と添えられている（書誌（*240*））．この第2巻180－181ページに『パンタグリュエル物語』への過激な罵倒が記されているという．ガブリエル・デュ・（または，ド・）ピュイ＝エルボー（Gabriel du〔de〕Puy-Herbaut；ラテン語名 Gabriel Putherbaeus, ？－1566）は神学博士．フォントヴロー修道士．不幸なことに『テオティムス』が代表作になってしまったが，その他『悔悛論』や『静謐ニイタル方法論』，『聖人伝』など多数の著作がある．

158．リュシアン・ロミエ，『宗教戦争の政治的原因』第1巻，106ページ以降を参照．

159．《Dico te rabulam, Rabella, scurram》．

160．《Lingua es vipereo cruenta tabo》．

161．アベル・ルフラン，「ラブレー，サント＝マルト一族，及び“狂犬病の”ピュテルブ」，『16世紀研究誌』第4巻，1906年，338ページ，註2を参照．

162．デュ・コテ（ラテラヌス）（Guillaume du Costé；ラテン語名Lateranus）　フェーヴルが述べていること以外不詳．

163．サン＝ジュレ（Mellin de Saint-Gelais, 1491－1558）　大修辞学派のオクトヴィアン（またはオクタヴィアン）・サン＝ジュレの甥．クレマン・マロとならんでフランス16世紀前半を代表する詩人．若くしてイタリアに留学，帰国後，その影響を受けた軽快な韻文作品を発表，筆頭宮廷詩人の地位を確立する．ソネ形式の詩句をフランス詩に導入したひとり．ロンサールの台頭に危機感を覚え，宮廷政治の場でかれを押え込もうとしたが失敗，和解する．マロやロンサールの影に埋もれているが，再評価とはいわないまでも，再検討の対象になりつつある詩人である．

164．フェーヴルはこの引用について註を設け，〈書誌（*94－2*）（*XCIV-bis*)〉を指示するが，巻末の書誌で分かるように，このナンバーに該当する文献は見当たらない．1968年版やイタリア語訳，スペイン語訳はこの註を外し，英訳者は《『ヨシナシゴト』（1538年），247ページ，第67篇》と，本文の指示を繰り返している．

165．《ac ne te in rabiem inferant, Rabelle !》

166．マナルディ（Giovanni Manardi；ラテン語名Joannes Manardus, ?－?）　フェラーラのユマニストにして医師．ロラン・アントニオリはその学位論文『ラブレーと医学』（リール／ジュネーヴ，1976年）で，新興階層として修道士の敵意にさらされ，ギリシア語やアラビア語に馴染み，占星術と戦い，観察や経験を重視したマナルディとラブレーの近親性を挙げている．ラブレーは1532年にマナルディの『ガリアデ刊行サレタコトノナイ医学書簡第2巻』を編纂している．

167．クスピディウス（Lucius Cuspidius）　ラブレーは『ルキウス・クスピディウスノ遺言』を，あたかもクスピディウスが古代の有名人であるかの如く，誇らしげに編纂しているが（1532年），クスピディウスは実在の人物ではなく，原典とおぼしきものはおよそ60年ほど以前にポンポニウス・ラエトゥスが捏造した偽書．なお『クスピディウスノ遺言』のラブレーによるラテン語訳は，『クリタ売買契約書』のラテン語訳とともに，ウラール篇，『法学者ラブレー』に採録されている．

168．《in mentem tibi quid, Rabelle, venit》．

169．《libri quaestuosi》．

170. ヴォルテール，林達夫氏訳，『哲学書簡』，184ページ，「書簡22」．旧字など若干改めた．

171. 英訳書によると，たとえば，ラマルティーヌ（Alphonse de Lamartine），『文学のわかりやすい授業（*Cours familier de littérature*）』，全28巻，パリ，1856 - 1869年，第3巻，424ページに，この引用に該当する文章があるらしい．

172. ピエール・クテュリエ（Pierre Cousturier；ラテン語名 Sutor もしくは Sator, ? - 1537） マイエンヌ出身．1509年セー司教区サン＝ロワイエ教会司祭．1510年パリ大学神学博士．1511年カルトジオ派修道士．1514年から1531年にかけて同修道院院長．ノエル・ベダとともにフランス・カトリック教会の保守的な潮流を代表し，ユマニスムや宗教改革への激しい敵対心で知られる．エラスムスとの論争も有名．クテュリエの瞑想に関する教理がイニゴ・デ・ロヨラに影響を与えたとする説もある．

173. ピエール・ロセ（Pierre Rosset；ラテン語名 Petrus Rossetus, ? - ?）16世紀初頭に宗教的なモティーフを題材とするラテン語詩を残した（パドヴァの聖アントニオの奇蹟，聖パウロの行伝，殉教者ステパノス，キリスト）．『キリスト全3巻』の初版は1534年にユベール・シュサネの手で死後出版された．

174. フィリップ・ド・コセ（Philippe de Cossé, ? - 1548） 元帥シャルル・ド・コセ，及びアルテュ・ド・コセの兄弟．クータンス司教（1530 - 1548年）．モン＝サン＝ミシェル修道院院長．1547年フランス宮中司祭長．ユマニストで文芸やヘブライ語にも造詣が深く，ルイ・ル・ロワにギヨーム・ビュデの伝記を書くように勧めた．

175. 〈用心深い行脚〉とは〈pèlerinage vigilien〉を〈vigilant〉の誤記と判断したうえでの訳であるが，1942年版と1947年版を除いたあらゆる版・翻訳ではこれが〈pèlerinage virgilien〉，つまり〈ウェルギリス風の遍歴〉となっている．ウェルギリウスの人生や，その代表作『アエネイス』の主人公が辿った数奇な放浪の旅路を顧みれば，訳者にはどちらを採用すべきか，判断する基準がない．

176. 《divina in terris per nubem ex parte videbas; omnia nunc clare, nunc sine nube vides...》．英訳書によれば『娯楽集』，3紙葉裏面．

177. ジャン・モラン（Jean Morin, ? - ?） パリ長官刑事代官〔lieutenant criminel〕．ジュール＝セザール・スカリジェは，ノエル・ベダとこのジャン・モランの協力と許可によって1531年に反エラスムス文書を刊行した．したがってパリ高等法院主席議長ピエール・リゼが『世ノ警鐘』を発売した咎で牢獄に入れた出版業者ジャン・モランと同一人物ではない．英訳書が索引で両者を同一に扱うのは疑問．フェーヴルの原著では〈モラン〉に該当する項目を索引に入れていない．

178. フェーヴルは「41ページ」としているが，前後の文脈から判断して

「41紙葉」とした．残念ながら原典にはあたれなかった．

179．《Occurris nulla non potus luce, Rubelle ; qui te non potum, te bene mane videt !》

180．高田勇氏訳，『ロンサール詩集』，青土社，506ページ．

181．〈クイリヌスの祭典〔Quirinalia〕〉 クイリヌスはローマ神話の軍神マルスの異名．ロムルスの神格化以降，ロムルスを指す場合にも用いられた．クイリヌスの祭典は２月27日．

182．アペレス（'Aπελλῆs, 紀元前４世紀） ギリシアの画家．マケドニアの宮廷に仕えフィリッポス二世とアレクサンドロス三世の肖像を描いた．

183．ラ・ブリュイエール，関根秀雄氏訳，『カラクテール』，上巻，57ページ．

184．『ガルガンチュワ物語』の刊行年月日を1534年10月とする説の当否については，たとえば，渡辺一夫氏による同書邦訳（岩波文庫）所収の「解説」，442ページ以降を参照．

185．アンバール・ド・ラ・トゥール（Pierre Imbart de La Tour, 1860－1925）ボルドー大学文学部教授．フランスにおける司教撰出史や聖堂区史に関する研究があるが，遺作となった『宗教改革の諸起源』全４巻は16世紀研究には欠かせない．

186．以下の数行はフェーヴルによる，上記『宗教改革の諸起源』の敷き写し．

187．ドラリュエル，「1514年から1530年にかけてのパリにおけるギリシア語学習」，『16世紀研究誌』第９巻，51－62ページ，132－149ページ参照．

188．クラストーニ（Giovanni Crastoni；またはCrestoni, ？－？） 15世紀後半のピアチェンツァのカルメル派修道士．初めてフォリオ判のギリシア語＝ラテン語彙集（初版刊行地はミラノ，年代は1478年頃）を編集したが，出典の明記もなく欠陥の多いものだったという．他に『詩篇』のラテン語訳もある．

189．ギヨーム・プティ（Guillaume II Petit, 1470？－1536） ドミニコ派修道士．1502年神学博士．1506年から1508年にかけてエヴルー修道院院長．1507年には修道会によりフランスの異端大審問官に任命される．ルイ十二世とフランソワ一世の聴罪司祭．フランソワ一世のもとでは図書係を勤め，ギヨーム・ビュデと親密な交際を結ぶ．エラスムスをフランスの３カ国語学院に招聘しようとした３人のギヨーム（ビュデ，ギヨーム・コープとならんで）の一人だった．すぐれた葬送演説家でもあったようだ．ユマニストに好意を抱いていたが，それが異端者と見なされない限りであった．トロワ司教（1519－1527年）．往々プティの独自性がソルボンヌ神学部の判断と抵触したにもかかわらず，1535年にはパリ大学の中で神学部のみがプティを大学の「使徒伝来の特権の守護者」として認めた．

190．クラテュロス（Kρατύλοs, 紀元前４世紀頃）はアテナイの哲学者で，

ヘラクレイトスの弟子だったという．ソクラテスの死後プラトンの家庭教師をしていたらしい．ここで問題になっているのは，プラトンがその名を冠した対話篇『クラテュロス』．

191．《nunc uxore potitus expetita》．

192．ルゼリエ，「ローマ聖庁でのラブレーの赦免判決」，『ユマニスムとルネサンス誌』第3巻，237ページ以降，及び第5巻，549ページ以降を参照．

193．《nunc, qui sis, scio ; fers in ore Christum, fers in pectore et ore Lucianum》．

194．フェーヴルのあらゆる版，イタリア語訳書，スペイン語訳書すべてが「1531年版」としているが，巻末の書誌を参考にし，英訳書にならって「1537年版」とした．

195．《Quod fert pectore, fert in ore : Christum...》．

196．ファレル（Guillaume Farel, 1489－1565）　フランス語圏スイス，アルザス，メッツを中心に活躍した宗教改革の立役者．はじめは熱心なカトリック教徒であったが，ルフェーヴル・デタープルの影響を受け改革派の理念を奉ずる．ジュネーヴに宗教改革の種子を蒔き，カルヴァンを招いたのもファレルであった．多数の著作がある．

197．ジョゼフ・ジュスト・スカリジェ（Joseph Juste Scaliger；ラテン語名 Josephus Justus Scaliger；イタリア語名 Giuseppe Giusto Scaligero, 1540－1609）　ジュール＝セザール・スカリジェの第十子．父と同様すぐれたユマニストであった．アジャンに生まれ，古典語をアントワーヌ・ミュレやオデ・ド・テュルネーブに学んだ．1562年改革派に改宗，1572年のサン＝バルテルミーの虐殺を契機にスイスに亡命，1593年にはレイデン大学に招聘され，その地で没した．

198．訳者には「25篇」という数字の根拠が分からない．表面に出ている詩篇数を単純に加算すると「22篇」になるように思えるのだが．

199．アントニオ・デッラ・ローヴェレ（Marco Antonio della Rovere, フランス語名 Antoine de la Rovère, ？－1538）　アジャン司教（1518－1538年）．性格的には古風なひとだったようだが，才知には富んでいたといわれる．ラテン語を知らず，出身地の言語であるトリノ訛りのイタリア語しか解さなかったらしい．それ以上のことは不詳．なおローヴェレ家は教皇シクストゥス四世とユリウス二世を出したイタリアの名門．

200．《at quid me linquis, Erasme,── ante meus quam sit conciliatus amor?》

201．《religionis nostrae lumina extinguere》．

202．《ejus fallaciis jam illecti sunt nonnulli qui, quam quod erant, aliud esse mallent》．

203．英訳書もふくめあらゆる版や翻訳が「1538年」としているが，単純な

誤りなので正した．

204.《mortuus impinguat steriles laetamine sulcos ;—— at monachus, segetum munera rodit, iners》.

205.《At nunc, cum est atheos, jam vero est mortuus orbi —— atque orbi, atque Deo, corporeque atque anima》.

206.《bis monachus, tandemque atheos》.

207.《qui mundum atque Deum laceravit vocibus atris,—— si bonus est, bonus et Cerberus esse potest》.

208. シャルル・スヴァン（Charles Sevin, ? - ?） オルレアン出身．アジャンのサン＝テティエンヌ教会参事会会員．1569年に内乱を憂い，カトリック教徒を励ます説教集を出版した．ジュール＝セザール・スカリジェとほぼ同時期にアジャンに居を定め，親交を深めた．

209. ルイーズ・ド・サヴォワ（Louise de Savoie ; ラテン語名 Ludovica Sabaudia, 1476 - 1531） フランソワ一世の母后．サヴォイア公フィリップの娘で1490年にアングレーム伯シャルル・ドルレアンと結婚したが，四年後に寡婦となる．1515年にフランソワが即位すると決定的な影響をかれに及ぼしはじめる．イタリア戦役の間，そして殊にパヴィアの戦いに敗れフランソワが神聖ローマ帝国皇帝カロルス五世の捕虜となった期間，王国内外の政治を司る．1529年のカンブレの和議をまとめるにあたって，尽力した．現地読みを尊重するなら，サヴォイアとすべきであろうが，慣例にしたがった．

210. ド・サンティ，「ラブレーと J.＝C. スカリジェ」後篇，『ラブレー研究誌』第 4 巻，29ページ．

211. この『赦免願』は先ず1535年12月10日に，ついで1536年 1 月17日に再度提出された．

212.《presbyteri secularis habitu assumpto, medicinae praxim in multis locis per annos multos exercuit》. なおこの引用の前段は本文で指示された該当ページに記載されていない．また後段も必ずしも正確な引用ではない．訳者の判断では，これは，ド・サンティ，同論文，同ページにある引用の孫引きのように思える．ド・サンティは『還俗ノタメノ赦免願』の一部と，『ラベラエススノ願』（マルティ＝ラヴォー篇，『ラブレー著作集』第 3 巻，369ページ）の一部を連続して引用した．フェーヴルは二つの引用の切れ目を見落とした，もしくは敢えて省略したのではないだろうか．但し不思議なことに，出典の巻数指示についてはフェーヴルが正しく，ド・サンティはこれを誤って「第 5 巻」としている．

213. ド・サンティ，同論文，前篇，32ページ．

214. ド・サンティ，前掲論文，前篇，32ページ．

215. バタロス（Βάτταλος）とはデモステネスの異名であり，雄弁家のシンボルとされる．

216. 《e lanio, inter grunnitusque boumque cruores —— natus...》.

217. ド・サンティ，前掲論文，同ページ.

218. 16世紀にあってあたかも〈都市〉と対立するような〈地方〉をめぐる物言いは不毛だ，という程度の意味か.

219. つまり〈バリュオエヌス〉となった筈だ，とフェーヴルは言っている.

220. フェーヴルはド・サンティの原文にある「訂正した」の代わりに「削除した」と記しているが，ここではド・サンティの用語に戻した.

221. この引用の前段はド・サンティ，前掲論文，前篇，13－14ページ，後段はフェーヴルによるド・サンティ論文の概略的な意訳.

222. 英訳書によれば，同詩集，19ページ.

223. 《Bibinus ille, factiosus et durus》.

224. 《cuculla cum pudore deposita》.

225. 《opimis porcus auctus in sacris》.

226. 《diris monota cum lateret in claustris》.

227. 《quos tu fugasti, te fugare miraris ?》

228. 《regnans foris, sic intus est exul sibi》.

229. 以上，大略はド・サンティ，前掲論文，後篇，34ページ以降に添っている.

230. カルダーノ（Girolamo Cardano, 1505－1571） イタリアの医師・哲学者・数学者．1525年，パヴィア大学医学博士．1530年，ミラノ大学数学教授．ボローニャでも教授職につく．才知にとんだ人で，占星術にも通じていた．その奇人ぶりを示す逸話も多い．『霊魂ノ不滅ニツイテ』，『自伝』など多数の著作を書いた．『物ノ機微ニツイテ』は自然学全般を扱った大著．そのフランス語訳も時を経ずして刊行された.

231. ユウェナリス（Decimus Junius Juvenalis, 50/60？－130？） 諷刺詩人．16篇の諷刺詩が現存している．時代の風俗の諷刺や，ストア派的な発想からの悪徳一般の攻撃をおこなった．モラリストとして現実を的確にとらえ，詩人として色鮮やかに表現した.

232. フェーヴルの出典指示が明確でなかったので，ここでは所謂ニザール版の『諷刺詩』の巻数と行数を記した．ちなみに「第8巻，39行」はフェーヴルの指示と同じ．コススが言及されるのは，フェーヴルによると「第7巻，144行」．なおあらためて気づいたのだが，『諷刺詩』には藤井昇氏による翻訳があり（1995年），ルベリウスが言及される詩句はその182ページ，コススが言及されるのも同ページ.

233. 《sic atque si Deus mandet》.

234. 《Foves adhuc ne barbaros Avicennas, et sordidatos atque hirtos ?》

235. 《nec excidere mente de tua, durus —— fallacia argumenta quæ Scotus fudit ;—— nigris et in recessibus lates stulte》.

236．ド・サンティ，前掲論文，32ページ．

237．《Tartara dissidiis, cœlum impietate lacessit》.

238．《Ignarissimus vir, Pharmacotriba, id est *Pileur de Drogues,* verius quam medicus》.

239．《inde irae》.

240．《egregium dominum Joannem Scurronem, doctorem regentemque in hac alma Universitate》.

241．《Uno Baryænus plus die facit scripti —— quam bis trecentis a viris legi possunt...》.

242．オレステス（'Ορέστης） オレステスはアガメムノンとクリュタイムネストラの息子．不倫のために夫アガメムノンを謀殺したクリュタイムネストラを，父の無念をはらすべく手にかけてしまったオレステスは，母の屍を焼いた夜から狂気に陥り，復讐の女神たち（または母クリュタイムネストラの亡霊）の幻影につきまとわれる．

243．《nam dictionis fluctuantis insanae —— si membra contempleris atque suturam —— furiosa Orestae somnia esse jurabis...》.

244．《Quin, de seipso subdidit sibi versus —— nomen suorum inscriptitans amicorum》.

245．フォントヴロー（Fontevrault）修道院はポワティエ司教区のベネディクト派大修道院．1099年ロベール・ダルブリッセルが設立した．フォントヴロー修道院にラブレーのラテン語詩のコレクションが17世紀に存在した，という論述の典拠はおそらくギヨーム・コルテの『フランソワ・ラブレー註釈』の以下の文章であろう．《わたしはただ読者にお知らせしておきたいのだが，ポワトゥ地方のフォントヴロー修道院に，貴重にもラブレーの草稿文書が一冊保存されているということだ．これは，博識なる国王侍医ルネ・シャルティエのご子息が教えてくれたことで，シャルティエはこの文書をその場で実際に見，読み，ページをめくったのである》（24ページ）．コルテの伝記の解説者は，《この証言はもっともらしい．しかし問題の草稿はおそらくずっと前から破棄されたか紛失してしまっているようだ．ラブレーの編纂者の誰ひとりとしてその消息を知らなかった．積極的な調査の対象である》（49ページ）とする．ラブレー研究の現状はよく分からないが，フェーヴルのように断言できるかどうか疑問．

246．ディアゴラス（Διαγόρας，？－？） 紀元前５世紀後半のギリシア哲学者・詩人．メロス出身．デモクリトスの弟子で，解放奴隷．自らになされた暴言が罰せられないのを見て，神を謗るようになった．エレウシスの奥義を嘲弄したのでアテナイ人の怒りをかい，無神論者の嫌疑で死刑を宣告されたが，逃亡．途上難破して没した．コリントで死んだという説もある．アテナイではまたディオニュシオスの讃歌を作った．

247. ド・サンティ，前掲論文，後篇，32ページ.

248. 『夢論』はヒポクラテスの著作. それに註解を付した著作がスカリジェの『ヒポクラテスノ夢論ノ書　ユリウス＝カエサル・スカリゲルノ註解ツキ』（『夢論註解』）. ラテン語で〈夢〉に相当する語は〈somnium〉，または〈insomnium〉である. フェーヴルは〈insomnium〉をそのままフランス語におきかえ，《Commentaire sur le trait des insomnies》とした. しかし知るかぎりフランス語で〈insomnie〉には〈夢〉の意義はなく，却って〈不眠〉しか意味しない. したがって，フェーヴルの語句を直訳すると『不眠論註解』だが，『夢論註解』とした.

249. ダレーム（Jean d'Alesme, 1488？-1569）　1534年からボルドー高等法院の評定官を勤める. 著書に法学書や歴史書が数点ある.

250. 《propter acerbitatem sententiarum, si mode sententiæ eæ, ac non venerna sint vocanda》.

251. ネストル（Νέστωρ）　ピュロス王ネレウスの一番末の王子. ヘラクレスがピュロスを襲ったとき，ネストルだけが難を逃れ，ヘラクレスから王位を与えられた. アルゴナウテスたちの遠征にも参加した. さらにトロイア戦争に参戦，これを無事に生き延びた. 文学の世界では，英知と雄弁を備えた人物として語られることが多い.

252. ジョゼフ・プリュドム（Joseph Prudhomme）　戯画作家・文学者・俳優のアンリ・モニエ〔Henri Monnier, 1805-1877〕が創造した作中人物. 1830年の風俗戯画『巷間風景集〔*Scènes populaires*〕』ではじめて描かれ，以後幾度となく作品の中に現れた. 大袈裟でもったいぶり，格言好きのブルジョワ（この語の近代的な意味での）.

253. 《nimis secure vivimus hodie...Hanc vocamus libertatem !》

254. プラタール，『ラブレーの作品』，250ページ（書誌（*64*））.

255. スコラスティィカ・ベクトニア（Scolastica Bectonia；フランス語名 Scholastique de Bectoz, その他の表記もある，？-1547）　別称クロード・ベクトーヌ，或いはルイーズとも称す. ドーフィネ地方はグルノーブル近郊の名家の生まれ. 幼年期から優れた判断力と徳行を示し，ラテン語教育を受ける. フランス語詩やラテン語詩，書簡など評価の高い作品を残し，内外の文人の面識をえたのみならず，国王フランソワ一世や母后ルイーズ・ド・サヴォワもファンだった. 徳の高さを見込まれタラスコンの女子修道院の院長になった.

256. 『貼付年代記〔*Chronologie Collée*〕』　年代順にならべられた一連の肖像版画の総称. 大型判で17世紀初期にまとめられた. 複数のヴァージョンがある. 『旧約聖書』の族長，ローマ帝国皇帝，欧州諸国の国王，1500年から《現在》にいたる，フランスで成功した著名人の肖像画が見られる〔以上，英訳書，94ページ，註173（英訳者の註）に全面的に依拠している〕.

257. タバラン（Tabarin；本名 Antoine Girard, 1568？-1626）　大道芸人

で，兄弟と一緒に広場で笑劇や漫談をおこない，日々の糧を稼いでいたらしい．残存している作品から判断するに，その劇は大衆的で（所謂ゴーロワズリーに満ちた），イタリアのコメディア・デラルテの影響も見うけられる．ラ・フォンテーヌが賞賛したと言う．

258．テオドール・ド・ベーズ（Théodore de Bèze, 1519－1605）　改革派神学者．ヴェズレーに生まれる．オルレアン大学で法律を修めたのち，ルター派のヴォルマールに古典語を学ぶ．ローザンヌ大学でギリシア語を講義．1550年悲劇（もしくは悲喜劇）『犠牲を捧げるアブラハム』を発表．フランス語によるユマニスム演劇の嚆矢であり，実際に観客をまえに演じられた．1558年にはカルヴァンの推薦をうけてジュネーヴ大学神学教授．同時に牧師として説教もおこなう（説教集多数あり）．宗教戦争以前のカトリック教徒と改革派の最後の和解の場として設けられたポワシー討論（1561年）に改革派代表の資格で出席した．1564年にカルヴァンが没したのち，その後継者となり，以後四十年にわたってジュネーヴ改革派の最高指導者となる．膨大な書簡集が現在（2002年）刊行中．その他著名な作品としては『フランス改革派教会史』（但し単著かどうか異説あり），『カルヴァン伝』，『異端者懲罰における行政官の権威を論ず』（この論説の再論が『家臣に及ぼされる行政官の権利について』）などがある．ユマニストとしての名声も高く，宗教的対立が激化する初期，論説詩を発表したロンサールが論争相手に求めたのは誰よりもテオドール・ド・ベーズであった．

259．ルイ・ル・カロン（Louis Le Caron；ラテン語名 Carondas, 1534－1613）　パリ出身．法学者・詩人・散文作家．文学史的には，ロンサールやジョデル，ラブレーなどを登場させる『対話篇』（構想の一部しか書かれなかった）が有名だが，ル・カロンの本領は法学のアカデミスムを崩そうとする姿勢にあった．法学書も多く残したが，ル・カロンの主観によっても，また後世の者の眼にも代表作は，慣習法とローマ法を整合化し，フランス語で表現しようとした『フランス法学説彙纂全４巻』であろう．

260．《In primis sane Rabelæsum, principem eumdem
　　　Supremum in Studiis Diva tuis Sophia...》.

英訳書によるとこの出典は『アクア・スパルサノ人ギルベルトゥス・ドゥケリウス・ウゥルトンノ寸鉄詩集全２巻』，54ページらしい．

261．エグ＝モルト（Aigues-Mortes）　南フランスの都市．幾度も華やかな歴史の舞台になった．ここでは相互に敵愾心を抱いて生涯の殆どを過ごしたフランソワ一世と皇帝カロルス五世が1538年７月に会見し，和議を結んだ地として挙げられている．アントワーヌ・アルリエの書簡が証言するところでは，会見に臨んだフランソワ一世の側近の中にラブレーの姿があった．

262．《Et Rabelais, à nul qu' à soy semblable,
　　　Pour son sçavoir partout recommandable》.

この詩篇は，英訳書によると，シャピュイ『宮廷論（*Le discours de la court*）』（初版1543年）が出典らしい．ただ英訳者も原典には直接あたっていないようで，マルティ＝ラヴォー篇，『ラブレー著作集』第５巻，XXXII－XXXIII ページを指示している（引用された詩句のみだと XXXIII ページが相当）．クロード・シャピュイ（Claude Chappuys, ？－1575） アンボワーズ出身．ルーアン聖堂参事会員，フランソワ一世付従者，図書館監督．作品から見る限り，主たる役目は公式行事を歌う宮廷詩人だった．フランス王家の栄光を歌ったが，報いは少なかった．今日ではむしろ日常的な詩作群が評価されている．

263．ギヨーム・ビュデ（Guillaume Budé, 1468－1540） 1482年/1483年ころからオルレアンで法律を学ぶ．一時は学問から離れるが，1491年以後古典学に集中，ラテン語やギリシア語を修得．1508年『学説彙纂全24巻註解』を刊行，原典に基づく実証批評の立場を明らかにした．1515年の『古代貨幣ニツイテノ全５巻』は古典古代の文献を渉猟した経済史的研究の成果だが，いかにもルネサンス人らしく本筋にとらわれない様々な考察を展開する．ビュデのラテン語やギリシア語は非常に難解で，『古代貨幣ニツイテノ全５巻』のフランス語抄訳版が古典語を理解しないフランソワ一世のために編集された（ビュデの手で）．その余談癖は『文献学論全２巻』（1530年）でもいかんなく発揮されている．後年はユマニストとしての立場に執着せず，『ヘレニスムカラキリスト教ヘノ移行ニツイテノ全３巻』（1535年）を表した．パリ市長を勤めたり，王立教授団を設立させるなど，政治的手腕もあった．

264．ジョワシャン・デュ・ベレー（Joachim du Bellay, 1522－1560） アンジュー出身．名門デュ・ベレー家の分家に生まれる．ポワティエ大学で法律を修めるも，1547年ロンサールと出会い，コレージュ・ド・コクレに入学，古典学者ジャン・ドラの指導を受け，1549年理論書『フランス語の擁護と顕揚』とその実作篇『オリーヴ詩集』を発表した．従来の詩壇と一線を画する（？）プレイヤード派の宣言である．プレイヤード派の中で，才能としてはロンサールに次ぐ位置にあったのだろうが，貧困と病苦（ロンサールと同じく，かれもまた難聴であった）に悩み，若くして没した．詩句に表現された鋭い感受性は近代的でさえある．ロンサールを意識してか方法論的な模索を試み，1549年の宣言にもかかわらず，少なからぬラテン語詩を書いた．

265．ラブレー，『第四之書』「新序詞」，マルティ＝ラヴォー篇，『ラブレー著作集』第２巻，252ページ．渡辺氏訳，『第四之書』，23ページ．あらためて述べることでもないが，ラブレーのそれに限らずフェーヴルの引用で一字一句綴りまで正確なものは殆どない．渡辺氏の訳文も臨機応変（と言えるかどうか分からないが）に，若干変更をほどこした．渡辺氏の名訳に親しんでおられる方々のお許しを願いたい．

266．1983年，ラブレーの死去を1553年３月初めとする資料が発見された．

この新発見にともない，近年有力であった〈ラブレー1483年誕生説〉にも異変が起こっているようだ．二宮敬氏，「生死の認知をめぐって」，『フランス・ルネサンスの世界』，447ページを参照．

269．高田勇氏訳，『ロンサール詩集』，106ページ．

268．デモクリトス（Δημόκριτος, 紀元前460？－370？） トラキア出身の哲学者・自然学者・音楽家・生物学者．師たるレウキッポスの原子論を継承，確立し，唯物論の体系を構築した．エピクロス学派の先駆者ともいえる．異名は「笑うひと」．この異名の由来については，かれが人間の営為の空しさを笑っていたため，とする説と，唯物論的世界観が神々に対する恐怖から人間を解放し，喜ばしさをもたらすと考えたため，とする説があるようだ．慣習的に「泣くひと」ヘラクレイトスと対比される．

269．デュ・ベレー，「ラ・ミュザエグノマシー」，マルティ＝ラヴォー篇，『デュ・ベレー著作集』第1巻，145ページ．

270．ランスロ・ド・カルル（Lancelot de Carle, 1500？－1568） ボルドー出身．リエス司教．学識者・ユマニスト・詩人．アンリ二世に寵愛された．英国王妃アン・ブリーンを擁護する状況詩なども書いたが，『聖書』の「伝道の書」や「雅歌」，「詩篇」などを敷衍した韻文によって知られる．〈女体讃美〉論争の系列の詩作もある．またギリシア語作品をラテン語やフランス語，イタリア語に翻訳したりもした．

271．アントワーヌ・エロエ（Antoine Héroet, 1492－1568） クレマン・マロの弟子にして友人．王姉マルグリット・ド・ナヴァールの庇護を受けた．ネオ＝プラトニスムに影響された宮廷詩人．代表作は『完璧なる恋人』（1542年）で，精神的な愛の上位を歌った．内面の徳を備えた完全な女性像を賞賛，16世紀前期を彩る所謂〈女性論争〉の立役者となった．

272．『旧約聖書』「エレミア記」第31章など．

273．ノエル・デュ・ファーユ（Noël du Fail, 1520？－1591） ブルターニュの裁判官．短話作家．若くしてピエモンテ遠征に参戦．その合間をぬってポワティエ大学やブルジュ大学などで法学を修めた．1551年頃レンヌの裁判所評定官，1571年高等法院評定官．1573年改革派的言動のため職を追われたが，数年後に復職した．作品としては1550年以前の『田園閑話集』と『ユートラペルの無駄話』，1585年の『ユートラペル物語』に分かれる．パスキエは特に前者の作品群に対しラブレーの亜流と一言で片づける．渡辺一夫氏は当初前者の作品群を評価していたが，晩年には『ユートラペル物語』に注目した．大学者の影に隠れるつもりはないが，訳者も渡辺氏の判断には賛成で，客観的には『ユートラペル物語』が重要な作品であることに間違いはないと思う．しかしデュ・ファーユの主観では，自分が世に残したかったのはいずれの文学作品でもなく，法律家として編纂した『判例集』ではなかったかと考える．『判例集』は18世紀までかなりの版を重ねた．法体系が確立していなかった時代の判例を

（しかも後世が付加し続けた註釈が理解をいっそう困難にしている）読み解くのは特殊な知識を有さない者には至難の技だが，にもかかわらず『判例集』の存在を常に念頭におく方がよいだろう．

274．クレマン・ジャヌカン（Clément Jannequin；もしくは Jennequin, ？－1559以降） 16世紀前半を代表する音楽家．『マリニャーノの戦い』もふくめ，時局に題材をとった作品や『ダビデ82詩篇全4巻』など『聖書』に基づいた作品を多数残した．

第一部・第一巻・第二章

1．ギヨーム・コープ（Guillaume Cop, ？－1532） バーゼル出身の医学者．15世紀後半に生まれる．ルイ十二世とフランソワ一世の侍医で，フランス医学復興の父．アラビア経由ではなく直接ギリシアの原典から医学を学ぼうとした．ガレノスやヒポクラテスの翻訳もおこなった．その息子のニコラ・コープ（Nicolas Cop, ？－？）はコレージュ・サント＝バルブ教授で，パリ大学総長を勤めた（1533年）．ある演説で，改革派に理解を示し，したがってカトリック陣営の攻撃の的になっていた王姉マルグリット・ド・ナヴァールを擁護し，高等法院に告発される．ニコラは大学の自治を盾に大学裁判所で審理をおこなわせ無罪となったが，高等法院で火刑の判決が既に下されていることから，それ以上裁判に係わろうとせず，バーゼルに亡命した．

2．フランソワ・ダニエル（François Daniel, ？－？） カルヴァンがオルレアン大学で法学を学んでいた頃の友人．二人はブルジュ大学の，アルチアートの法学の授業で再会することになり，いっそう親密度を深めてゆく．フランソワの妹が結婚したとき，カルヴァンが祝祭に参加した可能性もある．のちにカルヴァンはパリの様子を《オルレアンの弁護士》ダニエルに書簡で教えることになろう．しかしフランソワが改革派の教義を奉じた形跡はない．

3．ただし24日の会議では（特に『罪深き魂の鑑』について）国王の意思を反映し，神学部委員が問題とされた禁書を読んでいなかったことが明らかにされた．これを受けて27日以降3回にわたってマルグリットの書物の無罪が確認されることになる．

4．レオナール・リムーザン（Léonard Limousin, 1505－1575） リモージュ出身の有名なエナメル画家．フランソワ一世からリモージュにおけるエナメル製造所の管理を命ぜられ，ラファエロなどの図柄で飾られ，優雅な形をした大量の皿やカップを製造した．

5．ニコラ・ル・クレール（Nicolas Le Clerc, 1474？－1557/1558） パリの旧家の出身．1506年神学博士．以後ノエル・ベダとならび16世紀前半のソルボンヌ神学部を牽引することになる．1511年のピサ公会議以降の10年間，ル・クレールはアカデミックな論争の場に欠かせない存在となる．1523年からル・クレールは異端検閲の役職に置かれる．1528年にはエラスムスがル・クレールに，

自分の書物がパリ大学の禁書処分対象外になるようにして欲しいと書き送っている．1533年ノエル・ベダが追放されたとき，それに代わったのはル・クレールだった．パリ大学は対外的な顔としてル・クレールを考えていた．1529年から1540年までサン＝タンドレ＝デ＝ザール教会司祭だった．

6．《非難の余地のない女性》とは，フェーヴルの原文では《d'une femme irréprochable》であり，これをそれぞれ英訳書は《by a woman of irreproachable character》，イタリア語訳書は《di una donna irreprensibile》，スペイン語訳書は《de una mujer irreprochable》としている．つまり〈女性〉の前に不定冠詞が置かれている．しかし言うまでもなくラテン語には冠詞が存在しない．『ヨアンネス・カルウィヌスノ残存セル全著作』で記された文章は次のとおり．《Quantum attineret ad negotium quod esset in manibus, se quidem fuisse delegatum academiae decreto ad eam provinciam, nihil tamen minus sibi in animo fuisse quam adversus reginam quidpiam moliri, feminam tum sanctis moribus tum pura religione praeditam, cujus rei argumento esse poterant justa, quae matris suae libris habuisse obscoenos illos Pantagruelem, Sylvam cunnorum, et ejus monetae》〔t. 10, col. 29〕. 暗示をこめてフェーヴルが不定冠詞を添えたとも考えられるが，ここでは敢えてカルヴァンの文章はマルグリット・ド・ナヴァールを特定していると判断した．

7．『娼婦ノ森』はカルヴァンの『全著作』版の《Sylva cunnorum》を訳したもの．他方テオドール・ド・ベーズは《cunnorum》の代わりに《amorum》を置いた．また訳者未見であるが，エルマンジャールの『フランス語圏における宗教改革者書簡集』では《Sylva》とのみ表記されているらしい．ド・グレーヴ，『16世紀におけるラブレー解釈（*L'interpretation de Rabelais au XVIe siècle*）』も《amorum》を採る．いずれにせよ明確な同定はされていない．ちなみに渡辺一夫氏は『渡辺一夫著作集』第１巻でこう記している．《なお上掲カルヴァンの文章中『愛の森』とあるのは，普通 Sylva amorum と読まれている題名の訳ですが，前記フェーヴルは——誤植でない限り—— Sylva cunnorum と読んでいます》〔252ページ〕．フェーヴルの論文に誤植が多い（多すぎる）のは，ご覧いただいている訳書の大きな難関であったが，この箇所でそう断じるのはフェーヴルにとってやや酷であるような気がする．

8．《se pro damnatis libris habuisse obscænos illos Pantagruelem, Sylvam Cunnorum, et ejusdem monetæ》.

9．《Omnes tamen fremebant obtendere ignorantiæ speciem》.

10．《Du bist nicht fromm !》

11．オリヴェタン（Pierre Robert Olivétan, 1506–1538） ノワイヨン出身のユマニスト・宗教改革者．カルヴァンの従兄弟にあたる．改革派に賛同し，シュトラスブルクでギリシア語とヘブライ語を教える．ついでジュネーヴに渡り，聖書のフランス語訳に尽力した（1535年刊行）．希少書であったが，幸い

なことに20世紀の暮れ方になって，イタリアと日本で所謂『オリヴェタン訳聖書』のリプリント版が出版された．

12．フェーヴルの原文では『パンタグリュエル物語』とするが，誤りなので正した．

13．アントワーヌ・マルクール（Antoine Marcourt, ? - 1561） 改革派神学者．所謂〈檄文事件（1534年）〉の檄文の作者（らしい）．リヨン出身．パリ大学神学博士．しかし1531年にはすでにスイスのヌーシャテルで牧師になっている．1536年の〈ローザンヌの討論〉にも参加した．ファレルとカルヴァンの依頼を受け，1538年から1540年にかけてジュネーヴの牧師．1540年にはニヨンの，1544年にはヴェルソワの牧師職に就いている．

14．〈乞食団〔Geuzen〕〉 ネーデルラント独立戦争の初期にあって，スペイン軍にゲリラ的に抵抗した反乱貴族の別称で，ネーミングの由来には諸説あり．スペインがこの地に導入しようとした異端審問制度に反対し，低地諸州（ネーデルラント）の自由を獲得しようとした．当初はカトリック教徒も改革派宗徒も反スペイン感情で統一されていたが，偶像破壊主義者の台頭で分裂した．他方，海賊集団も〈海の乞食団〉として召集され，（反乱軍から見れば）本来の主権者ウイレム公に正規軍と認められた．

15．マルニクス・ファン・シント＝アルデホンデ（Marnix van Sint-Aldegonde, 1538 - 1598） ブリュッセル出身の政治家・軍人・作家．ジュネーヴでカルヴァンの教えを受けた後帰国，スペイン体制派と対立し，貴族連合のまとめ役となる．フランドルの聖像破壊主義者を擁護，永久追放の刑を受ける（1568年）．東フリジアに亡命，オランイェ公ウイレムの側近として仕え，〈ヘントの和議〉の成立に貢献（1576年）．アレッサンドロ・ファルネーゼに対して戦闘を再開，アントウェルペン市長に推挙されるとスペイン軍に抵抗してよく戦った（1584 - 1585年）．フラマン語でもフランス語でも，特に状況的な作品を多く作ったが，大著『宗教対立図絵』にはラブレーの影響が色濃く現れている．

16．《彼方〔par-delà〕》とはネーデルラントをさす．

17．マルセル・バタイヨン（Marcel Bataillon, 1895 - 1977） ソルボンヌ文学部でスペイン語を教授する．学位論文である『エラスムスとスペイン』（1937年）は刊行とともに大きな反響を呼び，膨大な著作ながら現在なお，四折判でも縮刷判でも刊行されている名著．コレージュ・ド・フランスに招かれ，1955年には同校の理事に選出された．

18．1533年10月，フランソワ一世は次男アンリ（結果的には長男のフランソワが1536年に病死，もしくは暗殺されたので王位継承者となる）の嫁になるカトリーヌ・ド・メディシス（カテリーナ・ディ・メディチ）を出迎えにマルセイユに赴いた．カトリーヌは教皇クレメンス七世の姪にあたり，クレメンス七世とフランソワ一世の会談もこのときに行われた．クレメンス七世を仲介役に仕立てて対フランス同盟の包囲網から脱出しようとしたのかも知れない．ある

いは二人は，ミラノをフランス領土に組み込むこと，ただしフランス国王は国内の改革派の根絶に努めること，という密約を交わしたのかも知れない．

19．英国王ヘンリー八世（Henry VIII, 1491－1547） 英国国王（在位1509－1547年）にして英国国教会首長．1509年アラゴンのカタリーナと結婚．1513年，対フランス同盟に参加．教皇から〈信仰の擁護者〉たる称号を与えられるが，カタリーナとの離婚を謀り教皇と対立．アン・ブリーンと結婚．国王の至上権を唱え，1534年国王至上法を発布し，自ら国教会の首長となる．これに反対したトマス・モアが処刑されたのは1535年のことだった．ローマ・カトリック教会から独立した．更に修道院解散令により修道院資産を没収し，やがてエリザベス一世を経て完成する中央集権国家の財政的・心性的基盤を築いた．

20．ウェサリウス（Andreas Vesalius, 1514－1564） ベルギーの医師・解剖学者．ルーヴァン大学，パリ大学，モンペリエ大学で医学を学び，ルーヴァンで解剖学を教えた．1544年神聖ローマ帝国皇帝カロルス五世の侍医となる．1543年『人体構造論（全７巻）』をバーゼルで出版．ガレノスの医学理論を攻撃し，実験に基づく近代医学への道を開拓した．生体解剖をおこなったと非難され，エルサレム巡礼の旅に出たが，帰路，嵐に襲われ，没した．

21．サンクトゥス・パグニヌス（Sanctus Pagninus；イタリア語名 Sante Pagnino, 1470？－1536） ルッカ出身の東洋学者．16歳にしてドミニコ派修道士となり，サヴォナローラの教えを受ける．神学と東洋語学に専念．ワルド派を改宗させ，教皇レオ十世の評価を獲得．レオ十世はパグニトゥスをローマに呼び寄せ，東洋語の教授に取りたてる．パグニトゥスは更にアヴィニヨンやリヨンでも教えた．『新訳新旧約聖書』，『神聖言語辞典』など．

22．シモーネ・デ・ノヴァヴィラ（Simone de Nova Villa；または Simon Villanovanus, 1495－1530） 大キケロ学者クリストフ・ロングーユの弟子で，パドヴァ大学でエティエンヌ・ドレに古代文学を教えた．ドレ，その他の証言から推測するに，ラテン語文学を研究する学生たちにとって，カリスマ的な存在だったらしい．35歳の若さで他界したため，かれに関する実証的な史料は殆ど残っていない．ドレの他にもマクランや（一説では）ラブレーも信奉者だった．

23．アウェロエス（Averroës；Ibn Ruchud, 1126－1198） コルドバ出身の哲学者・医学者・自然学者．若くして天分を示し，モロッコのマラケシュに上京，ムワヒッド朝の主治医に取りたてられる．またセビリャやコルドバの法官にもなったらしい．様々な貢献の中でも，西洋にはアリストテレスの優れた註釈者として紹介され，それまでのアリストテレス解釈を一変させた．宗教と哲学の分離（所謂〈二重真理〉説）を目指したが，イスラム教の教義に反したとして幽閉された．プトレマイオスの紹介者でもある．

24．フリードリヒ二世（Friedrich II, 1712－1786） プロイセン国王．通称〈フィリードリヒ大王〉．何よりも軍事的才能に恵まれていたらしい．外交的に

は父王フリードリヒ＝ヴィルヘルムの政策を強化，オーストリアのマリア＝テレジアとの戦争などを通じ，ポーランド分割，西プロイセンの併合などの結果，領土を拡大した．内政面では重商主義政策をとったが地方貴族の抵抗により思ったようには運ばなかった．父王との違いは文芸擁護の面に現れ，自ら詩や散文を綴り，ヴォルテールやダランベールなどの啓蒙思想家とも交際した．即位以前の『反マキャヴッリ論』は有名．回想録や書簡集もよく読まれた．

25．アレティーノ（Pietro Aretino, 1492－1556） イタリアの諷刺作家・喜劇作者・詩人．その作品の徹底した諷刺性・猥雑性で名高い．教皇や貴族に雇われたものの，スキャンダルを重ね，都市から都市へと遍歴した．貴族は自分が諷刺の的になるのを恐れ，大枚を払って買収したという．金が目当ての創作なのか，社会的諷刺の目的のものなのか，説が分かれる．宗教的な詩篇も書いたが，その意図についても異説がある．ティツィアーノによる肖像画が存在することをどう解釈するか，アレティーノ論の分岐点かも知れない．多くの著書を残した．代表作のひとつには邦訳がある（アレティーノ，結城豊太氏訳，『ラジオナメンティ』）．

26．ポンポナッツィ（Pietro Pomponazzi, 1462－1525） イタリアの哲学者．パドヴァ学派を代表するアリストテレス学者．アウェロエスに帰因するといわれる，所謂〈二重真理〉説を採用，信仰と哲学的思弁を分離させた一人．『霊魂ノ不滅ニツイテ』はローマ教会の禁書目録に載った．『魔術論』では，人間の想像力の所産として魔術が存在すると述べた．その他文明（や宗教）の周期的変動も唱えた．しかしポンポナッツィが不信仰者であったとするのは即断の謗りを免れない．

27．オキーノ（Bernardino Ochino, 1487－1564） シエナ出身のフランチェスコ派修道士．ついでカプチノ派修道会に加わったが，1542年ジュネーヴに赴き，改革派を奉ずる．トマス・クランマーから英国での宗教改革普及のために招かれたが，メアリ一世の即位とともに英国を離れ，以後欧州を遍歴，モラヴィアで疫病に倒れた．

28．1532年刊行（新暦では1533年）

29．ピエトロ・マルティーレ（Pietro Martyre d'Anghiera, 1455－1526） イタリア人の歴史家．ローマでヴィスコンティ枢機卿の秘書を10年勤めたあと，スペインに移住しアラゴン王フェルナンド二世とカスティリャ女王イザベラの庇護下に身をおく．外交をはじめとする多くの使命を果たし1505年グラナダの聖堂院長を拝命した．外交報告や書簡があるが，代表的な著作は『海洋十巻記』でその史料的価値は高く評価された．

30．アントワーヌ・ファーブル（Antoine Fabre, ？－？） ピガフェッタの『スペイン人によるモルッカ諸島探検航海記』（1524年？）やピエトロ・マルティーレの『海洋十巻記』（1532年）の仏訳者ということしか分かっていない．

31．マルグリット・ド・フランス（Marguerite de France, 1523－1574） サ

ヴォイア公妃．フランソワ一世とクロード・ド・フランスの娘．伯母であるマルグリット・ド・ナヴァールに育てられ，その薫陶を受けて文学者をよく庇護した．フランソワ一世の宮廷詩人であるメラン・ド・サン＝ジュレと新鋭詩人ロンサールの不和にあって，後者をとりなしたのも彼女である．ロンサールのみならず多くの文人から讃辞を捧げられた．サヴォイア大公エマヌエーレ＝フィリベルトと結婚した（1559年）．公国民にも愛され〈国民の母〉と呼ばれた．早逝したとき，毒殺の噂が流れた．

32．このページ指示はシナールの著書に向けられたものではなく，ファーブルの原典に対するもののようだ．シナールの著書の19ページに該当する記述が見られる．この章の原註（4）にもかかわらず，これらの箇所についてのファーブルの引用は，シナールの文章のほぼ正確な孫引きであるように思える．ファーブルの原著は未見．

33．フェルディナント一世（Ferdinand I, 1503－1564） 神聖ローマ帝国皇帝（在位1556－1564年）．オーストリア大公の次男としてスペインに生まれる．帝国皇帝カロルス五世の弟．1519年，祖父のマクシミリアン一世の後を受けてオーストリア地方を相続．1526年ボヘミア王・ハンガリー王となってオスマン・トルコの侵略と戦う．1531年〈ローマ人の王〉に撰出される．改革派に対しては当初弾圧政策をとったが，のちに宥和政策に転向した．1556年，カロルス五世の後継者となる．

34．フロリモン・ド・レモン（Florimond de Remond, 1540？－1602） アジャン出身の行政官・論争家．行政官としてはボルドーの高等法院評定官で，モンテーニュの後を継いだ．ボルドー大学やパリ大学で法学を修めた．一時ベーズなどの影響で改革派に改宗しそうになったが，所謂〈ランの奇蹟（悪魔払い）〉を実見し，カトリック信仰を固めた．改革派陣営と激しい論争を繰り返した．代表作はリショームの協力があったといわれる『当代の異端の誕生・伸長・凋落の歴史』だろうが，個別的な論点を当時としては実証的な視点から語った『女教皇ヨハンナ論』や『偽キリスト論』の方が通読するに面白い．

35．サン＝シモン（Claude Henri de Rouvroy de Saint－Simon, 1760－1825）『回想録』で名高いサン＝シモンの家系に生まれたフランスの空想社会主義者．アメリカ独立戦争に参加．1783年，投機の成功と失敗を交互に体験．ジャン＝ジャック・ルソーに影響され，社会発展の内部に潜む階級闘争を見抜いた．社会革命と階級闘争による新社会の建設を主張（《すべての人間は働かなければならない》）．晩年には神秘的傾向を表し，その理念的支柱に新キリスト教を提案した．

36．ド・ラ・フォレ（Jean de la Forest, ？－？） オーヴェルニュ出身．ジャン・ラスカリスのかつての弟子．1535年（1536年？）ギヨーム・ポステルの東方歴訪計画を知ったフランソワ一世が，スレイマンとの外交使節としてポステルに随行させた．ド・ラ・フォレも語学能力を知ってポステルとの旅行を望

んだらしい.

37. 正式にはこの時代, コレージュ・ド・フランスは存在しない. フランソワ一世が創設したのはその前身たる〈王立教授団(Collège Royal)〉であって, その名が〈コレージュ・ド・フランス〉に代わるのは19世紀初期, 王制復古期においてである.

38. ジャン・ボダン(Jean Bodin, 1530? - 1596) まず複数の知識人ジャン・ボダンがこの時代に存在した可能性を述べておかなければならない. 一般にこの名前で呼ばれるのは, フランス16世紀を代表する知識人のひとり. アンジェ出身. ユマニスト・歴史家・政治家・政治理論家・経済学者・自然学者・宗教学者・神秘主義者. トゥルーズで法学を修めたのち, パリで学術書を出版, アンリ三世に厚遇されるが, ブロワ身分会(1576年)での発言で不興をかい, アランソン公フランソワの許に身を寄せ, 英国やフランドルに随行する. リーグ派戦争の初期, これに賛同を表明するが, それも一時的なもので, 最終的にはアンリ四世に帰順した. 大部の著作が多数ある. 優れた研究も日本でなされているが, まとまった邦訳がないのは如何にも無念. 最後の点では他のアジアの国に先を越されている.

39. アンファンタン(Barthélemy = Prosper Enfantin, 1796 - 1864) 1812年エコール・ポリテクニックを中退. 1825年サン = シモンと知り合い, 熱狂的なサン = シモン主義者になる. 1828年四人の弟子と公開集会を開く. 1832年, 自由結婚を主張, 対立指導者の脱退をまねく. しかし同年, 風俗壊乱と不法集会の咎で二年の禁固を命ぜられる. 1841年アルジェリア科学探検隊に参加. 1845年リヨン鉄道社長.

40. テヴェ(André Thevet, 1504 - 1590) アングレーム出身の航海者. フランチェスコ派修道士. 1549年から1554年にかけてジャン・ド・ロレーヌの援護を受け東方旅行(紀行誌『東方地誌』), 1555年にはヴィルガニョンのブラジル遠征に加わった. 帰国後カトリーヌ・ド・メディシスにより宮中司祭, さらに修史官・地誌官に任命された. 主著には『南極フランス異聞』(テヴェ, 山本顕一氏訳, 『南極フランス異聞』, 二宮氏他篇, 『大航海時代叢書 第II期19』所収)がある.

41. クロード・ドデュー(Claude Dodieu, ? - 1558) フェーヴルは〈クロード・ドデ〔Claude Dodée〕〉と表記し, 他の翻訳者もこれに倣うが, 通常は〈Dodieu〉と綴られる. イル = ド = フランス出身. ドデューはヴェリ領主, 外交官, 1541年レンヌ司教. 皇帝カロルス五世と教皇パウルス三世に対し様々な使命を果たす. マコンの和議(1537年)をまとめた.

42. 《quid inter Mahumetanos et Cenevangelistas intersit》.

43. 《non valent aut prosunt ulli aliena opera ; patroni et intercessores non valent apud deum ; Mariam non debere coli aut honorari...》.

44. 《nullis miraculis opus esse ad confirmationem religionis》.

45.《Hominem frequenter destitutum libero arbitrio dicit et fatum non raro fortunamque cum Deo confundit〔Muhamedes〕...》.

46.《quorum authores olim erant Cenevangelistarum antesignani》.

47.『ガルガンチュワ物語』，協会版，『ラブレー著作集』第2巻，430ページ；渡辺氏訳，『ガルガンチュワ物語』，248ページ.

48. パオロ・ジョヴィオ（Paolo Giovio, 1483－1559） イタリアの歴史家．初め医師を生業とした．ついで聖職者となり教皇レオ十世，ハドリアヌス六世，クレメンス七世に保護される．1527年の〈ローマの掠奪〉で破産するがクレメンス七世によりノチェラ司教区を任される．フランソワ一世が年金を授け修史官とした．『同時代史』（1553年）がその成果であるが，書き方は古風である．

49. ビゴ（Guillaume Bigot, 1502－1549？） ラヴァル出身の碩学・ラテン語詩人．災厄につきまとわれ放浪生活を余儀なくされた．テュービンゲン大学で哲学を講じたあと，しばらくイタリアに遊び，フランスに帰国してニーム大学で教えた．

50. あらゆるフランス語版もあらゆる翻訳書も『アルコラヌスト福音史家ノ調和ノ書』を置いているが，出版推定年代の点で『アラビア語文法』と合致するのは『諸起源ニツイテ』だけであった．何かの誤解が働いているのかも知れない．因みに書誌（*352*）の『諸起源ニツイテ，アルイハヘブライ語トヘブライ民族ノ古代性ニツイテ及ビ様々ナ言語ノ疑線関係ニツイテノ書』で記されている以外に，グロモルスス書店が刊行した刊本があるようだ．ブリュネ，『古書店主の手引（最終版）』第4巻837欄を参照．

51. ポワイエ（Guillaume Poyet, 1474？－1548） パリ高等法院の弁護士としてブルボン元帥シャルルに抗しルイーズ・ド・サヴォワを代弁した．検事総長（1531年），フランス大法官（1538年）となる．司法改革のためヴィレル＝コトレの王令（1539年）をもたらしたが，一方でモンモランシと共謀，シャボ・ド・ブリオン提督に陰謀を企て，これを逮捕，財産の一部を己れのものとするが（1541年），一年後陰謀が発覚し，ポワイエは大法官の地位を追われ，巨額の罰金刑に処せられた．晩年は弁護士の仕事に戻った．

52.『パンタグリュエル物語』，協会版，『ラブレー著作集』第2巻；渡辺氏訳，『パンタグリュエル物語』，70ページ.

53.『第四之書』「難句略解」（第34章への），マルティ＝ラヴォー篇，『ラブレー著作集』第4巻，202ページ：渡辺氏訳，『第四之書』，435ページ.

54. カラミト司教（L'évêque de Caramith） カラミトはユーフラテス河で洗われるアルメニアの一地方．前註を付した文章の中で言及される人物ではあるが，この司教については，その実在もふくめて，知られていない．

55. ニコデモ（Νικόδημος, 紀元前1世紀－紀元後1世紀） ニコデモスは本来パリサイ人の一党派であるユダヤ人の指導者．イエスを訪ね教えを請い，イエスの捕縛にはイエスを擁護した．ためにその地位を追われた．「ヨハネ伝」

第３章1節，第７章50節．「ニコデモ伝」という福音書偽書がある．

56．ヤンセン（Johannes Janssen, 1829－1891） ドイツのカトリック教徒の歴史家．フランクフルト大学で教鞭をとる．主著に長大な『ドイツと宗教改革――中世末期のドイツ』（仏訳あり）．中世ドイツを賞揚し，宗教改革が退廃の一因であるとの命題を展開した．

57．ジョルジュ・ド・セルヴ（George de Selve, 1506－1541） ラヴォール司教（在位1526－1541年）．父子兄弟フランスの外交官を命ぜられているセルヴ一族の一人．1534年，ヴェネツィア大使．カロルス五世とトルコ皇帝カイール・アル＝ディーンの間で中立を保ち，フランソワ一世とカロルス五世とのニースの和議（1538年）のお膳立てをした．プルタルコスの『対比列伝』から８篇を翻訳した．

58．ロベール・スノー（Robert Ceneau；またはCenalis, ？－1560） アヴランシュ司教（在位1532－1560年）．改革派を熱心に攻撃し，そのためにフランソワ一世が保護しなければならないほどだった．ヴァンス司教，リエ司教を経てアヴランシュ司教．『ガリア史』など著作多数．

59．マイヤール（Olivier Maillard, 1440？－1503） ブルターニュ出身のフランチェスコ派修道会士．ルイ十一世の説教師．フランス語と卑俗なラテン語を交えた滑稽で親しみやすい説教を残している．

60．マテュー・オリー（Matthieu Ory, 1492？－1557） ブルターニュ出身の聖職者．1510年，ドミニコ派修道士となる．1528年神学博士．1530年から1536年にかけてソルボンヌ神学部で積極的に活動．1530年，ヘンリー八世離婚問題の検討委員．1534年，メランヒトンとブッツァー招聘に関する特別委員，1536年，宗教裁判所長官．さらに1538年には教皇赦免司教代理に任ぜられている．厳格な保守派として知られ，改革派信徒には恐れられていた．

61．ゴドフリドゥス・ティテルマヌス（Godofridus Titelmanus） 不詳．《著名な神学者》として，François Titelman 及び Godefroy Tilman が実在したことは分かったが，該当する人物にはついに出会えなかった．

62．言うまでもなく各国により，またフランス国内でも地方により，1564年のシャルル九世の勅令（ルシヨン勅令）で１月１日が一年の初めと決められるまで，年度初めが異なっていた．年度初めは幾つかの特定の日に想定されていた．クリスマス，３月25日，１月１日，復活祭その他である．ひとつにルシヨン勅令が直ちに実行されたわけではなかったため，ひとつに復活祭を暦の区切りとしていた地方が相対的に多いため，またひとつに復活祭が移動祝祭日であるため，以下に1500年から，ロレーヌ地方でついにこの暦の制度が採用される1579年までの復活祭の日付を挙げておく．1500年；４月19日，1501年；４月11日，1502年；３月27日，1503年；４月16日，1504年；４月７日，1505年；３月23日，1506年；４月12日，1507年；４月４日，1508年；３月23日，1509年；４月８日，1510年；３月31日，1511年；４月20日，1512年；４月11日，1513年；

3 月27日，1514年；4 月16日，1515年；4 月 8 日，1516年；3 月23日，1517年；4 月12日，1518年；4 月 4 日，1519年；4 月24日，1520年；4 月 8 日，1521年；3 月31日，1522年；4 月20日，1523年；4 月 5 日，1524年；3 月27日，1525年；4 月16日，1526年；4 月 1 日，1527年；4 月21日，1528年；4 月12日，1529年；3 月28日，1530年；4 月17日，1531年；4 月 9 日，1532年；3 月31日，1533年；4 月13日，1534年；4 月 5 日，1535年；3 月28日，1536年；4 月16日，1537年；4 月 1 日，1538年；4 月21日，1539年；4 月 6 日，1540年；3 月28日，1541年；4 月17日，1542年；4 月 9 日，1543年；3 月25日，1544年；4 月13日，1545年；4 月 5 日，1546年；4 月25日，1547年；4 月10日，1548年；4 月 1 日，1549年；4 月21日，1550年；4 月 6 日，1551年；3 月29日，1552年；4 月17日，1553年；4 月 2 日，1554年；3 月25日，1555年；4 月14日，1556年；4 月 5 日，1557年；4 月18日，1558年；4 月10日，1559年；3 月28日，1560年；4 月14日，1561年；4 月 6 日，1562年；3 月29日，1563年；4 月11日，1564年；4 月 2 日，1565年；4 月22日，1566年；4 月14日，1567年；3 月30日，1568年；4 月18日，1569年；4 月10日，1570年；3 月26日，1571年；4 月15日，1572年；4 月 6 日，1573年；3 月22日，1574年；4 月11日，1575年；4 月 3 日，1576年；4 月22日，1577年；4 月 7 日，1578年；3 月30日，1579年；4 月19日．

63．デュ・プレシ・ダルジャントレ（Charles du Plessis d'Argentré, 1673－1740） 神学者，テュル（リムーザン）司教．たくさんの神学書を記した．特にフェーヴルが原註で引く，1725年から1736年にかけて刊行されたコレクション『新タナル誤謬ニ関スル判決集成』は有名．

64．フェーヴルのこの割註には何らかの誤解が存すると思われるが，訳者不明．

65．フランソワ・ランベール（François Lambert ; Joannes Serranus, 1487－1530） フランスの宗教改革者．アヴィニヨンの生まれ．当初はフランチェスコ派修道士で司祭だったが，のちにルターの教義に共鳴，スイスやドイツにルター思想を伝道しに行った．ラテン語の著作が多数存在する．

66．エコランパディウス（Œcolampadius ; 本名 Johann Hauschein, 1482－1531） スイスに生まれる．若いときは商業で，ついで法学で生計を営もうとしたが，神学に己れの使命を見出した．伝統的カトリック教徒として故郷で説教を始めたが，バーゼルでエラスムスに出会い，この都市の主任司祭の地位をえたのち，公然と改革派に肩入れした（1522年）．カルロシュタットとルター，ルターとツヴィングリの論争にも介入し，最終的にツヴィングリと立場を同じくした．宗教改革の立役者の一人．

67．ブッツアー（Martin Bucer, 1491－1551） アルザス出身．ドミニコ派修道会に身をおいていたが，エラスムスやルターの影響を受け福音主義者となる．1521年修道会を追われ，1523年からシュトラスブルクで宗教改革運動を始める．1529年，ルターとツウィングリの調停を試みたが成功せず．1548年，ト

マス・クランマーに招かれ渡英．英国の宗教改革を支援，そのままケンブリッジに没した．

68．ヨハン・ブレンツ（Johann Brentz, 1499 - 1570） シュヴァーベン出身の改革派神学者．初期にエラスムスなどユマニストの影響を受けるが，徐々にルターに共鳴．ドイツ農民戦争には保守的であった．昇天後のキリストの肉体はどこにでも存在するというキリスト遍在論を唱えた．

69．ブーゲンハーゲン（Johannes Bugenhagen, 1485 - 1558） 改革派神学者．グライスフヴァルド大学で教養諸学と神学を学ぶ，1517年ベルブック修道院で聖書と教会規律を教える．1520年，ルターの著作に感銘，ヴィッテンブルクに赴きルターの信頼を獲得．1523年ヴィッテンブルク司祭．ルターの結婚に立ち会う．様々な面でルターに協力したが，ブーゲンハーゲンはなによりも布教家であった．デンマークやノルウェーまで伝道に赴き，また各地の改革派教会を時を経てはおとずれ，立て直した．ルターの葬儀を執行したのもブーゲンハーゲンだった．しかし晩年にはルターの教義から逸脱したと攻撃された．

70．フェーヴルは「600欄以降15ページ」としているが，『残存セル全著作』に依拠して訂正した．

71．フェーヴルは「602欄」としているが，誤りなので訂正した．

72．アベル・ルフラン，協会版，『ラブレー著作集』第3巻，「序論」，LXIページ．

73．アンリ・オゼール，『フランス宗教改革研究』，60ページ．

74．ティモン（Τίμων, 紀元前4世紀頃） アッティカの生まれ．資産を失い，困窮にあって旧友の忘恩にあい，以後人間を嫌って孤独に生活する．木から落ちて脚を折り，救いを求められないまま没した．通称「人間嫌い」のティモン．

75．ゴーシェ・ド・サント＝マルト（Gaucher de Sainte-Marthe, 1536 - 1623） セヴォル・ド・サント＝マルトとも名乗る．ポワトゥ地方の名門サント＝マルト一族の一人．ルーダン出身．フランスの行政官・詩人．パリやポワティエ，ブルジュで法学を学び，1579年，ポワティエ市長となる．王党派でリーグ派と果敢に戦い，1594年ポワティエをアンリ四世に帰順させた．フランス語詩も作ったが，1644年にギヨーム・コルテによる仏語訳が刊行された『フランス著名学者讃』は，パピール・マソンの同種の書物と並んで，同時代人が作った人名録という点で面白い．

76．『第四之書』第32章．マルティ＝ラヴォー篇，『ラブレー著作集』第2巻，385ページ．渡辺氏訳，174ページ．

77．エティエンヌ一族 普通は16世紀から17世紀にかけ数代にわたって活躍した印刷業者一族を指す．当時の知識人向けの印刷業者はおおむね学識者で，古典古代の言語に通じていた．また初期のエティエンヌ一族はそれぞれに改革派に関心をもち，ジュネーヴに身を落ち着けた者も少なくなかった．ソルボン

ヌ神学部の検閲を批判し『仏羅辞典』の篇者でもあるロベール・エティエンヌ(1503－1559)，『ヘロドトス弁護』でカトリック陣営や福音主義者を嘲弄しながらジュネーヴ当局の不快もかい，ジュネーヴを去らざるをえなくなった，『希羅辞典』の篇者アンリ・エティエンヌ（1531－1598)，作品から判断するにカトリック教徒が多い宮廷貴族を意識していたような『鄙の家』を書いたシャルル・エティエンヌ（1504－1564）など個性豊かな人々を〈エティエンヌ一族〉の名のもとに一括しうるとしたら，この文脈では恐らくかれらの言語学的貢献は問われないであろうから，権威を重んじない〈ユマニストの印刷業者＝知識人〉程度のものを指すのではないか.

78．カステリヨン（Sébastien Castellion, 1515－1563） 改革派神学者・ユマニスト．リヨン出身．1542年からカルヴァンが設立したコレージュの校長．1544年牧師になろうとしたが神学的な見解の不一致でジュネーヴを追放され，バーゼルに移住．印刷業者のもとで働きながら『聖書』のフランス語訳を完成した．1553年バーゼル大学でギリシア語を講ずる．セルベトの火刑をめぐって激しくカルヴァンを攻撃，16世紀における（相対的）寛容論の代表者となった．深い感動を呼び覚ます数編の異端者論，寛容論があるが，幸いにもそのひとつ，『悩めるフランスに勧めること』を美しい日本語で読むことができる（カステリヨン，二宮敬氏訳，『悩めるフランスに勧めること』，『世界文學体系 74 ルネサンス文学集』所収，275－311ページ）．〈カステリヨン一派〉とするのは，セルベト処刑をきっかけにカルヴァンと激しく論争した人々であろう．

79．アントワーヌ・ド・ラ・ロシュ＝シャンデュー（Antoine de la Roche-Chandieu；筆名 Zamariel, 1534－1591） マコネ地方出身の改革派牧師・詩人．母の希望でパリで法学を学ぶが，改革派の教義に打たれジュネーヴのカルヴァンの許に行く．1562年の宗教戦争勃発以降，牧師の資格で軍に随行．サン＝バルテルミーの虐殺をかろうじてジュネーヴに逃れた．アンリ・ド・ナヴァールの要請でクートラの戦いに従軍したが，疲弊を理由にジュネーヴに戻り，その地で没した．ロンサールとの論争詩の交換が有名．

80．アレアンドロ（Girolamo Aleandro, 1480－1542） イタリア出身の学者，枢機卿．17歳で教養諸学を教えているという評判を聞き，1508年にルイ十二世がフランスに呼び寄せた．1512年，教皇レオ十世が秘書に取りたて，ヴァティカン図書館司書の任務を与えた．1520年，教皇使節としてドイツに派遣され，ルターを相手に弁舌をふるった．続いてフランスへの教皇使節に命じられ，パヴィアの戦いではフランソワ一世とともに皇帝軍に捕らえられた．著書に『希羅辞典』がある．

81．《ἄθεος ὡς οὐκ ἄλλος πώποτ᾽ οὐδεις》.

82．ヨハンネス・アンゲルス・オドヌス 第一部・第一巻・第一章の原註への訳註（43）を参照．

83．〈戦う合理主義者〉とは言うまでもなく〈戦う教会（地上の教会)〉のか

け言葉.

84. 渡辺氏訳,『ガルガンチュワ物語』, 93ページ.

85. 渡辺氏訳,『第四之書』, 188ページ.

86. フィリベール・サラザン(Philibert Sarrazin, ? - 1575) ジュネーヴに亡命した名門プロテスタント一族の初代. シャロレ出身. パリ留学中に改革派教義を知る. 公然と改革派を名乗らないまま, 帰郷もせずアジャンで塾を開く. ジュール=セザール・スカリジェの長男も学生の中にいた. この頃医学博士号を取得したとも言われる. 改革への熱意は時とともに強まり, 布教をめざしてであろうか, アジャンを去ってリヨンに移住, 医療院で医術を施す. しかし情勢が許さず, ジュネーヴに亡命, 1555年にジュネーヴ市民と認められた.

87. ラ・シャサーニュ(Isaac de la Chassagne, ? - ?) 16世紀前半のボルドー高等法院評定官. 威厳があり敬意を払われていたが, 1548年, 塩税の引き上げに端を発する反乱の先頭に立ち, 悲惨な最期をとげた.

88. アルヌー・ル・フェロン(Arnoul le Ferron, 1515 - 1563) ボルドー出身の行政官・歴史家. 21歳でボルドー高等法院の評定官となる. パオロ=エミリオの『フランス史』の続巻(1484年から1547年まで)を著した.

89. 先に触れたように, 現在ではラブレーの没年を1553年3月とする説が有力.

90. 《Qui nullum Deum aut Christum...habent》.

91. 心〔corda〕と綱〔chorda〕をかけている.

92. ぶどう酒〔pios〕と敬虔〔pius〕をかけている. 但し英訳書は《quia pius es》と, 動詞を2人称単数にしている. 出典が「詩篇」第86篇2節ならば動詞は1人称単数であるはず.

93. 〈アルコール〔spiritus〕〉と同綴の〈霊〔spiritus〕〉をかけている. 引用の出典は「エゼキエル書」第1章20節〔spiritus enim vitae erat in rotis〕.

94. アンリ・エティエンヌ,『ヘロドトス弁護』第1巻, 190ページ.

95. 同, 同書, 199ページ.

96. コンラド・バディウス(Conrad Badius, 1510 - 1560) 著名な出版業者ジョス・バディウスの息子. 学識者で父と同じく出版業を営む. 改革派でジュネーヴに亡命, 義兄弟のロベール・エティエンヌと共同経営で書店を開いた.

97. フランソワ・ガラス(François Garasse, 1585 - 1630) アングレームに生まれ, 15歳にしてイエズス会士となる. 改革派やガリカン教会派, 王党派などイエズス会への批判勢力に対し, 理論的な反論というよりも悪意にみちた痛罵の文体で反駁した. 自由思想家を攻撃した『当代の才子たちの奇妙な説教』, 徹底的な反イエズス会論を展開するエティエンヌ・パスキエを攻撃した『「フランスの探求」の探求』など. ペストが蔓延する町で献身的に看護にあたり, 自らも感染して没したという.

98. ギ・パタン(Guy Patin, 1601 - 1672) ピカルディの生まれ. パリで医

学を学び，名医と呼ばれた．保守的な医学者で専門分野の論考を書いた．しかしパタンの名を後世に高からしめたのは死後出版された，友人宛書簡集で，その中で当時の社会や政治，宗教の情況的消息が語られるほか，パタンの懐疑的な宗教論も認められ，時代の思想的水位を知る貴重な資料となっている．

99．デュ・ペロン（Jacques Davis du Perron, 1556‐1618） スイスに改革派として生まれる．パリで転向し，アンリ三世に仕え，アンリ四世によりエヴルー司教に任ぜられる．多くの改革派信者をカトリック教徒にし〈改宗指導者〉の異名をとる．1600年のフォンテーヌブローでのデュ・プレシ＝モルネとの討論は世人の注目を集めた．1604年には枢機卿．『デュ・ペロン著作集』の他，数点の大著がある．

100．野沢氏訳，『歴史批評辞典 II』，624ページ，626ページ．

101．《ope et consilio eorum qui athei sunt》．

102．《Satanas, tam selecto se videns privatum ministro》．

103．ブラウラー（Ambrosius Blaurer, 1492‐1564） テュービンゲンで学ぶ間にメランヒトンと知り合う．1522年改革派に改宗．1525年からコンスタンツで福音書の説教を始め，南ドイツを中心に晩年まで活動した．

104．ホロフェルヌス（Tubal Holofernus） または，ホロフェルヌ．ラブレーの『ガルガンチュワ物語』第14章（協会版，『ラブレー著作集』第1巻，140ページ；渡辺氏訳，『ガルガンチュワ物語』，85ページ）で言及される架空の人物名．チュバルはカインの子孫（『旧約聖書』「創世記」第10章2節）で鍛冶を生業とした（「創世記」第4章22節）．ホロフェルネス（ホロフェルヌス）はアッシリア国王ネブカデネザル王の将軍．ユディトにより謀殺された（土岐健治氏訳，「ユディト書」，関根正雄氏篇，『聖書外典偽典 1 旧約外典』所収，261ページ以降）．

第一部・結論

1．ビュイッソン，『セバスティアン・カステリヨン』第1巻，41ページ．

2．《totam religionem evertere》．

3．《tu, tu, omnia pietatis principia ridendo, suaviter te oblectas ?》

4．〈憂い顔の騎士〉とはもちろんドン・キホーテの異名．

5．ウーテンホーフィウス（Jan Utenhovius, ？‐？） ヘントの名門貴族の生まれ．英国で牧師を勤めた後，迫害を逃れてバーゼルに亡命．ネーデルラントやポーランドで軍務を続けた．トマス・プラッターの友人．ここで問題になっているのは，その三男のカロルス・ウーテンホーフィウス（Carolus,）．カロルスは長じてネーデルラントの詩人となる．独立した生活を送り，当時の高名な碩学たちと親交をもつようになった．ところでこの件を紹介するフェーヴルの文章には誤解を生じさせる箇所がある．ビュイッソンによればカロルスはトマス・プラッターの家に寄宿しており，兄2人がカステリヨンの寄宿生だった．

父ヤンはカロルスの力がついたのを見て，兄たちがいるカステリヨンの家に合流させようとした（つまりカステリヨンの許には未だいなかった）．父の意図を聞いたカロルスが嘆き，むしろ兄たちをプラッターの家に呼び寄せたがったのである．

6.『第四之書』「旧序詞」．渡辺氏訳，『第四之書』，50ページ．

第一部・第二巻・第一章

1.〈1926年〉にどのような意味があるのか不明．同年の『16世紀研究誌』，112ページ以降で，アベル・ルフランが「ラブレーの素顔」という論題のもと，ラブレーの人物像がないというアンリ・クルーゾの嘆きに答えようとしている．或いはこの論文に関連する年代設定か．

2.〈人生〉は，ルフランの原文では〈この書物〉．フェーヴルの記憶違いかメモの間違いか，いずれにせよ意味を託された表記ではないと思う．これも敢えて言挙げしないが，その他いくつかのずれが原文と引用文の間にある．

3.『パンタグリュエル物語』「作者の序詞」．協会版，『ラブレー著作集』第3巻，4ページ（異文）；渡辺氏訳，『パンタグリュエル物語』，15ページ．

4. 協会版，同書，8ページ；渡辺氏訳，同書，18ページ．

5.《quod vidimus, testamur》．

6. 協会版，『ラブレー著作集』第3巻，9ページ；渡辺氏訳，『パンタグリュエル物語』，18ページ．

7. エティエンヌ・ジルソン（Etienne Gilson, 1884－1970） 著名な中世哲学史家．スコラ哲学，特にトマス・アクィナスの専門家だが，そこにとどまらず中世哲学史全般について，思想を時代の中に戻すという立場から，優れた見識にあふれる成果を多数残した．

8.『第四之書』第19章．マルティ＝ラヴォー篇，『ラブレー著作集』第2巻，341ページ；渡辺氏訳，『第四之書』，128ページ．ここではパニュルジュの言葉．

9.『第三之書』第2章．協会版，『ラブレー著作集』第5巻，41ページ；渡辺氏訳，『第三之書』，43－44ページ．ここではトマス・アクィナスへの言及．

10. ルイ・ド・ブルボン枢機卿（Louis de Bourbon, 1493－1556） ヴァンドーム伯フランソワ・ド・ブルボンの四男．ラン司教（1510年），枢機卿（1516年），サンス大司教（1535年），サヴォイア教皇特使，パリ知事（1552年）を歴任した．

11. クロード・アトン（Claude Haton, 1534－？） セーヌ＝エ＝マルヌ出身．農夫の息子．強硬なカトリック聖職者でアンリ二世の側近だった時期もあるようだ．膨大な『覚書』（刊行された部分は必ずしも全てではなく，編者の意向で要約で済ませている箇所もある）は地方史や心性史における史料的な価値のみならず，その面白さで読者を魅惑してやまない．

12.《Ecce bonum vinum,── venite potemus?》

13．原註（2）の雑誌論文は参照できなかったので，ジルソンの論文集，『思想と文芸』（1932年）に再録された「フランチェスコ派修道士ラブレー」（訳者による以下の言及もこの再録論文に基づく）によると，この引用文はその199ページにある．なお「　」内はジルソンがルフランの文章を引用したもの．

14．ジルソン，同書，200－201ページ．

15．サレルノのマズッチョ（Masuccio, 1420？－1476？）　イタリアのサレルノ出身の短話作家．詳細は不明だが，ミラノ公フィリッポ＝マリオ・ヴィスコンティに仕えていた可能性がある．ナポリ方言で書かれた五十九篇の短話が残されている．

16．アルナルドゥス・デ・ヴィラ・ノヴァ（Arnaldus de Villa Nova, 1238－1311）　カタロニアの作家．ヘブライ語とアラビア語の知識を活用しタルムードやカバラの研究に打ち込む．アラビア医学の知識もあり，その翻訳もおこなった．モンペリエとナポリで医学を修め，アラゴン国王や教皇たちの傍らで，同時代で最も有名な医師となった．ヴィラ・ノヴァには宗教的な著作があり，ラブレーの言及もそうした著作を直接的に，もしくは間接的に知ったためだろう．僅かな宗教的著作が残されているにすぎないが，その中でヴィラ・ノヴァは反キリストの到来や，初期キリスト教徒の生活に戻るべきこと，ローマ教会の根底的な改革を語っていた．著名な医師の発言でなければ，火刑台の露と消えたであろう，と言われる．

17．協会版，『ラブレー著作集』第3巻，40ページ；渡辺氏訳，『パンタグリュエル物語』，37ページ．

18．ここで問題になっているパンタグリュエルの系譜が何のパロディなのか，近年では必ずしも「マタイ伝」のキリストの系譜の模写ではないとする説が少なからず表明されている．但し訳者にはフェーヴル説が根底から覆されたようには，未だ思えない．原註（12）で触れられているように，フェーヴル自身も異説の可能性に気づいていた．

19．協会版，『ラブレー著作集』第3巻，12ページ（異文）；渡辺氏訳，『パンタグリュエル物語』，21ページ．

20．協会版，『ラブレー著作集』第2巻，216－217ページ；渡辺氏訳，『ガルガンチュワ物語』，115ページ．

21．テレームの僧院の設備については，渡辺一夫氏，「やはり台所があったのか？（『テレームの僧院』への補註）」，『渡辺一夫著作集　2　ラブレー雑考下巻』所収，154ページ以降を参照．ラブレー研究やフェーヴル研究の里程標にもなる．

22．協会版，『ラブレー著作集』第2巻，400ページ；渡辺氏訳，『ガルガンチュワ物語』，231ページ．

23．同書，399ページ；同氏訳，同書，230ページ．

24．同書，432ページ；同氏訳，同書，248ページ．

25. 同書，400 - 401ページ；同氏訳，232ページ.

26. ベリュール枢機卿（Pierre de Bérulle, 1575 - 1629） アカリア夫人と協力して，フランスに女子カルメル派修道会を創設．またオラトリオ派修道会も導入した．1627年に枢機卿に選ばれる．きわめて霊性の高い説教や書物によってフランス17世紀初期のキリスト教世界に強い影響を及ぼした．また政治的にはリシュリューと対立しながら，ルイ十三世と母后の和解に努めた．

27. 《cantabit missam !》

28. 『ガルガンチュワ物語』第56章．協会版，『ラブレー著作集』第 2 巻，426ページ；渡辺氏訳，前掲書，246ページ.

29. アベル・ルフラン，協会版，『同著作集』第 1 巻，「序論」，XXIV ページ.

30. 同，『同著作集』同巻，XXV ページ．フェーヴルはルフランの文章を若干変更している.

31. アベル・ルフラン，協会版，『ラブレー著作集』第 1 巻，「序論」，XXVI ページ.

32. 《Innocens credit omni verbo》（『旧約聖書』「箴言」第14章15節）．但し《純真ナルモノ》の原語《innocens》は，日本聖書協会版，『聖書』の当該箇所では《思慮のない者》とする．ラブレーはその両者の意味の狭間で戯れているのだろう.

33. 《Charitas omnia credit》（『新約聖書』「コリント前書」第13章 7 節）.

34. 『ガルガンチュワ物語』第 6 章．協会版，『ラブレー著作集』第 1 巻，72 - 74ページ（異文をふくむ）；渡辺氏訳，『ガルガンチュワ物語』，50 - 51ページ．聖書の引用については渡辺氏訳にしたがった.

35. アベル・ルフラン，協会版，『ラブレー著作集』第 1 巻，「序論」，LII ページ．省略あり.

36. エイレナイオス（Irenaeus ; Εἰρηναῖος, 130/140 - 200 ?） スミュルナ（小アジア）出身．リヨン司教．ローマ司教と小アジア教会の分裂を避けるべく努めた．殉教したらしいが不明．キリスト教のヘレニズム解釈に基づくグノーシス派を論駁しようとした.

37. オリゲネス（'Ωριγένης, 185 ? - 253/254） 初期キリスト教教会の大異端者．キリスト教徒の家に生まれ，アレクサンドレイアのクレメンスに学んだ．教会内部の政治的対立を避け，パレスティナのカエサレアに落ち着くが，デキウス帝の治世に迫害にあい，拷問を受けた結果没した．プラトン哲学をもちい教理の整合化をはかり，『ヘクサプレス（六カ国語対訳聖書）』の校訂により聖書批評に先駆的な役割を果たした．ローマ教会は553年の宗教会議でオリゲネス説を異端とした．以下の訳註（49）や（52）で言及する『諸原理について』や『ケルソス駁論』の他，大部の聖書註解や小作品を多数残した.

38. テルトゥリアヌス（Septimius Florens Tertullianus, 160 ? - 245） ラ

テン教父．カルタゴ出身．異教徒だったがキリスト教徒が殉教する姿に打たれ改宗した．『護教論』（鈴木一郎氏訳，『キリスト教教父著作集14　テルトゥリアヌス2　護教論』）に見られる能弁をもって論争に臨んだ．ローマに赴き『反祭典論』を訴えたが，かれの道徳的厳格さはローマの聖職者の好むところではなかった．アフリカに戻り，地上における天国の出現と世界の終末を主張し厳しい道徳率を要請するモンタノス主義を奉じ，やがて自らの宗派を立てた．

39．アタナシオス（Athanasius ; 'Αθανασιος，295？－373）通称〈アレクサンドリアのアタナシウス（アレクサンドレイアのアタナシオス）〉．アリウス派（アレイオス派）と徹底的な論争のため〈キリスト教正統信仰の父〉とも呼ばれる．アレクサンドレイアに生まれる．少年時代にキリスト教に改宗．古代哲学やキリスト教教理を学ぶ．しかし学究肌というより説教者・教会政治家であったという．アレクサンドレイア教会が棄教者の扱いをめぐり内部対立したとき，強硬派に立った．325年アリウスの教義をめぐりニカイアで公会議が開かれたさい，アレクサンドレイア司教の助祭として参加．328年同司教の死をうけて司教となる．以後アタナシオスの生涯はアリウス派との闘争に明け暮れる．ローマ皇帝の治世の変化につれて主流になったり，追放の憂き目を見たりした．主著は『アリウス派論駁』その他の論争文書であろうが，追放のときたびたび荒野で隠遁生活を送った経験から，修道士としての生き方を説き，後世に影響を与えた．

40．エピパニオス（Epiphanius ; 'Επιφᾱνιος，315？－403）ユダヤ人のギリシア教父．パレスティナの生まれ．若くして修道僧となる．語学に堪能だった．エレウテロポリス司祭となり，著作や行動をつうじて異端説，特にオリゲネス説や，皇帝の宮廷にいるアリウス派に対し激しい攻撃をおこなった．キプロスはサラミス司教．聖人．

41．ヒエロニムス（Eusebius Hieronymus, 341？－420）ラテン教父．ダルマティアの出身．ローマに上京，主として古典文学を学ぶ．ギリシアやガリアを遍歴，パレスティナで修道生活を送った．ローマに戻り，教皇の秘書を勤めたが，気質の激しさも手伝って，周囲と折り合えず，パレスティナのベツレヘムに移住，聖書のラテン語訳（以後〈ウルガータ訳〉として定着）とその註釈に身を捧げた．当時の最大の聖書学者の一人だったが，自説以外を受け付けなかったという．〈教会博士〉にして聖人．

42．聖アンブロシウス（Ambrosius, 339？－397）ラテン教父．ガリアからローマに上京，法学を修め弁護士となる．その後アリウス派の有力な拠点，ミラノの行政官になった．374年にミラノ司教が没したとき，辞退したにもかかわらずその後継者に推される．優れた行政者・著作家・護教家であり，ローマ皇帝の暴政にも果敢に抵抗した．四大ラテン教父のひとり．アウグスティヌスを改宗させたことでも有名．

43．プラン，『ラブレー書誌』，11ページ．

44．フランチェスコ・グイチャルディーニ（Francesco Guicciardini, 1483－1540）　イタリアの政治家・歴史家・モラリスト．フィレンツェのメディチ家やローマ聖庁に仕え，外交や行政に手腕を発揮，困難な使命の数々を成功のうちに終える．歴史家としては『フィレンツェ史』（末吉孝州氏訳，『フィレンツェ史』，1999年）や長大な『イタリア史』（同氏訳，『イタリア史』，刊行中）を執筆した．特に後者はすぐにフランス語に訳され，謀略的歴史家マキャヴェッリと対比して厳正な歴史家の相貌を定着させるのだが（たとえばド・トゥの『同時代史』の死亡記事を見よ），現代の研究ではむしろマキャヴェッリとグイチャルディーニの思想の近親性に視点が向けられている．

45．ルドヴィコ・グイチャルディーニ（Ludovico Guicciardini, 1523－1589）イタリア歴史家．前訳註のフランチェスコの甥．フィレンツェに生まれ，メディチ家に仕える．のちにベルギーに派遣されアルバ公の修史官となる．しかし四旬節を廃止するよう進言したため信頼を失った．『全ネーデルランド図絵』（ベルフォレにより仏訳される），『サヴォイアデ起コリシ出来事ヲメグル覚書』などの他に『気晴ラシノ時間』．

46．言うまでもなく《真理は時の娘》のもじり．

47．《Deus sic potens est, ut quidquid velit, nutu valeat efficere》．

48．《かかるとことが余の望みである》という，王令や勅令などに用いられる定型表現のもじり．

49．ここではフェーヴルのフランス語に出来るだけ忠実に和訳した．オリゲネス，小高毅氏訳，『諸原理について』，1978年，には次のようにある．《太陽も月も星もなく，第一日目には天すら存在しなかったのに，「第一日」，「第二日」，「第三日」と言われ，おまけに「朝」と「晩」があったとされているのを，合理的であると解釈する人が誰かいるだろうか，私は尋ねたい．また，神が，人間である農夫のように，東のかた，エデンに，園の中に，木々を〔手ずから〕植えられ，またその園に「生命の木」，即ちその木からとった実を身体上の歯をもって食べるものは生命を得るといった，目に見え，手で触れうる木を植え，またもう一本の木からとった実を食べる者は善悪の知識を得る〔木を植えられた〕と考える愚者が，一体誰かいるだろうか．〔……〕しかし，着手した本書をあまりにも長いものにしないために，〔これ以上例をあげるのは割愛しよう〕．なぜなら，聖書の中に出来事として書かれているが，歴史上実際に起こったとは合理的に考えられない箇所を見いだすのは，そのつもりになれば誰にでも，しごく容易にできることだからである》〔296ページ；割註は省略記号をのぞいて小高氏〕．

50．ジャック・メルラン（Jacques Merlin, ？－1541）　ヴィエンヌ地方出身の神学者にして説教家．1510年神学博士．1512年オリゲネスを弁護する論文を発表．これが1522年のノエル・ベダとの論争に発展した．ベダは大異端者オリゲネスを弁護する論文の中に，ルターの先駆的思想とウルガータ訳『聖書』の

訳者聖ヒエロニムス批判を感じ取ったらしい．論争の結果はユドキュス・クリフトーフェの判断に委ねられ，長い審判期間の間にメルランがエラスムスに対抗するベダを嘲弄することも原因となって，結果的にはメルランに２年間の投獄が命ぜられた．しかし審判の期間も投獄後もメルランには積極的なカトリック神学者としての任務が任された．

51．「アルキビアデスノシレノス〔Σειληνοι 'Αλκιβιαδου〕」　エラスムスの『格言集』で最も有名な格言のひとつ．シレノスは醜い老人の姿で表される山野に住む精霊．醜い外見にもかかわらず素晴らしい知恵の持ち主とされる．アルキビアデスは紀元前５世紀のアテナイの政治家・軍人だが，むしろソクラテスの友人として知られる．プラトンの『饗宴』でアルキビアデスはこう語る．《この人はあの彫刻家の仕事場にすわっているシレノスの像に最もよく似ていると主張する，彫刻家たちはそれが牧笛や笛を持っているところを作るが，二つに開かれると，内部に安置された神々の姿が現れる》（プラトン，山本光雄氏訳，『饗宴』，山本氏篇，『プラトン全集３』所収，角川書店，1973年，225ページ）．つまり「アルキビアデスのシレノス」とは外見の貧しさと内部の豊かさを，更には真理が深奥に隠されている状態を言う．エラスムスはこの格言を教会批判の手段とした．本論の文脈で付言すると，この格言の解説の中でオリゲネスの名前はヒエロニスムのそれと並んで言及されている．

52．ケルソス（Κέλσος）　２世紀のマルクス・アウレリウス帝時代のローマ，もしくはアレクサンドレイアの反キリスト教哲学者．『真正な教え』を書いたとされる．ケルソス自身についても，その教義についても残されておらず，ケルソスが活躍した一世紀後に著されたオリゲネスの膨大な『ケルソス駁論』（邦訳では，出村みや子氏訳，『キリスト教教父著作集８　オリゲネス３　ケルソス駁論Ｉ』，及び『同　オリゲネス４　ケルソス駁論II』；未刊行の「第六巻」以降については，たとえばミーニュ篇〈福音の論証〉シリーズを参照）の裏を読み取るより実態を想像することができない．ケルソスについてはエピクロス主義者であったかプラトン主義者であったか説が分かれる．ケルソスはキリスト教を迷信の一種として考え，内乱を引き起こす種子と見ていたようだ．

53．《ex theologia, secundum divinas litteras, nemo melius Origene》．ここでは月村辰男氏訳，『学習計画』（二宮敬氏篇，『エラスムス』所収）207ページの訳文を拝借した．

54．1540年にラブレーは未だパリ司教であったジャン・デュ・ベレーに随行してローマに赴いている（2－4月）．だがこの時ラブレーがマコン司教と出会ったとする客観的な記録は残されていない．おそらくラブレーがドノンヴィルの面識をえたとする年代の典拠は「マイユゼ殿（ジョフロワ・デスティサック）宛書簡」（マルティ＝ラヴォー篇，『ラブレー著作集』第３巻，340－347ページ）の341ページだと思われるが（渡辺氏訳，フランソワ・ラブレー，「ローマだより」，『新世界文学全集』第23巻所収，455ページ；及び同氏，「解説」，同

書所収，501ページ），残念ながら年号が記されていない．したがって〈1536年12月30日〉説や〈1537年12月30日〉説も唱えられるところだが，渡辺氏（上記「解説」参照）やマルティ＝ラヴォー（『ラブレー著作集』第4巻，390ページ）が論証するように，この書簡の日付を1535年12月30日とするのが定説となっている．ラブレーが書簡をしたためたローマでは当時1月1日が年度替りとなっていたから，〈1534年〉とするのはフェーヴルの勘違いか，それとも問題のラブレーの書簡がフランスに送られたためローマ暦ではなく復活祭に基づく旧暦表記をしたと考えたのであろう．しかしラブレーは1534年2月まではリヨンで医師として働いていたことが知られている．

55．トリブレ（Triboulet, ？－1536） ブロワ出身．ルイ十二世とフランソワ一世のもとでの王室道化師．言葉の本来の意味での愚者であったようで，ルイ十二世が身近においたのも憐憫ゆえだったという．数々の警句を託されているが，伝承以上のものではない．

56．つまり朝の静寂を司教が乱したからという理由．

57．ニコラウス・ウェルネルス（Nicolaus Wernerus, ？－？） 1497年当時のステイン修道院院長．エラスムスはウェルネルスに手紙を送り，同郷の若き修道士グィリエルムス・ヘルマヌスの仕事を暖かく見守ってやるように依頼した．

58．《quatuor, toto corpore nudi, arcam gestabant》．

59．《Nunc, nihil est cœlo serenius !》

60．ムノ（Michel Menot, 1450？－1518/1519） フランチェスコ派修道会の説教師．ルイ十一世，シャルル八世，ルイ十二世，フランソワ一世の治下を生きた．マイヤールのように民衆相手の説教術に長じ，俗化したラテン語をフランス語に交えながら，卑俗な例示をふくめて語った．当時は〈黄金の舌〉と形容された．

61．『パンタグリュエル物語』第9章．協会版，『ラブレー著作集』第3巻，111ページ；渡辺氏訳，『パンタグリュエル物語』，72ページ．

62．『第五之書』第26章，もしくは第27章．マルティ＝ラヴォー篇，『ラブレー著作集』第3巻，102ページ；渡辺氏訳，『第五之書』，121ページ．

63．フェーヴルは「第24章」としているが，誤りなので正した．協会版，『ラブレー著作集』第4巻，302ページ；渡辺氏訳，『パンタグリュエル物語』，212ページ．

64．マルティ＝ラヴォー篇，『ラブレー著作集』第2巻，399ページ；渡辺氏訳，『第四之書』，186ページ．

65．ジョゼフ・ネーヴ篇，『ミシェル・ムノ説教撰集』，96ページ．

66．協会版，『ラブレー著作集』第4巻，326ページ；渡辺氏訳，『パンタグリュエル物語』，228ページ．

67．協会版，『ラブレー著作集』第5巻，301ページ；渡辺氏訳，『第三之書』，

236ページ.

68. 協会版,『ラブレー著作集』第4巻, 327ページ;渡辺氏訳,『パンタグリュエル物語』, 228ページ.

69. この補足――《一, 二の誤差を除けば》――は, フェーヴルが依拠するサムイヤンの著作(156ページ)には見当たらない〔原註(38)参照〕.

70. サムイヤンの著書では, 18万人.

71. 《commendatarii et potius comedatarii, quia omnia comedunt》. ムノの次の一節を踏まえているのだろうが, 必ずしも正確な引用ではない.《commendatarius, et potius comedatarius quia omnia comedit》〔『ミシェル・ムノ説教撰集』, 344ページ〕

72. 《isti latores rogationum》.

73. 『ミシェル・ムノ説教撰集』, 259ページ

74. 協会版,『ラブレー著作集』第1巻, 162ページ;渡辺氏訳,『ガルガンチュワ物語』, 95ページ.

75. ここでは英訳書もふくめ同じ指示をしているが, 訳者の誤読でなければ何らかの誤解が生じているように思える.

第一部・第二巻・第二章

1. 『パンタグリュエル物語』第8章. 協会版,『ラブレー著作集』第1巻, 105ページ;渡辺氏訳,『パンタグリュエル物語』, 69ページ.

2. 同書, 100ページ;渡辺氏訳, 同書, 66ページ.

3. 高田勇氏訳,『ロンサール詩集』, 106ページ.

4. おそらくルフランの《一般的な秩序に基づく科学哲学の概念》〔アベル・ルフラン,『ラブレー著作集』,「『パンタグリュエル物語』研究」, XLIV ページ〕の, あまり正確でない援用であろうが, 確信はない. ちなみにルフランのこのフレーズは, ジルソン, 前掲論文で一度ならずとりあげられている.

5. ブノワ・ジルボー(Benoît Gillebaud, ? – ?) 16世紀半ばの人. 1550年に『来るべき世紀の予言』を上梓したこと以外は不詳.

6. 協会版,『ラブレー著作集』第5巻, 74ページ;渡辺氏訳,『第三之書』, 66ページ.

7. 同書, 78ページ;渡辺氏訳, 同書, 69ページ.

8. アントワーヌ・ルロワ(Antoine Leroy, ? – ?) 17世紀前半のル・マンの教会参事会員. ラブレーを擁護, 賞賛した.

9. ラブレー,「1535年の暦」. マルティ゠ラヴォー篇,『ラブレー著作集』第3巻所収, 275ページ.

10. 『旧約聖書』「伝道の書」第1章8節.

11. ラブレー,「1535年の暦」, マルティ゠ラヴォー篇,『ラブレー著作集』, 第3巻所収, 258ページ.

12. 理神論とフィディスムの相克の思想史については，ラブレーの世紀を対象として書きおろされたものではないが，野沢協氏，同氏訳，『ピエール・ベール著作集』第 8 巻所収，「解説　剣闘士の最期――ベール最晩年の論争の歴史的位置」（1701 - 2305ページ）がもっとも感動的な文章だと思う．

13. 《Cupio dissolvi et esse cum Christo》〔「ピリピ書」第 1 章23節〕．

14. 《Tunc satiabor, cum apparuerit gloria tua》〔「詩篇」第16篇15節（ウルガータ訳）〕．

15. ラブレー，「1535年の暦」，マルティ = ラヴォー篇，『ラブレー著作集』第 3 巻所収，258ページ．

16. アンリ・エティエンヌ，『ヘロドトス弁護』第 1 巻，191ページ．

17. 《Donec eo ventum est, ubi cœlum pingitur astris》．なお以下の原註（19）を参照．

18. 《In primis sane Rabelaesum, principem eumdem
Supremum in studiis diva tuis sophia...》．

19. フェーヴルはここでは，マルティ = ラヴォー篇，『ラブレー著作集』第 2 巻，66ページ以降を用いているようだ．以下の引用に原文と異なる箇所もあるが，敢えてフェーヴルの原著を尊重した．

20. 原註（20）で補註をつけたように，以上の引用はレオナルドの原著とは少なからぬ異文があるようだが，ひとつひとつの指摘は避ける．

21. 『第三之書』第13章．協会版，『ラブレー著作集』第 5 巻，105 - 106ページ；渡辺氏訳，『第三之書』，91 - 92ページ．少なからぬ異同があるが，大意に変化なし．

22. 死にゆく大猫悟老《ラミナグロビス》　協会版，『ラブレー著作集』第 5 巻，163ページ；渡辺氏訳，『第三之書』，134ページ．

23. ラブレー，『第三之書』第21章．協会版，同書，165 - 166ページ；渡辺氏訳，同書，136 - 137ページ．

24. （　）内は知る限り，フェーヴルの割註．

25. 『パンタグリュエル物語』第8章．協会版，『ラブレー著作集』第 3 巻，100ページ；渡辺氏訳，『パンタグリュエル物語』，65 - 66ページ．

26. ジャン・フェルネル（Jean Fernel, 1497 - 1558）　フランスの天文学者・数学者・医学者．太陽の子午線の高さを計測することで経線の長さを決めた．当時の有数の医学者で，〈現代のガレノス〉の異名をとった．近代生理学の先駆者．アンリ二世の愛人ディアンヌ・ド・ポワティエの病気を治し，国王侍医になった．

27. 〈造形的仲介者〉　その外にも〈造形的形成者〉あるいは〈形成的仲介者〉という訳語もある．イギリスの哲学者カドワーズ（1617 - 1688）の仮説で，宇宙の中にあって神の意志により働く精神的・中間的実体．物質の生成や運動の原因となる．

28. アレクサンドロス（'Αλέξανδρος） 出身地ゆえ通称アプロディシアスのアレクサンドロス．逍遙学派．2世紀から3世紀にかけてアレクサンドレイア（アテナイ？）で独自のアリストテレス解釈を講じた．『霊魂論』や『運命論』などがある．しかしアプロディシアスのアレクサンドロスが哲学史で有名になるのは後世に与えた影響の大いさのためであり，特に中世後期アウェロエスとそのアリストテレス解釈で哲学界を二分した．

29. シャルル・トゥタン（Charles Toutain, 1535？－1590？） ヴォークラン・ド・ラ・フレネやセヴォル・ド・サント＝マルトの友人だった．1550年代前半，パリでマルク＝アントワーヌ・ミュレとピエール・ド・ラ・ラメに学び，影響を受ける．ジャン・ドラとも知り合ったがギリシア語やギリシア文学の知識はなかったようだ．ロンサールを崇め，同時代の知識人と同じく詩作に励んだ．ポワティエかブルジュでフランソワ・ドゥアランに法律を学んだらしい．

30. 原註(11)の典拠に，英訳者もふくめみな，フェーヴルが指示する『アガメムノンの悲劇』を挙げているが，この戯曲それ自体には引用詩句は見当たらない．1557年に刊行されたトゥタンの作品のタイトルは『アガメムノンの悲劇及び哲学と愛についての歌謡全2巻』であり，詩句は後半の〈歌謡〉部分に存在するのかも知れない．

31. 『第三之書』第4章．協会版，『ラブレー著作集』第5巻，53ページ；渡辺氏訳，『第三之書』，53ページ．文脈にあわせて邦訳訳語を変更した．

32. 『第四之書』第27章．マルティ＝ラヴォー篇，『ラブレー著作集』第2巻，365ページ；渡辺氏訳，『第四之書』，153ページ．

33. 同書，367ページ；渡辺氏訳，同書，156ページ．

34. 〈33番〉という数字が何を示すのか不明．1968年版，及び翻訳書ではこの数字が削除されている．フェーヴルが使用した『歴史批評辞典』第5版の当該項目（「ナヴァール」）の引用文のちょうど右の欄外註に（55）とあるのを誤認したものか．但し欄外註は必ずしも引用文と併置されず，問題の引用箇所は，実は註（54）にあたる．

35. 同書，同項目；野沢氏訳，847ページ．但しフェーヴルの引用に応じて文を変更した箇所がある．なお引用文中の強調はフェーヴル．

36. アベル・ルフラン，「『パンタグリュエル物語』研究」，協会版，『ラブレー著作集』第3巻所収，LIII ページ．

37. 同書，同ページ．

38. 同書，LI ページ．

39. 同書，同ページ．

40. パドヴァ大学のこと．パドヴァ大学は15世紀初めからヴェネツィア共和国の庇護下にあり，教皇権の意志によらず，教師を雇うことができた．世俗的な都市国家に守られた大学人は宗教の枠組みに囚われず，（アウェロエスの）アリストテレス的な自然観，もしくはストア派やプロティノス学派の自然観を

展開した．アンリ・ビュッソンが言及してやまないポンポナッツィはその代表であった．ただパドヴァ学派の哲学が常に近代的合理主義に結びつく訳ではなく，ケプラー以降の天文学は凡そ受け入れられなかった．第一部・巻頭言の訳註(13)を参照．

41．ツィマーラ（Marcantonio Zimara, ？－？） 16世紀前半にパドヴァ大学で哲学を教えていた．アウェロエスが註釈したアリストテレスの霊魂論に註解を付して刊行した（1530年）．ただし近年の研究によると，アウェロエス学徒だけではなく，ネオ＝プラトニスムにも関心をいだいていたようだ．

42．レオニコ・トメオ（Leonico Tomeo, ？－1531） 16世紀前半にパドヴァ大学で哲学を講じていた．質素な碩学で，熱狂的な信奉者にはユマニスムの聖者と映じていたらしい．ギリシア語のアリストテレスの著作を精密なラテン語に訳しながら，周囲の学生や長年飼っていた鶴を見る癖があったという．

43．オリヴィエ・パトリュ（Olivier Patru, 1604－1681） フランスの弁護士．司法弁論を刷新した．アカデミー・フランセーズ入会演説の伝統もパトリュを嚆矢とする．『リシュレの辞典』の主たる執筆者でもあった．

44．ペロ・ダブランクール（Nicolas Perrot d'Ablancourt, 1606－1664） フランスの歴史家．古典古代作家の翻訳でも有名．その訳文は正確であるよりも優雅であると評され，《麗しき浮かれ女〔Belles Infidèles〕》と呼ばれた．

45．クレメンス七世（Clemens VII, 1478－1534） ローマ教皇（在位1523－1534年）．前名ジュリオ・ディ・メディチ．1513年枢機卿．政治的な判断力には欠けていたような人で，フランスやヴェネツィアと同盟を結び神聖ローマ皇帝カロルス五世と対立，〈ローマの掠奪〉（1527年）を招いた．加えて離婚の是非をめぐり英国王ヘンリー八世と対立，英国国教会の成立の原因を作った．

第一部・第二巻・第三章

1．協会版，『ラブレー著作集』第4巻，297ページ；渡辺氏訳，『パンタグリュエル物語』，208ページ．

2．同書，296ページ；渡辺氏訳，同書，207ページ．但しフェーヴルの原著にしたがって，訳文を若干改めた．

3．同書，297ページ；渡辺氏訳，同書，207ページ．

4．同書，304ページ；渡辺氏訳，同書，213ページ．

5．同書，305ページ；渡辺氏訳，同書，214ページ．

6．コンスタンティヌス帝（Constantinus I；Flavius Valerius Aurelius, 280？－337） コンスタンティヌスと呼ばれるローマ皇帝や東ローマ皇帝は幾人もいるが，ここではコンスタンティヌス一世，通称コンスタンティヌス大帝．コンスタンティウス一世の嫡男．その死後軍の支援を受け，皇帝になる．イタリアとアフリカの覇権をかけた，対マクセンティウス戦遠征のおり，宙空に十字架と《コノ徴ニヨリ汝ハ勝利ヲ得ン〔Hoc signo vinces〕》の言葉を見，勝

利を収める．313年のミラノ勅令によりキリスト教を公認．帝国統一の精神的手段とする．325年ニカイア公会議を招集しキリスト教正統教義の確立を命じた．しかしコンスタンティヌスが奉じたキリスト教は後年のローマ・カトリック教から見ると大異端のアリウス派であり，その最期はアリウス派のエウセビオスが看取った．

7．『パンタグリュエル物語』第29章（協会版，『ラブレー著作集』第４巻），297ページの註では《コノ徴ニヨリ汝ハ勝利ヲ得ン〔Hoc signo vinces〕》とある．前註参照．

8．ヤイロの娘の復活は『新約聖書』「ルカ伝」第８章41節以降．ラザロの復活は同書，「ヨハネ伝」第11章１節以降を参照．

9．聖女ルキア（Lucia，？－304） ルキアの名をもつ聖女も複数存在するが，ここではディオクラティヌス帝のもと，シラクサで304年に殉教した聖女．荒くれ男たちも彼女の貞操を傷つけず，水に漬けられても溺れなかった．首を剣で貫かれたのちも予言の成就を知るまで死ななかった．剣で首を貫かれた図像で知られる．西欧の24殉教処女のうちでもっとも有名な一人．『聖女ルキア伝』は聖人伝説の中でもよく読まれた．その名は聖体の秘蹟の祈禱にも見出される．12月13日が記念日．

10．プレスター・ジョン（Prester John；Prêtre Jean；Johannes der Priester その他の表記がある） 主として12世紀から13世紀にかけて実在を信じられた，アルメニア，ペルシア以東（一説ではカタイ，タタール，或いはアフリカ奥地）のキリスト教国家の国王．ネストリア派とも言われる．その王国は広大で富にあふれ，西欧キリスト教国家はイスラム諸国を挟み撃ちにしようと，所在を探求し，連絡をとろうとした．人口に膾炙したあまり，政治的背景のもと，プレスター・ジョンの親書を名乗る偽書が幾度も登場した．

11．協会版，『ラブレー著作集』第４巻，304ページ；渡辺氏訳，『パンタグリュエル物語』，214ページ．

12．《Cap. xc, Curatio solutionis continuitatis in parte carnosa : cap. xci, De solutione continuitatis in osse》．

13．『パンタグリュエル物語』第15章．協会版，『ラブレー著作集』第４巻，180ページ；渡辺氏訳，『パンタグリュエル物語』，122ページ．

14．『新約聖書』「ヨハネ伝」第11章43節．

15．同書，「ルカ伝」第８章54節．

16．フィエラブラ，及びオリヴィエ 『フィエラブラ〔*Fierabras*〕物語』の登場人物．フィエラブラはサラセン人でアレクサンドリアの王．15ピエ（４－５メートル）の巨人．オリヴィエ（『ロランの歌』で有名なシャルルマーニュの重臣）との激闘の末，敗れた．

17．マリー・ド・フランス（Marie de France，？－？） 12世紀後半に作品を残した，フランス文学史上最古の女流作家．英国の複数の名家に仕え，その

ために自らのアイデンティティを表明すべく〈フランス〉と名乗ったらしい．繊細で美しい〈レ〔短詩〕〉の他に聖パトリックの煉獄巡りなどのフランス語訳を残した．

18．フェーヴルが使用した版を参照できなかったので，邦訳該当箇所を挙げておく．マリー・ド・フランス，月村辰男氏訳，「エリデュックのレ」，『十二の恋の物語』所収，262－264ページ．

19．神沢栄三氏訳，『アミとアミルの友情〔*Amis et Amiles*〕』，『フランス中世文学集３』所収，22－23ページ．

20．『ブレーヴのジュルダン〔*Jourdain de Blaives*〕』『アミとアミルの友情』に想を受けた13世紀の武勲詩（約四千二百行）．ジラール・ド・ブレーヴはフロモンに裏切られ暗殺される前に，息子ジュルダンを家臣のレニエに預けていた．レニエは自らの息子をフロモンの魔手に差し出してまでジュルダンを保護する．成長したジュルダンは出生の秘密を知り，仇を討つ．

21．『エモンの４人の息子〔*Quatre Fils Aymon*〕』 12世紀末の武勲詩．『モントーバンのルノー』とも呼ばれる．国王の不正の犠牲になった（と信じている），シャルルマーニュの４人の家臣の行動を中心に展開される，１万８千行の叙事詩．長期的な人気の原因にはもちろん，波瀾万丈な物語性が挙げられるが，超自然的な登場人物（魔術師モージスや名馬バイヤール）もその一因と言われる．

22．協会版，『ラブレー著作集』第４巻，304ページ；渡辺氏訳，『パンタグリュエル物語』，213ページ．フェーヴルはラブレーの原文を改めている．

23．以上，『同著作集』同巻，304ページ；渡辺氏訳，同書，214ページ．

24．《Voce magna, clamavit : Lazare, veni foras ! Et statim prodiit qui fuerat mortuus !》〔『新約聖書』「ヨハネ伝」第11章43節－44節〕

25．《Tenens manum ejus, clamavit, dicens : Puella, surge ! Et reversus est spiritus ejus, et surrexit continuo, et jussit illi dari manducare !》〔同書，「ルカ伝」第８章54節－55節〕

26．協会版，『ラブレー著作集』第4巻，305ページ；渡辺氏訳，『パンタグリュエル物語』，214ページ．

27．ルフラン，「『パンタグリュエル物語』研究」，協会版，『ラブレー著作集』第３巻，XLIX ページ．

28．モルガンテ（Morgante） ガヌロンの奸策によりシャルルマーニュの一行からはぐれたロランが彷徨のあいだに倒した３人の巨人の一人．他の２人は殺されたが，モルガンテだけは改心し，ロランの従者として活躍した． フェラグス（Ferragus） 20クーデ（約10メートル）で40人力のサラセンの巨人．キリスト教徒の脅威．『フィエラブラ物語』のマントリーブルの橋の決闘で有名．

29．クリストフ・ビュエグ（Christophe Bueg，？－？） ヴェルソリの『家

事日記』やドリアールの『パリ年代記』も伝える，〈奇蹟〉により処刑を免れた20歳くらいの青年．『フランソワ一世治下のパリの一市民の日記』の記事が一番詳しい（1528年9月19日）．〈奇蹟〉の場面以外の情報は乏しい．パリの一市民が伝えるところでは，夫を殺害した妻の手伝いをしたことが裁判の要件だったらしい．ビュエグは夫の埋葬を手助けしただけで殺害には無関係だったと告白した．他にはアンジュー地方のソーミュール出身とか，リヨン司教の訴えに基づく裁判であったとかが辛うじて知られている．

30．《ne falsorum miraculorum prætextu, veris miraculis detrahatur》.

31．《nullis miraculis opus esse ad confirmationem religionis》.

32．《qui primum pridemque imbuti ea opinione sunt》.

33．カルヴァン，『キリスト教綱要』，1541年版，XIX ページ．

34．クィントゥス（Quintus Tullius Cicero，？－紀元前43）　有名なストア派哲学者キケロの弟．法務官，アシア総督，カエサルのガリア遠征やブリタニア遠征の副官．ファルサロスの戦いのあと，兄キケロと不和になるが，紀元前43年，兄キケロが提唱した共和制の瓦解とともに処刑された．兄の執政官撰挙方針を進言した『撰挙備忘録』が残されている．

35．《Fatum appello ordinem, seriemque causarum, cum causa causæ nexal, rem ex se gignat》.

36．《De mortuorum reviviscentia, de longeva dormitione atque inedia》.

37．野沢氏訳，『歴史批評辞典III』，681ページ．

38．《non pendet religio Christianorum a miraculis》.

39．《quæ sunt in sacris literis tanto firmius credimus, si non quibuslibet hominum fabulas crediderimus》.

40．マルティン・ルター，石原謙氏訳，「『ドイツ語新約聖書』序言」，『基督者の自由（改訂版）』所収，74－75ページを参照．フェーヴルはルターの原著を自由に援用しているのだと思う．

41．ルター，同書，75ページを参照．

42．ラブレー，『第三之書』第25章．協会版，『ラブレー著作集』第5巻，188ページ；渡辺氏訳，『第三之書』，151ページ．

43．ボニファティウス八世（Bonifatius VIII, 1235？－1303）　ローマ教皇（在位1294－1303年）．前名ベネデット・ガエタニ．霊的権力を世俗権力の上位におこうとし，世俗の王位を意のままにできると主張した．フランス国王フィリップ・ル・ベルに対する家臣の従属を解き，フィリップを破門したが，逆にフィリップの部下に捕らえられ（1303年），公会議にかけられ，対立するコロンナ家に幽閉された．民衆の手で救出されたが間もなく病没した．

44．ニコラウス三世（Nicolaus III, 1216？－1280）　ローマ教皇（在位1277－1280年）．前名ジョヴァンニ・ガエタノ・オルシニ．政治的強権を発動し，アンジュー公シャルルに教皇領を返還させた．他方ローマ教会とギリシア教会の

統合の試みや，カスティリャ国王とフランス国王フィリップ・ル・アルディとを和解させる計画には失敗した．自らの一族を過度に厚遇し，顰蹙をかった．

45．教皇ユリウス〔二世〕(Julius II, 1443 - 1513)　ローマ教皇（在位1503 - 1513年)．前名ジュリアノ・デッラ・ローヴェレ．チェーザレ・ボルジアから教皇領を取り返し，ボローニャなどを支配下におさめた．フランス国王ルイ十二世や神聖ローマ皇帝マクシミリアンらと同盟し，ヴェネツィア共和国に対峙した．しかし間もなく方針を変え反ルイ十二世同盟を結んだが戦争に敗れた．そののちもルイ十二世に対する画策を止めず，ヴェネツィアや英国王，スペイン国王らに働きかけ〈神聖同盟〉を結んだが，その戦争が終結する前に，没した．好戦的な教皇であったが，文芸や美術の保護にもあたり，ミケランジェロやラファエロたちに聖ピエトロ寺院の修復を依頼した．

46．野沢氏訳，『歴史批評辞典III』，66ページ．

47．フェーヴルはここで直裁にピエール・ベールを不信仰者〔mécréant〕と言ってのけるが，訳者のサイドからはいささかの異議がある．ベールのアイロニー，それは分かる．しかしベールはおそらく，(世のレッテルどおり）啓蒙主義の先駆者・哲学の破壊者として《皮肉たっぷりの文章》をしたためたのではなく，むしろ保守的・伝統的なカルヴィニストとして，その信仰の原点から嘲弄しているように思える．

48．メニッポス（Μενιππος）　ギリシアの冷笑的な諷刺詩人．フェニキアに生まれ，テーバイに住んだ．吝嗇家で財産を盗まれ，絶望のあまり自害したという．高度に教訓的で，陽気な諷刺作品を書いたらしい．ただメニッポスの名前が有名なのは，ルキアノスによる対話篇の主人公となったからであろう．〈メニッポス風の〉という形容詞は時として諷刺詩の題名に冠せられる言葉となった．

49．ジャン・ルメール・ド・ベルジュ（Jean Lemaire de Belges, 1473？ - 1547？)　フランドル出身の後期大修辞学派を代表する宮廷作家．初めはブルゴーニュ家に仕えたが，ブルゴーニュ家の衰退にあって，アンヌ・ド・ブルターニュに招かれ，かつての敵方フランス王宮に移った．大著『ガリアの名家とトロイアの偉傑』もふくめ，多くの作品でその時々の主人（雇用者）の立場を擁護するきわめて政治的な散文作品・韻文作品を書いた（これはルメールに定見がなかったということではなく，当時はそれが職業の宿命だったのだ)．しかし散文よりも詩作に優れ，古典古代の神話と色彩豊かな語彙をもちいて，キリスト教的寓意詩や教訓詩の世界に新しい傾向を作った．フランス16世紀初期を代表する詩人であり，クレマン・マロを経てプレイヤード派に通じる詩風を残した．

50．カイエット（Caillette, ？ - 1514？)　有名な道化師．民衆の間で愛され，トリブレとは異なり，必ずしも宮廷に拘束されてはいなかったようだ．1479年の言及を初めとし，様々な文献に名前が見られるが，相互の言及に整合性があ

るわけではない．ルネサンス期の物語文学研究の権威リオネロ・ソッツィによれば，トリブレとカイエットがペアで扱われることは殆どなかった．

51．ポンペイウス（Gnaeus Pompeius Magnus, 紀元前106？－48） 共和制ローマ末期の政治家・軍人．早くからスラに味方し厚遇された．その死後頭角をあらわし，スパルタクスの反乱を鎮めたり，海賊を掃討するなど実績をあげた．カエサルやクラッススとともに三頭政治をおこない，アフリカとスペインの統治を任された．元老院の勢力を抑え，後年の帝政ローマへの道を切り開いた．クラッススの死後カエサルと対立，これに敗れエジプトで暗殺された．

52．トラヤヌス（Marcus Ulpius Trajanus Crintius, 52？－117） ローマ皇帝（在位98－117年）．所謂ローマ５賢帝のひとり．〈国父〉の名を送られた．ドミティアヌス帝のもとで軍人として活躍，執政官に任ぜられる．ネルウァ帝の養子となり，その死後に即位．軍事面では国境を固めるのみか，支配下の領土を拡大，安定させた．内政面では元老院と協力，側近にも恵まれ，文芸を庇護，公共工事にも力を入れ，課税を減免するなど理想的な善政をおこなった．しかしキリスト教徒への迫害は厳格をきわめた．

53．ネロは一行先でも言及されている．1968年版，イタリア語訳書，スペイン語訳書では削除され，英訳書はネロの代わりにネルウァを置いている．ちなみにネルウァとは，ローマ皇帝マルクス・コッケイウス・ネルウァ（Marcus Cocceius Nerva, 25？－98）．所謂ローマ５賢帝のひとり．在位96－98年．ドミティアヌス帝の後継者だが，その公正・温和・質素な政治により，前者と対照をなす．何事についても元老院の意見を聴取した．帝国の重みと自らの力の弱さを知り，トラヤヌスを養子にした．

54．テミストクレス（Θεμιστοκλῆς, 紀元前528？－462？） アテナイの将軍・政治家．裕福な商人の家に生まれた．若い頃から能弁と洞察力に秀でる．民主派のリーダーに選出された．アテナイにおける海事の重要性を認識，海軍の創設に尽力した．クセルクセス率いるペルシア海軍とのサラミスの海戦では，巧妙な策略によって勝利をおさめる．戦勝後，派手な生活を送り，民衆に嫌われ陶片追放に処せられる．ペルシアのアルタクセルクセス一世のもとに亡命し，死去．

55．ユオン・ド・ボルドー　13世紀中葉の逸名著者による武勲詩・冒険物語．ユオンはシャルルマーニュに仕える騎士で，誤って自分の父である皇帝を殺してしまった．しかしこの物語を貫くのはもはや十字軍の理念ではなく，遍歴や不思議譚への好みである．シャルルマーニュは気高さと公正の具現ではなく，重臣に支えられながら統治する専制君主となっている．叙事詩の時代的変化を明らかにする例とされる．

56．メリュジーヌ（Mélusine） 12世紀以降記録されている民話群の主人公．蛇女．ある民話では，ひとりの若い貴族が水辺で美しい女性に出会い，その女性の裸体を見てはならないという条件で結婚する．夫婦は幸福に恵まれたが，

ある日夫が妻の裸体を見てしまう．すると妻は蛇に変身し，消え去ってしまう，とする．

57．エピクテトス（'Επίκτητος, 50/55 - 125/135）　ギリシア生まれのストア派哲学者．奴隷としてローマに連れてこられ，解放された．友人ムソニウス・ルフスとともにローマでストア派哲学を教えたが，ドミティアヌス帝に追放され（92/93），エペイロスに移った．神の摂理による世界の秩序を説き，『語録』（死後に編纂された）を残した．

58．フェヌロン（本名 François de Salignac de La Mothe, 1651 - 1715）聖職者．ペリゴール地方のフェヌロン城に生まれた．ボシュエの後見を受ける．対話術に優れ，寛容的な教育理論をもってブルゴーニュ公（ルイ十四世の孫）の家庭教師を勤める（1689 - 1694年）．この頃『新篇死者の対話』（言うまでもないが〈新篇〉と題したのはルキアノスの『死者の対話』を前提にしてのことだ），『テレマックの冒険』を執筆．大胆な政治思想や懐疑主義的キリスト教思想で，王権やカトリック教会からにらまれる．静寂主義を奉ずるが，ボシュエとの論争に敗れ，非を認めて，1695年以後はカンブレー大司教管区にこもった．

59．たとえば『新約聖書』「マタイ伝」第23章12節あたりか．

60．正確な出典は不詳．ルキアノス，呉茂一氏訳，「メニッポス」，『本当の話』所収，121ページあたりに対応する文章か．

61．同書，同ページ参照．

62．クセルクセス（ラテン語表記 Xerxes, ？ - 紀元前465）　アケメネス朝ペルシア王．在位紀元前486 - 465年．エジプトの反乱（486年）を鎮めたのち，マラトンの戦いに敗れた父王ダリオスの報復のため，ギリシアに兵を進めるべく戦略を練る．やがて遠征軍を率い，スパルタ軍を壊滅させ，アテナイも占拠する．しかしサラミスの海戦でテミストクレスが指揮するギリシア海軍に敗れ撤退．再度ギリシア侵略を試みるも失敗．以後内政の充実に専念するも，宮廷の内部抗争の中で暗殺される．

63．レオニダス〔一世〕（Λεωνίδας, ？ - 紀元前480）　スパルタ国王．紀元前487年，異母兄クレオメネス一世の後を継いで即位．紀元前480年，約4000人（一説では7000人）のギリシア軍を率いてクセルクセスのペルシア軍と衝突，大軍をまえに3日にわたり奮戦するが（一説では20000人を倒す），ペルシア軍の直中で殺された．死後，遺骨はスパルタに持ち帰られ，英雄として称えられた．

64．ソロン（Σόλων, 紀元前640？ - 560？）　ギリシア7賢人のひとり．アテナイの詩人にして政治家，立法家．商業で資産をえたあとアテナイに上京，アテナイ人が苦しめられていたメガラ人との戦争に勝利をおさめる．貴族制と民主制とを和解させる法律を制定，長年続いていた国内の階層対立を鎮める．民衆議会と均衡を保つようにアレイオパゴス裁判所や元老院を設置した．その後10年間アテナイを離れ，帰国した時，自らが定めた法や制度が乱れているの

を知り，キプロスに移住，そこで没した．

65．ペリクレス（Περικλέης, 紀元前495？－429）　アテナイの政治家．アナクサゴラスとエレアのゼノンを師と仰ぐ．合理的な考え方の持ち主で民主派のリーダーとしてアレイオパゴス裁判所の政治性を剥奪し，民衆の行政への参加やスペクタクルの無料化その他に実力をふるい，紀元前461年から約30年間，アテナイに実質的に君臨した．デロス同盟の推進者でもあったが，政敵により利己的な理由でペロポンネソス戦争を起こしたと非難され，将軍の身分を剥奪されたまま疫病で没した．慣例的にギリシア文化のもっとも華やかな時代を〈ペリクレスの世紀〉と呼ぶ．

66．ルイ十一世（Louis XI, 1423－1483）　フランス国王．在位1461－1483年．シャルル七世の長子だが，父王と対立，その死にいたるまで逃亡生活を余儀なくされた．しかし即位するやいなや，天才的な権謀術策を駆使し，封建諸侯の勢力を殺いだ．アンリ四世以前で絶対君主制（やや危うい推測だが，おそらく王家の絶対性ではなく王権の絶対性）を意識し，その実現にもっとも近づいた国王．恐れられた反面，民衆の評判は悪く，老年にあっては子供の血を飲んで死を遠ざけようとした，との風評もたった．

67．ラ・バリュー（Jean de La Balue, 1421－1491）　枢機卿．ルイ十一世のもとで国務大臣．職人の息子であったが，利発さをルイ十一世に認められ，エヴルー司教などに任命される．国王の信任のもと政治にかかわる殆どすべてに影響を及ぼした．中でも高等法院やパリ大学神学部をおさえつけ，〈プラグマティック・サンクシオン〉の廃止に強く働き掛け，ために枢機卿の重職をえた．しかしルイ十一世の政敵ベリー公やブルゴーニュ公と密かに通じ，それが露見して２年間〈鉄の檻〉に閉じ込められた．釈放後はローマに亡命し，イタリアで死んだ．

68．ヒメネス枢機卿（Francisco Ximénez de Cisneros, 1436－1517）　スペインの政治家・枢機卿．カスティリャに生まれ，サラマンカ大学で学んだのち聖職につく．波乱にみちた世俗聖職者生活を送ったのち，フランチェスコ派修道院に入る．修道院での厳格さを認められ王妃イザベル一世の聴罪司祭となり，政局に影響力をもつようになる．トレド大司教，枢機卿，異端審問官の地位につき，国王フェルナンド二世の死後，のちのカロルス五世の後見を任される．貴族や民衆に対する王権の優位を説いたが，貴族たちの反感を呼び覚まし，カロルス五世が実権をもつようになると，司教区に追い払われ，その地の任務を果たしながら没した．文化面での貢献も大きく，アルカラ大学を設立したり，ヘブライ語とギリシア語で著された聖書を刊行したりした．

69．教皇シクストゥス五世（Sixtus V, 1521－1590）　在位1585－1590年．前名フェリーチェ・ペレッティ．フランチェスコ派修道士として徐々に勢力を獲得，枢機卿を経てローマ教皇に撰出された．ローマ・カトリック教会の絶対性を画策し，スペイン国王フェリペ二世と連携．英女王エリザベス一世やアン

リ四世を破門した．特に宗教戦争下のフランスでは〈国家〉というイデオロギーよりも〈キリスト教〉というイデオロギーを重視したリーグ派を支持．一方ローマ聖庁を浄化し，都市ローマの美化と図書館の充実などにも力を尽くした．

70．アンリ四世（Henri IV, 1553 - 1610） フランス国王．在位1589 - 1610年．ナヴァール国王アントワーヌと改革派のジャンヌ・ダルブレの長子として生まれ，フランス王家とカトリック教徒と，巨大な二つの勢力の対峙者たるべく運命づけられた．フランス王位継承者が次々と没するという僥倖に恵まれ，最終的には改革派と国家主義者を味方にし，かつ自らの信仰を棄てカトリック教徒となることで，フランス国王となった．ナントの勅令によりフランスの内乱である宗教戦争を終わらせたことは有名．しかし怨恨や反感をもつ者も多く，絶対君主制を目指す過程で暗殺された．

71．リシュリュー（Armand Jean du Plessis Duc de Richelieu, 1585 - 1642） ルイ十三世の宰相で，評判の善し悪しにかかわらず，当時のフランス王国のためには非常に有能な政治家だった．政治感覚と実行力にすぐれ，改革派信徒や未だなお勢力を保持していた王族の力を殺いだ．改革派の軍事的拠点ラ・ロシェルの陥落もリシュリューの力による．三部会の開催を妨げ，高等法院の勢力を縮小し，商業や工業を保護して，独立した絶対君主制への展望を現実のものとした．

72．ブルボン筆頭元帥（Charles de Bourbon, 1489 - 1527） ルイ十一世の婿ピエール・ド・ボージューの死後，ブルボン家の家長となる．マリニャーノの戦いなどの武功によって26歳にしてフランソワ一世から筆頭元帥（Connétable）に任ぜられる．しかし母后ルイーズ・ド・サヴォワとの確執（様々な伝承や噂がある）のため，フランソワの仇敵カロルス五世のもとに走り，パヴィアの戦闘（1525年．この戦闘でフランソワはカロルスの捕虜となった）に貢献．のち〈ローマの掠奪〉（1527年）に加わり，その最中に戦死した．なおフェーヴルの文脈ではフェヌロンの『新篇死者の対話』にクセルクセス以下ブルボン筆頭元帥まで全員が登場しているように読めるが，これはフェーヴルの記憶違いで，少なくとも『新篇死者の対話』に登場するのはその一部に過ぎない．

73．カルヴァン，シュミット訳，「躓きについて」，前掲書，224ページ．語彙的にみて，フェーヴルはルフランの「『パンタグリュエル物語』研究」（協会版，『ラブレー著作集』第3巻，LV ページ）にある文章を用いたように思える．

74．エラスムス，金子氏訳，『エンキリディオン』，前掲書，154 - 155ページ．

75．ラブレー，『パンタグリュエル物語』，協会版，『ラブレー著作集』第四巻，306ページ；渡辺氏訳，『パンタグリュエル物語』，215ページ．

76．アンブロージョ・カタリーノ（Ambrogio Catharino ; フランス語名アンブロワーズ・カタラン（Ambroise Catharain, 1487 - 1553） シエナの生まれ．イタリア各地の大学で民法を教えたあと，フェレンツェのドミニコ派修道院に

入る．1545年，トリエント公会議に派遣される．1547年，ナポリ王国のミノリ司教となる．大学での法学の弟子であったユリウス三世により，コンザ大司教区に栄転（1551年）．枢機卿になる直前に死去．「創世記」や「新約書簡」の釈義を著述した．カエタヌスの論敵だった．一種の救済予定説を唱えた．その他多くの著作があり，教会の伝統的権威を無視し独自の神学を展開したらしい．問題の小冊子の原題は，*De bonorum praemiis et supplicis malorum æterno.*

77．《timor inferni, initium fidei》.

第二部・第一巻・第一章

1．ギ・パタン，『書簡集』第390書簡，「ファルコネ宛」，571ページ．この書簡の閲覧にさいしては，元駒沢大学教授野沢協氏のご厚意に甘えた．記して感謝する．

2．ピエール・ベール，野沢氏訳，『歴史批評辞典III』，60ページ．

3．《Credo in Deum Christum Crucifixum, etc...De minimis non curat prætor !》

4．聖ヒラリウス（Saint Hilaire, 315－368） ヒラリウスという聖人は他にもいるが，ここではポワティエ司教であろう．イレール（ヒラリウス）は非キリスト教貴族の家に生まれ，修辞学と哲学を学ぶ．若くして結婚．キリスト教に改宗し353年にポワティエ司教に撰ばれる．アリウス派に抗して論陣をはり，アリウス派であったローマ皇帝コンスタンティヌスによりフィリギアに追放されるが，その地でも反アリウス派キャンペーンを展開，360年にポワティエに帰郷．ヒラリウスはキリストの神性についてのローマ教会公認の博士である．アキテーヌ地方の守護聖人．

5．『ガルガンチュワ物語』第40章．協会版，『ラブレー著作集』第2巻，338ページ；渡辺氏訳，『ガリガンチュワ物語』，187ページ．なお渡辺氏の訳文では《全くの話》となっているが，フェーヴルの文脈を考え，これを採らなかった．

6．協会版，『ラブレー著作集』第2巻，31ページ；渡辺氏訳，『パンタグリュエル物語』，31ページ．

7．協会版，『ラブレー著作集』第1巻，77ページ；渡辺氏訳，『ガルガンチュワ物語』，52ページ．

8．協会版，『ラブレー著作集』第3巻，40ページ；渡辺氏訳，『パンタグリュエル物語』，36ページ．

9．『パンタグリュエル占筮』第7章．マルティ＝ラヴォー篇，『ラブレー著作集』第3巻，248ページ；渡辺氏訳，『パンタグリュエル占筮』，101－102ページ．

10．同書，同ページ；渡辺氏訳，同書，101ページ．

11．協会版，『ラブレー著作集』第3巻，98ページ；渡辺氏訳，『パンタグリ

ュエル物語』，64ページ．

12．協会版，『ラブレー著作集』第2巻，343ページ；渡辺氏訳，『ガルガンチュワ物語』，190ページ．

13．マルティ＝ラヴォー篇，『ラブレー著作集』第3巻，234ページ；渡辺氏訳，『パンタグリュエル占筮』，75－76ページ．

14．マルティ＝ラヴォー篇，『ラブレー著作集』第3巻，256ページ．

15．『パンタグリュエル占筮』第1章．マルティ＝ラヴォー篇，『ラブレー著作集』第3巻，234ページ；渡辺氏訳，『パンタグリュエル占筮』，76ページ．

16．土岐氏訳，「トビト書」，『聖書外典偽典』第1巻所収，241ページ．

17．おそらくここでフェーヴルは，『1533年の暦』，マルティ＝ラヴォー篇，『ラブレー著作集』第3巻，256ページの文をそのまま用いている．ただしフェーヴルは『詩篇』のナンバーを〈第113篇〉としているが，マルティ＝ラヴォー版にしたがって，訳文のように〈第64篇〔1節〕〉にあらためた．

18．《omnia orta cadunt》〔サルスティウス，『ユグルタ征討』第2章〕．

19．『ガルガンチュワ物語』第20章．協会版，『ラブレー著作集』第1巻，180ページ；渡辺氏訳，『ガルガンチュワ物語』，105－106ページ．

20．『パンタグリュエル占筮』第1章．マルティ＝ラヴォー篇，『ラブレー著作集』第3巻，234ページ；渡辺氏訳，『パンタグリュエル占筮』，75ページ．

21．同書，同ページ；渡辺氏訳，同書，76ページ．

22．マルティ＝ラヴォー篇，『ラブレー著作集』第3巻，259ページ．

23．協会版，『ラブレー著作集』第4巻，283ページ；渡辺氏訳，『パンタグリュエル物語』，198ページ．

24．直訳では《我が神，我が救い主》．

25．渡辺氏訳，前掲書，143ページ．

26．『ガルガンチュワ物語』第32章．協会版，『ラブレー著作集』第2巻，286ページ；渡辺氏訳，同書，152－153ページ．

27．『ガルガンチュワ物語』第45章．協会版，同書，363ページ；渡辺氏訳，同書，205ページ．

28．《天にましします神よ》という冒頭の呼びかけは，知る限りラブレーの原著には存在しない．

29．『パンタグリュエル物語』第29章．協会版，『ラブレー著作集』第4巻，296ページ；渡辺氏訳，『パンタグリュエル物語』，207ページ．

30．『パンタグリュエル物語』第27章．協会版，同書，275ページ；渡辺氏訳，同書，192ページ．

31．同著作集，同ページ；渡辺氏訳，192－193ページ．

32．《Si Deus pro nobis, quis contra nos !》

33．《nemo, Domine》．

34．マルティ＝ラヴォー篇，『ラブレー著作集』第3巻，237ページ；渡辺氏

訳，『パンタグリュエル占筮』，80 - 81ページ．文中の最初の引用は「ロマ書」第 8 章31節．

35．同著作集，250ページ；渡辺氏訳，同書，104ページ．

36．『ガルガンチュワ物語』第31章．協会版，『ラブレー著作集』第 2 巻，282ページ；渡辺氏訳，『ガルガンチュワ物語』，150ページ．

37．同書，第23章．同著作集，236ページ；渡辺氏訳，同書，124ページ（この段落の原註（18）の敷衍である）．

38．『第四之書』第 1 章．マルティ = ラヴォー篇，『ラブレー著作集』第 2 巻，269ページ；渡辺氏訳，『第四之書』，57ページ（この段落の原註（18）の敷衍である）．

39．マルティ = ラヴォー篇，『ラブレー著作集』第 3 巻，231ページ；渡辺氏訳，『パンタグリュエル占筮』，69ページ．

40．同著作集，234 - 235ページ；渡辺氏訳，同書，76 - 77ページ．しかしマルティ = ラヴォー版には〈労力〔puissance〕〉という言葉が見当たらないから(含まれているのが普通)，フェーヴルが底にした版は他にあるのであろう（たとえばプラタール篇，『ラブレー全集』第 5 巻か）．ちなみにこの引用文を導入するフェーヴルの原文は，《……善良な巨人たちが，特に，こう想像したりしないようにである．すなわち……》，であるが，文脈を考えると整合性がない．訳者の判断により原文を改めた．

41．『1533年の暦』．マルティ = ラヴォー篇，『ラブレー著作集』第 3 巻，256ページ．

42．『1535年の暦』．同書，258ページ．

43．『パンタグリュエル占筮』「寛仁なる読者に」．マルティ = ラヴォー篇，『ラブレー著作集』第 3 巻，232ページ；渡辺氏訳，『パンタグリュエル占筮』，72 - 73ページ．

44．同書，同ページ；渡辺氏訳，同書，73ページ．

45．『1535年の暦』．マルティ = ラヴォー篇，『ラブレー著作集』第 3 巻，259ページ．

46．同書，同ページ．

47．同書，258 - 259ページ．

48．同書，259ページ．

49．『パンタグリュエル物語』第 8 章．協会版，『ラブレー著作集』第 3 巻，106ページ；渡辺氏訳，『パンタグリュエル物語』，69 - 70ページ．

50．「マイユゼ殿宛書簡」．マルティ = ラヴォー篇，『ラブレー著作集』第 3 巻，346ページ；渡辺氏訳，『ローマだより』，464ページ．

51．『パンタグリュエル物語』第29章参照．

52．同書．協会版，『ラブレー著作集』第 4 巻，296ページ；渡辺氏訳，『パンタグリュエル物語』，207ページ．

53. 同書，同ページ；渡辺氏訳，同書，同ページ.

54. 同書，295ページ；渡辺氏訳，同書，206ページ.

55. 同書，296ページ；渡辺氏訳，同書，207ページ.

56. 《Pugnat ex diametro Dei Omnipotentia cum nostro libero Arbitrio》.

57. ここではフェーヴルの引用に従っているが，大きな誤解がある．通常のラブレーのテキストでは《汝自らを助けよ．悪魔は汝の首を折らむ》とあるはずである．この引用は1542年の初版刊行当時から波紋をまきおこした．たとえば，マイクル・A・スクリーチ，宮下志郎氏訳，「ラブレーを見る」，『みすず382』所収，86－87ページ参照．ちなみに「訳者あとがき」，597ページ以降をご覧いただきたい．

58. 協会版，『ラブレー著作集』第4巻，283ページ；渡辺氏訳，『パンタグリュエル物語』，198ページ．前訳註で触れた点もふくめ，正確な引用ではない．

59. 『ガルガンチュワ物語』第29章．協会版，『ラブレー著作集』第2巻，276ページ；渡辺氏訳，『ガルガンチュワ物語』，146ページ.

60. 『パンタグリュエル物語』第8章．協会版，『ラブレー著作集』第3巻，100ページ；渡辺氏訳，『パンタグリュエル物語』，66ページ.

61. 同書，109ページ；渡辺氏訳，同書，71ページ.

62. 『ガルガンチュワ物語』第31章．協会版，『ラブレー著作集』第2巻，109ページ；渡辺氏訳，『ガルガンチュワ物語』，71ページ.

63. 同書，283－284ページ；渡辺氏訳，同書，同ページ.

64. 『ガルガンチュワ物語』第28章．協会版，同書，273ページ；渡辺氏訳，同書，143ページ.

65. 『ガルガンチュワ物語』第35章．協会版，同書，307ページ；渡辺氏訳，同書，168ページ.

66. 『ガルガンチュワ物語』第31章．協会版，同書，283ページ；渡辺氏訳，同書，151ページ.

67. 同書，282ページ；渡辺氏訳，同書，150ページ.

68. 『1535年の暦』．マルティ＝ラヴォー篇，『ラブレー著作集』第3巻，258ページ.

69. 同書，同ページ.

70. 《tunc satiabor, cum apparuerit gloria tua...》.

71. 『1535年の暦』．マルティ＝ラヴォー篇，『ラブレー著作集』第3巻，258ページ.

72. 『ガルガンチュワ物語』第57章．協会版，『ラブレー著作集』第2巻，432ページ；渡辺氏訳，『ガルガンチュワ物語』，250ページ.

73. 『ガルガンチュワ物語』第58章．協会版，同書，439ページ；渡辺氏訳，同書，257ページ.

74. 『パンタグリュエル物語』第8章．協会版，『ラブレー著作集』第3巻，

109ページ；渡辺氏訳，『パンタグリュエル物語』，71ページ．

75．同書，108ページ；渡辺氏訳，同書，70ページ．

76．同書，同ページ；渡辺氏訳，同書，同ページ．

77．『パンタグリュエル物語』第23章．協会版，『ラブレー著作集』第4巻，216ページ；渡辺氏訳，同書，115ページ．

78．『ガルガンチュワ物語』第24章．協会版，『ラブレー著作集』第2巻，239ページ；渡辺氏訳，『ガルガンチュワ物語』，126ページ．

79．『ガルガンチュワ物語』第40章．協会版，同書，340ページ；渡辺氏訳，同書，188ページ．

80．《いとキリスト教の信仰篤き〔フランス語では Très Chrétien〕》とは慣例としてローマ聖庁からフランス国王に送られる形容詞．ついでながらスペイン国王には《いとカトリック教なる〔同じく Très Catholique〕》，ポルトガル国王には《いと信仰深き〔同じく Très Fidele〕》が，英国国王には《信仰の擁護者たる〔同じく Défenseur de la Foi〕》が与えられた．なお《静謐このうえなき〔Sérénissime〕》はヴェネツィア共和国の尊称として知られているが，英国国王への尊称としても用いられた（カトリック・サイドからも改革派サイドからも等しく）．それはともあれ，したがって16世紀の文脈では《いとキリスト教の信仰篤き国王》だけでフランス国王を指す．ちなみに《大君〔Grand Seigneur〕》といえば，これも機械的にトルコ皇帝を指した．

81．『パンタグリュエル物語』第29章．協会版，『ラブレー著作集』第4巻，296－297ページ；渡辺氏訳，『パンタグリュエル物語』，207ページ．

82．『パンタグリュエル占筮』第7章．マルティ＝ラヴォー篇，『ラブレー著作集』第4巻，248ページ（1534年の加筆）；渡辺氏訳，『パンタグリュエル占筮』，101ページ．率直に言って，この一節は訳出するにあたって困難を覚えた箇所のひとつである．①フェーヴルの原文，②渡辺氏の訳文，③マルティ＝ラヴォー版の原文をならべてみる．①《il〔Rabelais〕s'élève contre ceux qui ne croient "mie en Dieu" mais persécutent "sa sainte et divine Parole, ensemble ceux qui la maintiennent"》〔272－273ページ〕．②《神を少しも信ぜず聖にして神々しいその御言葉を迫害する人々にとつても，これを奉持する方々にとつても，これは大変悲しいことであらう》〔101ページ〕．③《Vous en estes bien marriz vous autres qui ne croyez mie en Dieu, qui persecutez sa saincte et divine parolle, ensemble ceulx qui la maintiennent》〔248ページ〕．①で見る限り下線部を同格においてもあまりお咎めを受けずに済ませそうだし，②の，ラブレー研究の権威，渡辺一夫氏の文章を素直に読めば，その印象に間違いはないように思えてくる．だが③の原文にあたってみると，事態はそう単純でもなさそうなのだ．訳者程度の語学力ではむしろ，③の下線部がともに〈迫害する〉の目的語に思えてしまうのだ．これは恐らく『パンタグリュエル占筮』に託したラブレーの思想をどう読むか，という思想史の問題に係わってくる（本

当は語学力の問題なのかも知れないが）．1534年の時点で果たしてラブレーは《御言葉》を迫害する人々に対象をしぼって何事かを言い得たか．それとも竜にも聖ミカエルにも灯明をささげる心構えを忘れなかったのだろうか．

83．マルティ＝ラヴォー篇，『ラブレー著作集』第３巻，259－260ページ．

84．『ガルガンチュワ物語』第54章．協会版，『ラブレー著作集』第２巻，410－411ページ；渡辺氏訳，『ガルガンチュワ物語』，236ページ．

85．『ガルガンチュワ物語』第58章．協会版，同書，438ページ；渡辺氏訳，同書，257ページ．

86．『ガルガンチュワ物語』第54章．協会版，同書，415ページ；渡辺氏訳，同書，240－241ページ．

87．同書，416ページ；渡辺氏訳，同書，241ページ．

88．『ガルガンチュワ物語』第23章．協会版，『ラブレー著作集』第２巻，236ページ；渡辺氏訳，『ガルガンチュワ物語』，124ページ．

89．『パンタグリュエル物語』第８章．協会版，『ラブレー著作集』第３巻，109ページ；渡辺氏訳，『パンタグリュエル物語』，71ページ．

90．ほぼ『第四之書』第19章に添った表現．マルティ＝ラヴォー篇，『ラブレー著作集』第２巻，339ページ；渡辺氏訳，『第四之書』，126ページ．

91．『ガルガンチュワ物語』第45章．協会版，『ラブレー著作集』第２巻，365ページ；渡辺氏訳，『ガルガンチュワ物語』，207ページ．

92．『ガルガンチュワ物語』第17章．協会版，『ラブレー著作集』第１巻，160ページ（異文）；渡辺氏訳，同書，94ページ，12行目への後註を参照（同書307ページ）．

93．『ガルガンチュワ物語』第27章．協会版，『ラブレー著作集』第２巻，268ページ；渡辺氏訳，同書，140ページ．

94．『パンタグリュエル占筮』第５章．マルティ＝ラヴォー篇，『ラブレー著作集』第３巻，244ページ；渡辺氏訳，『パンタグリュエル占筮』，94ページ．

95．『ガルガンチュワ物語』第45章．協会版，『ラブレー著作集』第２巻，365ページ；渡辺氏訳，『ガルガンチュワ物語』，208ページ．

96．『パンタグリュエル物語』第30章．協会版，『ラブレー著作集』第４巻，320ページ；渡辺氏訳，『パンタグリュエル物語』，223ページ．

97．『パンタグリュエル物語』第17章．協会版，同書，198ページ；渡辺氏訳，同書，135ページ．ただし原著で引用文の主語になるのはパニュルジュではなく〈私〉．

98．『ガルガンチュワ物語』第27章．協会版，『ラブレー著作集』第２巻，269ページ；渡辺氏訳，『ガルガンチュワ物語』，141ページ．

99．『パンタグリュエル物語』第30章．協会版，『ラブレー著作集』第４巻，321ページ；渡辺氏訳，『パンタグリュエル物語』，223ページ．

100．フェーヴルは《ガルガンチュワ》としているが，もちろん誤りなので

正した.

101. 協会版,『ラブレー著作集』第3巻,32ページ;渡辺氏訳,『パンタグリュエル物語』,31-32ページ.

102. 協会版,『ラブレー著作集』第2巻,353ページ;渡辺氏訳,『ガルガンチュワ物語』,198ページ.

103. 『ガルガンチュワ物語』第42章. 協会版,同書,349ページ;渡辺氏訳,同書,195ページ.

104. 同書同章. 協会版,同書,同ページ;渡辺氏訳,同書,同ページ.

105. 『ガルガンチュワ物語』第40章. 協会版,同書,340ページ;渡辺氏訳,同書,188ページ.

106. 同書,340-341ページ;渡辺氏訳,同書,188-189ページ. フェーヴルの引用を尊重した.

107. 『パンタグリュエル物語』第34章. 協会版,『ラブレー著作集』第4巻,346ページ;渡辺氏訳,『パンタグリュエル物語』,241ページ.

108. 《Curios simulant sed Bacchanalia vivunt!》[同書,同ページ;渡辺氏訳,242ページ]

109. 『ガルガンチュワ物語』第40章. 協会版,『ラブレー著作集』第2巻,341ページ;渡辺氏訳,『ガルガンチュワ物語』,189ページ.

110. 『ガルガンチュワ物語』第28章. 協会版,同書,274ページ;渡辺氏訳,同書,144ページ.

111. 『ガルガンチュワ物語』第46章. 協会版,同書,370ページ;渡辺氏訳,同書,210-211ページ.

112. 『ガルガンチュワ物語』第31章. 協会版,同書,281ページ;渡辺氏訳,同書,149ページ.

113. 『ガルガンチュワ物語』第46章. 協会版,同書,370ページ;渡辺氏訳,同書,211ページ.

114. 同書,369ページ;渡辺氏訳,同書,210ページ.

115. 《S. P. a Jesu-Christo Servatore》〔マルティ=ラヴォー篇,『ラブレー著作集』第3巻,323ページ〕.

116. フェーヴルの原文は《*S.P.D.* que Rabelais, le même Rabelais adressait, dans toutes ses lettres, au très chrétien Budé》〔下線は訳者〕である. 下線部を訳者が普通に読むと,これは訳文にあるように《すべての書簡で》となってしまう. しかし複数回差しだされたと思われるラブレーのビュデ宛て書簡のうちで,現在では一通しか知られていないのである(ビュデからラブレーに宛てた書簡で残存するのは二通).《en toutes lettres〔略さずに〕》の同義として用いられた可能性も考えたが,《S.P.D.》自体が略記であるのでどうにも意味がとれない.

117. 《Domino Gulielmo Budaeo, S. P. D.》

118．マルティ＝ラヴォー篇，『ラブレー著作集』第 3 巻，231ページ；渡辺氏訳，『パンタグリュエル占筮』，69ページ．

119．『ガルガンチュワ物語』第29章．協会版，『ラブレー著作集』第 2 巻，276ページ；渡辺氏訳，『ガルガンチュワ物語』，146ページ．

120．スタフェール，『ラブレー』．フェーヴルはここで〈380ページ〉と指示しており，英訳書もふくめあらゆる版や翻訳がそれを写すが，誤りなので正した．

121．《Gratia et Pax Christi Jesu》.

122．ザクセン撰定侯フリードリッヒ三世（Friedrich III, 1463 - 1525） 在位1486 - 1525年．宗教改革に理解を示し，ルターやメランヒトンを保護した．自身は改宗しなかったが，領地内部では宗教改革を断行した．ヴィッテンベルク大学の創設者でもあり，神聖ローマ帝国の機構改革にも着手した．通称〈賢明侯〔der Weise〕〉．

123．サヴォイア公カルロ三世（フランス語名 Charles de Savoie, 在位1504 - 1553年） 甥であるフランス国王フランソワ一世と義理の兄弟である神聖ローマ帝国皇帝カロルス五世の間を揺れ動き，両者の顰蹙をかった．サヴォイア公国のほとんどを失った．

124．《Gratia et pax in Christo Jesu Domino nostro》.

125．《Gratia et pax Christi tecum》.

126．《Gratia et pax Domini nostri Jesu - Christi cum omnibus vobis》.

127．特に『1535年の暦』の正式な標題（『気高きリヨン市上空，緯度四十五度十五分経度二十六度なる天頂角帯において，計量せる一五三五年の暦』（『渡辺一夫著作集　1　ラブレー雑考　上巻』，81ページから訳語を拝借した）で問題とすべきであろうが，〈子午線〉という言葉には注意しなければならない．『1535年の暦』でいうリヨンの経度〈26度〉の本初子午線は，可能性としては所謂〈教皇子午線〉も考えられないではないが，おそらくアピアヌスがプトレマイオスの設定に倣って採用したカナリア諸島のイエロ島をとおっているものだろう．もちろん当時グリニッジ天文台など存在しなかったし，経度 1 度に相当する距離も各人各様だった．念のため．

128．『1533年の暦』．マルティ＝ラヴォー篇，『ラブレー著作集』第 3 巻，257ページ．

129．《Francisci Rabelesi, medici *σπουδαιοτάτου, καὶ τῶν αὐτοῦ φίλων χριστιανῶν*》.

130．ピエール・アミ（Pierre Amy, ? - 1525） オルレアンに生まれたらしい．1510年から1511年にかけてジロラモ・アレアンドロがその地でギリシア語を教えた学生の中にいたと思われる．のちにフォントネー＝ル＝コントのフランチェスコ派修道院に入り，アリストテレスの形而上学と文献学に熱中する．1520年ころオルレアン大学教授ドロワネの紹介で碩学ギヨーム・ビュデと文通，

ビュデはアミを勉学へと励ます．同年同じ修道院にいるラブレーを促し，有名なビュデ宛ての書簡を書かせている．保守派の弾圧が激しくなったころ，福音主義者からルター派に転向，バーゼルで死んだらしい．ピエール・アミの名前が現代に伝わるのは主としてラブレーとの交友によってだと思う．

131．この表現は『ガルガンチュワ物語』第39章（協会版，『ラブレー著作集』第2巻，336ページ；渡辺氏訳，『ガルガンチュワ物語』，185ページ）あたりのパロディであろう．

132．《Græcum est, non legitur》．

133．《et amicorum ejus Christianorum》．

134．《Francisci Rabelæsi Χινῶνος μὲν τὸ γένος, τὴν αἵρησιν δὲ φραγκισκανοῦ Ἰατροῦ》．

135．フェーヴルは《ブシャール〔Bouchard〕》と表記．フェーヴルが一度ならずブーシェとブシャールを混同するのは興味深い．

136．協会版，『ラブレー著作集』第4巻，296－297ページ；渡辺氏訳，『パンタグリュエル物語』，207ページ．

137．『ガルガンチュワ物語』第24章．協会版，『ラブレー著作集』第2巻，239ページ；渡辺氏訳，『ガルガンチュワ物語』，126ページ．

138．ここでは『パンタグリュエル物語』の想定刊行年（1532年）と『ガルガンチュワ物語』の想定刊行年（1535年）の間の3年間を指している．

139．マルティ＝ラヴォー篇，『ラブレー著作集』第3巻，231ページ；渡辺氏訳，『パンタグリュエル占筮』，70ページ．

140．同書，同ページ；渡辺氏訳，同書，同ページ．

141．『ガルガンチュワ物語』第42章．

第二部・第一巻・第二章

1．アベル・ルフラン，「『パンタグリュエル物語』研究」，協会版，『ラブレー著作集』第3巻，XXVページ．

2．事態はフェーヴルの予告どおりにはならず，『改革派フランス』第2版はAからGまでの項目しか出版されなかった．

3．この引用の後半は，スタフェール，『ラブレー』，329ページに見られる文章をやや端折ったもの．以下のスタフェールの引用に関しても，忠実であるとは考えない方がよい．

4．〈ルター〉はスタフェールの原著にある言葉．フェーヴルはその代わりに〈キリスト〉を置いているが，ここでは原著に戻した．

5．〈カペルの戦場〉　主として聖餐問題をめぐり福音主義者同盟の結成が絶望的になったにもかかわらず，かねてから実際行動を訴えていたツヴィングリ指揮下のチューリッヒ軍は，カトリック教徒が支配するスイス森林諸州と戦争に突入した．森林諸州軍はカペルの地でチューリッヒ軍を撃破し，一兵卒とし

て戦線にあったツヴィングリもここに戦死した．

6．シュパイヤーの帝国議会の開催は，通説では1526年とされる．

7．〈国王至上法〉 1534年に定められた，英国王を英国国教会の地上における最高権威とする法．この法は国王に命令権こそ与えなかったが，教会の誤謬と異端を粛正することを可能ならしめた．

8．〈シュマルカルデン条約〉 1531年，神聖ローマ帝国皇帝カロルス五世の強硬な姿勢を受けて，ザクセン撰定侯を中心に宗教改革を大義とするドイツの8領邦国家や11都市国家がシュマルカルデンで，攻撃を受けた場合の相互援助条約を結んだ．

9．ルイ・ド・ベルカン（Louis de Berquin, 1490？－1529） アルトワ出身の貴族でユマニスト．カルヴァン派と限定する人名辞典もあるが，福音主義者と考えた方がよいだろう．自作として小品が現存するが，ルターやフッテン，とくに親交があったエラスムスのフランス語訳者として有名．1523年以降異端の咎で再三逮捕されたが，そのたびにフランソワ一世や王姉マルグリット・ド・ナヴァールのとりなしで釈放された．しかしその後もソルボンヌ神学部への攻撃をやめず，1529年，フランソワが宮廷を離れている間に，高等法院により火刑に処せられた．ベルカンの身分もあって，この火刑が投じた波紋は大きかった．

10．『パンタグリュエル物語』第29章．協会版，『ラブレー著作集』第4巻，296ページ；渡辺氏訳，『パンタグリュエル物語』，207ページ．

11．同書，297ページ；渡辺氏訳，同書，同ページ．

12．『パンタグリュエル物語』第8章．協会版，『ラブレー著作集』第3巻，108ページ；渡辺氏訳，同書，70ページ．

13．たとえば『ガルガンチュワ物語』第45章以降を参照．

14．『パンタグリュエル物語』第8章．協会版，『ラブレー著作集』第3巻，109ページ；渡辺氏訳，『パンタグリュエル物語』，71ページ．

15．《fides charitate formata》．

16．《maledictum illud vocabulum formatum》．

17．ファン・デ・バルデス（Juan de Valdès, 1500？－1541） スペインの碩学にしてモラリスト．兄アルフォンソ・デ・バルデスとともにスペインの代表的なエラスムス主義者．異端審問を避けるべくナポリに亡命，その地で没した．エラスムスの影響下に書かれた『キリスト教教理ヲ巡ル対話篇』（1529年）の他，カスティリャ俗語文学の理論的支柱となる『言語ニ関スル対話篇』（死後出版）がある．

18．《ala qual los theologolos llaman fe formada》．

19．もちろんルターの『キリスト者の自由』との対比．ホッホのヨハン・ピュペール（Johann Pupper van Goch, 1400－1475？） 改革派の先駆者とも言われる神学者．アウグスティノ派修道士．神秘主義的著作がルターに評価され

た．

20.《fides informis》.

21.『ガルガンチュワ物語』第31章．協会版，『ラブレー著作集』第２巻，282ページ；渡辺氏訳，『ガルガンチュワ物語』，150ページ．

22.『パンタグリュエル物語』第28章．ラブレーの原文では〈天〉の代わりに〈神〉とある．協会版，『ラブレー著作集』第４巻，283ページ；渡辺氏訳，『パンタグリュエル物語』，198ページ．

23.『ガルガンチュワ物語』第29章．協会版，『ラブレー著作集』第２巻，276ページ；渡辺氏訳，『ガルガンチュワ物語』，146ページ．

24.『ガルガンチュワ物語』第57章．協会版，同書，430ページ；渡辺氏訳，同書，248ページ．

25. かの〈リムーザンの学生〉を念頭においているのか．

26.《recta ratio, bona voluntas》.

27.『ガルガンチュワ物語』第57章．協会版，『ラブレー著作集』第２巻，430ページ；渡辺氏訳，『ガルガンチュワ物語』，248–249ページ．

28. テオフラストス（Θέοφραστος, 紀元前372？–288？）アリストテレスの弟子で，形而上学や博物誌，自然学における後継者．『植物誌』により〈植物学の祖〉と称されるが，一般にはモラリストたちが模倣した『人さまざま』で知られる．

29. ギヨーム・ロンドレ（Guillaume Rondelet, 1507–1566）医師にして博物学者．モンペリエで医学を講じ，トゥルノン枢機卿に随行してネーデルラントやイタリアに赴く．医学書の他に『魚類誌』（1554年）を刊行，この学問の祖となった．

30. プラトン，山本光雄氏訳，『法律』，山本氏篇，『プラトン全集』第九巻所収，174ページを参照．

31. フェーヴルの註には混乱があるので整理した．ちなみに『聖書』（日本聖書協会）の当該箇所を引けば，《このように，いつまでも存続するものは，信仰と希望と愛と，この三つである．このうちで最も大いなるものは，愛である》．ウルガータ訳では《nunc autem manet fides spes caritas tria haec major autem his est caritas》．

32. コンタリーニ枢機卿（Gaspard Contarini, 1483–1542）ヴェネツィアの名門に生まれた．枢機卿となり，ラティスボンヌ（レーゲンスブルク）の国会に教皇特使として派遣され，改革派とカトリック教徒を調停しようと努力した（1541年）．師であったポンポナッツィに反論する『霊魂ノ不滅ニツイテ』が代表作．

33. ジロラモ・モローネ（Girolamo Morone, 1450？–1529）イタリアの外交官．1512年，マクシミリアン・スフォルツァの代理としてミラノ総督．カロルス五世とレオ十世を強いてフランスに敵対させたあと，教皇とヴェネツィア

共和国をフランソワ一世と和解させようとした．しかし目論見が破れ，1525年，パヴィアの牢獄に幽閉さる．釈放されたのちブルボン筆頭元帥の顧問に，ついでオランイエ公フィリベルトの秘書になり，1528年，ボビーノ公に任命された．

34．ヨハン・マイヤー・エック（Johann Maïer Eck, 1486－1543）　インゴルシュタット大学副区長．宗教改革の最大の敵対者のひとり．ルターの贖宥符に関する命題を批判，さらにエコランパディウスやメランヒトンにも噛み付いた．

35．ヨハン・グロッパー（Johann Gropper, 1501－1558）　ドイツの神学者．教会法博士で神学に非常に傾注していた．ケルンの参事会副司祭で宗教改革にも理解を示していたが，ケルン大司教がルター派を公然と支持していることを知るとこれを批判，ヴォルムスの帝国議会（1545年）で大司教を告発した．教皇パウルス四世によってローマに招かれ，その地で没した．

36．J. プフルーク（J. Pflug，？－？）　ナウムブルク司教．カトリック教徒とルター派を和解させようと努力，アウクスブルクの〈猶予期間〔interim〕〉を起草（1548年），ヴォルムスの討論を司会した．しかし融和の試みに失敗，両陣営からの非難を浴びた．

37．〈ロイヒリン事件〉　ロイヒリン（Johann Reuchlin, 1455－1522）はドイツのユマニスト・文献学者．ギリシア語とヘブライ語の造詣が深く，ドイツ，フランス，イタリア，ネーデルラント各地を訪問．シュヴァーベン公エーベルハルト一世に雇われ外交活動に従事した．しかしユダイスムを奉じているとカトリック神学者から非難され，テュービンゲン大学に移り，ギリシア語とヘブライ語を講じた．カバラ学とタルムードの価値を評価，ドミニコ派修道士と軋轢を起こした．これが〈ロイヒリン事件〉で，1505年から1516年まで続いた．

38．アルドゥアン・ド・グラエス（Hardouin de Graës, または Graetz；ラテン語名 Ortuinus Gratius，？－？）　ケルンの神学者．エラスムスやロイヒリンの獰猛な敵対者．後註(40)の『無名人の手紙』でいろいろな〈無名人〉が滑稽な書簡をグラエス＝グラティヌスに宛て（時にはグラティヌスが差し出し），聖職者の愚劣さの中心に位置させている．グラエスとグラティウスの同定はポール・ラクロワの『16世紀におけるサン＝ヴィクトール修道院の図書館目録』（67－68ページ）による．

39．ホーホストラエテン（Jacobus Hochstraten；フラマン語名 Jacob van Hoochstraeten，？－？）　ルーヴァン出身．ドミニコ派修道院院長．ケルン大学神学博士．反宗教改革の先鋒で，異端審問官．エラスムス攻撃の音頭をとった．

40．ルポルドゥス・フェデルフシウス（Lupoldus Federfusius）　ウルリッヒ・フォン・フッテンの諷刺作品『無名人の手紙』で，最後の審判のとき，ユダヤ教徒が割礼にあたって除去した包皮が元に戻るか否かという滑稽な質問を，受取人であり主人公であるオルトウィヌス・グラティウスに尋ねる神学生．

41. 『パンタグリュエル物語』第7章. 協会版, 『ラブレー著作集』第3巻, 93ページ；渡辺氏訳, 『パンタグリュエル物語』, 61ページ.

42. 『ガルガンチュワ物語』「作者の序詞」. 協会版, 『ラブレー著作集』第1巻, 14ページ；渡辺氏訳, 『ガルガンチュワ物語』, 21ページ.

43. 《unum librum quem scripsit quidam Magister noster Anglicus de Ordine nostro...super librum Metamorphoseon Ovidii, exponens omnes fabulas allegorice et spiritualiter》.

44. 『ラブレー著作集』第1巻, 171ページ；渡辺氏訳, 『ガルガンチュワ物語』, 100ページ.

45. 《Quicquid ipsi non intelligunt, hoc comburunt : Ergo...》.

46. 『パンタグリュエル物語』第7章. 協会版, 『ラブレー著作集』第3巻, 76ページ, 註 (29) 参照.

47. シルヴェストロ・マッツォリーニ (Sylvestro Mazzolini, 1460？ - 1523) ドミニコ派修道士. 論争家. 数々の修道院院長を勤め, ローマでは聖書を講じた. 贖宥符をめぐって初期にルターと論争した一人だが, 相手が上だった. そのため教皇レオ十世はマッツォリーニを論争の当事者から外した. 哲学, 神学, 数学の著書がある.

48. 協会版, 『ラブレー著作集』第3巻, 79ページ；渡辺氏訳, 『パンタグリュエル物語』, 55ページ.

49. ガエタのヤコポ・デ・ヴィオ (Thomas Jacopo de Vio Cardinal de Gaëta, 1469 - 1534) ドミニコ派修道会に入り, ユリウス二世やレオ十世から様々な任務を託される. 1519年, ガエタ司教にして枢機卿に撰ばれる. ドイツに教皇特使として派遣され, ルターを説得しようとした. 聖職関係の著書があるが, 特に『教皇権威論』は教皇の至上性を主張, ソルボンヌ神学部の検閲の対象となった.

50. 『パンタグリュエル物語』第7章. 協会版, 『ラブレー著作集』第3巻, 95ページ；渡辺氏訳, 『パンタグリュエル物語』, 62ページ.

51. 同書, 90ページ；渡辺氏訳, 同書, 60ページ.

52. 同書, 82ページ；渡辺氏訳, 同書, 57ページ.

53. ニコラ・デュ・シェーヌ (Nicolas du Chesne, ？ - ？) ジョス・バドが『淫ラニ著述スル詩人ニ抗シテ』(1498年) を捧げた, 《優レタ文芸ニ熟達シタ》人物.

54. 『パンタグリュエル物語』第7章. 協会版, 『ラブレー著作集』第3巻, 96ページ；渡辺氏訳, 『パンタグリュエル物語』, 63ページ.

55. 同書, 83ページ；渡辺氏訳, 同書, 57ページ.

56. 同書, 89ページ；渡辺氏訳, 同書, 59 - 60ページ.

57. 同書, 86ページ；渡辺氏訳, 同書, 58ページ.

58. 同書, 同ページ；渡辺氏訳, 同書, 同ページ.

59. ユドキュス・クリフトーフェ（Judocus Clichtove; フランス語表記 Josse Clichtove, 1472 - 1543） フランドル出身の神学者．ルーヴァンで学んだのち，パリに上京．コレージュ・ド・ボンクールでルフェーヴル・デタープルに学ぶ．1506年神学博士．異説が唱えられているが伝統的な解釈をとると，1520年頃までクリフトーフェは，所謂〈モーの人々〉の一員として，改革派と行動を共にし，文献学的な聖書解釈や教父解釈に力を注いでいた．しかし弾圧が強まるに連れ（あるいは改革派の思想が先鋭的になるにつれ），ソルボンヌ神学部に接近，最終的に改革派ときっぱりと袂を分かった．

60.『パンタグリュエル物語』第7章．協会版，『ラブレー著作集』第3巻，84ページ；渡辺氏訳，『パンタグリュエル物語』，57ページ．

61. 同書，97ページ；渡辺氏訳，同書，63ページ．

62. ジャン・ジェルソン（Jean Charlier Gerson, 1363？ - 1429） アルデンヌ出身の著名な神学者（と言われる）．ブルゴーニュ公の宮中司祭を経て，1395年にパリ大学区長に任命される．以後，教会分裂に苦しむ教会の建て直しに尽力．16世紀後期の〈ガリカン教会の自由〉派以来，公会議の教皇権に対する優位をとなえたと考えられてきたが，どうもそれは誤解で，一般的に教皇権は教会の上位に，ローマ教会は他の教会の上位に置かれるが，教会分裂の折りのように却って教皇やローマ教会が危機的・例外的な状況の原因であるような場合では，教会や公会議にこれを是正する権利がある，とするものだったらしい．またヤン・フスやプラハのヒエロニスムの異端者を激しく糾弾した．パリのブルゴーニュ派市民に追われウィーンに逃れるが，1420年，ブルゴーニュ公が暗殺されると，リヨンに戻りセレスティン派修道院で余生を過ごした．時として唯名論者に分類される．ジェルソンはある意味で〈国家〉という概念をおぼろげであれ所有し，またそのフランス語の説教集が示すように，キリスト教的理念を素朴な姿で（もしくは神秘的な相のもとに）民衆に説こうとした．

63.『パンタグリュエル物語』第7章．協会版，『ラブレー著作集』第3巻，94ページ；渡辺氏訳，『パンタグリュエル物語』，62ページ．

64. 同書，97ページ；渡辺氏訳，63ページ．

65. 渡辺氏訳，『パンタグリュエル物語』第29章，207ページ．

66. 出典はこの節の原註（28）のシュトロールの著書，325ページだと思う．

67. 同じくシュトロールの著書，同ページからの自由な孫引きか．

68.『パンタグリュエル物語』第29章．協会版，『ラブレー著作集』第3巻，296ページ；渡辺氏訳，『パンタグリュエル物語』，207ページ．

69. 同書，同ページ；渡辺氏訳，同書，同ページ．

70. 同書，同ページ；渡辺氏訳，同書，同ページ．

71. 渡辺氏訳，『パンタグリュエル物語』第8章，66ページ．

72.《Deus dissipat gentes qui bella volunt》.

73.『ガルガンチュワ物語』第40章．協会版，『ラブレー著作集』第2巻，

341ページ；渡辺氏訳，『ガルガンチュワ物語』，189ページ．
74．同書，340ページ；渡辺氏訳，同書，188ページ．
75．『ガルガンチュワ物語』第45章．協会版，同書，368ページ；渡辺氏訳，同書，209ページ．

第二部・第一巻・第三章

1．『第三之書』第10章．協会版，『ラブレー著作集』第５巻，90ページ；渡辺氏訳，『第三之書』，81ページ．
2．〈ヴォルムスの帝国議会〉 1521年，ヴォルムスで開催された帝国議会でカロルス五世（未だ正式に戴冠していない）はルターを召還し，宗教改革的な発言を撤回するよう激しく求めた．しかしルターは逡巡したあげく，決然とこれを拒否，自説を主張し，皇帝の迫害を懸念してヴァルトブルクに逃れた．
3．セルウァティウス・ロゲルス（Servatius Rogerus, ？－？） 1486年頃，ステイン修道院で修行をつんでいたエラスムスの親友．孤独で病がちであったエラスムスは同年代のロゲルスにあてて心情を吐露した書簡を送っている．ロゲルスはステイン修道院にとどまり，エラスムスとは異なる道を撰んだ．すなわち修道院長になり，若き日の友人を連れ戻そうとしたのである．
4．《velut occulta naturæ vi rapiebar ad bonas litteras, vellem eam mihi vitæ libertatem fata sinerent natura quam contulit》〔アレン篇，『デシデリウス・エラスムスノ増補校閲新版書簡集』第１巻，85ページ〕．
5．ティラコー（André Tiraqueau, 1480？－1558） ユマニストにして法学者．ヴァンデ地方のフォントネー＝ル＝コントに生まれる．フォントネーの代官でユマニストのサークルを形成，その地のル＝ピュイ＝サン＝マルタン修道院に入ったラブレーの友人にして保護者となる．1541年，パリ高等法院の評定官．慣習法に通じ，数冊の法学関連の著作がある．
6．ブシャール（Amaury Bouchard, ？－？） ユマニストでラテン語やギリシア語をよくした．ナヴァール国王騎士．サン＝ジャン＝ダンジュリに生まれる．サントンジュの代官総代行．ピエール・アミやティラコーの友人でラブレーとも交わる．ネオ・プラトニスムの感化を受け，ティラコーの夫唱婦随的結婚論に対して女性擁護論を展開した（恐らく戯れに）．ラブレーはのちにルキウス・クスピディウス（実在せず）の遺言（偽書）を編纂するが，その巻頭にブシャール宛ての書簡を置いた．
7．《permissu atque adeo jussu episcopi ordinarii》．
8．『ガルガンチュワ物語』第57章．協会版，『ラブレー著作集』第２巻，430ページ；渡辺氏訳，『ガルガンチュワ物語』，248ページ．
9．パピアス（Papias, 11世紀中葉） ロンバルディア出身の学識者．中世によく用いられた『語彙〔*Vocabularium*〕』の著者．
フグティウス（Huguitius, ？－1210） フェラーラ司教にして教会法学者．

パピアスの『語彙』を増補した『派生語ノ書〔*Liber Derivationum*〕』は中世の図書館に不可欠の書物だった．

エベルハルドゥス（Eberhardus；フランス語表記 Eberhard, 12世紀） アルトワ出身．ギリシア語から派生したラテン語の，韻文による解説書『ギリシア語表現〔*Graecismus*〕』の著者．

『カトリコン〔*Catholicon*〕』 ジェノヴァのドミニコ派修道士，ジョヴァンニ・ビブリが1286年頃作成したラテン語の文法書にして辞典．

ヨアンネス・ガルランドゥス（Joannes Garlandus, 1180？－1252？） 英国で生まれたが，フランスで暮らし，パリ大学とトゥルーズ大学で教鞭をとった．キリスト教信仰と道徳について記した詩集と，数冊の学校用文法書はよく用いられた．

イシドルス（Isidorus, 570/4？－636） セビリヤ司教．主著『語源論全20巻〔*Etymologiarum libri XX*〕』は中世の百科事典であった．

10．ロレンツォ・ヴァラ（Lorenzo Valla, 1407－1457） 第一部・第二巻・第二章・原註への訳註（45）を参照．

11．たとえば，エラスムス，二宮敬氏訳，『対話篇』，「魚喰イ」，渡辺一夫氏篇，『世界の名著 17 エラスムス トマス・モア』所収，338ページあたりが該当するか．

12．『ガルガンチュワ物語』第37章．協会版，『ラブレー著作集』第２巻，318－319ページ；渡辺氏訳，『ガルガンチュワ物語』，175－176ページ．

13．『第三之書』第21章．協会版，『ラブレー著作集』第５巻，166ページ；渡辺氏訳，『第三之書』，136－137ページ．

14．前掲書，326ページ．

15．協会版，『ラブレー著作集』第５巻，150－152ページ；渡辺氏訳，『第三之書』，126－127ページ．

16．協会版，『ラブレー著作集』第２巻，367ページ；渡辺氏訳，『ガルガンチュワ物語』，209ページ．

17．《nollem meos monachos frequentes esse in libris》.

18．『ガルガンチュワ物語』第39章．協会版，『ラブレー著作集』第２巻，336ページ；渡辺氏訳，『ガルガンチュワ物語』，185ページ．

19．協会版，『ラブレー著作集』第２巻，368ページ；渡辺氏訳，『ガルガンチュワ物語』，209ページ．

20．《Omne tulit punctum, qui miscuit utile dulci》〔ホラティウス，『詩学』，343行；岡氏訳，『詩論』，250ページ〕.

21．協会版，『ラブレー著作集』第２巻，430ページ；渡辺氏訳，『ガルガンチュワ物語』，248－249ページ．

22．《Fateor in quibusdam ingeniis bene natis ac bene educatis minimum esse pravitatis. Maxima proclivitatis pars est non ex natura, sed ex cor-

rupta institutione, ex improbo convictu, ex assuetudine peccandi, malitiaque voluntatis》.

23.《praeter meritum accusare naturam》.

24.《それと同じく人間は英知と優れたおこないを愛でるために生まれている》の原文は,《ainsi l'homme naît pour aimer la sagesse et les belles lettres》である.このフランス語訳はかなりオリジナルなものであるように思える.通常伝えられるエラスムスの文章は《ita homo nascitur ad philosophiam et honnestas actiones》とされているようだ.一例として『エラスムス教育論』を上梓された中城進氏は《哲学や良き行為を行うために生まれている》〔36ページ〕と訳された.フランス語訳でも近年のサリア訳*De Pueris*〔1990〕には《l'homme est né à la philosophie et honnêtes actions》〔49ページ〕とある.本章への原註(8)で言及されるピノーは人間の誕生の目的を《pour la philosophie et la vertu》とする〔11ページ〕.私見では中城氏,サリア,ピノー,それぞれ巷間伝えられるエラスムスの原文に添った訳文を提示している.周知のごとく〈哲学〉の原義は〈知を愛すること〉であるが,この言葉が原義でとらえるのではなく熟した術語になってから久しい.なぜここでフェーヴルが〈哲学〉という用語を採用しなかったのか,判然としない.

25.カルヴァン,『キリスト教綱要』第2部・第1章8節.『ヨアンネス・カルウィヌスノ残存セル全著作』第3巻,293欄;渡辺信夫氏訳,『キリスト教綱要』第2巻,26ページ(左).

26.『パンタグリュエル物語』第1章,協会版,『ラブレー著作集』第1巻,27ページ;渡辺氏訳,『パンタグリュエル物語』,29ページ.

27.ジャン・ヴィトリエ(Jean Vitrier, ?-1516?) エラスムスの友人.アルトワ地方はサン=トメールのフランチェスコ派修道士で説教師.15世紀と16世紀にまたがって改革への不屈で神秘的な熱情に動かされた,厳格な人物だったらしい.非妥協的な聖性への固執はヴィトリエを孤立させたという.

28.《totam orbis conditi historiam》.

29.エラスムス,二宮氏訳,「難破」,前掲書所収,263ページ(上段).

30.参照せよ.『第四之書』第21章.マルティ=ラヴォー篇,『ラブレー著作集』第2巻,347ページ;渡辺氏訳,『第四之書』,163ページ.

31.エラスムス,二宮氏訳,「難破」,前掲書所収,263ページ(上段).

32.聖ベルナール(Saint Bernard de Clairvaux; ラテン語名 Bernardus, 1090-1153) ディジョン生まれ.20歳にしてベネディクト派修道士.1115年クレルヴォーの分院に派遣され院長に任命され,シトー派修道会の創設者となる.行政的手腕をもち,修道会をひろめ,教皇や多くの国王に助言を与えた.頓挫したが第2回十字軍を説き,《西欧の審判者》と呼ばれた.神学者としてはアベラール説の否定や〈神の愛〉についての論考が有名.教会博士.甘蜜博士(この訳書では「蜜滴博士」)とも称された.

33. フェリ・カロンドレ（Ferri Carondelet, ? - 1528）エラスムスの友人で庇護者．ブザンソン教会参事会副司祭．同年エラスムスはその『神ノ恩寵ニツイテ』を捧げた．

34. ジャン・カロンドレ（Jean Carondelet, 1468 - 1545）フランシェ・コンテはドールの出身．ブリュッセルの評定終身官議長，ネーデルラント評定官終身議長（1531年）をへて，パレルモ大司教，シチリア首座大司教となる．

35. 《de quibus multa scripsere poetæ》. 引用の出典は特定できなかったが，本章への原註（8）その他で引く，ピノー，『エラスムス　その宗教思想』，130ページの註からの孫引きである可能性あり．

36. フランソワ・ド・サル（François de Sales, 1567 - 1622）サヴォイアの領主の息子で，パリやパドヴァで法学を学ぶが，これを放棄し聖職に入る．1523年から改革派を棄教さすべく努力し，2年間で8000人を改宗させたという．1602年ジュネーヴ司教．聖職者のための講話を組織的におこない，教理問答を簡素化し，率直な説教を奨励した．代表作にフランス語で書かれた『信仰生活入門』．1665年列聖．

37. アントワーヌ・アルノー（Antoine Arnauld, 1612 - 1694）フランスの神学者．ジャンセニスト．1641年ソルボンヌ神学部神学博士．この時点でジャンセニスムを奉じており，間もなくイエズス会攻撃を開始，1656年ソルボンヌ神学部を追われる．しばらくポール・ロワイヤルに隠遁．1677年イエズス会との論争を再開するが，二年後ベルギーに亡命，ブリュッセルで没した．改革派との論争でも有名で，他方ポール・ロワイヤル文法や，ポール・ロワイヤル論理学の執筆者としても知られる．

38. 《unde et Christus, princeps noster, distributo pane, perpetuam inter suos consecrabat amicitiam...》.

39. 《nihil aliud quam vera perfectaque amicitia》.

40. 《Christum...nihil aliud quam caritatem, simplicitatem, patientiam, puritatem, breviter quicquid ille docuit...》.

41. 《Res tanta nihil est [Eucharistia] imo perniciosa, nisi adsit Spiritus》.

42. 誤読でなければ，この間の事情についてフェーヴルの解釈は訳者のそれとはいささか異なる．手元のデューラー，『ベルギー紀行』（スタン・ユーグ仏訳，1993年）では54ページ左欄 - 55ページ右欄が，フェーヴルの文脈に対応する箇所だと思うが，それによるとデューラーが受けた知らせとは，ルター死去の報ではなく投獄のそれであった．もちろん投獄が死につながる場合もあるのだが……．おそまきながら拝読した，デューラー，前川誠郎氏訳，『アルブレヒト・デューラー　ネーデルラント旅日記　1520 - 1521』，111ページ以降を参照．

43. 以上の証言はおそらくピノー，『エラスムス　その宗教思想』，131ページからの援用であるが，ピノーのフランス語訳をそのまま使用したわけではな

く，同書131－132ページにかけて記された註（157）の原文〔『奴隷意志論』の一部か〕をフェーヴルなりに自由に訳し改めた感がある．

44．『ガルガンチュワ物語』第40章．協会版，『ラブレー著作集』第2巻，341ページ；渡辺氏訳，『ガルガンチュワ物語』，189ページ．

45．『第四之書』第5章－第6章．

46．複数の該当箇所があるが，一例として『ヨアンネス・カルウィヌスノ残存セル全著作』第6巻，9欄以降など．また渡辺氏訳，『第四之書』，363ページに見られる，本文76ページ15行目への訳註を参照．

47．『第四之書』第32章，マルティ＝ラヴォー篇，『ラブレー著作集』第2巻，385ページ；渡辺氏訳，『第四之書』，174ページ．

48．『パンタグリュエル物語』「作者の序詞」，協会版，『ラブレー著作集』第3巻，7ページ；渡辺氏訳，『パンタグリュエル物語』，17ページ．ほぼ精確な引用だが，1542年版では《邪説予定論者》の他にも《詐欺師》が新たに加えられた．

49．『第四之書』「旧序詞」，マルティ＝ラヴォー篇，『ラブレー著作集』第3巻，186ページ；渡辺氏訳，『第四之書』，45ページ．

50．マルティ＝ラヴォー篇，『ラブレー著作集』第2巻，254ページ；渡辺氏訳，『第四之書』，24ページ．〔　〕内はフェーヴルが省略した言葉だが，ここでは補った．

51．同書，256ページ；渡辺氏訳，『第四之書』26ページ．フェーヴルは，《……とパンタグリュエルは語る》，としているが，実は「新序詞」の一節であるから，ラブレーその人の言葉．

52．『第四之書』第3章．マルティ＝ラヴォー篇，『ラブレー著作集』第2巻，280ページ；渡辺氏訳，『第四之書』，67ページ．

53．『第四之書』第1章．マルティ＝ラヴォー篇，『ラブレー著作集』第2巻，270ページ；渡辺氏訳，『第四之書』，59ページ．

54．同書，マルティ＝ラヴォー篇，『ラブレー著作集』第2巻，271ページ；渡辺氏訳，『第四之書』，59ページ．

55．同書，同ページ；渡辺氏訳，同書，同ページ．

56．『詩篇』第114篇．

57．『第四之書』第1章，マルティ＝ラヴォー篇，『ラブレー著作集』第2巻，271ページ；渡辺氏訳，『第四之書』，59ページ．

58．アベル・ルフラン，『パンタグリュエルの航海』，46－47ページ．

第二部・第二巻・第一章

1．コンラド・ゲスナー（Conrad Gesner, 1516－1565）　異名を〈ドイツ〔スイスの人ではあるが〕のプリニウス〉．チューリッヒに生まれ，貧しい環境の中で向学心を絶やさず，バーゼル大学やパリ大学で医学を修め，古典古代の言

語や博物学も学ぶ．1541年バーゼルで医師として認可され，1555年チューリッヒ大学博物学教授．神聖ローマ帝国皇帝フェルディナント一世に寵愛される．1565年疫病患者の看護にあたりながら自らも罹病して没する．『文献総覧』，『動物誌』の他，死後出版ではあるが科学的分類に基づく植物誌，言語論，神学的著作も残した．

2．聖クラウディウス（Claudius, ？－699？） ジュラ地方の修道院長を指すか．フランシュ＝コンテ地方出身で軍事教育を受けるが，聖職に入ることを決意，ジュラ地方はコンダの修道院長となり，ベネディクト派の戒律を導入した．ブザンソン司教に撰出されるが，コンダの修道院の指揮も欠かさず，死期が迫るとそこに隠遁した．

聖ゲルウァシウス（Saint Gervasius, ？－？） おそらくその双子の兄弟聖プロタシウスとともに一対で呼ばれる聖人．皇帝ネロの時代のひとらしい．二人は相続した資産を貧者に分かち，聖ナザリウスのもとに身を寄せたが，まもなくローマ兵に捕らえられ，ミラノで異教の神々を崇拝するよう強いられる．しかし兄弟はこれを拒み，まずゲルウァシウスが，次いでプロタシウスが殉教した．4世紀後半，聖アンブロシウスが2人の聖遺骸を発見した．病を癒す聖人．

聖女クリスティナ（Christina, ？－287） 恐らく以下の伝承をもつ人物．イタリアの異教徒の貴族の家に生まれる．巫女にしようと考えていた両親の期待に背いてキリスト教徒になる．娘の頑なな態度に両親は硬化，娘を拷問するが娘は信仰を棄てず，海中に投げ捨てられる．その時キリストが現れ，海水で洗礼を施し，陸に連れ戻す．

聖ウルスス（Ursus, ？－286） 聖ウィクトルとペアで呼ばれることが多い．マクシミリアン帝指揮下の，高地エジプト出身のキリスト教徒6000人からなる〈テバイ軍〉に所属していたらしい．マクシミリアンはガリアの反逆者との戦闘にあたって，犠牲を捧げ勝利を祈るよう命じたが，キリスト教徒はこれを異教の儀式として拒否，大量に虐殺された．聖ウルススも聖ウィクトルもその中に含まれた．

3．ルイ十四世（Louis XIV, 1638－1715） 絶対君主にもっとも近づいたフランス国王．太陽王とも呼ばれる．幼い頃母を摂政とし，フロンドの乱を体験する．1661年親政を始め，重商主義をとって，軍事に力を入れた．オランダ戦争やスペイン王位継承戦争など，絶えず侵略戦争をおこない，領土は拡大したが財政は窮乏した．ナントの勅令の廃止（1685年），ヴェルサイユ宮殿の建設などもこの国王の治世におこなわれた．

4．ジャン・シフレ（Jean-Jacques Chifflet, 1588－1660） 医師にして考古学者．ブザンソンに生まれ，モンペリエ，パリ，イタリア各地，ドイツ各地を旅行．帰国したのちブザンソンの要人を勤める．スペイン国王フェリペ四世の侍医．ブザンソン古史を研究．政治的には，フランスに対するスペインやオー

ストリアの権利を主張した（要するにハプスブルク家擁護か）．
5．聖セバスティアヌス（Sebastianus, 250？－288） ディオクレティアヌス帝指揮下の軍人でナルボンヌ生まれ．キリスト教徒の同胞を支援すべく，自身の信仰を隠していたが，露見し，拷問にかけられ，木に縛り付けられて矢で射られたうえ，棒たたきの刑で刑死した．
聖ハドリアヌス（Hadrianus, ？－710） 聖人と認められたハドリアヌスは数名おり，特定できない．ここでは7世紀末の，恐らく一番旅をしたハドリアヌスを挙げておく．このハドリアヌスはアフリカの出身で，ナポリ近郊のネリダ修道院長になった．教皇の命によりカンタベリー大司教に任ぜられるが，これを固辞，聖テオドロスに任務を譲る．ハドリアヌスはテオドロスの補佐として英国に随行する．カンタベリーの聖アウグスティノ派修道院院長となり，学者の養成に力を注いだ．

（ヘントの）聖マカリウス（Macarius, ？－1012） 司教．アンティオキアに生まれ，小アジアから西欧まで巡礼の旅をする．ヘントのベネディクト派施療院に迎えられ，ペストに罹り没した．

聖クリストポロス（Χριστοφόρος，3世紀頃） デキウス帝の迫害で殉教したと伝えられるが，真偽は不明．ポピュラーな伝承では，幼児を背負い，重みに苦しみながら，渡河させる巨人として現れる．幼児は世界を両手に抱えるキリストであった．なお宮下志郎氏，『ラブレー周遊記』，72ページ以降参照．

聖王ルイ（Louis IX, 1214－1270） フランス国王．母后はブランシュ・ド・カスティーユ．信仰心が篤く，〈聖王〉と呼ばれた．在位1226－1270年．カペー王朝の最盛期を作った．トゥルーズの併合を始め，ノルマンディやアンジュー地方も王国に取り入れた．英国王ヘンリー三世とパリ条約を結び，英仏間の紛争を凍結した．修道院や教会の発展に力を尽くし，国内政治でも中央政権化を謀り，文芸や福祉にも力を入れた．第7回十字軍に参戦，途上（伝承では疫病で）病没した．1297年列聖．

聖ロック（Roch, 1295？－1327） モンペリエの名家に生まれるが，資産を貧者に与え，当時疫病が蔓延していたイタリアに巡礼の旅に出る．献身的に病人に尽くすが，自らも罹病したことを知り，他人に伝染させることを恐れ，孤独な場所にこもる．死に瀕した時，ある貴族に助けられ回復，その後内乱で揺れる故郷に戻るが，スパイと間違えられて投獄され，没する．
6．聖マルティヌス（Martinus, 316/7－397） 恐らくトゥールの司教．ローマ帝国の軍人で，15歳にしてユリアヌス帝の近衛兵となった．この頃乞食に身をやつしたキリストに外套を与えている．18歳で洗礼を受け，その後軍籍を離れ，ポワティエのヒラリウスの弟子となる．371年トゥール司教．近郊に修道院を建設した．アリウス派の改宗に尽力した．数々の奇蹟を起こしたことで有名．自らの死を予言し，清廉のまま没した．
7．聖レミギウス（Remigius, ？－533？） 異名は〈フランク族の使徒〉．

459年ランス司教に選ばれる．74年間の司教活動の頂点は，496年にクロヴィスの改宗に立ち会い，洗礼を施したことだろう．

聖マティアス（Matthias, ？－？） イスカリオテのユダの欠員を補うため，籤によって撰ばれた十二人めの使徒．その生涯を語る伝承には混乱が多いが，エルサレムで没したのは確かなようだ．聖遺骸はドイツのトリールに移管された．

聖マウリティウス（Mauritius, ？－286） 本章への訳註（2）であげた聖ウルススが属した，キリスト教徒からなる〈テバイ軍〉の隊長．

聖メダルドゥス（Medardus, 470？－558？） ピカルディに生まれ，33歳にして司祭となる．530年，ノワイヨン司教．のちにトゥルネ司教区もそこに併合された．

8．聖ステパノス（Στέφανος，？－？） 原始キリスト教の指導者．エルサレムで布教中，ユダヤ教徒に訴えられるが，公然とソロモンを批判，投石刑に処せられる．最初の殉教者．

9．エティエンヌ・ド・ラ・ロシュ（Etienne de la Roche, ？－？） 異名をヴィルフランシュ．リヨン出身の数学者．フランスで刊行された最古の代数論の著者（1520年）．

10．ルーカス・ガイツコフラー（Lukas Geizkofler von Reifenegg, 1550－1620） 法学者．アウクスブルクで法学を学び，1557年ドール大学で博士号を受けた．『回想』を残した．

11．《fieri festum in ecclesia et in taberna》．

12．聖小ヤコブ（'Ιάκωβος，？－62） キリストの従兄弟で十二使徒のひとり．エルサレム初代司教．『新約聖書』「書簡」のある部分を記した．寺院から突き落とされ，さらに投石されて殉教したといわれる．

13．クロヴィス（Clovis I, 466？－511） メロヴィング王朝のフランク国王．在位481－511年．ベルギー地方の一部族の王から，軍事的手腕と外交的手腕によって，ほぼ現在のフランスに匹敵する地方を統一．キリスト教に改宗し，教会権力の支持をえた．突如天から鳩が舞い下り，聖別に必要な聖油をもたらせたという伝説的なランスでの戴冠式は，その後のフランス国王即位儀式の端緒となった．

14．マルグリットには〈世俗劇〉と一括される作品群があるが，その総称にもかかわらず寓意性・霊性により，フェーヴルは《宗教的》と形容しているのだと思う．

15．ディオゲネス（Διογενης，紀元前410？－323？） キニク派哲学の祖．黒海沿岸に生まれ，アテナイでアンティステネスに学ぶ．その後コリントに移住し，そこで没した．幸福を必要最小限な満足に求めた．樽を住居にし，様々な逸話を残した．ラブレーのディオゲネス評価は知られるところ（『第三之書』「序詞」を参照）．

第二部・第二巻・第二章

1. エミール・ブレイエ〔Emile Bréhier, 1876 - 1952〕 哲学史家．アレクサンドレイアのピロンの研究により，1908年文学博士．レンヌ大学，ボルドー大学，パリ大学で哲学を講じた．1940年以降『哲学評論』の主幹を勤めた．〈人類の進化叢書〉の『中世哲学』(1937年) を執筆した．

2. シャプラン (Jean Chapelain, 1595 - 1674) フランスの詩人．古典主義の理論家．主著に『オルレアンの乙女』．リュシリューに寵愛され，アカデミー・フランセーズでのリシュリューの代弁者となる．所謂〈ル・シッド〉論争での『ル・シッドに関するアカデミーの見解』はその意向を汲んだものとされる．作家としての評判は高くないが，古代崇拝と合理性重視とからなる文学論は古典主義理論の総括とされるらしい．

3. フェルディナン・ブリュノ (Ferdinand Brunot, 1860 - 1938) ノルマリアン．1916年文学博士 (『「デポルト註解」に基づくマレルブの理論』)．パリ大学文学部でフランス語史を教える．その大著『起源から1900年にいたるフランス語史』にフェーヴルは好意的な書評をよせている．

4. フェロー (Jean-François Féraud, 1725 - 1807) マルセイユの文献学者．1787年から1788年にかけて刊行された『フランス語批評辞典』(全 3 巻) の著者．

5. トーランド (John Toland, 1670 - 1722) 英国の改革派理論家．ある辞書は《著名な不信仰者》と評する．カトリック教徒の家に生まれたが若くして改革派に改宗．グラスゴー大学で学んだのち，理神論的著作を発表．当時の聖職者の批判を浴びた．1701年ころから政治の現場に参加，トーリー党政府を影で支えた．

6. ラ・メトリ (Julien Offroy de La Mettrie, 1709 - 1751) フランスの医師・哲学者．軍医を経験したあと，当時の医学社会を諷刺した文書を綴ったためオランダへ亡命した．哲学者としては人間の営為を唯物論的な立場から分析した『人間機械論』(1747年) が有名．

7. ゲ・ド・バルザック (Jean-Louis Guez de Balzac, 1597 - 1654) 書簡文学というジャンルをフランスで確立した．ポワティエ，パリ，レイデン各大学で学んだのち，ローマに滞在，パリの友人に宛てて書簡を送り始める．これが嚆矢となり，領地のシャラントにこもりながら次々とパリの知人に書簡を書き送る．内容は政治批判や社会批判，文芸批評や哲学的意見など多岐にわたる．

8. ピエール・ニコル (Pierre Nicole, 1625 - 1695) ジャンセニスト．早熟の学者だったが叔母の影響でポール・ロワイヤルの人となった．パスカルと親しく，モラリストの面を有する護教論者．アルノーのポール・ロワイヤル論理学の協力者．

9. ラ・ヌー (François de la Noue, 1531 - 1591) ブルターニュ生まれの軍人．1558年改宗して改革派となる．フォントネー＝ル＝コントの戦闘で片腕を

失い，義手をつけた．そのため〈鉄腕の〉と形容される．1580年，スペイン軍の虜囚となり，1585年に解放されるまでの期間に『政治軍事論』を執筆する．〈私〉という一人称の立場から経験を記すことが可能である，ということを明らかにした先駆者のひとり．

10．シャロン（Pierre Charron, 1541 - 1603） 聖職者．モンテーニュの友人で，『エセー』の内容を整然とした構成に仕立て直した『英知』（全 3 巻）の著者．ただ余りに体系的にモンテーニュが育んでいた懐疑論を公表したため〈無神論者〉のレッテルをはられたりもしたが，むしろフィデイスムの表明ととるべきであろう．本人は決然としたカトリック教徒で『三つの真理』などの護教論を著している．

11．エルヴェシウス（Claude-Adrien Helvētius, 1715 - 1771） 哲学者．オランダ系フランス人医師の恵まれた家庭に生まれた．イエズス会の学院で学ぶ．若くして徴税請負長官の役を命ぜられるが，1751年，結婚と同時に引退，パリでサロンを開き，所謂百科全書派の思想家と交わる．『精神論』，『人間論』などで感覚論にたつ唯物論を展開．教育や政治の合理的実践により公共の善をめざす社会が誕生すると考えたらしい．

12．ダルジャンソン（René-Louis de Voyer d'Argenson, 1694-1757） フランスの政治家・思想家．ヴォルテールと幼なじみで，外交官となったのちも哲学者たちとの交友を変えず，百科全書刊行にさいしては，政府側としては稀な味方であった．モラリスト風の断片や回想録がある．

13．ガブリエル・ノデ（Gabriel Naudē, 1600 - 1653） 哲学と医学を修めたのち，イタリアに滞在，帰国後マザリーヌ図書館の基礎を作った．1652年スウェーデン女王クリスティナから招かれ，フランスに戻る途上で病没した．合理的な批評精神の持ち主で，迷信の政治的利用を批判した．著作は多く，その他，コルネリウス・アグリッパの『魔術について』のフランス語訳にも好意的な解説をほどこした．

14．フュルティエール（Antoine Furetière, 1619 - 1688） 文学者・辞典編纂者．苦学して詩作を世に問い，アカデミー・フランセーズ会員に撰ばれる（1666年）．しかし当時フランス語辞典を編集するというアカデミーの計画を知りながら，のちに『フュルティエールの辞典』と呼ばれる独自のフランス語辞典を作成しようとして，アカデミーと正面から対立した．『フュルティエールの辞典』は没後 2 年，『アカデミーの辞典』初版に 4 年先立って刊行された．

15．ルイ十三世（Louis XIII, 1601 - 1643） フランス国王（在位1610 - 1643年）．1610年のアンリ四世暗殺をうけて即位するが，1617年まで母后マリー・ド・メディシスの摂政下に置かれる．リシュリューを登用し，王族や母后の政治的野望に対抗．ルイ十四世の絶対君主制への道を拡大した．

16．シラノ・ド・ベルジュラック（Savinien Cyrano de Bergerac, 1619 - 1655） 軍人・文学者．20歳の時から出征してドイツ軍と戦い，二度にわたり

負傷．引退してパリで復習教師となった．この頃ガッサンディやロオーなど，哲学者や文人，自然学者と知り合う．戯曲の他に散文作品『日月両世界旅行記』などがある．政治や社会の現実に批判的で，権力者や大衆と折り合うことができず，不遇のうちに没した．

17．パスカル，「フェルマー宛書簡（1654年7月29日）」

18．シャルル・ニコル（Charles Nicolle, 1866－1936） フランスの細菌学者．パストゥールの同僚にして後継者．チフスの伝染過程と予防の研究によりノーベル医学賞を受けた（1928年）．

19．引用された原詩はつぎのとおり．《La dame le veut retenir,//Par le mantel l'avoit saisi,//Que les ataches en rompit...》. 現在時制とふたつの過去時制が（現代の観点からは）乱用されている．

20．フィリップ・ド・コミーヌ（Philippe de Commynes, 1447？－1511） ブルゴーニュ公シャルル・ル・テメレール，ルイ十一世，シャルル八世，ルイ十二世に修史官・外交官として仕える．政治を道徳的な観点からではなく力学的な観点から見ることが出来た，当時としては稀な人物．因みにフェーヴルはコミーヌを16世紀以前の著述家と見なしているようだが，いつから（或いは誰から）16世紀が始まるのか，きちんとした議論はなされていない（なされるべくもない）．

21．《Cette artillerie tua une trompette en apportant un plat de viande sur le degré》. コミーヌの文章では主節の主語とジェロンディフ（副詞的文詞構文）の主語が異なっている．現代の文法規範では例外的な用法，もしくは誤用とされる．

22．《Et cette imagination leur donnait l'obscurité du temps》. 現代では通常用いられない主語と動詞の倒置がある．ただしフェーヴルの引用には句読点の脱落があり，原文よりも意味を取りにくくさせている．

23．《Le roy vint un matin par eau jusques vis-à-vis de nostre ost, largement chevaux sur le bord de la rivière》. 副詞的要素が古風．

24．《Jeanne, en te baisant, tu me dis//Que j'ai le chef à demi-gris》. 前記訳註（21）と同じく，主節の主語とジェロンディフの主語が異なっている．

25．ブランシュマン篇，『ロンサール全集』第2巻，291ページ．

26．《Je m'étois proposé aussi, comme quand j'en discourus au comte de la Rochefoucaut, seulement de demander congé au Roy, pour n'estre dit transfuge, par un de mes amis, pour me retirer ailleurs où je trouverois mieux qu'en son royaume》. 出典は，ラランヌ篇，『ブラントーム全集』第5巻，210ページ．厳密にいえば正確な引用ではない．フェーヴルがこの一節の引用をしたのは，構文的に（近現代の）規範文法の教えと合致しない点があるため．以下は余談．プロスペル・メリメ篇，『ブラントーム全集』第6巻，217－218ページにこの逸話が紹介されているが，ラランヌの考察とは異なり，メ

リメは文中のラ・ロシュフコー伯爵を〈フランソワ三世〉と同定する註を記す．どちらの同定が正しいか（あるいはもっともらしいか），訳者は不勉強にして結論を出せない．

27．《Ils dirent qu'ils n'iront point》．（現代人から見た）時制の乱れ．

28．ジャン・ドトン（Jean d'Auton ; 別表記 d'Authon, 1466？－1527？） 韻文作家としては大修辞学派の流れを汲む．しかしドトンの名を後世に残したのはルイ十二世の修史官として執筆した，多分に平板な『国王ルイ十二世年代記』であろう．

29．《Lesd. lettres que lui envoyoit led. lieutenant du Roy, desquelles choses fut très animé contre les Boullongnoys, disant qu'il les destruira, s'il faut qu'en armes aille sur le lieu, et que, à bon droit, avoit deservy cruelle pugnition》．同じく時制の混乱．

30．《provoqué l'ont ses fils et ses filles》．（現代人から見た）統辞法の混乱．

31．《là bauffrant attendit les moines l'abbé》．これはフェーヴルの引用文で，出典は『第三之書』第15章，協会版，『ラブレー著作集』第5巻，124ページ；渡辺氏訳，『第三之書』，106ページ．しかしこの引用文には誤りがある．協会版の文章は《là, baufrant, attendent les moines l'abbé》．であり，むしろ《卓子へ獅嚙みついて……修道士たちは院長様を待ち構える》と，主語と直接目的語を交換しなければならない．ともあれフェーヴルは構文の自在さを特記したかったのだろう．

32．《Un mesme teint avoient l'aube et les roses》．現代文法からするとやや異例な倒置構文．

33．ジャック・アミヨ（Jacques Amyot, 1513－1593） ギリシア語とラテン語をよくし，王姉マルグリット・ド・ナヴァールの推薦によりブルジュ大学で古典語を教える．1548年から4年間イタリアで古文献を収集・研究．帰国後，トゥルノン枢機卿の好意でアンリ二世の宮廷に入り，のちのシャルル九世やアンリ三世の家庭教師となった．宮廷人・聖職者としてよりもプルタルコスの『対比列伝』や『倫理論集』などのフランス語訳者として名高い．フェーヴルが指摘する欠点にもかかわらず，『対比列伝』のフランス語訳は現在なお一般向けの叢書に収められている．

34．アンティオコス（'Αντίοχος, 紀元前215？－163） シリア王アンティオコス四世（在位紀元前175－163年）．エジプトに遠征，支配下におくが，ローマ軍の介入により撤退．ユダヤ人のヘレニスム化政策は却ってその反感をかい，『聖書外典』「マカベア書」で有名な反乱の動因を作った．

35．《Quand les Romains eurent défait Antiochus, ils commencèrent de plus en plus à gagner et ancrer sur les Grecs, de sorte que leur empire environnait déjà les Achéens de tous côtés, même les gouverneurs des villes

se rangeoient et s'inclinoient fort sous eux pour s'insinuer en leur bienveillance et déjà tendait la puissance de l'Empire romain le grand cours, avec la faveur de fortune, à la monarchie du monde universel et approchait bien fort le but où les dieux vouloient tout faire tourner》. 現代人から見た構文のぎこちなさを言いたいのであろう．因みに，プルタルコス，河野与一氏訳，『英雄伝』第5分冊，114ページにはこうある．《ローマ軍がアンティオコスを破つてからは，次第にギリシャ本土の政治に根を生やし，その勢力はアカイアー軍を凌ぎ，煽動政治家たちはその意を迎へ，ローマの強權は神の助けを得てあらゆる方面に拡がり，勢に乗つた幸運が到達すべき終局も近くなつてゐた……》．

36．ベルナール・パリシー（Bernard Palissy, 1510？－1590） 陶工．少年時代から職人として働きながら各地を遍歴，苦心のあと独自の陶芸手法を見出した．宮廷にも認められ，工房を与えられた．独学で獲得した地質学や博物学，建築学について書物を残した．典型的なユマニストとは異なり，古典古代に依拠しないフランス16世紀人の知への渇望のひとつの例であろうか．改革派信徒で幾度も投獄されるが，老いてなお信念をすてない老職人の感動的な逸話を残している．

37．ロンサール，『ラ・フランシアード』「序詞　自らについて」，ブランシュマン篇，『ロンサール全集』第3巻，252ページ，註．ただしこの詩篇をロンサール自身の作品とするのは，必ずしも一致した見解ではない．

38．《Quod cogitatione tantum percipitur》．

39．グルゼール（Henri Gœlzer, 1853－1929） フランスのラテン語学者．『羅仏辞典』（1893年），『希羅比較文法』がある．

40．《doctrina qua rerum universitas ex causis aliis ex aliis nexis necessario constat》．

41．《Placuit nationi remediare et obviare abusibus commissis vel committendis per nuntios nationis》．

42．《vult specialiter quod fiat una distincta tabula omnium dioceseon》．

43．《capis me pro alio》．

44．《parvus garsonus bavat super sese》．

45．《ego bibi unum magnum vitrum totum plenum de vino》．

46．《faciam te quinaudum》．

47．ジョワシャン・デュ・ベレー，『オリーヴ詩集』，シャマール篇，『デュ・ベレー詩集』第1巻，121ページ，第112番．

48．《infinitio ipsa quam ἀπειρίαν vocant》．

49．デカルト，落合太郎氏訳，『方法叙説』，92ページの訳文を借用した．

50．ギヨーム・デュ・ヴェール（Guillaume Du Vair, 1556－1621） 政治家・思想家．王党派知識人の代表的存在．1584年パリ高等法院評定官．パリ・リー

グ派が権力を握っていたころには苦しんだが，いち早くアンリ四世を国王として認め，その外交にも力を貸した．キリスト教と古代哲学の接点にうまれた，所謂ネオ＝ストイシスムの立場に立ち，その『堅認論』はリプシウスの同題の作品と並び称されながら，独自の思想を展開している．

51．ベルナルディノ・テレジオ（Bernardino Telesio, 1508－1588） 感覚的経験論に基づく自然学を展開，アリストテレスの自然学を批判した．

52．《verba tantum affero, quibus abundo》．

53．《il pensiero che si vede fuori di se》．

第二部・第二巻・第三章

1．アンドレアス・ウェサリウス（Andreas Vesalius, 1514－1564） 第一部・第一巻・第二章の訳註（20）を参照．

2．小プリニウス（Gaius Plinius Caecilius Secundus, 61？－112？） 大プリニウスの養子．元老院議員・法務官・執政官．ビテュニア総督（110年）．多様な主題を扱った『書簡集』（國原吉之助氏抄訳，『プリニウス書簡集』）を残した．

3．バルトロマエウス・アングリクス（Bartholomaeus Anglicus, ？－1250？） フランチェスコ派修道士．1230年パリ大学で聖書を講じ，1231年，ザクセンのマクデブルクで神学を教える．『事物ノ属性ニツイテ』は当時の百科全書的傾向を反映した作品で，霊的な事物にたどり着く手段として自然的事物を論じているらしい（多井一雄氏抄訳，『事物の属性について』，『中世思想原典集成　13』所収の文章と，谷川かおる氏，「バルトロマエウス・アングリクス著『事物の特質について』：オック語ヴァージョン校訂ノート（1）」，『（東京都立大学仏文研究室）佛文論叢』11号所収の文章とを併読するとイメージがつかみやすい）．

4．ザクセンのアルブレヒト（Albrecht von Sachsen, 1316－1390） ドイツの哲学者・自然学者・数学者．ハルベルシュタット司教．ソルボンヌ神学部やウィーン大学で教鞭をとる．自然学や哲学の著作がある．地球の自転を肯定したという．

5．ウィトルウィウスの『建築書』の知られる限り最古の版本は1486年ころ出版されたらしい．16世紀になると1511年以降優れた版が刊行されたという．

6．ロベール・エティエンヌ（Robert Estienne, 1503－1559） ユマニスト・出版者．アンリ・エティエンヌの次男．ヘブライ語，ギリシア語，ラテン語に通じ，フランソワ一世やマルグリット・ド・ナヴァールに出版業者として認められた．聖書の校訂をめぐりソルボンヌと対立，ジュネーヴに亡命し改革派信徒となった．論争文書『パリ大学の検閲』（1552年）があるが，何よりも大きな功績は『ラテン語宝典』（1531年），及び『仏羅辞典』（1539年）の刊行であろう．この本の第一部・第一巻・第二章への訳註（77）を参照．

7. アルベルティ（・ダ）・カラーラ（Giovanni-Michele-Alberti Carrara, ? - 1490 ; フェーヴルはダ・カラーラとするが，通常は上記のように表すらしい）イタリアの医師・歴史家・文学者．当時，碩学として崇められた．医師の実務のかたわら，文芸にも励んだ．ヴィスコンティ家をはじめ，多くの貴顕から意見を求められた．著書に『イタリア史全60巻』など．

8. アレッサンドロ・アキリーニ（Alessandro Achillini, 1463 - 1512） イタリアの哲学者，解剖学者．ボローニャとパドヴァでアウェロエス説を巧みに教え，〈第2のアリストテレス〉の評判をえた．医師・解剖学者としての名声も高く，人体をはじめて解剖した一人である．

9. アーバノのピエトロ（Pietro d'Abano, 1257 - 1315） 所謂パドヴァ学派のひとり．1307年ころからパドヴァ大学で医学，哲学，数学を講ずる．アウェロエス（西欧に伝えられた形での）を信奉，それに基づきアリストテレスの解釈を説いた．

10. ジャック・シニョー（Jacques Signot, ? - ?）『〔小〕アジア，ヨーロッパ及びアフリカの各地方及び各地域の報告をふくむ世界の区分』（1539年）の仏訳者．

11. J. ボエムス（J. Boemus, ? - ?）『世界の三部分に含まれるあらゆる地域及び地方の状況に係わる様々な物語の集成』（1539年）の仏訳者．

12. コンタリーニ　第二部・第一巻・第二章の訳註（32）を参照．

13. ジャン・ビュリダン（Jean Buridan, 1300? - 1366?） スコラ哲学者．一般には〈ビュリダンの驢馬〉で有名だが，著作にこの例示が残されているわけではなく，決定論や自由意志論を批判するために講義でもちいたものらしい．1328年と1340年にパリ大学区長，ウィリアム・オッカムの弟子だったが唯名論者に関しては懐疑的だった．アリストテレスの動体論に対し，力と惰性の概念に基づく動体論を提出し，ガリレオやデカルトを経て近代物理学にもつらなると言われる．

14. オットー［オトンとも言うらしい］・ブルンフェルス（Otho Brunfels, 1464? - 1534） ドイツの植物学者・医師．ルターに共感，カルトジオ派修道会を去り，シュトラスブルクの教師，続いてベルンの医師を勤める．新種植物を多数発見，図版をともなった植物誌を刊行した．

15. レオンハルト・フックス（Leonhard Fuchs, 1501 - 1566） ドイツの医師にして植物学者．改革派．インゴルシュタットとテュービンゲンで医学を講じ，多数のラテン語の医学関係書や植物学関係書を残し，この両分野の再生に大きく貢献した．ヒポクラテスやガレノスの翻訳にも力を注いだ．コルナリウスを筆頭に少なからぬ人々を敵に回した．

16. ピエール・ブロン（Pierre Belon, 1517? - 1564） フランスの大博物学者．幼い頃から博物学に関心をもち，パリで医学を修め，ロンサールと知り合う．ウァレリウス・コルドゥスの植物学講義をヴルテンブルクまで聴講にゆく．

その後遍歴をかさね，小アジアにも足を運び，様々な苦難の末アンリ二世，シャルル九世に学識を認められるが，テオフラストスの翻訳を試みていたとき，何者かに暗殺された．多数の論文を残し，ギリシア，アラビア，エジプト，小アジアの探検記録や鳥類，魚類の博物誌がある．

17．ゲオルグ・アグリコラ（Georg Agricola, 1494 - 1555） ドイツの初期ユマニスト・医師・鉱山学者．ライプツィヒ大学で学んだあと，イタリアに留学，哲学や医学を修める．ドイツに戻り，鉱山の町で医師を開業，これを機会に鉱山の研究をはじめ，採掘や冶金，鉱物や地質に関する先端的な学術書を残した．

18．マルティ＝ラヴォー篇，『ラブレー著作集』第3巻，127ページ；渡辺氏訳，『第五之書』，149ページ．

19．レーヴェンフック（Antoine van Leeuwenhoek, 1632 - 1723） オランダの著名な博物学者．若くしてアムステルダムで商業実務を学び，故郷に戻り結婚してから博物学を独自で基礎からマスターした．人体構造を研究，血液循環を発見した．顕微鏡を用いて様々な発見をしたが，自らの仮説を真実とみなす悪癖もあった．ライプニッツからも高く評価された．

20．フランソワ・ヴィエト（François Viète, 1540 - 1603） フォントネー＝ル＝コント出身の数学者・法律家．請願審問官をへて，アンリ四世の政治顧問．しかしヴィエトには〈代数の父〉の称号が冠せられるように，三角法，代数の記号法，方程式の根と係数の関係を研究．π を小数点十桁まで計算した．

41．タルターリャ（Nic. Tartaglia, 1500？ - 1557） イタリアの数学者．赤貧の中で独学で学問を修めた．ヴェローネなどで数学を教授する．誤って〈カルダーノの公式〉と呼ばれている三次方程式の解法を考え出した．戦術に数学を最初に応用した者の一人．

22．フェッラーリ（Luigi Ferrari, 1522 - 1566） イタリアの数学者．カルダーノの弟子で四次方程式の解法を発見した．ミラノとボローニャで教師をした．

23．ボンベッリ（Raphaello Bombelli, ？ - ？） ボローニャ生まれの技師・数学者．1572年に『代数論』を刊行した．そこには体系的に演繹された一連の命題を用いた科学的・方法論的証明が見られるらしい．四次方程式の一般解も示されているという．

24．ルカ・パチョーロ（Lucas Pacciolo；もしくは Paccioli, ？ - ？） トスカナ地方出身の数学者．15世紀後半から16世紀前半に活躍した．フランチェスコ派修道士で小アジアを遍歴した．ナポリ，ローマなどで数学を講じた．エウクレイデスをラテン語に訳した．レオナルド・ダ・ヴィンチの友人であった．

25．ゴバール数字 所謂アラビア数字の過渡的な形態．

26．セギエ（Pierre Séguier, 1588 - 1672） ルイ十三世とルイ十四世のもとで大法官を勤める．リシュリューに対する陰謀を計画したサン＝マールの予審を担当し，フーケの裁判を指揮したが，予断をもっていたようだ．アカデミ

ー・フランセーズの庇護者.

27. 英語の〈大蔵大臣〉は Chancellor of the Exchequer.

28. タルマン・デ・レオー（Gédéon Tallemant des Réaux, 1619－1692） レ枢機卿に随行してイタリアに赴き，ヴォワテュールと知り合い，ランブイエ夫人のサロンの常連となる．夫人の勧めで『小話集』（執筆1657年以降；刊行1834年）を書き始める．『小話集』は17世紀初頭から半ばにかけての宮廷やパリでの逸話の集成で，その写実的・諷刺的な筆致により当時の世相の貴重な証言となっている．

29. ネピア（John Napier, 1550－1617） スコットランドの数学者．フランスに留学後，1593年ローマ教皇を批判する改革派論争文書を執筆．しかしネピアの功績は数学者としてのそれで，対数の概念を導入，対数表の作成を試みる．ケプラーはネピアの成果に多く依った．計算機の原理も考案したという．

30. ヨハン・ヴィドマン（Johann Widmann, 15世紀後半） ドイツの数学者．ライプティヒ大学に学ぶ．1489年『商用算術書』でプラス記号（＋）とマイナス記号（－）を用いた．

31. ニコラ・シュケ（Nicolas Chuquet, 1445－1488） フランスの数学者・医師．パリで医学を修める．『数学三部』（1484年公表，1880年刊行）で新しい代数の体系を示し対数の存在にも触れたらしい．また同年にフランス語でかかれた『幾何学』（1979年まで刊行されなかった）からは中世の幾何学と同時代の数学イタリア学派に対する理解がうかがえる．

32. ロバート・レコード（Robert Recorde, 1500？－1558） 英国の数学者．オクスフォードで数学や修辞学，音楽を教えたあと，ケンブリッジで医学博士号を取得（1545年），オクスフォードに戻る．ロンドンに上京してエドワード六世やメアリ一世の侍医となるが，借金をかかえ獄中死する．等号記号（＝）の発明者．代数論に優れていた．

33. オートレッド（W. Oughtred, 1574－1660） 聖職者で同時に数学を教授した．計算の簡略化や幾何学に対する代数学の応用を広めた．

34. 聖アンドレア（Andrea, ？－？） 聖ペテロの兄で十二使徒のひとり．小アジアやギリシアで布教活動をおこない，アカイアでX字形の十字架に架けられ処刑されたらしい．

35. シャルル五世（Chalers V, 1337－1380） フランス国王（在位1368－1380年）．百年戦争のさなか，父王ジャン二世がロンドンに幽閉されている間，摂政として名将デュ・ゲクランを登用し，多くのイギリス軍占領地を奪還．常設軍や行政機関の整備，産業を育成し文芸を奨励した．ネガティヴな面ではマルセルの反乱とその鎮圧がある．

36. 正確な出典は不明だが，下記訳註（37）の「愛しき時計」に見られる表現．

37. たとえば，ジャン・フロワサール，ビュション篇，『フランス国民の年代

記叢書』第25巻，1829年，『フロワサールの詩作』，174ページ．ただし異文の多さから見て，フェーヴルがどの版を参照したか，判明しない．この章の原註（13）はフランクランの『昔日の私生活　時間の計測』を指示しているが，当該文献にはこの詩篇は収められていない．

38．《horologia sunt valde recentia et præclarum inventum》.

39．ジル・ド・グーベルヴィル（Gilles de Gouberville, 16世紀中葉）　ノルマンディの地方領主．1549年から1562年に書かれた克明な『日記』が19世紀末に発見・出版された．現在では当時の社会史を知る上で欠くことができない一級の史料のひとつとなっている．内容も大変面白い．

40．フェーヴルの原文では《1563年》となっているが，誤りなので正した．グーベルヴィル，『日記』第3巻，747ページ参照．1561年（旧暦）1月7日の記事である．

41．1561年（旧暦）3月24日の記事．グーベルヴィル，『日記』第3巻，762ページ．

42．協会版，『ラブレー著作集』第2巻，347ページ；渡辺氏訳，『ガルガンチュワ物語』，193ページ．

43．シャルル・ソレル，『フランシオンの滑稽物語』からの自由な援用．

44．フェーヴルは出典を示さないが，案外この章の原註（13）の，A・フランクラン，『昔日の私生活　時間の計測』，54ページあたりに依拠しているのかも知れない．

45．アル・ビトルージ（Al Bitrugi，？－1204？）　スペインのアラビア天文学者．アリストテレスの自然学に基づき，プトレマイオスの天文学を批判した．

46．《現象を救うこと》　6世紀のシンプリキウスがアリストテレスの解釈に用いた言葉だとされるが，詳細は不明．観察された現象を説明する，真偽のレヴェルを問題としない仮説を立てること．この表現のギリシア語は《Σώζειν τὰ φαινόμενα》．原註にあるように，デュエムに『現象を救う　プラトンからガリレイまでの自然学理論試論〔Σώζειν τὰ φαινόμενα, *Essai sur la théorie physique de Platon à Galilée*〕』（1914年）があり，フェーヴルはおそらくそれを意識していた．

47．シンプリキウス（Simplicius, 500年前後）　キリキアのプラトン派哲学者．アンモニウスとダマスキウスの弟子．キリスト教と対峙し，アリストテレス哲学とプラトン哲学の融合を目指した．アリストテレスの『範疇論』の註釈書やエピクテトスの『提要』の註釈書がある．

48．コペルニクス，矢島氏訳，『天体の回転について』，17ページ．フェーブルの原著にあわせて，若干語句を改めさせていただいた．

49．レティクス（Rheticus/Rhaeticus；本名George Joachim, 1514－1576）ヴィッテンブルク大学で数学と天文学を教える．コペルニクスの体系を信奉し，その死後著作を刊行した．コペルニクスの体系に基づく暦を作った．自然学，

幾何学，天文学に関する論文がある．

50．ラインホルト（Erasmus Reinhold, 1511 - 1553） ドイツの天文学者．プルバッハとレギオモンタヌスの解釈者．タンジェント表を精密にした．コペルニクスの観察の成果をヒッパルコスやプトレマイオスのそれと比較し，天動説に基づいた実用的な天体図をいちはやく制作．また1年の長さを365日と5時間55分58秒と計測，これをもとにグレゴリウス暦が作られた．1552年までヴィッテンブルクで数学と天文学を教えた．

51．《son principio di secol novo》．

52．ラプラス（Pierre Simon de Laplace, 1749 - 1827） フランスの天文学者・物理学者・数学者，そして無能な政治家．数学者としては〈ラプラスの方程式〉に名前を残す．太陽系の数学的分析をおこない，原始星雲から太陽系が発生したとする理論や（1796年），重力効果についてのニュートンやハーレー，オイラーの研究を総括した『天体力学』（1798 - 1825年）を発表した．ナポレオンのもとで内相に任命されたが間もなく更迭．ナポレオン没後は王政復古派に転じて侯爵となった．

53．《Motus stellarum, tam fixarum quam erraticarum, cum ex veteribus tum etiam ex recentibus observationibus institutos, et novis insuper ac admirabilibus hypothesibus ornatos》．

54．ベリュール 本書第一部・第二巻・第一章への訳註（26）を参照．

55．『ガルガンチュワ物語』第17章及び第20章．

56．『ガルガンチュワ物語』第20章の後半を意識しての言い換えか．協会版，『ラブレー著作集』第1巻，180ページ；渡辺氏訳，『ガルガンチュワ物語』，105ページ，106ページ参照．

57．フロイス（Luis Frois, 1532？ - 1597） ポルトガル出身のイエズス会宣教師．1548年イエズス会に入信．1563年日本に到着．1565年足利義輝に，ついで織田信長に会う．布教を許され，西日本を中心に多くの者を改宗させる．1587年の追放令をへて1597年，長崎に没する．克明な布教史である『日本史（第1部）』（柳谷武夫氏訳）の他，日本語文法や語彙集，日本通信の他に近年発見された『ヨーロッパ文化と日本文化』（岡田章雄氏訳）がある．

58．ミケーレ・ルッジェーリ（Michele Ruggieri, 1543 - 1607） イタリア人イエズス会士．法学博士号を取得したのち，1572年，イエズス会士となる．1577年アクアヴィーヴァとともにインドに出帆．フェーヴルは来日した宣教師であるような物言いをしているが，中国（主としてマカオ）で布教活動をおこない，日本に渡航しようとして果たさなかった．ルッジェーリの中国書簡はフロイスの日本通信の付録として，二度ほどフランス語で紹介された．1588年に欧州に戻る．サレルノで没した．

59．カブラル（Francisco Cabral, 1529 - 1609） ポルトガル出身のイエズス会宣教師．1570年来日．1571年と1572年に上京，足利義昭や織田信長と会い，

布教を許されるが，同僚と対立，1580年日本を離れる．1594年から1597年にかけてゴア管区長．

60．マルティ＝ラヴォー篇，『ラブレー著作集』第2巻，366ページ；渡辺氏訳，『第四之書』，154ページ．

61．同書，365ページ；渡辺氏訳，同書，同ページ．

62．同書，364ページ；渡辺氏訳，同書，152ページ．

63．ブランシュマン篇，『ロンサール全集』第5巻，127ページ；高田氏訳，『ロンサール詩集』，165ページ．ただしここでフェーヴルは，アルベール・シュミット篇，『ダイモンの讃歌』を底にしている可能性が強い．

64．フェーヴルの強調にもかかわらず，問題の人物はトマス（一世）ではないと思う．英訳者の判断のように，フェリックスの『回顧録』と混同しているようだ．

65．サリュッツォ侯爵フランチェスコ（Marchese di Saluzzo Francesco，？－1537） フランソワ一世にナポリのフランス軍の指揮を任されたミケーレ＝アントニオ・ディ・サリュッツォの三男．寝返りの逸話については，マルタン・デュ・ベレー，『回想録』第8巻（1536年8月）にも紹介されている．

66．『エセー』第1巻・第11章．ストロウスキー篇，ボルドー版，『エセー』第1巻では，50ページあたりか．異文多し．

67．アンブロワーズ・パレ（Ambroise Paré, 1510？－1590） フランスの外科医．メーヌ伯に理髪師として仕えていた時代に外科技術を修め，1532年頃上京．ピエモンテ遠征軍に従事，戦闘の負傷者や死者を治療観察して，臨床的な実証医学の体系を構築した．学術書をフランス語で執筆したことでの貢献も忘れなれない．古典語を知らないにもかかわらず医学博士となり，ある意味で陶工パリシーの生き方にも通ずる．眼にとまりやすい『怪物論』だけではなく，著作の全体像をつかんでおきたい学者．

68．正確な出典は不詳．パレには《経験なき科学には大した確実性などない》（マルゲーニュ版，『アンブロワーズ・パレ著作集』第3巻，649ページその他）というモットーがあり，案外それを敷衍して使ったのかも知れない．

69．《猫の毒》については，パレ，『著作集』第3巻・第43章，333－334ページ．

70．ジャン・ド・レリー（Jean de Léry, 1534？－1613？） 改革派の航海者．若くしてジュネーヴで神学を学ぶ．ヴィルガニョンのブラジル植民地創設計画に参加．1556年から1558年にかけてブラジルに航海，しかしこの間にヴィルガニョンとレリーとの反目が生ずる．1561年匿名で旅行記を出版した．レリーのもう一つの功績は，聖バルテルミーの虐殺のあと1573年の悲惨なサンセール攻防記を内部の視点でかたったことだろう．資料的な価値は高い．晩年はよく知られていない．

71．出典は下註（72）参照．この割註は二宮敬氏．

72．ジャン・ド・レリー，二宮敬氏訳，『ブラジル旅行記』，79ページの訳文をお借りした．

73．同書，同ページ．

74．同書，同ページ．

75．この引用（？）に該当する文章は，おそらくパリシーの著作には存在しない．

76．ルソー，樋口謹一氏訳，『エミール』第4篇，邦訳『ルソー全集』第7巻所収，21－22ページの訳文をお借りした．

77．カルバハル（Luis de Carvajal, ？－？） スペインのフランチェスコ派修道士．教皇パウルス三世の時代に神学者としてトリエント公会議に参加．エラスムスの対立者．

78．《Saepe est, etiam sub pallio sordido, Sapientia》〔キケロ，『トゥスクルム荘対談集』第3巻23節〕

79．マルクス・ムスルス（Marcus Musurus, 1470？－1517） ギリシアの学者．若くしてイタリアに移住，フィッツィーノ，マヌティウス，ラスカリスと交わり，パドヴァにおけるギリシア文学の教師と呼ばれた．かれを慕ってイタリア各地をはじめフランスやドイツからも学生が訪れた．ローマ教皇レオ十世にも招かれた．アリストパネスやプラトンその他の校訂版を上梓，ヨーロッパに古代文芸を普及するのに大いに貢献した．

80．英訳書によれば，A. F. ディド，『アルドゥス・マヌティウスとヴェネツィアのギリシア文化』，34－35ページ．

81．コペルニクス，矢島氏訳，『天体の回転について』，13ページ．

82．パスカル，ブランシュヴィック版，『パンセ』，断章206の自由な引用か．

83．ディアフォアリュスはモリエールの『気で病む男』に登場する冴えない医師の卵．主人公の恋敵にして道化役．《血液循環論者に対して書いた論文》〔内藤氏訳〕を執筆したことになっている．

84．ロマン派の作家たちがフランス16世紀に題材を求めたほかに，16世紀調の擬古文で作品を書いたことは知られている．〈新史料（ラブレーからルター，スカリジェ，コペルニクスたちに宛てた手紙)〉を売買の対象としてしまったヴラン＝リュカはむしろ詐欺師というべきであろうが，19世紀の学者たちも時として〈新史料〉を捏造し，周囲の騒乱を横目で眺めては他愛なく楽しんでいた．周囲を騒がす目的ではなかろうが『第六之書』が世に出たのは1933年であった．

85．《Annulo Cingitur Nusquam Cohærente Ad Eclipticam Inclinato》.

86．マルゲーニュ篇，『アンブロワーズ・パレ全集』第3巻，471ページ及び508ページに，引用文の大意に近い一節がある．

87．古賀弘人氏訳，『チェッリーニ自伝』下巻，13ページ参照．

第二部・第二巻・第四章

1. ルチリオ・ヴァニーニ（Lucilio Vanini, 1585－1619）　ポンポナッツィ以下のイタリア人思想家の中で，このヴァニーニの名前だけが1947年版以降削除されることになる．他の4人の思想家と比べ，確かにマイナーであり，若くして焚刑に処せられ，ために著作も少ないとはいえ，ヴァニーニ（巷間伝えられるような〈無神論者〉だから，と言う訳ではない．ヴァニーニが〈無神論者〉だったとする証拠は，噂以外にあるのだろうか）に少なからず関心をもつ訳者から見れば，不当な待遇ではないかと思う．

2. フラ・パオロ・サルピ（Pietro Fra Paolo Sarpi, 1552－1626）　ヴェネツィアの修道士．科学者・歴史家．ここで問題になっているのは，1580年頃，血液の循環を発見した功績だろうが，一般にフラ・パオロが有名なのは歴史家としてである．1605年にヴェネツィア共和国とローマ聖庁の紛争が起こると，ヴェネツィアの見解を代表する神学者に選ばれ，ローマ教会の改革を要求した．そのため1607年には暴漢に襲われ，以後修道院にこもった．大著『トリエント公会議史』（1619年）は改革派によく読まれ，伝統的カトリック教徒からは非難された．フラ・パオロのものに倍するパラヴィツィーノの『トリエント公会議史』もかれに反駁する意図で書かれた．他にも『主権者の権利』，『聖職禄論』などある．

3. フェーヴルが指示する出典（ダルメストテール＝アトスフェルド，『フランスにおける16世紀』）は，ジャン・ルメールの1513年版の詩句を採用するが，正確さにおいて懸念が残るのみならず，意味が通じない箇所もあるので，ここでは現在もっとも使いやすい，ステシェール版，『ルメール・ド・ベルジュ著作集』第3巻，20ページの詩句を用いた．

4. 1947年の増補改訂版以降，ここから次のような異文がおかれる．
《それが告げるのは，“渦潮に対して鳴り響く海”であり，それが声で充たすのは，ざわめきたてる森林である．

　聖なるガチーヌ，私の苦悩のしあわせな聞き手よ，
　おまえは森のなかで答えてくれる，
　或るときは大声で，或るときは低声で，
　わが心が隠しおおせない長い溜息に……

あるいは田園の散策を想起させても，それは芳香と物音しか指し示さない．

　私は野性を香らせる庭園がいたく気に入り，
　水際でせせらぐ波が気に入っている……〔ブランシュマン篇，『ロンサール全集』第7巻，113ページ〕

わたしには，資質と年代に関する……》

5. 高田勇氏訳，『ロンサール詩集』，89ページの訳文をお借りした．

6. この呼称はラブレーが最初にジャン・ブーシェに宛てた「書簡詩」で自ら名乗ったもので，ここで問題になっている「回答書簡詩」には使われない．

7. ジャン・グージョン（Jean Goujon, 1510 - 1566？） フランスの彫刻家，建築家．若い頃イタリアで修行し，古代芸術やイタリア芸術への傾斜を深める．ジャン・マルタンの翻訳に挿し絵を書いたりもした．1547年王室彫刻家に任ぜられる．マニエリスム的傾向をもつ作品も残したが，やがてギリシア彫刻の古典的作風をかためていった．

8. マルティ＝ラヴォー篇，『ラブレー著作集』第3巻，304ページ．2行目の後半に省略箇所がある．

9. 以上いずれも，マルティ＝ラヴォー篇，『ラブレー著作集』第3巻，304ページからの，おおむね正確な引用．

10. クレマン・マロ，ギフレー篇，『クレマン・マロ著作集』第2巻，90ページ．

11. ジョワシャン・デュ・ベレー，シャマール篇，『デュ・ベレー詩集』第2巻，37ページ．『夢』，第12番．ここでは田中聡子氏訳，「デュ・ベレー，『夢』」，『中京大学教養論叢』第31巻，425ページの訳詩をお借りした．

12. 同書，同ページ．田中氏訳，同書，同ページ．

13. デュ・ベレー，シャマール篇，『デュ・ベレー詩集』第2巻，59ページ．『哀惜詩集』，第9番．ここでは田中聡子氏訳，「ジョアシャン・デュ・ベレー，『哀惜詩集』」（1），『中京大学教養論叢』第23巻，124ページの訳詩をお借りした．

14. 同書，同ページ；田中氏訳，同書，同ページ．

15. クルエ・ジャネ（François Clouet Janet, 1510？ - 1580？） フランドル出身の画家．ホルバインの弟子だったという説もある．イタリア趣味を排し伝統的な様式にこだわった．

16. デュ・ベレー，シャマール篇，『デュ・ベレー詩集』第2巻，68ページ．『哀惜詩集』，第21番；田中聡子氏訳，前掲書，133ページ．

17. デュ・ベレー，シャマール篇，『デュ・ベレー詩集』第1巻，114ページ．『オリーヴ詩集』，第102番．

18. デュ・ベレー，シャマール篇，『デュ・ベレー詩集』第2巻，65ページ．『哀惜詩集』，第16番；田中氏訳，前掲書，129ページ．但しフェーヴルは《三羽の白鳥》の代わりに《二羽の白鳥》とする．知る限りこうした異文は存在しない．

19. パラケルスス（Philippus Aureolus Paracelsus, 1493 - 1541） スイス出身の放浪の医師・自然学者・哲学者．ヨーロッパを遍歴したのち，バーゼル大学に迎えられたが，身を落ち着けられず，ザルツブルクで没した．神秘的世界観の持ち主で，中世医学に対するに錬金術をもってし，硫黄・水銀・塩を人体形成の三元素と考えた．

20. 1947年版以降，この段落の終わりまで，次の文章が加えられている．《そしてまたこの時代の人間が，多くのことをたびたび，耳によって学んでい

る事実を想起する必要があろうか？　自分で読むというよりもむしろ，読んでもらっている事実を想起する必要があろうか？　貴人たちが耳学問で教えるお喋り連中に囲まれていることを？》

21．1942年版では《造形的意志〔intention plastique〕》となっているが，1947年版以降《造形的直観〔intuition plastique〕》に直されており，後者を尊重した．

22．ガスパール・デザルグ（Gaspard Desargues, 1593－1662）　リヨン生まれの幾何学者．

23．パレストリーナ（Pierluigi Palestrina, 1529－1594）　イタリアの作曲家．俗謡のメロディにあわせて聖歌を作曲していた慣例を破り，教会専用に重厚で荘重なメロディを作曲した．様々なジャンルの多数の作品がある．通称〈音楽の君主〉．

24．リムイル（Limueil, ？－？）　リムイル領主ジル・ド・ラ・トゥールの長女．その妹はコンデ公の愛妾となり，シピオン・サルディーニと結婚した．

25．ブラントーム，ラランヌ篇，『ブラントーム全集』第９巻，461－462ページ．小西茂也氏訳，『艶婦伝』下巻，494－495ページの訳文をお借りした．

26．同書，462ページ；小西氏訳，同ページ．

27．①フェーヴルが掲載する原詩の一部．

《Soufflez, jouez, soufflez toujours,
Tournez, virez, faictes vos tours,
Phifrez, soufflez, frappez tabours...

Tournez, tournez, brayez, tournez,
Gros courtault et faucons,
Pour resjouir les compagnies,
Pour resjouir les compaignons...

Donnez des horions, pati patac,
Tricque, tricque, tricque, tricque,
Trac, tricque, tricque, tricque,
Chipe, chope, torche, lorgne,
Chope, chope, serre, serre, serre...

②ノエル・デュ・ファーユの註にある原詩の対応部分．

《Soufflez, jouez, soufflez tousjours,
Tournez, virez, faictez vos tours
Phifrez, soufflez frapez, tabours,...

Tournez, tonnez, brayez, tonnez,
Gros courtault et faulcons,
Pour resjouyr les compaignons,
Pour resjouir les compaignons,...

Donnez des horions, pati patac
Tricque, tricque, tricque, tricque
Trac, tricque, tricque, tricque,
Chipe, chope, torche, lorgne,
Chipe, chope, serre, serre, serre,...

Nobles, sautez dans les arçons Armés, bouclés, frisques et mignons, La lance au poing, hardis et prontz...》	Nobles, sautez dans les arçons, Armés, bouclés, frisques et mignons, La lance au poingt, hardiz et prontz...》

引用した第3連は，訳者には擬音表現と思われるが，イタリア語版やスペイン語版の訳者は必ずしもそう考えていないようだ．まずイタリア語版での原詩第3連の翻訳は《Date scapaccioni, pati patac//Tricche, tricche, tricche, tricche//Trac, tricche, tricche, tricche//Cencio, coppa, torcia, botta//Coppa, coppa, serra, serra, serra...》〔413ページ註〕. 続いてスペイン語訳では《Dad de puñaladas, patic, patac,//Triqui, triqui, triqui, triqui,//Traque, triqui, triqui, triqui,//Birla, aguza, ojea, manga,//Birla, birla, atrapa, atrapa, atrapa...》〔300ページ註〕とある．擬音のみと考えずに，歌詞の内容を表現すると，第3連はたとえば《ぶん殴れ，ビシバシと，//トリック，トリック，トリック，トリック，//トラック，トリック，トリック，トリック，//ぼろ布，カップ，松明，拳骨，//カップ，カップ，やれ押せ，やれ押せ，やれ押せ》とでもなろうか．なおルルー・ド・ランシの『歴史歌謡集成』第2巻，65－66ページにはより詳細なテキストが見られる．

28．マルティ＝ラヴォー篇，『ラブレー著作集』第3巻，72ページ；渡辺氏訳，『第五之書』，92ページの要約．

29．同書，同ページ；渡辺氏訳，同書，同ページ．

30．おそらくフェーヴルはここで盟友マルク・ブロックの名著『奇蹟をおこなう王』(渡辺・井上氏訳，『王の奇跡』) を念頭においている．

31．ジャンバッティスタ・デッラ・ポルタ (Giambattista della Porta, 1535？－1615) イタリアの自然学者．薬草論，光学，磁石論など多岐にわたる研究を残した．膨大な『自然魔術全20巻』(1589年；抄訳あり) などがある．

32．ロンサール (Pierre de Ronsard, 1524－1585) ヴァンドーモワはラ・ポソニエール出身のフランス語天才詩人．ロンサールがいなければ現在のフランス詩は存在しなかったか，まったく違ったものになっていたろう．ジャン・ドラとの出会い，ジョワシャン・デュ・ベレーら所謂プレイヤード派の結成など語りはじめればきりがないが，その知名度を考えれば言葉を費やす必要はあるまい．

33．ダミャン・ヂ・ゴイス (Damião de Góis, 1501－1573？) ポルトガルの歴史家．名門の生まれで宮廷で育てられる．外交使節としてフランスに赴く (1529年)．フランドルやデンマーク，スウェーデンを訪れたのち，イタリアに6年滞在した．帰国後修史官と古文書管理長官に任命される．1571年頃異端審問に問われ，修道院に閉じ込められた．死に際の詳細は不明．ゴイスはポルト

ガルが生んだ最大の歴史家の一人．古典古代語やアラビア語，エティオピア語をよくし，近代諸国語を自在に操った．ポルトガルの大航海時代の発見の歴史を世に知らしめた．

34．マルティ＝ラヴォー篇，及び渡辺氏訳では〈第12章〉．

35．マルティ＝ラヴォー篇，『ラブレー著作集』第2巻，313ページ；渡辺氏訳，『第四之書』，101ページ．原文と引用文の間に異同多し．

36．レオン・ゴツラン（Léon Gozlan, 1806－1866）　小説家・戯曲家．

37．《ピレネーの激しい谷の流れ》云々は『エプタメロン』の枠物語を指す．

38．オキーノ　第一部・第一巻・第二章の訳註（27）を参照．

39．ピエール・ベール，『歴史批評辞典(1730年版)』第3巻，252ページ，註(Y)．

40．《ルネサンスは》，から段落の終わりまで，1947年版以降，次の文章に代えられた．《ルネサンスは，程度の差こそあれ，紋章を棄て，ホテル業に身をやつした逃亡兵である，〈薔薇〉の館，あるいは〈黄金の獅子〉の館に投宿し続けていた……》．

41．1947年版以降，《生気を帯びている石》となる．

42．ロンサール，ブランシュマン篇，『ロンサール全集』第4巻，347ページ，「エレジー　第30番　ガチーヌの森の樵夫に対して」．余談ながらこの標題は，後年のロンサール著作集篇者がつけたものらしい．なお訳文は，高田氏訳，『ロンサール詩集』，408ページからお借りした．

43．アンリ・ボゲ（Henry Boguet，？－1619）　フランシュ＝コンテ出身の法律家．『聖クラウディウスの生涯』（1591年）の他にブルゴーニュ地方の慣習法註解を上梓したが，好事家の間で探されているのは『魔術師論』（1602年）で，如何に薄弱な証拠で想定魔術師が裁かれたかを後世に教えている．

44．ニコラ・レミ（ルミ）（Nicolas Remi, 1554－1600）　ロレーヌ地方出身の法律家．ナンシー高等法院検事総長の地位にあるとき，数千人の魔女を火刑台に送り，〈ロレーヌのトルケマーダ〉の異名をとった．著書に『悪魔崇拝』や『ロレーヌで起こりしことどもについて（1473－1508年）』．

45．ピエール・ド・ランクル（Pierre de Lancre, 1553－1631）　悪魔学者．ボルドー高等法院評定官．ラブール地方の魔女裁判判事の任務につき，魔術つかいと自白した500名以上の人間を生きながら火刑にした．著書に『堕天使とダイモンの定まりなさの図絵』（1613年）．

46．フェルディナン・ロト（Ferdinand Lot, 1886－1952）　ソルボンヌ大学で古文書学や中世史を教えた．アンリ・ベールは〈人類の進化叢書〉の第31巻『西欧帝国の崩壊と蛮族の王国』というテーマでロトに執筆を依頼したが両者の見解に相違があり，最終的にロトは『古代世界の終焉と中世の始まり』というタイトルで執筆した．

47．クロード・フォーシェ（Claude Fauchet, 1530－1601）　トゥルノン枢機

卿に随行してイタリアで学ぶ（1554年）．造幣局筆頭議長．リーグ戦争時代は王党派．アンリ四世によりフランス修史官に任命される．おそらくフランス16世紀最大の古代・中世史家．

48．ノエル・タイユピエ（Noël Taillepied, 1540 - 1589）　ノルマンディ出身の歴史家．フランチェスコ派修道士．最初は原始会則派に属していたが，より厳格なカプチノ派修道会に移る．改革派相手に論争文書をしたためたが，かなりの迷信家だったらしい．歴史的著作も少なからず存在する．ちなみに『精霊の出現について』は1588年に刊行された，ほぼ同タイトルの再刊である．

49．ロンサール，シュミット篇，『ダイモンの讃歌』，14ページ，58行以降．高田氏訳，『ロンサール詩集』，163ページの訳詩をお借りした．

50．フェーヴルが依拠した文献は，原註（37）にあるとおり．おそらく，省略箇所をのぞくと，ラテン語文の忠実なフランス語訳であろう．邦訳には，ピーコ・デッラ・ミランドーラ，佐藤三夫氏訳，『人間の尊厳についての演説』，佐藤氏篇，『ルネサンスの人間論——原典翻訳集——』所収，1984年，206ページの訳文をお借りした．ただしフェーヴルの原文にあわせ一部変更させていただいた．

51．《In cælum conscendam, super astra Dei exaltabo solium meum, et sedebo in monte Testamenti...》.

52．《de Dæmonibus quicquid sum dicturus, e Platonicorum fontibus exhauriam》.

53．プラトン，山本光雄氏訳，『法律』，『プラトン全集』第9巻，角川書店，173ページ．《ヘーロースたち》．

54．《Deus quidem homini non miscetur, sed per id medium, commercium omne atque colloquium inter Deos hominesque conficitur, et vigilantibus nobis atque dormientibus》.

55．マルティ＝ラヴォー篇，『ラブレー著作集』第2巻，365ページ；渡辺氏訳，『第四之書』，154ページ．

56．同書，364ページ；渡辺氏訳，同書，152ページ．引用というよりも解説に近い．

57．同書，366ページ；渡辺氏訳，同書，154ページ．引用というよりも解説に近い．ラブレーの原著で回想しているのはエピステモン．

58．同書，365ページ；渡辺氏訳，同書，153ページ．

59．同書，364ページ；渡辺氏訳，同書，152ページ．

60．同書，365ページ；渡辺氏訳，同書，153ページ．一部省略あり．

61．同書，365ページ；渡辺氏訳，同書，154ページ．

62．同書，366ページ；渡辺氏訳，同書，154ページ．ここで言及される人物については以下にあげることがら以外調べきれなかった．訳者の怠惰をお詫びしつつ，紹介しておく．

アシエ領主（seigneur d'Assier, François de Gourdon de Genouillac, 1516？－1544）　アシエ領主ガリオ・ド・ジュヌイヤック（シャルル八世とルイ十二世のもとで厚遇された軍人）を父に生まれた．父の影響で幼いころから軍事教練をうけ，元帥，砲兵隊司令官などの栄職に就いたが，1544年，28歳にしてセリゾールの戦闘で戦死．

シュマン領主（François Errault, seigneur de Chemans, 1500？－1544）　アンジュー出身の貴族．15世紀末にシュマンに生まれる．法学をおさめ，1532年にパリ高等法院評定官．フランソワ一世に重用され，徴税や修道院風紀粛正につとめた．1539年にトリノ高等法院議長．1543年に大法官に任命され，重要な国事に係わる．1544年シャロン＝シュル＝マルヌで没したときには，神聖ローマ帝国皇帝カロルス五世の使節と包括和平条約の交渉をおこなっていた．

マイイー（Mailly, ？－？）　ギヨーム・デュ・ベレー指揮下の砲兵隊監督官だったという．詳細不明．

サン＝チー領主（Etienne Lorens, seigneur de Saint-Ayl, ？－？）　ギヨーム・デュ・ベレー指揮下の軍人，従者にして側近．トリノ城砦の指揮官．ラブレーの友人でもあったらしく，ラブレーがメッツに亡命し困窮していたころ，かれのためにデュ・ベレー家に救済を懇願している．

ヴィルヌーヴ＝ラ＝ギュイヤール（Jacques d'Aunay, seigneur de Villeneuve-la-Guiart, ？－？）　ルイーズ・デュ・ベレーとヴィルヌーヴ・ラ・ギュイヤール領主シャルル・オーネイの息子．ギヨーム・デュ・ベレーの甥という説と義理の兄弟という説がある．後者の場合にはラブレーの証言に誤りがあることになる．詳細不明．

ガブリエル（Gabriel Taphanon, ？－？）　イタリアはピエモンテ，サヴィリヤノ（Saviliano）出身の医師．ギヨーム・デュ・ベレーの侍医の一人．詳細不明．

63．『第四之書』第28章．マルティ＝ラヴォー篇，『ラブレー著作集』第2巻，370ページ；渡辺氏訳，『第四之書』，158－159ページ．

64．ロンサール，シュミット篇，『ダイモンの讃歌』，16ページ；高田氏訳，『ロンサール詩集』，163ページ．

65．同書，同ページ；高田氏訳，同書，同ページ．

66．同書，同ページ；高田氏訳，同書，同ページ．ただし，フェーヴルの原文にあわせ，いささか訳詩を変更させていただいた．

67．同書，17ページ；高田氏訳，同書，164ページ．ただし，フェーヴルの原文にあわせ，いささか訳詩を変更させていただいた．

68．同書，18ページ；高田氏訳，同書，164ページ．

69．同書，同ページ；高田氏訳，同書，同ページ．

70．同書，34ページ；高田氏訳，同書，166ページ．

71．同書，34－35ページ；高田氏訳，同書，166ページ．

72. 同書，41ページ；高田氏訳，同書，167ページ．一部訳語を変え，詩句の順序を変更させていただいた．

73. 同書，43ページ；高田氏訳，同書，167ページ．

74. 同書，45ページ；高田氏訳，同書，168ページ．一部訳詩を変更させていただいた．

75. 同書，61ページ；高田氏訳，同書，171ページ．構文の都合で一部訳語を変更させていただいた．

76. 同書，64ページ；高田氏訳，同書，171ページ．

77. 同書，64ページ；高田氏訳，同書，171ページ．フェーヴルはここで，地の文にあわせ人称を変えている．

78. ロンサール，ローモニエ［＝ルベーグ＝シルヴァー］篇，『ロンサール全集』第4巻，34ページ，『恋愛詩集』，第31番．

79. ヨハンネス・トリトヘミウス（Johannes Trithemius, 1462－1516） ドイツの年代記作者，神学者．22歳で自らが指揮するシュパンハイムの修道院の改革に手を初めたが反発をまねき，脱退，ヴュルツブルク修道院長に任命された．年代記を記したり，書簡集を編纂したりし，当時の大学者であったが，魔術を使うとして非難されもした．

80. フェーヴルはロンサールの没年を〈1547年〉と記し，英訳者以外はそれを気にとめていないが，もちろん誤記であるので正した．

81. ロンサール，ブランシュマン篇，『ロンサール全集』第4巻，349ページ，「エレジー　第30番　ガチーヌの森の樵夫に対して」；高田氏訳，『ロンサール詩集』，409ページ．

82. 〈世界霊魂〉 人間の霊魂が果たす役割を仮託された世界の統一原理的存在．たとえばプラトンの『ティマイオス』には次のような一節がある．《なぜなら，神はすべてのものができるだけ善くあること，そして何ものもできるだけ不完全でないことを欲し，そこで，すべての可視的なもの，静止せず調和も秩序もなしに動いているものを受け取って，これを無秩序から秩序へと導いたが，それは，秩序が無秩序よりもあらゆる点ではるかによいと考えたからである．//ところで，至高の善きものにとっては，最も美しいもの以外の他のものを作ることは許されなかったし，また許されることもない．それゆえ，彼は考えをめぐらすと，本性上可視的なものの中では，それぞれ全体として見て，理性のないものが理性を持つものより美しい作品となることはありえず，また魂がなければ何ものにも理性は生じえない，ということに気がついた．そこで彼はこの熟慮にもとづいて，万有を構築する際に理性を魂の中に置き，また魂をからだの中に置いたが，それは，彼の作り上げる作品が本性において最も美しく，最も善くあるためである．実際，このようにして，この宇宙は神の摂理により，真に魂を持ちかつ理性をそなえる動物として生じたということを，蓋然論に従って言わなければならない．〔……〕天のからだは可視的なものとして生

じたが，魂のほうは不可視的であり，思考と調和にあずかっている》〔プラトン，泉氏訳，『ティマイオス』，山本氏篇，『プラトン全集』第6巻所収，193-200ページ〕.

83．偽ディオニュシオス（Διονύσιος 'Αρειοπαγίτης） 伝承によれば，アレイオパゴスのディオニュシオスは「使徒行伝」第17章34節で言及される，聖パウロが改宗させたアテナイ人で初代アテナイ司教．偽ディオニュシオスは恐らく5世紀から6世紀にかけて実在した（であろう）逸名著者．ネオ＝プラトニスムとキリスト教を融合させた著作を残した．長い間この二人のディオニュシオスは同一人物と見なされてきた．

84．ヘルメス・トリスメギステス（'Ερμῆς Τρισμεγίστης） ギリシア神話のヘルメス神とエジプト神話のトート神が同一視され，さらに神話的な古代エジプト王がそれに重ねられ，諸学の祖と見なされた架空の人物．

85．プロクロス（Πρόκλος, 410-485） コンスタンティノープル出身のネオ＝プラトニスム哲学者．プロティノスを中世に伝える思想家としての役割を果たした．著書に『神学原理』がある．

86．サヴォナローラ（Girolamo Savonarola, 1452-1498） イタリアの説教師．フェラーラで生まれ，ボローニャのドミニコ派修道院に入る．イタリアの各都市での説教に人気はなかったが，フェレンツェのサン＝マルコ修道院院長となったのち，その説教は人々の注目するところとなる．風俗の壊乱をなげき，峻厳な生活をおくるよう指導，フランスのシャルル八世のイタリア侵略の予言があたったこともあって，カリスマ的存在となり，フィレンツェに神政政治をしく．しかしその峻厳さが都市内に反対派を結成させ，かつローマ聖庁批判がローマ教皇の怒りを招き，シャルル八世の撤退を機会に失脚，火刑に処せられる．

結　論

1．この表現については，たとえば『第三之書』第30章．協会版，『ラブレー著作集』第5巻，231ページ；渡辺氏訳，『第三之書』，181ページ．

2．エウエメロス（Εὐήμερος, 紀元前300頃） ギリシアの神話学者．神話の合理的解釈を提案した．その理論によれば神は民衆が恐れ，賛嘆した英雄を指す．この方法はキリスト教護教論者によって異教神話の非宗教化のために用いられた．

3．フランソワ・ヴィヨン，鈴木信太郎氏訳，「ブロワ御歌合のバラッド」，『鈴木信太郎全集』第1巻，195ページの訳文を拝借した．ただし旧字は改めた．

4．ピエトロ・ベンボ（Pietro Bembo, 1470-1547） イタリアのユマニスト，枢機卿．古典語を修め，教皇レオ十世の秘書となる．その後パドヴァに移り，ヴェネツィア共和国の修史官となる（1530年）．1539年，教皇パウルス三世により枢機卿に任命される．アリオストと交わる一方，自らも詩人でペトラルカ

風の詩を作った．古典古代から学ぶべきとしながらも，実作によりイタリア語の可能性も示した．

5．《recte scribendi speciem quamdam divinam》．

6．デモステネス（Δημοσθένης，紀元前384－322）　アテナイの政治家，弁論家．イサイオスに弁論術を学び，演説家としての評価を得る．紀元前351年以来反マケドニアの立場にたち，紀元前338年カイロネアの戦いで敗北．紀元前324年アテナイがマケドニアに屈すると死刑の宣告を受け，アルゴリスに逃亡して自殺した．

7．《non sine divino numine》．

8．ヤン・ファン・パウテレン（Jan van Pauteren, 1460？－1524）　フランドルの文法学者．ルーヴァンやボワ＝ル＝デュクで教えた．著書にラテン語の文法書『文法註解』（1537年）があり，多くの欠陥にもかかわらず，教育の現場ではよく用いられた．

9．プロティノス（Πλωτῖνος，205－270）　帝政ローマ時代のエジプト人哲学者．ネオ・プラトニスムの祖．アレクサンドレイアで哲学を学び，ギリシア思想に関心をいだく．アリストテレスのレンズをとおして解釈されていたプラトン哲学を再発見，霊的・宗教的な色彩を付与した．後世，特にルネサンス哲学への影響は大きい．主著『エネアデス』．

書　　誌

お知らせ

以下の書誌的な覚書きは，決定するのがむずかしい境界をもったテーマの，網羅的な書誌を構成するものではない．取り上げたのは，たとえば，わたしたちが実際に利用した書物のみであり，もっと正確にいうなら，この著書の本文で引用した書物に限られる．もちろん，書物であろうと論文であろうと，同じことだ．4ページが4冊のファイル以上に役立つこともある．だから，わたしたちが軽率に見逃してしまったのだ，などと非難しないでいただきたい．意図的な欠落といえば，その方が正しい．実際上，わたしたちの役に立たなかった多数の著作に言及していないのは，故意でのことである．

書誌的な記載事項を，わたしたちは努めて最小限に限ろうとした．古文書や外国書などの例外を除いて，引用文献の刊行地名，刊行年，判型しか指示していない．さらに，パリにかかわる場合はいつも，刊行地名を，そして八折判にかかわる場合はいつも，判型の表記を削除することに決めた．

それに反して，古文書にははるかに徹底した指示を与えた．それは稀覯書，時としてきわめて稀覯な書物で，しばしば相似した，けれども混同されてはならない版を有するものにかかわるからである．可能な場合にはすべて，わたしたちが利用した刊本そのものを，地方であろうとパリであろうと，貸与してくれた図書館の整理番号とともに指示した．一，二の著作に関してこうした指示が欠けているのは，現在おかれている状況が，そうでない時代なら容易きわまりないであろう確認を，わたしたちがおこなうのを困難にしてしまったからである．

〔訳者前註〕この前書きは1968年版まで変わらず置かれている．

以下の書誌は，フェーヴルの「お知らせ」にもかかわらず，書誌全体の構成そのものから統一がとれているわけではないし，各項目にあげられた書名の精確さもはなはだ怪しいが，その不統一さや不精確さもふくめておおむね原著書誌にしたがっている．これもフェーヴルの負の遺産であろう．

若干の略号はこれを解消した．どうしても訂正が必要と判断した場合は，訳者のわかる範囲でこれに手を入れた．ただしその旨を明示していない．綴りの大文字・小文字の差異ていどには余り拘泥しなかった．残念ながら訳者が直接確認できたものは全文献の50パーセント強に過ぎず，精密な書誌の作成は将来の課題となるだろう．とくに図書館でしか確認できない古書やその整理番号は，

さいわいにも目録があるパリ国立図書館，通称 B. N. 所蔵のものについては照合できたが，それ以外の地方図書館蔵書の検証は不可能であった．B. N. の照合結果から予測するに，誤記があるであろうことは十分に覚悟しておかなければならない．

各項目の前に付されているアラビア数字のナンバーは原著ではローマ数字である．この独断的な変更は，原註の誤記の幾分かはローマ数字の判読や記載に由来すると思われたためである．ただし原著のナンバー付与にも混乱があり，この書物が執筆された状況を想起させる．そのため混乱はそのまま残した．《(刊行中)》とあるのは，1942年に『ラブレーの宗教』が上梓された時点で刊行途上にあった，という意味である．1947年版でも補足されていない．その後刊行が完了した，もしくはさらに継続された項目もあるが，訳者がカヴァーしきれるものではなかったので，1942年版の表記をそのまま残した．訳者の力量不足を恥じる．

英訳書はフェーヴルの書誌プランにとらわれず，様々な補足をおこなっている．しかしいずれにせよフェーヴルが本文で言及した文献すべてが拾われていないという点では，原著の書誌プランと同じなので，ここでは英訳書の方法を採用しなかった．相対的に英訳書の文献学的措置が優れているものであることは認めるが，100パーセント完璧な人為的作業が存在しないことも事実であり，英訳書の〈書誌〉表記にも誤記が散見されるからでもある．

邦訳書が存在するものに関しては，手元にあって参照しえたものを上げた．お断りすべきであろうが，個々の項目で触れた邦訳書が，必ずしもその項目の対象となる刊本を底本にしているとは限らない．また，あえていうまでもあるまいが，『ガルガンチュワとパンタグリュエル物語』(岩波文庫・初版)，その他の渡辺一夫氏訳がある作品については，それを参照した．

また1942年（あるいは1947年）以降に出版されたラブレー関係，16世紀関係の文献についても補っていない．ひとつに，資料全体としては膨大すぎるからであり，ひとつに，代表的な文献の紹介にとどめるとしても，〈必読書〉の撰択をする能力が訳者には欠けているからである．日本にも優れたラブレー学者，優れた歴史学者がおられるのだから，そうした方々の著書を参照していただきたい．以上が訳者としてのお断りである．

書誌プラン

Ⅰ．作業用具と概説書

A．――書誌集成及び目録　印刷者と書店
B．――辞書，百科事典，人名目録
C．――資料的価値をもつテキストと集成

D．――方法的著作と註釈

II．ラブレー，人物と作品

A．――ラブレーのテキスト：書誌，刊本
B．――総合的研究：人物と作品
C．――個別的研究：伝記と逸話
D．――個別的研究：作品と関連

III．ラブレーの先駆者，同時代人，対立者

A．――著述家とユマニスト（アルファベット順）
B．――哲学者と学者（同上）

IV．ラブレーの時代

A．理念と知的生活の問題

1．――16世紀の言語と言語学的問題
2．――中世，ルネサンス，ユマニスム
3．――文学史
4．――制度と知的環境
5．――芸術とイコノグラフィー

B．科学と哲学

1．――16世紀の科学
2．――ルネサンスの哲学とその先駆者たち

C．宗教問題

1．――信仰，慣習，残滓
2．――宗教生活と信仰生活
3．――宗教改革と宗教改革者
 a）――聖書のテキスト
 b）――宗教改革，先行宗教改革，反宗教改革［Antiréforme］
 c）――宗教改革者，先行宗教改革者，反宗教改革者［Antiréformateurs］

D．さまざまな問題

略号一覧

Acad.	Académie（アカデミー）
Bib.	Bibliothèque（図書館，蔵書，紀要，叢書）
Bull.	Bulletin（紀要）
Coll.	Collection（コレクション，叢書，シリーズ）
C. r.	Compte rendu（書評）
Doc.	Documents（史料集）
Ed.	Edition, éditeur, édité（出版〔社〕，出版者，刊行）
F. L.	Faculté des Lettres（文学部）
M.	Mémoires（論文，覚書，報告）
Ms.	Manuscrit（写本，草稿，手拓本）
Soc.	Société（協会，学会）
Un.	Université（大学）
Th. Paris	Thèse de doctrat ès lettres, Paris（パリ大学文学博士論文）
Z.	Zeitschrift（月報，年報）
B.N.	Bibliothèque Nationale, Paris（パリ国立図書館）
B. N. U. S.	Bibliothèque Nationale et Universitaire, Strasbourg（ストラスブール国立大学図書館）
C. I. S.	Centre International de Synthèse（総合国際センター）
A. H. E. S.	*Annales d'histoire éonomique et sociale,* t. I-IX, 1929-1938（『経済社会史年報』第1巻-第10巻，1929-1938年）
A. H. S.	*Annales d'histoire sociale*(depuis 1939)（『社会史年報』1939年以降）
B. B.	*Bulletin du Bibliophile*（『愛書家紀要』）
B. E. C.	*Bibliothèque de l'Ecole des Chartes*（『古文書学校紀要』）
B. H. E.	*Bibliothèque de l'Ecole des Hautes-Etudes*（『高等研究所紀要』）
B. M.	*Le Bibliophile moderne*（『現代愛書家会報』）
B. S. H. P.	*Bullutin de la Société d'histoire du Protestantisme*（『改革派歴史協会紀要』）
E. F.	*Encyclopédie Française*(en cours)（『フランス百科全書』［刊行中］）
E. H.	Collection de l'Evolution de l'Humanité（『人類の進化叢書』）

H. R.	*Humanisme et Renaissance*（『ユマニスムとルネサンス誌』）
M. S. H. P.	*Mémoires de la Soc. d'Histoire de Paris*（『パリ歴史協会論集』）
N. R. H. D.	*Nouvelle Revue* (*puis Revue*) *de l'Histoire du Droit*（『新法制史評論』〔のちに『法制史評論』〕）
P. F. L. S.	Publications de la Faculté des Lettres de Strasbourg（ストラスブール文学部出版）
R. B.	*Revue des Bibliothèques*（『図書館評論』）
R. C. C.	*Revue des Cours et Conférences*（『講義講演評論』）
R. E. R.	*Revue des Etudes Rabelaisiennes* (1903 - 1912)（『ラブレー研究誌』1903 - 1912年）
R. H.	*Revue Historique*（『歴史評論』）
R. H. F.	*Revue d'histoire franciscaine*（『フランチェスコ派修道会史評論』）
R. H. L. F.	*Revue d'Histoire littéraire de la France*（『フランス文学史評論』）
R. H. P. R.	*Revue d'Histoire et de Philosophie religieuse* (Fac. de Théol. Prot., Strasbourg)（『宗教哲学・歴史評論』[ストラスブール大学改革派神学部]）
R. L. C.	*Revue de Littérature Comparée*（『比較文学評論』）
R. S.	*Revue de Synthèse* (depuis 1931)（『総合評論』[1931年以降]）
R. S. H.	*Revue de Synthèse historique* 1900 - 1930（『歴史総合評論』[1900 - 1930年]）
R. S. S.	*Revue du Seizième Siècle* 1913 - 1932（『16世紀研究誌』[1913 - 1932年]）
S. H. F.	Société de l'Histoire de France（フランス歴史協会）
S. T. F.	Société des textes français modernes（フランス近代文学協会）

I. 作業用具と概説書

A. 書誌集成及び目録 印刷者と書店

1. Baudrier (J.), *Bibliographie lyonnaise. Recherches sur les imprimeurs, libraires, relieurs et fondeurs de letttres de Lyon au XVI*ᵉ *siècle,* première série, Lyon, Brun, 1895 ; douzième série, Lyon, Brossier, 12 vols., 1921.〔ボ

ードリエ，『リヨン書誌』全12巻〕
2. Brunet (J. Ch), *Manuel du Libraire*, cinquième édition, 6 vols., 1860-1865, Supplément, 2 vols., 1878 - 1880.〔ブリュネ，『古書店主の手引』全8巻〕
3. Caillet (A. L.), *Manuel bibliographique des Sciences psychiques ou occultes*, 3 vols., 1913.〔カイエ，『心理学・オカルト科学書誌提要』全3巻〕
4. Clouzot et Martin, *Tables générales de la Revue des Etudes Rabelaisiennes, t. 1-10 (1903 - 1912)*, 1924.〔クルーゾ＝マルタン，『ラブレー研究誌総目次　第1巻から第10巻まで（1903 - 1912年）』〕
5. Coyecque (E.), *Recueil d'actes notariés relatifs à l'histoire de Paris au XVIe siècle*, I, *1498 - 1545*, 1905. in-4°.〔コイェック，『16世紀パリ史関連公正証書集成　第1巻　1498 - 1545年』〕
6. Giraud (Jeanne), *Manuel de Bibliographie littéraire pour les XVIe, XVIIe et XVIIIe siècles français (1921 - 1935)*, 1939. in-8°. (P. F. L., Lille),〔ジロー，『16世紀，17世紀，及び18世紀文学書誌提要』〕
7. Lanson (G.), *Manuel bibliographique de la littérature française moderne*, nouvelle éd., 1921.〔ランソン，『近代フランス文学書誌提要』〕
8. Maittaire (M.), *Annales typographici ab anno MD ad annum MDXXXVI continuati*, Hagæ Comitum, apud Fratres Vaillant et Nic. Prevost, 1722. in-4°.〔メテール，『印刷年報　1500年カラ1536年マデ』〕
9. Pichon (Baron J.) et Vicaire (G.), *Documents pour servir à l'histoire des libraires de Paris, 1486 - 1600*, 1895.〔ピション＝ヴィケール，『パリ書店史史料　1486 - 1600年』〕
10. Renouard (Ph.), *Imprimeurs parisiens, libraires, fondeurs de caractères et correcteurs d'imprimerie depuis l'introduction de l'imprimerie à Paris (1470) jusqu'à la fin du XVIe siècle*, 1896. in-12.〔ルヌアール，『印刷機のパリ導入期から16世紀末にいたる印刷業者，書店，活字鋳造工及び校正係』〕
10-2. Renouard (Ph.), *Documents sur les Imprimeurs, Libraires, etc. ayant exercé à Paris de 1450 à 1600*, 1901.〔ルヌアール，『1450年から1600年にかけてパリで活動していた印刷業者，書店その他』〕
10-3. Renouard (Ph.), *Les marques typographiques parisiennes des XVe et XVIe siècles*, 1926.［ルヌアール，『15世紀と16世紀におけるパリのプリンターズ・マーク』〕
11. *Répertoire des ouvrages pédagogiques du XVIe siècle*, 1885.［『16世紀の教育書目録』］
12. Reusch (F. H.), éd., *Die Indices librorum prohibitorum des sechszehnten Jahrhunderts.*, Bibliothek des Stuttgarter literarisches Vereins, Bd. 176, Tübingen, 1886.［ロイシュ篇，『16世紀禁書目録』］
13. *Short Title Catalogue of Books printed in France and of French books*

printed in other countries from 1470 to 1600 now in the British Museum, Londres, 1924.〔『大英図書館所蔵1470年から1600年までにフランスで印刷された書籍・及び他の地域で印刷されたフランス語書籍の簡略書名目録』〕

14. Silvestre (L. C.), *Marques typographiques (1470-fin XVIe siècle)*, 2 vols., 1867.〔シルヴェストル,『プリンターズ・マーク(1470－16世紀末)』全2巻〕

15. Arnoulet (Ol.) については, *Bibliographie* de ses publications, in Baudrier, *op. cit.,* série 10, 1913.〔『アルヌレ刊行物書誌』, ボードリエ, 前掲書所収, 第10巻〕

16. Badius (J.) については, Renouard (Ph.), *Bibliographie des impressions et des œuvres de J. Badius Ascensius, 1462-1535,* 3 vols., 1908.〔ルヌアール,『J. バディウス・アスケンシウスの刊行物と著作書誌　1462－1535年』全3巻〕

17. Colomb (F.) については, Babelon, *La Bibliothèque de Fernand Colomb,* 1913.〔バブロン,『エルナンド・コロンの蔵書』〕

18. Colines (S. de) については, *Bibliographie des éditions de Simon de Colines, 1520－1546,* par Renouard (Ph.), 1894.〔ルヌアール,『シモン・ド・コリーヌの刊行物書誌』〕

19. Estienne (les) については, *Annales de l'imprimerie des Estienne,* par Renouard (A.A.), 2e éd., 1843.〔A・A・ルヌアール,『エティエンヌ一族印刷工房年譜』〕

20. Gryphe (Séb.) については, *Bibliographie* de ses publications, in Baudrier, *op. cit.,* 8e série, 1910.〔『グリフ刊行物書誌』, ボードリエ, 前掲書所収, 第8巻〕

21. Nourry (Cl. dit le Prince) については, *Bibliographie* de ses publications, in Baudrier, *op. cit.,* série 12, 1921.〔『ヌリー刊行物書誌』, ボードリエ, 前掲書所収, 第12巻〕

B. 辞書, 百科事典, 人名目録

22. Baudrillart, Aigrain, Richard et Rouziès, *Dictionnaire d'histoire et de géographie ecclésiastiques,* 1912. (en cours de publication)〔ボードリヤール＝エグラン＝リシャール＝ルジエス,『教会史・教会地誌辞典』(刊行中)〕

23. Bayle (P.), *Dictionnaire historique et critique, 5e éd., revue, corrigée et augmentée de remarques critiques,* A Amsterdam, par la Compagnie des Libraires, 5 vols., 1734. in-f°.〔ピエール・ベール,『歴史批評辞典』全5巻(訳者註：野沢協氏訳,『歴史批評辞典　全3巻 (抄訳)』)〕

24. Eubel, *Hierarchia Catholica medii et recentioris aevi,* 2e éd., 3 vols., in-f°., Münster, 1913-1923.〔オイベル,『中世・近代カトリック教会制度』全3巻〕

25. Fleury-Vindry, *Les Parlementaires français au XVIe siècle,* 1909 sq.〔フルーリ＝ヴァンドリ，『フランス16世紀の評定官』〕
26. Gams(P.B.), *Series episcoporum Ecclesiae catholicae,* Ratisbonnes, 1887. in-4°. (rééd., Leipzig, 1932)〔ガムス，『カトリック教会司教系譜』〕
27. Haag(Eug.), *La France Protestante,* 1846－1858. 10 vols. ——2e éd., par Bordier, inachvée, 1877－1888. 6 vols. (de A à G.)〔アーグ，『改革派フランス』，初版，全10巻：第2版，第6巻まで刊行中〕
28. Hurter(H.), *Nomenclator literarius theologicæ catholicæ theologos exhibens aetate, natione, disciplinis distinctos,* ed. tertia, Oeniponte(Innsbruck), 1903 sqq., t. I, 1903 (*ad 1109*); t. II, 1906 (*1109－1563*); t. III, 1907 (*1564－1663*).〔フルテル，『年代・国籍・分野別ニ学識者ヲ明示シタルカトリック神学文献一覧』第1巻・第2巻・第3巻〕
29. Marchand(Prosper), *Dictionnaire historique,* La Haye, Pierre Hondt, 1758. t. I et II, in-f°.〔マルシャン，『歴史辞典』第1巻・第2巻〕
30. Picot(E.), *Les Français italianisants au XVIe siècle,* 2 vols., 1906－1907.〔ピコ，『16世紀におけるフランス人イタリア愛好家』全2巻〕
31. *Realencyklopädie für protestantische Theologie und Kirche,* par Herzog, 3e éd., revue par Hauck, Leipzig, 24 vols., 1896－1913.〔ヘルツォーク篇，『プロテスタント神学・教会事典』全24巻〕
32. Société Française de Philosophie, *Vocabulaire technique et critique de la philosophie,* par Lalande, 4e éd., 3 vols., 1932.〔ラランド篇，『哲学批評・術語集』全3巻〕
33. Vacant, Mangenot, Amann, *Dictionnaire de Théologie Catholique,* in-4°., 1903 sqq. (en cours)〔ヴァカン＝マンジュノ＝アマン，『カトリック神学辞典』(刊行中)〕

C. 資料的価値をもつテキストと集成

34. François Ier, *Catalogue des Actes de François Ier,* 10 vols., 1887－1908. in-4°.〔『フランソワ一世の法令目録』全10巻〕
35. *Le journal d'un bourgeois de Paris sous le règne de François Ier (1515－1536),* éd. Bourrilly, 1910.〔『フランソワ一世治下のパリの一市民の日記』〕
36. Driart(P.), *Chronique parisienne, 1522－1535,* par Bournon, in *M. S. H. P.,* XXII, 1895.〔ドリアール，『パリ年代記　1522－1535年』〕
37. Geizkofler(Luc.), *Mémoires(1550－1620),* trad. par Ed. Fick, Genève, J. G. Fick, 1892.〔ガイツコフラー，『回想（1550－1620年）』〕
38. Gouberville(Gilles de), *Le Journal du Sire de Gouberville,* éd. Robillard de Beaurepaire, Caen, Delesques, 1892, in-4°.〔グーベルヴィル，『グーベル

ヴィル殿の日記』〕
38-2. Tollemer(l'abbé), *Journal manuscrit d'un Sire de Gouberville,* Rennes, Oberthur, 1850.〔トルメール,『グーベルヴィル殿の日記草稿』〕
39. Grin(Fr.), *Journal de François Grin, religieux de Saint-Victor, 1554-1570,* par de Ruble, in *M. S. H. P.,* XXI, 1894.〔グラン,『サン＝ヴィクトール修道院修道士フランソワ・グランの日記　1554－1570年』〕
40. Haton(Cl.), *Méoires,* éd. Bourquelot, 2 vols., 1857. in-4º.〔アトン,『覚書』全2巻〕
41. Léry(Jean de), *Histoire d'un voyage faict en la terre du Brésil dite Amérique,* (La Rochelle), pour Ant. Chuppin, 1578. pet. in-8º.〔ジャン・ド・レリー,『ブラジル旅行記』(訳者註：二宮敬氏訳,『ブラジル旅行記』, 二宮氏篇,『大航海時代叢書　第２期　第20巻　フランスとアメリカ大陸２』所収)〕
42. Leroux de Lincy, *Recueil de chants historiques français depuis le XIIe au XVIIIe siècle,* 1841. 2 vols., in-12.〔ルルー・ド・ランシ,『12世紀から18世紀にいたるフランス歴史歌謡集成』全2巻〕
43. Platter(F. et Th.), *Félix et Thomas Platter à Montpellier,* Coulet, 1892.〔フェリックス，及びトマス・プラッター,『モンペリエでのフェリックス，及びトマス・プラッター』〕
43-2. Platter(Th.), *Mémoires,* par Fick, Genève, 1866.〔トマス（一世）・プラッター,『回顧録』(訳者註：阿部謹也氏訳,『放浪学生プラッターの手記』)〕
44. Versoris(N.), *Livre de raison de Me Nicolas Versoris, avocat au Parlement de Paris,* (*1519－1530*), par Fagniez, in *M. S. H. P.,* XII, 1885.〔ヴェルソリ,『パリ高等法院弁護士ニコラ・ヴェルソリ師の家事日記（1519－1530年)』〕

D. 方法的著作と註釈

45. Berr(H.), *En marge de l'histoire universelle,* 1934. (Coll. E.H)〔アンリ・ベール,『世界史の周縁』〕
46. Febvre(L.), De 1892 à1933. Examen de conscience d'une histoire et d'un historien, in *R.S.,* VII, 1934.〔フェーヴル,「1892年から1933年へ　ひとつの歴史とひとりの歴史家の内省」(訳者註：長谷川輝夫氏訳,「歴史と歴史家の反省」, L. フェーヴル,『歴史のための闘い』所収)〕
47. Febvre(L.), Quelques philosophies opportunistes de l'histoire, in *R. de Métaphisique et de Morale,* 1936.〔フェーヴル,「日和見主義的歴史哲学」(訳者註：長谷川氏訳,「シュペングラーからトインビーへ――二つの日和見主義的歴史哲学」, 同書所収)〕

48. Febvre (L.), Les recherches collectives et l'avenir de l'Histoire, in *R.S.,* XI, 1936.〔フェーヴル，「集団的探究と歴史の将来」〕
49. Febvre (L.), Psychologie et histoire, in *E. F.,* VIII, *La Vie Mentale,* fasc. 8 - 12., 1938.〔フェーヴル，「心理学と歴史」（訳者註：大久保康明氏訳，「歴史と心理学」，フェーヴル＝デュビィ＝コルバン，『感性の歴史』所収）〕
49-2. Febvre (L.), La sensibilité dans l'Histoire, in *A. H. S.,* 1941.〔フェーヴル，「歴史における感性」（訳者註：大久保氏訳，「感性と歴史」，同書所収）〕

II．ラブレー，人物と作品

A．ラブレーのテキスト書誌，刊本

50. Plan (P.-P.), *Bibliographie rabelaisienne. Les éditions de Rabelais de 1532 à 1711,* 1904. in-4°.〔プラン，『ラブレー書誌　1532年から1711年にいたるラブレーの刊本』〕
51. Boulenger, Etude critique sur les rédactions du Pantagruel, in *R. S. S.,* VI, 1919 ; en tête du t. III, dans *Œuvres.*〔ブーランジェ，「『パンタグリュエル物語』起草の批評的研究』」〕
52. Rabelais, *Les Œuvres,* éd. Ch. Marty = Laveaux, 6 vols., 1868 - 1903.〔マルティ＝ラヴォー篇，『ラブレー著作集』全6巻〕
53. Rabelais, *Œuvres,* par L. Moland, nouvelle édition, précédées d'une notice biographique par Clouzot, 2 vols., in-16.〔モラン篇，『ラブレー著作集』全2巻〕
54. Rabelais, *Œuvres complètes,* par Plattard (S. T. F. M.), 5 vols., 1929.〔プラタール篇，『ラブレー全集』全5巻〕
55. Rabelais, *Œuvres,* éd. critique par Lefranc, Boulenger, Clouzot, Dorveaux, Plattard, et Sainéan. I et II, Gargantua, 1912 - 13 ; III et IV, Pantagruel, 1922 ; V, le Tiers Livre, 1931, 5 vols., in-4°., parus.〔ルフラン＝ブーランジェ＝クルーゾ＝ドルヴォー＝プラタール＝セネアン篇（協会版），『ラブレー著作集』（5巻まで刊行中）〕

B．総合的研究――人物と作品

56. Bibliothèque Nationale, *Rabelais, Exposition organisée à l'occasion de 4e Centenaire de* Pantagruel, 1933.〔国立図書館，『ラブレー「パンタグリュエル物語」刊行400年記念展覧会』〕
57. Boulenger (J.), *Rabelais à travers les âges,* 1925.〔ブーランジェ，『時代をつうじて見られたラブレー』〕

58. Febvre (L.), L'homme, la légende et l'œuvre. A propos d'une biographie de Rabelais, in *R. S.,* I, 1931.〔フェーヴル，「人物，伝説，及び作品　ラブレーの伝記について」〕
59. Gebhart (E.), *Rabelais, la Renaissance et la Réforme,* 1877.〔ゲバール，『ラブレー，ルネサンス，そして宗教改革』〕
60. Heulhard (A.), *Rabelais, ses voyages en Italie, son exil à Metz,* 1891. in-4°.〔ウラール，『ラブレー　そのイタリア旅行，メッツ亡命』〕
61. Millet (R.), *Rabelais,* 1892. (Coll. Grands Ecrivains Français)〔ミエ（もしくはミレ），『ラブレー』〕
62. Stapfer (P.), *Rabelais,* 1889. in-16.〔スタフェール，『ラブレー』〕
63. Thuasne (L.), *Etudes sur Rabelais,* 1904.〔テュアーヌ，『ラブレー研究』〕
64. Plattard (J.), *L'Œuvre de Rabelais. Sources, invention, composition,* 1909. (Th. Paris)〔プラタール，『ラブレーの作品　源泉・創案・構成』〕
65. Plattard (J.), *La Vie de François Rabelais,* Paris-Bruxelles, Van Oest, 1928. in-4°.〔プラタール，『フランソワ・ラブレーの生涯』〕
66. Lote (G.), *La Vie et l'Œuvre de François Rabelais,* Aix-en-Provence, 1938. (Bibl. Univ. Aix-Marseille)〔ロト，『フランソワ・ラブレーの生涯と作品』〕

C. 個別的研究――伝記と逸話

67. Clouzot (H.), Chronologie de la vie de Rabelais, in (*55*)〔この書誌の (*55*) 番〕, t. 1, p. 128.〔クルーゾ，「ラブレー年譜」〕
68. Grimaud (H.), Généalogie de la famille Rabelais, in *R.E.R.,* IV, 1906.〔グリモー，「ラブレーの家系」〕
69. Lefranc (A.), Les autographes de Rabelais, in *R. E. R.,* III, 1905.〔ルフラン，「ラブレーの自筆」〕
69-2. Lefranc (A.), Le vrai visage de François Rabelais, in *R.S.S.,* XIII, 1926.〔ルフラン，「フランソワ・ラブレーの本当の相貌」〕
70. Lesellier (J.), L'absolution de Rabelais en cour de Rome, in *H. R.,* III, 1936.〔ルゼリエ，「ローマ聖庁でのラブレーの赦免判決」〕
70-2. Lesellier (J.), Deux enfants naturels de Rabelais légitimés par Paul III, in *H. R.,* V, 1938.〔ルゼリエ，「パウルス三世により嫡出子と認められたラブレーの二人の私生児」〕
71. Plattard (J.), *L'adolescence de Rabelais en Poitou,* 1923.〔プラタール，『ポワトゥ地方でのラブレーの青春』〕
72. Bourrilly (V. L.), Rabelais à Lyon en août 1537, in *R. E. R.,* IV, 1906.〔ブーリイ，「1537年8月のリヨンにおけるラブレー」〕
73. De Santi (L.), Le cours de Rabelais à la Faculté de Montpellier 1537 -

1538, in *R. E. R.*, III, 1905.〔ド・サンティ，「モンペリエ大学（医学部）でのラブレーの講義　1537年 - 1538年」〕
74. Picot (E.), Rabelais à Lyon en août 1540, in *R. E. R.*, IV, 1906.〔ピコ，「1540年8月のリヨンにおけるラブレー」〕
75. De Santi (L.), Rabelais à Toulouse, in *R. S. S.*, VIII, 1921.〔ド・サンティ，「トゥルーズでのラブレー」〕
76. Zeller (G.), Le séjour de Rabelais à Metz, in *R. S. S.*, XIV, 1927.〔ゼレール，「メッツでのラブレーの滞在」〕
77. Lefranc (A.), Rabelais et le Pouvoir Royal, in *R. S. S.*, XVII, 1930.〔ルフラン，「ラブレーと王権」〕

D. 個別的研究――作品と相互関係

〔訳者註：78と79に相応する文献は存在しない．これは1947年版でも同様である．新書版になってからは，書誌にナンバー付与はされていない〕

80. Berthoud (G.), *Marcourt et Rabelais*, Musée Neuchâtelois, 1929.〔ベルトゥ，『マルクールとラブレー』〕
80-2. Marcourt (Ant.), *Le livre des Marchans, fort utile à toutes gens, nouvellement composé par le sire Pantapole, bien expert en tel affaire, prochain voysin du Seigneur Pantagruel.*―― F°. 23 v°. Imprimé à Corinthe le XXIIe d'aoust l'an mil cinq cens XXXIII. (Neuchâtel, P. de Vingle), pet. in-8°. goth.〔マルクール，『あらゆる人々に有益な商人の書　パンタグリュエル殿の近隣に住む，かかる事情にたいそう通じたる，パンタポル殿によりあらたに起草されたるもの』〕
81. Busson (H.), Rabelais et le Miracle, in *R. C. C.*, 1929.〔ビュッソン，「ラブレーと奇蹟」〕
82. Clouzot (H.), Note pour le commentaire :《L'enfant sortit par l'aureille senestre》, in *R. S. S.*, 1922, pp. 219-220.〔クルーゾ，「〈子供が左耳から誕生した〉　註釈としてのノート」（訳者註：フェーヴルの原著「書誌」ではこのノートの著者をChamard (H.) とする．しかし『16世紀研究誌』の当該記事の執筆者はH. C. とイニシャルしか残していない．総合的に判断して英訳者が同定するように，アンリ・クルーゾと考えるのが適当と思われる）〕
83. Dubreme (Cl.), L'accouchement de Gargamelle par l'oreille senestre, in *Chronique médicale*, 1933, pp. 74 et 157.〔デュブレーム，「左耳からのガルガメルの出産」〕
84. Folet (Dr H.), Rabelais et les Saints préposés aux maladies, in *R. E. R.*, IV, 1906.〔フォレ，「ラブレーと病守護聖人」〕
85. Fusil (C. A.), Rabelais et Lucrèce, in *R. S. S.*., XII, 1925.〔フュジ，「ラ

ブレーとルクレティウス」〕
86. Gilson (E.), Notes médiévales au Tiers Livre de Pantagruel, in *R. H. F.*, II, 1925.〔ジルソン,「『パンタグリュエル物語　第三之書』への中世にかかわるノート」〕
87. Gilson (E.), Rabelais franciscain, in *R. H. F.*, I, 1924.〔ジルソン,「フランチェスコ派修道士ラブレー」〕
88. Lefranc (A.), Etude sur le "Gargantua", en tête de (*55*), I, 1912.〔ルフラン,「『ガルガンチュワ物語』研究」〕
89. Lefranc (A.), Etude sur "Pantagruel", en tête de (*55*), III, 1922.〔ルフラン,「『パンタグリュエル物語』研究」〕
90. Lefranc (A.), Etude sur le "Tiers Livre", en tête de (*55*), V, 1931.〔ルフラン,「『第三之書』研究」〕
91. Plattard (J.), L'Ecriture Sainte et la Littérature scripturaire dans l'Œuvre de Rabelais, in *R.E.R.*, VIII, 1910.〔プラタール,「ラブレーの作品における『聖書』と聖書文学」〕
92. Plattard (J.), Rabelais réputé poète par quelques écrivains de son temps, in *R. E. R.*, X.〔プラタール,「同時代の著作家により詩人たる評価をうけたラブレー」〕
93. Plattard (J.), Les publications savantes de Rabelais, in *R. E. R.*, II, 1904.〔プラタール,「ラブレーの学術出版物」〕
94. Plattard (J.), L'invective de Gargantua contre les mariages contractés《sans le sceu et adveu》des parents, in *R. S. S.*, XIV, 1927.〔プラタール,「親族の〈認知も同意もなくして〉取り結ばれた結婚に対するガルガンチュワの悪口」〕
95. Plattard (J.), Rabelais et Mellin de Saint-Gelais, in *R. E. R.*, IX, 1911.〔プラタール,「ラブレーとメラン・ド・サン＝ジュレ」〕
96. Talant (L.), *Rabelais et la Réforme,* Th. Fac. Théol., Paris, Cahors, 1902.〔タラン,『ラブレーと宗教改革』〕
97. Tuasne (L.), La lettre de Gargantua à Pantagruel, in *R. B.*, 1905.〔テュアーヌ,「ガルガンチュワからパンタグリュエルに宛てた手紙」〕

III. ラブレーの先駆者，同時代人，対立者

A. 著述家とユマニスト

〔訳者註：書誌ナンバー98と99に相応する文献は記されていない〕

Arlier (Ant.) 〔アントワーヌ・アルリエ〕

100. ── Puech (Dr), Un ami d'Etienne Dolet, in *R. du Midi,* II, 1892.〔ピュエシュ，「エティエンヌ・ドレのひとりの友人」〕

101. ── Gerig (J. L.), *Antoine Arlier, and the Renaissance at Nîmes,* New-York, 1929.〔ゲーリック，『アントワーヌ・アルリエとニームにおけるルネサンス』〕

Bèze (Th. de) 〔テオドール・ド・ベーズ〕

102. ── *Poemata.* Lutetiæ Conrad Badius, 1548. p. in-8°.〔『詩集』〕

Bouchet (J.) 〔ジャン・ブーシェ〕

103. ── Hamon (A.), *Un grand rhétoriqueur poitevin : Jean Bouchet (1476 - 1557?),* 1901. (Th. Paris)〔アモン，『ポワトゥ地方出身の大修辞学派　ジャン・ブーシェ（1476 - 1557年?)』〕

104. ── Haskovec (P.), Rabelais et Jean Bouchet, in *R. E. R.,* VI, 1907.〔アスコヴェック，「ラブレーとジャン・ブーシェ」〕

105. ── Plattard (J.), Une œuvre inédite et nouvellement découverte du grand rhétoriqueur Jean Bouchet, in *R. S. S.,* IX, 1922.〔プラタール，「大修辞学派ジャン・ブーシェの新たに発見された未刊行作品」〕

Bourbon (Nic.) 〔ニコラ・ブルボン〕

106. ── *Nicolai Borbonii Vandoperani Nugae.* Parisiis, apud Michaelem Vascosanum, MDXXXIII, in-8°., (B. N. Yc. 1322)〔『ウァンドペラノ人ニコラウス・ボルボニウスノヨシナシゴト』〕

107. ── *Nicolai Borbonii Vandoperani Nugae. Ejusdem Ferraria.* Basileae, per And. Cratandrum, mense Septembri, anno MDXXXIII. (Bib. Besançon 223. 017)〔『ウァンドペラノ人ニコラウス・ボルボニウスノヨシナシゴト　同ジ人物ノ鍛冶詩篇』〕

108. ── *Nicolai Borbonii Vandoperani Opusculum Puerile ad Pueros de Moribus, sive Paidagogeion.* Lugduni, apud Seb. Gryphium, 1536. pet. in-4°. (Bib. Besançon 265. 118)〔『ウァンドペラノ人ニコラウス・ボルボニウスノ子供タチニ宛テタル行儀作法ニツイテノ拙キ小冊子，モシクハ躾』〕

109. ── *Nicolai Borbonii Vandoperani Lingonensis Nugarum libri octo.* Apud Seb. Gryphium Lugduni, 1538. (Bib. Toulouse 19.601 ; Bib. Besançon 223. 018)〔『ウァンドペラノ人リンゴナエ市民ニコラウス・ボルボニウスノヨシナシゴト全8巻』〕

110. ── Carré (G.), *De vita et scriptis N. Borbonii Vandoperani,* 1888. in-8°. (Th. Paris)〔カレ，『ウァンドペラノ人ニコラウス・ボルボニウスノ生涯ト著作ニツイテ』〕

111. ── De Santi (L.), Rabelais et Nicolas Bourbon, in *R. S. S.,* IX, 1922.〔ド・サンティ，「ラブレーとニコラ・ブルボン」〕

Boyssoné (J. de)〔ジャン・ド・ボワソネ〕

112. —— *Les Trois Centuries de Maistre Jehan de Boyssoné, Dr régent à Tholoze,* par H. Jacoubet. Bib. Mérid., Fac. L. Toulouse, 2e série, XX, 1923.〔ジャクベ篇,『トゥルーズの教授博士ジャン・ド・ボワソネ師の300詩篇』〕

113. —— *Les poésies latines de Jean de Boyssoné* (*Ms. de Toulouse, 835*), résumées et annotées par H. Jacoubet, Toulouse, Privat, 1931.〔ジャクベ篇,『ジャン・ド・ボワソネのラテン語詩』〕

114. —— Lettres inédites de Jean de Boyssoné et de ses amis, par Buche, in *R. Langues Romaines,* 1895—1896—1897.〔ビュッシュ篇,「ジャン・ド・ボワソネとその友人の未刊行書簡」〕

115. —— *La correspondance de Jean de Boyssoné* (*Ms. de Toulouse, 834*), résumée, classée et annotée par H. Jacoubet, Toulouse, Privat, 1931.〔ジャクベ篇,『ジャン・ド・ボワソネの書簡』〕

116. —— Bousquet (F.), Trois lettres inéd. de Jean de Boyssoné et de Melanchton, in *Bull. Soc. des Sc., Arts et Belles Lettres du Tarn,* 1923. pp. 77 - 78.〔ブスケ,「ジャン・ド・ボワソネとメランヒトンの三通の未刊行書簡」〕

117. —— Mugnier (F.), *La vie et les poésies de Jean de Boyssoné,* 1897.〔ミュニエ,『ジャン・ド・ボワソネの生涯と詩作』〕

118. —— Jacoubet (H.), *Jean de Boyssoné et son temps,* Toulouse-Paris, 1930.〔ジャクベ,『ジャン・ド・ボワソネとその時代』〕

119. —— Jacoubet (H.), Quelques conjectures à propos de Boyssoné in *R. S. S.,* XI, 1924, pp. 302-319.〔ジャクベ,「ボワソネに関するいくつかの推定」〕

120. —— Jacoubet (H.), Les dix années d'amitié de Dolet et de Boyssoné (Toulouse 1532-Lyon 1542), in *R. S. S.,* XII, 1925.〔ジャクベ,「エティエンヌ・ドレとボワソネの10年間の友情(トゥルーズ1532年 - リヨン1542年)」〕

121. —— Jacoubet (H.), Alciat et Boyssoné d'après leur correspondance, in *R. S. S.,* XIII, 1926.〔ジャクベ,「書簡に見るアルチアートとボワソネ」〕

Brantôme〔ブラントーム〕

122. —— *Œuvres complètes,* éd. Lalanne, 1864 - 1882, 12 vols. (S. H. P.)〔ラランヌ篇,『ブラントーム全集』全12巻〕

123. —— *Les Dames Galantes,* éd. Bouchot, 2 vols., s. d.〔ブショ篇,『艶婦伝』全2巻(訳者註:小西茂也氏訳,『艶婦伝』全2巻. その他の邦訳もある)〕

124. —— Bouchot (H.), *Les femmes de Brantôme,* 1890. in-4°.〔ブショ,『ブラントームの女性たち』〕

Britannus〔ブリタンヌス;フランス語名ロベール・ブルトン〕

125. ── *Roberti Britanni Epistulae.* ── *Roberti Britanni Carmina,* Tolosae, 1536. in-4°.〔『ロベルトゥス・ブリタンヌスノ書簡集──ロベルトゥス・ブリタンヌスノ歌唱』〕

126. ── *Rob. Britanni Atrebatensis Epistol. libri II,* Parisiis, G. Bossozelius, MDXL. (Bib. Lyon n° 317-817)〔『アトレバタエノ人ロベルトゥス・ブリタンヌスノ書簡集全2巻』〕

127. ── *Roberti Britanni de optimo statu reipublicæ liber. Huic adjuncta Gul. Langei Bellaii deploratio,* Parisiis, ex officina Christiani Wecheli, MDXLIII, in-8°.〔『ロベルトゥス・ブリタンヌスノ最良ノ国家ニツイテノ書加ウルニグリエルムス・ランゲウス・ベライウスノ詠嘆』〕

Brixius (Germ.)〔ゲルマヌス・ブリクシウス；フランス語名ジェルマン・ド・ブリ〕

128. ── *Germani Brixii Altisseodorensis gratulatoriae IV.* ── *Ejusdem epistulae IV,* Paris, 1531. (Bib. Mazar. 11. 399)〔『アルティセオドルムノ人ゲルマヌス・ブリクシウスノ祝歌全4巻──同ジ人物ノ書簡集全4巻』〕

Budé (Guill.)〔ギヨーム・ビュデ〕

129. ── *Répertoire analytique et chronologique de la correspondance de Guillaume Budé,* par Delaruelle (L.), 1907. (Th. Paris)〔ドラリュエル篇，『ギヨーム・ビュデの概要付き年代別書簡目録』〕

130. ── Delaruelle (L.), *Guillaume Budé, les origines, les débuts, les idées maîtresses,* in *B. H. E.,* fasc. 162., 1907. (Th. Paris)〔ドラリュエル，『ギヨーム・ビュデ　出自・デビュー・主たる思想』〕

Champier (Symph.)〔サンフォリアン・シャンピエ〕

131. ── Allut (P.), *Etude biographique et bibliographique sur Symphorien Champier,* Lyon, 1859.〔アリュ，『サンフォリアン・シャンピエに関する伝記的・書誌的研究』〕

Chappuys (Cl.)〔クロード・シャピュイ〕

132. ── Roche (L. P.), *Claude Chappuys, poète de la cour de François Ier,* 1929.〔ロシュ，『クロード・シャピュイ　フランソワ一世の宮廷詩人』〕

Charondas (Louis Le Caron)〔カロンダス（ルイ・ル・カロン）〕

133. ── *Les Dialogues,* A Paris, chez Jean Longis, 1556. in-8°.〔『（ル・カロン）対話篇』〕

134. ── Pinvert (L.), Un Entretien philosophique de Rabelais, rapporté par Charondas (1556), in *R. E. R.,* I, 1903.〔パンヴェール，「カロンダスが報告するラブレーの哲学的対話」〕

Chesneau (Nic.)〔ニコラ・シェノー〕

135. ── *Nic. Querculi Epigrammatum libri II.* ── *Ejusdem Hendecasyllaborum liber unus.* Parisiis, T. Richard, 1553. in-4°. (B. N. Yc. 1658)

〔『ニコラウス・クウェルクルスノ寸鉄詩集全2巻——同ジ人物ノ十一音綴詩集全1巻』〕
Cousin (Gilbert)〔ジルベール・クーザン〕
136. —— *Gilberti Cognati Nozereni Opera multifarii argumenti.* —— Basileae, Henri Pierre, 1562. in-f°. (Bibl. Besançon)〔『ノゼレヌムノ人ギルベルトゥス・コグナトゥスノ多様ナ主題ヲモツ著作集』〕
137. —— Febvre (L.), Un secrétaire d'Erasme : Gilbert Cousin et la Réforme en Franche-Comté in *B. S. H. P.,* LVI, 1907.〔フェーヴル,「エラスムスの秘書ジルベール・クーザンとフランシュ＝コンテの宗教改革」〕
Des Masures (L.)〔ルイ・デ・マジュール〕
138. —— *Œuvres poétiques de Louis des Masures,* Lyon, J. de Tournes et G. Gazeau, 1557. in-4°. (B. N. Rés. Ye. 366)〔『ルイ・デ・マジュールの詩作品』〕
139. —— *Vingt pseaumes de David traduits selon la vérité hébraïque et mis en rime française par Louis des Masures, tournisien,* Lyon, J. de Tournes et G. Gazeau 1557. in-4°. (B. N. Rés. Ye. 368)〔『トゥルネの人ルイ・デ・マジュールにより真のヘブライ語に基づき翻訳されフランス語の韻文に直されたダビデの詩編20篇』〕
140. —— *Ludovici Masurii Carmina,* Lugduni, apud J. Tornaesium et G. Gazeium, 1557. in-4°. (B. N. Rés. m. Yc. 807)〔『ルドウィクス・マスリウスノ歌唱』〕
Des Periers (B.)〔ボナヴァンテュール・デ・ペリエ〕
141. —— *Œuvres françaises,* éd. Lacour, 2 vols., 1856. in-12.〔ラクール篇,『デ・ペリエ作　フランス語著作集』全2巻（訳者註：このうち『笑話集』の幾篇かには山本顕一氏による邦訳が存在する）〕
142. —— *Le Cymbalum Mundi,* Réimpr. en fac-simile de l'éd. de Paris, Jean Morin, 1537. Introd. par P. Plan. Soc. des Anciens Livres, 1914. in-16.〔『世ノ警鐘』（訳者註：二宮・山本氏訳,『キュンバルム・ムンディ』,『世界文學大系　74　ルネサンス文学集』所収）〕
143. —— Chenevière (Ad.), *Bonaventure des Periers, sa vie, ses poésies,* 1886. (Th. Paris)〔シュヌヴィエーヴ,『ボナヴァンテュール・デ・ペリエ　その生涯,その詩作』〕
144. —— Becker (Ph. Aug.), *Bonaventure Des Periers, als Dichter u. Erzähler* (Akad. d. Wissensch. in Wien, Phil. hist. Kl., Sitzungsb., 200. Bd.), Vienne et Leipzig, 1924.〔ベッカー,『ボナヴァンテュール・デ・ペリエ　詩人にして物語作家』〕
145. —— Walser (Ern.), Der Sinn des *Cymbalum Mundi* : Eine Spottschrift gegen Calvin. in *Zwingliana,* IV, 1922.〔ヴァルサー,「『世ノ警鐘』の意味

カルヴァンへの風刺文書」〕

146. —— Febvre(L.), Une histoire obscure : la publication du Cymbalum Mundi in *R. S. S.,* XVII, 1930.〔フェーヴル,「不明瞭な歴史『世ノ警鐘』の出版」〕

146-2—— Febvre(L.), *Origène et Des Periers, ou l'énigme du Cymbalum Mundi,* 1942.〔フェーヴル,『オリゲネスとデ・ペリエ　もしくは「世ノ警鐘」の謎』〕

Dolet(Et.)〔エティエンヌ・ドレ〕.

147. —— *Stephani Doleti orationes duæ in Tholosam. Ejusdem Epistolaram libri II. Ejusdem Carminum libri II. Ad eundem Epistolarum amicorum liber,* s. l. n. d., (Lyon, Gryphe, 1534), in-8°. (B. N. Inv. Z. 1942)〔『ステパヌス・ドレトゥスノトロサニ抗スル2篇ノ陳述　同ジ人物ノ書簡集全2巻　同ジ人物ノ歌唱全2巻　同ジ人物ニ宛テタ友人タチノ書簡集全1巻』〕

148. —— *Stephani Doleti Dialogus De Imitatione Ciceroniana adversus Desid. Erasmum Roterodamum pro Christophoro Longolio,* Lugduni ap. Seb. Gryphium, MDXXXV, in-4°.〔『ロテロダムム人ノデシデリウス・エラスムスニ抗シ,クリストポルス・ロンゴリウスニ味方スル,キケロノ模倣ニ関スルステパヌス・ドレトゥスノ対話篇』〕

149. —— *Commentariorum Linguae Latinae Tomus primus,* Lugduni, apud Seb. Gryphium, 1536. in-f°.—— Tomus Secundus, *ibid.,* 1538. (Ec. Norm. Sup[re].)〔ドレ,『ラテン語註解第1巻』,同『第2巻』〕

150. —— *Stephani Doleti Galli Aurelii Carminum libri quatuor,* Lugduni, (Gryphe), anno 1538. in-4°.〔『ガリアノアウレリアノ人ステパヌス・ドレトゥスノ歌唱全4巻』〕

151. —— *Stephani Doleti Galli Aurelii liber de Imitatione Ciceroniana adversus Floridum Sabinum. Confutatio maledictorum, et varia Epigrammata,* Lugduni, ex officina Autoris, 1540. in-4°.〔『ガリアノアウレリアノ人ステパヌス・ドレトゥスノキケロノ模倣ニツイテ,フロリドゥス・サビヌスニ反論スル書:中傷ノ反駁,並ビニ種々ノ寸鉄詩集』〕

152. —— *Procès d'Estienne Dolet,* Paris, Techner, 1836. in-8°.〔『エティエンヌ・ドレの裁判』〕

153. —— Maittaire(Michael), 〈Dolet〉, *Annales Typographici,* La Haye, 1719 - 1725, t. III, partie I, pp. 9-113.〔メテール,『印刷年報』,第3号,〈ドレ〉の項目〕

154. —— Bayle et Des Maizeaux, Art. 〈Dolet〉, in *Dic.,* II, cols. 647 - 49 et II, cols. 984 - 87.〔ベール,及びデ・メゾー,『歴史批評辞典 第2巻』,647 - 649欄,及び984 - 987欄,〈ドレ〉の記事,及び註釈〕

155. —— Née de la Rochelle(Jean François), *Vie d'Etienne Dolet,* Paris,

Gogué et Née de la Rochelle, 1779. 〔ネ・ド・ラ・ロシェル，『エティエンヌ・ドレの生涯』〕
156. —— Boulmier(J.), *Estienne Dolet. Sa vie, ses œuvres, son martyre,* 1857. in-12. 〔ブーミエ，『エティエンヌ・ドレ　その生涯・作品・殉教』〕
157. —— Copley-Christie(R.), *Etienne Dolet, le Martyr de la Renaissance,* Trad. Stryenski, 1886. 〔コプレー＝クリスティ，『エティエンヌ・ドレ　ルネサンスの殉教者』〕
158. —— Douen(O.), Etienne Dolet, ses opinions religieuses, in *B. S. H. P.,* XXX, 1881. 〔ドゥアン，「エティエンヌ・ドレ　その宗教的見解」〕
159. —— Sturel(R.), Notes sur Etienne Dolet, d'après des inédits, in *R. S. S.,* I, 1913. 〔ステュレル，「未刊行資料にもとづくエティエヌ・ドレについての註釈」〕
160. —— Chassaigne(M.), *Etienne Dolet, portrait et documents inédits,* 1930. in-8°. 〔シャセーニュ，『エティエンヌ・ドレ　肖像と未刊行資料』〕〔訳者註：1947年版『ラブレーの宗教』からは次の項目が付け加えられている．160-2　Febvre(L.), Dolet propagateur de l'Evangile, in *Humanisme et Renaissance,* t. IV, 1945（フェーヴル，「福音布教者ドレ」)〕
Du Bellay(Guill.) 〔ギヨーム・デュ・ベレー〕
161. —— Bourrilly(V. L.), *Guillaume du Bellay, Seigneur de Langey,* 1904. 〔ブーリイ，『ランジェー領主ギヨーム・デュ・ベレー』〕
162. —— Bourrilly(V. L.), Rabelais et la mort de Guillaume du Bellay, in *R. E. R.,* II, 1904. 〔ブーリイ，「ラブレーとギヨーム・デュ・ベレーの死」〕
Du Bellay(Jean) 〔ジャン・デュ・ベレー〕
163. —— *Jo. Bellaii Cardinalis... poemata aliquot,* 1546. (S. Macrin，この書誌の(*211*)と合冊) 〔『枢機卿ヨアンネス・ベライウスノ... 若干ノ詩作』〕
164. —— Bourrilly(V. L.), Le Cardinal Jean du Bellay en Italie (juin 1535-mars 1536), in *R. E. R.,* V, 1907. 〔ブーリイ，「イタリアにおけるジャン・デュ・ベレー枢機卿（1535年6月－1536年3月)」〕
Du Bellay(Joachim) 〔ジョワシャン・デュ・ベレー〕
165. —— *Œuvres poétiques,* éd. Chamard (S. T. F. M.), 1906－1931, 6 vols., in-12. 〔シャマール篇，『ジョワシャン・デュ・ベレー詩集』全6巻（訳者註：いくつかの作品群には邦訳がある．参照したものについては訳註で触れた)〕
166. —— *Joachimi Bellaii Poematum libri IV,* Paris, Fred. Morel, 1558. in-4°. 〔『ヨアキムス・ベライウスノ歌唱全4巻』〕
167. —— *Deffence et illustration de la langue française,* éd. Chamard, 1904. 〔シャマール篇，『フランス語の擁護と顕揚』（訳者註：加藤美雄氏訳，『フランス語の擁護と顕揚』)〕
Ducher(Gilbert) 〔ジルベール・デュシェール〕

168. —— *Gilberti Ducherii Vultonis Aquapersani Epigrammaton libri duo,* Apud Seb. Gryphium, Lugduni, 1538. pet. in-8°. (B. Besançon 223 009)〔『アクア・スパルサノ人ギルベルトゥス・ドゥケリウス・ウゥルトンノ寸鉄詩集全2巻』〕

Du Fail (Noël)〔ノエル・デュ・ファーユ〕

169. —— *Œuvres facétieuses,* éd. Assezat, 2 vols., 1874. in-12.〔アスザ篇,『デュ・ファーユ滑稽作品集』全2巻〕

170. —— Philipot (E.), *La Vie et l'œuvre littéraire de Noël du Fail,* 1914. (Th. Paris)〔フィリポ,『ノエル・デュ・ファーユの生涯と文学作品』〕

Du Saix (Ant.)〔アントワーヌ・デュ・セックス〕

171. —— Texte (Jos.), *De Antonio Saxano,* 1895. (Th. Paris)〔テクスト,『アントニウス・サクサヌス論』〕

172. —— Plattard (J.), Frère Antoine de Saix, Commandeur jambonnier de Saint-Antoine de Bourg-en-Bresse, in *R. E. R.,* IX, 1911.〔プラタール,「ブール＝カン＝ブレスのサン＝タントワーヌ修道院豚肉会長　アントワーヌ・ド・セックス」〕

Erasme (Didier)〔デシデリウス・エラスムス〕

173. —— *Des. Erasmi Roterodami Opera Omnia,* éd. J. Clericus, Leyde, 1703-1706, 10 vols., in-f°.〔クレリクス篇,『ロテロダムムノ人デシデリウス・エラスムス全集』全10巻（訳者註：幾つかの作品が邦訳されているが，特に本論で引用・言及されているものの中で，次の作品をあげておく．金子晴勇氏訳,『エンキリディオン』,『宗教改革著作集２』所収；木ノ脇悦郎氏訳,『新約聖書序文』，同書所収；渡辺一夫・二宮敬氏訳,『痴愚神礼讃』,『世界の名著17』所収；二宮氏訳,『対話集（抄訳)』，同書所収；中城進氏訳,『子供たちに良習と文学とを惜しみなく教えることを出生から直ちに行う，ということについての主張』，同氏訳,『エラスムス教育論』所収)〕

174. —— *Opus Epistolarum Des. Erasmi denuo recognitum et auctum,* Oxford, t. I, 1906 ; t. VIII, 1934. (en cours de publication)〔『デシデリウス・エラスムスノ増補校閲新版書簡集』(第８巻まで刊行中)〕

175. —— Förstemann et Günther, *Briefe an Des. Erasmus,* Beihefte z. Zentralblatt f. Bibliothekswesen, XXVII, Leipzig, 1904. in-8°.〔フルステマン＝ギュンター篇,『デシデリウス・エラスムス宛書簡』〕

176. —— Erasme, *Colloquia Familiaria,* Leipzig, O. Holtze, 1872. in-16.〔『日常対話篇』〕

177. —— Smith (Preserved), *A key to the Colloquies of Erasmus,* Harvard theolog. Studies. Cambridge Mass, Harvard. Univ. Press, 1927. in-8°.〔スミス,『エラスムス「対話篇」への鍵』〕

178. —— Ziesing (Th.), *Erasme ou Salignac ?* 1887.〔ジーザン,『エラスム

スか，サリニャックか』〕
178-2. —— Heulhard (A.), *Une lettre fameuse, Rabelais à Erasme,* 1904. in -4°.〔ウラール，『一通の有名な手紙　ラブレーからエラスムスへ』〕
179. —— Boussey (A.), Erasme à Besançon, in *B. Acad. Sc., B.L. et Arts,* Besançon, 1896.〔ブーセ，「ブザンソンでのエラスムス」〕
180. —— Delaruelle (L.), Ce que Rabelais doit à Erasme et à Budé in *R. H. L.,* 1904.〔ドラリュエル，「ラブレーがエラスムスとビュデに負っているもの」〕
181. —— Smith (W. F.), Rabelais et Erasme, in *R. E. R.,* VI, 1908.〔W. F. スミス，「ラブレーとエラスムス」〕
182. —— Mestwerdt (Ph.), *Die Anfänge des Erasmus. Humanismus und* Devotio Moderna, *Studien z. Kultur u. Gesch. der Reformation,* hgg. vom Verein f. Reformationsgesch., 1917.〔メストヴェルト，「初期エラスムス　ユマニスムと〈新シキ敬虔〉」〕
183. —— Pineau (J. B.), *Erasme, sa pensée religieuse,* 1924. in-8°. (Th. Paris)〔ピノー，『エラスムス　その宗教思想』〕
184. —— Ferrère (F.), Erasme et le cicéronianisme au XVIe siècle（特にスカリジェについて）in *R. de l'Agenais,* 1924.〔フェレール，「エラスムスと16世紀のキケロ主義」〕
185. —— Renaudet (A.), *Erasme, sa pensée religieuse et son action d'après sa correspondance (1518 - 1521),* 1926.〔ルノーデ，『エラスムス　その書簡に見られる宗教思想と活動（1518 - 1521年)』〕
186. —— Bataillon (M.), Erasme et la Cour de Portugal, in *Arquivo de historia* (Coimbra, Univ.), II, 1927.〔バタイヨン，「エラスムスとポルトガル宮廷」〕
187. —— Bataillon (M.), Les Portugais contre Erasme à l'assemblée théologique de Valladolid, 1527, in *In Memoriam de Carolina Michaelis de Vasconcellos,* Coimbra, 1928. in-4°.〔バタイヨン，「1527年のバリャドリー神学会議でエラスムスに対抗するポルトガル人」〕
188. —— Febvre (L.), Crises et figures religieuses : Du Modernisme à Erasmisme, in *R. S.,* I, 1931.〔フェーヴル，「宗教的危機と相貌　近代主義からエラスムス主義へ」〕
189. —— Mann (Marg.), *Erasme et les débuts de la Réforme française,* 1934.〔マン，『エラスムスと初期フランス宗教改革』〕
190. —— Bataillon (M.), *Erasme et l'Espagne, recherches sur l'histoire spirituelle du XVIe siècle,* 1937.〔バタイヨン，『エラスムスとスペイン　16世紀精神史研究』〕
191. —— Febvre (L.), Une Conquête de l'histoire : L'Espagne d'Erasme, in

A. H. S., I, 1939. Cf. également, L'Erasmisme en Espagne, in *R. S. H.,* XLIV, 1927.〔フェーヴル，「歴史の征服　エラスムスのスペイン」，同じく次の記事も参照せよ，「スペインのエラスムス主義」〕

192. ―― Renaudet (A.), *Etudes Erasmiennes* (*1521 - 1529*), 1939.〔ルノーデ，『エラスムス研究（1521 - 1529年）』〕

193. ―― Febvre (L.), Augustin Renaudet et ses *Etudes Erasmiennes,* in *A. H. S.,* I, 1939.〔フェーヴル，「オーギュスタン・ルノーデとその『エラスムス研究』」〕

Estienne (Henri)〔アンリ・エティエンヌ〕

194. ―― *Apologie pour Hérodote,* éd. Ristelhüber, 1879. 2 vols.〔リステリュベール篇，『ヘロドトス弁護』全2巻〕

195. ―― Clément (L.), *Henri Estienne et son œuvre française,* 1898. (Th. Paris)〔クレマン，『アンリ・エティエンヌとそのフランス語著作』〕

196. ―― Lefranc (A.), Rabelais et les Estienne. Le Procès du *Cymbalum* de Bonaventure Des Periers, in *R. S. S.,* XV, 1928.〔ルフラン，「ラブレーとエティエンヌ一族　ボナヴァンテュール・デ・ペリエの『世ノ警鐘』訴訟」〕

Estienne (Robert)〔ロベール・エティエンヌ〕

197. ―― *In Evangelium secundum Matthaeum, Marcum et Lucam, commentarii ex ecclesiasticis scriptoribus collecti,* Genevae, Oliva Roberti Stephani, 1553.〔『マタエウス，マルクス，及ビルカニヨル福音書ニツイテノ教会史家タチカラ収集サレタ註解』〕

Góis (Damião de)〔ダミャン・ヂ・ゴイス〕

198. ―― Bataillon (M.), *Le Cosmopolitisme de Damião de Góis.*〔バタイヨン，『ダミャン・ヂ・ゴイスの国際性』〕

Gouvea (André de)〔= Andrés de Gouveia アンドレス・ヂ・ゴヴェイア〕

199. ―― Bataillon (M.), Sur André de Gouvea, principal du Collège de Guyenne, in Univ. de Coimbra, *O Instituto,* 78, 1929.〔バタイヨン，「コレージュ・ド・ギュイエンヌ校長アンドレス・ヂ・ゴヴェイアについて」〕

Gouvea (Antoine de)〔= Antonio de Gouveia アントニウ・ヂ・ゴヴェイア〕

200. ―― *Antonii Goveani Lusitani Epigrammaton libri duo,* Lugduni, ap. Seb. Gryphium, in-4°., 1539.〔『ルシタニアノ人アントニウス・ゴウェアヌスノ寸鉄詩集全2巻』〕

200-2. ―― *Antonii Goveani Epigrammata. Ejusdem epistolae quatuor,* Apud. Seb. Gryphium, Lugduni, 1540. in-8°. (Bib. Bes. 223 032)〔『アントニウス・ゴウェアヌスノ寸鉄詩集　同ジ人物ノ書簡詩4篇』〕

201. ―― *Antonii Goveani pro Aristotele responsio adversus Petri Rami calumnias,* Parisiis apud. S. Colinoeum, 1543. in-8°. (Bib. Besançon)〔『ペトルス・ラムスノ讒謗ニ対シアリストテレスヲ擁護スルアントニウス・ゴウ

ェアヌスノ反論』〕

202. ―― *Antonii Goveani Opera juridica, philologica, philosophica,* ed. Jacobus van Vaassen, Rotterdam, 1766. in-f°.〔『アントニウス・ゴウェアヌスノ法学・文献学・哲学著作集』〕

Gouvea (Diogo de)〔= Diogo de Gouveia ディオグ・ヂ・ゴヴェイア〕

203. ―― Bataillon (M.), *Un document portugais sur les origines de la Compagnie de Jésus,* 1930.〔バタイヨン,『イエズス会の起源に関するポルトガル資料』〕

Héroet (Ant.)〔アントワーヌ・エロエ〕

204. ―― *Œuvres poëtiques,* éd. crit. par F. Gohin (S. T. F. M.), 1909.〔ゴーアン篇,『アントワーヌ・エロエ詩集』〕

205. ―― Larbaud (Valéry), Notes sur Antoine Héroët et Jean de Lingendes, 1927. Repris. dans : *Domaine Français,* 1941.〔ラルボー,「アントワーヌ・エロエとジャン・ド・ランジャンドをめぐる覚書」〕

La Borderie (B. de)〔ベルトラン・ド・ラ・ボルドリー〕

206. ―― Livingston (C. H.), Un disciple de Clément Marot, Bertrand de la Borderie, in *R. S. S.,* XVI, 1929.〔リヴィングストン,「クレマン・マロの弟子　ベルトラン・ド・ラ・ボルドリー」〕

Machiavelli〔マキャヴェッリ〕

207. ―― Renaudet (A.), *Machiavel,* 1942.〔ルノーデ,『マキャヴェッリ』〕

Macrin (Salmon)〔サルモン・マクラン：別名 Jean Salmon ジャン・サルモン〕

208. ―― *Salmonii Macrini Juliodunensis Lyricorum Libri duo. Epithalamiorum liber unus,* Parisiis ex officina Gerardi Morrhii Campensis, MDXXXI, in-8°. (Mazarine 44. 870)〔『ユリオドゥヌムノ人サルモニウス・マクリヌスノ叙情詩集全2巻　祝婚歌集全1巻』〕

209. ―― *Salmonii Macrini Juliodunensis, Cubicularii regii, Odarum libri VI,* Seb. Gryphius excud. Lugduni, anno 1537, in-8°. (B. N. Yc. 8327)〔『国王従者ユリオドゥヌムノ人サルモニウス・マクリヌスノ歌唱全4巻』〕

210. ―― *Salmonii Macrini Juliodunen. Cubicularii Regii, hymnorum libri sex ad Jo. Bellaium S. R. E. Cardinalem ampliss, Parisii,* ex officina Roberti Stephani, MDXXXVII. in-8°. (B. N. U. S. Cd 102. 902 ; p. 238 : Excudebat R. S., anno MDXXXVII, VII Idus febr.)〔『国王ノ従者ユリオドゥヌムノ人サルモニウス・マクリヌスノ，イト気高キ枢機卿 S. R. E. ヨアンネス・ベライウスニ宛テタル讃歌集全6巻』〕

211. ―― *Salmonii Macrini Juliodunensis Odarum libri tres ad P. Castellanum Pontificem Matisconensem.―― Jo. Bellaii Cardinalis... Poemata aliquot... ad eundem Matisconum Pontificem,* Parisiis, Ex officina Rob.

Stephani, MDXLVI, pet. in-8°. (Bib. Besançon 223. 024.)〔『ユリオドゥヌムノ人サルモニウス・マクリヌスノマティスコ司教ペトルス・カステラヌスニ宛テタル歌唱集全6巻――同ジマティスコ司教ニ宛テタル枢機卿ヨアンネス・ベライウスノ若干ノ詩篇』〕

212. —— *Salmonii Macrini Judiodunensis Cubicularii regii Epigrammatum libri duo,* Pictavii, ex officina Marnefiorum fratrum, MDXLVIII, in-8°. (Bib. Besançon 223. 025)〔『国王ノ従者ユリオドゥヌムノ人サルモニウス・マクリヌスノ寸鉄詩集全2巻』〕

213. —— *Salmonii Macrini Juliodunensis Cubicularii regii Epitome vitae Domini Nostri Jesu Christi ad Margaritam Valesiam,* Parisiis, ex typographia Matthaei Davidis, via Amygdalium, 1549. pet. in-8°. (Besançon 223. 025)〔『国王ノ従者ユリオドゥヌムノ人サルモニウス・マクリヌスノ，マルガリタ・ウァレシアニ捧ゲタル我等ガ主イエス・キリストノ略伝』〕

Marguerite de Navarre〔王姉マルグリット・ド・ナヴァール〕

214. —— *Les Marguerites de la Marguerite des Princesses,* éd. Frank, 1873. 4 vols., in-12.〔フランク篇，『マルグリット珠玉集』全 4 巻（訳者註：幾つかの作品の邦訳がある）〕

215. —— *Les dernières poésies de Marguerite de Navarre,* par Abel Lefranc, 1896. in-8°.〔ルフラン篇，『マルグリット・ド・ナヴァールの晩年の詩』〕

216. —— *L'Heptaméron,* éd. Leroux de Lincy, 1853. 3 vols.［ルルー・ド・ランシ篇，『エプタメロン』全 3 巻（訳者註：おそらく一番入手しやすいのは，名取誠一氏訳，『エプタメロン』．但し底とする版が，ド・ランシのものとは異なる．その他の翻訳もある）〕

217. ——Jourda (P.), *Répertoire analytique et chronologique de la correspondance de Marguerite d'Angoulême, duchesse d'Alençon, reine de Navarre,* 1930. (Th. Paris)〔ジュルダ，『アランソン公妃にしてナヴァール（ナバラ）王妃マルグリット・ダングレームの書簡：年代別梗概つき目録』〕

218. —— Jourda (P.), Tableau chronologique des publications de Marguerite de Navarre, in *R. S. S.,* 1925.〔ジュルダ，「マルグリット・ド・ナヴァール刊行物年代別一覧」〕

219. —— Lefranc (A.), Marguerite de Navarre et le Platonisme de la Renaissance, in *B. E. C.,* 1897 et 1898.〔ルフラン，「マルグリット・ド・ナヴァールとルネサンスのプラトニスム」〕

220. ——Lefranc (A.), Les idées religieuses de Marguerite de Navarre d'après son Œuvre poétique, in *B. S. H. P. F.,* t. XLVI, 1897 - 1898.〔ルフラン，「その詩作品によるマルグリット・ド・ナヴァールの宗教思想」〕

221. —— Becker (Ph. A.), Marguerite, duchesse d'Alençon et Guillaume Briçonnet, évêque de Meaux (1521 - 1524), in *B. S. H. P.,* 1900.〔ベッカ

ー，「アランソン公妃マルグリットとモー司教ギヨーム・ブリソネ（1521 - 1524年）」〕
222. —— Jourda (P.), *Marguerite d'Angoulême,* 2 vols., 1930. (Th. Paris)〔ジュルダ，『マルグリット・ダングレーム』全2巻〕
223. —— Jourda (P.), Le Mécénat de Marguerite de Navarre, in *R. S. S.,* 1931.〔ジュルダ，「マルグリット・ド・ナヴァールの文芸庇護」〕
224. —— Febvre (Lucien), *Autour de l'Heptaméron : Amour sacré amour profane,* Paris, 1944.〔フェーヴル，『「エプタメロン」をめぐって　聖なる愛，俗なる愛』（訳者註：1942年の『ラブレーの宗教』初版では別の仮題が指示されていたが，1947年の第2版以降は1944年に実際に上梓された著書の，このタイトルに統一されている）〕
Marot (Clément)〔クレマン・マロ〕
225. —— *Les Œuvres de Clément Marot,* éd. G. Guiffrey, t. II et III, 1876, t. I. 1927. t. IV et V par J. Plattard, 1929. in-4°.〔ギフレー＝プラタール篇，『クレマン・マロ著作集』全5巻（訳者註：幾つかの作品の邦訳がある）〕
225-2. —— *Marot, Œuvres complètes,* éd. Jannet, 4 vols., 1873.〔ジャネ篇，『クレマン・マロ全集』全4巻〕
226. —— Villey (P.), Tableau chronologique des publications de Marot, in *R. S. S.,* 1920 - 1921 - 1922.〔ヴィレ，「マロ刊行物年代別一覧」〕
227. —— Becker (Ph.A.), *Clement Marots Psalmen-Uebersetzung,* (Sächs. Ak. d. Wissensch. Leipzig, Berichte), 72, 1921.〔ベッカー，『クレマン・マロの「詩篇」翻訳』〕
228. —— Becker (Ph. A.), *Clement Marot, sein Leben und seine Dichtung,* München, Kellerer, 1926. in-8°. (Sächs. Forschungsinstitut, Leipzig, Romanische Abteilung, 1)〔ベッカー，『クレマン・マロ　その生涯と詩作』〕
229. —— Pannier (J.), Une première édition (?) des psaumes de Marot, imprimée par Et. Dolet, in *B. S. H. P.,* 1929.〔パニエ，「エティエンヌ・ドレにより刊行されたマロの『詩篇』初版(?)」〕
230. —— Plattard (J.), *Marot, sa carrière poétique, son Œuvre,* (Bib. de la R. C. C.), 1938.〔プラタール，『マロ，その詩的経歴と作品』〕
More (Tomas)〔トマス・モア〕
231. —— *L'Utopie ou le traité de la meilleure forme du Gouvernement,* Texte latin éd. par Marie Delcourt, 1936. in-12.〔デルクール篇，『ユートピア』（訳者註：沢田昭夫氏訳，『ユートピア』，渡辺氏篇，『世界の名著　17　エラスムス　トマス・モア』所収．但し底とする版がデルクールのものと異なる．その他の翻訳あり）〕
232. —— *L'île d'Utopie ou la meilleure des Républiques,* 1516. Trad. par

Grunebaum-Ballin, 1935. in-12.〔『1516年版ユートピア』〕
233. —— Brémond (H.), *Thomas More,* 1904.〔ブレモン,『トマス・モア』〕
234. —— Dermenghem (Em.), *Thomas Morus et les Utopistes de la Renaissance,* 1927. in-12.〔デルマンゲム,『トマス・モルスとルネサンスのユトピストたち』〕

Omphalius (Jacobus)〔ヤコブス・オンパリウス〕

235. —— *De elocutionis imitatione ac apparatu liber unus, auctore Jac. Omphalio jurecons. Ad Cardinalem Bellaium Episco. Parisiensem..* Parisiis, apud Simonem Colinum, 1537. (Strasb. B. N. 114. 308)〔『法学者ヤコブス・オンパリウス著,パリ司教ベライウス枢機卿ニ宛テタル文体ノ模倣ト備エニツイテノ書全1巻』〕
236. —— *Epistolae aliquot familiares.* A la suite de: *De elocutionis imitatione ac apparatu liber unus,* Cologne, Théod. Baumianus, 1580. in-8°. (Strasb. B. N. 114. 309)〔『若干ノ日常書簡』,前掲書誌 (*235*) と合冊〕

Pasquier (Et.),〔エティエンヌ・パスキエ〕

237. —— *Les Œuvres contenant ses Recherches de la France,* etc., Amsterdam, aux dépens de la Compagnie des Libraires, 2 vols., 1723. in-f°.〔『「フランスの探求」などをふくむ著作集』〕

〔訳者註:書誌番号238に該当する指示はない〕

Pellicier (Guill.)〔ギヨーム・ペリシエ〕

239. —— Zeller (J.), *La Diplomatie française d'après la correspondance de Guillaume Pellicier, ambassadeur à Venise,* 1881.〔ゼレール,『ヴェネツィア大使ギヨーム・ペリシエの書簡によるフランス外交』〕

Puy-Herbaut (Gab. du〔もしくは de〕)〔ガブリエル・デュ(もしくはド)・ピュイ=エルボー〕

240. —— *Gabrielis Putherbei Turonici, professione Fontebraldæi, Theotimus sivi de Tollendis et expungendis malis libris, iis præcipue quos vix incolumi fide ac pietate plerique legere queant, libri III,* Parisiis apud Joannem Roigny, 1549. pet. in-8°.〔『フォンテブラルダエウスノ修道士,トゥロニクスノ人ガブリエル・プテルベウスノテオティムス,モシクハ抹消サレ消滅サルベキ有害ナル書物ト殊ニ非常ニ多クノ信仰ト敬神トガ傷ヲ負ワズニ読ムコトガ出来ナイソノ類ノモノニ関スル全3巻』〕

Ronsard (P. de)〔ピエール・ド・ロンサール〕

241. —— *Œuvres complètes,* nouv. éd. publiée sur les textes les plus anciens par P. Blanchemain (Bib. Elzevir.), 8 vols., 1857-1867. in-12.〔ブランシュマン篇(エルゼヴィル叢書版),『ロンサール全集』全8巻〕

242. —— *Œuvres complètes,* éd. critique par P. Laumonier (S. T. F. M.), 1914 - 1937. in-12. 9 vols. parus. 〔ローモニエ（＝ルベーグ＝シルヴァー）篇，『ロンサール全集』，9巻まで刊行中（訳者註：フェーヴルが使用したこの版の編者はローモニエだけであったが，ローモニエが単独編集した『ロンサール全集』が別に，ほぼ同時期に刊行されているため，後年の編者の名も加え，差異を伝えた．なお次の邦訳撰集もこの版を底としている：高田勇氏訳，『ロンサール詩集』．その他の邦訳もある）〕
243. —— *Hymne des Daimons,* éd. crit. et commentaire par A.-M. Schmidt, 1938. 〔シュミット篇，『ダイモンの讃歌』（訳者註：高田氏訳，『霊鬼《デモン》』，同詩集所収）〕
244. —— Laumonier (P.), L'Epitaphe de Rabelais par Ronsard, in *R. E. R.,* I, 1903. 〔ローモニエ，「ロンサールによるラブレーの墓碑銘詩」〕
245. —— Vaganay (H.), La mort de Rabelais et Ronsard, in *R. E. R.,* I, 1903, pp. 143 et 204. 〔ヴァガネ，「ラブレーの死とロンサール」〕
246. —— Schweinitz (M. de), *Les Epitaphes de Ronsard, étude historique et littéraire,* 1925. (Th. U. Paris) 〔シュヴァイニッツ，『ロンサールの墓碑銘詩　歴史的・文学的研究』〕
247. —— Busson (H.), Sur la philosophie de Ronsard, in *R. C. C.,* 1929 - 1930. 〔ビュッソン，「ロンサールの哲学について」〕

Rousselet (Cl.) 〔クロード・ルスレ〕

248. —— *Claudii Rosseletti jurisconsulti Patritiique Lugdunensis Epigrammata,* Lugduni apud Seb. Gryphum, 1537. 〔『ルグドゥヌムノ出自ニシテ法学者クラウディウス・ロセレトゥスノ寸鉄詩集』〕

Rosset (Pierre) 〔ピエール・ロセ〕

249. —— *Petri Rosseti Poetae Laureati Christus, nunc primum in lucem editus,* Parisiis apud Sim. Colinæum, 1534. (B. N. Yc. 12220) 〔『今回初メテ公ケニ刊行サレタル，桂冠詩人ペトルス・ロセトゥスノキリスト』〕
250. —— *P. Rosseti, Poetae Laureati, Paulus denuo in lucem aeditus, et emaculatius explicatus a F. H. ... Sussannaeo,* Parisiis, ap. Nicol. Buffet. MDXXXVII. 〔『フベルトゥス・スサナエウスノ手デ改訂，公刊，整理，解説サレタ，桂冠詩人ペトルス・ロセトゥスノパウロ』〕
251. —— *Petri Rosseti poetae laureati Christus,* Sucunda æditito, Parisiis, ap. Simonem Colinaeum, 1543. in-8°. 〔『桂冠詩人ペトルス・ロセトゥスノキリスト，第二版』〕

Sainte-Marthe (Ch. de) 〔シャルル・ド・サント＝マルト（訳者註：以下の項目でフェーヴルやその他の訳書書誌はサント＝マルトの名のもとに，シャルル・ド・サント＝マルトに関する文献とセヴォル・ド・サント＝マルト，別名ゴーシェ・ド・サント＝マルトに関する文献を一括して載せている．こ

こではその事実を指摘するだけにとどめ，項目全体としてはフェーヴルの作成したものに従った)〕

252. —— *La poésie française de Charles de Saincte Marthe, natif de Fontevrault en Poictou, divisée en trois livres... Plus un livre de ses amys,* Imprimé à Lyon chez le Prince, MDXL. in-8°.〔『ポワトゥはフォントヴローの人シャルル・ド・サント＝マルトのフランス語詩作全3巻...... 及びその友人たちの書』〕

253. —— Lefranc (A.), Picrochole et Gaucher de Sainte-Marthe, in *R. E. R.,* III. 1905.〔ルフラン，「ピクロコルとゴーシェ・ド・サント＝マルト」〕

254. —— Lefranc (A.), Rabelais, les Sainte-Marthe et l'enragé Putherbe, in *R. E. R.,* IV, 1906.〔ルフラン，「ラブレー，サント＝マルト一族と狂犬病のピュテルブ」〕

255. —— Pièces relatives au procès de Gaucher de Sainte-Marthe avec les marchands fréquentant la rivière de Loire, in *R. E. R.,* IX, 1911.〔『ロワール河に出没する商人とゴーシェ・ド・サント＝マルトの訴訟に関する資料』〕

256. —— Ruutz-Rees (C.), *Charles de Sainte-Marthe,* trad. fr., s. d. (1919).〔ルーツ＝リーズ，『シャルル・ド・サント＝マルト』(仏訳)〕

Scaliger (J.-C.)〔ジュール＝セザール・スカリジェ〕

257. —— *Julii Caesaris Scaligeri oratio pro Tullio Cicerone contra Des. Erasmum Rot.,* s. l., Venundatur a Vidoveo, 1531. in-8°. (B. N. Rés. 2445)〔『ユリウス＝カエサル・スカリゲルノトゥリウス・キケロニ代ワリ，ロテロダムムノ人デシデリウス・エラスムスニ反駁スル談話』〕

258. —— *Julii Caesaris Scaligeri novorum epigrammatum liber unicus. Ejusdem Hymni duo. Ejusdem Diva Ludovica Sabaudia,* Parisiis apud Michaelem Vascosanum, MDXXXIII. (B. N. Yc. 7851)〔『ユリウス＝カエサル・スカリゲルノ新シキ寸鉄詩集全1巻　同著者ノ讃歌集全2巻　同著者ノ〈神ノ如キルドウィカ・サバウディア（訳者註：ルイーズ・ド・サヴォワ)〉』〕

258-2. —— *Julii Caesaris Scaligeri adversus Des. Erasmi Rot. dialogum Ciceronianum oratio secunda,* Lutetiae, par. Vidouaeus, 1537. in-8°. (B. N. X. 17. 729)〔『ユリウス＝カエサル・スカリゲルノロテロダムムノ人デシデリウス・エラスムスノキケロ風対話篇ニ対スル第二ノ談話』〕

259. —— *Julii Caesaris Scaligeri in luctu filii oratio,* Apud Seb. Gryphium, Lugduni, 1538. (B. N. Yc, 7. 852)〔『ユリウス＝カエサル・スカリゲルノ息子ノ悲嘆ニ関する談話』〕

260. —— *Hippocratis liber de Somniis cum Julii Caesaris Scaligeri Commentariis,* Lugduni, apud Seb. Gryphium, 1539.〔『ヒポクラテスノ夢論ノ書ユリウス＝カエサル・スカリゲルノ註解ツキ』〕

261. —— *Julii Caesaris Scaligeri Heroes,* Lugduni, apud Seb. Gryphium,

1539. (B. N. Yc. 1. 124)〔『ユリウス＝カエサル・スカリゲルノ半神タチ』〕

262. —— *Julii Caesaris Scaligeri Liber De comicis dimensionibus,* apud Seb. Gryphium, Lugduni, 1539. in-8°. (B. N. Yc. 4. 616)〔『ユリウス＝カエサル・スカリゲルノ喜劇ノ韻律ニツイテノ書』〕

263. —— *Julii Caesaris Scaligeri De Causis linguae latinae Libri tredecim,* Lugduni, apud S. Gryphium, 1540. (B. N. X. 2. 031)〔『ユリウス＝カエサル・スカリゲルノラテン語事情ニ関スル全13巻』〕

264. —— *Julii Caesaris Scaligeri Poemata,* Lugduni apud G. et M. Beringos fratres, MDXLVI. in-8°. (Besançon 222. 937)〔『ユリウス＝カエサル・スカリゲルノ詩集』〕

265. —— *Julii Caesaris Scaligeri Exotericarum exercitationum lib. XV de subtilitate ad Hier. Cardanum,* Lutetiae, Fred. Morellus, 1554. in-4°. (B. N. R. 8. 514)〔『ヒエロニムス・カルダヌスニ対スルユリウス＝カエサル・スカリゲルノ物ノ機微ニツイテノ公開討論ノ書全15巻』〕

266. —— *Julii Caesaris Scaligeri, viri Clarissimi, poemata in duas partes divisa,* s. l., 1574. 2 pièces in 1 vol., in-8°. (B. N. Yc. 7858 - 60)〔『高名コノウエナキ人物ユリウス＝カエサル・スカリゲルノ詩集二部構成』〕

267. —— *Julii Caesaris Scaligeri Epistolae et orationes, nunquam ante hac excusae,* Ex officina Plantiniana, apud Christophorum Raphelangium, 1600. (B. N. Z. 13. 960)〔『ユリウス＝カエサル・スカリゲルノ未編纂書簡及ビ演説集』〕

268. —— *Julii Caesaris Scaligeri adversus Desid. Erasmum orationes duae eloquentiae romanae vindices,* Tolosae, typ. R. Colomerii, 1620. 2 parties en 1 vol. (B. N. Z. 3 415 - 16)〔『ユリウス＝カエサル・スカリゲルノデシデリウス・エラスムスニ抗スル懲戒談話　二編ノラテン語演説』〕

269. —— *Electa Scaligerana, h. e. Julii Caesaris Scaligeri sententiae,* Hanovriae, 1624, in-8°. (B. N. Z. 17. 745)〔『撰集スカリゲル語録　即チユリウス＝カエサル・スカリゲルノ言葉』〕

270. —— J. Caesaris Scarigeri Epistolia duo... nunc primum edita cura Joach. Morsi.in Schelhorn, *Amoenitates,* 1726. t. I, p. 269.—— Epistolae nonnullae, ex Bibliotheca Zach. Conr. Ab Uffenbach ; *ibid.,* t. VI, p. 508 et t. VIII, p. 554.〔「ヨアキムス・モルススノ監修デ今回初メテ刊行サレタ...... ユリウス＝カエサル・スカリゲルノ書簡 2 篇」，シェルホルン，『文芸ノ魅力』第1巻所収——及ビ「若干ノ書簡」：同第6巻，及ビ第8巻所収〕

271. —— *Scaligerana ou bons mots... de J. Scaliger,* A Cologne, chez***, MDCXCV.〔『スカリゲル語録，もしくはジョゼフ・スカリジェの...... 気のきいた言葉』〕

272. —— Magen (M.), *Documents sur J.-C. Scaliger,* Agen, 1873.〔マジャ

ン,『J.= C. スカリジェをめぐる資料』〕

273. —— De Santi, Rabelais et J.-C. Scaliger, in *R. E. R.,* III, 1905. et IV, 1906.〔ド・サンティ,「ラブレーと J.= C. スカリジェ」〕

273-2. —— De Santi, Le diplôme de Jules César Scaliger, in *Mém. Acad. Sc. Inscript. et B. lettres de Toulouse,* 1921. pp. 93 - 113.〔ド・サンティ,「ジュール = セザール・スカリジェの学位証書」〕

Scève (Maurice)〔モーリス・セーヴ〕

274. —— *Œuvres poétiques complètes, par* B. Guégan, 1927. in-8°.〔ゲガン篇,『モーリス・セーヴ全詩集』〕

275. —— *Délie, object de plus haulte vertu,* Ed. crit. par E. Parturier (S. T. F. M.), 1916.〔パルテュリエ篇,『デリー』(訳者註:加藤美雄氏訳,『デリ・至高の徳の対象』. その他部分訳あり)〕

276. —— Baur (A.), *M. Scève et la Renaissance lyonnaise,* 1906.〔ボール,『モーリス・セーヴとリヨンのルネサンス』〕

277. —— Larbaud (Valéry), Notes sur Maurice Scève, 1925.—— Reprises dans *Domaine Français,* 1941.〔ラルボー,「モーリス・セーヴをめぐる覚書」〕

278. —— Parturier (E.), Maurice Scève et le Petit Œuvre d'amour de 1537, *R. S. S.,* XVII, 1930.〔パルテュリエ,「モーリス・セーヴと1537年の恋愛小品集」〕

Sussannée (Hub.)〔ユベール・シュサネ;ラテン語名フベルトゥス・スサナエウス〕

279. —— *Dictionarium Ciceronianum authore Huberto Sussannaeo Suessionensi. Epigrammatum ejusdem libellus,* Parisiis, apud Simonem Colinaeum, 1536. in-8°. (B. N. X. 20063 [1])〔『スエシオノ人フベルト・スサンナエウスノキケロ辞典　及ビ同ジ人物ノ寸鉄小詩集』〕

280. —— *Huberti Sussannei, Legum et Medicinae doctoris, Ludorum libri nunc recens conditi atque aediti,* Parisiis, ap. S. Colinaeum, 1538. in-8°. (B. N. Yc. 8. 677 ; Besançon 223. 014)〔『法学博士ニシテ医学博士フベルトゥス・スサンナエウスノ近年起草刊行サレタ娯楽集ノ書』〕

281. —— *Quantitates Alexandri Galli, vulgo de Villa Dei, correctione adhibita ab Huberto Sussannaeo locupletatae.—— Additus est Elegiarum ejusdem liber,* Paris, S. de Colines, 1542. (B. N. Yc. 4. 602)〔『フベルトゥス・スサンナエウスニヨリ校訂サレタアレクサンドルス・ガルスノ「神ノ国」ノ各所デ増補サレタ多数ノ命題——加エルニ同ジ人物ノ悲歌ノ書』〕

Tartas (Jean de)〔ジャン・ド・タルタ〕

282. —— P. Courteault, Le premier principal du Collège de Guienne, in *Mél. Lefranc,* p. 234.〔クルトー,「コレージュ・ド・ギュイエンヌの初代校

長」〕

Tiraqueau（André）〔アンドレ・ティラコー〕

283. —— Bréjon (J.), *Un jurisconsulte de la Renaissance, André Tiraqueau* (1488 - 1558), 1937.〔ブレジョン，『ルネサンスの法学者　アンドレ・ティラコー（1488 - 1558年）』〕

284. —— *Barat* (*J.*), L'influence de Tiraqueau sur Rabelais, *in R. E. R.*, III, 1905.〔バラ，「ラブレーへのティラコーの影響」〕

285. —— Polain (M. L.), Appendice bibliographique à l'Influence de Tiraqueau sur Rabelais, in *R. E. R.*, III, 1905.〔ポラン，「ラブレーへのティラコーの影響　書誌学的補遺」〕

286. —— Plattard (J.), Tiraqueau et Rabelais, in *R. E. R.*, IV, 1906.〔プラタール，「ティラコーとラブレー」〕

Villon〔ヴィヨン〕

287. —— *Œuvres,* éd. Thuasne.〔テュアーヌ篇，『ヴィヨン作品集』〕

288. —— Tuasne (L.), *Rabelais et Villon,* 1911.〔テュアーヌ，『ラブレーとヴィヨン』〕

Visagier（Jean : Vulteius）〔ジャン・ヴィザジェ；ラテン語名ウゥルテイウス〕

289. —— *Joannis Vultei Remensis Epigrammatum libri II,* Lugduni, apud S. Gryphium, 1536. in-8°. (Bibl. Mazarine 21. 217)〔『レミノ人ヨアンネス・ウゥルテイウスノ寸鉄詩集全2巻』〕

290. —— *Joannis Vulteii Remensis Epigrammatum libri III, Ejusdem Xenia,* Lugduni, apud Michaelem Parmanterium, MDXXXVII.〔『レミノ人ヨアンネス・ウゥルテイウスノ寸鉄詩集全3巻（訳者註：英訳書も「全3巻」としているが，おそらく「全4巻」の誤り）　同ジ人物ノ贈リ物』〕

291. —— *Jo. Vulteii Rhemensis hendecasyllaborum libri IV,* Parisiis, ap Simonem. Colinaeum, 1538. in-8°. (Besançon 223. 3013 ; B. N. Yc. 8. 753)〔『レミノ人ヨアンネス・ウゥルテイウスノ十一音綴詩集全4巻』〕

292. —— *Joan. Vulteii Rhemi Inscriptionum libri duo. Xeniorum libellus,* Apud Sim. Colinaeum, 1538. in-8°. (Bib. Besançon 223. 016)〔『レミノ人ヨアンネス・ウゥルテイウスノ銘句詩集全2巻　贈リ物ノ小冊子』〕

293. —— Bourrilly, Documents inédits. J. Voulté et le Cardinal du Bellay, in *R. R.*, II, 1902.〔ブーリイ，「未刊行資料　J・ヴルテと枢機卿デュ・ベレー」〕

B. 哲学者と学者

Agrippa（H. Corn.）〔ハインリッヒ・コルネリウス・アグリッパ〕

294. —— *Splendidae nobilitatis viri et armatae militiae equitis aurati ac*

Utriusque Juris Doctoris, Sacrae Caesareae Majestatis a Consiliis et archivis Inditiarii Henrici Cornelii Agrippae ab Nettesheym de Incertitudine et Vanitate Scientiarum et Artium atque excellentia Verbi Dei Declamatio. — In fine: Joan-Grapheus excudebat, anno a Christo nato MDXXX, mense Septemb. Antverpiae, in-4°. (B. N. U. Strasbourg B 101. 295)〔『光輝アリ著名ナル人物ニシテ武装セル軍隊ノ黄金ノ騎士，且ツ勅令・法学博士，神聖（ローマ帝国）皇帝陛下ノ議会及ビ古文書館所属ネッテスハイムノ人ヘンリクス・コルネリウス・アグリッパノ，諸科学ト学芸ノ不確実サト虚妄，及ビ神ノ御言葉ノ卓越ニツイテノ弁論』〕

295. — *Henrici Cor. Agrippae ab Nettesheym a Consiliis et Archivis inditiarii Sacrae Cesareae Majestatis De occulta Philosophia libri tres.*— In fine: Joan. Grapheus excudebat Antverpiae anno MDXXXI, mense februario. in-4°. (B. N. U. S., B 101. 295)〔『神聖皇帝陛下ノ議会及ビ古文書館所属ネッテスハイムノ人ヘンリクス・コルネリウス・アグリッパノ神秘哲学ニ関スル全3巻』〕

296. — *H. Corn. Agrippae... Opera in duos tomos digesta.* Cum figuris. Lugduni, per Beringos fratres, (1531) in-8°. (B. N. U. S., B 111. 772)〔『ヘンリクス・コルネリウス・アグリッパノ著作集分冊全2巻図版ツキ』〕

297. — *Henrici Cornelii Agrippae ab Nettesheym a consiliis et archivis inditiarii Sacrae Cesareae majestatis : De occulta philosophia libri tres.*— F° CCCLXII Anno MDXXXIII, Mense Julio. (Coloniae.) in-f°. (B. N. U. S., B 10. 405)〔『神聖皇帝陛下ノ議会及ビ古文書館所属ネッテスハイムノ人ヘンリクス・コルネリウス・アグリッパノ神秘哲学ニ関スル全3巻』〕

298. — Chapuys, Eustache. *Correspondance avec Henri Cornelius Agrippa de Nettesheim,* par Charvet, Lyon et Genève, Georg, 1875. gd in-8°.〔シャルヴェ篇，ウスタシュ・シャピュイ，『ネッテスハイムのハインリッヒ・コルネリウス・アグリッパとの書簡集』〕

299. — Agrippa (H. C.), *La philosophie occulte ou la magie de C. Agrippa,* (Trad. fran.) 2 vols., 1910.〔アグリッパ，『神秘哲学　もしくはC.アグリッパの魔術』全2巻（仏訳）〕

300. — Prost (A.), *Les Sciences et les Arts occultes au XVIe siècle. Corneille Agrippa, sa vie et ses œuvres,* 1881-1882. 2 vols.〔プロスト，『16世紀における科学と神秘術　コルネリウス・アグリッパ　その生涯と著作』全2巻〕

301. — Saint-Genois (J. de), *Recherches sur... Corneille de Schipper,* Gand, 1856.〔サン＝ジュノワ，『シッパーのコルネリウス......についての探求』（訳者註：あらゆる版，あらゆる翻訳がこの文献を指示しているので，その実在を疑いたくないが，B. N. カタログ，N. U. カタログその他を調査

しても，サン＝ジュノワの項目に当該文献を発見することができなかった．ただしサン＝ジュノワにはつぎの著書がある：Jules-Ludger-Dominique-Ghislain de Saint-Genois des Mottes, *Missions diplomatiques de Corneille Duplicius de Schepper, dit Scepperus, ambassadeur de Christiern II, et de Charles V, de Fredinand Ier et de Marie, reine de Hongorie... de 1523 à 1555,* par M. le B de Saint-Genois,... Bruxelles, M. Hayez, 1857. この著書とフェーヴルがあげるものとが同一でないとしても，フェーヴルの書誌リストが指示するシッパー［Schipper］のコルネリウスとは，コルネリウス（コルヌーリエ）・ファン・スヘッペル［Schepper］の異綴（もしくは誤記）と考えてさしつかえないと思える．コルヌーリエ・ファン・スヘッペルは1503年にネーデルラントのニューポルトに生まれ，パリで学業をおさめたユマニスト．上記のタイトルが示すように，主としてハプスブルク家につかえた外交官．1555年没．しばしばアグリッパ・フォン・ネッテスハイムと混同される)〕

302. —— Daguet (A.), *Agrippa chez les Suisses,* 1856.〔ダゲ，『スイス人のもとでのアグリッパ』〕

303. —— Orsier (J.), *Henri Cornelis Agrippa, sa vie et son œuvre d'après sa Correspondance,* 1911.〔オルシエ，『ハインリッヒ・コルネリウス・アグリッパ　書簡にもとづくその生涯と仕事』〕

304. —— Lefranc (A.), Rabelais et Corneille Agrippa, in *Mél. Picot,* II, p. 477.〔ルフラン，「ラブレーとコルネリウス・アグリッパ」〕

305. —— Maillet-Guy (L.), H. C. Agrippa, sa famille, ses relations avec S. Antoine en Viennois, in *Bull. Soc. Arch. et Statistique Drôme,* Valence, 1926〔マイエ＝ギイ，「H. C. アグリッパ　その家族　ヴィエンヌ地方の（アウグスティノ派）サン＝タントワーヌ修道院との交際」〕

Belon (Pierre)〔ピエール・ブロン〕

306. —— Delaunay (Dr), L'aventureuse existence de P. Belon, du Mans, in *R. S. S.,* IX-XII, 1922-1925.〔ドローネ，「ル・マンの人ピエール・ブロンの冒険的な生活」〕

306-2. —— Delaunay (Dr), Les idées religieuse de P. Belon, in *Bull. Comm. hist. Mayenne,* 1922.〔ドローネ，「P. ブロンの宗教思想」〕

Bérault (Nic.)〔ニコル・ベロー〕

307. —— Delaruelle (L.), Nicole Bérault, in *R. B.,* XII, 1902.〔ドラリュエル，「ニコル・ベロー」〕

308. —— Delaruelle (L.), *Nicole Bérault, Publications du Musée Belge,* 1909, Louvain et Paris (complète et rectifie le précédent article).〔ドラリュエル，『ニコル・ベロー』〕

309. —— Delaruelle (L.), Notes complémentaires sur deux humanistes

(Bérault et Lascaris), in *R. S. S.,* XV, 1928.〔ドラリュエル,「二人のユマニスト（ベローとラスカリス）に関する補足的ノート」〕

Bodin (Jean)〔ジャン・ボダン〕

310. —— *Colloque de Jean Bodin des Secrets cachez des choses sublimes entre sept sçavans qui sont de differens sentimens,* Trad. Française partielle du *Colloquium Heptaplomeres* par R. Chauviré, 1914. (Th. Paris)〔ショーヴィレ篇,『見解を異とする七人の賢人の間でかわされた・崇高な事柄について隠された秘密をめぐるジャン・ボダンの対話』〕

311. —— *Diecmannus* (*L. J.*), *De naturalismo cum aliorum, tum maxime Jo. Bodini Schediasma inaugurale.* Lipsiae, 1684. in-12. (cf. Bayle, *Nouvelles de la République des Lettres,* 1684 ; *Œuvres diverses,* éd. de La Haye, 1737. in-f°., t. I, f. 65)〔ディークマンヌス,『主トシテヨアンヌス・ボディヌス,及ビソノ他ノ自然主義ニツイテ』(参照せよ；ピエール・ベール,『文芸共和国便り（1684年)』,『ピエール・ベール著作集』第1巻)〕

312. —— Chauviré (R.), *Jean Bodin, auteur de la République,* 1914.〔ショーヴィレ,『国家論の著者　ジャン・ボダン』〕

313. —— Von Bezold (F.), Jean Bodins Colloquium Heptaplomeres und das Atheismus des sechszehnten Jahrhunderts, in *Histor. Zeitschrift.,* juillet 1914.〔フォン・ベツォルト,「ジャン・ボダンの『七賢人ノ対話』と16世紀の無神論」〕

314. —— Ponthieux (A.), Quelques documents inédits sur Jean Bodin, in *R. S. S.,* XV, 1928.〔ポンテュー,「ジャン・ボダンに関する幾つかの未刊行資料」〕

315. —— Hauser (H.), Un précurseur : Jean Bodin, Angevin (1529 ou 1530 - 1596), in *A. H. E. S.,* III, 1931.〔オゼール,「ひとりの先駆者　アンジューの人ジャン・ボダン（1529年，もしくは1530年 - 1596年)」〕

316. —— Chauviré (R.), La pensée religieuse de J. Bodin, *La Province d'Anjou,* 1929.〔ショーヴィレ,「J. ボダンの宗教思想」〕

317. —— Mesnard (P.), La pensée religieuse de Bodin, *R. S. S.,* XVI, 1929.〔メナール,「ボダンの宗教思想」〕

318. —— Febvre (L.), L'universalisme de Jean Bodin, in *R. S,* VII, 1934.〔フェーヴル,「ジャン・ボダンの普遍主義」〕

Bovelles (Charles de)〔シャルル・ド・ボーヴェル〕

319. —— *Liber de Sapiente,* éd. Klibansky, à la suite de Cassirer, (*440*).〔『賢人ニツイテノ書』, 後出書誌（*440*）と合冊〕

Campanella (T.)〔トマーゾ・カンパネッラ〕

320. —— Blanchet (L.), *Campanella,* 2 vols., 1920.〔ブランシェ,『カンパネッラ』全2巻〕

Cardano (G.)〔ジロラモ・カルダーノ〕

321. —— *Hieronymi Cardani Mediolanensis medici De Subtilitate libri XXI,* Basileae, Ex officina Petrina, 1560. in-8°. (B. N. R. 11121 ; B. N. Rés. R. 2. 775 ; exempl. de Ronsard［後者の蔵書番号については訳者未確認］)〔『メディオラヌムノ人・医師ヒエロニムス・カルダヌスノ物ノ機微ニツイテノ全21巻』〕

322. —— Cardan (J.), Ma vie, Trad. Dayre, 1935. in-8°.〔カルダーノ，『自伝』(訳者註：青木・榎本氏訳，『わが人生の書』．その他の翻訳もあり)〕

Copernicus (N.)〔ニコラス・コペルニクス〕

323. —— *De Revolutionibus Orbium Coelestium libri VI,* Nuremberg, Job. Petreius, 1543. p. in-f°.〔『天球ノ回転ニツイテノ全6巻』(訳者註：矢島祐利氏訳，『天体の回転について (抄訳)』)〕

324. ——〔Rheticus (G. J.)〕*Ad clariss. v. D. Jo. Schonerum de libris revolutionum Nic. Copernici narratio prima,* Gedani (Danzig), 1540. in-4°.〔(ゲオルグ・ヨアヒム・レティクス)『高名コノウエナキヨアンネス・スコネルス殿ニ献ズルニコラス・コペルニクスノ回転ノ書ニツイテノ最初ノ解明』〕

325. —— Nicolas Copernic, *Des Révolutions des Orbes Célestes,* Trad. A. Koyré 1934.〔ニコラス・コペルニクス，A. コイレ仏訳，『天球の回転について』〕

326. —— Prowe (A.), *Nicolaus Coppernicus,* Berlin, 2 vols., 1884.〔プロヴェ，『ニコラウス・コペルニクス』全2巻〕

327. —— Plattard (J.), Le système de Copernic dans la littérature française du XVIe siècle, in *R. S. S.,* 1913.〔プラタール，「16世紀フランス文学におけるコペルニクスの体系」〕

Cusa (Nic.)〔ニコラウス・クザーヌス〕

328. —— *Liber de Mente,* par Joachim Ritter, à la suite de : Cassirer, (*440*).〔リッター篇，『精神ノ書』，後出書誌(*440*)と合冊〕

329. —— *De docta Ignorantia,* éd. P. Rotta (coll. Classici della filosofia moderna), Bari, 1912.〔ロッタ篇，『知アル無知ニツイテ』(訳者註：岩崎・大出氏訳，『知ある無知』)〕

329-2. —— *De la docte Ignorance,* trad. Moulinier, Introd. d'Abel Rey, 1930.〔ムリニエ訳，『知ある無知について』，アベル・レイによる「序文」付〕

330. —— *De concordantia catholica libri III,* Faksimiledruck, Bonn, Ludwig Röhrscheid, 1928. gd. in-f°.〔『普遍的調和ニ関スル全3巻』〕

331. —— Vansteenberghe (E.), *Le Cardinal Nicolas de Cues,* 1920.〔ファンステーンベルヘ，『枢機卿ニコラウス・クザーヌス』〕

332. —— Rotta (Paolo), *Il Cardinale Nicolo di Cusa. La vita ed il pensiero,* Milano, in-8°. (Publ. della Univ. cattol. del Sacro Cuore, Sc. filos., vol.

XII), (1928)〔ロッタ,『枢機卿ニコラウス・クザーヌス　生涯と思想』〕
Fernel (J.)〔ジャン・フェルネル〕
333. ── Fernel (J.), *Universa Medicina,* 1567. in-f°.〔フェルネル,『総合医療術』〕
334. ── Figard(L.), *Un médecin philosophe au XVIe siècle. Etude sur la psychologie de Jean Fernel,* 1903.〔フィガール,『16世紀における医師哲学者　ジャン・フェルネルの心理学研究』〕
Ficino (Marsilio)〔マルシリオ・フィッツィーノ〕
335. ── Pusino (Iv.), Ficinos u. Picos religio-philosoph. Anschauungen. in *Z. f. Kirchengesch.,* XLIV, 1925.〔プシノ,「フィッツィーノとピコの宗教哲学的見解」〕
336. ── Festugière (Jean), *La philosophie de l'amour de Marsile Ficin,* Riv. da Univ. de Coimbra, VII, 1923.──2e éd., Paris, 1941.〔フェステュジエール,『マルシリオ・フィッツィーノの愛の哲学』〕
Palissy (Bd.)〔ベルナール・パリシー〕
337. ── *Les Œuvres,* Ed. Fillon, Niort, 1888. 2 vols.〔フィヨン篇,『パリシー著作集』全2巻（訳者註：一部邦訳あり. 佐藤和生氏訳,『陶工パリシーのルネサンス博物問答』)〕
Paré(Amb.)〔アンブロワーズ・パレ〕
338. ── *Œuvres,* par J. F. Malgaigne, 1840 - 1841. 3 vols.〔マルゲーニュ篇,『パレ著作集』全3巻〕
339. ── Chaussade (M.A.), Ambroise Paré in *B. Comm. h. et arch.* Mayenne, 1927 et 1928.〔ショサッド,「アンブロワーズ・パレ」〕
340. ── Chaussade (M. A.), La méthode scientifique d'Ambroise Paré in *R. S. H.,* t. XXXIV, 1927.〔ショサッド,「アンブロワーズ・パレの科学的方法」〕
Paracelsus(Philippus Aureolus)〔ピリップス・アウレオルス・パラケルスス〕
341. ── Koyré(A.), Paracelse, in *R. H. P. R.,* 1933.〔コイレ,「パラケルスス」(訳者註：鶴岡賀雄氏訳,「パラケルスス」, 同氏篇,『パラケルススとその周辺』所収)〕
Pico della Mirandola(Giovanni)〔ジョヴァンニ・ピコ・デッラ・ミランドーラ〕
342. ── *Opera omnia J. Pici ; item, J. Fr. Pici Opera Omnia,* Basileae, Henric Petri, 2 vols., 1572. in-f°.〔『ヨアンネス・ピクスノ全著作　同ジクヨアンネス・フランキスクス・ピクスノ全著作』全2巻（訳者註：ジョヴァンニ・ピコの邦訳の存在はほとんど知らない. 次のものを挙げるにとどめる. 大出・阿部・伊藤氏訳,『人間の尊厳について』; 佐藤三夫氏訳,『人間の尊厳

についての演説』，同氏篇，『ルネサンスの人間論——原典翻訳集——』所収)〕
343. —— Dorez (L.) et Thuasne (L.), *Pic de la Mirandole en France,* 1888. (Bib. litt. Renaissance)〔ドレ＝テュアーヌ，『フランスにおけるピコ・デッラ・ミランドーラ』〕
344. —— Liebert (A.), *Giovanni Pico della Mirandola,* Jena, 1905.〔リーベルト，『ジョヴァンニ・ピコ・デッラ・ミランドーラ』〕
345. —— Semprini (G.), *Pico della Mirandola,* Todi, 1921.〔センプリニ，『ピコ・デッラ・ミランドーラ』〕
346. —— Pusino (Ivan), Der Einfluss Picos auf Erasmus, in *Z. f. Kirchengesch.,* XLVI, 1928.〔プシノ，「エラスムスへのピコの影響」〕
Pomponazzi (P.)〔ピエトロ・ポンポナッツィ〕
347. —— *Pomponatii Opera.* Bâle, Henric Petri, 1567. in-f°.〔『ポンポナティウスノ著作』〕
348. —— *De immortalitate animae,* Ed. Gentile, Messina, 1925.〔ジェンティレ篇，『霊魂ノ不滅ニツイテ』〕
349. —— *Les causes des merveilles de la nature, ou les Enchantements,* Première trad. fr. avec introd. et notes par H. Busson, 1930.〔ビュッソン篇，ポンポナッツィ，『自然の驚異の原因　もしくは魔術』〕
350. —— Busson (H.), Pomponazzi, in *R. L. C.,* 1929.〔ビュッソン，「ポンポナッツィ」〕
351. —— Fiorentino (Fr.), *Pietro Pomponazzi, Studi Storici su la scuola bolognesa e padovana del secolo XVI,* Firenze, 1868.〔フィオレンティーノ，『ピエトロ・ポンポナッツィ　16世紀のボローニャ学派とパドヴァ学派についての歴史的研究』〕
Postel (Guill.)〔ギヨーム・ポステル〕
352. —— *De originibus, seu de Hebraicae linguae et gentis antiquitate deque variarum linguarum affinitate Liber,* Parisiis, apud Dionysium Lescuier. Excudebat P. Vidoveus, vigesima septima Martii, anno a partu Virgineo 1538, ad calculum romanum. (B. N., 4°. X. 530 [2])〔『諸起源ニツイテ，アルイハヘブライ語トヘブライ民族ノ古代性ニツイテ，及ビ様々ナ言語ノ類縁関係ニツイテノ書』〕
353. —— *Grammatica arabica,* Veneunt Parisiis apud P. Gromorsium ; s. d. (1538) in-4°. (B. N. U. Strasbourg C 106. 967)〔『アラビア語文法』〕
354. —— *De rationibus Spiritus Sancti lib. II, Gulielmo. Postello Barentonio authore,* Parisiis, excudebat ipsi authori P. Gromorsius, 1543. in-8°. (Besançon 201 454)〔『バレントニウムノ人グリエルムス・ポステルスノ聖霊ノ役割ニツイテノ全2巻』〕

355. —— *Quatuor librorum de Orbis terrae Concordia Primus, Gulielmo Postello Barentonio Math. prof. regio authore,* Excudebat ipsi authori Petrus Gromorsius, S. d.(1543) in-8°. (Besançon 201. 454)〔『王命占星術教授バレントニウムノ人グリエルムス・ポステルスノ地球ノ調和全4巻・第1部』〕
356. —— *De Orbis terrae Concordia libri quatuor..., Gulielmo Postello Barentonio, Mathematum in academia Lutetiana professore regio, authore,* s. l. n. d. (Bâle, Oporin, 1544), in-8°. (Besançon 50. 604)〔『ルテティア・アカデメイア王命占星術教授バレントニウムノ人グリエルムス・ポステルスノ地球ノ調和全4巻』〕
357. ——*Eversio falsorum Aristotelis dogmatum, authore D. Justino Martyre ... Gulielmo Postello in tenebrarum Babylonicarum dispulsionem interprete,* Parisiis, apud Seb. Nivellium, 1552.〔『殉教者ユスティノスノ...... 闇ニツツマレシバビロニア追放ノ地ニアッテグリエルムス・ポステルスニヨリ解釈サレシアリストテレスノ誤テル説ノ粉砕』〕
358. —— *Liber de Causis seu de Principiis et originibus naturae utriusque... Contra Atheos et hujus larvae Babylonicae alumnos qui suae favent impietati ex magnorum authorum perversione..., Authore G. Postello,* Parisiis, apud Seb. Nivellium, MDLII.〔『G. ポステルスノ多クノ作者ノ謬説ニ基ヅキ自ラノ不信心ヲ好ム無神論者タチ，及ビバビロニアノ亡霊ノ師弟タチニ抗スル...... 諸原因モシクハ自然ノ初原及ビ起源ニ関スル書』〕
359. —— *Cosmographicae disciplinae compendium, in suum finem, hoc est ad Divinae Providentiae certissimam demonstrationem, conductum,* Bâle, Oporin, 1561. (Strasbourg B. N. U., D. 100. 293)〔『地誌学要諦　ソノ目標即チ神ノ摂理ノ堅固極マリナク導カレシ証明ニイタル』〕
360. —— *Alcorani, seu legis Mahometi, et Evangelistrarum Concordiae liber, in quo de calamitatibus orbi Christiano imminentibus tractatur. Additus est libellus de universalis conversionis judicio,* Parisiis. Excudebat P. Gromorsius, 1543. in-8°. (Besançon 201. 453)〔『アルコラヌス，モシクハマホメトゥスノ律法ト福音史家タチノ調和ノ書　ソノ中デキリスト教世界ニモタラサレル災厄ニツイテ論ジラレル　加ウルニ世界的交流ノ是非ニツイテノ小論』〕
361. —— Des Billons, *Nouveaux Eclaircissements sur G. Postel,* Liège, 1773. pet. in-8°.〔デ・ビヨン，『G・ポステルに関する新たな解釈』〕
362. —— Weill(G.), *De vita et indole G. Postelli,* 1892. (Th. Paris)〔ヴェイル，『G. ポステルスノ生涯ト才能』〕
363. —— Kvačala (J.), *Postelliana, Zur Gesch.der Mystik im Reformationszeitalter,* Jurjen (Dorpat), 1915. gr in-8°.〔クヴァチャラ，『ポステルス語録　宗教改革時代における神秘主義の歴史のために』〕

364. —— Kvačala (J.), Wilhelm Postell. Seine Geistesart u. seine Reformgedanken, in *Archiv. F. Reformationsgesch. de Friedenburg,* 1911 - 1912, 1914, 1918, Leipzig.〔クヴァチャラ，「ギヨーム・ポステル　その心理と改革思想」〕
365. —— Ravaisse (P.), Un ex-libris de Guill. Postel, in *Mélanges Picot,* t. I, pp. 315-333.〔ラヴェッス，「ギヨーム・ポステルの蔵書票」〕
Ramus (Petrus)〔ペトルス・ラムス〕
366. —— Waddington (Ch.), *Ramus, sa vie, ses écrits et ses opinions,* Paris, 1855.〔ヴァダントン，『ラムス，その生涯，その著作とその見解』〕
Telesio (Bernardino)〔ベルナルディノ・テレジオ〕
367. —— Fiorentino (Fr.), *Bernardino Telesio, ossia studi storici su l'idea della natura nel risorgimento italiano,* Firenze, 2 vols., 1872 - 1874. in-8°. (cf. Franck, Journal des Savants, 1873, pp. 548 - 560 or 687 - 701.)〔フィオレンティーノ，『ベルナルディノ・テレジオ　すなわちイタリア・ルネサンスにおける自然の観念についての歴史的研究』全2巻（以下の記事も参照．フランク，『学術報告』，1873年，548-560ページ，687-701ページ)〕
368. —— Gentile (Giov.), *Bernardino Telesio,* Bari, 1911〔ジェンティレ，『ベルナルディノ・テレジオ』〕
Vinci (Leonardo da)〔レオナルド・ダ・ヴィンチ〕
369. —— Duhem (P.), *Léonard de Vinci, ceux qu'il a lus, ceux qui l'ont* lu, 1906.〔デュエム，『レオナルド・ダ・ヴィンチ　彼が読んだ人々，彼を読んだ人々』〕
370. —— Séailles (G.), *Léonard de Vinci,* 1912. 4e éd.〔セアーユ，『レオナルド・ダ・ヴィンチ』〕

IV. ラブレーの時代

A. 理念と知的生活の問題

1．16世紀の言語と言語学的問題

371. —— Brunot (F.), *Histoire de la langue française,* t. II, *Le XVIe siècle,* 2e éd. revue, 1927. in-8°. —— t. III, *La Formation de la Langue classique,* 1re partie (l. II, Le Lexique), 2e éd. revue, 1930. —— t. IV, *La Langue classique,* 1re partie (l. IV, le Vocabulaire), 2e éd. revue, 1925. —— t. VI, *Le XVIIIe siècle,* 1re partie, *Le mouvement des idées et les vocabulaires techniques*, Fasc. I et II, 1930.〔ブリュノ，『フランス語の歴史』「第2巻　16世紀」，「第3巻　古典フランス語の形成　第1部・第2書　用語」，「第3巻　古典フランス語　第2部・第4書　語彙」，「第6巻　18世紀　第1部

思想の潮流と技術的語彙」〕
372. —— Brunot (F.), *La pensée et la langue,* 2e éd., 1926.〔ブリュノ，『思考と言語』〕
373. —— Darmesteter et Hatzfeld, *Le Seizième Siècle en France* (2e partie, Tableau de la langue française au XVIe siècle), 1878.〔ダルメステテール＝アトスフェルド，『フランスにおける16世紀（第２部　16世紀のフランス語一覧）』〕
374. —— Estienne (Robert), *Dictionnaire français-latin,* 1539-1540. in-fo.〔ロベール・エティエンヌ，『仏羅辞典』〕
375. —— Huguet (E.), *Dictionnaire de la Langue française du XVIe siècle,*〔ユゲ，『16世紀フランス語辞典』〕
376. —— Huguet (E.), *Etude sur la syntaxe de Rabelais,* 1894. (Th. Paris)〔ユゲ，『ラブレーの統辞法研究』〕
376-2. —— Huguet (H.), *Le langage figuré au XVIe siècle,* 1933.〔ユゲ，『16世紀の喩的言語』〕
377. —— Massebieau (L.), *Les Colloques Scolaires du XVIe siècle et leurs auteurs, 1480-1570,* 1878. (Th. Paris)〔マスビオー，『16世紀の教育に関わる対話篇とその著者　1480-1570年』〕
378. —— Nève (J.), Proverbes et néologismes dans les sermons de Michel Menot, in *R. S. S.,* VII, 1920.〔ネーヴ，「ミシェル・ムノの説教における俚諺と造語」〕
379. —— Sainéan (L.), *La Langue de Rabelais,* 2 vols.〔セネアン，『ラブレーの言語』全2巻〕
380. —— Sturel (R.), *Jacques Amyot, traducteur des* Vies *de Plutarque,* 1908.〔ステュレル，『ジャック・アミヨ　プルタルコス「対比列伝」の翻訳者』〕
381. —— Wartburg (W. von), *Evolution et structure de la langue française,* 1934.〔ヴァルトブルク，『フランス語の進化と構造』〕

２．中世，ルネサンス，ユマニスム

382. —— Atkinson (G.), *Les nouveaux horizons de la Renaissance française,* 1935.〔アトキンソン，『フランス・ルネサンスの新しい水平線』〕
383. —— Bloch (M.), *La Société Féodale.* I. *La Formation des Liens de dépendance* (E. H., 1939).〔マルク・ブロック，『封建社会　第１巻　依存関係の形成』（訳者註：新村・森岡他氏訳，『封建社会　I　従属の紐帯の形成』）〕
384. —— Bloch (M.), *La Société Féodale.* II. *Les classes et le gouvernement des hommes* (E. H., 1940).〔マルク・ブロック，『封建社会　第２巻　人々の階層と統治』（訳者註：新村・森岡他氏訳，『封建社会　II　階級と統治』）〕

385. —— Burckhardt (J.), *La civilisation en Italie au temps de la Renaissance,* trad. Schmitt, 2 vols., 1885.〔ブルクハルト，『ルネサンス時代のイタリア文化』全2巻（訳者註：柴田次三郎氏訳，『世界の名著　45　ブルクハルト　イタリア・ルネサンスの文化』．その他の邦訳もあり）〕
386. —— Febvre (L.), Les principaux aspects d'une civilisation. La première Renaissance française, in *R. C. C.,* II, 1924-1925.〔フェーヴル，「ひとつの文明の主たる様相　初期フランス・ルネサンス」（訳者註：二宮敬氏訳，『フランス・ルネサンスの文明——人間と社会の四つのイメージ——』）〕
387. —— Febvre (L.), La Renaissance, in *E. F.,* XVI, Arts et Littératures, 1935. fasc. 16.〔フェーヴル，「ルネサンス」〕
388. —— Gilson (Et.), *Héloïse et Abélard, étude sur le Moyen Age et l'Humanisme,* 1938.〔ジルソン，『エロイーズとアベラール　中世とユマニスムに関する研究』（訳者註：中村弓子氏訳，『アベラールとエロイーズ』．ただし中村氏の翻訳には初版の補遺にあたる三論文が収められていない．そのうち二編が邦訳されている．佐藤輝夫氏訳，「中世ヒューマニズムと文芸復興」，及び「中世紀と上代自然思想」．共に，佐藤氏篇，『中世ヒューマニズムと文芸復興』所収）〕
389. —— Huizinga (J.), *Le déclin du Moyen Age,* 1932.〔ホイジンハ，『中世の衰退』（訳者註：堀越孝一氏訳，『世界の名著　55　ホイジンガ　中世の秋』，その他の翻訳もあり）〕
390. —— Lot (F.), *La fin du monde antique et le début du Moyen Age,* (E. H. XXXI, 1927)〔ロト，『古代世界の終焉と中世の始まり』〕
391. —— Michelet (J.), *Histoire de France. La Renaissance,*〔ミシュレ，『フランス史　ルネサンス』〕
392. —— Nordstrœm (J.), *Moyen Age et Renaissance,* trad. Hammar, 1913.〔ノルトシュトルム，アマール訳，『中世とルネサンス』〕
393. —— Strowski (F.), La philosophie de l'homme dans la littérature française, in *R. C. C.,* 1924-1925 et 1925-1926.〔ストロウスキー，「フランス文学における人間哲学」〕
394. —— Renaudet (A.), *Préréforme et humanisme à Paris pendant les premières guerres d'Italie* (*1494-1517*), 1916. (Th. Paris)〔ルノーデ，『初期イタリア戦役下のパリにおける先行宗教改革とユマニスム（1494-1517年）』〕

3．文学史

395. —— Besch (E.), Les adaptations en prose des chansons de geste, in *R. S. S.,* III, 1915.〔ベッシュ，「武勲詩の散文への翻案」〕
396. —— Tilley (A.), Les Romans de chevalerie en prose, in *R. S. S.,* VI,

1919.〔ティレ,「散文の騎士物語」〕
397. —— Ilvonen(Eero), *Parodie des thèmes pieux dans la littérature française du Moyen Age,* 1914.〔イルヴォーネン,『中世フランス文学における信仰のテーマのパロディ』〕
398. —— Lebègue(R.), *La tragédie religieuse en France. Les débuts* (*1514 - 1573*), 1929. (Th. Paris)〔ルベーグ,『フランスにおける宗教悲劇　初期(1514 - 1573年)』〕
399. —— Viollet-Le-Duc, *Ancien Théâtre français,* 10 vols., 1854 - 1857. in-16.〔ヴィオレ = ル = デュック篇,『フランス前近代演劇』全10巻〕
400. —— Gilson(Et.), *Les Idées et les Lettres,* 1932.〔ジルソン,『思想と文芸』〕
401. —— Lefranc(A.), *Les grands Ecrivains français de la Renaissance,* 1914.〔ルフラン,『ルネサンス・フランスの大作家たち』〕
402. —— Villey(P.), *Les grands écrivains du XVI*ᵉ *siècle* —— I. *Marot et Rabelais,* 1923.〔ヴィレ,『16世紀の大作家——第1巻　マロとラブレー』〕
403. —— Sainéan(L.), *Problèmes littéraires du XVI*ᵉ *sicèce. Le 5*ᵉ *livre. Le moyen de parvenir. Les joyeux devis,* 1927.〔セネアン,『16世紀の文学的問題　「第五之書」「出世の道」「笑話集」』〕
404. —— Chinard(G.), *L'exotisme américain dans la Littérature française du XVI*ᵉ *siècle, d'après Rabelais, Ronsard, Montaigne, etc.,* 1911.〔シナール,『16世紀のフランス文学にみられるアメリカのエグゾティスム　ラブレー,ロンサール,モンテーニュなどにもとづく』〕
405. —— Vianey(J.), Les grands poètes de la nature en France —— I. Ronsard, La Fontaine, in *R. C. C.,* I, 1925 - 1926. pp. 3 - 19.〔ヴィアネ,「フランスにおける自然の大詩人たち——第1部　ロンサール,ラ・フォンテーヌ」〕
405-2. —— Vianey(J.), La nature dans la poésie française au XVIᵉ siècle, in *Mélanges Laumonier,* 1935.〔ヴィアネ,「16世紀フランス詩における自然」〕
406. —— Delaruelle(L.), L'Etude du grec à Paris de 1514 à 1530, in *R. S. S.,* IX, 1922.〔ドラリュエル,「1514年から1530年にかけてのパリにおけるギリシア語学習」〕
407. —— *Mélanges offerts à M. Emile Picot,* 2 vols., 1913.〔『エミール・ピコ記念論集』全2巻〕
408. —— Murarasu(D.), *La poésie néo-latine et la Renaissance des lettres antiques en France*(*1500 - 1549*), 1928.〔ムララス,『フランスにおけるネオ = ラテン語詩と古代文芸のルネサンス(1500 - 1549年)』〕

4．制度と知的環境

409. —— Bulæus (Du Boulay), *Historia Universitatis Parisiensis,* Paris, Noel et Bresche, 6 vols., 1665 - 1673. in-f°.〔ブラエウス，『パリ大学史』全6巻〕

410. —— *Collège de France 1530 - 1930, Livre jubilaire composé à l'occasion de son quatrième centenaire,* 1932.〔『コレージュ・ド・フランス 1530 - 1930年 400年記念刊行物』〕

411. —— Collignon (A.), *Le Mécénat du Cardinal Jean de Lorraine (1498-1550),* Ann. de l'Est, 24e année, 1910, fasc. 2.〔コリニョン，『枢機卿ジャン・ド・ロレーヌの文芸庇護（1498 - 1550年）』〕

412. —— Dawson (J.-Ch.), *Toulouse in the Renaissance,* Columbia University, 1923.〔ドーソン，『ルネサンス期のトゥルーズ』〕

412-2. —— De Santi (L.), La Réaction universitaire à Toulouse: Blaise d'Auriol, in *M. Acad. Sc. Toulouse,* 1906.〔ド・サンティ，「トゥルーズでの大学の反動 ブレーズ・ドリオル」〕

413. —— Gandilhon (R.), *La Nation germanique de l'Université de Bourges,* Bourges, 1936.〔ガンディロン，『ブルジュ大学のドイツ郷土団』〕

413-2 —— Toulouse (Mad.), *La Nation anglaise-allemande de l'Université de Paris,* 1939.〔トゥルーズ，『パリ大学の英独郷土団』〕

414. —— Gaullieur (E.), *Histoire du Collège de Guyenne,* 1874.〔ゴリウール，『コレージュ・ド・ギュイエンヌ史』〕

415. —— Irsay (St. d'), *Histoire des Universités françaises et étrangères,* t. I, *Moyen Age et Renaissance,* 1933.〔ディルセ，『フランス，及び外国の大学史 第1巻 中世とルネサンス』〕

416. —— Lefranc (A.), *Histoire du Collège de France,* 1893.〔ルフラン，『コレージュ・ド・フランス史』〕

416-2. —— Lefranc (A.), Les Commencements du Collège de France, 1529 - 1544, in *Mél. Pirenne,* 1926.〔ルフラン，「コレージュ・ド・フランスの始まり」〕

417. —— Plattard (J.), A l'Ecu de Bâle, in *R. S. S.,* XIII, 1926.〔プラタール，「〈バーゼルの紋章〉書店にて」〕

418. —— Quicherat (J.), *Histoire de Sainte-Barbe,* 3 vols., 1860 - 1864.〔キシュラ，『コレージュ・サント＝バルブ史』全3巻〕

5．芸術とイコノグラフィー

419. —— David (H.), *De Sluter à Sambin. Essai critique sur la Sculpture et le Décor monumental, en Bourgogne au XVe et au XVIe siècle,* I. *La fin du Moyen Age ;* II. *La Renaissance,* 1933. (Th. Paris)〔ダヴィド，『スリュ

テールからサンバンまで　15・16世紀のブルゴーニュにおける彫刻と記念装飾に関する批評的試論　第1巻　中世末期；第2巻　ルネサンス』全2巻〕

420. —— Faure (E.), *Histoire de l'Art : l'Art renaissant,* 1924.〔フォール，『芸術史　ルネサンス芸術』〕

421. —— Febvre (L.), Histoire de l'Art, Histoire de la Civilisation, in *R. S.,* IX, 1935.〔フェーヴル，「芸術の歴史　文明の歴史」〕

421-2. —— Mâle (E.), *L'art religieux de la fin du Moyen Age en France,* 1925. in-4°.〔マール，『フランス中世末期の宗教芸術』（訳者註：田中氏訳『中世末期の図像学』）〕

422. —— Mâle (E.), *L'art religieux après le Concile de Trente,* 1932. in-4°.〔マール，『トリエント公会議後の宗教芸術』〕

423. —— *La Musique Française, du Moyen Age à la Révolution,* (Bibl. Nat.), catalogue rédigé par A. Gastoué, V. Leroquais, A. Pizzo, H. Expert, H. Prunière et E. Dacier, 1934.〔ガストゥエ他篇，『フランス音楽　中世から大革命まで』，国立図書館カタログ〕

B. 科学と哲学

1. 16世紀の科学

424. —— Cantor (M.), *Vorlesungen über Geschichte der Mathematik,* 3e éd., Leipzig, 4 vols., 1899-1908.〔カントール，『数学史講義』全4巻〕

425. —— C. I. S., 8e semaine : *Le Ciel dans l'Histoire et dans les Sciences,* 1940.〔『歴史と科学における天空』〕

426. —— De Roover (R.), Aux origines d'une technique intellectuelle : la formation et l'expansion de la comptabilité à partie double, in *A. H. E. S.,* IX, 1937. pp. 171 et 270.〔ロヴェル，「知的技術の起源へ　複式簿記の形成と拡まり」〕

427. —— Duhem (P.), *Sozein ta Phainomena.* Essai sur la notion de théorie physique de Platon à Galilée, 1908. (Extr. des *Ann. de Philo. Chrét.*)〔デュエム，『〈現象ヲ救ウコト〉プラトンからガリレイにいたる自然理論の観念試論』〕

428. —— Duhem (P.), *Le Système du monde. Histoire des doctrines cosmologiques de Platon à Copernic,* 5 vols., 1913-1917.〔デュエム，『世界の体系　プラトンからコペルニクスにいたる宇宙論の教理史』全5巻〕

429. —— Duhem (P.), *Les Origines de la statique,* 1905.〔デュエム，『静力学の起源』〕

430. —— Dupont (A.), *Contribution à l'histoire de la comptabilité : Luca Paciolo,* Public. Soc. Comptabilité de France, 1925.〔デュポン，『簿記史へ

の貢献　ルカ・パチョーロ』〕
431. —— Dupont (A.), *Formes des Comptes et façon de compter dans l'ancien temps,* Public.Soc. Comptabilité de France, 1928.〔デュポン，『昔日の会計形態と計算様式』〕
432. —— *Encyclopédie Française,* t. I, *L'Outillage Mental* : 1re partie, Evolution de la Pensée(A. Rey); 2e partie, Le Langage(A. Meillet); 3e partie, La Mathématique(P. Montel).〔『フランス百科全書　第1巻　心的用具　第1部　思考の進化（レイ），第2部　言語（メイエ），第3部　数学（モンテル）』〕
433. —— Rouse Ball(W. W.), *Histoire des Mathématiques,* trad. Freund, 2 vols., 1906.〔ラウズ・ボール，『数学史』全2巻，フルント訳〕
434. —— Thorndike(L.), *Science and Thought in the XVth Century,* New-York, Columbia Univ. Press, 1929.〔ソーンダイク，『15世紀の科学と思考』〕

2．ルネサンスの哲学とその先駆者たち

435. —— Bouché-Leclerq(A.), *L'Astrologie grecque,* 1899.〔ブーシェ＝ルクレール，『ギリシア占星術』〕
436. —— Bréhier(E.), *Histoire de la Philosophie ;* I, *L'antiquité et le Moyen Age,* 1928.〔ブレイエ，『哲学史　第一巻　古代と中世』（訳者註：渡辺義雄氏訳，『哲学の歴史　1　ギリシアの哲学』，『哲学の歴史　2　ヘレニズム・ローマの哲学』，『哲学の歴史　3　中世・ルネサンスの哲学』）〕
437. —— Bréhier(E.), *La philosophie du Moyen Age,* E. H., XLVII, 1937.〔ブレイエ，『中世哲学』〕
438. —— Brunschvicg(L.), *Les progrès de la conscience dans la philosophie occidentale,* 2 vols., 1927.〔ブランシュヴィック，『西洋哲学における意識の発展』全2巻〕
439. —— Busson(H.), *Les sources et le développement du rationalisme dans la littérature française de la Renaissance(1533 - 1601),* 1922.〔ビュッソン，『ルネサンス・フランス文学における合理主義の源泉と発展（1533 - 1601年）』〕
440. —— Cassirer(E.), *Individuum u. Kosmos in der Philosophie der Renaissance,* Leipzig, Teubner, 1927. in-4°.〔カッシラー，『ルネサンス哲学における個人と宇宙』（訳者註：薗田坦氏訳，『個と宇宙――ルネサンス精神史――』）〕
441. —— Charbonnel(J. R.), *La pensée italienne au XVIe siècle et le courant libertin,* 1917.〔シャルボネル，『16世紀イタリア思想と自由思想の潮流』〕

442. —— Cournot (A.), *Considérations sur la marche des idées et des événements dans les temps modernes,* Ed. Mentré, 2 vols., 1934.〔クルノー,『近代における理念と出来事の進展についての考察』全2巻〕
443. —— Desjardins (A.), *Les sentiments moraux au XVIe siècle,* 1886.〔デジャルダン,『16世紀の倫理意識』〕
444. —— Febvre (L.), L'histoire de la philosophie et l'histoire des historiens, in *R. S.,* III, 1932.〔フェーヴル,「哲学の歴史と歴史家の歴史」〕
445. —— Fusil (C. A.), La Renaissance de Lucrèce au XVIe siècle en France, in *R. S. S.,* XV, 1928.〔フュジ,「フランス16世紀におけるルクレティウスの復活」〕
446. —— Gilson (E.), *Etudes de philosophie médiévale* (P. F. L. S.), 1921.〔ジルソン,『中世哲学研究』〕
447. —— Gilson (E.), *La philosophie au Moyen Age,* 1922, 2 vols., in-12.〔ジルソン,『中世哲学』全2巻（訳者註：渡邊秀氏訳,『中世哲學史（初版に基づく）』)〕
448. —— Gilson (E.), *L'esprit de la philosophie médiévale,* 2 vols., 1932.〔ジルソン,『中世哲学の精神』全2巻（訳者註：服部英次氏訳,『中世哲学の精神』全2巻)〕
449. —— Jundt (A.), *Histoire du Panthéisme populaire au Moyen Age et au XVIe siècle,* 1875.〔ジャント,『中世と16世紀における民衆汎神論の歴史』〕
450. —— Lasserre (P.), *La jeunesse d'Ernest Renan,* t. II : *Le drame de la Métaphysique chrétienne.*—— t. III : *L'initiation philosophique d'Ernest Renan,* 1925 et 1932.〔ラセール,『エルネスト・ルナンの青春　第2巻　キリスト教形而上学のドラマ　第3巻　エルネスト・ルナンの哲学の手ほどき』〕
451. —— Lefranc (A.), Le Platonisme et la littérature en France à l'époque de la Renaissance (1500-1550), in *R. d'Histoire litté.,* 1896. Repris dans : *Les Grands Ecrivains français de la Renaissance.*〔ルフラン,「ルネサンス期のフランスにおけるプラトニスムと文学」〕
452. —— Mandonnet (R. P.), *Siger de Brabant et l'Averroïsme latin du XIIIe siècle,* Fribourg, 1900.〔マンドネ,『ブラバンのシゲルスと13世紀のラテン・アウェロイスム』〕
453. —— Mesnard (P.), Du Vair et le Néo-stoïcisme, in *R. d'Hist. de la Philosophie,* avril-juin, 1928.〔メナール,「デュ・ヴェールとネオ＝ストイシスム」〕
454. —— Origène, *Operum Origenis Adamantii tomi duo priores.*—— *Tertius et quartus tomi, quorum tertius complectitur Apologiam,* Paris, Jo. Parvus et Jod. Badius Ascensius, 1512. in-f°.〔オリゲネス,『オリゲネス・

アダマンティウスノ著作集ノ最初ノ2巻――第3巻及ビ第4巻　ソノ第3巻ハ弁明ヲ含ム』(オリゲネスの著書は代表作もふくめ，少なからぬ作品が邦訳されている．『ラブレーの宗教』にかかわる範囲であげておくと，次のものがある．小高毅氏訳，『諸原理について』，『キリスト教古典叢書　9』；出村みや子氏訳，『ケルソス駁論 I・II』，『キリスト教教父著作集 8・9』))〕

454-2. ―― *Origenis Adamantii operum tomi duo priores cum tabulis et indice generali,* Lyon, Jacques Giunta, 4 vols., 1536. in-f°.〔『オリゲネス・アダマンティウスノ著作集ノ最初ノ2巻　目次及ビ総項目ヲ付ス』全4巻〕

455. ―― Denis (J.), *De la philosophie d'Origène,* 1884.〔ドニ，『オリゲネスの哲学』〕

456. ―― Renan (E.), *Averroès et l'Averroïsme,* Paris, 1852 ou 1866.〔ルナン，『アウェロエスとアウェロエス主義』〕

457. ―― Rey (Abel), De la Pensée primitive à la pensée actuelle, in *Encyclopédie Française,* t. I, *L'outillage mental,* 1934. in-4°.〔レイ，「未開の思考から現代の思考へ」(訳者註：前述書誌 (*432*)「第1巻」第1部の論文の別タイトル)〕

458. ―― Rey (Abel), *La Science Orientale avant les Grecs,* E. H., 1930.〔レイ，『ギリシア人以前の東方科学』〕

459. ―― Rey (Abel), *La Jeunesse de la Science grecque, ibid.,* 1939.〔レイ，『ギリシア科学の成長期』〕

460. ―― Rey (Abel), *La Maturité de la pensée scientifique en Grèce, ibid.,* 1939.〔レイ，『ギリシアにおける科学的思考の成熟』〕

461. ―― Rougier (L.), La Mentalité scolastique, in *R. Philosoph.,* 1924.〔ルージエ，「スコラ学的心性」〕

462. ―― Rougier (L.), *La Scolastique et le Thomisme,* 1925. in-8°.〔ルージエ，『スコラ学とトマス主義』〕

463. ―― Saurat (D.), *Littérature et occultisme,* 1929.〔ソーラ，『文学と神秘主義』〕

464. ―― Schmidt (A.-M.), *La poésie scientifique en France au XVIe siècle,* 1939. (cf. Febvre, Cosmologie, Occultisme et Poésie, in *A. H. S,* I, 1939)〔シュミット，『16世紀フランスにおける科学詩』(参照せよ；フェーヴル，「宇宙論，神秘主義，詩作」)〕

465. ―― Zanta (L.), *La Renaissance du stoïcisme au XVIe siècle,* (Bibl. litt. de la Renaissance, N. S., t. IV) 1914.〔サンタ，『16世紀におけるストイシスムの復活』〕

C. 宗教問題

1．信仰，慣習，残滓

466．—— Beauvois de Chauvincourt, *Discours de la Lycantropie ou de la transmutation des hommes en loups,* Paris, J. Rezè, 1599. in-12. (B. N. Rés. 27. 963)〔ボーヴォワ・ド・ショーヴァンクール，『狼憑き　もしくは人間の狼への変身についての論考』〕

467．—— Bloch (M.), *Les Rois Thaumaturges,* Strasbourg (P. F. L.), 1924.〔マルク・ブロック，『奇蹟をおこなう王』（訳者註：井上・渡邊氏訳，『王の奇跡』)〕

468．—— Bloch (M.), La vie d'outre-tombe du roi Salomon, in *R. Belge Ph. et H.,* IV, 1925.〔ブロック，「ソロモン王の墓の彼方の生活」〕

469．—— Delatte (A.), Herbarius. Recherches sur le cérémonial usité chez les anciens pour la cueillette des simples et des herbes magiques, in *B. Acad. R. Belg. Lettres,* XXII, 1936.〔ドラット，「植物学者　魔法の植物と薬草の摘み取りのための，古代人の許でよく用いられた儀式に関する考察」〕

470．—— Gillebaud (Benoît), *La prognostication du ciècle advenir. Contenant troys petis traictez.* On les vend à Lyon, cheulx Olivier Arnoullet.—— F° h v° : achevé de imprimer le XVI de apvril mil CCCCC et XXXIII. in-8° goth.〔ブノワ・ジルボー，『来るべき世紀の予言　三篇の小論を含む』〕

471．—— Hansen (Jos.), *Zauberwahn, Inquisition u. Hexenprozess im Mittelalter,* 1900.〔ハンセン，『中世における魔術妄想，異端審問，及び魔女裁判』〕

471-2．—— Hansen (Jos.), *Quellen zur Geschichte des Hexenwahns und der Hexenverfolgung im Mittelalter,* 1901.〔ハンセン，『魔女妄想と魔女迫害の歴史のための史料』〕

472．—— Houssay (Fréd.), La légende du *Lepas anatifera, la Vallisneria spiralis* et le Poulpe, in *C. R. Acad. Sc.,* 1901.〔ウサーユ，「烏帽子貝，螺旋せきしょう藻，及び蛸にまつわる伝承」〕

473．—— Houssay (F.), Les théories de la Genèse à Mycènes et le sens zoologique de certains symboles du culte d'Aphrodite, in *R. Archéol.,* 1895.〔ウサーユ，「ミュケナイにおける天地創造理論，アプロディテ信仰の幾つかの象徴の動物学的意義」〕

474．—— Houssay (Fred.), Nouvelles recherches sur la faune et la flore des vases peints de l'époque mycénienne, in *R. Archéol.,* 1897.〔ウサーユ，「ミュケナイ時代の彩色壺の牧神とフローラ神に関する新たな研究」〕

475．—— Jobbé-Duval (E.), Les idées primitives dans la Bretagne contemporaine, in *N. R. H. D.,* 1909, 1911, 1913, 1914.〔ジョベ＝デュヴァル，「現代のブルターニュにおける未開の思考」〕

476. ―― Lévy-Bruhl (L.), *L'âme primitive,* 1927.〔レヴィ＝ブリュール,『未開の霊魂』〕
477. ―― Lévy-Bruhl (L.), *La Mentalité primitive,* 1935.〔レヴィ＝ブリュール,『未開の心性』〕
478. ―― Lévy-Bruhl (L.), *Le Surnaturel chez les Primitifs,* 1937.〔レヴィ＝ブリュール,『未開人における超自然』〕
479. ―― Nizard (Ch.), *Histoire des livres populaires ou de la littérature de colportage,* 2e éd., 1864. in-12.〔ニザール,『民衆本, もしくは行商文学の歴史』〕
480. ―― Nynauld (J. de), *De la lycanthropie, transformation et extase de sorciers,* Paris, Millot, 1615. in-8°. (B. N. Rés. 45. 251)〔ニノー,『狼憑き妖術師の変身と法悦』〕
481. ―― Saintyves (P.), *En marge de la Légende dorée,* 1931.〔サンティーヴ,『黄金伝説の周辺』〕
482. ―― Saintyves (P.), *L'Astrologie populaire, étudiée spécialement dans les doctrines et les traditions relatives à l'influence de la lune,* 1937.〔サンティーヴ,『月の影響力に関係する理論と伝統の観点から特に研究された民間占星術』〕
483. ―― Taillepied (F. N.), *Traité de l'apparition des Esprits, à sçavoir des âmes séparées, Fantosmes, prodiges et accidens merveilleux, qui précèdent quelquefois la mort des grands personnages ou signifient changement de la chose publique,* Rouen, Osmont, 1600. in-12. (B. N. Rés. R. 2. 695)〔タイユピエ,『精霊の出現について　すなわち遊離した霊魂, 幽霊, 時として偉大なる人物の死の先触れとなり, もしくは国事の変化を意味する奇蹟と不可思議な出来事について』〕
484. ―― Vaganay (H.), Les Saints producteurs de maladies, in *R. E. R.,* IX, 1911.〔ヴァガネ,「病の生みの親たる聖人」〕
484-2. ―― Vancauwenberg (Et.), *Les pèlerinages expiatoires et judiciaires dans le droit communal de la Belgique au Moyen Age,* Louvain, 1922.〔ファンカウヴェンベルフ,『中世ベルギーの地域法における贖罪的・司法的巡礼』〕
485. ―― Wagner (R. L.), *Sorcier et Magicien, contribution à l'étude du vocabulaire de la Magie,* 1939. (Th. Paris)〔ヴァグネール,『妖術師と魔術師　魔術の語彙研究への貢献』〕

2. 宗教生活と信仰生活

486. ―― Brémond (H.), *Histoire littéraire du sentiment religieux en France depuis la fin des guerres de religion jusqu'à nos jours,* 11 vols. dont 1

Index. 1916-1936. (cf. notamment t. IX, *La Vie Chrétienne sous l'ancien régime,* 1932).〔ブレモン,『宗教戦争の終焉から現在までのフランスにおける宗教感情の文学史』全11巻(殊に第9巻『アンシアン・レジーム下のキリスト教的生活』)〕

487. —— Chiflet (Jean), *Joannis Chifletii J. C. Vesontini Consilium de Sacramento Eucharistiae ultimo supplicio afficiendis non denegando,* Bruxellae, Typis Mommartianis, 1644, in-12.〔シフレ,『J. C. ウェソンティオノ人ヨアンネス・キフレティウスノ最後ノ聖体ノ秘蹟ニツイテ処刑者ニ拒絶サルベキカ否カニ関スル建言』〕

488. —— Maillard(O.), *Œuvres françaises, sermons et poésies,* par La Borderie, 1877. in-4°. (Bibliophiles bretons)〔ラ・ボルドリー篇,『マイヤールのフランス語著作, 説教, 及び詩作』〕

489. —— Samouillan(abbé), *O. Maillard, sa prédication et son temps,* 1891.〔サムイヤン,『オリヴィエ・マイヤール　その説教とその時代』〕

490. —— Nève(J.), *Sermons choisis de Michel Menot, 1508 - 1510,* 1924.〔ネーヴ篇,『ミシェル・ムノ説教撰集　1508 - 1510年』〕

491. —— Gilson(Et.), Michel Menot et la technique du sermon médiéval, in *R. H. F.,* II, 1925.〔ジルソン,「ミシェル・ムノと中世説教のテクニック」〕

492. —— Méray(A.), *Les libres prêcheurs devanciers de Luther et de Rabelais,* 1860.〔メレ,『ルターとラブレーの先駆者たる自由説教者たち』〕

493. —— Pourrat (P.), *La spiritualité chrétienne,* 4 vols., 5e éd., 1930. (t. II, *le Moyen Age*; t. III, *les Temps modernes, de la Renaissance au Jansénisme*)〔プーラ,『キリスト教的霊性』, 全4巻(第2巻,『中世』, 第3巻,『近代ルネサンスからジャンセニスムまで』)〕

494. —— Watrigant (H.), *La méditation fondamentale avant S. Ignace,* Enghien, 1907.〔ヴァトリガン,『聖イニゴ以前の根源的な瞑想』〕

3. 宗教改革と宗教改革者

a) 聖書のテキスト

495. —— *La Saincte Bible en Françoys translatée selon la pure et entière traduction de S. Hiérome,* En Anvers par Martin Lempereur, an MD et XXXIIII. in-f°. (B. N. U. S., E. 123)〔『聖ヒエロニムスの純粋で非のうちどころのない翻訳(ラテン語訳)に基づきフランス語訳された聖書』〕

495-2. —— *La Bible qui est toute la Saincte Escripture* (f° 106, r°: Achevé d'imprimer en la ville et comté de Neufchastel par P. de Vingle, dict Pirot Picard, l'an Mil DXXXV, le IIIIe jour de jung.) in-f°. (B. N. U. S., E. 124, exempl. d'Ed. Reuss)〔『すべからく聖なる文書である聖書』〕

496. —— *La Bible,* Trad. nouvelle avec Introd. et Commentaires par Ed. Reuss. 1874 - 1879, 18 vols. dont 1 de tables. (1881) (N. T., t. XI - XVII). 〔新訳版,『聖書』全18巻,(うち第11巻から第17巻が『新約聖書』)〕

b) 宗教改革, 先行宗教改革, 反宗教改革

497. —— Clerval (A.), *Registre des Procès-Verbaux de la Faculté de Théologie de Paris,* t. I, *1505 - 1523,* 1917. 〔クレルヴァル,『パリ大学神学部議事録簿　第1巻　1505 - 1523年』〕

498. —— Delisle (L.), *Notice sur un registre des Procès-Verbaux de la Faculté de Théologie de Paris pendant les années 1505 - 1533,* (Notices et Extr. de *MSS de la Bibl. Nat.,* t. XXXVI) 1899. 〔デリール,『1505年から1533年にかけてのパリ大学神学部議事録に関する註釈』〕

499. —— Du Plessis d'Argentré *Collectio judiciorum de novis erroribus,* Paris, 3 vols., 1724 - 1736, in-f°. 〔デュ・プレシ・ダルジャントレ,『新タナル誤謬ニ関スル判決集成』全3巻〕

500. —— Febvre (L.), Une question mal posée : les origines de la Réforme française et le problème général des causes de la Réforme, in *R. H.,* CLXI, 1929. 〔フェーヴル,「誤った問題設定　フランス宗教改革の起源と宗教改革の諸原因の一般的問題」〕

501. —— Febvre (L.), *Notes et Documents sur la Réforme et l'Inquisition en Franche-Comté, extraits des archives du Parlement de Dôle,* 1912. (Th. Paris) 〔フェーヴル,『フランシュ＝コンテ地方における宗教改革と異端審問に関する覚書と資料』〕

501-2. —— Febvre (L.), *Philippe II et la Franche-Comté, Etude d'histoire politique, religieuse et sociale,* 1912. (Th. Paris) 〔フェーヴル,『フェリペ二世とフランシュ＝コンテ地方　政治的, 宗教的及び社会史的研究』〕

502. —— Febvre (L.), L'application du Concile de Trente et l'excommunication pour dettes en Franche-Comté in *R. H.,* CIII et CIV, 1910. 〔フェーヴル,「トリエント公会議の適用とフランシュ＝コンテ地方における負債を事由とする破門」〕

502-2. —— Febvre (L.), Un bilan : la France et Strasbourg au XVIe siècle in *La Vie en Alsace,* 1925, n° 12 et 1926, n° 2. 〔フェーヴル,「決算　16世紀におけるフランスとシュトラスブルク」〕

503. —— Feret (P.), *La Faculté de théologie de Paris et ses docteurs les plus célèbres, L'Epoque moderne,* 5 vols., 1900 - 1907. 〔フレ,『パリ大学神学部とその高名きわまりない博士たち　近代』全5巻〕

504. —— Gaullieur (E.), *Histoire de la Réformation à Bordeaux et dans le Parlement de Guienne,* Bordeaux, 1884. 〔ゴリウール,『ボルドーとギュイ

エンヌ高等法院における宗教改革の歴史』〕

505. —— Hauser (H.), *Etudes sur la Réforme française,* Paris, 1909.〔オゼール,『フランス宗教改革研究』〕

506. —— Hauser et Renaudet, *Les débuts de l'âge moderne. La Renaissance et la Réforme,* 1929. (Coll. Peuples et civilisations, t. VIII)〔オゼール＝ルノーデ,『近代初期　ルネサンスと宗教改革』〕

507. —— Herminjard (A. L.), *Correspondance des Réformateurs dans les Pays de Langue française,* 9 vols., Genève, 1871–1897.〔エルマンジャール篇,『フランス語圏における宗教改革者書簡集』全9巻〕

508. —— Hyma (A.), *The Christian Renaissance, A history of the* Devotio Moderna, s. l., 1924.〔ハイマ,『キリスト教ルネサンス〈新シキ敬虔〉の歴史』〕

509. —— Imbart de la Tour (P.), *Les origines de la Réforme,* I, *La France moderne,* 1905 ; II, *L'Eglise catholique, la Crise et la Renaissance,* 1909 ; III, *L'Evangélisme,* 1914 ; IV, *Calvin et* l'Institution chrétienne, 1935.〔アンバール・ド・ラ・トゥール,『宗教改革の諸起源　第1巻　近代のフランス,第2巻　カトリック教会：危機とルネサンス,第3巻　福音主義,第4巻　カルヴァンと「キリスト教綱要」』〕

510. —— Patry (H.), *Les débuts de la Réforme protestante en Guyenne, 1523–1559, Arrêts du Parlement.* Bordeaux, Féret, 1912. in-4°.〔パトリ,『ギュイエンヌ地方における改革派宗教改革の始まり　1523–1559年　高等法院の判決集』〕

511. —— Piaget (A.), *Les Actes de la Dispute de Lausanne* (*1536*)*,* Mém. Univ. Neuchâtel, 1928.〔ピアジェ,『ローザンヌの討論議事録(1536年)』〕

512. —— Raemond (F. de), *Histoire de la Naissance, progrez et décadence de l'hérésie de ce siècle,* Rouen, 1624. in-4°.〔フロリモン・ド・レモン,『当代の異端の誕生・伸長・凋落の歴史』〕

513. —— Renaudet (A.), *Préréforme et humanisme à Paris pendant les premières guerres d'Italie*(*1494–1517*)*,* 1916. (Th. Paris)〔ルノーデ,『初期イタリア戦役下のパリにおける先行宗教改革とユマニスム(1494–1517年)』(訳者註：前出書誌(*394*)と同じ文献)〕

514. —— Vuilleumier(H.), *Histoire de l'Eglise réforme du pays de Vaud,* t. I, *Lausanne,* 1928. in-4°〔ヴィユーミエ,『ヴォー地方の改革派教会の歴史第1巻　ローザンヌ』〕

c) 宗教改革者,先行宗教改革者,対抗宗教改革者

Beda もしくは Bédier (N.)〔ノエル・ベダ,もしくはベディエ〕

515. —— Caron (P.), Noël Béda in *Ec. des Chartes,*, 1898. (Pos. Th.) pp. 27 - 34. 〔カロン，『ノレル・ベダ』〕

516. —— Hyrvoix (N.), Noel Bédier, d'après des documents inédits (1533 - 1534), in *R. Q. H.,* 1902. 〔イルヴォワ，「ノエル・ベディエ　未刊行資料による（1533 - 1534年）」〕

517. —— Bernaud (J.), Lefêvre d'Etaple et Bédier, in *B. S. H. P.,* 1936. 〔ベルノー，「ルフェーヴル・デタープルとベディエ」〕

Calvin (Jean) 〔ジャン・カルヴァン〕

518. —— *Joannis Calvini Opera quae supersunt omnia,* éd. Baum, Cunitz, Reuss et Erickson, Corpus Reformat., 59 vols., Brunschwick, 1863 - 1900. in-4°. 〔ボーム他篇，『ヨアンネス・カルウィヌスノ残存セル全著作』全59巻（訳者註：渡辺信夫氏他訳，『カルヴァン著作集』をはじめ，少なからぬ邦訳があるが，網羅は避け訳註で言及するにとどめた）〕

519. —— *Institution de la Religion Chrestienne, texte original de 1541,* réimp. sous la direction d'A. Lefranc par H. Chatelain et J. Pannier, B. H. E., 1911. 〔ルフラン篇，『キリスト教綱要』，1541年版〕

520. —— *Des Scandales,* Genève, J. Crespin. 〔『躓きについて』〕

521. —— *Le catéchisme français, publié en 1537,* réimprimé pour la premières fois... avec deux notices par A. Rilliet et Th. Dufour, Genève-Paris, 1878. in-16. 〔リイエ他篇，『フランス語教理問答』〕

522. —— *Sermons de M.Jean Calvin sur le V. livre de Moyse nommés Deutéronome,* A Genève, de l'imprimerie de Thomas Courteau, 1567. in-f°. 〔『ジャン・カルヴァン殿の「申命記」と呼ばれるモーセ第五之書に関する説教』〕

523. —— Doumergue (E.), *Jean Calvin, les Hommes et les Choses de son temps,* t. I-V, Lausanne, Bridel, 1899 - 1917. in-4° ; t. VI, Neuilly, La Cause, 1926. in-4°. 〔ドゥメルグ，『ジャン・カルヴァン　その時代の人々とものごと』全6巻〕

523-2. —— Doumergue (E.), *Icolographie calvinienne, Lausanne,* 1909. in-4°. 〔ドゥメルグ，『カルヴァンの肖像画』〕

524. —— Jarry (L.), Une correspondance littéraire au XVIe siècle, Pierre Daniel et les érudits de son temps d'après les doc. inédit. de Berne, in *M. S. Arch. Orléan.,* XV, 1876. 〔ジャリ，「16世紀における文学的交流　ベルンの未刊行資料に基づくピエール・ダニエルと同時代の碩学たち」〕

525. —— Choisy (E.), *Calvin éducateur des Consciences,* Neuilly 1926, in-16. 〔ショワジー，『良心の教導者カルヴァン』〕

Castellion (Séb.) 〔セバスティアン・カステリヨン〕

526. —— Buisson (F.), *Sébastillen Castellion, sa vie et son œuvre, 1515 -*

1563, 2 vols., 1892.〔ビュイッソン，『セバスティアン・カステリヨン　その生涯と作品　1515 - 1563年』全2巻〕

Hutten (Urlich von)〔ウルリッッヒ・フォン・フッテン〕

527. —— *Epistolae obscurorum virorum,* éd. Aloys Bömer, 2 vols., 1924.〔ベーメル篇，『無名人の手紙』全2巻（訳者註：この著名な諷刺書の同定には異論があるようだが，ここではフェーヴルの指示にしたがう）〕

Farel (Guillaume)〔ギヨーム・ファレル〕

528. —— *Sommaire et briefve Declaration,* Fac.-simile de l'éd. originale, par A. Piaget, 1935. pet. in-8°.〔ピアジェ篇，『概括的かつ簡潔な声明』〕

529. —— Heyer (H.), *Guillaume Farel, Essai sur le développement de ses idées théologiques,* Genève, 1872.〔ハイヤー，『ギヨーム・ファレル　その神学理念の展開についての試論』〕

530. —— *Guillaume Farel, 1489 - 1565, Biographie nouvelle...* par un groupe d'historiens, professeurs et pasteurs, Neuchâtel et Paris, Delachaux et Niestlé 1930. in-4°.〔『ギヨーム・ファレル　1489 - 1565年』〕

Garasse (S. J., Le Père)〔イエズス会士神父フランソワ・ガラス〕

531. —— *Le Rabelais réformé par les ministres, et notamment par le P. Du Moulin,* Bruxelles, Chr. Gérard, 1620.〔『牧師たち，殊にピエール・デュ・ムーラン牧師による改革派ラブレー』〕

531-2. —— *Les Recherches des Recherches et autres œuvres de Me Estienne Pasquier,* Paris, Séb. Chappelet, 1622.〔『エティエンヌ・パスキエ師の「（フランスの）探求」，及びその他の作品の探求』〕

531-3. —— *La doctrine curieuse des beaux esprits de ce temps, ou prétendus tels,* Paris, Séb. Chappelet, 1624. in-4°.〔『当代の才子たち，もしくはそう自称する者たちの奇妙な教理』〕

Lefèvre d'Etaples (J.)〔ジャック・ルフェーヴル・デタープル〕

532. —— *Commentarii initiatorii in IV Evangelia,* Meldis, impensis S. Colinaei, anno Salutis humanae MDXXII, Mense Junio.〔『四福音書ニ関スル初歩的解説』〕

Luther (Martin)〔マルティン・ルター〕

533. —— *M. Luthers Werke,* Kritische Gesamtausgabe, Weimar, 1883 et sqq., 60 vols., in-4°.〔『校閲版マルティン・ルター全集』全60巻（訳者註：ルターの著作にも多くの邦訳があるが，訳註で紹介するにとどめた）〕

534. —— Denifle = Pâquier, *Luther et le luthéranisme,* 4 vols., 1910 - 1916.〔デニフレ（著者）= パキエ（仏訳者），『ルターとルター主義』全4巻〕

535. —— Strohl (H.), *L'évolution religieuse de Luther jusqu'en* 1515, Strasbourg, 1922.〔シュトロール，『1515年にいたるまでのルターの宗教的進展』〕

535-2. —— Strohl (H.), *L'épanouissement de la pensée religieuse de Luther*

de 1515 à 1520, Strasbourg, 1924.〔シュトロール，『1515年から1520年にかけてのルターの宗教思想の開花』〕
536. —— Will (R.), *La liberté chrétienne, Etude sur le principe de la piété chez Luther,* Strasbourg, 1922.〔ヴィル，『キリスト教的自由　ルターにおける敬虔原理に関する研究』〕
537. —— Febvre (L.), *Un destin, Martin Luther,* 1928. in-8°.〔フェーヴル，『ひとつの運命　マルティン・ルター』〕
538. —— Moore (W. G.), *La Réforme allemande et la littérature française. Recherches sur la notoriété de Luther en France,* P. F. L. S., fasc. 52, Strasbourg, 1930. (cf. Febvre, *R. Critique,* 1930, pp. 315 - 318.)〔ムーア，『ドイツ宗教改革とフランス文学　フランスにおけるルターの評判』；フェーヴルの書評を参照せよ（原著の註)〕
538-2. —— Weiss(N.), Notes sur les traités de Luther traduits en français et imprimés en France, in *B. S. H. P.,* 1887.〔ヴェス，「フランス語に訳され・フランスで印刷されたルターの論文に関する註記」〕
Pupper(Johann, van Goch)〔ホッホのヨハン・ピュペール〕
539. —— *Bibliotheca Reformatoria Neerlandica,* t. VI, *Geschriften, van Joann. Pupper van Goch,* La Haye, Nijhoff, 1909.〔『ネーデルランド改革派文庫　第6巻　ホッホのヨハン・ピュペールの書簡』〕
539-2. —— Clemen(O.), *Johann Pupper von Goch,* 1896.〔クレメン，『ホッホのヨハン・ピュペール』〕
Roussel (Gérard)〔ジェラール・ルーセル〕
540. —— Schmidt (Ch.), *Gérard Roussel,* Strasbourg, 1841.〔シュミット，『ジェラール・ルーセル』〕
Sutor (P. Cousturier)〔ストル；フランス語名クテュリエ〕
541. —— *Apologeticum in novos anticomaritas praeclaris beatissimae Virginis Mariae laudibus detrahentes,* Venundatur Parisiis in officina Joan. Parvi, 1526.〔『輝ケル限リナク恵マレシ処女マリアノ讃辞カラ抜粋セル新シクモ旧キ結婚ニツイテノ弁明』〕
Valdès (Juan de)〔ファン・デ・バルデス〕
542. —— *Diálogo de Doctrina Cristiana,* reprod. en fac.-similé avec une introduction par Marcel Bataillon. Coimbra, Imprensa da Universidade, 1925.〔バタイヨン篇，『キリスト教教理についての対話篇』〕
Viret (Pierre)〔ピエール・ヴィレ〕
543. —— *Pierre Viret d'après lui-même, Pages extraites des œuvres du Réformateur,* Lausanne, Bridel, 1911.〔『彼自身に基づくピエール・ヴィレ』〕
544. —— Barnaud(J.), *Viret, sa vie et son œuvre,* Saint-Amans, 1911.〔ベルノー，『ヴィレ，その生涯と作品』〕

545. —— *La Vérité cachée devant cent ans, faicte et composée à six personnages,* nouvellement corrigée et augmentée avec les autoritez de la Saincte Escripture, Genève, J. Michel, 1544. (Bibl. Soc. Hist. Protest.)〔『6名の人物用に考案され起草された・百年以前から隠されてきた真理　「聖書」の権威に基づく新増補改訂版』(訳者註：この書物がヴィレの項目にふくまれているのは，多分フェーヴルの誤解に基づく．知るかぎり，これまで執筆者の特定が十全になされたことはなかった)〕

D. さまざまな問題

546. —— Esmein(A.), *Le mariage en droit canonique,* 1891.〔エスマン，『教会法における結婚』〕

547. —— Pérouse (G.), *Etude sur les Usages et le droit privé en Savoie au milieu du XVIe siècle,* Chambry, 1913.〔ペルーズ，『16世紀中葉におけるサヴォイア地方の慣習と民法についての研究』〕

548. —— Robert(Ul.), *Testaments de l'officialité de Besançon, 1265—1500,* Coll. Doc. Inéd., 2 vols., 1907. in-4°.〔ロベール，『ブザンソン教区裁判所の遺言集成　1265 - 1500年』全2巻〕

549. —— Hauser (H.), Les Compagnonnages d'Arts et Métiers à Dijon, aux XVIIe et XVIIIe siècles, in *R. bourg. Univ. de Dijon,* XVII, 1927.〔オゼール，「17世紀と18世紀のディジョンでの工芸同職組合」〕

550. —— Martin Saint-Léon, *Histoire des Corporations de métiers,* 3e éd., 1922.〔マルタン・サン＝レオン，『職業同業組合の歴史』〕

551. —— Coornaert (E.), *Les Corporations en France avant 1789,* 1940.〔コールナエール，『1789年以前のフランスにおける同業組合』〕

552. —— Vaissière (P. de), *Gentilshommes campagnards de l'ancienne France,* 1903.〔ヴェシエール，『昔日のフランスの田舎領主』〕

553. —— Bloch (M.), Les inventions médiévales, in *A. H. E. S.,* 1935.〔ブロック，「中世の発明」〕

554. —— Lane (Fr. Chapin), *Venetian Ships and shipbuilders of the Renaissance,* Baltimore, John Hopkins Press, 1934. (cf. L. Febvre, in *A. H. E. S.,* 1935, p. 80)〔レイン，『ルネサンスのヴェネツィア船舶と造船職人』；フェーヴルの書評を参照せよ（原著の註)〕

555. —— Franklin (A.), *La Vie privée d'autrefois : la Mesure du temps,* 1888, in-12.〔フランクラン，『昔日の私生活　時間の計測』〕

〔訳者後註〕

書誌冒頭の〔訳者前註〕で新たな研究書には言及しない旨お断りした．日本でも宮下志朗氏の研究書や荻野安奈氏の研究書（『ラブレー出帆』の他にも同

氏のパリ・ソルボンヌ第4大学に提出された学位論文であるラブレー論をあげたい）をはじめ，様々な角度に立脚する論文が書かれている．それはそれでたいそう結構なことであり，研究者や学者の成果を心待ちにしている．ただ次の一篇だけは特筆したい．

高橋（筒井）由美子氏，「〈青芽のうちに麦を食う〉パニュルジュとブリドワの〈骰子《さいころ》〉——『第三之書』の一喜劇技法をめぐって——」，『仏語仏文学研究　第5号』，東京大学仏語仏文学研究会，1990年．

フランス本国でもその他の地域でも新しい方法論でラブレーの作品の解読が試みられているが，上記の論文は奇策によらず堂々とラブレーと対峙している．東洋の片隅でこのような論考が書かれていることを喜びたい．

《叢書・ウニベルシタス　751》
ラブレーの宗教
――16世紀における不信仰の問題

2003年 5 月10日　初版第 1 刷発行

リュシアン・フェーヴル
高橋　薫 訳
発行所　財団法人　法政大学出版局
〒102-0073 東京都千代田区九段北3-2-7
電話03(5214)5540／振替00160-6-95814
製版，印刷　三和印刷／鈴木製本所

Printed in Japan

ISBN4-588-00751-3

著者

リュシアン・フェーヴル (Lucien Febvre)
1878年フランス東北地帯のナンシーに生まれる．ノルマリアン．地理学者ヴィダル・ド・ラ・ブラーシュや人類学者レヴィ＝ブリュール，図像学者エミール・マールに師事．1911年学位論文『フェリペ二世とフランシュ＝コンテ地方』を発表．1912年からリヨン大学で教鞭をとる．第一次世界大戦間，1914年から19年にかけて動員される．1919年にフランス領に返還されたストラスブール大学で近代史講座を担当．この地でアナール派の盟友マルク・ブロック，『宗教感情の文学史』の著者アンリ・ブレモンたちと知り合う．1922年『大地と人類の進化』を上梓．1929年１月，ブロックと共同編集で『経済社会史年報』を創刊．のちの『アナール』の母体であり，歴史の総合的把握をめざす．1935年から刊行された『フランス百科全書』編集委員長．第二次世界大戦初期，『アナール』の編集方針をめぐってブロックが編集委員会を去り，以後フェーヴルの単独編集となる．戦時下にあってパリを疎開，本書『ラブレーの宗教』をはじめ，フランス16世紀にかかわる多くの著作を準備した．終戦後，国立科学研究センター第６部門部長として行政手腕を発揮，同時にアナール派の指導者として世界各地で講演活動をおこなう．1956年死去．

訳者

高橋　薫（たかはし かおる）
1950年東京に生まれる．1973年埼玉大学教養学部卒業．1978年筑波大学大学院博士課程単位取得退学．1978年より駒沢大学専任講師―教授を経て，1996年より中央大学教授，現在にいたる．著書に，*Concordance des Tragiques d'Agrippa d'Aubigné* (1982)，『友情の微笑み　山崎庸一郎古希記念』(2000，共著) その他．

叢書・ウニベルシタス

				(頁)
1	芸術はなぜ心要か	E.フィッシャー／河野徹訳	品切	302
2	空と夢〈運動の想像力にかんする試論〉	G.バシュラール／宇佐見英治訳		442
3	グロテスクなもの	W.カイザー／竹内豊治訳		312
4	塹壕の思想	T.E.ヒューム／長谷川鉱平訳		316
5	言葉の秘密	E.ユンガー／菅谷規矩雄訳		176
6	論理哲学論考	L.ヴィトゲンシュタイン／藤本,坂井訳		350
7	アナキズムの哲学	H.リード／大沢正道訳		318
8	ソクラテスの死	R.グアルディーニ／山村直資訳		366
9	詩学の根本概念	E.シュタイガー／高橋英夫訳		334
10	科学の科学〈科学技術時代の社会〉	M.ゴールドスミス,A.マカイ編／是永純弘訳		346
11	科学の射程	C.F.ヴァイツゼカー／野田,金子訳		274
12	ガリレオをめぐって	オルテガ・イ・ガセット／マタイス,佐々木訳		290
13	幻影と現実〈詩の源泉の研究〉	C.コードウェル／長谷川鉱平訳		410
14	聖と俗〈宗教的なるものの本質について〉	M.エリアーデ／風間敏夫訳		286
15	美と弁証法	G.ルカッチ／良知,池田,小箕訳		372
16	モラルと犯罪	K.クラウス／小松太郎訳		218
17	ハーバート・リード自伝	北條文緒訳		468
18	マルクスとヘーゲル	J.イッポリット／宇津木,田口訳	品切	258
19	プリズム〈文化批判と社会〉	Th.W.アドルノ／竹内,山村,板倉訳		246
20	メランコリア	R.カスナー／塚越敏訳		388
21	キリスト教の苦悶	M.de ウナムーノ／神吉,佐々木訳		202
22	アインシュタイン/ゾンマーフェルト往復書簡	A.ヘルマン編／小林,坂口訳	品切	194
23 24	群衆と権力(上・下)	E.カネッティ／岩田行一訳		440 356
25	問いと反問〈芸術論集〉	W.ヴォリンガー／土肥美夫訳		272
26	感覚の分析	E.マッハ／須藤,廣松訳		386
27 28	批判的モデル集(I・II)	Th.W.アドルノ／大久保健治訳	〈品切 品切〉	I 232 II 272
29	欲望の現象学	R.ジラール／古田幸男訳		370
30	芸術の内面への旅	E.ヘラー／河原,杉浦,渡辺訳	品切	284
31	言語起源論	ヘルダー／大阪大学ドイツ近代文学研究会訳		270
32	宗教の自然史	D.ヒューム／福鎌,斎藤訳		144
33	プロメテウス〈ギリシア人の解した人間存在〉	K.ケレーニイ／辻村誠三訳	品切	268
34	人格とアナーキー	E.ムーニエ／山崎,佐藤訳		292
35	哲学の根本問題	E.ブロッホ／竹内豊治訳		194
36	自然と美学〈形体・美・芸術〉	R.カイヨワ／山口三夫訳		112
37 38	歴史論(I・II)	G.マン／加藤,宮野訳	I・品切 II・品切	274 202
39	マルクスの自然概念	A.シュミット／元浜清海訳		316
40	書物の本〈西欧の書物と文化の歴史.書物の美学〉	H.プレッサー／轡田収訳		448
41 42	現代への序説(上・下)	H.ルフェーヴル／宗,古田監訳		220 296
43	約束の地を見つめて	E.フォール／古田幸男訳		320
44	スペクタクルと社会	J.デュビニョー／渡辺淳訳	品切	188
45	芸術と神話	E.グラッシ／榎本久彦訳		266
46	古きものと新しきもの	M.ロベール／城山,島,円子訳		318
47	国家の起源	R.H.ローウィ／古賀英三郎訳		204
48	人間と死	E.モラン／古田幸男訳		448
49	プルーストとシーニュ(増補版)	G.ドゥルーズ／宇波彰訳		252
50	文明の滴定〈科学技術と中国の社会〉	J.ニーダム／橋本敬造訳	品切	452
51	プスタの民	I.ジュラ／加藤二郎訳		382

叢書・ウニベルシタス

				(頁)
52 53	社会学的思考の流れ（I・II）	R.アロン／北川, 平野, 他訳		I・350 II・392
54	ベルクソンの哲学	G.ドゥルーズ／宇波彰訳		142
55	第三帝国の言語LTI〈ある言語学者のノート〉	V.クレムペラー／羽田, 藤平, 赤井, 中村訳		442
56	古代の芸術と祭祀	J.E.ハリスン／星野徹訳		222
57	ブルジョワ精神の起源	B.グレトゥイゼン／野沢協訳		394
58	カントと物自体	E.アディッケス／赤松常弘訳		300
59	哲学的素描	S.K.ランガー／塚本, 星野訳		250
60	レーモン・ルーセル	M.フーコー／豊崎光一訳		268
61	宗教とエロス	W.シューバルト／石川, 平田, 山本訳	品切	398
62	ドイツ悲劇の根源	W.ベンヤミン／川村, 三城訳		316
63	鍛えられた心〈強制収容所における心理と行動〉	B.ベテルハイム／丸山修吉訳		340
64	失われた範列〈人間の自然性〉	E.モラン／古田幸男訳		308
65	キリスト教の起源	K.カウツキー／栗原佑訳		534
66	ブーバーとの対話	W.クラフト／板倉敏之訳		206
67	プロデメの変貌〈フランスのコミューン〉	E.モラン／宇波彰訳		450
68	モンテスキューとルソー	E.デュルケーム／小関, 川喜多訳	品切	312
69	芸術と文明	K.クラーク／河野徹訳		680
70	自然宗教に関する対話	D.ヒューム／福鎌, 斎藤訳		196
上・71 下・72	キリスト教の中の無神論（上・下）	E.ブロッホ／竹内, 高尾訳		上・234 下・304
73	ルカーチとハイデガー	L.ゴルドマン／川俣晃自訳		308
74	断　想　1942—1948	E.カネッティ／岩田行一訳		286
75 76	文明化の過程（上・下）	N.エリアス／吉田, 中村, 波田, 他訳		上・466 下・504
77	ロマンスとリアリズム	C.コードウェル／玉井, 深井, 山本訳		238
78	歴史と構造	A.シュミット／花崎皋平訳		192
79 80	エクリチュールと差異（上・下）	J.デリダ／若桑, 野村, 阪上, 三好, 他訳		上・378 下・296
81	時間と空間	E.マッハ／野家啓一編訳		258
82	マルクス主義と人格の理論	L.セーヴ／大津真作訳		708
83	ジャン=ジャック・ルソー	B.グレトゥイゼン／小池健男訳		394
84	ヨーロッパ精神の危機	P.アザール／野沢協訳		772
85	カフカ〈マイナー文学のために〉	G.ドゥルーズ, F.ガタリ／宇波, 岩田訳		210
86	群衆の心理	H.ブロッホ／入野田, 小崎, 小岸訳	品切	580
87	ミニマ・モラリア	Th.W.アドルノ／三光長治訳		430
88 89	夢と人間社会（上・下）	R.カイヨワ, 他／三好郁郎, 他訳		上・374 下・340
90	自由の構造	C.ベイ／横越英一訳		744
91	1848年〈二月革命の精神史〉	J.カスー／野沢協, 他訳		326
92	自然の統一	C.F.ヴァイツゼカー／斎藤, 河井訳	品切	560
93	現代戯曲の理論	P.ションディ／市村, 丸山訳	品切	250
94	百科全書の起源	F.ヴェントゥーリ／大津真作訳	品切	324
95	推測と反駁〈科学的知識の発展〉	K.R.ポパー／藤本, 石垣, 森訳		816
96	中世の共産主義	K.カウツキー／栗原佑訳		400
97	批評の解剖	N.フライ／海老根, 中村, 出淵, 山内訳		580
98	あるユダヤ人の肖像	A.メンミ／菊地, 白井訳		396
99	分類の未開形態	E.デュルケーム／小関藤一郎訳	品切	232
100	永遠に女性的なるもの	H.ド・リュバック／山崎庸一郎訳		360
101	ギリシア神話の本質	G.S.カーク／吉田, 辻村, 松田訳	品切	390
102	精神分析における象徴界	G.ロゾラート／佐々木孝次訳		508
103	物の体系〈記号の消費〉	J.ボードリヤール／宇波彰訳		280

				（頁）
104	言語芸術作品〔第2版〕	W.カイザー／柴田斎訳	品切	688
105	同時代人の肖像	F.ブライ／池内紀訳		212
106	レオナルド・ダ・ヴィンチ〔第2版〕	K.クラーク／丸山，大河内訳		344
107	宮廷社会	N.エリアス／波田，中埜，吉田訳		480
108	生産の鏡	J.ボードリヤール／宇波，今村訳		184
109	祭祀からロマンスへ	J.L.ウェストン／丸小哲雄訳		290
110	マルクスの欲求理論	A.ヘラー／良知，小箕訳		198
111	大革命前夜のフランス	A.ソブール／山崎耕一訳	品切	422
112	知覚の現象学	メルロ=ポンティ／中島盛夫訳		904
113	旅路の果てに〈アルペイオスの流れ〉	R.カイヨワ／金井裕訳		222
114	孤独の迷宮〈メキシコの文化と歴史〉	O.パス／高山，熊谷訳		320
115	暴力と聖なるもの	R.ジラール／古田幸男訳		618
116	歴史をどう書くか	P.ヴェーヌ／大津真作訳		604
117	記号の経済学批判	J.ボードリヤール／今村，宇波，桜井訳	品切	304
118	フランス紀行〈1787, 1788&1789〉	A.ヤング／宮崎洋訳		432
119	供　犠	M.モース，H.ユベール／小関藤一郎訳		296
120	差異の目録〈歴史を変えるフーコー〉	P.ヴェーヌ／大津真作訳	品切	198
121	宗教とは何か	G.メンシング／田中，下宮訳		442
122	ドストエフスキー	R.ジラール／鈴木晶訳		200
123	さまざまな場所〈死の影の都市をめぐる〉	J.アメリー／池内紀訳		210
124	生　成〈概念をこえる試み〉	M.セール／及川馥訳		272
125	アルバン・ベルク	Th.W.アドルノ／平野嘉彦訳		320
126	映画　あるいは想像上の人間	E.モラン／渡辺淳訳		320
127	人間論〈時間・責任・価値〉	R.インガルデン／武井，赤松訳		294
128	カント〈その生涯と思想〉	A.グリガ／西牟田，浜田訳		464
129	同一性の寓話〈詩的神話学の研究〉	N.フライ／駒沢大学フライ研究会訳		496
130	空間の心理学	A.モル，E.ロメル／渡辺淳訳		326
131	飼いならされた人間と野性的人間	S.モスコヴィッシ／古田幸男訳		336
132	方　法　1．自然の自然	E.モラン／大津真作訳	品切	658
133	石器時代の経済学	M.サーリンズ／山内昶訳		464
134	世の初めから隠されていること	R.ジラール／小池健男訳		760
135	群衆の時代	S.モスコヴィッシ／古田幸男訳	品切	664
136	シミュラークルとシミュレーション	J.ボードリヤール／竹原あき子訳		234
137	恐怖の権力〈アブジェクシオン〉試論	J.クリステヴァ／枝川昌雄訳		420
138	ボードレールとフロイト	L.ベルサーニ／山縣直子訳		240
139	悪しき造物主	E.M.シオラン／金井裕訳		228
140	終末論と弁証法〈マルクスの社会・政治思想〉	S.アヴィネリ／中村恒矩訳	品切	392
141	経済人類学の現在	F.プイヨン編／山内昶訳		236
142	視覚の瞬間	K.クラーク／北條文緒訳		304
143	罪と罰の彼岸	J.アメリー／池内紀訳		210
144	時間・空間・物質	B.K.ライドレー／中島龍三訳	品切	226
145	離脱の試み〈日常生活への抵抗〉	S.コーエン，N.テイラー／石黒毅訳		321
146	人間怪物論〈人間脱走の哲学の素描〉	U.ホルストマン／加藤二郎訳		206
147	カントの批判哲学	G.ドゥルーズ／中島盛夫訳		160
148	自然と社会のエコロジー	S.モスコヴィッシ／久米，原訳		440
149	壮大への渇仰	L.クローネンバーガー／岸，倉田訳		368
150	奇蹟論・迷信論・自殺論	D.ヒューム／福鎌，斎藤訳		200
151	クルティウス-ジッド往復書簡	ディークマン編／円子千代訳		376
152	離脱の寓話	M.セール／及川馥訳		178

				（頁）
153	エクスタシーの人類学	I.M.ルイス／平沼孝之訳		352
154	ヘンリー・ムア	J.ラッセル／福田真一訳		340
155	誘惑の戦略	J.ボードリヤール／宇波彰訳		260
156	ユダヤ神秘主義	G.ショーレム／山下, 石丸, 他訳		644
157	蜂の寓話〈私悪すなわち公益〉	B.マンデヴィル／泉谷治訳		412
158	アーリア神話	L.ポリアコフ／アーリア主義研究会訳		544
159	ロベスピエールの影	P.ガスカール／佐藤和生訳		440
160	元型の空間	E.ゾラ／丸小哲雄訳		336
161	神秘主義の探究〈方法論的考察〉	E.スタール／宮元啓一, 他訳		362
162	放浪のユダヤ人〈ロート・エッセイ集〉	J.ロート／平田, 吉田訳		344
163	ルフー，あるいは取壊し	J.アメリー／神崎巌訳		250
164	大世界劇場〈宮廷祝宴の時代〉	R.アレヴィン, K.ゼルツレ／円子修平訳	品切	200
165	情念の政治経済学	A.ハーシュマン／佐々木, 旦訳		192
166	メモワール〈1940-44〉	レミ／築島謙三訳		520
167	ギリシア人は神話を信じたか	P.ヴェーヌ／大津真作訳	品切	340
168	ミメーシスの文学と人類学	R.ジラール／浅野敏夫訳		410
169	カバラとその象徴的表現	G.ショーレム／岡部, 小岸訳		340
170	身代りの山羊	R.ジラール／織田, 富永訳	品切	384
171	人間〈その本性および世界における位置〉	A.ゲーレン／平野具男訳		608
172	コミュニケーション〈ヘルメスI〉	M.セール／豊田, 青木訳		358
173	道　化〈つまずきの現象学〉	G.v.バルレーヴェン／片岡啓治訳	品切	260
174	いま, ここで〈アウシュヴィッツとヒロシマ以後の哲学的考察〉	G.ピヒト／斎藤, 浅野, 大野, 河井訳		600
175 176 177	真理と方法〔全三冊〕	H.-G.ガダマー／轡田, 麻生, 三島, 他訳		I・350 II・ III・
178	時間と他者	E.レヴィナス／原田佳彦訳		140
179	構成の詩学	B.ウスペンスキイ／川崎, 大石訳	品切	282
180	サン=シモン主義の歴史	S.シャルレティ／沢崎, 小杉訳		528
181	歴史と文芸批評	G.デルフォ, A.ロッシュ／川中子弘訳		472
182	ミケランジェロ	H.ヒバード／中山, 小野訳	品切	578
183	観念と物質〈思考・経済・社会〉	M.ゴドリエ／山内昶訳		340
184	四つ裂きの刑	E.M.シオラン／金井裕訳		234
185	キッチュの心理学	A.モル／万沢正美訳		344
186	領野の漂流	J.ヴィヤール／山下俊一訳		226
187	イデオロギーと想像力	G.C.カバト／小箕俊介訳		300
188	国家の起源と伝承〈古代インド社会史論〉	R.=ターパル／山崎, 成澤訳		322
189	ベルナール師匠の秘密	P.ガスカール／佐藤和生訳		374
190	神の存在論的証明	D.ヘンリッヒ／本間, 須田, 座小田, 他訳		456
191	アンチ・エコノミクス	J.アタリ, M.ギヨーム／斎藤, 安孫子訳		322
192	クローチェ政治哲学論集	B.クローチェ／上村忠男編訳		188
193	フィヒテの根源的洞察	D.ヘンリッヒ／座小田, 小松訳		184
194	哲学の起源	オルテガ・イ・ガセット／佐々木孝訳	品切	224
195	ニュートン力学の形成	ベー・エム・ゲッセン／秋間実, 他訳		312
196	遊びの遊び	J.デュビニョー／渡辺淳訳	品切	160
197	技術時代の魂の危機	A.ゲーレン／平野具男訳	品切	222
198	儀礼としての相互行為	E.ゴッフマン／広瀬, 安江訳	品切	376
199	他者の記号学〈アメリカ大陸の征服〉	T.トドロフ／及川, 大谷, 菊地訳		370
200	カント政治哲学の講義	H.アーレント著, R.ベイナー編／浜田監訳		302
201	人類学と文化記号論	M.サーリンズ／山内昶訳		354
202	ロンドン散策	F.トリスタン／小杉, 浜本訳		484

叢書・ウニベルシタス

				(頁)
203	秩序と無秩序	J.-P.デュピュイ／古田幸男訳		324
204	象徴の理論	T.トドロフ／及川馥，他訳		536
205	資本とその分身	M.ギヨーム／斉藤日出治訳		240
206	干　渉〈ヘルメスII〉	M.セール／豊田彰訳		276
207	自らに手をくだし〈自死について〉	J.アメリー／大河内了義訳		222
208	フランス人とイギリス人	R.フェイバー／北條，大島訳	品切	304
209	カーニバル〈その歴史的・文化的考察〉	J.カロ・バロッハ／佐々木孝訳	品切	622
210	フッサール現象学	A.F.アグィーレ／川島，工藤，林訳		232
211	文明の試練	J.M.カディヒィ／塚本，秋山，寺西，島訳		538
212	内なる光景	J.ポミエ／角山，池部訳		526
213	人間の原型と現代の文化	A.ゲーレン／池井望訳		422
214	ギリシアの光と神々	K.ケレーニイ／円子修平訳		178
215	初めに愛があった〈精神分析と信仰〉	J.クリステヴァ／枝川昌雄訳		146
216	バロックとロココ	W.v.ニーベルシュッツ／竹内章訳		164
217	誰がモーセを殺したか	S.A.ハンデルマン／山形和美訳		514
218	メランコリーと社会	W.レペニース／岩田，小竹訳		380
219	意味の論理学	G.ドゥルーズ／岡田，宇波訳		460
220	新しい文化のために	P.ニザン／木内孝訳		352
221	現代心理論集	P.ブールジェ／平岡，伊藤訳		362
222	パラジット〈寄食者の論理〉	M.セール／及川，米山訳		466
223	虐殺された鳩〈暴力と国家〉	H.ラボリ／川中子弘訳		240
224	具象空間の認識論〈反・解釈学〉	F.ダゴニェ／金森修訳		300
225	正常と病理	G.カンギレム／滝沢武久訳		320
226	フランス革命論	J.G.フィヒテ／桝田啓三郎訳		396
227	クロード・レヴィ=ストロース	O.パス／鼓，木村訳		160
228	バロックの生活	P.ラーンシュタイン／波田節夫訳		520
229	うわさ〈もっとも古いメディア〉増補版	J.-N.カプフェレ／古田幸男訳		394
230	後期資本制社会システム	C.オッフェ／寿福真美編訳		358
231	ガリレオ研究	A.コイレ／菅谷暁訳		482
232	アメリカ	J.ボードリヤール／田中正人訳		220
233	意識ある科学	E.モラン／村上光彦訳		400
234	分子革命〈欲望社会のミクロ分析〉	F.ガタリ／杉村昌昭訳		340
235	火，そして霧の中の信号—ゾラ	M.セール／寺田光徳訳		568
236	煉獄の誕生	J.ル・ゴッフ／渡辺，内田訳		698
237	サハラの夏	E.フロマンタン／川端康夫訳		336
238	パリの悪魔	P.ガスカール／佐藤和夫訳		256
239 240	自然の人間的歴史（上・下）	S.モスコヴィッシ／大津真作訳		上・494 下・390
241	ドン・キホーテ頌	P.アザール／円子千代訳	品切	348
242	ユートピアへの勇気	G.ピヒト／河井徳治訳		202
243	現代社会とストレス〔原書改訂版〕	H.セリエ／杉，田多井，藤井，竹宮訳		482
244	知識人の終焉	J.-F.リオタール／原田佳彦，他訳		140
245	オマージュの試み	E.M.シオラン／金井裕訳		154
246	科学の時代における理性	H.-G.ガダマー／本間，座小田訳		158
247	イタリア人の太古の知恵	G.ヴィーコ／上村忠男訳		190
248	ヨーロッパを考える	E.モラン／林　勝一訳		238
249	労働の現象学	J.-L.プチ／今村，松島訳		388
250	ポール・ニザン	Y.イシャグプール／川俣晃自訳		356
251	政治的判断力	R.ベイナー／浜田義文監訳		310
252	知覚の本性〈初期論文集〉	メルロ=ポンティ／加賀野井秀一訳		158

				（頁）
253	言語の牢獄	F.ジェームソン／川口喬一訳		292
254	失望と参画の現象学	A.O.ハーシュマン／佐々木，杉田訳		204
255	はかない幸福―ルソー	T.トドロフ／及川馥訳		162
256	大学制度の社会史	H.W.プラール／山本尤訳		408
257 258	ドイツ文学の社会史（上・下）	J.ベルク，他／山本，三島，保坂，鈴木訳		上・766 下・648
259	アランとルソー〈教育哲学試論〉	A.カルネック／安斎，並木訳		304
260	都市・階級・権力	M.カステル／石川淳志監訳		296
261	古代ギリシア人	M.I.フィンレー／山形和美訳	品切	296
262	象徴表現と解釈	T.トドロフ／小林，及川訳		244
263	声の回復〈回想の試み〉	L.マラン／梶野吉郎訳		246
264	反射概念の形成	G.カンギレム／金森修訳		304
265	芸術の手相	G.ピコン／末永照和訳		294
266	エチュード〈初期認識論集〉	G.バシュラール／及川馥訳		166
267	邪な人々の昔の道	R.ジラール／小池健男訳		270
268	〈誠実〉と〈ほんもの〉	L.トリリング／野島秀勝訳		264
269	文の抗争	J.-F.リオタール／陸井四郎，他訳		410
270	フランス革命と芸術	J.スタロバンスキー／井上尭裕訳		286
271	野生人とコンピューター	J.-M.ドムナック／古田幸男訳		228
272	人間と自然界	K.トマス／山内昶，他訳		618
273	資本論をどう読むか	J.ビデ／今村仁司，他訳		450
274	中世の旅	N.オーラー／藤代幸一訳		488
275	変化の言語〈治療コミュニケーションの原理〉	P.ワツラウィック／築島謙三訳		212
276	精神の売春としての政治	T.クンナス／木戸，佐々木訳		258
277	スウィフト政治・宗教論集	J.スウィフト／中野，海保訳		490
278	現実とその分身	C.ロセ／金井裕訳		168
279	中世の高利貸	J.ル・ゴッフ／渡辺香根夫訳		170
280	カルデロンの芸術	M.コメレル／岡部仁訳		270
281	他者の言語〈デリダの日本講演〉	J.デリダ／高橋允昭編訳		406
282	ショーペンハウアー	R.ザフランスキー／山本尤訳		646
283	フロイトと人間の魂	B.ベテルハイム／藤瀬恭子訳		174
284	熱　狂〈カントの歴史批判〉	J.-F.リオタール／中島盛夫訳		210
285	カール・カウツキー 1854-1938	G.P.スティーンソン／時永，河野訳		496
286	形而上学と神の思想	W.パネンベルク／座小田，諸岡訳		186
287	ドイツ零年	E.モラン／古田幸男訳		364
288	物の地獄〈ルネ・ジラールと経済の論理〉	デュムシェル，デュピュイ／織田，富永訳		320
289	ヴィーコ自叙伝	G.ヴィーコ／福鎌忠恕訳	品切	448
290	写真論〈その社会的効用〉	P.ブルデュー／山縣熙，山縣直子訳		438
291	戦争と平和	S.ボク／大沢正道訳		224
292	意味と意味の発展	R.A.ウォルドロン／築島謙三訳		294
293	生態平和とアナーキー	U.リンゼ／内田，杉村訳		270
294	小説の精神	M.クンデラ／金井，浅野訳		208
295	フィヒテ-シェリング往復書簡	W.シュルツ解説／座小田，後藤訳		220
296	出来事と危機の社会学	E.モラン／浜名，福井訳		622
297	宮廷風恋愛の技術	A.カペルラヌス／野島秀勝訳		334
298	野蛮〈科学主義の独裁と文化の危機〉	M.アンリ／山形，望月訳		292
299	宿命の戦略	J.ボードリヤール／竹原あき子訳		260
300	ヨーロッパの日記	G.R.ホッケ／石丸，柴田，信岡訳		1330
301	記号と夢想〈演劇と祝祭についての考察〉	A.シモン／岩瀬孝監修．佐藤，伊藤，他訳		388
302	手と精神	J.ブラン／中村文郎訳		284

				(頁)
303	平等原理と社会主義	L.シュタイン／石川, 石塚, 柴田訳		676
304	死にゆく者の孤独	N.エリアス／中居実訳		150
305	知識人の黄昏	W.シヴェルブシュ／初見基訳		240
306	トマス・ペイン〈社会思想家の生涯〉	A.J.エイヤー／大熊昭信訳		378
307	われらのヨーロッパ	F.ヘール／杉浦健之訳		614
308	機械状無意識〈スキゾ-分析〉	F.ガタリ／高岡幸一訳		426
309	聖なる真理の破壊	H.ブルーム／山形和美訳		400
310	諸科学の機能と人間の意義	E.パーチ／上村忠男監訳		552
311	翻　訳〈ヘルメスIII〉	M.セール／豊田, 輪田訳		404
312	分　布〈ヘルメスIV〉	M.セール／豊田彰訳		440
313	外国人	J.クリステヴァ／池田和子訳		284
314	マルクス	M.アンリ／杉山, 水野訳	品切	612
315	過去からの警告	E.シャルガフ／山本, 内藤訳		308
316	面・表面・界面〈一般表層論〉	F.ダゴニェ／金森, 今野訳		338
317	アメリカのサムライ	F.G.ノートヘルファー／飛鳥井雅道訳		512
318	社会主義か野蛮か	C.カストリアディス／江口幹訳		490
319	遍　歴〈法, 形式, 出来事〉	J.-F.リオタール／小野康男訳		200
320	世界としての夢	D.ウスラー／谷　徹訳		566
321	スピノザと表現の問題	G.ドゥルーズ／工藤, 小柴, 小谷訳		460
322	裸体とはじらいの文化史	H.P.デュル／藤代, 三谷訳		572
323	五　感〈混合体の哲学〉	M.セール／米山親能訳		582
324	惑星軌道論	G.W.F.ヘーゲル／村上恭一訳		250
325	ナチズムと私の生活〈仙台からの告発〉	K.レーヴィット／秋間実訳		334
326	ベンヤミン-ショーレム往復書簡	G.ショーレム編／山本尤訳		440
327	イマヌエル・カント	O.ヘッフェ／藪木栄夫訳		374
328	北西航路〈ヘルメスV〉	M.セール／青木研二訳		260
329	聖杯と剣	R.アイスラー／野島秀勝訳		486
330	ユダヤ人国家	Th.ヘルツル／佐藤康彦訳		206
331	十七世紀イギリスの宗教と政治	C.ヒル／小野功生訳		586
332	方　法　2. 生命の生命	E.モラン／大津真作訳		838
333	ヴォルテール	A.J.エイヤー／中川, 吉岡訳		268
334	哲学の自食症候群	J.ブーヴレス／大平具彦訳		266
335	人間学批判	レペニース, ノルテ／小竹澄栄訳		214
336	自伝のかたち	W.C.スペンジマン／船倉正憲訳		384
337	ポストモダニズムの政治学	L.ハッチオン／川口喬一訳		332
338	アインシュタインと科学革命	L.S.フォイヤー／村上, 成定, 大谷訳		474
339	ニーチェ	G.ピヒト／青木隆嘉訳		562
340	科学史・科学哲学研究	G.カンギレム／金森修監訳		674
341	貨幣の暴力	アグリエッタ, オルレアン／井上, 斉藤訳		506
342	象徴としての円	M.ルルカー／竹内章訳		186
343	ベルリンからエルサレムへ	G.ショーレム／岡部仁訳		226
344	批評の批評	T.トドロフ／及川, 小林訳		298
345	ソシュール講義録注解	F.de　ソシュール／前田英樹・訳注		204
346	歴史とデカダンス	P.ショーニュー／大谷尚文訳		552
347	続・いま, ここで	G.ピヒト／斎藤, 大野, 福島, 浅野訳		580
348	バフチン以後	D.ロッジ／伊藤誓訳		410
349	再生の女神セドナ	H.P.デュル／原研二訳		622
350	宗教と魔術の衰退	K.トマス／荒木正純訳		1412
351	神の思想と人間の自由	W.パネンベルク／座小田, 諸岡訳		186

				(頁)
352	倫理・政治的ディスクール	O.ヘッフェ／青木隆嘉訳		312
353	モーツァルト	N.エリアス／青木隆嘉訳		198
354	参加と距離化	N.エリアス／波田,道籏訳		276
355	二十世紀からの脱出	E.モラン／秋枝茂夫訳		384
356	無限の二重化	W.メニングハウス／伊藤秀一訳		350
357	フッサール現象学の直観理論	E.レヴィナス／佐藤,桑野訳		506
358	始まりの現象	E.W.サイード／山形,小林訳		684
359	サテュリコン	H.P.デュル／原研二訳		258
360	芸術と疎外	H.リード／増渕正史訳	品切	262
361	科学的理性批判	K.ヒュプナー／神野,中才,熊谷訳		476
362	科学と懐疑論	J.ワトキンス／中才敏郎訳		354
363	生きものの迷路	A.モール,E.ロメル／古田幸男訳		240
364	意味と力	G.バランディエ／小関藤一郎訳		406
365	十八世紀の文人科学者たち	W.レペニース／小川さくえ訳		182
366	結晶と煙のあいだ	H.アトラン／阪上脩訳		376
367	生への闘争〈闘争本能・性・意識〉	W.J.オング／高柳,橋爪訳		326
368	レンブラントとイタリア・ルネサンス	K.クラーク／尾崎,芳野訳		334
369	権力の批判	A.ホネット／河上倫逸監訳		476
370	失われた美学〈マルクスとアヴァンギャルド〉	M.A.ローズ／長田,池田,長野,長田訳		332
371	ディオニュソス	M.ドゥティエンヌ／及川,吉岡訳		164
372	メディアの理論	F.イングリス／伊藤,磯山訳		380
373	生き残ること	B.ベテルハイム／高尾利数訳		646
374	バイオエシックス	F.ダゴニェ／金森,松浦訳		316
375 376	エディプスの謎（上・下）	N.ビショッフ／藤代,井本,他訳		上・450 下・464
377	重大な疑問〈懐疑的省察録〉	E.シャルガフ／山形,小野,他訳		404
378	中世の食生活〈断食と宴〉	B.A.ヘニッシュ／藤原保明訳	品切	538
379	ポストモダン・シーン	A.クローカー,D.クック／大熊昭信訳		534
380	夢の時〈野生と文明の境界〉	H.P.デュル／岡部,原,須永,荻野訳		674
381	理性よ，さらば	P.ファイヤアーベント／植木哲也訳		454
382	極限に面して	T.トドロフ／宇京頼三訳		376
383	自然の社会化	K.エーダー／寿福真美監訳		474
384	ある反時代的考察	K.レーヴィット／中村啓,永沼更始郎訳		526
385	図書館炎上	W.シヴェルブシュ／福本義憲訳		274
386	騎士の時代	F.v.ラウマー／柳井尚子訳		506
387	モンテスキュー〈その生涯と思想〉	J.スタロバンスキー／古賀英三郎,高橋誠訳		312
388	理解の鋳型〈東西の思想経験〉	J.ニーダム／井上英明訳		510
389	風景画家レンブラント	E.ラルセン／大谷,尾崎訳		208
390	精神分析の系譜	M.アンリ／山形頼洋,他訳		546
391	金《かね》と魔術	H.C.ビンスヴァンガー／清水健次訳		218
392	自然誌の終焉	W.レペニース／山村直資訳		346
393	批判的解釈学	J.B.トンプソン／山本,小川訳		376
394	人間にはいくつの真理が必要か	R.ザフランスキー／山本,藤井訳		232
395	現代芸術の出発	Y.イシャグプール／川俣晃自訳		170
396	青春　ジュール・ヴェルヌ論	M.セール／豊田彰訳		398
397	偉大な世紀のモラル	P.ベニシュー／朝倉,羽賀訳		428
398	諸国民の時に	E.レヴィナス／合田正人訳		348
399 400	バベルの後に（上・下）	G.スタイナー／亀山健吉訳		上・482 下・
401	チュービンゲン哲学入門	E.ブロッホ／花田監修・菅谷,今井,三国訳		422

				(頁)
402	歴史のモラル	T.トドロフ／大谷尚文訳		386
403	不可解な秘密	E.シャルガフ／山本,内藤訳		260
404	ルソーの世界〈あるいは近代の誕生〉	J.-L.ルセルクル／小林浩訳	品切	378
405	死者の贈り物	D.サルナーヴ／菊地,白井訳		186
406	神もなく韻律もなく	H.P.デュル／青木隆嘉訳		292
407	外部の消失	A.コドレスク／利沢行夫訳		276
408	狂気の社会史〈狂人たちの物語〉	R.ポーター／目羅公和訳		428
409	続・蜂の寓話	B.マンデヴィル／泉谷治訳		436
410	悪口を習う〈近代初期の文化論集〉	S.グリーンブラット／磯山甚一訳		354
411	危険を冒して書く〈異色作家たちのパリ・インタヴュー〉	J.ワイス／浅野敏夫訳		300
412	理論を讃えて	H.-G.ガダマー／本間,須田訳		194
413	歴史の島々	M.サーリンズ／山本真鳥訳		306
414	ディルタイ〈精神科学の哲学者〉	R.A.マックリール／大野,田中,他訳		578
415	われわれのあいだで	E.レヴィナス／合田,谷口訳		368
416	ヨーロッパ人とアメリカ人	S.ミラー／池田栄一訳		358
417	シンボルとしての樹木	M.ルルカー／林 捷 訳		276
418	秘めごとの文化史	H.P.デュル／藤代,津山訳		662
419	眼の中の死〈古代ギリシアにおける他者の像〉	J.-P.ヴェルナン／及川,吉岡訳		144
420	旅の思想史	E.リード／伊藤誓訳		490
421	病のうちなる治療薬	J.スタロバンスキー／小池,川那部訳		356
422	祖国地球	E.モラン／菊地昌実訳		234
423	寓意と表象・再現	S.J.グリーンブラット編／船倉正憲訳		384
424	イギリスの大学	V.H.H.グリーン／安原,成定訳		516
425	未来批判 あるいは世界史に対する嫌悪	E.シャルガフ／山本,伊藤訳		276
426	見えるものと見えざるもの	メルロ=ポンティ／中島盛夫監訳		618
427	女性と戦争	J.B.エルシュテイン／小林,廣川訳		486
428	カント入門講義	H.バウムガルトナー／有福孝岳監訳		204
429	ソクラテス裁判	I.F.ストーン／永田康昭訳		470
430	忘我の告白	M.ブーバー／田口義弘訳		348
431 432	時代おくれの人間(上・下)	G.アンダース／青木隆嘉訳		上・432 下・546
433	現象学と形而上学	J.-L.マリオン他編／三上,重永,檜垣訳		388
434	祝福から暴力へ	M.ブロック／田辺,秋津訳		426
435	精神分析と横断性	F.ガタリ／杉村,毬藻訳		462
436	競争社会をこえて	A.コーン／山本,真水訳		530
437	ダイアローグの思想	M.ホルクウィスト／伊藤誓訳		370
438	社会学とは何か	N.エリアス／徳安彰訳		250
439	E.T.A.ホフマン	R.ザフランスキー／識名章喜訳		636
440	所有の歴史	J.アタリ／山内昶訳		580
441	男性同盟と母権制神話	N.ゾンバルト／田村和彦訳		516
442	ヘーゲル以後の歴史哲学	H.シュネーデルバッハ／古東哲明訳		282
443	同時代人ベンヤミン	H.マイヤー／岡部仁訳		140
444	アステカ帝国滅亡記	G.ボド,T.トドロフ編／大谷,菊地訳		662
445	迷宮の岐路	C.カストリアディス／宇京頼三訳		404
446	意識と自然	K.K.チョウ／志水,山本監訳		422
447	政治的正義	O.ヘッフェ／北尾,平石,望月訳		598
448	象徴と社会	K.バーク著,ガスフィールド編／森常治訳		580
449	神・死・時間	E.レヴィナス／合田正人訳		360
450	ローマの祭	G.デュメジル／大橋寿美子訳		446

叢書・ウニベルシタス

			（頁）
501	音楽のはじめ	C.シュトゥンプ／結城錦一訳	208
502	反ニーチェ	L.フェリー他／遠藤文彦訳	348
503	マルクスの哲学	E.バリバール／杉山吉弘訳	222
504	サルトル，最後の哲学者	A.ルノー／水野浩二訳	296
505	新不平等起源論	A.テスタール／山内昶訳	298
506	敗者の祈禱書	シオラン／金井裕訳	184
507	エリアス・カネッティ	Y.イシャグプール／川俣晃自訳	318
508	第三帝国下の科学	J.オルフ＝ナータン／宇京頼三訳	424
509	正も否も縦横に	H.アトラン／寺田光徳訳	644
510	ユダヤ人とドイツ	E.トラヴェルソ／宇京頼三訳	322
511	政治的風景	M.ヴァルンケ／福本義憲訳	202
512	聖句の彼方	E.レヴィナス／合田正人訳	350
513	古代憧憬と機械信仰	H.ブレーデカンプ／藤代，津山訳	230
514	旅のはじめに	D.トリリング／野島秀勝訳	602
515	ドゥルーズの哲学	M.ハート／田代，井上，浅野，暮沢訳	294
516	民族主義・植民地主義と文学	T.イーグルトン他／増渕，安藤，大友訳	198
517	個人について	P.ヴェーヌ他／大谷尚文訳	194
518	大衆の装飾	S.クラカウアー／船戸，野村訳	350
519 520	シベリアと流刑制度（I・II）	G.ケナン／左近毅訳	I・632 II・642
521	中国とキリスト教	J.ジェルネ／鎌田博夫訳	396
522	実存の発見	E.レヴィナス／佐藤真理人，他訳	480
523	哲学的認識のために	G.-G.グランジェ／植木哲也訳	342
524	ゲーテ時代の生活と日常	P.ラーンシュタイン／上西川原章訳	832
525	ノッツ nOts	M.C.テイラー／浅野敏夫訳	480
526	法の現象学	A.コジェーヴ／今村，堅田訳	768
527	始まりの喪失	B.シュトラウス／青木隆嘉訳	196
528	重　合	ベーネ，ドゥルーズ／江口修訳	170
529	イングランド18世紀の社会	R.ポーター／目羅公和訳	630
530	他者のような自己自身	P.リクール／久米博訳	558
531	鷲と蛇〈シンボルとしての動物〉	M.ルルカー／林捷訳	270
532	マルクス主義と人類学	M.ブロック／山内昶，山内彰訳	256
533	両性具有	M.セール／及川馥訳	218
534	ハイデガー〈ドイツの生んだ巨匠とその時代〉	R.ザフランスキー／山本尤訳	696
535	啓蒙思想の背任	J.-C.ギユボー／菊地，白井訳	218
536	解明　M.セールの世界	M.セール／梶野，竹中訳	334
537	語りは罠	L.マラン／鎌田博夫訳	176
538	歴史のエクリチュール	M.セルトー／佐藤和生訳	542
539	大学とは何か	J.ペリカン／田口孝夫訳	374
540	ローマ　定礎の書	M.セール／高尾謙史訳	472
541	啓示とは何か〈あらゆる啓示批判の試み〉	J.G.フィヒテ／北岡武司訳	252
542	力の場〈思想史と文化批判のあいだ〉	M.ジェイ／今井道夫，他訳	382
543	イメージの哲学	F.ダゴニェ／水野浩二訳	410
544	精神と記号	F.ガタリ／杉村昌昭訳	180
545	時間について	N.エリアス／井本，青木訳	238
546	ルクレティウスのテキストにおける物理学の誕生	M.セール／豊田彰訳	320
547	異端カタリ派の哲学	R.ネッリ／柴田和雄訳	290
548	ドイツ人論	N.エリアス／青木隆嘉訳	576
549	俳　優	J.デュヴィニョー／渡辺淳訳	346

			(頁)
550	ハイデガーと実践哲学	O.ペゲラー他,編／竹市,下村監訳	584
551	彫　像	M.セール／米山親能訳	366
552	人間的なるものの庭	C.F.v.ヴァイツゼカー／山辺建訳	852
553	思考の図像学	A.フレッチャー／伊藤誓訳	472
554	反動のレトリック	A.O.ハーシュマン／岩崎稔訳	250
555	暴力と差異	A.J.マッケナ／夏目博明訳	354
556	ルイス・キャロル	J.ガッテニョ／鈴木晶訳	462
557	タオスのロレンゾー〈D.H.ロレンス回想〉	M.D.ルーハン／野島秀勝訳	490
558	エル・シッド〈中世スペインの英雄〉	R.フレッチャー／林邦夫訳	414
559	ロゴスとことば	S.プリケット／小野功生訳	486
560 561	盗まれた稲妻〈呪術の社会学〉(上・下)	D.L.オキーフ／谷林眞理子,他訳	上・490 下・656
562	リビドー経済	J.-F.リオタール／杉山,吉谷訳	458
563	ポスト・モダニティの社会学	S.ラッシュ／田中義久監訳	462
564	狂暴なる霊長類	J.A.リヴィングストン／大平章訳	310
565	世紀末社会主義	M.ジェイ／今村,大谷訳	334
566	両性平等論	F.P.de ラ・バール／佐藤和夫,他訳	330
567	暴虐と忘却	R.ボイヤーズ／田部井孝次・世志子訳	524
568	異端の思想	G.アンダース／青木隆嘉訳	518
569	秘密と公開	S.ボク／大沢正道訳	470
570 571	大航海時代の東南アジア (I・II)	A.リード／平野, 田中訳	I・430 II・598
572	批判理論の系譜学	N.ボルツ／山本,大貫訳	332
573	メルヘンへの誘い	M.リューティ／高木昌史訳	200
574	性と暴力の文化史	H.P.デュル／藤代,津山訳	768
575	歴史の不測	E.レヴィナス／合田,谷口訳	316
576	理論の意味作用	T.イーグルトン／山形和美訳	196
577	小集団の時代〈大衆社会における個人主義の衰退〉	M.マフェゾリ／古田幸男訳	334
578 579	愛の文化史 (上・下)	S.カーン／青木,斎藤訳	上・334 下・384
580	文化の擁護〈1935年パリ国際作家大会〉	ジッド他／相磯,五十嵐,石黒,高橋編訳	752
581	生きられる哲学〈生活世界の現象学と批判理論の思考形式〉	F.フェルマン／堀栄造訳	282
582	十七世紀イギリスの急進主義と文学	C.ヒル／小野, 圓月訳	444
583	このようなことが起こり始めたら…	R.ジラール／小池,住谷訳	226
584	記号学の基礎理論	J.ディーリー／大熊昭信訳	286
585	真理と美	S.チャンドラセカール／豊田彰訳	328
586	シオラン対談集	E.M.シオラン／金井裕訳	336
587	時間と社会理論	B.アダム／伊藤,磯山訳	338
588	懐疑的省察 ABC〈続・重大な疑問〉	E.シャルガフ／山本,伊藤訳	244
589	第三の知恵	M.セール／及川馥訳	250
590 591	絵画における真理 (上・下)	J.デリダ／高橋,阿部訳	上・322 下・390
592	ウィトゲンシュタインと宗教	N.マルカム／黒崎宏訳	256
593	シオラン〈あるいは最後の人間〉	S.ジョドー／金井裕訳	212
594	フランスの悲劇	T.トドロフ／大谷尚文訳	304
595	人間の生の遺産	E.シャルガフ／清水健次,他訳	392
596	聖なる快楽〈性，神話，身体の政治〉	R.アイスラー／浅野敏夫訳	876
597	原子と爆弾とエスキモーキス	C.G.セグレー／野島秀勝訳	408
598	海からの花嫁〈ギリシア神話研究の手引き〉	J.シャーウッドスミス／吉田,佐藤訳	234
599	神に代わる人間	L.フェリー／菊地,白井訳	220
600	パンと競技場〈ギリシア・ローマ時代の政治と都市の社会学的歴史〉	P.ヴェーヌ／鎌田博夫訳	1032

			(頁)
601	ギリシア文学概説	J.ド・ロミイ／細井，秋山訳	486
602	パロールの奪取	M.セルトー／佐藤和生訳	200
603	68年の思想	L.フェリー他／小野潮訳	348
604	ロマン主義のレトリック	P.ド・マン／山形，岩坪訳	470
605	探偵小説あるいはモデルニテ	J.デュボア／鈴木智之訳	380
606 607 608	近代の正統性〔全三冊〕	H.ブルーメンベルク／斎藤，忽那 佐藤，村井訳	I・328 II・390 III・318
609	危険社会〈新しい近代への道〉	U.ベック／東，伊藤訳	502
610	エコロジーの道	E.ゴールドスミス／大熊昭信訳	654
611	人間の領域〈迷宮の岐路II〉	C.カストリアディス／米山親能訳	626
612	戸外で朝食を	H.P.デュル／藤代幸一訳	190
613	世界なき人間	G.アンダース／青木隆嘉訳	366
614	唯物論シェイクスピア	F.ジェイムソン／川口喬一訳	402
615	核時代のヘーゲル哲学	H.クロンバッハ／植木哲也訳	380
616	詩におけるルネ・シャール	P.ヴェーヌ／西永良成訳	832
617	近世の形而上学	H.ハイムゼート／北岡武司訳	506
618	フロベールのエジプト	G.フロベール／斎藤昌三訳	344
619	シンボル・技術・言語	E.カッシーラー／篠木，高野訳	352
620	十七世紀イギリスの民衆と思想	C.ヒル／小野，圓月，箭川訳	520
621	ドイツ政治哲学史	H.リュッベ／今井道夫訳	312
622	最終解決〈民族移動とヨーロッパのユダヤ人殺害〉	G.アリー／山本，三島訳	470
623	中世の人間	J.ル・ゴフ他／鎌田博夫訳	478
624	食べられる言葉	L.マラン／梶野吉郎訳	284
625	ヘーゲル伝〈哲学の英雄時代〉	H.アルトハウス／山本尤訳	690
626	E.モラン自伝	E.モラン／菊地，高砂訳	368
627	見えないものを見る	M.アンリ／青木研二訳	248
628	マーラー〈音楽観相学〉	Th.W.アドルノ／龍村あや子訳	286
629	共同生活	T.トドロフ／大谷尚文訳	236
630	エロイーズとアベラール	M.F.B.ブロッチェリ／白崎容子訳	
631	意味を見失った時代〈迷宮の岐路IV〉	C.カストリアディス／江口幹訳	338
632	火と文明化	J.ハウツブロム／大平章訳	356
633	ダーウィン，マルクス，ヴァーグナー	J.バーザン／野島秀勝訳	526
634	地位と羞恥	S.ネッケル／岡原正幸訳	434
635	無垢の誘惑	P.ブリュックネール／小倉，下澤訳	350
636	ラカンの思想	M.ボルク=ヤコブセン／池田清訳	500
637	羨望の炎〈シェイクスピアと欲望の劇場〉	R.ジラール／小林，田口訳	698
638	暁のフクロウ〈続・精神の現象学〉	A.カトロッフェロ／寿福真美訳	354
639	アーレント＝マッカーシー往復書簡	C.ブライトマン編／佐藤佐智子訳	710
640	崇高とは何か	M.ドゥギー他／梅木達郎訳	416
641	世界という実験〈問い，取り出しの諸カテゴリー，実践〉	E.ブロッホ／小田智敏訳	400
642	悪　あるいは自由のドラマ	R.ザフランスキー／山本尤訳	322
643	世俗の聖典〈ロマンスの構造〉	N.フライ／中村，真野訳	252
644	歴史と記憶	J.ル・ゴフ／立川孝一訳	400
645	自我の記号論	N.ワイリー／船倉正憲訳	468
646	ニュー・ミメーシス〈シェイクスピアと現実描写〉	A.D.ナトール／山形，山下訳	430
647	歴史家の歩み〈アリエス　1943-1983〉	Ph.アリエス／成瀬，伊藤訳	428
648	啓蒙の民主制理論〈カントとのつながりで〉	I.マウス／浜田，牧野監訳	400
649	仮象小史〈古代からコンピューター時代まで〉	N.ボルツ／山本尤訳	200

			(頁)
650	知の全体史	C.V.ドーレン／石塚浩司訳	766
651	法の力	J.デリダ／堅田研一訳	220
652 653	男たちの妄想（I・II）	K.テーヴェライト／田村和彦訳	I・816 II
654	十七世紀イギリスの文書と革命	C.ヒル／小野，圓月，箭川訳	592
655	パウル・ツェラーンの場所	H.ベッティガー／鈴木美紀訳	176
656	絵画を破壊する	L.マラン／尾形，梶野訳	272
657	グーテンベルク銀河系の終焉	N.ボルツ／識名，足立訳	330
658	批評の地勢図	J.ヒリス・ミラー／森田孟訳	550
659	政治的なものの変貌	M.マフェゾリ／古田幸男訳	290
660	神話の真理	K.ヒュプナー／神野，中才，他訳	736
661	廃墟のなかの大学	B.リーディングズ／青木，斎藤訳	354
662	後期ギリシア科学	G.E.R.ロイド／山野，山口，金山訳	320
663	ベンヤミンの現在	N.ボルツ，W.レイイェン／岡部仁訳	180
664	異教入門〈中心なき周辺を求めて〉	J.-F.リオタール／山縣，小野，他訳	242
665	ル・ゴフ自伝〈歴史家の生活〉	J.ル・ゴフ／鎌田博夫訳	290
666	方　法　3.　認識の認識	E.モラン／大津真作訳	398
667	遊びとしての読書	M.ピカール／及川，内藤訳	478
668	身体の哲学と現象学	M.アンリ／中敬夫訳	404
669	ホモ・エステティクス	L.フェリー／小野康男，他訳	496
670	イスラームにおける女性とジェンダー	L.アハメド／林正雄，他訳	422
671	ロマン派の手紙	K.H.ボーラー／髙木葉子訳	382
672	精霊と芸術	M.マール／津山拓也訳	474
673	言葉への情熱	G.スタイナー／伊藤誓訳	612
674	贈与の謎	M.ゴドリエ／山内昶訳	362
675	諸個人の社会	N.エリアス／宇京早苗訳	308
676	労働社会の終焉	D.メーダ／若森章孝，他訳	394
677	概念・時間・言説	A.コジェーヴ／三宅，根田，安川訳	448
678	史的唯物論の再構成	U.ハーバーマス／清水多吉訳	438
679	カオスとシミュレーション	N.ボルツ／山本尤訳	218
680	実質的現象学	M.アンリ／中，野村，吉永訳	268
681	生殖と世代継承	R.フォックス／平野秀秋訳	408
682	反抗する文学	M.エドマンドソン／浅野敏夫訳	406
683	哲学を讃えて	M.セール／米山親能，他訳	312
684	人間・文化・社会	H.シャピロ編／塚本利明，他訳	
685	遍歴時代〈精神の自伝〉	J.アメリー／富重純子訳	206
686	ノーを言う難しさ〈宗教哲学的エッセイ〉	K.ハインリッヒ／小林敏明訳	200
687	シンボルのメッセージ	M.ルルカー／林捷，林田鶴子訳	590
688	神は狂信的か	J.ダニエル／菊地昌実訳	218
689	セルバンテス	J.カナヴァジオ／円子千代訳	502
690	マイスター・エックハルト	B.ヴェルテ／大津留直訳	320
691	マックス・プランクの生涯	J.L.ハイルブロン／村岡晋一訳	300
692	68年－86年　個人の道程	L.フェリー，A.ルノー／小野潮訳	168
693	イダルゴとサムライ	J.ヒル／平山篤子訳	704
694	〈教育〉の社会学理論	B.バーンスティン／久冨善之，他訳	420
695	ベルリンの文化戦争	W.シヴェルブシュ／福本義憲訳	380
696	知識と権力〈クーン，ハイデガー，フーコー〉	J.ラウズ／成定，網谷，阿曽沼訳	410
697	読むことの倫理	J.ヒリス・ミラー／伊藤，大島訳	230
698	ロンドン・スパイ	N.ウォード／渡辺孔二監訳	506
699	イタリア史〈1700－1860〉	S.ウールフ／鈴木邦夫訳	1000

			(頁)
700	マリア〈処女・母親・女主人〉	K.シュライナー／内藤道雄訳	678
701	マルセル・デュシャン〈絵画唯名論〉	T.ド・デューヴ／鎌田博夫訳	350
702	サハラ〈ジル・ドゥルーズの美学〉	M.ビュイダン／阿部宏慈訳	260
703	ギュスターヴ・フロベール	A.チボーデ／戸田吉信訳	470
704	報酬主義をこえて	A.コーン／田中英史訳	604
705	ファシズム時代のシオニズム	L.ブレンナー／芝健介訳	480
706	方　法　4. 観念	E.モラン／大津真作訳	446
707	われわれと他者	T.トドロフ／小野,江口訳	658
708	モラルと超モラル	A.ゲーレン／秋澤雅男訳	
709	肉食タブーの世界史	F.J.シムーンズ／山内昶監訳	682
710	三つの文化〈仏・英・独の比較文化学〉	W.レペニース／松家,吉村,森訳	548
711	他性と超越	E.レヴィナス／合田,松丸訳	200
712	詩と対話	H.-G.ガダマー／巻田悦郎訳	302
713	共産主義から資本主義へ	M.アンリ／野村直正訳	242
714	ミハイル・バフチン 対話の原理	T.トドロフ／大谷尚文訳	408
715	肖像と回想	P.ガスカール／佐藤和生訳	232
716	恥〈社会関係の精神分析〉	S.ティスロン／大谷,津島訳	286
717	庭園の牧神	P.バルロスキー／尾崎彰宏訳	270
718	パンドラの匣	D.&E.パノフスキー／尾崎彰宏,他訳	294
719	言説の諸ジャンル	T.トドロフ／小林文生訳	466
720	文学との離別	R.バウムガルト／清水健次・威能子訳	406
721	フレーゲの哲学	A.ケニー／野本和幸,他訳	308
722	ビバ リベルタ！〈オペラの中の政治〉	A.アーブラスター／田中,西崎訳	478
723	ユリシーズ グラモフォン	J.デリダ／合田,中 訳	210
724	ニーチェ〈その思考の伝記〉	R.ザフランスキー／山本尤訳	440
725	古代悪魔学〈サタンと闘争神話〉	N.フォーサイス／野呂有子監訳	844
726	力に満ちた言葉	N.フライ／山形和美訳	466
727	産業資本主義の法と政治	I.マウス／河上倫逸監訳	496
728	ヴァーグナーとインドの精神世界	C.スネソン／吉水千鶴子訳	270
729	民間伝承と創作文学	M.リューティ／高木昌史訳	430
730	マキアヴェッリ〈転換期の危機分析〉	R.ケーニヒ／小川,片岡訳	382
731	近代とは何か〈その隠されたアジェンダ〉	S.トゥールミン／藤村,新井訳	398
732	深い謎〈ヘーゲル,ニーチェとユダヤ人〉	Y.ヨベル／青木隆嘉訳	360
733	挑発する肉体	H.P.デュル／藤代,津山訳	702
734	フーコーと狂気	F.グロ／菊地昌実訳	164
735	生命の認識	G.カンギレム／杉山吉弘訳	330
736	転倒させる快楽〈バフチン,文化批評,映画〉	R.スタム／浅野敏夫訳	494
737	カール・シュミットとユダヤ人	R.グロス／山本尤訳	486
738	個人の時代	A.ルノー／水野浩二訳	438
739	導入としての現象学	H.F.フルダ／久保,高山訳	470
740	認識の分析	E.マッハ／廣松渉編訳	182
741	脱構築とプラグマティズム	C.ムフ編／青木隆嘉訳	186
742	人類学の挑戦	R.フォックス／南塚隆夫訳	698
743	宗教の社会学	B.ウィルソン／中野,栗原訳	270
744	非人間的なもの	J.-F.リオタール／篠原,上村,平芳訳	286
745	異端者シオラン	P.ボロン／金井裕訳	334
746	歴史と日常〈ポール・ヴェーヌ自伝〉	P.ヴェーヌ／鎌田博夫訳	268
747	天使の伝説	M.セール／及川馥訳	262
748	近代政治哲学入門	A.バルッツィ／池上,岩倉訳	348

			(頁)
749	王の肖像	L.マラン／渡辺香根夫訳	454
750	ヘルマン・ブロッホの生涯	P.M.リュツェラー／入野田真右訳	572
751	ラブレーの宗教	L.フェーヴル／高橋薫訳	942
752	有限責任会社	J.デリダ／高橋, 増田, 宮﨑訳	352
753	ハイデッガーとデリダ	H.ラパポート／港道隆, 他訳	
754	未完の菜園	T.トドロフ／内藤雅文訳	414
755	小説の黄金時代	G.スカルペッタ／本多文彦訳	392
756	トリックスター	L.ハイド／伊藤誓訳	
757	ヨーロッパの形成	R.バルトレット／伊藤, 磯山訳	720
758	幾何学の起源	M.セール／豊田彰訳	
759	犠牲と羨望	J.-P.デュピュイ／米山, 泉谷訳	
760	歴史と精神分析	M.セルトー／内藤雅文訳	
761 762 763	コペルニクス的宇宙の生成〔全三冊〕	H.ブルーメンベルク／後藤, 小熊, 座小田訳	I・412 II・ III・
764	自然・人間・科学	E.シャルガフ／山本, 伊藤訳	230
765	歴史の天使	S.モーゼス／合田正人訳	306
766	近代の観察	N.ルーマン／馬場靖雄訳	234
767 768	社会の法（I・II）	N.ルーマン／上村, 馬場, 江口訳	I・ II・
769	場所を消費する	J.アーリ／吉原直樹, 大澤善信監訳	
770	承認をめぐる闘争	A.ホネット／山本, 直江訳	
771 772	哲学の余白（上・下）	J.デリダ／高橋, 藤本訳	上・ 下・
773	世界の火	S.J.パイン／大平章訳	
774	グローバリズムの罠	R.ザフランスキー／山本尤訳	